아틀라스 3

ATLAS SHRUGGED by AYN RAND
Copyright © 1957 by Ayn Rand
All rights reserved

This Korean edition was published by Humanist Publishing Group in 2013 by arrangement with Curtis Brown Ltd., New York through KCC(Korea Copyright Center Inc.), Seoul.

이 책은 ㈜한국저작권센터(KCC)를 통한 저작권자와의 독점계약으로 휴머니스트 출판그룹에서 출간되었습니다. 저작권법에 의해 한국 내에서 보호를 받는 저작물이므로 무단전재와 복제를 금합니다.

아틀라스 3

에인 랜드 지음 **민승남** 옮김

Humanist

차례

3부

A는 A다

아틀란티스 9

탐욕의 유토피아 128

반(反)탐욕 276

반(反)생명 385

형제들의 보호자 492

해방의 협주곡 617

"내가 존 골트입니다" 704

이기주의자 870

발전기 1002

우리가 지닌 가장 고귀한 것의 이름으로 1050

옮긴이의 말 1100

아틀라스 1
1부 비(非)모순

주제
사슬
꼭대기와 밑바닥
부동의 동자들
단코니아 가(家)의 정점
비영리적인 사람들
착취하는 사람들과 착취당하는 사람들
존 골트 노선
신성한 것과 세속적인 것
와이엇의 횃불

아틀라스 2
2부 양자택일

세상에 어울리는 남자
연줄에 의한 귀족
선의의 협박
당하는 자의 허용
계좌 한도 초과
기적의 금속
두뇌에 내려진 정지 명령
사랑하기 때문에
고통도, 두려움도, 죄책감도 없는 얼굴
달러 표시

3부
A는 A다

아틀란티스

그녀가 눈을 떴을 때 햇살과 초록 나뭇잎들, 그리고 한 남자의 얼굴이 보였다. 대그니는 이곳이 어디인지 알 것 같았다. 이곳은 그녀가 열여섯 살 때부터 꿈꿔온 세상이었고, 이곳에 와보니 너무나도 자연스러워 전혀 놀랍지 않았다. 그녀의 이런 느낌은 '당연하지'라는 말로 우주에 바치는 찬사와도 같았다.

그녀는 자신의 곁에 무릎을 꿇고 앉아 있는 남자의 얼굴을 올려다보았다. 목숨을 바쳐서라도 보고 싶었던 **바로 그** 얼굴이었다. 고통도, 두려움도, 죄의식도 없는 얼굴. 그의 입가에는 자부심 그 이상이, 자신의 당당함을 자랑스러워하는 표정이 어려 있었다. 그의 각진 뺨은 오만함과 긴장, 냉소를 연상시켰지만 그의 얼굴에서는 그런 것들을 찾아볼 수 없었다. 다만, 그것들이 하나로 합쳐진 차분한 결의와 확신, 용서를 구하거나 행하지 않는 결백함만이 엿보였다. 감출 것도 피할 것도 없고 보이거나 보는 것에 대한 두려움도 없는 얼굴이었다. 그래서 대그니가 제일 먼저 느낀 것도 그의 예리한 눈빛이었다. 그는 모든 감각 능력 중에서 시각을 가장 선호하고 시각 기능을 발휘하는 것은 그에게는 무한하고 즐거운 모험인 듯했다. 그의 눈은 자신과 세상에 최고의 가치를 부여하는 듯했고, 자신에게는 볼 수 있는 능력이, 세상에는 볼 만한 가치가 있는 곳이라는 것이 바로 그 가치였다. 대그니는 순수하게 정신만으로 이루어진 존재와 함께 있는 기분을 느끼면서도 평생 남자의 몸을 그토록 강하게 의식해본 적이 없었다. 그의 얇은 셔츠는 그의 몸매를 감추기보다는 강조해주는 듯했다. 그의 피부는 햇볕에 그을린 구릿빛이었고, 단단하고 유연한 마른 몸은 주조물처럼 완벽했다. 그는 알루미늄과 구리의 합금처럼 은은하게 광택을 죽인 금속으로 주조된 듯했고 햇살을 받아 금빛으로 보이는 밤색 머리카락과 피부색이 잘 어울렸다. 유일하게 광택을 죽이지 않고 주조한 듯 강렬한 빛을 발하는 눈은 그의 몸의 나머지 색깔들을 완성시켰다. 그의 눈동자 색은 금속에서 반사되는 빛 같은 짙은 초록빛이었다. 그는 엷은 미소를 머금고 대그니를 내려다보고 있었는데, 그 역시 오랜 세월 아무 의심 없이 기다려온 것을 보듯 새로운 발견물이 아니라 친숙한 대상을 응시하는 눈빛이었다.

  대그니는 이것이 내 세상이라고, 인간은 마땅히 이런 식으로 존재해야 한다고, 다른 세상은, 그동안의 추악하고 험난했던 삶은 누군가의 무의미한 농담일 뿐이라고 생각했다. 그녀는 안도감과 해방감, 그리고 이제 다시는 중요하게 여기지 않아도 될 모든 것에 대한 경멸을 느끼며 그에게 공모자의 미소를 보냈다. 그도 그녀와 똑같은 미소로 답했다. 그녀의 마음을 알고 그녀의 미소가 무엇을 의미하는지 다 아는 것처럼.

  "우리는 그 어떤 것도 심각하게 받아들일 필요가 없었어요. 안 그래요?" 그녀가 속삭였다.

  "맞아요. 그럴 필요가 없었죠."

  다음 순간 완전히 의식이 돌아온 대그니는 그가 처음 보는 사람임을 깨달았다.

  그녀는 그에게서 떨어지려고 했지만 풀밭에 누운 채 머리만 조금 움직였을 뿐이다. 그녀는 일어나려고 했다. 하지만 등을 관통하는 날카로운 통증에 다시 풀썩 쓰러지고 말았다.

  "태거트 양, 움직이지 말아요. 다쳤으니까."

  "나를 알아요?" 대그니가 냉랭한 목소리로 물었다.

  "아주 오래전부터요."

  "나도 당신을 알고 있었나요?"

"네, 그럴 겁니다."

"당신 이름이 뭐죠?"

"존 골트입니다."

대그니는 꼼짝도 않고 그를 쳐다보았다.

"왜 그렇게 놀라죠?" 그가 물었다.

"사실이라고 믿으니까요."

그는 대그니가 그 이름에 부여하는 모든 의미를 아는 듯한 미소를 지었다. 그것은 적의 도전을 받아들이는, 그리고 어른이 아이의 자기기만을 재미있어하는 미소였다.

대그니는 사고로 비행기만 박살난 것이 아닌 듯한 기분을 느꼈다. 그녀는 박살난 조각들을 다시 맞출 수가 없었고, 그의 이름에 대해 자신이 알고 있던 것들이 하나도 기억나지 않았다. 그 이름은 이제부터 그녀가 천천히 채워야 할 검은 공백을 의미한다는 것만 알 수 있을 뿐이었다. 하지만 지금은 그것을 채울 수가 없었다. 옆에 있는 남자의 존재가 너무 눈부셨던 것이다. 그는 스포트라이트 같은 존재였고, 그 강렬한 조명 밖의 어둠 속에 흩어져 있는 것들은 그녀의 눈에 들어오지 않았다.

"내가 따라온 게 당신이었나요?" 대그니가 물었다.

"네."

대그니는 주위를 천천히 둘러보았다. 그녀는 푸른 하늘로부터 수백 미터 아래에 있는 화강암 절벽 바닥 풀밭에 누워 있었다. 풀밭 저쪽 가장자리에는 바위와 소나무, 자작나무의 반짝이는 잎사귀들이 멀리서 골짜기를 둘러싼 산들의 장벽까지 이어진 이 공간을 가리고 있었다. 그녀의 비행기는 부서지지 않은 채 1미터쯤 떨어진 곳에 배를 깔고 납작 엎드려 있었다. 다른 비행기는 보이지 않았고 건물도, 사람이 사는 흔적도 없었다.

"이 골짜기는 뭐죠?" 대그니가 물었다.

"태거트 터미널요." 그가 웃으며 대답했다.

"그게 무슨 뜻이죠?"

"차차 알게 될 겁니다."

대그니는 자신에게 힘이 얼마나 남아 있는지 확인하고 싶은 어렴풋한 충동을 느꼈다. 그것은 적에 대한 반응이라고 할 수 있었다. 그녀는 팔과 다리를 움직일 수 있었고 머리도 들 수 있었다. 심호흡을 하면 가슴에서 찌르는 듯한 통증이 느껴졌으며 스타킹 위로 가느다란 피 한 줄기가 흘러내리고 있었다.

"여기서 나갈 수 있나요?" 그녀가 물었다.

"사실상 못 나가죠. 일시적으로는 가능하고요."

그의 목소리는 진지했으나 금속성 초록 눈에는 미소가 어려 있었다.

대그니는 일어나려고 움직였다. 그가 도와주려고 몸을 구부렸지만 그녀는 있는 힘을 다해 몸을 벌떡 일으켜 그의 손에서 빠져나간 후 일어서려고 애썼다.

"나 혼자 설 수……."

그녀는 그렇게 말했지만 두 발이 땅에 닿는 순간 그에게로 쓰러졌다. 발목에서 찌르는 듯한 통증이 올라와서 버틸 수가 없었던 것이다.

그는 그녀를 안아 올리며 웃음 띤 얼굴로 말했다. "아니, 서지 못합니다, 태거트 양."

그는 풀밭을 가로질러 걷기 시작했다.

대그니는 두 팔로 그를 감싸고 그의 어깨에 머리를 기댄 채 생각에 잠겼다. '잠시 동안이라면…… 이렇게 완전히 굴복해도 괜찮아…… 모든 것을 잊고 그저 느낌 가는 대로…… 그런데 언제 이런 경험을 했었지?' 분명 이런 기분을 느꼈던 적이 있었는데 기억이 나지 않았다. 언젠가 이런 확실하고 최종적인, 이미 결론에 도달해 의문의 여지가 없는 기분을 느꼈던 적이 있었다. 하지만 보호받는 느낌, 그리고 보호를 받아들이고 굴복해도 된다는 생각은 생소한 것이었다. 지금 그녀가 느끼는 안전함은 미래가 아닌 과거로부터 보호받는 것이기에, 싸움을 면해서가 아니라 싸움에서 승리해 얻은 것이기에, 그녀의 나약함이 아니라 강인함에 주어진 것이기에 편안히 누릴 수 있었다. 대그니는 자신을 이상할 정도로 단단히 잡고 있는 그의 손, 금빛과 구릿빛 머리카락, 코앞에 있는 그의 얼굴에 드리워진 속눈썹 그림자를 의식하며 어렴풋이 의문을 느꼈다. '보호받고 있다고? 무엇으로부터?…… 나의 적은 이 사람이었어…… 안 그래?…… 왜?' 그녀는 그 답을 알 수 없었다. 지금은 그것에 대해 생각할 수가 없었다. 몇 시간 전만 해도 자신에게는 목표와 동기가 있었다는 사실을 기억해내는 것도 쉽지 않았다. 그녀는 기억을 되살리려고 애썼다.

"내가 당신을 뒤쫓는 것을 알고 있었나요?" 그녀가 물었다.

"아니요."

"당신 비행기는 어디 있죠?"

"착륙장에요."

"착륙장이 어디 있는데요?"

"골짜기 반대편에요."

"위에서 내려다보았을 때 이 골짜기에는 착륙장이 없었어요. 풀밭도 없었고. 그런데 비행기가 어떻게 착륙한 거죠?"

그는 하늘을 올려다보며 말했다. "잘 봐요. 저 위에 뭐가 보여요?"

대그니는 고개를 뒤로 젖히고 하늘을 올려다보았지만 평온한 아침의 푸름 외에는 아무것도 보이지 않았다. 잠시 후 희미한 아지랑이가 보였다.

"열파군요." 그녀가 말했다.

"굴절광선이에요. 당신이 본 골짜기 바닥은 여기서 8킬로미터 떨어진 곳에 있는 해발 2,400미터 산꼭대기죠."

"뭐…… 뭐라고요?"

"그 어떤 비행기도 착륙할 엄두를 내지 못하는 산꼭대기요. 당신이 본 것은 그 산꼭대기가 이 골짜기 위에 투사된 것이었죠."

"어떻게요?"

"모든 가능성에 대비해 계산된 광선막을 이용해서요. 당신이 보인 그런 용기는 계산을 못 했지만요."

"그게 무슨 뜻이죠?"

"그 어떤 비행기도 골짜기 바닥에서 200미터 이내로 들어올 수 있으리라고는 생각도 못 했어요. 당신은 광선막을 뚫은 거예요. 광선막에는 자석 엔진을 파괴하는 광선이 들어 있죠. 당신은 두 번이나 나를 이긴 셈이군요. 난 누군가에게 꼬리를 잡힌 적이 없었으니까."

"왜 광선막을 쳐놨죠?"

"여긴 사유지로 남아 있어야 하니까요."

"여기가 어디죠?"

"태거트 양, 이렇게 찾아왔으니 보여주죠. 당신의 질문에 대한 대답은 그 다음에 하고요."

대그니는 침묵을 지켰다. 그녀는 궁금한 것은 모두 물어보았지만 그에 관한 질문은 하지 않았음을 깨달았다. 마치 그녀는 첫눈에 그의 전부를 파악한 듯했다. 그는 더 이상 단순화할 수 없는 하나의 절대, 더 이상 설명할 수 없는 하나의 자명한 이치이고, 그녀는 직감으로 그의 모든 것을 알 수 있었으며, 이제 그것을 확인하는 과정만 남아 있는 듯했다.

그는 그녀를 안고 골짜기 아래로 구불구불 이어진 좁은 오솔길을 내려갔다. 그들 주위의 비탈에는 검은 피라미드 모양의 키 큰 전나무들이 기본적인 형태만 갖춘 조각품처럼 남성적 단순성을 보이며 부동자세로 서 있었다. 그리고 자작나무 잎들이 복잡하고 여성스러운, 지나치게 섬세한 레이스 작품 같은 모습으로 햇살 속에서 한들거리며 대조적인 풍경을 연출했다. 잎사귀 사이를 통과한 빛이 그의 머리카락과 두 사람 얼굴에 떨어졌다. 대그니는 구불구불한 오솔길 아래쪽에 무엇이 있는지 알 수 없었다.

그녀는 자꾸 그의 얼굴로 시선이 갔다. 그도 가끔 그녀를 내려다보았다. 처음에 그녀는 그를 훔쳐보다 들킨 사람처럼 얼른 시선을 피했다. 그러다가 그에게 배우기라도 한 듯 그가 내려다볼 때마다 그를 마주 응시했다. 그가 그녀의 마음을 알고, 자신의 시선의 의미를 굳이 감추려하지 않는다는 것을 깨달았기 때문이다.

대그니는 그의 침묵이 자신의 침묵과 똑같은 것을 고백하고 있음을 알았다. 그는 아무 감정 없이 부상당한 여자를 옮기는 태도가 아니었다. 그녀를 포옹하듯 안고 있었다. 하지만 그의 자세는 전혀 그런 느낌을 주지 않았고, 그가 그녀를 안고 있는 걸 몸 전체로 의식하는 것을 통해서만 그것을 느낄 수 있었다.

대그니는 폭포 소리를 들었고, 이어서 절벽에서 떨어지는 반짝이는 가녀린 물줄기를 보았다. 그 물줄기는 간간이 바위턱에 부딪쳐 끊어졌다가 다시 이어졌다. 폭포 소리에 그녀의 마음속에서 희미한 리듬이 되살아났다. 그 리듬은 기억의 몸부림처럼 작게 들렸지만 폭포를 지나친 후에도 계속 이어졌다. 그녀는 폭포 소리에 귀를 기울였지만 다른 소리가 점점 더 크고 분명하게 들려왔다. 그 소리는 그녀의 마음속이 아니라 나뭇잎들 사이 어딘가에서 들려오는 듯했다. 모퉁이를 돌자 갑자기 공터가 나타났고 바위턱 위에 작은 집 한 채가 보였다. 열린 창 유리가 햇살에 반짝였다. 대그니는 조금 전처럼 눈앞의 현실에 굴복하고 싶은 기분을 느꼈던 순간이 떠올랐다. 혜성특급의 먼지 낀 일반석 객차에서 처음으로 핼리의 〈5번 협주곡〉을 들은 밤이었다. 그런데 지금 그 음악이 들려왔다. 누군가가 힘차고 당당하게 피아노 건반을 두드려서 내는 선명하고 날카로운 소리였다.

대그니는 그에게 대답을 준비할 시간을 주지 않으려는 듯 갑자기 질문을 던졌다.

"리처드 핼리의 〈5번 협주곡〉 맞죠?"

"네."

"저 곡을 언제 작곡했죠?"

"직접 물어보지 그래요?"

"그가 여기 있나요?"

"지금 연주하고 있는 사람이 바로 그예요. 저기가 그의 집이고."

"아……!"

"나중에 만나게 될 겁니다. 그도 당신을 만나면 반가워할 거예요. 당신이 홀로 있는 밤에 그의 음악만 듣는다는 걸 알고 있으니까요."

"그가 그걸 어떻게 알죠?"

"내가 이야기해줬어요."

대그니는 "도대체 어떻게……?"라고 묻는 듯한 눈으로 그를 바라보았다. 하지만 그녀는 그의 눈빛을 보고 웃음을 터뜨렸다. 그 웃음은 그의 눈빛에 담긴 의미를 소리로 표현한 것이었다.

대그니는 아무것도 물을 수 없었다. 아무것도 의심할 수 없었다. 지금은. 그 음악이 햇살에 물든 나뭇잎들 사이로 당당히 울려 퍼지고 있으니까. 그 해방의 음악이 본래 연주되어야 하는 방식대로 연주되고 있으니까. 흔들리는 기차 안에서 덜컹거리는 바퀴 소리 사이로 희미하게 들리던 음악……. 그날 밤 그 음악 소리를 통해 그녀가 본 것은 바로 **이것**이었다. 이 골짜기와 아침 햇살, 그리고…….

그녀는 놀라서 숨을 헐떡거렸다. 모퉁이를 돌자 그녀가 서 있는 바위턱 아래로 마을이 펼쳐져 있었다.

마을이라기보다는 집 몇 채가 서 있었다. 그 집들은 골짜기 바닥과 그곳을 빙 둘러싸고 층층이 이어진 산등성이에 자유롭게 흩어져 있었다. 모두 지은 지 얼마 안 된 작은 집들로 장식 없는 각진 모양이었으며 커다란 창들이 햇빛에 반짝이고 있었다. 저 멀리에는 더 높은 건물들이 있었는데 연기가 모락모락 피어오르고 있는 것으로 보아 공업 단지 같았다. 그녀 바로 앞에는 아래쪽 바위턱에서부터 그녀의 눈높이까지 솟은 날씬한 화강암 기둥이 있었고, 그 위에 순금으로 만든 90센티미터 높이의 달러 표시가 눈부신 광채를 발하며 우뚝 서 있었다. 마을 위에 높이 솟은 그 달러 표시는 마을의 문장이자 상표이자 등대였고, 마치 에너지 송신기처럼 태양광선을 받아 마을의 지붕들 위로 축복의 빛을 퍼뜨렸다.

"저건 뭐죠?" 대그니가 달러 표시를 가리키며 놀란 목소리로 물었다.

"아, 저건 프란시스코의 장난이죠."

"프란시스코…… 누구요?" 대그니가 이미 답을 알고 있으면서 속삭이듯 물었다.

"프란시스코 단코니아."

"그도 여기 있나요?"

"곧 올 겁니다."

"그의 장난이라니, 무슨 뜻이죠?"

"그가 이곳 주인에게 기념일 선물로 저걸 줬어요. 그 뒤로 우리는 저걸 우리의 특별한 상징으로 삼았고요. 그 아이디어가 마음에 들었거든요."

"당신이 이곳 주인이 아닌가요?"

"내가요? 아닙니다."

그는 바위턱 아래를 보더니 손가락으로 가리켰다.

"저기 이곳 주인이 오네요."

아래쪽 비포장도로 끝에 차 한 대가 멈추어 서더니 남자 둘이 서둘러 오솔길을 올라오기 시작했다. 대그니는 멀어서 그들의 얼굴은 알아볼 수 없었지만 한 사람은 키가 크고 호리호리했고, 나머지 한 사람은 그보다 키는 작았지만 근육은 더 많았다. 존 골트가 그녀를 안고 그들을 향해 내려갔고 그들의 모습이 모퉁이에 가려 보이지 않았다.

몇 미터 떨어진 바위 모퉁이에서 그들의 모습이 갑자기 다시 나타났다. 그들의 얼굴이 대그니에게 충돌의 충격처럼 다가왔다.

"이럴 수가!"

두 사람 중에서 대그니가 모르는 근육질의 남자가 그녀를 쳐다보며 말했다.

대그니는 그의 옆에 서 있는 키가 크고 눈에 띄는 남자를 쳐다보고 있었다. 그는 휴 액스턴이었다.

휴 액스턴이 먼저 정중한 환영의 미소를 보내며 허리를 굽혔다.

"태거트 양, 내가 틀렸다는 것을 증명해 보인 사람은 당신이 처음이군요. 지난번 만났을 때 나는 당신이 그를 결코 만나지 못할 거라고 했죠. 그때 나는 그에게 안긴 당신을 보게 될 줄은 몰랐어요."

"누구에게 안겨요?"

대그니는 숨이 막힐 듯 놀라서 눈을 감았다. 그제야 수수께끼가 풀린 것이었다. 그녀는 눈을 뜨고 골트를 바라보았다. 골트는 그녀의 마음을 아는 것처럼 놀리는 듯한 엷은 미소를 머금고 있었다.

"목이 부러지지 않은 걸 다행으로 알아요! 정문으로 들어왔으면 뜨거운 환영을 받았을 사람이 그런 무모한 곡예를 벌이다니!"

근육질의 남자가 애정이 담긴 화난 목소리로 나무랐다.

"태거트 양, 이분은 미다스 멀리건입니다." 골트가 말했다.

"아."

대그니는 힘없이 말하고는 웃음을 터뜨렸다. 더 이상 놀랄 힘도 없었던 것이다.

"내가 아까 착륙하다가 죽고, 지금 다른 방식으로 존재하는 걸까요?"

"다른 방식으로 존재하는 것은 맞아요. 하지만 죽은 것이 아니라 그 반대인 것 같지 않아요?" 골트가 대답했다.

"오, 그래요. 그래요……." 대그니는 속삭이며 멀리건을 향해 미소지으며 물었다. "정문은 어디 있죠?"

"여기." 멀리건이 자신의 이마를 가리키며 말했다.

"전 열쇠를 잃어버렸어요. 지금 모든 열쇠를 잃어버렸어요." 대그니가 분노하지 않고 담담하게 말했다.

"찾게 될 거예요. 그런데 도대체 그 비행기에서 뭘 하고 있었던 거죠?"

"추적요."

"**이 사람을?**" 그가 골트를 가리키며 물었다.

"네."

"살아 있길 천만 다행이군! 많이 다쳤어요?"

"그렇진 않은 것 같아요."

"치료가 끝나면 몇 가지 질문에 대답해야 할 거예요."

멀리건은 홱 돌아서서 차를 향해 앞장서서 걷다가 골트를 흘끗 보며 물었다. "그럼 이제 어쩐다? 예상하지 못한 첫 훼방꾼이 나타났으니."

"첫…… 뭐라고요?" 대그니가 물었다.

"그냥 넘어가요." 멀리건이 대답한 뒤 골트에게 물었다.

"어쩌지?"

"제가 맡겠습니다. 제 책임이니까요. 쿠엔틴 대니얼스나 맡아주세요." 골트가 대답했다.

"그 친구야 아무 문제 없지. 여기 적응만 하면 되니까. 나머지는 다 알고 있는 것 같고."

"네. 혼자 힘으로 다 해냈다고 볼 수 있죠."

골트는 대그니의 어리둥절한 시선을 느끼고 그녀에게 말했다. "태거트 양, 당신에게 감사할 일이 하나 있군요. 당신이 쿠엔틴 대니얼스를 내 대역으로 선택한 것 말이에요. 훌륭한 대역이에요."

"그 사람 어디 있죠? 무슨 일이 있었던 건지 말해줄래요?" 대그니가 물었다.

"미다스가 비행장까지 마중 나와 나를 집에까지 태워다주고 그는 데려갔죠. 나는 그들과 아침을 먹으려고 미다스의 집으로 가다가 당신 비행기가 풀밭으로 추락하는 걸 봤어요. 내가 사고 현장에 제일 가까이 있었어요." 골트가 말했다.

"우리도 소식 듣고 바로 달려왔어요. 비행기에 누가 탔는지는 몰라도 죽어도 싸다고 생각했죠. 절대 죽어서는 안 될 단 두 사람 중 하나일 줄은 꿈에도 몰랐어요." 멀리건이 이어서 설명했다.

"다른 한 사람은 누군데요?" 대그니가 물었다.

"행크 리어든."

대그니는 움찔했다. 마치 아득히 먼 곳에서 급습한 충격과도 같았다. 왠지 골트가 자신의 얼굴을 유심히 보는 듯했고 그의 표정에 변화가 일었다. 하지만 그 변화는 의미를 파악할 사이도 없이 순식간에 스쳐 지나갔다.

그들은 차 있는 곳에 이르렀다. 차는 해먼드 컨버터블로 덮개가 닫혀 있었다. 최고가 모델 중 하나였는데 몇 년 되기는 했지만 관리 상태가 좋아서 광택이 돌았다. 골트는 대그니를 뒷좌석에 조심스럽게 내려놓고 팔로 감싸안았다. 대그니는 이따금 찌르는 듯한 통증을 느꼈지만 그것에 신경 쓸 겨를이 없었다. 멀리건이 운전석에 앉아 시동을 걸고 차가 달려 표시를 지나면서 황금빛 햇살 한 줄기가 그녀의 이마에 비쳐 눈을 찌르는 동안에도 멀리 있는 집들을 보느라 바빴던 것이다.

"이곳 주인이 누구죠?" 그녀가 물었다.

"나요." 멀리건이 대답했다.

"**이 사람**은 뭐죠?" 그녀가 골트를 가리키며 물었다.

"그냥 여기서 일하는 사람이죠." 멀리건이 웃으며 대답했다.

"액스턴 박사님은요?" 그녀가 물었다.

액스턴이 골트를 흘낏 쳐다보며 대답했다. "나는 저 친구의 두 아버지 중 하나죠. 저 친구를 배신하지 않은 아버지."

"아! 박사님의 세 제자 중 한 사람이군요."

수수께끼 하나가 더 풀렸다.

"맞아요."

"그리고 경리 보조!" 대그니는 문득 떠오르는 기억이 있어서 신음하듯 말했다.

"무슨 소리예요?"

"스태들러 박사가 그렇게 말했어요. 자신의 세 제자 중 마지막 한 사람은 경리 보조 노릇이나 하고 있을 거라고."

"나를 과대평가했군요. 그와 세상의 기준으로 따지면 그것보다 훨씬 못한데." 골트가 말했다.

차가 산등성이의 외딴집으로 나 있는 좁은 길로 들어섰다. 대그니는 앞에서 마을을 향해 부지런히 걸어오는 남자를 보았다. 그는 청색 작업복 차림에 도시락 가방을 들고 있었다. 그의 민첩한 걸음걸이가 어딘지 낯이 익었다. 차가 그를 지나치면서 그의 얼굴을 본 대그니는 놀라서 뒤로 몸을 젖히며 움직임으로 인한 통증과 자신이 목격한 사실에 대한 충격 때문에 비명을 내질렀다.

"차 세워요! 얼른요! 저 사람을 보내면 안 돼요!"

그는 엘리스 와이엇이었다. 세 남자는 웃음을 터뜨렸고 멀리건은 차를 세웠다.

"아……."

대그니는 이곳에서는 와이엇이 사라지지 않을 것임을 깨닫고 미안해서 힘없이 탄식했다.

　와이엇이 달려오고 있었다. 그도 대그니를 알아보았던 것이다. 그가 속도를 줄이려고 차 가장자리를 잡았을 때 대그니는 그의 얼굴에 젊고 승리감에 찬 미소가 어려 있는 것을 보았다. 그녀가 와이엇 환승역 플랫폼에서 보았던 얼굴이었다.

　"대그니! 당신도 온 거예요, 마침내? 우리 편이 된 거예요?"

　"아니요, 태거트 양은 조난자예요." 골트가 대답했다.

　"뭐라고요?"

　"태거트 양 비행기가 추락했어요. 못 봤나요?"

　"추락? **여기로?**"

　"네."

　"비행기 소리를 듣기는 했지만……."

　와이엇의 어리둥절한 표정이 안타까움과 즐거움을 담은 다정한 미소로 바뀌었다.

　"알겠어요. 대그니, 정말 어처구니없군요!"

　대그니는 과거와 현재를 다시 연결할 수가 없어서 무기력하게 그를 바라보기만 했다. 그러고는 죽은 친구를 꿈에서 만나 생전에 미처 하지 못해 한스러웠던 이야기를 꺼내듯 2년 전 응답 없는 전화벨 소리를 떠올리며 말했다.

"그때…… 당신을 만나려고 애썼어요."

그를 다시 만나게 된다면 꼭 하고 싶었던 말이었다. 와이엇은 부드러운 미소를 지었다.

"대그니, 우리도 줄곧 당신을 만나려고 애썼어요…… 이따 밤에 만나요. 걱정 말아요. 사라지지 않을 테니. 당신도 사라질 것 같진 않고."

그는 다른 사람들에게 손을 흔들고는 도시락 가방을 흔들며 떠났다. 멀리건이 다시 차를 출발시키자 대그니는 골트가 자신을 유심히 살펴보고 있는 것을 깨달았다. 대그니는 고통을 솔직히 인정하고 그것이 골트에게 주는 만족감에 저항하듯 굳은 표정을 지었다.

"좋아요. 당신이 어떤 쇼를 펼쳐서 내게 충격을 주려는지 알겠어요."

하지만 골트의 표정에는 잔인함도, 연민도 없었다. 다만, 정의만 존재했다.

"태거트 양, 이곳의 첫 번째 규칙은 스스로 보아야 한다는 것입니다."

차가 외딴집 앞에 멈추어 섰다. 거친 화강암으로 지은, 정면은 대부분 유리로 만들어진 집이었다.

"의사를 보내겠네."

멀리건이 대그니를 안고 내리는 골트에게 말하고 차를 몰고 떠났다.

"당신 집이에요?" 대그니가 물었다.

"맞아요." 골트가 발로 문을 차서 열며 대답했다.

그는 대그니를 안고 문턱을 넘어 환한 거실로 들어섰다. 햇살 몇 줄기가 윤이 나는 소나무 벽을 비추고 있었다. 대그니는 손으로 만든 가구 몇 점과 서까래가 드러난 천장, 작은 부엌으로 통하는 아치 입구를 보았다. 부엌에는 울퉁불퉁한 선반들과 나무 식탁, 전기 스토브가 있었는데 전기 스토브 크롬 상판이 놀랍도록 반짝거렸다. 꼭 필요한 것만 갖추어놓은 개척자의 오두막 같은 원시적 단순성을 지닌 집이었지만 그것은 초현대식 기술의 작품이었다.

골트는 그녀를 안고 햇살 속을 지나 작은 손님용 방 침대에 그녀를 눕혔다. 대그니는 열린 창문 너머로 하늘을 향해 길고 비스듬한 층층대를 이룬 바위와 소나무들을 보았다. 나무 벽에는 필체가 다른 글자들이 여기저기 새겨져 있었는데 무슨 글자인지는 알아볼 수 없었다. 대그니는 반쯤 열려 있는 다른 문을 보았다. 그 문은 골트의 침실로 통해 있었다.

"나는 이곳의 손님인가요, 아니면 포로인가요?" 그녀가 물었다.

"그건 당신 선택에 달렸죠."

"나는 낯선 사람과 거래할 때는 선택을 할 수가 없어요."

"나는 낯선 사람이라고 할 수 없죠. 당신은 철도에 내 이름을 붙이지 않았나요?"

"아! 맞아요……"

또 하나의 작은 수수께끼가 풀렸다.

"그래요, 난……"

대그니는 미소를 억누르고 있는 무자비하리만큼 예리한 눈과 햇빛에 바랜 머리카락을 가진 키 큰 남자를 바라보았다. 그 철도를 건설하기 위해 애쓰던 일과 그 철도에 첫 열차가 달리던 여름날이 떠올랐다. 그 철도의 상징이 되는 인간이 존재한다면 바로 **저런** 모습일 것 같았다.

"맞아요…… 그랬죠……"

하지만 나머지 일들을 기억하고는 다시 덧붙였다. "하지만 적의 이름을 붙인 거였어요."

골트는 미소지었다.

"태거트 양, 그것은 당신이 조만간 해결해야 할 모순이군요."

"당신이었죠…… 그렇죠?…… 내 철도를 파괴한 사람이……"

"아니요. 당신의 철도를 파괴한 건 모순이었죠."

대그니는 눈을 감았다. 잠시 후 그녀가 물었다.

"당신에 관한 이야기들 중 어떤 게 맞는 거죠?"

"전부 다요."

"당신이 그 이야기들을 퍼뜨렸나요?"

"아니요. 뭐 하러요? 나는 사람들 입에 오르내리는 걸 좋아하지 않아요."

"하지만 당신이 전설이 된 것은 알고 있죠?"

"네."

"20세기 모터사의 젊은 발명가 이야기는 그 전설 중에서도 진짜고요. 안 그런가요?"

"분명한 사실인 건…… 맞아요."

대그니는 이 말만큼은 무심하게 할 수가 없었다. 그녀는 숨을 죽이고 속삭이듯 물었다.

"그 모터…… 내가 발견한 그 모터…… 그것을 만든 사람이 **당신**이었나요?"

"그래요."

대그니는 자신도 모르게 고개를 번쩍 들었다.

"에너지 변환의 비밀은……."

그녀는 말을 꺼냈다가 멈추었다. 그녀의 마음속 간절한 애원을 읽은 듯 골트가 대답했다.

"그건 15분이면 설명할 수 있지만 세상의 어떤 힘도 내가 그것을 말하도록 만들 수는 없어요. 왜 그런지 알면 당신을 당혹스럽게 만드는 모든 것을 납득할 수 있을 거예요."

"그날 밤…… 12년 전 봄날 밤…… 당신은 6,000명의 살인자들이 모인 집회에서 걸어 나왔어요. 그 이야기도 사실인가요?"

"네."

"당신은 그들에게 세상의 모터를 정지시키겠다고 했어요."

"그래요."

"당신, 무슨 짓을 한 거죠?"

"난 **아무 짓도** 안 했어요. 그게 내 비밀의 전부죠."

대그니는 말없이 한참 동안 그를 응시했다. 골트는 그녀의 생각을 읽을 수 있는 것처럼 잠자코 기다렸다. 이윽고 대그니가 경이와 무력감이 깃든 목소리로 말했다.

"파괴자는……."

"……세상에서 가장 사악한 존재죠."

골트가 인용하듯 말했고, 대그니는 그게 자신이 했던 말임을 깨달았다.

"세상의 두뇌들을 고갈시키는."

"도대체 얼마나 철저하게 나를 감시해온 거죠? 얼마나 오랫동안?"

그 순간 골트의 눈동자는 움직임이 없었지만 특별히 의식하며 그녀를 보는 듯 눈빛이 강렬해졌다. 이윽고 그가 조용히 대답했는데 목소리에도 그런 특별한 느낌이 담겨 있었다.

"수년 동안."

대그니는 긴장을 풀고 포기하면서 두 눈을 감았다. 이제 무력감에 굴복하는 편안함밖에는 원하는 것이 없는 편한 무관심 상태가 되었다.

왕진을 온 백발의 의사는 온화하고 사려 깊어 보였으며 겸손하면서도 자신만만했다.

"태거트 양, 닥터 헨드릭스입니다." 골트가 말했다.

"닥터 토머스 헨드릭스는 아니겠죠?"

대그니는 놀라서 숨을 헐떡이며 자신도 모르게 어린아이처럼 무례한 태도로 물었다. 그것은 6년 전 은퇴하고 사라진 위대한 외과의사의 이름이었다.

"물론 맞아요." 골트가 말했다.

닥터 헨드릭스가 미소로 답하며 말했다. "미다스가 태거트 양에게는 충격에 대한 치료가 필요하다고 하더군요. 이미 받은 충격이 아니라 앞으로 받을 충격."

"그럼 선생님께 맡기고 전 시장에 가서 아침거리 좀 사 오겠습니다." 골트가 말했다.

대그니는 닥터 헨드릭스가 민첩한 솜씨로 자신의 부상 상태를 확인하는 모습을 지켜보았다. 그는 대그니가 처음 보는 물건을 가져왔는데 휴대용 엑스레이 기계였다. 대그니는 갈비뼈 두 개의 연골이 파열되었고, 발목을 삐었으며, 한쪽 무릎과 팔꿈치 살이 찢어졌고, 몸에 자줏빛 멍이 몇 군데 든 상태였다. 닥터 헨드릭스가 민첩하고 능숙한 솜씨로 상처에 붕대를 감고 밴드로 단단히 고정시켜주자 대그니는 자신의 몸이 전문가의 점검을 받은 엔진처럼 더 이상 신경 쓰지 않아도 될 것 같은 기분을 느꼈다.

"태거트 양, 침대에 누워 있는 게 좋겠어요."

"아, 안 돼요! 조심해서 천천히 움직이면 괜찮을 거예요."

"안정을 취해야 해요."

"제가 그럴 수 있을 거라고 생각하세요?"

그러자 닥터 헨드릭스가 웃으며 대답했다. "그럴 것 같지가 않군요."

골트가 돌아왔을 때 그녀는 옷을 입고 있었다. 닥터 헨드릭스가 골트에게 그녀의 상태에 대해 설명을 한 뒤 덧붙였다.

"내일 다시 들르지."

"고맙습니다. 청구서는 저에게 보내주세요." 골트가 말했다.

"그럴 순 없어요! 내가 계산하겠어요." 대그니가 분개하며 말했다.

두 남자는 거지의 허세를 보듯 재미있다는 표정으로 눈길을 교환했다.

"그 이야기는 나중에 합시다." 골트가 말했다.

닥터 헨드릭스가 떠나자 대그니는 가구를 잡고 일어서

려고 했다. 골트가 그녀를 번쩍 안아 들고 부엌으로 가 식탁 의자에 내려놓았다.

대그니는 스토브에서 끓고 있는 커피 주전자와 반들거리는 식탁 위에서 햇빛을 받아 반짝이는 묵직한 흰 도자기 접시들, 그리고 오렌지 주스 두 잔을 보자 허기를 느꼈다.

"마지막으로 먹거나 잔 게 언제죠?" 골트가 물었다.

"모르겠어요…… 기차에서 저녁을 먹었고……."

대그니는 저녁을 함께 먹은 부랑자가 생각나서 참 씁쓸하고 우습다는 생각에 고개를 저었다. 그 부랑자는 어딘가로 자취를 감추어 자신을 쫓아오지도 않는 보복자를 피하기 위해 간절한 목소리로 애원했다. 그런데 그 보복자가 지금 식탁 맞은편에 앉아 오렌지 주스를 마시고 있었다.

"모르겠어요…… 까마득히 먼 옛날에 까마득히 먼 곳에서 일어난 일 같아서."

"어떻게 나를 따라오게 됐죠?"

"당신이 이륙한 직후에 애프턴 공항에 내렸어요. 그곳 직원이 쿠엔틴 대니얼스가 당신과 함께 떠났다고 알려줬고요."

"당신 비행기가 착륙하려고 선회하는 건 봤어요. 하지만 그때가 내가 당신 생각을 하지 않은 유일한 순간이었죠. 나는 당신이 기차로 오고 있는 줄 알았으니까."

대그니가 그를 똑바로 보며 물었다. "내가 그 말을 어떻게 이해하길 바라요?"

"무슨 말요?"

"당신이 내 생각을 하지 않은 유일한 순간이었다는 말요."

골트가 그녀를 마주 응시했고, 그의 당당하고 완고한 입이 움직이며 엷은 미소를 지었다. 대그니는 이제 그것이 그의 전형적인 미소임을 알고 있었다.

"당신이 원하는 대로요." 그가 대답했다.

대그니는 일부러 잠시 뜸을 들인 후 엄격한 표정으로 자신의 뜻을 강조하고 적을 비난하는 투로 냉담하게 물었다.

"당신은 내가 쿠엔틴 대니얼스를 만나러 가고 있다는 걸 알고 있었죠?"

"그래요."

"내가 그를 만나지 못하도록 서둘러 데려간 건가요? 나를 이기기 위해서…… 그것이 내게 어떤 의미인지 다 알면서?"

"물론이죠."

먼저 시선을 피하고 침묵에 잠긴 건 대그니였다. 골트는 아침식사를 준비하기 위해 자리에서 일어섰다. 대그니는 그가 스토브 앞에서 빵을 굽고 계란 프라이를 하며 베이컨 튀기는 모습을 지켜보았다. 편안하고 능숙한 솜씨였는데 요리가 아닌 다른 직업에 어울리는 모습이었다. 그의 두 손은 엔지니어가 제어판 레버를 잡아당기듯 신속 정확하게 움직였다. 대그니는 전에도 이런 능숙하면서도 요리에 어울리지 않는 솜씨를 본 기억이 퍼뜩 떠올랐다.

"액스턴 박사님께 배운 건가요?" 그녀가 스토브를 가리키며 물었다.

"맞아요. 다른 것들과 함께."

"그분이 당신에게 시간을, **당신의** 시간을 이런 일에 쓰도록 가르쳤나요?"

그녀의 목소리가 분노로 떨렸다.

"이보다 훨씬 덜 중요한 일에도 써왔는데요."

그가 대그니 앞에 접시를 내려놓자 그녀가 물었다.

"이 음식은 어디서 났어요? 여기에 식료품점이 있나요?"

"세계 최고의 식료품점이 있죠. 로렌스 해먼드가 운영하는."

"**뭐라고요?**"

"해먼드 자동차의 로렌스 해먼드요. 베이컨은 드와이트 샌더스의 농장에서 생산한 거예요. 샌더스 항공사의 드와이트 샌더스. 달걀과 버터는 내러갠셋 판사님 생산품이고요. 일리노이 주 지방법원의 내러갠셋 판사."

대그니는 음식에 손을 대기가 두려운 사람처럼 씁쓸하게 접시를 내려다보았다.

"요리사와 재료 생산자들이 들인 시간의 가치를 고려한

다면 내가 지금껏 먹어본 것 중에 최고로 비싼 아침식사로군요."

"그렇게 생각할 수도 있죠. 하지만 다른 관점에서 보면 제일 싼 아침식사이기도 해요. 약탈자들에게 돌아간 몫은 없으니까요. 당신에게 점점 더 많은 것을 요구해 결국 굶주리게 만들 약탈자들."

긴 침묵이 흐른 뒤 대그니가 생각에 잠긴 목소리로 물었다. "모두 여기서 뭘 하고 있는 거죠?"

"살고 있죠."

대그니는 그 말이 그토록 사실적으로 들린 적이 없었다.

"당신 직업은 뭔가요? 미다스 멀리건이 당신도 여기서 일하고 있다고 했잖아요."

"난 수리공이라고 할 수 있죠."

"뭐라고요?"

"여기 있는 설비들에 문제가 생기면 불려가죠. 예를 들면 동력 장치 같은."

대그니는 그를 바라보다가 갑자기 전기 스토브를 향해 돌진하려고 했지만 통증을 이기지 못해 다시 의자에 주저앉았다.

골트가 웃으며 말했다. "그래요, 맞아요. 하지만 진정해요. 안 그러면 닥터 헨드릭스가 침대에 누워 꼼짝 말라는 명령을 내릴 테니까."

대그니는 목이 메어 더듬거리며 물었다. "그 동력 장치…… 여기 있는 동력 장치…… 그거 당신 모터로 움직이나요?"

"그래요."

"그게 완성됐어요? 작동해요? 기능을 해요?"

"그것으로 당신 아침식사도 만들었는걸요."

"보고 싶어요!"

"절룩거리며 스토브를 살펴보러 갈 필요 없어요. 그냥 평범한 전기 스토브니까. 연료비는 백 배쯤 싸게 먹히지만. 그리고 그것이 당신이 볼 수 있는 전부예요."

"이 골짜기를 구경시켜주겠다고 약속했잖아요."

"골짜기는 구경시켜주겠지만 발전기는 안 돼요."

"아침 먹고 바로 구경하러 나갈 수 있어요?"

"당신이 원한다면요. 그리고 움직일 수 있다면."

"움직일 수 있어요."

골트는 일어나 전화기로 가서 다이얼을 돌렸다.

"여보세요, 미다스?…… 네…… 그가 그랬어요? 네, 그녀는 괜찮아요……. 오늘 차 좀 빌려주시겠어요?…… 고맙습니다. 요금은 평소대로 25센트요…… 이리로 보내주시겠어요?…… 그리고 혹시 지팡이 있어요? 그녀에게 필요할 것 같아서요……. 오늘 밤요? 네, 그럴 겁니다. 그러죠. 고맙습니다."

그가 전화를 끊었다. 대그니는 믿기지 않는다는 듯 그를 쳐다보고 있었다.

"재산이 2억 달러가 넘는 멀리건 씨가 당신에게 차를 하루 빌려주면서 25센트를 받는다고요? 내가 제대로 알아들은 건가요?"

"맞아요."

"세상에, 당신에겐 그냥 줄 수도 있지 않나요?"

골트는 자신의 재미있어하는 표정을 그녀에게 보여주기라도 하려는 듯 잠시 가만히 앉아서 그녀를 응시했다.

"태거트 양, 이 골짜기에는 법도, 규칙도, 그 어떤 공식적인 조직도 없어요. 우리는 휴식을 취하고 싶어서 여기 왔어요. 하지만 우리 모두가 지키는 관례는 있어요. 우리가 떠나온 세상과 관련된 것이죠. 이 골짜기에서 금지된 단어가 하나 있는데 '**준다**'는 말이에요."

"미안해요. 당신 말이 옳아요."

골트는 그녀의 커피 잔을 다시 채워주고 담뱃갑을 내밀었다. 대그니는 담배 한 개비를 뽑으며 미소지었다. 달러 표시가 찍혀 있었다.

"이따 저녁 때 많이 피곤하지 않으면 멀리건 씨가 저녁 식사에 초대했으니 같이 가요. 당신이 만나고 싶어하는 손님들이 있을 거예요."

"오, 물론이죠! 많이 피곤하진 않을 거예요. 다시는 피로를 못 느낄 것 같아요."

아침식사가 끝날 무렵 멀리건의 차가 집 앞에 도착했다. 운전자가 차에서 급히 내려 집으로 달려오더니 초인종을 누르거나 문을 두드릴 사이도 없이 뛰어들어왔다. 대그니는 거친 숨을 몰아쉬는 그 산발한 청년이 쿠엔틴 대니얼스라는 것을 단박에 알아보지 못했다.

"태거트 양, 죄송합니다!" 그가 헐떡거리며 말했다.

그의 죄스러운 목소리와 기쁜 얼굴 표정이 대조적이었다.

"살아오면서 단 한 번도 약속을 어긴 적이 없었는데! 변명의 여지가 없어요. 용서해달라는 말도 할 수 없고요. 믿지 않겠지만 사실은…… 약속을 까맣게 잊었어요!"

대그니는 골트를 흘끗 쳐다보며 대답했다. "믿어요."

"기다리겠다고 약속한 것을 잊었어요. 모든 것을 잊고 있었죠. 그러다 멀리건 씨에게 당신 비행기가 이곳에 추락했다는 소식을 듣고 저 때문이란 것을 깨달았어요. 만일 당신에게 무슨 일이 생겼다면…… 세상에, 괜찮아요?"

"그래요. 걱정 말고 앉아요."

"사람이 어떻게 명예를 걸고 한 약속을 잊을 수 있는지 모르겠어요. 나에게 무슨 일이 벌어진 건지 모르겠어요."

"난 알아요."

"태거트 양, 전 몇 달째 그 연구에 매달려 있었어요. 그 특별한 가설에. 그런데 연구를 하면 할수록 절망적이 되어

갔어요. 지난 이틀도 연구실에 틀어박혀 불가능해 보이는 수학 공식과 씨름하고 있었죠. 칠판을 붙잡고 죽는 한이 있어도 포기하지 않을 결심이었어요. 밤늦게 그가 찾아왔어요. 전 그를 제대로 보지도 않았죠. 그가 이야기 좀 하고 싶다고 했지만 전 기다려달라 하고 수학 공식에 매달렸어요. 아예 그의 존재를 잊고 있었던 것 같아요. 그가 얼마나 오래 거기 서서 지켜보고 있었는지 모르겠지만 갑자기 손을 뻗어 칠판에 내가 써놓은 숫자들을 전부 지우더니 간단한 공식 하나를 적었어요. 전 그제야 그의 존재를 깨달았어요! 그리고 비명을 내질렀죠. 그 공식은 모터의 비밀을 푸는 완전한 답은 아니었지만 그것에 이르는 방법이었어요. 제가 상상조차 하지 못했던 방법. 하지만 그 방법이 어디로 이르는지는 알 수 있었죠! 전 이렇게 외쳤어요. '당신이 어떻게 그걸 알았죠?' 그러자 그가 모터의 사진을 가리키며 말했어요. '내가 저걸 만든 사람이에요.' 태거트 양, 그게 제 마지막 기억이에요. 제 자신에 대한 마지막 기억. 그 후로 우리는 정전기와 에너지 변환, 모터 이야기만 했으니까요."

"이곳까지 오는 내내 물리학 이야기만 했죠." 골트가 말했다.

"아, 당신이 함께 가겠느냐고 물었던 것도 기억나요. 당신과 함께 떠나서 영영 돌아오지 않을 수 있겠느냐고, 모든 것을 포기할 수 있겠느냐고 물었죠. 모든 것? 정글이 되어가는 연구소와 법의 노예가 된 경비원인 나의 미래, 웨슬리 마우치와 법령 10-289호, 정신 따윈 존재하지 않는다고 투덜거리며 땅바닥을 기어다니는 짐승 같은 존재들!"

그는 희열에 차서 웃으며 말을 이었다. "태거트 양, 그는 내게 **그것들을** 포기하고 **자신과** 함께 가겠느냐고 물었어요! 그는 두 번을 물어야 했죠. 처음에는 제가 도저히 믿을 수가 없었거든요. 그런 질문을 하는 것 자체를, 그것을 선택의 문제로 생각하는 것 자체를 믿을 수가 없었죠. 함께 가겠느냐고요? 그와 함께라면 고층 빌딩에서 뛰어내릴 수도 있었어요. 땅에 떨어지기 전에 그의 공식을 들을 수 있다면요!"

대그니가 부러움에 가까운 동경 어린 눈빛으로 그를 보며 말했다. "이해해요. 게다가 당신은 계약을 이행했어요. 나를 모터의 비밀로 인도했으니까."

대니얼스가 행복하게 웃으며 말했다. "저는 여기서도 경비원이 될 거예요. 멀리건 씨가 경비원 일자리를 주겠다고 했어요. **발전소** 경비원요. 그리고 일을 배워서 전기공이 될 거예요. 미다스 멀리건 씨, 정말 멋지지 않아요? 저도 그 나이에 그렇게 되고 싶어요. 저도 돈을 벌고 싶어요. 그분만큼 큰돈을 벌고 싶어요!"

"대니얼스!"

대그니는 그가 보여주었던 조용하고 침착하고 정확하고 논리적인 젊은 과학자의 모습을 기억하며 웃음을 터뜨렸다.

"도대체 어떻게 된 거예요? 당신 지금 제정신이에요? 자신이 무슨 말을 하고 있는지 알고 있는 거예요?"

"그럼요. 여기서는 불가능이 없죠! 저는 세상에서 가장 위대한 전기공에 최고 부자가 될 겁니다! 저는……."

"멀리건의 집으로 돌아가서 24시간 푹 자요. 그렇지 않으면 발전소 근처에 얼씬도 못 하게 할 테니까." 골트가 말했다.

"네, 알겠습니다." 대니얼스가 유순하게 대답했다.

그들이 집을 나섰을 때는 햇살이 산봉우리를 타고 내려와 빛나는 화강암과 반짝이는 눈이 골짜기를 둥그렇게 감싸안고 있었다. 대그니는 문득 그 테두리 너머에는 아무것도 존재하지 않는 듯한 기분을 느꼈고, 관심 영역이 눈에 보이는 것에 국한되는 유한성이 즐겁고 당당한 편안함을 주는 게 놀라웠다. 그녀는 아래에 있는 마을 지붕들 위로 두 팔을 뻗어 손끝이 건너편 산봉우리에 닿는 기분을 느껴보고 싶었다. 하지만 팔을 들 수가 없었다. 한 손에는 지팡이를 짚고 반대쪽 팔은 골트의 부축을 받으며 마치 처음 걸음마를 배우는 아이처럼 천천히 조심스럽게 차를 향해 걷고 있었던 것이다.

대그니는 운전대를 잡은 골트 옆에 앉아 마을을 빙 돌아

미다스 멀리건의 집으로 갔다. 산등성이에 있는 멀리건의 집은 마을에서 제일 컸고 유일한 이층집이었다. 튼튼한 화강암 벽과 넓은 테라스로 이루어져 있어서 성채와 휴양지가 기묘하게 합쳐진 듯했다. 골트는 대니얼스를 내려주고 꼬불꼬불한 길을 따라 천천히 산속으로 들어갔다.

대그니는 멀리건의 부와 호화로운 차를 생각하며 운전대를 잡은 골트의 손을 보자 처음으로 골트도 부자인지 궁금증이 일었다. 그녀는 재빨리 그의 옷차림을 살펴보았다. 회색 바지와 흰 셔츠는 오래 입을 수 있는 고급 옷인 듯했고 가느다란 허리띠 가죽은 갈라져 있었다. 손목시계는 정밀기기였지만 그냥 스테인리스 제품이었다. 그의 몸에서 호화로운 것은 머리카락뿐이었다. 액체 상태의 금과 구리처럼 바람에 일렁이는 머리카락.

갑자기 길모퉁이 너머로 광활한 초록 목초지가 보였다. 목초지는 멀리 농장까지 펼쳐져 있었고 양 떼와 말들, 무질서하게 뻗어나간 네모진 돼지우리가 있었다. 그리고 더 멀리에는 농장과 어울리지 않는 금속 격납고가 있었다.

밝은 카우보이 셔츠를 입은 남자가 그들을 향해 급히 달려왔다. 골트는 차를 세우고 그에게 손을 흔들었지만 대그니의 궁금해하는 시선에는 답하지 않았다. 가까이 오면 알아볼 수 있다는 뜻인 듯했다. 그는 드와이트 샌더스였다.

"안녕하세요, 태거트 양." 샌더스가 웃으며 인사했다.

대그니는 그의 둘둘 걷어올린 소매와 투박한 장화, 가죽 띠를 바라보았다.

"샌더스 항공사에서 남은 건 저게 다군요." 그녀가 말했다.

"아, 아니죠. 내 최고 모델인 멋진 단엽기가 있죠. 당신이 산기슭에 처박은."

"그걸 알아요? 맞아요, 당신 회사 거예요. 멋진 비행기죠. 그런데 제가 너무 심하게 망가뜨린 것 같아요."

"그럼 고쳐야죠."

"밑이 갈라진 것 같아요. 아무도 고치지 못할 거예요."

"난 고칠 수 있어요."

대그니가 오랫동안 듣지 못한 자신만만한 말이었고, 그녀가 더 이상 기대할 수 없었던 태도였다. 하지만 그녀는 미소를 지으려다 씁쓸하게 웃었다.

"어떻게요? 돼지농장에서요?"

"아니요, 샌더스 항공사에서요."

"어디 있는데요?"

"어디 있을 거라고 생각해요? 파산한 내 후계자들에게서 팅키 할러웨이의 사촌이 정부 대출과 세금 유예 혜택을 받아 사들인 뉴저지에 있는 건물? 그곳에서 그는 이륙도 하지 못한 비행기 여섯 대와 이륙은 했지만 승객 40명을 태우고 추락한 비행기 여덟 대를 만들어냈죠."

"그럼 어디 있는데요?"

"어디든 내가 있는 곳."

샌더스는 길 건너편을 가리켰다. 소나무 꼭대기 너머로 직사각형 콘크리트 비행장이 보였다.

"이곳엔 비행기 몇 대가 있는데 그것들을 살피는 게 내 일이죠. 나는 돼지농장 주인이면서 비행장 직원이기도 해요. 내게 햄과 베이컨을 공급하던 사람들 없이도 난 햄과 베이컨을 아주 잘 생산해내고 있어요. 하지만 그 사람들은 나 없이는 비행기를 만들 수 없죠. 심지어 나 없이는 햄과 베이컨도 만들 수 없어요."

"하지만 당신도…… 비행기 디자인은 하지 않았잖아요."

"안 했죠. 내가 당신에게 납품하기로 약속했던 디젤기관차도 만든 적이 없고요. 당신을 마지막으로 만난 이후로 내가 디자인해서 만든 것은 트랙터 한 대뿐이에요. **단 한 대요**. 손으로 직접 만들었죠. 대량생산이 필요없었으니까. 하지만 그 트랙터는 8시간 걸리던 일을 4시간으로 단축시켰죠."

그의 쭉 뻗은 팔이 마치 왕홀(王笏)처럼 골짜기 건너편을 가리켰다. 그가 가리키는 곳을 보니 멀리 산 중턱에 초록빛 계단식 공중 정원이 있었다.

"내러갠셋 판사의 양계장 겸 낙농장에서."

그의 팔이 골짜기 발치에 있는 초록빛이 도는 금빛의 길쭉하고 평평한 밭으로, 그 다음에는 강렬한 초록빛 밭으로 천천히 움직였다.

"미다스 멀리건의 밀밭과 담배밭에서."

그가 다시 팔을 위로 올려 반짝이는 잎사귀들이 층층이 보이는 화강암 절벽 옆구리를 가리켰다.

"리처드 핼리의 과수원에서."

그가 팔을 내리고 난 뒤에도 대그니는 한참 동안 그가 가리켰던 곳을 여러 번 되풀이해서 보았다. 그러나 그녀는 짧게 대답했다.

"알겠어요."

"이제 내가 당신 비행기를 고칠 수 있다는 것을 믿나요?" 샌더스가 물었다.

"믿어요. 그런데 비행기를 봤나요?"

"그럼요. 미다스는 즉시 의사 둘을 불렀죠. 당신에게는 헨드릭스를, 비행기에게는 나를. 고칠 수 있어요. 하지만 돈이 많이 들 겁니다."

"얼마나요?"

"200달러요."

"200달러요?"

대그니는 금액이 너무 낮아서 믿기지 않았다.

"태거트 양, 금화로요."

"아……! 그런데 어딜 가야 금화를 살 수 있죠?"

"못 사요." 골트가 대답했다.

대그니는 고개를 획 돌려 도전적으로 그를 쳐다보았다.

"못 산다고요?"

"못 사요. 당신의 세상에서는요. 법으로 금지되어 있죠."

"당신 세상에서는 아니고요?"

"맞아요."

"그럼 나한테 팔아요. 환율은 당신이 정하고요. 원하는 금액을 불러요. 우리 돈으로."

"무슨 돈요? 태거트 양, 당신은 무일푼이에요."

"뭐라고요?"

태거트 가문의 상속녀가 듣게 되리라곤 상상도 하지 못한 말이었다.

"이 골짜기에서 당신은 무일푼이에요. 당신은 수백만 달러 상당의 태거트 대륙횡단철도 주식을 갖고 있지만 그것으로 샌더스 돼지농장의 베이컨 1파운드도 사지 못해요."

"알았어요."

골트는 미소를 지으며 샌더스에게 고개를 돌렸다.

"가서 비행기를 고쳐줘요. 언젠가는 태거트 양이 수리비를 낼 테니까."

골트가 차에 시동을 걸고 계속 달리는 동안 대그니는 꼿꼿이 앉아서 아무것도 묻지 않았다.

앞에 두 개의 절벽 사이로 강렬한 청록빛이 펼쳐져 있었고 거기서 도로가 끝났다. 대그니는 잠시 후에야 그것이 호수임을 깨달았다. 그 움직임 없는 물은 하늘의 푸름과 소나무로 덮인 산의 초록을 너무나 찬란한 청록으로 응축시켜놓아서 상대적으로 하늘이 우중충해 보였다. 부글거리는 거품 한 줄기가 소나무 사이에서 흘러나와 층층대 모양의 바위를 타고 떨어져 고요한 물속으로 사라졌다. 그리고 그 옆에 작은 화강암 건물 하나가 서 있었다.

그 건물에서 작업복 차림의 건장한 남자가 나오자 골트는 차를 세웠다. 한때 대그니가 가장 신뢰했던 토건업자 딕 맥나마라였다.

"태거트 양, 안녕하세요! 많이 다치지 않아서 다행이네요." 맥나마라가 행복하게 말했다.

대그니는 말없이 고개를 숙여 인사했다. 그것은 과거의 상실과 고통에, 에디 윌러스가 절망한 얼굴로 맥나마라가 사라졌다는 소식을 알렸던 쓸쓸한 저녁에 보내는 인사와도 같았다. 대그니는 이런 생각이 들었다. '많이 다쳤지. 이번 비행기 추락 사고에서가 아니라 그날 저녁 텅 빈 사무실에서……'

그녀가 맥나마라에게 물었다. "여기서 뭐 해요? 최악의 시기에 나를 배신한 게 무엇을 위해서였죠?"

맥나마라는 미소를 지으며 화강암 건물과 수도관이 연결된 암벽을 가리켰다. 수도관은 암벽을 타고 내려와 덤불

속으로 이어졌다.

"나는 수도, 전기, 전화 서비스를 공급하는 공공설비를 관리하죠."

"혼자서요?"

"혼자 하다가 작년에 규모가 너무 커져서 직원을 세 사람 고용했어요."

"어떤 사람들인데요? 어디서 온?"

"자신이 생산한 것 이상을 소비해서는 안 된다고 가르쳐 실직자가 된 경제학 교수와 빈민가 주민들이 미국을 건설한 것이 아니라고 가르쳐 쫓겨난 역사학 교수, 인간은 생각하는 능력이 있다고 가르쳐 실직한 심리학 교수요."

"그런 사람들이 당신 밑에서 배관공, 가설공으로 일한다고요?"

"그들이 얼마나 일을 잘하는지 알면 놀랄걸요."

"그렇다면 우리의 대학은 누가 맡고 있나요?"

"거기서 원하는 사람들이오."

맥나마라는 껄껄 웃고는 말을 이었다. "태거트 양, 내가 당신을 배신한 지 얼마나 됐죠? 3년이 채 안 되었을 겁니다. 그렇지요? 나는 당신의 존 골트 노선 건설을 맡지 않았어요. 지금 당신의 철도는 어떻게 되었나요? 나는 그때 멀리건이 이미 건설해놓은 수 킬로미터의 파이프와 전선을 이어받아 수백 킬로미터로 늘였죠. 이 골짜기 안에서요."

그는 대그니의 얼굴에 열띤 표정이 스치는 것을 보았다. 그것은 유능한 사람의 진가를 인정하는 표정이었다. 맥나마라는 골트에게 미소를 보낸 뒤 부드럽게 말했다.

"태거트 양, 존 골트 노선 문제라면 어쩌면 내가 아닌 당신이 그것을 배신한 것인지도 모르죠."

대그니는 골트를 흘끗 쳐다보았다. 골트는 그녀를 응시하고 있었지만 아무 표정도 없었다. 차가 호수 가장자리를 따라 달리는 동안 대그니가 물었다.

"일부러 이런 코스를 정했군요. 안 그래요? 지금 당신은……"

그녀는 왠지 그 말은 하고 싶지 않아서 입을 다물었다가 다른 말로 대신했다.

"내가 잃어버린 모든 사람을 보여주고 있어요."

"내가 당신에게서 빼앗아온 사람들이죠." 골트가 단호히 말했다.

대그니는 그의 얼굴에 아무런 죄의식이 없는 이유를 알 것 같았다. 그는 그녀가 차마 하지 못한 말을 당당히 입에 담았다. 그는 자신의 가치들에 근거하지 않은 선의를 거부하고 자신이 옳다는 당당한 확신을 가지고 그녀가 비난하려던 것을 오히려 자랑했다.

앞쪽에 호수로 뻗은 목제 부두가 보였다. 젊은 여자가 햇살 가득한 부두에 누워 낚싯대를 지켜보고 있었다. 그녀는 자동차 소리를 듣고 시선을 돌리더니 벌떡 일어나 길쪽으로 달려왔다. 그녀는 바짓가랑이를 무릎 위까지 걷어 올려 맨다리가 드러나 있었고, 검은 머리는 마구 헝클어져 있었으며, 눈이 컸다. 골트가 그녀에게 손을 흔들었다.

"안녕 존! 언제 왔어요?" 그녀가 외쳤다.

"오늘 아침에요."

골트는 웃으며 대답하고 계속 차를 몰았다.

대그니는 고개를 돌려 뒤를 보았다. 젊은 여자가 그대로 서서 골트의 뒷모습을 바라보고 있었다. 젊은 여자의 동경 어린 시선에는 담담한 체념이 담겨 있었지만 대그니는 생전 처음 격렬한 질투심을 느꼈다.

"누구예요?" 대그니가 물었다.

"우리 골짜기의 최고 어부죠. 해먼드 식료품점에 생선을 공급하고 있어요."

"그리고 또 뭔데요?"

"이곳의 모든 사람이 '또 다른 일'을 갖고 있다는 것을 안 건가요? 그녀는 작가예요. 바깥세상에서는 책을 출간할 수 없는 작가. 그녀는 인간이 언어를 다룬다면 정신도 다룰 수 있다는 믿음을 갖고 있죠."

차는 덤불과 소나무가 있는 황무지로 이어지는 좁고 가파른 오솔길로 접어들었다. 대그니는 나무에 걸린 표지판을 보자 무엇이 나올지 예상할 수 있었다. 표지판에 길을 가리키는 화살표와 함께 '부에나 에스페란자 고개'라고 쓰여 있었다.

그것은 고개가 아니라 퇴적암으로 된 암벽이었고, 좁은 바위턱을 따라 파이프, 펌프, 밸브들이 복잡하게 뒤엉켜 넝쿨처럼 이어져 있었다. 정상에는 거대한 나무 표지판이 걸려 있었다. 나무 표지판에 당당하게 휘갈겨 쓴 글자들이 빽빽하게 뒤엉킨 양치식물과 소나무 가지들에 전하는 메시지는 '와이엇 정유'라는 이름보다 더 개성 있고 친근했다.

파이프 주둥이에서 암벽 발치의 기름 탱크로 반짝이는 커브를 그리며 흘러가는 것은 석유였고, 그것은 퇴적암 속에서 이루어지는 엄청난 일의 결정체인 동시에 그 모든 복잡한 기계 장치의 숨겨진 목적이었다. 그 기계 장치는 일반 유정탑과 달랐고, 대그니는 그것이 세상에서 끝내 빛을 보지 못한 부에나 에스페란자 고개의 비밀임을, 세상 사람들이 불가능으로 여겼던 방식으로 유혈암에서 채취되고 있는 석유임을 알 수 있었다.

엘리스 와이엇이 바위턱에 서서 암벽에 설치된 눈금판을 확인하고 있었다. 그가 암벽 아래 멈추어 서는 차를 보고 외쳤다.

"어이, 대그니! 금방 내려가요!"

그는 남자 둘을 데리고 일하고 있었다. 한 명은 덩치 큰 근육질 사내로 암벽 중간쯤의 펌프 앞에 있었고, 다른 한 명은 젊은 청년으로 바닥의 기름 탱크 옆에 있었다. 청년은 금발에다 매우 순수한 얼굴을 가지고 있었다. 대그니는 그 얼굴이 낯이 익었지만 어디서 보았는지 기억이 나지 않았다. 청년이 그녀의 혼란스러워하는 시선을 보고 빙긋 웃으며 도와주기라도 하려는 듯 겨우 들릴 정도로 조그맣게 핼리의 〈5번 교향곡〉 첫 소절을 휘파람으로 불었다. 혜성 특급의 젊은 제동수였다.

대그니가 웃으며 말했다. "그 곡은 리처드 핼리의 〈5번 협주곡〉이었죠. 그렇죠?"

"물론이죠. 하지만 제가 훼방꾼에게 그걸 말해줄 것 같아요?" 청년이 말했다.

"뭐라고요?"

"자네 내 돈 받으면서 지금 뭐 하고 있나?"

엘리스 와이엇이 다가오며 물었다. 청년이 킥킥 웃으며 얼른 다시 기름 탱크 레버를 잡았다.

"자네가 빈둥대도 태거트 양은 자네를 해고할 수 없었지만 나는 아니야."

"부사장님, 그것도 제가 철도회사를 그만둔 이유 중 하나예요." 청년이 말했다.

"내가 당신에게서 저 친구를 훔쳐온 걸 알고 있었어요? 저 친구는 한때 당신 회사의 최고 제동수였지만 이제 나의 가장 유능한 기계공이죠. 하지만 당신도, 나도 그를 영원히 잡아둘 수는 없어요." 와이엇이 말했다.

"왜죠?"

"리처드 핼리에게 갈 거니까. 그는 핼리의 수제자죠."

대그니는 미소지었다.

"여기는 고귀한 사람들을 고용해서 천한 일을 시키는 곳이군요."

"그들 모두가 고귀한 사람들인 건 맞아요. 천한 일 같은 건 없다는 것을 아는 사람들이니까. 천한 사람들만 일을 가리죠." 와이엇이 대꾸했다.

거구의 근육질 사내가 위에서 유심히 듣고 있었다. 대그니는 그를 올려다보았다. 트럭 운전사 같은 인상이었다. 대그니가 물었다.

"**당신은** 바깥세상에서 뭐였죠? 비교문헌학 교수라도 됐나요?"

"아니요, 트럭 운전사였습니다. 하지만 트럭 운전사로 남고 싶진 않았죠."

엘리스 와이엇은 인정받기를 열망하는 자랑스러운 태도로 주위를 둘러보고 있었다. 그것은 응접실에서 공식 연회를 연 주인의 자랑스러움이자 화랑에서 전시회를 연 화가의 열성이었다. 대그니는 미소를 머금고 기계 장치를 가리키며 물었다.

"혈암유죠?"

"그래요."

"당신이 지상에 있을 때 개발하려던 장치죠?"

대그니는 무심코 말한 후 자신의 표현에 놀라 흠칫했다.

와이엇이 웃으며 말했다. "지옥에 있을 때죠. 지금 난 지상에 있고요."

"생산량이 얼마나 돼요?"

"하루에 200배럴이오."

대그니가 슬픈 목소리로 말했다. "당신이 하루에 유조차 다섯 대분을 생산하겠다고 했던 장치인데."

그러자 와이엇이 기름 탱크를 가리키며 진지하게 말했다. "대그니, 저기 있는 1갤런이 지옥의 유조차 한 대분보다 가치가 더 커요. 왜냐하면 저건 **내 것**이니까. 전부 다 오직 나를 위해 쓰일 거니까."

그는 지저분한 손을 들어 기름 자국이 보물이라도 되는 것처럼 보여주었다. 손가락 끝에 튄 검은 기름방울이 햇살을 받아 보석처럼 반짝였다.

"내 것. 그들에게 세뇌당해서 그 말의 의미를, 그것이 어떤 기분인지를 잊은 건가요? 그럼 반드시 다시 배워야 해요."

"당신은 황무지 굴속에 숨어 하루에 석유 200배럴을 생산하고 있어요. 세상을 가득 채울 수 있는 양을 생산할 수도 있었는데." 대그니가 쓸쓸히 말했다.

"뭐 하려요? 약탈자들을 배불리기 위해서?"

"아뇨! 거액을 벌기 위해서죠. 당신에게는 그럴 권리가 있어요."

"하지만 나는 지금 바깥세상에 있을 때보다 더 부자예요. 부라는 것이 삶을 확장시키는 수단이 아니고 뭐겠어요? 삶을 확장시키는 데는 두 가지 방법이 있죠. 더 많이 생산하거나 아니면 더 빨리 생산하거나. 나는 후자를 택했어요. 나는 시간을 만들어내고 있죠."

"그게 무슨 뜻이죠?"

"나는 내게 필요한 모든 것을 생산하고 있고, 내 생산방식들을 개선하기 위해 애쓰고 있어요. 그 결과 절약되는 모든 시간은 내 삶에 더해집니다. 전에는 저 기름 탱크를 채우는 데 5시간이 걸렸어요. 그런데 이제 3시간이 걸리죠. 내가 절약한 2시간은 바로 내 것이에요. 내게 주어진 5시간마다 2시간씩 무덤에서 멀어지는 것과 똑같죠. 하나의 일에서 절약된 2시간은 다른 일에 투자할 수 있어요. 그러니까 일하고 성장하고 앞으로 나아갈 시간이 2시간 더 생기는 것이죠. 그것이 나의 저축이에요. 바깥세상에 그것을 안전하게 보관할 수 있는 금고가 있을까요?"

"하지만 앞으로 나아갈 공간이 어디 있죠? 당신의 시장이 어디 있죠?"

엘리엇이 껄껄 웃었다.

"시장? 나는 지금 쓰기 위해 일하지 이익을 위해 일하는 게 아니에요. **내가** 쓰기 위해서지 약탈자들의 이익을 위해서가 아니라고요. 내 삶에 보탬이 되는 사람들만이 내 시장입니다. 내 삶을 집어삼키려는 인간들은 내 시장이 아니에요. 오직 생산하는 사람들만이 누군가의 시장이 될 수 있고, 소비만 하는 자들은 시장이 될 수 없어요. 나는 식인종들이 아니라 생명을 주는 사람들과 거래합니다. 내가 더 적은 노력을 들여 석유를 생산할 수 있다면 더 낮은 가격에 사람들에게 팔 수 있겠죠. 그럼 결국 내 석유를 사용하는 모든 사람의 시간을 절약해주는 셈이 되고요. 그들 모두가 나 같은 사람들이라 자신이 공급하는 물건의 생산 시간을 단축시키는 방법을 계속 찾아낼 거고 그들에게서 빵, 옷, 목재, 금속, 전기를 사는 나는 그만큼 시간을 벌 수 있죠."

그는 골트를 흘끗 쳐다보며 말을 이었다. "그것이 우리의 시장 원리예요. 바깥세상에서는 그런 방식이 통할 수 없죠. 그들은 우리의 삶과 에너지를 하수구에 쏟아버리니까요. 바닥도 없고 미래도 없는 무보수의 하수구에! 이곳에서 우리는 실패가 아닌 성취를, 필요가 아닌 가치를 거래합니다. 우리는 서로에게서 자유롭지만 모두가 함께 성장하죠. 대그니, 부요? 자신의 삶을 소유하고 그것을 성장을 위해서 쓰는 것보다 더 위대한 부가 있을까요? 모든 살아 있는 것은 성장해야만 합니다. 멈춰 있을 수가 없어요.

성장하든지 아니면 소멸하는 거죠. 봐요."

그는 바위의 무게에 짓눌린 채 위를 향해 자라려고 애쓰는 식물을 가리켰다. 온통 뒤틀리고 옹이진 긴 줄기에 기형적인 잎사귀들이 노랗게 시든 채 매달려 있었고, 초록빛 새싹 하나가 헛되고 절망적인 마지막 몸부림처럼 태양을 향해 고개를 내밀고 있었다.

"저게 지옥에서 그들이 우리에게 하고 있는 짓이에요. 내가 거기 굴복하고 있나요?"

"아니요." 대그니가 속삭이듯 대답했다.

"그가 거기 굴복하고 있나요?" 와이엇이 골트를 가리키며 물었다.

"절대 아니죠!"

"그럼 당신이 이 골짜기에서 보는 것에 놀라지 말아요."

다시 차를 타고 가는 동안 대그니는 침묵을 지켰다. 골트도 말이 없었다.

멀리 산 중턱의 울창한 숲에서 소나무 한 그루가 갑자기 시곗바늘처럼 커브를 그리며 기울어지더니 쿵 소리와 함께 시야에서 사라졌다. 대그니는 사람이 한 일이란 것을 알 수 있었다.

"이곳 벌목꾼은 누구죠?" 그녀가 물었다.

"테드 닐슨요."

이제 부드러운 산등성이로 접어들면서 길의 커브와 경

사가 완만해졌다. 대그니는 적갈색 비탈에 서로 어울리지 않는 두 가지 초록색이 사각형 모양으로 펼쳐져 있는 것을 보았다. 짙고 칙칙한 초록은 감자밭이었고, 엷은 은녹색은 양배추밭이었다. 빨간 셔츠를 입은 남자가 작은 트랙터를 몰며 잡초를 베고 있었다.

"저 양배추 재벌은 누구죠?" 대그니가 물었다.

"로저 마시요."

대그니는 눈을 감았다. 산맥 너머 수백 킬로미터 떨어진 곳에 있는 폐쇄된 공장의 반짝이는 타일을 붙인 건물 정면과 계단을 뒤덮은 잡초가 생각났다.

길은 골짜기 바닥으로 이어지고 있었다. 대그니는 바로 아래에 있는 마을의 지붕들과 멀리 골짜기 건너편에서 조그맣게 반짝이는 달러 표시를 보았다. 골트가 마을의 지붕들 위 바위턱에 있는 첫 번째 건물 앞에 차를 세웠다. 벽돌 건물이었고 굴뚝 위로 붉은 아지랑이 같은 것이 피어오르고 있었다. 대그니는 문 위의 '스톡턴 주물공장'이라는 간판을 보고 아찔한 충격을 받았다.

그녀는 지팡이를 짚고 환한 햇살을 벗어나 습하고 어두운 건물 안으로 들어가며 시대착오와 향수가 뒤섞인 충격에 빠졌다. 그것은 지난 몇 시간 동안 수백 년 전 과거가 되어버린 듯한 동부 공업지대의 모습이었다. 천장의 강철 서까래로 불그스름한 연기가 피어오르고, 보이지 않는 곳에서 불똥들이 튀어 햇살처럼 퍼지고, 갑작스런 화염이 검은 안개 속을 질주하고, 모래 주형 속에서는 흰 금속이 빛나는…… 그녀가 사랑하는 친숙한 광경이었다. 안개가 벽을 가려서 크기를 가늠할 수 없었고, 그 순간 그곳은 콜로라도의 거대한 스톡턴 주물공장, 닐슨 모터…… 리어든 철강이 되었다.

"어서 와요, 대그니!"

안개 속에서 앤드루 스톡턴이 미소지으며 나타났다. 그는 대그니에게 더러운 손을 자랑스럽게 내밀었는데 마치 조금 전 그녀가 상상한 모든 것이 그 손바닥에 들어 있는 듯했다. 대그니는 그 손을 잡으며 조용히 인사했다.

"안녕하세요."

하지만 그것이 과거에 대한 인사인지 미래에 대한 것인지 알지 못했다. 그녀는 고개를 저으며 말했다.

"어떻게 당신은 여기서 감자 농사를 짓거나 신발을 만들지 않는 거죠? 원래 하던 일을 하고 있잖아요."

"아, 신발은 뉴욕 시 애트우드 전력회사 캘빈 애트우드가 만들고 있죠. 게다가 내 일은 가장 오래되고 어디서든 가장 절실하게 필요한 것이잖아요. 그래도 힘들게 쟁취했어요. 먼저 경쟁자를 물리쳐야 했죠."

"**뭐라고요?**"

스톡턴은 씩 웃으며 햇살 가득한 방의 유리문을 가리

켰다.

"저기 내가 물리친 경쟁자가 있어요."

청년 하나가 긴 테이블에 엎드려 드릴 헤드 모형을 만들기 위한 복잡한 설계작업을 하고 있었다. 그는 피아니스트의 가늘고 강한 손가락과 수술에 몰두한 외과의사의 엄격한 얼굴을 가지고 있었다.

"조각가예요. 내가 여기 왔을 때 그는 동업자와 함께 대장간과 수리점을 겸한 가게를 운영하고 있었죠. 나는 진짜 주물공장을 차려서 그들의 고객을 전부 빼앗았어요. 그는 나와의 경쟁에서 질 수밖에 없었죠. 대장간 일은 부업이고 진짜 직업은 조각가였으니까요. 그래서 내 밑으로 들어왔어요. 지금 그는 자기 가게를 가지고 있을 때보다 돈은 더 벌고 일하는 시간은 짧아졌죠. 화학자인 그의 동업자는 농업에 뛰어들어 화학비료를 만들어 이곳의 일부 농작물 수확을 두 배로 증가시켰어요. 아까 감자 이야기했죠? 특히 감자 수확이 크게 늘었죠."

"그럼 다른 사람이 당신을 밀어낼 수도 있겠네요?"

"물론이죠. 언제라도. 이곳에 오면 나를 밀어낼 수 있는 사람을 한 명 알고 있어요. 하지만 나는 그 사람 밑에서라면 청소부로라도 일할 수 있어요. 그는 이 골짜기에 대변혁을 일으킬 겁니다. 이곳 전체의 생산량을 세 배는 증가시킬 거예요."

"그 사람이 누구죠?"

"행크 리어든."

"그래요…… 오, 그럼요!" 대그니가 속삭이듯 말했다.

그녀는 자신이 무엇 때문에 그렇게 바로 확신에 찬 대답을 할 수 있었는지 의아했다. 그녀는 행크 리어든이 이 골짜기에 존재하는 것이 불가능할 것 같으면서도 이곳이 그의 땅인 것만 같았다. 그의 젊음, 그의 시작의 땅인 동시에 그가 평생 추구해온 땅. 그가 도달하고자 애쓴 땅. 그의 고통스런 투쟁의 목표……. 대그니는 불길을 머금은 안개의 소용돌이가 시간을 기묘한 원 속으로 끌어당기는 듯한 기분을 느꼈고, 그녀의 마음속에서 희미한 생각 하나가 추종자 없는 주장의 메아리처럼 떠돌았다. 불변의 젊음을 얻는 것은 결국 처음 시작할 때의 목표에 도달하는 것이다. 그녀는 간이식당에서 만난 부랑자의 말이 떠올랐다. "존 골트는 젊음의 샘물을 사람들에게 가져다주고 싶었고, 결국 젊음의 샘을 발견했어요. 하지만 영영 돌아오지 않았죠……. 그 샘물을 가져올 수 없다는 것을 알았으니까요."

안개 속에서 불꽃 한 다발이 솟구쳤다. 대그니는 팔을 휘둘러 작업을 지휘하는 사람의 넓은 등을 보았다. 그가 명령을 내리려고 고개를 돌린 순간 그의 옆얼굴을 본 대그니는 숨을 멈추었다. 스톡턴이 그녀를 보고 껄껄 웃더니 안개 속에 대고 외쳤다.

"어이, 켄! 이리 와요! 여기 당신의 옛 친구가 왔어요!"

대그니는 다가오는 켄 대너거를 보았다. 그녀가 그토록 간절히 붙잡고 싶어했던 위대한 기업가가 때문은 작업복을 입고 있었다.

"안녕하세요, 태거트 양. 내가 곧 만나게 될 거라고 했지요."

대그니는 그 말에 동의하며 인사하듯 고개를 숙였지만 마지막으로 그를 찾아갔던 때가 떠올라 지팡이를 꽉 쥐었다. 그 고통스럽던 기다림의 시간, 비서의 온화하면서도 초연한 얼굴, 파괴자가 빠져나간 유리문이 닫히던 소리.

그것은 너무나 짧은 순간의 일이라 스톡턴과 대너거는 그녀가 인사를 하는 것으로 생각했겠지만 고개를 들어 골트를 본 대그니는 그가 자신의 마음을 꿰뚫어보고 있다는 것을 알 수 있었다. 그날 대너거의 사무실을 빠져나간 사람이 그였음을 그녀가 깨달은 것을 그는 그녀의 표정을 보고 알아챘다. 하지만 그의 얼굴에는 아무 반응이 없었다. 진실은 진실이라는 사실 앞에 선 남자의 정중하고 엄격한 표정만 보일 뿐이었다.

"여기서 당신을 만나게 될 줄은 전혀 예상하지 못했어요." 대그니가 대너거에게 조용히 말했다.

대너거는 그녀가 과거에 자신이 발견한 장래가 촉망되는 아이이고, 지금 그녀의 모습이 사랑스럽고 재미있는 것처럼 바라보았다.

"알아요. 하지만 왜 그렇게 충격을 받죠?"

"그건…… 아, 너무 기가 막히니까요!" 대그니가 그의 옷을 가리키며 말했다.

"내 옷이 어때서요?"

"그게 당신의 종착점인가요?"

"무슨 소리! 시작이에요."

"당신의 목표가 뭔데요?"

"광산요. 석탄이 아니라 철."

"어디서요?"

대너거는 산을 가리켰다.

"바로 여기요. 미다스 멀리건이 투자에 실패했다는 이야기 들어본 적 있어요? 저 바위산에서 무엇을 찾아낼 수 있는지 알면 놀랄걸요. 물론 보는 눈이 있는 사람만 찾을 수 있는 것이지만. 내가 해온 일이 그거예요. 찾는 것."

"만약 철광을 못 찾는다면요?"

대너거는 어깨를 으쓱했다.

"할 일은 얼마든지 있어요. 나는 늘 시간이 부족한 게 문제였지 할 일이 없어본 적은 없으니까."

대그니는 호기심에 찬 눈빛으로 스톡턴을 흘끗 쳐다보았다.

"당신은 지금 당신의 가장 위험한 경쟁자가 될 수도 있는 사람을 훈련시키고 있는 것이 아닌가요?"

"나는 그런 사람들만 고용하고 싶어요. 대그니, 약탈자들 사이에서 너무 오래 산 거 아니에요? 그래서 한 사람의 능력이 다른 사람에게 위협이 된다고 생각하게 된 건가요?"

"오, 아니에요! 하지만 그렇게 생각하지 않는 사람은 아마 나밖에 안 남았을 거라는 생각은 했죠."

"유능한 인재를 고용하기를 두려워하는 사람은 자신에게 맞지 않는 사업을 하는 사기꾼이에요. 나는 지나치게 뛰어나다는 이유로 고용을 꺼리는 사람이 세상에서 제일 악질이라고 생각해요. 범죄자보다 더 나쁜 인간이죠. 나는 지금까지 그런 신념으로 살아왔고…… 그런데 왜 웃어요?"

대그니가 열심히 경청하면서도 믿기지 않는다는 듯한 미소를 지었던 것이다.

"너무 옳은 말이라 너무나 놀라워요!"

"어떻게 다른 생각이 있을 수 있죠?"

대그니는 조그맣게 웃었다.

"나도 어렸을 때는 모든 사업가가 그렇게 생각해야 한다고 믿었어요."

"그 이후로는요?"

"그 이후로는 그런 믿음을 버리게 됐죠."

"하지만 옳은 것이잖아요. 안 그래요?"

"옳은 것에 대한 기대도 버렸어요."

"하지만 이성적인 것인데도요?"

"이성에 대한 기대도 버렸죠."

"그건 절대 버려서는 안 되는 겁니다." 켄 대너거가 말했다.

두 사람은 다시 차를 타고 도로가 끝나가는 내리막 커브 길을 달렸다. 대그니가 골트를 흘끗 보자 골트도 각오하고 있었던 듯 바로 그녀를 보았다.

"그날 대너거의 사무실에 왔던 사람이 당신이었죠, 그렇죠?" 대그니가 물었다.

"그래요."

"그때 내가 밖에서 기다리고 있는 것을 알았나요?"

"네."

"닫힌 문 밖에서 기다리는 심정이 어떨지 알았나요?"

대그니는 자신을 보는 골트의 시선이 어떤 의미인지 알 수 없었다. 그것은 연민은 아니었다. 그녀는 그에게 연민의 대상인 것 같지는 않았다. 그것은 고통을 바라보는 시선이었지만 그가 보고 있는 것은 **그녀의** 고통이 아니었다.

"아, 그럼요." 그가 조용히, 가볍게 대답했다.

골짜기의 유일한 거리에서 처음 만난 가게는 야외극장처럼 보였다. 상자형 건물에는 앞벽이 없었고, 뮤지컬 코미디 무대처럼 밝고 화려한 색깔들로 꾸며져 있었다. 빨간

정육면체들은 토마토 상자, 초록 원들은 양상추 통, 금빛 삼각형들은 피라미드 모양으로 쌓은 오렌지였고, 스팽글 장식이 햇살을 받아 반짝이는 배경 막은 금속 용기들이 놓인 선반들이었다. 차양에는 '해먼드 식료품점'이라고 쓰여 있었다. 옆얼굴이 엄격한 인상을 풍기고 관자놀이가 희끗희끗한 기품 있는 남자가 셔츠 바람으로 계산대에 서서 매력적인 젊은 여자 손님을 위해 버터 무게를 재고 있었다. 그 여자는 쇼걸처럼 산뜻했고 면 원피스가 댄스 의상처럼 바람에 살짝 부풀어 있었다. 대그니는 그 남자가 로렌스 해먼드임을 알면서도 자신도 모르게 미소지었다.

거리의 가게들은 모두 작은 단층 건물들이었고, 차창 밖으로 스쳐 지나가는 간판들의 친근한 이름들이 마치 차가 지나가면서 일으킨 바람에 책장이 휘리릭 넘어가면서 보이는 소제목들 같았다. 멀리건 잡화점, 애트우드 피혁점, 닐슨 목재, 그리고 작은 벽돌공장 문 위에 달러 표시와 멀리건 담배 주식회사라는 상호가 있었다.

"미다스 멀리건 외에 주주가 또 누구죠?" 대그니가 물었다.

"액스턴 박사님요." 골트가 대답했다.

행인들이 몇 명 보였는데 여자보다 남자가 많았고 모두 특별한 볼일이 있는 듯 바삐 걸어가고 있었다. 그들은 차를 보고 멈추어 서서 골트에게 손을 흔들다가 대그니를 발견하고는 놀라는 기색도 없이 빤히 쳐다보았다.

"이곳 사람들은 오래전부터 내가 올 것을 예상하고 있었나봐요?" 대그니가 물었다.

"지금도 그렇고요." 골트가 대답했다.

길가에 목재 틀에 유리를 끼워 만든 건물이 있었는데 순간적으로 대그니의 눈에는 여자의 그림이 든 액자처럼 보였다. 키가 크고 몸매가 가녀린 엷은 금발의 여자였는데 얼굴은 너무나 아름다워서 화가가 사실적으로 그리지 못하고 암시만 해놓은 것처럼 흐릿하게 보였다. 다음 순간 그 여자가 고개를 움직였고 대그니는 건물 안 테이블에 사람들이 있다는 것을, 그곳이 카페이고 계산대에 서 있는 그 여자는 한 번 보면 영원히 잊을 수 없는 영화계의 스타 케이 러들로임을 깨달았다. 케이 러들로는 5년 전 은퇴한 후 사라졌고, 그 얼굴이 그 얼굴인 여자들이 그 자리를 대신했다. 대그니는 충격 속에서도 지금 세상에서 만들어지고 있는 한심한 영화들을 상기하며, 평범함을 찬양하는 영화에 출연하는 것보다 유리 건물 안 카페에서 일하는 것이 케이 러들로의 아름다움을 깨끗하게 이용하는 것이라고 생각했다.

다음 건물은 거친 화강암으로 지은 작고 낮으면서도 탄탄하고 말쑥한 건물이었다. 직사각형 건물의 선들이 정장 주름처럼 엄격하리만큼 정확했다. 대그니는 시카고의 소용돌이치는 안개를 뚫고 높이 솟은 고층 빌딩이 떠올랐다. 그 고층 빌딩에도 지금 그녀가 보고 있는 소박한 소나무 문 위의 금빛 글씨 '멀리건 은행'이 붙어 있었다.

골트는 은행을 지날 때 특별히 강조라도 하듯 차의 속도를 늦추었다.

그 다음 나타난 작은 벽돌 건물에는 '멀리건 조폐소'라는 간판이 달려 있었다.

"조폐소? 멀리건이 조폐소에서 뭘 하는 거죠?" 대그니가 물었다.

골트는 주머니에서 작은 동전 두 개를 꺼내 그녀의 손바닥에 올려놓았다. 냇 태거트 시대 이후로 쓰이지 않는 1센트짜리 동전보다 작은 반짝이는 금화들로 한쪽에는 자유의 여신상 머리 부분이, 반대쪽에는 '미합중국-1달러'라는 글씨가 박혀 있었다. 하지만 발행일은 최근 2년 이내였다.

"이게 여기서 쓰는 돈이에요. 미다스 멀리건이 주조해낸 거죠." 골트가 말했다.

"하지만…… 누구 권한으로요?"

"그건 동전 양면에 찍혀 있어요."

"잔돈은 뭘로 쓰죠?"

"멀리건이 그것도 만들죠, 은으로. 이 골짜기에서는 다른 화폐는 받지 않아요. **객관적** 가치 외에는 받아들이지 않으니까요."

대그니는 동전을 자세히 살펴보며 말했다. "마치……선조들 시대의 첫 아침에서 나온 것 같군요."

골트가 골짜기를 가리키며 말했다. "그렇죠?"

대그니는 자신의 손바닥에 놓인 무게가 거의 느껴지지 않을 정도로 얇고 섬세한 두 개의 금화를 바라보며 태거트 대륙횡단철도 전체가 이 금화들에 의존하고 있다고, 이 금화들이 태거트 철도, 태거트 철교, 태거트 빌딩의 모든 쐐기돌과 아치, 들보를 떠받치는 중추라고 생각했다. 잠시 후 그녀는 고개를 저으며 금화를 골트에게 돌려주었다.

"당신은 내가 견디기 쉽도록 도와주지 않는군요." 대그니가 낮은 목소리로 말했다.

"최대한 힘들게 만들고 있죠."

"그냥 말하지 그래요? 내가 알게 되기를 바라는 모든 것을 그냥 당신 입으로 말해주지 그래요?"

골트는 팔로 마을을, 뒤에 있는 길을 가리키며 물었다. "내가 지금 뭘 하고 있다고 생각해요?"

그들은 침묵 속에서 달렸다. 얼마 후 대그니가 통계적인 질문을 하듯 냉담하게 물었다.

"미다스 멀리건은 이 골짜기에서 재산을 얼마나 모았죠?"

골트는 앞쪽을 가리키며 대답했다. "당신 스스로 판단

해요."

 골짜기의 집들을 향해 울퉁불퉁하고 꼬불꼬불한 길이 이어져 있었다. 집들은 거리를 따라 줄지어 늘어서 있는 것이 아니라 높고 낮은 지대에 불규칙하게 흩어져 있었다. 모두 작고 소박한 집들로 대부분 골짜기에서 나는 화강암과 소나무를 사용했으며, 머리는 최대한 썼으나 육체적인 노력은 최대한 아껴서 지은 듯했다. 모든 집이 한 사람 작품 같으면서도 똑같은 집은 없었고, 문제에 적극적으로 매달려 해결해내는 정신이 깃들어 있다는 것이 유일한 공통점이었다. 골트가 이따금 집을 가리키며 대그니가 아는 이름들을 댔는데 대그니에게는 그것이 세계 최고의 증권거래소 상장사 명부나 명예로운 인물의 명단처럼 들렸다.

 "켄 대너거…… 테드 닐슨…… 로렌스 해먼드…… 로저 마시…… 엘리스 와이엇…… 오언 켈로그…… 액스턴 박사."

 맨 끝에 있는 액스턴 박사의 집은 병풍처럼 둘러싼 산을 등진 고지대에 위치한 작은 오두막으로 넓은 테라스가 있었다. 액스턴 박사의 집을 지나자 꼬불꼬불한 오르막길이 이어졌다. 포장도로는 오래된 소나무들의 장벽 사이로 난 작은 오솔길로 좁아졌다. 높고 곧게 뻗은 소나무 줄기들이 무시무시한 기둥처럼 양쪽에서 압박해왔고 하늘에서 만난 소나무 가지들이 터널을 이루어 정적과 황혼 속으로 길을 삼켜버렸다. 그 좁은 길은 바큇자국이 없는 것으로 보아 차가 다니지 않고 사람들에게 잊힌 듯했다. 몇 분 동안 달리면서 모퉁이 몇 개를 돌았을 뿐인데 인가에서 수 킬로미터쯤 떨어진 듯했다. 그곳은 무거운 정적에 감싸여 있었고 이따금 깊은 숲의 나무줄기들 사이로 쐐기 모양의 햇살이 비칠 뿐이었다.

그러다 갑자기 길가에 집이 나타나자 대그니는 예기치 못한 소리를 들은 것처럼 흠칫 놀랐다. 인간 존재의 모든 고리와 단절된 채 홀로 서 있는 그 집은 엄청난 저항이나 슬픔의 비밀 은신처 같았다. 그 집은 골짜기에서 가장 초라한 통나무 오두막이었고, 무수히 비를 맞아 눈물자국 같은 검은 빗자국들이 선명했다. 하지만 거대한 창문들만은 유리의 매끄럽고 반짝이는 청명함으로 폭풍우를 견뎌내고 있었다.

"여긴 누구의 집…… 아!"

대그니는 숨을 멈추고 고개를 돌려버렸다. 문 위에서 햇살을 받고 있는 것은 수백 년 동안 비바람에 조금씩 마모되어 형체가 흐릿해진 세바스티안 단코니아의 은빛 문장이었다.

골트는 대그니가 무의식적으로 피하는 것을 보고 일부러 집 앞에 차를 세웠다. 두 사람은 잠시 서로를 바라보았다. 대그니의 눈은 묻고 있었고 골트의 눈은 명령하고 있었다. 대그니의 얼굴에는 도전적인 솔직함이, 골트의 얼굴에는 속을 알 수 없는 엄격함이 묻어 있었다. 대그니는 그의 목적은 알 수 있었지만 동기는 알 수 없었다. 그녀는 그의 명령에 따랐다. 지팡이에 의지해 차에서 내려 집을 마주하고 똑바로 섰다.

그녀는 스페인의 대리석 저택에서 안데스 산맥의 판잣집을 거쳐 콜로라도의 통나무집까지 온 은빛 문장을 바라보았다. 그것은 굴종하지 않는 남자들의 문장이었다. 통나무집 문은 잠겨 있었고, 햇빛은 반짝이는 유리창 너머의 어둠을 뚫고 들어가지 못했으며, 지붕 위로 뻗은 소나무 가지들은 보호와 연민, 엄숙한 축복의 손길 같았다. 들려오는 소리라고는 잔가지 부러지는 소리와 숲 어딘가에서 무언가가 떨어지는 소리의 메아리뿐이었다. 정적이 그곳에 감춘 모든 고통을 품고 아무런 목소리도 내지 않는 듯했다. 대그니는 체념 어린 담담한 태도로 슬픔도 없이 옛 기억을 떠올렸다. "누가 더 조상을 명예롭게 하나 보자. 넌 냇 태거트를, 난 세바스티안 단코니아를 명예롭게 하는 거야…… 대그니! 내가 남아 있을 수 있게 도와줘. 거부할 수 있게. 그가 옳다고 해도!"

대그니는 골트를 돌아보았다. 그때 프란시스코가 말한 '그'가 바로 골트였다. 골트는 그녀를 따라 내려 부축하지 않고 그냥 운전석에 앉아 있었다. 그녀가 과거를 인정하기를 원하는 것처럼. 그리고 그녀가 혼자서 작별 인사를 할 수 있도록 프라이버시를 보장해주는 것처럼. 골트는 대그니가 차에서 내릴 때 보았던 자세 그대로 운전대에 한쪽 팔을 기대고 두 손을 아래로 늘어뜨리고 있었다. 그의 눈이 그녀를 주시하고 있었지만 그녀가 그의 얼굴에서 읽을 수 있는 것은 그가 꼼짝도 하지 않고 자신을 열심히 주시하고 있다는 것, 그것이 전부였다.

대그니가 다시 옆자리에 앉자 그가 말했다. "내가 당신에게서 제일 처음 빼앗은 사람이죠."

대그니는 엄격하고 솔직하며 도전적인 얼굴로 물었다. "그것에 대해 얼마나 알고 있죠?"

"그가 말로 알려준 건 없어요. 하지만 그가 당신에 대해 이야기할 때마다 그의 목소리가 모든 것을 알게 해줬죠."

대그니는 고개를 숙였다. 애써 담담하게 말하려는 그의 목소리에서 고통을 느꼈던 것이다. 골트가 시동을 걸자 요란한 모터 소리가 정적 속에 담긴 이야기를 날려버렸다. 그들은 계속 달렸다.

길이 조금 넓어지면서 앞쪽의 햇살 웅덩이를 향해 이어졌다. 차가 빈터로 들어갈 때 대그니는 나뭇가지들 사이에서 전선이 반짝이는 것을 얼핏 보았다. 바위 언덕 중턱에 눈에 잘 띄지 않는 작은 건물 하나가 서 있었다. 연장 창고 크기의 단순하고 네모진 화강암 건물로 창문도 없고 구멍 하나도 없이 반짝거리는 강철문과 지붕에서 뻗어 나온 복잡한 전선 안테나밖에 보이지 않았다. 골트는 그냥 지나쳤으나 대그니가 깜짝 놀라며 물었다.

"저건 뭐죠?"

그녀는 골트의 입가에 미소가 번지는 것을 보았다.

"발전소요."

"오, 차를 세워줘요!"

골트는 잠자코 언덕 발치로 차를 후진시켰다. 대그니는 바위 언덕을 몇 발짝 올라가다가 더 이상 나아갈 필요가 없는 것처럼, 더 이상 오를 곳이 없는 것처럼 걸음을 멈추었다. 그러고는 골짜기에서 처음 눈을 뜬 순간처럼, 시작이 목표와 하나로 합쳐진 순간처럼 그 자리에 서 있었다.

대그니는 하나의 광경에, 말로 표현할 길 없는 하나의 감정에 온통 넋을 잃은 채 그 건물을 올려다보고 있었다. 그녀는 감정이란 마음의 계산기에 의해 더해진 하나의 합계이며, 지금 자신이 느끼는 감정도 일일이 이름 붙일 필요가 없는 생각들의 순간적인 합계임을 알고 있었다. 그것은 하나의 긴 과정의 총합으로 그녀에게 이렇게 말하고 있었다. "나는 그 모터를 사용할 수 있으리란 희망도 없이 그저 그 위대한 업적이 지상에서 사라지지 않았음을 확인하기 위해 쿠엔틴 대니얼스에게 매달렸다. 젤라틴 같은 눈과 고무 같은 목소리, 소용돌이치는 신념, 분명한 입장을 취하지 않는 어정쩡한 영혼과 행하지 않는 손을 가진 사람들의 압력에 시달리며 평범함의 바다로 가라앉고 있는 무거운 짐을 진 잠수부처럼, 인간정신의 최고 업적에 대한 생각을 생명줄로, 산소통으로 여겼다. 그리고 스태들러 박사도 모터의 잔해를 보고 부패에 찌든 폐가 마지막 저항을 하듯 숨을 헐떡거리며 경멸이 아닌 찬양을 보낼 수 있는 것을 갈구했다. 그것이야말로 내가 갈구하는 것이며 내 삶의 연료이다. 나는 깨끗하고 단단하고 빛나는 능력을 보고 싶은 어릴 적부터의 열망에 이끌려 움직였다. 그리고 여기 내 앞에 그것이 완성된 형태로 존재한다. 비길 데 없는 정신의 힘이 여름 하늘 아래 평화로이 빛나는 전선망으로 형상화되어 작은 돌집의 은밀한 내부로 우주의 무한한 힘을 끌어들이고 있다."

대그니는 유개화물차 절반 크기밖에 안 되는 그 건물이 나라 전체의 발전소를, 철강과 연료와 노동력의 거대한 결합체를 대체할 수 있다는 사실에 대해 생각했다. 그 건물에서 흘러나온 전류가 그것을 만들거나 사용하는 사람들의 짐을 덜어주고 더 많은 자유 시간을 즐길 수 있게 해줄 수 있었다. 일을 하다 잠시 고개를 들어 햇빛을 바라볼 수 있는 여유를 주고, 전기료에서 절약한 돈으로 담배 한 갑을 더 살 수 있게 해주고, 전력을 사용하는 공장마다 업무

시간을 1시간 단축시켜주고, 하루 노동의 대가로 그 모터가 끄는 기차를 타고 한 달 동안 전 세계를 자유롭게 여행할 수 있게 해주고……. 자신의 생각에 따라 전류가 흐르도록 만드는 법을 발견한 한 인간의 정신이 무수한 인간들의 엄청난 노고와 시간을 대신할 수 있는 것이다. 하지만 모터나 공장, 기차 그 자체는 아무 의미도 없다. 그것들의 유일한 의미는 인간의 삶을 유익하게 해주는 데 있었다. 지금 그녀가 그 업적을 바라보며 느끼는 벅찬 감격은 그것을 만들어낸 사람을 향한 것이었다. 세상을 즐거운 곳으로 여기고 자신의 행복을 이루는 일을 삶의 목적이자 의무이자 의미로 여기는 그의 빛나는 비전과 힘을 향한 것이었다.

매끈한 스테인리스 강철로 된 푸른 문이 햇빛을 받아 부드럽게 빛나고 있었다. 문 위에는 화강암에 새겨진 글귀가 있었는데, 그것이 그 엄격한 직사각형 건물의 유일한 장식이었다.

내 삶에, 그리고 삶에 대한 사랑에 걸고 서약하노니 나는 결코 타인을 위해 살지 않을 것이며, 타인에게 나를 위해 살 것을 요구하지도 않을 것이다.

대그니는 골트를 돌아보았다. 그는 그녀 옆에 서 있었

다. 그녀가 자신에게 경의를 표할 것을 알고 따라온 것이었다. 대그니는 모터 발명자를 바라보았으나 그녀가 보고 있는 것은 자연스런 배경에서 자연스런 역할을 하고 있는 노동자의 편안한 모습이었다. 그는 몸을, 소박한 옷(얇은 셔츠와 가벼운 바지, 가는 허리에 두른 벨트) 속의 호리호리한 몸과 느린 바람에 금속처럼 반짝이는 머리카락을 자유자재로 다룰 수 있는 것처럼, 무게가 느껴지지 않을 정도로 가벼운 자세로 서 있었다. 대그니는 그의 건물을 보았던 것처럼 그를 보았다.

그녀는 그와 처음으로 나눈 말이 아직 둘 사이를 맴돌며 침묵을 채우고 있음을 깨달았다. 그 이후로 한 말들은 모두 그 말 위에 겹쳐졌고, 그는 줄곧 그 사실을 알고 있었으며, 그녀가 그것을 잊지 못하게 했다. 대그니는 문득 그와 단둘이 있음을 의식했다. 그것은 사실만을 강조할 뿐 그 이상의 암시를 허용하지 않는 의식이었지만 그녀는 그 특별한 강조의 의미를 알고 있었다. 두 사람은 조용한 숲 속의 고대 신전처럼 생긴 건물 아래 단둘이 있었고 대그니는 그런 제단에는 어떤 숭배의식이 어울리는지 알고 있었다. 그녀는 갑자기 목 아래가 답답해져서 고개를 살짝 젖혔다. 그것은 머리카락이 찰랑이는 정도의 작은 움직임이었는데도 그녀는 허공에 누워 그의 다리와 입술만을 의식하고 있는 듯한 기분을 느꼈다. 골트는 조용히 그녀를 지켜보고 있었고, 그의 얼굴에는 햇살이 너무 강한 듯 눈을 조금 찌푸린 것 외에는 아무런 표정 변화도 없었다. 그것은 세 개의 순간들로 이루어진 리듬 같았다. 그것이 첫 번째였고, 그 다음 그녀는 자신보다 그가 더 힘겨운 싸움을 벌이고 있다는 깨달음에 격렬한 승리감을 느꼈으며, 그 다음에는 그가 시선을 돌려 신전에 새겨진 글귀를 바라보았다.

대그니는 기운을 되찾으려고 애쓰는 적에게 자비를 베풀듯 골트가 글귀를 보도록 내버려두다가 글귀를 가리키며 오만하게 물었다.

"저게 뭐죠?"

"당신을 제외한 이 골짜기의 모든 사람이 한 서약이에요."

대그니는 글귀를 보며 말했다. "저건 내가 평생 간직해온 삶의 원칙이에요."

"알아요."

"하지만 당신은 그것을 실천하는 것 같지가 않군요."

"그럼 우리 둘 중에서 누가 틀린지 알려줘야겠군요."

대그니는 갑자기 확신에 찬 동작으로 건물의 철제문을 향해 올라갔다. 그 확신은 골트가 고통스러워하는 모습을 보고 자신이 지닌 힘을 의식하면서 얻은 것이었다. 그녀는 골트에게 허락도 구하지 않고 문의 손잡이를 돌렸다. 강철문은 화강암 건물에 밀봉된 것처럼 꿈쩍도 하지 않았다.

"태거트 양, 그 문은 열려고 하지 말아요."

골트가 다가오며 말했다. 그녀가 자신의 발걸음을 의식하고 있음을 알고 있다는 것을 강조하듯 동작이 조금 느렸다.

"물리적인 힘으로는 못 열어요. 오직 생각으로만 열 수 있죠. 세상에서 제일 강력한 폭탄으로 문을 부수려고 한다면 문이 열리기 전에 안에 있는 기계가 먼저 박살날 거예요. 하지만 문이 요구하는 생각에 이르면 당신은 모터의 비밀을 알게 될 겁니다."

그는 처음으로 목멘 소리로 말을 이었다. "뿐만 아니라 당신이 알고 싶어하는 다른 모든 비밀도 알게 될 거고요."

그는 대그니 앞에 자신의 모든 것을 드러내듯 잠시 그녀를 마주하고 서 있다가 무슨 생각이 떠오른 듯 묘한 미소를 지으며 덧붙였다.

"어떻게 하는지 보여주죠."

그는 뒤로 한 걸음 물러섰다. 그러고는 똑바로 서서 돌에 새겨진 글귀를 올려다보며 다시 한 번 서약하듯 천천히, 차분히 글귀를 읊었다. 글귀의 의미를 완전히 이해하고 또박또박 읊는 그의 목소리에는 아무 감정도 들어 있지 않았다. 하지만 대그니는 자신이 생애에서 가장 장엄한 순간을 목격하고 있음을 알 수 있었다. 그녀는 한 남자의 벌거벗은 영혼을, 그 영혼이 그 글귀를 말하기 위해 치른 대가를 보고 있었다. 그가 미래를 내다보며 처음 그 서약을 한 날의 메아리를 듣고 있었다. 대그니는 어느 봄날 밤의 집회에서 그가 어떤 태도로 6,000명의 사람들과 맞섰으며 그들이 왜 그를 두려워했는지 알 것 같았다. 그것이야말로 그 후 12년 동안 세상에서 일어난 모든 일의 씨앗이고 핵심이었다. 그리고 그것은 건물 속에 감춘 모터의 비밀보다 훨씬 더 중요한 가치를 지니고 있었다. 대그니는 다시금 각오를 다지고 서약하는 그 목소리에서 그 모든 것을 알 수 있었다.

"내 삶에…… 그리고 삶에 대한 사랑에 걸고 서약하노니…… 나는 결코 타인을 위해 살지 않을 것이며…… 타인에게…… 나를 위해 살 것을 요구하지도…… 않을 것이다."

마지막 말이 끝남과 동시에 문이 스르르 열리며 건물 내부의 어둠이 드러나는 것을 보고도 대그니는 놀라지 않았다. 그녀에게 그것은 놀라운 일도, 심지어 중요한 일도 아니었다. 건물 안에서 전깃불이 켜지자 골트는 문의 손잡이를 잡아당겨 문을 닫았다. 자물쇠가 다시 잠겼다.

골트가 평온한 얼굴로 말했다. "음성 인식 잠금 장치예요. 저 문장이 문을 여는 데 필요한 소리의 조합이고요. 내가 당신에게 그 비밀을 알려주는 건 당신은 저 문장을 내가 의도한 의미로 이해하기 전까지 저 문장을 말하지 않으리란 것을 알고 있기 때문이에요."

대그니는 고개를 숙이며 말했다. "맞아요."

그녀는 갑자기 녹초가 된 기분을 느끼며 골트를 따라 천천히 차로 돌아갔다. 차에 타자마자 눈을 감으며 좌석에 등을 기댔고 시동 소리도 거의 듣지 못했다. 긴장이 풀리면서 그동안 잠도 못 자고 견뎌온 피로와 충격이 한꺼번에 밀려왔던 것이다. 그녀는 생각도, 반응도, 저항도 할 수 없는 상태로 조용히 누워 있었다. 이제 오직 한 가지 감정만 남아 있었다.

대그니는 아무 말도 하지 않았다. 차가 골트의 집에 도착할 때까지 눈도 뜨지 않았다

"이따 밤에 멀리건 씨 집 저녁식사에 가려면 우선 좀 자두는 게 좋겠어요." 골트가 말했다.

대그니는 순하게 고개를 끄덕였다. 그녀는 골트의 도움을 마다하고 비틀거리며 집으로 들어갔다. 그러고는 가까스로 기운을 내어 "난 괜찮을 거예요"라고 말한 후 방으로 들어가 문을 닫았다.

그녀는 바로 침대에 얼굴을 박고 쓰러졌다. 육체적인 피로 때문만은 아니었다. 견디기 힘든 강렬한 감정의 폭발 때문이기도 했다. 몸에 힘이 없고 의식도 혼미한 가운데 하나의 감정이 그녀의 남아 있는 에너지와 이해력, 판단력, 통제력을 모두 빼앗아 그것에 저항할 수도, 그것을 통

제할 수도 없었다. 그녀는 무언가를 갈망할 수 없고 그저 느낄 수만 있는 하나의 감각, 시작도 목표도 없는 정적인 감각이 되어 있었다. 그녀는 자꾸만 그의 모습이 떠올랐다. 발전소 문 앞에 서 있던 그의 모습. 다른 것은 전혀 느낄 수 없었다. 아무런 바람도, 희망도 없었고 자신의 감정을 평가하거나 그것에 어떤 이름을 붙이거나 자신과 결부시키지도 않았다. 그녀라는 실체는 존재하지도 않았다. 그녀는 사람이 아니라 단지 하나의 기능이었다. 그를 보는 기능. 그리고 그의 모습은 그 자체의 의미와 목적일 뿐 다른 목적은 없었다.

대그니는 베개에 얼굴을 묻고 캔자스 공항의 불이 환하게 밝혀진 활주로에서 이륙하던 순간을 회상했다. 엔진이 고동치고 비행기가 하나의 목표를 향해 점점 더 속도를 내어 질주했다. 그리고 비행기 바퀴가 땅에서 떨어지는 순간 그녀는 잠이 들었다.

◆

그들이 차를 타고 멀리건의 집으로 향할 때 골짜기 바닥은 아직 하늘의 빛을 반사하는 웅덩이 같았다. 하지만 햇빛이 금빛에서 구릿빛으로 짙어지면서 골짜기 가장자리는 어둠에 묻혀갔고, 산봉우리는 푸른 연기 색깔로 보였다.

이제 대그니에게서는 지친 기색이나 격한 태도를 찾아볼 수 없었다. 해질 무렵 잠에서 깨어 방에서 나온 그녀는 램프 불빛 속에서 꼼짝도 하지 않고 앉아 자신을 기다리고 있는 골트를 보았다. 골트는 대그니를 흘끗 올려다보았다. 단정한 머리를 한 차분한 얼굴의 대그니는 편안하고 자신 있는 태도로 문간에 서 있었다. 지팡이에 의지해 몸이 살짝 앞으로 기울어져 있는 것을 제외하면 태거트 빌딩에 있는 그녀의 사무실 입구에 서 있는 듯한 모습이었다. 골트는 잠시 그대로 앉아 그녀를 바라보았고, 대그니는 그가 보고 있는 것이 사무실 입구에 서 있는 자신의 모습이라는 확신이 드는 까닭이 궁금했다. 그는 오랫동안 금지되어 상상 속에서만 볼 수 있었던 장면을 보듯 사무실 입구에 서 있는 그녀를 보고 있었다.

대그니는 차에 그와 나란히 앉아서도 말하고 싶은 욕구를 느끼지 못했고, 둘 다 그 침묵의 의미를 감출 수 없다는 것을 알고 있었다. 멀리서 마을의 불빛들이 보이더니 앞쪽 바위턱 위에 있는 멀리건의 집 불 켜진 창문이 눈에 들어왔다.

"누가 오죠?" 그녀가 물었다.

"당신의 마지막 친구들이자 나의 첫 친구들 몇 명." 골트가 대답했다.

미다스 멀리건이 문 앞에서 그들을 맞이해주었다. 대그

니는 그의 엄격하고 각진 얼굴이 자신이 생각했던 것처럼 무표정하지 않고 만족감에 차 있는 것을 보았다. 하지만 만족감도 그의 인상을 부드럽게 만들어주지는 못했으며 얼굴에 부싯돌을 그어 눈가에 희미한 유머의 불꽃을 피울 수 있을 뿐이었다. 그 유머는 미소보다 날카롭고 까다로우면서 더 따뜻했다.

멀리건은 문을 열고 팔을 천천히 움직여 엄숙히 손님을 맞이했다. 거실로 들어가니 일곱 명이 자리에서 일어나 그녀를 기다리고 있었다.

"여러분, 태거트 대륙횡단철도입니다." 미다스 멀리건이 말했다.

그는 웃는 얼굴로 이야기했지만 단지 농담으로만 한 말은 아니었다. 그의 목소리에는 그 이름이 냇 태거트 시대에 지녔을 명예를 느끼게 하는 낭랑함이 들어 있었다.

대그니는 앞에 있는 사람들에게 감사의 뜻으로 천천히 고개를 숙였다. 그들은 가치와 명예에 대한 기준이 그녀와 같은 이들이었다. 태거트 대륙횡단철도라는 이름의 영예를 아는 이들이었다. 대그니는 그동안 자신이 그렇게 인정받기를 얼마나 갈구했는지 깨닫고 회한에 잠겼다.

대그니는 사람들의 얼굴을 차례로 보면서 인사를 대신했다. 엘리스 와이엇…… 켄 대너거…… 휴 액스턴…… 닥터 헨드릭스…… 쿠엔틴 대니얼스. 그리고 멀리건이 나머지 두 명을 소개했다.

"리처드 핼리와 내러갠셋 판사예요."

리처드 핼리는 대그니와 오래전부터 아는 사이였다고 말하는 듯한 미소를 보냈다. 외로운 밤이면 그의 음반을 들었던 대그니 역시 그가 낯설지 않았다. 그리고 백발이 성성한 내러갠셋 판사의 엄격한 모습을 보자 그를 눈이 가려진 대리석상 같다고 했던 말이 기억났다. 미국에서 금화가 사라지면서 법정에서 자취를 감춘 법조인의 모습이었다.

"태거트 양, 당신은 오래전부터 이곳에 속한 사람이에요. 우리는 당신이 이런 식으로 오게 될 거라곤 예상하지 못했지만 아무튼 집에 온 걸 환영해요." 미다스 멀리건이 말했다.

대그니는 아니라고 대답하고 싶었지만 "고맙습니다"라고 조용히 말했다.

"대그니, 도대체 몇 년이 걸려야 당신 자신이 되는 법을 배우겠어요?"

엘리스 와이엇이 그녀의 팔꿈치를 잡고 의자로 이끌며 미소를 지어야 할지 반항적인 표정을 지어야 할지 갈피를 잡지 못하고 있는 그녀에게 웃는 얼굴로 덧붙였다. "우리를 이해하지 못하는 척하지 말아요. 당신은 우리를 이해하니까."

그러자 휴 액스턴이 나섰다. "태거트 양, 우린 주장은 하지 않습니다. 그건 우리의 적들이 범하는 도덕적인 범죄죠. 우리는 말하지 않고 **보여줍니다**. 주장하지 않고 **증명합니다**. 우리가 얻고자 하는 것은 당신의 복종이 아니라 이성적 확신이에요. 당신은 우리의 비밀을 모두 봤어요. 결론을 내리는 것은 당신 몫이에요. 우리는 당신의 이해를 도울 수는 있어도 받아들이는 건 도와주지 못해요. 보고 알고 받아들이는 것은 당신 몫이에요."

"알 것 같아요. 아니, 이미 오래전부터 알고 있었던 것 같아요. 다만, 발견을 못 했을 뿐이죠. 전 지금 두려워요. 그걸 듣는 것이 두려운 게 아니라 그것에 너무 가까워졌다는 게 두려워요." 대그니가 말했다.

액스턴은 미소를 지으며 방 안의 사람들을 가리켰다.

"태거트 양, 이 광경이 어떻게 보이죠?"

"이 광경요?"

대그니는 거대한 창문을 가득 채운 황금빛 석양을 등진 사람들의 얼굴을 보며 갑자기 웃음을 터뜨렸다.

"어떻게 보이느냐면…… 전 다시는 이분들을 볼 수 없을 줄 알았어요. 이분들을 한 번만이라도 다시 보거나 이분들의 말을 한 마디라도 들을 수 있다면 무엇이든 아낌없이 바칠 수 있을 것 같았죠. 그런데 이제 어린 시절의 꿈이 이루어진 것만 같은 기분이에요. 나중에 천국에 가면 세상에서 만날 수 없었던 위대한 인물들을 볼 수 있을 것이라는 꿈. 역사 속의 무수한 인물 중에서 내가 만나고 싶었던 위인들만 만나는 꿈."

"그것도 우리의 비밀을 이해하는 열쇠가 될 수 있겠군요. 천국에서 위대한 인물들을 만나는 꿈이 꼭 죽어서 무덤에 가서야 이루어져야 하는지 아니면 지금 여기 지상에서 이루어져야 하는지 스스로에게 물어봐요." 액스턴이 말했다.

"알겠습니다." 대그니가 속삭이듯 말했다.

"천국에서 위대한 인물들을 만나면 그들에게 무슨 말을 하고 싶어요?" 켄 대너거가 물었다.

"그냥…… '안녕하세요'라는 인사겠죠."

"그게 다는 아니겠죠. 당신은 그들에게 듣고 싶은 말이 있을 거예요. 나도 저 사람을 만나기 전까지는 몰랐어요."

대너거는 골트를 가리켰다.

"그가 내게 말해줬고 그제야 난 평생 내가 그리워해온 게 무엇인지 깨달았죠. 태거트 양, 당신은 그들이 당신을 보면서 '잘했다'고 말해주길 바랄 겁니다."

대그니는 솟구치는 눈물을 감추려 고개를 떨구고 조용히 끄덕였다.

"좋아요, 그럼. 잘했어요, 대그니! 잘했어요. 아주 잘했어요. 이제 그 짐을 내려놓고 쉴 때가 됐어요. 어차피 우리가 짙어질 집도 아니었으니까."

"그만."

미다스 멀리건이 고개를 떨군 대그니를 걱정스럽게 바라보며 말했다. 하지만 대그니는 고개를 들고 미소 띤 얼굴로 대너거에게 말했다.

"고맙습니다."

"쉬라는 이야기가 나왔으니 말인데 태거트 양을 쉬게 해줍시다. 하루 동안 너무 많은 일을 겪었어요." 멀리건이 말했다.

"아니요. 계속하세요. 무슨 이야기든 괜찮아요." 대그니가 웃으며 말했다.

"나중에요." 멀리건이 말했다.

멀리건과 액스턴이 저녁식사를 준비하고 쿠엔틴 대니얼스가 그들을 도왔다. 그들은 의자 팔걸이에 놓고 먹을 수 있게 작은 은접시에 음식을 내왔다. 창가의 석양빛이 약해지고 전기 불빛이 포도주 잔에서 반짝이는 가운데 모두 자리를 잡고 앉아 식사를 시작했다. 멀리건의 집 거실은 호화로운 분위기를 풍겼는데 그것은 전문적인 단순성이 빚어낸 호화로움이었다. 안락함을 고려해 신중하게 고른 고급 가구들은 호화로움이 예술로 여겨지던 시대에 구한 것들이었다. 쓸데없는 물건들은 없었고, 르네상스 시대의 거장이 그린 고가의 작은 유화 한 점과 박물관에 소장될 만한 짜임과 색채를 지닌 동양 양탄자가 눈길을 끌었다. 대그니는 그것이 멀리건의 부의 개념이라는 생각이 들었다. 축적이 아닌 선택의 부.

쿠엔틴 대니얼스는 바닥에 앉아 접시를 무릎 위에 올려놓고 식사를 하고 있었다. 그는 너무나 편안해 보였고 이따금 대그니를 올려다보며 누나보다 먼저 비밀을 알아낸 버릇없는 동생처럼 빙글거렸다. 그는 대그니보다 겨우 10분 일찍 이 골짜기에 도착했을 뿐인데 대그니가 아직 이방인인 데 반해 벌써 이곳의 일원이 되어 있었다.

골트는 램프 불빛 밖에 있는 액스턴 박사의 의자 팔걸이에 앉아 있었다. 그는 말없이 대그니를 사람들에게 넘겨준 뒤 뒤로 물러나 구경꾼처럼 지켜만 보고 있었다. 하지만 대그니는 이 장면이 그가 오래전에 연출한 것이며, 다른 사람들도 모두 그 사실을 알고 있다는 확신에 이끌려 자꾸만 그에게 눈길이 갔다.

대그니는 골트의 존재를 강하게 의식하고 있는 사람이 한 명 더 있음을 깨달았다. 바로 휴 액스턴이었다. 그는 이따금 무의식적으로 골트에게 시선을 던졌는데 오래 떨어져 지낸 외로움을 들키지 않으려고 애쓰는 듯한 은밀한 시선이었다. 액스턴은 골트의 존재를 당연시하는 듯 그에게 말을 걸지 않았다. 하지만 골트가 앞으로 몸을 기울이면서 머리카락이 얼굴로 흘러내리자 손을 뻗어 쓸어 올려주었다. 그의 손이 제자의 이마에 잠시 그대로 머물러 있었는데 그것이 그가 스스로에게 허용한 유일한 감정 표현이요, 인사였다. 그것은 아들을 대하는 아버지의 태도였다.

대그니는 가볍고 편안한 기분으로 주위 사람들과 이야기를 나누고 있는 자신을 발견하며 생각했다. '아니, 지금 내가 느끼는 것은 긴장감이 아니야. 당연히 긴장해야 하는데 긴장이 안 되는 것에 대한 놀라움이야. 이 자리가 너무나 정상적이고 자연스럽게 느껴지는 비정상적인 상황에 대한 놀라움.'

대그니는 자신이 주위 사람들에게 무엇을 묻고 있는지 거의 의식하지 못했지만 그들의 대답 하나하나가 그녀의 마음에 새겨지며 하나의 목표를 향해 나아갔다.

그녀의 물음에 리처드 핼리가 대답했다. "〈5번 협주곡〉이요? 10년 전에 썼어요. 우리는 그걸 해방의 협주곡이라고 부르죠. 그날 밤 휘파람으로 몇 소절만 듣고도 알아봐줘서 고마워요……. 그래요, 그 일에 대해 알고 있어요…… 그래요, 당신은 내 작품을 아니까 그 협주곡을 듣고 내가 말하고 도달하고자 하는 모든 것이 담겨 있다는 것을 알았을 거예요. 저 사람에게 바치는 곡이에요."

그는 골트를 가리켰다.

"아, 아니에요, 태거트 양. 난 음악을 포기하지 않았어요. 왜 그렇게 생각하죠? 나는 지난 10년간 그 어느 때보다 많은 곡을 썼어요. 내 집에 놀러 오면 어느 곡이라도 연주해주죠…… 아니에요, 태거트 양. 바깥세상에서는 발표하지 않을 겁니다. 이 골짜기 밖에서는 단 한 소절도 들을 수 없을 거예요."

닥터 헨드릭스가 그녀의 물음에 답했다. "아니요, 태거트 양. 나는 의학을 포기하지 않았어요. 지난 6년간 연구에 매달려온걸요. 나는 뇌졸중이라고 알려진 치명적인 혈관 파열을 예방할 수 있는 방법을 발견했어요. 이제 우리는 갑작스러운 마비의 공포에서 해방될 거예요…… 아니, 내가 발견한 방법은 바깥세상에는 알려지지 않을 겁니다."

이번에는 내러갠셋 판사가 말했다. "태거트 양, 법요? 무슨 법요? 나는 법을 포기한 적 없어요. 법이 존재하지 않게 된 것뿐이에요. 하지만 나는 여전히 내가 선택한 직업에 종사하고 있어요. 정의를 위해 봉사하는 직업…… 아니, 정의는 계속 존재해요. 어떻게요? 사람들이 정의 보기를 거부하는 것은 가능해요. 그럼 정의가 그들을 파괴하죠. 하지만 정의가 존재하지 않게 되는 것은 불가능해요. 정의는 존재의 속성이니까요. 정의는 존재하는 것을 인정하는 행위이니까요……. 그래요, 나는 계속 내 직업에 종사하고 있어요. 법철학에 관한 논문을 쓰고 있죠. 나는 인류의 가장 지독한 악, 인류가 고안한 가장 파괴적인 장치는 객관적이지 못한 법임을 증명할 겁니다…… 아니요, 태거트 양. 내 논문은 바깥세상에서는 발표되지 않을 겁니다."

이번에는 미다스 멀리건이었다. "내 사업요? 내 사업은 수혈(輸血)을 하는 것이고 나는 아직 그 일을 하고 있죠. 내 일은 성장 가능한 것들에 생명의 연료를 공급해주는 겁니다. 하지만 기능하기를 거부하는 몸에, 노력 없이 존재하려고 하는 썩은 몸에 피를 수혈한다고 그 몸을 구할 수 있는지는 닥터 헨드릭스에게 물어봐요. 나의 혈액원은 금입니다. 금은 기적을 이루는 연료이지만 모터 없이는 아무 일도 할 수 없죠…… 아니요, 나는 포기하지 않았어요. 다만, 건강한 사람들의 피를 뽑아 무기력한 반(半)송장들에게 수혈하는 도살장을 운영하는 것에 신물이 났을 뿐이죠."

휴 액스턴은 이렇게 대답했다. "포기했냐고요? 태거트 양, 당신의 전제가 옳은지 확인해봐요. 우리는 아무도 포기하지 않았어요. 포기한 것은 세상이죠…… 철학자가 도로변에서 식당을 운영하는 게 뭐가 문제인가요? 지금 나처럼 담배공장을 운영하면 어떻고요? 모든 일은 철학 행위예요. 사람들이 생산적인 일을, 그리고 그 근원을 도덕적 가치의 기준으로 삼는 법을 알게 된다면 그들이 잃어버린 생득권인 완전한 상태에 이르게 될 겁니다……. 일의 근원이 무엇이냐고요? 태거트 양, 인간의 정신이에요. 인간의 이성적인 정신. 나는 지금 그것에 관한 책을 쓰고 있어요. 내 제자에게 배운 도덕철학을 정의하는 작업이죠…… 그래요, 그 책은 세상을 구할 수 있을 거예요…… 아니, 바깥세상에서는 출간되지 않을 겁니다."

"왜요? 도대체 왜요? 여러분 모두 뭘 하고 계신 거죠?" 대그니가 외쳤다.

"우린 파업 중입니다." 존 골트가 말했다.

모두 골트가 그 말을 하기를 기다렸던 듯 그에게 시선을 돌렸다. 대그니는 램프 불빛 너머로 골트를 보며 마음속에서 시간의 공허한 고동 소리를 들었다. 그것은 거실에 갑작스럽게 깔린 정적이었다. 골트는 의자 팔걸이에 자연스럽게 웅크리고 앉아 몸을 앞으로 숙여 무릎에 한쪽 팔을 올리고 손은 아래로 편안히 늘어뜨리고 있었다. 그리고 얼굴에는 엷은 미소를 짓고 있었는데 그의 말을 돌이킬 수 없게 만드는 미소였다.

"그게 왜 그렇게 놀랍죠? 인류 역사상 파업을 한 번도 일으키지 않은 사람들은 한 부류뿐이었어요. 다른 모든 부류와 계층의 사람들은 원할 때마다 일을 멈추고 자신들이 세상에 없어서는 안 될 존재임을 주장하며 요구 조건을 내세웠죠. 하지만 정작 세상을 어깨에 짊어지고 세상을 살아 움직이게 한 사람들은 자신에게 돌아오는 것은 고통밖에 없는데도 인류를 등진 적이 없었어요. 이제 그들 차례가 온 겁니다. 세상 사람들에게 그들이 어떤 존재이고, 무엇을 하고 있는지를 깨닫게 해줄 겁니다. 그들이 인간으로서 기능하기를 거부하면 어떤 일이 벌어지는지를 말입니다. 태거트 양, 이건 정신을 지닌 사람들의 파업이에요. 정신의 파업입니다."

대그니는 꼼짝도 하지 않고 앉아 있었고, 뺨에 있던 손을 천천히 관자놀이로 올렸을 뿐이다.

"인류 역사의 모든 시대에 정신은 악으로 여겨졌죠. 살아 있는 양심의 눈으로 세상을 바라보고 합리적 연결이라는 중요한 행위를 수행한 사람들은 이단자로, 물질주의자로, 착취자로 몰려 온갖 모욕에 시달리고…… 유배에, 시민권 박탈에, 재산 몰수 등 온갖 박해를 당하고…… 냉소에, 고문에, 총살에 온갖 고통을 당했어요. 하지만 그들은 쇠사슬에 묶이고 감옥에 갇혀서 혹은 몰래 숨어서 혹은 철학자들의 방이나 장사꾼들의 가게에서 생각이란 것을 계속 했고 그 덕에 인류는 생존할 수 있었죠. 인류가 정신의 반대되는 것을 숭배해온 오랜 세월 동안 어떤 침체를 겪고 어떤 잔혹 행위를 자행했든 지금까지 존재를 이어올 수 있었던 것은 밀이 자라기 위해서는 물이 필요하고, 돌을 둥글게 쌓으면 아치를 이루며, 둘 더하기 둘은 넷이고, 사랑은 고통을 요구하지 않으며, 삶은 파괴로 이루어지는 것이 아님을 아는 사람들 덕이었어요. 그들 덕에 나머지 사람들도 인간의 광휘를 발하는 순간을 체험하는 법을 배우게 됐고, 그 순간들이 모여 인류의 생존을 가능하게 한 거죠. 세상 사람들에게 빵을 굽고, 상처를 치료하고, 무기를 만들고, 감옥 짓는 법을 가르쳐준 것이 정신을 지닌 사람들이니까요. 그들은 넘치는 에너지와 관용을 지녔고, 침체는 인간의 운명이 아니며 무기력은 인간의 본성이 아니고 정신적 능력이야말로 가장 고귀하고 즐거운 힘임을 알았으며, 그들만 느끼는 존재에 대한 사랑으로 일에 매진했어요. 그저 일이 좋았기에 그들을 약탈하고 고문하고 감옥에 가두는 사람들을 위해서도 기꺼이 일했어요. 그들을 구원하기 위해 몸 바쳐 일했죠. 그것이 그들의 영예인 동시에 죄였어요. 사람들은 그들이 자신의 영예에 대해 죄의식을 느끼도록, 지성이라는 죄를 지어 처형당하는 제물의 역할을 받아들이고 짐승 같은 인간들의 제단에서 죽어가도록 가르쳤어요. 인류 역사의 비극적인 아이러니는 인간이 만든 제단에서 인간은 늘 제물로 바쳐지고 동물은 신성시되었다는 사실이죠. 인류가 숭배한 것은 언제나 인간이 아닌 동물의 속성이었어요. 본능의 우상, 힘의 우상…… 신비주의자들과 왕들. 신비주의자들은 무책임한 의식을 갈구하면서 그들의 어두운 감정들이 이성보다 우월하고, 앎은 맹목적이고 이유 없는 발작 속에서 찾아오며 의심 없이 맹목적으로 추종해야 한다고 주장했어요. 그리고 왕들은 날카로운 발톱과 근육으로 백성을 다스리며 정복을 수단으로, 약탈을 목적으로 여겼고, 몽둥이와 총을 권력의 증거로 삼았어요. 영혼의 옹호자들은 자신의 감정을 소중히 여기고, 육체의 옹호자들은 자신의 위장에 신경 쓰죠. 그들 모두 자신의 정신은 적대시하고요. 하지만 아무리 열등한 인간이라도 자신의 머리를 완전히 부정할 수는 없어요. 불합리한 것을 믿는 사람은 없어요. 단지 부당한 것을 믿는 거죠. 정신을 비난하는 것은 정신의 본질에 반하는 목표를 갖고 있다는 거예요. 모순을 주장하는 사람은 누군가 불가능의 짐을 떠맡아 고통을 감내하며 몸 바쳐 그 일을 이루어줄 것을 알기에 그런 주장을 합니다. 모순은 파괴라는 대가를 치러야 하니까요.

부당한 것을 가능하게 만드는 것은 희생자들이에요. 짐승 같은 인간들의 법칙이 통할 수 있게 만들어주는 것은 이성을 지닌 사람들이죠. 이성을 강탈하는 것이 지구상의 모든 반이성주의의 목표예요. 능력을 강탈하는 것이 자기희생주의의 목적이고요. 약탈자들은 처음부터 그것을 알고 있었어요. 우리는 그렇지 못했고. 우리도 그것을 직시할 때가 온 겁니다. 그들이 우리에게 숭배를 강요하는 것, 한때 신이나 왕으로 지칭되었던 그것은 무능력자라는 벌거벗고 뒤틀리고 몰지각한 형상을 하고 있습니다. 그것이 세상 사람들의 새로운 이상, 지향할 목표, 삶의 목적이 되었어요. 모든 사람이 그것에 얼마나 가까이 접근하느냐에 따라 보상을 받고 있죠. 그들은 우리에게 말합니다. 지금은 보통 사람들의 시대라고. 그것은 성취하지 않고 살면 얻을 수 있는 호칭이죠. 노력을 하지 않음으로써 고귀한 인물이 되고, 미덕을 행하지 않음으로써 명예를 얻고, 생산을 하지 않음으로써 대가를 얻는 겁니다. 하지만 우리는, 능력이 있다는 죄로 그 값을 치러야 하는 우리는 그들이 명령하는 대로 그들을 위해 일해야 하고, 그들의 기쁨이 우리의 유일한 보상이 되죠. 우리는 기여할 것이 가장 많다는 이유로 할 말은 제일 적습니다. 생각하는 능력이 더 뛰어나다는 이유로 자신의 생각을 가질 수 없고요. 행동할 수 있는 판단력이 있다는 이유로 우리의 선택에 따른 행동을 할 수 없습니다. 우리는 무능력한 인간들이 만든 법령과 규제에 따라야 합니다. 그들은 자신들에게 에너지가 없다는 이유로 우리의 것을 빼앗고 자신들이 생산을 하지 못한다는 이유로 우리의 생산물을 가져갑니다. 그것은 불가능하고 있을 수 없는 일이라고요? 그들은 그것을 알고 있지만 당신은 모릅니다. 그들은 당신이 그것을 모르는 것에 의존하고 있고요. 그들은 당신이 계속 죽도록 일해서 그들을 먹여 살리길 기대하고 있어요. 그러다 당신이 쓰러지면 다른 희생자가 바통을 이어받아 그들을 부양하는 겁니다. 그 주기는 점점 짧아질 것이고, 당신이 그들에게 철도를 남기고 죽었다면 당신의 마지막 계승자는 빵 한 덩어리만을 남기고 죽을 겁니다. 하지만 지금의 약탈자들은 그런 것에는 신경 쓰지 않아요. 과거의 모든 약탈자가 그랬듯이 자신들이 살아 있는 동안만 약탈을 할 수 있으면 되니까요. 지금까지는 가능했어요. 한 세대 안에 희생자들이 동날 순 없으니까. 하지만 **이제는 달라요**. 희생자들이 파업을 일으켰거든요. 우리는 순교자가 되는 것에, 희생을 요구하는 도덕률에 맞서 파업을 일으킨 겁니다. 인간이 타인을 위해 존재해야 한다고 믿는 사람들에 맞서 파업을 시작한 겁니다. 식인종의 도덕이 우리의 육체와 정신에 적용되는 것에 맞서 파업을 벌이고 있는 겁니다. 우리는 오직 우리의 원칙으로만 사람들을 상대할 것이고 우리의 원칙은, 인간은 그 자신이 목적일 뿐 타인의 목적을 위한 수단이 될 수 없다는 겁니다. 우리는 그들에게 우리의 원칙을 강요할 생각이 없어요. 그들은 그들이 믿고 싶은 대로 믿으면 됩니다. 하지만 이제 우리의 도움 없이 살아야 합니다. 그들은 자신들의 믿음이 무엇을 의미하는지 확실히 알게 될 겁니다. 그 믿음은 순전히 희생자들 덕에, 희생자들이 실행 불가능한 원칙을 위반한 대가로 주어진 벌을 감내한 덕에 수백 년을 이어올 수 있었죠. 하지만 그 원칙은 깨질 수밖에 없습니다. 그것을 준수하는 사람들이 아닌 위반하는 사람들에 의해 이어져왔으니까요. 그것이 성인으로 규정하는 사람들이 아닌 죄인으로 여기는 사람들에 의해 존속되어왔으니까요. 우리는 더 이상 죄인이 되지 않기로 결심했습니다. 더 이상 그 도덕률을 깨지 않기로 했습니다. 우리는 그것이 견뎌낼 수 없는 단 한 가지 방법, 즉 그 도덕률을 따르는 방법을 통해 그것을 영원히 없애버릴 겁니다. 우리는 지금 그것에 따르고 있어요. 우리는 그들의 가치 기준을 철저히 따르면서 그들이 악이라고 비난하는 행위를 하지 않고 있어요. 정신이 악이라고요? 그래서 우리는 우리의 정신의 생산물들을 사회에서 거두어들였고, 이제 단 하나의 아이디어도 세상 사람들에게 알려지거나 이용되지 못하게 할 겁니다. 유능한 것이 무능한 사람들에게 기회를 남겨주지 않는 이기적인 악이라고요? 그래서 우리는 모든 경쟁에서 빠졌고, 무능력자들에게 기회를 넘겨주었습니다. 부를 추구하는 것이 탐욕이고 모든 악의 근원이라고요? 우리는 더 이상 많은 돈을 버는 걸 추구하지 않습니다. 생계유지에 필요한 것 이상을 버는 것도 악이라고요? 우리는 미천한 일만 하고 있으며, 육체노동으로 꼭 필요한 만큼만 생산합니다. 세상에 해가 될까 봐 돈 한 푼, 창의적인 생각 하나도 남기지 않죠. 성공은 강자가 약자를 희생시켜서 얻는 것이니 그것도 악이라고요? 우리는 더 이상 우리의 야망으로 약자들에게 부담을 주지 않고 그들이 우리 없이 번영할 수 있도록 만들어주었습니다. 고용인이 되는 것도 악이라고요? 우리는 아무도 고용하지 않습니다. 재산을 갖는 것도 악이라고요? 우리는 아무것도 소유하고 있지 않습니다. 이 세상에서 자신의 존재를 즐기는 것도 악이라고요? 우리는 그들의 세상에서 아무런 즐거움도 얻으려 하지 않으며, 사실 우리에게는 이게 제일 힘들었는데 이제 우리가 그들의 세상에 대해 느끼는 감정은 그들이 이상적인 것이라고 주장하는 무관심입니다. 무(無)……죽음의 표시. 우리는 세상 사람들이 수세기 동안 미덕으로 추구하며 원한다고 말해온 모든 것을 주고 있어요. 이제 그들이 진정으로 그것을 원하는지 스스로 깨달을 차례예요."

"이 파업을 시작한 게 당신이었나요?" 대그니가 물었다.

"그래요."

골트는 자리에서 일어나 주머니에 손을 넣고 얼굴에 빛을 받으며 서 있었다. 대그니는 그가 확신에 찬 편안하고 즐거운 미소를 짓는 것을 보았다.

"우리는 파업에 대해 숱하게 들어왔어요. 비범한 사람들이 평범한 사람들 덕에 산다는 주장도요. 기업가는 기생충 같은 존재이고, 노동자들이 그를 떠받쳐주고, 그의 부를 일궈주고, 그의 사치스런 생활을 가능하게 해준다는 거죠. 그러니 노동자들이 떠나면 기업가는 어떻게 되겠느냐고요. 좋아요. 이제 세상에 보여주자고요. 누가 누구에게 의존하고, 누가 누구를 떠받쳐주고, 누가 부의 근원이고, 누가 누구의 생계를 책임져주고, 누가 떠나면 누가 어떻게 되는지."

이제 검게 물든 창에는 담배 불빛 몇 개만 비치고 있었다. 골트가 옆에 있는 테이블에서 담배 한 개비를 뺀 다음 성냥불을 켰고, 대그니는 그의 손에서 금빛 달러 표시가 반짝이는 것을 보았다.

휴 액스턴이 말했다. "나는 지성의 존재를 부정해야만 지식인 자격이 있다고 주장하는 사람들과 함께 일할 수 없어서 학교를 떠나 파업에 동참했어요. 배관이란 건 존재하지 않는다는 주장으로 자신의 직업적 우수성을 증명하려는 배관공을 고용할 사람은 없어요. 하지만 철학자에 대해선 그런 기준을 적용할 필요가 없다고 생각하는 모양이에요. 나는 그것을 가능하게 만든 사람이 바로 나라는 것을 내 제자에게 배웠어요. 생각의 존재를 부정하는 사람들을 자신과 다른 학파의 사상가로 인정하는 것은 정신을 파괴하는 짓이니까요. 그것은 적의 기본 전제를 받아들여 이성을 인정하는 것을 치매 행위로 만드는 짓이니까요. 기본 전제란 그 반대되는 것과의 협력을 허용하지 않고, 관용을 용인하지 않는 절대적인 것이에요. 은행가가 위조지폐를 받지 않는 것을 자기 은행의 명예요, 권위로 여기듯, 위조자의 요구를 그저 의견 차이로 여기고 용인해주지 않듯 나는 사이먼 프리쳇 박사에게 철학자의 칭호를 허용하거나 인간의 정신을 위해 그와 겨루지 않아요. 프리쳇 박사는 철학이라는 계좌에 입금할 것이 없는 사람이에요. 철학을 파괴하려는 공공연한 의도밖에 없는 인물이니까. 그는 이성을 부정하는 방법으로 사람들의 이성의 힘을 이용하려고 합니다. 그가 주인으로 모시는 약탈자들의 계획에 이성이라는 조폐국 마크를 찍어주려고 하죠. 철학자의 권위를 이용해 생각을 노예화하려고 합니다. 하지만 그 권위는 내가 그곳에서 수표에 서명하고 있어야 존재할 수 있는 계좌예요. 나 없이 그 혼자 해보라고 해요. 결국 그에게 자녀들의 정신을 맡긴 사람들은 그들이 요구한 것을 얻게 될 겁니다. 지성 없는 지식인들과 자기는 생각이란 것을 못 한다고 주장하는 사상가들의 세상. 나는 그냥 두고 볼 거예요. 마침내 사람들이 비절대적인 세상의 절대적 실체를 보게 될 때 나는 그곳에 없을 거고, 그들의 모순의 대가를 치를 사람은 내가 아닐 테니까요."

그러자 미다스 멀리건이 말했다. "액스턴 박사님이 건전한 은행의 원칙에 따라 세상을 등졌다면 나는 사랑의 원칙에 따라 세상을 등졌죠. 사랑은 최고의 가치들에 대한 궁극적인 형태의 인정입니다. 내가 세상을 등지도록 만든 것은 헌새커 사건이었어요. 그 재판에서 나는 자격 없는 자들에게 내 고객들의 예금에 대한 우선권을 나눠주라는 판결을 받았죠. 내 고객들이 번 돈을 내세울 거라곤 돈을 벌 능력이 없는 것뿐인 무가치한 건달들에게 나눠주라는 것이었어요. 나는 농장에서 태어났어요. 그래서 돈의 의미를 압니다. 나는 평생 많은 사람을 상대했고 그들의 성장을 지켜봤어요. 나는 사람을 알아보는 능력 덕에 부자가 될 수 있었어요. 신뢰, 희망, 자선을 요구하지 않고 사실과 증거, 이윤을 제시하는 사람 말입니다. 행크 리어든이 막 성공 가도를 달리기 시작했을 때, 그가 미네소타에서 벗어나 펜실베이니아의 제철소를 사려고 했을 때 내가 그에게 투자했다는 것을 아나요? 나는 책상에 놓인 법원 명령서를 보는 순간 한 가지 장면이 떠올랐어요. 그 장면이 너무나 선명해서 모든 것이 다르게 보였어요. 그것은 처음 만났을 때의 젊은 리어든의 환한 얼굴과 눈빛이었죠. 그가 제단 발치에 피를 흘리며 쓰러져 있었어요. 그리고 제단 위에는 리 헌새커가 서 있었지요. 점액이 가득한 눈을 하고 자기는 기회를 가져본 적이 없다고 징징대면서……. 세상을 분명하게 보면 모든 게 놀랍도록 단순해지죠. 내게는 은행 문을 닫고 떠나는 일이 어렵지 않았어요. 난생처음 내가 무엇을 위해 살아왔고, 무엇을 사랑했는지 알게 되었으니까."

대그니는 내러갠셋 판사를 보았다.

"판사님도 그 사건 때문에 떠나셨죠?"

"그래요. 상급 법원에서 내 판결을 뒤집었을 때 떠났어요. 내가 판사라는 직업을 선택했던 건 정의의 수호자가 되겠다는 결심 때문이었어요. 하지만 세상의 법은 나를 극악한 불의의 집행자로 만들었어요. 권리를 보호받기 위해 내 앞에 선 비무장 상태의 사람들에게서 오히려 권리를 빼앗아야 했죠. 소송 당사자들은 양측 모두가 인정하는 **객관적인** 행위 규범이 존재한다는 전제하에 법원의 판결을 받아들입니다. 그런데 한쪽은 그 규범에 따랐고, 다른 한쪽은 '필요'라는 이름의 독단적인 요구를 내세웠는데 법은 요구하는 사람 편에 섰어요. 정의가 이치에 맞지 않는 걸 지지하고 나선 겁니다. 나는 정직한 사람이 나를 '존경하는 재판장님'이라고 부르는 걸 차마 들을 수가 없어서 그곳을 떠났습니다."

대그니의 시선이 천천히 리처드 핼리에게로 향했다. 그의 이야기를 청하면서도 한편으로는 듣기가 두려운 듯했다. 리처드 핼리가 미소를 지었다.

"세상 사람들이 나를 힘들게 한 것에 대해서는 용서할 수 있었어요. 용서가 안 되었던 건 내 성공을 보는 그들의 시각이었죠. 그들이 나를 거부했던 오랜 세월 동안 나는 그들을 미워하지 않았어요. 그들에게 내 작품이 생소하다면 익숙해질 시간을 줘야죠. 기존의 틀에서 벗어나 새롭게 도약하는 첫 번째 주자가 되는 것을 긍지로 여긴다면 다른 사람들이 빨리 따라오지 못해도 불평하지 말아야죠. 오랜 세월 나는 그렇게 자신을 타이르며 마음을 다독여왔어요. 이따금 밤에 더 이상 기다릴 수도, 믿을 수도 없어서 '왜?'

라고 외친 적도 있었지만 답을 찾을 수 없었죠. 그러다 마침내 세상 사람들이 내게 환호를 보내게 된 날, 나는 그들을 마주하고 무대에 서서 그동안 그토록 갈망했던 순간을 맞이했다는 생각을 하며 감격을 맛보려고 했지만 아무것도 느낄 수 없었어요. 무명 시절의 밤들이 떠오르면서 '왜?'라는 절규가 들렸지만 그 답은 여전히 찾을 수 없었고, 관객들의 환호는 그들의 냉대만큼이나 공허하게 느껴졌어요. 만일 그들이 '너무 늦게 알아줘서 미안하고 기다려줘서 고맙다'고 말했다면 나는 더 이상 아무것도 바라지 않고 그들에게 줄 수 있는 모든 것을 주었을 거예요. 하지만 내가 그들의 얼굴에서 본 건, 그들이 내게 찬사를 보내기 위해 모여들어 하는 말에서 들은 건 세상이 예술가들에게 요구하는 것이었어요. 나는 인간이 그런 생각을 할 수 있다는 것을 도무지 믿을 수 없었죠. 그들은 내게 아무것도 빚진 게 없다고, 그들이 내 음악을 이해하지 못했기 때문에 내가 도덕적 목표를 가질 수 있었다고, 그들을 위해 고통에 몸부림치며 견뎌내는 게 내 의무라고 말하는 듯했어요. 그들이 내게 어떤 냉소와 경멸을 보내고 부당한 짓을 하고 고통을 준다고 해도, 그들에게 내 작품을 즐기는 법을 가르쳐주기 위해 그 모든 것을 견디는 것이 내 목적이고 **그들의** 권리라는 거죠. 그제야 나는 그동안 상상조차 할 수 없었던 정신의 약탈자의 본질을 알게 됐어요. 그들은 멀리건의 주머니에 손을 넣어 그의 돈을 훔치듯 내 영혼에 들어와 내가 지닌 가치를 훔치려고 했어요. 텅 빈 자신을 더 나은 사람들을 이용해서 채우려고 하는 평범한 인간들의 뻔뻔한 악의. 그들은 멀리건의 돈으로 먹고살려고 했듯이 내가 곡을 쓰는 데 바친 시간과 내가 곡을 쓰도록 만든 것으로 마음의 양식을 삼으려 했어요. **자기들이** 내 음악의 목표이고 내 성취의 이유이므로 자기들이 내 가치를 인정해줘야 할 게 아니라 내가 자기들에게 머리 숙여 감사해야 한다고 주장하고, 내가 그것을 시인하도록 만들어서 자존감을 얻는 방식으로요. 바로 그날 밤, 나는 그들에게 다시는 내 음악을 들려주지 않겠다고 다짐했어요. 극장을 나왔을 때 거리는 텅 비어 있었어요. 내가 마지막으로 나온 거죠. 그런데 한 번도 본 적이 없는 사람이 가로등 불빛 속에서 나를 기다리고 있었어요. 그는 내게 많은 말을 할 필요가 없었죠. 하지만 내가 그에게 바친 협주곡은 해방의 협주곡이라고 불리죠."

대그니는 나머지 사람들을 둘러보았다.

"여러분들의 이유를 들려주세요."

그녀는 지금 매를 맞고 있지만 끝까지 맞겠다는 듯 결연한 목소리로 말했다. 그러자 닥터 헨드릭스가 말했다.

"나는 몇 년 전 의료계가 국가의 통제를 받게 되었을 때 떠났어요. 뇌수술이 얼마나 어려운 일인지 압니까? 뇌수

술에 어떤 기술이 필요한지, 그 기술을 익히려면 몇 년 동안이나 열정을 바쳐 지독하게 매달려야 하는지 압니까? 나는 거짓 일반론으로 권력을 잡아 무력으로 원하는 것을 쟁취하는 인간들 손에 그 기술을 맡길 수 없었어요. 내가 수년 동안 연구한 것의 용도를, 내 일하는 조건과 환자 선택, 그리고 보수를 그들이 결정하게 내버려 둘 수는 없었어요.

그들은 의료계의 노예화에 앞서 다른 모든 것에 대해 토론하면서 의사들 입장만 고려하지 않았어요. 환자들의 '복지'만 고려하고 그것을 제공하는 사람들은 무시해버린 겁니다. 그 문제에 대해 의사가 권리나 요구, 선택권을 갖는 건 부적절한 이기심으로 치부해버렸죠. 의사에게는 선택권이 없고 오직 '봉사'만 해야 한다는 거죠. 강요에 의해 일하는 걸 기꺼이 받아들이는 사람은 가축 사육장을 맡기기에도 위험한 짐승 같은 인간입니다. 그들은 그것도 모르고 건강한 사람들의 목을 졸라 아픈 사람들을 돕게 만들려 하고 있어요. 나를 노예로 만들고, 내 일을 감독하고, 내 의지를 억압하고, 내 양심을 더럽히고, 내 정신을 질식시킬 권리가 자신들에게 있다고 주장하며 우쭐대는 사람들, 나는 그들의 그런 태도가 정말 놀라웠어요. 그들은 수술대에 누워 나에게 수술을 받게 된다면 무엇에 의존할까요? 그들의 도덕률은 그들에게 희생자들의 미덕에 의존하는 것이 안전하다고 믿도록 가르쳤어요. 나는 바로 그 미덕을 거두어들인 겁니다. 이제 그들의 체제가 양산할 의사들이 어떤 사람들인지 두고 보라죠. 수술실에서, 그리고 병동에서 그들이 숨통을 쥔 의사들 손에 목숨을 맡기는 게 안전하지 않다는 것을 깨달아보라죠. 의사가 그것에 분노하고 있다면 그들 목숨은 안전하지 못할 것이고, 만일 그것에 분노하지 않는 사람이라면 더욱더 안전하지 못할 겁니다."

이어서 엘리스 와이엇이 말했다. "나는 식인종의 먹이가 되고, 그것도 모자라 요리까지 해다 바치고 싶지 않아서 떠났어요."

켄 대너거가 말했다. "나는 나와 싸우는 상대가 무능력자들이란 것을 알았어요. 무기력하고 목적의식도 없고 무책임하고 비이성적인 인간들. 내가 그들을 필요로 한 게 아니었고, 그들이 내게 명령하고 내가 그것에 따라야 할 이유는 없었어요. 그래서 떠났죠. 그들이 스스로 그것을 깨닫도록."

이번엔 쿠엔틴 대니얼스가 말했다. "내가 떠난 것은 짐승 같은 세력에 자신의 정신을 바치는 과학자가 세상에서 가장 장기적인 살인자이기 때문입니다."

잠시 침묵이 흘렀다. 대그니는 골트를 보며 물었다.

"당신은요? 당신이 첫 번째였죠. 무엇 때문이었나요?"

골트는 조용히 웃었다.

"원죄에 대한 거부요."

"그게 무슨 뜻이죠?"

"나는 내 능력에 대해 죄의식을 느껴본 적이 없어요. 내 정신에 대해서도, 내가 인간이라는 사실에 대해서도 죄의식을 느껴본 적이 없어요. 나는 부당한 죄의식을 받아들인 적이 없기 때문에 가치 있는 존재가 되고, 자신의 가치를 알 수 있었어요. 나는 생각이란 것을 할 수 있게 되면서부터 내가 자기의 필요를 위해 존재한다고 주장하는 인간은 죽여버리고 싶었고, **그것이** 가장 숭고한 도덕적 감정임을 알았어요. 그날 밤 20세기 모터 집회에서 그들이 도덕적 정의감에 찬 목소리로 악을 부르짖는 것을 듣고 나는 세상의 비극의 근원을, 그리고 그 해결책을 보았어요. 무엇을 해야 하는지 알게 된 거죠. 그래서 그것을 하기 위해 나왔어요."

"그럼 모터는요? 왜 그 모터를 포기했죠? 왜 그걸 스탠스가 자녀들에게 남겨두었죠?" 대그니가 물었다.

"그들 아버지의 재산이었으니까요. 그가 내게 돈을 주고 그것을 만들게 했으니까요. 그 모터는 그가 회사를 운영할 때 만들어졌어요. 나는 그 모터가 그들에겐 아무 도움이 되지 못하고 그냥 묻혀버리게 되리란 것을 알고 있었죠. 그것은 나의 첫 실험 모델이었어요. 나와 동등한 실력자가 아니면 아무도 그것을 완성할 수 없고 그 가치를 알아볼 수도 없죠. 나는 그런 사람이 그 공장에 갈 가능성이 없다는 것을 알고 있었어요."

"당신의 모터가 지닌 가치를 알고 있었나요?"

"네."

"그런데도 그걸 그렇게 사라지게 했다고요?"

"그래요."

골트는 시선을 돌려 창밖의 어둠을 응시하며 조용히 웃었다. 그것은 즐거운 웃음이 아니었다.

"나는 그곳을 떠나기 전에 마지막으로 내 모터를 보러 갔어요. 부(富)는 천연자원의 문제이고 공장을 소유하는 것의 문제이며 기계들이 인간의 두뇌를 결정한다고 주장하는 인간들이 떠오르더군요. **거기** 그들의 두뇌를 결정할 모터가 있었어요. 인간의 정신이 배제된 상태로, 녹슬어가는 고철 덩어리와 전선들의 집합체로. 당신은 그 모터가 생산되면 인류에 얼마나 큰 공헌을 하게 될지에 대해 생각했겠죠. 나는 그 모터가 공장 쓰레기더미에 처박혀 훗날 세상 사람들이 진실을 깨닫도록 하는 것이 인류에 더 큰 도움이 된다고 생각합니다."

"그곳을 떠날 때 그런 날이 올 거라고 생각했나요?"

"아니요."

"다른 곳에서 그 모터를 다시 만들 기회가 있을 거라고 생각했나요?"

"아니요."

"그런데도 그걸 쓰레기더미에 처박아두고 싶었나요?"

"나에게 너무나 소중한 모터라 쓰레기더미에서 사라져 버리게 할 수밖에 없었죠."

골트는 천천히 그렇게 말한 뒤 대그니를 똑바로 응시했다. 그러고는 주저하거나 흔들리지 않는 준엄한 목소리로 덧붙였다.

"당신이 태거트 대륙횡단철도를 그렇게 사라져버리게 할 수밖에 없는 것처럼."

대그니는 고개를 치켜들고 그를 마주 응시하며 당당하고 솔직한 애원을 담은 목소리로 말했다.

"지금 대답하게 하지 말아주세요."

"그러죠. 우린 당신이 알고 싶은 건 무엇이든 말해주겠지만 결정을 재촉하지는 않을 겁니다."

그러고는 갑자기 놀라울 정도로 부드러워진 목소리로 덧붙였다. "우리의 것이 되었어야 하는 세상에 무관심해지기란 너무 힘든 일이죠. 나도 알아요. 우리 모두 그 과정을 거쳤으니까."

대그니는 조용하고 흔들림 없는 방 안을, 그리고 골트가 만든 모터에서 나와 평온하고 확신에 찬 사람들의 얼굴을 비추고 있는 불빛을 보았다.

"20세기 모터를 떠나서 뭘 했어요?" 대그니가 물었다.

"불꽃 감시자가 됐죠. 나는 깊어가는 야만의 밤에 환한 불꽃을 찾아내는 일을 시작했습니다. 능력을 지닌 사람들, 정신을 지닌 사람들을 찾아내어 그들의 고통과 몸부림을 지켜보다가 그들이 겪을 만큼 겪었다는 판단이 서는 순간 세상에서 끌어냈죠."

"그들이 모든 것을 포기하도록 어떤 말로 설득했나요?"

"그들이 옳다고 말해줬어요."

대그니가 눈으로 하는 질문에 대한 답으로 그가 덧붙였다. "그들이 미처 깨닫지 못한 자부심을 일깨워준 거죠. 그것을 말로 확인해주었고요. 그들이 마음 깊이 갈망하면서도 자신들에게 필요한 줄도 모르고 있던 너무나 소중한 재산을 주었어요. 바로 도덕적 인정이죠. 나를 파괴자요, 인간 사냥꾼이라고 불렀나요? 나는 이 파업의 대표이고, 희생자들의 저항을 이끄는 사람이며, 억압받고 약탈당하고 착취당하는 이들의 옹호자입니다. 그 말들은 **내** 입을 통해 비로소 문자 그대로의 의미를 지니게 되었고요."

"처음 당신을 따른 사람이 누구였죠?"

골트는 강조의 뜻으로 잠시 뜸을 들인 후 대답했다. "나의 가장 가까운 두 친구였죠. 그중 한 명은 당신도 아는 사람입니다. 그가 어떤 대가를 치렀는지 아마 당신이 그 누구보다 잘 알 겁니다. 그 다음은 우리의 스승이신 액스턴 박사님. 스승님은 하룻밤의 대화 끝에 우리에게 합류하셨죠. 그 다음은 20세기 모터 연구소에서 내 상사였던 윌리엄 헤이스팅스 씨. 그분은 자신과의 싸움을 벌이느라 힘든 시간을 보냈어요. 그렇게 꼬박 1년이 걸렸지만 결국 우리에게 합류했죠. 그 다음은 리처드 핼리. 그 다음은 미다스 멀리건."

"나는 15분밖에 안 걸렸어요." 멀리건이 말했다.

대그니는 그에게 시선을 돌리며 물었다. "이 골짜기 마을을 만든 게 당신이었죠?"

"그래요. 원래 이곳은 내 개인 휴양지였어요. 몇 년 전에 이 산지 몇 킬로미터를 구입했죠. 자기가 어떤 땅을 소유하고 있는지도 모르는 목장주들에게서 조금씩 사들였죠. 이 계곡은 지도에도 나와 있지 않아요. 난 은퇴를 결심한 후 이 집을 지었어요. 이곳에 접근 가능한 길을 모두 차단하고 하나만 남겨둔 다음 아무도 발견하지 못하도록 위장했어요. 나는 이 골짜기를 자급자족이 가능한 곳으로 만들었어요. 여생을 이곳에서 지내며 다시는 약탈자들의 얼굴을 보지 않아도 되도록. 존에게 내려갠셋 판사가 합류했다는 소식을 듣고 그를 이곳으로 초대했어요. 그 다음에는 리처드 핼리를 초대했고. 다른 사람들은 처음엔 바깥세상에 남아 있었어요."

골트가 설명했다. "우리에겐 단 한 가지 규칙밖에 없어요. 우리의 서약을 하는 것은 한 가지 약속을 하는 것인데,

그것은 바로 자신의 직업에 종사하지 않는 것, 자신의 정신으로 세상에 이득을 주지 않는 것이죠. 우리는 각자 스스로가 선택한 방식으로 그 약속을 지켜오고 있어요. 돈이 있는 사람은 은퇴해서 그 돈으로 살고 있지요. 일을 해야만 하는 사람은 자신이 찾을 수 있는 가장 하등한 일을 하고 있고요. 우리 중에는 유명인도 있고, 핼리가 발견한 당신 철도회사의 젊은 제동수처럼 재능이 알려져 희생양이 되기 전에 구원된 사람도 있어요. 그렇다고 우리가 정신이나 사랑하는 일을 포기한 것은 아니에요. 각자가 시간을 내서 나름의 방식으로 진짜 일을 계속하고 있죠. 하지만 은밀히, 오직 자신만을 위해 할 뿐 세상 사람들에게는 아무 혜택도 돌아가지 않게 하고 있어요. 우리는 늘 그랬듯이 추방자 신세로 전국에 흩어져 있지만 이제 의식적 의도로 우리의 역할을 받아들인 거죠. 우리의 유일한 위안은 가끔 만나 서로 얼굴을 보는 겁니다. 우리는 인간들이 아직 존재한다는 것을 확인할 수 있어서 서로 만나는 걸 좋아하죠. 그래서 1년에 한 달은 이 골짜기에서 지내며 휴식도 취하고, 합리적인 세상에서 생활하고, 그동안 숨겨온 성과를 교환합니다. 이곳에서는 성과가 보상을 받지 착취의 대상이 되지는 않으니까요. 우리는 이곳에 각자 집을 한 채씩 지었습니다. 열두 달 중에서 한 달을 보내려고요. 그랬더니 나머지 열한 달이 견디기 쉬워졌어요."

이번에는 휴 액스턴이 말했다. "태거트 양, 인간은 사회적 동물이니까요. 물론 약탈자들이 주장하는 그런 의미에서는 아니지만."

미다스 멀리건이 말했다. "이 골짜기의 번성은 콜로라도의 몰락과 함께 시작되었죠. 엘리스 와이엇을 비롯한 기업가들이 숨을 데가 없어서 이곳으로 왔으니까요. 그들은 나처럼 남은 재산을 모두 금이나 기계로 바꿔 이곳으로 가져왔어요. 그래서 이곳을 발전시키고 일을 해야만 먹고살 수 있는 사람들을 위해 일자리를 창출할 수 있었죠. 이제 우리 대부분이 1년 내내 이곳에서 살 수 있는 단계에 이르렀어요. 이 골짜기는 거의 자급자족이 가능해졌고, 여기서 생산할 수 없는 것들은 바깥세상에서 사오고 있어요. 내 돈이 약탈자들 손에 들어가지 못하게 하는 특별한 대리인을 통해서요. 이곳은 나라도 아니고, 사회라고 할 수도 없어요. 개인들이 오로지 자기이익만을 위해 모인 자발적 결사체일 뿐이죠. 나는 이 골짜기의 소유주로서 사람들이 원하는 만큼 땅을 팔았어요. 의견 충돌이 생기면 내려갠셋 판사가 조정자 역할을 하게 되어 있죠. 아직까지는 내려갠셋 판사를 부를 일이 없었어요. 세상 사람들은 의견 일치를 보기가 힘들다고들 하죠. 하지만 양측 모두 다른 사람을 위해 존재하지 않고 이성만이 거래의 수단이라는 도덕적 절대주의를 견지한다면 의견 일치는 놀라울 만큼 쉬워집니다. 우리 모두가 이곳에서 살게 될 날이 멀지 않았어요. 세상이 너무나 빠르게 붕괴되고 있어서 곧 모두 굶주리게 될 테니까요. 하지만 이 골짜기에서는 굶주리는 일이 없을 겁니다."

휴 액스턴이 말했다. "세상은 우리가 예상했던 것보다 더 빠른 속도로 무너지고 있어요. 사람들이 일을 멈추고 포기하고 있어요. 당신 철도의 기차를 버리고 떠난 승무원들, 이탈자들, 강도 떼, 그들은 우리에 대해 들어본 적도 없고 우리의 파업에 동참한 것도 아니에요. 스스로 알아서 행동에 나선 겁니다. 그것은 그들에게 남아 있는 합리성의 자연스러운 반응이고, 우리의 저항과 같은 거예요."

골트가 말했다. "우리는 파업을 시작할 때 끝이 언제가 될지 알 수 없었어요. 살아서 세상의 해방을 보게 될지 아니면 다음 세대에 우리의 투쟁과 비밀을 넘겨줘야 할지 알지 못했어요. 우리가 알고 있었던 것은 이것만이 우리가 원하는 삶의 방식이라는 사실뿐이었죠. 그런데 이제 곧 우리의 승리와 귀환의 날이 오게 될 것 같네요."

"그게 언제인데요?" 대그니가 속삭이듯 물었다.

"약탈자들의 법칙이 무너지는 날이죠."

골트는 의문과 희망이 섞인 눈빛을 보내는 대그니를 보며 덧붙였다. "그들의 자기희생주의가 마침내 가면을 벗게 될 때…… 정의의 길을 가로막고 그들이 받아야 할 응분의 벌을 피할 수 있게 해줄 희생자들이 더 이상 없을 때…… 자기희생의 전도자들이 기꺼이 자기희생을 실천하려는 사람들은 희생할 게 없고 희생할 게 있는 사람들은 더 이상 희생하고 싶어하지 않는다는 사실을 발견할 때…… 세상 사람들이 감정과 육체는 그들을 구할 수 없고 그들이 저주한 정신은 더 이상 존재하지 않아서 그들의 도와달라는 절규를 들을 수 없음을 알게 될 때…… 정신을 지니지 못한 인간들의 운명에 따라 그들이 무너질 때…… 그들에게 더 이상 권위도, 법도, 도덕도, 희망도, 음식도, 음식을 구할 길도 남아 있지 않을 때…… 그들이 무너져 길이 날 때…… 그때 우리는 돌아가서 세상을 재건할 겁니다."

대그니는 태거트 터미널이 떠올랐다. 얼마나 무거운지 생각해볼 겨를도 없이 짊어지고 살아온 짐이 하나의 목소리가 되어 그녀의 무감각해진 마음속에서 외치고 있었다. '**여기가** 태거트 터미널이야. 이 방이. 뉴욕의 거대한 터미널이 아니라. 이곳이 내 목표이고 철도의 끝이야. 두 개의 선로가 하나로 합쳐지며 사라지는 지평선 끝. 나를 앞으로 이끌었던 목표점. 너새니얼 태거트를 이끌었던 목표점이기도 하지. 너새니얼 태거트가 살아생전에 멀리서 보았던, 그리고 지금도 인파가 소용돌이치는 터미널 중앙 홀에 우뚝 서서 당당히 고개를 들고 응시하고 있는 목표점. 나는 이것을 위해 태거트 대륙횡단철도에 인생을 바쳐왔던 거야. 내게 태거트 대륙횡단철도는 아직 발견하지 못한 정신이 깃든 육체와도 같은 것이었지. 그런데 이제 정신을 발견했어. 내가 원했던 모든 것을. 그것이 이 방에 있어. 내 손 안에 있어. 하지만 그 대가로 세상에 두고 온 철도를 버려야 해. 선로는 사라지고 철교는 무너지고 신호등은 꺼지고…… 그래도…… 내가 원했던 모든 것이 여기 있는데.'

대그니는 햇살 빛깔의 머리카락과 날카로운 눈을 가진 남자에게서 시선을 돌렸다.

"지금 대답할 필요는 없어요."

대그니는 고개를 들었다. 골트가 그녀의 갈등을 모두 읽은 것처럼 바라보고 있었다.

"우리는 동의를 강요하지 않아요. 누구에게든 본인이 들을 준비가 되어 있는 말 이상은 하지 않고요. 때가 되기도 전에 우리의 비밀을 알게 된 사람은 당신이 처음이에요. 하지만 당신이 이곳에 왔으니 우리의 비밀을 알려줄 수밖에 없었죠. 이제 당신은 자신이 하게 될 선택의 정확한 본질을 알게 되었어요. 그 선택이 어렵게 느껴진다면 둘 중 하나를 선택하는 것밖에는 방법이 없는 걸까 하는 생각이 있기 때문입니다. 그렇다는 것을 알게 될 거고요."

"시간을 좀 주겠어요?"

"우리가 당신에게 시간을 주는 게 아니에요. 시간은 얼마든지 가져도 좋아요. 언제, 어떤 선택을 내릴 것인지는 당신 스스로 결정할 문제예요. 우리는 그 결정이 어떤 대가를 요구하는지 알아요. 우리 모두 그 대가를 치렀으니까요. 당신이 이곳에 온 게 결정을 더 쉽게 해줄 수도, 어렵게 만들 수도 있겠군요."

"어렵게 만들었어요." 대그니가 속삭이듯 말했다.

"알아요."

골트도 들릴락 말락 한 소리로 대답했다. 대그니는 충격에 빠져 잠시 정신이 아득해졌다. 아까 그에게 안겨 산에서 내려온 것보다 지금 둘이 같은 목소리를 낸 것이 더 가까운 신체적 접촉으로 느껴졌던 것이다.

두 사람이 차를 타고 골트의 집으로 돌아오는 길, 골짜기 위 하늘에 보름달이 떠 있었다. 달은 빛을 내지 않는 둥글납작한 등불 같았다. 약한 달빛은 땅에까지 닿지 못하고 공중에 머물러 있었고 땅을 밝히는 것은 비정상적으로 하얗게 빛나는 흙인 듯했다. 기괴한 정적에 싸인 무채색 풍경은 마치 멀리 있는 듯 흐릿하게 보였고 구름에 인화된 사진처럼 천천히 흘러갔다. 대그니는 문득 자신이 미소짓고 있음을 깨달았다. 그녀는 골짜기의 집들을 내려다보고 있었다. 불이 켜진 창들이 푸르스름한 빛에 흐릿하게 보였고 벽들의 윤곽도 희미했다. 긴 안개의 띠들이 느릿느릿 소용돌이치고 있었다. 마치 물속으로 가라앉고 있는 도시를 보고 있는 듯했다.

"이곳을 뭐라고 부르죠?" 대그니가 물었다.

"나는 멀리건 골짜기라고 부르고, 다른 사람들은 골트 협곡이라고 부르죠."

"나라면……." 대그니는 말꼬리를 흐렸다.

골트가 그녀를 흘끗 쳐다보았다. 대그니는 그가 자신의 얼굴에서 무엇을 보았는지 알 수 있었다. 그가 시선을 돌렸다.

대그니는 골트의 입술이 희미하게 움직이는 것을 보았다. 숨을 참고 있다가 내뱉는 듯했다. 대그니는 시선을 떨구고 갑자기 손이 무거워서 팔을 구부리고 있기 힘든 것처럼 팔을 좌석 옆으로 늘어뜨렸다.

길은 높아질수록 점점 더 어두워졌고 길가 소나무 가지들이 차 지붕 위에서 만났다. 그들을 향해 다가오는 바위 언덕 위 골트의 집 창문이 달빛에 반짝이는 것이 보였다. 대그니는 뒤로 편안히 기대앉아서 차에 타고 있는 것은 의식하지 않고 자신을 앞으로 나아가게 하는 움직임만을 느끼며 소나무 가지 사이로 물방울처럼 반짝이는 별들을 바라보았다.

차가 멈추었을 때 대그니는 차에서 내리며 골트를 보지 않았고, 그 이유를 알려고 하지 않았다. 그리고 자신이 잠시 멈추어 서서 불 꺼진 창문을 올려다본 것을 알지 못했다. 그녀는 골트가 다가오는 소리는 듣지 못했지만 그의 손길은 충격적일 정도로 강하게 느꼈다. 마치 지금 그녀가 느낄 수 있는 것은 그것뿐인 듯했다. 골트는 그녀를 번쩍 안고 집을 향해 천천히 올라갔다.

골트는 그녀를 보지 않으며 걸었다. 그는 시간의 흐름을 붙잡으려는 듯, 대그니를 안아 올릴 때의 동작에서 아직 벗어나지 못한 듯 그녀를 꽉 껴안고 있었다. 대그니에게는 그의 발걸음들이 하나의 목표를 향한 단일한 움직임처럼 느껴지면서도 한 걸음 한 걸음이 다음 걸음을 생각할 수조차 없는 분리된 순간처럼 여겨졌다. 두 사람의 머리가 너무 가까이 있었기에 골트의 머리카락이 그녀의 뺨에 스쳤지만 그녀는 그가 얼굴을 더 가까이 대거나 자신이 그의 얼굴을 끌어당기는 일은 없을 것임을 알고 있었다. 갑자기 두 사람은 조용하고 그 자체로 완전한 취기(醉氣)에 젖어 들었다. 그들의 머리카락이 하나로 합쳐진 두 몸에서 나오는 광선처럼 뒤엉켰다. 골트는 이 순간에는 보는 것조차 방해가 되는 듯 눈을 감고 있었다.

집으로 들어선 골트는 거실을 가로지르며 왼쪽을 보지 않았고 대그니 역시 그랬다. 하지만 그녀는 둘 다 왼쪽에 있는 그의 침실 문을 의식하고 있음을 알았다. 골트는 어둠 속을 지나 달빛이 쐐기 모양으로 비치는 객실 침대에 대그니를 눕혔다. 대그니는 그의 손이 그녀의 어깨와 허리를 놓기 전에 잠시 망설이는 것을 느꼈고, 마침내 그가 손길을 거두었을 때 그 순간이 끝났음을 알 수 있었다.

골트는 뒤로 물러나 전등 스위치를 눌러 방을 눈부신 불빛에 넘겨주었다. 그는 대그니에게 자신을 보라고 요구하듯 가만히 서 있었다. 그의 얼굴은 기대감에 차 있으면서도 엄격했다.

"나를 보는 즉시 총으로 쏴버리고 싶었던 것을 잊었나요?" 그가 물었다.

무방비 상태로 조용히 서 있는 그의 모습이 그 말을 실감나게 만들었다. 대그니는 공포와 부정의 외마디를 내지르듯 벌떡 일어나 앉았지만 그의 눈을 똑바로 쳐다보면서 차분히 대답했다.

"맞아요. 그랬어요."

"그럼 그렇게 해요."

대그니는 굴복과 냉소 어린 질책이 담긴 낮은 목소리로 말했다. "그래선 안 된다는 걸 당신도 알잖아요."

골트는 고개를 저었다.

"아니, 나는 당신이 그런 생각을 가졌던 것을 잊지 않길 바라요. 과거에 당신은 옳았어요. 당신은 바깥세상에 속해 있는 한 나를 파괴하려고 해야만 해요. 그리고 지금 당신 앞에 있는 두 갈래 길 중 하나는 당신이 그렇게 할 수밖에 없도록 만들 거고요."

대그니는 아무 대답 없이 고개를 떨구고 있었다. 골트는 그녀가 필사적으로 저항하듯 고개를 흔들자 그녀의 머리카락이 경련하듯 움직이는 것을 보았다.

"당신은 나의 유일한 위험이에요. 나를 적들에게 넘겨줄 수 있는 유일한 사람이죠. 당신이 그들과 함께 머문다면 그렇게 될 거예요. 원한다면 그것을 선택해도 좋아요. 하지만 그 의미를 완전히 알고 선택해요. 지금 대답할 필요는 없어요."

그는 엄격한 목소리로 말을 이었는데, 그것은 자신을 향한 엄격함이었다.

"하지만 내가 두 가지 대답의 의미를 모두 안다는 것을 기억해줘요."

"나만큼 완전하게 알고 있나요?" 대그니가 속삭이듯 물었다.

"그래요."

골트가 나가려고 돌아설 때 대그니의 눈길이 벽의 낙서들에 닿았다. 아까 발견했지만 잊고 있었던 것들이었다.

반들거리는 나무에 연필로 눌러 쓴 그 글들을 보니 연필을 쥔 손에 얼마나 힘이 들어갔을지 생생하게 느껴졌다. "넌 이겨낼 거야 - 엘리스 와이엇", "아침이 되면 괜찮아질 거야 - 켄 대너거", "그만한 가치가 있어 - 로저 마시." 그리고 다른 사람들의 글도 있었다.

"저게 뭐죠?" 대그니가 물었다.

골트는 빙긋 웃었다.

"모두 이 골짜기에서의 첫날 밤을 이 방에서 보냈죠. 첫날 밤이 제일 힘들어요. 세상에서의 기억들을 마지막으로 끊는 날이니까. 난 그들이 부르면 바로 달려갈 수 있도록 그들을 이 방에서 재웠어요. 그들이 잠을 이루지 못하면 말동무도 해줬죠. 그들 대부분이 잠을 자지 못했어요. 하지만 이튿날 아침이면 고통에서 해방될 수 있었죠. 모두가 이 방을 거쳐 가서 이 방은 고문실 혹은 대기실로 불립니다. 모두 내 집을 거쳐 골짜기로 들어가니까."

그는 돌아서서 나가려다가 문간에 멈추어 서서 덧붙였다. "당신이 이 방에 묵게 될 줄은 몰랐어요. 잘 자요."

탐욕의 유토피아

"잘 잤어요?"

대그니는 객실 문간에 서서 거실에 있는 골트를 바라보았다. 그의 뒤에 있는 창문으로 보이는 산들은 은빛이 도는 분홍빛을 띠고 있었다. 다가오는 빛을 약속하는 그 빛은 일광보다 더 밝아 보였다. 바깥세상에서는 이미 해가 떠올랐지만 골짜기를 둘러싼 절벽 꼭대기에는 아직 미치지 못해 하늘이 해 대신 타오르며 해의 움직임을 알리고 있었다. 대그니는 방금 전 아침을 맞는 즐거운 소리를 들었는데 그건 새들의 노랫소리가 아니라 전화벨 소리였다. 그녀는 창밖의 눈부신 초록 가지들이 아닌 부엌 스토브의 반짝이는 크롬 상판과 테이블 위의 빛나는 유리 재떨이, 그리고 골트의 빳빳하고 새하얀 와이셔츠 소매에서 하루의 시작을 보았다. 그녀는 자신도 모르게 골트처럼 웃음기

섞인 목소리로 인사했다.

"잘 잤어요?"

골트는 책상 위의 연필로 계산해놓은 종이들을 모아 주머니에 쑤셔 넣으며 말했다.

"나는 발전소에 가봐야 해요. 광선막에 문제가 생겼다는 연락이 왔어요. 당신 비행기가 충돌하면서 고장이 난 모양이에요. 30분 내로 돌아와서 아침식사 준비하죠."

대그니와 함께하는 일상을 아무 일도 아닌 양 당연시하는 그의 자연스러운 태도와 목소리가 오히려 그것의 중요성을 더 강조해주었고, 골트도 그 중요성을 아는 듯했다.

대그니도 그처럼 자연스럽게 말했다. "차에 있는 지팡이를 가져다주면 내가 아침식사 준비해놓을게요."

골트는 좀 놀란 눈으로 그녀를 쳐다보았다. 그의 시선이 그녀의 붕대 감긴 발목에서 팔로 올라갔다. 그녀는 반소매 블라우스를 입고 있어서 팔꿈치에 붕대를 두껍게 감고 있는 것이 그대로 보였다. 하지만 속이 비치는 블라우스와 단추를 푼 칼라, 얇은 천 사이로 보이는 어깨까지 내려온 머리가 환자보다는 여학생 같은 인상을 주었고, 서 있는 자세도 붕대를 부적절한 물건처럼 보이게 했다.

골트는 미소를 지었다. 그 미소는 그녀를 향한 것이기보다는 갑자기 떠오른 기억 때문이었다.

"원한다면." 그가 말했다.

집에 홀로 남겨진 기분이 이상했다. 그녀는 지금껏 경험해보지 못한 감정을 느꼈다. 그것은 외경심이었고, 주위의 물건을 만지는 것이 너무 스스럼없는 행동인 것 같아 손을 함부로 움직일 수 없었다. 그러면서도 이 집 주인의 주인이라도 되는 것처럼 이 집이 마냥 편안하기만 했다.

아침식사를 준비하는 단순노동이 너무나 순수한 즐거움을 주는 것도 이상했다. 마치 그 일 자체가 목적인 것처럼, 커피포트를 채우고 오렌지 주스를 짜고 빵을 써는 것이 그 자체를 위해 행해지는 동작인 것처럼 느껴졌다. 그것은 춤을 출 때 기대하는, 그러나 거의 맛보기 힘든 그런 즐거움이었다. 대그니는 록데일 역에서 교환원으로 일하던 시절 이후로 그런 즐거움을 맛보지 못했다는 사실을 깨닫고 흠칫 놀랐다.

식탁을 차리고 있는데 날래고 민첩한 남자가 하늘을 나는 듯 가벼운 동작으로 바위 언덕을 뛰어올라오는 모습이 보였다. 그가 문을 벌컥 열며 외쳤다.

"어이, 존!"

그러다 대그니를 보고 우뚝 멈추었다. 그는 진청색 스웨터와 바지 차림에 머리는 금발이었고, 얼굴은 너무나 완벽했다. 대그니는 그를 처음 본 순간 감탄해서가 아니라 믿기지 않아서 그를 멍하니 쳐다보았다.

그는 이 집에 여자가 있을 줄은 몰랐던 듯 대그니를 쳐다보았다. 그러더니 그녀를 알아보고 다시 놀라는 표정이 되었는데 이번에는 즐거움과 승리감이 섞인 놀라움이었다.

그가 조용히 웃으며 물었다. "아, **당신도** 우리에게 합류한 건가요?"

"아니요. 난 훼방꾼이에요." 대그니가 냉담하게 말했다.

그는 알지도 못하는 기술 용어를 쓰는 아이를 대하는 어른처럼 웃었다.

"그 말의 의미를 안다면 그런 사람이 여기 있는 건 불가능하다는 것도 알 텐데요."

"나는 이곳에 추락했어요."

남자는 무례하리만큼 노골적으로 그녀의 팔과 다리에 감긴 붕대를 쳐다보았다.

"언제요?"

"어제요."

"어떻게요?"

"비행기를 타고요."

"비행기를 타고 이런 산속까지 왜 온 거죠?"

그는 귀족이나 무뢰한 같은 노골적이고 거만한 태도를 보였는데 생김새는 귀족, 옷차림은 무뢰한 같았다. 대그니는 일부러 뜸을 들이며 그를 보고 있다가 대답했다.

"선사시대의 신기루에 착륙하려고 했어요. 결국 그렇게 했고."

"당신은 훼방꾼이 맞군요." 그는 모든 것을 알겠다는 듯 웃으며 말했다.

"존은 어디 있어요?"

"골트 씨는 발전소에 있어요. 금방 올 거예요."

그는 자기 집인 양 허락도 구하지 않고 안락의자에 앉았다. 대그니는 조용히 돌아서서 하던 일을 계속했다. 그는 대그니가 식탁을 차리는 광경이 특별한 모순이라도 되듯 빙글거리며 지켜보고 있었다.

"당신이 여기 온 걸 보고 프란시스코는 뭐라고 하던가요?" 그가 물었다.

대그니는 흠칫 놀라며 돌아섰지만 침착하게 대답했다. "프란시스코는 아직 안 왔어요."

"아직도요? 확실해요?" 그가 놀라며 물었다.

"그렇게 들었어요."

그는 담배에 불을 붙였다. 대그니는 그를 지켜보며 그가 어떤 직업을 가지고 있다가 이 골짜기로 왔을까 하는 궁금증에 빠졌다. 어떤 직업이었을지 도무지 짐작이 가지 않았고 그에게 맞는 직업이 없는 듯했다. 그녀는 그가 아무 직업도 없었기를 바라는 터무니없는 생각까지 했다. 그의 믿기지 않을 정도로 아름다운 외모 때문에 어떤 직업을 가져도 위험할 것 같아서였다. 그것은 사적인 감정이 개입되지 않은 생각이었다. 그녀는 그를 한 남자로서가 아니라 살아 있는 예술작품으로 보고 있었다. 바깥세상에서 자기 일을 사랑하는 사람이라면 누구나 충격과 부담, 상처를 감내해야 하는데 그런 완벽한 외모를 지닌 사람이 그런 일을 겪는다는 게 더욱 모욕적으로 느껴졌다. 하지만 그의 얼굴선은 세상의 어떤 위험도 이겨낼 수 있는 강인함을 지니고 있었기에 그녀의 그런 생각은 터무니없는 것임에 분명했다.

"아니요, 태거트 양, 당신은 나를 본 적이 없습니다." 그가 대그니의 시선을 느끼고 말했다.

대그니는 자신이 그를 노골적으로 살펴보고 있었음을 깨닫고 충격을 받았다.

"그런데 내가 누군지 어떻게 알았죠?" 그녀가 물었다.

"첫째, 신문에서 당신 사진을 많이 봤습니다. 둘째, 내가 알기로는 아직 바깥세상에 남아 있는 여자들 중에서 골트 협곡에 들어올 수 있는 사람은 당신뿐이고요. 셋째, 아직까지 훼방꾼으로 남아 있을 정도로 용기가 넘치고 인심 좋은 여자는 당신뿐이니까요."

"내가 훼방꾼이라고 확신하는 이유가 뭐죠?"

"당신이 훼방꾼이 아니라면 이 골짜기가 아니라 바깥세상 사람들의 삶이 선사시대의 신기루라는 것을 알았을 테니까요."

자동차 소리가 들리더니 집 앞에 차가 멈추어 서는 것이 보였다. 남자는 골트가 차에서 내리는 것을 보고 벌떡 일어났다. 만약 반가운 기색을 보이지 않았다면 군대식 예의에서 나온 본능적인 행동처럼 보였을 터였다.

대그니는 골트가 집에 들어오다가 손님을 보고 우뚝 멈추어 서는 것을 보았다. 골트는 미소를 머금었지만 안도감을 감추는 듯한 낮고 엄숙한 목소리로 조용히 말했다.

"잘 지냈나?"

"안녕, 존." 손님이 쾌활하게 말했다.

대그니는 두 사람이 다시 만날 것을 확신하지 못했던 듯 천천히 손을 내밀어 오랫동안 악수하는 모습을 지켜보았다. 골트가 그녀에게 고개를 돌리며 물었다.

"서로 인사 나눴어요?"

"아니, 정식으로는 안 했지." 손님이 말했다.

"태거트 양, 이쪽은 라그나르 다네스퀼입니다."

"태거트 양, 겁먹을 필요 없어요. 나는 골트 협곡에서는 위험인물이 아니니까요."

대그니는 아득히 먼 곳에서 들려오는 듯한 다네스퀼의 목소리를 들으며 자신이 어떤 표정을 지었는지 깨달았다. 그녀는 고개만 젓다가 마음을 진정시키며 말했다.

"당신이 하는 일 때문이 아니라…… 세상 사람들이 당신에게 하는 짓 때문에……."

잠시 얼이 빠져 있던 대그니는 다네스퀼의 웃음소리에 정신이 들었다.

"태거트 양, 조심해야겠군요. 그런 식으로 생각하기 시작했다면 훼방꾼으로 오래 남아 있을 수 없을 테니까요. 하지만 골트 협곡 사람들의 좋은 점들만 받아들여야 할 겁니다. 그들의 실수 말고요. 그들은 12년 동안 나에 대해 쓸데없는 걱정을 해오고 있죠."

그러고는 골트를 흘낏 쳐다보았다.

"언제 들어왔나?" 골트가 물었다.

"어젯밤 늦게."

"앉게. 같이 아침 먹자고."

"그런데 프란시스코는 어디 있는 거지? 왜 아직 안 온 거야?"

"모르겠어. 방금 공항에 들러 물어봤는데 아무도 소식을 못 들었다는군." 골트가 살짝 얼굴을 찌푸리며 말했다.

대그니가 부엌으로 향하자 골트가 따라오려고 했다.

"아니에요. 오늘은 내가 하겠어요." 대그니가 말했다.

"도와주겠어요."

"여긴 도움을 청하지 않는 곳 아닌가요?"

골트는 빙그레 웃었다.

"맞아요."

대그니는 두 남자 앞에 음식을 차리며 그동안 느껴보지 못한 움직임의 즐거움을 맛보았다. 몸이 새털처럼 가볍고 지팡이를 짚은 것은 그저 우아함을 더하기 위한 것인 양

사뿐사뿐 걷는 것이, 자신의 완벽하고 자연스러운 동작을 느끼며 민첩하게 움직이는 것이 그토록 즐거울 수가 없었다. 그녀의 자세를 보면 두 남자의 시선을 의식하고 있음을 알 수 있었다. 그녀는 무대 위의 여배우처럼, 무도회장의 여인처럼, 무언의 시합의 우승자처럼 고개를 꼿꼿이 들고 있었다.

"오늘 자기 대신 이 자리에 있는 사람이 당신이란 것을 알면 프란시스코도 기뻐할 겁니다." 대그니가 식탁에 앉자 다네스퀼이 말했다.

"그게 무슨 뜻이죠?"

"알다시피 오늘은 6월 1일이고 우리 셋, 그러니까 존과 프란시스코, 나는 12년간 매년 6월 1일이면 아침식사를 함께했거든요."

"여기서요?"

"처음에는 아니지만 8년 전 이 집을 지으면서부터는 줄곧 여기서 먹었죠."

다네스퀼은 미소 띤 얼굴로 어깨를 으쓱하며 말을 이었다. "나보다 수백 년은 더 긴 전통을 가진 프란시스코가 제일 먼저 우리의 전통을 깨다니 이상하군요."

"골트 씨는요? 얼마나 긴 전통을 갖고 있나요?" 대그니가 물었다.

"존요? 전통은 없지만 앞날이 모두 그의 것이죠."

"수백 년 전통 이야기는 그만두고 지난 1년에 대한 이야기나 해보게. 사람은 잃지 않았나?" 골트가 말했다.

"아니."

"시간은 잃지 않았나?"

"부상당한 적 있느냐는 말이지? 아니. 10년 전 아마추어 시절에 딱 한 번 살짝 다친 걸 제외하곤 부상이란 걸 당해본 적이 없지. 이제 그 일은 잊을 때도 됐네. 올해는 아무 위험도 없었어. 법령 10-289호 아래에서는 시골 약국을 운영하는 것보다 훨씬 안전했지."

"싸움에 진 적은 없나?"

"없네. 올해는 약탈자들이 잃은 게 많았지. 배는 나한테, 사람은 자네한테 거의 다 빼앗겼으니까. 자네도 올해는 재미가 좋았지, 안 그래? 내가 다 지켜봤네. 작년에 우리가 마지막으로 만나 아침을 먹은 후로 자네는 콜로라도 주에서 데려오고 싶은 사람은 다 데려왔지. 켄 대너거 같은 다른 주 사람들도 몇 명 데려오고. 켄 대너거는 대단한 수확이었어. 그런데 그보다 더 대단한 거물이 곧 자네 손에 들어올 것 같네. 지금 가느다란 실에 대롱대롱 매달려 언제 자네 발치에 떨어질지 모르거든. 그는 내 생명을 구해줬네. 그러니 거의 우리 편이 되었다고 할 수 있지."

골트가 눈을 가늘게 뜨며 몸을 뒤로 젖혔다.

"올해는 아무 위험도 없었다면서?"

다네스퀼이 웃음을 터뜨렸다.

"아, 사실은 작은 모험을 했지. 그럴 만한 가치가 있는 일이었네. 최고로 유쾌한 만남이었으니까. 자네한테 직접 말해주고 싶어서 지금까지 기다렸네. 자네가 듣고 싶어 할 이야기이니까. 그 사람이 누군지 아나? 행크 리어든. 난……."

"아니!"

골트가 명령하듯 말했다. 대그니나 다네스퀼이 그에게서 들어보지 못한 거친 목소리였다.

"뭐라고?" 다네스퀼이 믿을 수 없다는 듯 조용히 물었다.

"지금은 이야기하지 말게."

"하지만 자네가 이곳에서 가장 만나고 싶은 사람이 행크 리어든이라고 늘 말했잖아."

"지금도 그래. 하지만 그 이야기는 나중에 하게."

대그니는 골트의 얼굴을 유심히 살펴보았지만 아무런 단서도 찾을 수 없었다. 결의에 차서인지 아니면 통제력을 발휘해서인지 그는 폐쇄적이고 냉정한 표정을 짓고 있었다. 대그니는 그가 자신에 대해 얼마나 많이 알고 있는지는 몰라도 이런 반응을 일으킬 만한 일에 대해서는 절대 알아내지 못했으리라 생각했다.

그녀는 다네스퀼에게 고개를 돌리며 물었다. "행크 리어든을 만났다고요? 그가 당신 목숨을 구해줬고요?"

"네."

"그 이야기를 듣고 싶어요."

"나는 듣고 싶지 않아요." 골트가 말했다.

"왜요?"

"태거트 양, 당신은 우리 편이 아니니까요."

"그렇군요."

대그니는 반항기가 희미하게 어린 미소를 지으며 말을 이었다. "당신이 행크 리어든을 손에 넣는 것을 내가 방해할 것 같아서요?"

"아니, 그 이유 때문이 아니에요."

다네스퀄도 이 상황이 이해가 안 되는지 골트의 얼굴을 유심히 살피고 있었다. 골트는 그래 봐야 아무것도 알아낼 수 없을 것이라는 듯 당당히 그의 시선을 맞받았다. 대그니는 골트의 눈가에 미소가 어리는 것을 보고 그의 승리를 확인했다.

"올해 또 뭘 이뤘나?" 골트가 물었다.

"중력의 법칙에 도전했지."

"그건 늘 하는 일이고. 이번에는 어떻게 도전했는데?"

"비행기에 안전 적재량을 초과하는 금을 싣고 대서양 한가운데에서 콜로라도까지 날아왔지. 내가 예치할 금의 양을 알면 미다스도 깜짝 놀랄걸. 올해 내 고객들은 더 부자가 될 거고…… 참, 태거트 양에게 그녀도 내 고객이라는 말을 했나?"

"아니, 아직. 자네가 하게."

"내가…… 뭐라고요?" 대그니가 물었다.

"태거트 양, 충격받지 말아요. 반대도 하지 말고요. 나는 이미 반대에 익숙합니다. 여기서 괴짜 취급을 받고 있거든요. 이곳 사람들은 아무도 나의 싸움방식에 동의하지 않아요. 존도 그렇고 액스턴 박사님도 그렇고. 그런 싸움을 하기에는 내 목숨이 너무 소중하다고요. 하지만 우리 아버지가 주교셨는데 아버지의 가르침 중에서 내가 받아들인 건 이거 하나입니다. '칼을 잡는 자는 모두 칼로 망한다.'"

"그게 무슨 뜻이죠?"

"폭력은 실리적이지 못하다는 겁니다. 세상 사람들이 무력으로 나를 지배하는 것을 실리적인 방법이라고 생각한다면 야만적인 힘과 정신의 힘이 대결했을 때 어떤 결과가 나오는지 알게 해줘야죠. 존도 우리 시대에는 내가 택한 방법이 도덕적 정당성을 지닌다고 인정했어요. 나는 존이 하는 일을 하는 겁니다. 내 방식으로. 존은 약탈자들에게서 인간의 정신을 거둬들이고 있고, 나는 인간 정신의 산물을 거둬들이고 있어요. 존은 그들에게서 이성을, 나는 부를 빼앗고 있죠. 그는 세상의 영혼을, 나는 세상의 육체를 빨아들이고 있는 것이죠. 그의 방식은 세상 사람들에게 교훈을 주는 것이고, 나는 성질이 급해 그들의 배움의 과정을 단축시키는 겁니다. 하지만 존처럼 나도 그들의 도덕률에 따르고 있고, 그들이 나와 리어든 씨, 그리고 당신 돈으로 이중 잣대를 적용하지 못하게 하고 있죠."

"그게 무슨 말인가요?"

"소득세를 거둬가는 자들에게 세금을 물리는 방법에 대해 이야기하고 있는 겁니다. 과세방식은 모두 복잡하지만 이건 아주 간단합니다. 모든 방식의 본질로만 이루어져 있으니까요. 설명해주죠."

대그니는 그의 설명을 들었다. 그는 회계원 같은 냉정하고 세심한 목소리로 먼지 낀 장부를 읽듯 돈의 이동, 은행계좌, 소득세 신고에 대해 활기차게 이야기했다. 장부에 기입되는 모든 돈은 그 자신의 피를 담보로 얻은 것이고 자칫 실수라도 하면 그 피가 바로 빠져나갈 듯했다. 대그니는 그의 완벽한 얼굴을 보면서 그의 목에 수백만 달러의 현상금이 걸려 있다는 사실을 상기했다. '바깥세상은 저 아름다운 얼굴이 죽어서 썩어 없어지기를 원한다······ 생산적인 일을 해서 상처를 입기에는 너무나도 아름다운 얼굴······ 모험을 걸기에는 너무나도 아름다운 저 얼굴이······.' 그의 설명을 반은 놓치며 대그니는 생각에 빠져 있었다. 그러다 문득 그의 완벽한 육체는 바깥세상의 본질과 비인간의 시대에 인간적인 가치가 처한 운명을 노골적으로 나타내주는 너무나 단순한 상징이라는 생각이 들었다. '그가 택한 길이 정의롭고 사악하고를 떠나서 어떻게 그들은 그럴 수가…… 아니! 그의 길은 정의롭고 그래서 더 끔찍한 거야. 정의가 선택할 수 있는 길은 그것뿐이니까. 나는 그를 비난할 수 없어. 나는 그에게 동조할 수도, 질책할 수도 없어.'

"……내 고객들은 한 사람씩 천천히 선택되었죠. 그들의 인격과 이력을 검증해야 했으니까요. 당신은 나의 반환 명단에 가장 먼저 오른 사람 중 하나죠."

대그니는 애써 무표정한 얼굴을 유지하며 짤막하게 대답했다. "그렇군요."

"아직 계좌가 미지불 상태로 남아 있는 몇 안 되는 사람 중 하나이고요. 당신 계좌는 이곳 멀리건 은행에 있어요. 당신이 우리에게 합류하는 날 당신 것이 될 겁니다."

"그렇군요."

"하지만 당신 계좌에는 다른 몇몇 사람들의 경우처럼 거액이 들어 있지는 않아요. 지난 12년 동안 당신은 약탈자들에게 강제로 거액을 빼앗겼지만요. 멀리건이 당신에게 넘겨줄 소득세 신고서 사본을 보면 알게 되겠지만 당신이 운행 담당 부사장으로 받은 월급에서 뗀 세금만 환급해주고 태거트 대륙횡단철도 주식으로 번 돈에 대한 세금은 제외했습니다. 물론 당신은 그 주식들을 소유할 자격이 있고 당신 아버지 시대였다면 주식으로 번 돈에 대한 세금도 환급해줬겠지만, 당신 오빠가 경영하는 태거트 대륙횡단철도는 약탈에 가담했으니까요. 태거트 대륙횡단철도는 정부 특혜, 보조금, 지불 유예, 법령 등을 이용해서 수익을 냈어요. 물론 당신은 그것에 대한 책임이 없고 사실 그 정책의 가장 큰 희생자이지만, 약탈로 챙긴 돈은 제외하고 순수하게 생산능력으로 번 돈만 환급해주기로 했어요."

"그렇군요."

아침식사가 끝났다. 다네스퀼은 담배에 불을 붙여 연기를 내뿜으며 대그니를 지켜보았다. 그녀의 마음속 격한 갈등이 눈에 보이는 듯했다. 그는 골트를 향해 씩 웃고는 자리에서 일어섰다.

"이만 가봐야겠어요. 아내가 기다리고 있어서." 그가 말했다.

"**뭐라고요?**" 대그니가 깜짝 놀라서 물었다.

"아내요." 다네스퀼은 그녀가 놀라는 이유를 모르는 듯 쾌활하게 말했다.

"당신 아내가 누구인데요?"

"케이 러들로요."

대그니는 그 말에 함축된 의미를 이해하기가 힘들었다.

"언제…… 언제 결혼했는데요?"

"4년 전에요."

"어떻게 결혼식을 치를 만큼 오래 사람들 앞에 모습을 보일 수 있었죠?"

"우리는 여기서 결혼했어요. 내러갠셋 판사의 주례로."

"어떻게."

대그니는 입을 다물려고 했지만 그를 향한 것인지, 운명을 향한 것인지, 아니면 바깥세상을 향한 것인지 알 수 없는 무력감과 분노에 찬 반항심에 자신도 모르게 말이 터져 나왔다.

"어떻게 당신 아내는 1년 중 11개월을 당신의 생사를 걱정하며……." 그녀는 말꼬리를 흐렸다.

다네스퀼은 미소를 지었지만 그 미소는 사뭇 비장했다. 대그니는 그와 그의 아내가 그런 미소를 지을 자격을 얻기 위해 어떤 각오로 견뎠을지 짐작이 갔다.

"태거트 양, 아내가 그 시간을 견딜 수 있는 건 우리는 이 세상이 불행한 곳이고 인간은 파괴될 운명이라는 믿음을 갖고 있지 않기 때문입니다. 우리는 비극이 우리의 자연스런 운명이라고 생각하지 않고 재난에 대한 고질적인 두려움 속에서 살고 있지 않습니다. 우리는 특별한 이유가 있지 않고는 재난이 닥칠 것을 걱정하지 않고, 재난이 닥치면 그것과 맞서 싸울 수 있습니다. 우리는 행복이 아닌 고통을 부자연스러운 것으로 여깁니다. 성공이 아닌 재앙을 인생의 비정상적인 예외로 여기고요."

골트가 다네스퀼을 문까지 배웅하고 돌아와 식탁에 앉아서는 느긋한 자세로 커피를 더 따랐다. 대그니는 안전밸

브가 압력을 이기지 못해 터지기라도 한 것처럼 벌떡 일어섰다.

"내가 그의 돈을 받을 것 같아요?"

골트는 커피가 잔에 가득 찰 때까지 기다렸다가 그녀를 흘끗 올려다보며 대답했다. "네, 그럴 것 같아요."

"아니요, 안 받을 거예요! 그것 때문에 그가 목숨을 걸게 할 순 없어요!"

"그건 당신이 선택할 수 있는 문제가 아니에요."

"그래도 그 돈을 절대 받지 않겠다는 선택은 할 수 있잖아요!"

"그야 그렇죠."

"그럼 그 돈은 영원히 그 은행에서 잠자고 있겠죠!"

"아니, 그렇지 않을 거예요. 당신이 찾아가지 않으면 그 중 일부가, 아주 적은 액수겠지만 당신 이름으로 내게 양도될 겁니다."

"**내** 이름으로요? 왜요?"

"당신 숙식비로요."

대그니는 그를 빤히 쳐다보았다. 그녀는 화난 표정에서 당혹스러운 표정으로 바뀌더니 천천히 다시 의자에 앉았다.

골트가 웃으며 말했다. "태거트 양, 여기서 얼마나 머물 생각이었죠?"

그는 그녀의 놀라움과 무력감에 젖은 표정을 보며 말을

이었다. "생각 안 해봤어요? 나는 해봤어요. 당신은 여기 한 달 동안 머물 겁니다. 우리의 휴가 기간 한 달 동안요. 나는 지금 당신의 동의를 구하고 있는 것이 아닙니다. 당신도 여기 올 때 우리의 동의를 구하지 않았으니까요. 당신은 우리의 규칙을 깼으니 그 결과를 받아들여야죠. 이 한 달 동안 아무도 골짜기를 떠나지 않아요. 물론 나는 당신을 보내줄 수도 있지만 그러지 않겠습니다. 규칙상 당신을 여기 붙잡아둬야 하는 것은 아니지만 당신은 이곳에 쳐들어옴으로써 내게 선택권을 줬고, 나는 당신이 여기 있는 걸 바라기 때문에 당신을 보내주지 않을 겁니다. 한 달 후에는 돌아가고 싶으면 얼마든지 돌아갈 수 있어요. 그 전에는 안 돼요."

대그니는 꼿꼿이 앉았다. 그녀의 얼굴이 부드러워지며 입가에 희미한 미소가 어렸다. 그것은 적의 위험한 미소였다. 그녀의 눈은 차갑게 빛나면서도 흐려져 있었고 그것은 싸우고 싶어하면서도 지기를 원하는 적의 눈빛이었다.

"좋아요." 그녀가 말했다.

"당신에게 숙식비를 물릴 겁니다. 다른 사람을 공짜로 먹여주고 재워주는 건 우리의 규칙에 어긋나니까요. 우리 중에는 아내와 아이들이 있는 사람들도 있지만 그와 관련된 상호 거래와 지불이 존재하고 우린 그 경우에 해당되지 않죠."

골트는 대그니를 흘끗 보며 말했다. "하루에 50센트씩 받을 테니 멀리건 은행의 당신 계좌에서 돈을 찾으면 그때 갚으면 됩니다. 만일 당신이 그 계좌의 돈을 찾지 않는다면 멀리건이 내 요청에 따라 그 돈에서 대신 갚아줄 거고요."

"당신 조건에 따르겠어요. 하지만 그 돈으로 빚을 갚진 않겠어요." 대그니가 거래인의 영리하고 자신만만하고 느린 목소리로 말했다.

"그럼 어떻게 갚으려고요?"

"내가 숙식비를 벌겠어요."

"어떻게요?"

"일해서요."

"무슨 일요?"

"당신의 요리사 겸 하인이 되겠어요."

골트는 그 충격적인 말에 대그니가 예상치 못했던 격한 반응을 보였다. 그는 갑자기 웃음을 터뜨렸다. 그의 방어력을 넘어서는, 그녀가 한 말의 직접적 의미를 훨씬 넘어서는 공격을 당한 듯한 웃음이었다. 대그니의 말이 그의 과거를 헤집어 그녀는 알지 못하는 그만의 기억과 의미를 일깨운 듯했다. 그는 어떤 아득한 광경을 보고 있는 듯, 그것을 비웃는 듯, 자신과 대그니가 승리를 거둔 듯 웃어댔다.

대그니는 엄격하리만큼 정중한 표정으로 분명하고 냉정하고 사무적으로 말했다. "나를 고용해주면 당신의 식사를 준비하고, 당신의 집을 청소하고, 당신 옷을 세탁하고, 그 밖에도 하인이 해야 할 일은 다 하겠어요. 숙식비와 약간의 옷값 대신요. 며칠 동안은 부상 때문에 일에 지장이 있겠지만 몸이 나으면 완벽하게 해낼 수 있을 거예요."

"그 일을 하고 싶어요?" 골트가 물었다.

"네, 하고 싶어요."

대그니는 '세상 무엇보다도'라는 말이 나오기 전에 얼른 입을 다물었다.

골트는 아직 얼굴에서 웃음이 가시지 않았는데 재미있어하는 웃음이었다. 하지만 재미가 빛나는 영광으로 바뀔 수도 있는 듯했다.

"좋아요, 태거트 양. 당신을 고용하죠."

대그니는 고개를 숙여 보이며 냉정하게 예의를 차려 말했다. "감사합니다."

"숙식을 제공하고 한 달에 10달러씩 주겠어요."

"좋아요."

"이 골짜기에서 내가 처음으로 하인을 둔 사람이 되겠군요."

그는 일어나 주머니에서 5달러짜리 금화를 꺼내 식탁에 놓았다.

"선금이에요."

대그니는 금화를 집으려고 손을 뻗으며 자신이 처음 직

업을 가진 것처럼 열성적이고 간절하고 떨리는 희망을 품고 있는 것을 깨닫고 흠칫 놀랐다. 그것은 일을 잘하고 싶은 희망이었다.

그녀는 눈을 내리깔고 말했다. "네."

◆

대그니가 골짜기에 온 지 사흘째 되는 날 오후에 오언 켈로그가 도착했다.

대그니는 그를 가장 충격에 빠뜨린 것이 그가 비행기에서 내릴 때 자신이 비행장 가장자리에 서 있었던 것인지, 아니면 자신의 옷차림인지(속이 비치는 하늘하늘한 블라우스는 뉴욕 최고급 양장점에서 맞춘 것이었고, 폭이 넓은 면 소재의 나염치마는 골짜기에서 60센트에 산 것이었다), 아니면 지팡이나 붕대, 팔에 낀 장바구니 때문인지 알 수 없었다.

그는 사람들 무리에 섞여 비행기에서 내려오다가 대그니를 보고 우뚝 멈추더니 공포처럼 보이는 강한 감정에 이끌려 그녀에게 달려왔다.

"부사장님……."

그는 그렇게 속삭이고는 더 이상 말을 잇지 못했다. 대그니는 웃으며 자신이 그보다 먼저 이곳에 온 사정을 설명했다. 그는 도무지 믿기지 않는 것처럼 듣고 있다가 그가 충격을 받을 수밖에 없었던 이유를 이야기했다.

"우리는 부사장님이 죽은 줄 알았어요."

"누가 그렇게 생각했는데요?"

"우리 모두요…… 그러니까, 바깥세상 사람들 전부요."

켈로그가 충격에서 헤어나 기쁨에 찬 목소리로 이야기하기 시작하자 대그니의 얼굴에서 미소가 가셨다.

"부사장님, 기억 안 나세요? 콜로라도 윈스턴에 전화해서 부사장님이 이튿날 정오까지 거기 도착한다고 전하라고 하셨잖아요. 그게 그저께, 5월 31일이었죠. 하지만 부사장님은 윈스턴에 나타나지 않았고, 그날 늦은 오후쯤 되자 라디오마다 부사장님이 로키 산맥 어딘가에서 비행기 추락 사고로 실종됐다는 소식을 내보냈어요."

대그니는 미처 생각지 못했던 사태를 파악하고 천천히 고개를 끄덕였다.

"저는 혜성특급에서 소식을 들었어요. 뉴멕시코 주 한복판에 있는 작은 역에서요. 차장이 거기서 1시간이나 열차를 세워놨고, 제가 장거리 전화로 사실을 확인했죠. 그도 그 소식을 듣고 저처럼 충격을 받았거든요. 우리뿐 아니라 모두 그랬어요. 열차 승무원들과 역장, 전철수들까지. 제가 덴버와 뉴욕 신문사들에 전화를 거는 동안 모두 제 주위에 모여 있었죠. 우리는 많은 걸 알아내진 못했어요. 부사장님이 5월 31일 동트기 직전에 애프턴 비행장을 떠났고, 낯선 비행기를 쫓아 남동쪽으로 가는 것을 비행장 직원이 목격했다는 것밖에는. 그리고 그 후로는 아무도 부사장님을 보지 못했고…… 수색대가 비행기 잔해를 찾기 위해 로키 산맥을 이 잡듯 뒤지고 있다는 소식이 전부였죠."

대그니가 자신도 모르게 물었다. "혜성특급은 샌프란시스코에 도착했나요?"

"모릅니다. 열차가 굼벵이처럼 애리조나를 지나고 있을 때 내렸으니까요. 지연도 많고 문제도 많고 아주 엉망이었어요. 저는 열차에서 내려 밤새 트럭, 고물차, 마차를 얻어 타고 콜로라도로 갔습니다. 약속 장소에 제시간에 도착하려고요. 약속 장소에 모여서 미다스의 비행기를 타고 이리로 오기로 했거든요."

대그니는 해먼드의 식료품점 앞에 세워둔 차를 향해 천천히 길을 올라가기 시작했다. 켈로그가 따라오면서 목소리를 조금 낮추어 두 사람의 발걸음처럼 천천히 이야기를 이어갔다. 두 사람 다 미루고 싶은 이야기가 있는 듯했다.

"제프 앨런에게 일자리를 찾아줬습니다."

켈로그가 '당신의 유언을 실행에 옮겼습니다'라고 말하는 듯한 엄숙한 목소리로 말했다.

"로럴에 도착하자마자 역장이 바로 붙잡아 일을 시키더군요. 사지 멀쩡한 사람이면, 아니 정신이 똑바로 박힌 사람이면 누구라도 환영이라는 태도였어요."

차에 도착했지만 대그니는 타지 않았다.

"부사장님, 많이 다치신 건 아니죠? 비행기가 추락했는데 심각한 사고는 아니었다고 하셨죠?"

"그래요, 전혀 심각한 사고가 아니었어요. 내일이면 멀리건 씨 차 없이도 지낼 수 있어요. 그리고 하루 이틀 더 있으면 이것도 필요 없을 거고."

대그니가 지팡이를 휙 들어 차 안으로 던지며 말했다. 두 사람은 침묵 속에 서 있었다. 대그니는 켈로그의 말을 기다리고 있었다.

"제가 뉴멕시코에 있는 역에서 마지막으로 건 장거리 전화는 펜실베이니아에 건 것이었습니다. 행크 리어든과 통화했죠. 그에게 제가 아는 모든 것을 전했습니다. 제 이야기가 끝나자 잠시 침묵이 흐른 뒤 그가 말했어요. '전화해줘서 고맙소'라고."

켈로그는 시선을 내리깔며 덧붙였다. "그런 침묵의 순간은 다시는 경험하고 싶지 않아요."

켈로그는 시선을 들어 대그니를 바라보았다. 그녀를 나무라는 눈빛이 아니라 그녀와 리어든의 관계를 아는 눈빛이었다. 대그니가 자신에게 무슨 일이 생기면 행크 리어든에게 연락해달라고 부탁했을 때는 미처 깨닫지 못했다가 그 후 짐작하게 된 것이었다.

"고마워요."

대그니는 그렇게 말하고 차 문을 열며 덧붙였다. "태워다 줄까요? 집에 돌아가서 주인이 오기 전에 저녁식사를 준비해야 해요."

대그니는 골트의 집으로 돌아와 햇살 가득한 조용한 방에 홀로 서자 자신의 감정을 직시할 수 있었다. 그녀는 창문을, 동쪽 하늘을 가린 산을 바라보았다. 지금 3,000여 킬로미터 떨어진 곳에 있는 자신의 책상에 앉아 있을 행크 리어든이 떠올랐다. 그의 얼굴은 고난을 당할 때마다 그랬던 것처럼 고통에 맞서 옹벽처럼 단단히 굳어 있을 터였다. 대그니는 그를 위해 싸우고 싶은 마음이 간절했다. 그의 과거를 위해, 그의 굳은 얼굴과 고통에 맞서는 용기를 위해 싸우고 싶었다. 사막의 무너져가는 선로 위를 마지막 안간힘을 다해 느릿느릿 달려가는 혜성특급을 위해 싸우고 싶은 것처럼. 그녀는 이중 반역을 저지르고 있는 듯한 죄책감에 눈을 질끈 감으며 몸서리를 쳤다. 이 골짜기와 바깥세상 그 어디에도 속하지 못한 채 중간 지점에 매어 있는 듯한 기분이었다.

하지만 저녁 식탁에서 골트와 마주 앉자 그런 기분은 사라졌다. 골트는 그녀가 거기 앉아 있는 것이 자연스러운 일인 듯, 그저 그녀만 바라보고 있고 싶은 듯 솔직하고 편안하게 그녀를 응시했다.

대그니는 그런 그의 시선에 응하듯 약간 뒤로 기대앉으

며 거부의 뜻을 나타내는 냉담하고 사무적인 목소리로 말했다.

"당신 셔츠들을 점검해봤는데 단추 두 개가 떨어진 셔츠가 하나 있고, 왼쪽 팔꿈치가 해진 게 하나 있더군요. 내가 수선할까요?"

"아, 네…… 할 수 있으면."

"할 수 있어요."

그래도 그의 시선은 변하지 않았고, 그녀가 그런 말을 해주길 바라기라도 했던 듯 오히려 만족감만 더해진 것 같았다. 하지만 그녀는 그의 눈빛에 담긴 것을 만족감이라고 불러야 할지 확신이 서지 않았고, 자신이 말을 하는 것을 그가 바라지 않았음을 확신할 수 있었다.

식탁 너머로 창밖을 보니 검은 구름이 동쪽 하늘에 남아 있던 빛을 완전히 가리고 있었다. 대그니는 왠지 갑자기 창밖을 보기가 싫었다. 허공의 작은 섬에 매달리듯 식탁과 버터 바른 롤빵, 구리 커피포트, 골트의 머리에 비친 황금빛 석양에 매달리고 싶었다.

그녀가 자신도 모르게 불쑥 물었다. "바깥세상과 연락을 주고받아도 되나요?"

그건 그녀가 피하고 싶었던 반역이었다.

"안 돼요."

"전혀요? 이곳 주소를 적지 않고 편지만 보내는 것도요?"

"안 돼요."

"당신들의 비밀을 누설하지 않고 쪽지만 보내는 것도요?"

"여기서는 안 돼요. 이번 달 동안은요. 바깥세상 사람들에게는 절대 안 돼요."

대그니는 자신이 시선을 피하고 있는 것을 깨닫고 억지로 고개를 들어 그를 마주 보았다. 그의 시선이 변해 있었다. 침착하고 날카로운 눈빛이었다. 그는 그녀가 그런 질문을 한 이유를 안다는 듯한 시선을 보내며 물었다.

"당신은 예외로 해주길 바라나요?"

"아니요." 대그니는 그를 똑바로 보며 대답했다.

이튿날 아침을 먹은 후 대그니는 자신의 방에서 골트의 해진 셔츠 팔꿈치에 천 조각을 대어 깁고 있었다. 바느질이 익숙지 않아서 더듬거리는 모습을 골트에게 보이기 싫어서 문을 닫아놓고 있었는데 집 앞에 자동차 멈추는 소리가 들렸다.

골트가 황급히 거실을 가로질러 가 현관문을 열어젖히고는 화나고 안도한 목소리로 외치는 소리가 들렸다.

"진작 왔어야지!"

대그니는 일어서다가 멈추었다. 골트가 충격적인 장면이라도 본 듯 목소리가 돌변해서 심각하게 묻는 소리가 들렸다.

"무슨 일인가?"

"존, 잘 있었나?"

그 목소리는 또렷하고 차분했지만 피로에 지쳐 무겁게 가라앉아 있었다.

대그니는 몸에서 힘이 쭉 빠지는 것을 느끼며 침대에 털썩 주저앉았다. 프란시스코의 목소리였다. 골트가 걱정스럽게 묻는 소리가 들렸다.

"왜 그래?"

"나중에 이야기해주지."

"왜 이렇게 늦었어?"

"1시간 내로 다시 떠나야 해."

"**떠난다고?**"

"존, 올해는 이곳에 머물 수 없다는 말을 하러 온 거네."

잠시 침묵이 흐른 뒤 골트가 낮은 목소리로 심각하게 물었다. "그렇게 심각한 일이야?"

"그래. 어, 어쩌면 이 달이 지나기 전에 돌아올 수도 있어. 모르겠어."

그러고는 가까스로 덧붙였다. "그 일이 빨리 끝나길 바라야 하는 건지 아닌지 모르겠어."

"프란시스코, 지금 충격적인 이야기해도 괜찮겠나?"

"나? 더 이상 충격받을 수도 없어."

"내 객실에 자네가 꼭 만나야 할 사람이 있어. 자네가 충격받을 것 같아서 미리 이야기하는데, 그 사람 아직 훼방꾼이야."

"**뭐**? 훼방꾼? **자네** 집에?"

"어떻게 된 거냐 하면……."

"내 눈으로 직접 봐야겠어!"

프란시스코의 경멸 어린 웃음소리와 빠른 발소리가 들리더니 문이 벌컥 열렸다. 골트가 뒤에서 문을 닫는 게 어렴풋이 보였다.

대그니는 프란시스코가 얼마나 오래 자신을 바라보며 서 있었는지 알 수 없었다. 문득 정신을 차려보니 그가 자신 앞에 무릎을 꿇고 앉아서 자신의 다리에 얼굴을 묻고 있었다. 그의 몸을 타고 흐르며 그를 정지시킨 전율이 그녀의 몸으로 옮겨와 그녀가 움직일 수 있게 만든 듯했다.

대그니는 자신의 손이 그의 머리카락을 어루만지고 있는 것을 보고 흠칫 놀랐다. 자신에게는 그럴 권리가 없다는 생각을 하면서도 자신의 손에서 평온의 물결이 흘러나와 두 사람을 감싸고 과거의 상처를 어루만져주는 듯한 기분이 들었다. 프란시스코는 움직이지 않았다. 그리고 그녀를 안고 있는 것이 그가 할 말을 대신해주는 듯 아무 소리도 내지 않았다.

이윽고 고개를 든 프란시스코는 대그니가 골짜기에서 처음 눈을 떴을 때 맛본 기분을 느끼고 있는 듯했다. 세상에 고통이란 것은 존재한 적도 없는 듯한 표정이었다. 그는 웃고 있었다.

"대그니, 대그니, 대그니."

그의 목소리는 몇 년 동안 억눌러온 고백이 터져 나오는 것이 아니라 오래전부터 알려진 것을 말하지 않은 것처럼 가장하는 태도를 비웃으며 다시 말하는 듯했다.

"물론 난 널 사랑해. 그가 내게 그 말을 하게 했을 때 두려웠어? 네가 원한다면 얼마든지 말할 수 있어. 사랑해, 사랑해, 사랑해. 영원히 사랑해. 나 때문에 걱정할 것 없어. 나는 너를 다시 갖지 못한다고 해도 상관없으니까. 그게 무슨 문제야? 네가 살아 있고, 여기 있고, 이제 모든 것을 알게 되었는데. 아주 간단하지, 그렇지? 무슨 일인지, 내가 왜 널 떠나야만 했는지 알겠지?"

그는 팔을 들어 골짜기를 가리켰다.

"저거야. 저게 **네** 땅이고, **네** 왕국이고, **네** 세상이야. 대그니, 나는 언제나 널 사랑했고 그래서 널 떠난 거야. **그게** 내 사랑이었어."

프란시스코는 대그니의 두 손을 잡더니 자신의 입술에 가져다대고 한참 동안 그대로 있었다. 그것은 키스가 아니라 긴 휴식이었다. 말하는 것 자체가 그녀의 존재를 느끼는 데 방해가 되고, 오랜 침묵으로 쌓인 말들이 너무 많아서 무슨 말을 해야 할지 모르는 듯했다.

"내가 여자들 쫓아다닌 거…… 넌 그걸 진짜라고 믿진 않았겠지? 그렇지? 나는 그들에게 손끝 하나 대지 않았어. 너는 그걸 알 거라고 생각했어. 처음부터 알았을 거라고. 바람둥이. 그건 내가 전 세계가 지켜보는 가운데 단코니아 구리를 파괴하는 동안 약탈자들의 의심을 사지 않으려고 연극한 거야. 그건 약탈자들을 교란시키는 함정이었지. 그들은 명예와 야심을 가진 사람은 적대시하지만 쓸모없는 건달은 친구로 여기니까. 그런 인간은 안전하다고(**안전하다고!**) 여기니까. 그게 그들의 인생관이지. 하지만 지금 그들은 진짜로 악은 안전하고 무능이 실리적인 것인지에 대해 똑똑히 배우고 있지!…… 대그니, 내가 너를 사랑한다는 것을 처음 깨달았던 날 밤, 나는 떠나야만 한다는 사실을 알았어. 그날 밤 네가 내 호텔방에 들어왔을 때. 네가 어떤 모습이고, 어떤 존재이고, 내게 어떤 의미인지, 그리고 너의 미래에 무엇이 기다리고 있는지를 보았을 때. 만약 네가 조금이라도 덜 소중한 존재였다면 너는 나를 잠시 붙잡아둘 수 있었을 거야. 하지만 내가 널 떠나도록 만든 건 바로 너였어. 그날 밤 나는 존 골트의 제안을 거부하게 해달라고 네게 도움을 청했지. 하지만 나는 네가 그의 가장 큰 무기라는 것을 알았어. 너 자신도, 존 골트도 그건 몰랐겠지만. 너는 그가 추구하는 모든 것이었어. 그가 우리에게 인생을 바쳐서, 필요하다면 목숨까지 바쳐서 추구하라고

한 모든 것……. 그해 봄 그가 갑자기 뉴욕으로 나를 불렀을 때 나는 그를 받아들일 준비가 되어 있었어. 나는 얼마간 그의 소식을 듣지 못했는데, 그도 나와 같은 문제를 안고 씨름하고 있었던 거야. 결국 그는 그 문제를 풀었고……. 기억나? 내가 3년간 소식을 끊었을 때였어. 대그니, 나는 아버지 사업을 물려받아 사업에 본격적으로 뛰어들었을 때 전부터 짐작은 해왔지만 너무 지독해서 도저히 믿을 수 없었던 악의 본질을 보기 시작했어. 수백 년간 단코니아 구리에 곰팡이처럼 붙어서 아무도 알지 못하는 권리로 우리의 피를 빨아먹으며 자란 세금 징수자라는 기생충…… 내가 성공적이라는 이유로 나를 무력하게 만들고, 내 경쟁자들이 빈둥거리는 실패자들이라는 이유로 그들을 도와주기 위해 만들어진 정부 규제들…… 내 능력을 믿고 온갖 요구를 하는 노조…… 돈을 벌 능력이 없는 사람의 돈에 대한 갈망은 정당한 소망이고, 돈을 번 사람의 그것은 탐욕으로 매도되는 풍토…… 내게 눈을 찡긋거리며 걱정 말라고, 네가 조금만 더 열심히 일하면 그들을 앞설 수 있다고 말하는 정치가들. 당장의 이익에 눈이 어두워지지 않고 냉철한 눈으로 보니 열심히 일할수록 내 목의 올가미가 더 조여진다는 것을 알 수 있었지. 내 에너지는 하수구에 쏟아부어졌고, 내 피를 빨아먹고 사는 기생충들도 나름의 덫에 걸려 피를 빨리고 있었어. 거기에는 이유도, 납득할 만한 답도 없었고, 생산적인 피를 빨아들이는 세상의 하수관들은 아무도 감히 뚫고 지나갈 용기를 내지 못하는 축축한 안개 속으로 이어져 있었지. 사람들은 그저 어깨를 으쓱하며 세상의 삶은 사악할 뿐이라고 말했어. 나는 웅장한 기계들과 1,000톤의 용광로들, 대서양 횡단 케이블들, 마호가니로 꾸며진 사무실들, 주식거래소들, 번쩍이는 전광판들, 어마어마한 힘과 부로 이루어진 세상의 산업계가 은행가나 이사진이 아닌 싸구려 지하 술집의 면도도 하지 않은 인도주의자나 얼굴에 악의가 덕지덕지 붙은 인간에 의해 움직인다는 것을 깨달았어. 미덕을 지닌 사람은 그 미덕 때문에 벌을 받아야 하고, 능력은 무능력자에게 봉사하기 위해 존재하는 것이며, 인간은 타인을 위해 존재해야만 존재할 자격이 있다고 주장하는 자들이 세상을 손아귀에 넣은 거지. 나는 그것에 맞서 싸울 방법을 찾을 수 없었어. 하지만 존은 방법을 찾아냈지. 그가 라그나르와 나를 뉴욕으로 불렀고 우리 셋은 뜻을 함께하게 되었지. 존이 우리에게 앞으로 무엇을 해야 하고, 어떤 사람들에게 손을 뻗어야 하는지 말해줬어. 그는 20세기 모터사에서 나와 빈민가 다락방에 살고 있었어. 그는 창가에 서서 도시의 고층 빌딩들을 가리키며 말했어. 세상의 불빛을 모두 꺼야 한다고. 뉴욕의 불빛이 모두 꺼져야 우리의 임무가 끝나는 것이라고. 존은 우리에게 당장 합류해달라고 말하지 않았어. 잘 생각해보고 그 일이 자신의 인생에 미칠 영향을 모두 고려해보라고 했지. 나는 이틀째 되는 날 아침에 답을 줬고, 라그나르는 몇 시간 후 오후에 합류했지……. 대그니, 우리가 마지막 밤을 보낸 다음 날 아침이었어. 나는 내가 무엇을 위해 싸워야 하는지 볼 수 있었어. 그건 바로 그날 밤의 네 모습, 철도에 대해 이야기하는 너의 태도, 우리가 허드슨 강변 절벽에 서서 뉴욕의 스카이라인을 보려고 했을 때의 네 모습이었지. 나는 너를 구해야만 했어. 네 길을 열어주고, 네 도시를 찾게 해줘야 했어. 네가 오염된 안개 속에서 비틀거리며 세월을 낭비하게 내버려둘 순 없었어. 너는 환한 햇살 속에 있는 것처럼 앞을 똑바로 보면서 앞으로 나아가겠지만 길 끝에 있는 건 도시의 빌딩들이 아니라 뚱뚱하고 무기력하고 아무 생각 없는 무능력자들일 테니까. **네가** 인생을 바쳐 마련한 술을 마시며 삶의 즐거움을 누리는 자들! 그런 자들이 삶의 즐거움을 알 수 있도록 **너는** 아무런 즐거움도 몰라야 한다고? 남에게 즐거움을 주는 존재로만 살아야 한다고? 인간 같지도 않은 자들을 위한 도구로 살아야 한다고? 대그니, 나는 그걸 보았고 그들이 너에게 그런 짓을 하도록 내버려둘 수 없었어! 너에게, 너와 같은 얼굴로 미래를 바라보는 아이들에게, 너와 같은 정신을 지녔고 자랑스럽고 떳떳하고 자신만만하고 기쁘게 살아 있는 순간을 체험할 수 있는 사람들에게 그런 짓을 하게 할 수는 없었어. 내가 사랑한 건 **그것**이었어. 그런 인간의 정신. 나는 그것을 위해 싸우려고 너를 떠났던 거야. 설사 내가 너를 잃게 되더라도 해마다 싸움에서 **너를** 얻게 될 테니까. 이제 너는 모든 것을 알게 됐어. 안 그래? 너는 이 골짜기를 보았어. 너와 내가 어렸을 때부터 추구해왔던 곳, 우린 그곳에 도달한 거야. 이제 내가 너에게 무엇을 더 바라겠어? 나는 네가 여기 있는 걸 보는 것만으로도 만족해. 아까 존이 네가 아직 훼방꾼이라고 했나? 아, 상관없어. 네가 우리 편이 되는 건 이제 시간문제이니까. 사실 너는 처음부터 우리 편이었지. 네가 아직 그걸 모른다면 우리는 기다릴 거야. 나는 상관없어. 네가 살아 있기만 하다면. 네 비행기의 잔해를 찾아 로키 산맥을 헤매고 다닐 필요만 없다면!"

대그니는 그가 제 날짜에 골짜기에 오지 못한 이유를 깨닫고 헉 하고 신음을 토해냈다.

프란시스코가 웃으며 말했다. "그런 눈으로 보지 마. 내가 만지기 두려운 상처라도 되는 것처럼 그렇게 보지 마."

"프란시스코, 난 네게 너무 많은 상처를 줘서……."

"아니! 너는 내게 상처를 준 적 없어. 그도 마찬가지이고. 그 이야기는 하지 마. 상처받은 사람은 그였어. 하지만 우린 그를 구해줄 거고, 그도 이곳으로 올 거야. 그가 있어야 할 곳은 이곳이니까. 그도 모든 것을 알면 그 일을 웃어

넘길 수 있을 거야. 대그니, 나는 네가 기다려주리라는 기대도, 희망도 갖지 않았어. 널 잃게 될 수도 있다는 것을 알고 있었어. 상대가 그 사람이라 다행이야."

대그니는 눈을 감고 신음 소리를 내지 않으려고 입을 꼭 다물었다.

"내 사랑, 그러지 마. 내가 이미 다 받아들였다는 걸 모르겠어?"

대그니는 속으로 외쳤다. '그게 아니야. 그 사람이 아니라고. 하지만 누군지 말해줄 수 없어. 내가 절대로 마음을 고백할 수도, 가질 수도 없는 사람이니까.'

"프란시스코, 너를 정말 사랑했어."

대그니는 자신의 말에 놀라서 숨을 멈추었다. 그 말 자체와 과거 시제를 쓴 것이 전혀 의도한 게 아니었기 때문이었다.

프란시스코가 침착하게 미소지으며 말했다. "너는 아직도 나를 사랑해. 내게 더 이상 사랑의 표현을 하지 않는다고 해도. 나는 여전히 예전의 나이고, 너는 그런 나를 보며 예전과 똑같은 반응을 보여줄 거야. 다른 남자에게 더 큰 반응을 보이겠지만. 네가 그에게 어떤 감정을 느끼든 그것 때문에 나에 대한 감정이 변하지는 않을 거고 그건 어느 쪽에도 배신이 아니야. 그건 같은 뿌리에서 나온 감정이니까. 같은 가치에 대한 같은 보상이니까. 앞으로 무슨 일이 일어나든 너와 나는 서로에게 예전과 같은 존재일 거야. 너는 항상 나를 사랑할 테니까."

"프란시스코, 그걸 알고 있어?" 대그니가 속삭이듯 물었다.

"물론이지. 아직 모르겠어? 모든 행복은 하나이고, 모든 욕망은 같은 동기에서 나온 거야. 우리 존재의 가장 높은 가능성이라는 단 하나의 가치에 대한 사랑. 모든 성취는 그 사랑의 표현이고. 주위를 둘러봐. 장애물 없는 땅에 우리에게 얼마나 많은 것이 열려 있는지 보이지? 내가 얼마나 자유로이 행동하고 경험하고 성취할 수 있는지 알겠어? 네가 나의 새 구리 제련소를 보고 감탄의 미소를 짓는 걸 본다면 나는 너와 침대에 누워 있는 것 같은 기분을 느낄 거야. 너와 자고 싶으냐고? 너무나 간절히. 너와 자는 남자를 부러워할 거냐고? 당연하지. 하지만 그게 무슨 문제겠어? 네가 여기 살아 있고, 너를 사랑할 수 있는 것만으로도 너무나 행복한데."

대그니는 진지한 얼굴로 정중히 고개를 숙이고 엄숙한 서약이라도 하듯 천천히 물었다. "나를 용서해주겠어?"

프란시스코는 놀란 표정이 되더니 그 말의 의미를 깨닫고 유쾌하게 웃으며 대답했다. "아니, 아직. 용서할 건 없지만 네가 우리 편이 되면 용서할 거야."

프란시스코는 일어나 그녀를 일으켜 세웠다. 그는 그녀

를 안고 키스했는데 두 사람의 과거를 정리하고 봉인하는 의미의 키스였다.

그들이 거실로 나오자 골트가 창가에서 그들을 향해 돌아섰다. 골트는 창밖 골짜기를 바라보며 서 있었는데 아까부터 줄곧 그렇게 서 있었던 듯했다. 골트가 두 사람을 천천히 살폈다. 그는 프란시스코의 표정이 바뀐 것에 좀 안도하는 눈치였다.

프란시스코가 미소지으며 물었다. "왜 그렇게 쳐다보나?"

"자네 아까 들어올 때 얼굴이 어땠는지 알아?"

"아, 그랬나? 사흘 밤을 못 잤거든. 존, 이따 저녁식사에 초대해주겠나? 이 훼방꾼이 여기 어떻게 왔는지 알고 싶은데 지금은 말하는 도중에 잠들 것 같아서. 지금 기분으로는 평생 자지 않아도 살 것 같지만. 그래서 일단 집에 가서 저녁때까지 쉬었다 오는 게 나을 것 같네."

골트가 희미한 미소를 머금고 그를 바라보며 말했다. "1시간 내로 골짜기를 떠나야 한다고 하지 않았나?"

"뭐? 아니……."

프란시스코는 순간적으로 놀라서 조심스럽게 대답한 뒤 기쁨에 찬 웃음을 터뜨렸다.

"아니! 그럴 필요 없어! 그래, 자네한테 무슨 일인지 말해주지 않았지? 사실은 대그니를 찾고 있었어. 추락한 비행기 잔해를. 대그니가 탄 비행기가 로키 산맥에서 추락했다고 뉴스에 나왔거든."

"그랬군." 골트가 조용히 말했다.

"온갖 가능성을 다 생각해봤지만 골트 협곡에 추락할 줄은 꿈에도 몰랐지."

프란시스코가 행복하게 말했다. 과거의 공포를 즐기는 듯한 느낌까지 주는 기쁘고 안도감에 찬 목소리였다.

"유타 주 애프턴에서 콜로라도 주 윈스턴까지 비행기로 계속 날아다니며 봉우리와 골짜기를 이 잡듯 뒤졌지. 그러다 차의 잔해를 발견할 때마다……."

그는 몸서리가 나는 듯 말을 멈추었다.

"그리고 밤이면 윈스턴 철도원들로 이루어진 수색대와 함께 걸어서 아무 산이나 뒤지고 다녔지. 아무 단서도, 계획도 없이 무작정 헤매 다니다가 날이 밝으면 다시……."

그는 그 일을 떨쳐버리려는 듯 어깨를 으쓱하며 미소를 지었다.

"철천지원수라도 그런 일을 당하라고 빌고 싶진……."

프란시스코는 말꼬리를 흐렸다. 무슨 생각이 떠올랐는지 그의 얼굴에서 웃음기가 가시고 지난 사흘 간 지었을 표정의 희미한 그림자가 어렸다.

한참 후 그가 골트를 향해 엄숙하게 말했다. "존, 바깥세상에 대그니가 살아 있는 것을 알릴 순 없을까? 나처럼…… 애태우는 사람이 있을지도 모르니까."

골트가 그를 똑바로 응시하며 물었다. "바깥세상 사람에게 그곳에 남아 있는 것에 안도감을 느끼게 하고 싶은가?"

프란시스코는 시선을 떨구었지만 단호하게 대답했다. "아니."

"프란시스코, 동정인가?"

"그래. 잊어버리게. 자네 말이 맞아."

골트는 그답지 않게 감정적으로 거칠게 돌아섰다. 프란시스코가 놀라서 쳐다보다가 조용히 물었다.

"무슨 일인가?"

골트는 돌아서서 말없이 프란시스코를 바라보았다. 대그니는 골트의 표정을 부드럽게 만든 감정의 정체를 알 수 없었다. 그것은 미소 같기도, 온화함 같기도, 고통 같기도 하고, 그런 것들을 불필요한 것으로 만드는 더 위대한 감정 같기도 했다.

"우리 모두 이 싸움의 대가를 치렀지만 자네가 가장 큰 고통을 겪었지. 안 그런가?" 골트가 말했다.

"누구? 나?" 프란시스코가 놀라 믿기지 않는 듯한 웃음을 지으며 말했다.

"그건 절대 아니지! 자네 왜 그러나?" 그는 껄껄 웃으며 덧붙였다. "존, 동정인가?"

"아니." 골트가 단호히 말했다.

프란시스코가 약간 당황한 표정으로 이마를 찌푸리며 골트를 바라보았다. 골트가 그가 아닌 대그니를 보며 대답했기 때문이었다.

◆

대그니는 프란시스코의 집에 처음 들어선 순간, 밖에서 문이 잠긴 고요한 모습을 보았을 때와는 다른 인상을 받았다. 그녀는 비극적인 고독감이 아니라 활기를 주는 광휘를 느꼈다. 프란시스코 특유의 기술과 과단성, 성급함으로 지어진 듯한 집은 미래로의 긴 도약을 위한 발판 역할만 하도록 대충 지은 개척자의 오두막 같았고, 방들은 아무런 장식 없이 소박했다. 미래에 너무나도 방대한 활동의 장이 펼쳐져 있어서 시작할 때의 안락함을 위해 허비할 시간이 없는 듯했다. 집이 아니라 고층 빌딩을 짓기 위해 만든 목조 비계 같은 곳이었다.

프란시스코는 와이셔츠 차림으로 한 평짜리 거실에 마치 궁전 주인처럼 서 있었다. 대그니는 수많은 장소에서 그를 보았지만 이 집이 그와 가장 잘 어울리는 배경인 것 같다는 생각이 들었다. 그의 단순한 옷차림이 당당한 태도와 어우러져 최고 귀족의 인상을 풍기듯, 거실의 소박함도 단 하나의 고귀한 장식과 어우러져 최고 귀족의 은둔처 분위기를 자아냈다. 그 장식은 통나무 벽의 작은 벽감에 놓인 두 개의 골동품 은잔으로, 장인이 오랜 기간 공들여 만든 이 오두막을 짓는 것보다 더 많은 노동이 들어간 호화로운 작품이었다. 그러나 벽에 쓰인 소나무들이 자란 기간보다 수백 년은 긴 세월 동안 사람의 손길에 닳고 닳아 무늬가 희미해져 있었다. 프란시스코는 조용한 자부심이 깃든 편안하고 자연스러운 자세로 거실 한가운데에 서 있었고 그의 미소는 대그니에게 이렇게 말하는 듯했다. "이것이 과거부터 지금까지 변함없는 내 모습이야."

대그니는 은잔을 바라보았다.

그녀의 무언의 짐작에 프란시스코가 답해주었다. "그래. 세바스티안 단코니아와 그의 부인이 쓰던 잔이야. 내가 부에노스아이레스 저택에서 이곳으로 가져온 유일한 물건이지. 문 위에 걸려 있는 문장하고. 내가 건지고 싶었던 건 그 두 가지뿐이었어. 나머지는 몇 개월 안에 모두 사라질 거야."

그는 웃으며 말을 이었다. "그들은 단코니아 구리의 남은 재산을 모두 압수할 거야. 하지만 놀랄걸. 수고에 비해 챙길 게 별로 없을 테니까. 그리고 저택은 난방비도 감당하지 못할 거야."

"그럼 넌 어디로 가려고?" 대그니가 물었다.

"나? 단코니아 구리에서 일할 거야."

"그게 무슨 소리야?"

"옛날에 이런 말이 있었지. '왕이 세상을 떠나셨도다. 왕이여 만세를 누리소서!' 내 조상들 재산의 시체가 치워지면 내 광산이 단코니아 구리의 젊은 새 몸이 될 거야. 내 조상들이 원하고 이루려고 노력했지만 가질 자격이 있음에도 갖지 못했던 그런 재산이 되는 거지."

"**네** 광산? 무슨 광산? 어디 있는데?"

"여기."

프란시스코는 산꼭대기를 가리켰다.

"몰랐어?"

"응."

"나는 약탈자들의 손이 미치지 않는 곳에 구리 광산을 갖고 있어. 여기 이 산에. 내가 답사하고, 발견하고, 발굴을 시작했지. 8년도 더 된 일이야. 미다스에게 이 골짜기의 땅을 처음으로 산 사람이 바로 나야. 나는 그 광산을 샀어. 그리고 세바스티안 단코니아처럼 내 손으로 직접 시작했지. 지금은 광산 감독을 두고 있는데, 칠레에서 내가 가장 인정하는 야금 전문가였던 사람이야. 이곳에서 필요한 구리는 내 광산에서 전량 생산하고 있어. 수익금은 멀리건 은행에 예금하고 있고. 앞으로 몇 달만 지나면 내 재산은 그게 전부일 거야. 내게 필요한 건 그것뿐이고."

그의 목소리에는 '세상을 정복하는 데 그것만 필요하

다'는 의미가 담겨 있는 듯했다. 대그니는 그 목소리와 세상 사람들이 '필요'에 대해 말할 때의 거지와 악당을 합쳐 놓은 듯한 징징거림과 위협이 반반씩 섞인 부끄럽고 구역질나는 목소리가 너무나 판이한 것에 놀라움을 느꼈다.

프란시스코는 창가에 서서 산이 아닌 시간을 바라보듯 말했다. "대그니, 단코니아 구리와 세상의 재탄생은 이곳 미국에서 이루어져야 해. 미국은 인류 역사에서 유일하게 우연이나 맹목적인 종족 전쟁이 아닌 인간정신의 합리적 산물로 태어난 나라이니까. 미국은 이성지상주의 아래 세워졌고, 위대한 한 세기 동안 세상을 구원했어. 다시 그렇게 되어야 해. 모든 인간적 가치가 그러하듯 단코니아 구리의 첫걸음은 이곳에서 시작되어야 해. 바깥세상에서는 사람들이 수세기 동안 신봉해온 믿음들이 극치에 이르렀으니까. 신비주의적 믿음과 비이성지상주의, 그것들의 종착역은 정신병원과 무덤뿐이지……. 세바스티안 단코니아는 한 가지 실수를 저질렀어. 그가 정당하게 일군 재산을 허가를 받고 소유해야 하는 체제를 받아들인 거지. 그의 후손들이 그 대가를 치러 왔고 내가 마지막 대가를 치렀어……. 나는 단코니아 구리의 광산과 제련소, 광석부두들이 이곳에 뿌리를 내리고 자라 다시 전 세계로, 내 조국까지 뻗어나갈 날을 보게 될 거고 제일 먼저 조국의 재건에 나설 거야. 하지만 그런 날이 꼭 올 거라고 확신할 순 없지. 세상 사람들이 언제 이성으로 돌아오는 길을 택하게 될지 예측할 수 없으니까. 어쩌면 나는 죽을 때까지 이 광산 하나밖에 이룬 게 없을지도 몰라. 미국 콜로라도 주 골트 협곡의 단코니아 구리 제1호 광산. 하지만 대그니, 내가 아버지 때보다 구리 생산량을 두 배로 늘릴 야심을 갖고 있었던 거 기억해? 대그니, 내가 죽을 때까지 구리를 연간 1파운드밖에 생산하지 못한다고 해도 수천 파운드씩 생산한 내 아버지보다, 내 조상들보다 더 부자인 거야. 왜냐하면 그 1파운드는 **당연한 내 소유이고**, 그것을 아는 세상을 위해 쓰일 테니까!"

그 당당한 태도와 빛나는 눈은 어릴 적 프란시스코 그대로였다. 대그니는 다시금 미래의 희망을 되찾고 예전에 허드슨 강변을 걸으며 그의 사업 계획들에 대해 물었던 것처럼 그의 구리 광산에 대해 묻고 있었다.

"네 발목이 완전히 낫는 대로 광산 구경을 시켜줄게. 그곳에 가려면 가파른 오솔길을 올라가야 하거든. 아직 트럭 다니는 길도 안 냈어. 내가 설계 중인 새 제련소를 보여주지. 얼마 전부터 설계작업을 시작했는데, 현재 생산량에는 너무 복잡해서 적합하지 않지만 생산량이 증가하면 제 값어치를 할 거야. 얼마나 많은 시간과 노력, 돈이 절감되는지 두고 보라고!"

두 사람은 바닥에 앉아 프란시스코가 펼쳐놓은 제련소

설계도의 복잡한 부분들을 들여다보았다. 예전에 쓰레기장에서 고철들을 가져다가 연구할 때처럼 기쁨과 열의가 넘치는 모습이었다.

프란시스코가 다른 설계도를 집으려고 앞쪽으로 움직일 때 대그니도 몸을 앞으로 기울이다가 그의 어깨에 기대게 되었다. 동작의 흐름이 잠시 끊길 정도의 짧은 순간이었지만 대그니는 무의식적으로 그 상태로 머물며 프란시스코를 바라보았다. 프란시스코는 자신의 감정을 숨기지도, 더 많은 것을 요구하지도 않고 그녀를 바라보기만 했다. 대그니는 자신도 그와 똑같은 욕망을 느꼈음을 깨닫고 몸을 뒤로 뺐다.

대그니는 과거에 프란시스코에게 느꼈던 감정이 되살아난 상태에서 늘 그 감정의 일부를 이루었던 한 가지 특징을 처음으로 분명하게 깨달았다. 그 욕망이 삶에 대한 찬양이라면 그녀가 프란시스코에게 느꼈던 욕망은 미래에 대한 찬양이었다. 앞으로 다가올 미지의 것을 일부만 미리 체험한 것이었다. 그녀는 그것을 깨닫는 순간 미래의 증거로서가 아니라 완전한 현재로서 그런 욕망을 느끼게 했던 유일한 대상이 떠올랐다. 작은 화강암 건물 문 앞에 서 있던 남자. 그녀가 추구해온 미지의 것의 최종적인 형태는 어쩌면 영원히 도달할 수 없는 대상으로 남을지도 모르는 남자였다.

하지만 그것은 자신이 가장 맹렬히 증오하고 거부해온 운명론적인 시각임을 깨닫고 대그니는 경악했다. 인간은 영원히 열망만 하고 성취할 수 없는 빛나는 비전에 이끌리는 존재라는 시각. 대그니는 **자신의** 삶과 **자신의** 가치들은 그런 시각을 받아들일 수 없다고 생각했다. 그녀는 불가능한 것을 갈망하는 것에서 아름다움을 발견한 적이 없었고, 가능성이 그녀의 능력 밖에 존재했던 적도 없었다. 그런데 지금 불가능한 것을 갈망하게 되었고 아무 답도 찾을 수 없었다.

그날 저녁, 대그니는 골트를 바라보며 생각했다. '그를 포기할 수도, 세상을 포기할 수도 없어.' 그와 함께 있으니 답을 찾기가 더 어려운 듯했다. 마치 아무 문제도 없고, 지금 그를 보고 있다는 사실 외에는 아무것도 중요하지 않으며, 그 무엇도 그녀를 이곳에서 떠나게 할 수 없을 듯하면서도 다른 한편으로는 만일 자신이 철도를 포기한다면 그를 볼 자격이 없을 것만 같았다. 자신이 그를 소유했고, 처음부터 그와의 사이에 암묵적인 이해가 있었던 것 같으면서도 다른 한편으로는 그가 자신의 인생에서 홀연히 사라져 미래에 바깥세상의 어느 거리에서 무관심하게 그녀를 지나쳐갈 수 있을 것만 같았다.

골트는 프란시스코에 대해 아무것도 묻지 않았다. 대그니가 프란시스코의 집에 다녀온 이야기를 했지만 그의 얼굴에서는 아무 반응도 볼 수 없었다. 그녀의 이야기를 진지하게 경청하는 그의 얼굴에 아주 막연한 그늘이 드리워진 듯했고 일부러 아무 감정도 느끼려고 하지 않는 것처럼 보였다.

그 후로 골트는 밤 외출을 하기 시작했다. 집에 홀로 남은 대그니는 막연한 불안감을 느끼기 시작했다. 불안감은 의문으로 커져갔고 그 의문은 송곳이 되어 그녀의 마음을 후벼팠다. 골트는 이틀에 한 번꼴로 저녁식사 후 어디 간다는 말도 없이 나갔다가 자정을 전후해 들어왔다. 대그니는 자신이 얼마나 긴장되고 초조한 마음으로 그를 기다리는지 애써 부인하려고 했다. 그녀는 그에게 어디서 저녁시간을 보내는지 묻지 않았다. 알고 싶은 마음이 너무나 간절해 오히려 물을 수가 없었다. 그녀는 의도적으로 반항하듯 침묵을 지켰는데 반은 그에 대한 반항심 때문이었고, 나머지 반은 자신의 불안감 때문이었다.

대그니는 자신이 두려워하는 것들을 인정하거나 그것들에 구체적인 형태를 부여하지 않았다. 그저 스스로 인정하지 않은 추하고 성가신 감정으로만 여겼다. 그중 일부는 그녀가 지금껏 단 한 번도 경험해보지 못한 격렬한 분노로, 그에게 다른 여자가 있을지도 모른다는 두려움에 대한 반응이었다. 하지만 그 분노는 그녀가 두려워하는 것이 지닌 건전함으로 누그러뜨릴 수 있었다. 그것과는 맞서 싸울 수도 있고 필요하다면 받아들일 수도 있으니까. 하지만 그보다 더 추악한 두려움이 있었으니, 그것은 골트가 자신의 가장 사랑하는 친구에게 그녀를 양보하기 위해 스스로 길을 비켜주는 것인지도 모른다는 야비한 자기희생에 대한 의심이었다.

대그니는 며칠이 지나서야 그 이야기를 꺼냈다. 그가 외출하는 날 저녁을 먹다가 자신이 준비한 음식을 먹는 그를 바라보는 기쁨을 문득 깨닫게 되었고 그 기쁨이 두려운 진실을 밝힐 권리를 준 듯, 고통이 아닌 기쁨이 그녀의 반항심을 물리친 듯 그녀는 자신도 모르게 물었다.

"하루 걸러 한 번씩 밤에 나가서 뭐 하는 거예요?"

골트는 그녀가 당연히 알고 있는 줄 알았던 듯 간단히 대답했다. "강의요."

"뭐라고요?"

"물리학 강의를 하고 있어요. 해마다 한 달씩 하는 일이죠. 그건 내…… 왜 웃어요?"

대그니가 안도하는 얼굴로 조용히 웃자 그가 물었다. 그러더니 그녀가 대답하기도 전에 갑자기 미소를 지었다. 그녀의 대답을 짐작하기라도 한 듯했다. 그는 무례할 정도로 친밀하고 사심 가득한 미소를 지으면서도 그 미소와 대조되는 담담하고 무심한 태도로 말했다.

"이달이 우리가 진짜 직업에서 이룬 성과들을 교환하는

기간이라는 것은 알고 있을 거예요. 리처드 핼리는 연주회를 열고, 케이 러들로는 바깥세상을 위해서는 글을 쓰지 않는 작가들이 쓴 두 편의 연극을 선보일 거고…… 나는 한 해 동안의 연구 결과를 보고하는 강의를 하죠."

"무료 강의인가요?"

"물론 아니에요. 일인당 10달러씩이에요."

"나도 듣고 싶어요."

골트는 고개를 저었다.

"안 돼요. 콘서트나 연극 같은 즐기는 자리에는 갈 수 있지만 내 강의나 아이디어를 파는 자리는 안 돼요. 당신이 바깥세상으로 빼낼 수 있으니까. 게다가 내 고객들, 그러니까 강의를 듣는 학생들은 모두 실리적인 목적을 가진 사람들이에요. 드와이트 샌더스, 로렌스 해먼드, 딕 맥나마라, 오언 켈로그 같은 사람들. 올해 신입생을 한 명 받았죠. 쿠엔틴 대니얼스."

"정말이에요? 그가 어떻게 그 비싼 강의료를 낼 수 있죠?" 대그니가 질투라도 나는 듯한 목소리로 물었다.

"외상이에요. 할부로 해줬어요. 그럴 가치가 있는 사람이니까요."

"어디서 강의를 하는데요?"

"드와이트 샌더스의 농장 격납고요."

"나머지 11달 동안은 어디서 일해요?"

"내 실험실에서요."

대그니가 조심스럽게 물었다. "당신 실험실이 어디 있는데요? 여기, 골짜기 안에 있나요?"

골트는 그 질문의 목적을 안다는 듯한 재미있어하는 눈빛으로 대그니를 빤히 쳐다보다가 대답했다.

"아니요."

"그럼 지난 12년 동안 바깥세상에서 살았다는 건가요?"

"네."

"그럼, 다른 사람들처럼 직업을 갖고 있나요?"

대그니는 그런 생각 자체를 견딜 수 없다는 듯 물었다.

"아, 그럼요."

그는 더욱 재미있어하는 눈빛이었다.

"설마 경리 보조는 아니겠죠!"

"아니에요."

"그럼 무슨 일을 하는데요?"

"세상이 내게 맡기고 싶어하는 일을 하고 있죠."

"어디서요?"

골트는 고개를 저었다.

"안 됩니다, 태거트 양. 당신이 이 골짜기를 떠날 생각이라면 그것도 당신이 알아서는 안 되는 것 중 하나이니까요."

그는 다시 무례할 정도로 사심 가득한 미소를 지었다. 자신의 대답에 어떤 협박이 들어 있는지, 그리고 그것이 그녀에게 무엇을 의미하는지 아는 듯한 미소였다. 그가 식탁에서 일어섰다.

그가 나가자 고요한 집에 홀로 남겨진 대그니는 시간의 흐름이 숨막히도록 무겁게 느껴졌다. 마치 고정된 반고체 덩어리가 천천히 미세하게 늘어나고 있는 듯했고 분과 시간을 구분할 수가 없었다. 대그니는 일부러 나태해지려는 것이 아니라 여간한 행동으로는 만족시킬 수 없는 은밀한 격정을 향한 의지가 꺾여 무겁고 무관심한 무기력 상태로 거실 안락의자에 반쯤 늘어져 누워 있었다.

대그니는 눈을 감고 조용히 누워 있었고, 그녀의 마음도 시간처럼 베일에 가려진 느낌의 영역을 천천히 움직이고 있었다. 자신이 준비한 음식을 먹고 있는 그를 바라보며 느꼈던 특별한 기쁨은 그에게 육체적인 만족감과 즐거움을 주었다는 생각에서 나온 것이었다. '여자가 남자에게 요리를 해주고 싶어하는 데는 이유가 있어…… 오, 그것은 의무나 습관적인 일이 아니라 귀하고 특별한 의식이지…… 그런데 여자의 의무에 대해 설교하는 자들이 그것을 어떻게 만들었지?…… 구역질나도록 지루하고 따분한 일 자체는 여자의 미덕으로, 그 일에 의미와 가치를 부여하는 것은 수치스러운 죄로 만들었지…… 연기 나는 부엌에서 기름과 연기, 끈적거리는 껍질과 씨름하는 것은 정신적인 문제요, 도덕적 의무를 수행하는 것이라 하고, 침실에서 두 몸이 하나가 되는 것은 육체적 탐닉이요, 영광도 의미도 긍지도 없는 동물적 본능에의 굴복이라고 했지.'

대그니는 벌떡 일어났다. 바깥세상이나 그곳의 도덕률에 대해서는 생각하고 싶지 않았다. 하지만 자신의 생각의 주제가 그것이 아님을 알고 있었다. 그녀는 자신의 마음이 열심히 좇고 있는 주제에 대해 생각하고 싶지 않았다. 자신의 의지에 반해 그 자체의 의지로 자꾸만 떠오르는 주제……

대그니는 발작이라도 일으키는 듯 흥하고 제멋대로인 자신의 동작들을 증오하며 거실 안을 서성이고 있었다. 그녀는 자신의 움직임으로 집 안의 고요를 깨려는 욕구와 이것은 자신이 원하는 움직임의 형태가 아니라는 생각 사이에서 갈등하는 중이었다. 순간적으로 목적을 지닌 행동이라는 환상에 사로잡혀 담뱃불을 붙였지만 자신이 진정으로 원하는 목적이 아니었기에 바로 불을 껐다. 그녀는 초조한 거지처럼 주위를 둘러보며 자신에게 동기를 부여해 줄 물질적 대상을, 청소를 하거나 수선 또는 광을 낼 것들을 찾았지만 그 모든 일이 헛수고일 것임을 알고 있었다. 그녀의 마음속 준엄한 목소리가 그 모든 일은 너무나 가치 있는 바람을 숨기기 위한 방편에 불과하다고 말하고 있었다. '네가 원하는 게 뭐지?'…… 그녀는 거친 동작으로 성냥불을 켜서 입가에 문 담배 끝에 가져다댔다. '네가 원하는 게 뭐지?' 마음의 소리가 재판관처럼 엄격하게 다시 물었다. '그가 돌아오는 것!' 그녀는 뒤에서 무섭게 쫓아오는 야수를 따돌리기 위해 뼈다귀를 던져주듯 마음속 비난자에게 그렇게 소리 없이 외쳤다.

그렇게 조바심 낼 이유가 없다는 비난에 대그니는 조용히 대답했다. '그가 돌아왔으면 좋겠어.' 그것은 정당한 이유가 될 수 없다는 냉철한 지적에 그녀는 애원하듯 말했다. '그가 돌아왔으면 좋겠어.' 그녀가 진짜로 하고 싶은 말은 '그를 원한다'는 고백이었지만 그것을 순순히 인정하고 싶지 않아서 반항적으로 외쳤다. '그가 돌아왔으면 좋겠어!'

대그니는 오랫동안 고문에 시달린 것처럼 지쳐서 고개가 꺾였다. 손에 든 담배는 1센티미터 남짓밖에 타들어가지 않은 상태였다. 그녀는 담배를 비벼 끄고 다시 안락의자에 쓰러졌다.

'나는 그걸 회피하고 있는 게 아니야. 다만, 답을 찾을 수 없을 뿐이지.' 대그니는 그렇게 생각했지만 점점 짙어져 가는 안개 속을 헤매는 그녀에게 마음의 소리가 말했다. '넌 원하는 걸 마음대로 가져도 돼. 하지만 완전한 확신과 수용이 없다면 그것은 그의 존재에 대한 배신이지.' 대그니는 그 목소리가 안개 속으로 사라져 더 이상 그녀의 말을 들을 수 없는 것처럼 대꾸했다. '그럼 그가 나를 저주하면 되지. 내일 나를 저주하라고 하면 되지…… 난 그를 원해…… 그가 돌아왔으면 좋겠어…….' 그녀는 아무런 대답도 듣지 못했다. 어느새 의자에 머리를 기대고 잠이 들었던 것이다.

눈을 떠보니 그가 1미터쯤 떨어진 곳에 서서 내려다보고 있었다. 한참 동안 그렇게 보고 있었던 듯했다.

대그니는 그의 얼굴을 보는 것에 몰입해 사뭇 예리해진 시각으로 그의 표정에 담긴 의미를 간파할 수 있었다. 그녀가 지난 몇 시간 동안 찾으려고 애썼던 바로 그 의미였다. 그녀는 그것에 대해 놀라지 않았는데 그것은 아직 잠이 완전히 깨지 않아서 놀라야 하는 이유를 인식하지 못하고 있었기 때문이다.

"당신 사무실에서 잠들어 있던 모습 그대로군요." 골트가 부드럽게 말했다.

대그니는 그 역시 그녀에게 그런 말을 하는 의미를 완전히 인식하지 못하고 있음을 알 수 있었다. 그의 말투에서 그가 그것에 대한 생각을 얼마나 자주 했는지, 그 이유가 무엇인지 그대로 드러났던 것이다.

"당신은 감출 것도, 두려워할 것도 없는 세상에서 깨어날 것 같은 모습으로 자고 있었죠."

대그니는 자신의 얼굴에 맨 처음 나타난 반응이 미소였음을 그 미소가 사라지는 순간에 깨달았다. 바로 그 순간 두 사람은 완전히 제정신이 든 것이다. 골트가 온전한 정신으로 조용히 덧붙였다.

"여기선 실제로 그렇고."

대그니가 현실로 돌아와 제일 처음 느낀 것은 힘이었다. 그녀는 몸의 근육에서 근육으로 이어지는 움직임의 흐름을 느끼며 유연하고 느긋하게 일어나 앉았다. 그녀는 미세한 경멸이 느껴질 정도로 느리고 대수롭지 않은 말투로 물었다.

"내가 사무실에서…… 어떤 모습으로 잤는지 어떻게 알아요?"

그 질문에 함축된 의미들을 당연시하는 듯했다.

"내가 오랫동안 지켜봐왔다고 했잖아요."

"어떻게 그렇게 철저히 지켜볼 수 있었죠? 어디서요?"

"지금은 대답하지 않겠어요."

골트가 저항하는 기색 없이 단순하게 말했다. 대그니는 어깨를 살짝 뒤로 기대며 잠시 뜸을 들였다가 아까보다 더 낮고 허스키한 목소리로 물었다.

"나를 맨 처음 본 게 언제예요?"

그러고는 승리감에 찬 미소를 흘렸다.

"10년 전요."

골트는 그녀의 질문에 숨겨진 의미에 대해서까지 대답하고 있음을 그녀가 알 수 있도록 그녀를 똑바로 보면서 대답했다.

"어디서요?"

명령에 가까운 어조였다. 골트는 망설였고, 대그니는 그의 입가에 희미한 미소가 어리는 것을 보았다. 눈에까지 미치지 못한 그 미소는 엄청난 대가를 치르고 얻은 소유물에 대해 갈망과 씁쓸함, 긍지를 느낄 때 짓는 그런 미소였다. 그의 눈은 대그니가 아니라 그때의 그 여자를 향하고 있는 듯했다.

"태거트 터미널 지하요." 그가 대답했다.

대그니는 문득 자신의 자세가 의식되었다. 그녀는 의자에 반쯤 누운 자세로 앉아 한쪽 다리를 앞으로 뻗고 있었다. 엄격하게 재단된 속이 비치는 블라우스와 폭이 넓고 색깔이 요란한 민속풍의 나염치마, 얇은 스타킹, 하이힐 차림의 그녀는 철도회사 중역이 아니라 그의 하녀 모습이었다. 가질 수 없는 대상을 바라보고 있는 듯한 그의 시선이 대그니로 하여금 그것을 깨닫게 했다. 아득히 먼 과거를 바라보고 있는 듯하던 골트의 짙은 초록색 눈동자가 희미하게 반짝 빛났다. 이제 과거가 아닌 현재의 대그니를 보기 시작한 모양이었다. 대그니는 얼굴 근육의 움직임이 없는 미소와도 같은 오만한 눈으로 그를 마주보았다.

골트는 고개를 돌렸다. 하지만 거실을 가로질러 걸어가는 그의 발소리는 목소리만큼 웅변적이었다. 대그니는 그가 언제나 그랬던 것처럼 바로 거실을 떠나고 싶어한다는 것을 알 수 있었다. 그는 늘 밤에 외출했다가 집에 돌아오면 잘 자라는 인사만 건네고 곧장 자기 방으로 들어가버렸다. 대그니는 그가 자신과 싸움을 벌이고 있음을 느꼈는데 걷는 방향이 갑자기 바뀌는 것을 보았기 때문인지, 아니면 그녀의 몸이 그의 동작과 동기가 투사되는 스크린이라도 된 것처럼 그의 모든 것을 즉각 감지할 수 있다는 확신 때문인지는 알 수 없었다. 그녀가 아는 것은 자신과의 싸움을 벌이거나 그런 싸움에서 진 적이 없는 그가 지금 거실을 떠날 힘이 없다는 사실뿐이었다.

골트의 태도에서는 애쓰는 모습이 보이지 않았다. 그는 코트를 벗어 옆에 던져놓고 와이셔츠 차림으로 창가에 앉아 그녀를 마주 보았다. 하지만 떠나지도, 머물지도 않을 것처럼 의자 팔걸이에 앉았다.

대그니는 자신이 육체적인 접촉이라도 한 것처럼 그를 확실히 붙잡아두고 있음을 깨닫고 승리감에 들떠 정신이 아찔해졌다. 그 짧고 위험한 정신적 접촉은 육체적인 것보다 더 만족스러웠다.

다음 순간, 그녀는 강한 일격을 당한 것처럼 눈앞이 캄캄해지는 충격을 받고 마음속으로 비명을 내질렀다. 정신이 아득한 상태에서도 그 이유를 찾아보니 그가 몸을 한쪽으로 기울이면서 그의 어깨에서 허리, 엉덩이, 다리를 따라 이어지는 긴 선을 보았기 때문이다. 그가 무심코 보여준 모습에 그런 충격을 받았던 것이다. 대그니는 떨고 있는 것을 들키지 않으려고 얼른 시선을 외면했다. 그동안의 승리감과 힘을 지닌 자의 의기양양함이 모두 사라져버렸다.

"그 후로 당신을 여러 번 봤어요."

골트가 다른 것은 다 자제해도 말하고 싶은 욕구는 어쩔 수 없는 것처럼 평소보다 조금 느린 말투로 조용하고 침착하게 말했다.

"어디서요?"

"여러 곳에서요."

"하지만 내 눈에는 띄지 않으면서요?"

대그니는 그의 얼굴을 보았다면 그냥 지나쳤을 리 없다는 것을 알고 있었다.

"그래요."

"왜요? 두려웠나요?"

"그래요."

그가 간단히 대답했다. 그의 얼굴을 보았다면 대그니가 그냥 지나쳤을 수 없었으리란 것을 인정하는 듯한 태도였다.

대그니가 물었다. "나를 처음 봤을 때 누군지 알고 있었나요?"

"아, 그럼요. 한 사람을 빼면 내게 최악의 적이었는데."

"뭐라고요?"

예기치 못한 대답에 대그니는 그렇게 묻고는 조용히 덧붙였다. "그 한 사람이 누군데요?"

"로버트 스태들러 박사요."

"나를 그와 같은 부류로 여겼나요?"

"아니요. 그는 나의 의식적인 적이죠. 자신의 영혼을 판 사람이니까. 우리는 그를 교화할 생각이 없어요. 당신은 우리 편이고요. 나는 당신을 보기 훨씬 전부터 그것을 알고 있었어요. 당신이 가장 늦게 합류할 거고, 가장 꺾기 힘든 사람이리라는 것도 알았죠."

"누가 그런 이야기를 해줬는데요?"

"프란시스코요."

대그니는 잠시 침묵을 지키다가 물었다. "프란시스코가 뭐라고 하던가요?"

"우리 명단에 있는 사람 중에서 당신이 가장 얻기 힘들 거라고 했어요. 그게 내가 당신에 대해 처음 들은 이야기예요. 당신 이름을 우리 명단에 올린 사람은 프란시스코였어요. 그는 당신이 태거트 대륙횡단철도의 유일한 희망이자 미래이고 오랫동안 우리와 맞설 거라고, 당신의 철도를 위해 필사적으로 싸울 거라고 말했어요. 그건 당신이 너무나 강한 인내심과 용기, 일에 대한 집념을 갖고 있기 때문이라고."

골트는 대그니를 흘끗 쳐다보고 말을 이었다. "다른 이야기는 안 했어요. 장차 우리의 파업 동지가 될 사람 중 하나로서만 이야기했죠. 나는 두 사람이 어릴 적 친구라는 것만 알고 있었어요."

"당신이 나를 본 게 언제죠?"

"그로부터 2년 후요."

"어떻게요."

"우연히요. 늦은 밤에…… 태거트 터미널 여객 플랫폼에서요."

대그니는 그것이 굴복임을 알 수 있었다. 그는 그 말을 하고 싶지 않았지만 해야만 했던 것이다. 그녀는 그의 목소리에서 억제된 격정과 저항을 느낄 수 있었다. 그는 자신과 그녀가 이런 식으로라도 접촉할 수 있도록 말을 해야만 했다.

"당신은 파티 드레스를 입고 있었어요. 망토가 반쯤 벗겨져서 처음에는 당신의 드러난 어깨와 등, 그리고 옆모습만 봤어요. 망토가 완전히 벗겨져서 당신이 알몸으로 거기서 있게 될 것 같았어요. 그런데 자세히 보니 당신은 긴 드레스를 입고 있었어요. 얼음 색깔의, 그리스 여신의 튜닉 같은 드레스. 하지만 짧은 머리에, 미국 여성의 도도한 옆모습을 갖고 있었죠. 당신은 철도 플랫폼과는 전혀 어울리지 않았어요. 나는 그때 철도 플랫폼에 서 있는 당신이 아니라 전에는 한 번도 생각해본 적이 없는 배경에 서 있는 당신을 보고 있었어요. 하지만 다음 순간 나는 당신이 선로와 검댕이, 들보들 사이에 속해 있음을 깨달았어요. 그곳이 당신의 긴 드레스와 드러난 어깨와 생기 넘치는 얼굴에 어울리는 배경이었어요. 커튼이 쳐진 아파트가 아닌 철도 플랫폼이. 당신은 호사의 상징처럼 보였고, 그것의 근원이 되는 장소에 속해 있었어요. 당신은 부와 기품, 사치, 삶의 즐거움을 그것들의 진짜 주인들에게, 철도와 공장을 만든 사람들에게 돌려주는 듯했어요. 당신은 에너지와 그 보상, 유능함과 호사가 합쳐진 모습을 하고 있었고, 나는 그 두 가지가 어떻게 불가분의 관계인지를 처음으로 말한 사람이었어요. 나는 이 시대의 진정한 신들에게 형상을 부여하고 미국 철도를 상징하는 동상을 세운다면 당신이 그 동상이 될 거라고 생각했죠……. 그러다가 나는 당신이 무엇을 하고 있는지 보았고, 당신이 누구인지 알게 됐어요. 당신은 터미널 직원 세 명에게 지시를 내리고 있었는데, 무슨 말을 하는지는 들리지 않았지만 당신의 목소리는 기민하고 명료하고 자신감에 차 있었죠. 나는 당신이 대그니 태거트란 걸 알 수 있었어요. 나는 좀더 가까이 다가가서 두 마디 말을 들을 수 있었어요. '누가 그렇게 말했는데요?' 직원 한 명이 그렇게 묻자 당신이 대답했죠. '내가요.' 나는 그것밖에 듣지 못했지만 그걸로 충분했어요."

"그리고요?"

골트는 천천히 눈을 들어 대그니를 바라보았다. 그가 억제된 격정으로 착 가라앉은 부드럽고 자조적인 목소리로 말했다.

"그리고 내가 파업을 위해 치르게 될 가장 비싼 대가는 내 모터를 포기하는 것이 아니라는 것을 깨달았죠."

대그니는 그때 기관차 연기처럼 덧없이 자신을 스쳐 지나갔던 무수한 승객 중에서 어떤 그림자와 얼굴이 골트였는지 궁금했다. 그 알 수 없는 순간에 자신이 그에게 얼마나 가까이 있었는지도 궁금했다.

"왜 나에게 말을 걸지 않은 거죠? 그때든 나중에든?"

"그날 밤 터미널에서 당신이 뭘 하고 있었는지 혹시 기억해요?"

"파티 참석 중에 불려갔던 일은 어렴풋이 기억나요. 아버지는 출장 중이셨고, 새로 온 터미널 책임자가 실수를 해서 터널의 교통이 마비됐었죠. 원래 책임자가 한 주 전에 갑자기 그만두는 바람에 그런 일이 생긴 거죠."

"그를 그만두게 한 게 나예요."

"그렇군요……."

그녀는 소리를 포기한 듯 말꼬리를 흐렸고, 보기를 포기한 듯 눈을 감았다. 그때 골트가 참지 못하고 자신을 설득하러 왔다면 어떤 비극을 맞이하게 됐을까 하는 생각이 들었다. 그녀는 파괴자를 만나면 총으로 쏘아버리겠다고 외치던 때 자신이 어떤 심정이었는지를 기억하고 있었다. '그가 파괴자라는 것을 알았다면 그를 쏘았을 거야. 그가 파괴자란 것을 알 수밖에 없었을 테고.' 그런데도 그때 그가 다가왔더라면 좋았을 거라는 생각이 들자 그녀는 몸서리를 쳤다. 그 생각은 그녀의 마음속으로 받아들여지지는 않았지만 어두운 열기가 되어 온몸에 흘렀다. '난 그를 쏘았을 거야. 하지만 그 전에……'

대그니는 눈꺼풀을 들었다. 그녀는 그의 눈에서 그 생각을 보면서 그도 자신의 눈에서 그것을 보고 있음을 느꼈다. 그의 눈빛이 흐려지고 입가가 굳어지며 고통스러워하는 모습이 보였다. 대그니는 그에게 고통을 주고 자신과 그의 인내심이 한계에 이를 때까지 지켜보다가 그를 쾌락의 늪에서 허우적거리게 만들고 싶은 욕망에 사로잡혔다.

그가 일어서며 시선을 돌렸다. 대그니는 그의 얼굴이 감정을 말끔히 털어낸 듯 이상하리만큼 차분하고 명료해 보이는 것이 고개를 살짝 들고 있어서인지, 아니면 긴장된 표정 때문인지 알 수 없었다.

"지난 10년 동안 유능한 인재들이 당신 회사를 떠나도록 만든 건 바로 나였어요."

무모한 구매자에게 손실을 피할 수 없다는 것을 상기시키는 회계원 같은 단조롭고 명료한 목소리였다.

"나는 태거트 대륙횡단철도의 들보들을 모두 뜯어냈고,

당신이 돌아가기로 결정한다면 태거트 대륙횡단철도가 당신 머리 위로 무너져 내리게 할 겁니다."

그가 거실을 떠나려고 돌아섰다. 대그니가 그를 불러 세웠다. 그를 멈추게 한 것은 그녀의 말보다는 목소리였다. 감정이 담겨 있지 않고 아래로 가라앉는 무게감만 느껴지는 그 느린 저음의 목소리는 마음속 메아리처럼, 위협처럼 들렸다. 아직 명예를 알긴 하지만 오래전부터 그것에 연연하지 않게 된 사람의 애원 같은 목소리였다.

"이곳에 나를 붙잡아두고 싶죠?"

"더할 수 없이 간절히요."

"당신은 나를 붙잡아둘 수 있어요."

"알고 있어요."

골트가 그녀와 같은 목소리로 대답했다. 그는 숨을 고르기 위해 잠시 시간을 끌었다. 그리고 다시 입을 열었을 때 그의 목소리는 낮고 명료했으며 이해의 미소처럼 모든 것을 알고 있음을 나타냈다.

"내가 원하는 것은 당신이 이곳을 받아들이는 거예요. 아무 의미 없이 당신 몸만 이곳에 붙잡아두는 게 무슨 소용이 있겠어요? 대부분의 사람들이 그런 거짓 현실로 스스로를 기만하며 살아가죠. 나는 그럴 수 없어요."

그는 다시 돌아서며 덧붙였다. "태거트 양, 당신도 마찬가지고요. 잘 자요."

그는 자기 방으로 들어가 문을 닫았다.

대그니는 생각의 영역을 넘어서 있었다. 그녀는 어두운 방 침대에 누워 생각을 하지도, 잠을 이루지도 못하고 있었다. 그녀의 마음속을 가득 채우고 있는 격정의 울부짖음은 그저 몸뚱이의 감각일 뿐인 듯했지만 그녀가 말이 아닌 고통의 형태로 알고 있는 애원의 외침이었다. '그가 이리로 오게 해줘. 그가 벽을 깨뜨리게 해줘. 다 상관없어. 내 철도와 그의 파업, 그리고 우리의 삶을 지탱해준 모든 것! 우리가 지금까지 어떤 존재였든 다 상관없어! 만일 내가 내일 죽는다면 지금 그가 이리로 오겠지. 그럼 죽게 해줘. 오늘이 아니고 내일. 그가 이리로 오게 해줘. 어떤 대가를 치러도 좋아. 이제 난 그에게 아까울 게 없으니까. 모든 것을 바칠 수 있으니까. 이런 게 바로 동물이 된다는 걸까? 맞아. 나는 동물이야.' 대그니는 똑바로 누워서 양 손바닥을 침대 시트에 꼭 붙이고 있었다. 벌떡 일어나서 그의 방으로 가지 않기 위해서였다. 자신이 그런 짓까지 할 수 있다는 걸 알기 때문이었다. '내가 아니야. 내가 감당할 수도, 통제할 수도 없는 몸이 그러는 거야.' 하지만 그녀의 마음 어딘가에서 말이 아닌 고요한 광휘로 존재하는 재판관이 이제 준엄하게 꾸짖지 않고 인정해주고 재미있어하며 이렇게 말했다. '네 몸? 만일 그가 네가 아는 그런 사람이 아니라면 네 몸이 이런 지경에 이르렀을까? 왜 하필 다른 사람이 아닌 **그의** 몸을 원하는 걸까? 네가 지금 네 욕망으로 너와 그의 삶을 지탱해온 모든 것을, 이 순간에도 네가 명예롭게 여기는 것을 욕되게 하고 있다고 생각해?' 그녀는 더 이상 들을 필요가 없었다. 이미 알고 있으니까. 늘 알고 있었으니까. 얼마 후 그 앎의 빛은 사라지고 그녀에게는 고통과 시트에 붙이고 있는 손바닥만 남아 있었다. 그녀는 그도 잠 못 이루고 똑같은 고통과 싸우고 있는 것일까 하는 무관심에 가까운 궁금증을 느꼈다.

집 안에서는 아무 소리도 들리지 않았고, 그의 방 창문 불빛이 밖의 나무줄기들을 비추지도 않았다. 한참 후 그의 어두운 방에서 두 가지 소리가 들려왔고 그녀의 궁금증은 모두 풀렸다. 그녀는 그가 깨어 있고 자신에게 오지 않을 것임을 알 수 있었다. 그 두 가지 소리는 발소리와 담뱃불 붙이는 소리였다.

◆

리처드 핼리는 연주를 멈추고 피아노에서 몸을 돌려 대그니를 바라보았다. 그는 대그니가 벅찬 감동을 숨기려고 무의식적으로 고개를 숙이고 있는 것을 보고 일어서며 미소 띤 얼굴로 부드럽게 말했다.

"고마워요."

"오, 아니에요……."

대그니는 고마워할 사람은 자신이지만 그 마음을 표현할 길이 없어서 그렇게만 속삭였다. 그녀는 이곳 골짜기 바위턱 위의 작은 오두막집에서 그가 방금 자신을 위해 연주해준 곡들을 썼을 지난 수년의 세월을 생각해보았다. 그 기간 동안 핼리는 생의 감각이 곧 미의 감각이라는 관념의 흐르는 기념물이라고 할 수 있는 위대한 소리를 다듬어냈고, 그녀는 즐거움을 찾아 헛되이 뉴욕 거리를 헤매고 다녔다. 폐병 환자의 목구멍 같은 스피커가 뱉어내는 존재에 대한 악의적인 증오를 담은 요란한 현대 교향곡들이 울려 퍼지는 뉴욕 거리를.

리처드 핼리가 미소지으며 말했다. "하지만 진심인걸요. 나는 사업가이고, 대가 없는 일은 절대 안 해요. 태거트 양은 내게 대가를 지불했고요. 내가 왜 오늘 밤 당신에게 연주를 들려주고 싶어했는지 알아요?"

대그니는 고개를 들었다. 핼리는 거실 한가운데에 서 있었다. 그곳에는 그들 둘뿐이었고, 여름이라 활짝 열어놓은 창문으로 멀리 골짜기의 불빛들을 향해 층층이 길게 이어진 바위턱 위의 검은 나무들이 보였다.

"태거트 양, 당신처럼 내 작품에 커다란 의미를 부여하는 사람들이 얼마나 많을까요?"

"많지는 않죠."

그것은 자만도, 아부도 아닌 엄격한 가치에 대한 냉정한 찬사였다.

"그게 내가 요구하는 대가예요. 그 대가를 제공할 수 있는 사람은 많지 않죠. 나는 지금 당신의 즐거움이나 감정에 대해 말하고 있는 게 아닙니다. 빌어먹을 감정! 당신의 **이해**에 대해 말하고 있는 거예요. 당신의 즐거움이 나의 즐거움과 같은 성질을 가지고 있고 같은 근원에서 나왔다는 사실에 대해 말하고 있고요. 그 근원은 바로 지성입니다. 내가 곡을 쓸 때 가졌던 것과 똑같은 가치 기준으로 내 작품을 평가할 수 있는 의식적인 판단력. 당신의 느낌 그 자체가 아니라 당신이 **내가** 의도한 것을 느꼈다는 사실, 당신이 내 작품을 찬양한다는 사실이 아니라 **내가** 찬양받고 싶어하는 요소들 때문에 찬양한다는 사실이 중요한 겁니다."

핼리는 나직이 웃으며 말을 이었다. "대부분의 예술가들에게는 찬양받고 싶은 욕망보다 더 강한 감정이 하나 있는데, 그건 자신이 받고 있는 찬양의 본질을 알게 되는 것에 대한 두려움이죠. 하지만 나는 그런 두려움을 가져본 적이 없어요. 나는 내 작품이나 내가 추구하는 반응에 대해 스스로를 기만하지 않아요. 그 둘을 너무나 소중히 여기니까요. 나는 이유 없이 감정적으로, 직관적으로, 본능적으로 혹은 맹목적으로 찬양받는 걸 좋아하지 않아요. 사실 나는 맹목이라는 단어 자체를 좋아하지 않죠. 보여줄 게 너무 많으니까요. 귀먹음이라는 단어도 마찬가지예요. 말할 게 너무 많으니까요. 나는 **가슴**이 아닌 **머리**로만 찬양받고 싶어요. 그런 귀중한 능력을 가진 고객을 만났을 때 내 연주는 상호 이익이 되는 거래가 되죠. 태거트 양, 예술가는 거래인입니다. 세상에서 가장 엄격하고 정확한 거래인이죠. 이제 내 말을 이해하겠어요?"

"네, 이해해요."

대그니가 믿기지 않는다는 듯 대답했다. 핼리가 말한 것은 그녀 자신의 도덕적 긍지였고, 그가 그런 신념을 가지고 있을 줄은 꿈에도 생각지 못했기 때문이다.

"그런데 왜 조금 전에 그렇게 비극적인 표정을 짓고 있었던 겁니까? 뭐가 그렇게 유감스러운 거죠?"

"당신의 작품이 묻혀 있었던 지난 세월 때문에요."

"내 작품은 묻혀 있지 않았어요. 해마다 두세 번씩 연주회를 열었으니까. 이곳 골트 협곡에서요. 다음 주에도 연주회가 있어요. 당신도 와줬으면 좋겠어요. 입장료는 25센트예요."

대그니는 웃지 않을 수 없었다. 핼리도 미소짓다가 무슨 생각이 났는지 천천히 진지한 표정으로 변했다. 그는 창밖 어둠 속 나뭇가지들 사이로 보이는 달러 표시를 응시했다. 달빛에 황금빛 광채를 잃고 금속성 광택만 남은 달러 표시는 하늘에 새겨진 곡선형의 금속 글씨처럼 보였다.

"태거트 양, 내가 진정한 사업가 한 사람을 얻기 위해서라면 수십 명의 현대 예술가들을 기꺼이 버릴 수 있는 이유가 뭔지 압니까? 내가 모트 리디나 밸프 유뱅크 같은 사람들보다 엘리스 와이엇이나 음치인 켄 대너거 같은 사람들과 공통점이 더 많은 이유를 알아요? 교향곡이든 탄광이든 모든 일은 창조 행위이고 같은 근원, 즉 자신의 눈으로 사물을 꿰뚫어볼 수 있는 신성한 능력에서 나오는 것입니다. 합리적 식별력. 보고 연결하고 이전에 보이거나 연결되었거나 만들어지지 않은 것을 만들어내는 능력. 사람들은 그 빛나는 통찰력을 작곡가나 소설가의 전유물인 것처럼 말하지만, 석유의 용도와 광산을 운영하는 법과 전기모터를 만드는 법을 발견해내는 원동력이 뭘까요? 그리고 음악가나 시인의 마음속에서만 신성한 불꽃이 타오른다고 여기는데, 자신이 새로 개발한 금속을 위해 온 세상과 맞서는 기업가와 비행기를 발명한 이들, 철도를 건설한 이들, 새로운 세균이나 신대륙을 발견한 이들을 움직이는 것은 과연 무엇일까요?…… 태거트 양, 진리 추구에 타협할 줄 모르는 헌신이 아닐까요? 소위 도덕가니 예술 애호가니 하는 인간들이 예술가의 그런 헌신에 대해 이야기하는 것을 들어본 적 있습니까? 그런 헌신의 예로, 지구는 돈다고 말한 사람의 행동이나 강철과 구리 합금이 이러저러한 것들을 가능하게 해주는 이러저러한 강점들을 지닌다고 말한 사람의 행동보다 더 훌륭한 것이 있으면 말해봐요. 세상이 그를 아무리 고문하고 짓밟아도 그는 자신의 주장을 굽히지 않을 겁니다! 태거트 양, 바로 **그것**입니다. 그런 정신과 용기와 진리에 대한 사랑. 반면, 자기가 완전한 광인의 경지에 이르렀다고 자랑스럽게 떠들고 다니는 한심한 건달도 있죠. 자기 작품이 무언지, 무엇을 의미하는지 전혀 모른다는 이유로 말입니다. 자기는 '존재'니 '의미'니 하는 조야한 개념들에 구속되지 않는다고, 보다 차원 높은 신비의 매개물이라고, 자기가 어떻게, 왜 작품을 만들었는지 모른다고, 술주정뱅이가 구토하듯 그냥 자연스럽게 나왔다고, 자기는 비굴하게 생각 같은 건 하지 않는다고, 그냥 느낀다고, 느끼기만 하면 된다고 주절대는 무기력하고 입은 헤 벌어지고, 눈은 교활하고, 침을 질질 흘리고, 몸을 벌벌 떠는 팔푼이 같은 놈! 나는 예술작품을 만들어내기 위해서는 어떤 규율이, 어떤 노력이, 어떤 정신적 긴장과 집중력이 요구되는지 압니다. 죄수들의 강제노역이 휴식처럼 여겨질 정도의 중노동과 그 어떤 악독한 교관의 훈련보다 지독한 혹사가 요구되죠. 나는 차원 높은 신비의 매개물보다 탄광 기술자를 더 높이 평가합니다. 탄광 기술자는 지하에서 석탄 수레를 움직이게 하는 게 자신의 감정이 아니라는 것을 잘 알고 있으니까요. 무엇이 석탄 수레를 움직이게 하는지 알고 있으니까요. 감정? 오, 그래요. 우리는 감정을 느끼죠. 그도, 당신도, 나도. 사실 우리는 감정을 느낄 수 있는 유일한 사람들입니다. 우리의 감정들이 어디에서 나오는지도 알고요. 하지만 그동안 우리가 알지 못했고 너무 오랫동안 알기를 거부해왔던 건 자신의 감정을 설명할 수 없다고 주장하는 인간들의 본질이죠. 우리는 이제 그것을 알아가고 있어요. 그것을 알기를 거부한 대가를 톡톡히 치렀고요. 그 죄가 가장 큰 사람들은 가장 혹독한 대가를 치를 겁니다. 그래야 마땅하고요. 그 죄가 가장 큰 사람들은 진짜 예술가들입니다. 이제 자신이 제일 먼저 제거되리란 것을 알게 될 사람들. 자신들의 유일한 보호자들이 파괴되도록 도움으로써 자신들을 제거할 인간들의 승리를 앞당겨준 사람들. 자신이 인간의 가장 고차원적인 창의정신의 전형임을 알지 못하는 사업가보다 더 비극적인 바보는 사업가를 자신의 적으로 여기는 예술가죠."

대그니는 골짜기의 거리들을 걸으며 어린아이 같은 홍분이 가득한 눈으로 햇살에 반짝이는 가게 창문들을 보면서 생각했다. '맞아, 이곳의 사업들은 예술처럼 목적 있는 선택성을 지니고 있어.' 그리고 나무판자로 지은 어두운 콘서트홀에 앉아 통제된 격정과 수학적 정확성을 지닌 핼리의 음악을 들으며 생각했다. '그래, 예술은 사업의 엄격한 규율을 지니고 있어.'

노천극장 벤치에 앉아 케이 러들로의 연기를 지켜볼 때

는 이렇게 생각했다. '사업과 예술 둘 다 공학의 광휘를 지니고 있어.' 그녀는 수세기 동안 이어져 내려온 것들 중에서 고른 게 아닌 독창적인 주제가 담긴 참신한 대사들을 들으며 3시간 동안 어린 시절 이후로 맛보지 못했던 체험을 할 수 있었다. 완벽한 육체적 아름다움을 지닌 여배우가 완벽한 정신적 아름다움을 지닌 인물을 멋지게 연기하는 독창적이고 의외적이고 논리적이고 목적적인 새로운 연극에 대한 황홀한 몰입, 그것은 그녀가 오랫동안 잊고 살아온 기쁨이었다.

공연이 끝난 후 대그니가 그런 말을 하자 케이 러들로가 미소지으며 말했다.

"태거트 양, 그게 내가 여기 있는 이유예요. 바깥세상에서는 인간의 위대성을 연기로 표현할 수 없었으니까요. 그곳에서는 타락의 상징들만을 연기해야 했죠. 창녀, 방탕한 여자, 가정 파괴자 같은 역할들만 맡아 결말 부분에서는 평범함이라는 미덕을 상징하는 이웃집 어린 소녀에게 매를 맞아야 했어요. 바깥세상에서는 내 재능이 그걸 비방하는 데 쓰였죠. 그래서 떠난 거예요."

대그니는 어린 시절 이후로 연극 공연을 보고 그런 희열을 느껴본 적이 없었다. 굳이 볼 필요도 없는 하수구 안을 들여다본 듯한 기분이 아닌 인생에는 이룰 가치가 있는 것들이 있음을 아는 기분. 연극이 끝난 뒤 관객들이 불 켜진 객석에서 어둠 속으로 줄지어 나갈 때 대그니는 엘리스 와이엇과 내러갠셋 판사, 켄 대너거를 보았다. 한때 모든 종류의 예술을 경멸한다고 매도되었던 사람들이었다.

그날 저녁 대그니가 마지막으로 본 장면은 바위 사이로 난 오솔길을 나란히 걸어가는 키가 크고 꼿꼿하고 날씬한 두 사람의 금발이 스포트라이트를 받아 빛나는 모습이었다. 그 두 사람은 케이 러들로와 라그나르 다네스쾰이었다. 대그니는 그 두 사람이 파멸당할 수밖에 없는 세상으로 자신이 다시 돌아갈 수 있을 것 같지가 않았다.

대그니는 빵집 여주인의 두 아들을 볼 때마다 자신의 어린 시절이 떠올랐다. 그들은 일곱 살, 네 살이었고 대그니는 그 겁 없는 꼬마들이 골짜기 오솔길을 돌아다니는 모습을 종종 볼 수 있었다. 그들은 어린 시절의 그녀처럼 삶을 대하는 듯했다. 그들은 그녀가 바깥세상에서 보아온 아이들처럼 자신이 거짓말을 듣고 있음을 알아가면서 증오하는 법을 배우는 과정에 있는, 어른에 대한 방어의식을 느끼는 두렵고 은밀하고 냉소적인 표정을 짓고 있지 않았다. 그 두 아이는 다칠 것을 두려워하지 않는 새끼 고양이들처럼 개방적이고 즐겁고 우호적인 확신을 가지고 있었다. 그들은 순수하고 자연스럽고 교만하지 않은 태도로 자신의 가치를 믿었고, 다른 사람들도 그것을 알아볼 수 있으리라고 여겼다. 그들은 삶에는 발견할 가치가 없거나 발견하지 못할 것이 없다는 확신으로 어떤 모험도 불사하는 뜨거운 호기심을 가지고 있었고, 설령 악의를 만나더라도 위험한 것이 아니라 어리석은 것으로 여기고 가볍게 떨쳐낼 수 있을 듯했다. 상처받고 체념해 악의를 존재의 법칙으로 받아들이지는 않을 듯했다.

대그니가 갓 구운 빵을 포장하고 있는 빵집 여주인에게 그런 말을 하자 여주인은 카운터 너머로 미소를 보내며 대답했다.

"태거트 양, 아이들을 키우는 것이 제 일이죠. 제가 선택한 양육방식은 모성에 관한 온갖 헛소리들이 난무하는 바깥세상에서는 성공할 수 없는 것이에요. 제 남편을 만난 적이 있을 거예요. 경제학 교사고, 이곳에서는 딕 맥나마라 밑에서 보선공으로 일하고 있죠. 물론 알다시피 이 골짜기에서는 집단적인 서약이 이루어질 수 없어요. 가족이나 친척이라도 각자의 독자적인 신념에 따라 파업 서약을 하지 않으면 함께 들어올 수 없죠. 제가 여기 온 것은 남편의 직업을 위해서만이 아니라 제 일을 위해서이기도 해요. 아들들을 인간으로 키우기 위해서 온 거죠. 이성은 무력하고 존재는 자신도 어쩔 수 없는 비합리적 혼돈이라고 세뇌시켜 아이들의 두뇌 발전을 가로막고 만성적 공포에 시달리도록 만드는 교육제도에 제 아들들을 맡길 수는 없었으니까요. 태거트 양, 제 아이들이 바깥세상 아이들과 너무나 다른 것을 보고 놀랐죠? 그 이유는 간단해요. 이곳 골트 협곡에는 아이들이 조금이라도 비합리적인 것과 접하는 것에 질색하지 않는 사람이 없으니까요."

대그니는 액스턴 박사와 세 제자들이 연례 모임을 갖는 자리에서 그들을 바라보며 바깥세상의 학교들이 잃어버린 교사들에 대해 생각했다.

액스턴 박사가 세 제자들 외에 더 초대한 사람은 대그니와 케이 러들로뿐이었다. 여섯 사람은 액스턴 박사의 집 뒤뜰에 앉아 있었다. 석양빛이 그들의 얼굴을 물들이고 저 아래 골짜기 바닥은 부드러운 푸른 안개 속으로 녹아들고 있었다.

대그니는 액스턴 박사의 제자들을 바라보았다. 목단추를 푼 셔츠와 점퍼 차림으로 캔버스 의자에 편안하고 만족스럽게 늘어져 앉아 있는 유연하고 기민한 세 남자…… 존 골트와 프란시스코 단코니아, 라그나르 다네스퀼이었다.

액스턴 박사가 미소지으며 말했다. "태거트 양, 놀라지 말아요. 여기 있는 나의 세 제자들이 초인적인 존재들이라고 생각하는 어리석음도 범하지 말고요. 내 제자들은 그보다 훨씬 위대하고 놀라운 존재인 **정상적인 인간들**이니까요. 세상이 단 한 번도 본 적이 없는 존재. 그들의 업적은 정상적인 인간으로 살아남은 것이죠. 인간의 두뇌를 파괴하는 세상의 원칙들에, 수세기에 걸쳐 축적된 악에 물들지 않고

인간으로 남아 있기 위해서는 매우 특별한 정신과 그보다 더 특별한 고결함이 요구됩니다. 인간은 이성적인 존재이니까요."

대그니는 액스턴 박사의 태도에서 새로운 면을 발견했다. 그는 평소의 과묵하고 엄격한 모습이 아니었다. 대그니를 단순한 손님이 아닌 그들의 일원으로 대접해주는 듯했다. 프란시스코는 그들의 모임에 대그니가 함께 있는 것이 자연스럽고 당연한 일인 양 쾌활한 태도를 보였다. 골트의 얼굴에서는 아무 반응도 읽을 수 없었다. 그는 액스턴 박사의 부탁으로 그녀를 이곳에 데려온 정중한 호위자의 역할에 충실했다.

대그니는 액스턴 박사가 감식안을 가진 관찰자에게 제자들을 보여주는 것이 무척이나 자랑스러운 듯 자꾸만 자신에게 시선을 보내는 것을 느꼈다. 그는 자신이 가장 소중히 여기는 주제에 관심을 가져주는 사람을 발견한 아버지처럼 계속 한 가지 주제에 대해 이야기했다.

"이 친구들의 대학 때 모습을 태거트 양도 보았어야 했어요. 세 사람은 배경이 달라도 너무 달랐지만 수천 명의 학생들이 우글대는 캠퍼스에서 서로를 한눈에 알아보았죠. 프란시스코는 세계에서 가장 부유한 상속자였고, 라그나르는 유럽 귀족이었고, 존은 자수성가한 인물이었어요. 돈도, 부모도, 연고도 없는 말 그대로 혼자 힘으로 일어선 인물. 존은 오하이오의 외진 교차로에 있는 주유소 정비공 아들이었고, 열두 살 때 집을 떠나 혼자 살기 시작했어요. 하지만 나는 늘 존이 미네르바처럼 세상에 나왔다는 생각을 했어요. 완전히 성장하고 무장한 모습으로 유피테르의 머리에서 튀어나온 지혜의 여신 미네르바……. 세 사람을 처음 본 날이 생각나는군요. 셋은 내 강의실 뒷자리에 앉아 있었죠. 대학원생을 위한 특강이었는데 너무 어려운 강좌라 청강생이 거의 없었어요. 세 학생은 신입생으로 나이에도 너무 어려 보였는데 나중에 알고 보니 열여섯 살이었더군요. 강의가 끝날 무렵 존이 일어나서 질문을 했어요. 그 질문은 철학을 6년 배운 학생이 했어도 선생으로서 자랑스러워했을 만한 것이었죠. 플라톤의 형이상학에 관한 질문이었는데, 플라톤 자신도 생각지 못했을 질문이었으니까요. 나는 대답을 해주고 존에게 강의가 끝난 뒤 내 방으로 오라고 했어요. 셋이 다 왔더군요. 나는 세 명이 대기실에서 기다리는 것을 보고 모두 들어오라고 했어요. 그들과 1시간 동안 이야기를 나눈 후 그날 약속을 다 취소하고 종일 대화를 계속했죠. 그 후에 나는 그들이 정식으로 그 강의를 듣고 학점을 딸 수 있도록 조처했어요. 그들은 그 강의를 들었고 최고 성적을 받았죠……. 그들은 두 가지 전공을 했는데 물리학과 철학이었어요. 그들의 그런 선택에 놀라지 않은 사람은 나뿐이었죠. 현대 사상가들은 현실에 대한 인식을 불필요한 것으로 여겼고, 현대 물리학자들은 생각을 불필요하게 여겼으니까요. 하지만 나는 그런 생각들이 잘못된 것임을 알고 있었고, 어린 세 학생들이 그것을 안다는 게 놀라웠어요……. 로버트 스태들러는 물리학과를, 나는 철학과를 이끌고 있었어요. 우리는 교칙이나 규정이 세 학생들에게 걸림돌이 되지 않도록 해주었어요. 관례적이고 중요하지 않은 강좌들은 모두 건너뛰고 제일 어려운 과제들만 줬죠. 우리는 그들이 4년 안에 두 가지 전공을 끝낼 수 있도록 길을 터줬어요. 그들도 **열심히** 해주었고요. 그들은 그 4년 동안 스스로 생활비도 벌었어요. 프란시스코와 라그나르는 부모님께 용돈을 받았지만 존은 아무것도 없었어요. 하지만 세 사람 모두 파트타임으로 일을 해서 경험도 쌓고 돈도 벌었죠. 프란시스코는 구리 주물공장에서, 존은 철도 기관차고에서, 그리고 라그나르는…… 아네요, 태거트 양. 라그나르가 셋 중에서 가장 학구적이었어요. 라그나르는 대학 도서관에서 사서로 일했어요. 그들은 하고 싶은 것을 할 시간은 얼마든지 있었지만 사람들과 교류하거나 대학의 단체 활동에 참여할 시간은 없었어요. 그들은…… 라그나르!"

그가 갑자기 말을 끊고 외쳤다. "바닥에 앉지 말게!"

다네스쿌이 슬그머니 바닥으로 내려가 풀밭에 앉아 케이 러들로의 무릎에 머리를 기대고 있었던 것이다. 그는 킥킥 웃으며 순순히 일어났다. 액스턴 박사가 미안해하는 미소를 지었다.

"내 옛날 버릇이에요. '조건'반사인 것 같아요. 그 시절에도 우리는 내 집 뒤뜰에 모여 대화를 나누었는데 춥고 안개 낀 저녁에 라그나르가 바닥에 앉는 것을 볼 때마다 나는 그렇게 잔소리를 했죠. 저 친구는 저렇게 부주의해서 나를 걱정시켰어요. 위험하다는 것을 알아야 하는데……"

액스턴 박사는 말을 뚝 끊었다. 대그니의 놀란 눈에서 자신과 같은 생각을 읽었던 것이다. 그것은 라그나르가 성인이 되어서도 여전히 위험한 일을 하고 있다는 생각이었다. 액스턴 박사는 양손을 내밀고 어깨를 으쓱하며 무력한 자조감을 내보였다. 케이 러들로가 이해한다는 듯 그에게 미소를 보냈다. 액스턴 박사가 한숨지으며 이야기를 이었다.

"내 집은 캠퍼스 바로 밖에 있었어요. 이리 호가 내려다보이는 높은 절벽 위에. 우리 넷은 많은 밤을 함께 보냈어요. 초가을이나 봄밤에 내 집 뒤뜰에 이렇게 앉아 있었죠. 그때는 이런 화강암 산이 아니라 호수가 앞에 펼쳐져 있었지만 말이에요. 고요한 호수가 끝도 없이 펼쳐져 있었죠. 나는 그런 밤이면 그들의 질문에 답하고 그들이 제기한 주제에 대해 토론하느라 강의실에서보다 더 열심히 떠들어야 했어요. 자정쯤 되면 나는 따끈한 코코아를 준비해서 그들에게 억지로 마시게 했어요. 시간이 아까워서 제대로 먹지도 않는 것 같아서. 한참 이야기를 하다보면 호수는 짙은 어둠 속으로 사라지고 하늘이 땅보다 더 밝게 보였어요. 갑자기 하늘이 더 어두워지고 호수가 창백한 모습을 드러내면서 동이 터 오르려고 할 때까지 그렇게 앉아 있었던 적도 몇 번 있었죠. 내가 생각이 모자랐던 거죠. 그들이 늘 잠이 부족하다는 것을 알면서도 가끔 그런 사실을 잊고 시간 감각을 잊었던 거니까요. 나는 그들과 함께 있을 때면 늘 이른 아침이고, 우리 앞에 기나긴 하루가 펼쳐져 있는 것만 같은 기분이었어요. 그들은 미래에 어떤 일을 **할 수 있기를 바란다고** 말하지 않았어요. 신비의 전능자가 자신들에게 특별히 어떤 알 수 없는 재능을 부여해 자신들이 원하는 일을 이루도록 해주지는 않을까 기대하지도 않았어요. 그들은 어떤 일들을 **하겠다고** 말했어요. 사랑이 사람을 겁쟁이로 만든다고 했던가요? 나는 두려움을 모르는 사람이지만 그들의 이야기를 들으며 세상이 어떻게 변해가고 있고, 그들의 미래에 어떤 난관이 닥칠지에 대해 생각하다보면 가끔 두려움을 느꼈어요. 두려움? 아니, 두려움 이상의 것이었죠. 그것은 살인까지 할 수 있게 만드는 감정이었어요. 세상이 그들을, 내 아들 같은 제자들을 파멸시키고 희생양으로 만드는 방향으로 흐르고 있다는 생각을 할 때마다 나는 살의를 느꼈어요. 하지만 누구를 죽여야 할지 몰랐어요. 그 대상은 모두이면서 아무도 아니었으니까. 하나의 적이, 중심이, 악당이 있는 게 아니었으니까. 그 대상은 돈 한 푼 벌 능력도 없이 히죽거리는 사회사업가나 자기 그림자에 겁먹는 도둑놈 같은 관료가 아니라, 필요가 능력보다 성스럽고 연민이 정의보다 숭고하다고 믿으며 좋은 사람을 자처하는 모든 인간의 손에 의해 추악한 공포 속으로 굴러가는 지구 전체였으니까. 하지만 나는 이따금 순간적으로 그런 두려움을 느꼈을 뿐이에요. 늘 두려움에 젖어 살진 않았어요. 내 세 아들의 이야기를 듣고 있노라면 그 무엇도 그들을 무너뜨릴 수 없다는 것을 알 수 있었으니까. 내 집 뒤뜰에 앉아 있는 그들의 등 뒤로는 아직 노예화되지 않은 사상의 기념비로 남아 있는 패트릭 헨리대학의 높고 시커먼 건물들이 솟아 있었어요. 그리고 더 멀리에는 클리블랜드의 불빛들이 있었죠. 줄지어 선 굴뚝 뒤 제철소의 오렌지색 불빛, 무선탑들에서 깜빡이는 빨간 불빛들, 검은 지평선을 비추는 공항의 긴 백색 광선들……. 나는 일찍이 이 세상에 존재했고 세상을 움직였던 모든 위대함의 이름으로 내 아들들을 그 마지막 계승자들로 임명했고 그들이 반드시 승리할 것이라고 확신했어요……. 하루는 존이 한참이나 조용해서 무슨 일인가 하고 보았더니 땅바닥에 쓰러져 잠이 들어 있었어요. 나머지 두 아들이 존이 사흘이나 잠을 못 잤다고 털어놓더군요. 나는 두 아들은 바로 집으로 보냈지만 존은 차마 깨울 수가 없었어요. 마침 따뜻한 봄밤이라 담요를 가져다 덮어주고 그대로 자게 했죠. 그러고는 아침이 올 때까지 옆에서 지키고 앉아 있었어요. 달빛에 비친 존의 얼굴을 보면서, 그리고 첫 햇살이 그의 평온한 이마와 눈꺼풀을 비추는 것을 보면서 내가 했던 건 기도가 아니었어요. 나는 기도를 하지 않으니까. 하지만 기도라는 잘못된 행동을 부르는 그런 마음 상태였죠. 올바른 것에 대한 완전하고 확실하고 헌신적인 사랑, 올바른 것이 반드시 승리하고 존이 원하는 미래를 갖게 될 것이라는 확신."

그는 팔을 들어 골짜기를 가리켰다.

"하지만 그 미래가 이렇게 위대하고…… 힘들 것이라고는 생각지 못했어요."

어둠이 내려 산과 들, 하늘이 하나로 뒤섞였다. 아래쪽 골짜기의 불빛들과 위쪽 스톡턴 주물공장의 붉은 숨결, 하늘을 나는 열차 같은 멀리건의 집의 불 켜진 창들이 검은 공간 속에서 멀찌감치 떨어져 있었다. 액스턴 박사가 천천히 말을 이었다.

"나에게는 라이벌이 있었어요. 로버트 스태들러 박사였죠…… 존, 인상 쓰지 말게. 지난 일이니까……. 존은 한때 그를 사랑했어요. 나도 그랬고. 사랑까지는 아니었는지 몰라도 우리가 스태들러 박사와 같은 정신의 소유자에게 느끼는 감정은 사랑에 아주 가까운 것이죠. 그것은 너무나도 희귀한 기쁨인 감탄이니까. 아니, 나는 그를 사랑하지는 않았어요. 하지만 그와 나는 헛소리만 요란한 평범성의 늪에 빠진 세계에서 함께 살아남은 동지와도 같았죠. 로버트 스태들러의 치명적인 죄는 자신의 진짜 고향에 대해 무관심했다는 거예요……. 그는 어리석음을 증오했어요. 그가 사람들에게 내보인 유일한 감정이죠. 감히 그에게 맞서는 어리석은 자를 향한 신랄하고 지독하고 지친 증오. 그는 자신만의 길을 원했고, 홀로 그 길을 가고 싶어했어요. 자신의 길에서 얼쩡대는 사람들을 모두 쓸어내고 싶어했죠. 그리고 그 방법에 대해선, 자신의 길과 적들의 본질에 대해선 신경 쓰지 않았어요. 그는 지름길을 택했죠. 태거트 양, 지금 웃는 건가요? 당신은 그를 증오하죠? 그래요, 당신은 그가 어떤 지름길을 택했는지 알고 있어요…… 그는 당신에게 말했어요. 우리 둘이 세 제자를 놓고 경쟁을 벌였다고. 맞아요. 나는 그렇게 생각하지 않았지만 그는 그렇게 생각했어요. 만일 우리가 라이벌이었다면 내게 한 가지 유리한 점이 있었어요. 나는 세 제자들에게 왜 철학과 물리학 두 가지가 다 필요한지 알고 있었지만 그는 제자들이 철학에 관심 갖는 것을 이해하지 못했죠. 그는 자신에게도 철학이 중요하다는 것을 알지 못했고 바로 그것 때문에 파멸에 이르렀어요. 하지만 그 당시까지만 해도 그는 세 학생들을 움켜쥘 만큼 정신이 살아 있었어요. '움켜쥔다'는 표현이 딱 맞았어요. 지성만을 숭배했던 그는 세 제자들이 자신의 개인적인 보물이라도 되는 것처럼 꼭 움켜쥐고 있었어요. 그는 늘 외로운 사람이었어요. 아마 평생 프란시스코와 라그나르가 유일한 사랑이고, 존이 유일한 열정이었을 거예요. 그는 존을 자신의 후계자요, 미래요, 영원한 생명으로 여겼어요. 존은 발명가가 되고자 했고, 그것은 물리학자가 된다는 뜻이었으니까요. 존은 로버트 스태들러 밑에서 석사 과정을 밟을 계획이었죠. 프란시스코는 졸업 후 학교를 떠나 일을 할 계획이었고요. 그는 우리 둘, 그러니까 그의 지적인 아버지들을 완벽하게 합쳐 놓은 존재인 기업가가 되려고 했죠. 그리고 라그나르…… 태거트 양, 라그나르가 어떤 직업을 택했는지 모르죠? 아니, 곡예 비행사도, 정글 탐험가도, 심해 잠수부도 아니었어요. 그런 것들보다 훨씬 더 용감한 직업이었어요. 라그나르는 철학자가 되려고 했어요. 추상적이고, 이론적이고, 학구적이고, 은둔적인 상아탑의 철학자……. 그래요, 로버트 스태들러는 세 제자들을 사랑했어요. 아까 내가 세 아들을 보호하기 위해서라면 살인이라도 저지를 수 있지만 그 대상을 찾을 수 없었다고 했죠? 그게 해결책이 될 수 있었다면(물론 그건 해결책이 될 수 없었지만) 내가 죽여야 할 대상은 바로 로버트 스태들러였어요. 세상을 파괴하는 악에 일조하는 개인의 죄 중에서 그의 죄가 가장 무거웠으니까요. 그는 그런 짓을 저질러서는 안 되는 위대한 정신의 소유자였어요. 그런데 빛나는 명예와 업적을 상징하는 자신의 이름이 약탈자들의 법칙을 옹호하는 데 쓰이도록 한 겁니다. 그는 과학을 약탈자들의 총부리 앞에 세웠어요. 존은 그가 그런 짓을 하리라곤 생각지도 못했어요. 나도 마찬가지이고……. 존은 물리학 석사 과정을 밟으려고 돌아왔지만 중도에 포기했어요. 로버트 스태들러가 국립과학연구소 설립을 지지한 날 학교를 떠났죠. 그날 나는 학교 복도에서 우연히 스태들러와 마주쳤어요. 그는 자신의 연구실에서 존과 마지막 면담을 마치고 나오는 길이었죠. 그는 변해 있었어요. 나는 사람이 그렇게 변한 모습을 다시는 보고 싶지 않아요. 그는 나를 보더니 갑자기 달려들면서 외쳤어요. '당신네 비현실적인 이상주의자들은 아주 진저리가 나!' 그는 자신이 그렇게 외친 이유를 몰랐지만 나는 알 수 있었어요. 나는 돌아섰어요. 그가 스스로에게 사형선고를 내리는 걸 들었으니까……. 태거트 양, 당신이 내 세 제자들에 대해 한 질문 기억나요?"

"네." 대그니가 속삭이듯 대답했다.

"나는 당신의 질문을 듣고 로버트 스태들러가 그들에 대해 당신에게 뭐라고 했는지 짐작할 수 있었어요. 그런데 왜 그가 그들 이야기를 하게 된 건가요?"

액스턴 박사는 대그니의 얼굴에 쓸쓸한 미소가 어리는

것을 보았다.

"인간의 지성이 무익하다고 믿는 자신의 입장을 정당화하기 위해 그들 이야기를 했어요. 환멸이 된 희망의 예로요. '그들은 세상의 흐름을 바꿀 수 있는 능력을 지닌' 청년들이었다고 그는 말했어요."

"실제로 그들이 세상을 바꾸지 않았나요?"

대그니는 동의와 경의의 표시로 천천히 고개를 끄덕였다.

"태거트 양, 이 세상이 본질적으로 악의 영역이고 선은 득세할 가망이 없음을 확신하게 되었다고 주장하는 자들이 얼마나 사악한 인간들인지 알아야 합니다. 그런 자들은 전제부터 잘못된 거예요. 가치 기준부터 틀린 거라고요. 그들은 악의 필연성이라는 말도 안 되는 소리를 떠들어대기 전에 선이 무엇이고, 어떤 조건들을 요구하는지에 대해 알아야 합니다. 이제 로버트 스태들러는 지성이 무익한 것이고, 인생도 비합리적인 것일 뿐이라고 믿고 있어요. 그는 존 골트가 위대한 과학자가 되어 플로이드 페리스 박사의 지시를 받으며 일하고 싶어할 거라고 생각했을까요? 프란시스코 단코니아가 위대한 기업가가 되어 웨슬리 마우치의 지시하에 그의 이익을 위해 일하고 싶어할 거라고 생각했을까요? 라그나르 다네스퀼이 위대한 철학자가 되어 정신은 존재하지 않고 힘이 정의라고 외치는 사이먼 프리챗 박사 밑에서 강의하고 싶어할 거라고 생각했을까요? 그게 로버트 스태들러 박사가 합리적이라고 여긴 미래였을까요? 태거트 양, 환멸에 대해, 미덕의 실패에 대해, 이성의 무익함과 논리의 무력함에 대해 요란하게 떠들어대는 자들은 그들이 주장하는 것들의 완전하고 정확하고 논리적인 결과에 이른 사람들입니다. 그들이 두려워서 직시하지 못하는 무자비하리만큼 논리적인 결과요. 이성의 부재를, 무력 통치의 도덕적 정당성을, 무능력자를 위해 능력자를 처벌하고 최악을 위해 최고를 희생시킬 것을 주장하는 세상에서는 최고의 사람들이 사회에 등을 돌리고 사회의 가장 무서운 적이 될 수밖에 없어요. 그런 세상에서는 엄청난 지적 능력을 지닌 존 골트가 비숙련 노동자로 남고, 기적적인 부의 생산자인 프란시스코 단코니아가 난봉꾼이 되고, 계몽적 인간인 라그나르 다네스쾰이 폭력적인 인간이 될 수밖에 없죠. 사회는, 그리고 로버트 스태들러 박사는 그들이 주장한 모든 것을 이루었어요. 그런데 이제 와서 무슨 불만이 있겠어요? 우주가 비합리적이라고요? 그런가요?"

그는 부드럽지만 단호하고 확신에 찬 미소를 지었다.

"인간은 누구나 자신이 생각한 모습대로 세상을 만들죠. 인간은 선택할 수 있는 힘을 가졌지만 선택의 필요에서 벗어날 힘은 없어요. 자신의 힘을 포기하는 건 인간의 지위를 포기하는 것이고, 비합리성의 혹독한 혼돈 속에서 살 수밖에 없죠. 타인들의 의지에 굴복하지 않는 생각을 고수하는 사람이라면, 자신이 생각한 모습대로 성냥 한 개비, 정원 한 귀퉁이라도 만들어본 사람이라면 바로 그만큼의 인간인 것이고, 그것이 유일한 미덕의 척도예요. 이 친구들은."

그는 제자들을 가리켰다.

"굴복하지 않았어요. 이곳은."

이번에는 골짜기를 가리켰다.

"그들이 지켜온 것과 그들이 어떤 사람들인지에 대한 척도이고요……. 이제 당신도 완전히 이해할 수 있을 테니 당신이 했던 질문에 대해 다시 답하겠어요. 내 세 아들의 현재 모습이 자랑스러우냐고 물었죠? 바랐던 것 이상으로 자랑스러워요. 그들의 모든 행동이, 그들의 모든 목표가, 그리고 그들이 선택한 모든 **가치**가 자랑스러워요. 대그니, **이게** 내 완전한 대답이에요."

그녀의 이름을 부를 때 액스턴 박사는 아버지의 목소리를 냈다. 그리고 마지막 두 문장을 이야기할 때 그는 대그니가 아닌 골트를 보았다. 대그니는 골트가 지지의 뜻을 보내듯 스승을 마주 응시하는 것을 보았다. 골트의 시선이 그녀에게로 날아왔다. 액스턴 박사가 그녀에게 무언의 암시로 부여한 자격을 다른 사람들은 알아채지 못했어도 그는 알고 있는 듯한 시선이었다. 놀란 그녀를 재미있어하는,

믿을 수 없을 정도의 다정함과 지지가 어린 시선이었다.

◆

단코니아 구리 제1광산은 산의 표면에 난 작은 상처 같았다. 산의 적갈색 옆구리에 칼로 몇 번 사선을 그어 상처처럼 붉은 바위턱을 만든 듯했다. 그곳에 태양빛이 내리쬐고 있었다. 대그니는 양쪽에서 골트와 프란시스코의 부축을 받으며 길가에 서 있었다. 바람이 그들의 얼굴을 때리고 600미터 아래의 골짜기로 달아났다.

대그니는 광산을 바라보며 생각했다. '이것은 산에 쓰인 인간의 부에 대한 이야기이다. 수세기 동안 비바람에 시달려 뒤틀린 몇 그루 소나무, 바위턱에서 일하는 여섯 명의 인부들, 거의 모든 작업을 맡아 하는 무수히 많은 복잡한 기계들.'

그녀는 프란시스코가 자신뿐 아니라 골트에게도 광산을 보여주고 있음을 깨달았다.

"존, 작년 이후로 처음 보는 거지?⋯⋯ 존, 앞으로 1년 후엔 어떻게 될지 기대하게. 바깥세상 일은 몇 달 안에 다 정리될 테고, 그 다음부터는 이곳 일에 전념할 거니까."

프란시스코가 골트의 질문에 웃으며 대답했다. "이런, 아니야, 존!"

대그니는 골트를 향한 그의 눈빛을 보았다. 그녀의 아파트에서 테이블을 움켜쥐고 죽음만큼 고통스런 순간을 견디던 때의 눈빛이었다. 그때 프란시스코는 눈앞의 누군가를 보고 있는 듯했는데 그게 바로 골트였던 모양이었다. 골트의 모습이 그 순간에 그를 지탱해주었던 것이다.

대그니는 마음 한구석에서 막연한 두려움이 고개를 드는 걸 느꼈다. 세상과의 싸움에 대한 대가로 그녀를 잃고 연적이 리어든이라는 사실까지 받아들이는 데 기울인 노력이 너무 크다보니 액스턴 박사가 눈치챈 것을 그는 까맣게 모르는 듯했다. '그것을 알게 되면 얼마나 충격이 클까?' 그런 생각을 하는 그녀에게 마음의 소리가 신랄하게 말했다. 아마 그럴 일은 결코 없을 것이라고.

그녀는 프란시스코를 바라보는 골트의 눈빛을 보며 막연한 긴장감을 느꼈다. 아낌없는 감정을 솔직하고 거리낌 없이 드러낸 눈빛이었다. 대그니는 골트의 그런 감정이 추악한 포기로 이어질 수도 있다는 불안감을 떨쳐버릴 수가 없었다.

하지만 그녀의 마음은 모든 의심을 웃어넘기는 듯한 거대한 해방감에 젖어 있었다. 그녀의 눈길이 자꾸 발아래 오솔길로 향했다. 골짜기 바닥에서부터 그녀가 서 있는 곳까지 불안한 나선형을 그리며 구불구불 이어진 3킬로미터의 험한 길. 그녀의 눈은 자꾸 그 길을 보고 있었고, 그녀의 마음은 분명한 목적을 가지고 달음박질치고 있었다.

덤불과 소나무들, 카펫 같은 이끼가 저 아래 초록 비탈에서부터 화강암 바위턱까지 이어져 있었다. 이끼와 덤불은 점차 사라졌지만 소나무는 줄기가 가늘어지면서도 끝까지 이어져 몇 그루 안 되는 나무들이 산꼭대기의 갈라진 틈에서 햇빛을 받아 눈부시게 빛나는 흰 눈을 향해 벌거벗은 바위 위를 점점이 기어오르고 있는 것처럼 보였다. 대그니는 최첨단 채굴장비들을 보다가 노새들이 무거운 걸음으로 뒤뚱뒤뚱 걸으며 가장 원시적인 형태로 운송하고 있는 길을 보았다.

"프란시스코, 저 기계들은 누가 고안한 거야?" 그녀가 채굴장비들을 가리키며 물었다.

"표준 장비를 개조한 것에 불과해."

"누가 고안했는데?"

"내가. 우리는 남는 인력이 많지 않아서 기계로 대신해야 했어."

"너는 노새로 광석을 실어나르느라 엄청난 인력과 시간을 낭비하고 있어. 골짜기 바닥까지 철도를 놓아야 해."

그녀는 아래를 보느라 프란시스코가 자신에게 열띤 시선을 보내는 것과 그의 목소리에 신중함이 어리는 것을 눈치채지 못했다.

"나도 알아. 하지만 너무 어려운 작업이라 현재의 광산 생산량으로는 수지가 안 맞아."

"그건 말도 안 돼! 보기보다 훨씬 간단해. 동쪽으로 경사도 완만하고 돌도 덜 단단한 코스가 있어. 올라오면서 봤어. 커브가 많지 않아서 레일은 5킬로미터 정도면 될 거야."

그녀는 동쪽을 가리키느라 두 남자가 얼마나 강렬한 눈빛으로 자신을 보고 있는지 눈치채지 못했다.

"협궤철도면 돼…… 최초의 철도처럼……. 원래 철도는 광산에서 시작되었지. 구리 광산이 아니라 탄광이기는 했지만……. 저 산등성이 보이지? 빈 공간이 많아서 90센티미터 궤간의 철도를 놓기에 충분하고 발파나 확장공사가 필요 없어. 저기 800미터쯤 되는 완만한 비탈 보이지? 경사가 4도도 안 되어서 어떤 기관차도 올라갈 수 있어."

그녀는 문제의 해결 방안을 제시하는 일보다 우선하는 것이 없는 그녀의 자연스러운 세상에서 그녀의 자연스러운 기능을 수행하는 기쁨밖에 의식하지 않는 듯한 기민하고 확신에 찬 태도로 말했다.

"3년 안에 본전이 빠질 거야. 대충 보니 비용이 제일 많이 드는 건 강철 철교 두어 개를 놓는 것이고…… 터널을 뚫어야 할지도 모르는 곳이 한 군데 있지만 겨우 30미터 정도야. 저 협곡을 건너 이곳까지 철도를 연결하려면 강철 철교가 필요하지만 보기보다 어렵지 않을 거야. 내가 그림으로 보여주지. 종이 있어?"

그녀는 골트가 얼마나 빠른 속도로 노트와 연필을 꺼내 그녀에게 내미는지 의식하지 못했다. 그녀는 그런 사소한 일로 시간을 끌어서는 안 되는 건설 현장에서 지시를 내리고 있는 것처럼 당연하게 노트와 연필을 받았다.

"내 말이 무슨 뜻인지 간단히 설명해줄게. 교량을 받치는 말뚝을 바위에 대각선으로 박아 넣으면."

그녀는 빠른 속도로 스케치를 해나갔다.

"실제 교량 길이는 180미터밖에 안 될 거야. 그것으로 구불구불한 길의 마지막 800미터를 대신하는 거지. 나는 석 달이면 레일을 깔 수 있고……."

대그니는 말을 멈추었다. 그녀가 시선을 들어 두 사람을 보았을 때 그녀의 열정은 차갑게 식어 있었다. 그녀는 스케치한 종이를 구겨서 자갈길의 붉은 먼지 속으로 휙 던져버렸다.

"오, 뭐 하러?"

그녀가 처음으로 절망을 드러냈다.

"5킬로미터짜리 철도를 놓기 위해 대륙횡단철도를 포기하다니!"

두 남자가 그녀를 바라보았다. 그녀는 그들의 얼굴에서 비난을 찾아볼 수가 없었다. 연민에 가까운 이해만을 볼 수 있었다.

"미안해." 그녀가 시선을 떨구며 조용히 말했다.

"네가 마음을 바꾼다면 바로 너를 고용할 거야. 네 명의 로 철도를 건설하고 싶다면 미다스가 5분 내로 자금을 대출해줄 거고." 프란시스코가 말했다.

대그니는 고개를 저으며 속삭이듯 말했다. "안 돼…… 아직은……."

그녀는 두 남자가 자신의 절망을 알고 있고, 마음의 갈등을 숨기려고 해보아야 아무 소용 없다는 것을 깨닫고 시선을 들었다.

"한번 시도해봤어…… 내 철도를 포기하려고 해봤어……. 그래서 알아…… 내 철도를 포기하고 이곳에 새로 철도를 만든다면 이곳의 침목 하나하나, 대못 하나하나가 내 철도를 생각나게 할 거야…… 내 철도의 터널이 생각나고…… 냇 태거트의 철교가 생각날 거야……. 아, 내 철도에 대해 듣지 않을 수만 있다면! 여기 머물면서 그들이 내 철도에 무슨 짓을 하는지 모를 수만 있다면! 내 철도가 사라져도 모를 수만 있다면!"

"당신은 그것에 대해 들어야만 할 겁니다." 골트가 특유의 준엄한 목소리로 말했다.

아무런 감정 없이 사실에 대한 존중만 담겨 있어서 준엄하게만 들리는 목소리였다.

"당신은 태거트 대륙횡단철도의 마지막 고통의 과정을

모두 듣게 될 겁니다. 모든 사고에 대해, 운행이 중단된 모든 열차에 대해, 버려진 모든 노선에 대해, 태거트 철교의 붕괴에 대해 듣게 될 겁니다. 자신의 결정과 관련된 모든 사실에 대한 완전하고 의식적인 앎에 근거한 완전하고 의식적인 선택이 아닌 이상 누구도 이 골짜기에 머물 수 없으니까요. 어떤 식으로든 현실을 기만하면서 이곳에 머물 수는 없으니까요."

대그니는 그가 어떤 기회를 거부하고 있는 것인지 알기에 그를 똑바로 쳐다보았다. 그녀는 바깥세상 사람들이라면 이런 순간에 그런 말을 하지 않았을 것이라고 생각했다. 선의의 거짓말을 자비의 행위로 여기며 숭배하는 것이 바깥세상의 법칙이니까. 그녀는 그 법칙에 대한 격렬한 혐오감에 빠졌다. 처음으로 그것의 추악함이 훤히 보였던 것이다. 그녀는 자신 앞에 서 있는 남자의 딱딱하고 깨끗한 얼굴에 무한한 자랑스러움을 느꼈다. 자제력을 발휘해 굳게 다물고 있는 그녀의 입에 떨리는 감정으로 인한 부드러움이 어렸고, 골트는 그것을 놓치지 않았다.

그녀가 조용히 대답했다. "고마워요. 당신 말이 옳아요."

"지금 대답할 필요 없어요. 결정되면 말해줘요. 아직 일주일 남았으니까." 골트가 말했다.

"그래요. 한 주밖에 안 남았죠." 대그니가 침착하게 말했다.

골트는 돌아서서 대그니가 버린 구겨진 스케치를 집어서 곱게 접더니 자신의 주머니에 넣었다.

"대그니, 어떤 결정을 내릴지 고민하면서 네가 처음 철도를 버렸던 때를 생각하는 건 좋은데, 그때의 일을 전부 다 고려해야 돼. 너는 이 골짜기에서는 지붕을 얹고 어디에도 이르지 못할 길을 만드느라 고생할 필요 없어."

"그때 내가 어디 있었는지 어떻게 알았지?" 대그니가 갑자기 물었다.

프란시스코가 미소지으며 대답했다. "존이 말해줬지. 파괴자, 기억나? 너는 파괴자가 왜 너에게는 사람을 안 보내는지 궁금해했지. 사실은 보냈어. 그가 나를 거기로 보냈으니까."

"그가 보냈다고?"

"그래."

"그가 뭐라고 했는데?"

"별 이야기 안 했어. 왜?"

"그가 뭐라고 했는데? 정확히 뭐라고 했는지 기억나?"

"응, 기억나. '기회를 원한다면, 잡아. 자넨 그럴 자격이 있으니까'라고 했어. 왜 기억나느냐 하면."

그는 얼굴을 살짝 찡그려 대수롭지 않은 가벼운 의문을 나타내며 골트를 돌아보았다.

"존, 나는 그때 자네가 왜 그런 말을 했는지 잘 모르겠어. 왜지? 기회를 잡으라는 게 무슨 뜻이었지?"

"지금 대답하지 않아도 괜찮나?"

"그야 그렇지만……."

광산에서 누가 소리쳐 부르자 프란시스코는 그 문제에 더 이상 신경 쓸 필요가 없다고 생각하는 듯 횡 하니 가버렸다.

대그니는 골트와 단둘이 남겨지고 시간이 한참 흐른 것을 의식하며 골트에게 고개를 돌렸다. 그녀는 골트가 자신을 보고 있으리라는 것을 알고 있었다. 골트의 눈빛에서는 아무것도 읽을 수 없었다. 그녀가 무슨 대답을 찾고 있는지 알고 있지만 자신의 얼굴에서는 그것을 찾을 수 없다고 말하는 듯한 조롱만 느껴졌다.

"**당신이** 원하는 기회를 그에게 준 건가요?"

"그가 가능한 모든 기회를 갖기 전까지 나는 기회를 가질 수 없었어요."

"그가 자격이 있다는 건 어떻게 알았죠?"

"10년 동안 그에게 당신에 대해 틈날 때마다, 모든 방법으로, 모든 각도에서 물었어요. 아니, 그는 당신에 대한 감정을 고백하진 않았어요. 당신에 대해 말할 때의 그의 태도가 모든 것을 말해주었죠. 그는 당신에 대해 말하고 싶어하지 않았어요. 그러면서도 너무나 열띠게 말했죠. 당신에 대해 말할 때 그는 꺼리는 듯하면서도 열띤 태도를 보였어요. 그래서 단순한 어린 시절의 우정이 아니라는 것을 알 수 있었어요. 나는 그가 파업을 위해 얼마나 소중한 것을 포기했는지 알 수 있었어요. 그가 영원히 그것을 포기할 수 없다는 것도. 나요? 나는 그저 우리의 파업에 참여할 가장 중요한 인물 중 한 사람에 대해 물었을 뿐이에요. 다른 많은 사람에 대해 물었던 것과 똑같이."

그의 눈빛에 아직 조롱이 남아 있었다. 그는 대그니가 그 말을 듣고 싶어했다는 것을 알고 있었다. 하지만 그것은 그녀가 두려워하는 질문에 대한 대답이 아니라는 것도 알고 있었다.

대그니는 그에게서 눈길을 돌려 다가오는 프란시스코를 보았다. 그녀는 갑자기 불안감에 마음이 무겁고 쓸쓸해지는 것이 골트가 세 사람을 가망 없는 자기희생의 늪에 빠뜨릴 수도 있다는 두려움 때문임을 더 이상 스스로에게 숨기지 않았다.

프란시스코는 생각에 잠긴 얼굴로 대그니를 바라보며 다가오고 있었는데 무슨 생각을 하고 있는 것인지는 몰라도 두 눈이 무모한 유쾌함으로 반짝거렸다.

프란시스코가 말했다. "대그니, 이제 한 주일밖에 안 남았어. 만일 네가 바깥세상으로 돌아가기로 결정한다면 우리는 오랫동안 만나지 못할 거야."

그의 목소리에는 비난도, 슬픔도 담겨 있지 않았고, 한 결 부드러워진 목소리만이 감정의 유일한 증거였다.

"만일 네가 떠난다면, 아, 물론 다시 돌아오기는 하겠지만 금방 올 수는 없을 거야. 그리고 나는 몇 달 안에 이곳으로 영원히 들어올 거야. 그래서 네가 떠나면 우리는 어쩌면 몇 년 동안은 만나지 못할지도 몰라. 그래서 네가 이곳에서의 마지막 한 주일을 나와 함께 보냈으면 좋겠어. 네가 내 집으로 옮겼으면 좋겠어. 그냥 단순히 손님으로. 그냥 내가 그러길 원한다는 이유만으로."

프란시스코는 세 사람 사이에는 숨길 게 없다는 듯 단순하게 말했다. 대그니는 골트의 얼굴에서 놀라는 기색을 볼 수 없었다. 그녀는 가슴이 죄어들면서 맹목적인 행동을 부르는 격렬하고 무모하고 거의 사악하기까지 한 흥분을 느꼈다.

"하지만 난 고용된 몸이고 계약이 아직 안 끝났어." 그녀가 골트를 향해 묘한 미소를 보이며 말했다.

"구속하지 않겠어요." 골트가 말했다.

대그니는 그의 목소리에 부아가 치밀었다. 아무런 숨겨진 의미 없이 그녀의 말에 문자 그대로의 의미로 대답했던 것이다.

"당신이 원한다면 언제든 그만둬도 돼요. 당신이 결정할 문제예요."

"아니, 그렇지 않아요. 나는 이곳에서는 포로 신세예요.

기억 안 나요? 나는 명령을 받아야 하는 처지예요. 나는 선택권도, 결정권도 없고 원하는 것을 표현할 수도 없어요. 그러니까 당신이 결정해주길 바라요."

"내가 결정해주길 바란다고요?"

"그래요!"

"그건 원하는 걸 표현한 건데요."

그의 진지한 목소리에는 조롱이 어려 있었다. 대그니는 정색을 하고 도전적으로 말했다.

"좋아요. **그게** 내가 원하는 거예요."

그렇게 계속 못 알아듣는 척하려면 어디 마음대로 해보라는 듯한 태도였다. 골트는 이미 오래전부터 꿰뚫어보고 있던 어린아이의 복잡한 술책을 대하듯 웃으며 말했다.

"좋아요."

그러고는 프란시스코에게 고개를 돌려 웃음기 없는 얼굴로 말했다. "그럼, 안 되겠네."

프란시스코가 대그니의 얼굴에서 읽을 수 있었던 것은 가장 엄격한 스승이자 적에 대한 도전뿐이었다. 그는 아쉬워하면서도 쾌활하게 어깨를 으쓱했다.

"자네 말이 옳을 거야. 대그니가 돌아가는 걸 자네가 막을 수 없다면…… 아무도 막지 못하겠지."

대그니는 프란시스코의 말을 듣고 있지 않았다. 골트의 대답을 듣고 자신이 느낀 엄청난 안도감에 놀라 얼이 빠져 있었다. 그것은 그만큼 두려움이 컸다는 뜻이기 때문이었다. 그녀는 결정이 내려진 후에야 골트의 결정에 무엇이 걸려 있었는지를 깨달았다. 만일 그가 반대의 결정을 내렸다면 그녀의 눈앞에 있는 골짜기가 무너져 내렸을 터였다.

그녀는 웃고 싶었다. 두 남자를 끌어안고 축하하며 웃고 싶었다. 그녀가 골짜기에 머물든 바깥세상으로 돌아가든 그것은 중요하지 않고 어느 쪽에든 햇살이 변함없이 흘러넘칠 듯했다. 남은 한 주일이 영원한 시간처럼 여겨졌다. 그녀는 **이런 것**이 존재의 본질이라면 그 어떤 싸움도 힘들지 않을 것 같았다. 그녀의 안도감은 골트가 자신을 포기하지 않을 것이라는 생각이나 자신이 승리할 것이라는 믿음이 아니라 그가 언제나 본모습 그대로 남아 있을 것이라는 확신에서 비롯된 것이었다.

"바깥세상으로 돌아갈지 이곳에 남을지 아직 모르겠어요. 아직도 결정을 내리지 못해 미안해요. 한 가지 확실한 건, 결정을 내리는 게 두렵지는 않을 거예요."

그녀가 차분히 말했다. 하지만 억눌린 격한 기쁨으로 목소리가 떨리고 있었다.

프란시스코는 그녀의 얼굴이 갑자기 밝아진 것을 보고 방금 전 일이 별것 아니었다고 결론지었다. 하지만 골트는 모든 것을 알고 그녀에게 재미있어하면서도 질책의 시선을 보냈다.

두 사람만 남아 골짜기로 내려갈 때까지 골트는 아무 말도 하지 않고 있다가 재미있어하는 표정이 더 강해진 눈빛으로 대그니를 흘끗 보며 물었다.

"내가 가장 저열한 이타주의에 빠질 것인지 확인하기 위해 시험을 해야 했어요?"

대그니는 대답은 하지 않았지만 솔직하게 시인하는 방어적이지 않은 눈빛으로 그를 보았다.

골트는 나직이 웃으며 고개를 돌렸다. 그러고는 몇 걸음 걷다가 남의 말을 인용하는 듯한 목소리로 천천히 말했다.

어떤 식으로든 현실을 기만하면서 이곳에 머물 수는 없어요."

대그니는 그의 옆에서 조용히 걸으며 아까 그토록 강한 안도감에 젖었던 것은 충격적이리만큼 극명한 대비 때문이기도 했다고 생각했다. 자신과 골트, 프란시스코에게 자기희생의 법칙이 적용된다면 어떻게 될지 마치 눈앞의 광경처럼 너무나도 생생하게 머리에 그려졌던 것이다. 골트는 친구를 위해 자신이 원하는 여자를 포기하고, 자신의 가장 위대한 감정을 외면하고 그 대가를 치르며 충족되지 못한 삶을 힘겹게 이어갈 터였다. 그리고 그녀는 차선의 선택에서 위안을 찾으며 거짓 사랑을 할 터였다. 골트의 자기희생을 위해서는 그녀의 자기기만이 필요하니까. 그녀는 아물지 않는 상처를 달래기 위해 사랑은 무익하고 행복은 세상에서 구할 수 없는 것이라는 믿음과 지루한 애정을 받아들이며 희망 없는 갈망 속에서 세월을 보낼 터였다. 그리고 프란시스코도 거짓 현실 속에서 안개에 갇힌 듯한 기분과 싸우게 될 터였다. 자신이 가장 신뢰하고 소중하게 여기는 두 사람의 사기극에 걸려 자신의 행복에서 빠진 것이 무엇인지 알아내려고 애쓸 터였다. 그러나 진실의 심연에 놓인 거짓말이라는 아슬아슬한 발판을 가까스로 딛고 내려가보면 자신은 그녀가 사랑하는 남자가 아니라 분개한 대체물이자 목발에 의지한 무료 환자 같은 동정의 대상임을 발견하게 될 터였다. 그래서 위험한 진실을 외면하고 거짓 행복을 지키기 위해 무기력한 어리석음에 빠져 모든 것을 포기하고 인간에게 성취란 불가능한 것이라는 믿음으로 지루한 일상을 보내게 될 터였다. 그리하여 존재가 주는 모든 선물을 누릴 수 있었던 세 사람이 비현실을 현실로 만들지 못하는 좌절감에 삶은 좌절이라고 절망적으로 외치며 비탄에 빠진 존재로 전락할 터였다.

하지만 그것은 바깥세상의 도덕률이었다. 서로의 결점과 기만, 어리석음을 전제로 하는 행동. 진실을 외면하고 위장하며 뿌연 안개 속에서 살아가는 것. 사실들은 견고하거나 결정적이지 않다는 믿음. 모든 실체를 부정하며 무정형의 삶을 비틀거리며 살다가 태어나지도 못한 채 죽는 것. 대그니는 초록 나뭇가지들 사이로 골짜기의 반짝이는 지붕들을 내려다보며 생각했다. '**여기서는** 사람들이 서로를 태양처럼, 바위처럼 분명하고 확고하게 대하지.' 그녀의 엄청난 안도감은 무기력한 불확실성과 무정형의 회피가 없는 곳에서는 그 어떤 싸움도 힘겹지 않고, 그 어떤 결정도 위험하지 않다는 생각에서 나온 것이었다.

"태거트 양, 가능성에 대한 시각에서 비합리성을 제거하고 실리성에 대한 시각에서 파괴적인 요소를 제거하면 사업에서든 거래에서든 지극히 개인적인 욕망과 관련해서든 사람들 사이의 이해 상충이 일어날 수 없다는 생각 안 들어요? 현실은 날조될 수 없는 절대적인 것이고, 거짓은 통하지 않으며, 스스로의 힘으로 얻지 않은 것은 가질 수 없고, 가질 자격이 없는 것은 주어질 수 없으며, 존재하는 것의 가치를 파괴한다고 해서 존재하지 않는 것이 가치를 지닐 수 없다는 것을 사람들이 알게 된다면 갈등도, 희생에 대한 요구도 없고, 어떤 사람이 다른 사람의 목표에 위협이 되는 일도 없을 거예요. 자신보다 우월한 경쟁자의 목을 졸라 시장을 얻으려는 사업가, 고용주의 부를 나누어 갖고 싶어하는 노동자, 경쟁자의 뛰어난 재능을 시기하는 예술가…… 그들 모두가 사실들이 존재하지 않기를 바라고 그들이 원하는 것을 이루는 방법은 파괴뿐이죠. 결국 그들은 시장이나 부, 불후의 명성을 얻는 것이 아니라 생산과 고용, 예술을 파괴할 뿐입니다. 비합리적인 것에 대한 소망은 이루어질 수가 없어요. 상대가 기꺼이 그걸 내놓든 아니든. 하지만 자기파괴와 자기희생이 그 수혜자들에게 행복을 주는 실리적인 방법이라는 가르침이 계속 이어지는 한 사람들은 불가능한 것에 대한 욕망과 파괴에 대한 갈망을 멈추지 않을 거예요."

추상적인 토론을 하는 듯한 말투였지만 줄곧 대그니의 생각을 읽고 있었던 것 같았다. 골트는 대그니를 흘끗 쳐다보고는 천천히 말을 이었다. 여전히 담담한 말투였으나 목소리에 약간의 힘을 실은 것이 유일한 변화였다.

"내가 이루거나 파괴할 수 있는 것은 다른 사람의 행복이 아닌 나의 행복이에요. 당신이 그런 두려움을 느꼈다는 것은 그와 나를 과소평가했다는 뜻이에요."

대그니는 대꾸하지 않았다. 너무나 충만한 순간이라 한마디라도 보태면 흘러넘칠 것 같아서였다. 그녀는 무장 해제된 어린아이 같은 겸허함이 깃든 동의의 시선으로 그를 보았다. 빛나는 기쁨만 아니었다면 그것은 사과의 시선이었다.

골트도 즐거움과 이해가 담긴 미소를 보냈다. 그녀가 느끼는 것들을 인정하고 그녀와 마음이 통한 것에 동지의식까지 느끼는 듯한 미소였다.

두 사람은 침묵 속에서 계속 걸었다. 대그니는 자신이 살아보지 못한 태평한 젊은 시절의 여름날의 기분을 느꼈다. 둘이서 아무런 마음의 짐 없이 움직임과 햇살을 즐기며 시골길을 산책하고 있는 듯했다. 대그니는 마음도 새털처럼 가벼운데다 내리막길을 걷고 있어서 걷는 게 전혀 힘들지 않고 날아오르지 않도록 조심만 하면 될 것 같았다. 그녀는 내리막길의 가속도를 줄이려고 몸을 뒤로 젖히며 걸었고, 바람에 부푼 치마가 그녀의 움직임을 제어하는 듯 같았다.

두 사람은 오솔길 끝에서 헤어졌다. 골트는 미다스 멀리건과 만나기로 약속이 되어 있었고, 대그니는 지금 그녀의 세계에서 유일한 관심거리인 저녁식사 준비를 위해 해먼드 식료품점에 들러야 했다.

'그의 아내.' 대그니는 마음속으로 그렇게 웅얼거렸다. 액스턴 박사가 그저 암시만 했던, 그리고 그녀 자신도 오래전부터 느끼기만 하고 표현하지 못했던 말이었다. 지난 3주일 동안 그녀는 단 한 가지만 빼면 그의 아내나 다름없었다. 그 마지막 한 가지는 아직 이루지 못했지만 나머지 것만으로도 오늘 그녀는 충분히 현실감을 느낄 수 있었다. 오늘 하루는 그 생각만으로 지낼 수 있었다.

그녀가 주문하는 대로 로렌스 해먼드가 반들거리는 카운터 위에 가지런히 올려놓고 있는 식료품들이 이토록 빛나 보인 적이 없었다. 대그니는 그것들에 정신이 팔려 무언가 귀에 거슬리는 것을 어렴풋이 느끼면서도 의식하지 못하고 있었다. 그러다 해먼드가 일손을 멈추고 얼굴을 찡그리며 가게 밖의 하늘을 올려다보는 걸 보고서야 이상한 소리가 들린다는 것을 깨달았다.

"태거트 양, 당신처럼 곡예를 하려는 사람이 또 있는 것 같군요."

해먼드의 말에 대그니는 그것이 하늘의 비행기 소리임을 깨달았다. 그 소리는 아까부터 들렸는데, 이달 첫날 이후로는 골짜기에서 비행기 소리가 들린 적이 없었다.

그들은 밖으로 달려나갔다. 작은 은 십자가 모양의 비행기가 골짜기를 둘러싼 산 위를 선회하는 모습이 마치 반짝이는 잠자리가 날개로 산꼭대기를 스치며 나는 듯했다.

"저 사람 도대체 뭐 하는 거지?" 로렌스 해먼드가 말했다.

가게들에서 나온 사람들과 길을 걷다 멈추어 선 행인들이 일제히 하늘을 올려다보고 있었다.

"혹시…… 누구 올 사람 있나요?"

대그니는 그렇게 물으며 자신의 불안한 목소리에 놀라움을 느꼈다.

"아니요. 여기 볼일이 있는 사람들은 다 와 있어요." 해먼드가 대답했다.

심란한 목소리는 아니었지만 심각한 궁금증이 담겨 있었다. 비행기는 이제 산꼭대기 아래로 내려와 은빛 담배처럼 사선 모양을 하고 있었다.

해먼드가 햇살이 눈부셔 실눈을 뜨고 올려다보며 말했다. "민간 단엽기 같은데요. 군용 모델은 아니에요."

"광선막이 버텨낼까요?" 대그니는 적의 접근에 분노한 듯한 긴장된 목소리로 물었다.

해먼드가 나직이 웃었다.

"버텨내요?"

"저 사람이 우리를 볼 수 있을까요?"

"태거트 양, 광선막은 지하 금고보다 안전합니다. 당신도 잘 알겠지만."

비행기가 상승하면서 바람에 멀리 날려간 종잇조각처럼 하나의 밝은 점으로 작아졌다. 비행기는 불확실하게 맴돌더니 다시 선회하며 하강하기 시작했다.

"도대체 뭘 찾는 거지?" 해먼드가 말했다.

대그니의 시선이 그의 얼굴로 홱 날아갔다.

"뭔가 찾고 있는데, 뭐지?" 해먼드가 말했다.

"어디 망원경 없어요?" 대그니가 물었다.

"그야, 비행장에 있긴 한데……."

해먼드는 그녀에게 목소리가 왜 그런지 물으려고 했지만 그녀는 벌써 길을 가로질러 달리고 있었다. 그녀는 자신이 달리고 있는 것도 의식하지 못한 채 비행장을 향해 내달렸다. 그 이유가 무엇인지 생각할 시간도, 용기도 없었다.

대그니는 관제탑의 작은 망원경을 들여다보고 있는 드와이트 샌더스를 발견했다. 그는 당혹감에 얼굴을 찡그리고 비행기를 주의 깊게 관찰하고 있었다.

"저 좀 보게 해줘요!" 대그니가 다급하게 말했다.

그녀는 망원경의 금속 몸체를 꽉 잡고 렌즈에 눈을 댄 다음 천천히 손으로 망원경을 움직여 비행기를 따라갔다. 잠시 후 드와이트 샌더스는 그녀의 손이 멈춘 것을 보았다. 하지만 그녀의 손은 여전히 망원경을 잡고 있었고 얼굴도 망원경에 대고 있었다. 자세히 보니 그녀는 렌즈에 이마를 대고 있었다.

"태거트 양, 왜 그래요?"

대그니는 천천히 고개를 들었다.

"태거트 양, 아는 사람입니까?"

대그니는 대답하지 않았다. 그녀는 황급히 그곳을 떠났다. 마음의 갈피를 잡지 못해 정처 없이 우왕좌왕했다. 그녀는 달릴 용기는 없었지만 그래도 도망쳐야만 했다. 숨어야만 했다. 주위 사람들의 시선이 두려운 것인지, 비행기에 탄 사람의 눈에 띌까 봐 무서운 것인지 자신도 알 수가 없었다. 비행기의 은빛 날개에 적힌 번호가 행크 리어든의 것이었다.

그녀는 바위에 걸려 넘어지고 나서야 자신이 달리고 있었음을 깨달았다. 그녀는 비행장 위 절벽의 작은 바위턱에 있었는데 마을에서는 보이지 않고 하늘에서는 잘 보이는 위치였다. 그녀는 화강암 절벽을 붙잡고 몸을 일으켰다. 절벽에 내리쬐는 태양빛의 온기가 손바닥에 느껴졌다. 그녀는 움직일 수도, 비행기에서 눈을 뗄 수도 없어서 절벽에 등을 붙이고 서 있었다.

비행기는 천천히 선회하며 하강하다가 다시 상승하고 있었다. 그녀가 그랬던 것처럼 수색을 계속하기도, 포기하기도 애매한 바위와 균열들로 이루어진 골짜기에서 비행기 잔해를 찾느라 애쓰는 듯했다. 그는 포기하지 않고 그녀의 비행기 잔해를 찾고 있었다. 그가 지난 3주일 동안 그녀를 찾아다니느라 어떤 대가를 치렀고 지금 어떤 심정이든, 그가 세상에 내놓을 수 있는 유일한 증거, 그의 유일한 대답은 연약한 비행기를 몰고 인간의 접근이 불가능한 깊은 산속까지 샅샅이 찾아 헤매며 내는 끈질기고 단조로운 모터 소리였다.

눈이 부시도록 청명한 여름 공기 속에서 비행기가 너무나 가깝게 보였다. 비행기가 위험한 기류 위에서 흔들리고 바람의 공격에 비스듬히 기울어지는 것이 보였다. 그렇게 그녀는 모든 것을 선명하게 볼 수 있는데, 그의 눈에는 골짜기가 보이지 않는 것이 불가능하게 여겨졌다. 햇살을 가득 받아 번쩍거리는 유리창들과 선명한 초록 풀밭들이 시선을 끌려고 아우성치는데…… 그의 고통스런 수색의 목표가 그가 바라는 것 이상의 형태로, 추락한 비행기의 잔해와 그녀의 시체가 아니라 살아 있는 그녀로, 그의 자유로 여기 이렇게 존재하는데…… 그가 찾는 모든 것이, 그가 평생 추구해온 모든 것이 그의 앞에서 두 팔 벌려 그를 환영하고 있는데, 청명한 공기 속으로 다이빙해서 들어오면 되는데…… 볼 수 있는 능력만 있다면 이 골짜기가 그의 세상이 되는데…….

"행크!" 대그니는 필사적으로 손을 흔들며 외쳤다.
"행크!"

하지만 그에게 닿을 길이 없음을, 자신은 그에게 이곳을 볼 수 있는 능력을 줄 수 없음을, 광선막을 뚫을 수 있는 것은 그 자신의 정신과 비전뿐임을 깨닫고 다시 절벽에 등을 기댔다. 문득 처음으로 그녀는 무형의 광선막이 세상에서 가장 단단한 장벽으로 느껴졌다.

대그니는 힘없이 절벽에 기대서서 조용한 체념 상태로 비행기의 희망 없는 선회를 지켜보며 도움을 청하는 외침과도 같은 끈질긴 모터 소리를 들었다. 비행기가 갑자기 급강하했지만 그것은 마지막 상승의 시작이었다. 비행기는 골짜기를 둘러싼 산들을 대각선으로 가로질러 바깥 하늘로 날아갔다. 그러고는 끝도 없이 펼쳐진 호수에 빠진 듯 천천히 가라앉아 시야에서 사라졌다.

대그니는 쓸쓸한 연민을 느끼며 그가 얼마나 많은 것을

보지 못했는지에 대해 생각했다. '그럼 나는?' 그녀가 골짜기를 떠난다면 광선막은 그녀에게도 닫힐 터였다. 아틀란티스는 바다 밑바닥보다 더 난공불락인 광선 지붕 아래로 사라질 것이고, 그녀 역시 볼 줄 모르는 것들을 보기 위해 선사시대의 신기루와 사투를 벌이게 될 터였다. 그녀가 갈망하는 모든 것은 다시는 그녀의 손이 닿는 곳으로 들어오지 않을 터였다.

하지만 그녀가 바깥세상에 끌리는 것은, 그녀의 마음이 비행기를 따라가는 것은 행크 리어든 때문이 아니었다. 그녀는 바깥세상으로 돌아간다고 해도 그에게는 돌아갈 수 없음을 알고 있었다. 그녀의 마음을 끄는 것은 행크 리어든의 용기였다. 아직도 살아 있으려고 애쓰는 모든 이의 용기였다. 리어든은 다른 사람들은 모두 이미 오래전에 절망에 굴복했는데도 끝까지 그녀의 비행기를 찾는 일을 포기하지 않고 있었다. 그의 제철소를 포기하지 않는 것처럼. 단 하나의 기회라도 남아 있다면 자신의 목표를 절대 포기하지 않는 것처럼. 대그니는 스스로에게 물었다. '태거트 대륙횡단철도에 아무런 기회도 남아 있지 않다고 확신하는가? 그것은 내가 이기고 싶지도 않은 싸움이라고 확신하는가?' 아틀란티스 사람들이 바깥세상에 아무런 가치도 남아 있지 않음을 확신했다면 그들이 세상에서 사라진 것은 옳은 일이었다. 하지만 그녀는 이제 더 이상 기회가 남아 있지 않고, 싸울 수 있는 데까지 싸웠다는 확신이 들기 전까지는 그들과 함께 이곳에서 살 **권리가 없었다**. 그것이 지난 몇 주 동안 그녀를 괴롭혔던, 그러나 도무지 답을 알 수 없었던 질문이었다.

그날 밤 그녀는 어둠 속에 조용히 누워 마치 엔지니어처럼, 그리고 행크 리어든처럼 대가나 감정은 고려하지 않고 수학적 계산에 가까운 냉정하고 정확한 사고를 하고 있었다. 리어든이 비행기에서 겪었던 고통을 정적과 어둠에 싸인 침실에서 도무지 답을 찾지 못하며 똑같이 겪었다. 그녀는 별빛에 희미하게 보이는 침실 벽 낙서들을 바라보았다. 하지만 이 방을 거쳐간 사람들이 가장 절망적인 순간에 불렀던 이를 그녀는 부를 수가 없었다.

◆

"태거트 양, 대답해주겠습니까?"

대그니는 멀리건의 집 거실에서 부드러운 석양빛을 받고 있는 네 남자의 얼굴을 바라보았다. 골트는 과학자의 조용하고 냉정한 관심을 보이고 있었고, 프란시스코는 다른 표정 없이 희미한 미소만 머금고 있었는데 대그니가 어떤 대답을 해도 어울리는 미소였다. 휴 액스턴은 다정하고 온화한 얼굴이었고, 질문을 한 미다스 멀리건의 목소리에는 적의가 담겨 있지 않았다. 이 시간에 3,000킬로미터쯤 떨어진 뉴욕의 지붕 위에서는 전광판 달력에 불이 켜지고 '6월 28일'이라는 글자가 빛날 터였다. 대그니는 달력이 네 남자의 머리 위에 걸려 있는 것처럼 눈에 선했다.

그녀가 침착하게 말했다. "하루 더 남았어요. 그때까지 시간을 주시겠어요? 결정은 내렸지만 아직 확신이 서지 않아서요. 절대적인 확신을 갖고 대답하고 싶어요."

"물론입니다. 사실 모레 아침까지는 시간이 있죠. 기다리죠." 멀리건이 말했다.

"필요하다면 그 이후에도 기다릴 수 있어요. 태거트 양이 여기 없더라도." 휴 액스턴이었다.

대그니는 창가에 서서 그들을 마주하고 있었다. 그녀는 자신이 꼿꼿이 서 있고, 손도 떨지 않으며, 목소리도 그들처럼 침착하고 불평이 있거나 연민에 빠져 있지 않은 것이 만족스러웠다. 순간적으로 그들과 유대감을 느낄 수 있었던 것이다.

"확신이 서지 않는 것이 가슴과 머리의 갈등 때문이라면 머리를 따라요." 골트가 말했다.

"우리가 옳다는 확신을 갖는 이유들을 잘 생각해보되, 우리가 확신을 갖고 있다는 사실 자체는 고려하지 말아요. 스스로 확신이 서지 않는다면 우리의 확신은 무시해요. 우리의 판단을 당신의 것으로 만들 생각은 하지 말아요." 휴 액스턴이 말했다.

"당신의 미래에 무엇이 최선인지에 대한 우리의 앎에 의존하지 말아요. 우리는 그것을 알지만 **당신 자신이** 알게 될 때까지 그것은 최선이 될 수 없으니까요." 멀리건이었다.

"우리의 이익이나 바람은 고려하지 마. 너는 오직 너 자신에 대한 의무밖에 없으니까." 프란시스코가 말했다.

대그니는 바깥세상에서는 그런 조언들을 들을 수 없다는 생각을 하며 슬프지도, 유쾌하지도 않은 미소를 지었다. 그녀는 도움이 불가능한 일인데도 그들이 얼마나 간절히 도와주고 싶어하는지를 느끼며 그들에게 확신을 주는 것이 자신의 도리라고 생각했다.

"나는 여기 억지로 들어왔고, 그 결과에 대한 책임을 져야만 해요. 지금 그렇게 하고 있고요." 그녀가 조용히 말했다.

그 보답은 골트의 미소를 본 것이었다. 골트의 미소는 그녀에게 수여하는 무공훈장과도 같았다.

대그니는 골트에게서 시선을 돌리며 혜성특급에서 만난 부랑자 제프 앨런을 떠올렸다. 그는 자신이 정처 없이 떠돌고 있는 것이 대그니에게 부담이 될까 봐 분명한 목적지가 있는 것처럼 말했다. 이제 양쪽 입장을 다 겪어본 그녀는 선택을 회피해 다른 사람에게 부담을 주는 것보다 더 저열하고 부질없는 짓은 없다고 생각하며 희미한 미소를 지었다. 그녀는 확신에 찬 평안함에 가까운 침착한 기분을 느꼈다. 그것은 긴장이었지만 아주 명료한 긴장이었다. 그녀는 이런 생각을 하고 있는 자신을 발견했다. '그녀는 비상 상황에서도 제대로 기능하고 있어. 그녀와 있으면 괜찮을 거야.' 그리고 자신이 자신에 대해 생각하고 있음을 깨달았다.

"태거트 양, 모레까지 그 문제에 대해서는 이야기하지 맙시다. 오늘 밤 당신은 아직 이곳에 있으니까요." 미다스 멀리건이 말했다.

"고맙습니다." 대그니가 대답했다.

그 달을 마감하는 회의를 하는 자리라 남자들이 골짜기의 일에 대해 의논하는 동안 대그니는 창가에 서 있었다. 방금 저녁식사가 끝났다. 그녀는 한 달 전 이곳에서 처음으로 저녁식사를 하던 때가 생각났다. 지금 그녀는 그때처럼 햇살 아래에서 입기에 너무 편했던 꽃무늬 치마가 아니라 사무실에 어울리는 회색 정장을 입고 있었다. '오늘 밤 나는 아직 여기 있어.' 그녀는 창턱이 자신의 소유물인 것처럼 꽉 잡으며 그렇게 생각했다.

해는 아직 산 너머로 사라지지 않았지만 하늘의 짙고 맑은 푸른빛이 보이지 않는 구름들의 푸른빛과 뒤섞여 하나의 막을 이루어 해를 가리고 있었다. 구름의 가장자리에만 가느다란 빛의 띠가 둘러져 있었는데 그 모습이 마치 빛나는 네온관이 구불구불 이어져 있는 듯했다. 대그니는 그 광

경을 보며 생각했다. '구불구불한 강들의 지도 같아……하늘에 흰빛으로 그려진 철도 지도 같아.'

멀리건이 골트에게 바깥세상으로 돌아가지 않는 사람들의 명단을 불러주고 있었다.

"그들 모두 여기서 일자리를 가질 수 있어. 사실 올해는 바깥세상으로 돌아가는 사람이 열 명에서 열두 명 정도밖에 안 되고, 그들 대부분이 정리하러 돌아가는 거지. 거기 남아 있는 걸 정리해서 이곳에 완전히 정착하려고. 이번이 우리의 마지막 휴가 달이 될 걸세. 내년이 가기 전에 우리 모두 이 골짜기에서 살게 될 테니까." 멀리건이 말했다.

"좋아요." 골트가 말했다.

"바깥세상 돌아가는 꼴을 보면 그렇게 될 수밖에 없지."

"네."

"프란시스코, 몇 달 안으로 돌아올 거지?" 멀리건이 물었다.

"늦어도 11월까지는 돌아올 겁니다. 돌아올 준비가 되면 단파로 알려드릴 테니 제 집에 불 좀 넣어주시겠어요?" 프란시스코가 대답했다.

"내가 해주지. 도착할 때 맞춰서 식사도 준비해놓겠네." 휴 액스턴이 말했다.

"존, 자넨 당연히 이번에는 뉴욕으로 돌아가지 않겠지?" 멀리건이 말했다.

골트는 잠시 주저하다가 그를 보며 차분하게 대답했다.

"아직 결정하지 못했습니다."

대그니는 프란시스코와 멀리건이 놀라서 바로 골트에게 시선을 던진 반면, 휴 액스턴은 놀라는 기색 없이 천천히 골트를 향해 시선을 움직이는 것을 보았다.

"그 지옥 구덩이에서 한 해를 더 보낼 생각을 하고 있는 건 아니겠지?" 멀리건이 말했다.

"그럴 생각입니다."

"하지만…… 맙소사, 존!…… 무엇 때문에?"

"결정되면 말씀드리죠."

"하지만 그곳에는 자네가 할 일이 남아 있지 않네. 우리가 아는, 알기를 바라는 사람들은 모두 데려왔으니까. 우리의 명단은 완성되었네. 행크 리어든만 남았는데 올해가 가기 전에 데려올 거니까. 태거트 양도 아직 결정을 못 내리기는 했지만. 아무튼 명단에서 빠진 건 그 두 사람이 다네. 자네가 할 일은 끝났어. 바깥세상에서는 더 이상 찾을 게 없어. 이제 그곳은 무너질 일만 남았지."

"알고 있습니다."

"존, 나는 세상이 무너질 때 자네가 그곳에 있는 걸 원치 않네."

"지금까지 걱정시킨 적 없었잖아요."

"세상이 어떤 단계에 이르렀는지 모르겠나? 공공연한

폭력 사태에 이르기 일보 직전일세. 그들은 폭력을 선언하고 발을 들인 지 오래야! 이제 조금만 있으면 그들은 자신들이 선택한 폭력의 실체를 똑똑히 보게 될 걸세. 노골적이고 맹목적이고 피비린내 나는 폭력이 난무하며 닥치는 대로 파괴할 테니까. 나는 자네가 그 틈바구니에 있는 걸 원치 않네."

"제 몸은 건사할 수 있습니다."

"존, 위험을 감수할 이유가 없잖아." 프란시스코가 말했다.

"무슨 위험?"

"약탈자들은 세상에서 사라진 사람들에 대해 걱정하고 있어. 이상한 낌새를 채기 시작했다고. 다른 누구보다 자네는 그곳에 더 이상 머물면 안 돼. 그들이 자네의 정체를 알아낼 위험이 있으니까."

"그럴 위험이 있기는 하지만 많지는 않아."

"하지만 위험을 감수할 이유가 없잖아. 라그나르와 내가 마무리하지 못할 일이 남아 있지 않은데."

휴 액스턴은 의자 등받이에 기대앉으며 말없이 그들을 지켜보았다. 자신의 선견지명보다 몇 단계 늦게 진행되고 있는 일의 추이를 유심히 지켜보는, 비통하지도 유쾌하지도 않은 표정이었다.

골트가 말했다. "내가 바깥세상으로 돌아간다면 그건 우리 일 때문이 아닐 거야. 이제 우리 일은 끝났으니 나 자신을 위해 바깥세상에서 꼭 챙겨오고 싶은 게 있기 때문이지. 나는 세상에서 가져온 것도, 원한 것도 없었네. 하지만 아직 세상에 남아 있는 게 하나 있는데 그건 내 것이고 세상에 남겨두고 싶지 않네. 아니, 나는 서약을 깨진 않을 걸세. 약탈자들과 거래하지도 않을 거고 그곳의 누구에게도, 약탈자들에게도, 중립적인 사람들에게도, 훼방꾼들에게도 가치 있는 일을 해주거나 도움을 주지 않을 걸세. 내가 바깥세상으로 간다면 그건 다른 누구를 위해서도 아니고 오직 나 자신을 위해서네. 그게 목숨을 거는 일이라고 생각하지도 않지만 설령 그렇다고 해도…… 이제 나는 그럴 자유가 있지."

골트는 대그니를 보고 있지 않았지만 대그니는 고개를 돌리고 창틀에 몸을 기대야만 했다. 손이 떨리고 있었던 것이다.

"하지만 존! 만일 자네가 무슨 일이라도 당한다면 우린 어떻게……."

멀리건이 골짜기를 가리키며 그렇게 외치다가 갑자기 양심에 걸리는 듯 얼른 입을 다물었다.

골트가 나직이 웃으며 물었다. "무슨 말씀을 하시려고 했죠?"

멀리건은 그만두자는 듯 겸연쩍게 손을 내저었다.

"만일 제가 무슨 일이라도 당한다면 세상에서 가장 끔찍한 실패자로 죽게 될 거라는 말씀이셨나요?"

"좋아. 그 말은 하지 않겠네. 우린 자네 없인 안 된다는 말은 하지 않겠네. 우린 자네 없이도 버틸 수 있어. 우리를 위해 여기 있어 달라고 애원하지는 않겠네. 내가 그런 썩어빠진 구닥다리 애원을 하려고 했다니! 하지만 정말이지 그러고 싶은 마음이 너무나 간절했어. 사람들이 왜 그런 애원을 하는지 이해할 수 있을 정도였다니까. 자네가 원하는 게 무엇이든 목숨까지 내걸 정도로 소중하다면 어쩔 수 없는 노릇이지만…… 그래도…… 오, 존, 자네 목숨은 너무나 귀중하다네!"

골트가 미소지으며 말했다. "압니다. 그래서 목숨을 건다고 생각하지 않습니다. 이길 거라고 생각하죠."

프란시스코는 답을 찾은 게 아니라 갑자기 의문이 떠오른 듯 이맛살을 찌푸리고 골트를 유심히 지켜보고 있었다.

멀리건이 말했다. "이보게, 존, 아직 결정을 못 했다니 말인데…… 아직 결정 안 된 거지, 그렇지?"

"네, 아직은요."

"그럼 자네의 결정에 도움이 되도록 몇 가지 이야기해줘도 되겠나?"

"그러시죠."

"내가 두려워하는 건 무너져가는 세상의 무의미하고 예

측 불가능한 위험이네. 눈먼 바보들이나 공포로 이성을 잃은 겁쟁이들 손에 복잡한 기계를 맡겨놓는 것이 얼마나 위험한 일인지 생각해보게. 그들의 철도를 생각해보게. 자네는 기차를 탈 때마다 윈스턴 터널 참사 같은 위험을 감수해야만 하네. 앞으로 그런 사고들이 점점 더 잦아지겠지. 그래서 단 하루도 대형 참사가 그치지 않는 단계에 이를 걸세."

"알고 있습니다."

"다른 모든 산업 분야에서도 똑같은 상황이 벌어질 걸세. 기계를 사용하는 분야는 모두 다. 비행기가 추락하고, 기름 탱크가 폭발하고, 용광로가 폭발하고, 고압전선 감전 사고가 나고, 지하철이 붕괴하고, 교각이 무너지고……. 기계가 우리의 정신을 대신할 수 있다고 생각했던 그들은 그 모든 사고를 목격하게 될 걸세. 그들의 삶을 너무나 안전하게 해주었던 기계들이 이제 그들을 끊임없는 위험에 빠뜨릴 것이네."

"압니다."

"물론 알고 있겠지. 하지만 그것에 대해 구체적으로 생각해본 적 있나? 그 상황을 머릿속에 그려본 적 있나? 자네가 들어가려고 하는 곳의 상황을 똑똑히 직시한 다음 **자네가** 그곳에 가는 것이 과연 정당화될 수 있는지 결정하게. 알다시피 도시들이 타격이 제일 클 걸세. 도시는 철도에 의해 만들어졌고 철도와 함께 사라질 테니까."

"맞습니다."

"철도가 끊기면 뉴욕 시민들은 이틀 안에 굶주리게 될 걸세. 이틀이면 식량이 다 떨어질 테니까. 뉴욕 시는 5,000킬로미터 길이의 대륙이 먹여 살리고 있네. 철도가 없으면 어떻게 뉴욕으로 식량을 수송할 수 있겠나? 법령과 소달구지로? 그 전에 온갖 고통에 시달리게 되겠지. 물자 부족과 굶주림으로 인해 도시가 점점 마비되어가는 가운데 폭력이 난무하겠지."

"그렇겠죠."

"그들은 맨 먼저 비행기를, 그 다음에는 자동차를, 그 다음에는 트럭을, 그 다음에는 마차를 잃겠지."

"그렇겠죠."

"공장이 멈추고, 용광로와 라디오가 멈추겠지. 그 다음에는 전깃불도 나가고."

"그럴 겁니다."

"낡은 철도 한 줄기만 남아 대륙을 연결하겠지. 기차는 하루에 한 대만 다니다가 일주일에 한 대로 줄고…… 그러다 태거트 철교가 무너지면……."

"아니요, 안 무너져요!"

대그니의 목소리였고, 그녀에게 일제히 시선이 쏠렸다. 그녀는 얼굴이 새하얘졌지만 아까 그들과 이야기할 때보다 침착해져 있었다. 골트가 천천히 일어나 판결을 받아들이듯 고개를 숙여 보였다.

"결정을 내렸군요." 그가 말했다.

"그래요."

"대그니, 유감이에요."

휴 액스턴이 조용히 말했다. 방 안의 정적을 메우려고 애쓰는 기색이 역력한 목소리였다.

"이런 일이 일어나는 걸 보지 않을 수 있었다면 좋았을 텐데. 그래도 자신의 신념을 지킬 용기가 부족해서 여기 남아 있는 걸 보는 것보단 낫겠죠."

대그니는 양손을 펼쳐 보여 솔직한 마음을 나타내며 모두를 향해 말했다. 자유로이 감정을 내보일 수 있을 정도로 침착한 태도였다.

"여러분, 저는 이 골짜기에서 계속 머물 수만 있다면 앞으로 한 달만 살고 죽어도 여한이 없습니다. 이곳에 머물고 싶은 마음이 그 정도로 간절합니다. 하지만 계속 사는 것을 택한 이상 제게 주어진 싸움을 포기할 수는 없습니다."

"물론입니다. 여전히 그렇게 생각한다면요." 멀리건이 존중하는 목소리로 말했다.

"제가 돌아가야 하는 이유를 알고 싶다면 말씀드리죠. 세상의 모든 위대한 것이 파괴되는 것을 그대로 두고 볼 수 없기 때문입니다. 그것들은 우리가 이뤄냈고 여전히 우리의 것이니까요. 저는 세상 사람들이 영원히 우리에 대해 눈과 귀가 먼 채로 남아 있을 것이라고는 믿을 수가 없습니다. 진실은 우리의 것이고, 그들의 삶은 그걸 받아들여야 지속될 수 있으니까요. 그들은 아직도 자신들의 삶을 사랑하고 **그것이야말로** 그들의 정신에서 썩지 않고 남아 있는 부분이죠. 사람들이 살기를 갈망하는 한 저는 싸움에서 질 수가 없습니다."

휴 액스턴이 부드럽게 물었다. "그럴까요? 그들이 살기를 갈망할까요? 아니, 지금 대답하지 말아요. 그 대답은 우리 모두가 제일 힘들게 깨닫고 받아들일 수 있었던 것이니까요. 그저 그 질문을 마음에 품고 돌아가요. 당신이 점검해야 할 마지막 전제로."

"당신은 우리의 친구로 떠나는 겁니다. 우리는 당신이 하는 모든 일과 맞설 거예요. 왜냐하면 당신이 틀렸으니까. 하지만 당신을 저주하지는 않을 겁니다." 미다스 멀리건이 말했다.

"당신은 돌아올 거예요. 그건 앎의 오류이지 도덕적 실패가 아니니까. 마지막으로 자신의 미덕의 희생자가 되는 것이지 악에 굴복하는 게 아니니까. 우리는 당신을 기다릴 거예요. 그리고 대그니, 당신은 이곳에 돌아올 때쯤에는 당신의 욕망들 사이에 갈등이 존재할 필요가 없음을 깨달은 상태일 거예요. 당신이 그동안 너무나 잘 견뎌온 비극적인 가치의 충돌도 마찬가지이고." 휴 액스턴이 말했다.

"고맙습니다." 대그니가 눈을 감으며 말했다.

골트가 회사 중역 같은 냉정하고 사무적인 태도로 말했다. "떠나는 조건에 대해 이야기해야겠군요. 첫째, 우리의 비밀을 단 한 가지도(우리의 목적, 존재 사실, 이 골짜기, 지난 한 달 동안의 당신의 행방에 대해서도) 바깥세상의 누구에게도 언제, 어떤 목적으로든 발설하지 않겠다고 약속해야 합니다."

"약속해요."

"둘째, 다시는 이 골짜기를 찾으려고 해서는 안 됩니다. 당신은 초대받지 않고는 이곳에 올 수 없어요. 첫 번째 약속을 어기는 것은 우리를 심각한 위험에 빠뜨리지는 않겠지만 두 번째 약속은 다릅니다. 다른 사람의 선의나 강요할 수 없는 약속에 좌우되는 것은 우리의 방침이 아닙니다. 당신이 자신보다 우리의 이익을 우선시하기를 바라지도 않고요. 당신은 자신이 선택한 길이 옳다고 믿고 있으니 우리의 적들을 이끌고 이 골짜기로 올 수도 있습니다. 따라서 우리는 당신이 그렇게 할 수 없도록 만들 겁니다. 당신의 눈을 가리고 비행기에 태워 나중에 다시 찾아올 수 없을 정도로 먼 곳에 내려줄 겁니다."

대그니는 고개를 숙였다. "당신 말이 옳아요."

"당신 비행기는 수리가 끝났습니다. 멀리건 은행에 있는 당신 계좌의 돈을 인출해서 수리비를 내고 비행기를 찾아가길 원하나요?"

"아니요."

"그럼 수리비를 낼 때까지 비행기는 우리가 보관하죠. 모레 아침에 내 비행기로 골짜기 밖으로 나가서 다른 운송 수단을 이용할 수 있는 곳에 내려주겠어요."

대그니는 다시 고개를 숙이며 말했다. "좋아요."

그들이 미다스 멀리건의 집을 나섰을 때는 땅거미가 내리기 시작한 뒤였다. 골트의 집에 이르는 길은 골짜기를 가로질러 프란시스코의 오두막을 지나야 했기에 셋이 함께 걸어갔다. 불이 켜진 네모난 창 몇 개가 어둠 속에 흩어져 있었고 유리창에 먼 바다의 그림자 같은 저녁 안개가 천천히 흐르고 있었다. 그들은 침묵 속에서 걸었으나 하나로 섞인 규칙적인 발소리가 꼭 들려야만 하고, 다른 방식으로는 표현되어서는 안 되는 말과 같았다.

프란시스코가 먼저 침묵을 깼다.

"달라지는 건 없어. 기간이 좀 길어지는 것뿐이지. 원래 마지막이 제일 힘든 법이지. 그래도 마지막은 마지막이야."

"나도 그랬으면 좋겠어." 대그니가 대답했다.

그러고는 잠시 후 프란시스코의 말을 조용히 되뇌었다. "마지막이 제일 힘든 법이지."

그녀는 골트에게 고개를 돌리고 물었다. "부탁 하나 해도 돼요?"

"네."

"내일 떠나도 될까요?"

"원한다면요."

잠시 후 프란시스코가 다시 입을 열었는데 대그니의 마음속 막연한 의문에 대답하는 듯한 목소리였다.

"대그니, 우리 셋 다 사랑하고 있어."

대그니는 그에게 고개를 홱 돌렸다.

"똑같은걸. 그 형태에 상관없이. 우리 사이에 왜 틈이 느껴지지 않는지 이상하게 생각할 것 없어. 너는 철도와 기관차를 사랑하는 한 우리와 하나야. 네가 아무리 여러 번 길을 잃어도 그 사랑이 너를 우리에게 데려다줄 거야. 영원히 구원받을 수 없는 사람은 열정이 없는 사람뿐이야."

"고마워." 그녀가 조용히 말했다.

"뭐가?"

"음…… 그 목소리가."

"내 목소리가 어떤데? 말해봐, 대그니."

"목소리가…… 행복하게 들려."

"난 행복해. 너와 똑같이. 네 기분을 말할 필요 없어. 말하지 않아도 아니까. 네가 견딜 수 있는 고통의 크기가 바로 네 사랑의 크기야. 내가 도저히 견딜 수 없는 건 무심한 너를 보는 거야."

대그니는 조용히 고개를 끄덕였다. 그녀가 느끼는 것들은 단 한 가지도 기쁨이라고 이름 붙일 수 없었지만 그가 옳다는 것은 알 수 있었다.

안개 덩어리가 연기처럼 달빛을 가리고 있어서 대그니는 두 남자 사이에서 걷고 있으면서도 그들의 표정을 읽을 수가 없었다. 그녀가 감지할 수 있는 것은 그들의 꼿꼿한 실루엣과 규칙적인 발소리, 그리고 이대로 계속 걷고 싶은 자신의 마음뿐이었다. 그것은 회의도, 고통도 아니라는 것 밖에는 알 수 없는 모호한 감정이었다.

프란시스코는 자신의 오두막에 도착하자 걸음을 멈추고 두 사람을 포옹하듯 팔을 들어 문을 가리켰다.

"들어갈까? 떠나기 전 마지막 밤이잖아. 우리 셋이 확신하고 있는 미래를 위해 한 잔 하자고."

"그럴까요?" 대그니가 물었다.

"네, 그래요." 골트가 대답했다.

집에 들어가 프란시스코가 불을 켜자 대그니는 두 사람의 얼굴을 살펴보았다. 그들의 표정은 뭐라고 설명하기 힘들었다. 행복한 표정도, 기쁜 표정도 아니었다. 긴장되고 엄숙한 표정이었는데 그것은 열정적인 엄숙함이었다. 그런 게 가능하다면 말이다. 그리고 그녀의 가슴속에서 느껴지는 열정이 그녀도 똑같은 표정을 짓고 있음을 말해주었다.

프란시스코는 찬장에서 유리잔 세 개를 꺼내려다가 문득 생각나는 게 있는 듯 동작을 멈추었다. 그는 유리잔을 하나만 식탁에 꺼내놓고 세바스티안 단코니아의 은잔 두 개를 그 옆에 놓았다.

"대그니, 바로 뉴욕으로 갈 거야?" 그가 오래 묵은 포도주병을 꺼내면서 집주인의 차분하고 편안한 목소리로 물었다.

"응." 대그니도 차분하게 대답했다.

프란시스코가 포도주병을 따며 말했다. "난 내일모레 부에노스아이레스로 갈 거야. 나중에 뉴욕에 가게 될지 모르겠지만 만일 가게 되더라도 넌 나를 만나면 위험해져."

"나는 상관없어. 내가 더 이상 너를 만날 자격이 없다고 네가 생각하지만 않는다면."

"맞아, 대그니. 너는 그럴 자격 없어. 뉴욕에서는."

프란시스코는 포도주를 따르면서 골트를 흘끗 쳐다보았다.

"존, 바깥세상으로 돌아갈지 이곳에 머물지 언제 결정할 건가?"

골트는 그를 똑바로 쳐다보다가 자신이 하는 말의 결과를 아는 듯한 목소리로 천천히 말했다.

"프란시스코, 결정했네. 바깥세상으로 돌아갈 거야."

프란시스코가 동작을 멈추었다. 그는 한참 동안 골트의

얼굴만 바라보고 있었다. 그러더니 대그니를 보았다. 그는 포도주병을 내려놓았고 실제로 뒤로 물러서진 않았지만 시선을 뒤로 넓혀 두 사람을 다 보았다.

"당연해." 그가 말했다.

그는 더 멀리 물러서서 지난 12년의 세월을 보고 있는 듯했다. 그리고 그 시야에 어울리는 차분한 목소리로 말했다.

"나는 이미 12년 전에 알고 있었어. 자네가 알기 전부터 나는 알고 있었어. 자네가 알게 되리란 걸 예견했어야 했는데. 그날 밤, 자네가 우리를 뉴욕으로 불렀을 때 그 생각을 했어야 했는데."

그는 골트에게 말하면서도 대그니에게 시선을 옮겼다.

"자네가 추구하는 모든 것, 우리에게 삶을 바쳐서, 필요하다면 목숨까지도 바쳐서 추구하라고 했던 모든 것에 대해 이야기했을 때…… 언젠가는 자네가 그것도 생각하리란 걸 예견했어야 했는데. 그건 피할 수 없는 일이었는데. 결국 되어야만 하는 대로 된 거야. 12년 전에 정해진 일이야."

그는 골트를 보며 조용히 웃었다.

"그런데도 자넨 **내가** 가장 큰 고통을 겪었다고 했나?"

그는 지나치게 빨리 돌아서더니 일부러 강조라도 하듯 매우 천천히 식탁 위의 잔 세 개에 포도주를 따르는 일을 마무리했다. 그는 은잔 두 개를 집어 들고 잠시 내려다보다가 하나는 대그니에게, 나머지 하나는 골트에게 건넸다.
"받게. 자넨 그럴 자격이 있어. 운이 아니라." 그가 말했다.

골트는 그에게서 잔을 받아들었다. 하지만 손이 아니라 눈으로 주고받는 듯 두 남자는 서로를 계속 응시하고 있었다.

"나도 피할 수만 있었다면 좋았을 텐데 어쩔 수가 없었네." 골트가 말했다.

대그니는 잔을 들고 프란시스코를 바라보다가 골트에게 시선 돌리는 모습을 프란시스코에게 보여주었다. 그러고는 대답하듯 말했다.

"그래요. 하지만 나는 아직 자격을 얻지 못했어요. 당신이 치른 대가를 나는 지금 치르고 있어요. 완전한 자격을 얻게 될 수나 있을지 모르겠지만, 그 대가로 지옥에 가야 한다면 우리 셋 중에서 내가 제일 탐욕스러운 사람이게 해줘요."

대그니는 선 채로 눈을 감고 포도주를 마시며 술이 목구멍을 타고 넘어가는 것을 느꼈다. 그녀는 지금이 세 사람 모두에게 가장 고통스러우면서도 가장 희열에 찬 순간임을 알고 있었다.

골트의 집을 향해 마지막 남은 길을 걸어가면서 대그니는 그에게 아무 말도 하지 않았다. 단 한 번의 시선도 너무 위험할 것 같아서 그에게 고개도 돌리지 않았다. 그녀는 침묵 속에서 완전한 이해가 주는 평온함과 그들이 이해한 것들을 밝힐 수 없음을 아는 긴장감을 함께 느꼈다.

하지만 그의 집 거실에 들어서자 이제 무너지지 않을 것이라는 자신감과 말을 해도 안전하다는 확신에 차서 그를 똑바로 보았다. 그녀는 애원하는 것도, 의기양양한 것도 아닌 그저 사실을 말하는 담담한 어조로 이야기했다.

"당신이 바깥세상으로 돌아가는 건 내가 거기 있을 것이기 때문이에요."

"그래요."

"나는 당신이 그곳에 가는 걸 원하지 않아요."

"당신에게는 그 문제에 대한 선택권이 없어요."

"당신은 나를 위해 가는 거잖아요."

"아니, 나를 위해서예요."

"그곳에서 당신을 볼 수 있을까요?"

"아니요."

"당신을 볼 수 없다고요?"

"그래요."

"당신이 어디서 뭘 하는지도 알 수 없고요?"

"그래요."

"예전처럼 나를 지켜볼 건가요?"

"예전보다 더."

"당신의 목적은 나를 보호하는 건가요?"

"아니요."

"그럼 뭐죠?"

"당신이 우리에게 합류하기로 결심하는 날 그 자리에 있기 위해서예요."

대그니는 다른 반응은 억누른 채 그를 빤히 바라보기만 했다. 그의 말을 완전히 이해하지 못해서 스스로 답을 찾고 있는 듯한 눈빛이었다.

골트가 설명했다. "세상에 남아 있는 건 너무 위험해서 모두 골짜기로 돌아갈 테니까요. 나는 골짜기 문이 완전히 닫히기 전에 당신의 마지막 열쇠로 남아 있을 겁니다."

"오!"

대그니는 그 말이 신음 소리가 되기 전에 얼른 삼켜버렸다. 그러고는 냉정하고 초연한 태도를 되찾으며 물었다.

"내가 당신에게 내 결정은 바뀔 수 없고, 절대로 당신들에게 합류하지 않겠다고 말한다면요?"

"그건 거짓말이겠죠."

"미래야 어찌 되든 지금 내가 그 결정을 끝까지 지키기로 결심한다면요?"

"미래에 대한 어떤 증거를 보건, 어떤 신념을 갖게 되건 말인가요?"

"그래요."

"그건 거짓말보다 더 나쁜 거죠."

"당신은 내가 잘못된 결정을 내렸다고 확신하나요?"

"그래요."

"사람은 자신의 실수에 대해 책임져야 한다고 믿나요?"

"그래요."

"그런데 왜 내가 그 결과를 책임지도록 내버려두지 않으려고 하죠?"

"내버려둘 겁니다. 당신은 책임을 지게 될 거고요."

"내가 이 골짜기로 돌아오고 싶다는 걸 너무 늦게 깨닫게 된다면, 당신이 나를 위해 문을 열어놓는 위험을 감수해야만 하는 이유가 뭐죠?"

"그래야 할 의무가 있는 것은 아니에요. 내게 이기적인 목적이 없다면 그러지 않을 겁니다."

"이기적인 목적이라뇨?"

"나는 당신이 여기 있기를 원해요."

대그니는 눈을 감으며 패배를 인정하는 뜻으로 고개를 숙였다. 그녀는 말싸움에서 패배했을 뿐 아니라 자신이 떠나는 것의 완전한 의미를 침착하게 직면하는 것에서도 실패했다.

그녀는 고개를 들고 골트의 솔직성을 흡수한 것처럼 고통도, 갈망도, 평온함도 숨기지 않고 그 세 가지 모두가 자신의 눈빛 속에 들어 있음을 느끼며 그를 바라보았다.

골트의 얼굴은 그녀가 처음 햇살 속에서 보았을 때와 똑같았다. 고통도, 두려움도, 죄의식도 없는 확고한 평온함과 날카로운 직관력을 지닌 얼굴. 대그니는 이대로 서서 그의 진녹색 눈동자 위의 곧은 눈썹과 그림자 진 또렷한 입매, 단추를 풀어 헤친 와이셔츠 목깃 사이로 보이는 강철판 같은 피부, 자연스럽게 부동자세를 취한 다리를 바라볼 수만 있다면 남은 평생 이 자리에서 이렇게 살다 죽어도 좋을 것만 같았다. 하지만 다음 순간, 그 바람이 이루어진다면 그를 바라보는 것 자체가 의미를 잃게 된다는 것을 깨달았다. 그것에 의미를 부여하는 모든 것을 배신하게 될 테니까.

대그니는 뉴욕에 있는 자신의 사무실 창가에 서서 안개에 갇힌 도시를, 닿을 수 없는 곳으로 가라앉고 있는 아틀란티스를 바라보던 일을 기억이 아닌 현재의 체험처럼 생생히 떠올렸다. 그녀는 그때 품었던 의문의 답을 이제야 찾을 수 있었다. 그녀는 그때 뉴욕을 보며 했던 말이 아니라 그 말이 나오게 한 감정을 느꼈다. '내가 늘 사랑하면서도 찾을 수 없었던 당신, 지평선 너머로 뻗은 철도 끝에서 볼 수 있으리라 생각했던 당신······.'

그녀가 골트에게 말했다. "당신이 이걸 알아줬으면 좋겠어요. 나는 내 세상에 내 최고의 가치들을 구현해야 한다는, 아무리 힘들고 시간이 오래 걸려도 그보다 낮은 기준에 굴복해서는 안 된다는 단 하나의 절대적 원칙을 갖고 인생을 시작했어요."

그리고 그녀의 마음의 소리는 이렇게 말하고 있었다. '나는 도시의 거리에서 늘 당신의 존재를 느껴왔고, 늘 당신의 세상을 만들고 싶었어요.'

그녀가 말을 이었다. "이제 나는 그동안 내가 이 골짜기를 위해 싸워왔다는 것을 알아요."

마음의 소리는 이렇게 말했다. '그동안 나를 살아 움직이게 한 건 당신에 대한 사랑이었어요.'

"이 골짜기는 내게 가능성을 보여주었고 나는 이 골짜기를 이보다 못한 것과 바꾸지도, 정신이 부재하는 악에 넘겨주지도 않을 거예요."

마음의 소리는 이렇게 말했다. '당신에 대한 사랑과 당신에게 이르고 싶은 소망, 그리고 당신과 마주 서는 날 당신에게 가치 있는 존재가 되고 싶은 바람이었어요.'

"나는 이 골짜기를 위해 싸우려고 돌아가는 거예요. 이 골짜기가 지하의 아틀란티스로 머물지 않고 온전하고 정당한 영토를 되찾도록, 세상이 정신뿐 아니라 실제로도 당신에게 속하도록. 그래서 내가 당신에게 세상 전체를 넘겨줄 수 있게 되는 날 당신을 다시 만나게 되도록. 만일 실패한다면 남은 평생 이 골짜기에서 추방당한 채 살아갈 결심으로."

마음의 소리는 이렇게 말했다. '설령 그렇게 된다고 해도 내 여생은 여전히 당신 것이에요. 나는 계속 당신의 이름으로 살아갈 거예요. 다시는 그 이름을 부를 수 없게 되더라도. 나는 계속 당신을 섬길 거예요. 영원히 승리하지 못한다고 해도. 당신을 만나게 되는 날 당신에게 가치 있는 존재가 되기 위한 노력을 멈추지 않을 거예요. 그런 날이 영영 오지 않는다고 해도.'

"그러기 위해 나는 싸울 거예요. 설령 당신과 맞서 싸워야 한다고 해도. 당신이 나를 반역자라고 비난하더라도. 영원히 당신을 볼 수 없게 되더라도."

골트는 꼼짝도 하지 않고 서서 아무런 표정의 변화 없이 듣고만 있었다. 하지만 그의 두 눈은 그녀의 모든 말을, 마음속의 말까지 빠짐없이 듣고 있는 듯 그녀를 응시하고 있었다. 이윽고 그녀의 말에 대답할 때 그의 표정은 아직 벗어나서는 안 되는 회로를 유지하고 있는 것처럼 변화가 없었고, 목소리는 대그니와 같은 신호를 보내듯 그녀의 목소리를 닮아 있었다. 행간에서밖에는 감정을 느낄 수 없는 목소리였다.

"이룰 수 있어야만 하는데 도무지 이룰 수가 없는 목표를 추구하다가 실패한 다른 사람들처럼 당신 역시 실패하더라도, 그래서 그들처럼 최고의 가치는 얻을 수 없고 가장 위대한 꿈은 실현될 수 없다고 생각하게 되더라도 그들처럼 이 세상을, 존재 자체를 저주하지는 말아요. 당신은 그들이 찾던 아틀란티스를 보았으니까. 아틀란티스는 여기 이렇게 존재하지만 알몸으로 혼자 들어와야만 해요. 수세기 동안 쌓인 거짓의 누더기를 걸치지 않고 가장 순수하고 깨끗한 정신으로만. 순수한 마음이 아니라 그것보다 훨씬 더 희귀한 타협하지 않는 정신을 유일한 소유물이자 열쇠로 지니고 와야 해요. 당신은 세상을 납득시키거나 정복할 필요가 없다는 사실을 깨닫기 전에는 들어올 수 없어요. 그 사실을 깨달으면 당신은 그동안 당신이 아틀란티스에 들어오지 못하도록 막은 건 아무것도 없음을, 당신 스스로가 자신을 쇠사슬에 묶어놓았음을 알게 될 겁니다. 그동안 당신이 가장 간절히 얻고 싶어했던 것이 사실은 당신을 기다리고 있었다는 것도요."

그는 대그니가 마음속으로만 한 말에 대해 대답하듯 그녀를 바라보았다.

"당신의 싸움처럼 끈질기게 열정적으로, 필사적으로 기다리고 있었죠. 당신보다 더 큰 확신을 갖고요. 세상에 나가서 당신의 싸움을 계속해요. 가서 당신이 선택하지도 않은 짐을 지고 억울한 벌을 받으며 가장 부당한 고통에 당신의 정신을 바침으로써 정의를 이룰 수 있다고 믿으며 살아요. 하지만 가장 힘들고 암울한 순간에 당신이 다른 세상을 보았다는 걸 기억해요. 당신이 마음만 먹으면 언제든 그곳에 닿을 수 있다는 것도요. 그 세상이 당신을 기다리고 있다는 것도요. 그런 세상이 가능하고 실재하며…… 당신 것이라는 사실도요."

그러고는 고개를 살짝 돌리고는 여전히 분명한 목소리로, 그러나 눈빛은 지금까지의 회로를 벗어나며 물었다.

"내일 몇 시에 떠나고 싶어요?"

"오……! 당신만 괜찮다면 되도록 빨리요."

"그럼 7시까지 아침식사를 준비해줘요. 8시에 출발합시다."

"알았어요."

골트는 주머니에서 작고 반짝이는 동그란 것을 꺼내 내밀었다. 대그니는 처음에 그것이 무엇인지 알아보지 못했다. 그가 그녀의 손바닥에 그것을 떨어뜨렸다. 5달러짜리 금화였다.

"이달 마지막 급료예요." 그가 말했다.

대그니는 손으로 동전을 지나치게 꽉 움켜쥐었으나 목소리는 차분하고 담담했다.

"고마워요."

"잘 자요, 태거트 양."

"잘 자요."

대그니는 남은 시간 동안 잠을 자지 않았다. 침실 바닥에 앉아 침대에 얼굴을 묻고 벽 너머에 있는 그의 존재만을 느꼈다. 이따금 그가 자신 앞에 서 있는 듯한 기분이 들었다. 그녀는 그런 식으로 그와 함께 마지막 밤을 보냈다.

◆

대그니는 골짜기에 들어올 때처럼 나갈 때도 빈 몸이었다. 이곳에서 새로 마련한 물건이라야 꽃무늬 치마와 블라우스, 앞치마, 속옷 몇 벌이 전부였지만 모두 단정히 개서 침실 서랍에 넣었다. 그리고 서랍을 닫기 전에 잠시 그것들을 바라보며 다시 돌아오면 그것들이 그 자리에 그대로 있을 것이라고 생각했다. 그녀는 5달러짜리 금화와 아직 갈비뼈 근처에 붙인 반창고 외에는 아무것도 가져가지 않았다.

대그니가 비행기에 오를 때 해가 산꼭대기를 비추어 골짜기의 경계와도 같은 빛나는 원을 그렸다. 그녀는 골트 옆좌석에 편안히 기대앉아 이곳에서 처음 눈을 떴을 때처럼 그가 자신에게 얼굴을 가까이 기울이고 있는 것을 보았다. 그녀는 눈을 감고 그의 손이 자신의 얼굴을 안대로 감싸는 것을 느꼈다.

대그니는 엔진의 굉음을 소리가 아니라 자신의 몸 안에서 일어나는 폭발의 진동으로 들었다. 하지만 진동은 멀리서 느껴졌다. 폭발이 아주 멀리서 일어난 것처럼.

그녀는 비행기가 언제 이륙하고, 언제 골짜기를 둘러싼 산꼭대기를 벗어났는지 알 수 없었다. 오직 고동치는 엔진 소리만 느낄 수 있었고 마치 소리의 흐름에 실려 가끔씩 흔들리고 있는 듯했다. 소리는 그의 엔진에서, 조종간을 움직이는 그의 손에서 나오고 있었고 그녀는 그것에 매달렸다. 나머지는 저항하지 말고 견뎌내야 했다.

그녀는 다리를 앞으로 쭉 뻗고 좌석 팔걸이에 손을 올려놓고 앉아 있었다. 시간 감각을 느끼게 해주는 움직임을 전혀 느낄 수 없었고 공간이나 미래에 대한 감각도 없었다. 그저 안대 속 감겨진 눈의 어둠과 옆에서 그가 유일하고 변함없는 실체로 존재한다는 사실만 느낄 수 있었다. 그들은 침묵을 지켰다. 그러다 그녀가 갑자기 말했다.

"골트 씨."

"네?"

"아니, 아니에요. 옆에 있는지 확인하고 싶어서 부른 거예요."

"나는 언제나 당신 옆에 있을 겁니다."

대그니는 그 말의 기억이 마치 점점 시야에서 멀어져가는 작은 이정표처럼 얼마나 길게 이어지다가 사라졌는지 알지 못했다. 그 다음에는 보이지 않는 현재의 정적만이 감돌았다.

비행기가 급강하하기 시작했을 때 그녀는 하루가 지났

는지 1시간이 지났는지 가늠할 수가 없었다. 그것은 착륙을 의미할 수도, 추락을 의미할 수도 있었지만 그녀에게는 그 모든 것이 다르게 느껴지지 않았다.

바퀴가 땅에 닿는 충격이 묘하게 지연되어 느껴졌다. 마치 그 사실을 믿는 데까지 약간의 시간이 걸린 듯했다.

비행기가 덜컹거리며 질주하다가 끼이익 하고 정지하더니 정적이 이어졌다. 그리고 그의 손길이 머리에 느껴졌다. 그가 안대를 풀고 있었다.

대그니는 눈부신 햇살과 아득한 지평선을 향해 뻗은 시든 풀밭, 텅 빈 고속도로와 1.5킬로미터쯤 떨어진 곳에 있는 마을의 어렴풋한 모습을 보았다. 그녀는 손목시계를 보았다. 47분 전까지만 해도 그녀는 골짜기에 있었다.

골트가 마을을 가리키며 말했다. "저기 태거트 역이 있으니 기차를 탈 수 있을 거예요."

대그니는 고개를 끄덕였다.

그녀가 비행기에서 내릴 때 골트는 따라 내리지 않았다. 그는 조종석에 앉은 채 비행기의 열린 문 쪽으로 몸을 기울여 내다보기만 했다. 두 사람은 서로를 응시했다. 대그니는 텅 빈 광활한 초원에서 곧은 어깨가 돋보이는 단정한 비즈니스 정장 차림으로 산들바람에 머리카락을 흩날리며 꼿꼿이 서서 골트를 올려다보았다.

골트가 손을 들어 동쪽의 보이지 않는 도시를 가리켰다.

"저기서 나를 찾지 말아요. 당신이 있는 그대로의 나를 원하기 전까지는 나를 찾을 수 없을 테니까. 하지만 당신이 진정으로 나를 원하게 되면 나는 세상에서 제일 찾기 쉬운 사람이 될 겁니다."

대그니는 비행기 문이 닫히는 소리를 들었다. 그 소리는 뒤이은 프로펠러 소리보다 더 크게 들렸다. 그녀는 비행기 바퀴가 달려간 뒤 납작해진 풀이 그 꽁무니를 따라가는 모습을 지켜보았다. 그리고 비행기 바퀴와 풀 사이의 가느다란 하늘을 보았다.

그녀는 주위를 둘러보았다. 멀리 있는 마을 위로 불그스름한 아지랑이 같은 열기가 피어올라 있어서 마을이 녹슨 하늘 아래 축 늘어져 있는 듯했다. 마을의 지붕들 위로 무너진 굴뚝의 잔해가 보였다. 옆에서 말라비틀어진 누런 종이가 바람에 바스락거렸다. 신문지 조각이었다. 그녀는 그 풍경들이 현실 같지 않아서 멍하니 바라보았다.

그녀는 눈을 들어 비행기를 보았다. 두 날개를 곧게 편 비행기는 하늘에서 엔진 소리를 남기며 점점 작아져가고 있었다. 비행기는 기다란 은 십자가 모양을 하고 계속 위로 올라가다가 하늘을 따라 곡선을 그리며 천천히 하강하더니 더 이상 움직이지 않고 작아지기만 하는 것 같았다. 대그니는 사라져가는 별을 보듯 비행기가 십자가에서 점으로, 그 다음에는 진짜 눈에 보이는 것인지 확신할 수 없는 섬광으로 변하는 과정을 지켜보았다. 그녀는 하늘에 그런 섬광들이 가득한 것을 보고 비행기가 사라졌음을 깨달았다.

반(反)탐욕

 "내가 여기서 뭐 하는 거지? 내가 여기 왜 온 건가? 설명해보게. 나는 이유도 모르고 갑자기 대륙의 절반을 끌려오는 것에 익숙지 않네." 로버트 스태들러 박사가 말했다.

 플로이드 페리스 박사가 미소지으며 대답했다. "스태들러 박사님, 그런데도 이렇게 와주셔서 더욱 감사합니다."

 정말로 고마워하는 목소리인지 아니면 고소해하는 것인지 구분할 수가 없었다.

 뙤약볕이 내리쬐고 있어서 스태들러 박사의 관자놀이에 한 줄기 땀이 흘렀다. 그는 사흘 만에 겨우 만난 페리스 박사에게 분하고 당혹스러운 심정을 토로하고 싶었지만 주위의 야외 관람석으로 군중이 밀려들고 있어서 사적인 대화를 이어갈 수가 없었다. 그래서 페리스 박사가 이제야 만나준 것인지도 모른다는 생각이 들었지만 그는 자신의 땀에 젖은 관자놀이로 윙윙거리며 달려드는 곤충을 쫓아내며 그 생각도 밀어냈다.

"자네 왜 그동안 연락이 안 된 건가?" 그가 물었다.

빈정거림이라는 거짓 무기는 지금 그 어느 때보다 효과가 떨어지는 듯했지만 그것이 스태들러 박사의 유일한 무기였다.

"공식 편지지에다 군대식."

그는 명령이라고 말하려다 다른 표현으로 바꾸었다.

"문서에나 어울리지 과학적 서신이라고 할 수 없는 내용의 편지를 보내야만 했던 이유가 뭔가?"

"**정부의** 일이니까요." 페리스 박사가 부드럽게 대답했다.

"내가 얼마나 바쁜지, 이 일이 내게 얼마나 큰 방해가 되는지 모르겠나?"

"아, 그렇죠." 페리스 박사가 애매하게 대답했다.

"내가 여기 오는 걸 거부할 수도 있었다는 거 알지?"

"하지만 이렇게 오셨잖습니까." 페리스 박사가 부드럽게 말했다.

"왜 미리 설명해주지 않은 거지? 왜 자네가 직접 오지 않고 반은 과학적이고 반은 저질 잡지에나 어울리는 이상한 소리를 지껄여대는 황당한 젊은 깡패들을 보낸 건가?"

"제가 너무 바빠서요." 페리스 박사가 온화하게 말했다.

"그럼 지금 자네가 여기 아이오와 평원 한복판에서 도대체 뭘 하고 있는 건지 말해줄 수 있겠나? 나는 뭘 하고 있는 거지?"

스태들러 박사는 텅 빈 대초원의 먼지 자욱한 지평선과 나무로 만든 세 개의 야외 관람석을 경멸하듯 가리켰다. 관람석은 새로 만든 것이라 나무가 아직 숨을 쉬는 듯 동그란 송진 방울들이 햇빛에 빛났다.

"스태들러 박사님, 이제 우리는 역사적인 사건을 목격하게 될 겁니다. 과학과 문명, 사회복지, 정치적 융통성의 이정표가 될 사건이죠. 새로운 시대의 전환점이고요."

페리스 박사의 목소리는 홍보 담당자가 보도자료를 암기해서 말하는 어조 같았다.

"무슨 사건인데? 새로운 시대라니?"

"보면 아시겠지만 미국의 가장 뛰어난 인물들, 지식계의 엘리트만 이 사건을 목격하는 특권을 누리도록 선택받았습니다. 그런데 박사님을 빼놓을 수는 없죠. 안 그렇습니까? 물론 우리는 박사님께서 정부에 대한 충성과 협력을 아끼지 않을 것을 확신합니다."

스태들러 박사는 페리스의 시선을 붙잡아둘 수가 없었다. 관람석은 사람들로 빠르게 채워지고 있었고, 페리스는 새로 들어오는 사람들에게 손을 흔들기 바빴다. 스태들러 박사는 처음 보는 얼굴들이었지만 페리스가 유쾌하고 친밀한 경의를 표하는 것으로 보아 중요한 인물들임에 분명했다. 그들 모두가 페리스 박사를 아는 듯했고 마치 그가 행사의 지휘자나 스타라도 되는 양 그에게 주목했다.

"무슨 일인지 좀더 구체적으로 설명해줄 수……." 스태들러 박사가 말했다.

"어이, 스피드!"

페리스 박사가 장군 제복을 입은 풍채 좋은 백발 남자에게 손을 흔들며 외쳤다.

스태들러 박사가 목소리를 높였다. "이보게, 도대체 이게 무슨 일인지 구체적으로 설명을 좀……."

"아주 간단합니다. 우리가 최종적인 승리를…… 스태들러 박사님, 잠깐 실례하겠습니다."

페리스 박사는 황급히 말을 마치고는 아주 훈련이 잘된 하인이 종소리를 듣고 달려가듯 늙은 깡패처럼 보이는 사람들이 모여 있는 곳으로 돌진했다. 그는 스태들러 박사에게 잠시 고개를 돌려 한마디 말을 내뱉었는데 그것으로 충분한 설명이 된다고 생각하는 듯했다.

"기자들이에요!"

스태들러 박사는 왠지 주위의 어떤 것에도 몸이 닿고 싶지 않은 기분을 느끼며 자리에 앉았다. 작은 서커스장처럼 300석 규모의 관람석 세 개가 일정한 간격을 두고 반원형으로 배치되어 있었다. 분명 무언가를 구경하도록 만들어진 것 같은데 앞에는 지평선까지 뻗은 텅 빈 초원과 몇 킬로미터 떨어져 있어서 검은 얼룩처럼 보이는 농가 한 채뿐이었다.

한 관람석 앞에는 마이크들이 있는 것으로 보아 기자들 자리인 듯했다. 정부 관리들을 위한 관람석 앞에는 휴대용 배전반처럼 생긴 이상한 기계가 있었고, 금속 레버 몇 개가 햇빛을 받아 반짝였다. 관람석 뒤쪽에 임시로 만든 주차장의 번쩍거리는 고급 차들이 마음을 든든하게 해주었다. 그런데 수백 미터 떨어진 작은 언덕 위의 건물이 막연한 불안감을 느끼게 했다. 용도를 알 수 없는 작고 낮은 건물이었는데 육중한 돌벽에 창문은 없고 굵은 쇠창살이 쳐진 구멍만 몇 개 나 있었으며, 건물에 비해 기괴할 정도로 거대한 돔 지붕이 건물을 찍어누르는 듯했다. 돔 지붕 밑 부분에는 진흙으로 조잡하게 빚은 깔때기처럼 생긴 불규칙한 모양의 배출구가 몇 개 있었다. 그것들은 산업시대의 물건 같지 않았고 용도도 알 수 없었다. 건물은 부풀어 있는 독버섯처럼 조용한 악의를 품고 있었다. 분명 현대적인 건물이었지만 허술하고 두루뭉술한 선들이 정글 한가운데에서 발굴된 원시시대 미개인들의 비밀의식 장소 같은 인상을 주었다.

스태들러 박사는 짜증스럽게 한숨을 쉬었다. 비밀이라면 넌더리가 났다. 겨우 이틀 말미를 주고 구체적인 목적도 알려주지 않은 채 그를 아이오와까지 부른 초대장에는

'기밀', '극비'라는 글자가 찍혀 있었다. 스스로를 물리학자라고 밝힌 젊은 남자 둘이 그를 아이오와까지 모시겠다고 연구소로 찾아왔고 워싱턴에 가 있는 페리스 박사는 연락이 닿지 않았다. 정부 소유의 비행기와 차로 길고 고단한 여행을 하는 내내 두 남자는 과학, 비상 사태, 사회적 균형, 비밀의 필요성에 대해 떠들어댔지만 스태들러 박사는 점점 더 미궁 속으로 빠져드는 기분을 느꼈다. 그는 두 남자가 알 수 없는 말들을 지껄여대며 '충성'과 '협조'라는 두 단어를 자꾸 반복하는 것만 알아챌 수 있었는데, 초대장에서도 보았던 그 두 단어는 그 대상을 알지 못하는 상태라 불길하게만 들렸다.

두 남자는 그를 관람석 맨 앞줄에 앉히더니 기계의 기어가 접히듯 사라지고 페리스 박사가 나타났다. 스태들러 박사는 주위를 둘러보고 기자들에 둘러싸인 페리스 박사의 모호하고 흥분된 몸짓을 지켜보며 당혹스런 혼란을, 무의미하고 무질서한 비효율성을 감지했다. 그리고 기계가 부드럽게 작동하며 정확한 순간에 정확한 정도로 분위기를 만들어내고 있는 듯한 인상을 받았다.

번개가 내리치듯 갑작스런 공포가 엄습했다. 그는 이 자리를 탈출하고 싶은 간절한 욕구를 느꼈다. 하지만 그 욕구를 가차 없이 외면했다. 그는 다가올 사건의 가장 어두운 비밀은, 저 버섯 모양의 건물에 숨겨져 있는 것보다 더 중요하고 끔찍하며 치명적인 비밀은 자신이 이곳에 오는 걸 동의하게 만든 것임을 알고 있었다.

그는 자신이 이곳에 온 동기를 굳이 알 필요는 없다고 생각했다. 그것은 이성적인 생각이 아니라 짜증처럼 날카롭게 치밀어오르는 사악한 감정의 발작이었다. 그의 마음은 이곳에 오겠다고 동의했을 때와 똑같은 말을 하고 있었다. **'사람들과 상대하려면 어쩔 수 없잖아!'** 그것은 진실에 눈 감고 현실에 굴복할 때 그가 부두교 주문처럼 외우는 말이었다.

페리스 박사가 엘리트 지식인들의 자리라고 칭한 관람석이 정부 고위관리들 관람석보다 더 컸다. 스태들러 박사는 자기 자리가 맨 앞줄이라는 사실이 은근히 기분이 좋았다. 하지만 고개를 돌려 뒤를 본 순간 음울한 충격을 맛보아야만 했다. 아무나 데려다 앉혀놓은 듯한 그 시들고 찌든 얼굴들은 그가 생각하는 엘리트 지식인과 거리가 멀었다. 방어 본능에 따라 호전성을 보이는 남자들과 옷차림이 형편없는 여자들. 그 비열하고 악의와 의심이 가득한 얼굴들은 지식인과는 어울리지 않는 불확실성을 지니고 있었다. 스태들러 박사는 아는 얼굴을 찾을 수가 없었다. 유명인의 얼굴도, 명성을 떨칠 수 있는 업적을 이룰 만한 얼굴도 보이지 않았다. 도대체 어떤 기준으로 선택된 사람들인지 알 수 없었다.

그러다 두 번째 줄에 앉은 호리호리한 남자를 발견했다. 길고 늘어진 얼굴을 한 그 늙은 남자는 낯이 좀 익었는데 불쾌한 출판물에서 본 사진처럼 희미한 기억만 남아 있었다. 그는 옆에 있는 여인에게 몸을 기울여 그를 가리키며 물었다.

"저 신사분 성함이 어떻게 되죠?"

그러자 여인은 경외감 어린 목소리로 속삭였다. "사이먼 프리쳇 박사님이에요!"

스태들러 박사는 아무도 자신을 보지 않기를, 자신이 그 자리에 있었던 것을 아무에게도 들키지 않기를 바라며 얼른 고개를 돌렸다.

시선을 든 스태들러 박사는 페리스가 기자들을 이끌고 다가오는 것을 보았다. 목소리가 들릴 정도로 가까워지자 페리스는 여행 가이드처럼 팔을 들어 그를 가리키며 말했다.

"여러분, 저한테 시간을 낭비할 필요가 있나요? **저기** 오늘의 업적의 토대를 마련하고 이 모든 것을 가능하게 만든 주인공이 계신데. 로버트 스태들러 박사님!"

스태들러 박사는 기자들의 지치고 냉소적인 얼굴에서 부적절한 표정을 본 듯한 기분을 느꼈다. 그것은 존경과 기대, 희망이 아닌 그것들의 메아리라고 해야 할 표정이었다. 그들이 어렸을 때 로버트 스태들러의 이름을 들으며 지었을 표정의 희미한 그림자. 그 순간 그는 스스로 인정할 수 없는 충동을 느꼈다. 기자들에게 자신은 오늘 행사에 대해 아무것도 모르고, 그들보다 힘이 없으며, 사실 모종의 사기극의 저당물로 이곳에 끌려온…… 포로 신세나 다름없다고 밝히고 싶은 충동이었다.

하지만 그는 최고 당국자들과 모든 비밀을 공유하고 있는 것처럼 거들먹거리며 기자들의 질문에 대답하고 있었다.

"네, 국립과학연구소는 그동안 공공봉사에 힘써온 것을 자랑스럽게 여깁니다……. 국립과학연구소는 사적인 이익이나 탐욕의 도구가 아닌 인류의 복지와 인류 전체의 이익을 위해 헌신하는……"

그는 페리스 박사에게 들어온 진저리나는 일반론을 녹음기처럼 읊어댔다.

그는 자신이 느끼고 있는 것이 자기혐오임을 인정하지 않았다. 그것이 혐오감이란 것은 알았지만 그 대상이 자신이 아닌 주위 사람들이라고 생각했다. 그들 때문에 이런 수치스러운 쇼를 하고 있는 것이니까. 그는 마음속으로 이렇게 결론지었다. '사람들과 상대하려면 어쩔 수 없잖아!'

기자들은 그의 대답을 받아 적고 있었다. 그들의 표정은 로봇의 공허한 말을 열심히 듣는 척하는 기계적인 일과를 수행하는 로봇 같았다.

"스태들러 박사님, 프로젝트 X를 국립과학연구소 최고의 업적으로 여기신다는 게 사실입니까?"

기자 하나가 언덕 위의 건물을 가리키며 물었다. 죽음 같은 침묵이 흘렀다.

"프로젝트…… X……?" 스태들러 박사가 물었다.

그는 자신의 목소리에 심각한 문제가 있었음을 깨달았다. 무슨 경보음이라도 들은 듯 기자들이 일제히 손을 멈추고 고개를 들었던 것이다.

스태들러 박사는 억지 미소를 지으면서도 형체 없는, 거의 초자연적인 공포를 느꼈다. 다시 모종의 기계가 조용히, 부드럽게 작동하고, 자신은 그것의 일부가 되어 그것의 변경 불가능한 의지를 실행하고 있는 듯한 기분이었다. 그는 공모자의 은밀한 어조로 조용히 말했다.

"프로젝트 X요? 여러분, 국립과학연구소가 이룬 업적의 가치와 동기는 의심의 대상이 될 수 없습니다. 비영리적인 것이니까요. 더 이야기할 필요가 있을까요?"

고개를 든 스태들러 박사는 페리스가 인터뷰 내내 기자단 가장자리에 서 있었음을 깨달았다. 그는 페리스의 얼굴이 아까보다 긴장이 풀리고 더 거만해 보이는 게 자신의 착각인지 아니면 실제로 그런 것인지 알 수 없었다.

호화로운 고급 차 두 대가 전속력으로 달려와 주차장에서 요란한 브레이크 소리를 내며 멈추어 섰다. 기자들이 한창 이야기하는 중인 그를 버려두고 차에서 내리는 사람들을 향해 우르르 달려갔다.

스태들러 박사는 페리스를 향해 엄격하게 물었다. "프로젝트 X가 **뭔가**?"

페리스 박사는 순진하면서도 오만한 미소를 지으며 대답했다. "비영리적인 것이죠."

그러고는 새로 도착한 사람들을 맞으러 달려갔다.

스태들러 박사는 사람들의 존경 어린 수군거림을 듣고 새로 도착한 사람들 한가운데서 활기차게 걸어오는 주름진 리넨 정장 차림의 사기꾼처럼 생긴 작은 남자가 국가수반인 톰프슨임을 알게 되었다. 톰프슨은 미소도 짓고 인상도 쓰며 기자들의 질문에 큰 소리로 대답하고 있었다. 페리스 박사는 이 사람 저 사람의 다리에 몸을 부비는 고양이처럼 날렵하게 그 무리를 누비고 다녔다.

톰프슨 무리가 가까이 다가왔고, 페리스가 그들을 그에게로 안내하며 낭랑한 목소리로 외쳤다.

"각하, 로버트 스태들러 박사를 소개하겠습니다."

스태들러 박사는 그 작은 사기꾼의 눈이 재빨리 자신을 관찰하는 것을 보았다. 그 눈에 영원히 이해 불가능한 신비의 영역의 현상을 대하는 듯한 미신적 경외감이 어렸다. 하지만 다음 순간, 자신의 기준을 벗어날 수 있는 것은 없다는 확신을 가진 정치 깡패의 날카롭고 계산적인 눈빛으로 변하더니 "당신 꿍꿍이는 뭐지?"라고 묻는 듯한 시선을 보냈다.

"이거 영광입니다, 박사. 영광이고말고요." 톰프슨이 스태들러의 손을 잡고 힘차게 흔들며 말했다.

스태들러 박사는 키가 크고 어깨가 구부정하며 머리를 짧게 친 남자가 웨슬리 마우치임을 알게 되었다. 다른 사람들과도 악수를 나누었지만 그들의 이름은 귀에 들어오지 않았다. 톰프슨 무리가 정부 고위관리들 관람석으로 가고 혼자 남겨진 스태들러 박사는 아까 그 작은 사기꾼이 자신을 인정해주듯 고개를 끄덕였을 때 자신이 초조한 기쁨을 느꼈던 것을 상기하고 얼굴이 화끈거렸다.

영화관 안내원 같은 한 무리의 젊은이들이 반짝이는 물체가 담긴 손수레를 끌고 홀연히 나타나더니 관람석 사람들에게 그 물체를 하나씩 나누어주기 시작했다. 망원경이었다. 페리스 박사가 정부 관리들 관람석 옆 마이크 앞에 섰다. 웨슬리 마우치의 신호가 떨어지자 그의 목소리가 초원에 울려 퍼졌다. 그의 간사하고 짐짓 엄숙한 체하는 목소리가 마이크 발명자의 천재성 덕에 거인의 우렁찬 소리로 변모했다.

"신사 숙녀 여러분……!"

관람석 전체가 조용해지면서 플로이드 페리스 박사의 우아한 모습에 일제히 시선이 쏠렸다.

"신사 숙녀 여러분, 여러분은 남다른 공공봉사 정신과 사회적 충성심을 인정받아 이 자리에 특별히 초대되었습니다. 지금부터 여러분께 선보일 과학적 업적은 너무나도 엄청난 중요성과 어마어마한 규모, 새 시대를 여는 가능성을 지니고 있어서 극소수의 사람들에게만 프로젝트 X라는 이름으로 알려진 것입니다."

스태들러 박사는 시야에 들어오는 유일한 물체인 멀리 보이는 농장에 망원경의 초점을 맞추었다.

이미 수년 전에 버려진 농장이 분명했다. 지붕은 뼈대가 훤히 드러나고 검은 창문에는 깨진 유리 조각들만 남아 있었다. 무너져가는 헛간과 녹슨 물레방아, 거꾸로 뒤집혀 바닥이 하늘을 향하고 있는 트랙터의 잔해도 보였다.

페리스 박사는 과학의 전사들이 수년 동안 프로젝트 X에 바친 끈질긴 헌신과 노고에 대해 찬양하고 있었다.

스태들러 박사는 농장을 살펴보며 폐허 한가운데 염소 떼가 있는 것이 이상하다고 생각했다. 그곳에는 염소 예닐곱 마리가 있었는데, 그중 몇 마리는 졸고 있었고 나머지는 시든 잡초 밭에 남아 있는 풀을 무기력하게 씹고 있었다.

페리스 박사가 말했다. "프로젝트 X는 소리 분야의 특별 연구입니다. 소리과학은 보통 사람들이 상상도 할 수 없는 놀라운 요소들을 지녔으며……."

스태들러 박사는 농장에서 15미터쯤 떨어진 곳에 있는 구조물을 발견했다. 새로 지은 것이 분명한데 도무지 용도를 알 수 없었다. 빈 공간에 철제 가대가 하나 솟아 있었는데 무엇을 떠받치고 있지도, 어딘가로 이어져 있지도 않았다.

페리스 박사는 이제 소리의 진동의 성질에 대해 이야기하고 있었다.

스태들러 박사는 농장 너머 지평선에 망원경의 초점을 맞추어보았지만 반경 수십 킬로미터 이내에는 아무것도 없었다. 그때 염소 떼 중 한 마리가 갑작스럽게 무리한 움직임을 보여 그의 시선을 끌었다. 자세히 보니 염소들은 땅에 드문드문 박힌 말뚝에 매여 있었다.

페리스 박사가 말했다. "……유기체든 비유기체든 그 어떤 물체도 견딜 수 없는 진동의 주파수가 존재한다는 사실이 밝혀졌으며……."

스태들러 박사는 염소 떼 사이에서 뛰어다니는 은빛 점을 보았다. 말뚝에 매여 있지 않은 새끼 염소로 어미 옆에서 폴짝거리며 뛰고 있었다.

"……소리광선은 거대한 지하 연구소 안의 제어반으로 조종합니다."

페리스 박사가 언덕 위의 건물을 가리키며 말했다.

"우리는 그 제어반을 '실로폰'이라는 애칭으로 부릅니다. 아주 조심해서 정확하게 키를 눌러야 하니까요. 아니, 정확한 레버를 당겨야 한다고 해야겠죠. 본 행사를 위해 연구실 내부의 실로폰과 연결된 또 하나의 실로폰을 이곳에 설치했습니다."

그는 관리들 관람석 앞에 있는 장치를 가리켰다.

"여러분이 전 과정을 직접 보시고 작동이 얼마나 간단한지 확인할 수 있도록……."

스태들러 박사는 새끼 염소를 지켜보며 마음의 위안이 되는 즐거움을 맛보았다. 태어난 지 일주일도 채 안 된 듯한 새끼 염소는 흰 털 뭉치에 길고 우아한 다리가 달려 있는 것 같았다. 네 다리를 꼿꼿이 편 어색한 자세로 짓궂게 뛰어다니는 모습이 햇살과 여름 공기, 자신의 존재를 발견한 기쁨에 취한 듯했다.

"……소리광선은 보이지도, 들리지도 않으며 목표와 방향, 범위를 완벽하게 조절할 수 있습니다. 이제부터 여러분이 보시게 될 첫 공개 테스트는 3킬로미터의 작은 영역에 맞추어져 있으며, 완벽한 안전을 위해 30킬로미터 거리까지 깨끗이 치워놓았습니다. 우리 연구소의 발전기는 저 돔 지붕 아래에 있는 배출구들을 통해 반경 160킬로미터 내의 전 지역에 도달할 수 있는 광선을 만들어낼 수 있습니다. 미시시피 강변, 대략 태거트 대륙횡단철도의 철교부터 아이오와 주 디모인과 포트도지, 미네소타 주의 오스틴, 위스콘신 주의 우드먼, 일리노이 주의 록아일랜드에 이르는 지역입니다. 이것은 작은 시작에 불과합니다. 우리는 사정거리가 300킬로미터에서 500킬로미터에 이르는 발전기들을 만들어낼 수 있는 기술을 갖추고 있습니다. 다만, 리어든 금속 같은 강한 내열성을 지닌 금속을 제때 충분히 확보할 수 없어서 현재의 장치와 조종 반경에 만족할 수밖에 없었습니다. 프로젝트 X가 성공할 수 있었던 것은 우리의 위대한 지도자 톰프슨 각하께서 장기적인 안목으로 국립과학연구소에 지원을 아끼지 않으셨기 때문이며, 그 공을 치하하는 의미에서 이 위대한 발명품은 앞으로 '톰프슨 하모나이저'로 불릴 것입니다."

군중이 박수갈채를 보냈다. 톰프슨은 자의식으로 얼굴이 굳어진 채 꼼짝도 하지 않고 앉아 있었다. 스태들러 박사는 그 시시한 사기꾼이 행사 안내원들만큼이나 프로젝트 X와 무관하다는 것을 확신할 수 있었다. 그는 세상에 새로운 덫을 설치할 만한 정신도, 독창성도, 심지어 그만한 악의조차도 가지고 있지 못했다. 그 역시 조용히 움직이는 기계의 저당물에 불과했다. 그리고 그 기계는 중심도, 지도자도, 방향성도 없었다. 그 기계는 페리스 박사나 웨슬리 마우치, 관람석을 채운 사람들, 혹은 어떤 막후 인물이 작동시킨 것이 아니었다. 그 비인간적이고 비사고적이고 비구현적인 기계의 운전자는 없고 모두가 악의 정도에 따라 그것에 저당 잡힌 존재들이었다. 스태들러 박사는 의자 가장자리를 꽉 잡았다. 벌떡 일어나 도망치고 싶은 충동이 일었던 것이다.

"······소리광선의 기능과 목적에 대해서는 말씀드리지 않겠습니다. 직접 보시면 알게 될 테니까요. 이제 보시게 될 겁니다. 블로젯 박사가 실로폰 레버를 당기면 여러분은 목표물에 주목하시기 바랍니다. 목표물은 3킬로미터 밖에 있는 농장입니다. 다른 것은 볼 게 없습니다. 광선은 눈에 보이지 않습니다. 이미 오래전에 모든 진보적인 사상가는 실체는 없고 행위만 존재하며, 가치란 없고 결과만이 있을 뿐임을 인정했습니다. 자, 신사 숙녀 여러분, 이제 톰프슨 하모나이저의 행위와 결과를 보시겠습니다."

페리스 박사는 인사를 하고 천천히 마이크에서 물러나 스태들러 박사 옆에 와서 앉았다.

젊고 퉁퉁한 남자가 실로폰 옆에 서더니 톰프슨을 향해 눈을 들었다. 톰프슨은 정신이 나간 듯 잠시 멍하니 있다가 웨슬리 마우치가 귀에 대고 뭐라고 속삭이자 "연결!"이라고 크게 외쳤다.

스태들러 박사는 블로젯 박사의 손이 여자처럼 우아하게 움직여 첫 번째 레버를, 그리고 두 번째 레버를 당기는 모습을 지켜볼 수가 없었다. 그는 망원경을 들어 농장을 보았다.

렌즈의 초점을 맞추는 순간 염소 한 마리가 키 크고 시든 엉겅퀴를 뜯으려고 목줄을 팽팽히 당겼다. 다음 순간 그 염소는 거꾸로 뒤집혀 다리를 위로 쭉 뻗고 경련을 일으키며 공중으로 솟구쳐 올랐다. 그러더니 일곱 마리의 염소들이 경련을 일으키며 잿빛 무더기를 이루고 있는 곳으로 떨어졌다. 스태들러 박사가 그 사실을 믿게 되었을 즈음 잿빛 무더기는 아무런 움직임도 보이지 않았다. 무더기 밖으로 튀어나온 막대기처럼 빳빳한 다리 하나가 강풍에 흔들리듯 떨리고 있을 뿐이었다. 농장이 갈가리 찢기며 무너졌고 굴뚝의 벽돌들이 튀어올랐다. 트랙터는 팬케이크처럼 납작해졌다. 물레방아 급수탑은 산산조각이 나서 파편이 되어 땅에 쌓였고, 바퀴는 자의로 한가로이 돌아가듯 허공에서 긴 커브를 그리고 있었다. 새로 지은 튼튼한 가대의 강철 들보와 도리가 숨결에 무너지는 성냥개비 탑처럼 주저앉았다. 너무나도 순식간에 아무런 저항도 없이 간단히 일어난 일이라 스태들러 박사는 공포조차 느낄 수 없었다. 그는 아무 느낌도 없었다. 그것은 그가 아는 현실이 아니었다. 마음속으로 바라기만 해도 물체들을 없앨 수 있는 어린아이의 악몽의 세계였다.

스태들러 박사는 눈에서 망원경을 뗐다. 그는 텅 빈 초원을 바라보고 있었다. 농장은 사라지고 구름의 그림자 같은 거무스름한 띠만 보였다.

뒤에서 높고 가느다란 외마디 비명이 들리더니 한 여자가 기절했다. 스태들러 박사는 그녀가 왜 사건이 터지고 한참이 지나서야 비명을 질렀는지 의아해하다가 실로폰 레버를 당긴 지 1분도 채 지나지 않았음을 깨달았다.

그는 망원경으로 보아도 구름의 그림자 같은 것만 볼 수 있기를 바라기라도 하듯 다시 망원경을 들었다. 하지만 그곳에는 물체들이 남아 있었다. 쓰레기더미의 형태로. 그는 쓰레기더미를 살피다가 자신이 새끼 염소를 찾고 있음을 깨달았다. 하지만 새끼 염소는 찾을 수가 없었다. 잿빛 털 무더기밖에 보이지 않았다.

망원경을 내리고 옆을 돌아보니 페리스 박사가 자신을 지켜보고 있었다. 페리스 박사는 테스트가 진행되는 내내 목표물이 아닌 그의 얼굴을 보고 있었던 것이 분명했다. 로버트 스태들러가 그 광선을 견딜 수 있는지 확인하려는 것처럼.

퉁퉁한 블로젯 박사가 마이크에 대고 백화점 지배인 같은 애교 있는 영업용 목소리로 선언했다. "저것이 다입니다. 저 구조물에는 못 하나 남아 있지 않고, 동물들 몸에도 멀쩡한 혈관 하나 남아 있지 않습니다."

관람석이 발작적인 동작들과 날카로운 속삭임으로 술렁거렸다. 사람들은 엉거주춤 일어났다가 다시 털썩 주저앉으며 서로를 바라보았다. 그들은 정적을 견디지 못했다. 그들의 수군거림에서 억눌린 히스테리가 느껴졌다. 그들은 어떻게 생각해야 하는지 누군가 알려주기를 기다리고 있는 듯했다.

스태들러 박사는 뒷줄의 한 여인이 사람들의 부축을 받

으며 계단을 내려오는 것을 보았다. 그녀는 구역질이 나는 듯 고개를 숙이고 손수건으로 입을 막고 있었다.

고개를 돌리니 페리스 박사가 아직도 자신을 지켜보고 있었다. 스태들러 박사는 몸을 약간 뒤로 젖히고 엄격하고 냉소적인 얼굴로, 미국 최고 과학자의 얼굴로 물었다.

"저 끔찍한 걸 누가 발명한 건가?"

"박사님이죠."

스태들러 박사는 꼼짝도 하지 않고 그를 쳐다보았다. 페리스 박사가 유쾌하게 말했다.

"박사님의 이론적인 발견을 토대로 실용적인 응용을 한 것일 뿐이니까요. 박사님의 우주광선과 에너지의 공간 전송에 대한 귀중한 연구에서 나온 겁니다."

"누가 프로젝트에 참여했지?"

"박사님이 삼류라고 부르실 만한 몇 사람이었습니다. 사실 거의 어려움이 없었습니다. 그들은 박사님의 에너지 전송 공식을 만들 능력은 없었지만 그게 주어진 상태에서는 만사가 순조로웠으니까요."

"이 발명의 실용적 목적이 뭔가? 도대체 뭐가 '새 시대를 여는 가능성'이지?"

"아니, 모르시겠습니까? 공공의 안전을 위한 귀중한 도구인데. 그런 무기를 갖고 있으면 어떤 적도 공격해오지 못할 겁니다. 그럼 이 나라는 침략의 공포에서 해방된 평온하고 안전한 상태에서 미래를 계획할 수 있습니다."

자신의 말을 믿어주기를 기대하지도 않는 듯 무신경하고 즉흥적으로 꾸며대는 듯한 어조였다.

"사회적 알력도 줄여줄 겁니다. 평화와 안정, 그리고 '하모나이저(Harmonizer, 주파수 조정 장치를 의미하지만 조화시키는 사람이라는 뜻도 지니고 있다―옮긴이)'라는 이름이 암시하듯 조화도 증진시켜줄 거고요. 결국 모든 전쟁의 위험을 제거할 겁니다."

"전쟁이라니? 침략이라니? 지금 전 세계가 굶주리고 있고, 모든 인민국이 미국의 원조로 겨우 살아가고 있는데…… 무슨 전쟁의 위험이 있다는 건가? 저 헐벗은 미개인들이 우리를 공격해올 것 같은가?"

페리스 박사가 그의 눈을 똑바로 보며 말했다. "내부의 적도 외부의 적만큼이나 국민에게 큰 위험이 될 수 있습니다. 어쩌면 더 큰 위험이 될 수도 있죠."

이번에는 상대가 납득해주기를 바라는, 확신하는 듯한 목소리였다.

"사회체계는 너무나 불안정합니다. 전략적 요충지들에 이런 과학적인 장치들을 설치해놓으면 안정성 확보에 얼마나 큰 도움이 될지 생각해보세요. 영구적인 평화를 유지할 수 있을 겁니다. 안 그렇습니까?"

스태들러 박사는 대꾸하지 않았다. 시간이 흘러도 그의

표정에는 아무 변화가 없어서 마비된 것처럼 보이기 시작했다. 그는 처음부터 알고 있었으나 몇 년 동안 외면해온 진실을 갑자기 직시한 사람의 눈초리를 하고 있었다. 진실을 보는 눈과 그 존재 자체를 부정하려는 마음이 맞붙어 싸우고 있는 듯했다.

"무슨 말을 하고 있는 건지 모르겠군!" 이윽고 그가 날카롭게 말했다.

페리스 박사는 미소를 지으며 한가로이 잡담을 나누듯 부드럽게 말했다. "개인 사업가나 탐욕스런 기업가라면 프로젝트 X에 투자하지 않았을 겁니다. 그럴 여력이 없었겠지요. 물질적 이득을 기대할 수 없는 거대한 투자였으니까요. 무슨 이득을 기대할 수 있었겠습니까? 저 농장에서 나올 이익은 전혀 없습니다."

그러면서 멀리 있는 거무스름한 띠를 가리켰다.

"아까 박사님께서 정확히 지적하셨다시피 프로젝트 X는 비영리 사업이 되어야 했습니다. 사기업체와는 달리 국립과학연구소는 프로젝트 기금을 마련하는 데 문제가 없었습니다. 지난 2년간 우리 연구소가 재정적 어려움을 겪는다는 이야기를 들어본 적 있으십니까? 예전에는 정부로부터 과학 발전에 필요한 기금을 지원받기가 무척 어려웠습니다. 박사님 말씀대로 돈을 받으면 그럴듯한 결과물을 내놓아야 했으니까요. 여기 이 장치는 핵심 권력자들에게 진가를 인정받을 수 있었습니다. 그들이 다른 사람들을 설득해 정부 투자가 가능했고요. 그건 어렵지 않은 일이었습니다. 사실 많은 사람이 비밀 프로젝트에 투자하는 것을 안전하게 여겼죠. 자신 같은 사람들에게도 비밀로 할 만한 프로젝트라면 대단히 중요한 것임에 분명하다고 확신한 거죠. 물론 회의론자도 몇 명 있었습니다. 하지만 국립과학연구소 소장이 로버트 스태들러 박사라는 사실을 상기시키자 결국 굴복했죠. 그들도 박사님의 판단력과 고결성은 의심할 수 없었으니까요."

스태들러 박사는 자신의 손톱을 들여다보고 있었다.

갑자기 마이크에서 끼이익 소리가 울리자 관람객들은 즉각 그쪽을 주목했다. 그들은 공황 상태에서 벗어날 수 있는 자제력이 1초밖에 유지되지 않는 듯했다. 아나운서가 미소를 흘리며 따발총 같은 목소리로 이제부터 전국에 위대한 발견을 알리는 라디오 방송이 시작될 것이라고 쾌활하게 말했다. 그러고는 자신의 손목시계와 대본, 웨슬리 마우치의 손짓을 보더니 반짝이는 뱀 대가리 같은 마이크에 대고 전국의 가정과 사무실, 연구소, 탁아소에 알렸다.

"신사 숙녀 여러분! 프로젝트 X를 소개합니다!"

아나운서의 목소리가 말발굽 소리 같은 스타카토로 전국을 누비며 새 발명품에 대해 설명하는 동안 페리스 박사가 스태들러 박사에게 몸을 기울이고 가볍게 말했다.

"이런 위태로운 시기에는 프로젝트 X에 대한 비판이 없도록 하는 것이 매우 중요하죠."

그러고는 반농담처럼 덧붙였다. "어떤 시기에도, 그 무엇에 대해서도 비판은 없어야 하겠지만요."

아나운서가 마이크에 대고 외치고 있었다. "……국민 여러분을 대표해서 이 자리에 모여 이 위대한 사건을 지켜본 정치, 문화, 지식, 도덕 분야의 지도자들께서 직접 소감을 말씀해주시겠습니다!"

톰프슨이 제일 먼저 단상으로 올라갔다. 그는 새로운 시대를 환영한다는 메시지를 전한 뒤 미지의 적들에 도전하는 호전적인 목소리로 과학은 국민의 것이고, 지구상의 모든 인간은 기술 발전의 혜택을 누릴 수 있다고 선언했다.

다음에는 웨슬리 마우치가 단상에 올랐다. 그는 사회 계획에 대해, 그리고 사회 계획가들에게 만장일치의 지지가 필요한 이유에 대해 이야기했다. 현재의 일시적 역경을 이겨내기 위해 규율과 단합, 내핍, 애국적 의무감이 요구된다는 이야기도 함께 했다.

"우리는 국민 여러분의 복지 향상을 위해 최고의 두뇌들을 동원했습니다. 이 위대한 발명품은 인류를 위해 평생을 헌신해온 한 인물의 천재성의 산물입니다. 이 시대 최고의 지성으로 온 국민에게 추앙받는 로버트 스태들러 박사이십니다!"

"뭐라고?"

스태들러 박사는 놀라서 헐떡거리며 페리스를 돌아보았다. 페리스는 참을성 있는 온화한 눈으로 그를 바라보았다.

"내 허락도 받지 않고 그런 소릴 하다니!" 스태들러 박사가 날카롭게 속삭였다.

페리스는 비난 어린 무력감을 나타내며 양손을 펼쳐 보였다.

"스태들러 박사님, 이제 아시겠죠. 평소에 박사님께서 관심을 두거나 알 가치도 없다고 여기시는 정치적 문제들에 신경 쓰는 게 얼마나 골치 아픈 일인지 말입니다. 마우치 씨는 그런 허락을 받을 필요가 없습니다."

이제 연단에서 하늘을 등지고 웅크리고 서서 불경한 말을 하듯 따분하고 경멸 어린 목소리로 지껄여대고 있는 사람은 사이먼 프리쳇 박사였다. 그는 새 발명품은 대중의 번영을 보장하는 사회복지의 도구이며, 이 자명한 사실을 의심하는 사람은 사회의 적으로 그에 상응하는 처벌을 받아야 한다고 선언했다.

"이 발명품은 자유를 사랑하는 탁월한 과학자 로버트 스태들러 박사의 작품이며……."

페리스는 서류 가방을 열고 깔끔하게 타이핑된 원고를 꺼내며 스태들러 박사에게 말했다.

"박사님이 이 방송의 클라이맥스를 장식하실 겁니다. 마지막 연설자가 되실 겁니다."

그런 뒤 그는 원고를 다시 건네며 말했다. "박사님이 하실 연설입니다."

그의 눈이 나머지 말을 대신해 모든 게 미리 계획된 것임을 알려주었다.

스태들러 박사는 원고를 받아 옆으로 던져버리기 직전의 휴지 조각처럼 뻣뻣한 두 손가락 끝으로 들고 있었다.

"나는 자네에게 대필 작가 노릇을 해달라고 부탁한 적 없네." 그가 말했다.

그 목소리에 담긴 빈정거림이 페리스에게 지금은 빈정거릴 때가 아니라는 것을 알려주었다.

"박사님께서 손수 라디오 연설문을 쓰느라 귀중한 시간을 낭비하시게 할 순 없었습니다. 저는 박사님께서 고마워하실 거라고 확신했습니다."

페리스가 거짓으로 꾸민 공손한 어조로 말했다. 그는 거지의 체면을 세워주듯 그 공손함이 거짓임을 굳이 숨기지 않았다.

스태들러 박사의 반응이 그를 신경 쓰이게 했다. 스태들러 박사는 대답도 하지 않고, 원고도 보지 않았던 것이다.

연단에서는 살집 좋은 연사가 거리에서 싸우듯 악을 써대고 있었다.

"신뢰의 부족, 우리가 두려워할 것은 그것뿐입니다! 우리가 지도자들이 세운 계획들을 신뢰한다면 그 계획들은 성공할 것이고, 우리 모두 번영과 평안, 풍요를 누릴 것입니다. 의심을 일삼고 우리의 사기를 떨어뜨리는 자들, 바로 그들이 우리를 궁핍과 불행에 시달리게 하는 것입니다. 하지만 우리는 그들이 계속 그런 짓을 하도록 방치하지 않을 것입니다. 우리는 국민들을 보호하기 위해 여기 이렇게 모였습니다. 잘난 척하며 의심하는 자들이 나타나면 철저히 응징할 것입니다!"

페리스 박사가 부드럽게 말했다. "지금 같은 험악한 시기에 대중이 국립과학연구소에 분노하게 만들면 불행한 사태가 벌어질 겁니다. 온 나라에 불만과 불안이 팽배합니다. 만일 국민들이 새 발명품의 본질을 오해하게 된다면 분노의 화살이 모든 과학자를 향하게 될 가능성이 높습니다. 원래 과학자들은 대중들에게 인기를 얻었던 적이 없으니까요."

키가 크고 가냘픈 여자가 마이크에 대고 말했다. "평화. 이 발명품은 위대하고 새로운 평화의 도구입니다. 이기적인 적들의 공격으로부터 우리를 보호해줄 테니까요. 우리가 자유로이 숨쉬고, 같은 인간을 사랑하는 법을 배울 수 있게 해줄 테니까요."

그녀는 깡마른 얼굴과 칵테일파티에서 표독스러워진 듯한 입매를 가지고 있었고, 하프 연주자의 옷 같은 긴 연푸른색 드레스 차림이었다.

"인류 역사에서 불가능하다고 여겨졌던 기적, 인류가 수세기 동안 품어온 꿈, 과학과 사랑의 최후의 통합이라고 할 수 있습니다!"

스태들러 박사는 관람석의 얼굴들을 쳐다보았다. 이제 모두 조용히 앉아 연설을 듣고 있었지만 눈빛들은 황혼처럼 이울어가고 있었다. 공포를 영원한 것으로 받아들이는 과정의 눈빛, 상처에 감염의 막이 덮여 희미해져가는 눈빛. 스태들러 박사처럼 그들도 버섯 건물의 돔 지붕 밑에서 튀어나온 깔때기 모양 배출구들이 **자신을** 향하고 있음을 알고 있었다. 스태들러 박사는 지금 그들이 어떤 식으로 자신의 정신을 소멸시키면서 그 앎을 회피하고 있는지 궁금했다. 그는 지금 그들이 열심히 듣고, 받아들이고, 믿으려 하는 말들이 그들을 옭아매는 목줄임을 알고 있었다. 염소들을 말뚝에 묶어 소리광선의 사정거리 안에 두었던 바로 그런 목줄. 그들은 입을 굳게 다물고 열심히 연설을 들으며 이따금 주위 사람들에게 의심의 눈초리를 보냈다. 그들을 위협하는 것이 소리광선이 아니라 그것을 공포로 인정하게 만들 사람들이라고 여기는 듯이. 그들의 눈빛은 막에 덮여 희미해져가고 있었지만 아직 남아 있는 상처가 도움을 청하고 있었다.

페리스가 부드럽게 말했다. "왜 그들이 생각한다고 생각하십니까? 이성은 과학자의 유일한 무기이고…… 사람들에게 아무 위력도 발휘하지 못합니다. 안 그런가요? 지금 나라는 무너져가고 자포자기에 빠진 폭도들이 폭동을 일으키기 직전입니다. 무슨 수를 써서라도 질서를 유지해야만 합니다. 사람들과 상대하려면 어쩔 수 없지 않습니까?"

스태들러 박사는 대답하지 않았다.

땀으로 얼룩진 검은 원피스 안에 어울리지 않는 브래지어를 한 뚱뚱한 젤리 모양의 여자가 마이크에 대고 말하고 있었다. 스태들러 박사는 새 발명품이 이 나라의 어머니들에게 특별한 감사의 대상이 되었다는 사실을 처음에는 도통 믿을 수가 없었다.

스태들러 박사는 고개를 돌렸다. 페리스는 숭고한 느낌을 주는 그의 볼록한 이마와 입가에 깊게 팬 고통의 주름살밖에 볼 수 없었다.

스태들러 박사가 갑자기 아무 예고도 없이 페리스에게 고개를 돌렸다. 마치 거의 아문 상처가 다시 벌어지며 피가 분출하는 듯했다. 스태들러의 얼굴에 고통과 공포, 진지함이 솔직하게 드러났다. 그 순간만큼은 그와 페리스 둘 다 인간이었고, 그는 믿을 수 없는 절망감에 울부짖는 듯했다.

"문명의 시대에, 페리스, 문명의 시대에!"

페리스 박사는 서두르지 않고 나직이 웃음을 터뜨렸다.

"지금 무슨 말씀을 하시는 건지 모르겠군요." 그가 다른 사람의 말을 인용하듯 말했다.

스태들러 박사는 시선을 내리깔았다.

다시 입을 연 페리스의 목소리는 뭐라고 규정할 수는 없었지만 분명 문명인의 대화에는 어울리지 않는 것이었다.

"국립과학연구소를 위험에 빠뜨리는 사건이 발생한다면 그건 불행한 일입니다. 연구소가 문을 닫거나 우리 중 한 명이 연구소를 떠날 수밖에 없게 된다면 그보다 큰 불행은 없을 겁니다. 우리가 연구소를 떠나면 **어디로** 가겠습니까? 오늘날 과학자들은 과도한 사치품이고, 이제 사치품은 고사하고 필수품도 살 여력이 있는 사람이나 기관이 많지 않습니다. 우리에게 열려 있는 문이 없어요. 우리는 기업체 연구소에서 환영받지 못할 겁니다. 이를테면 리어든 금속 같은 곳 말이죠. 게다가 우리가 적을 만들게 되면 우리의 재능을 고용하고 싶어하는 사람들이 그 적을 두려워하게 될 겁니다. 리어든 같은 사람은 우리를 위해 싸우겠죠. 하지만 오런 보일 같은 사람은요? 물론 이건 순전히 이론적인 추측에 불과합니다. 사실, 법령 10-289호에 따라 모든 사설 연구소는 폐쇄되었으니까요. 박사님께서는 잘 모르시겠지만 그 법령은 웨슬리 마우치 씨가 내린 겁니다. 혹시 대학에는 자리가 있을 거라고 생각하시나요? 대학들도 마찬가지입니다. 대학들도 적을 만들 처지가 못 되니까요.

누가 나서서 우리를 옹호해주겠습니까? 휴 액스턴 같은 사람이라면 우리를 옹호하겠지만 그것을 기대하는 건 시대착오를 범하는 것입니다. 휴 액스턴은 다른 시대 사람이니까요. 우리의 사회적·경제적 현실은 이미 오래전부터 그의 존재를 불가능하게 만들었으니까요. 그리고 사이먼 프리쳇 박사와 그의 지도를 받은 세대는 우리를 옹호할 수도 없고, 그러고 싶어하지도 않을 겁니다. 저는 이상주의자들의 효용성을 믿은 적이 없습니다. 박사님은요? 지금은 비실리적인 이상주의의 시대가 아닙니다. 정부의 정책에 반기를 들고 싶은 사람이 있다고 해도 어떻게 자신의 목소리를 낼 수 있겠습니까? 저 기자들을 통해서요? 저 마이크를 통해서요? 이 나라에 독립적인 신문이 남아 있나요? 정부의 통제를 받지 않는 라디오 방송국은요? 사유 재산은요? 개인의 의견은요?"

스태들러 박사는 이제 그 목소리의 정체를 알 수 있었다. 그것은 악당의 목소리였다.

"개인의 의견은 이제 **아무도** 가질 수 없는 사치품이 되었습니다."

스태들러 박사의 입술이 염소들의 근육만큼이나 뻣뻣하게 움직였다.

"지금 자네는 로버트 스태들러에게 말하고 있네."

"알고 있습니다. 그것을 알기 때문에 드리는 말씀입니

다. '로버트 스태들러'는 위대한 이름이고 저는 그 이름이 파괴되는 걸 보고 싶지 않습니다. 오늘날 위대한 이름이란 게 뭘까요? 누구의 눈에 그렇게 보이는 걸까요?"

페리스는 관람석을 가리키며 말을 이었다. "박사님 주위에 있는 이런 사람들의 눈이겠죠? 죽음의 도구가 번영의 도구라고 말해도 그 말을 곧이듣는 사람들이 로버트 스태들러가 반역자이고 국가의 적이라고 말하면 곧이듣지 않을까요? 그건 진실이 아니니까 괜찮을 거라고요? 진실? 진실의 문제는 사회적 이슈가 될 수 없습니다. 원칙은 공적인 일에 영향을 미칠 수 없고요. 이성은 인간들에게 아무 위력도 없어요. 논리는 무력하고 도덕은 쓸데없는 것이죠. 스태들러 박사님, 지금 대답하지 마십시오. 이따 마이크에 대고 대답하세요. 다음이 박사님이 연설할 차례니까요."

스태들러 박사는 고개를 돌려 멀리 보이는 거무스름한 띠 모양의 농장의 잔재를 바라보았다. 그는 자신이 느끼는 것이 공포임을 알았지만 그 본질을 보려 하지 않았다. 우주 공간의 소립자와 미립자들을 연구할 수 있었던 그가 자신의 감정을 들여다보고 그것이 세 부분으로 이루어져 있음을 알려고 하지 않았다. 그 한 부분은 바로 눈앞에 서 있는 듯한 국립과학연구소 문 위의 '두려움을 모르는 정신을 위해, 신성한 진실을 위해'라는 글귀에 대한 두려움이었다. 그 글귀는 그 자신, 로버트 스태들러 박사에 대한 경의의 표시로 새겨진 것이었다. 그리고 또 한 부분은 그가 젊은 시절을 보낸 문명 세계에서는 상상도 할 수 없었던 물리적 파괴에 대한 단순하고 야만적이며 동물적인 공포, 수치스러운 공포였다. 그리고 마지막 한 부분은 첫 번째의 글귀를 배신해 두 번째 공포에 이르는 것에 대한 두려움이었다.

스태들러 박사는 고개를 들고 단호하고 느린 걸음으로 연단으로 향했다. 손에는 구겨진 원고가 들려 있었다. 그 모습이 동상 받침대에 오르는 것 같기도 하고, 단두대에 오르는 것 같기도 했다. 죽어가는 순간에 삶 전체가 주마등처럼 스쳐 지나가듯 그는 전국의 청취자들에게 로버트 스태들러의 업적과 이력을 소개하는 아나운서의 목소리에 맞춰 걸어갔다. "패트릭 헨리대학 물리학과장을 역임하시고……"라는 말이 들리자 그의 얼굴에 희미한 경련이 스쳐 갔다. 그는 관람객들이 농장의 파괴보다 더 끔찍한 파괴 행위를 목격하게 되리란 것을 알고 있었는데, 그 앎은 그의 마음에 있는 것이 아니라 그가 뒤에 남겨두고 온 사람의 마음에 있는 것처럼 멀게 느껴졌다.

그가 연단 계단을 세 계단 올라갔을 때 젊은 기자 하나가 달려와 난간을 잡고 절망적으로 속삭이듯 외쳤다. "스태들러 박사님! 사람들에게 진실을 말해주십시오! 박사님은 이 일과 무관하다고 말씀해주십시오! 저것이 얼마나 끔찍한 기계이고, 어떤 목적으로 이용될 것인지 밝혀주십시오! 어떤 사람들이 저걸 지배하려 하는지 전국에 알려주십시오! 박사님 말씀은 아무도 의심하지 않습니다! 국민들에게 진실을 말해주십시오! 우리를 구해주십시오! 우리를 구할 수 있는 사람은 박사님뿐입니다!"

스태들러 박사는 그를 내려다보았다. 그는 젊었고 동작과 목소리에서 유능한 사람 특유의 기민하고 날카로운 명료함이 느껴졌다. 그는 세상에 마지막으로 남은 눈부신 능력의 불꽃으로서, 호의와 연줄로 큰 늙고 부패한 동료들 사이에서 당당히 엘리트 정치부 기자 자리에 올랐을 것이다. 그의 눈에는 겁먹지 않은 열정적인 지성이 담겨 있었다. 스태들러 박사가 대학 강의실에서 보았던 눈이었다. 그는 기자의 눈동자가 초록빛이 살짝 도는 담갈색임을 깨달았다.

고개를 돌린 스태들러 박사는 페리스가 하인처럼 혹은 간수처럼 자신의 곁으로 달려오는 것을 보았다.

"나는 반역적인 동기를 가진 불충한 젊은 풋내기에게 모욕당할 일 없어." 그가 큰 소리로 말했다.

페리스 박사는 젊은 기자를 향해 홱 돌아서서 예상치 못한 사태로 분노가 폭발해 잔뜩 일그러진 얼굴로 날카롭게 외쳤다.

"기자증하고 노동허가증 내놔!"

스태들러 박사가 조용히 귀 기울이고 있는 국민들을 향

해 마이크에 대고 원고를 읽어 내려갔다.

"제가 과학에 바친 수년 간의 연구가 결실을 맺어 우리의 위대한 지도자 톰프슨 각하께 인간의 정신을 교화하고 해방시키는 데 지대한 공헌을 하게 될 새 도구를 선사하는 영광을 누릴 수 있게 된 것을 자랑스럽게 여기며……"

◆

 하늘은 용광로의 정지된 숨결 같았고, 뉴욕의 거리는 공기와 빛이 아니라 녹은 먼지가 흐르는 듯한 파이프 같았다. 대그니는 공항버스에서 내린 길모퉁이에 서서 수동적인 놀라움에 젖어 도시를 바라보았다. 건물들은 몇 주 간의 여름 열기에 지친 듯했지만 사람들은 수세기의 고통에 지친 듯했다. 그녀는 극심한 비현실감에 무장 해제된 채 그들을 바라보고 있었다.

 이른 아침부터 그녀가 느낀 것은 비현실감뿐이었다. 그텅 빈 고속도로 끝에서 미지의 마을로 걸어 들어가 처음 만난 행인을 붙잡고 여기가 어딘지 물은 순간부터.

 "왓슨빌요." 행인이 대답했다.

 "무슨 주인가요?" 그녀가 물었다.

 행인은 그녀를 힐끔 보며 "네브래스카요"라고 대답한 뒤 서둘러 가버렸다.

대그니는 자신이 어디서 온 여자인지 그가 궁금해할 것이며, 그가 어떤 상상을 하든 진실만큼 환상적이지는 못할 것이라는 생각에 서글픈 미소를 지었다. 하지만 왓슨빌의 거리를 지나 기차역으로 걸어가고 있는 그녀에게는 그곳이 환상의 땅처럼 여겨졌다. 그녀는 절망을 인간 존재의 정상적이고 지배적인 모습으로, 너무 정상적이라 눈에 띄지도 않는 것으로 보는 습관을 잃어버렸기에 그곳의 무의미성이 너무나도 큰 충격으로 다가왔다. 그녀는 사람들의 얼굴에서 고통과 두려움의 낙인을, 그리고 그 사실을 알고 싶어하지 않는 회피하려는 표정을 보았다. 그들은 대대적인 위장 활동을 펼치고 있는 듯했다. 현실을 회피하는 의식을 행하고, 어떤 이름 붙일 수 없는 금지된 것에 대한 두려움으로 세상과 삶을 부정하는 듯했다. 그 금지된 것은 자신의 고통의 본질을 들여다보고 자신이 왜 그것을 견뎌야만 하는지 의문을 갖는 간단한 행위에 지나지 않는데도 말이다. 대그니는 그것이 너무나도 분명하게 보였기에 낯선 이들에게 다가가 그들을 잡고 흔들며, 그들의 얼굴에 대고 웃으며 정신차리라고 외치고 싶은 충동에 시달렸다.

대그니는 사람들이 그렇게 불행해야 할 이유가 없다고 생각했다. 도대체 그럴 이유가……. 그러다 그들이 이유를 따질 수 있는 이성을 버렸음을 깨달았다.

그녀는 태거트 기차를 타고 가장 가까운 공항으로 향했

다. 그녀는 아무에게도 자신의 신분을 알리지 않았다. 그러는 편이 나을 것 같아서였다. 그녀는 일반칸 창가 자리에 앉아 주위의 언어를 알아듣지 못하는 이방인 같은 기분을 느꼈다. 그녀는 버려진 신문을 집어 들었다. 기사의 내용은 가까스로 이해할 수 있었지만 그런 기사들이 왜 쓰여졌는지는 도무지 이해할 수 없었다. 모든 기사가 너무나 유치하고 무의미하게 느껴졌다. 그녀는 뉴욕에서 배급된 칼럼을 읽으며 놀라움을 금치 못했다. 제임스 태거트 씨의 여동생에 대한 비애국적인 소문이 돌고 있지만 그는 자신의 여동생이 비행기 추락 사고로 사망했다는 사실이 알려지기를 바라고 있다고 강조하고 있었다. 대그니는 법령 10-289호를 떠올리며 자신이 이탈자가 되어 사라졌다는 대중들의 의심에 제임스가 곤혹스러워하고 있음을 깨달았다.

칼럼 내용을 보니 그녀의 실종으로 인해 온 나라가 떠들썩했고 아직도 그 사건에 대한 관심이 식지 않은 모양이었다. 다른 기사에서도 그녀의 사고사에 대한 암시를 찾아볼 수 있었다. 이를테면 비행기 추락 사고가 증가하고 있다는 기사에 대그니 태거트의 비극적인 죽음에 대한 언급이 있었다. 뒷장에는 그녀의 비행기 잔해를 발견하는 사람에게 10만 달러의 현상금을 주겠다는 광고가 실려 있었다. 헨리 리어든이 낸 것이었다.

그 광고가 그녀에게 절박감을 주었다. 나머지 기사들은

무의미했다. 대그니는 자신의 귀환이 커다란 뉴스거리가 될 사건임을 그제야 서서히 깨달았다. 그 흥분의 도가니를 견디고 제임스와 기자들을 마주할 일을 생각하자 온몸에 힘이 빠지면서 피로감이 몰려왔다. 자신이 없는 자리에서 그 모든 일이 이루어졌으면 좋겠다는 생각이 들었다.

대그니는 공항에서 지역 신문 기자가 그곳을 떠나는 정부 관리들을 인터뷰하는 모습을 보았다. 그녀는 인터뷰가 끝나기를 기다렸다 기자에게 다가가 놀라서 입을 벌리고 쳐다보는 그에게 자신의 신분증을 내밀며 조용히 말했다.

"나는 대그니 태거트예요. 내가 살아 있고, 오늘 오후 뉴욕에 도착한다는 사실을 사람들에게 알려주겠어요?"

마침 비행기가 이륙하려고 해서 그녀는 기자의 질문에 대답하지 않아도 되었다.

대그니는 저 멀리서 미끄러지듯 스쳐 지나가는 초원과 강, 마을을 내려다보며 비행기에서 땅을 볼 때의 거리감이 자신이 사람들을 보면서 느끼는 것과 같다고 생각했다. 아니 그녀가 사람들에게 느끼는 거리감이 더 컸다.

승객들은 라디오 방송을 듣고 있었다. 열심히 경청하고 있는 것으로 보아 중요한 내용인 듯했다. 대그니는 막연한 공공복지에 막연한 기여를 하게 될 것이라는 새 발명품에 대해 떠드는 위선에 찬 목소리들을 드문드문 들을 수 있었다. 구체적인 의미를 전달하지 않기 위해 교묘하게 단어들을 선택한 것이 분명했다. 대그니는 사람이 어떻게 연설을 듣고 있는 척할 수 있는지 의아했지만 승객들이 바로 그렇게 하고 있었다. 그들은 아직 글자를 읽을 줄 모르는 아이가 책을 펼쳐놓고 제 마음대로 내용을 꾸며내어 큰 소리로 읽고 있는 것처럼 연설을 듣고 있는 척 연기를 하고 있었다. 아이는 제가 연기를 하고 있다는 것을 알지만 승객들은 스스로에게도 그것을 숨기고 있었다. 그들은 다른 방식으로 존재하는 법을 알지 못했다.

비행기에서 내려 기자들의 눈을 피해 공항을 빠져 나와 택시 대신 공항버스를 타고 지금의 길모퉁이에 내려 뉴욕을 바라보는 동안 줄곧 그녀는 비현실감밖에 느끼지 못했다. 그녀는 버려진 도시를 바라보고 있는 듯했다.

자신의 아파트로 들어서면서도 집에 돌아온 기분이 들지 않았다. 집이 아무 의미 없이 사용하는 편리한 기계처럼 느껴졌다.

하지만 펜실베이니아에 있는 리어든의 사무실로 전화를 걸기 위해 수화기를 들자 비로소 안개에서 벗어난 듯 에너지가 솟으면서 의미가 느껴졌다.

"어머, 태거트 양…… 태거트 양!"

늘 엄격하고 이성적이기만 하던 아이브스가 기쁨의 비명을 내질렀다.

"안녕하세요, 아이브스 양. 내가 놀라게 한 건 아니죠?

내가 살아 있다는 걸 알고 있었죠?"

"오, 그럼요! 아침에 라디오로 들었어요."

"리어든 씨 사무실에 계신가요?"

"아니요. 사장님은…… 로키 산맥에 계세요. 저기……
수색하러……."

"알아요. 지금 연락이 가능할까요?"

"곧 저에게 연락이 올 거예요. 지금 콜로라도 로스가토
스에 머물고 계세요. 소식을 듣고 사장님께 바로 전화드렸
는데 안 계셔서 연락 달라는 메시지만 남겼어요. 아시겠지
만 거의 하루 종일 비행기를 몰고 수색을…… 하지만 호
텔로 돌아오는 즉시 저에게 전화하실 거예요."

"무슨 호텔인데요?"

"로스가토스 엘도라도 호텔이에요."

"고마워요."

대그니는 전화를 끊으려고 했다.

"잠깐만요!"

"왜요?"

"무슨 일이 있으셨던 거죠? 어디 계셨어요?"

"그건…… 나중에 만나서 이야기할게요. 지금 뉴욕에
있어요. 리어든 씨에게 연락이 오면 내 사무실에 있을 거
라고 전해주세요."

"네, 태거트 양."

대그니는 전화를 끊고 나서도 수화기에서 손을 떼지 않고 있었다. 중요성을 지닌 문제와의 첫 접촉에 매달리고 싶었던 것이다. 그녀는 다시 무의미한 안개 속으로 빠져들고 싶지 않아서 아파트 안과 창밖 도시를 바라보았다.

그녀는 수화기를 들고 로스가토스로 전화를 걸었다.

"엘도라도 호텔입니다."

여자의 졸리고 짜증스런 목소리가 들려왔다.

"헨리 리어든 씨께 메시지 좀 남겨주시겠어요? 호텔에 돌아오는 즉시……."

"잠깐 기다리세요."

만사가 귀찮고 짜증나는 듯한 목소리였다.

딸깍딸깍하는 소리와 웅 소리가 들리고 정적이 이어지더니 남자의 명료하고 단호한 목소리가 들렸다.

"여보세요?"

행크 리어든이었다.

대그니는 수화기가 총구라도 되는 것처럼 바라보았다. 덫에 걸린 듯한 기분이었고 숨을 쉴 수가 없었다.

"여보세요?" 리어든이 다시 말했다.

"행크, 당신이에요?"

대그니는 신음보다는 한숨에 가까운 나지막한 소리를 들었다. 그리고 한참 동안 지직거리는 소리만 이어졌다.

"행크!"

대답이 없었다.

"행크!" 대그니는 공포에 차서 외쳤다.

숨을 쉬려고 애쓰는 소리가 들리더니 이윽고 속삭임이 들려왔다. 그것은 질문이 아니라 모든 것을 말해주는 고백이었다.

"대그니."

"행크, 미안해요…… 오, 내 사랑, 미안해요!…… 모르고 있었어요?"

"대그니, 어디 있는 거요?"

"당신 괜찮아요?"

"물론."

"내가 살아 돌아온 걸 몰랐어요?"

"그래요…… 몰랐소."

"이를 어째, 전화해서 미안해요. 난……."

"지금 무슨 소릴 하는 거요? 대그니, 어디 있소?"

"뉴욕이에요. 라디오 뉴스 못 들었어요?"

"못 들었소. 방금 들어와서."

"아이브스 양이 연락 달라고 메시지 남겼다는데 못 받았어요?"

"못 받았소."

"괜찮아요?"

"지금?"

대그니는 그의 부드럽고 나직한 웃음소리를 들었다. 그의 목소리에서 웃음과 젊음의 기운이 점점 더 커져갔다.

"언제 돌아온 거요?"

"오늘 아침에요?"

"대그니, 어디 있었소?"

대그니는 바로 대답하지 않았다.

"비행기가 추락했어요. 로키 산맥에서. 거기서 사람들에게 구조되기는 했는데 연락을 할 수가 없었어요."

리어든의 목소리에서 웃음기가 싹 가셨다.

"그렇게 심각했던 거요?"

"오…… 오, 사고요? 아뇨. 그렇게 심각하지는 않았어요. 다치지도 않았고요. 심각한 부상은 없었어요."

"그런데 왜 연락을 할 수 없었지?"

"그건…… 통신수단이 없어서요."

"돌아오는 데 왜 이렇게 오래 걸린 거요?"

"그건…… 지금 대답 못 해요."

"대그니, 위험에 처해 있었소?"

대그니는 웃음과 쓸쓸함이 반씩 담긴 회한에 가까운 목소리로 대답했다. "아니에요."

"포로로 잡혀 있었소?"

"아뇨…… 그런 건 아니에요."

"그럼 더 빨리 돌아올 수도 있었던 것 아니오?"

"맞아요. 하지만 그 이상은 말할 수 없어요."

"대그니, 어디 있었던 거요?"

"지금은 그 이야기 안 하면 안 될까요? 만나서 이야기해요."

"좋소. 더 이상 묻지 않겠소. 지금은 안전한 거지?"

"안전? 그래요, 안전해요."

"내 말은 영구적인 부상이나 사건은 없었느냐는 거요."

대그니는 쓸쓸한 미소를 짓는 듯한 목소리로 대답했다.

"부상은…… 없어요, 행크. 하지만 사건은 모르겠네요."

"오늘 밤에도 뉴욕에 있을 거요?"

"그럼요. 아주 온 거예요."

"정말?"

"왜 그렇게 묻죠?"

"모르겠소. 당신을 찾을 수 없던 시간에 너무 익숙해진 것 같소."

"난 돌아왔어요."

"그래. 몇 시간 내로 가겠소."

그는 이 말이 도무지 믿기지 않아 목이 메는 듯했다.

"몇 시간 내로."

그가 단호하게 반복했다.

"기다릴게요."

"대그니……."

"네?"

리어든이 조용히 웃었다.

"아니, 아무것도 아니오. 그냥 당신 목소리가 더 듣고 싶어서. 나를 용서해요. 지금은 아니고. 지금은 아무 말도 하고 싶지 않아."

"행크, 난……."

"만나서 이야기합시다. 내 사랑, 안녕."

대그니는 먹통이 된 수화기를 바라보며 서 있었다. 세상에 돌아와서 처음으로 그녀는 고통을, 격렬한 고통을 느꼈다. 하지만 그 고통은 그녀를 살아 있게 했다. 느낄 가치가 있는 것이니까.

그녀는 태거트 대륙횡단철도의 비서에게 전화해서 30분 내로 사무실로 가겠다고 간단히 말했다.

터미널 광장에서 다시 만난 너새니얼 태거트의 동상은 진짜였다. 형체 없는 유령들이 안개의 소용돌이를 이루며 지나가는 메아리가 울리는 거대한 사원에 그들 둘만 존재하는 듯했다. 대그니는 잠시 걸음을 멈추고 동상을 올려다보았다. '저 돌아왔어요.' 그것이 그녀가 할 수 있는 유일한 말이었다.

그녀의 사무실 문에 붙은 젖빛 유리 명판에는 아직 '대그니 태거트'라는 이름이 새겨져 있었다. 그녀가 안으로 들어서자 직원들이 마치 물에 빠져 죽어가다가 구명 밧줄을 발견한 것 같은 표정이 되었다. 에디 윌러스는 유리 칸막이가 쳐진 자신의 자리에 서 있었는데 그의 앞에 어떤 남자가 서 있었다. 에디는 그녀를 향해 다가오려다가 멈추었다. 그는 포로 신세처럼 보였다. 대그니는 직원 한 사람 한 사람에게 불운한 아이들을 대하듯 온화한 미소를 보낸 뒤 에디의 자리로 갔다.

에디는 다른 것은 눈에 들어오지 않는 것처럼 그녀를 바라보면서도 앞에 있는 남자의 말을 듣고 있는 척하려고 부동자세를 취하고 있었다.

남자가 스타카토의 무뚝뚝한 딱딱거림과 길게 늘어지는 모호한 콧소리가 섞인 어조로 말했다. "동력? 동력에 대해서는 걱정할 것 없네. 그냥……."

"안녕." 에디가 먼 곳을 보듯 희미한 미소를 지으며 부드럽게 말했다.

남자가 흘끗 돌아보았다. 누런 안색과 곱슬머리, 그리고 약한 근육들로 이루어진 딱딱한 얼굴을 가지고 있었다. 술집에서나 미남으로 통하는 구역질나는 얼굴이었고 흐릿한 갈색 눈은 유리처럼 공허했다.

"부사장님, 이분은 커피 메이그스 씨입니다."

에디가 낭랑하게 울리는 엄격한 목소리로 말했다. 그 자신은 가본 적도 없는 사교계 응접실의 매너를 강요하는 목소리였다.

"안녕하시오."

남자가 별 관심 없이 인사하고는 대그니가 그 자리에 없는 것처럼 에디에게 하던 말을 계속했다.

"내일과 화요일 혜성특급 운행을 중단하고 기관차를 애리조나로 보내서 자몽 특급에 연결하게. 차량은 아까 말한 대로 스크랜턴 석탄 열차 걸 갖다 쓰고. 당장 지시하게."

"그런 짓은 하면 안 돼!"

대그니가 헐떡거리며 말했다. 너무 황당해서 화도 나지 않았다.

에디는 대답하지 않았다.

메이그스가 그녀를 돌아보았는데 그의 두 눈이 반응이란 것을 나타낼 수 있다면 놀라움이 나타났을 터였다.

"지시하게."

그는 담담하게 말하고 밖으로 나갔다.

에디가 종이에 간단히 메모를 했다.

"미쳤어?" 대그니가 물었다.

에디는 몇 시간 동안 매질을 당한 듯한 지친 눈빛으로 그녀를 보았다.

"대그니, 어쩔 수 없어." 그가 생기 없는 목소리로 말했다.

"저 사람 뭐야?" 대그니가 메이그스가 나간 문을 가리키며 물었다.

"통합위원."

"뭐?"

"철도통합계획을 담당하는 워싱턴 대표야."

"그게 뭔데?"

"그건…… 잠깐, 대그니, 괜찮아? 다친 거야? 비행기 추락 사고였어?"

대그니는 에디 윌러스가 늙으면 어떤 얼굴일지 상상해본 적이 없었는데 지금 그 얼굴을 보고 있었다. 겨우 서른다섯 살에, 불과 한 달 사이에 폭삭 늙어버린 얼굴. 피부나 주름살의 문제가 아니었다. 근육은 변함이 없었다. 고통을 운명으로 받아들인 체념의 시든 표정이 얼굴에 배어 있었다.

대그니는 모든 것을 이해하고 받아들이는 부드럽고 확신에 찬 미소를 보내며 손을 내밀었다.

"괜찮아, 에디. 잘 있었어?"

에디는 그녀의 손을 잡아 입술에 가져다댔다. 전에 없던 행동으로, 무모하거나 죄스러워하는 태도가 아닌 그저 솔직한 마음을 나타낸 것이었다.

"비행기 추락 사고였어. 에디, 걱정할까 봐 미리 말해주는데 심하게 다치진 않았어. 하지만 기자들과 다른 사람들에게는 그렇게 말하지 않을 거야. 그러니까 꼭 비밀 지켜."

"당연하지."

"아무에게도 연락할 방법이 없었어. 다쳐서 그런 건 아니고. 에디, 더 이상은 말해줄 수 없어. 그동안 어디 있었는지, 왜 이렇게 늦게 돌아왔는지 묻지 마."

"알았어."

"이제 말해봐. 철도통합계획이 뭐야?"

"그건…… 아, 제임스한테 들으면 안 될까? 제임스가 곧 말해줄 거야. 그 이야기는 하고 싶지 않아. 지금 꼭 들어야 한다면 어쩔 수 없지만." 에디가 자신을 이기려는 의식적인 노력을 기울이며 말했다.

"아니, 이야기할 필요 없어. 내가 그 사람 말을 똑바로 알아들은 것인지만 대답해줘. 이틀 동안 혜성특급 운행을 중단하고 그 기관차를 애리조나의 자몽 특급에 연결하라는 거야?"

"맞아."

"자몽을 실어나를 차량을 확보하려고 석탄 열차 운행을 중단시켰고?"

"응."

"**자몽?**"

"맞아."

"왜?"

"대그니, 이제 '왜'라는 말은 아무도 안 써."

잠시 침묵이 흐른 뒤 대그니가 물었다. "그 이유에 대해 짐작 가는 거 없어?"

"짐작? 짐작할 필요 없어. 이유를 아니까."

"좋아, 그게 뭐지?"

"자몽 특급은 스매더 형제를 위한 거야. 스매더 형제는 1년 전에 기회균등법 때문에 파산한 사람에게서 애리조나에 있는 과일 농장을 사들였어. 그 사람은 그 농장을 30년이나 운영한 농부였고, 스매더 형제는 펀치식 도박기계 사업자였지. 스매더 형제는 애리조나 같은 죽어가는 지역을 되살리기 위해 정부가 지원해주는 돈을 받아 그 농장을 살 수 있었어. 그들은 워싱턴에 친구들이 있거든."

"그런데?"

"대그니, 모두가 아는 일이야. 지난 3주 동안 열차 운행이 어떻게 이루어졌는지, 왜 어떤 지역과 화물주들은 열차를 배정받고 다른 사람들은 못 받았는지 모두가 알고 있어. 그걸 알고 있다는 사실을 말해선 안 될 뿐이지. 우린 그 모든 결정이 오직 '공공복지'를 위해서라고 믿는 척해야 해. 뉴욕 시의 공공복지를 위해 대량의 자몽이 즉시 운송되어야 한다고."

에디는 잠시 멈추었다가 덧붙였다. "통합위원은 공공복지에 대한 단독 판결권뿐 아니라 미국 내 모든 철도의 기관차와 차량을 독단적으로 배치할 수 있는 권한까지 갖고 있어."

잠시 침묵이 흐른 뒤 대그니가 대답했다. "알겠어."

그리고 잠시 후 다시 입을 열었다. "윈스턴 터널은 어떻게 됐지?"

"아, 3주 전에 포기했어. 열차를 파내지도 못했어. 장비가 고장나서."

"터널 주위의 옛 노선을 재건하는 문제는?"

"보류됐어."

"지금 대륙횡단 열차를 운행하고 있기는 한 거야?"

에디는 이상한 시선을 보내며 씁쓸하게 대답했다. "아, 그럼."

"캔자스 웨스턴 우회 철도를 이용해서?"

"아니."

"에디, 지난 한 달 동안 도대체 무슨 일이 있었던 거야?"

에디는 추악한 고백이라도 하듯 미소를 흘렸.

"지난 한 달 동안 우리는 돈을 벌었지."

대그니는 사무실 문이 열리고 제임스 태거트가 메이그스와 함께 들어오는 것을 보았다.

"에디, 회의에 참석하고 싶어? 아니면 이번엔 빠졌으면 좋겠어?" 그녀가 물었다.

"참석하고 싶어."

제임스의 살집 좋은 얼굴에는 주름이 늘지 않았는데도 왠지 얼굴이 구겨진 종이 같았다.

제임스가 날카롭게 말했다. 목소리가 사람보다 먼저 날아왔다.

"대그니, 의논할 게 많아. 그동안 중요한 변화가 많이…… 아, 네가 돌아와서 기뻐. 네가 살아 있어서 행복해."

그러고는 다시 현실을 떠올리며 초조하게 말했다. "지금 긴급한 일이……."

"내 방으로 가." 대그니가 말했다.

대그니의 방은 에디 윌러스에 의해 복원되고 보존된 역사적인 장소 같았다. 그녀의 지도와 달력, 냇 태거트의 초상화가 벽에 붙어 있는 것이 클리프턴 로시 시대의 흔적은 찾아볼 수 없었다.

"내가 아직 이 철도의 운행 담당 부사장인 건가?" 대그니가 책상에 앉으며 물었다.

그러자 제임스가 황급히, 나무라듯, 거의 도전적으로 말했다. "그래…… 분명히…… 잊지 않았겠지…… 넌 그만두지 않았어…… 아직…… 안 그래?"

"그래, 그만두지 않았지."

"지금 가장 시급한 일은 그걸 기자들에게 알리는 거야. 네가 회사로 복귀한 사실과 그동안 어디 있었는지…… 참, 그런데 어디 있었던 거지?"

대그니가 말했다. "에디, 지금부터 내가 하는 말을 받아 적어서 기자들에게 보내주겠어? 로키 산맥 위를 날아 태거트 터널로 가는 도중 비행기가 엔진 고장을 일으켰어. 비상 착륙할 곳을 찾다가 길을 잃었고, 와이오밍의 인적 없는 산속에 추락했어. 다행히 늙은 양치기 부부에게 발견되어 그들의 오두막으로 가게 됐는데 마을에서 80킬로미터는 떨어진 오지에 있는 외딴집이었지. 나는 심하게 다쳐서 2주일 내내 거의 의식이 없었어. 양치기 부부의 집에는 전화도, 라디오도, 아무 통신수단이나 교통수단도 없었어. 낡은 트럭이 한 대 있기는 했지만 쓰려고 하니 고장이 나버렸지. 그래서 나는 걸을 수 있을 정도로 몸이 회복될 때까지 그 오두막에 있을 수밖에 없었어. 나는 80킬로미터를 걸어 산기슭까지 내려와 네브래스카의 태거트 역까지 차를 얻어 타고 갔어."

제임스가 말했다. "그랬군. 좋아. 그럼 기자회견 할 때……."

"난 기자회견 안 해."

"뭐라고? 하지만 내게 종일 전화가 빗발치고 있어! 사람들이 기다리고 있다고! 기자회견은 꼭 해야 돼! 아주 중요한 거라고!"

제임스는 패닉에 빠진 듯했다.

"종일 누구한테서 전화가 빗발쳤는데?"

"워싱턴 사람들…… 그리고 다른 사람들도…… 모두 네가 성명을 발표하길 기다리고 있어."

대그니는 에디의 메모를 가리켰다.

"저게 내 성명이야."

"그것만으론 부족해! 네가 회사를 그만둔 게 아니라는 걸 밝혀야 돼."

"그건 분명한 사실이잖아. 안 그래? 이렇게 돌아왔으니까."

"네 입으로 그것에 대한 이야기를 해야 돼."

"예컨대 무슨 이야기?"

"사적인 이야기."

"누구한테?"

"나라 전체에. 국민들이 너에 대해 걱정하고 있어. 그들을 안심시켜야 해."

"나를 걱정해준 사람이 있었는지 모르겠지만, 저 이야기만 들어도 안심할 거야."

"내 말은 그런 뜻이 아니야!"

"그럼 뭔데?"

"내 말은······." 제임스는 시선을 피하며 말끝을 흐렸다.

"내 말은······."

그는 손가락 관절을 꺾으며 뭐라고 말해야 할지 고민했다.

대그니는 그가 무너져가고 있다고 생각했다. 전에 없이 조바심을 내고 목소리가 날카롭고 패닉에 빠진 듯한 모습이었으며, 신중하고 상냥한 태도는 사라지고 거친 불뚝 성미를 보였다.

"내 말은……."

그는 자신의 진심을 감추고 그럴듯하게 포장할 수 있는 표현을 찾고 있었다.

"내 말은, 대중이……."

"무슨 말인지 알아. 아니, 난 대중이 우리의 산업 상태에 대해 안심하도록 만들어주지 않을 거야."

"넌 지금……."

"대중은 불안을 느낄 분별력이 있는 만큼 불안한 게 나아. 이제 일 이야기해."

"난……."

"일 이야기하자니까."

제임스는 메이그스를 흘끗 쳐다보았다. 메이그스는 다리를 꼬고 앉아 말없이 담배만 피우고 있었다. 그의 재킷은 군복이 아닌데도 군복처럼 보였다. 목살이 칼라 위로 불룩 튀어나오고 뱃살 때문에 날씬한 허리선이 터질 것 같았다. 뭉툭한 손가락에는 큼직한 황색 다이아몬드 반지를 끼고 있어서 손을 움직일 때마다 번쩍거렸다.

"커피 메이그스 씨와 인사 나눴지? 앞으로 두 사람의 호흡이 잘 맞을 걸 생각하니 무척 기쁘군."

제임스는 기대감을 나타내며 잠시 말을 끊고 기다렸지만 두 사람 다 대꾸가 없었다.

"메이그스 씨는 철도통합계획위원회 대표야. 메이그스

씨와 협조할 기회가 많을 거야."

"철도통합계획이 뭐지?"

"그건…… 3주 전부터 발효된 정부 계획이야. 아주 실리적인 계획으로, 너도 그 진가를 인정하게 될 거야."

대그니는 제임스의 술수가 놀라웠다. 그는 그녀의 의견을 자신이 미리 이야기함으로써 그녀가 그것을 바꿀 수 없게 하려는 것 같았다.

"나라 전체의 운송체계를 살리기 위한 비상 계획이지."

"그 계획이 뭔데?"

"이런 비상시기에는 뭔가를 건설한다는 게 얼마나 어려운 일인지 물론 너도 잘 알 거야. 당분간은 새 철도를 까는 건 불가능해. 따라서 국가적으로 가장 시급한 문제는 운송산업 **전반을** 지키는 일이야. 기존 설비를 잘 지켜야만 하지. 국가의 생존을 위해서는……."

"그 계획이 뭔데?"

"국가 생존정책의 일환으로 전국의 철도를 하나의 팀으로 통합해서 자원을 공동 관리하게 됐어. 그 수입은 모두 워싱턴의 철도공동기금위원회로 넘어가고, 위원회는 철도산업 전체의 수탁자로서 철도 회사들에 그 수입을 배분하는 역할을 하지. 더…… 더 현대적인 분배 원칙에 따라서."

"어떤 원칙인데?"

"걱정할 것 없어. 소유권은 철저히 보존되고 보호되니

까. 단지 형태만 바뀐 것뿐이지. 모든 철도 회사가 열차 운행과 선로 및 설비 유지관리에 대해 독자적인 책임을 지게 되어 있어. 그러면서도 다른 철도 회사가 무상으로 선로와 설비를 이용할 수 있게 해주어 국가적 차원의 공동 이용에 기여하는 거지. 연말이 되면 철도공동기금위원회에서 각 철도 회사에 수익금을 분배하는데 운행 열차 수나 화물량 같은 무계획적인 구식 기준이 아니라 필요라는 기준을 적용하게 되어 있어. 선로 보존이 가장 큰 필요라 각 철도 회사는 그 회사가 소유하고 관리하는 선로 길이에 따라 돈을 받지."

대그니는 제임스의 말을 알아듣기는 했지만 도무지 현실로 받아들일 수가 없었다. 사람들이 정상적인 것이라고 믿는 척해주는 것에만 겨우 의존하고 있는 그 악몽 같은 미친 짓에 대한 분노, 걱정, 반발조차도 일지 않았다. 그녀는 멍한 공허감만을 느꼈다. 도덕적인 분노가 존재할 수 없는 지옥의 구렁텅이로 내던져진 기분이었다.

"우리 대륙횡단 열차는 어느 회사 철도를 이용하지?" 그녀가 냉담하게 물었다.

"그야 물론 우리 철도지. 뉴욕에서 일리노이 베드퍼드까지는. 그 다음부터는 애틀랜틱 서던 철도를 이용하고." 제임스가 황급히 대답했다.

"샌프란시스코까지?"

"네가 건설하려던 긴 우회 철도보다는 그게 훨씬 빠르지."

"그 철도를 공짜로 이용하고 있다는 거지?"

"게다가 네가 계획한 우회 철도는 얼마 버티지도 못했을 거야. 캔자스 웨스턴 선로도 엉망인데다……."

"애틀랜틱 서던 철도를 공짜로 이용하고 있다는 거지?"

"우리도 그들이 미시시피 철교를 공짜로 이용하게 하고 있어."

잠시 후 대그니가 물었다. "지도 본 적 있어?"

"물론 당신네 회사 선로가 제일 기니까 걱정할 것 없소." 메이그스가 불쑥 나섰다.

에디 윌러스가 웃음을 터뜨렸다.

메이그스가 멍하니 그를 보며 물었다. "무슨 일인가?"

"아무것도 아닙니다." 에디가 지친 목소리로 대답했다.

대그니가 말했다. "메이그스 씨, 지도를 보면 우리 회사 대륙횡단 운행 철도 유지비의 3분의 2를 우리의 경쟁사가 물고 있다는 걸 알게 될 거예요."

"그야, 물론이오."

메이그스는 그녀가 왜 그런 뻔한 이야기를 꺼내는지 모르겠다는 듯 눈을 가늘게 뜨고 의심스럽게 쳐다보았다.

"열차 운행도 하지 않는 쓸모없는 선로들을 갖고 있는 덕에 수익금은 톡톡히 챙기면서요." 대그니가 말했다.

메이그스는 그녀의 말뜻을 이해하고 더 이상 이야기할 흥미를 잃은 듯 뒤로 기대앉았다.

제임스가 날카롭게 말했다. "그건 사실이 아니야! 우린 예전에 대륙횡단 철도가 지나던 아이오와, 네브래스카, 콜로라도에서 지금도 많은 지역 열차를 운행하고 있어. 터널 건너편의 캘리포니아, 네바다, 유타에서도."

"지역 열차는 하루 두 번 운행하죠. 어떤 곳들은 더 적게 운행하고." 에디 윌러스가 보고하듯 담담하고 무심하게 말했다.

"각 철도의 운행 열차 수는 무엇에 따라 결정되지?" 대그니가 물었다.

"공공복지." 제임스가 대답했다.

"공동기금위원회." 에디가 대답했다.

"지난 3주 동안 운행이 중단된 열차가 얼마나 되지?"

"사실 철도통합계획이 철도산업의 화합과 과열 경쟁 근절에 일조했지." 제임스가 열성적으로 말했다.

"전국적으로 30퍼센트의 열차가 운행이 중단되었어. 이제 경쟁은 위원회에 열차 운행 취소 신청을 내는 것에서밖에 찾아볼 수 없지. 결국 열차 운행을 하지 않는 회사만 살아남게 될 테니까." 에디가 말했다.

"애틀랜틱 서던이 앞으로 얼마나 더 버틸 수 있을지 계산해본 사람 있어?"

"그건 당신이 전혀 상관할 일이……." 메이그스가 입을 열었다.

"커피, **제발요!**" 제임스가 외쳤다.

"애틀랜틱 서던 사장이 자살했어." 에디가 무심하게 말했다.

"그건 이 일과 아무 상관이 없어! 개인적인 문제라고!" 제임스 태거트가 외쳤다.

대그니는 침묵을 지키며 그들의 얼굴을 바라보았다. 그녀는 무감각한 가운데에서도 놀라움을 느꼈다. 제임스는 늘 자신의 실패의 책임을 주위의 가장 강한 존재들에게 떠넘겼고, 그들이 그 대가를 치르며 무너지는 동안 용케 살아남았다. 댄 콘웨이에게 그렇게 했고, 콜로라도의 기업들에게도 그렇게 했다. 하지만 **이번에는** 강한 자를 쓰러뜨린다는 약탈자의 합리화조차 적용될 수 없었다. 자기보다 약한 자의 고갈된 시체를 덮친 것이니까. 나락으로 떨어지기 직전의 반쯤 파산한 경쟁자를 공격한 것이니까.

대그니는 이성의 습관에 따라 말하고, 따지고, 자명한 사실을 증명해 보이고 싶은 충동을 느꼈지만 그들의 얼굴을 보며 그들도 진실을 알고 있다는 것을 깨달았다. 그녀와는 다른 언어로, 상상도 하지 못할 인식의 방식으로 그들은 그녀가 말하고 싶은 것을 모두 알고 있었다. 그들의 방식과 그 결과가 얼마나 비합리적이고 끔찍한지 그들에게 증명해

보이는 것은 부질없는 짓이었다. 커피 메이그스도, 제임스 태거트도 이미 알고 있었다. 다만, 확실한 앎을 회피하는 교묘한 방식으로 그것을 인식하고 있을 뿐이었다.

"알았어." 그녀가 조용히 말했다.

그러자 제임스가 소리쳤다. "그럼 내가 어떻게 했어야 했는데? 대륙횡단 열차 운행을 포기해? 그냥 파산해버려? 우리 태거트 대륙횡단철도를 초라한 동부 지역 철도로 만들어?"

대그니의 대답이 그 어떤 성난 반발보다 더 심하게 그를 흔들어놓은 듯했다. 그녀의 '알겠다'는 조용한 대답이 의미하는 것을 깨닫고 그는 공포로 부들부들 떨었다.

"나도 어쩔 수 없었어! 우린 대륙횡단 운행을 해야만 했으니까! 터널을 우회할 방법은 없었으니까! 더 이상 비용을 댈 돈이 없었으니까! 무슨 수라도 써야만 했으니까! 우리에겐 철도가 필요했으니까!"

메이그스는 놀라움과 역겨움이 반반씩 섞인 시선으로 그를 쳐다보았다.

"제임스, 싸우자는 게 아니야." 대그니가 말했다.

"우리는 태거트 대륙횡단철도 같은 회사가 망하게 할 순 없었어! 그건 국가적인 재앙이 될 테니까! 우리에게 목숨을 건 모든 도시와 산업들, 화물주들, 승객들, 종업원들, 주주들을 생각해야만 했어! 모두가 철도통합계획이 실리적이라는 데 동의했어! 제일 잘 아는⋯⋯."

"제임스, 일 이야기 더 할 거 있으면 해." 대그니가 말했다.

"넌 사회적인 면은 고려하지 않지." 제임스가 움츠러드는 소리로 시무룩하게 말했다.

대그니는 메이그스도 자신처럼 제임스의 그런 위선을 비현실적으로 느낀다는 것을 깨달았다. 물론 이유는 정반대였지만 말이다. 메이그스는 지루하고 경멸스럽다는 듯 제임스를 쳐다보고 있었다. 제임스는 대그니와 메이그스라는 양 극단 사이에서 중도를 지키려고 애쓰다가 입지가 점점 좁아져 두 개의 벽 사이에서 짓눌릴 것 같은 위기감을 느끼고 있는 것처럼 보였다.

대그니가 냉소적인 호기심이 발동해서 물었다. "메이그스 씨, 당신의 미래 경제 계획은 어떤 건가요?"

대그니는 메이그스의 흐릿한 갈색 눈이 무표정하게 자신에게 초점을 맞추는 것을 보았다.

"당신은 실리적이지 못하군요." 그가 말했다.

"현재의 비상 사태를 해결해야 하는 마당에 미래에 대한 이론을 세우는 건 아무 쓸모 없는 짓이야. 결국⋯⋯." 제임스가 날카롭게 말했다.

"결국 우리 모두 죽을 거요." 메이그스가 말했다.

그러고는 갑자기 벌떡 일어났다.

"제임스, 난 이만 가봐야겠소. 나는 토론에 낭비할 시간이 없소. 당신 여동생이 철도의 귀재라면, 둘이 열차 사고를 막을 방안이나 연구해봐요."

악의 없이 한 말이었다. 그는 자신이 상대방을 불쾌하게 만들거나 상대에게 모욕당하고 있다는 것을 잘 모르는 사람이었다.

"커피, 나중에 봅시다." 제임스 태거트가 말했다.

메이그스는 두 사람에게 눈길도 주지 않고 나가버렸다. 제임스는 대그니의 입에서 나올 말이 두려우면서도 그녀가 아무 말이라도 해주길 간절히 바라듯 기대감과 두려움에 찬 눈빛으로 바라보았다.

"그리고?" 대그니가 물었다.

"무슨 뜻이지?"

"더 의논할 게 있느냐는 거야."

"글쎄, 난……."

제임스는 실망한 목소리로 말하더니 눈을 질끈 감고 뛰어드는 듯한 어조로 외쳤다. "그래! 의논할 일이 있어. 다른 무엇보다 중요한 일인데……."

"열차 사고가 늘고 있는 것?"

"아니! 그게 아니야."

"그럼 뭔데?"

"뭐냐 하면…… 너 오늘 밤에 버트럼 스커더가 진행하는 라디오 프로그램에 나가기로 했어."

대그니는 뒤로 기대앉았다.

"내가?"

"대그니, 꼭 해야만 하는 아주 중요한 일이야. 달리 방법이 없어. 거절한다는 건 있을 수 없는 일이야. 이런 시기에는 선택의 여지가 없고……."

대그니는 자신의 손목시계를 흘끗 쳐다보았다.

"3분 줄 테니까 빨리 설명해. 단도직입적으로 말하는 게 좋을 거야."

제임스가 필사적으로 말했다. "좋아! 고위층에서, 그러니까 칙 모리슨, 웨슬리 마우치, 톰프슨 같은 높은 사람들이 네가 국민들에게 꼭 연설을 해야 한다고 생각하고 있어. 네가 회사를 그만둔 게 아니라는 것을 밝혀서 국민들의 사기를 높여주는 거지."

"왜?"

"모두 네가 그만뒀다고 생각했으니까!…… 요사이 어떤 일이 벌어지고 있는지 넌 몰라. 기괴한 일이야. 나라 전체에 온갖 소문이 무성해. 전부 위험한 소문들이야. 분열을 조장하는 소문들. 사람들은 속닥거리는 것밖에 하는 일이 없는 것 같아. 그들은 신문도 안 믿고 최고 연사들이 하는 말도 안 믿어. 여기저기 떠도는 사악하고 불안감을 조성하는 소문들만 믿어. 이제 신뢰나 믿음, 질서 같은 건 남아 있지도 않고…… 권위를 존중하지도 않아. 사람들이…… 사람들이 패닉에 빠지기 직전인 것 같아."

"그런데?"

"우선 첫째로, 거물급 기업가들이 종적도 없이 사라진 게 문제야! 아무도 그것에 대해 설명하지 못했고 그것 때문에 다들 불안에 떨고 있지. 별의별 미친 이야기들이 떠돌고 있지만 주로 하는 이야기는 '제대로 된 사람은 그들을 위해 일하지 않는다'는 거야. '그들'은 워싱턴 사람들을 말하는 거지. 이제 알겠어? 너는 자신이 대단히 유명한 인물이라고 생각하지 못했겠지만 너는 유명인이야. 비행기 추락사고 이후 그렇게 됐지. 네 비행기가 추락했다고 믿은 사람은 아무도 없었어. 모두 네가 법을, 법령 10-289호를 어기고 떠났다고 생각했지. 법령 10-289호에 대한 대중들의…… 오해가 많아. 그래서 많이…… 불안해하고 있어. 그러니까 네가 방송에 나가서 국민들에게 법령 10-289호가 산업을 파괴하고 있다는 건 사실이 아니며, 그 법령은 모두의 선을 위해 고안된 것이고, 국민들이 조금만 더 인내심을 가지면 상황이 개선되고 번영을 되찾게 될 거라고 말하는 게 얼마나 중요한 일인지 알겠지. 이제 국민들은 공직자 말은 안 믿어. 너는…… 기업가야. 몇 명 남지 않은 구식 기업가. 사라졌다가 돌아온 유일한 인물이고. 너는 워싱턴 정치에 맞서는…… 반동분자로 알려져 있어. 그러니까 국민들은 네 말을 믿을 거야. 그들에게 지대한 영향을 미칠 거라고. 그들의 믿음을 굳건히 해주고 사기를 높여줄 거야. 이제 알겠어?"

제임스는 대그니의 묘한 표정에, 마치 희미한 미소를 머금고 있는 듯한 생각에 잠긴 표정에 힘을 얻어 속사포처럼 떠들었다.

대그니는 그의 말을 통해 1년 전 어느 봄밤에 리어든이 한 말을 듣고 있었다. "그들이 무엇을 이루려는 것인지는 모르지만 우리의 동조를 원하는 것은 분명하오. 우리에게서 일종의 승인을 얻으려는 거지. 대그니, 우리가 자신의 삶을 가치 있게 여긴다면 그들이 원하는 것을 주어서는 안 돼요. 그들이 당신을 고문대에 묶어놓는다고 해도 절대 굴복하지 말아요. 그들이 당신의 철도와 내 제철소를 파괴해도 그들이 요구하는 것을 주지 맙시다."

"이제 알겠지?"

"오, 그래. 알겠어!"

제임스는 그녀의 목소리를 해석할 수가 없었다. 그 낮은 소리는 신음이기도, 웃음이기도, 승리의 외침이기도 했다. 하지만 그녀의 입에서 처음 나온 감정 표현이었고, 희망적으로 생각하는 것밖에는 다른 선택의 여지가 없는 제임스는 계속 몰아붙였다.

"워싱턴 사람들한테 네가 연설할 거라고 약속했어! 그들과의 약속을 저버려선 안 돼. 더구나 이런 문제에 대해서는! 우린 불충하다는 의심을 받아선 안 되는 처지야. 이미 다 정해졌어. 너는 오늘 밤 10시 30분에 버트럼 스커더의 프로그램에 초청 연사로 나갈 거야. 그의 프로그램에는 저명인사들만 출연하는데 전국으로 나가는 프로그램이라 청취자가 2,000만 명이 넘어. 사기 조정관이……."

"뭐?"

"사기 조정관 칙 모리슨이 세 번이나 전화했어. 아무 이상 없는지 확인하려고. 그리고 전국의 모든 방송사에 오늘 버트럼 스커더 프로그램에 네가 나온다는 걸 종일 뉴스로 내보내라고 지시했고."

제임스는 그녀의 대답을 요구하면서도 이런 상황에서는 그녀의 대답이 중요하지 않다는 것을 그녀 스스로 인정하기를 바라고 있었다.

그녀가 대답했다. "내가 워싱턴 정치와 법령 10-289호에 대해 어떻게 생각하는지 오빠도 알잖아."

"이런 시기에 생각은 사치일 뿐이야!"

대그니가 큰 소리로 웃었다.

제임스가 외쳤다. "이제 그들의 요구를 거절할 수 없다는 걸 모르겠어? 종일 뉴스에서 그렇게 떠들어댔는데 방송에 안 나가면 소문만 더 무성해지고 그건 국가에 대한 불충을 공개적으로 선언하는 꼴이라고!"

"난 덫에 안 걸려."

"무슨 덫?"

"오빠가 늘 치는 덫."

"도대체 무슨 소리인지 모르겠군!"

"아니, 알 거야. 오빠와 그들은 내가 거절하리란 걸 알고 있었어. 그래서 내게 공개적인 덫을 친 거지. 내가 거절하면 오빠가 아주 곤란한 입장에 처하도록 말이야. 오빠는 내가 차마 거절하지 못하고 오빠와 그들의 체면을 살려줄 거라고 믿었겠지. 난 그러지 않겠어."

"하지만 약속했단 말이야!"

"난 약속 안 했어."

"하지만 우린 그들의 요구를 거절할 처지가 아니야! 우리가 그들 손아귀에 있는 걸 모르겠어? 그들이 우리 목줄을 쥐고 있다고! 그들이 철도공동기금위원회와 통합위원회, 우리 채권에 대한 지불 유예를 통해 무슨 짓을 할 수 있는지 모르겠어?"

"이미 2년 전부터 알고 있었어."

제임스는 떨고 있었다. 그는 형체 없는 필사적이고 미신에 가까운 공포를 느끼고 있었으며, 그가 말한 위험들 때문이라기에는 정도가 지나쳤다. 대그니는 그 공포가 정치적인 보복에 대한 두려움보다 더 깊은 것임을 확신했다. 정치적인 보복은 그가 자기위안을 얻기 위해 내세우는 표면적인 구실이며, 진짜 동기를 숨기기 위한 그럴듯한 합리화에 지나지 않았다. 그가 피하고 싶은 것은 국민들이 패닉 상태에 빠지는 것이 아니라 자신이 패닉 상태에 빠지는 것이었다. 그와 칙 모리슨, 웨슬리 마우치를 필두로 한 약탈자 무리는 국민들이 아닌 스스로를 안심시키기 위해 그녀의 승인을 원하고 있었다. 표면적으로는 대단히 훌륭하고 실리적인 구실로 자신들의 진짜 동기와 히스테릭한 요구를 그럴듯하게 포장하면서. 대그니는 그 극악무도함에 두려움과 경멸을 느끼며 그들이 도대체 얼마나 타락했기에 그런 지독한 자기기만 상태에 도달한 것일까 생각했다. 그들은 그녀에게서 억지 승인을 얻어 자신들의 도덕성을 인정받고 싶은 숨겨진 욕구를 충족시키려 하고 있으면서도 단지 세상을 속이려는 것인 양 스스로를 기만하고 있었다.

"우린 선택의 여지가 없어! 그건 누구나 마찬가지이고!" 제임스가 외쳤다.

"나가줘." 대그니가 아주 조용하고 낮은 목소리로 말했다.

그 목소리는 제임스가 고백하지 못한 것을 짚어내어 그것이 말로 표현되는 것을 금지하는 듯했다. 제임스는 그녀가 모든 것을 알기에 그런 목소리를 낼 수 있음을 깨닫고 순순히 자리에서 일어났다.

대그니는 에디를 흘끗 쳐다보았다. 에디는 이제 이골이 난 혐오감과 싸우느라 지친 듯한 모습이었다.

잠시 후 그가 물었다. "대그니, 쿠엔틴 대니얼스는 어떻게 됐어? 비행기로 그를 따라간 거였잖아. 그렇지?"

"그래. 그는 떠났어."

"파괴자에게로?"

그 말이 물리적인 충격으로 다가왔다. 그녀가 종일 마음속에 고요하고 변함없는 비전으로(주위의 것들에 아무 영향도 받지 않고, 생각의 대상도 아니며, 그저 자신의 힘의 원천으로 느끼기만 하는 사적인 비전으로) 간직하고 있던 빛나는 존재에 외부 세계가 처음 닿은 것이었다. 그녀는 이곳에서는 그 비전의 이름이 파괴자임을 상기했다.

"그래, 파괴자에게로." 그녀가 애써 심드렁하게 대답했다.

그러고는 생각과 자세를 가다듬기 위해 책상 가장자리를 꽉 잡으며 씁쓸한 미소를 머금고 말했다. "자, 에디, 비실리적인 우리 두 사람이 열차 사고 방지를 위해 무엇을 할 수 있는지 보자고."

2시간 후, 대그니는 혼자 책상에 앉아 서류를 들여다보고 있었다. 서류에는 숫자들밖에 없었지만 마치 영화 필름이 돌아가듯 지난 4주 동안 철도에서 일어난 모든 일을 보여주었다.

벨이 울리고 비서 목소리가 들렸다. "부사장님, 리어든 부인께서 오셨습니다."

"리어든 **씨**?"

대그니는 두 사람 모두 이 시간에 나타날 리가 없어서 그렇게 물었다.

"아니요. 리어든 **부인**요."

대그니는 잠시 침묵한 뒤 말했다. "들어오시라고 해요."

문을 열고 들어와 책상을 향해 걸어오는 릴리언 리어든의 태도에는 무언가를 강조하는 듯한 느낌이 있었다. 그녀는 맞춤 정장 차림이었는데, 우아한 부조화의 미를 살리기 위해 밝은색의 헐렁한 나비 리본을 비스듬하게 달고 있었다. 그리고 현명한 느낌을 주려고 작은 모자를 익살스럽게 기울여 쓰고 있었다. 그녀의 얼굴은 좀 지나치게 평온하고, 걸음은 좀 지나치게 느렸으며, 마치 엉덩이를 흔드는 것처럼 걸었다.

"태거트 양, 안녕하세요."

그녀는 사교계 응접실에 어울리는 나른하고 우아한 목소리로 인사했다. 그 목소리는 대그니의 사무실에서 그녀의 옷과 나비 리본 같은 부조화를 연출했다.

대그니는 엄숙하게 고개를 숙여 인사했다.

릴리언은 사무실을 둘러보았는데 그 눈길에 그녀의 모자와 같은 익살이 담겨 있었다. 인생은 그저 우스꽝스러운 것에 지나지 않는다는 신념으로 성숙함을 과시하려는 그런 익살.

"앉으시죠." 대그니가 말했다.

릴리언은 자신만만하고 편안한 자세로 의자에 앉았다. 대그니에게 고개를 돌렸을 때 그녀의 얼굴에는 아직 익살이 남아 있었지만 이제 색깔이 달랐다. 둘 사이에 비밀이 있고, 그래서 자신이 대그니의 사무실에 나타난 것이 세상 사람들에게는 놀라운 일이겠지만 두 사람에게는 너무나 당연한 일임을 암시하는 익살스러움이었다. 그녀는 침묵을 지킴으로써 그 사실을 강조했다.

"무슨 일로 오셨죠?"

"당신은 오늘 밤 버트럼 스커더의 방송에 나갈 거라고 말하러 왔어요." 릴리언이 유쾌하게 말했다.

그녀는 대그니의 얼굴에서 놀라움이나 충격을 찾아볼 수 없었다. 대그니는 이상한 잡음을 내는 모터를 살펴보는 엔지니어 같았다.

"자신이 무슨 말을 한 건지 잘 알고 계시겠죠." 대그니가 말했다.

"오, 그럼요!" 릴리언이 말했다.

"그럼 근거를 대보시죠."

"뭐라고 했죠?"

"그런 말을 한 근거를 대보시라고요."

릴리언은 짤막한 웃음을 터뜨렸다. 웃음을 바로 그치는 것으로 보아 자신이 예상했던 태도는 아니었던 듯했다.

"긴 설명은 필요 없을 거예요. 당신이 그 방송에 나가는 게 권력자들에게 왜 중요한 일인지 당신도 알 테니까요. 나는 당신이 방송에 나가는 걸 왜 거부하는지 그 이유를 알아요. 그 문제에 대한 당신의 신념도 알고요. 당신은 중요하게 생각하지 않을지 몰라도 내가 현 정부 편이란 것은 알고 있을 거예요. 그러니 이 문제에 대한 내 관심과 입장을 이해할 수 있을 거예요. 당신 오빠에게 당신이 거부했다는 말을 듣고 내가 나서야겠다고 결심했어요. 왜냐하면 알다시피 나는 당신이 거부할 입장이 아니란 걸 아는 극소수의 사람들 중 하나이니까요."

"나는 아직 그걸 아는 극소수의 사람에는 속하지 못해요." 대그니가 말했다.

릴리언이 미소지었다. "그래요, 조금 더 설명해야겠군요. 당신의 라디오 출연이 권력자들에겐 내 남편이 선물 증서에 서명하고 리어든 금속을 넘겨준 것과 같은 가치를 지닌다는 건 당신도 알 거예요. 그들이 정치 선전에서 그 일을 얼마나 자주, 그리고 유용하게 써먹고 있는지 알 테니까요."

"난 몰랐어요." 대그니가 날카롭게 말했다.

"오, 그래요. 당신은 지난 두 달 동안 거의 떠나 있었으니 신문, 라디오, 공공연설에서 계속 강조하는 것을 몰랐을 수도 있겠네요. 행크 리어든이 자발적으로 자신의 금속을 나라에 넘겼으니 그조차도 법령 10-289호를 찬성하고 지지하는 거라고 말이에요. 행크 리어든조차도. 그 덕에 법령에 반대하던 많은 사람이 무릎을 꿇었죠."

릴리언은 뒤로 기대앉으며 지나가는 말처럼 물었다. "그가 왜 서명했는지 물어봤어요?"

대그니는 대답하지 않았다. 질문으로 듣는 것 같지도 않았다. 그녀는 무표정한 얼굴로 가만히 앉아 있었다. 하지만 릴리언의 말을 끝까지 듣는 데에만 열중해 있는 듯 지나치게 크게 뜬 눈을 릴리언에게 고정시키고 있었다.

"아니, 당신은 모를 거예요. 그가 당신에게 말했을 리 없으니까."

릴리언의 목소리는 표지판을 확인하고 예정된 코스로 편안히 나아가듯 매끄러워졌다.

"하지만 당신은 그가 서명한 이유를 알아야만 해요. 바로 그 이유로 오늘 밤 버트럼 스커더 방송에 나가게 될 테니까."

그녀는 대그니가 재촉해주길 바라며 시간을 끌었지만 대그니는 잠자코 기다렸다.

"그 이유를 알면 기분 좋을 거예요. 그 서명이 내 남편에게 어떤 의미였는지 생각해봐요. 리어든 금속은 그의 가장 위대한 성취였어요. 그의 생애 최고의 요약판이자 그의 긍지의 최후의 상징이었죠. 당신도 알겠지만 내 남편은 극도로 열정적인 사람이고, 아마 자신에 대한 긍지가 그의 가장 큰 열정일 거예요. 리어든 금속은 그에게 단순한 성취가 아니라 그의 성취 능력과 독립성, 노력, 성공의 상징이기도 했어요. 그건 정당한 그의 소유물이었어요. 내 남편같이 엄격한 사람에게 정당함이 어떤 의미인지, 그렇게 소유욕이 강한 사람에게 소유물이 어떤 의미인지 당신도 잘 알 거예요. 그는 그걸 자신이 경멸하는 사람들에게 넘겨주느니 차라리 목숨을 내놓았을 거예요. 리어든 금속은 그에게 그런 의미였어요. 그런데 그걸 포기한 거죠. 태거트 양, **당신을** 위해서였어요. 기쁘겠군요. 당신의 명예를 위해 그는 그걸 포기했어요. 그는 당신과의 부정한 관계를 세상에 알리겠다는 협박을 받고 리어든 금속을 넘겨주는 선물 증서에 서명한 거예요. 오, 그래요. 우린 그 증거를 모두 갖고 있어요. 당신은 희생에 반대하는 철학을 갖고 있지만, 이 경우 당신은 여자가 분명하니까 남자가 당신 몸을 사용하는 특권을 누린 대가로 엄청난 희생을 감수한 것에 고마움을 느낄 거예요. 당신은 그가 당신 침대에서 보낸 밤들에 큰 즐거움을 맛보았을 게 분명해요. 이제 그 밤들 때문에 그가 어떤 대가를 치렀는지 알고 기쁠 거고요. 태거트 양, 당신은 솔직한 걸 좋아하니까 돌려 말하지 않겠어요. 당신은 스스로 창녀가 되는 걸 택했죠. 다른 창녀들은 감히 바라지도 못할 엄청난 대가를 얻어낸 것에 경의를 표합니다."

릴리언의 목소리는 돌에 흠집이 나지 않아 계속 헛도는 드릴처럼 점점 더 날카로워지고 있었다. 대그니는 여전히 그녀를 응시하고 있었지만 이제 더 이상 그녀에게 집중하고 있지 않았다. 릴리언은 대그니의 얼굴이 왜 스포트라이트를 받고 있는 것처럼 느껴지는지 의아했다. 대그니의 얼굴에는 특별할 표정이 없었고 그저 자연스럽고 침착했다. 그 얼굴이 그토록 선명해 보이는 것은 그 구조, 날카롭게 깎아놓은 듯한 정확한 선들과 단호한 입매, 흔들림 없는 눈빛 때문인 듯했다. 릴리언은 그 눈의 표정을 해독할 수 없었다. 그 침착함은 여자에게는 어울리지 않는 학자의 것이었다. 그 눈빛에는 만족스런 앎이 주는 대담함에서 나오는 독특한 광채가 있었다.

"내가 관료들에게 남편의 부정에 대해 알렸어요." 릴리언이 부드럽게 말했다.

대그니는 릴리언의 생기 없는 눈에 처음으로 감정이 스치는 것을 보았다. 그것은 즐거움과 비슷하기는 했지만, 마치 달의 죽은 표면에 반사되어 늪에 고인 물에 비친 햇빛처럼 희미했고 금세 사라졌다.

"내가 그에게서 리어든 금속을 빼앗았어요."

릴리언이 말했다. 거의 애원하는 듯한 목소리였다.

대그니는 그 애원을 이해할 수도, 릴리언이 어떤 반응을 원하는지도 알 수 없었다. 다만, 자신이 그녀가 원하는 반응을 보이지 않았다는 사실만 알 수 있었다. 릴리언의 목소리가 갑자기 날카로워졌다.

"내 말 알아들어요?"

"네."

"그럼 내 요구가 뭔지, 당신이 왜 그 요구에 따라야만 하는지도 알겠군요. 당신은 자신이, 당신과 그가 아무도 꺾을 수 없는 존재들이라고 생각했죠?"

릴리언은 부드럽게 말하려고 했으나 목소리가 경련을 일으켰다.

"당신은 늘 자신의 의지에 따라서만 행동했어요. 난 누릴 수 없었던 사치죠. 그 보상으로 이번만큼은 당신이 내 의지에 따라 행동하는 걸 보고야 말겠어요. 당신은 나를 상대로 싸울 수 없어요. 돈으로 빠져나갈 수도 없어요. 당신은 벌고 나는 벌지 못하는 돈으로요. 당신이 내게 어떤 이득을 얻게 해준다 해도 나에게는 안 통해요. 난 탐욕이 없는 사람이니까. 나는 관료들에게 무엇을 받고 이 일을 하는 게 아니에요. 대가 없이 하는 거예요. 아무 대가 없이. 내 말 알아들어요?"

"네."

"그럼 더 이상 설명할 필요 없겠네요. 한 가지 덧붙이자면 호텔 숙박부, 보석 대금 청구서 같은 실질적인 증거들이 담당자 손에 있으니 당신이 오늘 밤 라디오 방송에 나가지 않으면 내일 모든 라디오 방송을 통해 세상에 알려질 거예요. 알겠어요?"

"네."

"자, 이제 당신의 대답은?"

릴리언은 대그니가 학자 같은 빛나는 눈으로 자신을 응시하는 것을 보았다. 그러자 자신이 너무 많은 것을 보여주었으면서도 아무것도 보이지 않은 듯한 기분이 들었다.

"이야기해줘서 고마워요. 오늘 밤 버트럼 스커더 방송에 나가겠어요." 대그니가 말했다.

◆

그녀가 버트럼 스커더와 함께 갇혀 있는 유리방 한가운데에는 금속 마이크가 강렬한 흰 조명을 받아 반짝이고 있었다. 초록빛이 도는 푸른색. 그 마이크는 리어든 금속으로 만들어진 것이었다.

위에 있는 유리벽 너머 부스에서 두 줄로 선 얼굴들이 그녀를 내려다보고 있었다. 제임스 태거트의 흐트러진 걱정스런 얼굴과 그 옆에서 힘을 주듯 그의 팔을 잡고 있는 릴리언 리어든, 그리고 워싱턴에서 비행기를 타고 날아온 칙 모리슨이라는 남자와 지적인 영향력의 백분율 곡선에 대해 이야기하면서도 오토바이 경찰처럼 행동하는 그의 젊은 부하들이었다.

버트럼 스커더는 대그니를 두려워하는 듯했다. 그는 마이크에 매달려 그 미세한 그물 조직에 대고 전국의 청취자들에게 오늘의 출연자를 소개하고 있었다. 그는 인간의 모든 믿음의 덧없음에 냉소하는 인상을 주어서 청취자들의 순간적인 믿음을 얻으려고 냉소적이고 회의적이고 우월하면서도 히스테릭한 목소리를 내느라 애쓰고 있었다. 그의 목덜미가 땀으로 번들거렸다. 그는 대그니가 한 달 동안 외딴 양치기 오두막에서 요양하다가 이 암울한 국가 비상시기에 국민들에 대한 의무를 다하고자 용감하게 80킬로미터나 되는 산길을 걸어온 이야기를 지나치게 윤색해서 늘어놓았다.

"⋯⋯여러분 중에 우리 지도자들의 위대한 사회정책에 대한 신뢰를 무너뜨리기 위한 사악한 소문들에 속은 분이 계시다면⋯⋯ 태거트 양의 말은 믿으셔도 됩니다. 태거트 양은⋯⋯."

대그니는 흰 조명을 올려다보고 있었다. 조명 속에서 먼지 입자들이 떠돌고 있었는데 그중 하나는 살아 있는 것이었다. 파닥이는 날개가 작은 섬광처럼 보이는 하루살이였다. 하루살이는 제 나름의 광적인 목적을 위해 분투하고 있었지만 그 모습을 지켜보는 대그니에게는 그 하루살이의 목적이 세상의 목적만큼 멀게만 느껴졌다.

"……태거트 양은 공정한 관찰자입니다. 그녀는 뛰어난 여성 사업가로서 그동안 정부에 대해 종종 비판적인 입장을 취해왔으며, 행크 리어든 같은 산업계의 거물들처럼 극단적이고 보수적인 견해를 대표한다고 할 수 있습니다. 그런데도 그녀는……."

대그니는 아무것도 느낄 필요가 없는 지금의 상태가 너무나 편안한 것이 놀라웠다. 그녀는 알몸으로 대중 앞에 전시된 듯했고 한 줄기 조명이면 그녀를 지탱하기에 충분했다. 이 순간 그녀에게는 고통의 무게도, 희망도, 후회도, 걱정도, 미래도 없었던 것이다.

"……자, 신사 숙녀 여러분, 오늘의 주인공이며 우리의 가장 특별한 손님을 소개하겠습니다……."

갑자기 날카로운 고통이 찾아왔다. 다음에는 자신이 말해야 한다는 깨달음에 유리로 된 보호벽이 박살나고 길고 뾰족한 유리 조각이 가슴에 박힌 듯했다. 그 고통은 그녀의 마음속에 있는 이름만큼 짧게 스쳐갔다. 그녀가 파괴자라고 불렀던 사람의 이름. 그녀는 지금부터 자신이 해야 하는 말을 그가 듣는 것을 원치 않았다. 고통이 그를 향해 외쳤다. '당신이 이걸 듣는다면 내가 당신에게 했던 말들을 믿지 않겠죠. 내가 당신에게 말하진 않았지만 당신이 알고 믿고 받아들인 것들까지도. 나는 당신에게 마음을 바칠 자격이 없다고, 내가 당신과 함께한 날들은 거짓이었다고 생각하겠죠. 그럼 나의 한 달과 당신의 10년은 물거품이 되겠죠. 오늘 밤 이런 식으로 당신에게 알리고 싶지는 않았는데. 나를 늘 지켜보았고 나의 모든 행동을 아는 당신, 지금 이 순간에도 어딘가에서 나를 지켜보고 있는 당신은 이제부터 내가 할 이야기를 듣게 되겠지만…… 그래도 난 말할 수밖에 없어요.'

"……우리의 산업사에 빛나는 이름의 마지막 후계자, 오직 미국에서만 존재 가능한 여자 중역, 위대한 철도회사의 운행 담당 부사장…… 대그니 태거트 양입니다!"

대그니는 마이크를 잡으며 리어든 금속의 감촉을 느꼈고 그 순간 마음이 편안해졌다. 그것은 약에 취한 듯한 무관심의 편안함이 아니라 행동의 밝고 분명하고 생동하는 편안함이었다.

"저는 지금 여러분의 삶과 함께하는 사회정책과 정치체제, 도덕철학에 대해 말씀드리기 위해 나왔습니다."

그녀의 목소리에는 너무나 차분하고 자연스럽고 완전한 확신이 담겨 있어서 목소리만으로도 엄청난 설득력을 발휘했다.

"여러분은 제가 현 체제에 대해 동기부터 썩었고, 약탈을 목적으로 하고 있으며, 거짓과 사기, 폭력을 일삼고 결국 파멸할 수밖에 없다고 믿는다는 이야기를 들으셨을 겁니다. 반면, 행크 리어든처럼 저도 이 체제의 충성스런 지지자로서 법령 10-289호를 비롯한 현행 정책들에 자발적으로 협조하고 있다는 이야기도 들으셨을 겁니다. 저는 그것에 대한 진실을 밝히고자 이 자리에 섰습니다.

제가 행크 리어든과 입장을 같이하는 것은 맞습니다. 저는 그와 같은 정치적 신념을 갖고 있습니다. 여러분은 과거에 그가 현 체제의 모든 방식과 슬로건, 전제에 반대하는 반동분자로 비난받아온 것을 알고 계실 겁니다. 그런데 이제 경제정책에 대해 올바른 판단을 내릴 줄 아는 이 시대의 가장 위대한 기업가로 칭송받고 있습니다. 그것은 사실입니다. 여러분은 그의 판단을 믿으셔도 됩니다. 지금 여러분이 무책임한 악의 지배를 받고 있으며 나라가 무너져가고 있다는, 이제 모두 굶주리게 될 것이라는 두려움이 생기기 시작했다면 우리의 가장 유능한 기업가 행크 리어든의 견해를 고려하십시오. 그는 생산을 가능하게 하고 나라가 생존할 수 있게 하려면 어떤 조건이 필요한지 알고 있으니까요. 여러분이 아는 그의 의견들을 모두 고려하십시오. 그는 발언의 자유가 있었던 시절, 여러분께 이 정부의 정책들은 국민을 노예로 만들고 파괴로 이끈다고 말했습니다. 그런데도 그는 그 정책들의 정점이라고 할 수 있는 법령 10-289호에 대해서는 비난하지 않았습니다. 여러분도 아시다시피 자신의, 그리고 여러분의 권리와 독립, 재산을 위해 싸워온 그였는데 법령 10-289호에는 맞서 싸우지 않았습니다. 리어든 금속을 적에게 넘겨주는 선물 증서에 자발적으로 서명했습니다. 그의 전력으로 보아 목숨을 걸고 저항해야 마땅한 서류에 서명했습니다. 그것은 행크 리어든조차도 법령 10-289호의 필요성을 인식하고 나라를 위해 개인적인 이익을 포기했다는 뜻이 아니고 무엇이겠느냐는 말을 여러분은 귀에 못이 박히도록 들어왔습니다. 그 행동의 동기를 그의 견해를 판단하는 기준으로 삼아야 한다는 말과 함께요. **그 행동의 동기로 그의 견해를 판단한다**. 저도 전적으로 동의합니다. 그리고 여러분이 제 의견에, 제가 드리는 경고에 어떤 가치를 부여하건 그 행동의 동기로 제 견해도 판단해주십시오. 그의 신념은 곧 제 것이기도 하니까요.

저는 2년 동안 행크 리어든의 내연녀였습니다. 오해가 없도록 분명히 말해두자면, 저는 지금 수치스러운 고백을 하고 있는 것이 아니라 너무나 자랑스럽게 밝히고 있는 것입니다. 저는 그의 내연녀였습니다. 저는 그의 침대에서, 그의 품에서 잤습니다. 이 자리에서 여러분께 그 일에 대한 모든 것을 제 입으로 밝히겠습니다. 이제 누구도 저를 비방하려고 해봐야 소용없을 겁니다. 제 입으로 모든 것을 말씀드릴 테니까요. 그에게 육체적 욕망을 느꼈냐고요? 그랬습니다. 제 몸의 열정에 사로잡혔냐고요? 그랬습니다. 극도의 관능적 쾌락을 즐겼냐고요? 그랬습니다. 그것 때문에 여러분이 저를 부정한 여자로 생각하신다고 해도 저는 상관없습니다. 제 기준이 따로 있으니까요."

버트럼 스커더는 그녀를 바라보고만 있었다. 그것은 그가 기대했던 연설이 아니었다. 그는 막연한 공포 속에서 그녀가 연설을 계속하도록 내버려두면 안 될 것 같은 기분이 들었다. 하지만 그녀는 워싱턴 권력자들이 조심스럽게 다루라고 명령한 특별 손님이었고 지금 그녀의 말을 끊어야 할지 말아야 할지 확신도 없었다. 게다가 그는 그런 종류의 이야기를 즐겼다. 한편, 방청석의 제임스 태거트와 릴리언 리어든은 앞에서 질주해오는 열차 전조등 불빛에 마비된 동물들처럼 꼼짝도 하지 않고 앉아 있었다. 지금 대그니가 하고 있는 말과 방송 주제 사이의 관계를 알고 있는 사람은 그 둘뿐이었다. 이제 그들이 행동을 취하기에는 너무 늦었을뿐더러 그들은 과감히 행동하고 그에 따른 책임을 질 줄 아는 인물들이 아니었다. 조정실에서는 칙 모리슨 측의 젊은 요원 하나가 문제가 생기면 방송을 중단시키기 위해 대기하고 있었지만, 대그니의 연설에는 정치적인 의미나 그의 상관들을 위태롭게 만들 수 있는 요소가 전혀 없었다. 그는 협박에 못 이겨 억지로 하는 연설들을 숱하게 들어왔기에 반동분자에게 자신의 추문에 관해 고백하게 한 모양이라고, 이 연설도 무언가 정치적 가치가 있을 것이라고 결론지었다. 게다가 이야기가 흥미진진하기도 했다.

"저는 그에게 쾌락의 대상으로 선택된 것이, 그리고 제가 그를 선택했다는 것이 자랑스럽습니다. 대부분의 사람들 경우처럼 그것은 방종이나 서로에 대한 경멸의 행위가 아니었습니다. 그것은 서로에 대한 극도의 찬양 행위였으며, 우리는 그런 선택을 내리게 만든 가치들에 대해 잘 알고 있었습니다. 우리는 정신의 가치와 육체의 행위가 다른 그런 사람들이 아닙니다. 가치를 헛된 꿈으로 만들지 않고 실현시키는 사람들입니다. 생각에 물질적 형태를, 가치에 현실성을 부여하는 사람들입니다. 철강과 철도, 행복을 만드는 사람들입니다. 여러분 중에 인간의 기쁨을 혐오하고, 인생을 만성적인 고통과 실패로 보고 싶어하며, 인간이 행복이나 성공, 능력, 성취, 부를 누리는 것에 사죄하기를 바라는 사람들이 있다면 저는 그들에게 이렇게 말하고 싶습니다. 나는 그를 원했고 가졌고 행복했다고. 기쁨을, 순수하고 완전하며 떳떳한 기쁨을 맛보았다고. 당신들은 기쁨의 고백을 듣기를 두려워하며, 기쁨을 누릴 자격이 있는 사람들을 증오하는 이들이라고. 그러니까 나를 증오하라고. 나는 기쁨을 누렸으니까!"

버트럼 스커더가 초조하게 말했다. "태거트 양, 주제에서 벗어난 것 같은데요……. 당신과 리어든 씨의 사적인 관계는 정치적 의미가 없고……."

"저도 그렇게 생각했습니다. 그리고 제가 이 자리에 선 것은 여러분이 살고 있는 사회의 정치와 도덕체제에 대해 이야기하기 위해서입니다. 그동안 저는 행크 리어든에 대한 모든 것을 알고 있다고 생각했는데 오늘까지 모르고 있던 사실이 하나 있었습니다. 행크 리어든이 리어든 금속을 양도하는 선물 증서에 서명한 것은 우리의 관계를 세상에 폭로하겠다는 협박 때문이었다는 사실이 바로 그것입니다. 여러분의 정부 관리들이, 여러분의 통치자들이 그런 협박을……."

스커더가 손으로 마이크를 쳤고 마이크가 바닥으로 쓰러지면서 목구멍으로 딸깍 소리를 냈다. 칙 모리슨의 요원이 조정실에서 방송을 끊은 것이었다.

대그니는 웃음을 터뜨렸다. 하지만 그녀를 보거나 그 웃음소리를 귀 기울여 듣는 사람은 아무도 없었다. 사람들이 유리방으로 달려들어오며 서로에게 소리를 질러댔다. 칙 모리슨은 버트럼 스커더에게 무례한 욕지거리를 했고, 버트럼 스커더는 자기는 처음부터 반대한 일인데 명령에 따랐을 뿐이라고 외쳤으며 제임스 태거트는 이빨을 드러내고 으르렁거리는 동물처럼 칙 모리슨의 젊은 두 보좌관을 공격하면서 나이 든 한 보좌관의 공격을 피했다. 릴리언 리어든의 얼굴 근육은 도로에 쓰러져 보기에는 멀쩡하지만 죽어 있는 동물의 사지처럼 축 늘어져 있었다. 사기 조정관들은 마우치 씨가 어떻게 생각할지에 대해 외쳐댔다.

"청취자들에게 뭐라고 말하죠? 모리슨 씨, 청취자들이 기다리고 있어요. 뭐라고 말하죠?"

프로그램 아나운서가 마이크를 가리키며 울부짖었다. 하지만 아무도 대답하지 않았다. 그들은 앞으로 어떻게 할지에 대해서가 아니라 누가 책임을 질지에 대해 싸우고 있었다.

아무도 대그니에게 말을 걸지 않았고 그녀 쪽으로는 눈길도 주지 않았다. 그녀가 밖으로 나가도 아무도 잡지 않았다.

대그니는 제일 먼저 눈에 띈 택시를 잡아타고 자신의 아파트 주소를 말했다. 택시가 출발했다. 운전석 앞 라디오에 불은 들어와 있는데 지직거리는 소리만 들렸다. 버트럼 스커더의 프로그램에 채널이 맞추어져 있었다.

대그니는 자신의 행동 때문에 한 남자가 다시는 자신을 만나고 싶어하지 않을 수도 있다는 쓸쓸한 생각에 젖어 뒤로 기대앉았다. 그녀는 그가 스스로 나타나지 않는다면 뉴욕의 거리에서, 미국의 도시에서, 광선막으로 차단된 로키 산맥의 협곡에서 그를 찾는 게 얼마나 가망 없는 일인지 처음으로 실감했다. 하지만 그녀에게는 허공에 떠도는 통나무처럼 한 가지 의지할 것이 남아 있었다. 그녀는 방송 내내 그것에 매달려 있었고 모든 것을 잃는다 해도 그것만은 포기할 수 없었다. 그것은 "어떤 식으로든 현실을 기만하면서 이곳에 머물 수는 없다"고 말하는 그의 목소리였다.

갑자기 지직거리는 소리가 그치더니 버트럼 스커더 프로그램의 아나운서 목소리가 들렸다.

"신사 숙녀 여러분, 기술적인 문제가 발생해 문제를 해결하는 동안 방송이 중단되겠습니다."

택시 기사가 경멸에 찬 짤막한 웃음소리를 내더니 라디오를 껐다.

택시에서 내린 대그니가 지폐를 내밀자 택시 기사는 거스름돈을 건네주다가 갑자기 몸을 기울여 그녀의 얼굴을 자세히 보았다. 대그니는 그가 자신의 얼굴을 알아보았음을 확신하고 준엄하게 그의 시선을 맞받았다. 그의 쓰디쓴 얼굴과 기운 곳 투성이인 셔츠가 가망 없는 고투를 말해주었다. 대그니가 팁을 건네자 기사는 잔돈 몇 푼에 대한 감사치고는 너무 열띠고 엄숙하게 말했다.

"감사합니다."

대그니는 갑자기 감정이 복받쳐 올라 택시 기사에게 들키지 않으려고 홱 돌아서서 황급히 걸었다.

고개를 숙인 채 아파트 문을 연 대그니는 카펫에 비친 불빛을 보고 흠칫 놀라 고개를 들었다. 아파트에 불이 켜져 있었다. 안으로 들어서니 거실에 행크 리어든이 서 있는 것이 보였다.

대그니는 두 가지 충격으로 인해 그 자리에 얼어붙었다. 하나는 그를 본 충격이었다. 그녀는 그가 이토록 빨리 오리라곤 예상치 못했던 것이다. 또 다른 충격은 그의 얼굴 때문이었다. 그 엷은 미소와 맑은 눈에 너무나도 확고하며 자신만만하고 성숙한 침착함이 어려 있어서 한 달 만에 수십 살은 더 먹은 듯한 인상을 주었다. 하지만 그것은 정신적 성숙을 의미했다. 그녀로 인해 한 달 동안 고통 속에서 살았으며 너무 깊은 상처를 받은, 그리고 이제 더 깊은 상처를 받게 될 그였지만 그녀에게 지지와 위안이 되고 두 사람을 보호할 힘이 되어줄 듯했다. 그녀는 잠시 얼어붙어 있었으나 그가 그녀의 마음을 읽고 아무것도 두려워할 것 없다고 말해주는 듯 더 활짝 웃어 보였다. 지직거리는 소리가 나서 둘러보니 그의 옆 테이블에 놓인 라디오가 켜져 있었다. 그녀가 눈빛으로 묻자 그는 눈꺼풀만 내리는 정도로 살짝 고개를 끄덕여 대답했다. 그녀의 방송을 들은 것이었다.

두 사람은 동시에 서로를 향해 움직였다. 리어든은 대그니의 어깨를 잡아 부축해주었다. 대그니가 그에게로 얼굴을 들었지만 그는 그녀의 입술에 키스하지 않았다. 그녀의 손을 잡고 손목과 손가락, 손바닥에 입을 맞추었다. 너무나 고통스러운 기다림 끝에 만나서 한 인사가 겨우 그것이 전부였다. 대그니는 갑자기 오늘 하루의, 지난 한 달의 무게를 견디지 못하고 그의 품으로 무너져서 흐느끼기 시작했다. 난생처음 여자로서 고통에 굴복하며, 마지막으로 헛되이 그것에 저항하며 흐느꼈다.

리어든은 그녀가 오직 자신의 몸에만 지탱해 서 있고 움직일 수 있도록 그녀를 꽉 껴안아 소파로 데려가 그녀를 자신의 곁에 앉히려고 했다. 하지만 대그니는 바닥으로 미끄러져 내려가 그의 발치에 앉아 그의 무릎에 얼굴을 묻고 저항하거나 숨기려고 하지 않고 계속 흐느꼈다.

리어든은 그녀를 일으키지 않고 한 팔로 꼭 안은 채 실컷 울게 해주었다. 대그니는 머리와 어깨에서 그의 손길을 느끼며 그의 굳건함에 보호받는 기분을 느꼈다. 그 굳건함은 그녀의 눈물이 두 사람 모두를 위한 것이듯 그의 앎도 마찬가지라고, 그도 그녀의 고통을 알고 느끼며 이해한다고, 그래도 그것을 침착하게 바라볼 수 있다고 말하는 듯했다. 그의 침착함은 그녀가 여기, 그의 발치에서 무너지도록 허락함으로써 그녀가 더 이상 견딜 수 없는 것을 그는 견딜 수 있다는 것을 알려주어 그녀의 짐을 덜어주는 듯했다. 대그니는 **이것이** 바로 진짜 행크 리어든임을 어렴풋이 깨달았다. 두 사람의 첫날밤에 대해 그가 어떤 모욕적인 잔인함을 보였든, 그녀가 그보다 강한 것 같았던 적이 얼마나 많았든 간에 그것은 늘 그의 안에, 둘의 관계의 뿌리에 존재하고 있었다. 그의 그런 힘은 그녀의 힘이 사라진 후에도 그녀를 지켜줄 터였다.

고개를 든 대그니는 그가 미소 띤 얼굴로 내려다보고 있는 것을 보았다.

"행크……."

그녀는 자신이 그렇게 무너져버린 것에 놀라 죄스러운 목소리로 속삭였다.

"아무 말 말아요."

대그니는 다시 그의 무릎에 얼굴을 묻었다. 그녀는 말없는 생각의 압박감에서 벗어나 휴식을 얻으려고 애썼다. 그는 그녀의 방송을 사랑의 고백으로 여겼기에 그것을 견디고 받아들일 수 있었다. 그런 생각을 하자 지금부터 그에게 털어놓아야 할 진실이 결코 용납될 수 없는 비인간적인 타격이 될 것 같았다. 대그니는 자신에게는 그런 짓을 할 힘이 없다는 생각에, 하지만 결국 하게 될 것이라는 생각에 공포에 사로잡혔다.

그녀가 다시 고개를 들자 그는 그녀의 이마에 흘러내린 머리카락을 쓸어 올려주었다.

"내 사랑, 이제 끝났소. 우리 둘 다 최악의 상황은 넘겼소." 그가 말했다.

"아뇨, 행크. 그렇지 않아요."

리어든이 미소지었다.

그는 그녀를 끌어올려 옆에 앉히고 자신의 어깨에 머리

를 기대게 했다.

"지금은 아무 말 말아요. 말해야 하는 모든 것을 우리 둘 다 알고 있잖소. 어차피 말하게 될 거고. 하지만 당신이 너무 많이 괴롭지 않을 때 해요."

그의 손이 그녀의 옷소매를 따라 내려가 치맛주름을 타고 내려갔다. 그 손길이 너무나 가벼워서 옷 속의 몸은 느끼지도 못하는 듯했다. 그는 그녀의 몸이 아닌 그 모습에 대한 소유권을 되찾고 있었다.

"당신은 너무나 많은 고통을 견뎠소. 나도 마찬가지이고. 그것만으로도 만신창이가 되었는데 더 보탤 이유가 어디 있소. 무슨 일이 닥쳐도 우리 둘 사이에는 더 이상 고통이 있을 수 없소. 더 이상은. 고통은 세상에서나 나올 것이고 우리 둘에게서는 나오지 않을 거요. 두려워하지 말아요. 우린 서로에게 상처를 주지 않을 테니까. 지금은."

대그니는 고개를 들어 씁쓸한 미소를 지으며 도리질을 쳤다. 그녀의 격한 행동에는 절망이 담겨 있었으나 그 미소는 회복의 표시였다. 절망과 마주할 결심이 섰다는 뜻이었다.

그녀가 떨리는 목소리로 말했다. "행크, 지난 한 달 동안 내가 당신에게 준 고통은……."

"지난 1시간 동안 당신이 나로 인해 겪은 고통에 비하면 아무것도 아니지." 리어든이 차분히 말했다.

대그니는 벌떡 일어나서 자신의 힘을 증명하기 위해 방 안을 서성였다. 그녀의 발걸음은 자신이 더 이상 보호받지 않아도 된다고 말하고 있었다. 그녀가 걸음을 멈추고 리어든을 향해 돌아서자 그도 그녀의 뜻을 알겠다는 듯 일어섰다.

"내가 당신을 더 힘들게 만들었다는 거 알아요." 대그니가 라디오를 가리키며 말했다.

리어든이 고개를 저었다.

"아니요."

"행크, 당신에게 꼭 해야 할 말이 있어요."

"나도 그렇소. 내가 먼저 말하면 안 되겠소? 사실은 이미 오래전에 당신에게 했어야 했던 말이오. 내가 먼저 말하게 해주고, 내 말이 끝나기 전에는 대답하지 않을 수 있겠소?"

대그니는 고개를 끄덕였다.

리어든은 말을 꺼내기 전에 잠시 대그니를 바라보았다. 마치 그녀의 모습과 이 순간, 그리고 두 사람을 이 자리로 이끈 모든 것을 한꺼번에 보려는 듯했다.

"대그니, 당신을 사랑하오." 그가 명징한, 그러나 미소는 없는 행복을 보이며 조용히 말했다.

대그니는 말을 하려고 했지만 할 수 없음을 깨달았다. 그가 대답을 허락했다고 해도 차마 말을 하지 못하고 입술만 달싹거렸을 터였다. 그녀는 그의 말을 받아들인다는 뜻으로 고개를 숙여 보였다.

"당신을 사랑하오. 내 일과 내 제철소, 내 금속, 책상과 용광로와 실험실과 광산에서 일하는 시간을 사랑하는 것과 똑같은 가치와 표현과 자부심과 의미로 당신을 사랑하오. 나의 일하는 능력을 사랑하듯. 보는 행위와 앎을 사랑하듯. 화학방정식을 풀거나 일출을 볼 때 내 정신의 활동을 사랑하듯. 내가 만든 것들과 내가 느낀 것들을 사랑하듯. **나의 산물**, **나의** 선택, 내 세계의 모습, 내 가장 훌륭한 거울, 내가 가져보지 못한 아내, 다른 모든 것을 가능하게 해주는 존재로서, 내가 살아가는 힘으로서 당신을 사랑하오."

대그니는 고개를 똑바로 들고 그의 말을 듣고 받아들였다. 그가 그것을 원했고 그에게는 그럴 만한 자격이 있으니까.

"나는 밀퍼드 역의 측선 화물열차에서 당신을 처음 본 날부터 당신을 사랑했소. 존 골트 노선을 처음 달린 기관차에 함께 탔을 때도 당신을 사랑했소. 엘리스 와이엇의 집 복도에서도 당신을 사랑했소. 그 이튿날 아침에도 당신을 사랑했소. 물론 당신은 그걸 알고 있었지. 하지만 그 모든 날이 우리 두 사람에게 지녔던 의미를 완전하게 되살리려면 이렇게 당신에게 내 입으로 말해야만 하오. 나는 당신을 사랑했소. 당신은 그것을 알았지. 그런데 나는 몰랐소. 그것을 몰랐기에 책상에 앉아 리어든 금속 선물 증서를 바라보며 그 사실을 깨달아야만 했소."

대그니는 눈을 감았다. 하지만 리어든의 얼굴에는 고통이 없었다. 모든 것이 명료한 상태의 크나큰 행복감만 존재했다.

"'우리는 정신의 가치와 육체의 행위가 다른 그런 사람들이 아닙니다.' 아까 당신이 방송에서 한 말이오. 당신은 그날 아침 엘리스 와이엇의 집에서도 알고 있었소. 내가 당신에게 퍼붓는 모욕이 인간이 할 수 있는 가장 완전한 사랑의 고백임을 당신은 알고 있었소. 내가 우리 두 사람의 수치라고 저주한 육체적 욕망이 육체의 표현이 아니라 정신의 가장 심오한 가치의 표현임을 당신은 알고 있었소. 그것을 인정할 용기가 있든 없든 말이오. 그래서 그때 당신은 나를 비웃었던 거요. 안 그렇소?"

"그래요." 대그니가 속삭였다.

"그때 당신은 이렇게 말했소. '당신의 정신, 의지, 존재, 영혼까지 내게 줄 필요 없어요. 당신의 가장 저급한 욕망이 나를 향하고 있기만 하면 돼요.' 그 말을 할 때 당신은 내가 그 욕망을 통해 당신에게 나의 정신, 의지, 존재, 영혼을 주고 있다는 것을 알고 있었소. 지금이라도 그 아침이 진정한 의미를 되찾도록 당신에게 고백하겠소. 대그니, 내가 살아 있는 한 나의 정신, 의지, 존재, 영혼은 당신 것이오."

 리어든은 대그니를 똑바로 응시하고 있었고 대그니는 그의 눈이 반짝 빛나는 것을 보았다. 그것은 미소가 아니었다. 그녀가 입 밖에 내지 못한 외침을 들은 듯한 표정이었다.

 "내 사랑, 내 이야기를 마저 들어줘요. 나는 지금 내가 하는 말의 의미를 완전히 이해하고 있소. 나는 적들과 맞서 싸우고 있다고 생각하면서도 그들의 최악의 가치 기준을 받아들였소. 그리고 그 이후로 그 대가를 치러왔소. 지금까지도 그 대가를 치르고 있고, 마땅히 치러야 할 대가이지. 인간을 근원부터 파멸시키는 치명적인 가치 기준, 그것은 바로 정신과 육체의 단절이오. 나는 다른 대부분의 희생자들처럼 그것을 알지 못한 채, 그것이 문제가 되는지도 모르는 채 받아들였소. 나는 인간을 무력한 존재로 여기는 적들의 가치 기준에 저항하며 생각하고, 행동하고, 욕구를 충족시키기 위해 일하는 나의 능력을 자랑스럽게 여겼소. 하지만 나는 그것이 미덕이란 것은 알지 못했소. 나는 그 능력이 삶을 가능하게 만들어주는 것이기 때문에 목숨보다 소중히 여기며 반드시 지켜야 할 도덕적 가치, 최고의 도덕적 가치라고 생각해본 적이 없소. 그래서 그 능력 때문에 벌을 받는 것을 감수했소. 미덕 때문에 오만한 악의 손에 벌을 받는 것을 말이오. 그리고 그 악을 그토록 오만하게 만든 것은 바로 내 무지와 복종이었소.

나는 그들의 모욕과 기만, 갈취를 받아들였소. 나는 그들을, 영혼에 대해 떠들면서 하늘을 가릴 지붕조차 얹지 못하는 그 무력한 신비주의자들을 무시해버릴 수 있다고 생각했소. 세상은 나의 것이고, 그 입만 살아 있는 무능력자들은 내 힘에 위협이 될 수 없다고 자신했소. 그래서 내가 번번이 싸움에서 지는 것을 이해할 수가 없었소. 나는 나를 공격하는 힘이 바로 내게서 나온다는 것을 몰랐소. 나는 물질을 정복하느라 바쁜 동안 정신, 생각, 원칙, 법, 가치, 도덕성의 세계를 그들에게 넘겨주었던 거요. 나는 관념이 인간의 삶과 일에서, 현실에서, 이 세상에서 중요한 것이 아니라는 가치 기준을 아무 생각 없이 받아들였소. 관념이 이성이 아닌 내가 경멸해 마지않는 신비주의의 영역에 속하는 것처럼 말이오. 적들은 내게 그것만을 원했소. 그것으로 충분했으니까. 나는 그들이 온갖 허튼소리로 파괴하려고 하는 인간의 이성을 그들에게 넘겨주었던 거지. 그들은 물질을 다룰 능력이 없었소. 부를 창출하고 세상을 조종할 수가 없었소. 그리고 그럴 필요도 없었소. **나를** 조종했으니까.

부는 목적을 위한 수단일 뿐임을 아는 내가 수단을 만들어놓고 목적은 그들이 정하게 한 거요. 내 욕망을 충족시킬 수 있는 능력에 자부심을 느끼는 내가 그 욕망을 판단하는 가치 기준을 그들이 정하도록 했소. 물질을 내 목적에 맞게 만들 줄 아는 내가 모든 목적이 실패하고, 모든 욕망과 행복에의 시도가 좌절된 상태로 철강과 금만 갖고 있게 된 거요.

나는 신비주의자들의 가르침대로 자신을 둘로 나눴소. 사업의 원칙과 삶의 원칙이 달랐던 거요. 나는 약탈자들이 내 철강의 가격과 가치를 정하려고 하는 것에는 저항하면서 내 삶의 도덕적 가치를 결정하는 것을 그들에게 맡겼소. 노력 없이 부를 얻으려고 하는 것에는 반대하면서 경멸하는 아내에게 무조건적인 사랑을 주고, 나를 미워하는 어머니에게 무조건적인 존경을 바치고, 나를 파멸시킬 음모를 꾸미는 동생에게 무조건적인 지원을 해주는 게 내 의무라고 생각했소. 또 부당한 재정적 피해에는 저항하면서 부당한 고통을 당하는 삶은 받아들였소. 내 생산능력이 죄라는 주장은 거부하면서 행복을 누리는 능력은 죄로 여겼소. 미덕이 실체도 없고 알 수도 없는 정신적인 것이라는 주장에는 반대하면서 나는 **당신을**, 사랑하는 당신을 비난했소. 당신과 내 육체의 욕망 때문에 말이오. 하지만 육체가 사악하다면 육체가 생존할 수 있도록 해주는 것, 물질적 부와 그것을 생산하는 사람들도 사악한 것이오. 그리고 만일 도덕적 가치가 육체적 존재와 상반된다면 보상은 노력 없이 얻어져야 마땅하오. 미덕은 아무것도 하지 않는 것이고, 성취와 이득은 아무 관계도 없어야 하오. 생산능력을 가진 열등한 동물들은 육체의 무능함으로 정신적 우월성을 획득한 존재들을 위해 봉사해야 하고.

내가 세상에 처음 뛰어들었을 때 휴 액스턴 같은 사람이 내게 와서 신비주의자들의 성 이론을 받아들이는 것은 약탈자들의 경제 이론을 받아들이는 거라고 말했다면, 나는 면전에서 그를 비웃었을 거요. 하지만 이제 그럴 수 없소. 리어든 철강이 인간쓰레기들의 지배를 받고 있는 것을 보고 있으니까. 내 일생의 업적이 적들의 배를 불리는 것을 보고 있으니까. 반면, 내가 사랑한 유일한 두 사람에게는 어떻게 했는지 아오? 한 사람에게는 지독한 모욕을 주고, 다른 한 사람에게는 공개적인 치욕을 당하게 했소. 나의 친구이며 옹호자, 스승, 내가 진실을 깨닫도록 도와 자유를 얻게 해준 사람에게는 따귀를 때렸소. 대그니, 나는 그를 사랑했소. 그는 나의 형제요, 아들이며, 내가 가져본 적 없는 동지였소. 하지만 나는 그를 내 삶에서 쫓아내버렸소. 내가 약탈자들을 위해 생산하는 것을 돕지 않는다는 이유로. 그를 다시 돌아오게 할 수 있다면 무엇이든 아낌없이 내놓을 수 있지만 지금 나는 그에게 줄 것이 없고 다시는 그를 만날 수 없을 거요. 나는 그에게 용서를 구할 자격조차 없음을 잘 아니까.

하지만 내 사랑, 내가 당신에게 한 짓은 그보다 더 지독했소. 당신이 방송에서 그런 연설을 해야만 했던 것은 내 탓이었소. 내가 유일하게 사랑한 여인에게 내게 유일한 행복을 준 대가로 그런 치욕을 당하게 한 거요. 처음부터 당신이 선택한 일이고 그 결과를(오늘 밤의 일까지도) 모두 받아들였다는 말은 하지 말아요. 그런다고 당신에게 더 나은 선택의 기회를 제공하지 못한 내 잘못이 덮어지는 것은 아니니까. 약탈자들이 당신을 억지로 그 자리에 세운 것이고 당신은 내 복수를 해주고 나를 자유롭게 해주기 위해 그런 연설을 한 것이지만, 그래도 약탈자들이 그런 계략을 쓸 수 있도록 만든 것은 바로 나요. 그들이 당신에게 치욕을 주기 위해 이용한 죄와 불명예의 기준은 그들의 것이 아닌 나의 것이었소. 그들은 내가 믿었던, 그리고 엘리스 와이엇의 집에서 말했던 것들을 실행에 옮겼을 뿐이오. 우리의 사랑을 죄스러운 비밀로 감추었던 건 나였소. 그들은 단지 그것을 내 평가에 따라 처리했을 뿐이오. 그들의 눈을 의식해서 현실을 속이려고 했던 것은 나였소. 그들은 그저 내가 준 권리를 이용했을 뿐이오.

사람들은 거짓말쟁이가 상대를 속여 승리한다고 생각하지. 하지만 나는 거짓말이 자신을 포기하는 행위임을 알게 되었소. 어떤 사람에게 현실을 속이고 거짓말을 하면, 그 사람을 자신의 주인으로 만들고 그때부터 그 사람이 바라는 대로 계속 현실을 속여야만 하니까. 설령 거짓말로 당장의 목적을 이룬다고 해도 그로 인해 치르게 되는 대가는 그 거짓말의 목적 자체를 파괴해버리지. 세상에 대고 거짓말을 하는 사람은 그때부터 세상의 노예가 되는 거요. 내가 당신에 대한 내 사랑을 숨기고 대중 앞에서 부인하기로 결정한 순간 나는 그 사랑을 대중의 소유로 만든 거요. 대중은 적절한 방식으로 그 소유권을 주장했고. 나는 그것을 막을 방법이 없었고 당신을 구할 힘이 없었소. 결국 나는 당신을 보호하기 위해 약탈자들에게 굴복하고 선물 증서에 서명했소. 그것 역시 현실을 속이는 짓이었지만 달리 방법이 없었소. 대그니, 나는 그들의 협박대로 우리 두 사람이 공개적인 치욕을 당하느니 차라리 둘 다 죽는 게 나을 것 같았소. 하지만 선의의 거짓말이란 없소. 모든 거짓말은 파괴적인 것이며, 그중에서도 선의의 거짓말이 가장 파괴적이지. 그때도 나는 현실을 속였고, 결국 돌이킬 수 없는 결과를 초래하고 말았소. 당신을 보호하기는커녕 더 끔찍한 시련을 겪게 만들었고, 당신의 이름을 지켜주기는커녕 사람들 앞에 나서서 돌을 맞게 했소. 당신 자신이 던진 돌을 맞게 했지. 나는 당신이 자랑스럽게 그 사실을 밝혔다는 것을 알고 있소. 나도 자랑스러운 마음으로 들었고. 하지만 그 자랑스러움은 2년 전에 느꼈어야 했소.

아니, 당신은 나를 더 힘들게 만들지 않았소. 당신은 나를 자유롭게 해주었고 우리 두 사람을 구했소. 그리고 우리의 과거를 되살렸소. 나는 당신에게 용서해달라는 말을 할 수 없소. 우리 사이에는 그런 말이 필요치 않으니까. 내가 당신에게 할 수 있는 유일한 속죄는 행복해하는 것이오. 그리고 지금 나는 고통스럽지 않고 행복하오. 진실을 보았기 때문에 행복하오. 비록 이제 내게 남아 있는 건 보는 힘뿐이라고 하더라도. 만일 내가 고통에 굴복하고 내 실수로 과거를 망쳐버렸다는 헛된 회한에 젖는다면 그건 내가 안타깝게 놓쳐버린 진실에 대한 최후의 배신이요, 실패가 될 것이오. 하지만 만일 진실에 대한 사랑이 내게 남은 유일한 것이 된다면 내가 입은 손실이 클수록 내가 그 사랑을 위해 바친 대가에 대한 내 자부심은 더욱 커질 거요. 그럼 과거의 잔해는 나를 덮은 무덤이 아니라 내가 더 넓은 시야를 얻기 위해 오른 언덕이 되겠지. 내가 세상에 처음 뛰어들 때 갖고 있었던 것은 자부심과 비전의 힘뿐이었고, 나는 그 두 가지를 통해 모든 것을 이루었소. 지금 그 두 가지는 더욱 커졌소. 나는 그동안 몰랐던 가장 가치 있는 깨달음을 얻었소. 나는 내 비전에 자부심을 가질 권리가 있다는 것. 이제 그 비전을 이루기만 하면 되오.

대그니, 미래를 향한 첫걸음으로 내가 하고 싶었던 일은 당신에게 사랑한다는 말을 하는 것이었소. 지금 내가 말하고 있는 것처럼. 내 사랑, 당신을 사랑하오. 내 정신의 가장 명료한 인식에서 나오는 내 육체의 가장 맹목적인 열정으로. 당신에 대한 나의 사랑은 앞으로 영원히 변함없이 내게 남아 있을 내 과거의 유일한 성과요. 내게 아직 그 말을 할 기회가 남아 있을 때 말하고 싶었소. 처음 시작할 때 말하지 못했기 때문에 이런 식으로 말할 수밖에 없었소. 마지막에. 이제 당신이 내게 하고 싶어하는 말이 뭔지 말하겠소. 나는 이미 그걸 알고 받아들였으니까. 지난 한 달 동안 당신은 사랑하는 남자를 만났소. 만일 사랑이 최후의, 대체할 수 없는 선택을 의미한다면 그는 당신이 사랑한 유일한 남자요."

"그래요!" 대그니가 충격으로 정신이 아득한 상태에서 비명을 지르듯 헐떡이며 말했다.

"행크! 어떻게 알았어요?"

리어든은 미소지으며 라디오를 가리켰다.

"내 사랑, 당신은 연설할 때 과거형만을 사용했소."

"아……!"

이제 그녀는 신음하듯 헐떡였다.

"당신은 이제 대중 앞에서 당당히 할 수 있게 된 한마디 말을 하지 않았소. 당신은 '나는 그를 원했다'고만 했지 '나는 그를 사랑한다'고 하지 않았소. 그리고 아까 나와 통화할 때도 더 빨리 돌아올 수도 있었다고 했소. 다른 어떤 이유도 당신이 내 곁으로 돌아오는 것을 막진 않았을 거요. 오직 그 이유만이 그럴 수 있고 타당하지."

대그니는 몸의 균형을 잡으려는 듯 상체를 뒤로 조금 젖혔다. 그러면서도 그녀는 그를 똑바로 응시했고, 입술은 벌어지지 않았지만 미소로 눈빛이 부드러워져 있었다. 그녀의 눈에는 감탄이, 입가에는 고통이 어려 있었다.

"맞아요. 나는 사랑하는, 앞으로도 영원히 사랑하게 될 남자를 만났어요. 그를 보았고, 이야기도 했어요. 하지만 그는 내가 가질 수 없는 사람이에요. 영원히 갖지 못할 수도 있고, 어쩌면 다시는 만나지 못할 수도 있어요."

"나는 당신이 그를 만나리란 걸 처음부터 줄곧 알고 있었던 것 같소. 당신이 내게 어떤 감정을 느꼈고, 그게 얼마나 컸는지 알고 있었지만 내가 당신의 마지막 선택이 아니란 걸 알 수 있었소. 당신이 그에게 줄 것은 내게서 거둬간 것이 아닐 거요. 나는 가져본 적이 없는 거니까. 나는 그것에 저항할 수 없소. 내가 가졌던 것만으로도 내겐 너무 큰 의미를 지니니까. 내가 그것을 가졌다는 사실은 영원히 변하지 않을 테니까."

"행크, 내가 그 이야기를 하길 원해요? 내가 영원히 당신을 사랑할 거라고 말하면 이해할 수 있겠어요?"

"당신이 말하기 전부터 이해하고 있었소."

"나는 지금의 당신을 처음부터 줄곧 보았어요. 당신이 이제야 스스로 인정하려고 하는 당신의 위대성…… 나는 처음부터 그것을 알았고 당신이 그것을 발견하기 위해 애쓰는 것을 지켜봤어요. 속죄란 말은 하지 말아요. 당신은 내게 상처를 준 적이 없어요. 당신의 실수들은 너무나 고결한 당신이 말도 안 되는 원칙에 시달리는 과정에서 나온 것이에요. 그 원칙에 대항한 당신의 싸움은 내게 고통을 가져다주지 않았어요. 내가 여간해서는 느끼기 힘든 감탄을 느끼게 해주었죠. 당신이 받아주기만 한다면 나는 앞으로도 영원히 당신에게 감탄을 할 거예요. 나에게 당신의 의미는 영원히 변할 수 없어요. 하지만 내가 만난 그 남자, 그는 내가 그의 존재를 알기 훨씬 전부터 도달하고 싶었던 사랑이에요. 그는 앞으로도 내가 닿을 수 없는 곳에 있겠지만 그를 사랑한다는 사실만으로도 나를 계속 살아가게 하기에 충분할 거예요."

리어든은 그녀의 손을 잡아 자신의 입술에 가져다댔다.

"그럼 내 마음을 알겠군. 내가 왜 여전히 행복한지도."

대그니는 그의 얼굴을 올려다보며 이제야 비로소 그가 참모습을 가지게 되었다고 생각했다. 존재를 즐길 수 있는 무한한 능력을 지닌 사람. 그의 얼굴에는 인정할 수 없는 고통을 견디려는 긴장된 표정은 사라지고, 과거의 잔해와 가장 힘든 시간 속에서도 강인한 힘에서 나온 평온함이 어려 있었다. 그녀가 골짜기에서 본 사람들의 얼굴이었다.

"행크, 어떻게 설명해야 할지 모르겠지만 나는 배신행위를 저지르지 않은 것 같아요. 당신에게도, 그에게도." 대그니가 속삭였다.

"그렇소."

대그니의 창백한 얼굴에서 두 눈만 비정상적일 정도로 생기가 넘쳤다. 몸은 녹초가 되었어도 의식만은 온전히 남아 있는 듯했다. 리어든은 그녀를 소파에 앉히고 그녀 뒤로 팔을 뻗어 몸에 닿지 않게 보호하듯 안았다.

"이제 말해봐요. 어디 있었소?" 그가 물었다.

"그건 말할 수 없어요. 비밀로 하기로 약속했거든요. 말할 수 있는 건, 비행기가 추락하면서 우연히 발견한 곳이고 눈이 가려진 채 그곳을 떠났다는 사실뿐이에요. 그래서 다시 찾을 수 없을 거예요."

"갔던 길을 되짚어갈 수 있지 않겠소?"

"그러지 않을 거예요."

"그럼 그 남자는?"

"나는 그를 찾지 않을 거예요."

"거기 남아 있소?"

"모르겠어요."

"왜 그를 떠난 거요?"

"말할 수 없어요."

"그가 누구요?"

대그니는 자신도 모르게 절망적인 웃음을 터뜨렸다.

"존 골트가 누구죠?"

리어든은 놀라서 그녀를 쳐다보았고, 그녀가 농담을 하고 있는 것이 아님을 깨달았다.

"그러니까 존 골트가 진짜 존재한다는 거요?" 그가 천천히 물었다.

"그래요."

"그 은어가 **그**에 관한 것이었소?"

"그래요."

"어떤 특별한 의미가 있고?"

"그럼요!…… 그에 대해 한 가지 말할 수 있는 게 있어요. 비밀로 하겠다고 약속하기 전에 알아낸 사실이니까. 우리가 발견한 모터의 발명자가 바로 그예요."

"아!"

리어든은 자신이 그 사실을 진작 알아차렸어야 했다는 듯 미소를 지었다. 그러고는 연민에 가까운 시선을 보내며 부드럽게 말했다.

"그가 파괴자군. 그렇지?"

그는 대그니가 충격받은 얼굴이 되는 것을 보고 덧붙였다. "아니, 대답할 수 없다면 하지 않아도 돼요. 당신이 어디 있었는지 알 것 같소. 당신은 파괴자에게서 쿠엔틴 대니얼스를 구하기 위해 대니얼스를 쫓아가다가 추락했지. 안 그렇소?"

"맞아요."

"맙소사, 대그니! 정말 그런 곳이 존재하는 거요? 모두 살아 있소? 거기……? 미안하오. 대답하지 말아요."

대그니는 미소지으며 말했다. "진짜 존재해요."

리어든은 한참 동안 침묵을 지켰다.

"행크, 당신은 리어든 철강을 포기할 수 있나요?"

"아니!"

리어든은 격하게 대답한 뒤 처음으로 절망적인 목소리가 되어 덧붙였다. "아직은."

그는 그 말을 하는 동안 지난 한 달 간의 대그니의 고뇌를 체험한 듯했다.

"알겠소."

그는 이해와 연민, 경이감이 담긴 손길로 그녀의 이마를 쓰다듬으며 낮은 목소리로 말했다. "이제 당신은 지옥을 견뎌야 하오!"

대그니는 고개를 끄덕였다.

그녀는 그의 무릎을 베고 누웠다. 그가 머리를 쓰다듬어 주며 말했다.

"우린 힘닿는 데까지 약탈자들과 싸울 거요. 우리에게 어떤 미래가 기다리고 있을지 모르겠지만 이기거나 아니면 희망이 없음을 깨닫게 되겠지. 그때까지 우리는 세상을 위해 싸울 거요. 이제 세상에 남은 건 우리 둘뿐이니까."

대그니는 그대로 리어든의 손을 잡고 잠이 들었다. 그녀가 의식의 책임을 포기하기 전에 마지막으로 인식한 것은 거대한 공허감이었다. 그녀가 찾아 나설 권리가 없는 남자를 만날 수 없는 도시와 대륙이 주는 공허감.

반(反)생명

제임스 태거트는 야회복 재킷 주머니에 손을 넣어 제일 먼저 손에 잡힌 종이를 꺼냈다. 100달러짜리 지폐였다. 그는 지폐를 거지에게 주었다.

거지는 그 돈이 자기 것인 양 무심히 주머니에 넣고 "고맙소, 친구"라고 경멸적으로 말한 뒤 가버렸다.

제임스 태거트는 길 한가운데 서서 자신에게 충격과 두려움을 준 것이 무엇인지 생각했다. 거지의 무례함은 아니었다. 어차피 감사를 바란 것은 아니었으니까. 동정심에 이끌린 것이 아니라 그저 기계적이고 의미 없는 행동이었을 뿐이니까. 그를 충격과 두려움에 떨게 한 것은 거지가 100달러를 받건 10센트를 받건, 아니면 아무 도움도 받지 못하고 오늘 밤 안에 굶어 죽건 상관없는 듯 행동한 것이었다. 제임스는 몸서리를 치고는 활기차게 걷기 시작했다. 그 몸서리가 자신도 그 거지와 같은 기분임을 깨닫는 것을 차단해주는 역할을 했다.

주위의 건물 벽들이 여름 석양에 부자연스러울 정도로 명료하게 보이는 반면, 오렌지빛 옅은 안개가 교차로를 가득 채우고 층층의 지붕들을 덮어 땅이 줄어드는 듯한 기분을 느끼게 했다. 안개 너머로 고집스럽게 얼굴을 내밀고 있는 하늘의 달력은 낡은 양피지처럼 누랬다. 달력이 8월 5일을 가리키고 있었다.

'아니, 그건 사실이 아니야. 나는 지금 기분이 좋고, 그래서 오늘 밤 뭔가를 하고 싶은 거야.' 그는 마음속의 막연한 불안감에 대고 말했다. 그는 그 불안감이 기쁨을 누리고 싶은 욕망에서 비롯된 것임을 인정할 수 없었다. 그는 자신이 누리고 싶어하는 기쁨이 축하의 기쁨이라는 사실도 인정할 수 없었다. 그것은 자신이 축하하고 싶어하는 것을 인정할 수 없기 때문이었다.

오늘은 격렬한 활동을 한 하루였다. 숨처럼 흐릿하게 떠다니는 말들 속에서 보낸 시간들이었지만 계산기처럼 정확하게 목적을 이루어 완전한 만족 상태에 이를 수 있었다. 하지만 그의 목적과 만족은 타인들에게뿐 아니라 자신에게도 숨겨야만 했기에 갑자기 기쁨에 젖고 싶은 충동을 느끼는 것은 위험한 일이었다.

그의 하루는 아르헨티나에서 방문한 국회의원의 호텔

스위트룸에서 열린 소규모 오찬으로 시작되었다. 그 자리에는 다양한 국적을 가진 사람들이 모여 아르헨티나의 기후와 토양, 자원, 국민들의 요구, 미래에 대한 역동적이고 진보적인 태도의 가치에 대해 한가로이 대화를 나누었다. 그러다가 지나가는 말처럼 아르헨티나가 2주 내로 인민국으로 선포될 것이라는 이야기가 나왔다.

그다음에는 오런 보일의 집에서 칵테일 몇 잔을 마셨다. 유일하게 참석한 아르헨티나 사람은 구석에 조용히 앉아 있었고, 워싱턴에서 온 두 명의 행정관과 정확한 지위를 알 수 없는 몇 명의 친구들이 국가 자원과 야금학, 광물학, 이웃의 의무와 세계 전체의 복지에 대해 떠들다가 3주 내로 아르헨티나 인민국과 칠레 인민국에 40억 달러의 차관이 이루어질 것이라고 언급했다.

다음에는 고층 빌딩 지붕 위에 마치 지하실처럼 꾸며놓은 술집 특실에서 비공식 칵테일파티가 열렸다. 제임스 태거트가 주관한 그 파티는 최근에 설립된 국제친선개발회사 이사들을 위한 자리였다. 그 회사 대표는 오런 보일이었고, 칠레에서 온 호리호리하고 우아하며 지나치게 활동적인 남자가 재무이사였다. 그의 이름은 세뇨르 마리오 마르티네스였지만 제임스는 그의 성격이 커피 메이그스를 닮아서 세뇨르 커피 메이그스라고 부르고 싶은 충동을 느꼈다. 그 자리에서는 골프, 경마, 보트 경주, 자동차, 여자

이야기만 했다. 국제친선개발회사가 '20년 관리 임대' 독점 계약에 따라 남반구 인민국들의 모든 산업 재산을 관리하게 된 것에 대해서는 모두가 알고 있었기에 굳이 언급할 필요가 없었다.

오늘의 마지막 행사는 칠레 외교 대표 세뇨르 로드리고 곤살레스의 집에서 열린 대규모 만찬이었다. 1년 전만 해도 세뇨르 곤살레스의 이름을 들어본 사람은 아무도 없었다. 그러나 그는 뉴욕에 도착한 이후 지난 6개월 동안 연파티 덕에 어느새 유명해져 있었다. 손님들은 그를 진보적 사업가라고 평가했다. 칠레가 인민국이 되면서 아르헨티나 같은 낙후된 비인민국 거주자들의 재산을 제외한 모든 재산을 국유화했을 때 그도 재산을 잃었지만 개화된 태도로 새 정권에 참여해 국가를 위해 봉사했기 때문이다. 뉴욕에 있는 그의 집은 최고급 거주용 호텔 한 층을 모두 차지하고 있었다. 그는 퉁퉁하고 무표정한 얼굴과 살인마 같은 눈매를 가지고 있었다. 제임스는 오늘 그를 지켜보면서 감정이라고는 모르는 사람 같다고 결론지었다. 그 출렁거리는 살은 칼로 그어도 아무것도 느끼지 못할 것 같았다. 하지만 푹신한 페르시아산 러그에 발을 비비거나 반들거리는 의자 팔걸이를 쓰다듬거나 시가를 물 때 음탕한 쾌감을 즐기는 듯했다. 그의 아내 세뇨라 곤살레스는 작고 매력적인 여인으로, 본인이 생각하는 것만큼 아름답지는 않았지만 격렬하고 신경질적인 에너지와 무엇이든 약속해주고 누구라도 용서해줄 것 같은 느슨하고 따뜻하고 냉소적인 독단성이 엿보이는 묘한 태도로 미인의 명성을 누리고 있었다. 상품이 아닌 특혜를 거래하는 시대에 그녀라는 상표는 남편의 주요 자산이었다. 제임스는 손님들 속의 그녀를 지켜보며 저 남자들 대부분이 굳이 공을 들일 이유도 없었고 어쩌면 기억도 하지 못할 우연한 밤들의 대가로 어떤 거래들이 이루어지고, 어떤 법령들이 발효되고, 어떤 산업들이 파괴되었을지 흥미로운 상상에 빠졌다. 제임스는 그 파티가 지루했다. 그가 그 자리에 얼굴을 내민 것은 고작 대여섯 명의 사람들 때문이었고, 그 대여섯 명과 굳이 대화를 나눌 필요도 없었다. 그저 얼굴을 보이고 눈길만 몇 번 주고받으면 되었다. 만찬이 시작될 무렵 제임스는 그 자리에서 듣고자 했던 말을 들었다. 세뇨르 곤살레스의 안락의자 주위로 모여든 대여섯 명의 사람들 사이로 그의 시가 연기가 피어오르는 가운데 그가, 장차 인민국이 될 아르헨티나와의 협정에 따라 단코니아 구리의 재산이 앞으로 한 달도 안 남은 9월 2일에 칠레 인민국에 국유화될 것이라고 발표했던 것이다.

모든 것이 제임스의 예상대로 되었다. 그런데 세뇨르 곤살레스의 말을 듣고 있을 때 그가 예상치 못했던 일이 일어났다. 그 자리에서 도망치고 싶은 억누를 수 없는 충동을 느꼈던 것이다. 그는 오늘 밤의 성과를 맞이하기 위한 다른 종류의 활동이 필요하기라도 한 것처럼 그 자리가 견딜 수 없이 지루했다. 그는 쫓고 쫓기는 기분을 느끼며 거리의 여름 황혼 속으로 걸어 나왔다. 그는 스스로 인정할 용기가 없는 감정에서 나오는 다른 그 어떤 것도 줄 수 없는 기쁨을 쫓고 있었고, 자신이 어떤 동기로 오늘의 성과를 계획했고 무엇 때문에 이렇게 만족감에 들떠 있는지 발견하게 되는 것에 대한 두려움에 쫓기고 있었다.

제임스는 지난해 폭락한 후로 완전히 회복을 하지 못하고 있는 단코니아 구리 주식을 팔아치우고 친구들과 합의한 대로 국제친선개발회사 주식을 사서 거금을 챙겨야 한다고 생각했다. 하지만 그런 생각도 따분하기만 했다. 그가 축하하고 싶은 일은 그것이 아니었다.

그는 그 일에서 기쁨을 짜내려고 애썼다. '돈, 돈이 나의 동기였어. 그것은 정상적인 동기가 아닌가? 타당한 동기고. 결국 모두가 추구하는 게 돈 아니야? 와이엇도, 리어든도, 단코니아도.' 그는 생각이 위험한 막다른 골목으로 흘러드는 것을 막으려고 고개를 흔들었다. 차마 그 골목의 끝을 볼 수가 없었다.

그는 마지못해 진실을 받아들이고 쓸쓸히 생각했다. '아니, 이제 내게 돈은 아무 의미도 없어.' 그는 오늘 연 파티에서 돈을 물 쓰듯 썼다. 다 먹지도 않고 남긴 비싼 술과 음식에. 과도한 팁과 갑작스런 변덕에. 손님 중 한 사람이 그가 시작한 더러운 이야기의 정확한 내용을 확인하고 싶어하자 아르헨티나에 국제전화를 걸기까지 했다. 순간적인 충동으로, 생각하는 것보다 돈을 쓰는 게 더 쉽다는 무기력한 태도로 돈을 마구 뿌려댔다.

"자넨 철도통합계획 아래에서는 아무 걱정할 것 없네." 오런 보일이 취해서 낄낄거리며 말했다.

철도통합계획 아래에서 노스다코타의 한 지역 철도가 파산해 그 지역이 황폐해질 운명에 처하게 되었고, 그 지역 은행가는 아내와 자식들을 먼저 죽인 후 자살하기까지 했다. 테네시에서는 화물열차 한 대가 운행을 중단하는 바람에 그 지역 공장이 겨우 하루 전에 통고받고 운송수단을 잃게 되었으며, 그 공장주 아들은 대학을 중퇴하고 습격자 무리와 살인을 저질러 감옥에서 형 집행을 기다리는 신세가 되었다. 캔자스에서는 간이역 하나가 폐쇄되어 과학자가 되고 싶어했던 역장은 접시닦이로 전락하고 말았다. 반면, 제임스 태거트는 고급 술집에서 오런 보일의 목구멍으로 들어가는 술값과 오런 보일이 가슴팍에 술을 쏟았을 때 수건으로 닦아준 웨이터 팁, 칠레에서 온 전직 포주가 겨우 1미터 떨어진 곳에 있는 재떨이를 가져오기가 귀찮아 담뱃불로 태운 카펫 보상금을 낼 수 있었다.

이제 그를 두려움에 몸서리치게 하는 것은 자신이 돈에

무관심하다는 사실이 아니었다. 자신이 거지 신세로 전락해도 돈에 무관심할 것이라는 사실이었다. 한때 그도 자신이 그토록 비난하는 탐욕의 죄를 저지르고 있다는 생각에 짜증 섞인 죄책감을 느꼈던 적이 있었다. 그런데 사실은 자신이 위선자가 아니었다는 오싹한 깨달음에 이르게 된 것이다. 그는 돈에 신경 쓴 적이 없었다. 그는 다시금 막다른 골목에 선 기분을 느꼈다. 도저히 그 끝을 볼 용기가 나지 않는 막다른 골목.

'나는 그저 오늘 밤 뭔가를 하고 싶을 뿐이야!' 그는 반항심과 분노에 차서 소리 없이 외쳤다. 반항심은 자꾸 그런 생각들을 강요하는 무언가를 향한 것이었고 분노는 자신이 무엇을, 그리고 왜 원하는지 알지 못하면 즐거움을 누릴 수 없게 하는 심술궂은 세상을 향한 것이었다.

'네가 원하는 게 뭐지?' 마음속에서 적의 목소리가 계속 물었고, 제임스는 그 목소리를 피하려고 더 빨리 걸었다. 마치 자신의 뇌가 심연이 숨겨진 안개 속 미로이고 모퉁이를 돌 때마다 막다른 골목이 나타나는 듯했다. 안전이라는 작은 섬은 계속 줄어들고 있고 이제 곧 막다른 골목만 남겨질 상황에서 필사적으로 달려가고 있는 듯했다. 그의 주위에만 명료한 부분이 남아 있고 안개가 모든 출구를 막고 있는 듯했다. '왜 줄어들어야만 하는 거지?' 그는 패닉 상태에서 그렇게 생각했다. 그는 평생을 그렇게 살아왔다.

코앞에 있는 포장도로에 고집스럽게, 안전하게 시선을 박고 모퉁이와 먼 곳, 그리고 꼭대기에선 교묘히 시선을 피하면서. 그는 어딘가로 가려고 했던 적이 없었다. 그저 전진으로부터, 직선의 멍에로부터 벗어나기만을 원했다. 그는 자신이 살아온 세월이 합산되어 어떤 총합을 이루는 것을 원치 않았다. '그 세월을 총합한 게 뭐지? 내가 왜 정지해 있을 수도, 후퇴할 수도 없는 스스로 선택하지도 않은 목적지에 이르러야 했던 거지?' 그때 누군가 팔꿈치로 그를 밀어내며 으르렁거렸다.

"똑바로 보고 다녀!"

제임스는 그제야 자신이 악취 나는 덩치 큰 사내와 부딪혔음을, 그리고 자신이 달리고 있었음을 깨달았다.

제임스는 걸음을 늦추고 자신이 발길 닿는 대로 도망치며 선택한 길들을 의식의 영역에 받아들였다. 지금까지 그는 집에 있는 아내에게 가고 있다는 사실을 의식하지 않으려고 애썼던 것이었다. 집 역시 안개 자욱한 골목이었지만 그에게는 달리 갈 곳이 없었다.

아내 셰릴의 방으로 들어선 제임스는 그녀가 조용하고 침착한 모습으로 일어서는 것을 보면서 이것은 자신이 아까 인정한 사실보다 더 위험하며 자신이 원하는 것을 찾지 못할 것임을 깨달았다. 하지만 그에게 위험은 눈을 감고 판단을 유보하고 가던 길을 가라는 신호였다. 위험을 보고 싶지 않은 자신의 강력한 바람이 위험을 비현실의 영역에 계속 머물게 할 테니까. 그의 마음속 안개 경적은 안개를 피하라는 경고가 아니라 더 끌어모으라는 신호이니까.

"아, 그래, 사업상 중요한 파티가 있었는데 오늘은 **당신과** 저녁을 먹고 싶어서 그냥 왔어."

그것은 아내에 대한 찬사였지만 세릴은 조용히 "알았다"고만 대답했다.

제임스는 아내의 놀라지 않는 태도와 창백하고 담담한 얼굴에 짜증이 났다. 그는 아내가 자연스럽고 유능하게 하인들에게 지시를 내리는 것에도, 은제 얼음 그릇에 크리스털 과일 컵 두 개와 촛불을 밝힌 완벽한 식탁에 아내와 마주 앉아 있는 것에도 짜증이 일었다.

하지만 그를 가장 짜증나게 만드는 것은 세릴의 안정된 모습이었다. 그녀는 이제 유명한 예술가가 설계한 호화로운 집에 주눅든 초라한 여자가 아니었다. 집과 잘 어울렸다. 그녀는 그런 멋진 식탁이 요구하는 여주인으로서 거기 앉아 있었다. 그녀는 황갈색 머리와 잘 어울리는 적갈색 비단 실내복을 입고 있었고 엄격하리만큼 단순한 선들이 유일한 장식이었다. 제임스는 그녀가 옛날처럼 짤랑거리는 팔찌를 차고 모조 다이아몬드 버클을 다는 게 더 나을 것 같았다. 그리고 지난 몇 달 동안 느껴왔던 것이지만 그녀의 눈빛도 기분 나빴다. 그녀의 두 눈은 우호적이지도, 적대적이지도 않았으며 의문을 품고 그를 주시하고 있었다.

제임스가 자랑 반, 애원 반의 어조로 말했다. "오늘 큰 거래를 성사시켰어. 미 대륙 전체와 대여섯 개의 나라들과 관련된 계약이지."

그는 자신이 기대했던, 초라한 여점원의 얼굴에서 늘 볼 수 있었던 경외와 감탄, 열띤 호기심이 더 이상 존재하지 않음을 깨달았다. 아내의 얼굴에서는 그런 것들을 찾아볼 수가 없었다. 차라리 분노나 증오가 저 냉정하고 주의 깊은 눈길보다는 나을 것 같았다. 심문하는 저 눈길보다는 차라리 비난이 나을 것 같았다.

"무슨 거래요?"

"무슨 거래라니, 그게 무슨 뜻이지? 왜 의심하는 거야? 왜 그렇게 캐묻는데?"

"미안해요. 기밀인지 몰랐어요. 대답 안 해도 돼요."

"기밀은 아니야."

제임스는 그렇게 대답하고 그녀의 말을 기다렸으나 셰릴은 침묵만 지켰다.

"아니, 아무 말 안 할 거야?"

"네."

셰릴이 그의 비위를 맞추어주려는 듯 짤막하게 대답했다.

"그러니까 아무 관심도 없다는 거야?"

"당신이 이야기하고 싶어하지 않는 것 같아서요."

"아, 그렇게 까다롭게 굴지 마! 아주 큰 사업이야. 당신 큰 사업 좋아하잖아, 안 그래? 다른 사람들은 꿈도 꾸지 못하는 거대한 사업이지. 다들 한 푼 두 푼 벌어 모으느라 기를 쓰지만 난 한 방이면 돼."

그는 손가락을 딱 튕겼다.

"사상 최대의 묘기지."

"묘기라고요?"

"거래!"

"당신이 해냈다고요? 당신 힘으로?"

"그렇다니까! 멍청한 뚱보 오런 보일은 100만 년이 걸려도 못 해낼걸. 이런 일을 해내려면 지식과 기술, 타이밍……."

그는 아내의 눈에서 호기심이 반짝이는 것을 보았다.

"심리전이 필요하지."

아내의 눈에서 호기심이 사라졌으나 그는 부주의하게 계속 떠들었다.

"웨슬리에게 효과적으로 접근하고, 그에게 나쁜 영향을 미치는 사람들을 제거하고, 톰프슨이 너무 많은 것을 알지 못하게 하면서도 지속적으로 관심을 유도하고, 칙 모리슨을 관여시키고, 팅키 할러웨이는 배제시키고, 적절한 사람들이 적절한 시기에 웨슬리를 위해 파티를 열게 만들고, 그리고…… 참, 셰릴. 집에 샴페인 있나?"

"샴페인요?"

"오늘 밤 뭔가 특별한 걸 할 수 없을까? 함께 축하 좀 할 수 없을까?"

"샴페인 있어요. 물론이에요."

셰릴은 벨을 누르고 묘하게 생기 없고 무비판적인 태도로 하인에게 지시를 내렸다. 자발적인 의견은 전혀 없이 남편의 요구에만 성실하게 따르는 태도였다.

"별로 감명받는 것 같지 않군. 하기야 당신이 사업에 대해 뭘 알겠어? 당신은 큰일은 이해를 못 하지. 9월 2일까지 기다려봐. **그들이** 그 소식을 들을 때까지."

"그들요? 누구요?"

제임스는 무의식중에 위험한 말을 뱉은 듯한 표정으로 그녀를 흘끗 쳐다보았다.

"나와 오런, 그리고 친구 몇 명이서 국경 남쪽의 모든 산업 재산을 통제할 조직을 만들어놨어."

"누구의 재산인데요?"

"그야…… 인민의 재산이지. 사적인 이득을 얻기 위한 구식 강탈이 아니야. 사명을 지닌 거래지. 남미의 여러 인민국들의 국유화된 재산을 관리하고, 그곳 노동자들에게 우리의 현대적인 생산 기술을 가르쳐 평생 기회를 가져본 적 없는 혜택받지 못한 사람들을 돕는 공공정신에서 우러난 가치로운 사명."

셰릴이 시선조차 움직이지 않고 조용히 듣고 있는데도 그는 갑자기 이야기를 끊더니 차가운 웃음을 터뜨리며 말했다.

"당신 말이야, 빈민가 출신인 걸 감추고 싶어서 그렇게 안달이라면 사회복지라는 철학에 무관심하면 안 되지. 꼭 가난한 사람들이 인도주의정신이 부족하다니까. 이타주의라는 고귀한 감정을 알려면 부자로 태어나야 한다니까."

그러자 셰릴이 잘못을 정정하는 단순하고 이성적인 어조로 말했다. "나는 빈민가 출신이란 걸 감추려고 한 적 없어요. 그리고 그 복지철학에 공감하지도 않고요. 나는 공짜를 바라는 가난한 사람들이 어떻게 되는지 숱하게 보아왔으니까요."

제임스는 대꾸하지 않았다.

셰릴이 오랜 의심을 확인하듯 놀란 것 같으면서도 단호한 목소리로 말했다. "제임스, 당신도 그런 것에 관심 없잖아요. 당신도 그 복지 나부랭이에 신경 안 쓰잖아요."

"흠, 당신이 관심 갖는 건 돈뿐이라면 그 거래로 내가 거금을 벌게 될 거란 걸 말해주지. 당신이 늘 찬양하는 건 그거지. 부. 안 그래?" 제임스가 퉁명스럽게 말했다.

"그건 경우에 따라 달라요."

제임스는 경우에 따라 어떻게 다른지 묻지 않고 말했다. "나는 세계 최고의 갑부가 될 거야. 나는 무엇이든 살 수 있을 거야. 무엇이든. 말만 해. 당신이 원하는 건 다 줄 수 있어. 말해봐. 어서."

"나는 아무것도 원하지 않아요."

"당신에게 선물을 주고 싶어서 그래! 거래의 성공을 축하하는 뜻에서. 알겠어? 뭐든 생각나는 게 있으면 말해. 뭐든지. 나는 뭐든 할 수 있어. 내가 할 수 있다는 걸 당신에게 보여주고 싶어. 갖고 싶은 게 뭐야?"

"그런 거 없어요."

"그러지 말고! 요트 사줄까?"

"아니요."

"버펄로에 있는 당신 고향 마을을 통째로 사줄까?"

"아니에요."

"잉글랜드 인민국 왕관을 원해? 구할 수 있어. 그 나라에서 오래전부터 암시장에 내놨다고 암시를 주고 있거든. 하지만 이제 그걸 살 수 있는 구식 재벌이 남아 있지 않지. **나는** 살 수 있어. 9월 2일만 되면. 사줄까?"

"아니요."

"그럼 뭘 원하는데?"

"제임스, 난 아무것도 원하지 않아요."

"아니, 원해야 해! 뭔가 원해야만 한다고! 빌어먹을!"

세릴은 좀 놀라는 기색이면서도 무관심하게 그를 바라보았다.

제임스는 자신이 이성을 잃은 것에 놀란 듯했다.

"그래, 좋아. 미안해. 당신을 기쁘게 해주고 싶어서 그런 거야."

그는 그렇게 말한 뒤 시무룩하게 덧붙였다. "하지만 당신은 전혀 이해를 못 하는 것 같군. 당신은 그게 얼마나 중요한 일인지 몰라. 당신이 얼마나 대단한 거물과 결혼했는지 모른다고."

"알려고 애쓰고 있어요." 셰릴이 천천히 말했다.

"아직도 여전히 행크 리어든이 위대한 인물이라고 생각하나?"

"그래요, 제임스. 그렇게 생각해요."

"내가 그를 이긴 거야. 나는 그들보다 더 위대해. 리어든보다 위대하고, 내 여동생의 또 다른 연인보다……."

제임스는 너무 많은 말을 한 것처럼 얼른 입을 다물었다.

셰릴이 담담하게 물었다. "제임스, 9월 2일에 무슨 일이 일어나는데요?"

제임스는 고개를 숙인 채 그녀를 올려다보았다. 차가운 시선이었지만 신성한 금기를 냉소적으로 깨는 듯 얼굴에는 희미한 미소가 어려 있었다.

"단코니아 구리가 국유화될 거야." 그가 말했다.

비행기가 어두운 하늘을 지나가면서 요란한 엔진 소리가 길게 이어졌고, 제임스의 과일 컵이 담긴 은제 얼음 그

롯에서 얼음 한 조각이 녹으며 달그락거리는 소리를 냈다. 그 소리들이 멈춘 뒤에야 세릴이 말했다.

"그는 당신 친구였잖아요. 안 그래요?"

"닥쳐!"

제임스는 아내를 쳐다보지 않고 침묵을 지켰다. 그가 다시 그녀에게 시선을 돌렸을 때 그녀는 아직도 그를 응시하고 있었다. 그녀가 먼저 입을 열었는데 묘하게 준엄한 목소리였다.

"당신 여동생이 라디오 방송에서 한 일은 위대했어요."

"그래, 알아, 안다고. 한 달 내내 한 소리잖아."

"당신은 내게 대답하지 않았어요."

"대답할 게 뭐가……?"

"당신의 워싱턴 친구들이 그녀에게 대답하지 않은 것처럼요."

제임스는 침묵을 지켰다.

"제임스, 나는 그 이야기를 마저 해야겠어요."

제임스는 대답하지 않았다.

"당신의 워싱턴 친구들은 그 일에 대해 한 마디도 하지 않았어요. 그녀가 말한 것들에 대해 부인하지도, 설명하지도 않았고 스스로를 합리화하지도 않았어요. 마치 그녀가 그런 말들을 하지 않은 것처럼 행동했죠. 사람들이 그 일에 대해 잊기를 바라는 것처럼요. 물론 잊는 사람들도 있겠죠. 하지만 나머지 우리는 그녀가 무엇을 이야기했는지 알아요. 당신 친구들이 그녀와 맞서 싸우기를 두려워한다는 것도요."

"그렇지 않아! 이미 적절한 조치가 취해졌고, 그 사건은 마무리됐어. 당신이 자꾸 그 일을 들먹이는 이유를 모르겠어."

"무슨 조치요?"

"버트럼 스커더가 방송에서 퇴출됐어. 그의 프로그램은 현 시점에서 공익에 부합되지 않으니까."

"그게 그녀에게 답변이 될까요?"

"그것으로 사건은 종결됐고, 그 문제에 대해서는 더 이상 이야기할 것이 없어."

"공갈 협박과 갈취로 움직이는 정부에 대해서요?"

"아무 조치도 없었다고 말할 순 없어. 스커더의 프로그램이 분열적이고 파괴적이며 신뢰할 수 없다는 사실이 공개적으로 발표되었으니까."

"제임스, 내가 이해할 수 없는 건 스커더는 그녀 편이 아니고 당신들 편이었다는 거예요. 그 방송은 그가 계획한 것도 아니에요. 그는 워싱턴의 명령에 따랐을 뿐이에요. 안 그런가요?"

"나는 당신이 버트럼 스커더를 좋아하지 않는 줄 알았는데."

"맞아요. 하지만……."

"그럼 뭘 신경 써?"

"하지만 그는 그 일에 대해서는 결백해요. 안 그런가요?"

"당신은 정치에는 신경 쓰지 않는 게 좋겠어. 바보처럼 말하잖아."

"그는 결백해요. 안 그래요?"

"그래서?"

셰릴은 눈이 휘둥그레져서 그를 쳐다보았다.

"그럼 그를 희생양으로 만든 거군요. 그렇죠?"

"제발 에디 윌러스 같은 얼굴로 앉아 있지 마!"

"내가요? 내가 에디 윌러스 같아요? 그는 정직한 사람이에요."

"그는 현실에 대처하는 법을 전혀 모르는 빌어먹을 멍청이야!"

"하지만 당신은 알잖아요. 안 그래요?"

"당연하지!"

"그럼 당신이 스커더를 도와줄 수 없었나요?"

"**내가?**"

제임스는 무력하고 분노에 찬 웃음을 터뜨렸다.

"제발 철 좀 들어! 나는 스커더를 사자들에게 먹이로 던져주기 위해 최선을 다한 사람이야! 누군가는 해야만 했던 일이지. 다른 희생양이 없었으면 **내** 목이 날아갔을 거라는 걸 모르겠어?"

"**당신** 목요? 왜 대그니 목이 아니고요? 그녀가 잘못했다면서요. 그녀가 잘못한 게 아닌가요?"

"대그니는 우리와 부류가 달라. 스커더 아니면 나였다고."

"왜요?"

"그리고 스커더가 희생양이 되는 게 국가정책에 훨씬 도움이 되었지. 대그니가 한 말에 대해서는 따질 필요 없이 누가 그 이야기만 꺼내면 우리는 그게 스커더의 프로그램이었다는 것만 강조했고. 그래서 스커더의 프로그램은 악평을 받게 되었고, 스커더는 사기꾼에 거짓말쟁이가 된 거지. 대중이 그걸 밝혀낼 수 있을 거라고 생각해? 어쨌거나 버트럼 스커더를 신뢰하는 사람도 없었고. 그런 눈으로 보지 마! 그럼 **내가** 불명예를 안았어야 했다고 생각해?"

"왜 대그니는 아니고요? 그녀의 연설을 거짓으로 매도할 수가 **없어서요**?"

"버트럼 스커더가 그렇게 불쌍하다면 그가 **내** 목을 치려고 얼마나 기를 썼는지 말해주지! 그는 수년 동안 그런 짓을 해왔어. 그가 남의 시체를 밟고 올라서지 않았다면 어떻게 그 자리까지 오를 수 있었겠어? 그는 자기가 대단한 거물인 줄 알았지. 거대 기업의 총수들이 그 인간 앞에서 벌벌 떨었으니까! 하지만 이번에는 패배하고 말았어. 이번에는 줄을 잘못 섰거든."

제임스는 나른하게 뒤로 기대앉으며 미소를 머금었다. 이것이 바로 그가 원하던 즐거움이었다. 자기 자신이 되는 것. '나 자신이 되는 것.' 그는 막다른 골목 중에서도 가장 치명적인, 자신이 무엇인지에 대한 의문으로 이끄는 막다른 골목을 취기에 젖은 불안정한 상태로 떠돌며 그렇게 생각했다.

"알다시피 그는 팅키 할러웨이파에 속했거든. 팅키 할러웨이파와 칙 모리슨파는 한동안 막상막하의 시소게임을 펼쳤지. 하지만 우리가 이겼어. 팅키는 우리와 거래에 나섰고, 자신이 필요로 하는 몇 가지를 챙기는 대신 자신의 친구 버트럼을 버리는 데 동의했어. 버트럼의 울부짖음을 당신도 들었어야 했는데! 하지만 그는 이미 가망이 없었고 자신도 그걸 알고 있었지."

그는 킬킬대다가 안개가 걷히고 아내의 얼굴이 보이자 얼른 웃음을 그쳤다.

"제임스, 당신의 승리들이…… 그런 거였어요?" 그녀가 속삭이듯 말했다.

"제발 그만 좀 해! 당신 지금까지 어디 있었어? 지금 당신이 어떤 세상에서 살고 있다고 생각해?"

그는 소리를 지르며 주먹으로 식탁을 쾅 내리쳤다. 그

바람에 그의 물 잔이 쓰러져 물이 흘러 레이스 식탁보를 검게 적셨다.

"나는 알려고 애쓰고 있어요."

셰릴이 속삭이듯 말했다. 그녀는 어깨가 축 늘어지고 갑자기 지친 얼굴이 되었다. 초췌하고 당혹스러워 보이는 나이 든 얼굴이 되었다.

제임스가 침묵을 깨고 외쳤다. "나도 어쩔 수 없었어! 내 탓이 아니야! 나는 세상을 있는 그대로 받아들일 수밖에 없어! 세상을 이렇게 만든 건 내가 아니라고!"

제임스는 셰릴이 미소짓는 것을 보고 충격에 빠졌다. 너무나도 격한 경멸을 담은 미소라 그녀의 온화하고 참을성 있는 얼굴에는 도무지 어울리지 않았다. 그녀는 제임스가 아니라 머릿속의 영상을 보고 있었다.

"우리 아버지가 일자리는 찾지 않고 술집에서 술이나 퍼마시며 늘 하던 이야기예요."

"감히 나를 그런 사람과 비교하다니……."

제임스는 말을 맺지 못했다. 셰릴이 듣고 있지 않았던 것이다.

셰릴은 다시 그를 쳐다보더니 완전히 엉뚱한 이야기를 꺼내 그를 놀라게 만들었다.

"국유화 날짜 9월 2일은 당신이 정한 건가요?" 그녀가 생각에 잠긴 목소리로 물었다.

"아니. 나는 그 일과 아무 관련이 없어. 그 나라 국회 특별 회기 날짜야. 왜?"

"그날이 우리의 첫 결혼기념일이에요."

"응? 아, 맞아!"

제임스는 안전한 주제로 넘어간 것에 안도하며 미소지었다.

"그날 결혼 1주년이 되는군. 결혼한 지 그렇게 오래된 것 같지 않은데!"

"나는 그보다 훨씬 오래된 것 같아요." 세릴이 억양 없는 목소리로 말했다.

그녀는 다시 고개를 돌렸고, 제임스는 갑자기 불안감이 엄습하는 것을 느끼며 그 주제가 전혀 안전하지 않음을 깨달았다. 그는 아내가 지난 1년을 되돌아보는 것 같은 표정을 하고 있는 것을 견딜 수가 없었다.

세릴은 마음속으로 되뇌었다. '……겁먹지 말고 알려고 노력해야 해. 내가 할 일은 겁먹지 말고 알려고 노력하는 거야…….' 이 말은 너무 자주 되뇌다보니 그녀가 지난 1년 동안 무력한 몸을 늘 기대어 반질반질해진 기둥처럼 느껴졌다. 그녀는 그 말을 다시 반복하려고 했지만 이제 더 이상 그 말로 공포를 저지할 수 없는 것처럼 반질반질한 기둥에서 손이 미끄러지는 기분을 느꼈다. 진실을 알기 시작했기 때문이다.

'모르겠으면 겁먹지 말고 알려고 노력해야 해.' 그녀가 결혼 후 처음 몇 주 동안 당혹감과 외로움에 빠져 스스로에게 한 말이었다. 그녀는 남편 제임스 태거트가 나약한 사람처럼 골을 내고, 겁쟁이처럼 그녀의 질문에 제대로 대답하지 않고, 알 수 없는 말만 하는 것이 도무지 믿기지 않았다. 그녀는 알지도 못하면서 비난할 수는 없다고, 자신은 그의 세계에 대해 아는 것이 없으며 무지한 만큼 그의 행동을 오해할 소지도 크다고 스스로를 타일렀다. 그녀는 무엇인가 잘못되었고, 자신이 느끼는 것이 공포라는 음울하고 고집스러운 확신을 떨쳐버릴 수 없었지만 모든 것을 자기 탓으로 돌렸다.

"나는 제임스 태거트 아내로서 알고 행해야 하는 모든 것을 배워야만 해요."

그녀는 예절 선생에게 자신의 배움의 목적을 그렇게 설명했다. 그리고 사관생도나 수도승의 헌신과 규율, 추진력으로 배움에 임했다. 그것만이 남편이 자신을 믿고 허락해준 높은 지위에, 남편이 기대하는 자신의 모습에 이르는 길이었고 아내로서의 임무였다. 또 스스로에게 고백하고 싶지는 않았지만 그 긴 임무를 완수하면 자신이 기대하는 남편의 모습을 되찾게 될 것이라고, 그의 철도가 승리하던 날 밤에 보았던 제임스 태거트의 모습을 다시 볼 수 있게 될 것이라고 생각했다.

셰릴은 자신이 배우고 있는 것들에 대해 남편에게 이야기했을 때 그가 보인 반응을 도무지 이해할 수 없었다. 그는 웃음을 터뜨렸고, 셰릴은 그 웃음에 악의적인 경멸이 담겨 있는 것을 믿을 수 없었다.

"왜요, 제임스? 왜요? 무엇 때문에 웃는 거죠?"

제임스는 자신이 경멸하고 있다는 사실 자체로 충분하고 이유가 필요치 않다는 듯 아무런 설명도 하지 않았다.

셰릴은 그가 악의를 가지고 있다는 의심을 품을 수는 없었다. 제임스는 그녀의 실수에 대해서는 너무나도 큰 인내심과 관대함을 보였다. 그는 뉴욕 최고 사교 모임에 그녀를 열심히 소개했다. 그리고 그녀의 무지나 서투름에 대해, 손님들이 조용히 눈짓을 교환하는 모습을 보고 자신이 또 실언했음을 깨닫고 얼굴을 붉히는 끔찍한 순간들에 대해 단 한 번도 질책하지 않았다. 그는 절대 당황하는 모습을 보이지 않았고 미소 띤 얼굴로 그녀를 지켜보기만 했다. 파티에서 그런 일이 있은 후 집에 돌아오면 그는 다정하고 쾌활한 태도를 보였다. 셰릴은 그가 자신을 편하게 해주기 위해 애쓴다고 생각했고 고마운 마음에 더 열심히 배움에 임했다.

그러다 드디어 처음으로 파티를 즐길 수 있게 된 날 셰릴은 보상을 기대했다. 그녀는 사교계 규칙에 얽매이지 않고 자기 마음대로 자유롭게 행동할 수 있었다. 갑자기 사교계의 규칙이 자연스러운 습관으로 굳어진 듯한 확신이 들어서였다. 그녀는 자신이 처음으로 조롱이 아닌 찬사의 대상이 되어 주위의 관심을 받고 있음을 알 수 있었다. 그녀는 스스로의 매력으로 인기를 끌고 있었다. 그녀는 제임스에게 짐이 되고 그의 얼굴을 봐서 억지로 참아주는 동정의 대상이 아닌 당당한 태거트 부인이 되어 있었다. 그녀는 즐겁게 웃으며 주위 사람들이 화답과 이해의 미소를 보내는 것을 보았다. 그녀는 멀찍이 떨어져 있는 남편에게 마치 만점짜리 성적표를 내미는 아이처럼 자신을 자랑스러워해주기를 기대하며 환한 얼굴로 계속 시선을 보냈다. 제임스는 구석에 홀로 앉아 알 수 없는 표정으로 그녀를 지켜보고 있었다.

제임스는 집으로 돌아오는 길에 아무 말도 하지 않았다. 그러고는 집에 도착하자 거실 한가운데서 거칠게 넥타이를 풀며 불만을 터뜨렸다.

"내가 왜 억지로 그런 파티에 다니는지 모르겠어. 나는 시간이나 낭비하는 그런 저속하고 따분한 자리에 끝까지 앉아 있었던 적이 없어!"

"어머, 제임스, 나는 멋진 파티라고 생각했는데." 셰릴이 놀라서 말했다.

"당신이야 그랬겠지! 당신 아주 편안해 보이더군. 거기가 코니아일랜드라도 되는 것처럼. 제발 분수 좀 지켜줬으면 좋겠어. 사람들 앞에서 곤란하게 만들지 좀 말라고."

"내가 당신을 곤란하게 만들었나요? **오늘 밤**에요?"

"그래!"

"어떻게요?"

"그걸 모르겠다면 설명할 수가 없지."

제임스는 이해를 하지 못하는 것은 열등하다는 증거라고 암시하는 신비주의자처럼 말했다.

"난 모르겠어요."

셰릴이 단호하게 말했다. 제임스는 문을 쾅 닫고 나가버렸다.

셰릴은 이번에는 제임스의 불가해함에서 악의 기운을 느꼈다. 그리고 그날 밤 이후로 그녀의 마음속에는 멀리서 보이지 않는 길을 달려오는 전조등 불빛 같은 작고 단단한 공포가 자리하게 되었다.

제임스의 세계는 알면 알수록 명료해지는 것이 아니라 오히려 의혹만 더 커졌다. 셰릴은 제임스의 친구들이 보러 가는 전시회와 그들이 읽는 소설, 그들이 토론 주제로 삼는 정치 잡지의 따분한 무의미함에 존경을 느껴야만 한다는 것을 믿을 수가 없었다. 전시회 작품들은 그녀가 어린 시절 빈민가 길바닥에 분필로 아무렇게나 그려놓은 그림들 같았고, 과학과 산업, 문명과 사랑의 무익함을 증명하기 위해 쓴 소설들은 그녀의 아버지가 만취한 상태에서도 쓰지 않던 말들을 사용했으며, 비겁한 일반론만을 내세우는 잡지들은 그녀가 말만 번드르르한 늙은 사기꾼이라고 생각했던 빈민가 목사의 설교보다 모호하고 진부했다. 그녀는 이런 것들이 자신이 그토록 우러러보고 알고 싶어했던 문화라는 것을 믿을 수가 없었다. 성처럼 보이는 울퉁불퉁한 형체를 향해 산을 올라갔는데 창고의 잔해만을 발견한 듯한 기분이었다.

어느 날 밤, 미국의 대표적인 지성으로 불리는 사람들과 시간을 보낸 후 그녀가 말했다.

"제임스, 사이먼 프리쳇 박사는 사기꾼이에요. 야비하고 늙고 겁먹은 사기꾼."

그러자 제임스가 대꾸했다. "아니, 당신이 철학가들을 평가할 자격이 있다고 생각하는 거야?"

"나는 사기꾼들을 평가할 자격이 있어요. 사기꾼들을 하도 많이 봐서 한눈에 알 수 있거든요."

"그래서 내가 당신은 자기 배경에서 벗어날 수 없다고 하는 거야. 벗어났다면 프리쳇 박사의 철학을 이해할 수 있겠지."

"무슨 철학요?"

"그걸 모른다면 설명할 수가 없지."

세릴은 이번만큼은 남편이 늘 써먹는 그 공식으로 대화를 끝내게 할 수 없었다.

"제임스, 그는 사기꾼이에요. 그와 밸프 유뱅크, 그 무리 전부 다요. 당신은 그들에게 속고 있는 거예요."

그녀는 제임스가 화를 낼 것이라고 생각했는데 그의 얼굴에 재미있어하는 기색이 스쳤다.

"그건 **당신** 생각이고." 그가 대답했다.

셰릴은 상상조차 할 수 없었던 생각이 처음으로 뇌리에 스치자 순간적인 공포를 느꼈다. '제임스가 그들에게 속고 있는 것이 **아니라면**?' 그녀는 프리쳇 박사가 사기를 치는 것은 이해할 수 있었다. 사기를 쳐서 얻는 것이 있으니까. 이제 그녀는 제임스도 자신의 사업에서 사기를 치고 있을 수 있다는 것까지는 받아들일 수 있었다. 그녀가 도저히 받아들일 수 없는 것은 제임스가 아무 소득 없이 비타산적인 사기꾼 노릇을 하고 있을지도 모른다는 사실이었다. 그에 비하면 도박꾼이나 협잡꾼의 사기는 순수하고 건전한 것이었다. 그녀는 그의 동기를 도무지 알 수 없었고, 공포의 전조등만 더 커진 듯한 기분을 느꼈다.

셰릴은 자신의 마음속에서 어떤 식으로 고통이 축적되어 처음에는 그저 막연한 불안감에 지나지 않았던 것이 날카로운 당혹감으로, 그 다음에는 만성적인 공포로 커졌는지 기억할 수 없었다. 그녀는 어느새 철도회사에서의 제임스의 위상을 의심하기 시작하고 있었다. 아직 마음속에 의심이 자리잡기 전, 그의 대답이 자신을 안심시켜줄 것이라는 기대를 품고 순수하게 질문을 던졌는데 그가 벌컥 화를 내며 "그럼 나를 못 믿는 거야?"라고 윽박질렀을 때 그녀는 그를 믿을 수 없음을 깨달았다. 빈민가에서 자라며 정직한 사람들은 신뢰받는 문제에 대해 그렇게 예민하지 않다는 것을 배웠던 것이다.

"집에서 일 이야기는 하고 싶지 않아."

그녀가 철도 이야기를 꺼낼 때마다 제임스가 하는 말이었다. 한번은 그녀가 애원했다.

"제임스, 내가 당신의 일에 대해 어떻게 생각하는지, 그것 때문에 당신을 얼마나 존경하는지 알잖아요."

"아, 그래? 당신, 누구랑 결혼한 거야? 남자야 아니면 철도 회사 사장이야?"

"난…… 나는 그 둘을 따로 떼어서 생각해본 적이 없어요."

"흠, 별로 기분 좋은 말은 아니군."

셰릴은 당황한 눈으로 그를 쳐다보았다. 그 말이 그를 기쁘게 할 줄 알았기 때문이다.

"나는 당신이 철도 때문이 아니라 나 자체를 사랑한다고 믿고 싶거든."

"맙소사, 제임스! 당신 설마 내가……!"

그녀가 놀라서 헐떡거리며 말했다. 제임스는 슬프고 관대한 미소를 지으며 대답했다.

"아니, 나는 당신이 내 돈이나 지위를 보고 결혼했다고 생각한 적 없어. **나는** 당신을 의심한 적 없어."

세릴은 황망하고 고통스런 가운데에서도 공정함을 잃지 않고 자신이 그의 오해를 살 만한 말을 한 것인지도 모른다고, 그가 남자의 돈만 노리는 여자들에게 그동안 얼마나 많이 실망하고 상처받았을지 자신이 잊고 있었다고 생각했다. 그녀는 그저 고개를 저으며 신음할 수밖에 없었다.

"오, 제임스, 그런 뜻으로 한 말이 아니었어요!"

제임스는 어린아이를 다루듯 부드럽게 웃으며 그녀의 어깨를 안았다.

"날 사랑해?" 그가 물었다.

"네." 세릴이 속삭였다.

"그럼 나를 믿어야지. 사랑은 믿음이라는 거 알잖아. 나한테 당신의 믿음이 필요하다는 거 모르겠어? 나는 주위 사람을 아무도 믿을 수 없어. 내겐 적들밖에 없다고. 나에게는 당신이 필요하다는 거 모르겠어?"

몇 시간 후 세릴은 고통스런 불안감 속에서 방 안을 서성이고 있었다. 그녀는 남편을 믿고 싶은 마음이 너무나 간절했지만 그의 말을 한 마디도 믿을 수가 없었다. 그러면서도 그의 말이 진실임을 알았다.

그의 말은 진실이었지만 그가 암시한 그런 의미의 진실은 아니었다. 그녀가 결코 알고 싶지 않은 그런 의미의 진실이었다. 그에게 그녀가 필요한 것은 사실이지만 그녀는 그 필요의 본질을 파악할 수가 없었다. 그녀는 남편이 자신에게 원하는 것이 무엇인지 알 수가 없었다. 아부는 아니었다. 그녀는 남편이 거짓말쟁이들의 아부 섞인 찬사를 들을 때면 마약 중독자가 흥분을 느끼기에 부적당한 양의 마약을 한 것처럼 분노에 찬 무기력한 표정을 짓고 있는 것을 보아왔다. 하지만 그는 그녀가 힘을 주기를 기다리는 듯했고, 가끔은 애걸하는 것 같기까지 했다. 그는 그녀가 존경을 표시하면 눈에 생기가 돌았지만 그 이유를 대면 벌컥 화를 냈다. 그녀가 자신을 위대한 존재로 생각해주기를 원하면서도 그 위대성의 구체적인 내용에 대해서는 감히 말하지 못하기를 바라는 듯했다.

4월 중순의 어느 날 밤, 워싱턴에 다녀온 그가 보인 행동도 이해하기 힘들었다. 그는 라일락 한 다발을 그녀에게 안겨주며 큰 소리로 말했다.

"안녕, 자기! 다시 행복의 날들이 왔어! 꽃을 보니 당신 생각이 나더군! 봄이 오고 있어!"

그는 술 한 잔을 따라 들고 방 안을 서성이며 신이 나서 경박하게 떠들어댔다. 눈에서는 불꽃이 튀었고 목소리는 부자연스러운 흥분에 취해 있었다. 세릴은 그가 기분이 고양된 상태인지, 아니면 그 반대인지 구분할 수가 없었다.

"난 그들이 뭘 계획하고 있는지 알아!"

그가 뜬금없이 그렇게 말했고 셰릴은 재빨리 그의 안색을 살폈다. 그가 감정이 폭발할 때 내는 목소리였던 것이다.

"이 나라 전체에 그걸 아는 사람은 열 명도 안 될걸. 하지만 나는 알고 있어! 고위층에서는 국민들에게 깜짝 뉴스로 알리려고 비밀로 하고 있지. 많은 사람이 깜짝 놀랄걸! 놀라서 뒤로 나자빠질 거야! 많은 사람? 아니, 이 나라 국민 모두지! 모든 국민에게 영향을 미칠 거야! 그렇게 중요한 계획이라고."

"어떻게⋯⋯ 영향을 미쳐요?"

"**영향을 미칠** 거야! 사람들은 무슨 일이 다가오고 있는지 모르지만 나는 알지. 오늘 밤 다들⋯⋯."

그는 도시의 불 켜진 창들을 가리켰다.

"미래를 계획하고, 돈을 세고, 아이들이나 꿈을 껴안고 있겠지만 모든 것이 타격을 받아 멈추고 변하게 되리란 것을 모르고 있어. 하지만 나는 알아!"

"변한다면⋯⋯ 나쁜 쪽으로요, 아니면 좋은 쪽으로요?"

"그야 당연히 좋은 쪽이지."

제임스는 쓸데없는 질문이라는 듯 짜증스럽게 대답했다. 그러고는 열정이 사라지고 거짓 의무감이 그 자리를 채운 듯한 목소리로 말했다.

"나라를 구하는 계획이야. 경제 쇠퇴를 막고 모든 것을 정지시키는, 안정과 안전을 이루는 계획이지."

"무슨 계획인데요?"

"그건 말해줄 수 없어. 비밀이니까. 극비. 그걸 알고 싶어하는 사람들이 얼마나 많은지 당신은 몰라. 모든 기업가가 최고의 용광로를 여남은 개씩 내놓으며 힌트라도 얻으려고 하겠지만 그들은 절대로 알아낼 수 없어! 이를테면 당신이 그토록 존경하는 행크 리어든도 말이야."

그는 미래를 상상하며 킥킥 웃었다.

"제임스, 왜 행크 리어든을 미워하는 거죠?"

그녀의 목소리에 어린 두려움이 제임스의 웃음소리가 어땠는지를 말해주었다.

그녀를 향해 홱 돌아선 제임스의 얼굴은 놀랍게도 겁에 질린 듯 초조해 보였다.

"나는 그를 미워하지 않아! 난 그를 미워한다고 말 한 적 없어. 걱정 마. 그도 그 계획에 찬성할 거니까. 모두 찬성할 거야. 모두를 위한 계획이니까."

마치 애원하는 듯한 목소리였다. 셰릴은 그가 거짓말을 하고 있다는 확신에 현기증이 일었지만 그의 애원은 진심에서 우러난 것임을 알 수 있었다. 마치 그는 그녀에게 확신을 주고 싶은 간절한 욕구를 느끼고 있지만 그가 말한 것들에 대해서는 그렇지 않은 듯했다.

셰릴은 억지로 미소를 지었다.

"그래요, 제임스. 물론이죠."

그녀는 그렇게 대답하면서도 **자신이 오히려** 남편에게 확신을 주는 말을 하게 된 것이 그 어떤 말도 안 되는 혼돈 속의 본능 때문일까 생각했다.

셰릴은 남편의 얼굴에서 감사의 미소에 가까운 표정을 보았다.

"나는 오늘 밤 당신에게 그 말을 해야만 했어. 당신에게 말해야만 했다고. 내가 얼마나 대단한 일들을 하고 있는지 알려주고 싶었으니까. 당신은 늘 내 일에 대해 이야기하지만 내 일을 전혀 이해하지 못하고 있어. 나는 당신이 상상하는 것보다 훨씬 폭넓은 일을 하고 있어. 당신은 철도회사를 운영하는 게 그저 선로를 깔고, 최고의 금속들을 다루고, 제시간에 열차를 운행하는 일이라고 생각하겠지. 하지만 그렇지 않아. 그 정도는 아랫사람들도 다 할 수 있어. 철도의 진짜 심장은 워싱턴에 있지. 내 일은 정치야. 정치. 나는 나라 전체에 영향을 미치고, 전 국민을 통제하는 국가적인 규모의 결정들에 관여한다고. 신문에 실린 몇 마디 말, 법령 하나가 이 나라 구석구석, 오두막부터 펜트하우스에 사는 사람들까지 모두의 삶을 바꿔놓지!"

"그래요, 제임스."

셰릴은 그가 워싱턴이라는 신비의 영역에서 대단한 위상을 지닌 인물일 수도 있다고 믿고 싶어하며 그렇게 대답했다.

제임스가 방 안을 서성이며 말했다. "당신은 모터와 용광로를 천재적으로 다루는 산업계의 거물들이 막강한 줄 알겠지? 하지만 그들은 손이 묶일 거야! 발가벗겨질 거야! 파멸할 거야! 그들은……"

그는 셰릴의 눈빛을 보고 황급히 말했다. "우리를 위한 것이 아니라고. 국민들을 위한 거지. 그게 사업과 정치의 차이야. 우리는 이기적인 목적을 갖고 있지 않아. 사적인 동기도 없고. 우리는 이윤을 추구하는 게 아니야. 우리는 돈을 버는 데 인생을 바치지 않아. 그럴 필요가 없으니까! 바로 그래서 정신적 동기나 도덕적 관념 같은 건 생각조차 하지 못하는 탐욕스런 이윤 추구자들의 중상모략과 오해를 받는 거야…… 우리도 어쩔 수 없었단 말이야!"

그가 갑자기 그녀를 향해 홱 돌아서며 외쳤다. "우리에겐 그 계획이 꼭 필요했어! 모든 게 무너지고 멈추고 있는데 무슨 수라도 써야지! 세상이 멈추는 걸 막아야지! 우리도 어쩔 수 없었다고!"

그의 눈빛은 간절했다. 셰릴은 그가 뽐내고 있는 것인지, 아니면 용서를 구하고 있는 것인지 알 수 없었다. 그가 내보이는 게 승리감인지 공포인지도 알 수 없었다.

"제임스, 기분이 안 좋아요? 당신, 일을 너무 많이 해서 과로 때문에……"

제임스는 다시 서성이며 날카롭게 말했다. "평생 이렇게 기분 좋았던 적이 없어! 물론 내가 일은 많이 했지. 내 일은 당신이 상상하는 그 어떤 일보다 대단해. 리어든이나 내 여동생이 하는 일처럼 기계에만 매달리는 것과는 차원이 다르지. 그들이 뭘 하든 나는 그걸 망가뜨릴 수 있어. 그들이 철도를 건설하면 나는 그걸 파괴할 수 있어!"

그는 손가락을 딱 튕기며 덧붙였다. "척추를 부러뜨리는 것처럼!"

"척추를 부러뜨리고 싶다고요?" 셰릴이 떨면서 속삭였다.

"난 그런 말 안 했어! 당신 왜 그러는 거야? 나는 그런 말 안 했다고!" 제임스가 소리쳤다.

"미안해요, 제임스!" 셰릴은 자신의 말과 남편의 눈에 어린 공포에 충격을 받아 헐떡거리며 말했다. "나는 그냥 이해가 안 돼서 물어본 건데…… 그렇지만 당신이 피곤할 때는 귀찮게 질문하면 안 되는 건데……."

그녀는 스스로를 납득시키기 위해 필사적인 노력을 기울였다.

"당신은 여러 가지 일로 머리가 복잡한데…… 나는 생각도 못 하는 그런…… 그런 큰 일들로……."

제임스는 안심이 되는지 어깨에서 힘을 뺐다. 그는 셰릴에게 다가가 지친 듯 털썩 무릎을 꿇고 그녀를 껴안았다.

"이 불쌍한 바보." 그가 애정 어린 목소리로 말했다.

셰릴은 연민에 가까운 애정을 느끼며 그의 품에 매달렸

다. 하지만 고개를 들고 그녀를 바라보는 남편의 얼굴에는 고마움과 경멸이 반반씩 섞여 있었다. 마치 그녀가 무언가를 인정함으로써 그를 용서하고 스스로를 비난하기라도 하는 듯했다.

그 후 며칠 동안 세릴은 남편이 하는 일들은 자신의 이해력이 미치지 못하는 곳에 있으니 그를 믿어주는 것이 자신의 의무라고, 사랑은 믿음이라고 스스로를 타일렀지만 소용이 없었다. 남편의 이해할 수 없는 일과 철도회사와의 관계에 대한 의심이 커져만 갔다. 그녀는 남편을 믿는 것이 자신의 의무라고 자신을 훈계할수록 의심이 더 커져가는 이유를 알 수 없었다. 그러던 어느 날 밤, 그녀는 잠 못 이루고 뒤척이다가 자신이 그 의무를 다하기 위해 하는 행동이, 사람들이 그의 일에 대해 이야기할 때마다 고개를 돌리고, 태거트 대륙횡단철도에 대한 신문기사는 보지 않으며, 자신의 믿음에 반하는 증거나 모순에 대해서는 마음을 닫아버리는 것이었음을 깨달았다. 그녀는 충격에 빠져 생각했다. '그럼 그게 믿음이냐, 아니면 진실이냐의 문제란 말인가?' 그녀는 남편을 믿으려는 열의 속에는 진실을 아는 것에 대한 두려움이 자리하고 있음을 깨달았다. 그래서 의무감에 의한 자기기만적인 정당성보다 더 분명하고 침착한 정의감으로 진실을 밝히는 일에 나섰다.

진실을 알아내는 데는 오랜 시간이 걸리지 않았다. 그녀가 태거트 대륙횡단철도 중역들에게 지나가는 말처럼 몇 마디 물었을 때 그들이 보인 회피적인 태도와 진부한 일반론에 불과한 대답들, 사장의 이름이 나오자 긴장하는 모습, 그에 대해 이야기하기를 꺼려하는 태도가 구체적인 내용은 몰라도 최악의 진실을 알게 된 것과 같은 기분을 느끼게 만들었다. 철도 노동자들이 구체적인 것을 알려주었다. 그녀는 태거트 터미널에서 자신의 신분을 밝히지 않고 전철수, 건널목지기, 매표원과 자연스럽게 대화를 나누었다.

"제임스 태거트? 그 징징거리는, 입만 살아 있는 무임승차자!"

"제임스 사장 말인가요? 그는 날로 먹는 인간이에요."

"사장? 태거트 씨요? 태거트 **양** 말이죠?"

그녀에게 모든 진실을 말해준 사람은 에디 윌러스였다. 그녀는 두 사람이 어릴 적부터 아는 사이라는 이야기를 듣고 에디 윌러스를 점심식사에 초대했다. 그녀는 테이블에 마주 앉은 에디가 만남을 청한 이유를 묻는 듯한 진지하고 솔직한 눈빛을 보내며 간단명료한 태도를 보이자 간접적으로 에둘러 묻지 않고 자신이 무엇에 대해 알고 싶고, 그 이유는 무엇인지 간단하게 털어놓았다. 도와달라고 애원하거나 연민에 호소하지 않고 오로지 진실만을 이야기해달라고 부탁했다. 에디도 똑같은 태도로 대답했다. 그는 조용하고 냉정하게 개인적인 판단이나 의견을 배제하고,

공연히 우려를 나타내어 그녀의 감정을 자극하지 않고, 빛나는 엄격함과 사실의 무서운 힘만을 보이며 모든 이야기를 들려주었다. 그는 태거트 대륙횡단철도를 이끌어가는 사람이 누구인지 이야기했다. 존 골트 노선에 대해서도 이야기했다. 셰릴이 그 이야기를 들으며 느낀 것은 충격이 아니라 그보다 끔찍한 것이었다. 처음부터 모든 사실을 알고 있었던 듯한 감정이었다.

"윌러스 씨, 고맙습니다."

에디의 이야기가 끝났을 때 그녀가 한 말은 이것이 전부였다.

셰릴은 그날 저녁 제임스가 퇴근하기를 기다리며 고통이나 분노 대신 초연한 기분을 느꼈다. 이제 자신에게 그 일은 중요하지 않고, 자신이 행동을 취해야만 하는데 그게 어떤 행동이든, 그 결과가 어떻든 아무 상관이 없는 듯했다.

방으로 들어서는 제임스를 보며 그녀가 느낀 것은 분노가 아니라 음울한 놀라움이었다. 그가 누구인지도, 그와 왜 대화를 해야만 하는지도 모르겠다는 기분이 들었다. 셰릴은 지치고 쇠잔한 목소리로 자신이 알게 된 사실을 간단히 이야기했다. 제임스는 조만간 이런 일이 닥칠 것을 예상했던 듯 그녀가 이야기를 꺼내자마자 알아들었다.

"왜 진실을 말해주지 않았죠?" 셰릴이 물었다.

그러자 제임스가 버럭 소리를 질렀다. "이런 게 감사야?

그동안 내가 어떻게 해줬는데 그 보답이 겨우 이거야? 모두 내게 충고했지. 뒷골목 도둑고양이 불쌍하다고 거둬봐야 돌아오는 건 앙탈뿐이라고!"

셰릴은 그가 말도 안 되는 소리를 지껄여대고 있는 것처럼 쳐다보았다.

"왜 내게 진실을 말해주지 않았어요?"

"이 비열한 위선자야. 나에 대한 사랑이 고작 이런 거야? 내 믿음에 대한 대가가 이거야?"

"왜 거짓말 했죠? 왜 내 착각을 바로잡아주지 않았죠?"

"당신은 부끄러운 줄 알아야 해. 어디 감히 부끄러운 줄도 모르고 나한테 대들고 따져?"

"내가요?"

셰릴은 남편이 도둑고양이 운운한 것이 무슨 뜻인지 이제야 알 것 같았지만 도저히 믿을 수가 없었다.

"제임스, 당신 뭘 하려는 거죠?" 그녀가 의심 가득한 싸늘한 목소리로 물었다.

"내 기분 생각해봤어? 당신이 이러면 내 기분이 어떨지 생각해봤어? 내 기분을 먼저 생각했어야지! 그게 아내의 첫 번째 도리지. 특히 당신 같은 처지라면 더욱더! 배은망덕보다 비열하고 추악한 건 없어!"

셰릴은 그가 자신의 죄를 알면서도 오히려 상대가 죄책감을 느끼도록 만들어 상황을 모면하려 하고 있는 것인지도 모른다는 생각이 얼핏 들었다. 하지만 그것은 너무 어처구니없는 일이라 도무지 믿기지 않았다. 그녀는 날카로운 공포를 느꼈다. 그녀의 마음이 끔찍한 진실을 마주하기를 거부하며 경기를 일으켰다. 그것은 미치기 직전에 재빨리 몸을 사리는 것과 같은 반응이었다. 그녀는 눈을 감으며 고개를 숙였다. 막연한 이유로 혐오감이, 구역질나는 혐오감이 일었다.

다시 고개를 든 셰릴은 제임스가 계략을 부리다 실패한 사람처럼 이리저리 재면서 자신 없이 후퇴하는 표정으로 자신을 지켜보고 있는 것을 본 것 같았다. 하지만 그런 확신이 들기도 전에 상처받고 분노한 표정이 가면처럼 그의 얼굴을 가렸다.

셰릴은 그 자리에는 없지만 있다고 여겨야 하는(안 그러면 그녀의 말을 들어줄 사람이 없을 테니까) 이성적인 존재를 향해 자신의 생각들을 이야기하기 시작했다.

"그날 밤…… 그 신문기사들과…… 그 영광의 주인공은…… 당신이 아니라…… 대그니였어요."

"닥쳐, 이 더러운 년아!"

셰릴은 아무 반응 없이 멍하니 그를 쳐다보았다. 이미 마지막 말을 한 뒤라 그 무엇에도 흔들리지 않는 듯했다.

제임스가 흐느끼는 소리를 냈다.

"셰릴, 미안해. 진심이 아니었어. 취소할게. 진심이 아니라……."

셰릴은 처음 자세 그대로 벽에 기댄 채 서 있었다.

제임스는 낙담한 듯 소파 가장자리에 털썩 주저앉았다. 그러고는 희망을 포기하는 듯한 어조로 말했다.

"내가 그걸 당신한테 어떻게 설명할 수 있었겠어? 다 너무 크고 복잡한 일이었는데. 당신한테 대륙횡단철도에 대해 어떻게 설명해? 당신이 자세한 내용을 다 알지 못하는데. 내 일에 대해 어떻게 설명해? 난…… 아, 무슨 소용이람! 난 늘 오해를 받아왔고 이제 익숙해질 때도 됐는데……. 당신은 다를 줄 알았어. 그래서 기회가 있다고 생각했지."

"제임스, 왜 나와 결혼했어요?"

제임스가 슬프게 웃었다.

"다들 내게 그렇게 물었지. 하지만 **당신이** 그걸 물을 줄은 몰랐어. 왜냐고? 당신을 사랑하니까."

셰릴은 인간의 언어 중에서 가장 단순해서 누구나 이해할 수 있는 그 단어가 자신에게는 아무 의미로도 다가오지 않는 것이 이상했다. 그녀는 제임스의 마음속에서는 그 단어가 무엇을 의미하는지 알 수가 없었다.

"아무도 날 사랑하지 않았어. 세상에는 사랑이 없으니까. 사람들은 감정을 느끼지 못하니까. 그렇지만 나는 **느껴**. 하지만 아무도 신경 안 써. 다들 일정표와 화물량과 돈에만 신경 쓰지. 나는 그런 사람들 속에서 살 수가 없어. 나는 너무 외로워. 나는 늘 이해받기를 갈망해왔어. 어쩌면 나는 불가능한 것을 찾으려고 하는 가망 없는 이상주의자에 불과한지도 몰라. 아무도 날 이해해주지 않을 거야."

셰릴이 이상하리만큼 엄격한 목소리로 말했다. "제임스, 나는 지금까지 당신을 이해하려고 기를 썼어요."

제임스는 그녀의 말을 밀어내려는 듯 손을 내려뜨렸다. 방어적인 동작이 아닌 슬픈 몸짓이었다.

"나는 당신이 나를 이해할 수 있을 줄 알았어. 당신은 내가 가진 전부니까. 하지만 인간들 사이에서는 이해가 불가능한 것인지도 모르지."

"왜 불가능해야 하는데요? 당신이 원하는 게 무엇인지 왜 말해주지 않는 거죠? 내가 당신을 이해할 수 있도록 왜 도와주지 않는 거죠?"

제임스는 한숨지었다.

"바로 그거야. 그게 문제라고. 왜, 왜 하고 따지고 드는 거. 당신은 '왜?'를 입에 달고 살지. 내가 말하는 것은 말로 표현할 수가 없는 거야. 말로 설명이 안 된다고. 그냥 마음으로 느끼는 거야. 마음으로 느껴지지 않으면 어쩔 수 없어. 그건 이성이 아닌 감성의 문제야. 당신, 느껴본 적 있어? 왜냐고 따져 묻지만 말고 그냥 **느껴봐**. 나를 실험실의 과학적 연구물이 아닌 인간으로 이해해 줄 수 없어? 시시한 말과 무력한 이성을 초월하는 위대한 이해……. 아니, 그런 걸 기대해선 안 되겠지. 하지만 나는 늘 그걸 추구하고 바랐어. 당신은 내 마지막 희망이야. 당신은 내가 가진 전부라고."

셰릴은 움직이지 않고 벽에 기대서 있었다. 제임스가 조용히 울부짖었다.

"나는 당신이 필요해. 나는 혼자야. 당신은 다른 사람들과는 달라. 나는 당신을 믿어. 당신을 신뢰해. 돈과 명예, 사업, 분투가 내게 해준 게 뭐지? 당신은 내가 가진 전부야……."

셰릴은 움직임 없이 서 있었고, 남편을 내려다보는 그녀의 눈길만 그의 존재를 인정하고 있었다. 그녀는 남편이 자신의 고통에 대해 한 말들은 모두 거짓이지만 그의 고통만은 사실이라고 생각했다. 그는 지속적인 고뇌에 시달리고 있었고 그것에 대해 그녀에게 말할 수 없지만 어쩌면 그녀 쪽에서 이해하는 법을 배울 수도 있을 듯했다. 셰릴은 우울한 의무감에 젖어서 생각했다. '나는 아직 그에게 그 정도의 의무는 있어. 그가 내게 준 지위의 대가로. 어쩌면 그게 그가 줄 수 있는 유일한 것이었는지도 몰라. 나는 그를 이해하기 위해 노력할 의무가 있어.'

그 후로 셰릴은 스스로가 낯선 존재가 된 듯한 이상한 기분을 느꼈다. 원하는 것도, 추구하는 것도 없는 낯선 존재. 영웅 숭배의 찬란한 불꽃으로 타오르던 사랑 대신 영혼을 갉아먹는 무기력한 연민만 남아 있었다. 그녀가 찾는 영웅, 목표를 위해 용감하게 싸우고 고통을 거부하는 남자 대신 고통으로 자신의 가치를 주장하고 그녀의 삶을 속박하려고 하는 남자만 남아 있었다. 하지만 이제 그런 것은 그녀에게 아무 상관도 없었다. 인생의 모퉁이를 돌 때마다 열정과 호기심으로 눈이 반짝이던 그녀 대신 수동적인 낯선 존재만 남아 있었던 것이다. 그 낯선 존재는 멋만 잔뜩 부리고 다니는 주위 사람들과 한 부류였다. 생각하려고도, 갈망하려고도 하지 않는 것을 어른스러움이라고 말하는 사람들.

하지만 과거의 망령이 그 낯선 존재의 주위를 맴돌았고 그 망령에게는 하나의 임무가 있었다. 그것은 자신을 파괴한 것들에 대해 이해하는 법을 배우는 것이었다. 그녀는 그것들에 대해 알아야만 했고, 그래서 끝없는 기다림 속에서 살았다. 공포의 전조등이 점점 더 가까워지고 있고 진실을 아는 순간 바퀴에 깔려버리겠지만 그래도 알아야만 했다.

'나한테 원하는 게 뭐죠?' 그 질문이 하나의 실마리로서 그녀의 마음속에서 고동쳤다. '나한테 원하는 게 뭐죠?' 그녀는 저녁 식탁에서, 파티에서, 잠 못 이루는 밤에 마음속으로 그렇게 외쳤다. 제임스에게, 그의 비밀을 알고 있는 듯한 밸프 유뱅크와 사이먼 프리쳇 박사에게. '나한테 원하는 게 뭐죠?' 하지만 소리내어 말하지는 않았다. 그들이 대답해주지 않으리란 것을 알기 때문이었다. '나한테 원하는 게 뭐죠?' 죽도록 달리고는 있지만 도망칠 길을 찾지 못하는 기분을 느끼며 그렇게 물었다. '나한테 원하는 게 뭐죠?' 아직 1년도 못 채운 길고 고통스러운 결혼생활을 돌아보며 그렇게 물었다.

"나한테 원하는 게 뭐죠?"

그녀가 소리내어 물었다. 그녀는 자신의 집 식탁에 앉아 제임스를, 열에 들뜬 그의 얼굴을, 식탁보의 말라가는 물자국을 바라보고 있었다.

그녀는 얼마나 긴 침묵이 흐른 후 자신이 그런 말을 했는지 알 수 없었고, 자신의 목소리에, 의도하지 않은 질문을 던진 것에 놀란 상태였다. 그녀는 남편이 그 질문을 이해하리라고 기대하지 않았다. 그보다 훨씬 단순한 질문들도 이해하지 못했으니까. 그녀는 현실로 돌아오려고 애쓰며 고개를 흔들었다.

셰릴은 남편이 조롱하는 시선으로 쳐다보자 흠칫 놀랐다. 그녀가 자신의 이해력을 과소평가한 것을 비웃는 듯한 시선이었다.

"사랑." 그가 대답했다.

셰릴은 너무나 단순하면서도 무의미한 그 대답에 절망하며 어깨를 축 늘어뜨렸다.

"당신은 날 사랑하지 않아."

제임스가 비난하듯 말했다. 셰릴은 대꾸하지 않았다.

"날 사랑한다면 그런 질문은 하지 않을 테니까."

셰릴이 담담하게 말했다. "한때는 당신을 사랑했지만, 당신이 원한 건 그게 아니었어요. 나는 당신의 용기와 야망, 능력을 사랑했어요. 하지만 내가 당신에게서 본 그것들은 전부 가짜였어요."

제임스가 경멸하듯 아랫입술을 비죽 내밀었다.

"그런 천한 걸 사랑이라니!" 그가 말했다.

"제임스, 그럼 당신은 무엇 때문에 사랑받고 싶은 거죠?"

"그건 천박한 점원의 태도야!"

셰릴은 말없이 그를 응시했다. 질문을 담은 시선이었다. 제임스가 조롱과 정의감에 찬 거슬리는 목소리로 말했다.

"무엇 때문에 사랑받다니! 그럼 당신은 사랑이 수학 같은 거라고 생각하는 거야? 식료품점에서 버터를 팔 때처럼 무게를 재고 가치를 매겨서 교환하는 거라고 생각해? 나는 무엇 **때문에** 사랑받는 건 싫어. 그저 나 자신으로 사랑받고 싶어. 내가 하는 일이나 가진 것, 말하는 것, 생각하는 것 때문이 아니라 그저 나 자신으로. 내 몸이나 정신, 말, 일, 행위 때문이 아니라."

"그럼…… 당신 자신은 뭐죠?"

"날 사랑한다면 그런 질문은 할 수 없지."

제임스는 신중함과 맹목적이고 경솔한 충동 사이에서 위험하게 흔들리고 있는 것처럼 목소리가 사뭇 날카로웠다.

"묻지 않아도 알 테니까. **느낄** 테니까. 왜 당신은 매사에 가격을 매기고 가격표를 붙이려고 하지? 그 쩨쩨한 물질적 정의에서 벗어날 수 없어? 느끼는 게 안 돼? 그냥 **느끼는** 거?"

"아뇨, 느껴요. 하지만 느끼지 않으려고 애쓰고 있어요. 내가 느끼는 건 두려움이니까." 세릴이 낮은 목소리로 말했다.

"내가 두려워?" 제임스가 희망을 품고 물었다.

"당신이 나를 어떻게 할까 봐 두려운 게 아니라 당신 자체가 두려워요."

제임스는 문을 쾅 닫듯 재빨리 눈을 감아버렸다. 하지만 세릴은 그의 눈에 공포가 어려 있는 것을 포착했다.

"넌 사랑을 할 수가 없어. 천박한 꽃뱀이니까!"

그가 갑자기 외쳤다. 상처를 주려는 욕망 외에는 아무 색깔도 띠지 않은 목소리였다.

"그래, 꽃뱀. 꽃뱀에도 여러 종류가 있지. 돈만 노리는 것이 아니라 다른 더 지독한 것을 노리는 여자도 있어. 너는 정신을 노리는 꽃뱀이야. 너는 내 돈을 보고 결혼한 건 아니지만 내 능력, 내 용기, 네가 사랑할 만한 것으로 여기는 가치를 보고 결혼했어!"

"그럼 당신은…… 사랑이…… 이유 없는 것이기를 원해요?"

"사랑 자체가 이유이지! 사랑은 이유를 초월하는 거야. 사랑은 맹목적인 거라고. 하지만 당신에게는 그게 불가능하지. **거래**만 할 줄 알았지 **주는 건** 못 하는 야비하고 교활하고 계산적인 점원의 영혼을 가졌으니까! 사랑은 선물이야. 모든 것을 초월하고 용서하는 위대하고 자유롭고 조건 없는 선물. 상대가 가진 미덕을 보고 하는 사랑이 관대할 수 있겠어? 그런 사랑을 하면서 상대에게 무엇을 줄 수 있겠어? 아무것도 줄 수 없지. 그건 차가운 정의에 불과해. 상대가 받을 자격이 있는 것만 주는."

진실을 얼핏 본 셰릴의 눈이 어두워졌다.

"당신은 사랑을 거저 얻기를 원하는군요."

그것은 질문이 아닌 판결이었다.

"아, 내 말을 이해하지 못하는군!"

"아뇨, 제임스. 이해해요. 그게 당신이 원하는 거예요. 그게 당신들 모두가 진짜로 원하는 거예요. 돈이나 물질적 이득, 경제적 보장, 당신들이 계속해서 요구하는 분배가 아니라요."

셰릴은 스스로에게 자신의 생각을 들려주듯, 그녀의 마음속에서 소용돌이치는 고통스런 혼돈의 파편들에 말이라는 확고한 정체성을 부여하는 일에 열중하며 단조로운 목소리로 말했다.

"당신들, 복지의 전도사들…… 당신들이 추구하는 것은 거저 얻는 돈이 아니에요. 당신들은 다른 것의 분배를 원하고 있어요. 내가 가치를 추구한다고 당신은 내게 정신을 노리는 꽃뱀이라고 했어요. 그렇다면 당신들, 복지의 전도사들이 약탈하고 싶어하는 것은…… 정신이에요. 정신적으로 거저 얻는 것, 나는 그것에 대해 생각해본 적이 없어요. 그것에 대해 어떻게 생각해야 하고, 그것이 어떤 의미인지 내게 말해준 사람도 없었고요. 하지만 어쨌든 당신이 원하는 것은 그거예요. 당신은 거저 얻는 사랑을 원해요. 거저 얻는 감탄, 거저 얻는 위대함을 원해요. 당신은 행크 리어든 같은 사람으로 대우받고 싶어해요. 행크 리어든처럼 될 필요 없이. 아무것도 될 필요 없이. 인간이 될…… 필요도…… 없이."

"닥쳐!" 제임스가 외쳤다.

두 사람은 공포에 휩싸인 채 서로를 바라보았다. 세릴은 뭐라고 이름 지을 수 없고, 제임스는 그럴 의사가 없는 진실의 경계에서 둘 다 위태롭게 흔들리고 있는 듯한 기분을 느꼈다. 한 발짝만 더 가도 치명적인 위험에 처하게 될 것임을 둘 다 알고 있었다.

"당신 지금 무슨 말을 하고 있는 거야?"

제임스가 화난 목소리로 물었다. 하지만 두 사람을 정상적인 영역으로, 평범한 부부 싸움의 영역으로 되돌려놓았다는 점에서 그 목소리는 인자하게 들릴 정도였다.

"지금 무슨 형이상학적인 이야기를 하려는 거야?"

셰릴은 손에 잡힐 것만 같았던 진실을 다시 놓쳐버린 듯 고개를 숙이며 지친 목소리로 대답했다.

"모르겠어요…… 도저히 있을 수 없는 일인데……."

"당신의 머리로 감당할 수 없는 이야기는 하지 않는 게……."

제임스는 말을 멈출 수밖에 없었다. 집사가 축하용 샴페인이 든 반짝이는 얼음통을 들고 들어왔던 것이다.

두 사람은 침묵을 지키며 수세기의 세월을 통해 즐거운 성취의 상징으로 굳어진 소리들이 실내를 채우게 했다. 펑하는 코르크 마개 따는 소리, 촛불들이 아른아른 비치는 넓은 잔에 옅은 금색 액체가 졸졸졸 웃으며 떨어지는 소리, 크리스털 잔에서 솟아오르며 주위의 다른 모든 것도 그런 열망으로 솟아오르기를 요구하는 듯한 거품의 속삭임.

두 사람은 집사가 나갈 때까지 침묵을 지켰다. 제임스는 두 손가락으로 힘없이 크리스털 잔을 잡고 거품을 내려다보고 있었다. 그러다 갑자기 잔을 꽉 움켜쥐더니 경련하는 손으로 들어올렸다. 마치 샴페인 잔이 아니라 정육점 칼을 드는 것 같은 자세였다.

"프란시스코 단코니아를 위하여!" 그가 말했다.

셰릴은 잔을 내려놓았다.

"아니요." 그녀가 대답했다.

"마셔!" 제임스가 외쳤다.

"아니요." 셰릴이 납덩이처럼 무거운 목소리로 대답했다.

두 사람은 잠시 서로를 응시했다. 불빛은 황금빛 액체 위에서만 놀 뿐 그들의 얼굴이나 눈에는 닿지 못했다.

"에잇, 지옥에나 가버려!"

제임스는 벌떡 일어나 잔을 바닥에 내동댕이치고 밖으로 나가버렸다.

셰릴은 한참 동안 꼼짝도 않고 앉아 있다가 천천히 일어나서 벨을 눌렀다.

그녀는 부자연스러우리만큼 침착한 걸음으로 자신의 방으로 가서 옷장 문을 열었다. 그러고는 그녀의 주위나 내부에 있는 것을 자극하지 않는 것에 인생이 달린 듯 신중하고 정확한 동작으로 옷 한 벌과 구두를 꺼낸 뒤 실내복을 벗었다. 그녀는 이 집에서 벗어나야만 한다는 생각뿐이었다. 잠시, 1시간 만이라도 벗어나야 했다. 그래야만 나중에 자신의 현실을 마주할 수 있을 것 같았다.

◆

앞에 놓인 서류 글씨들이 흐릿하게 보이자 고개를 든 대그니는 어두워지기 시작한 지 오래되었음을 깨달았다.

그녀는 불을 켜기가 싫어서 서류를 옆으로 밀어놓고 무위(無爲)와 어둠의 호사를 즐겼다. 거실 창밖의 도시와 단절된 기분이었다. 멀리서 달력이 8월 5일을 가리키고 있었다.

지난 한 달이 그녀에게 남긴 것은 죽은 시간의 공백뿐이었다. 철도의 붕괴를 지연시키기 위해 비상사태를 처리하느라 이리 뛰고 저리 뛰며 무계획적이고 생색도 나지 않는 일들에 매달렸던 한 달……. 그 한 달은 코앞의 재난을 피하기 위해 바친 단절된 나날들의 쓰레기더미였다. 그것은 성취의 합이 아니라 무(無)의 합이었다. 일어나지 않은 일들, 미리 막아낸 재난들의 합이었다. 삶을 위해서가 아니라 오직 죽음과의 경주에서 이기기 위해 분투한 나날들이었다.

때때로 계곡의 모습이 떠올랐는데, 그동안 시야에서 사라졌다기보다는 몰래 숨어 있다가 별안간 현실로 모습을 드러내는 듯했다. 대그니는 흔들림 없는 결심과 완강한 고통이 줄다리기를 벌이는 눈이 먼 듯한 정지된 순간들에 계곡의 모습과 마주했다. 그리고 '좋아, 이것도 견딜 수 있어'라고 인정하며 고통과 맞서 싸웠다.

아침에 환한 햇살에 잠이 깨어 얼른 해먼드 식품점에 가서 아침에 먹을 신선한 달걀을 사야겠다고 생각할 때도 있었다. 그러다 완전히 정신이 들어 침실 창문 너머 안개 낀 뉴욕을 바라보고 있노라면 죽음의 손길과도 같은, 현실을 거부하는 격렬한 고통을 느꼈다. 그녀는 자신에게 엄격하게 말했다. '넌 이미 알고 있었어. 선택을 내릴 때 이미 알고 있었어. 네게 어떤 미래가 기다리고 있을지.' 그러고는 무거운 몸을 일으켜 달갑지 않은 하루를 맞이하며 웅얼거렸다. '좋아, 이것도 견딜 수 있어.'

가장 견디기 힘든 고통은 거리를 걷다가 행인들의 물결 속에서 빛나는 갈색을 띤 금발을 발견할 때였다. 그런 순간이면 주위의 모든 것이 사라지고 마음속의 격렬한 정지 상태만이 그에게 달려가 붙잡는 순간을 지연시키고 있었다. 하지만 막상 달려가 붙잡으면 의미 없는 낯선 얼굴을 볼 뿐이었고, 그녀는 살아갈 의욕을 잃은 채 그 자리에 붙박인 듯 서 있었다. 그녀는 그런 순간들을 피하려고 일부러 땅만 보면서 걸었다. 하지만 두 눈이 그녀의 의지를 거역하고 자꾸만 금발을 찾아 두리번거렸다.

대그니는 그의 약속이 생각나서 사무실 창문의 블라인드를 늘 올려놓았다. 어딘가에서 그가 지켜보고 있을 것 같아서였다. 주위에는 그녀의 사무실 높이의 건물이 없었지만 멀리 있는 고층 건물들을 바라보며 그가 어느 창가에서 자신을 관찰하고 있을지, 어떤 광선과 렌즈를 이용한 발명품으로 한 블록이나 떨어진 곳에서 자신의 일거수일

투족을 지켜볼 수 있는지 궁금증에 빠졌다. 그녀는 블라인드로 창을 가리지 않은 사무실 책상에 앉아서 생각했다. '당신이 나를 보고 있다는 것만으로도 만족해요. 다시는 당신을 볼 수 없다고 해도.'

지금도 그런 생각이 나서 벌떡 일어나 불을 켰다.

그러고는 잠시 고개를 숙이고 자신의 행동에 쓴웃음을 지었다. 도시의 광막한 어둠 속에서 자신의 불 켜진 창이 그의 도움을 청하는 조난 신호인지 아니면 세상을 지켜주는 등대 불빛인지 모르겠다는 생각이 들었다.

초인종이 울렸다.

문을 열자 어렴풋이 낯이 익은 여자의 얼굴이 보였다. 대그니는 시간이 조금 지나서야 그 여자가 셰릴 태거트란 것을 깨닫고 흠칫 놀랐다. 두 사람은 태거트 빌딩 복도에서 몇 번 우연히 마주쳐 형식적인 인사를 나눈 것 말고는 결혼 후 따로 만난 적이 없었다.

셰릴의 얼굴은 침착하고 웃음기가 없었다.

"잠시 이야기 좀 나눌 수 있을까요."

그녀는 주저하다가 덧붙였다. "태거트 양?"

"물론이에요. 들어와요." 대그니가 진지하게 대답했다.

대그니는 셰릴의 부자연스러울 정도로 침착한 태도에서 절박한 위기를 느꼈고, 거실 불빛에 비친 그녀의 얼굴을 보자 그 느낌은 확신으로 굳어졌다.

"앉아요."

대그니가 의자를 권했지만 셰릴은 그냥 서 있었다.

셰릴이 감정을 드러내지 않으려고 엄숙한 목소리로 말했다. "빚을 갚으러 왔어요. 결혼식에서 당신에게 한 말에 대해 사과하고 싶어요. 당신이 나를 용서해야 할 이유는 없지만, 그때 내가 내 자신이 찬양하는 모든 것을 모욕했고, 경멸하는 모든 것을 옹호했다는 것을 당신에게 고백하는 게 도리라고 생각해요. 이제 와서 그걸 인정해봐야 아무 보상도 되지 않고, 이렇게 찾아온 것 자체가 뻔뻔스런 짓이라는 거 알아요. 당신이 내 이야기를 듣고 싶어할 이유가 없으니까요. 나는 그 빚을 갚을 수 없고 당신에게 부탁만 할 수 있을 뿐이에요. 당신에게 하고 싶은 말이 있으니 들어달라고요."

대그니는 도무지 믿기지가 않았고 가슴이 아팠다. '1년도 안 되어 그토록 먼 길을 돌아오다니……!' 웃음이 위태로운 균형을 깰 수도 있기에 그녀는 웃음기 없는 진지한 목소리로 도움의 손길을 내밀었다.

"아니요, 보상이 돼요. 그리고 당신 이야기를 듣고 싶어요."

"태거트 대륙횡단철도를 운영한 사람이 당신이었다는 걸 알게 되었어요. 존 골트 노선을 건설한 사람도 당신이었죠. 그 모든 것을 살아 움직이게 하는 정신과 용기를 지닌 사람이 당신이었어요. 당신은 내가 돈 때문에 제임스와 결혼했다고 생각할 거예요. 가난한 점원 처지였으니 뻔한 거죠. 하지만 내가 제임스와 결혼한 이유는…… 그가 **당신**인 줄 알았기 때문이에요. 나는 그가 태거트 대륙횡단철도인 줄 알았어요. 그런데 이제 그가…….”

그녀는 망설이다가 더 이상 몸을 사릴 필요 없다는 듯 단호하게 말했다. "남을 등쳐먹는 사람이란 것을 알았어요. 어떤 종류인지, 왜 그러는 건지는 모르겠지만요. 결혼식에서 당신과 이야기할 때 나는 위대성을 옹호하고 그 적을 공격하고 있다고 생각했어요. 하지만…… 그 반대였어요. 끔찍하고 믿을 수 없는 일이지만…… 그 반대였어요! 그래서 내가 진실을 안다는 것을 당신에게 말하고 싶었어요. 당신을 위해서가 아니라…… 난 당신이 그것에 대해 신경 쓴다고 여길 자격이 없으니까…… 당신을 위해서가 아니라 내가 사랑하는 것들을 위해서요.”

대그니가 천천히 말했다. "물론 용서해요.”

"고마워요.”

셰릴은 그렇게 속삭이고는 나가려고 돌아섰다.

"앉아요.”

셰릴은 고개를 저었다.

"그게…… 그게 다예요, 태거트 양.”

대그니는 처음으로 미소를 지었다. 눈에만 감도는 미소

였다.

"셰릴, 내 이름은 대그니예요."

셰릴의 입가에 미세한 경련이 일면서 희미한 미소가 떠올랐다. 두 사람의 눈과 입이 하나의 미소를 완성하는 듯했다.

"난…… 그렇게 불러도 되는지 몰라서……."

"우린 자매잖아요. 안 그래요?"

"아니요! 제임스를 통해서는 아니에요!" 셰릴이 자기도 모르게 외쳤다.

"아니, 우리 스스로의 선택에 의해서요. 앉아요, 셰릴."

셰릴은 너무 좋아하는 기색을 보이지 않으려고, 도움의 손길을 덥석 잡지 않으려고, 감정에 굴복하지 않으려고 애쓰면서 의자에 앉았다.

"그동안 많이 힘들었군요. 그렇죠?" 대그니가 물었다.

"네…… 하지만 그건 상관없어요…… 그건 내 문제이니까…… 애초에 내 잘못이었으니까."

"나는 당신 잘못이었다고 생각하지 않아요."

셰릴은 대꾸하지 않다가 갑자기 절박하게 말했다. "이봐요…… 난 동정은 원치 않아요."

"내가 동정 같은 건 절대 안 한다고 제임스한테 들었을 거예요. 사실이에요."

"네, 제임스가 그렇게 말했어요. 하지만 내 말은……."

"당신이 무슨 뜻으로 한 말인지 알아요."

"하지만 당신이 나를 위해 걱정할 이유는 없어요……. 나는 여기 불평하거나…… 당신 어깨에 짐을 더 지우기 위해 온 게 아니에요……. 내가 고통스럽다고 해서 당신에게 무엇을 요구할 권리가 있는 건 아니니까요."

"맞아요. 하지만 나와 가치관이 같다는 점에서 당신은 그럴 권리가 있어요."

"그러니까…… 당신이 나와 이야기하고 싶어하는 게 자선이 아니라는 거죠? 내가 불쌍해서 그러는 게 아니라는 거죠?"

"셰릴, 나는 당신이 정말 안됐고 당신을 돕고 싶어요. 하지만 그건 단순히 당신이 고통받고 있어서가 아니라 고통받을 이유가 없기 때문이에요."

"그러니까 당신은 내 나약하고 썩은 모습에 대해서는 친절할 수 없다는 거죠? 나의 좋은 점 때문에만 그럴 수 있다는 거죠?"

"물론이에요."

셰릴은 고개를 움직이지 않았지만 마치 고개를 쳐든 것처럼 보였다. 대그니의 말에 용기를 얻은 그녀는 고통과 위엄이 뒤섞인 묘한 표정을 짓고 있었다.

"셰릴, 자선이 아니에요. 두려워하지 말고 말해요."

"이상하죠…… 이야기가 통하는 사람은 당신이 처음이

고…… 너무나 편해요. 난…… 당신과 이야기하기가 두려웠는데. 사실 오래전부터 용서를 구하고 싶었어요. 진실을 알고 난 후부터. 그래서 당신 사무실 앞까지 갔지만 차마 들어갈 용기가 안 나서 복도에 서서 망설이다가…… 오늘도 처음부터 여기 오려고 작정한 건 아니었어요. 그냥…… 생각 좀 하려고 나왔다가 갑자기 당신을 만나고 싶었어요. 이 도시 전체에서 갈 곳은 당신 집뿐이었어요. 내게 남은 일은 당신을 만나는 것뿐이었어요."

"와줘서 기뻐요."

셰릴이 경이감에 젖은 목소리로 부드럽게 말했다. "있잖아요, 태거, 아니 대그니. 당신은 내가 생각했던 것과 너무 달라요……. 그들이, 제임스와 그의 친구들이 당신은 냉혹하고 차갑고 무정하다고 했거든요."

"맞아요, 셰릴. 그들이 말하는 의미에선 그래요. 그런데 그들이 어떤 의미에서 그렇다고는 말해주던가요?"

"아니요. 그들은 그런 말은 안 해줘요. 어떤 일에 대해서든…… 내가 무슨 뜻으로 한 말이냐고 물으면 그들은 냉소만 보내요. 당신에 대해선 어떤 의미에서 그렇게 말한 걸까요?"

"누가 다른 사람을 '무정하다'고 비난하는 것은 그 사람이 공정하다는 의미예요. 그 사람이 이유 없는 감정을 느끼지 않기 때문에 상대가 받을 자격이 없는 감정을 주지 않는다는 뜻이니까요. '느끼는' 것은 이성, 도덕적 가치, 현실에 반한다는 뜻이에요. 그리고…… 왜 그래요?"

대그니는 셰릴의 표정이 비정상적일 정도로 격해지는 것을 보고 물었다.

"그건…… 내가 이해하려고 애써왔던 거예요……. 너무나도 오랫동안……."

"그런 비난은 죄를 옹호하기 위해서만 하지 결백을 옹호하기 위해서는 절대 하지 않죠. 착한 사람이 자신에게 공정하지 못한 사람에게 그런 비난을 하는 건 들어보지 못했을 거예요. 하지만 부패한 자들은 자신의 악행에 공감해주거나 그 결과로 고통받는 것을 동정해주지 않고 부패한 사람 취급하는 상대에게 꼭 그렇게 비난하죠. 맞아요. 나는 그런 공감이나 동정은 느끼지 않아요. 하지만 그런 것을 느끼는 사람들은 인간의 위대함에 대해서는, 감탄과 존경과 인정을 받아 마땅한 사람이나 행동에 대해서는 아무것도 느끼지 못하죠. 나는 느껴요. 그것은 양단간의 문제예요. 죄인에게 공감하는 사람들은 결백한 이에게는 아무것도 느끼지 못해요. 둘 중 어떤 게 **무정한 것**인지 스스로에게 물어봐요. 그럼 동정에 반대되는 게 무엇인지 알 수 있을 테니까."

"뭔데요?" 셰릴이 속삭이듯 물었다.

"정의예요, 셰릴."

셰릴은 갑자기 몸서리를 치며 고개를 숙였다.

"오, 세상에! 방금 당신이 말한 것들을 믿는다는 이유로 제임스가 나를 얼마나 괴롭혔는지 알아요?"

그녀는 다시 몸서리를 치며 얼굴을 들었다. 애써 억눌러 온 감정의 봇물이 터진 듯했고 눈에는 공포가 가득했다.

그녀가 속삭였다. "대그니, 난 그들이 두려워요…… 제임스와 그 무리들……. 그들이 무슨 짓을 할까 봐 두려운 게 아니에요. 그건 피할 수 있으니까. 그들 자체가…… 그들이 존재한다는 사실이…… 두려워요. 그건 피할 수 없는 일 같아서."

대그니는 민첩한 동작으로 셰릴의 의자 팔걸이에 앉아 그녀의 어깨를 잡아주었다.

"그만. 그건 옳지 않아요. 그런 식으로 사람들을 두려워해서는 안 돼요. 그들의 존재가 당신의 삶에 영향을 미칠 수 있다고 생각해선 안 돼요."

"그래요…… 그들이 계속 존재한다면 나는 존재할 기회가 없을 것만 같아요…… 그럴 기회도, 여지도, 내가 감당할 수 있는 세상도 없을 것 같아요. 나도 그런 느낌이 싫어서 자꾸 밀어내려고 하지만…… 그게 점점 더 힘이 들어요……. 그 느낌을 설명할 수가 없어요. 확실하게 파악할 수가 없어서…… 그래서 더 두려워요. 아무것도 확실하게 파악할 수가 없어서……. 마치 세상 전체가 갑자기 파괴되는 듯한데 그건 폭발이 아니에요. 폭발은 견고하고 단단한 거니까. 그런데 세상은 물러져가고 있어요. 견고한 게, 형태를 갖춘 게 아무것도 없어요. 돌벽을 손가락으로 찌르면 젤리처럼 쑥 들어가고, 산은 흐물흐물 무너져 내리고, 건물들은 구름처럼 모양이 바뀌고…… 그게 세상의 마지막 모습이 될 거예요. 불과 유황이 아닌 끈적거리는 물체가."

"셰릴…… 가여운 셰릴. 수세기 동안 세상을 그렇게 만들려고 모의해온 철학자들이 있었어요. 사람들이 세상을 그렇게 보게 만들어서 그들의 정신을 파괴하려고요. 하지만 당신은 그걸 받아들일 필요 없어요. 다른 사람들의 눈을 통해 볼 필요 없어요. 당신 눈으로 봐요. 당신의 판단으로 살아요. 당신은 **존재**가 뭔지 알아요. **존재**. 크게 말해봐요. 신성한 기도처럼. 다른 사람들이 당신에게 다른 걸 말하지 못하게 해요."

"하지만…… 이제 더 이상 아무것도 **존재**하지 않아요. 제임스와 그의 친구들…… 그들은 존재하지 않아요. 나는 그들과 함께 있으면 무엇을 보고 있는지 모르겠어요. 그들이 이야기할 때면 무엇을 듣고 있는지 모르겠어요. 그 모든 것이 진짜가 아니에요. 그들 모두가 끔찍한 연극을 하고 있어요. 그리고 난…… 그들이 무엇을 추구하는지 모르겠어요. 대그니! 우리는 인간이 위대한 지식의 힘을 갖고 있다는 말을 들으며 살아왔어요. 다른 동물들보다 훨씬 위대한 힘. 하, 하지만 지금 나는 그 어떤 동물보다 무지한 기분이에요. 그 어떤 동물보다 더 무지하고 무력한 기분이에요. 동물들은 그래도 친구와 적을 구분할 줄 알고, 스스로를 지켜야 할 때를 알아요. 친구에게 짓밟히거나 목이 베일 걱정은 없어요. 사랑은 맹목적인 것이고, 약탈이 성취며, 깡패들이 정치가이고, 행크 리어든의 척추를 부러뜨리는 짓이 위대하다는 말은 듣지 않고 살아요. 오, 내가 지금 무슨 소리를 하고 있는 거죠?"

"당신이 무슨 말을 하는지 알아요."

"내 말은, 어떻게 사람들을 상대하느냐는 거예요. 단 1시간 동안도 변하지 않는 게 없다면 더 이상 살 수 없는 거 아닌가요? 물론 사물들은 견고하죠. 하지만 사람들은요? 대그니! 그들은 아무것도 아닌 동시에 무엇이든 될 수 있어요. 그들은 존재가 아니라 변화일 뿐이에요. 아무 형태도 없는 끊임없는 변화. 나는 그들 사이에서 살아야 해요. 어떻게 살아야 하죠?"

"셰릴, 그건 지금까지 모든 인간을 고통스럽게 만든 역사상 가장 큰 문제예요. 대부분의 사람들이 자신을 죽이고 있는 게 무엇인지 알지도 못한 채 고통받다가 죽어갔지만 당신은 그들보다 훨씬 많은 것을 알고 있어요. 당신이 더 잘 알 수 있도록 도와줄게요. 그건 아주 큰 문제이고, 무척 힘든 싸움이에요. 하지만 우선 가장 중요한 것은 겁먹지 않는 거예요."

세릴은 까마득히 멀리서 대그니를 바라보고 있는 듯, 아무리 애써도 그녀에게 다가갈 수 없는 듯 아쉬움과 갈망이 어린 묘한 표정을 짓고 있었다.

그녀가 부드럽게 말했다. "나도 싸울 마음이 생겼으면 좋겠어요. 하지만 그럴 마음이 없어요. 이제 이기고 싶은 마음조차 없는걸요. 나는 지금의 삶을 바꿀 힘이 없어요. 당신도 알다시피 나는 제임스와 결혼할 줄은 꿈에도 몰랐어요. 그와 결혼하게 되자 인생은 내가 기대했던 것보다 훨씬 경이로운 거라고 생각했죠. 하지만 지금은 인생과 사람들은 내가 상상조차 할 수 없었던 끔찍한 것이고, 제임스와의 결혼은 영광스러운 기적이 아니라 아직도 완전히 밝혀내기 두려운, 입에 담을 수조차 없는 악이라는 생각에 익숙해지는 것…… **그것**을 도무지 받아들일 수가 없어요. 그것을 극복할 수가 없어요."

그녀가 갑자기 시선을 들며 물었다. "대그니, 당신은 어떻게 해낸 거죠? 어떻게 온전한 상태로 남아 있을 수 있었죠?"

"한 가지 규칙을 고수해서요."

"어떤 규칙인데요?"

"그 무엇보다…… **무엇보다**…… 내 판단을 우선시하는 것."

"당신은 모진 고통들을 겪었어요……. 어쩌면 내 고통보다 더 지독한…… 그 누구의 고통보다 더 지독한…… 그것들을 견디게 해준 게 무엇이었죠?"

"내 삶이 최고의 가치라는, 싸워보지도 않고 포기하기에는 너무나 고귀한 것이라는 앎."

셰릴의 얼굴에 놀라움과 지난 세월을 더듬어 잃어버린 무언가를 되찾으려고 애쓰는 듯한 표정이 어렸다.

그녀가 속삭이듯 말했다. "대그니, 그건…… 내가 어릴 때 품었던 생각이에요. 나에 대해 기억할 때 가장 강렬하게 떠오르는…… **그런** 생각…… 나는 그런 생각을 버린 적이 없었어요. 그 생각은 늘 내 마음속에 자리하고 있었어요. 하지만 어른이 되면서 나는 그걸 숨겨야만 한다고 생각하게 되었어요……. 그것을 어떻게 표현해야 할지 몰랐는데…… 지금 당신 말을 들으니 바로 그것이란 걸 알겠어요. 대그니, 자신의 삶에 대해 그런 식으로 생각하는 거…… 그게 **좋은** 건가요?"

"셰릴, 내 말 잘 들어요. 그 생각은, 그것이 요구하고 암시하는 모든 것을 고려할 때 가장 높고 고귀한 것이며, 지상의 유일한 선이에요."

"그런 질문을 한 이유는…… 난 감히 그렇게 생각할 엄두가 나지 않아서예요. 사람들이 그런 생각을 죄로 여기는 것 같아서…… 내가 그런 생각을 품고 있어서 사람들이 화를 내고…… 나의 그런 생각을 그들이 파괴하려고 하는 것 같아서요."

"맞아요. 어떤 사람들은 그걸 파괴하고 싶어하죠. 당신이 그들의 동기를 알게 되면 세상에서 가장 사악하고 가장 추악한 것, 세상의 유일한 악을 보게 될 거예요. 하지만 당신은 그것이 닿지 못하는 안전한 곳에 있게 될 거예요."

셰릴의 미소는 몇 방울밖에 남지 않은 기름으로 다시 환하게 타오르려고 용을 쓰는 꺼지기 직전의 불꽃같았다.

그녀가 속삭였다. "몇 달 만에 처음으로…… 아직…… 아직 기회가 남아 있는 것 같은 기분이 들어요."

그녀는 대그니가 걱정스러운 눈으로 빤히 쳐다보는 것을 보면서 덧붙였다. "난 괜찮을 거예요…… 당신에게, 당신이 한 말들에 익숙해지면. 난 그걸 믿게 될 거예요. 그게 진실이고…… 제임스는 중요하지 않다는걸."

그녀는 확신을 잃지 않으려고 애쓰는 것처럼 의자에서 일어났다. 대그니는 갑작스런 불길한 예감에 사로잡혀 날카롭게 말했다.

"셰릴, 오늘은 집에 가지 말아요."

"오, 아니에요! 괜찮아요. 그 정도로 두렵지는 않아요. 집에 가지 못할 만큼."

"오늘 집에서 무슨 일이 있었던 것 아니에요?"

"아니…… 그런 건 아니고…… 평소와 다를 것도 없었

어요. 단지 내가 현실을 좀더 분명하게 보기 시작한 것일 뿐이에요. 괜찮아요. 난 생각해야 해요…… 전보다 더 열심히…… 그런 다음 무엇을 해야 할지 결정해야죠. 저기 혹시…….”

그녀는 주저하며 말을 잇지 못했다.

"네?"

"또 와도 될까요?"

"물론이에요."

"고마워요. 정말…… 정말 고마워요."

"또 오겠다고 약속해주겠어요?"

"약속할게요."

대그니는 엘리베이터를 향해 복도를 걸어가는 셰릴의 뒷모습을 바라보았다. 그녀는 축 처진 어깨를 끌어올리려고 애썼고, 가녀린 몸이 휘청이는 듯하더니 온 힘을 다해 꼿꼿함을 유지했다. 그 모습이 마치 줄기가 부러진 식물이 한 가닥 섬유질로 버티며 한 줄기 바람에도 생명이 다할 위태로움 속에서도 살아남으려고 애쓰는 듯했다.

◆

제임스 태거트는 자신의 서재에서 문틈으로 셰릴이 거실을 가로질러 집 밖으로 나가는 것을 보았다. 그는 문을 쾅 닫고 아직 샴페인 자국이 마르지 않은 바지를 입은 채 소파에 털썩 앉았다. 마치 자신의 불편함이 축하도 제대로 못 하게 하는 아내와 세상에 대한 복수라도 되는 듯한 태도였다.

잠시 후 그는 벌떡 일어나 코트를 벗어던졌다. 담배 한 개비를 뺐으나 두 동강 내어 벽난로 위 그림을 향해 던졌다.

베네치아 유리 화병이 눈에 들어왔다. 수백 년 된 박물관 소장품으로 투명한 몸체에 섬세한 푸른색과 금색 선들이 동맥처럼 뒤엉켜 있었다. 그는 화병을 집어서 벽에 던졌다. 전구의 파편처럼 가느다란 유리 조각들이 비처럼 쏟아졌다.

제임스는 그 화병을 살 때 그것을 살 여유가 없는 애호가들을 생각하며 만족감을 느꼈다. 그리고 이제는 그 화병을 애지중지해온 수백 년의 세월에 복수한 것에, 그 화병 값이면 1년을 먹고살 가난한 가정이 수백만에 이른다는 생각에 만족감을 느꼈다.

그는 신발을 벗어던지고 다시 소파에 앉아 양말 신은 발을 들어올렸다.

그는 초인종 소리에 흠칫 놀랐다. 그 소리가 자신의 기분을 말해주는 것 같아서였다. 지금 자신도 누군가의 집 초인종을 누르고 있다면 바로 그런 거칠고 고압적이고 초조한 소리를 냈을 터였다.

그는 누구라도 안에 들이기를 거부하는 즐거움을 누릴 생각으로 집사의 발소리에 귀를 기울였다. 잠시 후 노크 소리가 들리더니 집사가 들어와 알렸다.

"리어든 부인께서 오셨습니다."

"뭐?…… 아…… 좋아! 안으로 모셔!"

그는 두 발은 바닥에 내렸으나 더 이상은 움직이지 않았다. 릴리언이 방에 들어오고 나서야 일어설 요량으로 호기심에 찬 엷은 미소를 흘리며 기다렸다.

릴리언은 엠파이어 스타일의 여행복을 모방한 포도주색 야회복 차림이었다. 작은 더블 재킷이 긴 드레스의 높은 허리선을 죄었고, 한쪽 귀에 매달린 작은 모자의 깃털 장식이 턱 아래까지 내려왔다. 그녀는 거칠고 리듬감 없는 동작으로 방에 들어섰고, 긴 드레스 자락과 모자 깃털 장식이 소용돌이치다가 초조함을 알리는 신호용 깃발처럼 그녀의 다리와 목을 때렸다.

"나의 친애하는 릴리언. 이거 우쭐해하고 기뻐해야 하나요, 아니면 그냥 놀라야 하나요?"

"오, 요란떨 것 없어요! 당신을 당장 만나야 해서 온 것뿐이니까요."

그 초조한 목소리와 거만하게 의자에 앉는 동작은 나약함을 드러냈다. 그들만의 언어에서는 상대에게 부탁할 것이 있는데 그 대가로 내놓거나 협박할 게 없을 때가 아니고서는 그런 고압적인 태도를 취하지 않았다.

릴리언이 가벼운 미소를 지으며 물었다. "왜 곤살레스 댁 파티에서 일찍 왔어요? 저녁식사 후 당신 만나려고 잠깐 들렀는데 당신은 몸이 안 좋아서 일찍 갔다고 하더군요."

그녀의 미소는 목소리에 어린 짜증을 감추지 못했다. 제임스는 양말 바람으로 우아한 야회복을 갖추어 입은 릴리언의 곁을 지나는 즐거움을 누리기 위해 방을 가로질러 가서 담배 한 개비를 집어 들었다.

"지루해서요." 그가 대답했다.

"나도 그들을 견딜 수가 없어요."

릴리언이 가볍게 몸서리를 치며 말했다. 무의식중에 나온 그 말이 너무나 진지하게 들려서 제임스는 놀란 눈으로 그녀를 흘끗 쳐다보았다.

"나도 세뇨르 곤살레스와 그가 아내로 맞은 그 창녀를 견딜 수가 없어요. 그들이, 그들의 파티가 그렇게 인기를 끄는 게 구역질나요. 요즘은 아무 데도 가고 싶지 않아요. 예전 스타일이, 예전 분위기가 아니에요. 벌써 몇 달째 밸프 유뱅크를 보지 못했어요. 프리쳇 박사 같은 사람들도요. 그리고 새 얼굴들은 모두 정육점 조수처럼 생겼어요! 그래도 **우리** 그룹은 신사들이었는데."

제임스도 생각에 잠겨 말을 받았다. "그래요. 이상하게 변했어요. 철도 쪽도 마찬가지예요. 클렘 웨더비는 교양 있는 사람이라 잘 지낼 수 있었는데, 커피 메이그스는 완전히 달라요. 그는……"

제임스는 말을 뚝 끊었다.

"정말 말도 안 돼요. 그들은 그냥 못 빠져나가요." 릴리언이 허공을 향해 도전적으로 말했다.

그녀는 그들이 '누구'이고, '그냥 못 빠져나간다'는 말이 무슨 뜻인지 설명하지 않았다. 두 사람은 침묵 속에서 서로에게 매달려 확신을 얻으려는 것처럼 보였다.

다음 순간, 제임스는 릴리언이 나이 든 티가 나기 시작하는 것을 보고 즐거움을 느꼈다. 야회복의 짙은 포도주색이 그녀와 어울리지 않았다. 그 색이 그녀의 얼굴에 황혼 같은 엷은 자줏빛 그늘을 드리워 피부가 지치고 늘어진 것처럼 보였고, 표정에도 밝은 조롱이 아닌 생기 없는 악의가 어려 있는 듯했다.

릴리언도 그를 관찰하면서 미소를 보내더니 미소가 모욕의 허가증이라도 되는 것처럼 활기차게 말했다.

"제임스, 정말 몸이 안 좋군요, 그렇죠? 꼭 정신없는 마구간지기 같아요."

제임스가 껄껄 웃었다.

"난 마구간지기쯤은 둘 수 있어요."

"알아요. 당신은 뉴욕 시에서 가장 힘센 사람 중 하나죠."

릴리언은 그렇게 말한 뒤 덧붙였다. "뉴욕 시에 대한 멋진 농담이네요."

"그래요."

"당신이 무슨 일이든 할 수 있는 위치에 있다는 것을 인정해요. 그래서 당신을 만나러 온 거고요."

릴리언은 그 말의 솔직성을 희석시키려고 익살스럽게 킁 소리를 냈다.

"좋아요." 제임스가 편안하고 애매하게 대답했다.

"이 문제에 대해서는 우리가 함께 있는 모습을 사람들에게 보이지 않는 게 최선일 것 같아서 여기로 온 거예요."

"그게 언제나 현명하죠."

"내가 그래도 과거에는 당신에게 꽤 쓸모가 있었죠."

"과거에는…… 그랬죠."

"나는 당신을 믿어도 된다고 확신해요."

"물론이죠. 그런데 그건 구식에다가 철학적이지도 못한 발언 아닌가요? 우리가 어떻게 확신이란 걸 할 수 있죠?"

"제임스, 당신은 나를 도와줘야만 해요!" 릴리언이 날카롭게 말했다.

"시키는 대로 하죠. 당신을 돕기 위해서라면 무슨 일이든 하겠어요." 제임스가 대답했다.

그들의 언어에서는 솔직한 말에는 뻔뻔스러운 거짓말로 대답하게 되어 있었다. '릴리언이 무너지고 있어.' 제임스는 그렇게 생각하며 무력한 적과 상대하는 기쁨을 누렸다.

그녀는 자신의 트레이드마크라고 할 수 있는 몸치장도 소홀히하고 있었다. 완벽하게 단장한 머리에서 머리카락 몇 가닥이 빠져나와 있었고, 야회복 색깔에 맞추어 응고된 핏빛으로 바른 손톱은 색이 진해서 끝부분이 벗겨져 있는 게 금세 눈에 띄었다. 그리고 깊이 팬 네모진 목선 안에 넓게 드러난 크림색의 매끄러운 살에서 슬립 끈의 옷핀이 반짝거렸다.

"당신은 그걸 막아야만 해요! 중단시켜야만 해요!"

릴리언은 애원을 명령으로 위장한 호전적인 어조로 말했다.

"그래요? 뭘요?"

"내 이혼요."

"오……!"

제임스의 얼굴이 갑자기 진지해졌다.

"그가 나와 이혼하려고 한다는 건 알고 있었죠?"

"소문은 들었어요."

"다음 달로 정해졌어요. '정해졌다'는 건 말 그대로의 의미예요. 오, 물론 거액이 들었지만 그는 판사, 서기, 집행관, 그들의 후원자들, 그 후원자들의 후원자들, 국회의원 몇 명, 행정관 대여섯 명을 매수했어요. 법 집행 과정 전체를 마치 사유지 도로처럼 사들였고, 나는 그걸 막을 길이 없어요!"

"그렇군요."

"그가 왜 이혼 소송을 시작했는지는 물론 알죠?"

"짐작은 가요."

그녀의 목소리는 점점 더 초조하고 날카롭게 변해갔다.

"난 **당신을** 위해서 그랬어요! 당신 친구들이 그 선물 증서에 서명을 받아낼 수 있도록 당신 여동생 이야기를 해준 건데……"

"나도 누가 발설했는지 정말 몰라요!" 제임스가 황급히 외쳤다.

"당신이 제보자라는 것을 아는 사람은 소수의 고위층뿐이고 감히 그걸 발설할 사람은 아무도……."

"오, 물론 아무도 발설하지 않았겠죠. 하지만 그는 그 정도쯤은 짐작할 만한 머리가 있어요. 안 그런가요?"

"그럴 거예요. 그렇다면 당신도 자신이 모험을 걸고 있다는 것은 알았을 거 아니에요."

"그가 이렇게까지 나올 줄은 몰랐어요. 그가 이혼하자고 할 줄은 몰랐어요. 난……."

제임스가 놀라운 통찰력을 보이며 나직이 웃었다.

"죄책감이 밧줄처럼 닳아 없어진다는 생각을 하지 못했군요. 안 그래요, 릴리언?"

릴리언은 놀라서 그를 쳐다보다가 무감각하게 말했.
"난 그렇게 생각하지 않아요."

"당신 남편 같은 사람들의 경우에는 그래요."

릴리언이 느닷없이 외쳤다. "난 이혼하고 싶지 않아요! 그를 자유롭게 놓아주고 싶지 않아요! 그건 허락 못 해요! 내 인생 전체를 완전한 실패로 만들 수는 없어요!"

그녀는 너무 많은 것을 털어놓았다는 생각이 들었는지 얼른 입을 다물었다.

제임스는 부드럽게 웃으며 천천히 고개를 끄덕였다. 완전한 이해를 나타내는 그의 동작에는 거의 위엄이 느껴질 정도로 지적인 분위기가 배어 있었다.

"내 말은…… 그는 내 남편이니까요." 릴리언이 방어적으로 말했다.

"그래요, 릴리언, 그래요. 알아요."

"그가 무슨 계획을 세우고 있는지 알아요? 이혼 판결을 받아내서 나를 위자료 한 푼 안 주고 내쫓으려 하고 있어요! 그는 자신의 뜻대로 하고 말 거예요. 모르겠어요? 그렇게 되면…… 그가 선물 증서에 서명하도록 만든 것은 내게 승리가 될 수 없다고요!"

"그래요. 알아요."

"게다가…… 이런 생각을 한다는 것 자체가 말도 안 되지만, 앞으로 난 어떻게 살아가죠? 내가 가진 얼마 안 되는 재산은 이제 아무 가치도 없어요. 이미 오래전에 문을 닫은, 우리 아버지 시대 회사들 주식이 대부분이니까요. 이제 난 어쩌면 좋죠?"

"릴리언, 당신은 돈이나 물질적 보상에는 관심이 없는 줄 알았는데요." 제임스가 부드럽게 말했다.

"이해를 못 하는군요! 나는 지금 돈 이야기를 하는 게 아니에요. 가난에 대한 이야기를 하고 있다고요! 냄새나는 문간방의 진짜 가난! 교양인은 그렇게 살아서는 안 돼요! 내가…… 내가 식량과 방세 걱정을 해야 한다고요?"

제임스는 희미한 미소를 머금고 그녀를 지켜보고 있었다. 처음으로 그의 유약하고 나이 들어가는 얼굴에 지혜가 어렸다. 스스로 인식을 허용할 수 있는 현실에서 완전한 인식의 즐거움을 발견한 것이다.

"제임스, 당신이 꼭 도와줘야 해요! 내 변호사는 힘이 없어요. 얼마 안 되는 돈을 내 변호사와 그의 조사원들, 친구들, 해결사들에게 다 써버렸는데 그들이 나를 위해 할 수 있었던 건 그들이 아무것도 할 수 없다는 사실을 알아낸 것뿐이었어요. 내 변호사가 오늘 오후에 마지막 보고를 했어요. 내게 기회가 없다고 퉁명스럽게 말하더군요. 나는 이런 상황에서 도움을 청할 사람이 없어요. 버트럼 스커더에게 의지했는데…… 버트럼이 어떻게 됐는지는 당신도 알잖아요. 그것도 내가 당신을 도우려다가 생긴 일이에요. 당신도 그 일로 곤경에 빠졌지만 스스로의 힘으로 벗어났죠. 제임스, 지금 나를 곤경에서 구해줄 수 있는 사람은 당신뿐이에요. 당신은 최고위층에 줄이 닿잖아요. 최고 권력자들과 접촉할 수 있잖아요. 당신 친구들에게 말 좀 흘려줘요. 그들 친구들에게 말 좀 흘려달라고. 웨슬리가 한 마디만 하면 될 거예요. 이혼 판결 거부 명령을 내리게 해줘요. 이혼 판결이 나지 못하게요."

제임스는 지나친 열성을 보이는 아마추어를 상대하는 지친 전문가처럼 연민 어린 표정으로 천천히 고개를 저었다.

그가 단호하게 말했다. "릴리언, 그건 안 돼요. 나도 그러고 싶어요. 당신과 같은 이유로요. 당신도 그걸 알 거예요. 하지만 이번 경우는 내가 가진 힘으로는 역부족이에요."

릴리언은 생기를 잃은 어두운 눈빛으로 그를 바라보았다. 이윽고 그녀가 입을 열었는데 일그러진 입술에 너무나 사악한 경멸감이 어려 있어서 제임스는 그것이 자신과 그녀 둘 다를 향한 것이라는 사실 그 이상은 확인할 용기가 나지 않았다.

"당신도 그러고 싶어한다는 거 알아요."

제임스는 처음으로 위장하고 싶은 욕구를 느끼지 않았다. 이번만큼은 진실이 훨씬 더 즐거울 것 같았다. 처음으로 진실이 그의 기쁨에 기여하고 있었다.

"안 되는 일이란 걸 당신도 알 거예요. 요즘은 대가 없이는 아무도 특혜를 베풀지 않아요. 다들 점점 더 몸을 사리는 추세이고. 당신이 말한 줄도 하도 복잡하게 뒤엉켜 있어서 다들 어떤 식으로든 서로 얽혀 있어요. 누가 언제, 어떤 식으로 무너질지 몰라 아무도 함부로 움직일 엄두를 못 내죠. 목숨이 걸려 있는 경우에만 할 수 없이 움직일 뿐이에요. 요즘은 목숨이 걸려 있지 않는 한 아무도 움직이지 않아요. 고위층에게 당신의 사생활이 뭐가 중요하겠어요? 당신이 남편을 붙잡고 싶어하는 게 그들에게 무슨 의미가 있겠어요? 그리고 나로서도 그 법정 패거리들이 이익이 많이 남는 거래를 포기하도록 미끼로 내놓을 만한 게 없어요. 게다가 지금은 고위층이 절대 그 일에 나서지 않을 거예요. 당신 남편에 대해 극도로 조심해야 하는 처지이니까. 내 여동생이 라디오 방송을 한 이후로 **그가** 칼자루를 쥐게 되었으니까."

"**당신** 때문에 내가 그녀를 억지로 방송에 내보낸 거잖아요!"

"알아요, 릴리언. 그땐 우리 둘 다 진 거예요. 지금도 그렇고."

"그래요. 우리 둘 다."

릴리언이 다시 경멸 어린 어두운 눈빛으로 변해 말했다. 그 경멸이 제임스를 기쁘게 했다. 이 여자는 내 실체를 보면서도 자신이 나에게 묶여 있음을 선언하듯 그대로 남아 의자에 기대앉는구나 하는 생각이 주는 경솔하고 낯선 기쁨이었다.

"제임스, 당신은 대단한 사람이에요."

릴리언이 비난 어린 목소리로 말했다. 하지만 찬사이기도 했다. 제임스는 자신과 그녀가 비난이 가치가 될 수 있는 영역에 있다는 것에 기쁨을 느꼈다.

그가 불쑥 말했다. "당신이 아까 정육점 조수 같은 곤살레스 부부 패거리에 대해 한 말은 틀렸어요. 그들에게도 쓸모가 있어요. 당신, 프란시스코 단코니아를 좋아한 적 있어요?"

"난 그를 견딜 수 없어요."

"오늘 밤 세뇨르 곤살레스가 칵테일파티를 연 진짜 목적이 뭔지 알아요? 한 달 안에 단코니아 구리를 국유화하기로 결정한 것을 축하하기 위해서였어요."

릴리언은 잠시 그를 바라보더니 양쪽 입꼬리가 천천히 올라가며 미소를 지었다.

"그는 당신 친구였잖아요. 안 그래요?"

그녀의 목소리에는 일찍이 제임스가 사람들에게 사기를 쳐야만 들을 수 있었던 감정이 담겨 있었다. 그런데 난생 처음 상대가 그의 행동의 실체를 완전히 파악한 상태에서 그 감정, 즉 감탄을 보인 것이다.

제임스는 문득 그것이 자신의 불안한 시간들의 목적이었음을 깨달았다. 그것이 그가 간절히 원했지만 포기했던 기쁨이고 그토록 하고 싶었던 축하였다.

"릴리언, 우리 한잔합시다." 그가 말했다.

제임스는 술을 따르며 의자에 힘없이 늘어져 있는 릴리언을 흘끗 쳐다보았다.

"그냥 이혼해줘요. 그는 최후의 승자가 되지 못할 테니까. 그들이 최후의 승자가 될 거예요. 정육점 조수들. 세뇨르 곤살레스와 커피 메이그스."

릴리언은 대꾸하지 않았다. 제임스가 다가가자 그녀는 무신경한 태도로 술잔을 받았다. 그녀는 사교적 제스처로서가 아니라 술집에서 홀로 술잔을 기울이는 사람처럼 음주 그 자체를 위해 술을 마셨다.

제임스는 소파 팔걸이에 앉아 그녀와 민망할 정도로 가까운 거리에서 술을 홀짝거리며 그녀의 얼굴을 주시했다. 잠시 후 그가 물었다.

"그는 나를 어떻게 생각하죠?"

릴리언은 그 질문에 놀라는 것 같지 않았다.

"그는 당신을 바보라고 생각해요. 당신의 존재를 의식하기에는 인생이 너무 짧다고 생각하고요." 그녀가 대답했다.

"그가 나를 의식하게 만들 수도……." 제임스는 말을 하다가 멈추었다.

"곤봉으로 그의 머리를 때려서요? 글쎄요. 아마 그는 곤봉을 피하지 못한 자신을 탓하고 말걸요. 어쨌든 당신에게는 그 방법밖에 없겠네요."

릴리언은 안락의자에 앉은 채 엉덩이를 아래로 더 내리고 배를 내밀었다. 긴장을 푸는 것은 추한 짓이지만 제임스에게 바른 몸가짐과 존중이 필요치 않은 친밀감을 허용하기라도 하는 듯했다.

"내가 그를 처음 만났을 때 발견한 게 그거였어요. 그는 두려움을 모른다는 거. 그는 사람들이 자신에게 아무 짓도 할 수 없다고 확신하는 것처럼 보였어요. 그런 확신이 너무 강해서 그것에 대해 의식조차 하지 못하고, 그 본질도 모르는 것 같았어요."

"그를 마지막으로 본 게 언제였죠?"

"석 달 전요. 선물 증서 사건 후로…… 그를 못 만났어요."

"난 2주 전 사업 모임에서 봤어요. 그는 여전히 그렇게 보였어요. 오히려 더 심해진 것 같더군요. **이제** 그는 다 아는 것 같았어요."

제임스는 그렇게 말한 뒤 덧붙였다. "릴리언, 당신은 실패했어요."

릴리언은 대꾸하지 않았다. 그녀는 손등으로 모자를 밀어냈고 카펫 위로 굴러떨어진 모자의 깃털 장식이 물음표를 그렸다.

"그의 제철소를 처음 구경했던 때가 생각나요. **그의** 제철소! 제철소에 대한 그의 애착이 어느 정도인지 당신은 상상조차 하지 못할 거예요. 무엇이든 자신과 관련되고,

자신의 손이 닿으면 신성한 것이 되는 양 여기는 그 지적 오만을 당신은 모를 거예요. **그의** 제철소, **그의** 금속, **그의** 돈, **그의** 침대, **그의** 아내!"

그녀가 제임스를 흘끗 올려다보았는데 그 무기력하고 공허한 눈에 작은 불길 하나가 타올랐다.

"그는 당신의 존재를 의식한 적이 없어요. 하지만 내 존재는 의식했어요. 나는 아직 리어든의 아내예요. 적어도 다음 달까지는."

"그래요……."

제임스는 갑작스럽게 새로운 흥미를 느끼며 그녀를 내려다보았다.

릴리언이 쿡쿡 웃었다.

"리어든 부인! 그에게 그게 어떤 의미였는지 당신은 모를 거예요. 그 어떤 봉건 귀족도 **자신의** 아내라는 이름을 그토록 숭배하고, 그토록 소중한 명예의 상징으로 떠받들지는 않았을 거예요. 그의 확고하고 범접할 수 없는, 신성불가침의, 오점 없는 명예의 상징!"

그녀는 애매한 손짓으로 자신의 늘어진 몸을 가리켰다.

"카이사르의 아내!"

그녀는 다시 쿡쿡 웃었다.

"그녀가 어떤 존재여야 했는지 알아요? 아니, 모를 거예요. 그녀는 나무랄 데 없는 존재여야 했어요."

제임스는 무기력한 증오가 담긴 무겁고 맹목적인 시선으로 그녀를 내려다보았다. 릴리언은 그 증오의 대상이 아니라 상징이 되어 있었다.

"그는 자신의 금속이 아무나 만들어낼 수 있는 대중의 소유물이 된 걸 좋아하지 않았겠지…… 안 그래요?"

"맞아요."

제임스는 술기운 때문인지 혀가 조금 꼬여 있었다.

"당신이 아무 얻는 것 없이 그저 나를 위해 그가 선물 증서에 서명하도록 도왔다는 말은 하지 말아요. 나는 당신이 왜 그랬는지 아니까."

"이미 그때도 알고 있었죠."

"물론이에요. 릴리언. 그래서 내가 당신을 좋아하는 거예요."

제임스는 자꾸 그녀의 깊이 파인 드레스의 목선에 눈이 갔다. 그의 시선을 끄는 것은 그녀의 매끄러운 살결도, 불룩한 가슴도 아니었다. 목선 밖으로 삐져나온 슬립 끈의 옷핀이었다.

"나는 그가 무너지는 것을 보고 싶어요. 단 한 번만이라도 그가 고통으로 절규하는 것을 듣고 싶어요." 그가 말했다.

"그건 불가능할 거예요."

"그는 왜 자기가 우리보다 잘났다고 생각하는 거죠? 자기와 내 여동생이?"

릴리언이 쿡쿡 웃었다.

제임스는 그녀에게 따귀라도 맞은 것처럼 벌떡 일어섰다. 그는 술병이 있는 곳으로 가서 릴리언에게는 권하지도 않고 자신의 잔만 다시 채웠다.

릴리언이 제임스 너머의 허공을 바라보며 말했다. "그는 내 존재를 의식했어요. 나는 그를 위해 선로를 깔거나 그의 금속을 영예롭게 해주는 철교를 건설할 수 없는데도요. 나는 그의 제철소들을 세울 수는 없지만 그것들을 파괴할 수는 있어요. 나는 그의 금속을 생산할 수는 없지만 그에게서 그것을 빼앗을 수는 있어요. 나는 사람들을 존경심으로 무릎 꿇게 만들 수는 없지만 어쨌든 무릎 꿇게 만들 수는 있어요."

"닥쳐요!"

제임스는 보이지 않는 상태로 남아 있어야 하는 안개 낀 막다른 골목에 그녀가 너무 가까이 접근한 듯 공포에 차서 외쳤다.

릴리언이 그의 얼굴을 흘끗 쳐다보았다.

"제임스, 당신은 정말 겁쟁이에요."

"술에나 취하지 그래요?"

제임스는 그녀를 때리고 싶은 듯 자신의 술잔을 그녀의 입에 들이대며 말했다. 릴리언은 힘없이 술잔을 들고 턱과 가슴, 드레스로 술을 흘리면서 마셨다.

"이런, 릴리언. 꼴이 말이 아니군요!"

제임스는 손수건을 꺼내지 않고 손바닥으로 그녀의 턱과 가슴의 술을 닦아주었다. 그의 손이 드레스 목선 아래로 미끄러지듯 내려가 그녀의 가슴을 감싸쥐었다. 그는 딸꾹질을 하듯 헉하고 신음을 토해냈다. 그의 두 눈이 무겁게 감기며 릴리언이 순하게 머리를 뒤로 기대는 모습을, 혐오감으로 입술이 일그러진 모습을 포착했다. 그가 입을 맞추자 그녀는 순순히 그를 안고 입술로 응답했지만 그 응답은 입술을 누르는 것일 뿐 키스는 아니었다.

제임스는 고개를 들고 그녀의 얼굴을 보았다. 그녀는 이를 드러내 웃고 있었지만 눈은 마치 보이지 않는 어떤 존재를 조롱하듯 그를 지나쳐 허공을 응시하고 있었다. 그녀의 미소는 해골의 웃음처럼 생기 없고 악의에 차 있었다.

제임스는 그 모습을 피하고 자신의 몸서리를 억누르려고 그녀를 거칠게 끌어당겼다. 그의 두 손은 자동적으로 애무 행위를 이어갔고 그녀는 순하게 응했다. 하지만 제임스는 자신의 손길 아래에서 팔딱거리는 그녀의 핏줄이 킬킬거리는 듯한 느낌을 받았다. 두 사람은 누군가가 창안해서 그들에게 강요한 틀에 박힌 행위를 증오하며 조롱하는 듯했다. 그 행위의 창안자를 모독하는 패러디를 수행하는 듯했다.

제임스는 공포와 쾌감이 뒤섞인 맹목적이고 경솔한 격

정을 느꼈다. 공포는 그 누구에게도 고백할 수 없는 짓을 저지르고 있는 것에서, 쾌감은 자신이 감히 그것에 대해 고백할 수 없는 사람들에 대한 불경한 저항으로 그 짓을 저지르고 있는 것에서 나왔다. '나는 나야!' 격정 속에서도 한 조각 남아 있는 의식이 그에게 외치는 듯했다. '마침내 나는 나 자신이 된 거야!'

그들은 아무 말도 하지 않았다. 그들은 서로의 속마음을 알고 있었다. 그것이 오직 두 단어로만 표현되었다.

"**리어든 부인**." 제임스가 말했다.

제임스가 릴리언을 자신의 침실에 밀어넣고 침대에 쓰러뜨린 후 솜으로 속을 채운 부드러운 인형 위에 눕듯 그녀를 덮치는 동안 두 사람은 서로를 보지 않았다. 그들은 공범의 은밀한 표정을 짓고 있었다. 남의 집 깨끗한 담벼락에 분필로 음란한 낙서를 하는 아이들 같은 은밀하고 음탕한 표정.

일이 끝난 뒤 제임스는 자신이 아무런 저항도, 반응도 없는 몸뚱이를 소유한 것에 실망하지 않았다. 그가 소유하고 싶었던 것은 여자가 아니었다. 그가 원했던 것은 삶을 축하하는 행위가 아니라 무력함의 승리를 축하하는 행위였다.

◆

 셰릴은 사람들 눈에 띄고 싶지도, 자신의 집을 보고 싶지도 않아서 조용히, 은밀하게 문을 따고 들어왔다. 대그니의 존재가, 대그니의 세상이 집으로 돌아오는 그녀에게 힘이 되어주었지만 집에 들어서자 벽들이 다시 질식할 것 같은 기분을 느끼게 했다.

 집 안은 조용했다. 반쯤 열린 방에서 새어 나온 쐐기 모양의 불빛이 현관을 비추고 있었다. 그녀는 기계적으로 자신의 방을 향해 무거운 발걸음을 옮겼다. 그러다 우뚝 멈추어 섰다.

 불빛이 새어 나오는 방은 제임스의 서재였는데 문틈으로 보이는 카펫 위에 여자 모자가 있었고, 깃털 장식이 외풍에 일렁이고 있었다.

 셰릴은 한 발짝 다가갔다. 서재는 비어 있었고 술잔이 테이블에 하나, 바닥에 하나 놓여 있었다. 그리고 안락의자에 여자 핸드백이 놓여 있었다. 그녀는 멍하니 서 있다가 제임스의 침실에서 새어 나오는 두 사람의 억눌린 목소리를 들었다. 무슨 말을 하는지 알아들을 수 없었지만 목소리의 특징은 감지할 수 있었다. 제임스의 목소리는 짜증스러웠고 여자 목소리에는 경멸이 어려 있었다.

 셰릴은 어느새 자신의 방으로 들어가 떨리는 손으로 황

급히 문을 잠그고 있었다. 숨어야 할 사람이 자신인 것처럼, 그들을 보고 있는 추한 모습을 들켜서는 안 되는 것처럼 맹목적인 패닉 상태에서 도망쳐 들어온 것이었다. 그녀를 패닉에 빠지게 한 것은 혐오감과 연민, 당혹감, 변명의 여지가 없는 사악함의 증거를 가진 남자와 대면하기를 꺼려하는 정신적 순결함이었다.

그녀는 어떤 행동을 취해야 할지 몰라 방 한가운데 우두커니 서 있었다. 그녀는 다리에 힘이 풀리면서 조용히 무릎이 꺾였고 바닥에 주저앉아 몸을 떨며 카펫을 바라보았다.

그것은 분노도, 질투도 아니었다. 기괴하리만큼 무의미한 일을 다루어야만 하는 것에 대한 멍한 공포였다. 그들의 결혼이나 그녀에 대한 그의 사랑, 그녀를 놓아주지 않으려는 그의 고집, 다른 여자에 대한 그의 사랑, 이 까닭 없는 불륜은 아무 의미도 없었다. 그 모든 것에는 아무 의미도 들어 있지 않았기에 설명을 해보려고 애쓰는 것은 부질없는 짓이었다. 그녀는 악에는 목적이 있다고, 악은 어떤 목적을 위한 수단이라고 생각해왔다. 하지만 지금 그녀가 보고 있는 것은 악 그 자체를 위한 악이었다.

그렇게 얼마나 앉아 있었을까. 두 사람의 발소리와 목소리가 들리더니 현관문 닫히는 소리가 이어졌다. 셰릴은 아무 목적 없이, 과거로부터의 본능에 이끌려 정직은 더 이상 가치가 없지만 달리 방법이 없다는 생각으로 몸을 일으켰다.

그녀는 현관에서 제임스와 마주쳤다. 두 사람은 잠시 서로의 존재를 믿을 수 없는 것처럼 바라보고만 있었다.

"언제 왔지? 집에 온 지 얼마나 됐냐고." 제임스가 퉁명스럽게 물었다.

"모르겠어요……."

제임스는 셰릴의 얼굴을 살폈다.

"무슨 일이야?"

"제임스, 나……."

셰릴은 자신을 억제하려고 애쓰다가 포기하고는 손으로 그의 침실을 가리키며 말했다.

"나, 알아요."

"뭘 알아?"

"당신이…… 여자와 있었던 거."

제임스는 얼른 셰릴을 자신의 서재로 밀어넣고 문을 쾅 닫았다. 숨기라도 하려는 듯했지만 누구로부터 숨는 것인지는 그 자신도 알지 못했다. 그의 마음속에서 막연한 분노가 끓어오르다가 보잘것없는 마누라가 자신의 승리를 박탈하고 있다는, 그녀에게 자신의 새로운 기쁨을 넘겨줄 수 없다는 생각으로 폭발했다.

"맞아! 그래서? 그래서 어쩌겠다는 거야?" 그가 소리쳤다.

셰릴은 멍하니 그를 쳐다보았다.

"그래! 여자랑 같이 있었어! 그러고 싶었으니까! 그렇게 헐떡거리면서 쳐다보고 징징거리고 턱을 들먹인다고 내가 겁날 줄 알아?"

그가 손가락을 딱 튕겼다.

"**그거야** 당신 생각이지! 난 당신 생각 따윈 신경 안 써! 그냥 받아들여!"

셰릴의 하얗게 질린 무방비 상태의 얼굴이 그를 더 자극하고 쾌감에 젖게 했다. 자신의 말이 사람의 얼굴을 망가뜨리는 매질이 된 것 같은 쾌감.

"내가 숨길 줄 알았어? 당신을 만족시켜주려고 연극하는 건 이제 신물이 나! 당신이 도대체 뭔데? 보잘것없는 싸구려 주제에! 난 내가 하고 싶은 대로 하며 살 거니까 넌 입 닥치고 사람들 앞에서 똑바로 행동해. 다들 그렇게 하니까. 나더러 내 집에서 연극하라고 강요하지 말고! 자기 집에서 고결하게 행동하는 사람은 없어. 연극은 다른 사람들 보라고 하는 거야! 내 연극이 진심일 거라고 믿는다면…… 정말 그렇게 믿는다면…… 이 빌어먹을 멍청아! 빨리 철드는 게 좋을 거야!"

제임스가 보고 있는 것은 셰릴이 아니었다. 오늘 밤 자신이 한 행동을 보여주고 싶은, 그러나 절대로 그러지 못할 남자의 얼굴이었다. 하지만 셰릴은 늘 그 남자의 숭배자이며 옹호자, 대리인 노릇을 해왔다. 그것 때문에 그녀와 결혼했으니 이제 그녀를 써먹어야 했다.

그가 소리쳤다. "나랑 잔 여자가 누군지 알아? 누구냐 하면……."

"안 돼요! 제임스, 난 알고 싶지 않아요!" 셰릴이 외쳤다.

"리어든 부인이야! 행크 리어든 부인!"

셰릴이 뒤로 물러섰다. 제임스는 순간 공포에 사로잡혔다. 그 스스로도 인정하고 싶지 않은 모습을 그녀에게 들킨 것 같아서였다. 셰릴이 상식을 담은 생기 없는 목소리로 말했다.

"그럼 이제 이혼을 원하겠죠?"

제임스는 웃음을 터뜨렸다.

"이 바보 멍청이! 아직도 그걸 진지하게 받아들이다니! 아직도 그걸 거창하고 순수한 일로 여기다니! 난 당신과 이혼할 생각 없으니까 내가 이혼해줄 거라고 착각하지 마! 그게 그렇게 중요한 일이라고 생각해? 이 바보야, 잘 들어. 세상에 다른 여자와 자지 않는 남편은 없어. 그걸 모르는 아내도 없고. 하지만 아무도 그런 이야기는 하지 않아! 나는 내가 원하는 여자와 잘 테니까 당신도 나가서 똑같이 해. 다른 계집들처럼. 그리고 입 닥치고 있어!"

제임스는 셰릴의 눈에서 놀라운 것을 보았다. 그것은 엄격하고 명료하고 무정한, 거의 비인간적이기까지 한 지성이었다.

"제임스, 내가 그런 짓을 할 여자였다면 당신은 나와 결혼하지 않았을 거예요."

"그래. 그랬겠지."

"왜 나와 결혼한 거죠?"

제임스는 위험한 순간이 지나갔다는 안도감과 그 위험에 대한 거센 반항심의 소용돌이에 휘말린 듯한 기분을 느꼈다.

"당신은 절대 나와 동등해질 수 없는 천하고 무력하고 비상식적인 밑바닥 인생이었으니까! 당신은 나를 사랑할 거라고 생각했으니까! 당신은 나를 사랑해야만 한다는 걸 알게 될 거라고 생각했으니까!"

"있는 그대로의 당신을요?"

"감히 내가 어떤 인간인지 묻지 않고! 이유 없이! 죽는 날까지 빌어먹을 패션쇼라도 벌이듯 끝없이 이유, 이유, 이유에 맞추어 살도록 들볶지 않고!"

"당신이 나를 사랑한 건…… 내가 무가치한 존재이기 때문이었나요?"

"그럼 자신이 어떤 존재인 줄 알았던 거지?"

"내가 시시한 여자라 사랑한 건가요?"

"그게 아니면 당신이 내놓을 게 뭐가 있었는데? 그런데도 당신은 그걸 고마워할 겸손함을 갖추지 못했지. 난 관대하고 싶었고 당신에게 안전을 제공하고 싶었어. 미덕 때문에 사랑받는 것이 어떻게 안전할 수 있겠어? 정글 같은 시장처럼 경쟁의 문이 활짝 열려 있는데! 언제든지 당신보다 나은 사람이 나타나 당신을 이길 수 있는데! 난 당신의 결점, 당신의 잘못과 나약함, 무지, 천박함, 상스러움을 보고 기꺼이 사랑했어. 그건 안전하지. 당신은 두려워할 것도, 숨길 것도 없으니까. 당신은 당신 자신이 될 수 있으니까. 더럽고 추하고 죄 많은 진짜 당신 자신. 세상 모든 사람의 실체는 시궁창이야. 당신은 아무 요구도 받지 않고 내 사랑을 가질 수 있었어."

"그러니까…… 내가 당신 사랑을…… 자선으로 받아들이길 원했나요?"

"그럼 당신이 **그 값어치를** 할 수 있을 거라고 생각했어? 가난한 밑바닥 인생 주제에 나와 결혼할 자격을 갖출 수 있을 줄 알았어? 난 한 끼 식사 값으로 당신 같은 여자들을 샀던 사람이야! 당신의 걸음 하나, 당신이 먹는 캐비아 한 입까지 모두 **나에게** 빚을 지는 거야. 당신은 아무것도 없었고 아무것도 아니었고 나와 동등해질 수도, 내 아내의 자격을 갖출 수도, 빚을 갚을 수도 없었어!"

"난…… 자격을 갖추려고…… 애썼어요."

"당신이 자격을 갖추었다면 내게 무슨 쓸모가 있었겠어?"

"그럼 당신은 내가 자격을 갖추는 걸 원치 않았나요?"

"이런 바보 멍청이 같으니라고!"

"당신은 내가 나아지길 원치 않았나요? 내가 위로 올라가는 걸 원치 않았어요? 나를 시시한 여자로 생각했고, 내가 계속 시시한 여자로 남길 원했나요?"

"당신이 그 모든 자격을 갖추었다면, 그래서 내가 당신을 붙잡기 위해 노력해야 했다면, 당신이 마음만 먹으면 어느 남자에게든 갈 수 있었다면, 그렇다면 당신이 내게 무슨 쓸모가 있었겠어?"

"당신은 결혼이…… 우리 둘 모두에게…… 서로에게…… 자선이 되길 원한 건가요? 우리 두 사람이 서로에게 묶인 거지들이 되길 원했나요?"

"그래, 이 빌어먹을 복음주의자야! 그래, 이 빌어먹을 영웅 숭배자야! 그래!"

"내가 무가치한 존재라 나를 선택한 거고요?"

"그래!"

"제임스, 당신은 거짓말을 하고 있어요."

제임스는 흠칫 놀라는 시선으로 그녀를 쳐다보았다.

"당신이 한 끼 식사 값으로 샀던 여자들은 기꺼이 시궁창이 되려 했을 거예요. 당신의 자선을 받아들이고 나아지려는 노력 따윈 하지 않았을 거예요. 하지만 당신은 그들과 결혼하지 않았어요. 당신은 나와 결혼했어요. 나는 내적으로든 외적으로든 시궁창이 되는 것을 받아들이지 않고 나아지려고 애쓰고 있다는 것을, 앞으로도 계속 노력하리라는 것을 당신은 알고 있었으니까요. 안 그래요?"

"그래!" 제임스가 외쳤다.

세릴에게 질주해오던 공포의 전조등이 마침내 목표물에 충돌했고, 그 눈부신 폭발의 충격에 그녀는 비명을 내질렀다. 그녀는 물리적 공포에 사로잡혀 뒤로 물러섰다.

"왜 그러는 거야?" 제임스가 떨면서 외쳤다.

그는 그녀가 보아버린 진실이 담겨 있는 그녀의 눈을 감히 마주하지 못했다.

세릴은 그 진실을 밀어내려고, 그러면서도 한편으로는 그것을 붙잡으려고 두 손으로 허공을 더듬었다. 그녀는 입을 열어 대답했다. 그 진실의 정확한 이름은 아니었지만 그녀가 생각해낼 수 있는 유일한 표현이었다.

"당신은…… 살인 그 자체를 위한…… 살인마예요……."

그 말은 그 이름 없는 진실에 너무나 가까웠다. 제임스는 공포로 와들와들 떨다가 맹목적으로 손을 휘둘러 그녀의 얼굴을 때렸다.

세릴은 안락의자 옆으로 쓰러지며 머리를 바닥에 부딪혔지만 이내 고개를 들고 그를 멍하니 올려다보았다. 이미 예상했던 현실이라는 듯 놀라는 기색도 없었다. 그녀의 입가에서 피 한 방울이 천천히 흘러내렸다.

제임스는 꼼짝도 하지 않고 서 있었고 한동안 두 사람은 움직일 용기가 나지 않는 것처럼 서로를 응시하고만 있었다.

셰릴이 먼저 움직였다. 그녀는 벌떡 일어나서 달리기 시작했다. 서재에서 달려나가 아파트 밖으로 뛰쳐나갔다. 제임스는 그녀가 엘리베이터를 기다리지 않고 복도를 달려가 비상계단 철문을 열어젖히는 소리를 들었다.

셰릴은 계단을 달려 내려가다가 아무 층에서나 비상계단 문을 열고 꼬불꼬불한 복도를 달려가다가 다시 계단을 내려가기를 반복해 이윽고 로비에 이르러 거리로 달려나갔다.

얼마 후 그녀는 어두운 동네의 지저분한 길가를 걷고 있었다. 동굴 같은 지하철 입구에 전구 하나가 밝혀져 있었고, 세탁소 검은 지붕 위의 소다 크래커 광고판에도 불이 들어와 있었다. 그녀는 어떻게 이곳까지 왔는지 기억이 나지 않았다. 의식이 간헐적으로만 작동하는 듯했다. 그녀는 도망쳐야만 하는데 도망치는 것이 불가능하다는 것만 알고 있었다.

그녀는 제임스에게서 도망쳐야 한다고 생각했다. '어디로?' 그녀는 그렇게 물으며 기도하듯 주위를 둘러보았다. '싸구려 잡화점이나 저 세탁소, 아니면 저 음산한 가게들 중 아무데서나 일자리를 구할 수 있겠지. 하지만 일을 한다고 해도 열심히 일할수록 주위 사람들의 악의만 끌어내겠지. 나는 언제 진실을 말해야 하는지, 언제 거짓을 말해야 하는지도 알 수 없을 거야. 나는 정직할수록 사람들에게 더 큰 기만을 당하겠지. 나는 이미 그 모든 것을 보고 겪었어. 가족이 있는 집에서, 빈민가 가게들에서. 하지만 그런 악은 어디까지나 예외고 우연일 뿐이라고, 얼마든지 도망치고 잊을 수 있을 것이라고 생각했지. 그런데 이제 그것이 예외가 아님을 깨닫게 되었어. 세상이 그것을 받아들여 삶의 원칙으로 만들어버렸으니까. 모두가 알고 있지만 이름은 붙여지지 않은 그것이 사람들 눈에 숨어서, 도무지 이해할 수 없는 교활하고 죄책감 어린 표정에 숨어서 나를 곁눈질하고 있어. 그리고 침묵에 의해 숨겨진 채 도시의 지하실, 영혼들의 지하실에서 나를 기다리고 있는 그 원칙의 뿌리에는 내가 도저히 함께 살아갈 수 없는 것이 도사리고 있어.'

'나한테 왜 이러는 거야?' 셰릴은 주위의 어둠에 대고 소리 없이 외쳤다. '네가 선하기 때문이지.' 지붕과 하수구에서 거대한 웃음소리가 그렇게 대답하는 듯했다. '그럼 난 더 이상 선하고 싶지 않아.' …… '하지만 넌 앞으로도 선할 거야.' …… '난 선할 필요가 없어.' …… '선할 거야.' …… '난 더 이상 견딜 수가 없어.' …… '선할 거야.'

그녀는 몸서리를 치며 더 빨리 걸었다. 저 앞쪽 안개 자욱한 도시의 지붕들 위에 걸린 달력이 보였다. 자정이 지난 지 한참 후라 달력은 8월 6일을 가리키고 있었다. 그녀는 8월 6일이 아니라 9월 2일이라는 글자가 도시 위에 핏빛으로 쓰여 있는 듯한 기분을 느꼈다. '내가 일을 하고 높이 오르려고 애쓰면 한 계단씩 오를 때마다 더 모진 매를 맞게 되겠지. 그러다 결국 어디에 도달하든, 그곳이 구리 회사든 대출 없는 작은 집이든 9월 2일이라는 날짜에 제임스에게 그걸 빼앗기겠지. 그리고 제임스는 그 돈으로 친구들과 파티를 즐기겠지.'

'그렇다면 난 하지 않을 거야!' 셰릴은 그렇게 외치고 홱 돌아서서 오던 길을 되돌아 달려갔다. 하지만 검은 하늘을 향해 뽀얗게 피어오르는 세탁소의 김에 그녀를 향해 히죽거리는 형상이 있었다. 그 거대한 형상은 어지러이 흔들리며 얼굴을 계속 바꾸었지만 히죽거리는 웃음만은 변하지 않았다. 그 형상은 제임스의 얼굴이었다가, 어린 시절 목사의 얼굴이었다가, 그녀가 일하던 잡화점 인사부 사회복지사 얼굴이 되었다. 그리고 그 히죽거림은 그녀에게 이렇게 말하는 듯했다. "너 같은 사람들은 늘 정직하지. 너 같은 사람들은 늘 더 높이 오르려고 애쓰고, 늘 일을 하지. 그래서 우리는 안전하고 너희들은 선택의 여지가 없는 거야."

셰릴은 달렸다. 얼마 후 다시 주위를 둘러보니 그녀는

조용한 거리를 걷고 있었다. 호화로운 건물의 유리문 안 카펫 깔린 로비에 불빛이 환히 밝혀져 있었다. 그녀는 자신이 절룩거리고 있고 구두 굽이 덜렁거린다는 걸 깨달았다. 정신없이 달리다가 구두 굽이 부러진 모양이었다.

셰릴은 넓은 교차로에 서서 멀리 있는 거대한 고층 건물들을 바라보았다. 고층 건물들은 작별의 미소와 같은 몇 개의 불빛을 남기고 조용히 안개의 베일 속으로 사라져가고 있었다. 한때 그 건물들은 하나의 약속이었고, 그녀는 정체된 나태함에 둘러싸여 살면서도 그것들을 다른 종류의 인간들이 존재한다는 증거로 여겼었다. 그런데 이제 그 건물들은 묘비가 되어 있었다. 그것들을 만들었다는 이유로 파괴된 사람들을 기리는 드높은 기념비, 성취의 보상이 순교라는 소리 없는 외침이 얼어붙은 형상.

셰릴은 저 사라져가는 고층 건물들 중 한 곳에 대그니가 있다는 생각이 들었다. 하지만 대그니는 지고 있는 싸움을 벌이고 있는, 결국 파괴되어 다른 사람들처럼 안개 속으로 가라앉을 외로운 희생자였다.

셰릴은 갈 곳이 없다는 생각을 하면서 휘적휘적 걸었다. '난 가만히 서 있을 수도, 오래 움직일 수도 없어…… 일을 할 수도, 쉴 수도 없어…… 굴복할 수도, 싸울 수도 없어……. 하지만 이게, **이게** 그들이 내게 원하는 거야…… 살아 있지도 죽지도 않은…… 생각하는 것도 실성한 것도 아닌…… 공포의 비명을 내지르는 펄프 덩어리…… 그들이 원하는 모양대로 빚어지는……. 그들은 형체도 갖추지 못한 인간들인데…….'

셰릴은 인간이 나타날까 봐 두려워 잔뜩 움츠린 채 모퉁이 너머의 어둠 속으로 뛰어들었다. '아니, 그들은 악하지 않아. 모든 인간이 악한 것은 아니야…… 그들은 자신의 첫 희생자일 뿐이야. 하지만 그들 모두 제임스의 가치관을 믿고 있어. 나는 그걸 안 이상 그들과 상대할 수 없어……. 그들과 대화를 하면 그들은 내게 선의를 베풀려고 하겠지. 하지만 나는 그들이 선이라고 믿는 것의 실체를 알고 있고, 그들의 눈에서 죽음이 노려보고 있는 걸 볼 거야.'

셰릴은 이제 좁은 골목길을 걷고 있었다. 무너져가는 집들의 현관 계단 위 쓰레기통에서 흘러나온 쓰레기들이 거리를 덮고 있었다. 먼지 낀 술집 간판 너머의 잠긴 문 위에 '젊은 여성들의 쉼터'라고 쓰인 불 켜진 간판이 보였다.

셰릴은 그런 기관들에 대해, 그리고 그런 기관들을 운영하는 여자들에 대해 알고 있었다. 고통받는 사람들을 돕는 것이 자신의 일이라고 말하는 여자들. 셰릴은 비틀걸음으로 그 건물을 지나치며 생각했다. '내가 저 안으로 들어가 도움을 청하면 그들은 이렇게 묻겠지. "당신은 무슨 죄를 지었죠? 음주? 마약? 임신? 절도?" 그럼 난 이렇게 대답하겠지. "난 죄를 짓지 않았어요. 난 아무 죄도 없어요. 하

지만 난…….' "미안해요. 우린 죄 없는 사람들의 고통에는 관심 없어요."'

 세릴은 달렸다. 그러다 길고 넓은 거리 모퉁이에서 시력을 되찾으며 멈추어 섰다. 건물과 거리들이 하늘과 합쳐졌고, 허공에 걸린 두 줄의 초록 신호등은 다른 도시와 바다, 외국 땅들을 거쳐 지구를 한 바퀴 돌기라도 하려는 듯 까마득히 먼 곳까지 이어져 있었다. 초록 불빛은 확신에 찬 여행으로 초대하는 무한한 길처럼 평온해 보였다. 그러다 신호등이 빨간색으로 바뀌자 불빛이 아래로 무겁게 떨어지며 선명한 원에서 흐릿한 얼룩으로, 무한한 위험의 경고로 변했다. 세릴은 그 자리에 서서 거대한 트럭 한 대가 지나가는 것을 보았다. 트럭의 거대한 바퀴가 자갈 포장길에 또 한 겹의 반들거리는 윤을 내고 있었다.

 신호등은 다시 안전한 초록빛으로 바뀌었지만 그녀는 움직이지 못하고 떨며 서 있었다. 이것이 바로 육체가 여행하는 방식이다. 하지만 그들은 영혼의 여행에 무슨 짓을 해놓았는가? 그들은 신호를 반대로 바꾸어놓았다. 신호등이 사악한 빨간색일 때 도로가 안전하도록 만들어놓았다. 신호등이 미덕의 초록색일 때, 우리에게 통행권이 있다고 약속할 때 앞으로 나아가면 바퀴에 깔려버린다. 그 뒤바뀐 신호가 세계의 모든 나라로 이어져 지구를 감싸고 있다. 그리고 세상에는 자신이 무엇에, 왜 치었는지도 모르는 불구자들 천지이다. 그들은 으스러진 팔다리로 기를 쓰며 암흑의 날들을 기어간다. 존재의 핵심은 고통이라는 말 이외에는 아무 대답도 듣지 못한 채. 그리고 도덕이라는 교통경찰은 킬킬거리며 인간은 본래 걸을 수 없는 존재라고 그들에게 말한다.

하지만 그런 논리적인 생각을 할 힘이 없는 셰릴은 그저 분노에 휩싸여 옆에 있는 신호등만, 무정한 기계 장치의 거칠고 녹슨 웃음소리를 내는 속 빈 쇠기둥만 때리고 있었다.

그녀는 아무리 주먹질을 해도 신호등 기둥을 부서버릴 수 없었다. 보이지 않는 곳까지 늘어서 있는 신호등 기둥을 하나씩 차례로 쓰러뜨릴 수는 없었다. 만나는 사람들을 한 명씩 붙잡고 그 사람의 영혼 속에 도사리고 있는 가치관을 파괴해버릴 수도 없었다. 그녀는 더 이상 사람들을 상대할 수가 없었고 그들이 택한 길을 갈 수도 없었다. 그녀가 사람들에게 무슨 말을 할 수 있겠는가? 자신이 알고 있는 진실을 표현할 말도, 사람들의 귀에 들리는 목소리도 갖지 못했는데. 그녀가 그들에게 무엇을 말할 수 있겠는가? 그들 모두에게 어떻게 닿을 수 있겠는가? 말할 수 있는 사람들은 어디에 있는가?

그녀는 그런 생각을 한 게 아니라 주먹으로 쇠기둥만 때리고 있었다. 그러다 문득 손에서 피가 나도록 쇠기둥을 때리고 있는 자신을 발견하고 몸서리를 치며 비틀비틀 물러섰다. 그녀는 출구 없는 미로에 갇힌 기분을 느끼며 주위를 보지 않고 계속 걸었다.

의식의 파편들이 발소리가 울리는 길에 대고 말했다. '출구도 없고…… 도망칠 곳도 없고…… 신호도 없고…… 안전과 파괴를, 친구와 적을 구분할 방법도 없어…… 그 개처럼…… 실험실의 개……. 그 개는 뒤바뀐 신호체계에 따라 살게 됐지. 고통과 만족을 구분할 수 없었고, 음식이 구타로, 구타가 음식으로 바뀌었지. 눈과 귀가 자신을 속이고 판단은 무의미해졌지. 정신없이 변하는 형체 없는 세상에서 의식은 무기력해졌지. 그래서 결국 그런 대가를 치르며 먹는 것을, 그런 세상에서 사는 것을 포기했지……. 안 돼!' 그녀의 머릿속에 남은 의식적인 말은 그것뿐이었다. '안 돼! 안 돼! 안 돼!…… 그런 삶은…… 그런 세상은…… 내게 남은 것이 '안 돼!'라는 외침뿐일지라도!'

깊은 밤, 부두와 창고가 있는 뒷골목에서 여자 사회복지사가 그녀를 발견했다. 사회복지사는 잿빛 얼굴과 코트가 그 동네 벽들과 잘 어울리는 여자였다. 그녀는 그 동네에 어울리지 않는 세련된 고급 옷을 입은 젊은 여자가 모자도, 핸드백도 없이 구두 굽은 부러지고 머리는 산발하고 입가에는 멍이 든 채 차도와 인도도 구분하지 못하고 비틀거리며 걷고 있는 것을 보았다. 그 골목은 단순하고 밋밋한 창고 건물들 사이의 좁은 틈에 불과했지만 썩어가는 물의 악취를 머금은 축축한 안개 사이로 한 줄기 빛이 비치고 있었다. 강과 하늘이 하나로 합쳐진 거대한 검은 구멍이 입을 벌리고 있는 골목 끝에는 돌로 된 난간이 있었다.

사회복지사는 젊은 여자에게 다가가 엄격하게 물었다.

"무슨 문제 있어요?"

젊은 여자는 눈 하나가 머리카락에 가려져 경계심 어린 한쪽 눈만 보였다. 그녀는 인간의 목소리를 잊은 야만인 같은 얼굴을 하고 있었지만 먼 메아리에 귀 기울이듯 의심과 희망을 품고 듣고 있었다.

사회복지사가 그녀의 팔을 잡았다.

"이런 꼴이 되는 건 수치스러운 일이에요…… 당신네 사교계 여자들이 욕망을 채우고 쾌락을 쫓는 것 이외의 다른 할 일이 있었다면 이런 야심한 밤에 창녀처럼 술에 취해서 거리를 헤매지는 않았겠죠……. 자신의 즐거움만을 생각하는 이기적인 삶에서 벗어나 더 높은 것을 발견하고……."

젊은 여자가 비명을 내질렀고 공포에 찬 짐승의 울음소리 같은 그 비명은 거리의 벽들에 부딪쳐 고문실에서처럼 울려 퍼졌다. 그녀는 사회복지사의 손을 뿌리치고 뒤로 물러나 똑똑히 외쳤다.

"안 돼! 안 돼! 당신들 세상에서는!"

그러고는 달리기 시작했다. 목숨을 지키기 위해 달아나

는 짐승처럼 갑자기 힘이 솟아 질주하기 시작했다. 강으로 이어지는 골목 끝까지 달려가 단 한순간의 의심도, 망설임도 없이 그것이 자신을 지키는 행위임을 온전히 의식하며 난간을 넘어 강물로 뛰어들었다.

형제들의 보호자

 9월 2일 아침, 캘리포니아에서 구리 전선 하나가 끊어졌다. 태거트 대륙횡단철도 태평양 지선 선로변의 두 전신주를 연결하는 전선이었다.

 한밤중부터 가랑비가 추적추적 내리고 있었고, 해는 뜨지 않은 채 축축한 하늘에서 잿빛 광선 한 줄기만 비치고 있었다. 전화선에 매달린 빗물만이 분필 색깔의 구름과 납빛 바다, 황량한 언덕에 억센 털처럼 서 있는 강철 유정탑들을 배경으로 반짝이고 있었다. 전화선들은 이미 수명이 지난 지 오래였고, 그중 하나가 새벽부터 가벼운 빗방울의 무게를 견디지 못해 아래로 처지기 시작했다. 이윽고 마지막 빗방울이 전화선의 처진 곡선의 깊이를 더하며 크리스털 구슬처럼 매달려 있다가 둘이 함께 눈물처럼 소리 없이 낙하했다. 전화선이 끊어지면서 빗방울과 함께 떨어졌던 것이다.

　전화선이 끊어졌다는 보고가 들어오자 태거트 대륙횡단 철도 캘리포니아 지부 사람들은 서로 시선을 피했다. 그들은 그 문제에 대해 알맹이 없는 변명만 늘어놓았고 서로의 거짓말을 믿지 않았다. 그들은 구리 전선이 금이나 명예보다 더 귀한 물건이 되었고, 창고 관리인이 지부에서 보유 중이던 전선을 지난주에 모두 팔았다는 사실을 알고 있었다. 전선을 산 사람들은 낮에는 사업가가 아닌 새크라멘토와 워싱턴에 친구를 둔 이들로 밤에 찾아왔다. 최근에 임명된 창고 관리인 역시 뉴욕에 커피 메이그스라는 친구를 두고 있었으며, 그에 대해서는 아무도 의문을 제기하지 않았다. 그들은 이 일을 책임지고 어차피 실패로 끝날 보수 작업을 지휘하는 사람은 보이지 않는 적들에게 보복을 당할 것이고, 동료들은 침묵을 지키며 그를 위해 증언하지 않을 것임을, 그는 아무것도 증명하지 못할 것이고, 만일 그가 자신의 직무에 충실하고자 한다면 결국 일자리를 잃게 될 것임을 알고 있었다. 그들은 요즘에는 무엇이 안전하고 무엇이 위험한지 알지 못했다. 죄지은 사람이 아니라 고발한 사람이 처벌받는 세상이기 때문이었다. 그들은 동물적인 감각으로 의심스럽고 위험한 상황에서는 함부로 나서지 않고 조용히 있는 것이 상책임을 알아차리고 아무 조치도 취하지 않은 채 적절한 날짜에 적절한 절차를 밟아

적절한 대상에게 보고하는 문제에 대해서만 이야기했다.

그러던 중 젊은 철도원 하나가 지부 건물을 조용히 빠져나가 사비를 들여 약국 공중전화로 머나먼 거리와 층층이 버티고 있는 중간 관리자들을 무시하고 뉴욕의 대그니 태거트에게 직접 연락을 취했다.

대그니는 제임스 태거트의 사무실에서 긴급회의를 하다가 전화를 받았다. 젊은 철도원은 그녀에게 전화선이 끊어졌고, 보수할 전선이 없다는 이야기만 했다. 다른 이야기는 하지 않았다. 왜 그녀에게 직접 전화를 걸어야만 했는지에 대해서도 설명하지 않았다. 대그니는 모든 상황을 짐작하고 그에게 아무것도 묻지 않았다. "고마워요"라는 인사만 했다.

그녀의 사무실에는 태거트 대륙횡단철도 전 지부의 핵심 자재 목록이 든 비상 장부가 있었다. 그 장부에는 마치 파산 장부처럼 줄어든 기록밖에 없었고, 어쩌다 한 번씩 보이는 새 자재가 들어온 기록은 고문관이 굶주리는 대륙에 빵 부스러기를 던져주며 킬킬대는 것 같았다. 대그니는 장부를 훑어본 뒤 한숨을 지으며 덮었다.

"에디, 몬태나야. 몬태나 지선에 전화해서 전선 보유분의 반을 캘리포니아로 보내라고 해. 몬태나는 그것 없이도 버틸 수 있을 거야. 앞으로 일주일은."

그녀는 그렇게 말한 뒤 에디 윌러스가 항의하려 하자 덧붙여 말했다. "에디, 석유 때문이야. 캘리포니아는 이 나라의 마지막 석유 생산지 중 하나야. 태평양 지선을 잃을 순 없어."

그러고는 회의를 계속 하러 오빠의 사무실로 갔다.

"구리 전선? 이제 얼마 안 있으면 구리 걱정은 안 해도 될 거야."

제임스가 묘한 눈빛으로 그녀의 얼굴을 쳐다보다가 창밖으로 시선을 던지며 말했다.

"왜?"

대그니가 물었지만 제임스는 대답하지 않았다. 창밖에는 특별한 것은 없고 맑은 하늘과 도시의 지붕들 위로 비치는 조용한 이른 오후의 햇살, 그리고 그 위로 9월 2일이라고 적힌 달력밖에 보이지 않았다.

대그니는 제임스가 왜 굳이 자신의 사무실에서 회의를 하자고 고집했는지, 평소에는 둘만의 자리를 피하더니 왜 둘이서만 이야기하자고 했는지, 그리고 왜 자꾸 손목시계를 흘낏거리는지 알 수가 없었다.

"상황이 나빠지고 있어. 뭔가 대책이 필요해. 조화와 균형을 갖추지 못한 정책처럼 혼란이 존재하는 것 같아. 내 말은 국가적으로 운송에 대한 수요가 엄청난데 우리는 돈을 잃고 있다는 거야. 내 생각에는……"

대그니는 벽에 붙어 있는 태거트 대륙횡단철도 지도를

바라보았다. 조상 대대로 전해 내려온 그 지도에는 노란 대륙에 붉은 동맥 같은 철도가 구불구불 이어져 있었다. 철도가 나라의 핏줄로 불리던 때가 있었고, 그때 기차들은 살아 움직이는 피처럼 전국 구석구석을 돌며 부와 성장을 가져다주었다. 지금도 철도는 여전히 핏줄 역할을 하고 있지만 상처에서 일방적으로 흘러나오는 피처럼 몸에 남아 있는 생명력을 고갈시키기만 할 뿐이다. 대그니는 속으로 무심히 웅얼거렸다. '일방적인, 소비자들만을 위한 운송.'

대그니는 193호 열차가 떠올랐다. 6주 전, 193호 열차는 철강을 싣고 네브래스카 포크턴으로 가지 않았다. 그곳에서는 미국에 남아 있는 최고의 공작기계 회사인 스펜서 공작기계가 2주째 가동을 중단한 채 납품을 기다리고 있었는데도 말이다. 193호 열차는 일리노이 샌드크리크로 달려가 1년 넘게 빚에 허덕이며, 예측 불가능한 시간에 신뢰 불가능한 제품을 생산해온 컨페더레이티드 기계에 철강을 공급해주었다. 스펜서 공작기계는 기다릴 여유가 있는 부유한 기업이지만 컨페더레이티드 기계는 파산 상태였고, 일리노이 샌드크리크 지역의 유일한 밥줄이라 이대로 무너지게 할 수 없다는 정부의 판단 때문이었다. 결국 스펜서 공작기계는 한 달 전에 문을 닫았다. 그리고 2주 후 컨페더레이티드 기계 역시 문을 닫았다.

일리노이 샌드크리크 주민들은 정부의 구호를 받아야

했다. 비상시국이라 나라의 식량 창고가 텅텅 비어 있어서 국민통합위원회의 명령에 따라 네브래스카 농부들의 종자용 곡식이 모두 몰수되었다. 194호 열차는 네브래스카 주민들의 빼앗긴 추수와 미래를 일리노이 주민들이 소비하도록 실어다주었다. 이에 대해 유진 로슨은 라디오 방송에서 이렇게 말했다. "이 개화된 시대에 마침내 우리 모두는 자신이 형제의 보호자임을 깨닫게 되었습니다."

지도를 바라보는 대그니에게 제임스가 말하고 있었다. "현재와 같은 위태로운 비상시기에 일부 지부에서 봉급 날짜를 못 맞추고 체불 임금이 쌓여가고 있는 건 위험한 일이야. 물론 일시적인 현상이지만……."

대그니가 쿡쿡 웃었다.

"철도통합계획이 효과가 없는 모양이군. 안 그래?"

"뭐라고?"

"애틀랜틱 서던사의 수입에서 크게 한몫 챙길 수 있잖아. 연말에 공동기금위원회를 통해서 말이야. 그런데 애틀랜틱 서던에서 뜯어낼 게 없게 된 거지. 안 그래?"

"그게 아니야! 은행가들이 철도통합계획을 방해해서 그런 거라고. 그 개자식들, 옛날에는 우리 철도만 담보로 내놔도 대출을 척척 해주더니 이제 나라 전체의 철도를 담보로 제공해도 겨우 몇십만 달러도 대출을 안 해주는 거야. 봉급을 주려고 단기로 빌리겠다는 것인데도!"

대그니가 쿡쿡 웃었다.

"우리도 어쩔 수 없었어! 일부 개자식들이 자기가 마땅히 짊어져야 할 책임을 회피하는 건 철도통합계획 탓이 아니라고!" 제임스가 외쳤다.

"나한테 할 말 다 끝났어? 그럼 난 이만 가봐야겠어. 할 일이 있어서."

제임스의 시선이 자신의 손목시계로 향했다.

"아니, 아니, 아직 안 끝났어! 우린 시급히 현 상황에 대해 의논하고 결정을 내려야……."

제임스가 장황하게 일반론을 늘어놓는 동안 대그니는 멍하니 앉아서 도대체 그의 속셈이 무엇일까 생각했다. 그는 시간을 끌고 있었지만 꼭 그런 것만은 아니었다. 그는 어떤 구체적인 목적이 있어서 그녀를 붙잡고 있는 동시에 그저 그녀와 함께 있고 싶어서 붙잡고 있는 것이기도 했다.

그것은 셰릴의 죽음 이후 새로 생긴 버릇이었다. 셰릴의 시신이 발견되고 그녀의 자살 소식이 온 신문에 떠들썩하게 실린 날 저녁, 제임스는 연락도 없이 대그니의 아파트에 들이닥쳤다. 현장을 목격한 사회복지사의 증언을 토대로 소식을 전한 신문들은 자살 동기를 찾지 못해 '불가사의한 자살'이라고 썼다.

"내 탓이 아니야! 난 아무 잘못 없다고!"

제임스는 대그니가 그 일의 유일한 재판관이라도 되는

것처럼 외쳤다. 그는 공포로 떨고 있었지만 몰래 그녀를 흘금거리는 시선에 놀랍게도 승리감이 담겨 있었다.

"여기서 나가."

그녀는 그 말밖에 할 말이 없었다.

제임스는 그 후로 셰릴 이야기는 꺼내지 않았지만 평소보다 자주 그녀의 사무실에 찾아오고, 복도에서 만나면 그녀를 붙잡고 알맹이 없는 이야기들을 늘어놓았다. 그런 일들이 쌓여가면서 대그니는 그가 모종의 공포에 시달리며 그녀의 보호를 받기 위해 매달리면서도 한편으로는 그녀를 포옹하는 척하면서 그녀의 등에 칼을 꽂으려 하는 것 같다는 불가해한 예감을 느꼈다.

제임스는 딴 곳을 보고 있는 대그니에게 고집스럽게 떠들어댔다.

"난 꼭 네 의견을 듣고 싶어. 지금 가장 시급한 건 우리가 현 상황에 대해 의논해서…… 그런데 넌 아무 말도 안 하고 있어."

대그니는 그에게 시선을 주지 않았다.

"철도사업에서 돈이 안 나온다는 건 아니지만 그래도……"

대그니가 날카롭게 쳐다보자 그는 얼른 시선을 피했다.

"내 말은, 건설적인 정책이 나와야 한다는 거야. 누군가…… 행동에 나서야 해. 비상시기에는……" 그가 황급히 웅얼거렸다.

대그니는 제임스가 회피하려고 애쓰면서도 그녀에게 자꾸 암시하려 하는 것이 무엇인지 알고 있었다. 그리고 제임스가 아직은 그녀가 그것을 인정하거나 논의하기를 원하지 않는다는 것도 알고 있었다. 이제 열차 운행 일정은 유지될 수가 없었다. 어떤 약속도 지켜질 수 없고 어떤 계약도 준수될 수 없었다. 정규 열차가 출발 직전에 운행이 취소되고 이유 없는 명령에 따라 예기치 않은 장소로 가는 임시 특별열차로 바뀌었다. 그 명령은 비상사태와 공공복지에 관한 독단적 결정권을 가진 커피 메이그스가 내리는 것이었다. 공장들은 자재 공급이 지연되어 가동을 하지 못하거나 창고에 가득한 생산품을 납품하지 못해서 문을 닫고 있었다. 전통적인 기업들이, 정해진 기간에 계획에 따라 움직여 힘을 키워온 거물들이 스스로 예측할 수도, 통제할 수도 없는 순간의 변덕에 휘둘리는 신세가 되었다. 그들 중 가장 장기적으로, 가장 복잡한 기능을 수행하던 최고의 기업들은 오래전에 사라졌고, 아직 살아남아서 생산이 가능한 시대의 원칙을 지키려고 안간힘을 다하는 업체들은 계약서에 냇 태거트의 자손으로서는 치욕스러운 '운송이 허락된다면'이라는 조항을 넣었다.

하지만 아무도 묻거나 설명할 수 없는 신비한 힘이나 비결이라도 있는 것처럼 운송수단을 마음대로 이용하는 사람들도 있었다. 그들은 커피 메이그스와 거래하는 자들이었고, 나머지 사람들은 그 거래를 지켜보는 것만으로도 죄가 되었기에 모두 두려움에 눈을 감았다. 모두 모르는 것이 아니라 아는 것을 두려워했다. 그 거래는 '운송 연줄'이라는 상품을 팔고 사는 것이었고, 그 말이 무슨 뜻인지 모두 알고 있었지만 감히 입 밖에 내지는 못했다. 그 거래를 하는 사람들이 비상 특별열차를 이용하는 이들이었다. 그들은 예정된 열차 운행을 취소시키고 대신 그들이 원하는 지역으로 열차를 보내며 '공공복지' 차원에서 그 지역의 즉각적인 구조를 위해서라고 주장했다. 그들이 내세우는 '공공복지'는 계약이나 소유권, 정의, 이성, 삶에 우선했다. 그렇게 그들은 스매더 형제의 애리조나 자몽 농장과 핀볼 기계를 생산하는 플로리다의 공장, 켄터키의 어느 목장, 오런 보일의 어소시에이티드 철강을 구조하기 위해 특별열차를 보냈다.

그들은 창고에 쌓여 있는 제품을 운송할 길이 없어 발을 동동 구르는 기업가들과 거래하거나, 서로 조건이 맞지 않아 거래에 실패하면 공장이 파산했을 때 10분의 1 가격에 제품을 몽땅 사들여 갑자기 운행이 가능해진 화물열차편으로 물건을 받아줄 업자들이 기다리고 있는 곳으로 실어갔다. 공장 근처에서 맴돌며 용광로의 마지막 숨결이 꺼지기를 기다렸다가 습격하거나 인적 없는 측선에서 화물열차를 터는 사람들도 있었는데, 그들은 신종의 치고 빠지기식 사업가들이었다. 그들은 어떤 업종이든 한 번의 거래로 끝냈고 봉급 줄 직원도, 고정적으로 들어가는 비용도, 부동산도, 설비도 없었다. 그들의 유일한 자산과 투자는 '우정'에 집중되어 있었다. 그들은 공식적인 연설에서는 '우리의 역동적인 시대의 진보적인 사업가'로, 사람들 사이에서는 '연줄 장사'로 불렸다. 그리고 연줄은 '운송 연줄', '철강 연줄', '석유 연줄', '임금 인상 연줄', '집행유예 연줄' 등으로 세분화되었다. 그들은 대단히 역동적이어서 다른 사람들은 다 발이 묶여 꼼짝 못 하고 있는 중에도 전국을 누비고 다녔다. 그들은 생각 없이 활동적이었다. 동물들처럼 활동적인 것이 아니라 시체를 뜯어먹고 사는 구더기들처럼 활동적이었다.

대그니는 철도사업에서 돈이 나오고 있다는 것도, 그것을 누가 챙기고 있는지도 알고 있었다. 커피 메이그스는 나중에 발각되지 않도록 교묘히 일을 꾸미며 기차와 마지막 남은 철도 자재들을 팔아넘기고 있었다. 과테말라나 캐나다 전차회사에 레일을 팔고, 주크박스 제조업체에 전선을 팔고, 리조트 호텔에 침목을 땔감용으로 팔았다.

대그니는 지도를 바라보며 생각했다. '시체의 어떤 부분을 어떤 종류의 구더기들이 먹어치웠는지, 제 몸을 먹는 구더기인지 아니면 다른 구더기에게 먹이를 제공하는 구더기인지가 중요할까? 살아 있는 살덩이가 먹이가 되는 한, 그 살덩이가 누구의 배를 채울 것인지가 중요할까? 어떤 파괴가 인도주의자들의 짓이고, 어떤 것이 가면을 쓰지 않은 강도들의 짓인지 구별할 방법은 없다. 어떤 약탈 행위가 유진 로슨 같은 인간들의 자선욕에 의해 촉발되고, 어떤 것이 커피 메이그스 같은 자들의 탐욕에 의한 것인지도 알 수 없다. 어떤 지역이 아사지경에 일주일 더 가까운 다른 지역의 구제를 위해 희생되고, 어떤 지역이 연줄 장사들이 요트 살 돈을 마련하기 위해 희생되었는지도 구별할 수 없다. 하지만 그것이 중요한가? 둘 다 정신적으로 같고 사실상 같은데. 둘 다 필요를 내세우고 필요는 소유의 유일한 자격으로 간주된다. 둘 다 같은 도덕률에 철저히 따른다. 둘 다 인간의 희생을 바람직하게 여기고 강요한다. 심지어 누가 동족을 잡아먹는 식인종이고 누가 희생자인지도 구분이 안 된다. 동쪽에 있는 마을에서 몰수해온 옷이나 연료를 자기들 것인 양 당당히 받는 마을 주민들은 다음 주에 서쪽 마을 주민들의 배를 채우기 위해 자신들의 식량을 몰수당하는 처지가 된다. 사람들은 지난 수세기 동안 꿈꾸어온 이상을 마침내 실현했다. 그들은 아무 방해 없이 그 이상을 실행에 옮기고 있다. 그들은 **필요**를 최고 지도자로 섬긴다. 그들에게 필요는 가장 우선적인 요구이고 가치 기준이며, 법정 화폐이고 권리나 삶보다 더 신성한 것이다. 사람들은 함정에 빠져 인간은 자기 형제의 보호자라고 외치며 이웃을 잡아먹고 이웃의 형제에게 잡아먹히고 있다. 모두 거저 얻은 것의 정당성을 주장하며 누가 자기를 이용해먹지 않나 전전긍긍한다. 제 몸을 먹어치우며 어떤 알 수 없는 악이 지구를 파괴하고 있다고 공포의 비명을 내지른다.'

대그니는 마음의 귀로 휴 액스턴의 목소리를 들었다. "이제 그들은 무슨 불평을 해야 할까요? 우주가 비합리적이라고? 그런가요?"

대그니는 논리라는 무시무시한 힘을 바라볼 때는 존경 이외에는 어떤 감정도 허용될 수 없는 것처럼 냉정하고 엄숙한 시선으로 지도를 바라보았다. 그녀는 무너져가는 대륙의 혼돈 속에서 인간들이 지녔던 모든 생각이 수학적으로 정확하게 실행된 모습을 바라보았다. 하지만 사람들은 **그것이** 자신들이 원한 것임을 알고 싶어하지 않았다. 자신들이 속이는 힘이 아닌 소망하는 힘을 지니고 있음을 알고 싶어하지 않았다. 저 지도에 자신들의 소망을 고스란히 이루어놓았는데도.

그들, 필요를 옹호하고 연민을 탐하는 자들은 이제 무슨 생각을 하고 있을까? 무엇에 의존하고 있을까? 한때 "난 부자들을 파멸시키려는 게 아니야. 부자들에게 남아도는 것을 조금 떼서 가난한 사람들을 도우려는 것일 뿐이지.

아주 **조금만**. 부자들에게는 전혀 아쉽지 않을 만큼만!" 하면서 히죽거리던 인간들이 나중에는 서슬이 시퍼래져서 이렇게 말했다. "재벌들은 좀 쥐어짜도 버틸 수 있어. 3대가 먹고살 부를 축적해놓았으니까." 그 다음에는 이렇게 외쳤다. "기업가들은 1년은 버틸 수 있는 비축분이 있는데 왜 국민들만 고통받아야 하지?" 그리고 **이제** 이렇게 부르짖고 있다. "어떤 사람들은 일주일 버틸 식량이 있는데 왜 우리만 굶주려야 하지?" 그들은 무엇에 의존하고 있을까?

"넌 뭔가 해야만 해!" 제임스 태거트가 외쳤다.

대그니는 그에게로 고개를 홱 돌렸다.

"**나**?"

"**네** 일이잖아. 네 영역이고, 네 의무야!"

"뭐가?"

"행동하는 것. 행하는 것."

"행하다니…… 뭘?"

"그걸 내가 어떻게 알아? 그건 네 장기잖아. 넌 행동가잖아."

대그니는 그를 흘끗 쳐다보았다. 그 말은 너무나 예리하면서 한편으로는 너무나 부적절했다. 대그니는 벌떡 일어섰다.

"이야기 다 끝났어?"

"아니! 아니야! 의논 좀 하자고!"

"해."

"넌 아무 말도 안 했잖아!"

"그건 오빠도 마찬가지야."

"그렇지만…… 내 말은, 현실적인 문제들을 해결해야 하는데…… 예를 들면, 피츠버그 창고에서 없어진 새 레일은 어떻게 된 거지?"

"커피 메이그스가 훔쳐다 팔았어."

"증명할 수 있어?" 제임스가 방어적으로 날카롭게 말했다.

"오빠 친구들이 증명이란 걸 할 수 있는 방법이나 규정, 기관을 남겨놓았어?"

"그럼 그 이야기는 하지 마. 이론적으로 나오지 마. 우린 사실들을 다뤄야 하니까! 우리는 현실의 사실들을 다뤄야 해…… 증명도 할 수 없는 가정하에서가 아니라 기존의 조건하에서 우리의 자재들을 보호할 수 있는 현실적인 방법들을 찾아내야……."

대그니는 쿡쿡 웃으며 생각했다. '형체 없는 것의 형체. 그것이 제임스의 의식방식이지.' 그는 커피 메이그스의 존재를 인정하지 않은 채 그녀가 메이그스로부터 자신을 보호해주기를 원하고 있었다. 메이그스가 벌이는 게임의 실체를 인정하지 않은 채 그것과 싸우고, 그 게임을 방해하지 않은 채 이기기를 원하고 있었다.

"뭐가 그렇게 웃긴데?"

제임스가 화를 냈다.

"알면서."

"난 네가 도대체 왜 그러는지 모르겠어! 너한테 무슨 일이 있었던 건지…… 지난 두 달 동안…… 다시 돌아온 후로…… 넌 완전히 비협조적이 됐어!"

"나는 지난 두 달 동안 오빠와 싸운 적이 없는데."

"바로 그거야!"

제임스는 얼른 입을 다물었지만 대그니의 얼굴에 미소가 스치는 것을 보았다.

"내 말은, 회의를 하고 싶다는 거야. 이 상황에 대한 네 의견을 알고 싶고……."

"알잖아."

"하지만 넌 한 마디도 안 했어!"

"내가 할 말은 3년 전에 다 했어. 오빠가 택한 길이 어디로 이를지도 말했어. 결국 내 말대로 됐어."

"또 시작이다! 그런 이론이 다 무슨 소용이야? 우린 지금 **여기** 있어. 3년 전 거기가 아니라. 우리는 현재를 다뤄야 한다고. 과거가 아니라. 그때 네 의견을 따랐더라면 상황이 달라졌을지도 모르지. 하지만 그러지 **않았으니** 어쩔 수 없어. 우리는 **지금**의 현실을 있는 그대로 받아들여야 한다고!"

"그래, 받아들여."

"뭐라고?"

"현실을 받아들이라고. 나는 오빠 명령에 따를게."

"그건 불공평해! 나는 지금 너의 의견을 구하고 있고……."

"오빠는 나를 통해 확신을 얻으려 하고 있어. 하지만 그건 안 될 거야."

"뭐라고?"

"나는 오빠와 말씨름을 해서 지금 오빠가 이야기하고 있는 현실이 있는 그대로의 현실이 아니고 아직 오빠의 목숨을 구할 방법이 남아 있는 것처럼 가장하는 것을 도와줄 수 없어. 그런 방법은 남아 있지 않으니까."

제임스는 감정이 폭발하지도, 화를 내지도 않고 포기 직전의 약하고 자신 없는 목소리로 말했다.

"그럼…… **넌** 내가 어떻게 했으면 좋겠어?"

"포기해."

제임스는 멍하니 대그니를 바라보았다.

"포기해. 오빠와 오빠의 워싱턴 친구들, 약탈을 계획하는 자들 모두. 그 식인종 철학도 다 버려. 포기하고 길을 비켜줘. 우리가 폐허 위에서 처음부터 다시 시작할 수 있게."

"안 돼!"

제임스는 그제야 감정이 폭발했는데 그 형태가 묘했다.

그것은 자신의 신념을 배반하느니 차라리 죽음을 택할 사람의 외침이었지만 사실 그는 평생 생각이라는 것의 존재를 외면하며 범죄자의 편의주의로만 행동해온 사람이기 때문이었다. 대그니는 범죄자들의 본질이 무엇인지 새삼 궁금해졌다. 생각 자체를 부정하는 생각에 그토록 충실할 수 있다는 것이 놀라웠다.

"안 돼! 그건 불가능해! 그건 말도 안 돼!"

제임스의 목소리는 더 낮고 거칠고 정상적으로 변해 광신자의 말투에서 고압적인 사장의 말투로 돌아와 있었다.

"누가 그랬는데?"

"그건 신경 쓸 것 없어! 어차피 사실이니까! 넌 왜 항상 비현실적인 생각만 하지? 왜 현실을 있는 그대로 받아들이고 뭔가 대책을 세우려 하질 않지? 넌 현실주의자고, 행동가고, 움직이는 사람이고, 생산자고, 냇 태거트잖아! 자신이 선택한 목표를 이룰 수 있는 사람이잖아! 너는 지금 우리를 구할 수 있어. 지금의 상황을 해결할 방법을 찾아낼 수 있다고. **마음만 먹으면**!"

대그니는 폭소를 터뜨리며 생각했다. '그동안 기업가들이 무시해온 어설픈 이론들의 궁극적인 목표가 바로 이것이다. 그 모든 무성의한 정의, 엉성한 일반론들, 감상적인 추상들⋯⋯. 객관적인 현실에 순종하는 것은 국가에 대한 복종과 같고, 자연의 법칙과 관료의 법령은 서로 다르지 않으며, 배고픈 인간은 자유롭지 못하고, 인간은 의식주의 횡포로부터 해방되어야 한다는 주장의 목표가 바로 이것이다. 그들은 현실주의자인 냇 태거트가 커피 메이그스의 의지를 철강이나 레일, 중력 같은 절대적인 자연의 한 **사실**로 여기고 메이그스가 만든 세상을 객관적이고 불변적인 현실로 받아들여 그런 세상에서 계속해서 풍요를 생산해주기를 바란다. 그것이 자신들의 계시를 이성으로, 자신들의 '직감'을 과학으로, 자신들의 갈망을 지식으로 속이고 팔아먹는 연구실과 강의실의 모든 사기꾼의 목표이다. 그것이 비객관적이고 비절대적이며 임시적이고 개연적인 야만인들의 목표이다. 그 야만인들은 농부의 수확을 인과율에 매이지 않는, 농부의 전능한 변덕에 의해 이루어진 신비의 현상으로 간주하고 농부를 붙잡아다 쇠사슬로 묶어 농기구도, 종자도, 물도, 토양도 제공하지 않은 채 돌밭에 데려다놓고 "자, 농사를 지어 우리를 먹여 살려라!" 하고 명령할 자들이다.'

대그니는 자신이 웃은 이유를 제임스가 물을 것이라고 예상하며 설명해보았자 소용없다고, 그는 이해하지 못할 것이라고 생각했다. 하지만 제임스는 묻지 않았다. 그는 어깨를 축 늘어뜨리며 말했다.

"대그니, 우리는 형제야……."

대그니는 그 말이 너무 무서웠다. 모르고 한 말이라면

매우 부적절하고, 알고 한 말이라면 너무 소름끼쳤다.

대그니는 살인마의 총부리에 맞서기라도 하듯 온몸이 굳어져가는 것을 느끼며 꼿꼿한 자세를 취했다.

제임스가 부드럽고 단조로운 콧소리로 거지가 우는소리를 하듯 말했다. "대그니, 난 철도회사 사장이고 싶어. 그걸 **원해**. 넌 항상 원하는 게 있는데 난 왜 원하는 게 있으면 안 되는 거지? 넌 항상 욕망을 충족시키는데 난 그래선 안 되는 이유가 뭐지? 왜 넌 행복하고 난 고통받아야 하지? 아, 그래, 세상은 너의 것이지. 세상을 움직일 머리가 있는 건 너니까. 그런데 넌 왜 너의 세상에 고통이 존재하도록 내버려두는 거지? 넌 행복의 추구를 찬양하면서 나를 좌절에 빠뜨리고 있어. 난 내가 원하는 행복을 요구할 권리도 없는 거야? 넌 내게 빚이 있는 거 아니야? 우리는 형제 아니야?"

제임스의 시선은 좀도둑의 손전등처럼 대그니의 얼굴에서 연민을 찾으려고 했다. 하지만 혐오밖에는 발견하지 못했다.

"내가 고통받으면 그건 **네** 죄가 되는 거야! 너의 도덕적 실패가 되는 거라고! 난 너의 형제야, 그러니까 네 책임이야. 넌 내가 원하는 것들을 충족시켜주지 못했기 때문에 죄인이야! 지난 수세기 동안 인류의 모든 도덕적 지도자가 그렇게 말해왔어. 그런데 **네가** 뭔데 아니라고 말해? 넌 자신을 대단히 자랑스럽게 여기지. 자신이 순수하고 선하다고 생각하지. 하지만 내가 비참한 처지인 이상 너는 선한 존재일 수 없어. 내가 불행한 만큼 네 죄도 커지는 거야. 내가 만족하는 만큼 네 미덕도 커지는 것이고. 나는 이런 세상을 **원해**. 지금 같은 세상. 내게 권위를 주고, 나 스스로를 중요한 존재로 느낄 수 있도록 만들어주니까. 이 세상이 잘 돌아가게 해봐! 어떻게 손을 좀 써보란 말이야! 어떻게 해야 하는지 나야 모르지. 그건 **네** 문제이고, **네** 의무이니까! 넌 강자의 **특권**을 가졌지만 내게도 약자의 **권리**가 있어! 그건 도덕의 절대적 원칙이야! 그걸 모르겠어? 몰라? 응?"

이제 제임스의 시선은 절벽 끝에 매달려 작은 균열이라도 찾으려고 미친 듯이 더듬는 손 같았다. 하지만 그 손은 대그니의 얼굴이라는 무결점의 반들거리는 암벽에서 자꾸 미끄러지고 있었다.

"이 개자식."

대그니가 아무 감정 없이 담담하게 내뱉었다. 그것은 인간 이하의 존재에 대한 욕이기 때문이었다.

제임스의 얼굴에는 사기꾼의 낭패한 표정밖에 없었지만 대그니는 그가 절벽 아래로 떨어지는 모습을 보는 기분이었다.

그녀는 평소보다 더 큰 혐오감을 느낄 이유가 없다고 생각했다. 그는 세상 모든 곳에서 떠들어대고 받아들여지는 말들을 했을 뿐이니까. 하지만 그런 원칙은 대개 3인칭의 형태로 설명되었는데 제임스는 뻔뻔스럽게 1인칭으로 설명했다. 대그니는 사람들이 희생주의를 받아들일 때 그 수혜자들이 자신의 요구와 행동의 본질을 밝히지 않는다는 전제가 우선되어야 하는 것이 아닌가 하는 생각이 들었다. 그녀는 나가려고 돌아섰다.

"안 돼! 안 돼! 기다려!"

제임스가 벌떡 일어나며 외쳤다. 그는 자신의 손목시계를 확인한 뒤 말했다.

"시간이 됐어! 너에게 들려주고 싶은 특별 뉴스가 있어!"

대그니는 호기심에 멈추어 섰다.

제임스는 무례할 정도로 노골적으로 대그니의 얼굴을 빤히 쳐다보면서 라디오를 켰다. 그의 눈에 두려움과 탐욕적인 기대감이 어려 있었다.

"신사 숙녀 여러분!"

별안간 라디오에서 패닉에 빠진 목소리가 흘러나왔다.

"방금 칠레 산티아고에서 들어온 충격적인 소식을 전해드리겠습니다!"

대그니는 제임스가 고개를 홱 들며 당혹감을 감추지 못하고 얼굴을 찌푸리는 것을 보았다. 아나운서의 목소리와 말이 그가 기대했던 내용이 아닌 듯했다.

"오늘 오전 10시 칠레와 아르헨티나를 비롯한 남미 인민국 인민들에게 극히 중요한 법안을 통과시키기 위해 칠레 인민국 의회 특별 회기가 소집되었습니다. 모든 인간은 그 형제의 보호자라는 도덕적 슬로건으로 집권한 칠레의 새 국가수반 세뇨르 라미레스의 개화된 정책에 따라 칠레에 있는 단코니아 구리회사의 재산을 국유화해, 아르헨티나 인민국이 전 세계에 흩어져 있는 단코니아 구리회사의 나머지 재산을 국유화하는 길을 열어주기 위한 목적이었습니다. 하지만 이 사실은 양국의 최고위층 지도자들만 알고 있었습니다. 논쟁과 반동적 반대를 피하기 위해 비밀에 부쳐졌던 것입니다. 수십억 달러 규모에 이르는 단코니아 구리의 국유화는 칠레 인민들에게 푸짐한 깜짝 선물이 될 예정이었습니다.

그런데 10시 정각, 의장이 의사봉을 두드려 개회를 알리는 순간 의사봉 소리가 신호라도 된 듯 엄청난 폭발음이 회의장을 뒤흔들고 유리창을 박살냈습니다. 그곳에서 멀지 않은 항구에서 들려온 소리였습니다. 창가로 달려간 의원들은 단코니아 구리 광석 부두에서 기다란 불기둥이 솟구쳐 오르는 광경을 목격했습니다. 광석 부두는 산산조각이 났습니다.

의장은 의원들의 동요를 무시하고 회의를 속행했습니다. 밖에서 소방차 사이렌 소리와 비명 소리가 들리는 가운데 국유화 법안이 낭독되었습니다. 검은 비구름이 짙게

낀 잿빛 아침이었고, 폭발 사고로 전기가 나가 의원들은 촛불을 켜놓고 투표를 진행했습니다. 하늘을 뒤덮은 불기둥은 의사당 건물의 거대한 돔 지붕 위까지 붉게 물들이고 있었습니다.

하지만 인민들에게 단코니아 구리가 국유화되었다는 기쁜 소식을 전하기 위해 의회가 급히 휴회에 들어간 순간 더 끔찍한 충격이 닥쳤습니다. 의회에서 투표가 진행되는 동안 지구상에 단코니아 구리회사가 남아 있지 않다는 소식이 세계 곳곳에서 전해지기 시작했습니다. 신사 숙녀 여러분, 단 한 곳도요. 10시 정각에 칠레에서부터 시암, 스페인, 포츠빌, 몬태나에 이르기까지 지구상에 있는 단코니아 구리회사의 모든 재산이 동시에 폭파되어 사라지는 경악을 금치 못할 사태가 발생한 것입니다.

전 세계의 단코니아 구리의 종업원들은 오전 9시에 현금으로 마지막 임금을 받고 9시 30분까지 모두 건물에서 대피했습니다. 단코니아 구리의 모든 광석 부두와 제련소, 연구소, 사무실 건물이 파괴되었습니다. 항구에 정박 중이던 단코니아 광석 선박들도 모두 사라졌고, 항해 중이던 선박들 역시 승무원들을 태운 구명보트만 남긴 채 흔적도 없이 사라졌습니다. 단코니아 광산의 경우, 일부는 수 톤에 이르는 폭파된 돌더미 아래 묻혔고, 나머지는 폭파할 가치조차 없었습니다. 연이어 쏟아져 들어오는 보고에 따르면, 놀라운 숫자의 광산들이 수년 전부터 고갈된 상태로 운영되고 있었습니다.

경찰은 수천 명의 단코니아 구리회사 종업원들을 상대로 조사를 벌였지만 이런 기괴한 계획이 어떻게 고안되고 조직되어 실행되었는지 아는 사람을 찾아내지 못했습니다. 하지만 단코니아 구리의 핵심 인재들은 아무도 남아 있지 않았습니다. 가장 유능한 임원과 광물학자, 엔지니어, 감독들 모두가 사라졌습니다. 인민국이 단코니아 구리를 국유화한 후에도 계속 남아서 일하며 재정비 과정의 완충재 역할을 해줄 것으로 기대했던 모든 사람이, 가장 유능한, 아니 가장 이기적인 사람들이 사라졌습니다. 여러 은행의 보고에 따르면, 단코니아 계좌는 더 이상 남아 있지 않다고 합니다. 마지막 한 푼까지 모두 인출되었다고 합니다.

신사 숙녀 여러분, 단코니아 가문의 재산이, 수세기 동안 이어져온 세계 최대의 전설적인 재산이 이제 더 이상 존재하지 않습니다. 칠레와 아르헨티나 인민국은 새 시대의 황금빛 새벽 대신 폐허와 실업자들만 떠안게 되었습니다.

세뇨르 프란시스코 단코니아의 운명이나 행방에 대해서는 아무 단서도 발견되지 않았습니다. 그는 아무것도 남기지 않고, 작별 인사조차 없이 사라졌습니다."

'고마워, 내 사랑. 마지막까지 남은 우리의 이름으로 고

마음을 전하고 싶어. 너는 이 말을 듣지 못할 거고 듣고 싶어하지도 않겠지만…….' 그것은 그녀가 열여섯 살 때 알던 소년의 웃는 얼굴을 향한 마음속의 기도였다.

다음 순간, 대그니는 라디오 속에서 희미하게 고동치는 전기음이 지구상의 유일한 생명력과 아직 연결되어 있는 것처럼 라디오에 매달려 있는 자신을 발견했다. 라디오가 잠시 동안 내보낸 생명력이 죽어 있는 방 안을 가득 채우고 있었다.

멀리 있는 폭발의 잔해처럼 제임스의 목소리가 들려왔다. 그것은 신음이기도, 절규이기도, 으르렁거림이기도 했다. 수화기를 든 제임스의 어깨가 떨리고 그의 뒤틀린 목소리가 외쳤다.

"하지만 로드리고, 당신이 안전하다고 했잖아요! 맙소사 로드리고, 내가 그 일에 얼마나 깊이 연루되었는지 알아요?"

그의 책상 위에서 또 다른 전화기가 요란하게 울려댔고, 그는 로드리고의 전화를 끊지 않은 채 남은 손으로 수화기를 들고 외쳤다.

"닥쳐요, 오런! **당신이** 뭘 어쩌려고요? 염병할, 맘대로 해요!"

사람들이 달려들어오고 전화기들이 울려댔다. 제임스는 수화기에 대고 애원도 했다 욕도 했다 미친 듯이 외치고 있었다.

"산티아고 연결해! ……워싱턴에 전화해서 산티아고 연결하라고!"

대그니는 요란하게 전화를 걸어대는 남자들이 어떤 게임을 벌이다가 실패했는지 어렴풋이 알 수 있었다. 그들은 현미경 렌즈 아래 흰 공간에서 꿈틀거리는 미세한 쉼표들처럼 멀리 있는 듯했다. 그녀는 프란시스코 단코니아 같은 사람이 존재하는 세상에서 그들이 진지하게 받아들여질 수 있으리라 기대했다는 것 자체를 이해할 수 없었다.

대그니는 그날 만난 모든 사람, 그리고 밤거리의 어둠 속에서 지나친 모든 사람의 얼굴에서 폭발의 불꽃을 보았다. 프란시스코가 단코니아 구리의 시신을 화장할 불길을 원했다면 그의 뜻은 이루어진 셈이었다. 아직 그 죽음을 이해할 수 있는 지상의 유일한 도시인 뉴욕의 거리에서 화장용 불길이 피어올랐던 것이다. 사람들의 얼굴에서, 불꽃의 작은 혀들이 타닥거리는 듯한 그들의 긴장된 속삭임에서. 엄숙하면서도 광적인 표정으로 이글거리는 얼굴들…… 먼 불빛을 받은 듯 흔들리고 너울대는 표정들…… 겁에 질린 표정, 분노한 표정……. 사람들 대부분은 불안하고 불확실하고 기대에 찬 얼굴을 하고 있었지만 모두가 그 산업 재앙 이면의 진실을 인식하고 있었다. 그 의미를 설명할 수는 없어도 모두 알고는 있었다. 그리하여 모두 희미한 웃음을 머금고 있었다. 즐거움과 저항의 웃음. 복수를 했다고 느끼며 죽어가는 희생자들의 쓸쓸한 웃음.

대그니는 그날 저녁을 함께 먹기 위해 만난 행크 리어든의 얼굴에서도 그 불꽃을 보았다. 자신을 향해 걸어오는 키 크고 당당한 그를 보며(그는 유명 레스토랑의 고급스런 분위기에 편안하게 어울리는 유일한 사람 같았다) 그녀는 그의 엄격한 표정 속에 감추어져 있는 열정을 느꼈다. 그것은 예기치 못했던 일에 매혹된 어린 소년 같은 열정이었다. 리어든은 그 사건에 대한 이야기는 꺼내지 않았지만 대그니는 그의 마음속에는 그 생각뿐임을 알 수 있었다.

두 사람은 리어든이 가끔 뉴욕에 올 때마다 만나 짧은 저녁 시간을 함께 보냈다. 그들의 과거는 그들의 무언의 인정 속에 아직 살아 있었고, 그들의 일과 공동 투쟁에는 미래가 없었지만 두 사람은 서로의 존재에서 힘을 얻는 동지였다.

리어든은 오늘의 사건에 대해서도, 프란시스코에 대해서도 말하려 하지 않았으나 그의 홀쭉한 뺨에 자꾸 억눌린 미소가 어렸다. 그러다 그가 뜬금없이 감탄에 찬 낮고 부드러운 목소리로 "그는 정말 서약을 지켰소. 안 그렇소?"라고 말했다. 대그니는 누구의 말인지 단박에 알 수 있었다.

"**서약**요?"

대그니는 아틀란티스의 신전에 새겨진 글귀가 떠올라

흠칫 놀랐다.

"그는 자신이 내 친구임을 자신이 사랑하는 여인을 걸고 서약했지. 그는 내 친구였소."

"지금도 그렇죠."

리어든은 고개를 저었다.

"나는 그를 생각할 자격이 없소. 그가 한 일이 나를 옹호하기 위한 것이었다고 받아들일 자격이 없소. 그런데도……." 그는 말끝을 흐렸다.

"하지만 맞는걸요, 행크. 그가 한 일은 우리 모두를 옹호하기 위한 것이었어요. 그중에서도 특히 당신을."

리어든은 시선을 돌려 창밖의 도시를 바라보았다. 그들은 창가 자리에 앉아 있었고 유리창이 허공과 60층 아래 거리로부터 그들을 지켜주는, 보이지 않는 안전판 역할을 하고 있었다. 지상에 납작하게 눌려 있는 듯한 도시는 비정상적으로 멀게 보였다. 몇 블록 떨어진 곳의 어둠에 묻힌 고층 건물에 걸린 달력이 그들의 얼굴 높이에 있어서 마음을 어지럽히는 작은 직사각형이 아니라 기괴할 정도로 가깝고 거대한 스크린처럼 보였다. 죽은 백색 광선을 내뿜는 그 거대한 스크린에는 9월 2일이라는 글자밖에 없었다.

리어든이 무관심하게 말했다. "지금 리어든 철강은 풀가동 중이오. 정부에서 내 제철소에 대해서는 생산 할당제를 해제했지. 그게 얼마나 갈지는 모르겠지만. 그들이 얼마나 많은 규제를 중지시켰는지 모르겠소. 아마 그들 자신도 모를 거요. 그들은 이제 더 이상 법이 지켜지고 있는지 확인도 하지 않으니까. 나는 지금 대여섯 가지 법을 어기고 있지만 아무도 그것을 증명할 수가 없지. 내가 아는 건 현재 권력을 잡고 있는 악당이 내게 전력 질주를 원한다는 사실뿐이오."

그는 어깨를 으쓱한 뒤 말을 이었다. "만일 내일 다른 악당이 그자를 밀어내고 권력을 잡으면 난 불법 운영죄로 회사 문을 닫아야 할지도 모르지. 하지만 현재로서는 권력자들이 내게 리어든 금속을 계속 만들어달라고 애걸하고 있소. 생산방식과 양은 내 결정에 맡기겠다더군."

대그니는 사람들이 이따금 몰래 자신들을 흘낏거리는 것을 느꼈다. 방송 이후 리어든과 함께 사람들 앞에 나설 때마다 받아온 시선이었다. 리어든은 치욕당할 것을 두려워했지만 사람들은 기죽고 자신 없는 태도를 보였다. 자신들의 도덕규범에 대한 확신이 흔들리고 당당한 두 사람 앞에서 주눅이 드는 모양이었다. 사람들은 걱정스러운 호기심과 질시, 존경, 자신들은 알지 못하는 정당한 기준을 어기는 것에 대한 두려움을 안고 두 사람을 보았다. 몇몇은 "우리가 결혼한 것을 용서해주세요"라고 사죄라도 하는 듯한 태도를 보였다. 물론 분노에 찬 악의를 보이는 사람들도, 감탄을 보내는 사람들도 있었다.

"대그니, 그가 뉴욕에 있을 것 같소?" 리어든이 갑자기 물었다.

"아뇨. 웨인 포클랜드 호텔에 전화해봤어요. 스위트룸 임대 계약이 한 달 전에 만료되었는데 갱신을 안 했대요."

"사람들이 전 세계에서 그를 찾고 있소."

리어든이 미소지으며 말했다. "그들은 그를 찾을 수 없을 거요."

그의 얼굴에서 미소가 사라졌다.

"나도 마찬가지이고."

그는 다시 의무감에서 나온 단조롭고 음울한 목소리로 돌아와 있었다.

"제철소들은 일을 하고 있지만 난 아니오. 난 그저 하이에나처럼 전국을 뒤지고 다니며 불법으로 원료를 사들이고 있을 뿐이오. 철광석, 석탄, 구리 몇 톤을 구하려고 몰래 숨어서 접근하고 거짓말을 하지. 정부에서 원료에 대한 규제는 풀어주지 않았거든. 그들은 내가 할당된 원료로 생산 가능한 양보다 많은 금속을 만들어내고 있다는 것을 알고 있소. 그런데도 신경 쓰지 않지."

리어든은 그렇게 말한 뒤 덧붙였다. "그건 내가 신경 쓸 일이라고 생각하는 거지."

"행크, 지쳤어요?"

"지루해 죽을 지경이오."

자연을 다루는 더 나은 방법을 고안해내는 생산자의 임무에 쓰였던 그의 정신과 에너지, 무한한 창의력이 **이제** 사람들을 속이는 범죄자의 임무에 쓰이고 있었다. 대그니는 사람이 그런 변화를 얼마나 오래 견딜 수 있을지 의심스러웠다.

"철광석을 구하는 게 거의 불가능해졌소."

그는 무심히 그렇게 말한 후 갑자기 생기 넘치는 목소리로 덧붙였다. "이제 구리를 구하는 게 완전히 불가능해지겠군."

그러고는 빙긋 웃었다.

대그니는 사람이 얼마나 오랫동안 자신을 거스르며 일할 수 있을지, 마음속 가장 깊은 곳의 갈망이 성공하는 것이 아닌 실패하는 것인 상태로 얼마나 오래 일할 수 있을지 궁금했다.

그리고 리어든이 그렇게 말했을 때 그가 무슨 생각을 하고 있었는지 알 수 있었다.

"당신에게는 말하지 않았지만 난 라그나르 다네스쾰을 만난 적이 있소."

"그가 말해줬어요."

"**뭐라고?** 도대체 어디서……."

리어든은 말을 멈추었다가 낮고 긴장된 목소리로 말했

다. "물론 그도 그들 중 한 사람이겠지. 당신은 그를 만났을 거야. 대그니, 그들은 어떤 사람들인지⋯⋯ 아니, 대답하지 말아요."

그는 잠시 후 덧붙였다. "그럼 난 그들의 대표 중 한 사람을 만난 거군."

"둘을 만났죠."

리어든은 그대로 얼어붙은 듯했다. 잠시 후 그가 둔하게 말했다.

"물론, 알고 있었소. 안다는 것을 스스로 인정하지 않았을 뿐이지. 그도 그들의 모집책이었지. 안 그렇소?"

"그들의 초기 정예 멤버죠."

리어든이 나직이 웃었다. 쓸쓸함과 갈망이 담긴 웃음이었다.

"그날 밤⋯⋯ 그들이 켄 대너거를 데려갈 때⋯⋯ 그들이 **내겐** 사람을 보내지 않은 줄 알았는데⋯⋯."

리어든은 스스로에게 허락할 수 없는 햇살 가득한 방의 빗장을 억지로 천천히 잠그듯 애써 엄격한 표정을 지었다. 그러고는 잠시 후 냉정하게 말했다.

"대그니, 지난달에 이야기한 새 레일 말인데, 납품 못 할 것 같소. 정부에서 제철소 생산품에 대한 규제는 풀지 않은 상태여서 여전히 판매를 통제하고 내 금속을 자기들 마음대로 처분하고 있소. 하지만 회계 관리는 엉망이라 내가 매주 수천 톤씩 암시장에 내다 팔고 있지. 그들은 그것을 알면서도 모르는 체하는 것 같소. 지금은 나와 대립하고 싶지 않으니까. 당신도 알다시피 난 몰래 물건을 빼돌려서 위기에 처한 고객들에게 보내주고 있소. 대그니, 나는 지난달에 미네소타에 있었소. 그래서 그곳 사정을 직접 목격할 수 있었지. 우리가 빨리 행동을 취하지 않으면 미국은 내년이 아니라 당장 올 겨울부터 굶주리게 될 거요. 그 어디에도 비축된 곡물이 없소. 네브래스카와 오클라호마가 무너지고, 노스다코타도 포기 상태고, 캔자스는 겨우 버티고 있는 상황이라 올 겨울에는 밀가루가 동이 날 거요. 뉴욕도 그렇고 다른 동부의 도시들도 마찬가지이고. 미네소타는 우리의 마지막 곡창지대요. 2년 연속 흉년이 들다가 올 가을에는 대풍작이긴 한데 추수가 문제요. 농기구산업이 지금 어떤 상태인지 알아요? 그쪽 회사들은 모두 영세해서 워싱턴에 유능한 악당을 심어두거나 연줄 장사들에게 지분을 떼어줄 형편이 못 되지. 그래서 원료를 제대로 할당받지 못했고. 결국 3분의 2는 문을 닫았고 나머지도 목숨이 위태로운 지경이오. 그리고 전국의 농장들이 농기구 부족으로 쓰러져 가고 있소. 미네소타의 농부들을 당신도 보았어야 하는데. 그들은 밭을 가는 시간보다 고치지도 못할 낡은 트랙터를 고치느라 씨름하는 시간이 더 많아요. 그들이 지난봄까지 어떻게 버텨왔는지 신기할 정도요. 용케 밀을 심은 것도 신기하고. 어쨌든 그들은 해냈소. 해냈다고."

그는 잊힌 희귀한 광경을, 참된 인간들의 모습을 떠올리듯 열띤 표정이 되었다. 대그니는 그가 아직 일을 포기할 수 없도록 만드는 것이 무엇인지 알 것 같았다.

"대그니, 그들은 농작물을 수확할 농기구가 필요하오. 나는 제철소에서 몰래 빼돌린 금속을 농기구 제조업자들에게 팔고 있소. 외상으로. 그들은 농기구를 만드는 즉시 미네소타로 보내고 있고. 그들 역시 나처럼 불법으로, 그리고 외상으로 농기구를 팔고 있소. 하지만 가을이 되면 물건 값을 받게 될 거요. 나도 그렇고. 자선은 무슨 얼어 죽을! 우리는 생산자들을, 결연히 버티고 있는 생산자들을 돕고 있소. 공짜만 바라는 비열한 '소비자들'이 아니라! 우리는 **빌려주는** 거지 자선을 베푸는 게 아니오. 우리가 지원하는 건 **능력**이지 **필요**가 아니오. 나는 연줄 장사들만 흥하고 그들은 쓰러져가는 걸 구경만 하고 있지는 않을 거요!"

그는 미네소타에서 본 광경을 떠올렸다. 버려진 공장의 깨진 창문과 부서진 지붕으로 햇살이 비치고 일부만 남은 간판에는 '워드 수확기 회사'라고 쓰여 있었다.

"아, 나도 알아요. 우리가 올 겨울에 그들을 구한다고 해도 내년이면 약탈자들의 먹이가 되어버리리란 것을. 그래도 우리는 그들을 구할 거요……. 아무튼 그래서 당신에겐 레일을 빼돌릴 수 없게 되었소. 당장은 말이오. 하기야 우리에게는 당장의 미래밖에 없지. 철도 없는 나라에 식량을 공급하는 게 무슨 소용인지 나도 모르겠소. 하지만 식량이 없다면 철도가 무슨 소용이겠소? 대관절 소용이란 게 뭐지?"

"괜찮아요, 행크. 지금 있는 레일로도 얼마간은 버틸 수가……." 대그니는 말끝을 흐렸다.

"한 달 정도?"

"겨울 동안은…… 버틸 수 있었으면 좋겠어요."

다른 테이블에서 날카로운 목소리가 날아와 그들의 침묵을 갈랐다. 소리나는 쪽을 보니 궁지에 몰려 급히 권총을 꺼내려고 하는 강도처럼 허둥거리는 남자가 침울한 동석자에게 외치고 있었다.

"구리 부족이 얼마나 심각한데 그런 반사회적인 파괴 행위를 저지르다니!…… 도저히 받아들일 수 없어! 도저히 사실로 받아들일 수가 없다고!"

리어든은 시선을 돌려 도시를 내다보며 웅얼거렸다. "그가 어디 있는지 알 수만 있다면 무엇이든 내놓을 수 있는데. 지금 이 순간 어디 있는지만 알 수 있다면."

"알면 어떻게 하려고요?"

리어든은 아무 소용 없는 일이라는 듯 손을 떨어뜨렸다.

"그에게 다가가지는 않을 거요. 지금 내가 그에게 바칠 수 있는 경의는 용서가 불가능한 일을 용서해달라고 애원하지 않는 것뿐이니까."

두 사람은 침묵에 빠져들었다. 그들은 주위의 목소리를 들으며 호화로운 레스토랑 안을 떠도는 공포의 파편들을 느꼈다.

대그니는 그동안 레스토랑 안의 모든 테이블에 동일한 존재가 보이지 않는 손님처럼 앉아 있고, 동일한 화제가 자꾸만 대화에 끼어들고 있다는 것을 깨닫지 못했다. 사람들은 특별히 움츠러들어 있는 것이 아닌데도 유리와 푸른 벨벳, 알루미늄, 부드러운 조명으로 이루어진 그 공간이 너무 크고 노출되어 있는 것처럼 느끼는 듯했다. 그들은 무수한 회피를 거쳐 이곳에까지 이르렀고, 여기서는 자신들이 아직 문명인인 척할 수 있으리라 기대했다. 그런데 원시적인 폭력 행위가 그들 세계의 본질을 노출시켜 그것을 더 이상 외면할 수 없게 된 듯했다.

한 여자가 겁에 질려 화를 내며 따졌다. "그가 어떻게 그럴 수 있죠? 어떻게? 그는 그런 짓을 할 **권리**가 없어요!"

스타카토로 딱딱 끊기는 목소리를 가진 남자가 공무원 냄새를 풍기며 말했다. "그건 사고였어요. 그건 우연의 일치의 연속이고, 확률에 관한 통계 그래프로 쉽게 증명할 수 있어요. 인민의 적들이 가진 힘을 과장하는 소문을 퍼뜨리는 것은 비애국적인 일입니다."

이번에는 교실에 어울리는 목소리와 술집에 어울리는

입을 가진 여자가 말했다. "옳고 그름은 학문적인 대화에서는 아주 훌륭한 주제예요. 하지만 어떻게 한 개인이 대중이 필요로 하는 재산을 파괴할 정도로 자신의 생각을 진지하게 받아들일 수 있죠?"

한 노인이 떨리는 비통한 목소리로 말했다. "난 도무지 이해할 수가 없어. 인간의 타고난 야수성을 억누르고 온화하고 인간적인 모습으로 만들려는 가르침과 훈련, 교화의 노력이 수세기 동안 이어져왔는데!"

당혹스러운 여자 목소리가 자신 없이 솟았다가 사라져 갔다. "난 우리가 형제애의 시대에 살고 있다고 생각했는데……."

한 젊은 여자는 같은 말을 반복했다. "난 무서워요. 무서워요……. 오, 난 모르겠어요!…… 그저 무서울 뿐이에요……."

"그는 그런 짓을 할 수 없어!"…… "하지만 했어!"…… "왜지?"…… "난 믿을 수 없어!"…… "인간이 할 짓이 아니야!"…… "왜지?"…… "그는 한심한 바람둥이일 뿐이었는데!"…… "왜지?"

대그니는 건너편 테이블에 앉아 있는 여자의 억눌린 비명 소리와 시야 가장자리로 얼핏 보인 광경에 고개를 홱 돌려 창밖을 보았다.

전광판 달력은 스크린 뒤에 있는 장치에 의해 날마다 변함없이 자정에 단 한 번만 움직이며 규칙적으로 날짜를 바꾸고 있었다. 때맞추어 고개를 돌린 대그니는 행성이 하늘의 궤도를 반대로 도는 것 같은 전혀 예기치 못한 현상을 목격했다. '9월 2일'이라는 글자가 스크린 위로 사라지더니 그 거대한 페이지에 세상을 향한, 그리고 세상의 마지막 모터인 뉴욕을 향한 메시지가 나타났다. 그 날카롭고 비타협적인 필기체 글씨는 이런 내용을 담고 있었다.

형제여, 그대가 요구한 것이다!
프란시스코 도밍고 카를로스 안드레스 세바스티안
단코니아

대그니는 그 메시지와 리어든의 웃음소리 중 어떤 것이 더 큰 충격인지 알 수가 없었다. 리어든은 자리에서 일어나 그곳의 모든 사람이 보고 들을 수 있도록 그들의 패닉에 찬 신음 소리 너머로 호탕하게 웃었다. 그동안 그가 거부해온 선물을 환영하고 경의를 표하며 받아들이는 해방과 승리와 항복의 웃음이었다.

◆

9월 7일 저녁, 몬태나에서 구리 전선 하나가 끊어지면서 태거트 대륙횡단철도 스탠퍼드 구리 광산 지선의 화물 적재용 크레인 모터가 멈추었다.

그 광산은 밤낮 없이 3교대로 작업 중이었다. 광산이 빈 껍데기만 남을 때까지 알뜰히 구리를 캐내느라 단 1분도 허비할 수 없었던 것이다. 그런데 열차에 화물을 싣던 크레인이 갑자기 고장을 일으켜 산더미처럼 쌓인 광석과 줄지어 선 빈 화물열차들 사이의 저녁 하늘에서 정지했다.

철도와 광산 노동자들은 놀라고 당황해서 일손을 멈추었다. 그들은 드릴, 모터, 기중기, 정밀 측정기, 산의 구덩이와 등성이를 비추는 육중한 투광 조명 같은 복잡한 장비들을 갖추고 있으면서도 크레인을 고칠 전선을 구할 수가 없었다. 1만 마력짜리 발전기로 움직이는 원양 정기선이 안전핀 하나가 없어서 침몰하는 꼴이었다.

몸이 날래고 목소리가 활기찬 젊은 역장이 역사 전선을 뜯어다가 크레인을 고쳤다. 그래서 다시 광석을 열차에 싣는 동안 역사 창문에서는 흔들리는 촛불의 불빛이 새어 나오고 있었다.

대그니가 비상 장부가 든 서랍을 닫으며 엄격하게 말했다. "에디, 미네소타. 미네소타 지부에 연락해서 비축 전선 반을 몬태나로 보내라고 해."

"맙소사, 대그니! 추수철이 다가오는데……."

"그쪽은 버틸 수 있을 거야. 구리 공급업체는 단 한 곳도 잃어선 안 돼."

대그니가 제임스에게 그런 말을 하자 제임스는 버럭 소리를 질렀다. "난 할 만큼 했어! 네게 구리 전선에 대한 최우선권을 얻어줬어. 일순위로 최고량을 배급받을 수 있게 해줬다고. 카드며 증명서며 서류며 요구서며 다 해줬잖아. 뭘 더 원해?"

"구리 전선."

"난 최선을 다했어! 아무도 날 비난할 수 없다고!"

대그니는 더 이상 대꾸하지 않았다. 제임스의 책상에 석간신문이 놓여 있었고 뒷면의 기사 하나가 눈에 띄었다. 캘리포니아에서 실업자들의 구제를 위한 비상 지방세법이 통과되어 캘리포니아 주의 기업들은 다른 세금들에 우선해서 총수입의 50퍼센트를 지방세로 납부하게 되었고, 캘리포니아 석유회사들이 문을 닫았다는 내용이었다.

"리어든 씨, 걱정하지 마십시오. 당신은 걱정할 필요가 없다는 점을 알려드리려고 전화했습니다."

워싱턴에서 장거리 전화를 걸어온 간살스러운 목소리의 남자가 말했다.

"뭘 말입니까?" 리어든이 어리둥절해서 물었다.

"캘리포니아의 일시적인 혼란 말입니다. 우리가 빠른 시간 안에 해결할 겁니다. 그건 불법적인 반역 행위예요. 주 정부는 국세에 해가 되는 지방세를 부과할 권한이 없으니까요. 우리는 즉시 공정한 타협에 나설 겁니다. 혹 그 사이에 캘리포니아의 석유회사들에 관한 비애국적인 소문을 듣고 걱정하셨다면, 리어든 금속은 국내에서 생산되는 석유를 일순위로 사용할 수 있는 긴급 필요의 최고 단계에 위치해 있으니 안심하셔도 됩니다. 최고 단계입니다, 리어든 씨. 올 겨울 연료 문제에 대해서는 걱정하실 필요가 없습니다!"

리어든은 걱정스러워서 얼굴을 찌푸리며 수화기를 내려놓았다. 연료 문제나 캘리포니아 유전의 종말이 걱정스러운 것이 아니었다. 이제 그런 재난들에는 이골이 났으니까. 워싱턴 사람들이 자신을 회유할 필요를 느끼고 있다는 것이 걱정스러웠다. 그것은 새로운 현상이었고, 리어든은 그 의미가 궁금했다. 지금껏 투쟁의 삶을 살아오면서 그는 명백한 이유가 없는 적의는 다루기 어렵지 않지만, 명백한 이유가 없는 친절은 끔찍한 위험을 의미한다는 것을 깨달았던 것이다. 그는 제철소 용광로 사이의 통로를 내려가다가 오만하면서도 겁에 질린 듯한 자세로 웅크리고 있는 사람의 모습을 발견했을 때도 그런 궁금증이 일었다. 그 사람은 동생 필립이었다.

리어든은 필라델피아로 이사한 후 가족들이 사는 집에 찾아간 적도, 가족들로부터 소식을 들은 적도 없었다. 물론 가족들의 생활비는 계속 대주고 있었다. 그런데 지난 몇 주 동안 뚜렷한 이유도 없이 제철소에서 배회하는 필립을 두 번이나 만났다. 그는 필립이 자신을 피해 다니고 있는 것인지, 아니면 자신의 눈에 띄려고 기다리고 있는 것인지 알 수 없었고, 둘 다인 것 같았다. 그는 필립의 목적을 도무지 알 수 없었다. 동생이 전에 없이 자신을 걱정해주는 것만 느낄 수 있을 뿐이었다.

처음 만났을 때 그가 깜짝 놀라 "여기서 뭐 하는 거야?"라고 묻자 필립은 애매하게 대답했다.

"그야, 내가 사무실로 찾아가면 형이 싫어하니까."

"원하는 게 뭐야?"

"그런 거 없어…… 하지만…… 어머니가 형 걱정을 하셔서."

"어머니는 원하면 언제든 내게 전화할 수 있어."

필립은 그 말에는 대꾸하지 않고 애써 꾸민 티가 나는 가벼운 말투로 리어든의 일과 건강, 사업에 대해 물었다. 그런데 질문들이 이상하게 핵심을 벗어났다. 사업이 아니라 사업에 대한 리어든의 감정이 궁금한 듯했다. 리어든은 그의 말을 자르고 보내버렸지만 도무지 이해할 수 없는 필립의 행동이 은근히 자꾸 신경 쓰였다.

두 번째 만났을 때 필립은 자신의 행동에 대해 이렇게만 설명했다.

"우린 형의 기분을 알고 싶을 뿐이야."

"우리가 누군데?"

"그야…… 어머니랑 나지. 지금은 어려운 시기이고…… 어머니가 형이 지금의 상황에 대해 어떻게 느끼는지 알고 싶어하셔."

"아무 느낌 없다고 말씀드려."

필립은 두려워하던 대답을 들은 것처럼 충격을 받는 눈치였다.

리어든이 지친 목소리로 말했다. "여기서 나가. 다음부터는 나를 만나고 싶으면 약속을 정하고 사무실로 와. 용건 없이는 오지 말고. 여기는 기분을 논하는 장소가 아니야. 내 기분이든 다른 누구의 기분이든."

필립은 만날 약속을 청하지 않았다. 그런데 다시 제철소에 나타나 몰래 기웃거리면서 시찰이라도 나온 것처럼 거만한 태도로 거대한 용광로들 사이에 웅크리고 있었다.

리어든이 화가 나서 얼굴을 찌푸렸다. 그러자 필립이 황급히 외쳤다.

"할 이야기가 있어서 왔단 말이야! 정말!"

"그럼 왜 사무실로 찾아오지 않았어?"

"내가 사무실에 오는 거 싫어하잖아."

"여기 오는 것도 싫어."

"하지만 난…… 형 생각해서 바쁜데 시간 빼앗지 않으려고…… 형, 많이 바쁘지. 그렇지?"

"그래서?"

"그래서…… 형이 한가할 때 만나서…… 이야기 좀 하려고."

"무슨 이야기?"

"저기…… 나, 일자리가 필요해."

필립은 호전적인 태도로 말한 후 뒤로 주춤 물러났다. 리어든이 멍하니 그를 쳐다보았다.

"형, 난 일자리를 원해. 여기, 제철소에서 일하고 싶어. 나한테 일을 좀 줘. 난 일이 필요해. 내 힘으로 벌어서 살고 싶어. 자선은 지겨워."

그는 할 말을 찾으려고 애썼다. 그는 자신의 애원을 합리화해야만 하는 것이 부당하게 강요받은 일이라도 되는 것처럼 기분이 상한 목소리를 냈다.

"내 힘으로 살고 싶어. 난 지금 형에게 자선을 베풀라는 게 아니라 기회를 달라고 부탁하는 거야!"

"필립, 여긴 공장이지 도박판이 아니야."

"응?"

"우린 기회를 주거나 모험을 걸지 않아."

"난 **일자리**를 달라는 거야!"

"내가 왜 그래야 하는데?"

"내가 일이 필요하니까!"

리어든은 검은 용광로에서 분출하는 시뻘건 불꽃을 가

리켰다. 철강과 진흙과 수증기로 구현된 생각을 통해 120미터 높이의 공간에서 안전하게 분출하는 불꽃.

"필립, 나도 저 용광로가 필요했어. 하지만 내가 저걸 갖도록 해준 건 필요가 아니었어."

필립은 그 말을 듣지 못한 것 같은 표정을 지었다.

"형은 공식적으로 아무도 고용해서는 안 되지만 그건 단지 형식일 뿐이야. 형이 내게 일을 주면 내 친구들이 아무 문제 없이 허락할 거고……."

필립은 리어든의 눈빛을 보고 얼른 말을 끊더니 분노 어린 초조한 목소리로 물었다. "아니, 왜 그러는 거야? 내 말이 뭐가 잘못됐어?"

"네가 말하지 않은 것."

"뭐라고?"

"네가 말하지 않으려고 애쓰는 것."

"뭐?"

"네가 나한테 아무 쓸모가 없다는 것."

"그게 형이……."

필립은 정의감에 차서 따지고 들려다가 입을 다물었다.

"그래. **그게** 내가 최우선으로 생각하는 거야."

필립의 눈은 생기를 잃어갔다. 그가 아무 말이나 생각나는 대로 주워섬겼다.

"사람은 누구나 생계수단을 가질 권리가 있는데…… 아

무도 나에게 기회를 주지 않으면 내가 그걸 어떻게 얻겠어?"

"난 어떻게 얻었는데?"

"난 제철소를 갖고 태어나지 않았어."

"나는?"

"형이 하는 건 나도 다 할 수 있어. 형이 가르쳐주기만 하면."

"나는 누가 가르쳐주었나?"

"왜 계속 그런 식으로 말해? 난 지금 형 이야기를 하고 있는 게 아니야!"

"난 내 이야기를 하는 거야."

잠시 후 필립이 웅얼거렸다. "**형**이 무슨 걱정이겠어? **형**의 생계가 걸린 문제가 아닌데!"

리어든은 용광로에서 올라오는 수증기와 불빛 속의 사람들을 가리켰다.

"저 사람들이 하는 일을 할 수 있어?"

"무슨 소리를 하는 건지······."

"내가 너를 저 자리에 세웠는데 네가 작업을 망쳐버리면 어떻게 될까?"

"형은 빌어먹을 쇠 만드는 일과 내가 먹고사는 문제 중에 뭐가 더 중요해?"

"쇠를 만들지 못하면 어떻게 먹고살지?"

필립은 비난하는 표정을 지었다.

"난 지금 형과 말싸움할 처지가 아니야. 형이 칼자루를 쥐고 있으니까."

"그럼 하지 마."

"뭐?"

"입 다물고 여기서 나가라고."

"하지만 내 말은……."

리어든이 나직이 웃었다.

"네 말은 내가 입을 다물어야 한다는 뜻이었지. 내가 칼자루를 쥐고 있으니까. 넌 아무 힘도 없으니까 내가 져줘야 한다는 거였지."

"도덕적 원칙을 참 교양 없이 표현하는군."

"하지만 그게 네 도덕적 원칙의 실체잖아. 안 그래?"

"도덕성을 물질적 용어로 논할 순 없어."

"우린 제철소에서 일자리 이야기를 하고 있어. 여긴 물질적인 장소잖아!"

필립은 몸이 더 움츠러들고 눈빛이 더 흐려졌다. 자신을 둘러싼 장소에 대한 두려움과 주위의 광경에 대한 분노, 현실을 인정하고 싶지 않은 마음 때문인 듯했다. 그는 주문이라도 외듯 고집스럽게 징징거렸다.

"사람은 누구나 일자리를 가질 권리가 있어. 그건 이 시대에 보편적으로 인정된 도덕적 원칙이야."

그러고는 목소리를 높여 덧붙였다. "나는 일자리를 가질 권리가 있어!"

"그래? 그럼 권리를 챙겨."

"응?"

"일자리를 챙기라고. 일자리가 나무에 주렁주렁 열리는 줄 아는 모양인데 가서 따라고."

"내 말은……."

"네 말은 일자리가 나무에 주렁주렁 열리는 게 아니라고? 넌 일자리가 필요하기는 하지만 일자리를 만들어낼 순 없다고? 그러니까 넌 **내가** 널 위해 만들어줘야만 하는 일자리를 가질 권리가 있다고?"

"그래!"

"만일 내가 그렇게 못 하겠다면?"

침묵이 길게 이어졌다.

"난 형을 이해할 수가 없어."

필립은 검증된 역할의 상투적인 대사를 던졌지만 자꾸 이상한 대답만 돌아와 분노와 당혹감을 감추지 못하는 목소리로 말했다.

"왜 형하고는 더 이상 이야기가 통하지 않는지 이해할 수가 없어. 지금 형이 무슨 이론을 펼치고 있는지……."

"아니, 넌 알아."

필립은 상투적인 대사가 실패할 수 있다는 것을 믿지 않겠다는 듯 버럭 화를 냈다.

"형이 언제부터 추상적인 철학을 택한 거야? 형은 사업가일 뿐이고 원칙의 문제들을 다룰 자격이 없어. 그건 수세기 동안 인정받아온 전문가들에게 맡겨야……."

"닥쳐, 필립. 속셈이 뭐야?"

"속셈?"

"왜 갑자기 야심을 보이는 거지?"

"그야, 이런 시기에는……."

"이런 시기가 어떤데?"

"그야, 사람은 누구나 생계수단을 가질 권리가 있고…… 내팽개쳐선 안 되고…… 모든 게 불확실한 시기이니 안전장치가…… 발판이 꼭 필요하고…… 그러니까 내 말은 이런 시기에 형에게 무슨 일이라도 생기면 내 신세가……."

"나한테 무슨 일이 생기길 기대하는데?"

"오, 아니야, 아니라고!"

그것은 놀랍게도 진심에서 우러난 외침이었다.

"난 무슨 일이 일어나길 바라지 않아!…… 형은 어때?"

"이를테면 무슨 일?"

"그걸 내가 어떻게 알아?…… 하지만 난 수입이라고는 형이 주는 쥐꼬리만한 용돈밖에 없고…… 형은 언제든 마음이 변할 수 있어."

"그렇지."

"그리고 난 형에게 아무 힘도 쓸 수 없어."

"그걸 깨닫고 걱정하기 시작하는 데 왜 그렇게 오랜 세월이 걸린 거지? 그리고 왜 지금이야?"

"그건…… 그건 형이 변했으니까. 형은…… 형은 의무감과 도덕적 책임의식이 있었는데…… 그걸 잃어가고 있어. 그걸 잃어가고 있는 거 맞지?"

리어든은 말없이 필립을 바라보았다. 필립은 말을 하다가 무심코 생각난 것처럼 너무나도 자연스럽게 질문을 던졌는데 은근히 집요한 그 질문들에 그의 의도가 담겨 있었다.

필립이 갑자기 쏘아붙였다. "그래, 내가 형에게 짐이 된다면 기꺼이 그 짐을 덜어주겠어! 나한테 일자리를 줘. 그럼 더 이상 나 때문에 양심의 가책을 받지 않아도 될 테니까!"

"난 양심의 가책 같은 거 없는데."

"내 말이 그 말이야! 형은 신경도 안 쓰고 있어. 우리가 어떻게 되건 신경도 안 쓴다고. 안 그래?"

"우리라니?"

"그야…… 어머니와 나…… 그리고 인류 전체지. 하지만 난 형의 양심에 호소하지 않겠어. 형이 예고도 없이 나를 버릴 준비가 되어 있다는 것을 알기 때문에……."

"필립, 너는 거짓말을 하고 있어. 네가 걱정하는 건 그게 아니야. 만일 그렇다면 일자리가 아니라 목돈을 얻어내려고 했겠지. 그런데……."

"아니야! 난 일자리를 원해! 나를 돈으로 사려고 하지 마! 나는 일자리를 원한다고!" 필립이 격분해서 외쳤다.

"흥분하지 마, 이 기생충아. 네가 지금 무슨 말을 하고 있는지 알아?"

필립은 무력한 증오를 내보이며 대꾸했다. "형은 나한테 그런 식으로 말해선 안 돼!"

"**너는** 되고?"

"나는 단지……."

"너를 산다고? 내가 왜 너를 사야 하는데? 벌써 몇 년 전에 내쫓아버렸어야 했는데?"

"어쨌든 우린 형제이니까!"

"그게 무슨 뜻인데?"

"형제라면 우애가 있어야지."

"**넌** 있어?"

필립은 입을 내밀고 아무 대답도 하지 않고 기다렸다. 리어든은 그가 기다리도록 내버려두었다. 이윽고 필립이 웅얼거렸다.

"형이라면…… 최소한…… 내 감정을 헤아려줘야 하는데…… 형은 그러지 않았어."

"**넌** 내 감정을 헤아려줬니?"

"뭐라고? 형의 **감정?**"

필립의 목소리에는 악의가 아니라 그보다 더 나쁜 것이, 분노에 찬 진짜 놀라움이 담겨 있었다.

"형은 감정이 없잖아. 형은 아무것도 느껴본 적이 없잖아. 형은 **고통받은** 적이 없잖아!"

그동안의 세월이 하나의 감흥과 광경으로 리어든을 덮쳤다. 그는 존 골트 노선 첫 열차의 기관실에서 느꼈던 것과 똑같은 감흥에 젖었다. 필립의 물기에 젖은 창백한 두 눈이 인간의 가장 지독한 타락을 나타내는 광경을 보았다. 필립의 눈은 맞서 싸워보지도 않고 받아들인 고통과 그 고통이 가장 높은 가치가 되어야 한다는(마치 해골이 살아 있는 존재에게 대항하듯 뻔뻔스럽기 짝이 없는) 주장을 나타냈다. 필립의 눈은 리어든에게 형은 고통받은 적이 없다고 비난하고 있었다. 자신의 광산을 빼앗기던 날 밤을, 리어든 금속을 넘겨주는 선물 증서에 서명하던 순간을, 대그니의 시신을 찾아 헤매던 날들을 기억하고 있는 그에게. 필립의 눈은 독선적인 냉소를 보내며 형은 고통받은 적이 없다고 말하고 있었다. 고통의 순간들에 굴복하지 않고 삶에 대한 사랑과 충절로, 그리고 존재의 목표는 기쁨이고 기쁨은 우연히 발견하는 것이 아니라 성취하는 것이며, 순간의 고통이라는 늪에 삶의 비전을 빠뜨리는 것은 반역 행위라는 신념으로 고통과 당당히 맞서 싸웠던 그에게. 필립의 죽은 시선은 '형은 고통받은 적이 없어. 아무것도 느껴본 적이 없어. 고통받는 것만이 느끼는 것이니까. 기쁨이란 것은 존재하지 않고 오로지 고통과 고통의 부재, 즉 고통과 아무것도 느끼지 않는 무의 상태만 존재하니까. 난 고통받고 있어. 난 고통에 뒤틀려 있어. 난 희석되지 않은 고통으로 만들어진 존재야. 그것이 내 순수함이고 미덕이지. 하지만 형은 뒤틀리지 않은 존재야. 불평하지 않는 존재. 형의 미덕은 내 고통을 덜어주는 것이지. 형의 고통받지 않는 몸을 잘라서 내 몸을 받쳐줘. 형의 느끼지 않는 영혼을 잘라서 내 영혼이 느끼는 것을 막아줘. 그럼 우리는 궁극의 이상을 실현하는 거야. 삶에 대한 승리! 무의 상태!'라고 말하고 있었다. 리어든은 수세기 동안 '무'를 전파해온 설교자들과 결연히 맞선 이들의 본질을 보고 있었다. 그리고 자신이 평생 맞서 싸워온 적들의 본질을 보고 있었다.

"필립, 여기서 나가." 리어든이 말했다.

그의 목소리는 시체실에 비치는 햇살 같았다. 그것은 화를 내거나 소름끼쳐 할 가치조차 없는 적을 향한 분명하고 냉담하고 일상적인 사업가의 목소리, 건강한 목소리였다.

"그리고 다시는 이 제철소에 발 들일 생각하지 마. 모든 문에 네가 나타나면 바로 쫓아버리라는 지시를 내려놓을 거니까."

필립이 불확실한 위협을 담은 분노와 조심성이 섞인 목소리로 말했다. "결국 난 친구들에게 부탁해서 여기서 일하게 될 거고, 형은 **그걸 받아들일 수밖에 없을 거야!**"

리어든은 자리를 뜨려고 돌아섰다가 다시 고개를 돌려 동생을 보았다.

필립의 갑작스러운 깨달음은 생각을 통해서가 아니라 그의 유일한 의식 방식인 어두운 감정을 통해서 이루어졌다. 그는 공포로 목구멍이 콱 막히고 위장이 뒤틀리는 것을 느꼈다. 제철소 안의 길게 솟구치는 불기둥과 가냘픈 쇠줄을 타고 공간을 움직이는 쇳물목들, 시뻘겋게 달아오른 석탄 색깔의 구덩이들, 자신의 머리 위에서 보이지 않는 자석의 힘으로 수 톤 무게의 철강을 옮기는 크레인들을 보고 있으려니 그곳이 죽도록 무서웠고, 앞에 서 있는 남자의 보호와 안내 없이는 꼼짝도 하지 못할 것만 같았다. 그는 그곳에 편안히 서 있는 키 크고 꼿꼿한 남자를 바라보았다. 바위와 불길을 꿰뚫어보는 날카로운 눈으로 이 제철소를 만든 남자. 필립은 자신이 굴복시키려는 남자가 얼마나 쉽게 쇳물이 든 양동이 하나를 제시간보다 조금 앞서 기울어지게 하거나, 크레인이 목표 지점에 살짝 못 미쳐 철강을 떨어뜨리게 해서 자신을, 요구자 필립을 감쪽같이 없앨 수 있는지 깨달았다. 그가 안전할 수 있는 것은 그 자신은 그런 생각을 할 수 있지만 행크 리어든은 그런 생각을 할 수 없다는 사실 때문이었다.

"그래도 우린 잘 지내는 게 낫겠지." 필립이 말했다.

"너야 그렇지."

리어든은 그렇게 말하고 가버렸다.

리어든은 그동안 도무지 이해할 수 없었던 적들의 본모습을 보며 생각했다. '고통을 숭배하는 인간들. 그들은 고통을 숭배하는 자들이야.' 소름끼치는 일이었지만 중요하지는 않았다. 그는 아무 감정도 느끼지 않았다. 생명 없는 물체들에, 그를 깔아뭉개려고 산비탈을 미끄러져 내려오는 쓰레기에 억지로 감정을 느낄 필요는 없으니까. 그런 경우 몸을 피하거나, 쓰레기를 막는 벽을 세우거나, 아니면 그냥 쓰레기에 깔릴 수는 있었다. 하지만 생명이 없는, 아니 생명에 반하는 존재의 의미 없는 움직임에 분노나 도덕적 우려를 표할 수는 없는 노릇이었다.

리어든은 필라델피아 법정에 앉아 사람들이 그의 이혼을 허가해주기 위해 하는 행동들을 지켜보면서도 그런 초연하고 냉담한 기분을 느꼈다. 그는 사람들이 기계적인 일반론을 펼치고, 거짓 증거에 대해 모호한 발언을 하고, 아무 사실이나 의미도 전달하지 못하는 말들을 늘어놓는 복잡한 게임을 벌이는 모습을 지켜보았다. 모두 그가 돈을 주고 시킨 것이었다. 법은 그가 다른 방법으로 자유를 얻는 것을 허용하지 않았고, 사실들을 말하고 진실에 호소할 권리도 주지 않았다. 법은 객관적으로 정의된 객관적인 법칙들이 아닌 시든 얼굴에 공허하고 교활한 표정을 한 판사의 독단적인 재량에 그의 운명을 맡겼다.

릴리언은 법정에 나타나지 않았다. 그녀의 변호사는 가끔 무기력한 제스처만 취했다. 그들 모두 어떤 판결이 내려질지 알고 있었고, 그 이유도 알고 있었다. 변덕을 제외하고는 아무런 기준도 없었던 지난 수년 간 다른 이유는 존재하지 않았다. 그들은 그것을 정당한 특권으로 여기는 듯했고, 그곳에서 이루어지는 절차의 목적이 재판이 아니라 그들에게 일자리를 주는 것인 듯했다. 그들의 일은 아무 책임감 없이 상투적인 말들이나 늘어놓는 것인 듯했다. 법정은 옳고 그름을 논하는 곳이 아니고, 정의를 집행하는 임무를 맡은 그들은 정의가 존재하지 않는다는 것을 아는 영악함을 지닌 듯했다. 그들은 객관적인 현실로부터 벗어나기 위해 만들어진 의식을 행하는 야만인들 같았다.

하지만 리어든의 10년간의 결혼생활은 엄연한 현실이었고, 그들은 그 문제를 처리할 권한이 있었다. 그가 만족스러운 삶을 누릴 기회를 갖게 될지, 아니면 남은 평생 고통 속에서 살아야 할지는 그들 손에 달려 있었다. 리어든은 자신이 결혼 계약을, 그리고 다른 모든 계약과 법적 의무들을 얼마나 엄격히 존중해왔는지를 떠올리며 그 양심적인 준수가 결국 어떤 합법성에 이바지하게 되었는지 똑똑히 보았다.

리어든은 법정의 꼭두각시들이 처음에는 교활하고 영악

한 시선으로 자신을 흘낏거리는 모습을 지켜보았다. 그것은 같은 죄를 저지른 공범의 시선이었다. 그러다 그가 법정 안에서 유일하게 누구의 얼굴이든 똑바로 쳐다보는 것을 본 그들의 눈에 분노가 일기 시작했다. 리어든은 그들이 자신에게 무엇을 기대했는지 깨달았다. 쇠사슬에 묶이고 재갈이 물린 희생자인 그는, 뇌물을 쓰는 것밖에는 방법이 없었던 그는 자신의 돈으로 연출한 그 광대극이 적법한 절차이고, 그를 노예로 만드는 법령들이 도덕적 정당성을 지니고 있으며, 자신이 정의의 수호자들을 타락시킨 것이므로 죄는 그들이 아닌 자신에게 있다고 믿어야만 했던 것이다. 그것은 마치 강도를 당한 피해자를 강도를 타락시켰다고 비난하는 것과 같았다. 하지만 정치적 갈취의 시대에서 비난의 대상이 된 것은 약탈을 일삼는 관료들이 아니라 쇠사슬에 묶인 기업가들이었다. 법적 특혜를 파는 자들이 아니라 그것을 살 수밖에 없는 사람들이었다. 부패 척결을 부르짖어온 그 시대들의 해결책은 언제나 희생자들의 해방이 아니라 약탈자들에게 더 큰 힘을 주는 것이었다. 리어든은 희생자들의 죄는 그것을 자신의 죄로 받아들인 것이라고 생각했다.

법정을 나와 찬비가 추적추적 내리는 잿빛 오후의 거리로 나서며 리어든은 릴리언과 이혼했을 뿐 아니라 법정에서 목격한 광대극을 지지하는 인간사회 전체와 결별한 듯한 기분을 느꼈다.

나이가 많고 보수적인 그의 변호사는 목욕을 간절히 원하는 듯한 표정을 짓고 있었다.

변호사가 딱 한마디 던졌다. "행크, 약탈자들이 자네에게 뭔가 얻어내고 싶은 게 있는 것 아닌가?"

"글쎄요, 난 모르겠는데. 왜죠?"

"일이 너무 쉽게 풀렸어. 그들이 돈을 더 달라고 압력을 넣을 만한 부분이 몇 군데 있었는데 그냥 넘어갔어. 자네를 살살 다루고 원하는 대로 해주라고 위에서 지시가 내려온 것 같네. 혹시 자네 제철소에 대한 계략을 꾸미고 있는 건 아닐까?"

"모르겠어요."

리어든은 그렇게 대답한 뒤 마음의 소리가 '관심도 없고'라고 말하는 것을 듣고 깜짝 놀랐다.

바로 그날 오후 제철소에서 '유모'가 그에게 달려왔다. 키만 멀대같이 큰 유모는 무뚝뚝함과 어색함, 단호함이 섞인 이상한 태도를 보였다.

"사장님, 말씀드릴 게 있습니다."

그의 목소리가 조심스러우면서도 묘하게 단호했다.

"말하게."

유모가 엄숙하고 긴장된 얼굴로 말했다. "사장님께 부탁이 있습니다. 물론 거절하시리란 건 알지만 그래도 꼭 부탁하고 싶습니다……. 만일…… 만일 주제넘은 부탁이라면, 그냥 꺼져버리라고 하세요."

"좋아. 말해보게."

"사장님, 제게 일자리를 주시겠습니까?"

자연스럽게 말하려고 애쓰는 목소리에서 며칠 동안의 고민이 느껴졌다.

"지금 하고 있는 짓은 그만두고 일을 하고 싶습니다. 진짜 일요. 제철 일. 전 사회에 나오면 제철 일을 할 거라고 생각했었죠. 일을 해서 돈을 벌고 싶습니다. 빈대 노릇은 신물이 나요."

리어든은 미소를 감추지 못하며 유모가 늘 하던 말을 상기시켰다.

"이보게 비(非)절대주의자, 왜 그런 말을 쓰는 건가? 추한 말을 쓰지 않으면 우리는 추해지지 않고……."

그러다 유모의 간절하고 진지한 표정을 보고 얼굴에서 웃음기가 사라지며 입을 다물었다.

"사장님, 진심입니다. 저는 그 말이 무슨 뜻인지도 알고, 올바른 표현이라는 것도 압니다. 저는 사장님이 돈을 못 벌게 만드는 것 말고는 하는 일이 없으면서 사장님의 돈을 받는 것에 신물이 납니다. 물론 요즘은 일을 한다는 게 저 같은 나쁜 놈들의 봉 노릇을 하는 것이지만……. 빌어먹을, 저는 차라리 봉이 되겠습니다!"

그는 그렇게 외친 뒤 시선을 돌리며 뻣뻣하게 말했다.
"사장님, 제가 잘못했습니다."

그러고는 잠시 후 무표정하게 말을 이었다. "전 배급 담당 부국장 명함을 내건 부정한 짓거리에서 벗어나고 싶습니다. 사장님께 큰 도움이 될 수 있을지는 모르겠지만 전 야금학 학위를 갖고 있습니다. 학위증이 인쇄된 종이보다 가치가 없지만요. 하지만 이곳에서 2년 동안 지내면서 일을 좀 배웠습니다. 청소부건 고철 담당이건 아무 일이라도 시켜만 주시면 그들에게 부국장 자리는 어디에 필요한지 말해주고 내일부터, 다음 주부터, 아니면 지금 당장이라도 사장님이 명령하시는 때에 일을 시작하겠습니다."

그는 리어든의 시선을 피했다. 그것은 회피적인 태도에서가 아니라 리어든을 똑바로 볼 자격이 없다는 생각에서였다.

"왜 내게 부탁하는 것을 두려워했지?" 리어든이 부드럽게 물었다.

유모는 그가 뻔한 것을 물은 듯 놀라고 화난 시선을 보냈다.

"제가 여기 와서 해온 짓이 있는데 사장님이 제 부탁을 들어주실 리가 없잖아요!"

"여기 있는 2년 동안 많은 것을 배웠군."

"아니요, 전……."

유모는 리어든을 흘끗 쳐다보더니 그의 말뜻을 깨닫고 시선을 외면하며 뻣뻣하게 말했다. "네…… 그런 뜻으로 하신 말씀이라면."

"이보게, 나야 지금 당장이라도 자네에게 일자리를 주고 싶지. 청소부보다 더 중요한 일도 맡길 수 있어. 하지만 자네, 국민통합위원회를 잊었나? 나는 자네를 고용할 수 없고, 자네도 지금의 일을 그만둘 수 없어. 물론 사람들이 계속해서 그만두고 있고, 우리는 새 사람을 뽑아 그 자리를 채우면서 아무 변동 없는 것처럼 위장하고 있지만 말이야. 자네가 그 사실을 알면서도 비밀로 해주고 있는 건 고맙게 생각하네. 하지만 내가 자네를 그런 식으로 고용하면 워싱턴의 자네 친구들이 모르고 넘어갈 것 같나?"

유모는 천천히 고개를 저었다.

"자네가 그들을 위해 하던 일을 그만두고 청소부가 된다면 그들은 그 이유를 납득하지 못하겠지?"

유모는 고개를 끄덕였다.

"그들이 자네를 놓아줄까?"

유모는 고개를 저었다. 잠시 후 그는 절망과 놀라움이 담긴 목소리로 말했다.

"제가 미처 그 생각을 하지 못했군요. 그들을 잊고 있었습니다. 저는 그저 사장님이 저를 원할 것인지에 대해서만 고민했고, 중요한 건 **사장님의** 결정뿐이라고 생각했습니다."

"알고 있네."

"그리고…… 사실 중요한 건 그것뿐이고요."

"그래, 비절대주의자. **사실** 그렇지."

유모는 쓴웃음을 지었다.

"전 그 어느 봉보다 더 속박된 신세인 것 같네요."

"그래. 지금 자네가 할 수 있는 건 국민통합위원회에 일을 바꿔달라는 신청서를 내는 것뿐이야. 자네가 해보겠다면 도와주기는 하겠네만…… 그들이 허락하지 않을걸세. 그들은 자네가 나를 위해 일하도록 내버려두지 않을 거야."

"네, 그렇겠죠."

"자네가 머리를 잘 써서 거짓말을 잘하면 정부 일이 아닌 일자리를 갖게 될 수도 있겠지. 다른 철강회사에서."

"아니요! 저는 다른 곳은 가고 싶지 않습니다! 이곳을 떠나고 싶지 않아요!"

그는 용광로 불길 너머의 눈에 보이지 않는 수증기 같은 비를 바라보았다. 잠시 후 그가 조용히 말했다.

"그냥 이대로 있는 게 낫겠네요. 이대로 계속 약탈자의 하수인 노릇을 하는 게 낫겠어요. 제가 떠나면 그들이 어떤 개자식을 보내서 사장님을 괴롭힐지 모르니까요!"

그러고는 리어든을 향해 돌아섰다.

"사장님, 그들이 뭔가를 꾸미고 있어요. 그게 뭔지는 모르겠지만 사장님을 놀라게 할 뭔가를 준비하고 있어요."

"뭐지?"

"모릅니다. 하지만 지난 몇 주 동안 그들은 이곳을 예의 주시하면서 결원이 생길 때마다 자기들 사람을 심어놓고 있어요. 이상한 사람들로요. 그들 중 일부는 진짜 깡패고, 제철소에는 발도 들인 적이 없는 사람들이에요. 그들은 제게 '우리 사람들'을 되도록 많이 심어놓으라는 지시를 내렸어요. 그 이유는 말해주지 않고요. 그래서 그들이 무슨 짓을 꾸미고 있는지는 모르겠어요. 알아내려고 애는 써보았지만 그들이 그 문제에 대해서는 철저하게 비밀을 지키고 있어요. 그들은 이제 저를 믿지 않는 것 같아요. 저도 밀려나고 있는 것 같아요. 제가 아는 건 그들이 여기서 뭔가 일을 꾸미고 있다는 것뿐이에요."

"경고해줘서 고맙네."

"정보를 캐보겠습니다. 늦지 않게 알아내도록 최선을 다하겠어요."

유모는 돌아서서 나가려다가 멈추었다.

"사장님, 만일 사장님 뜻대로 할 수 있다면 저를 고용하시겠어요?"

"당장, 기꺼이."

"감사합니다."

유모는 낮고 엄숙한 목소리로 대답하고 자리를 떴다.

리어든은 눈물 어린 연민의 미소를 지으며 그의 뒷모습을 바라보았다. 상대주의자이자 실리주의자, 초도덕주의자였던 청년이 자신의 대답을 위안으로 간직하며 돌아서는 모습이 그런 미소를 짓게 만들었다.

◆

9월 11일 오후, 미네소타의 구리 전선 하나가 끊어지면서 태거트 대륙횡단철도의 작은 시골역 곡물 창고 이송 벨트가 멈추었다.

수백만 평에 이르는 농지에서 생산된 밀이 고속도로와 일반도로, 버려진 시골길을 지나 철도역이라는 약한 댐으로 홍수처럼 쏟아져 들어왔다. 밀의 물결은 밤낮으로 이어졌다. 처음에는 똑똑 떨어지는 물방울에 지나지 않던 것이 개울로, 강으로, 급류로 변했다. 밀은 결핵 환자처럼 밭은기침을 해대는 고물 트럭, 굶주려서 적갈색 해골처럼 보이는 말들이 끄는 마차, 황소가 끄는 수레로 운반되었다. 올가을의 대풍작을 위해 2년 동안 재앙의 세월을 견뎌온 농부들이 마지막 힘을 끌어모아 밤새 전선과 담요와 밧줄로 낡은 트럭과 마차와 수레를 고쳐서 이것이 트럭과 마차와 수레의 마지막 여행이 될지언정, 밀을 싣고 목적지에 도착해 생명이 다할지언정 주인에게 생존의 기회를 제공하도록 만들었던 것이다.

　매년 이맘때면 전국에서 또 하나의 움직임이 덜컹거리며 이루어졌다. 전국 방방곡곡의 화물열차들이 태거트 대륙횡단철도 미네소타 지부로 모여드는 소리였다. 밀의 홍수에 맞추어 엄격하게 계획되고 지시된 선행 메아리처럼 마차들의 삐걱거리는 소리에 앞서 화물열차들의 바퀴 소리가 들려왔다. 미네소타 지부는 1년 내내 졸고 있다가 추수기의 몇 주 동안 눈코 뜰 새 없이 바삐 움직였다. 해마다 1만 4,000대의 화물열차가 조차장을 가득 메웠는데 올해는 1만 5,000대로 늘어날 예정이었다. 화물열차들이 밀의 홍수를 굶주린 제분소와 빵집, 국민들의 뱃속으로 흘려보내는 작업이 시작되어 화물열차 한 대, 곡물 창고 하나가 아쉬운 형편이라 잠시도 지체할 수가 없었다.

　에디 윌러스는 비상 장부를 들여다보는 대그니의 얼굴을 지켜보고 있었다. 그녀의 표정만 보아도 장부 내용을 짐작할 수 있었다.

　그녀가 장부를 덮으며 조용히 말했다. "터미널이야. 아래층 터미널에 전화해서 비축 전선 절반을 미네소타로 보내라고 해."

　에디는 말없이 지시에 따랐다. 그리고 에디는 워싱턴 태거트 지사에서 온 전보를 대그니 책상에 올려놓으면서 아무 말도 하지 않았다. 심각한 구리 부족 사태로 모든 구리 광산을 국영화한다는 법령이 내려졌다는 내용의 전보였다.

"흠, 몬태나는 끝났군."

대그니는 그렇게 말하고 전보를 쓰레기통에 던졌다.

제임스 태거트가 태거트 열차의 식당칸을 모두 없애라는 지시를 내릴 때 대그니는 아무 말도 하지 않았다.

제임스가 설명했다. "우리는 더 이상 식당칸을 운영할 여력이 없어. 빌어먹을 식당칸은 늘 적자였지. 지금 식량이 부족해서 일반 식당들에서도 말고기 한 덩어리도 못 구해서 문을 닫는 판국인데 기차 식당칸을 어떻게 유지해? 게다가 도대체 우리가 왜 승객들에게 음식을 먹여야 하는 거야? 기차를 탈 수 있는 것만으로도 감지덕지하고 필요하다면 가축 운반칸에라도 탈 사람들인데. 도시락 싸오라고 해. 우린 신경 안 써도 돼. 어차피 그들은 우리 기차 말고는 탈 게 없으니까!"

대그니의 책상에 놓인 전화에서는 사업의 소리가 아니라 재난을 알리는 경고 사이렌만 울렸다.

"부사장님, 구리 전선이 없습니다!"

"못요, 부사장님. 그냥 못 말입니다. 못 한 통만 보내주시겠습니까?"

"부사장님, 페인트 좀 구해주시겠습니까? 그냥 수성 페인트면 됩니다."

한편, 워싱턴에서는 '콩 프로젝트'에 3,000만 달러의 지원금을 할당했다. 루이지애나의 거대한 들판에서 콩이 익어가고 있었는데, 그것은 나라 전체의 식습관을 개선하기 위한 목적으로 에마 차머스가 주창한 일이었다. 킵의 어머니로 더 잘 알려진 에마 차머스는 늙은 사회학자로, 그녀와 나이도 성격도 비슷한 여자들이 술집에서 얼쩡거리는 것처럼 수년 간 워싱턴에서 얼쩡거렸다. 그녀는 아들이 터널 사고로 죽으면서 워싱턴에서 순교자의 후광을 얻게 되었고, 최근에 불교로 개종하면서 그런 이미지가 더욱 공고해졌다. "콩은 우리의 낭비적이고 방종한 식생활이 요구하는 그 어떤 사치스러운 음식보다 더 건강하고 영양가 높으며 경제적인 식물입니다." 킵의 어머니가 라디오 방송에서 말했다. 그녀의 목소리는 언제나 방울져 떨어지는 것처럼 들렸는데 물방울이 아니라 마요네즈 방울이었다. "콩은 빵과 고기, 시리얼, 커피의 우수한 대체 식품입니다. 우리 모두가 콩을 주식으로 삼게 된다면 국가적인 식량 위기가 해결되고, 더 많은 사람을 먹여 살릴 수 있을 것입니다. '최대 다수에게 최고의 음식을!' 이것이 저의 슬로건입니다. 지금과 같은 궁핍한 시기에는 우리의 사치스러운 입맛을 버리고 동양인들이 너무나 숭고하게 수세기 동안 먹고 살아온 소박하고 건전한 음식을 선택해 번영을 되찾는 것이 우리의 의무입니다. 우리는 동양인들에게 배울 것이 참으로 많습니다."

수화기 너머의 목소리들이 애원했다.

"부사장님, 구리관요. 어디서 구리관 좀 구해주실 수 있습니까?"

"부사장님, 스파이크요!"

"부사장님, 드라이버요!"

"부사장님, 전구요. 이곳에서 반경 300킬로미터 이내에는 전구가 없습니다!"

그런데 사기조정국에서는 인민 오페라단에 500만 달러를 썼다. 인민 오페라단은 전국을 순회하며 하루 한 끼밖에 먹지 못해서 오페라 공연장까지 걸어갈 기력도 없는 사람들을 위해 무료 공연을 하고 있었다. 또한 형제애의 본질에 관한 연구를 통해 세계의 위기를 해결하겠다고 나선 심리학자에게 연구비로 700만 달러가 지원되었다. 새 전자 라이터를 생산하게 된 업체에 1,000만 달러가 지원되었지만 가게에는 담배가 없었다. 손전등은 있었지만 건전지가 없었고, 라디오는 있었지만 진공관이 없었으며, 카메라는 있었지만 필름이 없었다. 항공기 생산은 '일시 중단'이 선언되었다. 사적인 목적의 항공 여행은 금지되었고, '공적인 필요'에 의한 경우에만 특별히 허용되었다. 기업가가 자신의 공장을 구하기 위해 하는 여행은 공적인 필요에 의한 경우로 인정되지 않아 비행기 탑승이 불가능했고, 공직자가 세금을 걷으러 가는 것은 가능했다.

"부사장님, 사람들이 철로에서 볼트와 너트를 훔쳐가고 있습니다. 밤에요. 우리 지부 자재 보관 창고는 비어가고 있고요. 부사장님, 어떻게 하면 좋겠습니까?"

한편, 워싱턴 인민 공원에는 관광객들을 위해 48인치 대형 컬러텔레비전이 설치되었다. 그리고 국립과학연구소에는 우주광선 연구를 위한 초대형 입자가속장치가 10년 내 완공 목표로 세워지고 있었다.

로버트 스태들러 박사는 라디오로 중계되는 입자가속장치 준공식 연설에서 이렇게 이야기했다. "우리 현대 세계의 문제는 너무 많은 사람이 너무 많은 생각을 한다는 것입니다. 현재 우리가 안고 있는 모든 두려움과 의심의 원인이 바로 그것입니다. 개화된 시민이라면 논리에 대한 미신적 숭배를 버리고 이성에 대한 구시대적 의존에서 탈피해야 합니다. 비전문가들이 의술은 의사에게, 전자 기술은 엔지니어에게 맡기듯 생각할 자격이 없는 사람들은 전문가들에게 모든 생각을 맡기고 전문가들의 권위를 믿어야 합니다. 오직 전문가들만이 현대과학의 발견들을 이해할 수 있으며, 현대과학은 생각이란 환상이고 정신은 허구임을 밝혀냈습니다."

모든 종파, 모든 종류의 신비주의자들은 길모퉁이에서, 비에 젖은 천막에서, 무너져가는 사원에서 승리감에 찬 목소리로 이렇게 외쳤다. "이 불행의 시대는 자신의 정신에 의존하는 죄를 범한 인간에게 신이 내린 벌입니다! 이 세계적인 시련은 이성에 따라 살려는 시도의 결과입니다! **이것은** 생각과 논리, 과학이 초래한 결과입니다! 인간들이 자신의 유한한 정신은 삶의 문제들을 해결할 능력이 없음을 깨닫고 믿음으로, 신에 대한 믿음, 더 높은 권위에 대한 믿음으로 돌아가기 전까지 구원은 있을 수 없습니다!"

그리고 그 모든 것의 최종 결과물로서 생각이란 것을 하지 않는 인물인 커피 메이그스가 대그니와 일상적으로 부딪쳤다. 커피 메이그스는 군복 비슷한 것을 입고 번쩍거리는 가죽 가방으로 번쩍거리는 가죽 각반을 탁탁 때리며 태거트 대륙횡단철도 사무실들을 누비고 다녔다. 한쪽 주머니에는 자동 권총이, 다른 쪽 주머니에는 행운의 부적인 토끼발이 들어 있었다.

커피 메이그스는 대그니를 피하려고 했다. 그는 대그니를 비현실적인 이상주의자로 여기는 것처럼 냉소를 보내면서도 한편으로는 그녀가 그로서는 알 수도 없고 얽혀들고 싶지도 않은 힘을 가지고 있는 것처럼 미신적인 경외감을 보였다. 그는 대그니의 존재가 철도에 대한 자신의 견해와 무관한 것처럼 행동하면서도 그녀에게는 감히 대항하지 못했다. 그는 자신을 대신해서 대그니를 상대하고 자신을 보호해주는 것이 제임스의 의무라고 여기는 듯 제임스에게 초조하고 짜증스런 태도를 보였다. 자신이 보다 실리적인 활동에 전념할 수 있도록 제임스가 철도를 잘 운영해주기를 기대하는 것처럼 그녀도 철도의 일부로 잘 관리해주길 바라는 듯했다.

대그니의 사무실 창문 너머로 마치 하늘에 난 상처에 붙인 반창고 같은 빈 달력이 보였다. 달력은 프란시스코가 작별 인사를 남긴 밤 이후로 수리되지 않았다. 그날 밤 달력이 걸린 건물로 달려간 담당 공무원들이 달력 모터를 끄고 영사기의 필름을 뜯어냈다. 날짜들 사이에 프란시스코의 메시지가 붙어 있었는데, 세 명의 위원들이 아직까지 그 사건을 조사 중이지만 누가, 언제, 어떻게 그곳에 들어가 그 메시지를 붙였는지 밝혀내지 못하고 있었다. 그리고 조사 결과가 나올 때까지 달력은 백지 상태로 도시 위에 걸려 있었다.

달력이 비어 있는 9월 14일 오후, 대그니의 사무실 전화벨이 울렸다.

"미네소타에서 남자분이 전화하셨습니다." 비서가 전했다.

대그니는 비서에게 그런 전화는 모두 연결하라고 지시해놓았다. 도움을 청하는 그 전화들은 그녀의 유일한 정보원이었다. 철도 관계자들이 의사소통을 피하고 있어서 익명의 목소리들이 그녀와 철도를 이어주는 마지막 끈이었다. 멀리서 태거트 철도를 타고 날아오는 이성과 고통받는 정직성의 마지막 불꽃이었다.

"부사장님, 전 전화드릴 입장이 아니지만 아무도 나서려고 하지 않아서요."

전화선을 타고 들려온 목소리가 이번에는 그렇게 말하고 있었다. 젊고 지나치게 차분한 목소리였다.

"하루 이틀 내에 이곳에 재앙이 닥칠 겁니다. 그럼 더 이상 숨길 수 없겠죠. 하지만 그때는 이미 늦은 후일 겁니다. 어쩌면 이미 너무 늦었는지도 모르고요."

"무슨 일이에요? 당신은 누구죠?"

"미네소타 지부 직원입니다. 하루 이틀 내에 이곳에선 열차 운행이 중단될 겁니다. 추수철이 한창인 때에 그게 어떤 의미인지 아시겠죠. 화물열차가 없어서 열차 운행이 중단될 겁니다. 올해는 추수용 화물열차들이 오지 않았습니다."

"지금 뭐라고 했어요?" 대그니는 자신의 목소리 같지 않은 부자연스러운 목소리로 천천히 물었다.

"화물열차들이 오지 않았습니다. 지금쯤 1만 5,000대가 와 있어야 하는데요. 제가 알기로는 8,000대 정도밖에 없습니다. 다른 지부들에 일주일 동안 계속 전화를 했는데 걱정 말라는 말만 하더군요. 그러다 결국 제 일에나 신경 쓰라고 화를 냈고요. 철도 근처의 모든 헛간, 저장탑, 곡물창고, 차고, 댄스홀이 밀로 가득 차 있습니다. 셔먼 곡물 창고에는 농부들의 트럭과 마차가 3킬로미터나 늘어서서 기다리고 있고요. 레이크우드 역 광장은 지금까지 사흘이나 발 디딜 틈 없이 꽉 차 있습니다. 위에서는 일시적인 현상이라고, 화물열차들이 오고 있으니 금방 해결될 거라고 말하고 있습니다. 하지만 해결될 수가 없죠. 화물열차들이 오고 있지 않으니까요. 제가 사방으로 전화를 해보았습니다. 그들의 대답을 듣고 사태를 파악하게 되었습니다. 그들은 진실을 알고 있으면서도 인정하지 않으려 하고 있어요. 겁을 먹어서 움직이지도, 말하지도, 묻지도, 대답하지도 못하고 있어요. 모두 밀이 역에서 썩기 시작하면 누가 책임질 것인지에 대해서만 생각하고 밀을 옮길 생각은 하지 않고 있어요. 아마 이제는 아무도 손을 쓸 수 없을 겁니다. 부사장님도 하실 수 있는 일이 없을지도 모릅니다. 하지만 부사장님은 진실을 알고자 하는 유일한 분이고, 누군가는 부사장님께 알려드려야 한다는 생각에서 이렇게 전화했습니다."

대그니는 숨을 쉬려고 애쓰며 말했다. "아, 알겠어요…… 이름이 어떻게 되죠?"

"제 이름은 중요하지 않습니다. 이 전화를 끊는 즉시 회사를 떠날 거니까요. 여기 남아서 그 재앙을 목격하고 싶지 않습니다. 더 이상 남아 있고 싶지 않습니다. 부사장님, 행운을 빌겠습니다."

대그니는 딸깍하고 전화 끊기는 소리를 들었다.

"고마워요." 그녀가 끊긴 전화에 대고 말했다.

그녀가 비로소 주위를 의식하고 감정을 느낄 수 있게 된 것은 이튿날 정오였다. 그녀는 사무실 한가운데 서서 뻣뻣한 손으로 이마에 흘러내린 머리카락을 쓸어 올리다가 문득 자신이 지금 어디 있고, 지난 20시간 동안 어떤 믿을 수 없는 일이 일어났는지에 대해 생각했다. 그녀는 공포를 느꼈다. 사실 미네소타에서 걸려온 전화를 받을 때부터 공포를 느꼈지만 그때는 그것을 알아차릴 경황이 없었음을 깨달았다.

지난 20시간 동안의 기억은 거의 남아 있지 않았다. 단절된 기억의 파편들만 남아 있었는데, 그녀의 질문에 대한 답을 자신이 알고 있다는 것을 스스로 인정하지 않으려고 애쓰는 유약한 얼굴들이라는 공통점을 지니고 있었다.

대그니는 차량관리부 부장이 일주일 동안 출장을 떠났고, 연락이 닿지 않는다는 말을 듣는 순간 미네소타에서 전화를 걸어온 남자의 보고가 사실이란 것을 알아차렸다. 그녀가 만난 차량관리부 직원들은 그 보고가 사실이라고 시인하지도 부인하지도 않은 채 영어로 쓰여 있지만 도대체 알맹이라고는 없는 서류들만 보여주었다.

"미네소타에 화물열차들을 보냈나요?"

"조정국 요구대로 감사관의 지시와 법령 11-493호에 따라 357W 서식을 모두 채웠습니다."

"미네소타에 화물열차들을 보냈냐고요!"

"8월과 9월 기재사항은……."

"미네소타에 화물열차들을 보냈냐고 물었어요!"

"제 서류에 화물열차들의 위치가 주(州)별, 날짜별, 종류별로 기재되어 있고……."

"미네소타에 화물열차들을 보냈는지 알고 있어요?"

"화물열차의 주(州) 간 이동에 대한 서류는 벤슨 씨와……."

하지만 서류들을 뒤져보아도 답을 얻을 수가 없었다. 신중하게 기재된 내용들은 네 가지 의미로 해석이 가능했고, 참조들은 다른 참조들로 이어졌으며, 마지막 참조는 서류에서 빠져 있었다. 화물열차들이 미네소타로 보내지지 않았고, 그 명령을 커피 메이그스가 내린 것임을 알아내는 데는 그리 오랜 시간이 걸리지 않았다. 하지만 누가 그 명령을 수행했고, 추적이 불가능하게 만들어놓은 것은 누구인지, 어떤 순종적인 사람들이 용감한 이의 주의를 끄는 반발 한 마디 없이 모든 것이 정상적으로 돌아가는 것처럼 유지하기 위해 어떤 조치들을 취했는지, 누가 보고서를 위조했고, 화물열차들은 어디로 갔는지 처음에는 도무지 알아낼 수 없을 듯했다.

그날 밤 몇 명의 직원들이 에디 윌러스의 지시 아래 태거트 대륙횡단철도의 모든 지부와 조차장, 차고, 역, 지선, 측선에 있는 화물열차를 찾아 짐을 모두 비우고 즉시 미네소타로 달려가도록 급히 연락을 취했다. 그들이 조차장과 역, 그리고 아직 근근이 생명을 이어가고 있는 모든 철도회사 사장들에게 전화해서 미네소타로 화물열차를 보내줄 것을 간청하는 동안 대그니는 겁쟁이들을 한 사람씩 대면하며 사라진 화물열차들의 종적을 확인하는 작업을 벌였다.

그녀는 태거트 대륙횡단철도 중역들부터 시작해서 부유한 화물주들, 워싱턴 관리들을 거쳐 다시 회사로 돌아왔다. 택시를 잡아타고 달려가거나 전화나 전보를 이용해서 불완전한 힌트들을 따라 추적을 해나갔다. 그러다 워싱턴 지사 홍보 담당자와의 전화 통화에서 추적은 마무리 단계에 이르렀다.

그 여자는 신랄한 목소리로 짜증스럽게 대답했다. "결국 밀이 국가의 복지에 필수적인지에 대한 의견의 문제잖아요. 밀보다 콩이 훨씬 더 큰 가치를 지니고 있다는 진보적인 견해들도 있고……."

그리고 정오쯤에 대그니는 자신의 사무실 한가운데 서서 미네소타의 밀을 실어나를 화물열차들이 '킵의 어머니' 프로젝트를 위해 루이지애나의 콩밭으로 달려갔음을 깨달았다.

사흘 후 미네소타에 닥친 재앙에 대한 첫 소식이 신문에 실렸다. 밀을 저장할 장소도, 실어나를 열차도 없어서 레이크우드의 거리에서 6일 동안이나 기다리고 있던 농부들이 지방 법원과 시장 관사, 철도역을 파괴했다는 것이었다. 하지만 신문들은 갑자기 미네소타 사태에 대해 침묵을 지키며 비애국적인 소문들을 믿어서는 안 된다는 훈계문을 싣기 시작했다.

전국의 제분소와 곡물 시장들이 전화와 전보로 아우성을 쳐대고 뉴욕에 탄원서를 보내며 워싱턴에 대표단을 파견하는 동안, 각지에서 화물열차들이 녹슨 애벌레처럼 꿈틀거리며 미네소타를 향해 기어갔다. 밀과 국가의 희망은 텅 빈 철로에서, 있지도 않은 열차들의 움직임을 촉구하는 바뀌지 않는 초록 신호등에서 썩기를 기다리고 있었다.

태거트 대륙횡단철도의 직원 몇 명은 마치 침몰하는 배에서 필사적으로 SOS 신호를 보내듯 화물열차를 구하기 위해 계속 연락을 취하고 있었다. 연줄 장사 친구들 소유의 회사에는 몇 달째 방치된 화물열차들이 있었지만, 그들은 화물열차를 보내달라는 다급한 요청을 무시하고 있었다. 뉴욕에서 보낸 SOS에 애리조나 스매더 형제는 그것은 철도회사가 알아서 할 일이라는 애매한 답신만 보냈다.

미네소타에서는 모든 측선과 철광석 산지인 메사비 산맥의 화물열차들이 강제로 동원되었다. 폴 라킨의 광산에서 찔끔찔끔 나오는 철광석을 싣기 위해 대기 중이던 화물열차들도 예외는 아니었다. 밀을 잔뜩 실은 철광석, 석탄, 가축 운반용 화물열차들이 철로에 금가루 같은 밀을 흘리며 덜컹거리면서 달렸다. 사람 대신 밀을 실은 객차들도 철로를 달리다가 갑자기 스프링이 끊어지거나 축받이 상자가 폭발해 철로변 도랑에 처박히기도 했다.

그들은 목적지를 생각하지 않고 그저 움직임에만 집중했다. 그것은 마치 중풍으로 쓰러진 환자가 갑자기 몸을 움직일 수 없다는 사실을 받아들일 수 없어서 뻣뻣한 몸으로 마지막 발악을 하는 듯한 모습이었다. 그곳에 다른 철도는 없었다. 제임스 태거트가 모두 없애버렸기 때문이다. 호수에 배도 없었다. 폴 라킨이 모두 제거했기 때문이다. 그곳에는 철도 하나와 방치된 고속도로뿐이었다.

기다림을 견디다 못한 농부들이 트럭과 마차를 몰고 지도도, 트럭에 넣을 기름도, 말에게 줄 먹이도 없이 맹목적으로 여행길에 나섰다. 그들은 어딘가에서 자신들을 기다리고 있을 제분소를 향해 남쪽으로, 남쪽으로 움직였다. 앞길에 무엇이 놓여 있을지는 모르지만 뒤에는 죽음이 버티고 있었다. 그들은 그렇게 달리다가 길 위에서, 계곡에서, 썩어서 끊어진 다리 위에서 쓰러졌다. 한 농부는 자신의 트럭에서 1킬로미터쯤 떨어진 곳에 있는 도랑에 얼굴을 처박고 죽어 있었는데 어깨에 밀 자루를 지고 있었다. 비구름이 미네소타 평원을 뒤덮었다. 비는 철도역에서 운송을 기다리고 있는 밀을 썩게 만들었고, 길에 떨어져 쌓인 밀더미에 연신 떨어져 그 황금빛 낟알들을 흙 속으로 흘려보냈다.

그 공포는 워싱턴 사람들에게 제일 늦게 전해졌다. 그들은 미네소타에서 들려오는 소식들이 아니라 자신들의 우정과 서약의 불안한 균형만 주시하고 있었다. 그들은 밀의 운명이 아니라 무한한 힘을 가진 생각 없는 사람들의 예측 불가능한 감정의 결과에만 신경 썼다. 그들은 빗발치는 탄원들을 피하며 이렇게 선언했다. "아, 어리석기는! 걱정할 것 하나도 없어요! 태거트 가문 사람들은 해마다 제때에 밀을 운송해왔어요. 그들이 방법을 찾아낼 겁니다!"

그러다 미네소타 주지사가 폭동을 막아줄 군의 지원을 요청해오자 2시간 안에 세 개의 법령이 발효되었다. 온 나라의 열차 운행을 중단시키고 모든 열차를 미네소타로 급파하라는 내용이었다. 웨슬리 마우치는 킵의 어머니를 위해 동원된 모든 화물열차를 즉각 돌려보내라는 명령을 내렸다. 킵의 어머니를 위한 화물열차들은 캘리포니아에 있었다. 동양적 검소함을 설파하는 사회학자들과 불법 도박 사업을 하던 사업가들이 모여 만든 그곳의 진보적인 회사로 콩이 보내졌던 것이다.

미네소타에서는 농부들이 자신의 농장에 불을 지르고 곡물 창고와 지방 관리들의 집을 파괴했다. 그들은 철도를 뜯어내려는 무리와 목숨 걸고 지키려는 무리로 나뉘어 싸우기도 했다. 이제 폭력 외에는 아무 목적도 없게 된 그들은 약탈당한 마을의 거리에서 죽어갔다.

이제 그곳에 남은 것은 반쯤 그을린 곡물더미들에서 풍기는 썩은 냄새와 시커멓게 탄 평원 위로 솟아오르는 연기 기둥뿐이었다. 그리고 펜실베이니아에서는 행크 리어든이 자신의 사무실 책상에 앉아 파산한 사람들의 명단을 보고 있었다. 농부들에게서 돈을 받을 수도, 리어든에게 돈을 줄 수도 없게 된 농기구 제조업자들이었다.

콩은 시장에 나오지도 못했다. 너무 빨리 수확해서 곰팡이가 슬어 먹을 수 없게 되었기 때문이다.

◆

10월 15일 밤, 뉴욕에서 구리 전선 하나가 끊어졌다. 태거트 터미널 지하 관제탑 전선이어서 신호등이 모두 꺼져버렸다.

단지 전선 하나가 끊어진 것이었지만 연동 교통시스템에 장애를 일으켜 관제탑 계기판과 철도에서 동작과 위험을 알리는 신호가 모두 사라졌다. 초록과 빨간색 신호등들은 여전히 초록과 빨간색이었지만 살아 있는 불빛이 아니라 죽은 유리눈이었다. 터미널 터널 입구에는 열차들이 모여 있었는데 혈관 속 응혈 덩어리에 막혀 심장으로 들어가지 못하는 피처럼 그 수는 점점 불어났다.

그날 밤, 대그니는 웨인 포클랜드 호텔 별실에 앉아 있었다. 촛농이 은촛대 받침의 흰 동백꽃과 월계수 잎으로 떨어지고 있었고, 다마스크 천 식탁보에는 연필로 계산한 숫자들이 보였다. 핑거볼에서는 담배꽁초가 떠다니고 있었다. 정장 차림의 여섯 남자가 그녀와 한 테이블에 둘러앉아 있었다. 그들은 웨슬리 마우치, 유진 로슨, 플로이드 페리스 박사, 클렘 웨더비, 제임스 태거트, 그리고 커피 메이그스였다.

제임스가 그날 저녁식사 자리에 참석하라고 이야기했을 때 대그니가 물었다.

"왜?"

"그야…… 다음 주에 우리 이사회가 있으니까."

"그런데?"

"우리 미네소타 노선에 대해 어떤 결정이 내려질지 궁금하지 않아?"

"그게 이사회에서 결정될 거야?"

"꼭 그런 건 아니지만."

"그럼 오늘 저녁식사 자리에서 결정되나?"

"꼭 그런 건 아니지만……. 넌 매사에 왜 그렇게 확실해야 하지? 세상에 확실한 건 없어. 게다가 그들이 네가 꼭 참석해야 한대."

"왜?"

"그걸로 충분하지 않아?"

대그니는 그들이 왜 중요한 결정은 모두 그런 파티에서 내리는지 묻지 않았다. 그녀는 그들이 요란하게 위원회 회의나 대중 토론회 같은 것을 열면서도 결정은 미리 오찬이나 만찬 모임, 술집에서 은밀하고 비공식적으로 내리며, 중대한 사안일수록 더욱 그렇다는 것을 알고 있었다. 그들이 그런 은밀한 자리에 외부인이자 적인 그녀를 초대한 것은 이번이 처음이었다. 대그니는 그건 그들이 자신을 필요로 한다는 사실을 인정한 것이고, 어쩌면 굴복의 첫 단계일 수도 있다고 생각했다. 그래서 이 기회를 놓칠 수 없었다.

하지만 촛불이 밝혀진 테이블에 앉아 있는 그녀는 자신에게 기회가 없음을 확신했다. 그녀는 도무지 그 이유를 알 수 없어서 그런 확신을 받아들이기가 힘들었지만 이유를 따지는 것도 귀찮았다.

"태거트 양, 이제 미네소타에서 계속 철도를 운행할 경제적 정당성을 찾을 수 없다는 것을 당신도 인정할 것이고……."

"태거트 양조차도 일시적 감축이 필요하다는 데는 분명 동의할 것이라고……."

"전체를 위해 부분을 희생시킬 수밖에 없는 때가 있다는 것은 그 누구도, 태거트 양조차도 부정할 수 없는 사실이고……."

대그니는 그들이 자신에게 눈도 맞추지 않고 30분에 한 번꼴로 억지로 자신의 이름을 언급하는 것을 지켜보며 그들이 무슨 속셈으로 자신을 이 자리에 불렀을까 생각했다. 그들이 그녀에게 자문을 구하고 있는 것처럼 그녀를 속이기 위해서는 아니었다. 그보다 더 지독한 것이었다. 그녀가 동의한 것처럼 자신들을 속이기 위해서였다. 그들은 이따금 그녀에게 질문을 던졌지만 그녀가 대답을 시작해서 첫 문장을 끝내기도 전에 그녀의 말을 끊었다. 그들은 그녀가 동의하는지의 여부는 모르는 채 그녀의 동의를 얻고 싶은 듯했다.

그들은 조잡하고 유치한 자기기만에 따라 공식 만찬이라는 품위 있는 자리를 택했다. 그들은 우아한 사치품들을 통해 한때 그것들이 상징했던 권력과 영광을 얻고 싶어하는 듯했다. 대그니는 그들이 적의 시체를 먹으며 적의 힘과 미덕을 얻기 바라는 야만인들 같다고 생각했다.

대그니는 자신의 옷차림이 후회되었다.

제임스가 그녀에게 말했다. "공식적인 자리이기는 한데 지나치게 차려입지는 마……. 무슨 뜻이냐 하면 너무 부유하게 보이지는 말라는 거야…… 요즘은 사업가들이 거만해 보이는 것을 피해야 하니까……. 그렇다고 초라해 보이라는 게 아니라…… 겸손한 모습을 보이면…… 그들이 좋아할 거야. 자기들이 대단한 존재로 느껴질 테니까."

"정말?"

대그니가 대꾸하고 돌아섰다.

대그니는 가슴에서 교차되어 발까지 부드럽게 떨어지는 그리스 튜닉 스타일의 검정 드레스를 입고 있었다. 옷감은 새틴이었는데, 너무 가볍고 얇아서 나이트가운용으로도 사용할 수 있는 것이었다. 그녀가 움직일 때마다 드레스에서 광택이 흘러 그 방의 조명이 그녀의 개인 소유물로서 그녀의 움직임에 민감하게 복종하는 듯했다. 비단보다 호화로운 광휘가 그녀의 몸을 감싸 유연하고 연약한 몸매를 강조했고, 냉소적인 느낌을 줄 정도로 자연스러운 우아함을 더해주었다. 장신구는 단 하나, 검은 목선 가장자리의 다이아몬드 브로치뿐이었는데 그녀의 미세한 숨결에 따라 반짝이는 모습이 명멸하는 불빛을 진짜 불로 변형시키는 장치 같았다. 보석 자체가 아니라 그 안의 살아 있는 박동을 의식하게 만드는 그 다이아몬드 브로치는 명예의 훈장으로 단 부처럼 광채를 발했다. 그녀는 드레스 위에 검은 벨벳 망토만 둘렀는데 그 어떤 모피보다 더 거만하고 과시적인 귀족미를 풍겼다.

그녀는 앞에 있는 남자들을 보며 그런 차림으로 온 것을 후회했다. 마치 밀랍 인형들에 대항하기라도 한 것처럼 부질없는 짓을 했다는 당혹스러운 죄의식이 밀려들었다. 그녀는 그들의 눈에서 무분별한 분노와 스트립쇼 광고 포스터를 보는 듯한 활기도 성욕도 없는 음탕한 미소를 보았다.

"수천 명의 목숨을 손에 쥐고 불가피하게 그들을 희생시키는 결정을 내리는 것은 막중한 책임이 요구되는 일이지만 우리는 그런 일을 할 수 있는 용기를 가져야 합니다." 유진 로슨은 입술을 비틀며 부드러운 미소를 지으면서 말했다.

페리스 박사가 동그란 담배 연기를 피워 올리며 통계적인 목소리로 말했다. "우리가 고려해야 할 요인은 땅의 크기와 인구뿐입니다. 태거트 철도는 이제 더 이상 미네소타 노선과 대륙횡단 노선을 함께 유지할 수 없게 되었으니, 미네소타와 태거트 터널 붕괴로 연결이 끊긴 로키 산맥 서쪽의 주들 중에서 한쪽을 선택해야 합니다. 후자에는 몬태나, 아이다호, 오리건 같은 이웃 주들도 포함되니 사실상 북서쪽 지역 전체가 해당된다고 할 수 있죠. 양 지역의 면적과 인구수를 비교해보면 미대륙 전체의 3분의 1이 넘는 지역의 노선들을 포기하느니 미네소타를 버리는 게 낫다는 명백한 결론을 얻을 수 있습니다."

"나는 대륙을 포기할 수 없소."

웨슬리 마우치가 아이스크림 그릇을 내려다보며 상처받은 고집스런 목소리로 말했다.

대그니는 마지막 남은 철광석 주산지인 메사비 산맥을 생각했다. 올해는 재앙을 면하지 못했지만 그래도 국내 최고의 밀 생산자들인 미네소타 농부들도 생각했다. 미네소타가 무너지면 위스콘신, 미시간, 일리노이도 연이어 종말을 맞을 수밖에 없었다. 대그니는 서부의 텅 빈 사막과 잡초만 무성한 평원, 버려진 목장들과 대비되는 동부 공업지역의 죽어가는 공장들에서 붉은 숨결이 피어오르는 광경이 떠올랐다.

웨더비가 까다롭게 말했다. "통계에 따르면 양 지역을 계속 유지하는 것은 불가능하다는 것을 알 수 있습니다. 한 지역의 선로와 장비를 철거해서 다른 지역 유지에 써야 합니다."

대그니는 철도 분야의 전문가 클렘 웨더비의 영향력이 가장 작은 데 반해 커피 메이그스의 영향력이 가장 크다는 것을 깨달았다. 커피 메이그스는 쓸데없는 토론으로 시간을 낭비하고 있는 그들을 관대하게 봐주는 듯한 표정으로 의자에 늘어져 앉아 있었다. 그는 침묵을 지키다가 이따금 경멸 어린 미소를 지으며 단호하게 말했다.

"제임스, 입 다물어요!"

"쳇, 웨슬리, 헛소리 말아요!"

하지만 제임스도, 웨슬리 마우치도 화를 내지 않았다. 그들은 그의 확신이 지닌 권위를 반기고, 그를 주인으로 받아들이는 듯했다.

"우린 실리적이어야 합니다. 과학적이어야 해요." 페리스 박사가 계속해서 주장했다.

"난 국가 전체의 경제를 원해요. 국가적인 생산을 원해요." 웨슬리 마우치가 계속 되풀이해서 말했다.

대그니는 자신의 주장을 펼칠 기회가 생길 때마다 차갑고 신중한 목소리로 말했다.

"지금 경제에 대해 이야기하고 있는 건가요? 생산에 대해 이야기하고 있는 건가요? 그렇다면 동부의 주들을 구할 수 있는 여지를 주세요. 미국에, 세계에 남은 희망은 그곳뿐이니까요. 동부의 주들을 구하면 나머지를 재건할 기회를 얻을 수 있어요. 아니면 다 끝나는 거고요. 지금 남아 있는 대륙횡단 운행은 애틀랜틱 서던에 맡기면 돼요. 북서부는 지역 철도들에 맡기면 되고요. 태거트 대륙횡단철도는 다, 그래요, 다 포기하고 모든 자원과 장비, 철로를 동부의 주들에 집중시키는 거예요. 이 나라의 시작으로 돌아가 그 시작을 지키는 거예요. 우린 미주리 서쪽으로는 열차 운행을 하지 않을 겁니다. 지역 철도가 되는 거죠. 동부 공업 지역만 운행하는 지역 철도. 우리가 미국의 산업을 구하겠어요. 서부에는 구할 게 없어요. 농업은 육체노동과 소달구지로 수세기를 이어갈 수 있어요. 하지만 이 나라의 마지막 공장이 무너지면 수세기 동안 노력해도 그것을 재건하거나 다시 시작할 경제력을 모을 수 없어요. 우리의 산업이, 우리의 철도가 철강 없이 어떻게 살아남을 수 있죠? 그리고 철광석 공급을 중단하면 철강이 어떻게 생산되죠? 미네소타를 구해야 해요. 지금 어떤 지경이 되었든 말이에요. 국가요? 산업이 무너지면 살릴 국가도 없는 거예요. 다리나 팔은 포기할 수 있어요. 하지만 심장과 뇌를 포기하면 그 몸은 살릴 수가 없어요. 우리의 산업을 구해야 해요. 미네소타를 구해야 해요. 동부를 살려야 해요."

하지만 소용없었다. 지친 머리를 짜내어 아무리 많은 통계자료와 수치, 증거를 제시하며 목이 아프게 설명해도 그들은 들으려 하지 않았다. 그들은 반박도, 동의도 하지 않고 그녀가 요점을 벗어난 주장을 펼치고 있는 것처럼 멍하니 바라보기만 했다. 그들은 그녀에게 무언가 설명해주는 듯한 암시를 하기도 했지만 그녀로서는 해독 불가능한 암호였다.

웨슬리 마우치가 침울하게 말했다. "캘리포니아에 문제가 생겼어요. 그곳 주의회가 아주 거만하게 굴고 있어요. 연방에서 탈퇴하겠다는 말이 나오고 있어요."

클렘 웨더비가 조심스럽게 말했다. "오리건에는 이탈자 무리가 넘치고 있어요. 그들이 지난 석 달 동안 세금 징수원을 둘이나 죽였어요."

페리스 박사가 꿈꾸듯 말했다. "문명에 대한 산업의 중요성이 지나치게 강조되어왔습니다. 현재 인도 인민국이라고 알려진 나라는 수세기 동안 아무런 산업 발전 없이 존재해왔습니다."

유진 로슨이 열성적으로 말했다. "사람들은 지금보다 적은 물질적 도구들로 더 궁핍한 생활을 해도 얼마든지 견딜 수 있어요. 사람들에게는 오히려 그게 더 좋을 겁니다."

커피 메이그스가 벌떡 일어나며 말했다. "젠장, 저 여자 꼬임에 넘어가 지상에서 가장 부유한 나라를 포기할 겁니까? 지금이 대륙 전체를 포기할 때예요? 뭘 위해서요? 빈 껍데기만 남은 작은 주 하나를 위해서? 미네소타는 버리고 대륙횡단 철도망은 꼭 지켜요. 사방에서 문제가 터지고 폭동이 일어나고 있는데 군 수송수단이 없으면, 군대를 대륙 어디로든 며칠 내로 파견할 수 없으면 사람들을 어떻게 통치합니까? 지금은 움츠릴 때가 아니에요. 저 여자 말만 듣고 겁먹을 필요 없어요. 여러분은 이 나라를 손에 넣었어요. 그대로 쥐고 있어요."

"하지만 결국에는……." 마우치가 불안하게 입을 열었다.

"결국에는 우리 모두 죽겠죠."

커피 메이그스가 말허리를 잘랐다. 그는 초조하게 서성였다.

"움츠리긴 왜 움츠려요! 캘리포니아, 오리건 그런 곳에

건질 게 얼마나 많은데. 오히려 확장을 생각해야지. 지금 상황에서는 우리를 막을 자가 없어요. 멕시코든 캐나다든 가서 먹기만 하면 된다고요."

대그니는 그제야 그들의 말 뒤에 숨은 은밀한 전제를 알 것 같았다. 그들은 기술 용어들을 써가며 과학의 시대를, 입자가속장치를, 소리광선을 요란하게 찬양하면서도 산업화된 스카이라인보다는 산업가들이 없앤 존재 양식을 추구하며 전진하고 있었다. 인도의 뚱뚱하고 비위생적인 왕이 겹겹이 늘어진 살 속에서 멍한 눈으로 무기력하게 앉아 하는 일 없이 비싼 보석이나 만지작거리다가 이따금 굶주림과 노동과 병균에 시달린 백성의 몸에 칼을 찔러 곡식 한 줌을 빼앗고 그렇게 수억 명의 백성들에게 착취한 곡식을 모아 보석으로 바꾸는 그런 존재 양식 말이다.

대그니는 산업적 생산은 그 누구도 의문을 제기할 수 없는 가치라고 여기며 살아왔다. 그들이 다른 사람들의 공장을 빼앗으려는 것은 그 공장들의 가치를 인정하기 때문이라고 생각해왔다. 그런데 그들의 은밀한 영혼이 생각의 형태가 아닌 본능과 감정의 형태로 알고 있는 것은 산업혁명 시대에 태어난 대그니에게는 상상조차 할 수 없고 점성술과 연금술에 관한 이야기들과 함께 잊힌 것이었다. 그들의 전제는, 인간들은 살아남으려고 발버둥치는 한 몽둥이를 든 사람이 빼앗아가고 작은 몫을 남겨줄 만큼은 생산을 해낸다는(단, 수백만 명이 기꺼이 복종한다는 전제 아래) 것이었다. 일이 고되고 얻는 것이 적을수록 노예들은 더 복종적이게 마련이어서 배전반 레버를 당겨 먹고사는 사람들은 쉽게 지배할 수 없지만 맨손으로 땅을 파서 먹고사는 사람들은 지배하기 쉽다는 것이었다. 봉건 귀족들은 보석 박힌 술잔으로 술을 마시기 위해 전자공장 따윈 필요치 않았고, 인도 인민국 왕도 마찬가지라는 것이었다.

대그니는 그들이 무엇을 원하는지, 그들이 설명 불가능한 것이라고 부르는 '본능'이 그들을 어디로 인도하는지 알 수 있었다. 소위 인도주의자라는 유진 로슨은 사람들이 굶주리게 될 것에 기뻐하고 있었고, 과학자 페리스 박사는 손으로 쟁기를 끄는 시대로 돌아가기를 꿈꾸고 있었다.

대그니는 도저히 믿기지가 않았고, 아무 관심도 일지 않았다. 인간들이 그런 지경에까지 이를 수 있다는 게 믿기지 않았고, 그런 인간들은 더 이상 인간으로 여겨지지 않았기에 관심을 가질 수가 없었다. 그들은 계속 떠들어댔지만 그녀는 말을 할 수도, 들을 수도 없었다. 그저 빨리 집에 돌아가서 자고 싶은 마음뿐이었다.

"태거트 부사장님."

정중하고 이성적인, 그리고 약간 걱정스러운 목소리에 대그니는 고개를 번쩍 들었다. 공손한 웨이터의 모습이 보였다.

"태거트 터미널 부책임자에게서 전화가 왔는데 지금 즉시 통화하고 싶다는군요. 긴급 상황이라고 합니다."

새로운 재앙을 알리는 전화임에 분명했지만 대그니는 그 자리를 뜰 수 있어서 좋았다. 또한 부책임자의 목소리도 반가웠다.

"부사장님, 연동 장치가 나가서 신호가 다 죽었습니다. 터널로 진입하려는 열차 여덟 대와 나가려는 열차 여섯 대가 발이 묶였습니다. 그 열차들을 들여보낼 수도, 내보낼 수도 없습니다. 수석 엔지니어는 연락이 안 되고, 어느 부분에 문제가 생겼는지도 모르고, 수리할 구리 전선도 없어서 어떻게 해야 할지……."

"지금 가겠어요." 대그니가 수화기를 내려놓으며 말했다.

그녀는 황급히 엘리베이터를 타고 내려가 웨인 포클랜드 호텔의 웅장한 로비를 뛰다시피 가로질러 걸으며 행동의 가능성의 부름을 받고 다시 삶으로 돌아가는 기분을 느꼈다.

요즘에는 택시가 귀해서 도어맨이 휘파람을 불어도 달려오는 택시가 없었다. 대그니는 자신이 어떤 옷차림인지도 잊고 급히 거리로 나서며 바람이 왜 이리 차고 가깝게 느껴지는 것일까 의아해했다.

마음은 이미 터미널에 가 있던 그녀는 갑자기 눈에 들어온 아름다운 모습에 흠칫 놀랐다. 날씬한 여자가 그녀를 향해 급히 다가오고 있었다. 가로등 불빛에 그 여자의 윤기 흐르는 머리카락과 드러난 팔, 펄럭이는 검은 망토, 가슴에서 반짝이는 다이아몬드가 보였다. 그 뒤로는 텅 빈 거리와 불 몇 개가 외로이 밝혀진 고층 건물들이 보였다. 꽃집 창문에 비친 자신의 모습을 보고 있다는 사실을 깨닫기 전에 그녀는 그 모습과 도시의 진정한 의미에 매혹되었다. 다음 순간 쓸쓸한 고독이 밀려왔다. 그것은 텅 빈 거리보다 더 큰 고독이었다. 그 다음에는 자신을 향한 분노가 치밀었다. 자신의 모습과 이 시대, 이 밤의 의미 사이의 터무니없는 대비에 대한 분노였다.

대그니는 택시 한 대가 모퉁이를 도는 것을 발견하고 손을 흔들어 세웠다. 택시에 올라탄 후 자신의 감정을 꽃집 창문 옆 빈 거리에 남겨두고 싶어서 문을 쾅 닫았다. 하지만 그녀는 자조감과 쓸쓸함, 갈망 속에서 그 감정이 자신의 첫 무도회 때, 그리고 존재의 외적 아름다움이 그 내적 광휘와 어울리기를 원했던 드문 순간들에 품었던 기대감임을 깨달았다. '이런 때 그런 생각을 하다니!' 그녀는 자신을 조롱했다. '지금은 안 돼!' 분노에 차서 자신에게 소리쳤다. 하지만 덜컹거리는 택시 바퀴 소리에 맞추어 쓸쓸한 목소리가 그녀에게 자꾸 물었다. '자신의 행복을 위해 살아야 한다고 믿었던 너, 그런데 지금 어떻게 되어 있지? 너는 지금 그렇게 발버둥치며 뭘 얻고 있지? 그래! 솔직히 말해. 너는 뭘 얻고 있지? 너도 그런 질문에는 대답할 수 없는 비참한 이타주의자가 되어가는 거야?…… 지금은 안 돼!' 그녀는 택시 앞 유리에 태거트 터미널의 환한 입구가 비치는 것을 보며 그렇게 명령했다.

터미널 책임자 사무실에 있는 사람들도 꺼진 신호등 같았다. 그곳에서도 전선이 끊어져 그들을 움직이게 할 전류가 흐르지 않는 듯했다. 그들은 대그니가 자신들을 내버려두든 아니면 스위치를 올려 다시 작동시키든 아무 상관 없다는 듯 무기력하고 수동적인 눈빛으로 그녀를 바라보았다.

터미널 책임자는 자리에 없었다. 수석 엔지니어도 찾을 수가 없었다. 2시간 전까지 터미널에 있었는데 그 후로 본 사람이 없다고 했다. 부책임자는 대그니에게 연락을 취한 것으로 추진력이 다 소모된 듯했다. 다른 사람들도 아무도 나서지 않았다. 신호 담당 엔지니어는 대학생처럼 보이는 삼십 대 남자였는데 공격적으로 계속 주장했다.

"부사장님, 이런 일은 처음입니다! 연동 장치는 고장난 적이 없어요. 고장날 리도 없고요. 우린 우리 일을 잘 압니다. 누구보다 잘할 수 있다고요. 하지만 고장날 리가 없는 때에 고장이 나면 우리도 어쩔 수 없습니다!"

대그니는 철도원으로 오래 일해온 늙은 배차원은 아직 머리가 있는데도 숨기는 것인지, 아니면 몇 달 동안 억누르다보니 아예 사라져서 안전한 무넘 상태에 이른 것인지 알 수가 없었다.

"부사장님, 어떻게 해야 할지 모르겠습니다."

"누구에게 연락해서 어떤 허가를 받아야 하는지 모르겠습니다."

"이런 비상사태에는 적용할 규정이 없습니다."

"이런 경우 누가 규정을 정해야 하는지에 대한 규정도 없습니다!"

대그니는 잠자코 듣고 있다가 아무 설명 없이 수화기를 들고 교환원에게 시카고에 있는 애틀랜틱 서던 운행 담당 부사장을 연결해달라고, 집으로 전화해서 자고 있으면 깨워달라고 했다.

경쟁자가 전화를 받자 대그니가 말했다. "조지? 대그니 태거트예요. 당신 회사 시카고 터미널 신호 담당 엔지니어 찰스 머레이 좀 24시간만 빌릴 수 있을까요?…… 그래요…… 맞아요……. 비행기를 타고 되도록 빨리 와달라고 해주세요. 3,000달러를 주겠다고 전해주세요…… 그래요. 하루에…… 그래요, 그 정도로 급해요…… 그래요, 현금으로 주겠어요. 내 돈으로라도요. 그가 비행기를 타는 데 뇌물을 써야 한다면 그 비용도 지불하겠어요. 그러니 시카고에서 출발하는 제일 빠른 비행기를 타야 해요……. 아니요, 조지. 없어요. 태거트 대륙횡단철도에는 단 한 명도 없어요…… 그래요. 면제와 예외, 긴급 허가와 관련된 모든 서류는 내가 준비하겠어요……. 고마워요, 조지. 그럼 이만."

그녀는 전화를 끊고 앞에 있는 직원들에게 신속히 지시를 내렸다. 바퀴 소리가 멎은 터미널과 사무실의 정적을 듣지 않기 위해서. 그 정적 속에서 메아리치는 '태거트 대륙횡단철도에는 단 한 명도 없다'는 자신의 쓰디쓴 말을 듣지 않기 위해서.

"즉시 구조열차와 승무원들을 호출해서 허드슨 노선으로 보내 구리 전선을 모두 뜯어오라고 해요. 조명, 신호등, 전화 할 것 없이 회사 소유의 전선은 모두요. 아침까지 가져오라고 해요."

"하지만 부사장님, 허드슨 노선은 일시적으로만 운행이 중단된 상태고, 국민통합위원회에서 그 노선 철거를 허락해주지 않았습니다!"

"내가 책임지겠어요."

"하지만 신호가 없는데 구조열차를 어떻게 내보내죠?"

"30분 내로 신호가 들어올 거예요."

"어떻게요?"

"가요." 대그니가 일어서며 말했다.

그들은 승객용 플랫폼을 서둘러 걸어가는 대그니를 따라갔다. 멈추어 서 있는 열차들 옆에서 승객들이 삼삼오오 모여 웅크린 채 서성이고 있었다. 대그니는 눈먼 신호등과 작동을 멈춘 전철기들을 지나 미로와도 같은 선로의 좁은 통로를 빠르게 걸어갔다. 태거트 대륙횡단철도 지하 터널의 거대한 돔 지붕 아래에서 또각또각 메아리치는 그녀의 새틴 구두 소리와 마지못해 그녀를 따라가는 남자들의 느리고 공허한 발소리만 들렸다. 대그니는 불 켜진 유리 정육면체 모양의 A탑으로 향했다. 어둠 속에서 몸뚱이 없는 왕관처럼 보이는 A탑은 텅 빈 철로 위에 걸린 폐위된 왕의 왕관 같았다.

관제탑 책임자는 지성이라는 위험한 짐을 완전히 감추기에는 너무 정밀한 작업을 하는 훌륭한 전문가였다. 그는 대그니의 말 몇 마디만 듣고도 그녀가 무엇을 원하는지 알아챘다. 그는 "네, 부사장님"이라고만 대답했지만, 대그니를 따라온 사람들이 철제 계단을 올라왔을 때쯤에는 이미 차트 위에 엎드려 작업에 열중해 있었다. 그는 이 일에 몸담아온 긴 세월을 통틀어 가장 수치스러운 계산작업을 하고 있었다. 대그니는 그의 짧은 시선에서 그가 이 상황을 얼마나 완벽하게 이해하고 있는지 알 수 있었다. 그의 시선에 담긴 분노와 인내는 그가 대그니의 얼굴에서 본 감정이기도 했다. 그는 아무 말도 하지 않았지만 대그니는 그를 달랬다.

"일 먼저 처리하고 감정은 뒤로 미뤄요."

"네, 부사장님." 그가 무표정하게 대답했다.

지하 관제탑 꼭대기에 위치한 그의 방은 세계에서 가장 빠르고 풍요로우며 질서 정연한 흐름을 내려다보는 유리 베란다 같았다. 그는 시간당 90대가 넘는 기차들의 진로를 계획하고, 기차들이 그의 방 유리벽과 그의 손가락 아래에서 안전하게 미로와도 같은 선로와 전철기들을 지나 터미널에 들고나는 것을 지켜보도록 훈련받았다. 그런데 지금 처음으로 모든 흐름이 멈춘 텅 빈 어둠을 내다보고 있었다.

대그니는 계전기실의 열린 문틈으로 하는 일 없이 서 있는 관제탑 직원들을 보았다. 단 한순간도 긴장을 놓아서는 안 되는 일을 하던 사람들이 구리벽의 세로 주름처럼, 책꽂이처럼, 인간 지성의 기념물처럼 길게 줄지어 서 있었다. '책꽂이의 서표들처럼 튀어나온 작은 레버들 중 하나를 당기면 수천 개의 전기회로들이 작동하고, 수천 건의 접촉과 차단이 이루어지며, 수십 개의 전철기들이 길을 내고 수십 개의 신호등이 작동한다. 거기에는 실수의 가능성도, 운도, 모순도 존재하지 않는다. 엄청난 복잡성을 지닌 하나의 생각이 인간의 손동작 하나로 응축되어 기차의 진로를 정하고 안전하게 지켜준다. 그렇게 해서 수백 대의 기차들이 안전하게 질주하고, 수천 톤의 금속과 생명들이 그 질주하는 기차를 타고 아슬아슬하게 스쳐 지나간다. 그들을 보호하는 것은 하나의 생각, 그 레버들을 고안해낸 사람의 생각뿐이다.' 대그니는 신호 담당 엔지니어를 보며 마음속으로 웅얼거렸다. '저들은 기차들을 움직이는 데 생각 따윈 필요 없고 손동작 하나만 있으면 된다고 믿고 있다. 하지만 지금 관제탑 직원들은 하는 일 없이 멍하니 서 있다. 관제탑 책임자 앞에 있는 거대한 계기판의 초록과 빨간색 불들은, 쉬지 않고 반짝이며 수 킬로미터 밖에 있는 기차들의 움직임까지 알려주던 그 불들은 이제 유리구슬처럼 변해버렸다. 일찍이 야만인들이 맨해튼 섬을 팔면서 받았던 것 같은 유리구슬들.'

대그니가 터미널 부책임자에게 말했다. "비숙련 노동자들을 모두 불러요. 보선구 작업반, 선로 순시원, 기관차 청소원 할 것 없이 지금 터미널 안에 있는 사람들은 모두 이곳으로 오라고 해요."

"**이곳으로요?**"

"이곳으로."

대그니는 탑 밖에 있는 선로들을 가리키며 말했다. "전철수들도 모두 불러요. 창고에 전화해서 구할 수 있는 랜턴은 다 가져오라고 해요. 차장용 랜턴이건 폭풍우용 랜턴이건 상관없이."

"**랜턴**요, 부사장님?"

"어서요."

"네, 부사장님."

"부사장님, 뭘 하시려고요?" 배차원이 물었다.

"열차들을 움직일 거예요. 수동으로."

"**수동으로요?**" 신호 담당 엔지니어가 물었다.

대그니는 더 이상 참지 못하고 말했다. "그래요, 형제! 아니, 왜 그렇게 놀라죠? 인간은 그저 근육 덩어리일 뿐이잖아요. 안 그래요? 우린 과거로 돌아갈 거예요. 연동 장치도, 신호기도, 전기도 없던 시대로요. 열차 신호가 철강과 전선이 아닌 랜턴을 든 사람들로 이루어지던 시대로요. 인간이 신호등 역할을 하는 거죠. 당신들이 오랫동안 주장해 오던 일이고…… 당신들이 원하던 대로 됐어요. 오, 당신들은 도구가 생각을 결정한다고 믿었죠? 하지만 사실은 그 반대예요. 이제 당신들은 생각이 결정한 도구를 보게 될 거예요!"

'하지만 과거로 돌아가는 것에도 지성의 작용이 필요하지.' 대그니는 주위의 무기력한 얼굴들을 보며 자신의 처지가 얼마나 역설적인지 느꼈다.

"부사장님, 전철기는 어떻게 작동하죠?"

"손으로요."

"신호등은요?"

"손으로요."

"어떻게요?"

"신호등이 있는 곳마다 랜턴을 든 사람을 배치하는 거

예요."

"어떻게요? 선로가 부족한데."

"대체 선로를 이용할 거예요."

"전철기를 어떤 방향으로 작동시켜야 하는지 어떻게 알죠?"

"명령서에 따르면 돼요."

"네?"

"명령서에 따르면 된다고요. 옛날처럼."

그녀는 관제탑 책임자를 가리켰다.

"저 사람이 지금 열차들을 어떻게 움직이고, 어떤 선로를 이용할 것인지 계획을 세우고 있어요. 그가 모든 신호등과 전철기에 해당하는 명령서를 써서 심부름꾼을 통해 전달할 거예요. 몇 분이면 될 일이 몇 시간이 걸리겠죠. 하지만 우린 발이 묶인 열차들을 터미널로 진입시키거나 내보낼 수 있게 될 거예요."

"밤새 그렇게 해야 합니까?"

"내일도 종일. 연동 장치를 수리할 두뇌를 가진 엔지니어가 도착해서 도와줄 때까지."

"노조 계약서에는 랜턴을 들고 서 있는 일에 대한 내용은 없습니다. 문제가 생길 거예요. 노조가 반대할 겁니다."

"나한테 오라고 해요."

"국민통합위원회에서도 반대할 겁니다."

"내가 책임지겠어요."

"전 그런 명령을 내린 것에 대한 책임을 지고 싶지가……."

"명령은 내가 내리겠어요."

대그니는 탑 측면에 연결된 철제 계단 층계참으로 나갔다. 그녀는 자제력을 잃지 않으려고 애쓰고 있었다. 그 순간 그녀는 자신도 전기회로가 끊긴 첨단 정밀 기계 장치의 일부인 듯한 기분을 느꼈다. 자신의 두 손으로 대륙횡단철도를 운행하기 위해 애쓰고 있으니까. 그녀는 태거트 빌딩 지하의 거대하고 조용한 어둠을 바라보며 인간 신호등들이 마지막 기념비처럼 터널에 서 있어야 하는 지경에까지 이른 현실에 불타는 수치심을 주체할 수 없었다.

탑 발치에 노동자들이 모였고, 대그니는 어둠 속에서 간신히 그들의 얼굴을 구분할 수 있었다. 그들은 어둠을 타고 조용히 흘러들어와 푸르스름한 암흑 속에 꼼짝도 하지 않고 서 있었다. 그들 뒤의 벽에 푸른 전구가 박혀 있었고 탑 창문에서 새어 나온 빛의 파편들이 그들의 어깨에 떨어졌다. 대그니는 기름때에 찌든 옷과 힘없는 근육질의 몸, 생각을 요구하지 않는 보상 없는 노동에 지쳐 축 늘어진 팔들을 보았다. 그들은 철도의 찌꺼기들이었다. 성공을 추구할 수 없게 된 젊은이들과 성공을 원했던 적이 없는 노인들. 그들은 노동자의 날카로운 호기심이 아니라 죄수의 무거운 무관심으로 침묵 속에 서 있었다.

대그니는 철제 계단에 서서 그들을 내려다보며 낭랑한 목소리로 말했다. "이제부터 여러분들이 받을 명령은 내가 내리는 겁니다. 여러분에게 명령을 전달하게 될 사람들은 내 지시에 따라 행동하는 겁니다. 연동 통제 장치가 고장이 났어요. 그래서 이제부터 인간의 노동으로 대체될 겁니다. 즉시 열차 운행이 재개될 겁니다."

대그니는 몇몇 얼굴들이 이상한 눈길로 자신을 쳐다보는 것을 느꼈다. 숨겨진 분노와 무례한 호기심이 담긴 그 눈길은 그녀가 여자임을 의식하게 만들었다. 다음 순간, 대그니는 자신의 옷차림을 상기하고 그런 차림이 터무니없어 보일 것이라고 생각했다. 하지만 그녀는 반항심일 수도 있고, 이 순간의 진짜 의미에 충실하고 싶은 마음일 수도 있는 격렬한 충동으로 망토를 벗어젖히고 검댕이 묻은 기둥 아래 환한 불빛 속에 섰다. 공식 연회장에 있는 것처럼 드러난 팔과 반짝이는 검은 새틴 드레스, 전공 십자훈장처럼 빛나는 다이아몬드를 과시하며 꼿꼿하게 섰다.

"관제탑 책임자가 전철수들의 위치를 정해줄 겁니다. 랜턴으로 열차에 신호를 보낼 사람들과 명령서를 전달하는 역할을 할 사람들도 선정할 거고요. 열차들은……."

대그니는 마음속의 자조적인 목소리를 억누르려고 애썼다. '이 사람들에게는 이런 일이 어울리지. 태거트 대륙횡

단철도에는 이런 사람들만 남아 있고…….'

"열차들은 다시 터널로 진입하거나 나갈 겁니다. 여러분은 정해진 자리에서……."

그녀는 말을 멈추었다. 그녀가 처음 본 것은 그의 눈과 머리카락이었다. 무자비하리만큼 예리한 눈과 지하의 어둠 속에서도 햇살을 받아 반짝이는 듯한 금빛과 구릿빛 머리카락. 그녀는 쇠사슬에 묶인 생각 없는 노예 무리에 섞여 있는 존 골트를 보았다. 기름때 묻은 작업복을 입고 셔츠 소매를 걷어올린 존 골트. 그는 이미 이런 순간들을 숱하게 보아왔던 것처럼 그녀를 바라보고 있었다.

"부사장님, 왜 그러십니까?"

서류를 들고 그녀 옆에 서 있던 관제탑 책임자가 부드럽게 물었다. 대그니는 그 어느 때보다 날카로운 인식을 할 수 있었던 무의식 상태에서 벗어나는 기분이 묘했다. 하지만 그 무의식이 얼마나 오래 지속되었으며 자신이 왜, 그리고 어디에 있었는지는 알 수 없었다. 그녀는 무의식 상태에서 골트의 얼굴을 의식하고 있었다. 그리고 그의 입 모양과 뺨에서 그가 늘 지녔던 확고한 평온함이 사라진 것을 보았다. 하지만 서약을 깨고 그에게조차도 이 순간은 너무나 벅차다는 것을 인정하는 표정에 그 평온함이 남아 있었다.

대그니는 주위 사람들이 조용히 듣고 있는 것을 보고 자신이 계속 이야기하고 있음을 알 수 있었다. 그녀는 자신이 하는 말을 한 마디도 들을 수 없었지만 최면 상태에서 오래전에 스스로에게 내린 명령을 수행하듯 계속 이야기했다. 그 명령을 완료하는 것이 그에 대한 저항의 한 방식이라는 것만 알 뿐 자신이 무슨 말을 하는지 알지도, 듣지도 못했다.

대그니는 오직 시각만 기능하고 그의 얼굴만 보이는 상태에서 빛나는 정적 속에 서 있는 듯한 기분이었다. 그리고 그의 얼굴은 그녀의 가슴을 죄어오는 감동적인 연설 같았다. 그가 이곳에 있는 것이 너무나 자연스럽게 느껴졌다. 충격적인 것은 그녀의 철도에 그가 있는 것이 아니라 다른 사람들이 있는 것인 듯했다. 그는 그녀의 철도에 속해 있지만 다른 사람들은 그렇지 않으니까. 대그니는 자신이 탄 기차가 터널로 돌진할 때 맛보았던 갑작스럽고 엄숙한 긴장감을 느꼈다. 마치 이 장소가 그녀의 철도와 삶의 본질을, 의식과 물질의 결합을, 목적에 물리적 실체를 부여하는 정신의 재간을 단순하고 노골적으로 보여주는 듯했다. 그녀는 이 장소가 자신의 모든 가치의 의미를 나타내는 것처럼 갑작스러운 희망에 젖었다. 그리고 이 지하에서 이름 모를 약속이 자신을 기다리고 있는 것처럼 은밀한 흥분을 느꼈다. 그녀가 지금 여기서 그를 만난 것은 너무나 옳았다. 그가 바로 의미고 약속이었으니까. 그녀는 이제 그의 옷차림이 눈에 들어오지 않았다. 자신의 철도가 그를 어떤 수준으로 끌어내렸는지 더 이상 의식되지 않았다. 그를 만날 수 없었던 지난 몇 개월의 고통이 사라지는 것만 보였다. 그 몇 개월이 얼마나 힘들었는지를 고백하는 듯한 그의 얼굴만 보였다. 그녀가 들을 수 있는 것은 그를 향한 마음의 소리뿐이었다. '이것은 내 모든 날에 대한 보상이에요.' 그리고 그의 대답도 들리는 듯했다. '내 모든 날에 대한 보상이기도 하죠.'

대그니는 관제탑 책임자가 앞으로 나서서 손에 든 명단을 보며 노동자들에게 무슨 말인가 하는 것을 보고 자신의 이야기가 끝났음을 알 수 있었다. 그녀는 저항할 수 없는 확신에 이끌려 계단을 내려가 사람들에게서 벗어나 플랫폼과 출구가 아닌 버려진 터널의 어둠 속으로 향했다. '당신은 나를 따라올 거예요.' 그녀는 그렇게 생각했다. 그 생각은 언어가 아니라 근육의 긴장으로, 그녀의 능력 밖의 일이지만 그녀의 간절한 소망에 의해, 아니 그 자체의 완전한 정당함으로 인해 반드시 이루어지게 될 일을 이루려는 그녀의 의지의 긴장으로 존재했다. '당신은 나를 따라올 거예요.' 그것은 애원도, 기도도, 요구도 아니었다. 그저 사실의 진술이었다. 거기에는 그녀가 지닌 앎의 힘이, 그동안 그녀가 얻은 모든 앎이 들어 있었다. '당신은 나를 따라올 거예요. 우리가, 당신과 내가 이런 존재들이라면. 우리가 살아 있다면. 세상이 존재한다면. 당신이 이 순간의 의미를 알고 다른 사람들처럼 아무 생각 없이 그것을 놓쳐 버릴 수 없다면. 당신은 나를 따라올 거예요.' 그녀는 희열에 찬 확신을 느꼈다. 그것은 희망도, 믿음도 아니었다. 존재의 논리성에 대한 숭배 행위였다.

대그니는 화강암 벽 사이로 구불구불 이어진 길고 캄캄한 통로와도 같은 버려진 선로 위를 서둘러 걸어갔다. 이제 관제탑 책임자의 목소리가 더 이상 들리지 않았다. 그러자 자신의 피의 박동이 느껴졌고, 그에 화답하는 머리 위 도시의 박동이 들려왔다. 자신의 피의 움직임은 정적을 채우는 소리로, 도시의 움직임은 자신의 몸속 박동으로 들리는 듯했다. 그리고 멀리 뒤쪽에서 발소리가 들려왔다. 그녀는 뒤돌아보지 않았다. 걸음을 더 빨리했다.

그녀는 그의 모터 잔해가 아직도 숨겨져 있는 잠긴 철문을 지나쳤다. 그녀는 걸음을 멈추지 않았지만 지난 2년간의 사건들이 얼마나 통일성 있고 논리적인지 퍼뜩 깨닫고 가볍게 몸서리쳤다. 푸른 불빛의 띠가 어둠 속 화강암 벽과 선로 위에서 속살을 드러낸 터진 모래주머니들, 녹슨 고철더미 위로 길게 이어졌다. 대그니는 뒤에서 발소리가 가까워지는 것을 듣고 걸음을 멈추고 돌아섰다.

그녀는 푸른 불빛이 골트의 반짝이는 머리카락을 스치고 지나가는 것을 보았다. 그의 창백한 얼굴과 움푹 들어간 눈도 보였다. 이내 그의 얼굴은 사라졌지만 다시 푸른 불빛이 그의 눈가를 스치고 지나갈 때까지 그의 발소리가 연결부 역할을 했다. 다시 불빛에 비친 그의 두 눈은 앞을 똑바로 응시하고 있었다. 대그니는 관제탑에서 그를 처음 보았을 때부터 줄곧 자신이 그의 시야 안에 있었음을 확신했다.

대그니는 머리 위 도시의 박동을 들었다. 한때 그녀는 이 터널이 도시의, 하늘에 닿으려는 모든 움직임의 근원이라고 생각했다. 그런데 존 골트와 그녀는 그 근원 안에 있는 생명력이었다. 시작이고 목표이고 의미였다. 그녀는 존 골트 역시 도시의 박동을 자기 몸의 박동으로 듣고 있으리라 생각했다.

대그니는 망토를 뒤로 젖히고 도전적으로 꼿꼿이 서 있었다. 아까 그가 관제탑 계단에서 본 모습대로. 10년 전 그가 이곳 지하에서 그녀를 처음 보았던 모습대로. 대그니는 그의 고백을 듣고 있었다. 말이 아닌 숨쉬기조차 힘들게 하는 그 박동으로. "당신은 호사의 상징처럼 보였고 그것의 근원이 되는 장소에 속해 있었어요…… 당신은 삶의 즐거움을 그것들의 진짜 주인들에게 돌려주는 듯했어요…… 당신은 에너지와 그 보상이 합쳐진 모습을 하고 있었고…… 나는 그 두 가지가 어떻게 불가분의 관계인지를 처음으로 말한 사람이었어요……."

다음 순간들은 눈먼 무의식 상태에서 빛이 번쩍이는 것 같았다. 대그니는 옆에 와 선 그의 얼굴을 보았다. 그 놀라지 않은 침착함, 절제된 걱정, 암녹색 눈에 어린 이해의 웃음을 보았다.…… 그리고 그가 자신의 얼굴에서 무엇을 보았는지를 그의 팽팽히 당겨진 입술에서 느낄 수 있었다.…… 그가 입을 맞추는 순간 그녀는 분명한 형태를 지녔으면서도 그녀의 몸을 채우는 액체이기도 한 그의 입술을 느꼈다.…… 그때 그의 입술이 그녀의 목을 따라 내려가며 살을 빨아들여 멍자국을 남겼다.…… 그리고 그녀의 다이아몬드 브로치가 미세하게 떨리는 그의 구릿빛 머리카락 속에서 반짝였다.

그 다음부터 그녀는 자신의 몸의 감각들밖에 의식하지 못했다. 갑작스럽게 그녀의 몸이 그녀의 가장 복잡한 가치들을 직접 지각할 수 있는 힘을 얻었던 것이다. 그녀의 눈이 에너지의 파장들을 이미지로 바꾸고 그녀의 귀가 진동을 소리로 바꿀 수 있는 것처럼, 이제 그녀의 몸은 그녀가 살아오면서 해온 모든 선택을 실행에 옮긴 에너지를 직접적인 감각으로 바꿀 수 있었다. 그녀를 전율하게 하는 것은 단순한 하나의 손길이 아니라 그 손길이 지닌 의미의 순간적인 총합이었다. 그것이 **그의** 손길이라는 사실과 그녀의 몸이 자기 소유인 양 그의 손이 움직이고 있다는 것, 그 움직임은 그녀의 성취를 인정하는 그의 서명과도 같다는 사실의 합. 그녀의 몸이 느끼는 쾌감에는 그에 대한 숭배가 담겨 있었다. 위스콘신 공장에서 집회가 열리던 밤에서부터 로키 산맥에 숨겨진 아틀란티스로, 관제탑 아래에서 노동자의 모습을 하고 승리감에 찬 조소를 보내는 최고 지성의 초록빛 눈동자로 이어지는 그의 삶에 대한 숭배가 담겨 있었다. 그리고 자신에 대한 긍지가 담겨 있었다. 그가 자신의 거울로 선택한 대상이 바로 그녀이니까. 지금 그의 몸이 그녀에게 그의 존재의 총합을 주고 있듯이 그녀의 몸도 그에게 자신의 존재의 총합을 주고 있으니까. 그들의 사랑 행위에는 그런 의미가 담겨 있었지만 그녀가 아는 것은 자신의 가슴을 애무하는 그의 손길이 주는 쾌감뿐이었다.

그가 그녀의 망토를 벗겨냈고 그녀는 자신의 몸을 감싼 그의 팔을 통해 자신의 가녀린 몸을 느꼈다. 마치 그의 존재가 그녀 자신에 대한 자랑스러운 인식의 도구에 지나지 않는 것처럼. 하지만 그녀도 그를 인식하기 위한 도구로서만 존재할 뿐이었다. 그녀는 감각의 한계에 도달한 듯했지만 그녀가 느끼는 것은 조급한 요구의 외침 같았다. 그것은 뭐라고 이름 붙일 수는 없었지만 그녀가 삶의 과정에서 품은 야심과 같은 특성을 지니고 있었다. 그녀의 야심처럼 지칠 줄 모르는 빛나는 욕망을 지니고 있었다.

그는 잠시 그녀의 머리를 뒤로 젖혔다. 그녀의 눈을 똑바로 들여다보기 위해. 그녀가 그의 눈을 보게 하기 위해.

그녀로 하여금 두 사람의 행위의 완전한 의미를 알게 하기 위해. 그것은 앞으로 다가올 순간보다 더 완전하게 합일된 이 순간에 둘의 시선이 만날 수 있도록 의식의 스포트라이트를 던지는 것과 같았다.

다음 순간, 그녀는 어깨에 거친 천의 감촉을 느꼈다. 그녀는 터진 모래주머니 위에 누워 있었다. 그리고 자신의 길고 팽팽한 스타킹의 광택이 보였고, 발목에 그의 입술이 느껴졌다. 그의 입술이 고통스럽게 그녀의 다리를 타고 올라왔다. 마치 입술로 다리의 형상을 새기려는 듯했다. 대그니는 자신도 모르게 그의 팔을 물었다. 그가 팔꿈치로 그녀의 얼굴을 떼어내더니 난폭한 입맞춤으로 방금 그녀가 그에게 주었던 것보다 더 큰 아픔을 주었다. 그의 입술이 그녀의 목에 닿았을 때 그가 그녀 안으로 들어왔고 그녀의 몸은 아찔한 쾌감과 하나가 되었다. 그러고는 그의 몸의 움직임과 계속 더 멀리, 더 멀리 도달하려는 맹렬한 욕망밖에 느껴지지 않았다. 이제 그녀는 더 이상 사람이 아니라 불가능한 것을 향해 끝없이 나아가는 감각일 뿐인 듯했다. 그리고 마침내 그녀는 그것이 가능함을 확인했다. 그녀는 가만히 누워서 거친 숨을 몰아쉬며 더 이상 여한이 없다고 생각했다.

그도 옆에 누워서 어두운 화강암 천장을 올려다보고 있었다. 대그니는 그가 들쭉날쭉한 모래주머니더미에 몸이 녹아버린 듯 널브러져 누워 있는 것을 보았다. 발치 쪽 선로에 검은 쐐기 모양으로 내던져진 자신의 망토도 보였다. 천장에서는 반짝이는 물방울들이 맺혀서 눈에 보이지 않는 금들을 따라 천천히 움직이고 있었다. 그 모습이 마치 멀리서 달리는 자동차 불빛 같았다. 이윽고 그가 입을 열었다. 그녀의 마음속에 있는 질문들에 조용히 대답하는 듯한 목소리였다. 이제 더 이상 그녀에게 숨길 것이 없고, 지금 자신이 그녀에게 해줄 일은 육체의 옷을 벗었던 것처럼 영혼의 옷을 벗어 그녀에게 모든 것을 보여주는 것인 듯했다.

"……이런 식으로 난 10년 동안 당신을 지켜봤어요……여기서, 당신의 발아래 지하에서…… 빌딩 꼭대기에 있는 당신 사무실에서 당신이 무엇을 하고 있는지 다 알면서…… 그러나 당신을 보지는 못하면서…… 당신을 실컷 본 적이 없으면서…… 10년 세월을 밤이면 당신 모습을 잠깐이라도 보기 위해 이곳 플랫폼에서 당신이 기차에 타길 기다리면서……. 기차에 당신 객차를 연결하라는 명령이 내려올 때마다 당신이 올 걸 알고 당신 모습을 보려고 기다렸어요. 당신이 너무 빨리 걷지 않았으면 좋겠다고 생각하면서……. 당신의 걸음걸이는 너무나 당신다워서 어디서든 알아볼 수 있었어요…… 당신의 걸음걸이와 당신의 다리…… 언제나 제일 먼저 보이는 건 당신의 다리였죠. 서둘러 경사로를 내려와 아래쪽 어두운 측선에서 지켜보고 있는 나를 지나쳐가던 당신의 다리…… 난 당신의 다리를 조각할 수도 있었어요. 당신의 다리를 눈이 아닌 손으로 알고 있었으니까……. 당신이 지나가는 걸 볼 때도…… 다시 내 자리로 돌아가 일을 할 때도…… 겨우 3시간 잠을 자려고 해뜨기 직전에 집에 돌아갈 때도…… 그 3시간도 잠을 이루지 못해 뒤척였지만……."

"사랑해요."

대그니가 말했다. 그녀의 목소리는 조용했고 젊음의 여림이 느껴지기는 했지만 담담했다.

골트는 그 소리가 지난 세월을 거슬러 퍼져나가도록 하려는 듯 눈을 감았다.

"대그니, 10년이에요…… 당신을 가까이 두고 똑똑히 볼 수 있었던 몇 주가 있기는 했지만. 그때 당신은 서둘러 떠나버리지 않고 가만히 있었죠. 나만을 위한 불 켜진 무대에 서 있는 것처럼…… 난 무수한 밤마다 몇 시간이고 당신을 지켜보기도 했어요…… 존 골트 철도라는 이름을 가진 사무실의 불 켜진 창을 통해……. 그러다 하루는……."

대그니가 놀라서 헐떡거렸다. "당신이었어요? 그날 밤, 그 사람이?"

"나를 봤어요?"

"당신 그림자를 봤어요…… 길에 드리워진…… 서성이는 그림자……. 마치 자신과 싸우고 있는 것 같았어요……

마치……."

그녀는 말을 멈추었다. '고통스러워하고 있는 것 같았다'는 말을 하고 싶지 않았던 것이다.

골트가 조용히 말했다. "맞아요. 그날 밤, 나는 안으로 들어가 당신을 만나 말하고 싶었어요……. 그날 밤 난 하마터면 서약을 깰 뻔했죠. 책상에 엎드린 당신을 보고. 무거운 짐에 짓눌린 당신을 보고……."

"존, 그날 밤 내가 생각하고 있었던 건 **당신**이었어요…… 그땐 몰랐지만……."

"하지만 **난** 알고 있었어요."

"……난 평생 동안 무엇을 원하고, 무엇을 하든 당신을 생각했던 거였어요."

"알아요."

"존, 내가 제일 힘들었던 건 골짜기에 당신을 두고 떠나던 때가 아니었어요……. 그건……."

"라디오 방송이었죠? 당신이 돌아오던 날 한."

"그래요! 당신, 들었어요?"

"물론이에요. 난 당신이 그 일을 해내서 기뻤어요. 아주 멋진 일이었어요. 그리고 사실 난…… 이미 알고 있었어요."

"나와 행크 리어든의 관계에 대해…… 알고 있었다고요?"

"골짜기에서 당신을 만나기 전부터."

"그럼…… 그걸 처음 알게 되었을 때 예상했던 일이라고 생각했나요?"

"아니요."

"그럼……?" 대그니는 말끝을 흐렸다.

"힘들었냐고요? 그래요. 하지만 처음 며칠뿐이었어요. 다음 날 밤…… 그 사실을 안 다음 날 밤에 내가 어떻게 했는지 듣고 싶어요?"

"네."

"난 행크 리어든을 본 적이 없었어요. 신문에 난 사진은 봤지만. 그날 밤 나는 그가 뉴욕에 있다는 것을 알았어요. 그는 거물급 기업가들의 회의에 참석 중이었죠. 난 그를 잠깐이라도 보고 싶었어요. 그래서 회의가 열리는 호텔 입구로 가서 기다렸어요. 호텔 입구 차양 아래에는 불이 환히 밝혀져 있었지만 그 너머 도로는 어두워서 난 사람들 눈에 띄지 않고 그곳을 지켜볼 수 있었어요. 내 옆에는 부랑자 몇 명이 있었고, 비가 추적추적 내려서 우리는 건물 벽에 붙어 있었어요. 회의가 끝나고 기업가들이 줄지어 나오기 시작했는데 그들은 옷차림과 태도부터 일반인들과 달랐어요. 옷차림은 과시적이고 사치스러웠고, 태도는 고압적이면서도 소심했죠. 그 순간만큼은 겉으로 보이는 모습이 자신들의 실상인 척하려고 애쓰면서도 속으론 켕기는 것처럼요. 운전기사들이 차를 대고, 기자 몇 명이 그들을 붙잡고 질문을 해대고, 추종자들이 그들에게서 한 마디라도 들으려고 애쓰고 있었어요. 그 기업가들은 늙고 지쳐 보였고 불안감을 감추느라 필사적이었죠. 드디어 그가 보였어요. 그는 고급 트렌치코트를 입고 눈이 보이지 않게 비스듬히 모자를 쓰고 있었어요. 그는 노력 없이는 얻을 수 없는 확신을 가지고 빠르게 걸었어요. 기업가 몇 명이 그에게 달려들어 질문을 해댔어요. 재벌이란 사람들이 마치 그의 추종자처럼 행동했죠. 난 차 문을 잡고 있는 그를 볼 수 있었어요. 그는 고개를 들고 있었는데 비스듬한 모자 챙 아래로 미소가 스치는 게 보였어요. 확신에 찬 미소였어요. 조급하면서도 조금은 재미있어하는 미소였죠. 그 순간 난 한 번도 해본 적 없는 일을 했어요. 대부분의 사람들이 그 일을 하다가 인생을 망치죠. 난 현실을 잊고 그 순간만을 보았어요. 그와 어울리는, 그가 상징하는 세계가 보였어요. 성취와 노예화되지 않은 에너지의 세계, 보상의 즐거움이라는 목표를 향한 방해 없는 전진의 세계가 보였어요. 나는 부랑자들과 함께 빗속에 서서 만일 그런 세계가 실제로 존재했다면 내가 도달했을 목표를 보았어요. 그리고 난 절박한 갈망을 느꼈어요. 그는 내가 되었어야 하는 모든 것을 나타냈어요…… 그는 내 것이 되었어야 하는 모든 것을 갖고 있었어요……. 하지만 그 순간은 지나가고 나는 현실 속에서 그 장면을 보았어요. 그가 눈부신 능력 때문에 치르고 있는 대가를, 그가 조용한 당혹감 속에서 **나는** 이미 깨달은 진실을 알아내기 위해 몸부림치며 견디고 있는 고통을 보았어요. 그가 나타내는 세계는 아직 존재하지 않는다는 것을 보았어요. 나는 다시 그의 실상을 보았어요. 내 싸움의 상징. **내가** 복수해주고 해방시켜야 할 보상받지 못하는 영웅. 그리고…… 그리고 난 당신과 그의 관계를 받아들였어요. 그래도 달라지는 건 아무것도 없다는 걸, 그걸 미리 예상했어야 했다는 걸, 그게 옳다는 걸 깨달았으니까요."

그는 대그니의 희미한 신음 소리를 듣고 부드럽게 웃었다.

"대그니, 나라고 고통받지 않는 건 아니에요. 다만, 고통이 중요하지 않다는 것을 알 뿐이죠. 고통은 맞서 싸우고 떨쳐버려야지 영혼의 일부로 받아들이고 인생관에 영원한 상처로 남게 해서는 안 돼요. 나에게 미안해하지 말아요. 바로 그때 고통은 사라졌으니까."

대그니는 침묵 속에서 고개를 돌려 그를 보았다. 그는 한쪽 팔꿈치를 짚고 몸을 일으켜 무력하게 누워 있는 그녀의 얼굴을 내려다보며 미소지었다.

"당신은 철도 노동자였어요. 여기서. 바로 여기서! 12년 동안……."

"그래요."

"언제부터냐 하면……."

"20세기 모터를 떠난 뒤부터."

"그럼 당신이 나를 처음 본 그 밤에도…… 당신은 여기서 일하고 있었던 거예요?"

"그래요. 당신이 내 요리사로 일하겠다고 한 그 아침에도 난 휴가 중인 철도 노동자였어요. 그때 내가 왜 그렇게 웃었는지 알겠어요?"

대그니는 그의 얼굴을 올려다보았다. 그녀는 고통의 미소를, 그는 순수한 즐거움의 미소를 지었다.

"존……."

"말해요. 전부 다 말해야 해요."

"당신은 여기 있었어요…… 그 모든 세월 동안……."

"그래요."

"…… 철도가 무너져가고…… 내가 지성을 가진 사람들을 찾으려고…… 지푸라기라도 잡는 심정으로 애쓰던…… 그 모든 세월 동안……."

"……당신이 내 모터의 발명자를 찾기 위해 전국을 이 잡듯 뒤지고, 제임스 태거트와 웨슬리 마우치를 먹여 살리고, 자신의 최고 성과물에 당신이 파괴하고 싶어하는 적의 이름을 붙이는 동안에도."

대그니는 눈을 감았다.

"난 그 모든 세월 동안 여기 있었어요. 당신의 손이 닿는 곳에, 당신의 영역에. 당신의 고투와 외로움과 갈망을 지켜보면서. 당신이 나를 위해 싸우고 있다고 생각하면서도 사실은 내 적들을 도와주고 끊임없이 패배만을 겪는 모습을 지켜보면서…… 난 여기 있었어요. 당신이 나를 볼 수 없었기에 안전하게 숨어 있을 수 있었어요. 아틀란티스가 사람들의 착시 덕에 숨겨져 있는 것처럼. 난 여기 있었어요. 당신이 볼 날을 기다리면서. 당신이 떠받치고 있는 세계의 기준에 의하면 당신이 가치롭게 여기는 모든 것은 지하의 가장 어두운 바닥에 존재해야 하며, 당신이 보아야 할 곳은 바로 그곳임을 당신이 알게 될 날을 기다리면서. 난 여기 있었어요. 난 당신을 기다리고 있었어요. 대그니, 사랑해요. 내 삶보다 더. 삶을 얼마나 사랑해야 하는지 사람들에게 가르쳐온 내가. 나는 사람들에게 대가를 치르지 않기를 바라선 안 된다고도 가르쳤어요. 나는 오늘 밤 내가 한 일에 대한 대가를 치르게 될 걸 처음부터 알고 있었어요. 그 대가가 내 목숨이 될 수 있다는 것도."

"안 돼요!"

그는 고개를 끄덕이며 웃었다.

"아, 그래요. 당신은 오늘 나를 무너뜨렸고 당신도 그걸 알아요. 난 스스로 세운 결심을 깼어요. 하지만 난 의식적으로 그렇게 했어요. 그 의미를 알면서. 순간의 충동에 맹목적으로 굴복한 것이 아니라 그 결과를 다 알면서, 그 결과를 기꺼이 감내할 생각으로 그렇게 했어요. 이런 순간을 그냥 흘려버릴 순 없었으니까. 우리가 얻은 기회이니까. 하지만 당신은 세상을 등지고 내게 합류할 준비가 안 됐어요. 아무 말 안 해도 돼요. 다 아니까. 난 내가 원하는 것을 완전히 내 것이 되기 전에 가져버렸으니 그 대가를 치러야만 해요. 언제, 어떻게 대가를 치르게 될지는 나도 몰라요. 적에게 굴복하면 그 결과를 감수해야 한다는 사실만 알 뿐이에요."

그는 대그니의 얼굴에 나타난 표정을 보고 미소지었다.

"아니, 대그니, 당신은 내 마음속의 적이 아니에요. 그렇기 때문에 내가 여기까지 온 거죠. 하지만 당신이 추구하는 길을 가는 동안 사실상 당신은 내 적이에요. 당신은 아직 그걸 모르지만 난 알아요. 내 진짜 적들은 내게 아무런 위험이 되지 못해요. 하지만 **당신은** 내게 위험한 존재예요. 당신은 그들이 나를 발견하도록 만들 수 있는 유일한 존재니까. 그들은 내 정체를 알아낼 능력이 없어요. 하지만 당신이 돕는다면 알아낼 수 있어요."

"아니에요!"

"물론 당신이 고의로 그들을 도울 리는 없죠. 당신은 지금이라도 다른 길을 택할 자유가 있지만 이 길을 계속 간다면 이 길의 논리에서 벗어날 수 없어요. 얼굴 찌푸리지 말아요. 내가 선택한 일이고 내가 받아들인 위험이니까. 대그니, 난 모든 일에서 거래자예요. 난 당신을 원했고 당신의 결심을 바꿀 힘이 없었어요. 그 대가에 대해 생각하고 내가 그걸 견딜 수 있을지 결정할 힘밖에 없었죠. 그리고 난 그 대가를 견딜 수 있다고 결정했어요. 내 삶은 내 것이니 내 마음대로 쓰고 투자할 수 있어요. 그리고 당신은……."

그는 몸으로 말을 잇듯 대그니를 팔로 안아 올려 입을 맞추었다. 대그니는 그에게 몸을 맡긴 채 고개를 뒤로 젖혀 머리카락을 아래로 늘어뜨렸다.

"당신은 내가 가져야만 했던, 그래서 선택한 보상이에요. 난 당신을 원했고 내 목숨을 대가로 내놓아야 한다면 기꺼이 내놓겠어요. 내 목숨을. 하지만 내 정신은 말고요."

그는 갑자기 준엄함이 번득이는 눈으로 일어나 앉으며 미소지었다.

"내가 같이 가서 도와줄까요? 내가 가서 1시간 내로 연동 신호 장치를 수리할까요?"

"아니요!"

대그니가 바로 외쳤다. 웨인 포클랜드 호텔 특실에 앉아 있는 남자들이 떠올랐던 것이다.

골트는 웃음을 터뜨렸다.

"왜요?"

"난 **당신이** 그들의 노예로 일하는 모습을 보고 싶지 않아요!"

"그럼 당신은요?"

"그들은 무너져가고 있고 내가 이길 거예요. 난 조금 더 견딜 수 있어요."

"맞아요. 조금만 더. 당신이 이길 때까지가 아니라 진실을 깨달을 때까지."

"난 포기할 수 없어요!"

그것은 절망의 외침이었다.

"아직은." 골트가 조용히 말했다.

그가 일어섰고, 대그니도 아무 말도 하지 못하고 따라 일어섰다.

"난 여기 남아서 일하겠어요. 하지만 나를 보려고 하지 말아요. 지금까지 내가 견뎌왔고 당신에게만은 면하게 해주고 싶었던 걸 이제부터 당신도 견뎌야 해요. 당신은 내가 어디 있는지 알면서, 내가 당신을 원하듯 나를 원하면서, 내게 접근하지 못하며 살아야 해요. 여기서 나를 찾지 말아요. 내 집에 찾아오지도 말아요. 그들에게 우리가 함께 있는 모습을 보여서는 안 돼요. 그리고 한계에 이르면, 세상을 등질 준비가 되면 그들에게 말하지 말고 냇 태거트 동상 아래에 달러 표시를 그려요. 그곳이 달러 표시가 있어야 할 자리이니까. 그리고 집에 가서 기다려요. 내가 24시간 내로 데리러 갈 테니까."

대그니는 약속의 표시로 고개를 숙여 보였다.

그가 돌아서자 그녀의 몸에 갑작스런 전율이 일었다. 그것은 깨어남의 첫 신호 같기도, 삶의 마지막 경련 같기도 했으나 무의식적인 외침으로 끝났다.

"어디로 가는 거예요?"

"인간 신호등이 되어서 새벽까지 랜턴을 들고 있어야죠. 그게 당신의 세상이 내게 맡긴 유일한 일이고, 내가 이 세상에 해줄 수 있는 유일한 일이기도 하니까."

대그니는 그의 팔을 붙잡았다. 모든 것을 버리고 무작정 그를 따라가고 싶어서였다.

"존!"

그가 그녀의 손목을 잡아 비틀어 떼어냈다.

"안 돼요."

그러고는 그녀의 손을 들어올려 입술에 댔다. 그의 입맞춤은 그 어떤 고백보다 뜨거웠다. 그가 철로를 따라 사라졌고 대그니는 그와 철로가 동시에 자신을 버린 듯한 기분이 들었다.

그녀가 비틀거리며 터미널 광장으로 나왔을 때 마치 멈추어 있던 심장이 갑자기 다시 뛰기 시작한 것처럼 기차 바퀴 소리에 빌딩 벽이 진동했다. 너새니얼 태거트의 신전은 비어 있었다. 그곳의 변함없는 불빛이 인적 없는 대리석 바닥을 비추고 있었다. 행색이 초라한 몇 사람이 그 빛나는 넓은 공간에서 혼이 빠진 듯 발을 질질 끌며 걸어갔다. 위엄 있고 환희에 찬 동상 아래 계단에 누더기 차림의 부랑자 한 사람이 체념한 듯한 자세로 웅크리고 앉아 있는 모습이 갈 곳 없어서 아무 처마 밑이나 찾아드는 날개 꺾인 새 같았다.

대그니도 부랑자처럼 계단에 털썩 주저앉았다. 먼지 묻은 망토를 단단히 여미고 팔에 얼굴을 묻고 울 수도, 느낄 수도, 움직일 수도 없는 상태로 가만히 앉아 있었다.

불빛을 높이 들고 서 있는 형체가 자꾸 보였는데, 가끔은 자유의 여신상처럼 보였다가 이윽고 밤하늘 아래 랜턴을 들고 서 있는 햇살 같은 머리카락을 가진 남자로 보였다. 세상의 움직임을 멈추는 붉은 랜턴.

옆에서 부랑자가 지치고 동정 어린 목소리로 말했다. "아가씨, 무슨 일인지 몰라도 너무 마음 쓰지 말아요. 어차피 다 틀렸으니까……. 아가씨, 그래 봤자 무슨 소용 있겠소? 존 골트가 누구지?"

해방의 협주곡

 10월 20일, 리어든 철강 노조가 임금 인상을 요구했다.
 행크 리어든은 신문을 보고 그 사실을 알았다. 그에게는 아무 요구도 전달되지 않았고 애초에 알릴 필요도 없었던 것이다. 노조의 요구는 국민통합위원회에 전해졌다. 다른 철강회사 노조는 왜 그런 요구를 하지 않는지에 대해서는 아무 설명도 없었다. 리어든은 요구를 한 사람들이 자신의 회사 노동자들의 대표인지 알 수가 없었다. 국민통합위원회에서 정한 노조 선거 규정이 그 사실을 확인할 수 없게 만들었던 것이다. 리어든은 그 무리가 최근 몇 개월 동안 국민통합위원회에서 몰래 제철소에 투입시킨 신참들로 이루어져 있다는 것만 알고 있었다.
 10월 23일, 국민통합위원회는 노조의 청원을 기각했다. 리어든은 그 문제에 대한 심의가 열린다는 소식을 듣지 못했다. 아무도 그에게 자문을 구하거나 관련 사실을 알려주지 않았다. 그는 나서서 질문하지 않고 잠자코 기다렸다.

10월 25일, 국민통합위원회를 장악한 인물들이 조종하는 신문들이 리어든 철강 노동자들에 대한 연민을 담은 특집 기사를 내보내기 시작했다. 그 기사들에는 임금 인상 요구가 거부되었다는 내용이 실려 있었다. 하지만 누가 그것을 거부했고, 그럴 수 있는 독점적 권한을 가지고 있는지에 대한 설명은 빠져 있었다. 종업원들의 불행은 모두 고용주 책임이라는 암시를 담은 기사들을 계속 내보내 대중이 법적인 내용을 잊게 하려는 속셈인 듯했다. 물가가 올라서 빈곤에 허덕이는 리어든 철강 노동자들의 고난을 소개한 기사 옆에 뜬금없이 5년 전 행크 리어든이 벌어들인 소득에 대한 기사가 실렸다. 그리고 먹을 것을 구하기 위해 지친 몸을 이끌고 이 가게 저 가게로 전전하는 리어든 철강 노동자의 아내에 대한 기사 옆에 한 고급 호텔에서 이름이 밝혀지지 않은 철강 재벌이 파티를 열었는데 거기서 술에 취한 손님이 샴페인 병으로 다른 손님의 머리를 때렸다는 기사가 실렸다. 사실 그 철강 재벌은 오런 보일이었지만 기사에는 이름이 언급되지 않았다. 신문기사들의 주장은 이런 식이었다. "우리 사회에는 아직도 불평등이 존재하며, 이 개화된 시대가 우리에게 가져다준 이득을 갈취하려는 사람들이 있다." "궁핍으로 인해 사람들의 신경이 극도로 날카로워졌다. 상황이 위험 수위에 도달하고 있다. 폭력 사태가 우려된다." "폭력 사태가 우려된다."

10월 28일, 리어든 철강 신참 노동자 무리가 작업반장을 공격하고 용광로 송풍구를 쓰러뜨렸다. 그리고 이틀 후 비슷한 무리가 사무실 건물 1층 유리창을 깨뜨렸다. 또 신참 노동자 한 명이 크레인 기어를 부수는 바람에 다섯 명의 구경꾼들로부터 1미터도 떨어지지 않은 곳에서 쇳물목이 엎어졌다.

경찰에 체포된 그는 이렇게 말했다. "배를 곯고 있는 어린 새끼들 걱정에 정신이 홱 돌았나 봅니다."

이 사건에 대한 신문들의 논평은 이랬다. "지금은 누가 옳고 그른지에 대해 이론적으로 따질 때가 아니다. 우리는 선동적인 상황이 국가의 철강 생산을 위협하고 있다는 사실이 걱정스러울 따름이다."

리어든은 아무것도 묻지 않은 채 지켜보았다. 마치 최후의 결정적인 진실이 그의 앞에서 천천히 베일을 벗고 있고 그 과정을 앞당길 수도, 중단시킬 수도 없는 것처럼 잠자코 기다렸다. 그는 저물어가는 가을 저녁에 사무실 창밖을 바라보며 상념에 잠겼다. 그는 그의 제철소에 무관심한 것이 아니었다. 다만, 예전에는 그 감정이 살아 있는 존재에 대한 열정이었다면 지금은 죽은 연인을 그리는 수심 깊은 애정으로 바뀌었을 뿐이다. 죽은 자를 향한 감정의 특징은 더 이상 아무 행동도 취할 수 없다는 점이었다.

10월 31일 아침, 리어든은 3년 전의 개인 소득세 누락 관련 재판에서 체납 판결이 내려져 은행 계좌와 대여 금고를 포함한 전 재산을 차압한다는 통보를 받았다. 그것은 법적 요건을 모두 갖춘 공식적인 통보였지만, 소득세 누락은 있지도 않았고 그에 관한 재판은 열린 적도 없었다.

리어든은 분해서 목이 멘 변호사에게 말했다. "아니, 그들에게 아무 질문도 하지 말게. 아무 대답도 하지 말고, 이의 제기도 하지 말게."

"하지만 이건 말이 안 돼!"

"지금 벌어지고 있는 다른 일들보다 더 말이 안 되나?"

"행크, 그럼 나더러 아무것도 하지 말라는 건가? 그냥 앉아서 당하라는 건가?"

"아니, 서 있게. 말 그대로 그냥 서 있게. 움직이지 말고. 행동하지 말고."

"그들은 자넬 꼼짝 못 하게 만들었어."

"그런가?" 리어든은 미소지으며 조용히 물었다.

리어든은 지갑에 든 현금 몇백 달러밖에 없었다. 하지만 마치 원거리 악수처럼 그의 마음을 따뜻하게 해주는 것이 있었다. 그것은 금발의 해적에게 받아 침실 비밀 금고에 넣어둔 금괴였다.

이튿날인 11월 1일, 리어든은 워싱턴에서 걸려온 전화한 통을 받았다. 전화를 건 사람은 워싱턴 고위 관료였는데 사죄의 표시로 무릎을 꿇고 전화선을 타고 미끄러져 내려오는 듯한 목소리를 냈다.

"리어든 씨, 실수였습니다! 불행한 실수였어요! 그 차압 통지서는 당신에게 갈 것이 아니었습니다. 아시다시피 요즘 사무원들이 죄다 무능해빠진데다 형식적인 절차가 어찌나 복잡한지…… 어떤 멍청이가 기록을 혼동해서 당신에게 차압 명령서를 보냈습니다. 당신이 아니라 비누 제조업자와 관련된 건이었는데 말입니다! 리어든 씨, 우리의 사과를 받아주십시오. 최고위층에서 직접 심심한 사과의 말씀을 드립니다."

그 목소리는 리어든의 대답을 기대하듯 잠시 미끄럼을 멈추었다.

"리어든 씨……?"

"듣고 있습니다."

"리어든 씨를 당혹스럽게 하고 불편을 끼친 점, 말로 다 할 수 없을 만큼 미안합니다. 하지만 빌어먹을 형식적인 절차를 거쳐야 하기 때문에 그 명령을 철회하고 차압을 풀려면 며칠, 어쩌면 일주일은 걸릴 겁니다…… 리어든 씨?"

"듣고 있습니다."

"너무 미안해서 힘닿는 데까지 보상할 작정입니다. 물론 당신은 이번 일에 대한 피해 보상을 요구할 권리가 있으며, 우리는 보상할 준비가 되어 있습니다. 우리는 이의를 제기하지 않을 겁니다. 물론 당신이 피해 보상 요구서를 제출하면……."

"나는 그런 말 하지 않았습니다."

"네? 아, 그렇죠…… 그래요……. 그럼 무슨 말을 하셨죠?"

"아무 말도 하지 않았습니다."

이튿날 오후 늦게 워싱턴에서 또 다른 애원하는 전화가 걸려왔다. 이번 목소리는 전화선을 타고 미끄러져 내려오지 않고 줄타기 곡예사처럼 경쾌한 묘기를 부렸다. 목소리의 주인은 자신을 팅키 할러웨이라고 소개하며, 리어든에게 모레 뉴욕 웨인 포클랜드 호텔에서 열리는 '최고위층 몇 명만 참석하는 비공식적인 작은 회의'에 참석해달라고 했다.

"지난 몇 주 동안 많은 오해가 있었어요! 너무나 불행하고 너무나 불필요한 오해들이! 리어든 씨, 우리가 직접 만나 이야기를 나눈다면 모든 문제가 바로 해결될 겁니다. 우리는 당신을 만나기를 무척 고대하고 있습니다." 팅키 할러웨이가 말했다.

"원하시면 언제든지 나에 대한 소환장을 발부할 수도 있을 텐데요."

그러자 팅키 할러웨이가 화들짝 놀란 목소리로 말했다.

"아, 아니에요! 아니에요! 아닙니다! 리어든 씨, 왜 그런 생각을 하나요? 우리 마음을 모르는군요. 우리는 어디까지나 우호적으로 당신을 만나고 싶은 겁니다. 우리가 원하는 것은 당신의 자발적인 협조예요."

할러웨이는 희미한 웃음소리를 들은 것 같아 잔뜩 긴장한 채 말을 멈추었지만 아무 소리도 들리지 않았다.

"리어든 씨?"

"네?"

"리어든 씨, 요즘 같은 때 우리와 회의를 하면 당신에게도 큰 이득이 될 겁니다."

"무엇에 관한 회의죠?"

"당신은 많은 위험에 처해 있어요. 우리는 힘닿는 데까지 당신을 돕고 싶습니다."

"난 도움을 청하지 않았는데요."

"리어든 씨, 위험한 시기예요. 민심이 요동치고…… 너무 위험해서…… 당신을 보호해주고 싶어요."

"나는 보호를 부탁한 적 없어요."

"하지만 우리가 당신에게 이용 가치가 크다는 것은 분명 알 겁니다. 우리에게 원하는 게 있으면 무엇이든……."

"없습니다."

"하지만 우리와 의논하고 싶은 문제들이 있을 텐데요."

"없어요."

"그럼…… 아, 그럼."

할러웨이는 호의를 베푸는 척하는 태도에서 노골적인 애원으로 급선회했다.

"그럼 우리 얘기 좀 들어주겠습니까?"

"나한테 할 말이 있다면요."

"있습니다, 리어든 씨. 있고말고요! 와서 그냥 들어주기만 하면 됩니다. 우리에게 기회를 줘요. 그냥 참석만 해주면 됩니다. 그냥 앉아만 있어도……."

할러웨이는 무심코 그렇게 말했다가 리어든의 조롱 어린 밝고 활기찬 대답을 들으며 입을 다물었다.

"압니다."

굴복하지 않는 목소리였다.

"그러니까 내 말은…… 그러니까…… 오겠습니까?"

"좋습니다. 가죠." 리어든이 대답했다.

그는 할러웨이의 감사 인사는 흘려듣고 그가 "리어든 씨, 11월 4일 오후 7시입니다…… 11월 4일……"이라는 말을 되풀이하는 것에 주목했다. 그 날짜에 특별한 의미가 있는 듯했다.

리어든은 수화기를 내려놓고 뒤로 기대앉아 사무실 천장에서 어른거리는 용광로 불빛을 바라보았다. 그는 그 회의가 함정이고, 자신은 그 함정을 판 자들이 얻을 것을 아무것도 가지고 가지 않을 것임을 알았다.

한편, 워싱턴 사무실에서 수화기를 내려놓은 팅키 할러웨이는 긴장해서 허리를 꼿꼿이 펴며 얼굴을 찌푸렸다. 안락의자에 앉아 성냥개비를 초조하게 질겅질겅 씹고 있던 세계진보친우회 대표 클로드 슬레이젠홉이 그를 힐끗 쳐다보며 물었다.

"안 좋아요?"

할러웨이는 고개를 저었다.

"오긴 할 텐데…… 그래요, 안 좋아요. 그가 받아들일 것 같지 않아요."

"내 정보원도 그렇게 말했어요."

"알아요."

"내 정보원은 그 일을 시도하지 않는 게 나을 거라고 했어요."

"당신 정보원 이야기는 그만해요! 어차피 우린 물러설 수 없으니까! 그래도 해야 하니까!"

그 정보원은 필립 리어든으로, 그는 몇 주 전 클로드 슬레이젠홉에게 이렇게 보고했다.

"아니요, 형은 나를 받아주지 않겠대요. 내게 일자리를 주지 않겠대요. 당신이 시킨 대로 애는 써봤는데, 내 딴에는 최선을 다했는데 소용없었어요. 형이 나한테 제철소에 발도 들이지 말래요. 그리고 형의 마음 상태도 내가 예상했던 것보다 더 심각해요. 잘 들으세요. 심각한 문제이니까. 내가 형을 알아서 하는 말인데 그 일은 불가능할 거예요. 지금 형은 희망을 거의 잃은 상태예요. 한 번만 더 쥐어짜면 무너질 거예요. 거물들이 알아보라고 했다고 했죠? 그들에게 그만두라고 전하세요. 그들에게…… 오, 클로드. 만일 그들이 그 일을 강행한다면 형을 잃게 될 거예요!"

"자넨 큰 도움이 못 되는군."

슬레이젠홉은 냉담하게 말하고 돌아섰다. 필립이 그의 소맷자락을 붙잡고 갑자기 절박한 목소리로 애원하기 시작했다.

"저기요, 클로드…… 법령 10-289호에 따르면…… 만일 형이 떠나면…… 상속인은 없는 건가요?"

"그렇지."

"정부에서 제철소와…… 모든 것을 몰수하는 건가요?"

"법으로 그렇게 정해졌으니까."

"하지만…… 클로드. 그들이 **나한테도** 그러지는 않겠죠?"

"그들은 자네 형이 떠나는 걸 원치 않아. 자네도 그걸 알고 있고. 그를 잡아. 그럴 수 있으면."

"하지만 그건 불가능해요! 당신도 알잖아요! 내 정치사상과…… 내가 당신을 위해 한 일들 때문에…… 형이 나를 어떻게 생각하는지 당신도 알잖아요! 난 형을 잡을 힘이 없어요!"

"그것 참 안됐군."

"클로드!" 필립이 패닉 상태에 빠져서 외쳤다.

"클로드, 그들이 나를 내치진 않겠죠? 난 그들 편이니까. 안 그래요? 그들은 늘 내가 그들 편이라고 했어요. 늘 내가 필요하다고 했어요…… 그들은 나 같은 사람이 필요하다고 했어요. 형 같은 사람이 아니라, 나 같은…… 사상을 가진 사람. 기억해요? 그동안 내가 그들에게 얼마나 충성했는데……."

"이 멍청아, **그가** 없다면 네가 우리한테 무슨 쓸모가 있겠어?" 슬레이젠홉이 쏘아붙였다.

11월 4일 아침, 행크 리어든은 전화벨 소리에 잠이 깼다. 눈을 뜨자 엷은 빛깔의 맑은 하늘이 보였다. 그의 침실 창으로 보이는 이른 새벽의 하늘이었다. 엷은 청록색 하늘에서 눈에 보이지 않는 태양이 보내는 첫 햇살이 필라델피아의 고풍스러운 지붕들을 핑크빛으로 물들이고 있었다. 잠시 그의 의식은 하늘과 같은 순수한 상태를 유지했다. 아직 그의 영혼이 외래의 기억들이라는 짐을 짊어질 준비를 하지 않은, 오직 자신만을 의식하는 순간이었다. 그는 그 광경과 그것에 어울리는 세계, 아침만으로 존재하는 세계에 매료되어 꼼짝도 하지 않고 누워 있었다.

전화벨이 그를 다시 현실로 추방시켰다. 규칙적인 간격으로 울려대는 전화벨이 도움을 청하는 집요하고 성가신 외침 같았다. 그의 세계에는 어울리지 않는 외침이었다. 리어든은 얼굴을 찌푸리고 수화기를 들었다.

"여보세요?"

"잘 잤니, 헨리?" 어머니의 떨리는 목소리였다.

"어머니, 이 시간에 웬일이세요?" 그가 냉담하게 물었다.

"넌 항상 새벽에 일어나잖니. 출근하기 전에 통화하려고."

"네? 무슨 일인데요?"

"헨리, 널 좀 봐야겠다. 너에게 할 이야기가 있어. 오늘, 오늘 아무 때나. 중요한 일이야."

"무슨 일 있어요?"

"아니…… 그래…… 뭐냐 하면…… 직접 만나서 이야기해야 돼. 이리로 오겠니?"

"죄송하지만 안 돼요. 오늘 밤 뉴욕에서 약속이 있어요. 내일 가도 되면……."

"아니! 내일은 안 돼. 오늘 만나야 돼. 꼭."

패닉에 빠진 듯한 목소리였다. 하지만 그것은 만성적인 무력감에서 나온 김빠진 패닉 상태일 뿐 급박함은 없었다. 그러나 그 기계적인 강요에서 묘한 공포가 느껴졌다.

"어머니, 무슨 일이세요?"

"전화로는 말 못 해. 널 꼭 만나야 해."

"그럼 회사로 나오셔서……."

"아니! 회사에선 안 돼! 둘이 만나자. 조용히 이야기할 수 있게. 부탁인데, 오늘 집으로 와줄 수 없겠니? 이 어미 부탁이다. 요즘 우릴 보러 온 적이 없잖아. 그게 네 탓은 아닐 수도 있다만, 어미가 이렇게 애원하는데 한 번만 와줄 수 없겠니?"

"알았어요, 어머니. 이따 오후 4시에 갈게요."

"좋아, 헨리. 고맙다, 헨리. 그때 오면 되겠구나."

그날 리어든은 제철소에 묘한 긴장감이 감도는 것을 느꼈다. 그것은 아주 희미한 느낌에 지나지 않았지만 그에게 제철소는 표정이 나타나기도 전에 기분을 간파할 수 있는 사랑하는 아내의 얼굴 같았다. 신참들이 삼삼오오 모여 수군거리는 모습이 다른 날보다 한두 차례 더 눈에 띄었다. 그들의 태도를 보면 공장이 아니라 당구장 구석 자리에 있는 듯했다. 그가 지나갈 때 몇 명이 흘낏거리기도 했는데 그들의 시선은 좀 지나치게 날이 서 있고 오래 머물러 있었다. 하지만 무슨 일인지 궁금해할 정도도 아니고 그럴 시간도 없어서 그냥 넘겨버렸다.

리어든은 오후에 차를 몰고 집으로 가다가 언덕 아래에서 갑자기 멈추어 섰다. 6개월 전인 5월 15일 집을 나온 후 처음 가는 것이었다. 다시 집을 보자 10년간 날마다 집으로 돌아오며 느꼈던 긴장감과 당혹감, 마음을 짓누르던 암울한 불행, 그 불행을 고백하지 못하게 만들던 엄격한 인내심, 가족을 이해하려고, 올바르게 살려고 애쓰던 순수함이 한꺼번에 되살아났다.

그는 집을 향해 천천히 걸어 올라갔다. 이제 아무 감회도 없었고 강하고 엄숙한 명료함뿐이었다. 그는 이 집이 죄의 기념물임을 알고 있었다. 그가 자신에게 저지른 죄의 기념물.

그는 어머니와 필립만 있을 줄 알았는데, 그가 거실로 들어서자 그들과 함께 다른 한 사람도 일어섰다. 릴리언이었다.

그는 문간에서 멈추어 섰다. 세 사람은 그의 얼굴과 그의 뒤에 있는 열린 문을 바라보고 있었다. 그들의 얼굴에는 두려움과 교활함이 어려 있었다. 이젠 리어든도 잘 알고 있는, 상대의 미덕을 이용해 협박하는 표정이었다. 그들은 그의 연민을 이용해 자신들의 문제를 해결하려 하고 있었고, 그가 한 발짝만 물러서면 자신들의 손아귀에서 빠져나갈 것임을 알고 있었다.

그들은 그의 연민에 의존하며 그의 분노를 두려워하고 있었다. 하지만 그의 무관심은 생각지도 못하고 있었다.

"저 여자가 왜 여기 있죠?" 그가 어머니를 향해 냉정하리만큼 담담하게 물었다.

"릴리언은 이혼한 뒤에도 계속 여기서 살고 있다. 길거리에서 굶어 죽게 할 순 없잖아!" 어머니가 방어적으로 대답했다.

어머니의 눈에는 제발 자신의 뺨을 때리지 말아달라는 애원과 아들의 뺨을 때렸다는 승리감이 섞여 있었다. 리어든은 어머니의 속셈을 알고 있었다. 어차피 고부간에 애정은 없었기에 동정심으로 릴리언을 거둔 것은 아니었다. 릴리언과 함께 아들에게 복수하기 위해, 그가 보내준 돈으로 그가 위자료 한 푼 안 주고 내쫓은 전처를 부양하는 은밀한 만족감을 누리기 위해 그런 것이었다.

릴리언은 입가에 소심하면서도 뻔뻔스러운 미소를 머금고 고개 숙여 인사했다. 리어든은 그녀를 못 본 척하지 않았다. 그녀를 똑바로 보면서도 그녀가 전혀 의식에 들어오지 않는 듯했다. 그는 말없이 문을 닫고 안으로 들어갔다.

어머니는 불안한 안도의 한숨을 조그맣게 내쉬고는 가까운 의자에 황급히 앉으며 아들도 자신을 따라 앉을지 확신이 서지 않아 초조히 지켜보았다.

"원하시는 게 뭐죠?" 리어든이 의자에 앉으며 물었다.

어머니는 꼿꼿이 앉아 있었지만 어깨는 잔뜩 올리고 고개를 반쯤 숙이고 있어서 웅크린 듯한 인상을 풍겼다.

"자비다, 헨리." 그녀가 속삭이듯 말했다.

"그게 무슨 뜻이죠?"

"무슨 뜻인지 모르겠어?"

"네."

어머니는 떨리는 손을 펼쳐 무력감을 나타냈다.

"글쎄……."

그녀는 아들의 주의 깊은 시선을 피하려는 듯 주위를 흘낏거렸다.

"할 말은 많다만…… 어떻게 말해야 할지 모르겠구나……. 현실적인 문제가 하나 있는데 중요한 문제는 아니야…… 그것 때문에 부른 건 아니고……."

"그게 뭔데요?"

"현실적인 문제? 우리, 필립과 내 생활비. 생활비 나오는 날짜가 매월 1일인데 그 차압 명령 때문에 수표를 쓸 수가 없어. 너도 알고 있지?"

"알아요."

"어떻게 하지?"

"모르겠어요."

"내 말은, 어떻게 해줄 거냐는 거야."

"아무것도 못 해줘요."

어머니는 침묵의 초를 재듯 그를 바라보고 있었다.

"아무것도?"

"저도 아무것도 할 수가 없어요."

세 사람은 무언가를 탐색하듯 리어든의 얼굴을 주시했다. 그는 어머니의 말이 사실임을 확신했다. 하지만 어머니는 경제적인 걱정 때문에 그를 부른 게 아니었다. 그것은 훨씬 광범위한 문제의 상징일 뿐이었다.

"하지만 헨리, 우린 돈이 없어."

"저도 그래요."

"우리한테 현금이나 뭐 그런 걸 보내줄 수 없겠니?"

"저도 불시에 당한 일이라 현금을 확보할 시간이 없었어요."

"그럼…… 얘, 헨리. 너무 뜻밖의 일이라 사람들이 겁을 먹은 것 같아. 식료품점에서 **네** 부탁 없이는 외상을 못 주겠대. 네가 직접 신용카드에 서명하거나 뭐 그러길 원하나 봐. 그러니까 그 사람들한테 말 좀 해줄래?"

"아니요."

"아니, 왜?" 어머니가 헐떡거리며 물었다.

"이행하지 못할 책임을 떠맡을 수는 없어요."

"그게 무슨 소리야?"

"갚을 길이 없는 빚을 질 수는 없다고요."

"갚을 길이 없다니, 그게 무슨 소리야? 그 차압은 그냥 형식적인 거야. 일시적인 거라고. 그건 누구나 아는 사실이야!"

"그래요? 전 몰랐는데."

"하지만 헨리, 식료품값이야! 재산이 수백만 달러나 되는 **네가** 식료품값을 갚을 자신이 없다고?"

"전 수백만 달러를 가진 척하며 식료품 가게 주인을 속일 생각 없어요."

"무슨 소리를 하는 거냐? 그럼 네 수백만 달러를 누가 갖고 있는데?"

"아무도 갖고 있지 않아요."

"그게 무슨 소리냐?"

"어머니, 잘 아실 텐데요. 저보다 먼저 알고 계셨잖아요. 이제 소유권이나 재산 같은 건 존재하지 않아요. 어머니가 오래전부터 지지해온 일이잖아요. 어머니는 제가 속박되길 원하셨어요. 결국 그렇게 됐고요. 이제 그 일에 대해 손을 쓰기에는 너무 늦었어요."

"네 정치사상을 좀……."

어머니는 아들의 표정을 보고 얼른 입을 다물었다.

릴리언은 이 순간 리어든을 보기가 두려운 듯 바닥만 내려다보며 앉아 있었다. 필립은 손마디를 딱딱 꺾으며 앉아 있었다. 어머니가 다시 눈의 초점을 잡으며 속삭였다.

"헨리, 우리를 버리지 마라."

리어든은 어머니의 목소리에 희미한 생기가 도는 것을 느끼고 자신을 이곳에 부른 진짜 목적이 드러나기 시작했음을 알 수 있었다.

"지금은 끔찍한 시기이고 우리는 겁에 질려 있어. 헨리, 그게 진실이야. 우리는 겁에 질려 있어. 네가 우리에게 등을 돌리고 있어서. 오, 식료품값 이야기만이 아니야. 하지만 그건 하나의 신호가 될 수 있지. 1년 전이었다면 넌 우리가 그런 일을 당하게 내버려두지 않았을 거야. 그런데 이제…… 이제 신경도 안 쓰고 있어."

어머니는 아들의 대답을 기대하듯 잠시 기다렸다가 덧붙였다. "아니니?"

"맞아요."

"그래…… 우리 탓이지. 너에게 그 말을 하고 싶었어. 우리 탓이라는 걸 우리도 안다는 말. 그동안 우리가 널 제대로 대접해주지 못했어. 우리가 네게 부당하게 굴었어. 너를 힘들게 하고, 이용하고, 네게 고맙다는 말도 하지 않았어. 헨리, 우리가 죄인이다. 우리가 너에게 죄를 졌어. 우린 그걸 인정하고 있어. 지금 우리가 너에게 더 이상 무슨 말을 할 수 있겠니? 우릴 용서해줄 마음이 있니?"

"제가 뭘 하길 원하세요?" 리어든이 사업적인 회의 자리에서처럼 분명하고 담담하게 물었다.

"몰라! 내가 그걸 어떻게 알겠니? 하지만 내가 지금 하는 이야기는 그게 아니야. 난 뭘 하라는 게 아니라 느끼는 것에 대해 이야기하는 거야. 헨리, 내가 애원하는 건 네 감정이야. 네 감정. 비록 우리가 자격이 없다고 해도. 넌 관대하고 강하잖니. 헨리, 과거를 지워주겠니? 우릴 용서해주겠니?"

어머니의 눈에 어린 공포는 진심이었다. 리어든은 1년

전이었다면 이것은 어머니 방식의 보상이라고 스스로에게 말했을 터였다. 그에게 전달하는 게 없는 무의미의 안개 같은 어머니의 말들에 대한 반감을 억눌렀을 터였다. 비록 자신은 이해할 수 없어도 그 말들에 의미를 부여하고 비록 자신의 기준에서는 그렇지 않지만 어머니의 기준으로는 그 말들이 진실함의 덕목을 갖추었다고 여겼을 터였다. 하지만 이제 그는 자신의 기준에 의하지 않은 존중은 스스로에게 허락하지 않았다.

"우릴 용서해주겠니?"

"어머니, 그 이야기는 하지 않는 게 최선이에요. 그 이유는 묻지 마시고요. 그건 어머니도 저 못지않게 잘 아실 테니까요. 저에게 원하는 게 있으면 말씀하세요. 다른 이야기는 할 필요 없어요."

"무슨 말을 하는 건지 **알 수가 없구나**! 정말로! 난 용서를 구하기 위해 널 부른 거야! 대답 안 해줄 거니?"

"좋아요. 제 용서가 무슨 의미가 있을까요?"

"응?"

"그게 무슨 의미가 있을지 물었어요."

어머니는 자명한 일 아니냐는 듯 두 손을 펼쳐 보였다.

"그야…… 우리 마음을 편하게 해주지."

"그게 과거를 바꿀까요?"

"네가 용서해주면 우리 마음이 편해질 거야."

"제가 과거가 존재하지 않았던 것처럼 위장하길 원하세요?"

"오, 헨리, 모르겠니? 우리가 원하는 건 그저 네가…… 네가 우리를 걱정하는 마음을 갖고 있다는 걸 확인하는 것뿐이야."

"전 그런 마음 없어요. 거짓으로라도 꾸밀까요?"

"그게 내가 애원하는 거잖니. 우리에 대한 감정을 느껴 달라는 거!"

"무슨 근거로요?"

"근거?"

"뭘 대가로요?"

"헨리, 헨리, 우린 지금 사업 이야기를 하는 게 아니야. 철강 톤수나 은행 잔고가 아니라 **감정**에 대해 이야기하는 거야. 그런데 넌 거래인처럼 말하는구나!"

"전 거래인이에요."

리어든은 어머니의 눈에서 공포를 보았다. 아들을 이해하려고 애써도 이해할 수 없다는 무력감에서 나온 공포가 아니라 이해하는 걸 더 이상 회피할 수 없는 벼랑 끝으로 몰리고 있는 것에 대한 공포였다.

필립이 황급히 나섰다. "형, 어머닌 그런 말 이해하지 못하셔. 우린 형에게 접근할 방법을 모르겠어. 말이 안 통해서."

"그건 나도 마찬가지야."

"어머니가 하려는 말은 우리가 미안하다는 거야. 그동안 형에게 상처를 줘서 정말 미안해. 형은 우리가 그 대가를 치르지 않고 있다고 여기지만 그렇지 않아. 우린 후회와 가책에 시달리고 있어."

필립의 얼굴에 어린 고통은 진짜였다. 리어든은 1년 전이었다면 연민을 느꼈을 것이다. 하지만 이젠 그들이 가족에게 상처와 고통을 주는 걸 두려워하는 자신을 이용해왔음을 알고 있었고 더 이상 그것이 두렵지 않았다.

"형, 미안해. 우리가 형에게 해를 끼쳤다는 거 알아. 우리도 속죄하고 싶어. 하지만 우리가 뭘 할 수 있겠어? 과거는 과거야. 과거를 되돌릴 순 없어."

"나도 마찬가지야."

"우리의 뉘우침을 받아들여줄 수 있잖아요." 릴리언이 조심스러움으로 흐릿해진 목소리로 말했다.

"난 이제 당신에게서 얻을 게 없어요. 내가 과거에 당신에게 무슨 짓을 했건 그건 당신을 사랑했기 때문이라는 것만 알아줬으면 좋겠어요."

리어든은 아무 대꾸도 없이 고개를 돌렸다.

어머니가 외쳤다. "헨리! 도대체 무슨 일이 있었던 거니? 왜 그렇게 변한 거야? 이제 인간 같지가 않아! 넌 우리에게 계속 대답을 종용하고 있어. 우린 대답할 게 없는데.

넌 계속 우리를 논리로 공격하고 있어. 지금 같은 때 논리가 무슨 소용이야? 사람들이 고통받고 있는데 논리가 무슨 소용이냐고!"

"우리도 어쩔 수가 없어!" 필립이 외쳤다.

"우린 당신 손에 달려 있어요." 릴리언이었다.

그들은 닿을 수 없는 얼굴을 향해 애원하고 있었다. 그들은 과거에는 그가 준엄한 정의감 때문에 그들에게 매여 살며 어떤 벌이든 묵묵히 받아들이고 그들의 미심쩍은 점들을 선의로 받아들였지만 이제 그 준엄한 정의감이 그들을 겨누고 있음을, 과거에는 그를 너그럽게 만들었던 힘이 이제 그를 무자비하게 만들고 있음을, 그 정의감은 무지로 인한 실수들은 얼마든지 용서할 수 있지만 알면서 저지르는 악은 결코 용서하지 않을 것임을 알지 못했다. 지금 그들이 느끼는 당혹감과 공포는 그 진실을 피하기 위한 마지막 발악이었다.

"헨리, 우리를 이해 못 하겠니?" 어머니가 애원했다.

"이해해요." 리어든이 조용히 대답했다.

어머니는 그의 명쾌한 눈길을 외면하며 말했다. "우리가 어떻게 되든 상관없다는 거니?"

"그래요."

어머니의 목소리가 분노로 날카로워졌다. "네가 사람이니? 넌 사랑이란 걸 느낄 줄 모르니? 난 네 머리가 아니라

가슴에 호소하는 거야! 사랑은 따지고 흥정하는 게 아니야! 그냥 주는 거지! 느끼는 거지! 오, 헨리, 생각하지 말고 느끼기만 할 수는 없는 거니?"

"전 그래 본 적이 없어요."

어머니는 이내 다시 차분해져서 낮고 단조로운 목소리로 말했다. "우린 너만큼 똑똑하지도, 강하지도 못하다. 우리가 죄를 짓고 실수를 저질렀다면 그건 무력하기 때문이야. 우린 네가 필요해. 우리가 가진 건 너뿐이야. 그런데 널 잃어가고 있는 것 같아 두려운 거야. 지금은 끔찍한 시기이고 상황은 더 악화되고 있어. 사람들은 죽도록 겁을 먹고 있어. 모두 두렵고 눈이 멀어 어쩔 줄 몰라하고 있어. 그런데 네가 떠나면 우린 어떻게 사니? 우린 작고 약한 존재들이야. 세상에 만연한 공포의 물결에 휩쓸려 이리저리 떠돌게 될 거야. 어쩌면 우리에게 죄가 있을지도 모르지. 우리가 어리석어서 자초한 일인지도 모르지. 하지만 이미 엎질러진 물이야. 이제 어쩔 수가 없다고. 네가 우리를 버리면 우린 끝이야. 네가 모든 걸 포기하고 사라져버리면……."

그녀가 말을 멈춘 것은 아들의 말이 아니라 눈썹의 움직임 때문이었다. 체크 표시 같은 빠르고 짧은 움직임이었다. 리어든은 미소를 지었다. 가장 무서운 대답을 나타내는 미소였다.

"그게 두려웠던 거군요." 그가 천천히 말했다.

어머니가 맹목적인 패닉 상태에 빠져서 외쳐댔다. "넌 그만둘 수 없어! 지금은 안 돼! 작년이었다면 모를까 지금은 안 돼! 오늘은 안 된다고! 넌 이탈자가 되면 안 돼! 네 가족이 앙갚음을 당하게 되니까! 그들은 우리를 무일푼으로 만들 거야! 모든 것을 빼앗고 굶어 죽게 만들 거야! 그들은……."

"가만히 계세요!" 릴리언이 외쳤다.

리어든의 얼굴에 나타난 위험 신호를 알아채는 데는 그녀가 두 사람보다 빨랐던 것이다.

리어든의 얼굴에는 웃음기가 남아 있었다. 가족들은 그가 자신들을 보고 있지 않다는 것을 알았지만, 그의 미소에 왜 고통과 아쉬움 섞인 갈망이 어려 있으며, 왜 그가 저 멀리 창가 구석을 바라보고 있는지는 알 수 없었다.

리어든은 자신에게 모욕을 당하면서도 침착함을 잃지 않았던 정교한 조각품 같은 프란시스코 단코니아의 얼굴을 보고 있었다. 이곳에서 그가 자신에게 조용히 한 말을 듣고 있었다. "내가 당신에게 경고하고 싶었던 것도 바로 용서라는 죄를 짓지 말라는 겁니다." 리어든은 마음속으로 그에게 말했다. '당신은 그때 이미 알고 있었어…….' 하지만 말을 맺지 못하고 쓰디쓴 미소로 대신했다. 그는 이렇게 말할 생각이었다. '당신은 그때 이미 알고 있었어. 나를 용서해요.'

리어든은 가족들을 바라보며 생각했다. '저들이 내게 애원하는 자비의 본질이, 저들이 비논리적인 것이라고 당당히 주장하는 감정의 논리가 **바로 그것이었어**. 생각 없이 느낄 수 있고 자비를 정의 위에 둘 수 있다고 말하는 사람들의 단순하고 야만적인 본질이 바로 그것이었어.'

그들은 무엇을 두려워해야 하는지 알고 있었다. 그에게 유일하게 남아 있는 해방의 방법이 무엇인지 그보다 먼저 파악하고 있었다. 그들은 그가 기업가로서 절망적인 상태이고, 이제 아무리 발버둥쳐야 소용없으며 도저히 감당할 수 없는 짐이 그를 짓누르게 될 것임을 알고 있었다. 이성과 정의, 자기보존의 측면에서 보면 그가 택할 길은 모든 것을 버리고 도망치는 것뿐이라는 것도 알고 있었다. 그런데도 그들은 그를 붙잡고 싶어했다. 그를 희생의 용광로에 가두어두고 자비와 용서, 형제애라는 이름으로 마지막까지 갈취하려고 했다.

리어든이 아주 조용한 목소리로 말했다. "어머니가 모르는 척하시는 진실을 제가 잔인하게 입에 올리는 걸 바라진 않으시겠지만, 용서에 대한 어머니의 생각이 어디가 잘못되었는지 말씀드리죠. 어머니는 제게 상처준 걸 후회하시면서도 그에 대한 속죄로 제게 완전한 희생을 원하고 있어요."

어머니가 외쳤다. "논리! 또 그 빌어먹을 논리를 내세우는구나! 우리에게 필요한 건 연민이야. 연민. 논리가 아니고!"

리어든이 자리에서 일어섰다.

"기다려! 가지 마라! 헨리, 우릴 버리지 마! 우리에게 사망 선고를 내리지 마! 그래도 우린 인간이야! 우린 살고 싶어!"

"그럴 리가요."

리어든은 처음에는 놀랐지만 이내 공포를 느꼈다.

"전 그렇게 생각하지 않아요. 살고 싶다면 저를 어떻게 평가해야 하는지 알고 있을 테니까요."

그 말에 답하듯 필립은 재미있어하는 미소를 지으려고 했지만 결국 공포와 악의에 찬 미소가 되고 말았다.

"형은 모든 걸 포기하고 도망칠 수 없을 거야. 돈 없이는 도망칠 수 없으니까."

그 말이 목적을 달성한 듯했다. 리어든이 나가려던 발걸음을 멈추었던 것이다. 하지만 잠시 후 리어든은 나직이 웃으며 말했다.

"고맙다, 필립."

"응?" 필립은 당혹감에 초조하게 물었다.

"그게 차압 명령의 목적이었군. 그게 네 친구들이 두려워하는 거였어. 그들이 오늘 내게 기습을 가할 준비를 해놓고 있다는 건 알고 있었어. 하지만 차압이 내가 도망가지 못하도록 막는 장치였다는 건 몰랐네."

그는 믿을 수 없다는 시선으로 어머니를 보았다.

"그래서 오늘 만나야 한다고 고집을 부리셨군요. 뉴욕 회의에 참석하기 전에."

"어머니는 모르시는 일이야!"

필립이 외치다가 얼른 멈추더니 더 큰 소리로 외쳤다. "난 형이 지금 무슨 소리를 하고 있는지 모르겠어! 난 아무 말도 안 했어! 난 그런 말 안 했다고!"

그의 공포는 이제 신비주의에서 벗어나 실리주의로 기우는 듯했다.

"걱정 마라, 이 한심한 버러지 같은 녀석아. 너한테 무슨 말을 들었다는 말은 하지 않을 테니까! 그리고 만약 네가……."

리어든은 말을 멈추었다. 그는 앞에 서 있는 세 사람의 얼굴을 바라보며 권태와 연민, 혐오의 미소로 말을 맺었다. 그는 최후의 모순을, 비합리주의자들이 벌이는 게임의 기괴하고 부조리한 결말을 보고 있었다. 워싱턴의 인간들은 이 세 사람을 인질 삼아 그를 붙잡으려고 했던 것이다.

"당신은 자신이 대단히 훌륭한 줄 알죠?"

그 갑작스런 외침은 릴리언에게서 나온 것이었다. 그녀는 리어든의 퇴장을 막으려고 발딱 일어나 있었다. 그녀의 얼굴은 잔뜩 일그러져 있었는데 그의 내연녀 이름을 알았을 때 보였던 얼굴이었다.

"당신은 대단히 훌륭해요! 자부심도 대단하고! 그런데 당신한테 해줄 말이 있어요!"

그녀는 자신이 게임에서 졌다는 사실을 지금까지 믿지 않은 모양이었다. 리어든은 그녀의 얼굴을 보자 퍼즐의 마지막 조각이 맞춰진 듯한 기분이 들었다. 그녀의 게임의 실체가, 그녀가 자신과 결혼한 목적이 또렷이 보였다.

상대를 늘 관심의 한가운데 두고 자신의 인생관의 초점으로 삼는 것이 사랑이라면, 그녀가 그를 사랑한 것은 사실이었다. 하지만 그에게 사랑이 자신과 존재에 대한 찬양이라면, 자신을 증오하고 삶을 증오하는 사람들에게 사랑은 파괴의 추구였다. 릴리언이 그를 선택한 것은 그가 지닌 최고의 미덕들, 즉 힘과 자신감, 긍지 때문이었다. 그녀는 사람들이 사랑의 대상을 고를 때처럼 인간의 생명력의 상징으로서 그를 선택했다. 하지만 그녀의 목적은 그 생명력의 파괴에 있었다.

리어든은 처음 만났을 때의 자신과 그녀를 떠올렸다. 그때 자신은 넘치는 에너지와 열정적인 야심을 가진 성취의 사나이로, 성공이라는 환한 불꽃에 휩싸여 자칭 지식 엘리트라는 허세뿐인 인간들의 잿더미에 던져졌다. 제대로 소화되지 못한 문화의 타버린 찌꺼기인 그들은 다른 사람들의 정신의 잔광으로 먹고살며 인간의 정신을 부정하는 것을 비범함의 표시로 여겼고, 세상을 지배하려는 욕망에 눈이 뒤집혀 있었다. 그리고 그 엘리트들의 추종자인 릴리언은 그들의 진부한 냉소로 세상을 대하고 무력함을 우월함으로, 공허함을 미덕으로 여겼다. 그는 그들의 증오를 모르는 채 순진하게 그들의 허세 섞인 사기를 경멸했고, 릴리언은 그를 자신들의 세계에 대한 위협이자 도전, 비난으로 여기고 있었다.

사람들이 제국을 지배하려는 욕망을 품듯 릴리언은 남편을 지배하려고 했다. 그녀는 그를 무너뜨리려고 했다. 그와 대등한 가치를 지닐 수는 없지만 그의 가치를 파괴함으로써 그를 능가할 수 있는 것처럼. 그를 무너뜨리면 그의 위대성이 자신의 것이 될 수 있는 것처럼. 동상을 쓰러뜨린 파괴자가 동상을 세운 예술가보다 더 위대한 것처럼. 아이를 죽인 살인자가 그 아이를 낳은 어머니보다 더 위대한 것처럼. 리어든은 그런 생각을 하자 몸서리가 쳐졌다.

그는 릴리언이 자신의 일과 제철소, 금속, 성공을 늘 조롱했던 것이 생각났다. 그녀는 그가 단 한 번이라도 술에 취한 모습을 보여주길 원했고, 그를 부정한 인간으로 몰아가려고 했다. 그가 천박한 연애에 빠진 줄 알고 좋아하다가 그 연애가 타락이 아닌 성취임을 알고 공포에 사로잡혔다. 그녀의 공격은 일관되고 분명했다. 그녀는 그의 자긍심을 무너뜨리려고 애썼는데, 자신의 가치를 포기한 사람은 타인의 의지에 휘둘리며 살 수밖에 없음을 알고 있었기 때문이다. 그녀는 그의 도덕적 순수성에 흠집을 내려 했고, 죄책감이라는 독을 이용해 그의 청렴함을 박살내려고 했다. 그가 무너지면 그의 타락이 자신에게 타락할 권리를 주는 것처럼.

다른 사람들이 세상을 파괴하기 위해 복잡한 철학체계를 구축하거나 나라를 파괴하기 위해 독재 정권을 수립하듯, 그녀는 여성성이라는 유일한 무기로 한 남자를 파괴하는 일에 나섰던 것이다.

리어든은 잃어버린 젊은 스승의 말이 떠올랐다. '당신의 도덕률은 삶의 도덕률입니다. 그럼 그들의 도덕률은요?'

"당신에게 해줄 말이 있어요!"

릴리언이 무력한 분노에 차서 말했다. 그 말이 치명적인 무기가 되기를 바라는 듯한 목소리였다.

"당신은 자부심이 대단하죠. 안 그래요? 자기 이름을 대단히 자랑스러워하죠! 리어든 철강, 리어든 금속, 리어든 부인! 그게 나였어요. 안 그래요? 리어든 부인! 헨리 리어든 부인!"

이제 그녀는 헐떡거리는 웃음소리 같은 것을 내고 있었다.

"당신 아내가 다른 남자와 잤다는 걸 알면 당신이 좋아할 것 같아서요! 난 당신에게 충실한 아내가 아니었어요. 알겠어요? 위대하고 고귀한 연인이 아니라 비열한 인간쓰레기 제임스 태거트와 잤어요! 3개월 전에! 이혼하기 전에! 내가 아직 당신 아내였을 때! 내가 아직 당신 아내였을 때!"

리어든은 사적인 감정이 개입되지 않은 주제를 연구하는 과학자처럼 그녀의 이야기를 듣고 있었다. 그는 개인의 정체성과 소유권, 사실을 부정하는 집단적 상호의존주의의 최후의 실패를 목격하고 있었다. 한 사람의 도덕적 위상이 타인의 행동에 좌우된다는 믿음의 종말을 보고 있었다.

"난 당신에게 부정한 아내였어! 내 말 안 들려, 이 오점 없는 청교도야? 난 제임스 태거트와 잤단 말이야, 이 불멸의 영웅아! 내 말 안 들려?…… 내 말 안 들려?…… 내 말……?"

리어든은 길에서 모르는 여자가 다가와 사적인 고백을 하고 있는 것처럼 그녀를 쳐다보았다. 나한테 그런 말을 왜 하느냐고 묻는 듯한 시선이었다.

릴리언의 목소리가 잦아들었다. 리어든은 사람이 파멸하는 모습이 어떤 것인지 알지 못했으나 지금 자신이 릴리언의 파멸을 목격하고 있음을 알 수 있었다. 그녀의 얼굴이 무너졌다. 이목구비가 더 이상 지탱할 힘을 잃은 듯 무참히 늘어졌다. 멀어버린 듯한 두 눈은 자신의 내면을 응시하고 있었는데 그 어떤 외부의 위협도 그런 공포를 줄 수는 없었다. 그것은 정신을 잃어가는 사람의 모습이 아니라 완전한 패배를 보는, 동시에 난생처음 자신의 본질을 보는 사람의 모습이었다. 오랜 세월 비존재를 주장한 끝에 마침내 비존재를 이룬 자신을 보는 사람의 모습이었다.

리어든은 문을 향해 돌아섰다. 어머니가 문간에서 그의 팔을 잡아 세웠다. 그녀는 고집스럽고 당황한 얼굴로 마지막까지 자신을 속이며 눈물과 비난 어린 목소리로 신음하듯 말했다.

"정말 용서해줄 수 없는 거니?"

"네, 어머니. 용서 못 해요. 오늘 어머니가 제게 모든 것을 버리고 사라지라고 하셨다면 과거는 용서할 수 있었겠죠."

바깥바람이 차서 리어든은 포옹하듯 코트자락을 꼭 여몄다. 언덕 아래로 거대하고 신선한 시골 풍경이 펼쳐져 있었고, 청명한 하늘은 황혼빛으로 어두워져갔다. 하루를 마감하는 두 개의 석양처럼 서쪽 하늘에는 정지된 붉은 노을이, 동쪽 하늘에는 제철소에서 토해내는 붉은 숨결이 보였다.

리어든은 차를 몰고 뉴욕으로 달려가고 있었다. 손에 쥔 운전대와 가볍게 스쳐 지나가는 고속도로가 묘하게 상쾌한 기분을 느끼게 해주었다. 그것은 극도의 정확성과 느긋함이 결합된, 긴장 없는 행동이 주는 기분으로 왠지 젊음을 느끼게 했다. 가만히 생각해보니 그가 젊었을 때 행동했던 방식이었다. 그리고 지금도 이런 의문이 들었다. '다른 방식으로 행동해야 하는 이유가 도대체 뭐지?'

눈앞에 나타난 뉴욕의 스카이라인이 이상하리만큼 명료하고 빛이 났다. 도시의 형체는 먼 거리의 베일에 가려져 있었는데도 말이다. 그 명료함은 그의 눈에 비친 대상이 아니라 그에게서 나오는 것인 듯했다. 그는 다른 사람들이 정해놓은 관점이나 용도에 매이지 않은 위대한 도시를 바라보았다. 뉴욕은 깡패나 거지, 부랑자, 창녀들의 도시가 아니라 인류 역사상 가장 위대한 산업적 성취였다. 이 도시의 유일한 의미는 그가 느끼는 의미였다. 그는 개인적인 소유의식을 가지고 주저없이 뉴욕을 바라보았다. 그 도시를 처음 혹은 마지막으로 보는 것처럼.

리어든은 웨인 포클랜드 호텔 스위트룸 앞에서 멈추었다. 복도는 조용했고 손을 들어 노크하기까지 긴 노력이 필요했다. 그곳은 프란시스코 단코니아가 쓰던 스위트룸이었다.

스위트룸 응접실의 벨벳 커튼과 반짝이는 테이블들 사이로 담배 연기가 피어올랐다. 그곳에는 고급스러운 가구들이 갖추어져 있었지만 개인 소지품은 전혀 없어서 임시 거처의 황량한 호화로움이 느껴졌고 싸구려 여인숙 같은 음울한 분위기마저 풍겼다. 그가 들어서자 자욱한 담배 연기 속에서 다섯 남자가 일어섰다. 웨슬리 마우치, 유진 로슨, 제임스 태거트, 플로이드 페리스 박사, 그리고 쥐상을 한 테니스 선수처럼 보이는 마르고 구부정한 남자였는데 그 남자는 팅키 할러웨이라고 했다.

"좋아요. 원하는 게 뭡니까?"

리어든이 그들의 인사와 미소, 술을 권하는 말, 국가적인 위기 상황에 대한 이야기를 자르고 물었다.

"리어든 씨, 우린 당신의 친구로서 여기 모였습니다. 순수하게 친구로서 보다 밀접한 상호간의 팀워크를 위한 비공식적인 대화를 나누기 위해서요." 팅키 할러웨이가 말했다.

"우리는 국가의 산업적인 문제들을 해결하는 데 당신의 뛰어난 능력과 전문가적 조언을 꼭 활용하고 싶습니다." 로슨이었다.

"워싱턴에는 당신 같은 사람이 필요합니다. 국가 최고 지도자들이 당신의 목소리를 원하는데 당신이 그토록 오래 외부자로 남아 있어야 하는 이유가 뭡니까?" 페리스 박사였다.

리어든은 그 말들의 절반이 거짓이라는 점이 구역질났다. 히스테릭한 느낌을 주는 그 절박한 목소리들에는 분명 진실이 담겨 있었다.

"나한테 원하는 게 뭡니까?" 리어든이 물었다.

"우린 그저…… 당신의 의견을 듣고 싶을 뿐입니다."

웨슬리 마우치가 말했다. 그가 얼굴에 경련을 일으키듯 겁에 질린 미소를 보냈다. 그 미소는 가짜였지만 공포는 진짜였다.

"우린…… 국가의 산업 위기에 대한 당신의 고견을 듣고 싶습니다."

"난 할 말이 없습니다."

"하지만 리어든 씨, 우리가 원하는 것은 당신과 협력할 기회를 갖는 것뿐입니다." 페리스 박사였다.

"나는 총부리 앞에서는 협력하지 않는다고 이미 공식적으로 입장을 밝혔습니다."

"이런 시기에는 무기를 내려놓는 게 좋지 않을까요?" 로슨이 간청하듯 말했다.

"총 말인가요? 그러시죠."

"네?"

"무기를 들고 있는 건 당신들입니다. 내려놓을 수 있으면 내려놓으세요."

"그야…… 말이 그렇다는 거죠. 난 은유적 표현을 쓴 겁니다." 로슨이 눈을 깜빡이며 설명했다.

"나는 아닙니다."

"이런 비상시기에는 우리 모두 국가를 위해 단결해야 하지 않을까요? 서로의 의견 차이는 접어두고요. 우리는 당신과 타협할 생각이 있습니다. 우리 정책 중에 마음에 안 드는 게 있으면 말만 해요. 그럼 바로 법령을 만들어서……."

"다들 그만두시죠. 나는 당신들이 우리 사이에 타협이 가능한 것처럼 구는 걸 도와주러 여기 온 게 아닙니다. 이제 본론으로 들어가시죠. 당신들은 철강산업에 기습을 가할 새로운 작전을 짜놓고 있어요. 그게 뭡니까?"

"사실 철강산업에 대해 의논할 일이 있기는 하지만……리어든 씨, 표현이 좀!" 마우치가 말했다.

"우리는 **기습** 같은 것은 하지 않습니다. 당신과 **의논**하고 싶어서 부른 겁니다." 할러웨이가 말했다.

"난 명령을 받으러 왔습니다. 명령을 내리시죠."

"하지만 리어든 씨, 우리는 그런 식으로 생각하고 싶지 않아요. 우리는 당신에게 **명령**을 내리고 싶지 않아요. 당신의 **자발적인** 동의를 원합니다."

리어든이 미소지었다.

"알고 있습니다."

"알고 있다고요?"

할러웨이는 열변을 토하려다가 리어든의 미소에 자신감을 잃었다.

"그렇다면……."

"형제여, 바로 **그게** 당신네 게임의 허점이란 걸 당신도 알 겁니다. 당신네 게임을 박살낼 치명적인 허점. 자, 이제 나한테 어떤 일격을 가하려는지 들어볼까요? 아니면 그냥 집으로 돌아갈까요?"

로슨이 자신의 손목시계를 흘낏 보며 외쳤다. "아, 안 돼요. 리어든 씨! 지금은 못 가요! 그러니까 내 말은, 우리 말을 듣고 가야 할 거 아니냐는 겁니다."

"그럼 들어봅시다."

리어든은 그들이 서로를 힐끔거리는 것을 보았다. 웨슬리 마우치는 말을 꺼내기가 두려운 모양이었다. 그는 다른 사람들의 등을 떠밀듯 성마르고 고집스런 표정을 짓고 있었다. 나머지 네 사람은 철강산업의 운명을 결정할 어떤 자격을 갖추고 있든 간에, 마우치의 대화용 보디가드로 이 자리에 나온 것이었다. 리어든은 제임스 태거트가 왜 불려왔는지 궁금했다. 제임스는 우울한 표정을 지은 채 침묵을 지키며 술만 홀짝거릴 뿐 그에게는 눈길 한 번 주지 않았.

페리스가 지나칠 정도로 쾌활하게 말했다. "우리가 철강산업의 문제들을 해결할 방안을 마련했습니다. 당신도 전적으로 찬성할 겁니다. 대중복지에 기여함과 동시에 당신의 이익을 보호하고 안전을 보장해주며……."

"내가 어떻게 생각할지에 대해서는 말할 필요 없고 사실만 말씀하세요."

"공정하고 건전하며 공평한……."

"당신의 평가도 말할 필요 없어요. 사실만 말씀하시라고요."

"그러니까 그건……."

페리스 박사는 말을 잇지 못했다. 그는 사실을 이야기하는 법을 잊어버렸던 것이다.

웨슬리 마우치가 나섰다. "그 방안에 따르면 철강 가격을 5퍼센트 인상할 수 있어요."

그는 의기양양하게 리어든을 쳐다보았다. 리어든은 아무 말도 하지 않았다.

할러웨이가 텅 빈 테니스장에 뛰어들 듯 경쾌하게 침묵 속으로 돌진했다.

"물론 몇 가지 사소한 조정이 필요하겠지만요. 철광석 가격도 좀 올려줘야 할 겁니다. 오, 물론 3퍼센트 이상은 안 되지만요. 일부 철광석 생산자들, 이를테면 미네소타의 라킨 씨 같은 사람들이 안게 될 부가적인 어려움들을 감안하면 말입니다. 이제부터 철광석을 비싼 트럭을 이용해서 운송하게 되었거든요. 제임스 태거트 씨가 공공복지를 위해 미네소타 노선을 포기했기 때문이죠. 그리고 물론 철도 화물 운임도 대략 7퍼센트 정도는 인상해줘야 합니다. 철도는 절대적인 필요를……."

할러웨이는 회오리바람을 일으키며 라켓을 휘두르다가 자신의 공을 받아줄 상대가 없음을 깨달은 테니스 선수처럼 갑자기 말을 멈추었다.

페리스 박사가 황급히 말했다. "하지만 임금 인상은 없을 겁니다. 그 방안의 핵심은 철강 노동자들의 임금 인상을 허락하지 않는 겁니다. 철강 노동자들이 계속 임금 인상을 요구하고 있지만요. 리어든 씨, 우리는 진정으로 당신에게 공정하고 당신의 이익을 보호해주고 싶습니다. 대중의 분노를 무릅쓰고라도요."

이번에는 로슨이 나섰다. "물론 노동자들에게 희생을 요구하려면 경영진도 국가를 위해 희생을 감수한다는 것을 보여주어야 합니다. 리어든 씨, 현재 철강 노동계 분위기는 극도의 긴장 상태에 있고, 폭발 일보 직전이라…… 그 위험에서 당신을 보호하려면……." 그는 말을 멈추었다.

"무슨 위험요?" 리어든이 물었다.

"그러니까…… 폭동 말입니다. 그러기 위해서는 대책이 필요하고…… 이보게, 제임스."

그는 말을 하다 말고 제임스 태거트에게 시선을 돌렸.

"자네가 리어든 씨께 설명 좀 하지 그러나? 같은 기업가로서."

제임스가 리어든을 보지도 않은 채 침울하게 말했다. "누군가 철도를 받쳐줘야 해요. 이 나라에는 철도가 필요하고, 누군가 우리가 소임을 다할 수 있게 도와줘야 해요. 철도 화물 운임을 올려주지 않으면……."

웨슬리 마우치가 말허리를 잘랐다. "아니, 아니, 아니지! 리어든 씨에게 철도통합계획의 성과에 대해 설명하라고요."

제임스가 무기력하게 말했다. "철도통합계획은 완벽한 성공이죠. 시간이라는 통제 불가능한 요소를 배제한다면.

우리의 통합된 팀워크가 이 나라의 모든 철도를 재기시키는 것은 시간문제입니다. 경험자 자격으로 말하는데, 통합계획은 다른 산업에서도 분명 성공할 수 있습니다."

"그건 의심의 여지가 없죠."

리어든은 그렇게 말한 뒤 마우치에게 물었다. "왜 저 꼭두각시를 내세워 내 시간을 낭비하는 겁니까? 철도통합계획이 나와 무슨 상관이 있죠?"

마우치가 절박함이 느껴지는 쾌활한 목소리로 말했다. "리어든 씨, 그게 우리가 따라야 할 방식입니다! 바로 그 문제를 의논하려고 당신을 부른 거예요!"

"뭐라고요?"

"**철강**통합계획!"

폭탄을 던진 후 숨을 죽이고 기다리듯 잠시 침묵이 흘렀다. 리어든은 흥미로운 듯한 시선으로 그들을 바라보고 있었다.

마우치가 리어든의 시선에 불안을 느끼며 그 불안의 이유를 외면하려고 갑자기 말을 쏟아냈다.

"현재 철강산업은 심각한 위기에 처해 있고, 철강은 우리 산업 전체의 기반이 되는 가장 핵심적이고 필수적인 기본재이기 때문에 국가의 철강 생산설비와 장비, 공장 보존을 위해 특단의 조치가 필요했습니다."

대중을 향해 연설하는 듯한 어조로 그 이상의 감흥은 없었다.

"그런 목적에서 볼 때 우리의 통합계획은…… 우리의 통합계획은……."

"우리의 통합계획은 아주 단순합니다."

팅키 할러웨이가 그 단순함을 입증하려는 듯 톡톡 튀는 쾌활하고 단순한 목소리로 말했다. "우리는 철강 생산과 관련된 모든 규제를 철폐해 모든 회사가 능력에 따라 무제한으로 생산할 수 있게 할 겁니다. 하지만 과열 경쟁으로 인한 낭비와 위험을 피하기 위해 모든 회사는 특별위원회에서 관리하는 철강통합공동기금에 수익금 전체를 맡겨야 합니다. 그리고 연말에 위원회에서는 국가 전체의 철강 생산량을 현존하는 용광로 수로 나누어 수익금을 분배합니다. 그러면 모두에게 공정한 평균을 낼 수 있고, 모든 회사는 필요에 따라 수익금을 분배받게 되죠. 용광로 보존이 모든 회사의 기본적인 필요이므로 각 회사의 용광로 수에 따라 수익금이 돌아갈 겁니다."

그는 말을 멈추고 기다렸다가 덧붙였다. "바로 그겁니다, 리어든 씨."

그래도 대답이 없자 이렇게 말했다. "오, 물론 해결할 문제들이 많기는 하지만…… 요지는 그겁니다."

그들이 어떤 반응을 예상했든 지금 그들이 보고 있는 것은 예상한 반응이 아니었다. 리어든은 뒤로 기대앉으며 주의 깊은 시선으로 멀지 않은 허공을 응시하면서 재미있어 하는 냉정하고 조용한 목소리로 물었다.

"여러분, 한 가지 묻겠는데 도대체 뭘 믿는 겁니까?"

리어든은 그들이 그 말뜻을 이해했음을 알 수 있었다. 그들의 얼굴에 고집스럽게 회피하는 표정이 나타났던 것이다. 한때 그는 그것이 거짓말쟁이가 상대를 속이는 표정인 줄 알았는데 알고 보니 더 끔찍한 것이었다. 자기 자신을 속이는 표정이었다. 그들은 대답하지 않았다. 그들은 침묵을 지켰다. 그가 자신의 질문을 잊게 하기 위해서가 아니라 자신들이 그 질문을 들었다는 사실을 잊기 위해서였다.

"그건 건전하고 실리적인 방안이에요! 성공할 겁니다! 성공해야만 해요! 우린 그게 성공하기를 **원해요!**"

제임스 태거트가 갑자기 분노를 띤 활기찬 목소리로 외쳤으나 아무도 대꾸하지 않았다.

"리어든 씨……?"

할러웨이가 자신 없이 말하자 리어든이 답했다.

"봅시다. 오런 보일의 어소시에이티드 철강은 60개의 용광로를 보유하고 있지만, 그중 3분의 1은 놀고 있고 나머지는 용광로 한 개당 하루 평균 300톤씩 생산하고 있어요. 나는 20개의 용광로를 갖고 있는데, 모두 가동 중이고 하루 750톤씩 리어든 금속을 생산하고 있고요. 두 회사 용광로를 합치면 80개, 생산량을 합치면 2만 7,000톤, 용광로 개당 평균 생산량은 337.5톤이 되는군요. 나는 하루에 1만 5,000톤씩 생산하면서 6,750톤에 해당하는 수익금을 받게 됩니다. 보일은 1만 2,000톤을 생산해서 2만 250톤에 해당하는 수익금을 받고요. 다른 회사들은 고려할 필요도 없죠. 그 회사들 때문에 비율이 바뀌지는 않을 테니까. 평균은 낮아지겠네요. 대부분 보일보다 생산력이 떨어지고 나만큼 생산하는 곳은 없으니까. 그 통합계획 아래에서 내가 얼마나 버틸 수 있을까요?"

침묵이 흐르다가 로슨이 갑자기 맹목적으로 정의롭게 외쳤다. "나라가 위기에 처했으니 나라의 구원을 위해 봉사하고 희생하는 게 당신 의무예요!"

"내 수익금을 오런 보일의 주머니에 넣어주는 게 왜 나라를 구하는 일인지 모르겠군요."

"공공복지를 위해서는 희생을 감수해야죠!"

"왜 오런 보일이 나보다 더 '공공'에 가까운지 모르겠군요."

"아, 그건 보일 씨 문제가 아니에요! 한 개인의 문제보다 훨씬 광범위한 것이죠! 나라의 천연자원을 보존하는 문제예요. 공장 같은. 우리는 보일 씨 회사 같은 거대한 산업시설이 무너지는 것을 구경만 하고 있을 순 없어요. 국가에 필요한 시설이니까요."

"내 생각에는 오런 보일보다 내가 훨씬 더 국가에 필요한 존재인 것 같은데요." 리어든이 천천히 말했다.

"그야 물론이죠! 리어든 씨, 국가가 당신을 필요로 합니다! 그걸 깨달았군요, 네?" 로슨이 반색을 하며 열띠게 외쳤다.

하지만 자기희생주의의 상투어가 로슨에게 준 열렬한 기쁨은 리어든의 차가운 거래자의 목소리에 바로 사라지고 말았다.

리어든이 대답했다. "그렇습니다."

할러웨이가 애원하듯 말했다. "보일 한 사람만의 문제가 아닙니다. 지금 국가 경제는 대규모 혼란을 견딜 여력이 없어요. 수천 명에 달하는 보일의 노동자들과 하청업자들, 고객들이 걸린 문제예요. 어소시에이티드 철강이 파산하면 그들이 어떻게 되겠습니까?"

"**내가** 파산하면 수천 명에 달하는 내 노동자들과 하청업자들, 고객들은 어떻게 되죠?"

할러웨이가 믿을 수 없다는 듯 말했다. "**당신요?** 하지만 당신은 현재 이 나라에서 가장 부유하고 안전하고 강한 기업가예요!"

"시간이 지나면 어떻게 될까요?"

"네?"

"내가 손해를 보면서 얼마나 오래 버틸 수 있을 것 같아요?"

"오, 리어든 씨, 나는 당신을 전적으로 신뢰합니다!"

"신뢰라는 말은 집어치워요! 당신은 내가 어떻게 버틸 수 있을 거라고 생각해요?"

"당신은 해낼 겁니다!"

"어떻게요?"

대답이 없었다.

"나라가 무너지기 직전인데 미래에 대한 이론이나 세우고 있을 순 없어요! 국가 경제를 구해야 해요! 뭔가 해야만 한다고요!" 웨슬리 마우치가 외쳤다.

리어든의 동요하지 않는 호기심 어린 시선에 그는 조심성을 잃고 말았다.

"그 방안이 마음에 들지 않으면 더 나은 해결책이라도 있어요?"

리어든이 쉽게 말했다. "그럼요. 당신들이 원하는 게 생산이라면 비켜요. 그 빌어먹을 규제들은 다 풀고 오렌 보일은 망하게 내버려둬요. 어소시에이티드 철강 공장은 내가 사들이면 되니까. 그럼 그곳의 60개 용광로 모두에서 하루에 1,000톤씩 철강을 생산해낼 겁니다."

"하지만…… 하지만 그럴 순 없어요! 그건 독점이 되니까!" 마우치가 헐떡거리며 외쳤다.

리어든이 나직이 웃으며 무관심하게 말했다. "좋아요.

그럼 내 제철소 공장장에게 사라고 하면 됩니다. 그가 보일보다 훨씬 잘 해낼 테니까."

"하지만 그건 강자가 약자보다 유리한 입장에 서게 만들어주는 겁니다! 그럴 순 없어요!"

"그럼 국가 경제를 구한다느니 어쩐다느니 하는 말은 하지 말아요."

"우리가 원하는 건……." 마우치는 말을 끊었다.

"당신들이 원하는 건 생산할 능력을 가진 사람들이 배제된 생산이겠죠. 안 그런가요?"

"그건…… 그건 이론이에요. 그건 극단적인 이론일 뿐이라고요. 우리가 원하는 건 일시적인 조정이에요."

"당신들은 수년 동안 그 일시적 조정들을 해왔어요. 이제 시간이 없다는 걸 모르겠어요?"

"그건 그저 이론……." 마우치의 목소리가 잦아들었다.

할러웨이가 조심스럽게 말했다. "저기 말이에요, 사실 보일 씨는…… 약하지 않아요. 보일 씨는 대단히 유능한 사람입니다. 그 자신도 어쩔 수 없는 불운한 실패를 겪은 것일 뿐이죠. 그는 남미 후진국 인민들을 돕는 공공정신에 입각한 사업에 거액을 투자했다가 그곳의 구리 파동으로 심각한 재정적 타격을 입었죠. 그래서 그에게 다시 일어설 기회를 주자는 겁니다. 일시적인 도움으로 격차를 메워주자는 거라고요. 우리가 할 일은 희생을 평등화하는 겁니다. 그럼 모두가 다시 일어서고 번영할 수 있어요."

"당신들은 이미 100년, 아니 수천 년 넘게 희생을 평등화해왔어요. 당신들이 그 길의 끝에 와 있다는 걸 모르겠어요?" 리어든이 천천히 말했다.

"그건 이론에 지나지 않아요!" 웨슬리 마우치가 날카롭게 말했다.

그러자 리어든이 미소지으며 조용히 말했다. "나는 당신들의 관행을 알아요. 지금 당신들의 이론을 이해하려고 애쓰는 중이고요."

리어든은 철강통합계획의 배후에 오런 보일이 있다는 것을 알 수 있었다. 연줄과 위협, 압력, 협박으로 움직이는 복잡한 메커니즘이(멋대로 작동하다가 아무 때나 합산 결과를 내놓는 비합리적인 계산기 같은 메커니즘이) 보일로 하여금 이 사람들에게 압력을 가해 이런 최후의 약탈을 감행하도록 만든 것이다. 하지만 보일은 근본적인 원인도, 고려할 만한 필수 요소도 아니었다. 보일은 세상을 파괴해온 극악무도한 기계의 우연한 탑승자일 뿐 그 기계를 만든 사람이 아니었다. 보일뿐 아니라 이 방의 다른 남자들도 마찬가지였다. 그들 역시 운전자 없는 기계의 탑승자들일 뿐이었다. 그들은 자신들이 탄 기계가 최후의 심연으로 떨어지려 한다는 것을 알고 공포에 떨고 있는 편승자들이었다. 그들이 자신들의 길에 집착하고 종말을 향해 치닫는 것은 보일에 대한 애정이나 두려움 때문이 아니었다. 다른 것 때문이었다. 그들이 알면서도 애써 외면하려고 하는, 생각도 희망도 아닌 어떤 이름 모를 요소 때문이었다. 리어든은 그저 그들의 표정에서, '나는 무사히 빠져나갈 수 있어'라고 말하는 은밀한 표정에서 그것을 볼 수 있을 뿐이었다. 그는 의문에 잠겼다. '왜지? 그들은 왜 무사히 빠져나갈 수 있다고 생각하는 거지?'

"지금 이론을 내세울 때가 아닙니다! 우린 행동해야 해요!" 웨슬리 마우치가 외쳤다.

"그럼 또 다른 해결책을 제시하죠. 당신들이 내 제철소를 인수해 운영하는 건 어떨까요?"

모두 진짜 공포에 얼이 빠진 듯했다.

"아, 안 돼요!" 마우치가 헐떡거리며 외쳤다.

"그건 고려하지 않겠어요!" 할러웨이가 외쳤다.

"우리는 자유 기업을 표방합니다!" 페리스 박사가 외쳤다.

"우리는 당신에게 해를 끼치고 싶지 않아요! 리어든 씨, 우리는 당신의 친구입니다. 우리 모두 함께 일할 수 없을까요? 우리는 당신의 친구예요." 로슨이 외쳤다.

저쪽에 전화기가 놓인 테이블이 있었다. 리어든은 프란시스코가 썼던 그 테이블, 그 전화기일 것이라고 생각했다. 그 전화기 앞에 구부정하게 서 있는 고뇌에 찬 남자의 모습이 보였다. 그 남자는 지금 리어든이 깨닫기 시작한 것을 그때 이미 알고 있었다. 지금 리어든이 이 방 거주자들의 요청을 거부하고 있는 것처럼 그때 리어든의 요청을 거부해야만 했던 남자. 그 남자는 자신과의 싸움을 끝내고 고통스러운 얼굴을 들어 그를 보며 절박한 목소리로 차분히 말했다. "리어든 씨, 내가 사랑하는 여인의 이름을 걸고 맹세합니다…… 나는 당신의 친구입니다."

리어든은 그것을 반역이라고 불렀고, 지금 이 방에 있는 남자들에게 봉사하기 위해 그 남자를 거부했다. 리어든은 감정에 젖지 않고 엄숙하고 경건하고 명료한 의식으로 생각했다. '그렇다면 과연 누가 반역자였을까? 현재 이 방의 거주자들에게 이 방을 차지할 권리를 준 것은 누구인가? 나는 누구의 이익을 위해 누구를 희생시켰는가?'

"리어든 씨, 왜 그럽니까?" 로슨이 울부짖었다.

리어든은 고개를 돌려 겁에 질린 로슨의 눈빛을 보고서야 자신이 어떤 표정을 짓고 있었는지 짐작했다.

"우리는 당신의 제철소를 압수할 생각은 없어요!" 마우치가 외쳤다.

"우리는 당신의 재산을 빼앗으려는 게 아닙니다. 당신은 우리의 뜻을 이해하지 못하고 있어요!" 페리스 박사가 소리쳤다.

"이제 이해가 되기 시작하는군요."

리어든은 1년 전이었다면 그들이 자신을 총으로 쏘았을

것이라고 생각했다. 2년 전이었다면 그의 재산을 몰수했을 터였다. 수세기 전 그들과 같은 부류의 인간들은 살인과 몰수, 물질적 약탈이 자신들의 유일한 목적인 양 자신들과 희생자들을 속이는 사치를 부릴 여유가 있었다. 하지만 그들의 시대는 끝나가고 있었고, 그들의 희생자들은 떠나버렸다. 그 어떤 역사적 일정이 약속한 것보다 빨리 떠나버렸다. 그리고 이제 그들, 약탈자들은 자신들의 목적의 실체를 직면할 수밖에 없었다.

리어든이 지친 목소리로 말했다. "이보시오들, 난 당신들이 뭘 원하는지 알고 있어요. 당신들은 내 제철소를 먹어치우는 동시에 갖고 싶어해요. 내가 알고 싶은 건 당신들이 그것이 가능하다고 생각하도록 만든 게 뭐냐는 겁니다."

"무슨 소리인지 모르겠군요. 우리는 당신 제철소를 원하는 게 아니라고 분명히 말했어요." 마우치가 상처받은 목소리로 말했다.

"좋아요, 그럼 좀더 정확하게 말하죠. 당신들은 **나를** 먹어치우는 동시에 갖고 싶어하고 있어요. 어떻게 그런 생각을 할 수 있죠?"

"난 당신이 어떻게 그런 말을 할 수 있는지 모르겠네요. 우리가 당신을 이 나라에, 철강산업에 없어서는 안 될 귀중한 존재로 여긴다는 것을 지금까지 누누이 강조했는데 우리 말을 믿지 못하겠다면……"

"당신들 말을 믿어요. 그래서 수수께끼를 풀기가 더 어려운 겁니다. 나를 이 나라에 없어서는 안 될 귀중한 존재로 여긴다고요? 아니, 당신들은 나를 당신들 목숨을 위해서도 꼭 필요한 귀중한 존재로 여기고 있어요. 당신들은 이제 당신들 목숨을 구해줄 사람은 나밖에 남아 있지 않다는 걸 알기 때문에 거기 앉아서 덜덜 떨고 있어요. 당신들은 시간이 촉박하다는 걸 알고 있어요. 그런데도 당신들은 나를 파괴할 방안을 내놓고 있어요. 내게 **손해보고** 일하라고 요구하는, 멍청하기 짝이 없고 빠져나갈 틈도, 우회로도, 도망칠 곳도 없는 방안을요. 당신들 방안대로 하면 난 생산을 할수록 손해를 보게 되고 재산을 모두 탕진할 수밖에 없어요. 결국 우리 모두 굶어 죽게 되는 거고요. 그 어떤 인간이든, 그 어떤 약탈자든 그런 비합리적인 생각을 할 수는 없어요. 당신들은 뭔가 믿는 구석이 있는 게 분명해요. 그게 뭐죠?"

리어든은 그들의 얼굴에서 회피하는 표정을 보았다. 특이하게도 그 표정은 은밀하면서도 분개한 듯했는데, 마치 비밀을 감추고 있는 것은 그인 것 같았다.

"왜 그렇게 패배주의자의 관점에서 상황을 보는지 모르겠군요." 마우치가 골난 목소리로 말했다.

"패배주의자라고요? 그럼 정말로 내가 당신들의 통합계획 아래에서 사업을 꾸려갈 수 있을 거라고 생각하는 건가요?"

"일시적인 겁니다!"

"일시적인 자살은 없어요."

"비상시기 동안만이라고요! 나라가 회복될 때까지만요!"

"나라가 어떻게 회복될 거라고 생각하는데요?"

대답이 없었다.

"내가 파산한 뒤에 어떻게 생산을 할 수 있을 거라고 생각하죠?"

"당신은 파산하지 않습니다. 당신은 언제나 생산을 할 겁니다."

페리스 박사가 칭찬도, 비난도 아닌 있는 그대로의 사실을 이야기하는 목소리로 무심히 말했다. 다른 사람들에게 당신은 언제나 건달일 것이라고 말하는 듯한 투였다.

"그건 당신도 어쩔 수 없어요. 당신 피가 그러니까. 과학적으로 말하자면, 당신은 그렇게 조건지어졌어요."

리어든은 허리를 꼿꼿이 폈다. 문에 달린 숫자 자물쇠를 열려고 애쓰다가 그 말을 듣고 첫 번째 숫자가 일치하면서 문 안에서 희미하게 딸깍 소리가 들린 듯했다.

"우리는 단지 이 위기를 넘겨보자는 겁니다. 사람들에게 다시 일어설 기회를 주자는 거예요." 마우치가 말했다.

"그 다음에는요?"

"상황이 개선될 거예요."

"어떻게요?"

대답이 없었다.

"무엇이 상황을 개선시키죠?"

대답이 없었다.

"누가 상황을 개선시킵니까?"

"맙소사, 리어든 씨. 사람들은 그냥 가만히 서 있지 않아요! 일하고, 성장하고, 앞으로 전진한다고요!" 할러웨이가 외쳤다.

"어떤 사람들 말인가요?"

할러웨이는 힘없이 손을 흔들며 말했다. "사람들요."

"어떤 사람들요? 당신들이 리어든 철강의 등골을 빼서 아무 대가 없이 먹여 살릴 사람들요? 생산하는 것보다 소비하는 것이 더 많은 사람들요?"

"상황이 바뀔 겁니다."

"그걸 누가 바꿀 건데요?"

대답이 없었다.

"아직 약탈할 게 더 남았나요? 지금까지는 당신들이 당신들 정책의 본질을 보지 못했다고 해도 이제는 그것을 보지 못한다는 게 불가능해요. 주위를 둘러봐요. 지구상의 모든 빌어먹을 인민국들은 당신들이 이 나라에서 짜낸 지원금으로 연명하고 있어요. 하지만 이제 당신들도 더 이상 뜯어내고 우려낼 데가 없어요. 지구상의 어느 나라에서도요. 이 나라가 가장 위대하고 마지막까지 버틴 나라이니까. 당신들은 이 나라까지 고갈시켰어요. 이 나라의 화려한 부는 사라지고 마지막으로 나 하나만 남게 되었어요. 당신들과 온 세상의 인민들, 나까지 끝장낸 후에 뭘 하려는 겁니까? 무엇을 희망하는 겁니까? 당신들 미래에 철저하고 완전한 동물적 굶주림 말고 뭐가 있는 겁니까?"

그들은 대답하지 않았다. 그들은 그를 보지 않았다. 그가 거짓말쟁이의 변명을 하고 있기라도 하듯 그들은 고집스러운 분노를 담은 표정을 짓고 있었다.

로슨이 질책 반, 냉소 반의 조용한 목소리로 말했다. "당신네 사업가들은 몇 년 전부터 계속해서 재난을 예언해왔죠. 당신들은 우리가 진보적인 정책을 내놓을 때마다 대재앙이 닥칠 거라고 외치며 우리가 멸망할 거라고 했어요. 하지만 우리는 멸망하지 않았어요."

그는 미소를 지으려다가 리어든의 험악한 시선을 보고 움찔했다.

리어든은 마음속에서 또다시 찰칵 하는 소리를 들었다. 자물쇠의 두 번째 숫자가 일치하는, 아까보다 더 날카로운 소리였다. 그는 앞으로 몸을 기울였다.

"당신들은 뭘 믿는 겁니까?"

그가 물었다. 그의 목소리는 꾸준히 압력을 가하는 드릴의 낮고 단조로운 소리로 바뀌어 있었다.

"시간을 좀 벌자는 겁니다!" 마우치가 외쳤다.

"벌 시간이 남아 있지 않은데요."

"우리는 기회만 있으면 돼요!" 로슨이 소리쳤다.

"기회도 남아 있지 않아요."

"우리가 다시 일어설 때까지만이에요!" 할러웨이가 외쳤다.

"다시 일어설 길이 없어요."

"우리의 정책들이 통하기 시작할 때까지만입니다!" 페리스 박사가 외쳤다.

"비합리는 통할 수가 없습니다."

대답이 없었다.

"이제 무엇이 당신들을 구할 수 있을까요?"

"아, 당신이 어떻게든 할 거 아닙니까!" 제임스 태거트가 외쳤다.

그것은 그가 평생 들어온 말이었지만 귀청을 찢는 굉음 같은 충격으로 다가왔다. 마침내 자물쇠의 마지막 숫자가 일치하며 철문이 철커덩 열리는 듯했다. 작은 숫자 하나가 비밀번호를 완성해 복잡한 자물쇠를 열듯, 그 말 한마디가 평생의 풀리지 않는 의문들과 상처들에 대한 답이 되었다.

굉음에 이은 정적 속에서 그는 프란시스코의 목소리를 들었다. 이 호텔 연회장에서 프란시스코가 그에게 조용히 물었다. "오늘 밤 이곳에서 가장 죄가 많은 사람은 누구일까요?" 그 물음에 대답하는 자신의 목소리가 들렸다. "제임스 태거트 아닐까요?" 프란시스코가 비난이 담겨 있지 않은 목소리로 대답했다. "아니요, 리어든 씨. 제임스 태거트는 아닙니다." 그리고 이 순간 이 방에서 그의 마음의 소리가 말했다. '바로 나야.'

그는 약탈자들의 고집스러운 맹목성을 비난해왔지만 그것을 가능하게 만든 것은 그 자신이었다. 그는 처음 갈취를 받아들인 때부터, 처음 법령에 복종한 때부터 그들에게 현실을 속일 수 있다는, 비합리적인 요구를 해도 어떻게든 그 요구를 들어주는 사람이 있다는 믿음을 갖게 해주었다. 그는 기회균등법을, 법령 10-289호를 받아들였다. 무능한 자들이 그의 능력을 멋대로 주무르고, 이룬 것이 없는 자들이 불로소득을 얻는 반면 모든 것을 이룬 자신은 오히려 갈취당하고, 생각할 줄 모르는 자들이 명령을 내리는 반면 생각할 능력을 지닌 자신은 그들 명령에 복종하는 것을 받아들였다. 그가 그 모든 것을 받아들인 마당에 그들이 비합리적인 우주에 살고 있다고 믿는 것이 비논리적인 일일까? 그가 그들을 그렇게 믿게 만들었다. 그들이 자신들은 실현 가능성 따윈 고려할 필요 없이 **바라기만** 하면 그가 알아서 그 바람을 이루어주어야 한다고 믿고 있는 것이 과연 비논리적일까? 이성의 책임에서 벗어나려고 애쓰는 그들, 무력한 신비주의자들은 합리주의자인 그가 그들의 변덕을 모두 들어준다는 것을 알게 되었다. 그가 자신들에게 현실에 대한 백지수표를 주었다는 것을 알게 되었다. 그는 **왜?**라고 묻지 않고 자신들은 **어떻게?**라고 물을 필요가 없다는 것을, 자신들이 요구만 하면 그는 재산의 일부를, 그 다음에는 전부를, 그 다음에는 그 이상을 내놓으리란 것을 알게 되었다. 그 이상을 내놓는 것은 불가능하다고? 아니, **그가 어떻게든 할 것이다!**

리어든은 자신도 모르게 벌떡 일어나 제임스 태거트를 내려다보고 있었다. 제임스 태거트의 흐물흐물한 얼굴에서 자신이 평생 목격해온 모든 파괴에 대한 답이 보였다.

"리어든 씨, 왜 그럽니까? 내가 무슨 말을 했는데요?"

제임스 태거트가 고조되는 불안감을 감추지 못하며 묻고 있었다. 하지만 리어든에게는 그의 목소리가 들리지 않았다.

리어든은 지난 세월이 한눈에 보였다. 극악무도한 갈취들, 말도 안 되는 요구들, 설명할 길 없는 악의 승리들, 모호한 철학을 근거로 한 난해한 목표와 황당한 계획들, 모종의 복잡하고 사악한 지혜가 세계를 파괴하는 힘들을 움직이고 있다고 생각하는 희생자들……. 그 모든 것이 승자들의 교활한 눈빛 뒤에 숨겨진 하나의 전제에 의존하고 있었다. **그가 어떻게든 하겠지!**…… 우리는 무사히 빠져나갈 수 있어. 그가 그렇게 해줄 거야. **그가 어떻게든 할 거야!** …….

"당신네 사업가들은 우리가 멸망할 거라고 계속 예언해 왔지만 우리는 멸망하지 않았어요." 리어든은 그 말이 맞다고 생각했다. '현실을 똑바로 보지 못했던 것은 그들이 아니라 나였다. 나는 자신이 만들어낸 현실을 똑바로 보지 못했다. 그들은 멸망하지 않았다. 그럼 누가 멸망했지? 그들의 생존방식에 대한 대가로 멸망한 사람들이 누구지? 엘리스 와이엇…… 켄 대너거…… 프란시스코 단코니아.'

그가 모자와 코트를 집어 들자 방 안의 남자들이 그를 붙잡으려고 했다. 그들은 패닉에 빠진 얼굴이 되어 당혹스러운 목소리로 외쳤다.

"리어든 씨, 왜 이래요?…… 왜요?…… 아니, 왜요? 우리가 무슨 말을 했다고!…… 가면 안 됩니다!…… 갈 수 없어요!…… 너무 일러요!…… 아직은 안 돼요! 오, 아직 안 돼요!"

리어든은 달리는 특급열차 안에서 선로에 남겨진 그들을 바라보고 있는 듯한 기분이 들었다. 그들이 무슨 소리인지 알아들을 수도 없는 말들을 외치며 하릴없이 팔을 흔들고 있었고 그들의 모습과 목소리는 점점 멀어져가는 듯했다.

리어든이 문을 향해 돌아서자 한 사람이 막아서려고 했다. 리어든은 아무 감정 없이 마치 앞을 가린 커튼을 젖히듯 팔로 가볍게 그를 밀어내고 밖으로 나갔다.

리어든은 자신의 차를 몰고 필라델피아를 향해 달리며 그저 정적만을 느꼈다. 그것은 내면의 정지 상태의 정적이었다. 이제 진실을 알았으니 영혼의 활동을 중단하고 쉴 수 있을 듯했다. 그는 아무것도, 고통도, 희열도 느끼지 않았다. 먼 곳을 보기 위해 수년 간 힘들게 높은 산을 올라 이제 정상에 이르러 아래를 보기 전에 고꾸라져 누워서 처음으로 자신에게 허락한 휴식을 취하는 것 같았다.

그는 길게 뻗은 텅 빈 도로가 이어지다가 커브길이 나오고 다시 직선 도로가 이어지는 것과 자신이 운전대를 가볍게 쥐고 있는 것, 커브길에서 자동차 바퀴가 끼이익 소리를 내는 것을 의식하고 있었다. 하지만 마치 하늘길을 질주하고 허공에서 소용돌이치며 나아가는 듯한 기분을 느꼈다.

그가 지나는 길가의 공장과 다리, 발전소들에 있던 사람들은 한때 너무나 자연스러웠던 광경을 목격했다. 그것은 바로 자신만만한 남자가 멋지고 고급스럽고 힘 좋은 차를 몰고 가는 광경이었다. 운전자의 옷차림과 능숙한 운전 솜씨, 목적의식에 찬 속도는 그 어떤 전광판보다 강렬한 성공의 상징이었다. 사람들은 그가 자신들을 지나쳐 세상과 밤을 하나로 만드는 안개 속으로 사라져가는 모습을 보았다.

리어든은 자신의 제철소가 어둠 속에서 숨쉬는 용광로 불빛을 배경으로 검은 실루엣을 드러내는 모습을 바라보았다. 불빛은 불타는 금빛이었으며, '리어든 철강'이라는 글씨가 크리스털 같은 차갑고 흰빛으로 하늘에 새겨져 있었다.

리어든은 그 긴 실루엣과 개선문처럼 서 있는 용광로들, 제국의 도시에서 명예의 거리를 따라 늘어선 장엄한 기둥 같은 굴뚝들, 화관처럼 걸려 있는 다리들, 창기병처럼 고개 숙여 인사하는 크레인들, 깃발처럼 천천히 피어오르는 연기를 보았다. 그 광경이 그의 마음속 정적을 깼고 그는 인사하듯 미소지었다. 그것은 행복과 사랑, 헌신의 미소였다. 그는 지금 이 순간만큼 제철소를 사랑한 적이 없었다. 자신의 가치 기준이 아닌 것은 모두 배제된 모순 없는 빛나는 현실 속에서 순수하게 자신의 시각으로만 바라보니 자신이 제철소를 사랑하는 이유가 보였다. 제철소는 그의 존재의 즐거움에 바쳐진, 합리적인 사람들과 상대하기 위해 합리적인 세상에 세워진 그의 정신의 성취물이었다. 만일 그런 사람들이 사라지고 그런 세상이 붕괴한다면, 그리하여 그의 제철소가 더 이상 그의 가치들을 위해 움직일 수 없다면, 그렇다면 그것은 빨리 무너지는 것이 차라리 더 나은 죽은 고철더미에 불과할 터였다. 그리고 그 제철소를 떠나는 것은 반역 행위가 아니라 그것의 진짜 의미에 충실한 행위가 될 터였다.

제철소에서 1.5킬로미터쯤 되는 지점에 이르렀을 때 제철소에서 작은 불길이 치솟는 것이 보였다. 넓게 퍼져 있는 제철소 건물에서 갖가지 색깔의 불빛들이 보였지만 그 불길은 비정상적이고 이상했다. 노란빛이 너무 강했고, 불길이 보여서는 안 되는 정문 근처 건물에서 치솟고 있었다.

다음 순간, 메마른 총성이 울렸고 그에 답하듯 세 발의 총성이 빠르게 이어졌다. 마치 분노한 손이 기습자를 때리는 듯한 소리였다.

멀리서 길을 막고 있는 검은 덩어리가 형체를 갖추었다. 그것은 단순한 어둠이 아니었고 그가 다가가도 물러서지 않았다. 그것은 제철소를 습격하려고 정문에서 버둥거리는 폭도들이었다.

그는 폭도들이 팔을 흔들어대는 모습을 보았다. 그들은 곤봉과 쇠지레, 소총을 들고 있었다. 나무가 타는 노란 불길은 수위실 창문에서 치솟는 것이었고, 폭도들이 푸른 불꽃을 튀기며 총을 쏘면 제철소 건물 지붕 위에서 그에 응수하는 총성이 울렸다. 리어든은 한 사람이 몸을 뒤틀며 차 지붕에서 떨어지는 모습을 보았다. 그는 급히 핸들을 꺾어 어두운 곁길로 들어섰다.

그는 울퉁불퉁한 비포장도로를 시속 100킬로미터로 질주하고 있었다. 제철소 동쪽 문을 향해 달려가는 중이었다. 이윽고 문이 보이기 시작했을 때 차바퀴가 도랑에 빠지면서 차가 도로에서 벗어나 쇠찌꺼기가 산더미처럼 쌓여 있는 협곡 가장자리로 튕겨져나갔다. 리어든은 운전대에 가슴과 팔꿈치를 싣고 2톤 무게의 질주하는 금속에 대항했다. 그는 몸의 굴곡을 이용해 차가 비명을 내지르며 반회전을 마무리하고 다시 도로로 진입하게 한 다음 두 손으로 운전대를 잡았다. 한순간에 일어난 일이었지만 다음 순간 그는 브레이크를 밟아 차를 급정거시켰다. 전조등 불빛이 협곡을 휩쓸고 지나갈 때 비탈에 잿빛 잡초보다 검은 직사각형 물체가 얼핏 보였고, 도움을 청하기 위해 흔드는 사람의 손 같은 흐릿한 흰 물체도 본 것 같았다.

리어든은 코트를 벗어던지며 황급히 협곡 비탈을 내려갔다. 발아래서 흙이 푹푹 꺼졌다. 리어든은 시든 덤불을 잡고 반은 달리고 반은 미끄러지며 그 긴 검은 형체를 향해 다가갔다. 가까이서 보니 사람이었다. 거즈 같은 구름이 달 위에서 하늘거리고 있었다. 희뿌연 손과 풀 위에 늘어진 팔의 형체가 보였다. 하지만 몸뚱이는 전혀 움직임이 없었다.

"사장님……."

그것은 외침이었지만 속삭임으로밖에 들리지 않았다. 고통스러운 신음에서밖에 낼 수 없는 목소리로 필사적으로 짜낸 처절한 소리였다.

리어든은 목소리가 귀에 익다는 생각과 거즈 같은 구름을 헤치고 비친 한 줄기 달빛, 자신이 희끄무레한 흰 얼굴

옆에 무릎을 꿇고 앉은 것, 그리고 그 얼굴을 알아본 것 중 무엇이 가장 먼저였는지 알 수 없었다. 그 모든 것이 하나의 충격으로 다가왔다. 그 얼굴은 '유모'였다.

리어든은 청년이 고통을 이기지 못해 비정상적일 정도로 자신의 손을 꽉 잡는 것을 느끼며 그의 고통에 일그러진 얼굴과 바싹 마른 입술, 흐린 눈, 왼쪽 가슴의 심장에서 너무나 가까운 작고 검은 구멍에서 흘러나오는 가느다란 검은 핏줄기를 보았다.

"사장님…… 그들을 막고 싶었는데…… 사장님을 구하고 싶었는데……."

"자네 무슨 일을 당한 건가?"

"그들이 총으로 저를 쐈어요. 입을 열지 못하게…… 그들을 막고 싶었는데."

그는 떨리는 손으로 하늘의 붉은빛을 가리켰다.

"그들이 하는 짓을…… 너무 늦었지만 그래도 막아보려고 했는데…… 막아보려고 했는데…… 그랬는데…… 아직 말할 수는…… 있으니까…… 잘 들으세요. 그들이……."

"자넨 도움이 필요해. 우선 병원으로 가서……."

"아니요! 잠깐만요! 전…… 시간이 얼마 남지 않았어요…… 사장님께 말해야 해요…… 잘 들으세요. 그 폭동은……. 워싱턴에서 내려온 명령으로…… 꾸민 거예요……. 노동자들이…… 제철소 노동자들이 아니라…… 그들이 보낸 신참들이…… 그리고 외부에서 고용한 폭력배도 많아요……. 그들이 하는 말은 한 마디도 믿지 마세요…… 다 짠 거니까…… 그들의 더러운 속임수이니까…….”

청년의 얼굴에 절박한 격정이 어렸다. 십자군 전사와도 같은 격정이었다. 그의 목소리는 그의 마음속에서 간헐적으로 분출하는 연료를 통해 활기를 얻는 듯했다. 리어든은 지금 자신이 그에게 줄 수 있는 가장 큰 도움은 그의 말을 들어주는 것임을 알 수 있었다.

"그들은…… 철강통합계획을 준비해놓고…… 그걸 위한 핑계가 필요해서…… 국민들이 받아들이지 않을 테니까…… 사장님이 지지하지 않을 테니까…… 그게 모두에게 너무 무리고…… 사장님을 산 채로 벗겨먹으려는 계획일 뿐이고…… 그래서 그들은 사장님이 노동자들을 굶주리게 만드는 것처럼 보이려고…… 노동자들이 미쳐 날뛰는데 사장님은 그들을 통제하지 못해서…… 정부가 나서서 사장님을 보호하고 공공안전을 지키려는 것처럼 보이게 하려고…… 그게 그들의 속셈이에요…….”

리어든은 청년의 손이 찢겨지고, 손바닥과 옷에는 말라붙은 피와 먼지가 진흙처럼 묻어 있으며, 무릎과 배도 잿빛 먼지투성이에 잡초 가시까지 박혀 있는 것을 보았다.

간헐적으로 달빛이 비칠 때 저 아래 어둠 속까지 핏자국이 이어져 있고 잡초가 눌려 있는 것을 보았다. 그는 청년이 얼마나 오래, 얼마나 먼 거리를 기어온 것인지를 생각하며 두려움을 느꼈다.

"그들은 사장님이 오늘 밤 여기 있는 것을 원치 않았어요…… 사장님이 그들의 '인민 반란'을 보는 것을 원치 않았어요……. 나중에…… 그들이 증거를 어떻게 조작하는지 아시잖아요……. 어디서도 진상을 듣지 못할 거예요……. 그들은 나라를 속일 생각이에요……. 사장님도 속이고요. 폭력으로부터 사장님을 보호해주는 것처럼…… 사장님, 그들 뜻대로 되지 못하게 해주세요!…… 나라에 알리세요…… 국민들에게…… 신문에도……. 제가 말했다고 하세요…… 맹세해요…… 제가 맹세하면…… 합법적인 게 되잖아요. 안 그래요?…… 안 그래요?…… 그럼 사장님이 기회를 얻을 수 있죠?"

리어든은 청년의 손을 꼭 쥐었다.

"고맙네."

"늦어서…… 죄송해요. 그들이 마지막 순간까지 저에게 알려주지 않았어요…… 일이 시작되기 직전까지……. 그러다 전략 회의에…… 저를 불렀어요……. 거기 피터스라는 사람이 있었어요……. 국민통합위원회에서 나온…… 그는 팅키 할러웨이의 꼭두각시였어요……. 팅키 할러웨이는 오런 보일의 꼭두각시이고⋯⋯. 그들이 제게 원한 건⋯⋯ 많은 출입증에 서명해주는 거였어요⋯⋯ 폭력배들을 들여보내려고요⋯⋯. 그들이 제철소 안과 밖에서 동시에 문제를 일으킬 수 있도록⋯⋯ 그리고 진짜 제철소 노동자들처럼 보이게 하려고⋯⋯. 전 출입증에 서명하는 걸 거부했어요."

"자네가 그랬다고? 그들이 자기들 게임에 끼워줬는데?"

"하지만⋯⋯ 물론이죠, 사장님⋯⋯ 제가 **그런** 게임을 할 거라고 생각하셨어요?"

"아니, 아닐세. 다만⋯⋯."

"뭐죠?"

"그건 목숨을 건 모험이었으니까."

"하지만 전 그럴 수밖에 없었어요!⋯⋯ 그들이 제철소를 파괴하는 걸 도울 수는 없었으니까요. 안 그런가요?⋯⋯ 제가 얼마나 오래 몸을 사리고 있어야 하죠? 그들이 사장님을 파멸시킬 때까지?⋯⋯ 그렇게까지 목숨을 부지하고 살아남아서 뭐 하겠어요?⋯⋯ 사장님⋯⋯ 사장님은 이해하시죠, 그렇죠?"

"그래. 이해하네."

"전 그들의 요구를 거부하고⋯⋯ 밖으로 뛰쳐나갔어요⋯⋯ 전 공장장을 만나러 달려갔어요⋯⋯ 모든 것을 알려주려고요⋯⋯. 하지만 찾을 수가 없었어요⋯⋯. 그때

해방의 협주곡

정문 쪽에서 총소리가 들렸고 폭동이 시작되었다는 걸 알 수 있었어요……. 사장님 댁으로 전화하려고 했는데…… 전화선이 끊겨 있어서…… 전 제 차로 달려갔어요…… 사장님이나 경찰, 신문기자, 누구든 만나려고요……. 하지만 그들이 절 따라왔던 모양이에요……. 그들이 총을 쐈어요…… 주차장에서…… 등 뒤에서……. 전 쓰러지면서 기억을 잃었어요……. 그리고 눈을 떠보니 여기 버려져 있었어요…… 쇠찌꺼기더미에…….”

"쇠찌꺼기더미?"

리어든이 천천히 물었다. 쇠찌꺼기더미는 30미터 아래에 있었던 것이다. 청년은 아래쪽 어둠 속을 가리키며 고개를 끄덕였다.

"네…… 저 아래요……. 그리고 전…… 기어오르기 시작했어요…… 위로 기어올랐어요……. 사장님께 제 말을 전해줄 사람을 만날 때까지…… 버티고 싶었으니까요."

고통으로 일그러져 있던 그의 얼굴이 갑자기 미소를 머금었다. 그는 일생일대의 승리를 거둔 듯한 목소리로 덧붙였다.

"전 해냈어요."

그는 갑자기 머리를 치켜들더니 무언가를 발견하고 놀라워하는 어린아이 같은 목소리로 말했다. "사장님, 뭔가를 간절히…… 아주 간절히 원하고…… 그걸 이루는 기분이…… 이런 건가요?"

"그래, 그런 거네."

청년은 다시 리어든의 팔에 머리를 떨어뜨리고 눈을 감고 입을 벌린 채 깊은 만족감에 젖었다.

"하지만 여기서 멈춰선 안 돼. 아직 안 끝났어. 병원에 갈 때까지 버텨야……."

리어든이 조심스럽게 청년을 안아 올렸으나 청년의 얼굴에 고통의 경련이 일어나 청년은 비명을 참으려고 입술을 일그러뜨렸다. 그 모습을 본 리어든은 청년을 다시 땅에 내려놓을 수밖에 없었다.

청년이 미안해하는 듯한 시선을 보내며 고개를 저었다.

"사장님, 전 안 될 것 같아요……. 자신을 속여봐야 소용없어요…… 전 이제 끝났다는 걸 알아요."

그러고는 자기연민에 저항하듯 애써 예전의 냉소적이고 지적인 목소리로 세뇌받은 가르침을 암송했다. "사장님, 그게 무슨 상관이죠?…… 인간은 그저…… 조건화된 화학물질의 집합체일 뿐이고…… 인간의 죽음은…… 동물의 죽음과 다를 게 없는데."

"자넨 그게 아니란 걸 알고 있어."

"그래요. 그런 것 같아요." 청년이 속삭였다.

청년은 광활한 어둠 속을 둘러보다가 리어든의 얼굴을 올려다보았다. 무력하고 갈구하는, 그리고 어린아이처럼 당혹스러워하는 눈빛이었다.

"알아요. 그들이 우리에게 가르친 건 전부 다 헛소리예요. 삶에 대한 것이나…… 죽음에 대한 것이나……. 죽음은…… 화학물질과는 아무 상관도 없지만……."

그는 말을 멈추었다가 필사적인 저항이 담긴 낮고 격렬한 목소리로 말했다. "저에게는 상관이 있어요……. 그리고…… 동물들에게도 마찬가지일 거예요……. 하지만 그들은 가치란 존재하지 않는다고 말했어요……. 사회적 관습들만 존재한다고…… 가치란 없다고!"

그는 자신이 잃어가고 있는 것을 붙잡으려는 듯 가슴의 구멍을 손으로 더듬어 움켜쥐었다.

"가치란…… 없다고……."

그러다 갑자기 완전한 솔직함으로 차분해지며 눈을 크게 떴다.

"사장님, 전 살고 싶어요. 아, 얼마나 살고 싶은지 몰라요!"

열정적이고 조용한 목소리였다.

"지금 죽어가고 있어서가 아니라…… 진짜 살아 있다는 게 어떤 의미인지 오늘 밤에야 비로소 깨달았기 때문에…… 우습게도…… 그걸 언제 깨달았는지 아세요?…… 아까 사무실에서…… 목숨을 내놓고…… 그 개자식들한테 지옥에나 떨어지라고 했을 때…… 아, 더 일찍 알았으면 좋았을 것들이 너무 많아요……. 하지만…… 이미 엎질러진 물인데 후회해도 소용없겠죠."

리어든은 청년이 기어 올라오면서 풀이 짓눌린 자리를 무의식적으로 흘끗 쳐다보았다.

"이보게, 내 부탁 좀 들어주게." 리어든이 준엄하게 말했다.

"**지금요?**"

"그래. 지금."

"그야 물론이죠…… 들어드릴 수만 있다면."

"이미 오늘 밤 자네한테 큰 신세를 졌네만 더 큰 부탁을 들어줬으면 좋겠네. 자넨 저 쇠찌꺼기더미를 기어오르는 엄청난 일을 해냈어. 이제부터 더 힘든 일을 해보겠나? 자넨 내 제철소를 구하기 위해 기꺼이 죽으려고 했지. 이제 나를 위해서 살려는 노력을 해주겠나?"

"**사장님**을 위해서요?"

"나를 위해서. 내가 자네에게 부탁하는 거니까. 내가 자네에게 원하는 거니까. 이제 우리 둘이 함께 기어 올라가야 할 길이 머니까."

"그게…… **사장님께** 중요한가요?"

"그래. 저 아래 쇠찌꺼기더미에서 여기까지 기어 올라왔던 것처럼, 살겠다는 결심을 해주겠나? 꼭 살아남겠다는? 자넨 나와 함께 싸우길 원했네. 처음으로 우리 함께 싸워보겠나?"

청년이 리어든의 손을 꽉 잡았다. 그 손길에서 격한 열의가 느껴졌다. 하지만 청년의 목소리는 속삭임에 불과했다.

"해보겠어요."

"그럼 내가 자네를 병원으로 옮길 수 있도록 도와주게. 힘을 빼고 편안히 있게. 내가 안아 올릴 테니까."

"네, 사장님."

청년은 한쪽 팔꿈치로 땅을 짚고 몸을 확 들어올렸다.

"토니, 편히 있게."

리어든은 청년의 얼굴에 예전의 밝고 건방진 미소가 스치는 것을 보았다.

"이제 '비절대주의자'는 아니고요?"

"그래. 자네는 이제 완전한 절대주의자야. 자네도 그걸 알고 있지."

"네. 절대적인 게 몇 개 있네요. 이것."

그는 가슴의 상처를 가리켰다.

"이것도 절대적인 거죠? 그리고……."

리어든이 거의 느껴지지 않을 정도로 천천히 조금씩 그의 몸을 땅에서 들어올리는 동안 그는 자신의 떨리는 말이 고통을 잊게 해주는 마취제라도 되는 것처럼 계속 이야기했다.

"그리고 만일 워싱턴에 있는 인간들 같은…… 썩어빠진

개자식들이…… 오늘 밤에 저지른 일 같은…… 그런 짓들을 하고도…… 무사히 빠져나간다면…… 사람들은 살 수가 없어요……. 모든 게 악취가 나는 거짓이 되고…… 아무것도 진실한 게 없다면…… 아무도 누군가가 아니라면…… 사람들은 그런 식으론 살 수 없어요……. **그것도** 절대적인 거죠. 안 그런가요?"

"그래, 토니. 절대적인 거지."

리어든은 천천히 조심스럽게 일어섰다. 아기를 품에 꼭 안듯 청년의 몸을 천천히 가슴으로 당기자 청년의 얼굴에 고통의 경련이 일었다. 하지만 그 경련은 다시 건방진 미소로 변하더니 청년이 물었다.

"이제 누가 '유모'죠?"

"나인 것 같은데."

리어든은 발이 푹푹 빠지는 비탈을 오르기 시작했다. 발판으로 삼을 만한 곳이 없는 비탈에서 안정적인 속도를 유지하며 환자에게 충격이 전달되지 않도록 애쓰느라 몸을 바짝 긴장하고 있었다.

청년이 그의 어깨에 머리를 기댔다. 그게 뻔뻔한 짓이라도 되는 듯 주저하는 동작이었다. 리어든은 고개를 숙여 먼지로 얼룩진 청년의 이마에 입을 맞추었다. 청년이 흠칫 놀라며 머리를 들었다.

"그게 무슨 의미인지 아세요?"

그는 리어든이 자신에게 한 행동이 믿을 수 없다는 듯 속삭였다.

"머리 내리게. 또 해줄 테니까." 리어든이 말했다.

청년이 머리를 내렸고 리어든은 그의 이마에 키스했다. 그것은 아들의 용감한 싸움을 인정해주는 아버지의 선물이었다.

청년은 리어든의 품에 얼굴을 감추고 두 손으로 리어든의 어깨를 꽉 잡은 채 가만히 누워 있었다. 그러더니 소리 없이 규칙적으로 희미하게 몸을 들썩이기 시작했다. 리어든은 청년이 울고 있음을 알 수 있었다. 말로 표현할 수 없는 모든 것을 받아들이고 굴복하는 울음이었다.

리어든은 잡초와 먼지, 고철 조각, 오래전에 버려진 쓰레기가 널린 비탈에서 중심을 잃지 않으려고 애쓰며 더듬더듬 천천히 올라갔다. 제철소의 붉은빛이 협곡의 경계를 표시하고 있는 곳을 향해 나아가는 그의 움직임은 서두름 없는 부드러운 흐름의 형태를 취해야만 하는 격렬한 사투였다.

그는 흐느끼는 소리는 듣지 못했지만 규칙적인 들썩임은 느낄 수 있었다. 그리고 그 들썩임에 따라 눈물 대신 상처에서 분출하는 뜨거운 액체가 자신의 셔츠를 적시고 있음을 느낄 수 있었다. 그는 자신의 단단한 포옹만이 지금 청년이 듣고 이해할 수 있는 유일한 대답임을 알고 있었다. 그는 자신의 팔 힘이 점점 약해지는 청년의 동맥에 생기를 불어넣을 수 있기라도 하듯 떨리는 청년의 몸을 꽉 안았다.

흐느낌이 멈추고 청년이 머리를 들었다. 얼굴은 더 창백해졌으나 눈에서는 빛이 반짝였다. 청년은 리어든을 바라보며 말할 힘을 끌어모았다.

"사장님…… 전…… 전 사장님이 정말 좋았어요."

"알고 있네."

이제 청년에게는 미소를 지을 힘조차 남아 있지 않았지만 리어든을 바라보는 그의 눈길에는 미소가 담겨 있었다. 그는 리어든의 얼굴에서 자신이 짧은 생애 동안 끊임없이 추구해왔음을 알지 못했던, 자신의 가치들임을 알지 못했던 것들의 형상을 보고 있었다.

청년의 머리가 툭 떨어졌다. 그의 얼굴에는 경련도 일지 않았고 입이 평온한 모습으로 벌어졌다. 하지만 몸에서는 마지막 저항의 외침 같은 짧은 경련이 일었다. 리어든은 **이제** 자신이 안고 있는 것은 청년의 스승들이 인간에 대해 정의한 대로 화학물질의 집합체에 지나지 않게 되었기에 더 이상 조심할 필요가 없다는 것을 알면서도 걸음걸이를 바꾸지 않고 천천히 움직였다.

그것이 자신의 품에서 생을 마감한 청년에 대한 마지막 예우이며 장례 행렬인 것처럼 그렇게 걸었다. 그는 너무나도 격렬해서 정체를 알 수 없고 그저 가슴을 짓누르는 것만 느껴지는 분노에 휩싸였다. 그것은 살의였다.

그 살의는 청년의 몸에 총알을 박아 넣은 이름 모를 살인자나 그 살인자를 고용한 약탈 관료들을 향한 것이 아니라 청년을 무장 해제시키고 살인자의 총구 앞에 세운 청년의 스승들을 향한 것이었다. 이성을 추구하는 질문에는 대답할 능력이 없으면서 자신들에게 맡겨진 젊은 정신들을 불구로 만드는 일에서 즐거움을 찾는 대학 강의실의 온화하고 안전한 암살자들.

리어든은 어딘가에 있을 청년의 어머니를 떠올렸다. 아들에게 처음 걸음마를 가르칠 때 비틀거리며 걷는 아들을 조마조마한 마음으로 지켜보고, 보석 세공인의 신중함으로 분유를 타고, 아들의 여린 몸을 세균으로부터 보호하기 위해 최신 과학의 열렬한 신봉자가 되어 식단과 위생을 관리하면서 정성껏 키워 인간은 정신이 없으며, 생각이란 것을 하려고 해서는 안 된다고 가르치는 사람들에게 보내 고통받는 신경증 환자로 만든 어머니. 차라리 아들에게 썩은 쓰레기를 먹이고, 아들의 음식에 독을 타는 것이 그보다는 더 친절하고 덜 치명적이었을 터였다.

리어든은 생각했다. '모든 생물은 새끼에게 생존 기술을 가르친다. 고양이는 새끼에게 사냥하는 법을, 새는 나는 법을 열심히 가르친다. 그런데 인간은 어떤가? 인간의 생존 도구는 정신인데, 아이들에게 생각하는 법을 가르치지 못하는 것에서 그치지 않고 아이의 두뇌를 파괴하는 교육에 열을 올린다. 아이들이 생각을 시작하기도 전에 생각이란 무익하고 사악한 것이라는 확신을 심어준다.

아이들에게 던지는 말들은 하나부터 열까지 기를 죽이고 의식의 힘을 약화시키는 충격요법들이다. "자꾸 묻지 마라. 애들은 조용히 있어야 한다!", "네까짓 게 뭔데 생각을 해? 내가 그렇다면 그런 거야!", "따지지 말고 시키는 대로 해!", "이해하려고 하지 마. 그냥 믿어!", "반항하지 말고 적응해!", "튀지 말고 묻혀 있어!", "버티지 말고 타협해!", "머리보다 가슴이 더 중요하다!", "네까짓 게 뭘 알아? 부모가 제일 잘 아는 거야!", "네까짓 게 뭘 알아? 사회가 제일 잘 알지!", "네까짓 게 뭘 알아? 높은 분들이 제일 잘 알지!", "네가 뭔데 감히 반대야? 모든 가치는 상대적인 거야!", "네가 뭔데 감히 총알을 피하려고 해? 그건 개인적인 편견일 뿐이야!"

사람들은 어미새가 새끼의 날개 깃털을 뽑고 둥지 밖으로 밀어내는 것을 보면 몸서리를 치겠지만 바로 **그것이** 그들이 자식들에게 하는 짓이다.

이 청년은 무의미한 문구들 외에는 아무 무기도 없이 생존을 위한 싸움에 내던져졌다. 그리고 분노와 당혹감에 찬 저항의 외침을 내지르며 절룩거리고 더듬거리다가 부러진 날개로 날아오르려는 첫 시도에서 짧은 생을 마감하고 말았다.

 하지만 한때 다른 종류의 스승들이 존재했고 이 나라를 만든 사람들을 길러냈다. 어머니들은 무릎으로 기어서 휴 액스턴 같은 스승들을 찾아내어 그들에게 돌아와달라고 애원해야 한다.'

 리어든은 제철소 안으로 들어갔다. 문에서 그를 통과시키며 그의 얼굴과 그가 안고 있는 것을 유심히 쳐다보는 경비들에게 눈길 한 번 주지 않았다. 그들이 멀리서 벌어지고 있는 싸움을 가리키며 뭐라고 설명했지만 리어든은 걸음을 멈추고 듣지 않았다. 그는 병원 건물의 열린 문틈으로 새어 나오는 쐐기 모양의 불빛을 향해 천천히 걸었다.

 리어든은 사람들과 피 묻은 붕대, 소독약 냄새로 가득한 불이 환하게 밝혀진 실내로 들어가 아무 말 없이 시신을 벤치에 내려놓고 뒤도 돌아보지 않고 걸어 나왔다.

 그는 불이 활활 타오르고 총성이 울리는 정문을 향해 걸어갔다. 이따금 경비들과 노동자들 무리에 쫓겨 건물 사이로 도망치거나 어두운 모퉁이 뒤로 숨는 사람들이 보였다. 리어든은 자신의 노동자들이 무장하고 있는 것을 보고 깜짝 놀랐다. 노동자들이 제철소 안의 폭도들을 제압하고 정문을 포위한 자들만 남은 듯했다. 깡패 한 명이 램프 불빛을 가로질러 달려오더니 유리벽에 긴 쇠파이프를 휘둘러

짐승처럼 유리를 깨며 그 소리에 맞추어 고릴라처럼 춤을 추다가 세 명의 건장한 사내들에게 잡혀 땅바닥에서 몸부림치며 질질 끌려갔다.

폭도의 중심이 무너진 듯 정문의 포위가 약해지고 있었다. 멀리서 폭도의 함성이 들려왔지만 도로의 총성은 점점 줄어갔다. 수위실의 불은 꺼지고 건물들 창턱에 무장한 남자들이 잘 짜인 방어 대형으로 배치되어 있었다.

정문 위쪽 건물 지붕에 서 있는 한 남자의 날렵한 실루엣이 보였다. 남자는 굴뚝을 방패삼아 양손에 총을 한 자루씩 들고 폭도들을 향해 간간이 발사하고 있었다. 마치 정문으로 접근하는 적군을 차단하는 보초병처럼 민첩한 동작으로 한 번에 두 방향으로 총을 쏘는 듯했다. 정확히 목표물을 조준해 명중시키는 자신만만하고 날랜 총 솜씨가 서부의 전설 속 영웅 같았다. 리어든은 제철소에서 일어나고 있는 싸움이 더 이상 자신의 싸움이 아닌 것처럼 초연한 즐거움을 느끼며 그 남자를 지켜보았다. 그는 먼 서부시대에 사람들이 악과 싸울 때 보였던 그 유능하고 확신에 찬 모습을 구경하는 것이 좋았다.

제철소를 훑고 다니던 서치라이트가 리어든의 얼굴을 비추었을 때 지붕 위의 남자가 리어든 쪽을 보는 것처럼 몸을 기울였다. 그러더니 손을 흔들어 교대해줄 사람을 부르고 그 자리에서 사라졌다.

리어든은 서둘러 앞쪽의 어둠을 향해 걸어갔지만 옆쪽 골목에서 술에 취한 외침이 들려왔다.

"저기 그자가 있다!"

홱 돌아보니 거구의 사내 둘이 다가오고 있었다. 기분 나쁜 웃음을 흘리는 심술궂고 생각 없는 얼굴과 높이 든 곤봉이 보였다. 다른 쪽에서 달려오는 발소리를 듣고 그쪽으로 고개를 돌리는 순간 뒤에서 곤봉이 그의 머리를 가격했다. 리어든은 충격으로 정신이 아득한 가운데에서도 도무지 믿기지가 않았다. 비틀거리며 버티다가 쓰러지려는데 강한 팔이 그를 잡아주었다. 바로 옆에서 총성 두 발이 거의 동시에 울렸다. 하지만 깊은 구멍 속으로 빠진 듯 그 소리는 희미하고 멀게만 들렸다.

그가 눈을 떴을 때 처음 느낀 것은 깊은 평온함이었다. 그는 현대적이고 엄격한 우아함이 느껴지는 실내의 소파에 누워 있었다. 그곳은 그의 사무실이었고 그의 앞에는 제철소 의사와 공장장이 서 있었다. 머리에서 희미한 통증이 느껴졌는데 그곳에 신경을 집중하면 통증이 격렬할 터였다. 머리에 붕대가 감겨 있었다. 그가 느낀 평온함은 자신이 자유롭다는 깨달음에서 비롯된 것이었다.

붕대의 의미와 그의 사무실의 의미는 함께 받아들여지거나 존재할 수 없었다. 그 둘은 함께 지니고 살 수 있는 것이 아니었다. 그리고 이 싸움과 일, 사업은 이제 더 이상 그의 것이 아니었다.

"난 괜찮을 것 같소." 그가 머리를 들며 의사에게 말했다.

"네, 사장님. 다행이십니다."

의사는 행크 리어든이 자신의 제철소 안에서 그런 일을 당했다는 게 아직도 믿어지지 않는 듯한 눈으로 그를 보고 있었다. 의사의 목소리는 분노와 충성심으로 경직되어 있었다.

"심각한 부상은 아니십니다. 그저 두피가 찢어지고 가벼운 뇌진탕이 왔을 뿐입니다. 하지만 편안히 휴식을 취하셔야 합니다."

"그러죠." 리어든이 단호히 말했다.

"다 끝났습니다." 공장장이 창밖을 가리키며 말했다.

"그 개자식들을 제압해서 몰아냈습니다. 사장님, 걱정하실 필요 없습니다. 다 끝났습니다."

"그렇군. 의사 선생님, 하실 일이 많겠군요." 리어든이 말했다.

"아, 네! 전 이런 날이 올 줄은……."

"알아요. 가서 일 보세요. 난 괜찮을 테니까."

"네, 사장님."

의사가 서둘러 나가자 공장장이 말했다. "사장님, 제가 알아서 처리하겠습니다. 이제 모두 통제가 되었습니다. 하지만 아주 더러운……."

"알아요. 그런데 내 목숨을 구해준 게 누구죠? 내가 쓰러질 때 누군가 잡아주면서 놈들에게 총을 쐈는데."

"맞습니다! 놈들의 머리통을 날려버렸죠. 새로 온 용광로 작업반장입니다. 들어온 지 두 달 됐죠. 그렇게 유능한 사람은 처음 봤습니다. 오늘 오후에 놈들이 하려는 짓을 눈치채고 저에게 알려준 사람이 바로 그였습니다. 우리 사람들을 되도록 많이 무장시키라고 하더군요. 경찰 도움은 받을 수가 없었습니다. 요리조리 피해 다니며 생전 들어보지도 못한 별의별 핑계를 다 대더군요. 전부 사전에 계획된 거였죠. 폭도들은 무장 세력의 저항은 예상하지 못했고요. 그런데 용광로 작업반장 프랭크 애덤스가 방어군을 조직하고 싸움을 지휘한 겁니다. 그는 지붕에 서서 정문 가까이 접근하는 놈들을 제거했죠. 와, 얼마나 명사수던지! 그가 오늘 밤 우리 생명을 얼마나 많이 구했는지 생각하면 온몸에 전율이 입니다. 그 개자식들, 운이 없었죠."

"그를 만나보고 싶군요."

"바깥 어딘가에서 기다리고 있습니다. 사장님을 이곳까지 옮긴 사람도 그였습니다. 그러잖아도 사장님과 이야기를 나누고 싶다고 하더군요."

"그를 들여보내요. 그리고 나가서 마무리 좀 해주고요."

"사장님, 제가 더 해드릴 일이 있습니까?"

"아니, 없어요."

리어든은 조용한 사무실에 홀로 누워 있었다. 그는 자신의 제철소가 의미를 잃었음을 알게 되었고, 그동안 환상을 가졌던 것에 대한 후회의 아픔조차 없었다. 그는 곤봉을 든 사내의 아무 생각 없는 얼굴에서 적들의 영혼과 본질을 보았다. 그를 공포로 움츠려들게 만드는 것은 그 얼굴 자체가 아니라 그런 얼굴을 세상에 내보낸 교수들과 철학자들, 도덕가들, 신비주의자들이었다.

그는 자신이 도덕적으로 청결함을 느꼈다. 그것은 이 세상, 그들의 것이 아니라 그의 것인 이 세상에 대한 사랑과 긍지로 이루어진 감정이었다. 평생 그를 움직여온 감정이었다. 사람들 중에는 젊었을 때 그것을 알다가 나중에 저버리는 이들도 있지만 그는 단 한 번도 저버리지 않았다. 그 감정은 비록 두들겨 맞고, 공격당하고, 인정받지 못했을망정 그의 살아 있는 동력 역할을 해왔다. 그가 이제야 비로소 완전하게 느낄 수 있게 된 것, 그것은 자신이, 그리고 자신의 삶이 지닌 최고의 가치에 대한 인식이었다. 자신의 삶은 자신의 것이고, 악에 예속되어 살아서는 안 되며, 그런 예속은 필요한 적이 없다는 최후의 확신이었다. 자신이 두려움과 고통, 죄의식에서 자유롭다는 것을 아는 빛나는 평온함이었다.

그는 이런 생각이 들었다. '나 같은 사람들을 해방시키는 일을 하는 보복자들이 정말로 존재한다면 지금 그들이

찾아왔으면. 지금 그들이 자신들의 비밀을 말해주었으면. 지금 나를 데리러 왔으면. 지금.'

"들어와요!"

그는 노크 소리를 듣고 외쳤다.

문이 열렸을 때 그는 꼼짝 않고 누워 있었다. 문간에 선 사내, 머리는 산발을 하고, 얼굴은 검댕이투성이고, 팔은 용광로 얼룩으로 뒤덮이고, 불에 탄 작업복과 피 묻은 셔츠를 입었는데도 마치 바람 속에서 망토자락을 휘날리며 서 있는 것 같은 그 사내는 바로 프란시스코 단코니아였다.

리어든은 몸에 앞서 의식이 먼저 달려나가는 듯한 기분을 느꼈다. 그의 몸은 충격으로 얼어붙어 있는데 그의 정신은 웃으며 그에게 말하고 있었다. 이것은 세상에서 가장 자연스럽고 당연히 예상했어야 할 일이라고.

프란시스코가 미소지었다. 여름날 아침 어린 시절의 친구를 맞이하는 미소였다. 두 사람 사이에 다른 것은 그 어떤 것도 가능하지 않은 듯했다. 리어든도 마주 미소를 지었다. 그는 한편으로는 놀랍고 믿을 수 없었지만 그것이 옳다는 것을 알고 있었다.

프란시스코가 다가오며 말했다. "당신은 지난 수개월 동안 나를 다시 만나면 무슨 말로 용서를 빌어야 할지, 자신에게 그럴 자격이 있긴 한 것인지 고민하며 자신을 괴롭혀왔어요. 하지만 이제 당신은 우리 사이에는 용서를 구할 일도, 용서할 일도 없다는 것을 알고 있군요."

"그렇소. 알고 있소."

리어든은 처음에는 놀란 목소리로 속삭이다가 그것이 프란시스코에게 바칠 수 있는 가장 큰 경의라는 것을 깨달았다.

프란시스코는 리어든 옆의 소파에 앉아 천천히 손을 들어 리어든의 이마를 짚었다. 마치 과거를 덮는 치유의 손길 같았다.

리어든이 말했다. "당신에게 하고 싶은 말은 하나뿐이오. 내 입으로 직접 말하고 싶소. 당신은 맹세를 지켰다고. 당신은 내 친구였다고."

"당신이 그걸 알고 있다는 것을 알아요. 당신은 처음부터 알고 있었죠. 내 행동들에 대해 어떻게 생각했든, 당신은 알고 있었습니다. 당신은 그걸 의심할 수가 없어서 나를 때린 겁니다."

리어든이 그를 보며 속삭였다. "그건…… 나는 당신에게 그런 말할 자격이 없소…… 그런 변명할 자격이 없소……."

"내가 이해할 거라고 생각하지 않았나요?"

"당신을 찾고 싶었지만…… 내겐 그럴 자격이 없었소……. 그런데 그동안 당신은……."

리어든은 손을 들어 프란시스코의 옷을 가리키고는 무

력하게 손을 내리더니 눈을 감았다.

프란시스코가 씩 웃으며 말했다. "당신의 용광로 작업반장으로 일하고 있었죠. 당신이 반대하지는 않을 거라고 생각했습니다. 그 일을 제안한 적이 있으니까."

"두 달 동안 내 보디가드로 여기 있었던 거요?"

"네."

"그러니까 그 후로……"

"맞습니다. 당신이 뉴욕의 지붕 위 달력에서 내 작별 메시지를 읽은 날 아침에 난 용광로 작업반장으로 첫 교대 근무를 시작했죠."

리어든이 천천히 말했다. "제임스 태거트의 결혼식 피로연에서 당신은 최고의 정복 대상을 찾았다고 했는데…… 그게 나였소?"

"물론이죠."

프란시스코는 엄숙한 임무를 수행하려는 듯 몸을 꼿꼿이 세웠다. 얼굴 표정도 진지해졌고 눈에만 웃음기가 남아 있었다.

"당신에게 할 말이 아주 많습니다. 하지만 먼저, 당신이 내게 했던 제안을 다시 해주겠습니까? 그때는 당신의 제안을 거절할 수밖에 없었죠. 그걸 받아들일 자격이 없다고 생각했으니까."

리어든이 미소를 지었.

"무슨 제안 말이오, **프란시스코**?"

프란시스코는 처음으로 자신의 이름을 불러준 리어든에게 고개를 숙이며 말했다. "고맙습니다, **행크**."

그러고는 고개를 들고 덧붙였다. "그럼 지금부터 내가 처음 여기 찾아왔던 날 밤에 하려고 했던 이야기를 시작하겠습니다. 이제는 들을 준비가 됐겠죠."

"그렇소."

용광로에서 쏟아져 나오는 쇳물의 붉은빛이 창밖 하늘을 비추었다. 그 붉은빛은 작별 인사를 하듯 천천히 사무실의 벽과 빈 책상, 리어든의 얼굴을 가로질러 지나갔다.

"내가 존 골트입니다"

초인종이 알람처럼 울려댔다. 그 소리는 마치 누군가의 광분한 손가락 놀림으로 단속적으로 이어지는 길고 강압적인 비명 같았다.

대그니는 침대에서 급히 내려오며 늦은 아침의 차갑고 창백한 햇살과 멀리 있는 시계탑의 시계를 보았다. 시계는 10시를 가리키고 있었다. 그녀는 새벽 4시까지 일하고 퇴근하면서 오후에나 출근하겠다고 메모를 남겨놓았다.

문을 열자 초췌한 몰골의 제임스 태거트가 서 있었다.

"그가 떠났어!" 제임스가 외쳤다.

"누구?"

"행크 리어든! 그가 떠났어. 사라졌다고!"

대그니는 가운의 허리끈을 묶다 말고 잠시 멍하니 서 있다가 사태를 파악하고 자신의 몸을 두 동강 낼 것처럼 허리끈을 질끈 동여매며 웃음을 터뜨렸다. 그것은 승리의 웃음이었다.

제임스가 놀라서 쳐다보며 물었다. "왜 그러는 거야? 내 말 못 알아들었어?"

"들어와."

대그니는 경멸적으로 홱 돌아서서 거실로 들어가며 말했다. "아, 알아들었어."

"그가 떠났다고! 사라졌다고! 다른 사람들처럼! 제철소와 은행 계좌, 재산, 모든 것을 버리고! 바람처럼 사라졌다고! 옷가지와 자기 아파트 금고에 있던 것만 챙겨서! 그의 침실 금고가 빈 채로 열려 있었대. 그게 다야! 아무 말도, 메모도, 설명도 없이 떠났어! 워싱턴에서 전화가 왔더라고. 하지만 이미 뉴욕에도 소문이 파다해! 다 알려졌다고! 사람들 입을 막지 못한 거지! 정부에서는 비밀로 하려고 했지만…… 비밀이 어떻게 새어나갔는지는 몰라도 용광로가 폭발한 것처럼 제철소에 소문이 다 퍼졌어……. 그리고…… 누가 막을 사이도 없이 다들 사라져버렸어! 공장장, 수석 야금가, 수석 엔지니어, 리어든의 비서, 심지어 병원 의사까지! 떠나지 못하게 우리가 철저히 손을 써놨는데도 결국 떠나버렸어! 그도 떠나고, 나머지 사람들도 떠나고 있어서 제철소만 남아 있어. 가동을 멈춘 채로! 그게 무슨 뜻인지 알아?"

"**오빠는** 알아?" 대그니가 물었다.

제임스는 대그니가 비통함과 승리감이 섞인 묘한 미소를 거두게 하기 위해 한 마디 한 마디 던졌지만 대그니의 미소는 요지부동이었다.

"국가적인 대재앙이야! 너 도대체 어떻게 된 거야? 이 일이 얼마나 치명적인지 모르겠어? 근근이 유지해온 국민들의 사기는 바닥에 떨어지고 나라 경제도 파탄날 거라고! 그가 이대로 사라지도록 내버려두어선 안 돼! 네가 그를 데려와야 해!"

대그니의 미소가 사라졌다. 그러자 제임스가 소리쳤다.

"넌 할 수 있어! 그 일을 할 수 있는 사람은 너뿐이야! 둘이 사랑하는 사이잖아. 안 그래? ……제발 그런 눈으로 보지 마! 지금 까탈 부릴 때가 아니야! 무슨 수를 써서라도 그를 다시 데려와야 해! 넌 그가 어디 있는지 알 거 아냐! 넌 그를 찾을 수 있을 거 아냐! 넌 그를 반드시 데려와야 해!"

그를 보는 대그니의 표정은 조금 전의 미소보다 더 심했다. 그의 알몸을 보면서 더 이상 그 꼴을 견딜 수 없다는 표정이었다.

그녀가 목소리를 높이지 않고 말했다. "난 그를 데려올 수 없어. 데려올 수 있다고 해도 그러지 않을거야. 그만 가줘."

"하지만 국가적 대재앙이……."

"나가."

대그니는 그가 언제 나갔는지 알지 못했다. 그녀는 어깨를 축 늘어뜨리고 고개를 숙인 채 거실 한가운데 서서 미소 짓고 있었다. 그것은 고통과 애정의 미소였다. 행크 리어든에 대한 인사의 미소였다. 그녀는 리어든이 해방된 것이 너무나 기쁘고 그의 결정이 옳다는 것을 확신하면서도 자신은 그 해방을 거부하고 있는 것이 좀 의아했다. 그녀의 마음속에서 두 개의 문장이 고동치고 있었다. 하나는 '그는 이제 자유야. 그들의 손아귀에서 벗어났어!'라는 승리의 외침이었고, 다른 하나는 '아직 이길 기회가 남아 있어. 하지만 내가 유일한 희생자가 되기를!'이라는 헌신의 기도였다.

그 후 대그니는 주위 사람들을 보며 참 이상한 일이라고 생각했다. 그들은 행크 리어든이 이룬 업적보다 그가 떠나면서 일으킨 재앙 때문에 그를 더 강하게 의식했다. 사람들의 의식은 가치가 아닌 재앙을 향해 열려 있는 듯했다. 어떤 이들은 그에게 날카로운 욕설을 퍼붓고, 어떤 이들은 자신들을 향해 미지의 보복이 닥쳐오고 있기라도 하듯 죄책감과 공포에 찬 얼굴로 속닥거렸으며, 또 어떤 이들은 히스테리에 가까운 회피적인 태도로 마치 아무 일도 없었던 것처럼 행동하려고 애썼다.

신문들은 마치 뒤엉킨 줄로 조종되는 꼭두각시들처럼 똑같은 날짜에 똑같은 호전적인 목소리로 외쳐댔다. "행크 리어든의 이탈에 지나친 중요성을 부여하고 한 개인이 사회에 중요할 수 있다는 구시대적 믿음으로 국민의 사기를 떨어뜨리는 것은 사회적 반역이다." "행크 리어든의 실종에 관한 헛소문을 퍼뜨리는 것은 사회적 반역이다. 리어든은 사라지지 않았다. 평소와 다름없이 제철소를 운영하고 있으며, 리어든 철강에는 아무 문제도 없다. 일부 노동자들이 사적인 충돌을 벌여 작은 소란이 있었을 뿐이다." "행크 리어든의 비극적 죽음을 비애국적으로 조명하는 일은 사회적 반역이다. 리어든은 이탈한 것이 아니라 출근길에 교통사고로 사망했으며, 비탄에 빠진 유족들이 조용히 장례를 치르기를 원했다."

대그니는 모든 뉴스가 부인의 형태인 것이 이상했다. 마치 존재가 멈추고 사실들이 사라진 듯, 공직자들과 칼럼니스트들의 광적인 부인을 통해서만 그들이 부인하는 현실에 대한 단서를 얻을 수 있었다. "뉴저지의 밀러 철강 주조사가 폐업했다는 것은 사실이 아니다." "미시간의 잰슨 모터사가 문을 닫았다는 것은 사실이 아니다." "철강제품 제조업체들이 철강 부족으로 무너지고 있다는 소문은 사악하고 반사회적인 거짓말이다. 철강이 부족할 이유가 없다." "철강통합계획이 준비 중이었고, 그것이 오런 보일을 위한 정책이었다는 말은 근거 없는 소문이며 중상모략이다. 보일의 변호사는 그 소문을 강력히 부인하며 보일이 그와 같은 계획에 극렬히 반대한다고 밝혔다. 한편, 보일은 신경쇠약에 시달리고 있다."

하지만 차갑고 습한 황혼이 비치는 가을 저녁 뉴욕의 거리에서 뉴스거리를 목격할 수도 있었다. 한 철물점 앞으로 사람들이 몰려들었다. 철물점 주인이 문을 활짝 열어놓고 얼마 남지 않은 물건들을 사람들에게 마음껏 집어가라고 했다. 철물점 주인은 꺽꺽 흐느끼며 가게 창문 유리를 깼다. 그리고 어느 황폐한 공동주택 문 앞에 구경꾼이 모여 있었다. 경찰 앰뷸런스가 대기하고 있고, 방에 가스를 피워놓고 자살한 부부와 세 자녀의 시체가 실려 나왔다. 가장은 작은 주강품 제조업체를 운영하던 사람이었다.

대그니는 의문에 잠겼다. '사람들이 지금 행크 리어든의 가치를 알았다면 왜 더 빨리 알 수 없었던 것일까? 왜 그들은 진작 진실을 깨달아 이런 비극적인 결말을 피하고 그가 보답 없는 고통의 세월을 면하도록 해줄 수 없었을까?' 하지만 답을 찾을 수가 없었다.

그녀는 잠 못 이루는 밤의 정적 속에서 자신과 행크 리어든의 처지가 바뀌었다고 생각했다. 이제 그가 아틀란티스에 있고 자신은 그 광선막을 뚫고 들어갈 수 없으니까. 그녀가 아틀란티스에서 자신을 찾아다니는 그의 비행기를 불렀듯이 지금 그도 그녀를 부르고 있지만 광선막이 그의 신호를 차단하고 있는 것인지도 몰랐다.

그런데 그 광선막이 잠깐 뚫렸다. 리어든이 사라지고 일주일이 지난 뒤 대그니는 편지 한 통을 받았다. 봉투에는 보내는 사람의 주소도 없이 콜로라도의 한 시골 마을 우체국 소인만 찍혀 있었다. 편지는 딱 두 줄이었다.

    그를 만났소. 당신을 비난하지 않소.
                                                H. R.

  대그니는 움직일 수도, 느낄 수도 없는 것처럼 한참 동안 꼼짝도 하지 않고 앉아서 편지를 바라보았다. 그녀는 아무 느낌도 없다고 생각하다가 자신의 어깨가 계속해서 가늘게 떨리고 있음을 깨달았다. 그녀의 마음을 쥐어뜯는 그 격정은 환희에 찬 경의와 감사, 절망으로 이루어져 있었다. 경의는 그 두 남자의 만남이 암시하는 승리, 두 남자의 최후의 승리에 바치는 것이고, 감사는 아틀란티스 사람들이 자신을 아직도 그들의 일원으로 생각하고 메시지를 받을 수 있도록 특별 대접을 해준 것에 대한 것이었으며, 절망은 지금 자신이 멍한 상태에 있는 것은 마음의 귀에 들리는 질문들을 듣지 않기 위한 몸부림임을 알기 때문이었다. '골트가 날 버린 것일까? 마침내 자신이 정복한 가장 위대한 인물을 만나러 골짜기로 돌아간 것일까? 그가 다시 돌아올까? 혹시 나를 포기한 것은 아닐까?' 대그니는 그 질문들의 답을 알 수 없어서가 아니라 너무나 쉽고 간단하게 확인할 수 있지만 그래서는 안 되기 때문에 견딜 수 없이 고통스러웠다.

그동안 그녀는 골트를 만나려는 시도를 하지 않았다. 한 달 동안 매일 아침 자신의 사무실에 들어설 때마다 그녀는 지하 터널로 온통 마음이 쏠렸다. 일하는 동안에도 정신은 '저 아래에 그가 있다'는 생각에 갇혀 있고, 두뇌의 한 귀퉁이에서만 숫자를 계산하고, 보고서를 읽고, 결정을 내리는 활동이 이루어지는 듯했다. 그녀가 스스로에게 허용한 유일한 탐색은 터미널 노동자들의 임금대장을 확인하는 것이었다. 거기 존 골트라는 이름이 있었다. 그 이름은 12년 넘게 공공연히 임금대장에 올라 있었다. 대그니는 이름 옆의 주소를 보았고 한 달 동안 그 주소를 잊으려고 애썼다.

그 한 달을 견디는 것도 힘들었지만 편지를 보며 골트가 떠났다는 생각을 하자 더 견디기 힘들었다. 그와 가까이 있으면서 만나고 싶은 것을 참는 건 그와의 연결고리였고, 그녀가 치러야 할 대가였으며, 그의 이름으로 이루어지는 승리였다. 그런데 이제 해서는 안 되는 질문밖에 없었다. 그가 터널에 존재한다는 사실은 그 한 달 동안 그녀의 삶에 모터 역할을 해주었다. 그가 뉴욕에 존재한다는 사실이 그 여름 동안 그랬던 것처럼. 그가 세상 어딘가에 존재한다는 사실이 그녀가 그의 이름을 듣기 전에 그랬던 것처럼. 대그니는 그 모터가 멈추어버린 듯한 기분이 들었다.

그녀는 주머니에 간직한 반짝이는 5달러짜리 금화를 마지막 연료삼아 버텼다. 그리고 무관심을 주위 세계로부터 자신을 보호해주는 마지막 무기로 삼고 살았다.

신문들은 전국으로 번져가는 폭력 사태에 대해 함구했다. 하지만 대그니는 기차 차장들에게서 네브래스카, 오리건, 텍사스, 몬태나 등지의 총알자국으로 벌집이 된 객차, 해체된 철로, 습격당한 열차, 포위된 역들에 대한 이야기를 전해 들었다. 그 헛되고 비극적인 폭력 사태들은 절망으로 촉발되어 파괴로 끝이 났다. 국지적인 소요에 그친 것들도 있었고 더 널리 퍼진 것들도 있었다. 일부 지역에서는 폭도들이 그 지역 공직자들을 체포하고, 워싱턴에서 파견된 사람들을 내쫓고, 세금 징수원들을 살해한 뒤 연방으로부터의 분리를 선언하고 자신들을 파괴한 악의 극단으로까지 치달았다. 그것은 살해당하는 것을 자살로 막는 행위였다. 폭도들은 손에 들어오는 모든 재산을 강탈하고 모두가 하나가 되는 공동체를 선언했지만 일주일도 안 되어 파멸하고 말았다. 얼마 안 되는 약탈품은 다 떨어지고, 서로에 대한 피비린내 나는 증오와 총만이 법인 혼란 속에서 힘을 잃어가다가 워싱턴에서 보낸 몇 안 되는 지친 군인들의 무기력한 공격에 맥없이 무너졌다.

신문들은 그 사실에 대해 언급하지 않았다. 신문 사설들은 자기부정이야말로 미래의 진보로 가는 길이고, 자기희생은 도덕적 의무이며, 탐욕은 적이고, 사랑이 해결책이라고 계속해서 떠들어댔다. 그 진부한 문구들은 병원 에테르 냄새처럼 메스껍고 달콤했다.

흉흉한 소문들이 냉소와 공포에 찬 속삭임을 타고 전국으로 퍼져나갔지만 사람들은 신문을 읽으며 그 내용을 믿는 것처럼 행동했다. 누가 더 맹목적인 침묵을 잘 지키는지 서로 경쟁하며 자신이 아는 것을 모르는 척했다. 언급되지 않은 것은 현실이 아니라고 믿으려 애썼다. 마치 화산이 폭발하기 시작했는데 산 아래에 사는 사람들은 그 갑작스러운 균열과 검은 연기, 부글부글 끓어 넘치는 용암을 무시하며 그 신호들을 현실로 받아들이지 않으면 안전하다고 믿는 것과 같았다.

"톰프슨 대통령, 11월 22일에 세계 위기 관련 연설!"

그것은 그동안 인정되지 않던 것에 대한 첫 인정이었다. 연설 일주일 전부터 그 소식이 전국에 요란하게 알려졌다. "톰프슨 대통령이 세계 위기에 관한 대국민 연설을 할 예정이다! 11월 22일 오후 8시 전국의 모든 라디오와 텔레비전 방송을 통해 톰프슨 대통령의 연설이 생중계된다!"

처음에는 신문 1면과 라디오 방송에 이런 설명이 나갔다. "인민의 적들이 퍼뜨린 소문과 공포 분위기에 대응하기 위해 톰프슨 대통령이 11월 22일 대국민 연설을 통해 위기에 처한 이 엄중한 시기의 세계정세에 관해 자세히 보고한다. 톰프슨 대통령은 우리를 공포와 절망에 빠뜨리려는 사악한 세력들을 몰아낼 것이다. 그는 세상의 암흑에 빛을 밝히고, 우리에게 비극적인 문제들에서 벗어날 길을 제시해줄 것이다. 이 시대의 엄숙함에 상응하는 가혹한 길이겠지만 빛을 되살리는 영광의 길이 될 것이다. 톰프슨 대통령의 연설은 이 나라와 아직 라디오 전파가 닿는 세계의 모든 나라에 라디오 방송을 통해 전해질 것이다."

그러더니 연일 합창 소리가 높아져갔다. 신문들은 날마다 "톰프슨 대통령, 11월 22일 대국민 연설!"이라는 머리기사를 실었다. 라디오 방송국들은 모든 프로가 끝날 때마다 "11월 22일에 있을 톰프슨 대통령의 연설을 잊지 마시기 바랍니다!"라고 외쳤다. 그리고 지하철과 버스의 현수막, 건물 벽의 포스터, 한산한 고속도로의 광고판에서 "톰프슨 대통령이 진실을 말씀드립니다!"라는 문구를 볼 수 있었다.

정부 공용차들에는 "절망하지 마십시오! 톰프슨 대통령의 연설을 들으십시오!"라고 쓰인 깃발이 나부꼈다. 사무실과 상점들에는 "포기하지 마십시오! 톰프슨 대통령의 연설을 들으십시오!"라고 쓰인 현수막이 붙었다. 교회에서는 "믿음을 가지세요! 톰프슨 대통령의 연설을 들으세요!"라는 외침이 들렸다. 그리고 군용기들은 하늘에 "톰프슨 대통령이 여러분께 답을 줄 것입니다!"라고 썼는데, 그 글씨들은 금세 사라져 문장이 완성될 즈음에는 마지막 두 단어만 남아 있었다(마지막 두 단어는 "Mr. Thompson will give you the answer의 답(the answer)임―옮긴이).

대통령의 연설에 대비해 뉴욕의 광장들에 대형 스피커가 설치되었다. 그 스피커들은 한 시간에 한 번씩 멀리서 울리는 시계 종소리에 맞추어 지지직거리는 소리를 내며 살아나 털털거리며 지나가는 자동차와 초라한 행인들의 머리 위로 경고하는 듯한 낭랑하고 기계적인 외침을 뱉어냈다. "11월 22일, 톰프슨 대통령의 세계 위기 관련 연설을 들으십시오!" 그 외침은 차가운 공기를 타고 퍼지다가 날짜 없는 빈 전광판 달력 아래 안개 낀 허공에서 사라졌다.

11월 22일 오후, 제임스 태거트가 대그니에게 톰프슨 대통령이 방송 전 회의에서 만나고 싶어한다고 전했다.

"워싱턴에서?"

대그니는 자신의 손목시계를 보며 믿을 수 없다는 듯 물었다. "너는 신문도 안 보고 세상일에 관심도 없는 모양이구나. 톰프슨 대통령이 뉴욕에서 방송한다는 것도 몰랐어? 대통령은 산업계는 물론 노동계, 과학계, 지식 분야 등 각계 최고 지도자들의 의견을 듣기 위해 뉴욕에 왔어. 나한테 너도 데려오라고 했어."

"회의 장소가 어디인데?"

"방송국 스튜디오."

"설마 내가 그들의 정책을 지지하는 연설을 해주길 기대하는 건 아니겠지?"

"걱정 마. 넌 마이크 근처에도 못 가게 할 테니까! 그냥 네 의견을 들으려고 부른 거야. 지금은 국가 비상시기이고 대통령이 직접 초대한 거니까 거절하면 안 돼!" 제임스가 대그니의 눈을 피하며 초조하게 말했다.

"회의가 언제 시작되는데?"

"7시 반."

"국가 비상사태에 대한 회의를 하기에는 시간이 너무 짧군, 안 그래?"

"톰프슨 대통령은 무척 바쁜 분이야. 제발 따지지 좀 마. 까다롭게 굴지 말라고. 난 네가 왜 그렇게……."

"좋아. 가지."

대그니는 무심하게 대답하고 갱단의 회의에 목격자도 없이 참석하는 게 꺼려져서 덧붙였다. "하지만 에디 윌러스를 데려갈 거야."

제임스는 얼굴을 찌푸리고 잠시 생각에 잠겼다. 불안하기보다는 짜증스러운 기색이었다.

"좋아. 원한다면." 그가 어깨를 으쓱하며 말했다.

대그니는 제임스 태거트와 에디 윌러스를 경찰과 보디가드 삼아 양쪽에 거느리고 방송국으로 갔다. 제임스는 화나고 긴장한 얼굴이었고, 에디는 체념한 듯하면서도 호기심에 차 있었다. 넓고 어두운 공간 한구석에 판지로 벽을 세워 만든 무대가 있었다. 웅장한 응접실과 소박한 서재를 합쳐놓은 듯한 엄격하고 전통적인 분위기의 무대였다. 반원형으로 놓인 빈 안락의자들이 무대를 채우고 있었는데 가족사진이라도 찍는 듯한 자리 배치였다. 의자들 사이에 놓인 마이크들은 긴 낚싯대 끝에 매달린 미끼 같았다.

초조한 모습으로 모여 서 있는 각계 최고의 지도자들은 파산한 가게의 재고 정리 세일에 나온 물건들 같았다. 웨슬리 마우치와 유진 로슨, 칙 모리슨, 텅키 할러웨이, 플로이드 페리스 박사, 사이먼 프리쳇 박사, 에마 차머스, 프레드 키넌, 그리고 초라한 기업가 몇 명이 눈에 띄었다. 그들 중에는 겁에 질려 있으면서도 우쭐함을 감추지 못하는 어맬거메이티드 전철기&신호기 주식회사의 모언 사장도 있었는데 놀랍게도 그도 산업계를 대표하는 거물인 모양이었다.

하지만 대그니를 순간적인 충격에 빠뜨린 사람은 로버트 스태들러 박사였다. 사람 얼굴이 1년 사이에 그렇게 늙을 수 있다는 게 도무지 믿기지 않았다. 무한한 에너지와 소년 같은 열정이 사라진 스태들러 박사의 얼굴에는 경멸과 고통의 주름살밖에 남아 있지 않았다. 그는 다른 사람들과 떨어져 혼자 서 있다가 대그니가 들어가자 마치 사창가에서 아내에게 들킨 사람 같은 표정을 지었다. 그는 처음에는 죄책감을 보였지만 그 죄책감은 점차 증오로 변해갔다. 대그니는 과학자인 로버트 스태들러 박사가 마치 그녀를 보지 못한 것처럼 고개를 돌리는 것을 목격했다. 그녀를 보지 않으면 그녀의 존재 자체가 지워지기라도 하는 것처럼.

톰프슨은 무리지어 서 있는 사람들 사이에서 서성이며 아무에게나 딱딱거렸다. 연설이라는 의무에 경멸을 느끼는 행동가의 초조한 태도였다. 그는 타이핑된 원고 뭉치를 손에 들고 있었는데 내다 버릴 헌 옷을 들고 있는 것 같았다.

제임스 태거트가 그에게 다가가 자신감이 결여된 커다란 소리로 말했다. "각하, 제 여동생 대그니 태거트를 소개해도 되겠습니까?"

"와줘서 고맙소, 태거트 양."

톰프슨은 이름을 처음 들어본 고향 유권자를 대하듯 대그니와 악수를 나누고는 활기차게 지나가버렸다.

"오빠, 회의는 어디서 하는 거지?"

대그니가 벽시계를 보며 물었다. 시계의 거대한 흰 문자반에서 검은 바늘이 칼처럼 분을 가르며 8시를 향해 움직이고 있었다.

"나도 어쩔 수가 없어! 내가 이 쇼를 진행하는 게 아니잖아!" 제임스가 날카롭게 말했다.

에디 윌러스가 씁쓸함과 인내심, 놀라움이 담긴 눈으로

대그니를 흘끗 쳐다보고 그녀에게 더 가까이 붙어 섰다.

라디오에서 옆 스튜디오에서 방송 중인 군대 행진곡이 흘러나오며 무대의 신경질적인 목소리와 불안하게 서성이는 발소리, 응접실 세트에 설치 중인 기계들의 잡음을 반쯤 삼켜버렸다.

"잠시 후 8시에 톰프슨 대통령의 세계 위기에 대한 연설이 방송됩니다!"

라디오에서 아나운서가 씩씩한 목소리로 외쳤다. 시곗바늘이 7시 45분을 가리키고 있었다.

"서둘러. 서두르라고!"

라디오에서 다른 행진곡이 흘러나오는 동안 톰프슨이 소리쳤다.

7시 50분이 되자 행사 주관자인 듯한 사기 조정관 칙 모리슨이 종이 뭉치를 바통처럼 흔들며 동그란 조명이 환히 비치는 안락의자들을 가리켰다.

"자, 여러분, 좋아요. 이제 자리에 앉읍시다!"

톰프슨이 지하철에서 빈자리를 차지하듯 냉큼 가운데 자리로 가서 털썩 앉았다.

칙 모리슨의 부하들이 사람들을 조명 아래로 몰고 갔다.

칙 모리슨이 설명했다. "행복한 가족처럼 보여야 합니다. 국민들 눈에 행복하고 화목한 대가족처럼…… 무슨 일이지?"

라디오에서 음악 소리가 뚝 끊기더니 정전기 이는 소리가 났다. 7시 51분이었다. 칙 모리슨은 어깨를 으쓱하고 말을 이었다.

"행복한 가족. 자, 서둘러요. 먼저 각하를 클로즈업해서 찍어요."

시곗바늘은 부지런히 움직였고, 사진기자들이 톰프슨의 성마른 얼굴에 대고 카메라 셔터를 눌러댔다.

칙 모리슨이 말했다. "대통령께서는 과학계와 산업계 사이에 앉으실 겁니다! 스태들러 박사님, 각하 왼쪽으로 앉으세요. 태거트 양, 이쪽으로요. 각하 오른쪽으로요."

스태들러 박사는 시키는 대로 했다. 대그니는 움직이지 않았다.

"기자들을 위해서만이 아니라 텔레비전 시청자들을 위해서이기도 합니다."

칙 모리슨이 권유하는 어조로 그녀에게 설명했다. 대그니가 한 걸음 앞으로 나가 톰프슨에게 차분히 말했다.

"저는 이 프로그램에 참여하지 않겠습니다."

"참여하지 않겠다고?"

톰프슨이 멍하니 물었다. 꽃병 중의 하나가 갑자기 제 역할을 하지 않겠다고 나서기라도 한 듯한 표정이었다.

"대그니, 제발!" 제임스 태거트가 패닉에 빠져서 소리쳤다.

"저 여자 왜 저러지?" 톰프슨이 물었다.

"아니, 태거트 양! 왜요?" 칙 모리슨이 외쳤다.

대그니가 주위 사람들의 얼굴을 보며 말했다. "모두 그 이유를 알 거예요. 당신들은 다시 이런 일을 꾸미는 어리석음을 범하지 말았어야 했어요."

대그니가 떠나려고 등을 돌리자 칙 모리슨이 외쳤다. "태거트 양! 지금은 국가 비상……"

한 남자가 톰프슨을 향해 달려오는 바람에 모두 동작을 멈추었다. 그 남자의 심상치 않은 표정에 장내에 죽음과도 같은 정적이 깔렸다. 그는 방송국 수석 엔지니어였는데 원시적인 공포를 문명인의 절제력으로 애써 억누르고 있었다.

"각하, 바, 방송을 연기해야 할지도 모릅니다."

"**뭐라고?**" 톰프슨이 외쳤다.

시곗바늘이 7시 58분을 가리키고 있었다.

"지금 고치고 있는데, 지금 원인을 찾고는 있는데…… 시간 내에 안 될 수도 있어서……."

"지금 무슨 소리를 하는 거야? 무슨 일이야?"

"지금 원인을 찾으려고……."

"무슨 일이야?"

"모르겠습니다! 지금…… 지금…… 방송이 나가지 않습니다."

잠시 침묵이 흐른 뒤 톰프슨이 비정상적인 낮은 목소리로 물었다. "당신 미쳤어?"

"그런 것 같습니다. 차라리 그랬으면 좋겠습니다. 저도 이해할 수가 없습니다. 방송이 안 됩니다."

톰프슨이 벌떡 일어나며 외쳤다. "기술적인 문제야? 빌어먹을, 이런 때에 기술 문제라니? 당신 이런 식으로 방송국을 운영하면……."

수석 엔지니어는 아이를 겁먹게 하고 싶지 않은 어른처럼 천천히 고개를 저었다.

그가 조용히 말했다. "저희 방송국의 문제가 아닙니다. 저희가 확인한 바로는 전국의 모든 방송국이 그렇습니다. 기술적인 문제도 없고요. 저희도 그렇고 다른 방송국들도 마찬가지입니다. 방송장비에는 아무 문제가 없습니다. 다른 방송국들도 그렇다고 합니다……. 그런데 7시 51분에 모든 라디오 방송이 끊겼습니다…… 그 이유는 아무도 모르고요."

"하지만……." 톰프슨은 입을 다물었다가 주위를 둘러보며 외쳤다. "오늘은 안 돼! 오늘은 이런 일이 일어나선 안 된다고! 내 방송을 내보내야 해!"

수석 엔지니어가 천천히 말했다. "각하, 국립과학연구소 전자 실험실에 문의해봤는데…… 이런 경우는 본 적이 없다고 합니다. 자연적인 현상일 수도 있답니다. 전례 없는 모종의 우주적 장애……"

"그래서?"

"하지만 그건 아닌 것 같답니다. 저희도 그렇게 생각하고요. 라디오 전파 때문인 것 같답니다. 하지만 지금까지 만들어진 적도, 어디서 관찰된 적도, 누군가에 의해 발견된 적도 없는 주파수인 것 같답니다."

아무도 대꾸하지 않았다. 잠시 후 수석 엔지니어가 묘하게 엄숙한 목소리로 말을 이었다.

"라디오 전파 벽이 방송을 차단하고 있는 것 같은데 우리는 그 벽을 통과할 수도, 만질 수도, 파괴할 수도 없습니다…… 심지어 그 근원을 찾아낼 수도 없습니다. 현재 우리의 기술로는요. 전파가 송신기에서 나오는 것 같은데…… 그것에 비하면 우리가 알고 있는 송신기는 어린아이 장난감에 불과할 겁니다!"

"하지만 그건 불가능해!"

그 외침은 톰프슨의 뒤에서 터져 나왔고, 그 공포에 찬 목소리에 놀라 모두 소리나는 쪽으로 고개를 돌렸다. 스태들러 박사였다.

"그런 건 없어! 이 세상에 그걸 만들 수 있는 사람은 없어!"

수석 엔지니어가 두 손을 펼쳐 보이며 지친 목소리로 말했다. "바로 그겁니다, 스태들러 박사님. 그건 가능할 수가 없습니다. 가능해선 안 됩니다. 하지만 존재합니다."

"그럼 어떻게 좀 해봐!" 톰프슨이 사람들에게 외쳤다.

아무도 대답하지도, 움직이지도 않았다.

"난 용납 못 해! 용납 못 한다고! 다른 날도 아니고 하필 오늘! 난 그 연설을 해야 해! 어떻게 좀 해! 무슨 문제든 해결하라고! 이건 명령이야!" 톰프슨이 외쳤다.

수석 엔지니어는 멍하니 그를 쳐다보고 있었다.

"이 일의 책임을 물어 당신들을 해고하겠어! 전국의 모든 전자 엔지니어들을 해고해버리겠어! 모두 태업과 이탈, 반역 혐의로 법정에 세우겠어! 내 말 알아들어? 빌어먹을, 어떻게 좀 해! 어떻게 좀 하라고!"

수석 엔지니어는 태연히 그를 쳐다보고 있었다. 말은 더 이상 아무 의미도 전달하지 못하는 듯했다.

"명령을 수행할 사람이 없는 거야? 이 나라에 인재가 하나도 남아 있지 않은 거야?" 톰프슨이 외쳤다.

시곗바늘이 8시를 가리켰다.

"신사 숙녀 여러분."

라디오에서 분명하고 침착하고 준엄한 남자 목소리가 흘러나왔다. 지난 수년 간 방송을 통해 들을 수 없었던 목소리였다.

"오늘 톰프슨 대통령의 연설은 없습니다. 그의 시간은 끝났습니다. 내가 그 시간을 갖게 되었습니다. 여러분은 세계 위기에 관한 보고를 듣게 되어 있었습니다. 이제부터 그 보고를 듣게 될 것입니다."

그 목소리를 알아차린 세 사람이 헐떡거리는 소리를 냈으나 군중의 아우성 속에서 그 소리를 들을 수 있는 사람은 아무도 없었다. 하나는 승리의 헐떡거림이었고, 다른 하나는 공포의 헐떡거림이었으며, 나머지 하나는 당혹감의 헐떡거림이었다. 연사의 정체를 알아차린 세 사람은 대그니, 스태들러 박사, 에디 윌러스였다. 에디 윌러스에게는 아무도 눈길을 주지 않았지만 대그니와 스태들러 박사는 서로를 흘깃 쳐다보았다. 대그니는 스태들러 박사의 얼굴이 도저히 봐줄 수 없는 사악한 공포로 일그러진 것을 보았고, 스태들러 박사는 대그니가 그걸 안다는 것을 알 수 있었다. 대그니는 스태들러 박사가 연사에게 따귀라도 맞은 것처럼 스태들러 박사를 보고 있었다.

"지난 12년 동안 여러분은 '존 골트가 누구냐?'고 물어왔습니다. 내가 존 골트입니다. 나는 자신의 삶을 사랑하는 사람입니다. 자신의 사랑과 가치들을 희생시키지 않는 사람입니다. 여러분에게서 희생자들을 빼앗아가고 여러분의 세상을 파괴해온 사람입니다. 만일 여러분이, 앎을 두려워하는 여러분이 세상이 왜 무너져가는지 알고 싶다면 이제부터 그 이유를 말씀드리겠습니다."

움직일 수 있는 사람은 수석 엔지니어뿐이었다. 그는 텔레비전으로 달려가 미친 듯이 다이얼을 돌려댔다. 하지만 화면은 비어 있었다. 연사가 자신의 모습을 드러내지 않기로 작정한 것이다. 오직 그의 목소리만이 모든 방송을 독점하고 있었다. 수석 엔지니어는 그가 여기서, 이 방에서, 사람들의 무리가 아니라 한 사람에게만 이야기하고 있는 것 같다는 생각이 들었다. 그 목소리는 단체가 아니라 한 사람을 향한 것이었다.

"여러분은 지금이 도덕적 위기의 시대라는 이야기를 들어왔습니다. 여러분은 두려움과 희망이 반반씩 섞인 마음으로 말은 아무 의미도 없다고 스스로에게 말해왔습니다. 여러분은 인간의 죄가 세상을 파괴하고 있다고 외치며 여러분이 요구하는 미덕들을 실천하지 않으려는 인간의 본성을 저주해왔습니다. 여러분에게 미덕이란 희생을 의미하기에 여러분은 연이어 재난이 일어날 때마다 더 많은 희생을 요구했습니다. 여러분은 도덕으로의 회귀라는 명목 아래 여러분이 곤경의 원인으로 여기며 악이라고 칭하는 모든 것을 희생시켰습니다. 여러분은 자비를 위해 정의를 희생시켰습니다. 통합을 위해 독립성을 희생시켰습니다. 믿음을 위해 이성을 희생시켰습니다. 필요를 위해 부를 희생시켰습니다. 자기부정을 위해 자아존중을 희생시켰습니다. 의무를 위해 행복을 희생시켰습니다.

여러분은 악이라고 여기는 모든 것을 파괴하고, 선이라

고 여기는 모든 것을 이루었습니다. 그런데 왜 주위 세상을 둘러보며 공포로 움츠러드는 거죠? 이 세상은 여러분이 죄라고 여기는 것들의 산물이 아니라 여러분의 미덕들의 모습을 하고 있습니다. 여러분의 도덕적 이상이 완벽하게 구현된 모습입니다. 여러분은 그 이상을 위해 싸웠습니다. 그 이상을 꿈꾸고 소망했습니다. 그리고 내가, 바로 내가 여러분의 소망을 들어준 사람입니다.

여러분의 이상은 화해 불가능한 적을 가지고 있었습니다. 여러분의 도덕률에 의하면 그 적은 파괴되어야만 할 존재였습니다. 나는 그 적을 철수시켰습니다. 그들이 여러분의 앞길을 막지 못하도록 여러분의 손이 닿지 않는 곳으로 데려갔습니다. 여러분이 하나씩 차례로 희생시키고 있는 모든 악의 근원을 제거했습니다. 여러분의 싸움을 종결시켰습니다. 여러분의 모터를 껐습니다. 여러분의 세상에서 인간의 정신을 제거했습니다.

여러분은 인간은 정신으로 살지 않는다고 했죠? 정신으로 사는 사람들을 내가 철수시켰습니다. 여러분은 정신은 무력하다고 했죠? 그렇지 않은 정신을 지닌 사람들을 내가 철수시켰습니다. 여러분은 정신보다 더 높은 가치들이 있다고 했죠? 그렇게 생각하지 않는 사람들을 내가 철수시켰습니다.

여러분이 정의와 독립심, 이성, 부, 자존감을 가진 사람들을 희생의 제단으로 끌고 가는 동안 내가 선수를 쳐서 그들을 먼저 손에 넣었습니다. 나는 그들에게 여러분이 벌이는 게임의 본질을, 여러분의 도덕률의 본질을 말해주었습니다. 그들은 너무나도 순진하고 관대한 나머지 진실을 깨닫지 못하고 있었으니까요. 나는 그들에게 다른 도덕률, 나의 도덕률에 따라 사는 길을 제시했습니다. 그리고 그들은 내가 제시한 길을 선택했습니다.

세상에서 홀연히 사라진 모든 사람, 여러분이 증오하면서도 잃기를 두려워한 그 사람들을 여러분에게서 빼앗아간 사람이 바로 나입니다. 우리를 찾으려고 애쓰지 말기 바랍니다. 우리는 여러분에게 발견되지 않을 테니까요. 여러분을 위해 봉사하는 것이 우리의 의무라고 외치지 말기 바랍니다. 우리는 그런 의무를 모르니까요. 우리가 필요하다고 외치지 말기 바랍니다. 우리는 필요를 권리로 여기지 않으니까요. 우리가 여러분의 소유라고 외치지 말기 바랍니다. 그렇지 않으니까요. 우리에게 돌아오라고 애원하지 말기 바랍니다. 우리, 정신의 소유자들은 파업 중이니까요.

우리는 자기희생에 대항해 파업 중입니다. 거저 얻는 보상과 대가 없는 의무에 대항해 파업 중입니다. 자신의 행복을 추구하는 것이 악이라는 도그마에 대항해 파업 중입니다. 삶은 죄라는 주장에 대항해 파업 중입니다.

우리의 파업은 여러분이 수세기 동안 벌여온 파업과 다

릅니다. 우리의 파업은 요구를 하는 게 아니라 요구를 들어주는 것입니다. 우리는 여러분의 도덕에 따르면 사악합니다. 우리는 더 이상 여러분에게 해를 끼치지 않기로 했습니다. 여러분의 경제학에 따르면 우리는 무용한 존재들입니다. 우리는 더 이상 여러분을 착취하지 않기로 했습니다. 여러분의 정치학에 따르면 우리는 위험하고 족쇄를 채워야 할 존재들입니다. 우리는 더 이상 여러분을 위험에 빠뜨리지도, 족쇄를 차지도 않기로 했습니다. 여러분의 철학에 따르면 우리는 환상에 불과합니다. 우리는 더 이상 여러분의 눈을 가리지 않고 현실을 직시할 수 있게 하기로 했습니다. 여러분이 원하던 현실. 지금 여러분이 보고 있는 세상. 정신이 존재하지 않는 세상.

우리는 여러분의 요구를 모두 들어주었습니다. 늘 주는 자였던 우리는 이제야 그 사실을 깨달았습니다. 우리는 여러분을 상대로 요구할 것도, 협상할 것도, 타협할 것도 없습니다. 여러분은 우리에게 제공할 것이 없습니다. **우리는 여러분이 필요하지 않습니다**.

지금 여러분은 이렇게 외치고 있나요? '아니야, 이건 우리가 원한 게 아니야! 우리의 목표는 이런 폐허뿐인 세상이 아니었어! 우리는 당신들이 떠나는 걸 원하지 않았어!' 도덕을 내세우는 식인종들인 여러분은 자신이 원하는 것의 실체를 늘 알고 있었습니다. 하지만 게임은 끝났습니다. **이제** 우리도 그것을 알게 되었으니까요.

여러분은 지난 수세기 동안 여러분의 도덕률이 초래한 천벌과 재앙에 시달리며 도덕이 땅에 떨어져서 그 벌을 받고 있는 것이라고, 인간은 너무나 약하고 이기적이어서 도덕이 요구하는 피를 흘리지 못한다고 부르짖었습니다. 여러분은 인간을, 존재를, 세상을 저주했습니다. 하지만 여러분의 도덕률에는 감히 의문을 품지 못했습니다. 여러분의 희생자들은 그 책임을 떠안고 고투를 계속했고, 그들이 희생의 대가로 받은 것은 여러분의 저주였습니다. 그동안 여러분은 여러분의 도덕률은 숭고하며, 인간의 본성이 그것을 실천할 수 있을 정도로 훌륭하지 못할 뿐이라고 외쳐댔습니다. 하지만 아무도 분연히 일어나 이런 질문을 던지지 않았습니다. '인간의 본성이 훌륭하지 못하다고? 어떤 기준에서?'

여러분은 존 골트의 정체를 알고 싶어했습니다. 그 질문을 던진 사람이 바로 나, 존 골트입니다.

맞습니다. 지금은 도덕적 위기의 시대입니다. 그리고 여러분은 여러분의 악에 대한 벌을 받고 있습니다. 하지만 이제 심판대에 오른 것은 인간이 아닙니다. 비난받아야 할 대상은 인간의 본성이 아닙니다. 이제 여러분의 도덕률은 운이 다했습니다. 여러분의 도덕률은 이미 절정을 지났고, 이제 막다른 골목에 이르렀습니다. 여러분은 계속 살고 싶다면 도덕으로 **돌아갈** 것이 아니라 그 실체를 **발견해야** 합니다.

여러분이 아는 도덕은 신비주의적이거나 사회적인 것뿐입니다. 여러분은 도덕이 초자연적인 힘의 변덕이나 사회의 변덕에 따라 여러분에게 부과되는 행동의 기준이라고 배워왔습니다. 도덕은 신의 목적이나 이웃의 복지를 위한 것이라고, 무덤 너머나 이웃에 있는 존재를 기쁘게 해주기 위한 것이라고 배워왔습니다. 여러분 자신의 삶이나 기쁨을 위한 것이 아니라요. 여러분 자신의 기쁨은 부도덕한 것이고, 여러분 자신의 이익은 악한 것이며, 모든 도덕률은 여러분 자신을 **위해서가** 아니라 그것에 **반해서**, 여러분의 삶을 증진시키기 위해서가 아니라 고갈시키기 위해서 만들어져야 한다고 배워왔습니다.

지난 수세기 동안 도덕을 둘러싼 싸움은 여러분의 삶이 신에게 속해 있다고 주장하는 무리와 여러분의 이웃들에 속해 있다고 주장하는 무리 사이에서 이루어졌습니다. 선은 하늘의 유령들을 위한 자기희생이라고 설교하는 무리와 지상의 무능력자들을 위한 자기희생이라고 가르치는 무리 사이에서요. 여러분의 삶은 여러분 자신에게 속해 있고, 선은 그런 삶을 사는 것이라고 말해준 사람은 없었습니다.

그 양쪽 무리 모두 도덕은 여러분의 자기이익과 정신의

포기를 요구하고, 도덕적인 것과 실리적인 것은 반대되며, 도덕은 이성이 아닌 믿음과 힘의 영역에 속한다는 데 동의했습니다. 양쪽 무리 모두 합리적 도덕은 불가능하고, 이성에는 옳고 그름이 없으며, 이성은 도덕적일 이유가 없다는 데 동의했습니다.

여러분의 도덕주의자들은 다른 문제에 대해서는 싸워도 인간의 정신에 대항하는 데는 의견이 일치했습니다. 그들의 모든 계획과 체제는 인간의 정신을 훼손하고 파괴하기 위한 것이었습니다. 여러분, 이제 파멸하든지 아니면 반(反)정신은 반(反)생명임을 배우든지 둘 중 하나를 선택하기 바랍니다.

인간의 정신은 생존의 기본 도구입니다. 생명은 인간에게 거저 주어지는 것이지만 생존은 그렇지 않습니다. 몸은 거저 주어지는 것이지만 몸의 유지는 거저 되는 것이 아닙니다. 정신은 거저 주어지지만 그 내용은 그렇지 않습니다. 인간은 살아 있기 위해서는 행동해야 하고, 행동하기 전에 자신의 행동의 본질과 목적을 알아야 합니다. 인간은 음식에 대한 지식과 그것을 얻는 방법을 터득하지 못하고서는 음식을 얻을 수 없습니다. 도랑을 파든 소립자 연구용 입자가속장치를 만들든 그 목적과 방법을 알아야만 합니다. 인간은 살아남으려면 생각해야 합니다.

하지만 생각하는 것은 선택의 행위입니다. 여러분이 너

무나 경솔하게 '인간의 본성'이라고 부르는 것의 핵심은, 여러분 모두가 아는 공공연한 비밀이지만 말하길 두려워하는 그것은 **인간은 의지적 의식의 존재**라는 사실입니다. 이성은 자동적으로 작동하지 않습니다. 생각은 기계적인 과정이 아니며, 논리의 연결은 본능에 의해 이루어지는 것이 아닙니다. 여러분의 위와 폐, 심장의 기능은 자동적이지만 정신의 기능은 그렇지 않습니다. 여러분은 언제든, 어떤 문제에 대해서든 여러분의 뜻에 따라 생각할 수도, 생각을 회피할 수도 있습니다. 하지만 여러분의 본질은, **이성**이 여러분의 생존수단이라는 사실은 피할 수 없습니다. 따라서 인간인 **여러분에게** '사느냐 죽느냐'의 문제는 '생각하느냐 생각하지 않느냐'의 문제입니다.

의지적 의식의 존재는 자동적으로 행동하지 않습니다. 인간에게는 행동을 이끄는 가치 기준이 필요합니다. 인간은 '가치'를 얻고 지키기 위해 행동하며, 가치를 얻고 지키는 행위가 바로 '미덕'입니다. '가치'는 '누구에게, 무엇을 위해 가치가 있는가?'라는 질문에 대한 대답을 전제로 합니다. '가치'는 선택이 가능한 상황에서의 기준과 목적, 행동의 필요성을 전제로 합니다. 선택이 없다면 가치는 불가능합니다.

우주의 유일한 근본적인 선택은 존재냐, 비존재냐 입니다. 그리고 그 선택은 단 한 종류의 실체, 살아 있는 유기체에만 해당됩니다. 생명 없는 물질의 존재는 무조건적인 것입니다. 하지만 생명의 존재는 그렇지 않습니다. 생명의 존재는 특정한 행동 수칙에 의존합니다. 물질은 파괴될 수 없으며 형태를 바꿀 수는 있지만 존재를 멈출 수는 없습니다. 사느냐, 죽느냐 부단히 선택해야 하는 존재는 살아 있는 유기체뿐입니다. 삶은 스스로를 유지하는 자생적인 행위의 과정입니다. 유기체가 그 행위를 수행하지 못한다면 죽을 수밖에 없습니다. 화학적인 요소들은 남아 있겠지만 생명은 존재하지 않게 됩니다. '가치'라는 개념을 가능하게 하는 것은 '삶'이라는 개념뿐입니다. 오직 살아 있는 실체에게만 선과 악이 있을 수 있습니다.

식물은 살기 위해 섭취를 해야만 합니다. 식물에게 필요한 햇빛, 물, 화학물질들은 식물이 본능적으로 추구하도록 정해진 가치들입니다. 식물의 생명은 식물의 행위들을 통제하는 가치 기준입니다. 하지만 식물에게는 선택의 행위가 없습니다. 식물이 만나는 조건들에는 선택이 있지만 식물의 기능에는 선택이 없습니다. 식물은 자동적으로 생명을 이어갑니다. 식물은 스스로를 파괴하는 행동을 할 수 없습니다.

동물은 생명을 유지하는 도구를 갖추고 있습니다. 동물이 지닌 감각은 자동적인 행동법칙을 제공합니다. 동물은 감각을 통해 자신에게 무엇이 좋고 나쁜지 자동적으로 알 수 있습니다. 동물은 그 앎을 확장하거나 회피할 능력이 없습니다. 그 앎에 맞지 않는 조건 아래에서는 죽을 수밖에 없습니다. 하지만 살아 있는 한은 그 앎에 따라 행동합니다. 그렇게 자동적인 안전을 얻지만 선택 능력은 없는 채로요. 동물은 자신에게 좋은 것을 무시할 수도 없고, 자신에게 나쁜 것을 선택해 스스로를 파괴하는 행동을 할 수도 없습니다.

인간에게는 자동적인 생존법칙이 없습니다. 인간이 다른 생물체들과 다른 점은 **의지적 선택**에 따라 행동해야 한다는 것입니다. 인간은 자신에게 무엇이 좋고 나쁜지, 자신의 삶이 어떤 가치들에 의존하고 있는지, 어떤 행동수칙이 요구되는지 자동적으로 알 수가 없습니다. 여러분, 자기보존 본능에 대해 이야기하고 싶은가요? 자기보존 **본능**은 엄밀히 말하면 인간이 갖고 있지 않은 것입니다. '본능'은 정확하고 자동적인 형태의 앎입니다. 욕망은 본능이 아닙니다. 삶의 욕망은 삶에 필요한 앎을 제공해주지 않습니다. 인간의 삶의 욕망은 자동적이지도 않습니다. 여러분의 은밀한 악은 여러분이 그 욕망을 갖고 있지 않다는 것입니다. 여러분이 지닌 죽음에 대한 두려움은 삶에 대한 사랑이 아니며, 삶을 지속하기 위해 필요한 앎을 주지도 않습니다. 인간은 앎을 얻어야만 하고 생각의 과정을 통해 자신의 행동을 선택해야 합니다. 그러나 본성은 그것을 강요하지 않습니다. 인간은 스스로를 파괴하는 행동을 할 수 있는 능력이 있으며, 인류 역사의 대부분의 기간 동안 그렇게 행동해왔습니다.

자신의 생존수단을 악으로 여기는 생물체는 살아남을 수 없습니다. 제 뿌리를 망가뜨리려고 애쓰는 식물이나 제 날개를 부러뜨리려고 몸부림치는 새는 오래 살아남을 수가 없습니다. 그런데도 인간의 역사는 자신의 정신을 부정하고 파괴하려는 노력의 연속이었습니다.

인간은 합리적인 동물이라고 불려왔지만 합리성도 선택의 문제입니다. 본성은 인간에게 합리적인 존재와 자멸적인 동물, 이 두 가지 중 하나를 선택하도록 하고 있습니다. 인간은 선택에 의해 인간이어야 합니다. 인간은 선택에 의해 자신의 삶을 하나의 가치로 여겨야 합니다. 인간은 선택에 의해 삶을 유지하는 법을 배워야 합니다. 인간은 선택에 의해 삶이 요구하는 가치들을 발견하고 미덕을 행해야 합니다.

선택에 의한 가치 기준이 바로 도덕률입니다.

지금 나의 말을 듣고 있는 여러분이 누구든, 나는 여러분 안에 썩지 않고 남아 있는 살아 있는 것, 인간다운 모습, 여러분의 **정신**을 향해 이렇게 말합니다. 이성의 도덕, 인간에게 적합한 도덕이 존재합니다. 그리고 **인간의 삶**이 가치의 기준입니다.

합리적 존재의 삶에 적합한 것은 모두 선하고, 그것을 파괴하는 것은 모두 악합니다.

인간의 본성이 요구하는 삶은 무지한 야만인이나 약탈하는 악당, 남을 등쳐먹은 신비주의자의 삶이 아니라 생각하는 존재의 삶입니다. 강압이나 기만에 의한 삶이 아니라 성취에 의한 삶입니다. 어떤 대가를 치르고라도 살아남는 삶이 아닙니다. 그렇게 살아남기 위해 치르는 대가는 이성뿐이니까요.

인간의 삶은 도덕의 **기준**이지만 여러분 자신의 삶은 도덕의 **목적**입니다. 만일 세상에 존재하는 것이 여러분의 목표라면 여러분은 인간에게 적합한 기준에 따라 행동과 가치를 선택해야 합니다. 여러분의 삶이라는 대체 불가능한 가치를 보존하고 실현하고 즐기기 위해서요.

삶은 특정한 행동수칙을 요구하므로 다른 행동수칙은 삶을 파괴할 것입니다. 자신의 삶을 행동의 동기와 목표로 삼지 않는 인간은 **죽음**의 동기와 기준에 따라 행동하는 것입니다. 그런 인간은 자신이 존재한다는 사실을 반대하고 부정하고 반박하며 파괴의 길을 맹목적으로 질주하는, 고통밖에 모르는 형이상학적 괴물입니다.

행복은 삶의 성공적인 상태이고, 고통은 죽음의 대리자입니다. 행복은 자신의 가치를 이루는 데서 나오는 의식 상태입니다. 여러분에게 자신의 행복을 포기하는 것에서 행복을 찾고, 자신의 가치의 실패를 가치로 여기라고 말하는 도덕은 도덕을 뻔뻔스럽게 부정하는 것입니다. 여러분에게 이상이랍시고 타인의 제단에 오르는 희생양의 역할을 부여하는 가르침은 여러분에게 **죽음**을 기준으로 삼도록 하는 것입니다. 현실과 삶의 본질에 따라 인간은, 모든 인간은 그 자체가 목적입니다. 인간은 자신을 위해 존재하며 자신의 행복을 성취하는 것이 인간의 가장 높은 도덕적 목적입니다.

하지만 비합리적인 변덕의 추구로는 삶도, 행복도 성취할 수 없습니다. 인간은 스스로 삶의 방식을 택할 자유가 있지만 자신의 본성이 요구하는 대로 살지 않는 한 파멸하게 되는 것처럼, 무분별한 기만을 통해 행복을 추구할 수는 있지만 인간은 적합한 행복을 추구하지 않는 한 좌절의 고통만을 느끼게 됩니다. 도덕의 목적은 고통받고 죽는 법이 아니라 자신을 즐기고 사는 법을 가르치는 것입니다.

다른 사람들의 정신이 낸 수익으로 살면서 인간에게는 도덕도, 가치도, 행동수칙도 필요치 않다고 주장하는, 국가 보조금으로 유지되는 강의실의 기생충 같은 존재들을 쓸어내세요. 과학자 행세를 하며 인간은 동물에 불과하다고 주장하는 자들은 가장 하등한 곤충들에게도 허용한 존재의 법칙을 인간에게는 허용하지 않고 있습니다. 그들은 모든 생물체가 본성에 의해 요구되는 생존방식을 갖고 있음을 인정합니다. 그들은 물고기가 물 밖에서 살 수 있다거나 개가 냄새 맡는 감각 없이도 살 수 있다고 주장하지 않습니다. 그러면서도 가장 복잡한 존재인 인간은 어떤 방식으로든 생존할 수 있다고 주장합니다. 인간에게는 정체성도 본성도 없고, 생존수단이 파괴되거나 정신이 억압되고 그들의 지배를 받아도 살지 못할 실제적인 이유가 없다고 주장합니다.

증오에 빠진 신비주의자들을 쓸어내세요. 그들은 인류의 친구를 자처하며 인간이 실천할 수 있는 최고의 미덕은 자신의 삶을 무가치하게 여기는 것이라고 설교합니다. 그들이 여러분에게 도덕의 목적은 인간의 자기보존 본능을 억제하는 것이라고 말하던가요? 인간은 자기보존이라는 목적을 위해 도덕을 필요로 하는 것입니다. 도덕적이기를 욕망하는 인간만이 살기를 욕망합니다.

아니요, 여러분은 반드시 살아야만 하는 것은 아닙니다. 그것은 여러분의 기본적인 선택입니다. 하지만 일단 살기로 선택하면 인간으로 살아야 합니다. 여러분의 정신의 작용과 판단에 의해서요.

아니요, 여러분은 반드시 인간으로 살아야만 하는 것은 아닙니다. 그것은 도덕적 선택입니다. 하지만 여러분은 인간이 아닌 다른 것으로는 살 수가 없습니다. 그것은 여러분이 지금 여러분 자신과 주위에서 볼 수 있는 죽음과 같은 삶의 상태이니까요. 존재에 적합하지 않은 상태, 더 이상 인간이 아니라 동물보다 못한 상태, 오직 고통밖에 모르는 채 생각 없는 자기파괴의 고통 속에서 하루하루를 보내는 상태이니까요.

아니요, 여러분은 반드시 생각해야만 하는 것은 아닙니다. 그것은 도덕적 선택입니다. 하지만 여러분이 살아 있기 위해서는 누군가 생각을 해야만 합니다. 여러분이 생각을 하지 않기로 결정한다면 그것은 존재에 대한 의무를 이행하지 않는 것이고, 다른 도덕적인 사람에게 여러분의 의무를 떠맡기는 것입니다. 여러분이 악에 의해 생존할 수 있도록 그 사람의 선을 희생시키는 것입니다.

아니요, 여러분은 반드시 인간이 되어야 하는 것은 아닙니다. 하지만 이제 진짜 인간인 이들은 더 이상 세상에 존재하지 않습니다. 내가 여러분의 생존수단을, 여러분의 희생자들을 제거했습니다.

내가 어떻게 그렇게 했으며, 그들에게 무슨 말을 해서 세상을 등지게 했는지 알고 싶으신가요? 여러분은 지금 그걸 듣고 있습니다. 내가 그들에게 한 말은 지금 여러분에게 하고 있는 말과 본질적으로 같습니다. 그들은 나의 기준에 따라 살아온 사람들이지만 그것이 얼마나 위대한 미덕을 나타내는지 알지 못했습니다. 그래서 내가 알려주었습니다. 나는 그들이 자신의 가치를 재평가하게 만든 것이 아니라 그것을 알아볼 수 있게 해주었을 뿐입니다.

우리, 정신을 가진 사람들은 '존재는 존재한다'는 원리의 이름으로 여러분에게 대항해 파업 중입니다. 그 원리는 우리 도덕률의 근원입니다. 여러분의 도덕률의 근원이 그 원리를 피하는 것인 것처럼요.

존재는 존재한다. 이 말을 이해하는 행위는 두 가지 부수적인 원리를 함축하고 있습니다. 누군가가 인식하는 뭔가가 존재한다는 것과 의식을 가진 누군가가 존재한다는 것. 의식은 존재하는 것을 인식하는 능력이니까요.

아무것도 존재하지 않는다면 의식이 존재할 수 없습니다. 의식할 것이 없는 의식은 용어상으로 모순이니까요. 그 자체밖에 의식할 게 없는 의식도 용어상의 모순입니다. 의식은 뭔가를 의식해야 의식이 될 수 있습니다. 여러분이 인식한다고 주장하는 것이 존재하지 않는다면 여러분이 갖고 있는 것은 의식이 아닙니다.

여러분의 지식수준에 관계없이 이 두 가지, 즉 존재와 의식은 여러분이 피할 수 없는 원리입니다. 이 두 가지는 여러분이 인생의 출발선에서 인식한 첫 햇살부터 인생이 끝날 때의 박식함에 이르기까지 여러분 지식의 어느 부분이나 합에도, 여러분이 취하는 그 어떤 행동에도 해당되는 절대적인 제1원리입니다. 여러분이 아는 것이 조약돌의 모양이든 태양계의 구조이든, '**그것이** 존재하고 여러분이 그것을 **안다**'는 원리는 똑같습니다.

 존재한다는 것은 뭔가가 되는 것이며, 그런 점에서 비존재의 무와 구별됩니다. 존재한다는 것은 특정한 속성들로 이루어진 특정한 성질을 지닌 하나의 실체가 되는 것입니다. 수세기 전, 여러분의 철학자들 중 가장 위대한 철학자였던 이가 존재의 개념과 모든 지식의 법칙을 정의하는 공식을 내놓았습니다. 'A는 A다. 어떤 것은 그 자체이다.' 여러분은 그 의미를 이해하지 못했습니다. 내가 이 자리에서 그 공식을 완성시키겠습니다. '존재는 정체성이고, 의식은 존재의 식별이다.'

 여러분이 어떤 것을 고려하든, 그것이 하나의 사물이든 속성이든 행동이든 정체성의 법칙은 동일합니다. 나뭇잎은 나뭇잎인 동시에 돌일 수 없고, 완전한 빨강인 동시에 완전한 초록일 수 없으며, 얼어붙는 동시에 탈 수 없습니다. A는 A입니다. 더 쉬운 말로 표현하면, 두 마리 토끼를 잡을 수는 없습니다.

 세상이 뭐가 잘못된 것인지 알고 싶습니까? 여러분의 세상을 파괴한 모든 재난은 여러분의 지도자들이 A는 A라는 사실을 회피하려 한 것에서 비롯된 것입니다. 여러분이 직시하기를 두려워하는 여러분 내부의 모든 은밀한 악과 여러분이 견뎌온 모든 고통은 여러분이 A는 A라는 사실을 회피하려 한 것에서 비롯된 것입니다. 여러분에게 그 사실을 회피하라고 가르친 자들의 목적은 여러분이 인간은 인간이라는 사실을 잊게 하기 위함이었습니다.

인간은 지식을 얻지 않고는 생존할 수 없으며, 이성은 인간이 지식을 얻도록 해주는 유일한 수단입니다. 이성은 감각이 제공하는 자료를 인식하고 식별하며 통합하는 능력입니다. 감각의 역할은 존재의 증거를 제공하는 것이고, 그것을 식별하는 역할은 이성이 합니다. 감각은 어떤 것이 **있다**는 것만 말해주고 그것이 **무엇인지**는 이성을 통해 알아야 합니다.

모든 사고는 식별과 통합의 과정입니다. 인간은 하나의 색깔 덩어리를 감지하면 시각과 촉각의 증거를 통합해 그것이 단단한 물체이고 그 물체가 테이블이라는 사실을 알아냅니다. 그리고 그 테이블은 나무로 만들어져 있고, 나무는 세포들로 이루어져 있으며, 세포들은 분자들로, 분자들은 원자들로 이루어져 있음을 배웁니다. 이 모든 과정에서 인간의 정신이 하는 역할은 '이것이 **무엇**인가?'라는 단 하나의 질문에 답하는 것입니다. 그 답의 진실성을 확립시키는 수단은 논리이며, 논리는 '존재는 존재한다'는 원리에 근거합니다. 논리는 **비모순적 식별**의 기술입니다. 모순은 존재할 수 없습니다. 하나의 원자는 그 자체이고 우주도 마찬가지입니다. 원자든 우주든 그 자체의 정체성과 모순이 될 수 없으며, 부분이 전체와 모순이 될 수도 없습니다. 인간이 갖는 어떤 개념도 그 사람의 지식의 총합과 모순 없이 통합되지 않으면 유효할 수 없습니다. 모순에 이른다는 것은 자신의 사고에 잘못이 있음을 고백하는 것입니다. 모순을 유지하는 것은 자신의 정신을 포기하고 현실의 영역에서 물러나는 것입니다.

현실은 존재하는 것이고, 비현실은 존재하지 않는 것입니다. 비현실은 존재의 부정일뿐이며 이성을 포기하려고 하는 인간의 의식 상태입니다. 진실은 현실을 인정하는 것입니다. 인간이 지식을 얻는 유일한 수단인 이성은 인간 진실의 유일한 기준입니다.

지금 여러분이 던질 수 있는 가장 타락한 질문은 '**누구의** 이성'이냐는 것입니다. 그 대답은 '**여러분의** 이성'입니다. 여러분의 지식이 뛰어나든 그렇지 못하든, 그것을 얻어내야 하는 것은 여러분의 정신입니다. 여러분은 자신의 지식으로만 거래할 수 있습니다. 여러분은 자신의 지식에 대해서만 소유권을 주장할 수 있고, 남들에게 고려해달라고 요구할 수 있습니다. 여러분의 정신은 여러분 진실의 유일한 판관입니다. 만약 다른 사람들이 여러분의 판결에 동의하지 않는다면 현실이 최고 법원이 됩니다. 오직 인간의 정신만이 생각이라는 복잡하고 섬세하고 중대한 식별 과정을 수행할 수 있습니다. 오직 인간의 도덕적 고결성만이 판결을 이끌 수 있습니다.

여러분은 '도덕적 본능'이 이성에 반대되는 별개의 자질인 것처럼 말하지만, 인간의 이성은 바로 도덕적 자질입니다. 이성의 과정은 '진실이냐 거짓이냐?' 혹은 '옳은가 그른가?'의 질문에 답하는 부단한 선택의 과정입니다. 씨앗을 땅에 뿌려 자라게 하는 것은 옳은가, 그른가? 인간의 상처를 소독해 생명을 구하는 것은 옳은가, 그른가? 대기전기를 운동에너지로 전환시키는 것은 옳은가, 그른가? 이런 질문들에 대한 대답이 지금 여러분이 갖고 있는 모든 걸 여러분에게 제공했습니다. 그리고 그 대답은 인간의 정신에서, **옳은 것**에 고집스럽게 헌신하는 정신에서 나왔습니다.

합리적인 과정은 **도덕적인** 과정입니다. 그 과정에서 여러분을 보호해줄 수 있는 것은 자신의 엄격성밖에 없으므로 여러분은 실수를 저지를 수도 있습니다. 혹은 일부러 증거를 조작하고 진실 추구를 회피할 수도 있습니다. 하지만 진실에 대한 헌신이 도덕성의 증표라면, 생각이라는 책임을 수행하는 인간의 행위보다 더 위대하고 숭고하고 영웅적인 헌신은 없습니다.

여러분이 영혼이나 정신이라고 부르는 것은 여러분의 의식입니다. 여러분이 '자유의지'라고 부르는 것은 여러분의 정신이 지닌 생각의 자유입니다. 여러분의 유일한 의지, 여러분의 유일한 자유, 여러분의 모든 선택을 지배하고 여러분의 삶과 인격을 결정하는 선택권입니다.

생각은 인간의 유일한 기본 미덕으로, 그것으로부터 다른 모든 미덕이 나옵니다. 반면에 인간의 모든 악의 근원이 되는 기본 악덕은 여러분 모두가 실행하고 있지만 인정하지 않으려고 발버둥치는 것, 바로 자신을 지우고 의식을 의도적으로 정지시키고 생각하기를 거부하는 행위입니다. 그것은 눈이 먼 것이 아니라 보기를 거부하는 것이고, 무지한 것이 아니라 알기를 거부하는 것입니다. 판단의 책임을 회피하기 위해 일부러 정신의 초점을 흐리게 하고 마음에 안개를 피우는 것입니다. 여러분이 'A는 A'라는 판결을 내리지 않는 한 'A는 A'가 아니라는 암묵적인 전제 아래에서요. 생각하지 않는 것은 소멸 행위입니다. 존재를 부정하고 싶어하는 바람이고, 현실을 지우려는 시도입니다. 하지만 존재는 존재하고, 현실은 지워질 수 없습니다. 오히려 현실을 지우려는 사람이 지워질 뿐입니다. 현실을 부정하는 것은 곧 자신의 존재를 부정하는 것입니다. 판단을 거부하는 것은 스스로를 부정하는 것입니다. '내가 뭔데 알 수 있겠어?'라고 묻는 것은 '내가 뭔데 살 수 있겠어?'라고 말하는 것과 같습니다.

여러분이 매순간, 모든 문제에 대해 내리는 기본적인 도덕적 선택은 생각하느냐 생각하지 않느냐, 존재하느냐 존재하지 않느냐, A냐 A가 아니냐, 실체냐 무(無)이냐 입니다.

인간이 합리적이면 삶이 행동의 지침 역할을 합니다. 인간이 비합리적이면 죽음이 행동의 지침 역할을 합니다.

도덕은 사회적인 것이며, 무인도에서는 도덕이 필요하지 않다고 떠드는 사람들이 있습니다. 하지만 도덕이 가장 필요한 곳은 바로 무인도입니다. 여러분 대신 대가를 치러 줄 희생자가 없는 무인도에서 바위는 집이고, 모래는 옷이고, 먹을 것은 원인도 노력도 없이 저절로 입안으로 떨어지고, 오늘 종자를 먹어치우면 내일 수확을 얻게 될 거라고 주장해보세요. 그럼 현실이 여러분을 없애줄 것입니다. 그래야 마땅하고요. 현실이 여러분에게 삶은 값을 치르고 사야 하는 가치이며, 그것을 살 수 있는 화폐는 생각뿐임을 일깨워줄 것입니다.

여러분의 언어로 이야기하자면, 인간의 유일한 도덕 계명은 '생각하라'라고 말할 수 있을 것입니다. 하지만 '도덕 계명'이라는 용어 자체가 모순입니다. 도덕은 선택하는 것이지 강요되는 것이 아니며, 이해하는 것이지 복종하는 것이 아니니까요. 도덕은 합리적인 것이며 이성은 계명을 받아들이지 않습니다.

나의 도덕은 이성의 도덕으로서 '존재는 존재한다'는 단 하나의 원리와 '산다'는 단 하나의 선택에 들어 있습니다. 나머지는 이 두 가지에서 나옵니다. 인간은 살기 위해서는 다음 세 가지를 삶의 최고 가치로 삼아야 합니다. 바로 이성, 목적, 자존감입니다. 이성은 지식을 얻는 유일한 수단이고, 목적은 그 수단을 통해 이루고자 하는 것을 행복으로 설정하는 것이며, 자존감은 자신의 정신이 생각할 줄 알고 자신이 행복할 가치, 즉 살 가치가 있다는 것에 대한 흔들리지 않는 확신입니다. 이 세 가치는 인간의 모든 미덕을 내포하고 요구합니다. 합리성, 독립성, 고결성, 정직성, 정의감, 생산성, 자긍심 같은 인간의 모든 미덕은 존재와 의식의 관계에 속해 있고요.

합리성은 존재가 존재한다는 사실을 인정하는 것입니다. 그 진실을 바꿀 수 있는 것은 아무것도 없으며, 그 진실을 인지하는 행위인 생각보다 우위에 있는 것은 없습니다. 정신은 가치의 유일한 판관이며, 행동의 유일한 지침입니다. 이성은 타협을 허용하지 않는 절대적인 것입니다. 비합리에의 양보는 의식을 무력화시키고 현실을 인식하는 대신 현실을 속이게 만듭니다. 지식의 지름길이라고 알려진 믿음은 정신을 파괴하는 지름길일 뿐입니다. 신비주의적 허구를 받아들이는 것은 존재의 소멸을 원하는 것이며, 그 결과 의식을 파괴하게 될 뿐입니다.

독립성은 자신에게 판단의 책임이 있으며, 그 무엇도 그 책임에서 벗어나게 도와줄 수 없다는 사실을 인정하는 것입니다. 그 누구도 여러분의 생각을 대신할 수 없으며, 여러분의 삶을 대신 살아줄 수 없습니다. 가장 사악한 형태의 자기비하와 자기파괴는 자신의 정신을 다른 사람의 정신에 종속시키고, 다른 사람에게 자신의 머리를 맡기며, 다른 사람의 주장을 진실로 받아들이고, 다른 사람의 명령을 자신의 의식과 존재 사이의 중개자로 받아들이는 것입니다.

고결성은 자신의 의식을 속일 수 없다는 사실을 인정하는 것입니다. 정직이 존재를 속일 수 없다는 사실을 인정하는 것이듯이요. 인간은 물질과 의식이라는 두 가지 속성이 통합된 분리 불가능한 실체이며, 육체와 정신, 행동과 생각, 삶과 신념의 분리는 허용될 수 없습니다. 판사가 여론에 휘둘리지 않는 것처럼 다른 사람들의 요구에 따라 자신의 신념을 희생시켜서는 안 됩니다. 온 세상 사람들이 애원하거나 협박해도요. 용기와 자신감은 실질적인 필수품입니다. 용기는 존재에 대한 충실, 진실에 대한 충실의 실질적 형태이고, 자신감은 자신의 의식에 대한 충실의 실질적 형태이기 때문입니다.

정직성은 비현실은 비현실이고 가치를 지닐 수 없다는 사실을 인정하는 것입니다. 기만에 의해 얻어진 것이라면 사랑도, 명예도, 돈도 가치를 지닐 수 없습니다. 다른 사람들을 속여서 가치를 얻고자 하는 것은 상대를 현실보다 높은 위치로 끌어올리는 행위입니다. 그러면 상대의 무지의 저당물, 상대의 생각 없음과 회피의 노예가 되며 상대의 지성과 합리성, 지각력을 두려워하고 피할 수밖에 없습니다. 정직성은 의존적인 삶을 거부하는 것입니다. 다른 사람들의 어리석음에 의존해 자신이 속인 바보들을 가치의 원천으로 삼는 바보로 사는 것을 거부하는 것입니다. 정직은 사회적 의무나 다른 사람들을 위한 희생이 아니라 인간이 실천할 수 있는 가장 심오하고 이기적인 미덕입니다. 다른 사람들의 미혹된 의식에 자기 존재의 현실을 희생시키기를 거부하는 것입니다.

정의감은 자연의 성질을 날조할 수 없는 것처럼 사람들의 성질도 날조할 수 없다는 사실을 인정하는 것입니다. 여러분은 사람들을 평가하는 데 사물을 평가할 때처럼 양심적이어야 합니다. 사물을 평가할 때처럼 진실을 존중하고 청렴한 시각을 가져야 합니다. 식별의 과정처럼 순수하고 **합리적**이어야 합니다. 모든 인간은 있는 그대로 평가받고 그에 따라 대우받아야 합니다. 녹슨 고철덩어리를 반짝이는 금속보다 더 비싸게 쳐주지 않는 것처럼 건달을 영웅보다 높이 평가해서는 안 됩니다. 여러분의 도덕적 평가는 사람들의 미덕과 악덕에 지불하는 돈과 같으며, 금전적인 거래를 하듯 정확해야만 합니다. 사람들의 악덕에 대한 경멸을 억제하는 것은 도덕적 위조 행위이고, 미덕에 대한 감탄을 억제하는 것은 도덕적 횡령 행위입니다. 정의보다 다른 것을 우선시하는 것은 자신의 도덕적 화폐를 평가절하하는 것이며, 악한 자를 위해 선한 자를 사취하는 것입니다. 정의의 불이행으로 손해를 보는 것은 선한 자이고, 이익을 얻는 것은 악한 자이니까요. 그 길 끝에 있는 구덩이 바닥에는 도덕적 파산 행위가 있습니다. 미덕을 가진 사람들을 벌하고 악덕을 가진 자들에게 보상을 해주는 행위, 그것은 완전한 타락이고 죽음을 경배하는 검은 미사이며 여러분의 의식을 존재의 파괴에 바치는 것입니다.

생산성은 도덕을 받아들이는 것입니다. 자신이 살기로 선택했다는 사실을 인정하는 것입니다. 생산적인 일은 인간의 의식이 자신의 존재를 통제하는 과정입니다. 지식을 얻어 자신의 목적에 맞게 다듬고, 관념에 물리적 형태를 부여하고, 세상을 자신이 갖고 있는 가치들의 모습으로 재창조하는 부단한 과정입니다. 생각하는 정신으로 이루어지는 모든 일은 창조적이고, 남들에게서 배운 것을 무비판적으로 반복하는 것은 창조적일 수 없습니다. 여러분의 일은 여러분이 선택하는 것이며, 그 선택의 폭은 여러분의 정신에 달려 있습니다. 여러분의 정신 이상의 것은 여러분에게 불가능하고, 그 이하의 것은 인간답지 못합니다. 여러분의 정신이 감당할 수 있는 것보다 더 큰일을 하는 것은 빌린 활동들과 빌린 시간에 대한 두려움에 시달리는 원숭이가 되는 것이고, 여러분의 정신이 지닌 능력을 최대한 발휘할 필요가 없는 일에 안주하는 것은 자신의 모터를 끄고 스스로에게 다른 종류의 활동인 쇠퇴를 선고하는 것입니다. 여러분의 일은 여러분의 가치를 이루는 과정이며, 가치를 향한 야심을 잃는 것은 살고자 하는 야심을 잃는 것입니다. 여러분의 몸은 기계이고, 여러분의 정신은 그 운전수입니다. 여러분은 성취를 목적지 삼아 여러분의 정신이 데려가는 곳까지 운전해가야 합니다. 목적이 없는 인간은 비탈길을 미끄러져 내려가다가 도랑에 처박히는 기계와 같고, 자신의 정신을 억압하는 인간은 천천히 녹슬어가는 죽은 기계와 같습니다. 지도자가 정해준 길로 가는 인간은 고철더미로 끌려가는 쓰레기이고, 다른 사람을 자신의 목표로 삼는 사람은 실패한 편승자입니다. 여러분의 일은 여러분 삶의 목적입니다. 여러분을 멈추게 만들 권리가 있다고 생각하는 살인자를 만나면 얼른 지나쳐버리기 바랍니다. 여러분이 일 밖에서 발견하게 될 가치나 충실함, 애정만이 여러분의 여행길에 동반자가 될 수 있으며, 그 동반자들은 같은 방향으로 가되 스스로의 힘으로 움직여야만 합니다.

자긍심은 여러분이 여러분 자신의 최고 가치라는 사실을 인정하는 것입니다. 그리고 그 가치는 인간의 가치가 모두 그러하듯 거저 얻어지는 것이 아닙니다. 여러분에게 열려 있는 성취 중에서 다른 모든 것을 가능하게 하는 성취는 여러분 자신의 인격을 창조하는 것입니다. 여러분의 인격, 행동, 욕망, 감정은 여러분의 정신이 지닌 전제들의 산물입니다. 인간은 삶을 유지하기 위해 필요한 물질적 가치들을 생산해야 하는 것처럼 자신의 삶을 유지시킬 가치가 있는 것으로 만들어주는 인격의 가치들을 얻어야만 합니다. 인간은 스스로 부를 이루어야 하는 것처럼 스스로 영혼을 만들어야 합니다. 살기 위해서는 자기가치를 인식해야 합니다. 하지만 인간에겐 가치들이 자동적으로 주어지지 않는 것처럼 자존감도 자동적으로 주어지지 않습니다. 자신의 영혼을 도덕적 이상에, 합리적 인간의 모습에 맞추어 만들어가면서 자존감을 얻어야 합니다. 자존감의 첫 번째 전제조건은 모든 물질적·정신적 가치 중에서 최고의 것을 원하는 영혼의 빛나는 이기심입니다. 자신의 도덕적 완성을 이루는 것을 그 무엇보다 우선시하고, 그 어떤 것에도 자신보다 더 높은 가치를 두지 않는 영혼입니다. 자존감을 얻었다는 증거는 영혼이 희생양의 역할에(여러분의 의식이라는 대체 불가능한 가치와 여러분의 존재라는 비교 불가능한 영예를 다른 사람들의 맹목적인 회피와 정체된 타락을 위해 희생하도록 요구하는 사악하고 뻔뻔스러운 주장에) 경멸과 반항의 몸서리를 치는 것입니다.

이제 존 골트가 누구인지 알겠습니까? 나는 여러분이 얻으려고 애쓰지 않았던 것을 얻은 사람입니다. 여러분이 포기하고 배반하고 타락시켰으나 완전히 파괴할 수는 없었으며, 죄스런 비밀로 감추고 있는 것 말입니다. 여러분은 아직 가슴속 깊은 곳에 그것에 대한 갈망을 품고 있으며, 그것을 감추기 위해 평생 전문적인 식인종에게 사죄하며 살아왔습니다. 하지만 여러분은 지금 내가 인류 전체를 향해 하려는 말을 하고 싶은 갈망을 품고 있습니다. 그 말은 바로 이것입니다. '나는 나 자신의 가치와 내가 살기를 원한다는 사실이 자랑스럽습니다.'

삶의 욕망은, 여러분이 악으로 여기고 은폐하고 있는 그 욕망은 여러분에게 남아 있는 유일한 선입니다. 하지만 여러분은 그 욕망을 이룰 자격을 얻어야만 합니다. 행복은 인간의 유일한 도덕적 목적이며, 오직 자신의 미덕으로만 그것을 이룰 수 있습니다. 미덕은 그 자체가 목적이 아닙니다. 미덕은 그 자체가 보상이 아닙니다. 악의 보상을 위한 희생적 소모품도 아닙니다. **삶**이 미덕의 보상이며, 행복은 삶의 목적이자 보상입니다.

여러분의 육체가 그 안녕과 손상의 표시이자 그것의 근본적인 선택인 삶과 죽음의 척도 역할을 하는 두 가지 근본적인 감각인 쾌감과 아픔을 갖고 있는 것처럼, 여러분의 의식도 그 두 가지 감각에 대응하는 두 가지 근본적인 감정인 기쁨과 고통을 지니고 있습니다. 여러분의 감정은 여러분의 삶을 확장시키거나 위협하는 것에 대한 평가이고, 여러분에게 이익이나 손실의 합을 알려주는 계산기입니다. 여러분은 어떤 것이 자신에게 좋고 나쁜지 느끼는 능력에 대해서는 선택권이 없습니다. 하지만 여러분이 **무엇을** 좋거나 나쁘다고 여길 것인지, 무엇이 여러분에게 기쁨이나 고통을 줄 것인지, 여러분이 무엇을 사랑하거나 증오할 것인지, 무엇을 갈망하거나 두려워할 것인지는 여러분의 가치 기준에 달려 있습니다. 감정은 여러분이 천성적으로 타고나는 것이지만 그 내용은 여러분의 정신의 지배를 받습니다. 여러분이 감정을 느끼는 능력은 빈 모터이고, 여러분의 정신은 그 모터에 가치라는 연료를 채웁니다. 여러분이 모순들로 모터를 채우면 모터는 고장나고, 변속 장치는 부식되며, 그 기계의 운전자인 여러분은 사고를 당하게 됩니다.

만일 여러분이 비합리를 가치 기준으로 불가능을 선의 개념으로 삼는다면, 아무런 노력 없이 부나 사랑을 얻기를 바란다면, 인과법칙에 허점이 있기를 바란다면, 여러분의 변덕에 따라 A가 A가 아닌 것이 되기를 바란다면, 존재의 반대되는 것을 갈망한다면 여러분의 뜻대로 될 것입니다. 여러분의 뜻이 이루어졌을 때 삶은 좌절이고, 행복은 인간에게 불가능한 것이라고 외치지 마세요. 여러분의 연료를 점검해보세요. 그 연료가 여러분이 원하는 곳으로 데려다 준 것이니까요.

행복은 감정적 변덕의 지배하에 얻어지는 것이 아닙니다. 행복은 여러분이 맹목적으로 탐닉하는 비합리적 욕구의 만족이 아닙니다. 행복은 모순 없는 기쁨의 상태입니다. 벌이나 죄가 없는 기쁨, 자신의 가치와 충돌하거나 자신의 파괴에 기여하지 않는 기쁨입니다. 자신의 정신을 피하지 않고 정신의 힘을 최대한 활용하는 기쁨, 현실을 속이는 것이 아니라 현실의 가치들을 성취하는 기쁨, 술주정뱅이가 아닌 생산자의 기쁨입니다. 행복은 합리적인 인간에게만 가능합니다. 오직 합리적인 목표만을 마음에 품고 합리적인 가치만을 추구하고 합리적인 행위에서만 기쁨을 찾는 인간 말입니다.

나는 강탈이나 자선이 아닌 자신의 노력으로 삶을 이끌어왔듯이, 행복도 남들에게 피해를 주거나 은혜를 입는 방법을 통해서가 아니라 내 자신의 성취를 통해 얻으려고 합니다. 나는 남들의 즐거움을 내 인생의 목표로 여기지 않듯이, 내 즐거움이 남들의 인생 목표가 되어야 한다고도 생각하지 않습니다. 내 가치들에는 모순이 없고 내 욕망들이 서로 충돌하지 않는 것처럼 합리적인 인간들 사이에는 희생자도, 이익의 충돌도 없습니다. 그들은 거저 얻으려 하지 않고, 식인종의 눈으로 서로를 보지도 않으며, 희생하지도 않고 희생을 받아들이지도 않습니다.

그런 사람들 사이의 모든 관계의 상징은, 인간에 대한 존중의 도덕적 상징은 **거래자**입니다. 약탈이 아니라 가치들에 의해 사는 우리는 정신적·물질적 거래자들입니다.

거래자는 스스로 노력해서 얻으며 공짜는 주지도, 받지도 않는 사람입니다. 거래자는 자신의 실패에 대한 보상을 요구하지도, 자신의 결점을 내세워 사랑받으려고 하지도 않습니다. 거래자는 자신의 육체와 정신을 착취나 자선의 대상으로 삼지 않습니다. 자신의 일을 물질적 가치와 교환하듯 사랑, 우정, 존중 같은 정신적 가치들도 인간적 미덕과 교환합니다. 자신이 존경할 수 있는 사람으로부터 얻은 자신의 이기적 즐거움의 대가로 내놓습니다. 기생충 같은 신비주의자들은 전 시대에 걸쳐 거지와 약탈자들을 추앙하면서 거래자들을 비방하고 경멸해왔습니다. 그들은 자신들의 냉소의 은밀한 동기를 알고 있었습니다. 거래자는 그들이 두려워하는 실체, 바로 정의로운 인간이니까요.

내가 동료 인간들에게 어떤 도덕적 의무를 지고 있는지 묻고 싶습니까? 나는 그들에게 아무 의무도 없습니다. 나 자신과 물질적 대상들, 모든 존재에게 지고 있는 합리성이라는 의무밖에는요. 나는 이성으로 인간을 대합니다. 그것이 나와 그들의 본성이 요구하는 것이죠. 나는 그들의 자발적인 선택에 의한 관계 이외에는 그들에게 아무것도 원하거나 요구하지 않습니다. 나는 그들이 내 이익과 그들의 이익이 일치한다고 생각할 때 오로지 나 자신의 이익을 위해 오로지 그들의 정신과 상대합니다. 그들이 그렇게 생각하지 않으면 나는 관계를 맺지 않습니다. 내 생각에 동의

하지 않는 사람은 그의 길을 가게 하고 나는 내 길에서 벗어나지 않습니다. 나는 오직 논리에 따라서만 이기고, 오직 논리에만 굴복합니다. 나는 내 이성을 포기하지 않고 자신의 이성을 포기한 사람들과는 상대하지 않습니다. 나는 바보들이나 겁쟁이들에게서는 얻을 게 없으니까요. 어리석음이나 부정직, 두려움 같은 인간의 악덕으로부터는 얻을 게 없으니까요. 사람들이 내게 제공할 수 있는 유일한 가치는 그들 정신의 작품입니다. 나는 합리적인 사람과 의견이 맞지 않을 때는 현실을 최종 중재자로 삼습니다. 내가 옳으면 그가 배울 것이고, 내가 틀렸다면 내가 배울 것입니다. 이기는 것은 둘 중 하나뿐이겠지만 둘 다 이익을 얻을 것입니다.

세상 모든 일에 이론의 여지가 있다 해도 허락될 수 없는 악행이 하나 있습니다. 그 악행은 인간이 다른 인간에게 저질러서는 안 되며, 그 누구도 인정하거나 용서해서는 안 됩니다. 인류가 함께 더불어 살기 위해서는 누구도(그 누구도!) 타인에게 **강제력을 행사하기 시작해서는** 안 됩니다.

한 인간과 그의 현실 인식 사이에 물리적 파괴라는 위협을 개입시키는 것은 그의 생존수단을 부정하고 마비시키는 행위입니다. 그가 자신의 판단에 반하는 행동을 하도록 강요하는 것은 그가 보는 것에 반하는 행동을 하도록 강요하는 것입니다. 누구든, 어떤 목적에서든, 어떤 정도로든 강제력을 사용하는 사람은 살인보다 더 광범위한 의미에서의 죽음인 인간의 생존 능력의 파괴를 전제로 행동하는 살인자입니다.

여러분의 정신이 내 정신에 강제력을 행사할 수 있는 권리를 지녔다는 말은 하지도 마세요. 강요와 정신은 반대되는 것입니다. 도덕은 총이 시작되는 곳에서 끝납니다. 여러분이 인간은 비합리적인 동물이라고 선언하며 그에 맞게 인간을 다루어야 한다고 주장하면 여러분 자신도 그렇게 규정되는 것이며, 여러분은 더 이상 이성을 요구할 수 없습니다. 모순의 옹호자들이 이성을 요구할 수 없는 것처럼요. 권리들의 근원을 파괴할 수 있는 '권리'는 없습니다. 권리의 근원은 옳고 그름을 판단할 수 있는 유일한 수단인 정신입니다.

한 인간에게 자신의 정신을 포기하고 여러분의 의지를 받아들이도록 3단 논법 대신 총으로, 증거 대신 공포로 강요하는 것은 현실을 무시하는 것입니다. 현실은 인간에게 자신의 합리적 이익을 위해 행동할 것을 요구하고, 여러분의 총은 그것에 반하는 행동을 요구합니다. 현실은 인간이 자신의 합리적 판단에 따라 행동하지 않으면 죽음으로 위협하고, 여러분은 그가 자신의 합리적 판단에 따라 행동하면 죽음으로 위협합니다. 여러분은 그를 삶의 대가가 삶이 요구하는 모든 미덕을 포기하는 것인 세상에 데려다놓습니다. 여러분이, 여러분의 체제가 얻게 될 것은 점진적인 파괴에 의한 죽음뿐일 것입니다. 결국 죽음이 인간사회의 지배적인 힘이 될 것입니다.

여행자에게 '돈이냐, 목숨이냐' 둘 중 하나를 선택하라고 하는 노상강도나 국민들에게 '자녀의 교육이냐, 자신의 삶이냐' 둘 중 하나를 선택하라고 하는 정치가나 결국 '정신이냐, 삶이냐'의 선택을 강요하는 것입니다. 그리고 인간에겐 그 둘 중 하나가 없으면 다른 하나도 가능할 수 없습니다.

만일 악에도 정도가 있다면, 자신이 타인의 정신을 강제할 권리를 갖고 있다고 여기는 야만인과 타인이 자신의 정신을 강제하도록 허용하는 도덕적 타락자 중에 누가 더 경멸받아야 하는지 결정하기란 쉽지 않은 일입니다. 타인의 정신을 강제해선 안 되는 것은 논쟁의 여지가 없는 절대 도덕입니다. 나는 나에게서 이성을 박탈하려는 인간들에게 이성을 허용하지 않습니다. 내가 생각하는 것을 금할 수 있다고 여기는 이웃들과 토론하지 않습니다. 나를 죽이려는 살인자의 의도를 도덕적으로 인정해주지 않습니다. 상대가 강제력으로 나를 다루려고 한다면 나도 그에게 강제력으로 맞서겠습니다.

강제력은 오직 보복으로만, 그리고 그것을 먼저 사용한 사람에 대항해서만 쓸 수 있습니다. 아니요, 나는 그 사람의 악에 동참하고 그의 도덕관념을 받아들이는 것이 아닙니다. 그가 선택한 파괴를 그가 선택할 수 있는 유일한 파괴, 즉 그 자신의 파괴이게 하는 것일 뿐입니다. 그는 가치를 얻기 위해 강제력을 사용하지만 나는 오직 파괴를 파괴하기 위해서만 강제력을 사용합니다. 강도는 나를 죽여서 부를 얻으려 하지만 나는 강도를 죽인다고 더 부자가 되지는 않습니다. 나는 악을 수단으로 가치를 얻으려 하지 않고, 내 가치들을 악에 넘겨주지도 않습니다.

여러분을 살아남게 해주었지만 그 대가로 여러분에게 죽음이라는 최후통첩을 받은 모든 생산자의 이름으로 여러분에게 우리의 최후통첩을 하겠습니다. 우리의 일과 여러분의 총 중에서 하나를 선택하세요. 여러분은 둘 중 하나를 선택할 수는 있지만 둘 다를 가질 수는 없습니다. 우리는 다른 사람들에게 강제력을 사용하지도, 그들의 강제력을 받아들이지도 않습니다. 만일 여러분이 다시 산업사회에서 살고 싶다면 **우리의** 도덕적 조건들에 따라야 합니다. 우리의 조건들과 우리의 원동력은 여러분의 것과 정반대입니다. 여러분은 공포를 무기로 사용하면서 여러분의 도덕을 거부하는 사람에게 죽음이라는 벌을 내렸습니다. 우리는 그에게 우리의 도덕을 받아들인 보상으로 삶을 제공합니다.

무(無)의 숭배자들인 여러분은 삶을 이루는 것이 죽음을 피하는 것과 같은 것이 아님을 알지 못합니다. 기쁨은 '고통의 부재'가 아니고, 지성은 '어리석음의 부재'가 아니며, 빛은 '어둠의 부재'가 아니고, 실재는 '비실재의 부재'가 아닙니다. 건설은 파괴를 멈춘다고 되는 것이 아닙니다. 파괴를 멈추고 수백 년을 앉아서 기다려도 들보 하나 올리지 못할 것입니다. 여러분은 건설자인 나에게 이제 더 이상 이렇게 말할 수 없습니다. '생산하시오. 우리가 당신의 생산물을 파괴하지 **않는** 대가로 우리를 먹여 살리시오.' 나는 여러분의 모든 희생자의 이름으로 이렇게 대답합니다. '당신들의 무(無)와 함께 사라지시오. 존재는 부정의 부정이 아니오. 악은 가치가 아니라 부재요, 부정이며, 악은 무력하고 우리에게서 강탈한 힘밖에 없소. 사라지시오. 우리는 무가 삶을 저당잡을 수 없다는 것을 깨달았으니까.'

여러분은 고통으로부터 도망치고자 합니다. 우리는 행복을 이루고자 합니다. 여러분은 형벌을 피하기 위해 존재합니다. 우리는 보상을 얻기 위해 존재합니다. 위협은 우리를 움직일 수 없으며, 공포는 우리의 동기가 되지 못합니다. 우리는 죽음을 피하려는 것이 아니라 삶을 살려는 것입니다.

차이에 대한 개념을 상실하고 두려움과 기쁨은 똑같은 힘을 가진 동기라고 주장하며 사실 두려움이 더 '실용적'이라고 은밀히 덧붙이는 여러분은 살기를 원하는 것이 아닙니다. 단지 죽음에 대한 두려움이 여러분 스스로가 저주하는 존재 상태에 여러분을 붙잡아두는 것일 뿐입니다. 여러분은 공포에 차서 삶이라는 덫에 빠져 스스로가 닫은 탈출구를 찾고, 여러분이 감히 뭐라고 이름 붙이지 못하는 추격자에게서 여러분이 감히 인정하지 못하는 공포로 도망칩니다. 여러분의 공포가 클수록 여러분을 구원할 수 있는 유일한 행위인 생각하는 것에 대한 두려움도 커집니다. 여러분의 사투의 목적은 이제부터 내가 여러분에게 말하려는 것을 알지도, 이해하지도, 듣지도 않는 것입니다. 여러분의 도덕은 죽음의 도덕이라는 사실을요.

죽음은 여러분의 가치 기준이고, 여러분이 선택한 목표입니다. 여러분은 계속 도망쳐야만 합니다. 여러분을 파괴하려고 하는 추격자를 따돌리거나 그 추격자가 여러분 자신이라는 사실에서 벗어날 수 없으니까요. 이제 그만 멈추세요. 달아날 곳도 없으니까요. 두려움을 떨쳐내고 알몸으로 서서 여러분이 도덕률이라고 부른 것이 무엇인지 바라보세요.

저주가 여러분의 도덕의 시작이고, 파괴가 그것의 목적이자 수단입니다. 여러분의 도덕률은 인간을 사악한 존재라고 저주하며 인간은 선을 행할 수 없다고 규정하면서도, 인간에게 선을 행하도록 요구합니다. 미덕의 첫 증거로서 자신의 증거 없는 타락을 받아들이도록 요구합니다. 여러분의 도덕률은 인간에게 가치 기준이 아닌 악(자신인)의 기준으로 시작하라고 요구합니다. 악의 기준으로 선(자신이 아닌)을 규정하라고 요구합니다.

그의 버려진 영예와 고통받는 영혼을 이용해 부당한 이득을 취하는 자가 누구인지는 중요하지 않게 됩니다. 그것이 이해할 수 없는 의도를 지닌 신비주의적 신이든, 자신의 썩어가는 상처를 권리로 내세우는 행인이든 상관없습니다. 인간은 선을 이해할 필요가 없으니까요. 인간의 의무는 자신의 존재를 속죄하기 위해 고행의 세월을 보내며 이해할 수 없는 빚을 갚기를 요구하는 사람들에게 봉사하는 것이니까요. 인간의 유일한 가치는 무(無)이고, 선은 인간이 아니니까요.

이 기괴한 부조리의 이름은 원죄입니다.

의지에 의하지 않은 죄는 도덕에 대한 모욕이며 그 자체가 모순입니다. 선택의 가능성 밖에 있는 것은 도덕의 영역 밖에 있습니다. 만일 인간이 태어날 때부터 악하다면 의지도, 그것을 바꿀 힘도 없는 것입니다. 인간에게 의지가 없다면 선할 수도 악할 수도 없습니다. 로봇은 도덕과 무관합니다. 스스로 선택할 수 없는 것을 인간의 죄로 여기는 것은 도덕에 대한 조롱입니다. 인간의 본성을 죄로 여기는 것은 자연에 대한 조롱입니다. 인간이 태어나기도 전에 지은 죄를 가지고 벌을 내리는 것은 정의에 대한 조롱입니다. 무죄가 존재하지 않는 문제에 대해 죄를 묻는 것은 이성에 대한 조롱입니다. 하나의 관념으로 도덕성과 자연, 정의, 이성을 파괴하는 것은 비길 데 없는 악의 위업입니다. 하지만 **그것이** 여러분 도덕률의 뿌리입니다.

인간은 자유의지를 가지고 태어나지만 악으로 기우는 '성향'이 있다는 비겁한 핑계 뒤에 숨지 마세요. 성향을 지닌 자유의지는 납을 박은 부정 주사위로 벌이는 게임과도 같습니다. 그런 게임은 결과에 대한 책임감을 갖고 아무리 열심히 해도 결과는 피할 수 없는 성향으로 기울게 되어 있으니까요. 만약 그 성향이 본인이 선택한 것이라면 타고날 수 없으며, 본인이 선택한 것이 아니라면 그의 의지는 자유롭지 못한 것입니다.

여러분의 스승들이 인간의 원죄라고 부르는 죄의 본질은 무엇입니까? 인간이 그들이 생각하는 완벽한 상태에서 타락하면서 얻은 악들은 무엇일까요? 그들의 신화에 따르면 인간은 선악과를 먹고 이성을 얻어 합리적인 존재가 되었다고 합니다. 선과 악을 알게 되어 도덕적인 존재가 된 것입니다. 인간은 자신의 노동으로 먹고살도록 선고받았고, 그 결과 생산적인 존재가 되었습니다. 욕망을 갖도록 선고받아서 성적 쾌락을 즐길 수 있게 되었습니다. 그들이 저주하는 인간의 악은 바로 이성, 도덕, 창의성, 즐거움입니다. 모두 인간의 존재에 기본이 되는 가치들이죠. 인간의 타락에 관한 그들의 신화가 설명하고 비난하려는 것은 인간의 악덕이 아닙니다. 그들이 인간의 죄로 여기는 것은 인간의 잘못이 아니라 인간 본성의 정수입니다. 에덴동산에서 이성도, 가치도, 노동도, 사랑도 없이 존재했던 그 로봇은 인간이 아니었습니다.

여러분의 스승들에 따르면 인간의 타락은 삶에 요구되는 미덕들을 얻은 것입니다. 그 미덕들은 그들의 기준에 따르면 인간의 죄입니다. 그들이 주장하는 인간의 악은 인간이라는 사실입니다. 그들이 주장하는 인간의 죄는 산다는 사실이고요.

그들은 그것을 인간을 위한 자비의 도덕, 사랑의 교리라고 부릅니다.

그들은 말합니다. 아니, 우리는 인간이 악하다고 가르치는 것이 아니라고. 악은 이질적인 물체인 육체라고. 그들은 말합니다. 아니, 우리는 인간을 죽이려는 것이 아니라고. 그저 육체를 잃게 하려는 것일 뿐이라고. 그들은 말합니다. 우리는 인간의 고통에 맞서 인간을 도우려는 것이라고. 그러면서 그들이 인간을 묶어놓은 고문대를 가리킵니다. 인간을 양방향에서 끌어당기는 바퀴 달린 고문대, 인간의 영혼과 육체를 분리시키는 교리라는 고문대를.

그들은 인간을 둘로 나누고 그 둘을 대립시켰습니다. 인간에게 육체와 의식은 치명적인 싸움을 벌이는 적이라고 가르쳤습니다. 그 둘은 정반대의 본성과 서로 모순되는 주장과 양립할 수 없는 요구를 지닌 적이라 하나에게 이득이 되는 것은 다른 하나에 해가 된다고요. 영혼은 초자연적인 영역에 속하지만 육체는 영혼을 이 세상에 가둬놓는 사악한 감옥이라고요. 선은 육체를 물리치는 것이라고요. 선은 수년 간의 끈질긴 노력으로 육체라는 감옥을 무너뜨려 무덤의 자유로 이르는 영광의 탈옥을 감행하는 것이라고요. 그들은 그렇게 가르쳤습니다.

그들은 인간이 죽음을 상징하는 두 요소로 이루어진 희망 없는 불량품이라고 가르쳤습니다. 영혼 없는 육체는 시체이고, 육체 없는 영혼은 유령입니다. 하지만 그들은 인간의 본성을 시체와 유령이 싸움을 벌이는 전쟁터로 봅니다. 시체는 그 자체의 사악한 의지를 타고났으며, 유령은 인간에게 알려진 모든 것은 존재하지 않고 오직 알 수 없는 것만 존재한다는 지식을 부여받았습니다.

그 교리가 무시하려고 하는 인간의 능력이 무엇인지 알겠습니까? 인간을 분열시키기 위해서는 인간의 정신을 부정해야만 합니다. 인간은 이성을 포기하면 이해할 수도, 통제할 수도 없는 두 괴물의 손아귀에 들어갑니다. 그 두 괴물은 설명할 수 없는 본능에 따라 움직이는 육체와 신비주의적 계시에 따라 움직이는 영혼입니다. 이성을 포기한 인간은 로봇과 속기용 녹음기 간의 싸움에서 수동적인 희생양이 됩니다.

그리하여 폐허 속을 기어다니며 맹목적으로 살 길을 찾는 인간에게 여러분의 스승들은 도움의 손길을 내밉니다. 인간은 지상에서는 해결책을 찾을 수 없으며, 그 어떤 것도 이루려고 해서는 안 된다고 주장하는 도덕으로요. 그들은 진정한 존재는 인간이 지각할 수 없는 것이며, 진정한 의식은 비존재를 지각하는 능력이라고 말합니다. 그것을 이해할 수 없다면 그의 존재가 사악하고 그의 의식이 무력하다는 증거라고 말합니다.

인간의 영혼과 육체가 분리된 결과, '죽음의 도덕'을 가르치는 두 종류의 스승들이 생겨났습니다. 여러분이 유심론자, 유물론자라고 부르는 영혼의 신비주의자들과 근육의 신비주의자들입니다. 그들은 존재 없는 의식을 믿거나 의식 없는 존재를 믿습니다. 양쪽 다 정신의 굴복을 요구하는데 한쪽은 그들의 계시에, 다른 한쪽은 그들의 반사작용에 굴복하라고 합니다. 그들이 서로에 대해 양립할 수 없는 적이라고 아무리 요란하게 외쳐대도 양쪽의 도덕률은 똑같습니다. 목표도 마찬가지이고요. 유물론자들의 목표는 인간의 육체를 노예화하는 것이고, 유심론자들의 목표는 인간의 정신을 파괴하는 것입니다.

영혼의 신비주의자들은 선이 신이라고 말합니다. 인간의 인식 능력을 초월한 존재라는 것이 신에 대한 유일한 정의죠. 인간의 의식을 무력화시키고 존재에 대한 개념들을 무가치하게 만드는 정의입니다. 근육의 신비주의자들은 선이 사회라고 말합니다. 그들은 사회를 물리적 형태를 지니지 않은 유기체, 특별히 한 사람에게 구현된 것이 아니라 여러분 자신을 제외한 모든 사람에게 구현된 초월적인 존재라고 정의합니다. 영혼의 신비주의자들은 인간의 정신은 신의 뜻에 종속되어야 한다고 말합니다. 근육의 신비주의자들은 인간의 정신은 사회의 뜻에 종속되어야 한다고 말합니다. 영혼의 신비주의자들은 인간의 가치 기준이 되는 것은 신의 즐거움이라고 합니다. 신의 기준들은 인간의 이해력 너머에 있어서 오직 신앙으로 받아들여야 한다는 것입니다. 근육의 신비주의자들은 인간의 가치 기준이 되는 것은 사회의 즐거움이라고 말합니다. 사회의 기준들은 인간이 함부로 판단할 수 없는 것이라 절대적인 법칙으로 여기고 무조건 따라야 하고요. 양쪽 다 인간의 삶의 목적은 감히 물어서는 안 되는 이유로, 자신이 알지도 못하는 목적에 봉사하는 좀비 같은 존재가 되는 것이라고 말합니다. 영혼의 신비주의자들은 그 보상이 무덤 너머에서 주어질 것이라고 말합니다. 근육의 신비주의자들은 지상에서, 그러나 증손자 대에 주어질 것이라고 말합니다.

양쪽 다 **이기심**이 인간의 악이라고 말합니다. 그리고 인간의 선은 개인적인 욕망을 포기하고, 자신을 부정하며 포기하는 것이라고 말합니다. 인간의 선은 자신의 삶을 부정하는 것이라고 말합니다. 양쪽 다 **희생**이 도덕의 정수요, 인간이 도달할 수 있는 최고의 미덕이라고 외칩니다.

지금 내 목소리를 듣고 있는 살인자가 아닌 희생자인 사람은 정신의 임종 자리에서 내 말을 듣고 있는 것입니다. 어둠에 빠져 죽기 직전에 듣는 것입니다. 여러분 안에 여러분 자신이었던 꺼져가는 불꽃을 잡을 힘이 아직 남아 있다면 지금 그 힘을 사용하세요. 여러분을 파괴해온 단어는 '**희생**'입니다. 마지막 남은 힘을 사용해서 그 의미를 이해하세요. 여러분은 아직 살아 있습니다. 여러분에게는 아직 기회가 있습니다.

'희생'은 무가치한 것이 아닌 소중한 것의 포기를 의미합니다. '희생'은 선을 위해 악을 포기하는 것이 아니라 악을 위해 선을 포기하는 것을 의미합니다. '희생'은 여러분이 소중히 여기지 않는 것을 위해 여러분이 소중히 여기는 것을 포기하는 것입니다.

만일 여러분이 1센트를 1달러와 바꾼다면 그것은 희생이 **아니지만**, 1달러를 1센트와 바꾼다면 그것은 희생입니다. 만일 여러분이 수년 간의 노력 끝에 원하던 성공을 이룬다면 그것은 희생이 **아니지만**, 경쟁자를 위해 그것을 포기한다면 희생입니다. 여러분이 갖고 있는 우유 한 병을 배고픈 자식에게 준다면 그것은 희생이 **아니지만**, 그것을 이웃의 아이에게 주고 자기 자식은 죽게 한다면 그것은 희생입니다.

만일 여러분이 친구를 돕기 위해 돈을 준다면 그것은 희생이 **아니지만**, 무가치한 낯선 사람에게 준다면 그것은 희생입니다. 만일 여러분이 자신의 능력 내에서 친구에게 돈을 준다면 그것은 희생이 **아니지만**, 자신의 불편을 감수하면서 돈을 준다면 그것은 부분적인 미덕에 지나지 않습니다. 그리고 자신에게 재앙을 초래할 만큼의 돈을 준다면 **그것이야말로** 완전한 희생의 미덕이 됩니다.

만일 여러분이 개인적인 욕망을 모두 포기하고 여러분이 사랑하는 사람들을 위해 인생을 바친다면 그것은 완전한 미덕이 아닙니다. 여러분은 사랑이라는 개인적인 가치를 지키는 것이니까요. 하지만 모르는 사람들을 위해 인생을 바친다면 그것은 위대한 미덕의 행위입니다. 만일 여러분이 자신이 증오하는 사람들을 위해 헌신한다면 **그것이야말로** 여러분이 실천할 수 있는 가장 위대한 미덕입니다.

희생은 가치의 포기입니다. 완전한 희생은 모든 가치를 완전히 포기하는 것입니다. 완전한 미덕을 이루려면 희생의 대가로 감사를 기대해서는 안 됩니다. 칭찬도, 사랑도, 감탄도, 자존감도, 심지어 덕 있는 존재가 된 것에 대한 긍지조차도요. 조금이라도 얻는 것이 있다면 그것은 여러분의 미덕을 희석시키니까요. 여러분의 삶에 아무런 기쁨도

주지 않고, 아무런 물질적·정신적 가치도 주지 않고, 아무 이득도 보상도 없는 행위만을 추구한다면, 그리하여 완전한 무(無) 상태에 이른다면 여러분은 도덕적 완성이라는 이상에 도달하는 것입니다.

여러분은 도덕적 완성이란 인간에게 불가능하다고 들어 왔습니다. 그 기준에 의하면 맞습니다. 여러분은 살아 있는 한 도덕적 완성을 이룰 수 없으며, 여러분의 삶과 여러분 자신의 가치는 **죽음**이라는 이상적인 무(無) 상태에 얼마나 가까이 접근했느냐에 따라 정해지니까요.

하지만 만일 여러분이 열정 없는 공백 상태, 먹히기를 추구하는 식물 상태, 포기할 가치나 욕망이 없는 상태라면 여러분은 희생의 왕관을 얻을 수 없습니다. 원하지 않는 것을 포기하는 것은 희생이 아니니까요. 만일 죽음이 여러분의 개인적인 욕망이라면 남들을 위해 여러분의 목숨을 바치는 것은 희생이 아닙니다. 희생이라는 미덕을 이루기 위해서는 반드시 살기를 원해야 합니다. 삶을 사랑하고, 이 세상이 줄 수 있는 모든 광휘에 대한 열정으로 불타야 합니다. 여러분의 육체에서 욕망들을 베어내고 사랑이라는 피를 고갈시키는 칼질을 생생히 느껴야만 합니다. 희생의 도덕이 이상으로 받드는 것은 단순한 죽음이 아니라 서서히 고통 속에서 죽어가는 것입니다.

그것은 현생에 대한 이야기일 뿐이라고 말하지 마세요. 나는 다른 생에는 관심 없으니까요. 여러분도 마찬가지이고요.

여러분의 마지막 남은 위엄을 지키고 싶다면 여러분의 최고 행동들을 '희생'이라고 부르지 마세요. 그 말이 여러분에게 부도덕의 낙인을 찍으니까요. 어머니가 자신의 모자 대신 배고픈 자식을 위해 음식을 산다면 그 어머니는 모자보다 자식을 더 소중히 여기는 것입니다. 하지만 자식보다 모자에 더 큰 가치를 두는 어머니라면, 모자를 포기하느니 자식을 굶기고 싶지만 의무감 때문에 음식을 사는 것이라면 그것은 희생입니다. 어떤 사람이 자신의 자유를 위해 싸우다 죽는다면 그것은 희생이 **아닙니다**. 그는 노예로 살아남기를 원치 않으니까요. 하지만 기꺼이 노예로 살아남으려는 사람에게는 희생입니다. 어떤 사람이 자신의 신념을 팔기를 거부한다면 그것은 희생이 **아닙니다**. 그가 신념이란 것을 갖고 있지 않은 인간이 아닌 한은요.

희생은 희생할 것이 없는 사람들에게만 적합한 것입니다. 가치도, 기준도, 판단력도 없는 사람들 말입니다. 그런 사람들의 욕망은 맹목적으로 품었다가 가볍게 포기하는 비합리적인 변덕에 지나지 않습니다. 합리적 가치에서 나온 욕망을 지닌 도덕적 위상을 가진 사람에게 희생은 그른 것을 위해 옳은 것을, 악을 위해 선을 포기하는 것입니다.

희생의 교리는 부도덕한 자들을 위한 도덕입니다. 인간에게 미덕이나 가치에 대한 개인적인 이해관계를 허용할 수 없다고, 인간의 영혼은 타락의 하수구이며 마땅히 희생시켜야 한다고 주장해 스스로 파산선고를 내리는 도덕입니다. 그런 주장은 인간에게 선해지는 법을 가르칠 수 없고 인간을 부단한 형벌의 대상으로밖에 만들 수 없다는 고백이나 다름없으니까요.

여러분은 몽롱한 무감각 상태에서 여러분의 도덕이 희생하라고 요구하는 것은 오직 **물질적** 가치들뿐이라고 생각하고 있습니까? 그럼 여러분은 물질적 가치가 **무엇이라고** 생각합니까? 물질은 인간의 욕망을 만족시키는 수단으로서밖에 가치를 지니지 못합니다. 물질은 인간이 추구하는 가치의 도구일 뿐입니다. 여러분은 여러분의 미덕이 생산해낸 물질적 수단들을 무엇을 위해 내놓으라는 요구를 받고 있습니까? 바로 **여러분이** 악으로 여기는 것을 위해서죠. 여러분이 동의하지 않는 원칙, 여러분이 존경하지 않는 사람, 여러분의 목적에 반대되는 목적의 달성 말입니다. 그렇지 않으면 여러분이 주는 것은 희생이 **아닙니다**.

여러분의 도덕은 물질세계를 포기하고 가치와 물질을 분리시키라고 말합니다. 자신의 가치가 물질적 형태로 표현되지 않고, 존재와 이상이 무관하며, 행동과 신념이 모순되는 인간은 천박한 위선자에 불과합니다. 하지만 **그것이** 여러분의 도덕에 따라 가치와 물질을 분리시킨 인간의 모습입니다. 한 여자를 사랑하지만 다른 여자와 자는 남자, 한 노동자의 재능에 감탄하면서 다른 노동자를 고용하는 사람, 한 취지가 옳다고 생각하며 다른 취지에 돈을 기부하는 사람, 솜씨에 대한 기준이 높으면서 쓰레기를 생산하는 데 노력을 바치는 사람…… **이런** 사람들이 물질을 포기하고 자신들의 영혼의 가치는 물질적 현실이 될 수 없다고 믿는 이들입니다.

그들이 포기한 것이 영혼이라고요? 물론 그렇습니다. 물질이 없다면 영혼도 없는 것이니까요. 여러분은 물질과 의식으로 이루어진 분리 불가능한 실체입니다. 의식을 포기하면 여러분은 야수가 됩니다. 육체를 포기하면 여러분은 허구가 됩니다. 물질세계를 포기하는 것은 그것을 악에 넘겨주는 것입니다.

그리고 바로 **그것이** 여러분 도덕의 목표입니다. 여러분의 원칙이 여러분에게 요구하는 의무입니다. 여러분이 즐기지 않는 것을 위해 주고, 여러분이 감탄하지 않는 것을 섬기고, 여러분이 악으로 여기는 것에 굴복하는 것. 세상을 다른 사람들의 가치에 넘겨주고 여러분의 **자아**를 부정하고 거부하고 포기하는 것. 여러분의 자아는 여러분의 **정신**입니다. 그것을 포기하면 식인종의 먹이에 불과한 고깃덩어리가 됩니다.

그들은 여러분이 **정신**을 포기하길 원합니다. 희생의 교리를 설교하는 자들은(그들이 어떤 꼬리표를 붙였든, 어떤 동기를 가졌든, 여러분의 영혼을 내세우든 아니면 육체를 내세우든, 천국에서의 다른 삶을 약속하든 아니면 이승에서의 부른 배를 약속하든), '자신의 소망을 추구하는 것은 이기적이며 다른 사람들의 소망을 위해 자신의 것을 희생시켜야 한다'는 말로 이야기를 시작하는 자들은, '자신의 신념을 지키는 것은 이기적이며 다른 사람들의 신념을 위해 자신의 신념을 버려야 한다'는 말로 이야기를 끝맺습니다.

세상에서 가장 **이기적인** 것은 그 어떤 권위도 자신의 권위보다 높지 않고, 그 어떤 가치도 자신의 진실에 대한 판단력보다 고귀하지 않다고 여기는 독립적인 정신입니다. 여러분은 최대 다수의 최대 선을 기준으로 삼는 창녀가 되기 위해 자신의 지적 고결성과 논리, 이성, 진실에 대한 기준을 포기하라는 요구를 받고 있습니다.

여러분의 도덕률을 기준으로 '선이란 무엇인가?'에 대한 답을 찾는다면 '**다른 사람들의 선**'이 유일한 답이 될 것입니다. 다른 사람들이 소망하는 것, 그들이 소망할 것이라고 여러분이 느끼는 것, 그들이 마땅히 느껴야 한다고 여러분이 느끼는 것이 바로 선이 될 것입니다. '다른 사람들의 선'은 모든 것을 황금으로 바꾸는 마법의 주문입니다. 그 주문만 외우면 도덕적 영광을 보장받고 그 어떤 행위도 용서받을 수 있습니다. 한 대륙을 학살하는 행위라도요. 여러분의 미덕의 기준은 목적도, 행위도, 원칙도 아닌 **의도**

입니다. 여러분에게는 증거도, 이유도, 성공도 필요치 않습니다. 여러분은 **실제로** 다른 사람들의 선을 이룰 필요가 없습니다. 그저 여러분의 동기가 여러분 자신이 **아닌** 다른 사람들의 선임을 알기만 하면 됩니다. 선에 대한 여러분의 정의는 '선은 나를 위한 선이 아닌 것'이라는 부정입니다.

여러분의 도덕률은 영원하고 절대적이며 객관적인 가치들을 지니고 있다고 으스대며 조건적이고 상대적이며 주관적인 것을 경멸합니다. 그러면서 절대적인 것이랍시고 다음과 같은 도덕 행위의 규칙을 제시합니다. '**네가** 원하는 것이라면 그것은 악이다. 다른 사람들이 원하는 것이라면 그것은 선이다. 너의 행동의 동기가 **너의** 행복이라면 행하지 마라. 하지만 다른 사람들의 행복이라면 무엇이든지 해도 좋다.'

이중 잣대를 가진 이런 도덕은 여러분을 반으로 나눈 것처럼 인류를 두 개의 적대적인 진영으로 나눕니다. 그 하나는 **여러분 자신**이고, 다른 하나는 나머지 사람들입니다. **여러분**은 소망하거나 살 권리가 없는 유일한 왕따입니다. **여러분**은 유일한 하인이고, 나머지는 모두 주인입니다. **여러분**은 유일하게 주는 자이고, 나머지는 모두 받는 자입니다. **여러분**은 영원한 채무자이고, 나머지는 영원한 채권자입니다. 여러분은 여러분의 희생을 요구하는 그들의 권리에 대해, 그들의 소망이나 필요의 본질에 대해 의문을 품어서는 안 됩니다. 그들의 권리는 하나의 부정에 의해, '여러분이 아니라는' 사실에 의해 주어진 것입니다.

여러분 중에 혹시라도 의문을 품는 이가 있으면 다음과 같은 위로와 함정이 주어집니다. '네가 다른 사람들의 행복을 위해 봉사해야만 하는 것은 너의 행복을 위해서이다. 네가 기쁨을 얻는 유일한 방법은 다른 사람들을 위해 그것을 포기하는 것이다. 네가 부를 얻는 유일한 방법은 다른 사람들에게 부를 넘겨주는 것이다. 네 목숨을 보호하는 유일한 방법은 너 이외의 모든 사람을 보호하는 것이다. 이 과정에서 네가 기쁨을 찾지 못한다면 그것은 네 탓이고 네가 악하다는 증거이다. 네가 선한 인간이라면 다른 사람들을 위해 연회를 베풀며 행복을 느낄 것이고, **그들이** 던져주는 부스러기에서 위엄을 찾을 것이다.'

자존감의 기준을 갖지 못한 여러분은 그 죄의식을 받아들이고 감히 질문을 하지 못합니다. 여러분은 진실을 알면서도 받아들이지 않습니다. 어떤 숨겨진 전제가 세상을 움직이는지 알면서도 인정하려고 하지 않습니다. 여러분은 그것을 정직한 생각으로서가 아니라 마음속의 어두운 불안감으로 압니다. 그러면서 뭐라고 이름 붙이기에는 너무나 사악한 원칙을 마지못해 실행하거나 죄책감을 느끼며 피합니다.

나는 스스로의 힘으로 얻지 않은 가치나 스스로 짓지 않은 **죄**는 받아들이지 않는 사람으로서 여러분이 회피해온 질문들을 하러 왔습니다. 여러분 자신의 행복이 아닌 다른 사람들의 행복을 위해 일하는 것이 왜 도덕적입니까? 기쁨이 하나의 가치라면, 왜 다른 사람들이 기쁨을 느끼면 도덕적이고 여러분 자신이 느끼면 부도덕합니까? 케이크를 먹는 즐거움이 하나의 가치라면, 왜 여러분의 배로 들어가면 부도덕한 탐닉이 되고 다른 사람들의 배로 들어가면 여러분의 도덕적 목표가 됩니까? 어째서 여러분이 갈망하는 것은 부도덕하고 다른 사람들이 갈망하는 것은 도덕적입니까? 왜 가치를 생산하고 지키는 것은 부도덕하고 그것을 주는 것은 도덕적입니까? 여러분이 가치를 지키는 것은 도덕적이지 못한데 다른 사람들이 그것을 받아들이는 것은 도덕적인 이유는 무엇입니까? 여러분이 그것을 주는 것이 비이기적인 미덕이라면 다른 사람들이 그것을 받아들이는 것은 이기적인 악이 아닐까요? 미덕이 악을 섬기는 것입니까? 선한 사람들의 도덕적 목적은 악한 자들을 위한 자기희생입니까?

여러분의 도덕률이 내놓은 극악무도한 대답을 들어볼까요? '아니, 받는 사람들은 악하지 않다. 네가 그들에게 주는 가치가 **그들의 힘으로 얻은** 것이 아닌 한은. 그들이 그것을 받아들이는 것은 부도덕하지 않다. 그들이 그것을 생산할 능력이 없고 그것을 가질 가치가 없으며 너에게 대가를 치를 수 없는 한은. 그들이 그것을 즐기는 것은 부도덕하지 않다. 그들이 그것을 **정당하게** 얻지 않은 한은.'

그것이 여러분 도덕률의 은밀한 핵심입니다. 그것을 뒤집어서 말하면 다음과 같습니다. 여러분 자신의 노력으로 사는 것은 부도덕하지만 다른 사람들의 노력으로 사는 것은 도덕적입니다. 자신의 생산물을 소비하는 것은 부도덕하지만 다른 사람들의 생산물을 소비하는 것은 도덕적입니다. 버는 것은 부도덕하지만 훔치는 것은 도덕적입니다. 생산자들의 존재를 도덕적으로 정당화시켜주는 것은 기생충들이고 기생충들의 존재는 그 자체가 목적입니다. 성취에 의해 이익을 얻는 것은 악이지만 희생에 의해 이익을 얻는 것은 선입니다. 여러분 자신의 행복을 만드는 것은 악이지만 다른 사람들의 피의 대가로 행복을 얻는 것은 선입니다.

여러분의 도덕률은 인간을 두 계급으로 나누고 상반되는 규칙에 따라 살도록 요구합니다. 그 두 계급은 뭔가를 갈망하는 사람들과 아무것도 갈망하지 않는 사람들, 선택받은 사람들과 저주받은 사람들, 남의 등에 올라탄 사람들과 그들을 업고 가는 사람들, 먹는 사람들과 먹히는 사람들입니다. 그 두 계급을 나누는 기준이 무엇이냐고요? 도덕적 엘리트가 될 수 있는 열쇠가 무엇이냐고요? 그 열쇠는 **가치의 결여**입니다.

어떤 가치든 그것이 결여된 사람이 결여되지 않은 사람에게 권리를 주장할 수 있습니다. **필요**가 보상을 요구할 권리를 줍니다. 하지만 필요를 스스로 충족시킬 수 있는 능력이 있으면 그 능력이 필요를 충족시킬 권리를 소멸시킵니다. 반면, 필요를 스스로 충족시킬 수 있는 **능력이 없으면** 그 누구보다 우선권을 갖게 됩니다.

만일 여러분이 성공하면 실패하는 사람이 여러분의 주인이 됩니다. 여러분이 실패하면 성공하는 사람이 여러분의 노예가 됩니다. 여러분의 실패가 정당하든 그렇지 못하든, 여러분의 소망이 합리적이든 그렇지 못하든, 여러분의 불행이 억울한 것이든 아니면 자신의 악의 결과이든 **불행**이 여러분에게 보상받을 수 있는 권리를 줍니다. 그 본질이나 원인에 관계없이 가장 중요한 절대적 조건인 **고통**이 모든 존재에 대한 저당권을 줍니다.

만일 여러분이 스스로의 노력으로 고통을 치유한다면 그것은 도덕적 명예가 될 수 없습니다. 여러분의 도덕률은 그것을 이기심에 따른 행동으로 여기고 멸시합니다. 여러분이 얻고자 하는 가치가 부든, 음식이든, 사랑이든, 권리이든 여러분 자신의 미덕으로 성취하면 여러분의 도덕률은 그것을 도덕적 획득이라고 부르지 않습니다. 아무에게도 손실을 입히지 않는 것이므로 그것은 거래이지 자선이 아니며, 지불이지 희생이 아닙니다. **자격을 갖춘** 사람들은 상호 이익이라는 이기적이고 상업적인 영역에 속합니다. **자격을 갖추지 못한** 사람들만 상대의 재난을 대가로 이익을 얻는 도덕적 거래를 요구합니다. 미덕에 대한 보상을 요구하는 것은 이기적이고 부도덕한 짓이며, **미덕의 결여**가 여러분의 요구를 도덕적 권리로 만들어줍니다.

필요를 권리로 여기는 도덕률은 비존재를 가치의 기준으로 삼습니다. **부재**, 결함을 요구합니다. 나약함, 무능력, 고통, 질병, 재난, 결여, 단점, 흠…… **무**(無)를요.

그런 요구들에 지불할 돈은 누가 제공할까요? 무 상태가 아니라는 이유로 욕을 먹는 사람들입니다. 그들은 이상적인 상태인 무와 거리가 멀수록 그만큼 많이 제공해야 합니다. 모든 가치는 미덕의 산물이므로 미덕의 정도는 형벌의 정도에 비례합니다. 결함의 정도는 보상의 정도에 비례하고요. 여러분의 도덕률은 합리적인 인간은 비합리적인 인간들을 위해, 독립적인 인간은 기생충들을 위해, 정직한 사람은 부정직한 자들을 위해, 정의로운 사람은 정의롭지 못한 인간들을 위해, 생산적인 사람은 도둑질하는 게으름뱅이들을 위해, 고결한 사람은 타협하는 악당들을 위해, 자존감을 지닌 사람은 징징대는 신경증 환자들을 위해 자신을 희생해야 한다고 주장합니다. 여러분은 주위 사람들의 비열한 영혼이 놀랍습니까? 미덕을 지닌 사람이라면 여러분의 도덕률을 받아들이지 않을 것이며, 여러분의 도덕률을 받아들이는 사람은 미덕을 지닐 수 없습니다.

희생의 도덕률 아래에서 여러분이 제일 먼저 희생시키는 것은 도덕성입니다. 그 다음은 자존감이고요. 필요가 기준이 되면 모두가 희생자인 동시에 기생충이 됩니다. 한편으로는 희생자로서 다른 사람들의 필요를 채워주기 위해 노동해야 하고, 다른 한편으로는 다른 사람들에 의해 필요를 충족시키는 기생충이 됩니다. 이 두 가지 불명예스러운 역할로서만 동료 인간들에게 접근할 수 있습니다. 그는 거지인 동시에 남 좋은 일만 하는 봉입니다.

여러분은 자신보다 1달러 덜 가진 사람을 두려워합니다. 그 1달러는 의당 그의 것이고, 여러분은 그를 보면서 도덕적 갈취자가 된 듯한 기분을 느낍니다. 여러분은 자신보다 1달러 더 가진 사람을 증오합니다. 그 1달러는 의당 여러분 것이고, 여러분은 그를 보면서 도덕적 갈취를 당한 듯한 기분을 느낍니다. 여러분보다 아래에 있는 사람은 죄의식을 느끼게 하고, 여러분보다 위에 있는 사람은 좌절감을 느끼게 합니다. 여러분은 무엇을 넘겨주고 무엇을 요구해야 하는지, 언제 주고 언제 빼앗아야 하는지, 어떤 즐거움이 정당한 자기 몫이고 어떤 빚을 아직 갚지 못하고 있는지 알지 못합니다. 여러분은 그 도덕적 기준에 의해 자신이 삶의 매순간 죄의식에 시달리고, 자신의 목구멍으로 넘어가는 음식은 세상 어딘가에서 누군가에게 **필요**한 것이라는 사실을 알면서도 그것을 '이론'이라며 회피합니다. 그리고 맹목적인 분노에 휩싸여 그 문제를 포기하고 도덕적 완성은 이루어질 수도, **추구해서도** 안 되는 것이라고 결론짓습니다. 그리고 빼앗을 수 있을 만큼 빼앗으며 그럭저럭 살아갑니다. 여러분에게 자존감이 남아 있다고 기대하는 젊은이들의 시선을 피하면서요. 여러분의 영혼에 남아 있는 것은 죄의식뿐이며, **여러분의** 시선을 피하면서 지나쳐가는 다른 모든 사람도 마찬가지입니다. 여러분의 도덕률이 이 세상에서 형제애나 인간과 인간 사이의 선의를 이루어내지 못한 이유가 무엇이겠습니까?

여러분의 도덕률이 내세우는 희생의 명분은 그것이 정당화하려는 타락보다 더 타락한 것입니다. 여러분의 도덕률은 희생의 동기가 **사랑**이어야 한다고 말합니다. 여러분이 모든 사람에게 느껴야만 하는 사랑요. 정신적 가치가 물질적 가치보다 훨씬 소중하다고, 아무 남자에게나 몸을 주는 창녀는 경멸받아 마땅한 존재라고 가르치는 도덕률이 아무에게나 사랑이라는 이름으로 영혼을 바치라고 요구합니다.

이유 없는 부가 있을 수 없듯이 이유 없는 사랑, 이유 없는 감정도 있을 수 없습니다. 감정은 현실의 사실에 대한 반응입니다. 여러분의 기준에 따른 평가입니다. 사랑하는 것은 **가치를 두는** 것입니다. 가치 없이도 가치를 둘 수 있다고, 여러분이 무가치하다고 여기는 대상을 사랑할 수 있다고 말하는 사람은 생산 없이 소비만 해서 부자가 될 수 있다고, 종이돈이 금과 똑같은 가치를 지닌다고 말하는 사람입니다.

그는 여러분이 이유 없는 공포를 느낄 것이라고 기대하지 않는다는 점을 주목하기 바랍니다. 그런 사람들이 권력을 잡으면 공포의 이유들을 만들어내는 데 전문가가 됩니다. 그들은 여러분에게 공포에 떨 만한 충분한 이유를 제공하고 그것을 통해 여러분을 지배합니다. 그런데 인간의 감정 중에 가장 고귀한 것인 사랑에 대해서는 이유 없는 사랑을 느끼지 못하는 사람들을 도덕적으로 태만하다고 비난합니다. 어떤 사람이 이유 없이 공포에 떨면 여러분은 그에게 정신과에 가보라고 권합니다. 하지만 사랑의 의미와 본질, 가치를 지키는 데는 그리 관심을 기울이지 않습니다.

사랑은 자신의 가치들의 표현입니다. 여러분이 인격적으로 이룬 도덕적 자질들에 대해 여러분이 얻을 수 있는 가장 큰 보상입니다. 타인의 미덕을 통해 얻는 기쁨에 대해 지불하는 감정적 대가입니다. 그런데 여러분의 도덕률은 사랑을 가치와 분리시키고 아무에게나 사랑을 주라고 요구합니다. 상대의 가치에 대한 반응이 아니라 **필요**에 대한 반응으로, 보상이 아니라 자선으로, 미덕에 대한 지불이 아니라 악에 대한 백지수표로 말입니다. 여러분의 도덕률은 사랑의 목적은 도덕의 속박에서 벗어나는 것이라고, 사랑은 도덕적 판단보다 우위에 있다고, 진정한 사랑은 상대의 모든 악을 초월하고 용서하는 것이라고, 사랑이 클수록 상대의 타락에 대한 관용도 커진다고 말합니다. 상대의 미덕을 보고 사랑하는 것은 무가치하고 세속적이며, 상대의 결함을 보고 사랑하는 것은 신성하다고 말합니다. 사랑받을 만한 사람을 사랑하는 것은 이기심이고, 그럴 가치가 없는 사람을 사랑하는 것은 희생이라고 말합니다. 여러분은 사랑받을 자격이 없는 사람들에게 사랑을 빚지고 있습니다. 상대가 사랑받을 자격이 없을수록 그 빚은 더욱 커집니다. 상대가 혐오스러울수록 여러분의 사랑은 더욱 고귀해집니다. 여러분의 영혼이 쓰레기 같은 상태가 되어 자신과 동등한 상대를 얼마든지 환영한다면, 도덕적 가치들에 가치를 두지 않게 된다면 여러분은 도덕적 완성의 상태에 이른 것입니다.

그것이 희생의 도덕률이자 그 쌍둥이 이상들입니다. 여러분의 육체의 삶을 인간 도살장의 모습으로, 그리고 여러분의 정신의 삶을 쓰레기장의 모습으로 바꾸는 것 말입니다.

그것이 여러분의 목표였고 여러분은 목표를 이루었습니다. 왜 지금에 와서 인간의 무력함과 인간의 열망의 부질

없음에 대해 한탄합니까? 파괴를 추구함으로써 번영을 얻지 못해서요? 고통을 숭배함으로써 기쁨을 발견하지 못해서요? 죽음을 가치의 기준으로 여김으로써 살 수 없게 되어서요?

여러분이 살 수 있는 능력은 여러분의 도덕률을 깨는 것에 달려 있습니다. 그런데도 여러분은 그 도덕률을 설파하는 자들을 인류의 친구로 여기고 스스로를 저주하며 감히 그들의 동기나 목표에 의문을 제기하지 못합니다. 지금 여러분은 마지막 선택에 직면해 있으니 그들을 잘 보세요. 멸망을 선택하더라도 얼마나 보잘것없는 적이 얼마나 쉽게 여러분의 목숨을 앗아갔는지 똑똑히 알고 선택하세요.

희생의 교리를 가르치는 양대 신비주의자들은 여러분의 유일한 상처인 자신의 정신에 의존하는 것에 대한 두려움을 공격하는 세균입니다. 그들은 정신보다 더 위대한 지식의 수단을, 이성보다 우월한 의식의 방식을 갖고 있다고 말합니다. 마치 우주의 관료들과 특별한 연출이 있어서 자신들만 대단한 비결을 알고 있는 것처럼요. 영혼의 신비주의자들은 자신들이 인간의 오감 이외에도 한 가지 감각을 더 지니고 있다고 주장합니다. 이 특별한 육감은 여러분의 오감에 의한 지식을 통째로 부정합니다. 근육의 신비주의자들은 굳이 초감각적 능력을 내세우지 않습니다. 그저 여러분의 감각들이 타당하지 못하다고 주장합니다. 그들은 구체적으로 밝혀지지 않은 방법들로 여러분의 무지함을 알 수 있는 지혜를 갖고 있다고 합니다. 양대 신비주의자들은 여러분에게 여러분의 의식을 무력화시키고 그들의 힘에 굴복할 것을 요구합니다. 그들은 자신들의 지식이 우월하다는 증거로 여러분이 아는 모든 것과 반대되는 주장을 합니다. 자신들이 존재를 다루는 능력이 우월하다는 증거로 여러분을 불행과 자기희생, 굶주림, 파괴로 이끕니다.

그들은 지상에서의 존재보다 더 우월한 존재방식을 알고 있다고 주장합니다. 영혼의 신비주의자들은 그것을 '다른 차원'이라고 부르며 기존의 차원들을 부정합니다. 근육의 신비주의자들은 그것을 '미래'라고 부르며 현재를 부정합니다. 존재하는 것은 정체성을 갖는 것입니다. 그들은 자신들의 우월한 영역에 어떤 정체성을 부여할 수 있을까요? 그들은 계속해서 '아니라는' 말만 합니다. 부정으로 모든 것을 설명합니다. 그들은 신은 인간의 정신으로는 알 수 없는 존재라고 주장하며 그것을 지식으로 받아들이라고 요구합니다. 신은 인간이 아닌 것, 천국은 지상이 아닌 것, 영혼은 육체가 아닌 것, 미덕은 이익이 아닌 것, A는 A가 아닌 것, 지각은 감각이 아닌 것, 지식은 이성이 아닌 것이라고 말합니다. 그들의 정의(定義)는 정의를 내리는 것이 아니라 지워버리는 것입니다.

무(無)가 정체성의 기준이 되는 세상에 집착하는 것은

거머리의 형이상학입니다. 거머리는 자신의 본질을 정의할 필요성에서 벗어나고 싶어할 테니까요. 자신의 세상이 남의 피에 기반을 두고 있다는 사실을 알고 싶어하지 않을 테니까요.

그들이 기존의 세상을 희생시켜서 얻으려고 하는 우월한 세상의 본질은 무엇일까요? 영혼의 신비주의자들은 물질을 저주하고, 근육의 신비주의자들은 이익을 저주합니다. 영혼의 신비주의자들은 사람들이 세상을 포기함으로써 이익을 얻기를 원하고, 근육의 신비주의자들은 사람들이 모든 이익을 포기함으로써 세상을 물려받기를 원합니다. 그들의 비물질적이고 비영리적인 세상은 우유와 커피의 강이 흐르고, 그들의 명령에 따라 바위에서 포도주가 솟고, 입만 벌리면 구름에서 빵이 떨어지는 곳입니다. 지금 우리가 살고 있는 물질적이고 영리적인 세상에서는 1킬로미터 길이의 철도를 건설하려고 해도 지성, 성실성, 에너지, 기술 같은 막대한 미덕의 투자가 요구되지만 그들의 비물질적이고 비영리적인 세상에서는 바라기만 하면 행성과 행성 사이를 오갈 수 있습니다. 정직한 사람이 '어떻게?'라고 물으면 그들은 냉소하며 '어떻게'는 천박한 현실주의자들의 개념이라고, 우월한 영혼들의 개념은 '어떻게든'이라고 당당히 대답합니다. 물질과 이익의 속박을 받는 이 세상에서 보상은 생각에 의해 얻을 수 있지만, 그런 속박에서 벗어난 세상에서는 그저 바라는 것만으로 보상이 주어집니다.

그것이 그들의 비열한 실체입니다. 그들의 비밀스러운 철학과 변증법, 초감각, 그들의 회피적인 눈과 으르렁거리는 말의 실체입니다. 그런 실체를 위해 그들은 문명과 언어와 산업과 삶을 파괴합니다. 자신들의 눈을 찌르고 고막을 찢고 감각을 마모시키고 정신을 지워버립니다. 이성, 논리, 물질, 존재, 현실의 절대성을 부정합니다. 그리고 그 뿌연 안개 속에서 자신들의 **소망을** 단 하나의 신성하고 절대적인 가치로 내세웁니다.

그들이 벗어나고자 하는 속박은 정체성의 법칙입니다. 그들이 추구하는 자유는 아무리 울고 짜도 A는 A일 수밖에 없다는 사실로부터 벗어나는 것입니다. 그들이 아무리 굶주려도 강에 우유가 흐를 수는 없다는 사실, 그들이 아무리 원해도 물이 언덕 위로 흐를 수는 없다는 사실, 고층 빌딩 꼭대기로 물을 끌어올리려면 생각과 노동의 과정을 거쳐야만 하며 수도관 1센티미터가 중요하지 그들의 감정은 중요하지 않다는 사실, 그들의 감정은 허공의 먼지 한 점의 움직임도, 그들이 저지른 행동의 본질도 바꿀 수 없다는 사실. 그들은 그런 사실들로부터 자유로워지고 싶어 합니다.

인간은 자신의 감각에 의해 왜곡되지 않은 현실을 인식

할 수 없다고 말하는 사람들은 자신의 감정에 의해 왜곡되지 않은 현실을 인식할 의사가 없는 것입니다. '있는 그대로의 현실'은 여러분의 정신에 의해 인식된 것이며, 거기서 이성을 제거하면 '여러분의 바람에 의해 인식된 현실'이 됩니다.

이성에 대한 정직한 부정은 없습니다. 그들의 주장을 어느 한 부분이라도 받아들이는 것은 자신의 이성이 허락하지 않는 일을 저지르고 비열하게 빠져나가고 싶기 때문입니다. 만일 여러분이 부를 훔친다면 아무리 많은 자선을 베풀고, 아무리 많은 기도를 올려도 여러분은 악한입니다. 만일 여러분이 창녀와 잔다면 다음 날 아내를 아무리 사랑한다고 느껴도 여러분은 훌륭한 남편이 되지 못합니다. 여러분은 하나의 고정된 실체입니다. 아이의 악몽 속 세상처럼 정체가 멋대로 바뀌어 건달이 되었다 영웅이 되었다 할 수 있는 것이 아닙니다. 여러분은 하나의 인간으로, 하나의 실체로 존재합니다.

여러분이 자신의 신비주의적인 소망의 목표가 더 고차원적인 삶의 방식이라고 아무리 열성적으로 외쳐도 정체성에 대한 부정은 비존재가 되고 싶어하는 소망일뿐입니다. 아무것도 되고 싶어하지 않는 것은 곧 존재하고 싶어하지 않는 것입니다.

여러분의 스승들, 양대 신비주의자들은 자신들의 의식

속에서 인과법칙을 뒤집어놓았고, 존재 속에서도 그렇게 하려고 애씁니다. 그들은 자신들의 감정을 원인으로, 자신들의 정신을 수동적 결과로 여깁니다. 자신들의 감정을 현실 인식의 도구로 여깁니다. 자신들의 욕망을 가장 우선적인 것으로, 모든 사실을 대체하는 사실로 봅니다. 정직한 사람은 욕망의 대상을 확인하기 전에는 욕망을 품지 않습니다. 그는 이렇게 말합니다. '그것이 존재하므로 나는 그것을 원한다.' 신비주의자들은 이렇게 말합니다. '내가 원하므로 그것은 존재한다.'

그들은 존재와 의식의 이치를 속이려고 합니다. 그들은 자신들의 의식이 존재를 **인식하는** 도구가 아니라 존재를 **창조하는** 도구가 되기를 바랍니다. 그리고 존재가 의식의 **대상**이 아닌 **주제**가 되기를 바랍니다. 그들은 독단적인 변덕으로 무에서 우주를 창조하는 신이 되고 싶어합니다. 하지만 현실은 속일 수 있는 것이 아닙니다. 그래서 그들은 자신들이 바라는 것과 정반대의 결과를 얻고 맙니다. 그들은 존재에 대한 전능의 힘을 갖고 싶어하지만 오히려 의식의 힘을 잃고 맙니다. 그들은 알기를 거부함으로써 스스로 영원한 무지의 나락에 빠지고 맙니다.

여러분을 그들의 가르침에 이끌리게 하는 비합리적인 소망들, 여러분이 우상으로 숭배하는 감정들, 여러분이 그 제단에 세상을 바치는 어둡고 부조리한 여러분 안의 열정,

여러분이 신의 목소리로 혹은 자기 몸의 내분비샘의 목소리로 여기는 그것은 여러분 정신의 시체에 불과합니다. 여러분의 이성과 상충하는 감정, 여러분이 설명하거나 통제할 수 없는 감정은 여러분이 바꾸기를 거부하는 진부한 생각의 시체에 불과합니다.

여러분은 생각하고 보기를 거부하는 악을 저지를 때마다, 작은 소망 하나를 현실의 절대성에서 면제시킬 때마다, '내가 쿠키를 훔친 것에 대해서는 이성적 판단을 내리지 않게 해줘'라거나 '신의 존재에 대해서는 이성적 판단을 면제해줘'라거나 '비합리적인 변덕 하나만 허용해주면 다른 모든 것에 대해서는 합리적인 인간이 되겠어'라는 말을 할 때마다 자신의 의식을 파괴하고 정신을 타락시키는 것입니다. 그러면 여러분의 정신은 은밀한 지하 세계의 명령을 받는 매수된 배심원이 되어 그것이 감히 손댈 수 없는 절대적인 진실의 증거를 왜곡시키는 판결을 내리게 됩니다. 그 결과 현실은 여러분의 검열을 거쳐 여러분이 보기를 거부하는 부분들은 무참히 찢겨져나가고 여러분이 보고 싶어하는 부분들만 남은 만신창이가 될 것입니다. 생각을 면제받은 감정이라는 정신의 방부제가 그 현실을 간신히 지탱해줄 것이고요.

여러분이 지워버리려고 애쓰는 관계는 인과적인 관계입니다. 여러분이 이기려고 하는 적은 인과성의 법칙입니다.

인과성의 법칙은 기적을 허용하지 않으니까요. 인과성의 법칙은 행동에 적용되는 정체성의 법칙입니다. 모든 행동은 실체에 의해 일어납니다. 행동의 본질은 행동하는 실체의 본성에 의해 결정되며, 실체는 자신의 본성에 모순되는 행동을 할 수 없습니다. 실체에 의해 일어나지 않은 행동은 무(無)에 의해 일어난 것이고, 그것은 **무**가 **실체**를 통제한다는 뜻입니다. 비실체가 실체를, 비존재가 존재를 통제한다는 뜻입니다. 그것이 여러분의 스승들이 갈망하는 세상입니다. 그들이 원인 없는 행동을 부르짖는 **원인**, 그들이 이성에 반발하는 **이유**, 그들의 도덕성과 정치와 경제와 이상의 목표입니다. 무의 지배가요.

정체성의 법칙에 의하면 여러분은 케이크를 갖고 있는 동시에 먹을 수 없습니다. 인과성의 법칙에 의하면 여러분은 케이크를 갖기 **전에** 먹을 수 없습니다. 하지만 여러분이 그 두 법칙을 버린다면, 그 두 법칙을 볼 수 없는 것처럼 자신과 남들을 속인다면 여러분은 오늘 자신의 케이크를 먹고 내일 다른 사람의 케이크를 먹을 권리가 있다고 주장할 수 있습니다. 케이크를 얻는 방법은 케이크를 굽기 전에 먼저 먹는 것이라고, 생산의 방법은 소비부터 시작하는 것이라고, 모든 소망하는 자들은 모든 것에 대해 동등한 권리가 있다고 말할 수 있습니다. 물질적인 것뿐 아니라 정신적인 것에서도 마찬가지입니다.

인과성에 저항하는 여러분의 동기는 그것에서 벗어나려는 것이 아니라 그것을 거꾸로 뒤집으려는 가장 기만적인 욕망입니다. 여러분은 사랑받을 자격도 없이 사랑받기를 원합니다. 인과법칙에서 결과인 사랑이 그 원인인 인간적인 가치를 제공할 수 있기라도 한 것처럼요. 여러분은 찬양받을 자격도 없이 찬양받기를 원합니다. 결과인 찬양이 원인인 미덕을 제공할 수 있는 것처럼요. 여러분은 부자가 될 자격도 없이 부자가 되기를 원합니다. 결과인 부가 그 원인인 능력을 제공할 수 있는 것처럼요. 여러분은 자비를, 정의가 아닌 **자비를** 애원합니다. 거저 얻은 용서가 그 원인을 없앨 수 있는 것처럼요. 여러분은 자신의 추악한 작은 기만을 탐닉하기 위해 여러분의 스승들을 옹호합니다. 결과인 소비가 원인인 부를 창출하고, 결과인 기계가 원인인 지성을 낳고, 결과인 성적 욕망이 원인인 철학적 가치를 만든다고 광분해서 떠드는 그들을요.

흥청거리는 그 파티 비용은 누가 댈까요? 그들이 거저 얻는 것을 만들어내는 건 누구일까요? 여러분을 위해 희생하면서도 여러분에게 존재를 인정받지도 못하고 고통 속에서 조용히 사라져가는 사람들은 누구일까요? 바로 **우리**입니다. 정신을 지닌 사람들.

우리는 여러분이 탐내는 모든 가치의 **원인**입니다. 우리는 **정체성**을 규명하고 **인과관계**를 밝혀내는 **생각**의 과정을 수행합니다. 우리는 여러분에게 알고, 말하고, 생각하고, 갈망하고, 사랑하는 법을 가르쳤습니다. 이성을 저버린 여러분은 이성을 지켜온 우리가 아니었다면 소망을 이루기는커녕 아예 품지도 못했을 것입니다. 여러분은 만들어지지 않은 옷을, 발명되지 않은 자동차를, 존재하지 않는 상품들의 거래를 위해 세상에 나오지 않은 돈을, 아무것도 성취한 것이 없는 사람들이 받아본 적이 없는 감탄을, 생각하고 선택하고 **가치를 둘 수 있는** 능력을 지켜온 사람들에게만 해당되는 사랑을 소망할 수 없었을 것입니다.

여러분은 감정이라는 정글에서 **우리의** 뉴욕 5번가로 갑자기 뛰어든 야만인처럼 전깃불은 원하면서 발전기는 모두 파괴하려고 합니다. 여러분은 우리를 파괴하면서 **우리의** 부를 이용하고, 우리를 욕하면서 **우리의** 가치를 이용하고, 정신을 부정하면서 **우리의** 언어를 사용합니다.

영혼의 신비주의자들은 우리의 존재는 빼버리고 우리의 세상을 본떠 천국을 만든 다음 여러분에게 비물질로부터의 기적에 의해 이루어진 보상을 약속합니다. 그와 마찬가지로 현대 근육의 신비주의자들은 우리의 존재를 빼버리고 원인 없이 스스로 만들어진 물질이 여러분의 비정신이 원하는 모든 것이 될 수 있는 천국을 약속합니다.

지난 수세기 동안 영혼의 신비주의자들은 지상에서의 삶을 견딜 수 없게 만든 뒤 여러분을 보호한다는 구실로 살아남았습니다. 그들은 존재를 가능하게 하는 모든 미덕을 금지시켜서 여러분에게 위안을 준 다음 그 대가를 요구했습니다. 그들은 생산과 즐거움을 죄로 규정한 다음 생산자들의 죄의식을 이용해 그들을 갈취했습니다. 우리, 정신을 지닌 사람들은 그들의 이름 없는 희생자들이었습니다. 그들의 도덕률을 깨고 기꺼이 이성을 믿는 죄인이 되고자 했던 우리…… 그들이 소망하고 기도하는 동안 생각하고 행동했던 우리…… 삶이 죄로 여겨질 때 삶의 밀매자였으며 도덕적 추방자였던 우리…… 그들이 물질적 탐욕을 뛰어넘어 자선을 베풀며 도덕적 영광을 누릴 때 그들의 자선품을 생산하는 노예였던 우리.

이제 우리는 쇠사슬에 묶인 채 우리에게 죄인이라는 이름조차 허락하지 않는 야만인들에게 생산 명령을 받고 있습니다. 그 야만인들은 우리가 존재하지도 않는다고 주장하며, 그들이 원하는 것을 생산하지 않으면 우리가 갖고 있지도 않은 목숨을 빼앗겠다고 협박합니다. 여러분의 기괴한 근육의 신비주의자들이 원칙도, 절대적인 것도, 지식도, 정신도 없는 비언어로 떠들어대며 우리의 세상의 시체를 차지하려고 싸우는 동안 이제 우리는 철도를 계속 운행하며 대륙을 횡단한 철도가 도착하는 시간을 정확히 알아야 하고, 제철소를 운영하며 여러분이 이용하는 철교와 여러분이 하늘을 날 수 있게 해주는 비행기 동체를 이루는 금속의 분자구조를 알아야 합니다.

그들은 마법의 주문을 외워서 현실을 바꿀 수 있다고 믿는 야만인들보다 수준이 낮아서 말하지 않고 마음에만 담고 있는 말의 힘으로 세상을 바꿀 수 있다고 믿습니다. 그들의 마법의 도구는 지우는 것입니다. 그들이 인정하지 않는 한 그 어떤 것도 존재할 수 없다고 여기는 것입니다.

그들의 육체가 훔친 부로 먹고살듯이 그들의 정신도 훔친 개념으로 먹고삽니다. 그들은 자신이 훔치고 있다는 것을 알기를 거부하면 정직할 수 있다고 생각합니다. 그들은 원인을 부정하면서 결과를 이용하듯이 우리의 개념의 뿌리와 존재를 부정하면서 우리의 개념을 이용합니다. 공장을 짓지는 않고 **인수하려고만** 하듯이 생각을 하지는 않고 남의 생각을 **이용하려고만** 합니다.

공장 운영을 위해 필요한 것은 기계를 돌리는 능력뿐이라고 주장하며 누가 공장을 지었는지의 문제는 깨끗이 지워버리듯이, 실체는 없고 오직 동작만 존재한다고 주장하며 **동작**은 움직이는 주체를 전제로 하고 실체의 개념 없이는 '동작'이라는 개념도 있을 수 없다는 사실을 지워버립니다. 거저 얻은 것을 소비할 권리를 주장하며 누가 그것을 생산했는지의 문제는 지워버리듯이, 정체성의 법칙 따윈 없고 오직 변화만 존재한다고 주장하며 **변화**가 무엇에서 무엇으로 변하는가의 개념을 전제로 하고 정체성의 법칙 없이는 '변화'의 개념도 있을 수 없다는 사실을 지워버립니다. 또한 기업가의 가치를 부정하면서 그의 부를 강탈하듯이, 존재가 존재한다는 사실을 부정하면서 모든 존재를 지배할 궁리를 합니다.

그들은 '우리는 우리가 아무것도 모른다는 것을 안다'고 떠들며 자신들이 앎을 주장하고 있다는 사실을 지워버립니다. '절대적인 것은 없다'고 떠들며 자신들이 절대론을 펴고 있다는 사실을 지워버립니다. '우리는 자신이 존재하거나 의식한다는 사실을 **증명**할 수 없다'고 떠들며 **증명**은 존재, 의식, 그리고 일련의 복잡한 지식을, 즉 앎의 대상이 되는 존재, 그것을 알 수 있는 의식, 증명된 것과 증명되지 않은 것의 차이를 구별할 수 있는 지식을 전제로 한다는 사실을 지워버립니다.

말하는 법을 배우지 못한 야만인이 존재는 증명되어야만 한다고 주장하는 것은 비존재를 통해 존재를 증명하라고 요구하는 것입니다. 그리고 의식은 증명되어야만 한다고 주장하는 것은 무의식을 통해 의식을 증명하라고 요구하는 것입니다. 존재와 의식을 증명하기 위해 존재와 의식 바깥의 허공으로 들어가라고 요구하는 것입니다. 무(無)에 대해 알기 위해 무가 되라고 요구하는 것입니다.

공리는 임의로 선택할 수 있는 것이고, 자신이 존재한다는 공리를 받아들이지 않는다고 주장하는 것은 그런 말을 함으로써 이미 존재를 받아들였다는 사실을, 그것을 거부하는 유일한 방법은 입을 닫고 아무 이론도 펼치지 않고 죽는 것이라는 사실을 부정하는 것입니다.

공리는 지식과 그 지식에 관련된 모든 추가적인 명제의 근거를 밝히는 명제입니다. 어떤 사람이 그것을 인정하건 인정하지 않건 모든 명제에 필수적으로 포함되어 있는 것입니다. 공리를 부정하려는 사람들은 그것을 부정하는 과정에서 그것을 받아들이고 사용해야만 하므로 자가당착에 빠질 수밖에 없습니다. 정체성의 법칙을 받아들이지 않는 원시인에게 정체성의 개념이나 정체성에서 나온 어떤 개념도 사용하지 말고 자신의 이론을 제시해보라고 하세요. 명사의 존재를 받아들이지 않는 유인원에게 명사나 형용사, 동사가 없는 언어를 고안해보라고 하세요. 감각적인 지각을 인정하지 않는 주술사에게 그가 감각적인 지각을 통해 얻은 정보를 사용하지 않고 그것을 증명해보라고 하세요. 논리를 인정하지 않는 사람 사냥꾼에게 논리를 사용하지 말고 그것을 증명해보라고 하세요. 고층 빌딩이 50층 높이에 이른 뒤에는 토대가 필요치 않다고 주장하는 피그미족에게 **자기** 건물의 토대를 없애보라고 하세요. 산업문명의 **창조**에는 인간정신의 자유가 필요했지만 그것을 **지키는 데는** 필요치 않다고 떠들어대는 식인종에게 경제학 강좌가 아닌 화살과 곰가죽을 던져주세요.

그들이 여러분을 암흑의 시대로 되돌려놓고 있다고 생각합니까? 그들은 역사상 그 어느 때보다 지독한 암흑의 시대로 여러분을 이끌고 있습니다. 그들의 목적지는 과학 이전의 시대가 아니라 언어 이전의 시대입니다. 그들의 목표는 인간정신과 삶, 문화의 토대를 이루는 **객관적**인 현실의 개념을 박탈하는 것입니다. 인간 의식의 발전 과정을 생각해보세요. 그럼 그들의 목적을 알게 될 것입니다.

야만인은 A는 A고, 현실은 현실이라는 사실을 알지 못하는 존재입니다. 그의 정신은 아기 수준에, 의식이 확고한 실체를 구분하는 법을 배우지 못한 채 초기의 감각적 지각만을 요구하는 상태에 갇혀 있습니다. 아기에게는 세상이 흐릿한 움직임으로만 보이며 움직이는 것들은 인식하지 못합니다. 그러다 정신이 탄생하는 날, 눈앞의 흐릿한 움직임이 엄마이고, 그 뒤에서 펄럭이는 것이 커튼임을 알게 됩니다. 그 둘은 확고한 실체이고, 서로 바뀔 수 없으며, 그것 자체로 존재한다는 사실을 깨닫게 되는 것이죠. 물질에는 의지가 없음을 깨닫는 날이 자신에게는 의지가 있음을 깨닫는 날이며, 그것이 **인간** 존재로서의 탄생입니다. 거울에 비친 것이 환상이 아니라 실제라는 것을, 하지만 그것이 자신은 아니라는 것을 깨닫는 날, 사막에서 보는 신기루가 환상이 아니며 그것을 이루는 공기와 광선이 실제라는 것을, 하지만 그것은 도시가 아니라 도시의 모습일 뿐이라는 것을 깨닫는 날…… 자신은 주어진 순간에 수동적으로 감각을 받아들이기만 하면 되는 것이 아니라는 것을, 자신의 감각이 아무런 맥락 없이 자동으로 지식을 제공하는 것이 아니라 지식의 재료만 제공하고 자신이 그것을 통합해 지식으로 만들어야 한다는 것을 깨닫는 날…… 자신의 감각은 자신을 속일 수 없다는 것을, 물리적 객체는 원인 없이는 작용하지 않는다는 것을, 감각기관은 물리적이고 의지가 없으며 뭔가를 날조하거나 왜곡할 수 없으므로 그것이 제공하는 증거는 절대적이지만 자신의 정신이 그것을 이해하는 법을 배워야 한다는 것을, 자신의 정신이 자신이 지각한 것들의 본질과 원인, 의미를 파악해야 한다는 것을 깨닫는 날…… **그날이** 생각하는 사람으로, 과학자로 탄생하는 날입니다.

우리는 그날에 도달한 사람들입니다. 여러분은 그날에 부분적으로만 도달했고 야만인들은 영원히 그날에 도달할 수 없습니다.

야만인에게 세상은, 생명 없는 물질에게는 모든 것이 가능한데 자신에게는 도무지 가능한 것이 없는 이해할 수 없는 기적의 장소입니다. 그의 세상은 단순한 미지의 대상이 아니라 비합리적인 공포의 대상입니다. 야만인은 물리적 객체들이 **원인도 없고** 예측도 불가능한 변덕을 부리는 신비한 의지를 지니고 있는 반면, **자신은** 초월적인 힘에 지배당하는 무력한 저당물이라고 생각합니다. 전능의 힘을 가진 악마들이 자연을 지배하고 현실은 악마들의 농간이며 악마들은 언제라도 밥그릇을 뱀으로, 아내를 딱정벌레로 바꿀 수 있다고 생각합니다. 자신이 발견하지 못한 A가 악마들이 선택하는 A가 아닌 그 어떤 것도 될 수 있고, 자신이 아는 단 한 가지는 알려고 해서는 안 된다는 사실뿐이라고 생각합니다. 그는 그 무엇에도 의지할 수 없고 오직 **바라기만** 할 수 있습니다. 그는 평생 바라기만 하면서 악마들에게 그 소망을 들어달라고 애원하면서 삽니다. 소망이 이루어지면 악마들에게 공을 돌리고, 이루어지지 않으면 자기 탓으로 여깁니다. 악마들에게 감사의 표시로, 죄의식의 표시로 희생을 바칩니다. 공포에 차서 땅에 엎드려 기면서 태양을, 달을, 바람을, 비를 숭배합니다. 악마의 대변인을 자처하는 악당을 숭배합니다. 알아들을 수 없는 말을 하고 인상이 험악하면 누구든 악마의 대변인이 될 수 있습니다. 그는 소망하고 애원하고 기어다니다가 죽습니다. 그의 존재관의 기록으로 여러분을 남기고요. 그의 우상들을 닮은 사람이면서 동물이면서 거미인 괴물, A가 A가 아닌 세상의 화신인 여러분을 말입니다.

현대의 여러분의 스승들은 바로 **그런** 야만인의 지적 상태에 있으며 여러분을 **그런** 상태로 이끕니다.

그들이 어떤 방법으로 그렇게 하는지 궁금하면 아무 대

학 강의실에나 들어가보세요. 교수들이 여러분의 자녀들에게 인간은 아무것도 확신할 수 없다고, 인간의 의식은 아무런 타당성이 없다고, 인간은 아무런 사실도, 아무런 존재의 법칙도 배울 수 없다고, 인간은 객관적인 현실을 알 수 없다고 가르치는 광경을 목격하게 될 것입니다. 그렇다면 인간의 지식과 진실의 기준은 무엇일까요? '다른 사람들이 **믿는 것**'이라고 그들은 대답합니다. 그들은 지식은 존재하지 않고 오직 **믿음**만 존재한다고 가르칩니다. 그들의 주장에 따르면 존재는 믿음의 행위이고, 자신의 존재에 대한 여러분의 믿음은 여러분을 죽일 권리가 있다고 여기는 다른 사람들의 믿음보다 타당하지 못합니다. 과학의 공리도 믿음의 행위이고, 계시를 믿는 신비주의자들의 믿음보다 타당하지 못합니다. 전깃불이 발전기에 의해 만들어진다는 사실도 믿음의 행위이고, 음력 초하루에 사다리 밑에서 토끼 발에 입을 맞추면 전기를 얻을 수 있다는 믿음보다 타당하지 못합니다. 현실은 사람들이 그렇다고 말하는 것이고, 객관적인 사실은 존재하지 않으며, 사람들의 임의적 소망만 있을 뿐입니다. 실험실에서 시험관과 논리로 지식을 추구하는 사람은 미신에 빠진 구식 바보이고, 진정한 과학자는 여론조사를 하러 다니는 사람입니다. 과학의 발전을 가로막는 기득권을 가진 강철 들보 제조업자들의 이기적인 탐욕이 없었다면 뉴욕은 존재할 수 없었을 것입니다. 전 세계 사람들을 대상으로 여론 조사를 벌이면 절대다수가 뉴욕이 존재해선 안 된다는 **믿음**을 갖고 있다고 답할 테니까요.

수세기 동안 영혼의 신비주의자들은 믿음이 이성 위에 존재한다고 주장하면서도 감히 이성의 존재를 부인하지는 못했습니다. 하지만 그들의 후계자이며 산물인 근육의 신비주의자들은 그들의 과업을 완수하고 그들의 꿈을 이루었습니다. 근육의 신비주의자들은 모든 것은 믿음이라고 주장하며 이성을 믿음에 대한 반발이라고 부릅니다. 증명되지 않은 주장들에 반기를 들면 그들은 아무것도 증명될 수 없다고 주장합니다. 초자연적인 지식에 반기를 들면 그들은 지식은 불가능한 것이라고 주장합니다. 과학의 적에 반기를 들면 그들은 과학은 미신이라고 주장합니다. 정신의 노예화에 반기를 들면 그들은 정신은 없다고 주장합니다.

만일 여러분이 인식 능력을 포기하고 기준을 **객관적인** 것에서 **집단적인** 것으로 바꾼 다음 인류가 여러분의 생각을 대신해주기를 기다린다면 여러분의 스승들이 집단의 지배자가 될 것입니다. 만일 여러분이 그들은 인류 전체가 아니라고 주장하며 그들에게 복종하기를 거부하면 그들은 이렇게 대답할 것입니다. '우리가 인류 전체가 아니라는 것을 어떻게 아는가?'

그것이 그들의 목적이라는 게 의심된다면, 여러분이 '**정**

신'이라는 개념이 존재했다는 사실 자체를 잊도록 근육의 신비주의자들이 얼마나 열심히, 얼마나 끈질기게 노력하고 있는지 보세요. 그들이 고무줄처럼 변하는 애매모호한 말로 **생각**이라는 개념을 인정하기를 회피하는 것을 보세요. 그들은 여러분의 의식이 '반사', '반응', '경험', '충동', '의욕'으로 이루어져 있다고 말하며 자신들이 그것을 어떻게 알게 되었는지 밝히기를 거부합니다. 그들이 그 말을 할 때 수행하는 행동이나 여러분이 그 말을 들을 때 수행하는 행동에 대해 설명하는 것도 거부합니다. 그들은 말이 여러분을 '조건짓는' 힘을 지녔다고 떠들면서도 말이 그런 힘을 지니는 이유에 대해서는 밝히기를 거부합니다. 그들의 주장에는 공란으로 비워진 부분들이 있습니다. 이를테면 책을 읽는 학생은 (　)의 과정을 통해 뜻을 이해합니다. 발명품을 만드는 과학자는 (　)의 활동에 종사하는 것입니다. 환자가 문제를 해결하고 갈등을 해소하도록 도와주는 정신과 의사는 (　)를 통해 그렇게 하는 것입니다. 기업가는 (　), 기업가라는 사람은 없습니다. 공장은 나무나 돌, 진흙 웅덩이처럼 '천연자원'입니다.

그들은 생산 문제는 해결되었고 연구하거나 걱정할 필요가 없다고 말합니다. 여러분의 '반사작용'이 해결해야 할 문제는 분배뿐이라는 것입니다. 누가 생산의 문제를 해결했을까요? 그들은 '인간'이라고 대답합니다. 해결책이 무엇이었을까요? 그들은 '여기 물건이 있다'고 대답합니다. 그들은 어떻게 물건을 얻었을까요? 그들은 '어떻게든'이라고 대답합니다. 그것의 원인은 무엇인가요? 그들은 '원인이 있는 것은 없다'고 대답합니다.

그들은 모든 인간은 노동 없이 존재할 권리를 가졌다고 주장합니다. 현실의 법칙들에 위배되지만 그럼에도 불구하고 자신의 노력 없이 최소한의 의식주를 보장받을 생득권을 가졌다는 것입니다. 그 최소한의 의식주를 누가 제공하느냐고요? ( ). 그들은 모든 인간이 세상의 기술적 혜택을 동등하게 누려야 한다고 주장합니다. 그 기술적 혜택은 누가 창출했느냐고요? ( ). 기업가의 옹호자를 자처하는 광적인 겁쟁이들은 경제의 목적을 '인간의 무한한 **욕구**와 한정된 양으로 공급되는 재화 사이의 조정'이라고 규정합니다. 공급은 누가 하느냐고요? ( ). 교수라는 지적 건달들은 과거 사상가들의 사회 이론들이 인간은 이성적 동물이라는 비현실적인 가정에 기반을 두고 있다고 비난하며 인간은 합리적이지 못하므로 인간이 **비합리적이면서도**, 다시 말해서 현실을 부정하면서도 존재할 수 있도록 해주는 제도가 필요하다고 주장합니다. 누가 그것을 가능하게 해줄까요? ( ). 임의의 평범한 인간이 인류의 생산을 통제하는 계획들을 서둘러 신문에 발표하면, 그의 통계자료에 동의하든 동의하지 않든 그가 총의 힘으로 그 계획들을 강제로 시행할 권리를 갖고 있는지에 대해 아무도 이의를 제기하지 않습니다. 누구에게 강제로 시행하느냐고요? ( ). 원인 없는 수입을 얻는 임의의 여자들이 지구를 한 바퀴 돌고 와서 후진국 국민들이 더 나은 삶을 **요구하고** 있다는 메시지를 전달합니다. 누구에게 요구하느냐고요? ( ).

  그들은 정글 마을과 뉴욕이 그토록 차이가 나는 이유를 따지지 못하도록 인간의 산업적 진보를(고층 빌딩과 케이블 교량, 모터, 기차를) 인간은 **도구를 만드는 본능**을 가진 동물이라는 저속하기 짝이 없는 말로 설명합니다.

  세상이 뭐가 잘못된 것인지 궁금합니까? 지금 세상은 원인 없는 것, 거저 얻는 것이 절정에 이른 상태입니다. 영혼의 신비주의자들과 근육의 신비주의자들이 서로 여러분을(정신을 지니지 않았다고 동의한 여러분을) 지배하려고 싸우고 있습니다. 여러분의 영혼이 갖고 있는 모든 문제의 해결책은 사랑이고, 여러분의 육체가 갖고 있는 모든 문제의 해결책은 회초리라고 주장하면서요. 그들은 인간에게 가축만큼의 존엄성도 부여하지 않고 동물 조련사도 아는 진실을 외면합니다. 하다못해 짐승도 공포로 훈련시켜서는 안 됩니다. 코끼리를 고문하면 조련사 말을 잘 듣기는커녕 오히려 조련사를 밟아 죽입니다. 그런데도 그들은 인간에게 진공관, 초음속 비행기, 입자가속기, 우주 망원경을 만들어내라고 하면서 보상이랍시고 식량배급제를 실시하고 자극을 준답시고 등에 채찍질을 가합니다.

　신비주의자들의 실체를 착각해서는 안 됩니다. 지난 수세기 동안 그들의 유일한 목적은 여러분의 의식을 무력화시키는 것이었습니다. 그리고 여러분을 강제로 지배할 **힘**을 얻는 것이 그들의 유일한 욕망이었습니다.

　정글의 주술사들은 정체된 수세기의 세월 동안 현실을 기괴한 부조리로 바꾸는 의식(儀式)을 통해 희생자들의 정신을 마비시키고 초자연에 대한 공포 속에서 살도록 만들었습니다. 중세에 이르러서 초자연적인 교리들은 인간들로 하여금 자신이 18시간 동안 죽도록 일해서 겨우 마련한 수프를 악마가 훔쳐갈까 봐 오두막 흙바닥에 웅크리고 앉아 공포에 떨게 만들었습니다. 그리고 현대의 초라한 교수들은 미소 띤 얼굴로 여러분의 두뇌는 생각할 능력이 없다고, 여러분은 인식의 수단이 없으므로 '사회'라는 초자연적인 힘의 전능한 의지에 무조건 복종해야 한다고 주장합니다. 그 모든 것이 동일한 하나의 목적을 갖고 있습니다. 여러분이 의식(意識)을 포기하도록 만드는 것 말입니다.

　하지만 그것은 여러분 자신의 동의 없이는 불가능한 일입니다. 만일 여러분이 그것을 허락한다면 여러분은 당해도 쌉니다.

　여러분이 인간정신의 무력함에 대한 신비주의자의 열변을 들으며 **자신의** 의식을(그의 의식이 아닌) 의심하기 시작한다면, 그의 꾐에 넘어가 바람 앞의 촛불처럼 흔들리는 이성을 버리고 그의 우월한 확신과 지식에 의지하는 것이 더 안전하다는 결정을 내리게 된다면 둘 다 우스운 꼴이 되는 것입니다. 그의 확신은 여러분의 인정을 통해서만 나올 수 있으니까요. 신비주의자들이 두려워하는 초자연적인 힘, 그들이 숭배하는 미지의 영, 그들이 전능하다고 여기는 의식은 바로 **여러분의 것**이니까요.

신비주의자는 다른 사람들의 정신과 만나면 바로 자신의 정신을 포기하는 사람입니다. 어린 시절 그는 자신의 현실 인식이 다른 사람들의 주장이나 독단적 명령, 모순적 요구와 충돌했을 때 독립에 대한 비겁한 두려움에 자신의 이성적 능력을 포기해버렸습니다. '내가 아는 것'과 '다른 사람들이 말하는 것'의 갈림길에서 다른 사람들의 권위를 선택했습니다. 이해하기보다는 복종하는 것을, 생각하기보다는 **믿는 것**을 택했습니다. 초자연적인 것에 대한 믿음은 다른 사람들의 우월성에 대한 믿음에서 시작됩니다. 그는 자신의 이해력 부족을 숨겨야 한다는 믿음에서, 다른 사람들은 다 갖고 있는 신비한 지식을 자신만 갖지 못했다는 믿음에서, 현실은 다른 사람들이 원하는 방식으로 존재하며 자신에게는 그런 능력이 없다는 믿음에서 자신의 정신을 포기한 것입니다.

그 후로 그는 생각하기를 두려워하며 정체불명의 감정

들에 지배됩니다. 그의 감정들은 그의 유일한 지침이자 유일하게 남은 정체성이 되고, 그는 무서운 소유욕을 보이며 감정에 매달립니다. 그가 하는 모든 생각은 자신의 감정들의 본질이 공포임을 스스로에게 숨기려는 발버둥입니다.

신비주의자는 이성보다 우월한 힘의 존재를 **느낀다**고 주장하지만, 그 힘은 우주의 전능한 초월적인 영이 아니라 그가 길에서 마주쳐 자신의 의식을 넘겨준 행인의 의식입니다. 신비주의자는 그런 다른 사람들의 전능한 의식을 감동시키고, 속이고, 아부하고, 기만하고, **강제하고 싶은** 충동에 이끌립니다. 그가 현실에 이르는 유일한 열쇠는 '**다른 사람들의 의식**'이니까요. 신비주의자는 다른 사람들의 신비한 힘을 지배하고 그들의 동의를 얻어내지 않고는 존재할 수 없다고 느낍니다. '**다른 사람들의 의식**'이 그의 유일한 인식수단이니까요. 그는 안내견에 의존하는 맹인처럼 다른 사람들의 의식에 목줄을 매야 자신이 살 수 있다고 생각합니다. 그래서 다른 사람들의 의식을 지배하는 데 열정을 불태웁니다. 권력욕은 버려진 정신의 빈터에서만 자라는 잡초입니다.

모든 독재자는 신비주의자이고, 모든 신비주의자는 독재자가 될 잠재성을 지니고 있습니다. 신비주의자는 사람들의 동의가 아닌 복종을 갈망합니다. 그는 **자신의** 의식을 다른 사람들에게 넘겨준 것처럼 다른 사람들도 자신의 주장과 명령, 소망, 변덕에 복종하기를 원합니다. 그는 믿음과 강압을 통해 사람들을 상대하려고 합니다. 사실과 이성을 통해 사람들의 동의를 얻는 것에는 만족하지 못합니다. 이성은 그가 두려워하면서도 미덥지 않게 여기는 적입니다. 그에게 이성은 기만의 수단입니다. 그는 인간이 이성보다 더 강력한 힘을 지녔다고 **느낍니다**. 그리고 사람들의 무조건적인 믿음이나 복종을 통해서만 자신에게 결여된 신비한 자질에 대한 통제권을 얻었다고 믿고 안심합니다. 그는 납득시키기보다는 명령하고 싶어합니다. 납득은 독립적인 행동을 요구할뿐더러 객관적인 현실의 절대성에 의존하니까요. 그가 추구하는 것은 현실과 인간의 현실 인식수단인 정신을 넘어서는 힘입니다. 존재와 의식 사이에 자신의 의지를 개입시킬 수 있는 힘입니다. 사람들이 그의 명령에 따라 현실을 속이면 실제로 현실이 그렇게 될 수 있는 것처럼 말입니다.

신비주의자는 다른 사람들이 창출한 부를 갈취하는 물질적인 기생충이자, 다른 사람들의 아이디어를 강탈하는 정신적인 기생충입니다. 그는 스스로 현실을 왜곡시키는 미치광이에서 그치지 않고 다른 사람들에 의해 현실이 왜곡되기를 바라는 미친 기생충이 됩니다.

신비주의자의 무한성, 비인과성, 비정체성에 대한 갈망을 충족시킬 수 있는 상태는 **죽음**뿐입니다. 신비주의자가 자신의 소통 불가능한 감정들에 어떤 이해 불가능한 이유를 갖다 붙이든 현실을 거부하는 것은 존재를 거부하는 것입니다. 현실과 존재를 거부하는 사람을 움직이는 감정은 인생의 모든 가치에 대한 증오와 그것을 파괴하는 모든 악에 대한 갈망입니다. 신비주의자는 고통과 가난, 비굴함, 공포의 광경을 즐깁니다. 그런 광경에서 승리감을 느끼고, 합리적인 현실이 패배했다는 증거를 봅니다. 하지만 다른 현실은 존재하지 않습니다.

신비주의자가 누구를 위해 봉사한다고 주장하든, 그 대상이 신이든 그가 '인민'이라고 칭하는 현실과 분리된 괴물이든, 그리고 그가 어떤 초현실적인 차원의 이상을 내세우든 **사실상 현실적으로 지상에서** 그의 이상은 **죽음**입니다. 그는 죽이기를 열망하며 고문을 통해서만 만족을 느낍니다.

신비주의자들이 지금까지 달성한 유일한 목표는 파괴입니다. 오늘날 그들이 달성하고 있는 유일한 목표가 파괴인 것처럼요. 만일 그들이 자신들의 행위로 인한 황폐함을 보고도 자신들의 원칙에 대해 의심하지 않는다면, 자신들은 사랑에 의해 움직인다고 주장하면서도 인간들의 시체더미에 흔들리지 않는다면 그들의 영혼에 관한 진실이 여러분이 그들에게 허용한 비열한 핑계(목적이 수단을 정당화시킬 수 있고, 그들의 잔혹한 짓은 숭고한 목적을 위한 수단이라는 핑계)보다 더 끔찍한 것이기 때문입니다. 그 진실은 그 잔혹한 짓거리들이 그들의 목적이라는 것입니다.

신비주의자의 독재에 적응할 수 있고, 신비주의자의 명령에 복종함으로써 그를 기쁘게 해줄 수 있다고 믿을 정도로 타락한 여러분, 그를 기쁘게 해줄 방법은 없습니다. 여러분이 복종하면 그는 명령을 뒤집을 것입니다. 신비주의자는 복종 그 자체를 위한 복종, 파괴 그 자체를 위한 파괴를 추구합니다. 신비주의자의 갈취에 굴복함으로써 그와 타협할 수 있다고 믿을 정도로 비겁한 여러분, 그를 매수할 방법은 없습니다. 그가 원하는 뇌물은 여러분의 생명이니까요. 그는 여러분이 굴복하는 속도에 따라 여러분의 생명을 빼앗을 것입니다. 그리고 그가 매수하려는 괴물은 그의 마음속에 숨겨진 진실입니다. 그가 다른 사람들을 죽이려는 욕망을 느끼는 것은 자신이 원하는 것이 자신의 죽음이라는 사실을 알고 싶지 않기 때문입니다.

오늘날 세상을 지배하는 세력이 물질적 약탈욕에 의해 움직인다고 믿을 정도로 순진한 여러분, 신비주의자들이 약탈물을 차지하려고 싸우는 것은 스스로에게 자신의 동기를 숨기기 위해서입니다. 부는 삶의 수단입니다. 신비주의자들이 요란하게 부를 요구하는 것은 자신이 살고 싶은 욕망을 지녔다고 스스로를 속이기 위한 연극입니다. 그들이 약탈한 사치에 게걸스럽게 탐닉하는 것은 즐기는 것이 아니라 도피하는 것입니다. 그들은 여러분의 재산을 원하는 것이 아니라 여러분이 그걸 잃기를 원합니다. 그들은 성공하기를 원하는 것이 아니라 여러분이 실패하기를 원합니다. 그들은 살기를 원하는 것이 아니라 여러분이 죽기를 원합니다. 그들은 아무것도 욕망하지 않습니다. 그들은 존재를 증오합니다. 그들은 자신이 증오하는 대상이 바로 자신이라는 사실을 회피하려고 애쓰며 계속해서 도망칩니다.

악의 본질을 알지 못하는 여러분, 신비주의자들을 '오도된 이상주의자'로 여기는 여러분(여러분이 창조한 신이 부디 여러분을 용서하기를!) **그들은** 악의 정수입니다. 그 반생명적 존재들은 세상을 집어삼켜서 그들 영혼의 무의 상태를 채우려고 합니다. 그들이 추구하는 것은 여러분의 부가 아닙니다. 그들의 음모는 정신을, 다시 말해서 생명과 인간을 겨냥한 것입니다.

그 음모에는 지도자도, 방향성도 없습니다. 이 나라 저 나라에서 고통을 이용해 성공한 시시한 악당들은 역사의 하수구에서, 머리보다 '가슴'이 중요하다고 징징대는 반인간적인 존재들의 이성과 논리, 능력, 성취, 기쁨에 대한 증오가 모인 저수지에서 쏟아져 나오는 격류 위를 떠도는 거품 같은 존재들일 뿐입니다.

그것은 삶이 아닌 **죽음**을 추구하는 자들의 음모입니다. 그들은 현실의 작은 한 귀퉁이를 잘라내려고 하며, 다른 귀퉁이들을 잘라내느라 바쁜 모든 사람에게 감정적으로 이끌립니다. 이렇듯 **무**를 가치로 추구하는 모든 사람이 도피라는 연결고리를 통해 하나로 뭉칩니다. 생각하는 능력을 갖지 못했기에 학생들의 정신을 불구로 만드는 데서 기쁨을 찾는 교수, 자신의 정체 상태를 보호하기 위해 경쟁자들의 능력을 속박하는 데서 기쁨을 찾는 기업가, 자신의 자기혐오를 옹호하기 위해 자존감을 가진 사람들을 파괴하는 데서 기쁨을 찾는 신경증 환자, 성취를 좌절시키는 데서 기쁨을 찾는 무능력자, 위대성을 파괴하는 데서 기쁨을 찾는 평범한 인간, 모든 쾌락을 거세시키는 데서 기쁨을 찾는 고자, 그리고 그들에게 미덕의 희생이 악덕을 미덕으로 바꿀 수 있다고 가르치며 탄약을 제공하는 자들. **죽음**이 그들 이론의 기본 전제입니다. **죽음**이 그들의 행동 목표입니다. 그리고 **여러분**은 그들의 마지막 희생양입니다.

여러분과 여러분의 도덕률의 본질 사이에서 살아 있는 완충 장치 역할을 한 우리는 이제 더 이상 여러분이 선택한 믿음의 결과에서 여러분을 구해주지 않을 것입니다. 우리는 이제 더 이상 여러분이 진 빚을 갚아주기 위해, 여러분의 조상들에 의해 누적된 도덕적 결손을 메워주기 위해 기꺼이 목숨을 바치지 않을 것입니다. 여러분은 빌린 시간을 살아왔으며 나는 그 시간을 회수하는 사람입니다.

나는 여러분이 존재 자체를 지우려고 한 사람입니다. 여러분은 내가 사는 것도, 죽는 것도 원하지 않았습니다. 여러분은 내가 여러분이 포기한 책임을 수행하고 있고, 여러분의 삶이 내게 의존하고 있다는 사실을 알기가 두려워서 내가 사는 것을 원하지 않았습니다. 그리고 그 사실을 알고 있었기에 내가 죽는 것도 원하지 않았습니다.

나는 12년 전 여러분의 세상에서 일할 때 발명가였습니다. 발명가는 인간 역사에서 가장 늦게 생겨났고, 유인원의 시대로 돌아갈 때 가장 먼저 사라질 직종입니다. 발명가는 우주에 대해 '왜?'라는 질문을 던지고, 그 대답과 자신의 정신 사이의 어떤 방해물도 용납하지 않는 사람입니다.

증기나 석유의 이용법을 발견한 사람처럼 나도 지구의 탄생 때부터 존재했던 에너지원을 발견했습니다. 사람들은 그 이용법을 모르는 채 숭배와 공포의 대상으로만, 천둥을 내리는 신에 관한 전설의 소재로만 삼아왔죠. 나는 나 자신과 나를 고용한 사람들에게 거금을 벌어줄 수 있는 모터를 완성했습니다. 동력을 사용하는 모든 장치의 효율성을 높이고 여러분이 생계비를 마련하기 위해 쓰는 시간의 생산성을 향상시켜줄 모터였습니다.

그런데 어느 날 밤 공장 집회에서 나는 내 성취로 인해 사형선고를 받았습니다. 세 명의 기생충들이 내 두뇌와 목숨이 자기들 소유라고, 내 생존권은 그들의 욕망을 충족시키는 것에 달려 있다고 주장했습니다. 그들은 내 능력의 목적이 무능한 사람들의 필요를 충족시켜주는 것이라고 했습니다. 나는 유능하기 때문에 생존권이 없고 그들은 무능하기 때문에 무조건적으로 생존권을 가질 수 있다는 것이었습니다.

그때 나는 세상이 뭐가 잘못되었는지 깨달았습니다. 무엇이 사람들과 국가들을 파괴하는지, 어디에서 삶을 위한 투쟁을 벌여야 하는지 깨달았습니다. 적은 거꾸로 뒤집힌 도덕이었고, 그 도덕은 내가 허용해야만 힘을 얻을 수 있었습니다. 악은 무력했습니다. 비합리적이고 맹목적이고 반현실적이었습니다. 악의 유일한 무기는 그것을 위해 기꺼이 봉사하려는 선이었습니다. 내 주위의 기생충들이 내 정신에 무력하게 의존하고 있음을 내세워 내게 자발적으로 노예가 되어줄 것을 요구한 것처럼, 나의 자기희생이 그들의 목적을 이룰 수단이 되리라고 믿은 것처럼, 전 세계에서 그리고 인류 역사의 모든 시대에서 갖가지 형태로 (놀고먹는 친척의 갈취에서부터 공산주의 국가들의 잔학 행위에 이르기까지) 선하고 유능하고 이성적인 인간이 자신의 파괴자 노릇을 해왔습니다. 악에 자신의 미덕이라는 피를 수혈해주고 자신은 악으로부터 파괴의 독을 받으며 악에게 생존의 힘을 제공하고 자신은 죽음의 무기력을 받았습니다. 미덕을 지닌 인간으로서 악에 패배한 자는 스스로 악의 승리를 허용한 것입니다. 스스로 그것을 허용하지 않는 사람에게는 아무도 해악을 끼칠 수 없습니다. 나는 마음속 단

한 마디의 외침으로 악의 무도한 행위를 종식시킬 수 있음을 깨달았습니다. 그래서 그 말을 외쳤습니다. '**아니요**'라고요.

나는 그 공장을 떠났습니다. 여러분의 세상을 떠났습니다. 나는 여러분의 희생자들에게 진실을 알려주고 그들이 여러분과 맞서 싸우도록 무기와 방법을 제공했습니다. 그 무기는 정의였고, 그 방법은 보복을 회피하지 않는 것이었습니다.

우리 파업자들이 여러분의 세상을 떠났을 때 여러분이 잃은 것이 무엇인지 궁금합니까? 그럼 인간이 개척하지 않은 텅 빈 황무지에 서서 스스로에게 물어보세요. 여러분에게 움직임에 대해 가르쳐줄 사람이 주위에 아무도 없는 상태에서 만일 여러분이 생각하기를 거부한다면 어떤 식으로, 얼마나 오래 생존할 수 있을지. 설령 생각하기로 마음먹는다고 해도 여러분의 정신이 얼마나 많은 것을 발견할 수 있을지 스스로에게 물어보세요. 그동안 살아오면서 얼마나 많은 독자적인 결정을 내렸고, 다른 사람들에게서 배운 행동을 수행하느라 얼마나 많은 시간을 소비했는지. 과연 자신이 땅을 경작하고 농사짓는 방법을 발견할 수 있을지, 바퀴나 지렛대, 유도코일, 발전기, 진공관을 발명할 수 있을지 물어보세요. 그런 다음 정말로 유능한 사람들이 **여러분의** 노동의 결실로 살고 **여러분이** 생산한 부를 강탈하는 착취자들인지 판단하세요. 자신이 그들을 노예로 삼을 권리를 가졌다고 감히 말할 수 있는지도요. 여러분의 아내에게 몇 시간이고 앉아서 곡식을 빻고 있는 주름진 얼굴과 늘어진 젖가슴을 가진 정글의 여자들을 보라고 하세요. 그리고 과연 자신이 '도구를 만드는 본능'만으로 냉장고와 세탁기, 진공청소기를 가질 수 있을지, 그 모든 것을 제공한 사람들을 파괴하고 싶은지 스스로에게 물어보라고 하세요.

아이디어는 인간의 생산수단에 의해 만들어진다고, 기계는 인간의 생각의 산물이 아니라 인간의 생각을 만들어내는 신비의 힘이라고 떠들어대는 야만인들인 여러분, 주위를 둘러보세요. 여러분은 산업시대를 발견하지 못하고 노예들의 육체노동에 의해 비참한 생활을 했던 야만적인 시대의 도덕에 집착하고 있습니다. 신비주의자들은 본래 물질적인 현실을 두려워하며 그 현실로부터 자신을 보호해줄 노예를 갈망합니다. 하지만 **여러분**, 기괴한 격세 유전적 존재인 여러분은 멍한 눈으로 주위의 고층 빌딩과 공장 굴뚝들을 바라보며 과학자, 발명가, 기업가 같은 물질적 제공자들을 노예로 삼을 꿈을 꿉니다. 여러분이 생산수단의 국유화를 외치는 것은 정신의 국유화를 요구하는 것입니다. 나는 파업을 선언하고 세상을 등진 동지들에게 여러분이 들어야 할 대답은 이것이라고 가르쳤습니다. '잘해보시오.'

여러분은 생명 없는 물체의 힘은 통제할 수 없다고 주장하면서 여러분이 결코 따라갈 수 없는 업적을 이룰 수 있는 인간정신에 고삐를 매려고 합니다. 우리 없이는 생존할 수 없다고 말하면서 우리의 생존조건을 지배하려고 듭니다. 여러분은 우리가 필요하다고 말하면서 우리를 힘으로 지배할 권리가 있다고 주장하는 뻔뻔스러움에 탐닉합니다. 여러분을 공포에 떨게 하는 자연의 힘을 두려워하지 않는 우리가 여러분이 투표로 뽑은 하찮은 권력자 앞에서 위축되기를 기대합니다.

여러분은 다음과 같은 신조에 근거한 사회질서를 세우려고 합니다. 여러분은 자신의 삶을 꾸려갈 능력은 없지만 다른 사람들의 삶을 지배할 능력은 있다. 여러분은 자유 속에서 존재하기에는 부적합하지만 전능한 지배자는 될 수 있다. 여러분은 자신의 지성을 이용해서는 생계를 유지할 수 없지만 정치가들을 평가할 능력은 있어서 여러분은 본 적도 없는 예술과 여러분은 연구해본 적도 없는 과학, 여러분은 알지도 못하는 업적들, 여러분은 기계에 기름 치는 일조차 제대로 해내지 못할 거대 산업들을 멋대로 휘두를 정치가를 투표로 뽑을 수 있다.

무(無)를 숭배하는 여러분의 우상, 선천적으로 의존적인 무력함의 상징, 그것이 바로 여러분이 갖고 있는 인간에 대한 이미지이며, 가치 기준입니다. 여러분은 그 이미지대로 자신의 영혼을 개조하려고 합니다. 여러분은 지독한 자기경멸 상태에 이르러 어떤 타락에 대해서든 '인간적인 모습일 뿐'이라는 변명을 합니다. '**인간**'이라는 개념이 의지박약자, 바보, 건달, 거짓말쟁이, 실패자, 겁쟁이, 사기꾼을 의미하도록 만들고 영웅, 생각하는 사람, 생산자, 발명가, 강자, 목적의식을 지닌 자, 순수한 자를 인류에서 추방하려고 합니다. '느끼는 것은' 인간적인 것이지만 생각하는 것은 인간적인 것이 아니고, 실패는 인간적이지만 성공은 인간적이 아니며, 부패는 인간적이지만 미덕은 그렇지 못하고, **죽음**의 전제는 인간에게 적합하지만 **삶**의 전제는 그렇지 못한 것처럼 말입니다.

여러분은 우리에게서 명예를 박탈하고 그 다음에는 부를 빼앗기 위해 우리를 도덕적으로 인정받을 자격이 없는 노예로 여겨왔습니다. 여러분은 비영리를 내세우는 사업은 무조건 찬양하고 그런 사업이 가능하도록 이익을 낸 사람들은 비난합니다. 대가를 지불하지 않는 사람들을 위한 일은 '공익에 부합한다'고 하고, 대가를 지불하는 사람들을 위한 서비스는 공익에 부합하지 않는다고 합니다. 자선으로 주어지는 것은 무엇이든 '공익'이고 거래는 공익에 반한다는 것입니다. '공공복지'는 스스로의 노력으로 복지를 얻지 못하는 사람들을 위한 것이고, 스스로의 노력으로 복지를 얻는 사람들은 공공복지를 누릴 자격이 없다는 것입니다. 여러분에게 '**대중**'은 미덕이나 가치를 이루지 못한 사람들이고 그것을 이룬 사람들은, 여러분의 생존에 필요한 물자를 제공하는 사람들은 대중의 일부로, 더 나아가 인류의 일부로 인정받지 못합니다.

여러분은 마음속에서 무엇을 지움으로써 그런 모순의 진흙탕에서 살 수 있다고 생각하며 그런 것을 이상적인 사회라고 부를 수 있었을까요? 희생자들의 '아니요'라는 대답 한 마디로 허망하게 무너지고 말 체제인데요. 뻔뻔한 거지가 자기보다 잘난 사람들 앞에서 자기 상처를 내보이며 협박조로 도움을 청하도록 만들어주는 것은 무엇일까요? 여러분은 그 거지처럼 우리의 연민에 의존하고 있다고 외치면서도 사실은 우리의 **죄책감**에 의존하도록 가르쳐준 도덕률을 은밀한 희망으로 품고 있습니다. 여러분은 우리가 여러분의 악덕과 상처, 실패 앞에서 우리의 미덕에 대해 죄의식을 느끼기를 기대합니다. 우리가 성공적인 삶에, 여러분이 저주하는 삶을 즐기는 것에 죄의식을 갖기를 기대하면서 한편으로는 여러분이 살 수 있도록 도와달라고 애걸합니다.

존 골트가 누구인지 알고 싶었습니까? 나는 능력을 가진 자로서 최초로 그것을 죄로 여기기를 거부한 사람입니다. 내 미덕에 대해 속죄하거나 내 미덕이 나를 파괴하는 도구로 이용되는 것을 최초로 거부한 사람입니다. 다른 사람들이 계속 살아남을 수 있도록 그들의 손에 순교자가 되기를 최초로 거부한 사람입니다. 그들에게 최초로 이렇게 말한 사람입니다. '나는 당신들이 필요 없다. 당신들이 나를 거래자로 대하는 법을 배우기 전까지는, 내가 제공하는 가치에 가치로 보답하는 법을 배우기 전까지는, 당신들은 나 없이, 나는 당신들 없이 살게 할 것이다. 나는 당신들이 누가 궁하고 누가 능력을 지녔는지 똑똑히 알게 할 것이다. 생존이 기준이 되어야 한다면 누가 생존방식을 정해야 하는지 깨닫게 해줄 것이다.'

인류의 전 역사에서 무언의 태만으로 이루어진 일을 나는 계획과 의도로 해냈습니다. 어느 시대에나 절망과 저항심에 파업을 한 지성인들이 존재했지만 그들은 자신들의 그런 행동의 의미를 알지 못했습니다. 생각하기 위해서, 그러나 자신의 생각을 다른 사람들과 나누지 않기 위해서 은둔한 사람…… 정신의 불꽃을 마음속에 가둬두고 그것을 한심한 세상에 내놓지 않기 위해서 그것에 그 어떤 형체도, 표현도, 실체도 부여하지 않고 육체노동에 종사하며 생을 보낸 사람…… 혐오감에 진 사람, 시작하기도 전에 포기한 사람, 굴복하기보다는 포기한 사람, 찾지 못한 이상에 대한 갈망으로 무장 해제 상태가 되어 자신이 지닌 능력의 일부만 발휘한 사람…… 그들은 비이성에, 여러분의 세상과 가치들에 저항해 파업한 것입니다. 하지만 그들은 자신의 가치를 알지 못했으며 앎에 대한 추구를 포기했습니다. 그들은 옳음에 대해 알지도 못한 채, 정당하고 욕망에 대해 알지도 못한 채 열정적인 가망 없는 분노의 암흑 속에서 여러분에게 현실의 힘을 넘겨주고 자신들의 정신까지 바친 후 씁쓸한 무익함 속에서 사라져갔습니다. 저항의 대상도 모른 채 저항하다가, 사랑의 대상도 찾지 못한 채 사랑하다가.

여러분이 암흑기라고 부르는 불명예스러운 시대는 지성인들이 파업에 들어간 때였습니다. 능력을 가진 사람들은 지하 세계로 들어가 숨어 살면서 비밀리에 연구하다가 자신의 정신이 이룬 성과를 모두 파괴하고 죽었습니다. 소수의 용감한 순교자들만 남아서 인류가 계속 생존할 수 있게 해주었고요. 신비주의자들이 통치하는 시대는 모두 정체와 결핍의 시기였습니다. 대부분의 사람들이 존재에 대한 파업에 들어가 최소한의 생존을 위해서만 일하고 통치자들이 약탈해갈 만한 것을 남기지 않으려고 했습니다. 신이 부여한 왕권과 몽둥이 덕에 이성보다 우월한 존재로 인정받은 겉만 번드르르한 타락자가 모든 이익을 거둬가고 제멋대로 진실과 거짓을 결정하는 시대였으므로 사람들은 생각하고, 모험하고, 생산하기를 거부했습니다. 인류 역사는 신앙과 강압에 의해 황폐해진 불모지이며, 위대한 정신의 소유자들이 이룬 경이로운 업적이 잠시 눈부신 햇살처럼 그 불모지를 비추지만 여러분은 입을 벌리고 감탄하다가 즉시 그것을 지워버립니다.

하지만 이번에는 지울 수 없을 것입니다. 신비주의자들의 게임은 끝났으니까요. 여러분은 자신의 비현실성에 의해 그 비현실성 속에서 사라질 것입니다. 그리고 우리 이성의 소유자들은 살아남을 것입니다.

나는 여러분을 저버린 적이 없었던 순교자들에게 파업을 촉구했습니다. 나는 그들이 갖고 있지 못했던 무기를 제공했습니다. 자신의 도덕적 가치를 깨닫게 한 것이죠. 나는 그들에게 우리는 '삶의 도덕'을 상징하므로 세상은 우리의 것이며, 우리는 당당히 그 소유권을 요구하기만 하면 된다고 가르쳤습니다. 인류 역사의 짧은 여름 동안 모든 경이로운 업적을 이룬 위대한 희생자들인 그들은, 물질의 정복자들인 그들 기업가들은 자신들의 권리의 본질을 깨닫지 못하고 살아왔습니다. 하지만 이제 그들은 자신들이 힘이고 영광임을 알게 되었습니다.

초자연적인 환상을 내세우는 신비주의자들보다 우리가 도덕적으로 열등하다고 여기는 여러분, 약탈물 부스러기를 차지하려고 아귀다툼을 벌이면서도 부를 생산하는 사람보다 점쟁이를 더 존경하는 여러분, 사업가는 무시하고 비웃으면서 예술가라고 으스대는 사람을 고귀하게 여기는 여러분, 여러분이 갖고 있는 기준의 근원은 원시의 늪에서

뿜어져 나오는 신비주의의 독기입니다. 여러분을 살아 있게 해준다는 이유로 기업가를 부도덕한 존재로 선언하는 죽음의 종교입니다. 천박한 육체적 관심사에서, 육체적 욕구를 충족시키기 위한 지겹고 고된 노동에서 벗어나고 싶다고 외치는 여러분, 밥 한 그릇을 위해 해 뜰 때부터 해 질 때까지 쟁기를 끄는 힌두인과 트랙터를 모는 미국인 중 **누가** 육체적인 욕구의 노예입니까? 못으로 된 침상에서 자는 사람과 스프링이 들어간 매트리스에서 자는 사람 중 **누가** 육체적인 현실의 정복자입니까? 갠지스 강가의 세균이 우글거리는 오두막과 뉴욕의 고층 건물 중 **어떤 것이** 물질에 대한 인간정신의 승리를 나타내는 기념물입니까?

이 질문들의 답을 알지 못한다면, 인간정신이 이룬 업적들 앞에서 경의를 표하는 법을 배우지 못한다면 여러분은 이 세상에서 오래 머물 수 없을 것입니다. 우리는 이 세상을 사랑하며 여러분이 세상을 저주하는 것을 허용하지 않을 것입니다. 여러분은 지금까지 살아왔던 방식대로 앞으로도 평생 살 수 없습니다. 나는 역사의 과정을 단축시켜 여러분이 다른 사람들의 어깨로 떠넘기기를 희망했던 대가의 본질을 발견할 수 있게 했습니다. 이제 여러분은 마지막 남은 생명력을 쥐어짜서 죽음의 숭배자들에게 바쳐야 할 것입니다. 악의적인 현실이 여러분을 패배자로 만든 것처럼 위장하지 마세요. 여러분을 패배자로 만든 것은 여러분 자신의 회피입니다. 자신이 숭고한 이념을 위해 희생하는 것처럼 위장하지 마세요. 여러분은 인간을 증오하는 자들의 먹이로 사라지는 것이니까요.

여러분 중에 아직 인간으로서의 존엄성과 자신의 삶을 사랑하려는 의지가 남아 있는 분들에게는 선택의 기회를 제공하겠습니다. 진실로 믿은 적도, 실천한 적도 없는 도덕을 위해 죽고 싶은지 선택하세요. 자기파괴의 벼랑 끝에 멈춰 서서 자신의 가치와 삶을 점검하세요. 여러분은 재산 목록 작성법을 알고 있습니다. 이제 정신의 재산 목록도 작성해보세요.

여러분은 어릴 적부터 도덕적이고 싶은 욕구도, 자기희생의 욕구도 없이 세상이 강요하는 도덕률을 두려워하고 증오하면서도 그 죄스러운 비밀을 감추려고만 했습니다. 다른 사람들은 다 느낀다는 도덕적 '본능'을 자신은 느끼지 못한다는 사실을 스스로에게조차 고백하지 못했습니다. 여러분은 그런 도덕적 본능이 약할수록 더 요란하게 이타적인 사랑과 봉사정신을 외쳤습니다. 다른 사람들에게 여러분의 자아를 들킬까 봐 두려워서요. 여러분은 그렇게 자아를 배반했습니다. 마치 여러분의 몸에 있는 해골처럼 숨기려고만 했습니다. 그리고 여러분에게 속는 자들이자 여러분을 속이는 자들이기도 했던 다른 사람들도 여러분에게 자신의 비밀을 들키지 않으려고 열심히 여러분의 거짓 주장을 들어주고 자신들의 거짓 주장을 펼쳤습니다. 여러분들의 삶은 하나의 거대한 위장입니다. 서로가 서로를 속이는 연극입니다. 여러분 모두가 오직 자기만 죄 많은 변종이라고 여기며, 다른 사람들만 알고 자기는 모르는 것에 도덕적 권위를 두고 다른 사람들이 바라는 대로 현실을 속이며 살고 있습니다. 아무도 그 악순환을 깰 용기를 갖지 못한 채요.

여러분은 그 실천 불가능한 도덕률과 불명예스러운 타협을 맺어 냉소주의와 미신이 반반씩 섞인 불행한 삶을 이어가고 있지만, 그 근원에 있는 치명적인 믿음만은 버리지 못하고 있습니다. 도덕과 실리는 정반대라는 믿음. 여러분은 어릴 적부터 감히 실체를 밝힐 수 없는 선택의 공포로부터 도망치며 살아왔습니다. 여러분이 존재하기 위해 행하는 모든 일, 여러분에게 성공을 가져다주고 목표를 이루게 해주며 먹을 것과 기쁨, 이익을 주는 모든 일은 **실리적이기에** 악하고, 실패와 파괴, 좌절을 통해 여러분에게 상처와 손실, 고통을 주는 일들은 **비실리적이기에** 선하고 도덕적이라면 여러분은 삶이냐 도덕이냐의 선택의 기로에 놓일 수밖에 없으니까요.

그 끔찍한 믿음이 초래한 유일한 결과는 삶에서 도덕성을 제거한 것이었습니다. 여러분은 자라면서 도덕법칙들은 살아가는 일과 무관하며 장애와 위협만 될 뿐이라는 생각을 갖게 되었습니다. 인간의 삶은 도덕을 초월한 정글이라고 믿게 되었습니다. 여러분은 이성이 마비된 상태에서 가치가 전도되는 혼란을 겪으며 여러분의 도덕률이 악으로 여기는 것들이 삶을 위해 필요한 미덕들임을 잊고 진짜 악들이 삶을 위한 **실리적인** 수단이라고 믿게 되었습니다. 진짜로 비실리적인 것은 자기희생임을 잊고 자존감이 비실리적인 것이라고 믿게 되었습니다. 진짜로 실리적인 것은 생산임을 잊고 강탈이 실리적인 것이라고 믿게 되었습니다.

여러분은 미지의 도덕의 황무지에서 바람에 흔들리는 무력한 나뭇가지가 되어 감히 완전히 악하지도 못하고 그렇다고 완전히 삶에 충실하지도 못합니다. 여러분은 정직할 때는 착취당하는 자의 분노를 느끼고, 사기를 칠 때는 공포와 수치심을 느낍니다. 행복할 때는 그 기쁨이 죄책감으로 희석되고, 고통스러울 때는 그것이 삶의 자연스러운 상태라는 생각에 고통이 배가됩니다. 여러분은 자신이 존경하는 사람들을 동정합니다. 그들이 실패할 수밖에 없다고 믿으니까요. 그리고 자신이 증오하는 사람들을 질투합니다. 그들이 삶의 주인이라고 믿으니까요. 여러분은 악당을 만나면 무장 해제됩니다. 악은 반드시 승리하고 도덕은 무력하고 **비실리적이라고** 믿으니까요.

여러분에게 도덕은 의무감과 권태, 벌, 고통으로 이루어진 유령 허수아비입니다. 여러분에게 도덕은 과거의 첫 번째 학교 선생님과 현재의 세금 징수원 사이에서 태어난 잡종입니다. 유령 허수아비는 불모지에 서서 막대기를 휘둘러 여러분의 쾌락을 쫓아냅니다. 여러분에게 **쾌락은** 술에 취한 뇌요, 지각없는 매춘부요, 동물의 경주에 돈을 거는 머저리입니다. 쾌락은 도덕적일 수 없으니까요.

여러분이 진짜로 믿는 것은 '도덕은 필요악'이라는 생각입니다. 그 기괴한 결론은 삼중의 저주입니다. 여러분 자신과 삶과 미덕에 대한 저주이니까요.

여러분이 왜 존엄성 없이 살고, 열정 없이 사랑하며, 저항 없이 죽는지 궁금합니까? 왜 어디를 보아도 답이 없는 질문들만 보이고, 왜 여러분의 삶이 해결 불가능한 모순투성이이고, 왜 여러분이 평생 영혼 또는 육체, 머리 또는 가슴, 안전 또는 자유, 사적 이익 또는 공익 등과 같은 억지 선택을 회피하려고 어중간한 태도를 취해야 하는지 궁금합니까?

여러분, 아무런 답도 찾을 수 없다고 외치고 있습니까? 무엇을 이용해 답을 찾으려고 했나요? 여러분은 인식의 도구인 정신을 거부하고 우주가 수수께끼라고 불평합니다. 스스로 열쇠를 버리고 잠긴 문 앞에서 울고 있습니다. 스스로 비합리성을 추구해놓고 삶이 불합리하다고 탓합니다.

여러분은 2시간 동안 내 말을 들으면서도 회피하려고

애쓰며 어중간한 태도를 취하고 있습니다. 그런 태도에는 '우린 극단으로 치달을 필요가 없어!'라는 겁쟁이들의 변명이 들어 있습니다. 여러분이 회피하려고 애쓰는 극단은 '현실은 결정적인 것이고, A는 A며, 진실은 진실이라는' 인식입니다. 불완전함과 죽음을 요구하는 실천 불가능한 도덕률이 여러분에게 모든 관념을 해체시키라고, 확고한 정의를 내리지 말라고, 모든 개념을 대략적으로, 모든 행동 규칙을 탄력적으로 받아들이라고, 어떤 원칙에도 도망갈 구멍을 만들라고, 어떤 가치에도 타협하라고, 늘 중도를 택하라고 가르쳤습니다. 여러분에게 초자연적인 절대자들을 받아들이게 해 자연의 절대성을 거부하도록 만들었습니다. 도덕적 판단을 불가능하게 만들어 합리적인 판단을 내릴 수 없게 했습니다. 먼저 나서서 돌을 던지지 못하게 하는 그 도덕률은 돌의 정체를 인정하는 것도, 자신이 돌을 맞고 있는 것인지 아는 것도 금했습니다.

판단하기를 거부하는 사람, 동의하지도 반대하지도 않는 사람, 절대적인 것은 없다고 주장하며 책임을 피할 수 있다고 믿는 사람. 지금 세상이 흘리는 피는 그런 사람의 책임입니다. 현실은 절대적이고 존재도 절대적입니다. 먼지 한 점도 절대적이듯 인간의 삶도 절대적입니다. 여러분이 죽느냐 사느냐도 절대적입니다. 여러분이 빵 한 조각을 갖고 있느냐 그렇지 않느냐도 절대적입니다. 여러분이 그

빵을 먹느냐 아니면 약탈자의 배로 들어가는 것을 보느냐도 절대적입니다.

모든 문제에는 양면이 있습니다. 한 면은 옳고 다른 한 면은 그릅니다. 하지만 중간은 언제나 악합니다. 그른 사람은 아직 진실을 존중하는 마음이 남아 있습니다. 선택의 책임을 받아들였으니까요. 하지만 어중간한 사람은 선택이나 가치가 존재하지 않는 것처럼 위장하기 위해 진실을 지워버리는 악당입니다. 그는 모든 싸움에서 뒤로 빠져 죄 없는 사람의 피를 빨아먹거나 죄인에게 비겁하게 굴복합니다. 강도와 피해자를 모두 감옥에 보내는 식으로 법을 집행합니다. 생각할 줄 아는 사람과 바보에게 서로 타협하게 하는 식으로 갈등을 해결합니다. 음식과 독이 타협하면 언제나 죽음이 승리합니다. 선과 악이 타협하면 언제나 악이 이익을 봅니다. 타협하는 자는 선의 피를 뽑아 악에게 수혈하는 과정에서 수혈관의 역할을 하는 것입니다.

반은 합리적이고 반은 겁쟁이인 여러분은 현실을 상대로 사기극을 벌여왔지만 정작 그 사기극의 희생자는 여러분 자신이었습니다. 여러분이 미덕을 어중간한 것으로 만들어버리면 악이 절대의 힘을 갖게 됩니다. 미덕을 가진 사람들이 불굴의 목적에 대한 지조를 버리면 악당들이 그것을 주워 가집니다. 그러면 여러분은 굽실거리고 타협하고 배반하는 선과 독선에 차서 절대로 타협하지 않는 악이라는 흉한 꼴을 보게 됩니다. 여러분은 근육의 신비주의자들이 '뭔가를 안다고 주장하는 것은 무지의 소치'라고 말할 때 고개를 끄덕였던 것처럼, 지금 '도덕적 판단을 내리는 것은 부도덕한 짓'이라고 외치는 그들에게 고개를 끄덕이고 있습니다. 그들이 '자신이 옳다고 확신하는 것은 이기적인 짓'이라고 부르짖으면, 여러분은 자신이 아무것도 확신하지 못한다고 황급히 주장합니다. 그들이 '자신의 신념에 의지하는 것은 부도덕한 짓'이라고 외치면, 여러분은 신념이란 것을 갖고 있지 않다고 말합니다. 유럽 인민국들의 악한들이 여러분의 살고자 하는 욕망과 여러분을 죽이고자 하는 그들의 욕망을 단순한 견해 차이로 받아들이지 않는 것은 편협한 짓이라고 으르렁대면, 여러분은 굽실거리며 그 어떤 공포정치도 용인할 수 있다고 황급히 고백합니다. 아시아의 전염병이 창궐하는 지역에 사는 맨발의 건달이 여러분에게 당신들은 어떻게 감히 부유할 수 있느냐고 따지면, 여러분은 그에게 사죄하며 재산을 모두 나눠줄 테니까 제발 참아달라고 애원합니다.

여러분은 자신이 존재할 권리가 없다고 동의했을 때 여러분이 저지른 배반의 막다른 골목에 이른 것입니다. 한때 여러분은 그것이 '단순한 타협일 뿐'이라고 믿었습니다. 자신을 위해 사는 것은 악이지만 자신의 자녀들을 위해 사는 것은 도덕적이라고 생각했습니다. 그 다음에는 자신의 자녀들을 위해 사는 것은 이기적이지만 자신의 마을을 위해 사는 것은 도덕적이라고 여겼습니다. 그런 다음에는 자신의 마을을 위해 사는 것은 이기적이지만 나라를 위해 사는 것은 도덕적이라고 믿었습니다. 그리고 이제, 여러분은 자신의 나라를 위해 사는 것은 이기적이지만 지구를 위해 사는 것은 도덕적인 의무라고 여기며, 지구의 어느 구석에서 나온 인간쓰레기가 이 위대한 나라를 통째로 삼켜버리는 것을 구경만 합니다. 삶에 대한 권리가 없는 사람은 가치에 대한 권리도 없으며 가치를 지킬 수도 없습니다.

여러분은 연이은 배반 끝에 무기도, 확신도, 명예도 빼앗긴 채 마지막 배반 행위로 지적인 파산 신고서에 서명합니다. 인민국들의 근육의 신비주의자들이 이성과 과학의 옹호자임을 자처할 때 여러분은 그들에게 동의하면서 **믿음이** 여러분의 기본 원칙이라고, 이성은 여러분의 파괴자들 편이고 여러분은 믿음 편에 있다고 황급히 주장합니다. 온통 뒤틀리고 혼란에 빠진 정신에 그래도 한 조각의 합리적인 정직성이 남아 있는 자녀들에게 여러분은 이렇게 말합니다. 이 나라를 만든 이념들을 뒷받침할 합리적인 논거를 제시할 수가 없다고. 자유, 소유권, 정의, 권리를 합리적으로 옹호할 수가 없다고. 그것들은 신비로운 직관에 의거하며 오직 믿음으로만 받아들일 수 있다고. 이성과 논리로는 적이 옳지만 믿음이 이성보다 우월하다고. 여러분은 자녀들에게 사람들을 약탈하고 고문하고 노예로 삼고 착취하고 살해하는 것이 합리적이지만 논리의 유혹에 빠지지 말고 비합리성을 고수해야만 한다고 말합니다. 고층 빌딩, 공장, 라디오, 비행기는 믿음과 신비적인 직관의 산물이고 기아, 강제수용소, 총살 집행대는 이성적인 존재방식의 산물이라고 말합니다. 산업혁명은 믿음의 인간들이 중세라는 이성과 논리의 시대에 대한 저항으로 일으킨 것이라고 설명합니다. 그러면서 인민국들을 통치하는 약탈자들이 물질적인 생산에서 미국을 능가할 것이라고, 그것은 그들이 과학을 대표하기 때문이라고, 하지만 물질적인 부에 연연하는 것은 악이고 물질적인 부를 포기해야 한다고 주장합니다. 인민국 약탈자들의 이상은 숭고하지만 그들은 그 이상을 따르지 않고 여러분이 그것을 따른다고 주장합니다. 여러분이 그 약탈자들과 싸우는 것은 그들은 달성할 수 없고 여러분만 달성할 수 있는 그들의 목표를 달성하기 위해서라고, 그들과 싸우는 방법은 그들보다 앞서 목표를 달성하고 부를 내주는 것이라고 주장합니다. 그러고 나서 여러분은 자녀들이 왜 인민을 부르짖는 악당들 편에 서는지, 왜 반미치광이 비행 청소년이 되는지 의아해합니다. 왜 약탈자들에게 정복된 사람들이 여러분의 집 문 앞으로 점점 더 가까이 기어오는지 의아해합니다. 여러분은 그것을 인간의 어리석음 탓으로 돌리며 대중에게는 이성이 통하지 않는다고 말합니다.

여러분은 약탈자들이 인간정신을 상대로 공공연한 싸움을 벌이는 광경을, 그들이 '생각하는 죄'를 범한 이들에게 잔혹하기 짝이 없는 형벌을 가하고 있다는 사실을 지워버립니다. 근육의 신비주의자들 대부분이 영혼의 신비주의에서 출발했고, 그들이 계속해서 양 진영을 오가고 있으며, 그들 모두가 유물론자인 동시에 유심론자로서 영원히 완성을 추구하지만 육체의 파괴와 영혼의 파괴를 계속 오가는 방식으로 그 추구가 이루어지고 있다는 사실을 지워버립니다. 그들이 현실로부터, 정신으로부터 도망치기 위해 여러분의 대학에서 유럽의 노예 우리로, 인도의 신비의 진흙탕 속으로 도망치고 있다는 사실을 지워버립니다.

여러분은 약탈자들에게 지배당하고 있다는 사실을 지우기 위해 '믿음'이라는 위선에 매달립니다. 약탈자들은 여러분이 반쯤 복종하고 반쯤 회피하는 도덕의 확고한 실행자로서 그 도덕이 실행될 수 있는 유일한 방법으로 그 도덕을 실행합니다. 그 방법이란 세상을 희생의 용광로로 만드는 것이죠. 여러분의 도덕은 여러분이 그들에게 저항할 수 있는 유일한 방법으로, 즉 희생양이 되기를 거부하고 자신의 존재 권리를 당당히 주장하는 것으로 그들에게 저항하는 것을 금합니다. 여러분이 그들에게 맞서 정정당당하게 끝까지 싸우기 위해서는 **여러분 자신의 도덕률을 거부**

해야만 합니다.

여러분의 자존감은 여러분이 가져본 적도, 실천한 적도 없는 신비주의적인 '이타심'에 묶여 있습니다. 여러분은 너무나도 오랫동안 이타심을 갖고 있는 것처럼 위장하며 살아왔기에 그것을 버린다는 생각만 해도 공포에 사로잡힙니다. 자존감보다 중요한 가치는 없는데도 여러분은 그것을 위조 증권에 투자해버렸습니다. 그리고 이제 여러분의 도덕률에 따라 자기파괴적인 신념을 위해 싸워서 자존감을 지켜야만 합니다. 여러분은 참으로 우스운 꼴이 되었습니다. 여러분이 설명할 수도, 정의할 수도 없는 자존감의 필요성은 여러분의 도덕이 아닌 **내** 도덕에 속하는 것이니까요. 그것은 내 도덕률의 객관적인 증표이며, 여러분 영혼 속의 내 증거이니까요.

인간은 처음 존재에 대해 인식하고 자신이 선택을 해야만 한다는 것을 깨닫는 순간 자존감의 절박한 필요성이 사느냐 죽느냐의 문제임을 알게 됩니다. 의지적인 의식을 지닌 존재로서 삶을 유지하기 위해서는 자신의 가치를 알아야만 한다는 것을 지각합니다. 자신이 **옳아야** 한다는 것도 알게 됩니다. 행동에서의 옳지 못함은 삶에 위험이 되고, 인격에서의 옳지 못함은, 즉 **사악함은** 존재에 부적합함을 알기 때문입니다.

인간 삶에서의 모든 행동은 의지의 작용이어야 합니다.

하다못해 음식을 구하거나 먹는 행위조차도 자신이 존재할 가치가 있음을 의미합니다. 쾌락을 추구하는 행위는 자신이 쾌락을 누릴 가치가 있음을 의미하고요. 인간은 자존감의 필요성에 대해서는 선택의 여지가 없으며, 그것을 평가할 기준만 선택할 수 있습니다. 만일 자기 삶을 보호하기 위한 그 기준을 자신을 파괴하는 도구로 바꾼다면, 존재와 모순되는 기준을 택해 자존감이 현실에 반하도록 한다면 치명적인 실수를 저지르는 것입니다.

이유 없는 자기회의, 열등감, 자신이 무가치하게 느껴지는 마음은 삶에 대한 자신의 무능함이 두려워서 생기는 것입니다. 하지만 인간은 그런 두려움이 클수록 자신의 목을 조르는 잔혹한 원칙들에 더 필사적으로 매달립니다. 자신이 구제 불능의 악이라는 것을 깨닫는 순간 인간은 미쳐버리거나 자살합니다. 그래서 그런 순간을 피하기 위해 비합리적인 기준을 선택하고 현실을 날조하고 피하고 지워버리려고 합니다. 현실에 대해, 존재에 대해, 행복에 대해, 정신에 대해 스스로를 속입니다. 그리고 결국 자존감에 대해서도 스스로를 속입니다. 자존감의 결여를 발견하는 모험을 하기보다는 환상에 매달리려고 합니다. 어떤 문제에 직면하기를 두려워하는 것은 최악의 경우를 믿는 것입니다.

여러분의 영혼을 영원한 죄의식으로 물들이는 것은 여러분이 저지른 죄가 아닙니다. 여러분의 실패나 실수, 결함도 아닙니다. 여러분이 그것들을 피하기 위해 저지른 **지움**의 행위입니다. 그것은 원죄나 미지의 선천적인 결함이 아니라 기본적인 의무 불이행, 정신의 유예, 생각의 거부입니다. 두려움과 죄의식은 여러분의 만성적인 감정입니다. 그 감정들은 실제로 존재하고, 여러분이 그런 감정들에 시달리는 것은 당연합니다. 하지만 그 감정들은 여러분이 생각하는 것처럼 '이기심', 나약함, 무지에서 나오는 것이 아니라 여러분의 존재에 대한 현실적이고 근본적인 위협에서 나옵니다. **두려움은** 여러분이 생존의 무기를 포기했기 때문이고, **죄의식은** 여러분이 자발적으로 그렇게 했기 때문입니다.

여러분이 배반한 **자아는** 여러분의 정신입니다. **자아존중은** 자신의 생각하는 힘을 신뢰하는 것입니다. 여러분이 추구하는 자아, 여러분이 표현할 수도, 정의할 수도 없는 본질적인 '자신'은 여러분의 감정이나 모호한 꿈이 아니라 여러분의 **지성**입니다. 여러분이 '느낌'이라는 엉터리 변호사에게 휘둘리기 위해 외면해온 여러분의 최고 재판소의 판사인 지성입니다. 여러분은 지금 스스로 만든 밤의 어둠 속에서 이름 없는 불빛을 찾아, 잃어버린 새벽을 찾아 지친 몸을 이끌고 헤매고 있습니다.

인류의 신화 속에는 한때 인간들이 소유했던 아틀란티스나 에덴동산 혹은 완전한 왕국 같은 파라다이스에 대한 전설이 어김없이 등장합니다. 그 전설의 근원은 인류의 과거가 아닌 개인의 과거에 존재합니다. 여러분은 유년기에 (그러니까 굴복하는 법을 배우기 전에, 불합리의 공포를 흡수하고 정신의 가치를 의심하기 전에) 존재의 빛나는 상태를, 열린 우주를 마주하는 합리적인 의식의 독립성을 알고 있었음을 확고한 기억이 아니라 희망 없는 갈망의 고통 같은 희미한 감각의 형태로 아직까지 간직하고 있습니다. **그것이** 바로 여러분이 잃어버린, 여러분이 찾고 있는, 여러분이 원하면 가질 수 있는 파라다이스입니다.

여러분 중에는 존 골트가 누구인지 결코 알 수 없는 사람들도 있습니다. 하지만 단 한순간이라도 존재에 대한 사랑을 느껴본 사람이라면, 그리고 그것에 대한 자부심을 가져본 사람이라면, 세상을 바라보며 그 가치를 인정해본 사람이라면 인간다운 인간의 상태를 알 것입니다. 그리고 나는 그 상태를 배반해서는 안 된다는 것을 안 사람일 뿐입니다. 나는 무엇이 그것을 가능하게 하는지 알고, 여러분이 순간적으로 느끼고 실행한 것을 계속해서 느끼고 실행해온 사람입니다.

선택은 여러분 자신에게 달려 있습니다. 자신이 가진 최고의 가능성에 헌신하겠다는 선택은, 가장 고귀한 행위는 2 더하기 2는 4임을 이해하는 과정에서의 정신의 행위라는 사실을 받아들이는 것으로 이루어집니다.

여러분이 누구이든, 지금 이 순간 정직한 마음으로 내 말을 받아들이고 있는 사람이라면 아직 인간이 될 수 있는 기회를 갖고 있는 것입니다. 하지만 그러기 위해서는 처음부터 시작해야 합니다. 현실 앞에 알몸으로 서서 커다란 희생을 초래한 역사적 실수를 뒤집어 '나는 존재한다. 고로 나는 생각한다'라고 선언해야 합니다.

여러분의 삶은 여러분의 정신에 달려 있다는 절대적인 사실을 받아들이세요. 여러분의 모든 발버둥과 의심, 날조, 회피는 의지적인 의식의 책임으로부터 도망치기 위한 필사적인 노력임을, 자동적인 지식과 본능적인 행동, 직관적인 확신의 추구임을 시인하세요. 여러분은 그것을 천사의 상태에 대한 갈망이라고 부르지만 실상 여러분이 추구하는 것은 동물의 상태입니다. 인간이 되는 것을 도덕적 이상으로 받아들이세요.

아는 게 너무 없어서 자신의 정신을 신뢰하기가 두렵다는 말은 하지 마세요. 그럼 신비주의에 굴복해서 그 얼마 안 되는 지식마저 버리는 것이 더 안전할까요? 여러분 지식의 한계 내에서 살고 행동하면서 여러분 삶의 한계까지 지식을 확장시키세요. 권위의 전당포에서 여러분의 정신을 구해내세요. 여러분이 전지전능하지 못하다는 사실은 받아들이되 좀비 노릇을 한다고 전지전능해지는 것은 아님을 인정하세요. 여러분의 정신은 오류를 범할 수 있지만 정신을 포기한다고 해서 오류 없는 상태가 되는 것은 아닙니다. 여러분 자신이 범한 한 가지 착오가 믿음으로 받아들인 열 가지 진실보다 안전합니다. 전자는 바로잡을 여지가 있지만 후자는 진실과 착오를 구분하는 능력을 파괴해버리니까요. 전지전능한 로봇이 되기를 꿈꾸지 말고 인간은 자신의 의지와 노력으로 지식을 얻으며 바로 **그것이** 인간이 다른 존재와 구별되는 특징이고, 바로 **그것이** 인간의 본질이자 도덕이자 영광이라는 사실을 받아들이세요.

인간은 불완전한 존재라는 주장이 부여하는 악에 대한 무제한의 면허를 버리세요. 여러분은 어떤 기준으로 인간을 그렇게 폄하하는 것입니까? 도덕의 영역에서는 완전하지 않으면 안 된다는 사실을 받아들이세요. 하지만 완전함은 불가능을 실천하라고 요구하는 신비주의 계율에 의해 판단되어서는 안 됩니다. 그리고 여러분의 도덕적 위상은 여러분이 선택할 수 없는 것들에 의해 판단되어서는 안 됩니다. 인간은 오직 하나의 기본적인 선택권을 갖고 있으며, 그것은 생각하느냐 생각하지 않느냐인 것입니다. 바로 **그것이** 그의 미덕의 잣대입니다. 도덕적인 완전성은 **온전한 합리성**으로서 지성의 수준이 아니라 정신을 철저히 이용하는 것에, 지식의 수준이 아니라 이성을 절대적인 것으로 받아들이는 것에 달려 있습니다.

지식적인 착오와 도덕적인 결함의 차이를 구분하는 법

을 배우세요. 지식적인 착오는 그것을 바로잡을 의사가 있다면 도덕적인 결함이 아닙니다. 신비주의자들만이 인간을 불가능하고 자동적인 전지전능함이라는 기준으로 평가하려고 합니다. 도덕적인 결함은 악이라는 것을 알면서도 의식적으로 선택한 행동이나 앎에 대한 의도적인 회피, 보고 생각하는 것의 중단입니다. 알지 못하는 것은 도덕적으로 비난받을 일이 아니지만, 알기를 거부하는 것은 여러분의 영혼에서 자라는 불명예의 근거가 됩니다. 지식적인 착오에 대해서는 관대하되 도덕적인 결함은 용서하지도, 받아들이지도 마세요. 알고자 하는 사람들은 일단 믿어주고, 자기는 이성을 갖고 있지도 추구하지도 않고 '느낌으로 알 수 있다'면서 여러분에게 뻔뻔하게 요구를 해오는 타락자들은 잠재적인 살인자로 취급하세요. 반박 불가능한 주장에 대해 '그건 논리일 뿐이다'라고 말하는 자들도 마찬가지입니다. '그건 논리일 뿐이다'라는 말은 곧 '그건 현실일 뿐이다'라는 말과 같으며, 현실에 반하는 영역은 죽음의 영역뿐이니까요.

행복의 성취가 삶의 유일한 **도덕적** 목적이라는 사실을 받아들이세요. 도덕적인 고결성의 증거는 고통이나 몰지각한 방종이 아니라 행복입니다. 행복은 자신의 가치를 이루는 일에 충실했다는 증거요, 결과이니까요. 행복은 여러분이 두려워하는 책임입니다. 여러분 스스로가 감당할 수 없다고 여기는 합리적인 규율을 요구하니까요. 여러분의 삶이 진부한 것은 여러분이 행복의 도덕적인 대체물은 없다는 사실을 회피해온 결과입니다. 존재에 대한 권리를 주장하기가 두려워서, 하늘을 나는 새나 태양을 향해 자라는 꽃만큼의 삶에 대한 용기와 성실성도 없어서 기쁨을 위한 싸움을 포기하는 사람보다 더 경멸스러운 겁쟁이는 없습니다. 여러분이 미덕이라고 부르는 악의 누더기 보호막인 '겸손'을 버리세요. 자신을 가치 있게 여기는 법을 배우세요. 그것은 곧 자신의 행복을 위해 싸우는 것입니다. **자부심이** 모든 미덕의 총합임을 깨닫게 되면 인간답게 사는 법을 알게 됩니다.

　자아존중의 기본 단계로, 누구든 여러분에게 도움을 **요구하는** 사람은 식인종으로 취급하는 법을 배우세요. 여러분에게 도움을 요구하는 것은 여러분의 삶이 **자기** 소유라고 주장하는 것이니까요. 그런 요구도 혐오스럽지만 그보다 더 혐오스러운 것은 여러분의 동의입니다. 다른 사람을 돕는 것이 바람직한 일이냐고요? 만일 상대가 그것을 자신의 권리나 여러분의 도덕적 의무라고 여기며 도움을 요구한다면 그를 돕는 것은 바람직한 일이 아닙니다. 하지만 만일 여러분이 상대의 가치에 이기적인 즐거움을 느끼며 스스로 원해서 그를 돕는다면 그것은 바람직한 일입니다. 고통 그 자체는 가치가 아니며, 고통에 대항하는 인간의 싸움만이 가치를 지닙니다. 만일 여러분이 고통받는 사람을 도우려고 한다면 그의 미덕, 고통을 이기고자 하는 노력, 합리적인 행적, 그가 부당하게 고통받고 있다는 사실을 전제로 하세요. 그러면 그를 돕는 행위는 거래가 될 수 있습니다. 그의 미덕이 여러분의 도움에 대한 대가가 될 수 있으니까요. 하지만 미덕이 없는 사람을 돕는 것은, 그 사람의 고통만 보고 돕는 것은, 그의 결점과 **필요를** 권리로 인정하는 것은 무(無)에 여러분의 가치를 저당잡히는 것입니다. 미덕이 없는 사람은 존재를 증오하는 자로서 죽음의 전제에 따라 행동합니다. 그를 돕는 것은 그의 악을 허용하고, 그의 파괴 행위를 지지하는 것입니다. 그런 사람에게는 동전 한 푼, 친절한 미소 한 번도 주지 마세요. 무(無)에 기여하는 것은 삶에 대한, 그리고 삶을 유지하기 위해 애쓰는 모든 사람에 대한 배반입니다. 여러분이 자격 없는 사람들에게 베푼 동전과 미소가 이 세상을 황폐하게 만든 것입니다.

나의 도덕이 실천하기 너무 어렵다거나 미지의 것이라 두렵다는 말은 하지 마세요. 여러분이 아는 모든 살아 있는 순간들은 **나의** 도덕률의 가치에 따라 산 것이니까요. 하지만 여러분은 그것을 억누르고 부정하고 배반해왔습니다. 여러분은 악덕을 위해 미덕을, 최악의 인간들을 위해 최고의 인간들을 희생시켜왔습니다. 주위를 둘러보세요.

여러분이 사회에 한 짓은 여러분이 자신의 영혼에 먼저 저지른 짓입니다. 전자는 후자의 외형입니다. 이제 여러분의 세상이 된 이 황량한 폐허는 여러분이 자신의 가치와 친구들, 수호자들, 미래, 조국, 그리고 자신에게 저지른 배반의 물리적인 형태입니다.

지금 여러분이 부르고 있지만 더 이상 대답하지 않을 우리는 지금까지 여러분 곁에서 살아왔습니다. 하지만 여러분은 우리를 알지 못했습니다. 우리가 누구인지 생각하거나 알기를 거부했습니다. 여러분은 내가 발명한 모터를 알아보지 못했고, 그 모터는 **여러분의** 세상에서 고철 덩어리가 되었습니다. 여러분은 영웅을 알아보지 못했고, 길거리에서 나를 보고도 그냥 지나쳤습니다. 여러분은 '도달할 수 없는 정신'이 여러분의 세상을 버렸다면서 그것에 내 이름을 부여하고 절망한 목소리로 내 이름을 불렀지만 실상 여러분이 부른 것은 여러분 자신의 버려진 자존감이었습니다. 여러분은 자존감을 회복하지 않고는 '도달할 수 없는 정신'을 가질 수 없으니까요.

여러분은 인간의 정신을 인정하지 않고 사람들을 강압으로 지배하려고 했습니다. 하지만 그것에 굴복한 사람들은 애초에 정신이란 것을 갖고 있지 못했고, 정신의 소유자들은 굴복하지 않았습니다. 그래서 생산의 천재가 **여러분의** 세상에서는 바람둥이의 가면을 쓰고 부의 파괴자가 되었습니다. 총을 든 자들에게 자신의 재산을 넘겨주느니 차라리 없애버리는 쪽을 택한 것이죠. 그리고 이성을 가진 사상가는 **여러분의** 세상에서 해적이 되었습니다. 여러분의 야만적인 규칙에 굴복하기보다는 여러분의 무력에 무력으로 대항해 자신의 가치를 지키기로 한 것이죠. 프란시스코 단코니아, 라그나르 다네스퀼. 나의 가장 소중한 친구들이자 싸움의 동지들이자 유배 동지들이여, 내가 누구의 이름으로, 누구에 대한 경의의 뜻으로 이 연설을 하고 있는지 듣고 있나?

내가 지금 마무리하고 있는 이 일을 시작한 것은 우리 셋이었습니다. 우리 셋은 이 나라를 대신해 복수하고, 이 나라의 감금된 영혼을 해방시키기로 결심했습니다. 이 위대한 나라는 **나의** 도덕 위에, 인간의 생존권을 최고로 여기는 도덕 위에 세워졌습니다. 하지만 여러분은 그것을 받아들이고 그것에 따라 살기를 두려워했습니다. 여러분은 역사상 유일무이의 성취를 보면서도 그 결과물을 약탈한 뒤 원인은 지워버렸습니다. 인간 도덕성의 기념비인 공장, 고속도로, 다리를 앞에 두고도 이 나라를 부도덕하다고 욕하고, 이 나라의 발전을 '물질적 탐욕'이라고 불렀습니다. 이 나라의 위대성에 대해 사죄하며 원시적인 굶주림을, 썩어가는 유럽의 문둥병 환자 같은 신비주의자를 우상시했습니다.

이성의 산물인 이 나라는 희생의 도덕률 위에서는 살아남을 수 없습니다. 자기희생을 추구하는 사람들이나 적선을 바라는 사람들에 의해 세워진 나라가 아니니까요. 이 나라는 인간의 영혼과 육체를 분리시키는 신비주의적인 분열 위에 설 수가 없습니다. 이 세상을 악으로 여기고 세상에서 성공한 사람들을 타락자라고 매도하는 신비주의적인 원칙에 따라 살 수도 없습니다. 이 나라는 시초부터 고대 신비주의 법칙에 대한 위협이었습니다. 이 나라는 초기의 눈부신 폭발적인 성장을 통해 회의적인 세상에 인간이 얼마나 위대해질 수 있고, 삶이 얼마나 행복해질 수 있는지를 보여주었습니다. 미국과 신비주의는 양립할 수 없으며, 둘 중 하나만 살아남을 수 있습니다. 신비주의자들은 그 사실을 알고 있었지만, 여러분은 몰랐습니다. 그들은 여러분을 필요의 숭배에 물들였고, 이 나라는 거구의 몸에 영혼 대신 비렁뱅이 난쟁이를 갖게 되었습니다. 이 나라의 살아 있는 영혼은 지하 세계로 쫓겨나 아무도 알아주는 이 없이 묵묵히 일만 하며 여러분을 먹여 살렸습니다. 이 나라의 영혼이자 영웅, 그 이름은 바로 기업가입니다. 내가 대신 복수해준 희생자들 중에서도 가장 위대한 인물인 행크 리어든, 지금 내 말을 듣고 있습니까?

이 나라를 재건하는 길이 깨끗이 치워지기 전에는 그도, 나머지 우리들도 결코 돌아오지 않을 것입니다. 희생의 도덕이 남긴 폐허가 우리의 앞길에서 깨끗이 치워지기 전에 는요. 국가의 정치체제는 도덕률에 기반을 둡니다. 우리는 미국이 처음 세워졌던 도덕적 전제 위에 미국을 재건할 것입니다. 지금까지 여러분은 그 전제와 여러분의 신비주의적인 도덕률의 충돌을 피하려는 광기에 사로잡혀 그 전제를 죄악시해왔습니다. 인간은 다른 사람의 목적을 위한 수단이 아니라 그 자신이 목적이라는 전제를요. 인간의 삶, 자유, 행복은 박탈 불가능한 권리라는 전제를요.

권리의 개념을 상실한 여러분, 권리는 신의 선물, 믿음에 의해 받아들여지는 초자연적인 선물이라는 주장과 권리는 사회의 선물로 사회의 독단적인 변덕에 의해 깨질 수 있다는 주장 사이에서 무력하게 흔들리는 여러분, 인간 권리의 근원은 신의 법칙도, 의회의 법칙도 아닌 정체성의 법칙입니다. A는 A고, 인간은 인간입니다. **권리는** 인간의 바람직한 생존을 위해 요구되는 존재의 조건입니다. 인간이 지상에서 살기 위해서는 자신의 정신을 이용해야 하고, 자신의 자유로운 판단에 따라 행동해야 하며, 자신의 가치를 위해 일하고 그 일의 결과물을 소유해야 합니다. 지상에서의 삶이 인간의 목적이라면 인간은 합리적인 존재로 살 **권리가** 있습니다. 자연은 인간이 비합리적이 되는 것을 금합니다. 그 어떤 단체나 국가라도 인간의 권리를 부정하는 것은 **잘못된** 짓입니다. 그것은 악이고, 반생명적인 것입니다.

권리는 도덕적인 개념이며, 도덕은 선택의 문제입니다. 인간은 생존을 도덕과 법의 기준으로 선택하지 않을 수는 있으되 그 결과는 식인종 사회라는 사실을 피할 수는 없습니다. 그런 사회는 최고의 인간들을 먹어치우며 한동안은 버틸 수 있지만 건강한 사람들이 병에 걸린 사람들에게 먹히고, 합리적인 사람들이 비합리적인 사람들에게 먹힌 후 암에 걸린 몸처럼 쓰러지고 맙니다. 역사를 돌아보면 그런 사회들은 모두 그런 운명을 맞이했지만 여러분은 그 원인을 알려고 하지 않았습니다. 내가 이 자리에서 말하겠습니다. 그런 사회들을 무너지게 한 것은 여러분이 피할 수 없는 정체성의 법칙이었습니다. 한 개인이 비합리적인 수단에 의해 살 수 없듯이 두 사람, 2,000명의 사람들, 20억 명의 사람들도 마찬가지입니다. 개인이 현실을 거부하고는 성공할 수 없듯이 국가나 지구 전체도 마찬가지입니다. A는 A입니다. 나머지는 시간문제입니다. 그것도 희생자들의 관용이 있어야 하고요.

인간이 육체 없이는 존재할 수 없듯이 권리도 그것을 현실로 옮길 권리 없이는 존재할 수 없습니다. 생각하고, 일하고, 그 결과물을 가질 권리, 즉 소유권이죠. 현대 근육의 신비주의자들은 여러분에게 '인권'과 '소유권' 중 하나를 선택하라고 합니다. 그 하나가 나머지 하나 없이 존재할 수 있기라도 하듯이 말입니다. 그것은 영혼과 육체 중 하나를 고르라는 것과 마찬가지로 기괴한 요구입니다. 오직 유령만이 물질적 재산 없이 존재할 수 있습니다. 오직 노예만이 자신의 노력의 산물에 대한 권리 없이 일할 수 있고요. '인권'이 '소유권'보다 우위에 있다는 주장은 일부 인간들이 다른 사람들의 재산을 빼앗을 권리가 있다는 의미입니다. 무능력자들이 유능한 사람들을 소유하고 생산적인 가축처럼 부려먹을 수 있다는 의미입니다. 그것을 인간적이라고, 권리라고 여기는 자들은 '인간'으로 불릴 자격이 없습니다.

소유권의 근원은 인과성의 법칙입니다. 모든 재산과 모든 형태의 부는 인간의 정신과 노동에 의해 생산됩니다. 원인 없이는 결과도 없듯이 부도 그 근원인 지성 없이는 얻을 수 없습니다. 여러분은 지성을 억지로 부릴 수 없습니다. 생각할 줄 아는 사람들은 강요에 의해 일하지 않으려 하고, 강요에 의해 일한다고 해도 그들을 노예화하는 데 필요한 채찍의 대가 이상으로 생산하려고 하지 않습니다. 정신의 산물은 주인의 자발적인 동의에 의한 거래를 통하지 않고는 얻을 수 없습니다. 인간의 재산에 대한 다른 방식의 접근은 범죄자의 접근입니다. 머릿수가 얼마나 많든 상관없이요. 범죄자들은 단기 전략을 쓰다가 먹잇감이 떨어지면 굶주리는 야만인들입니다. 오늘날 여러분이 굶주리고 있듯이요. 여러분은 정부가 강탈은 합법이고 강탈에 대한 저항은 불법이라고 선언하면 범죄가 '실리적'인 것이 될 수 있다고 믿으며 살아왔습니다.

정부의 유일한 바람직한 목적은 국민의 권리를 보호하는 것이며, 그것은 물리적인 폭력으로부터의 보호를 의미합니다. 바람직한 정부는 경찰로서 국민의 자기방어를 대리하는 역할을 하며, **먼저** 강제력을 사용하는 자들에 대해서만 강제력을 행사합니다. 바람직한 정부의 기능은 경찰로서 여러분을 범죄자들로부터 보호해주고, 군대로서 여러분을 외국의 침략자들로부터 지켜주며, 법정으로서 여러분의 재산과 계약을 사기와 위반으로부터 보호해주고 **객관적인** 법에 따른 합리적인 규칙들로 분쟁을 해결합니다. 하지만 아무에게도 강제력을 사용하지 않은 사람들에게 **먼저** 강제력을 행사하고, 무장 해제된 희생자들에게 무력을 휘두르는 정부는 도덕을 파괴하기 위해 고안된 악몽 속의 시한폭탄입니다. 그런 정부는 도덕적인 목적이 전도되어 보호자에서 철천지원수로, 경찰에서 자기방어권을 박탈당한 희생자들에게 폭력을 휘두르는 범죄자로 역할이 바뀝니다. 그런 정부는 도덕을 다음과 같은 사회적 행동 규칙으로 대체합니다. '이웃에게 마음 내키는 대로 행동하라. 단, 너의 무리가 이웃의 무리보다 더 크다면.'

야만인이나 바보, 회피자만이 그런 조건 아래 존재하는

것에 동의하고, 다른 사람들에게 자신의 삶과 정신을 위임하는 백지수표를 줍니다. 야만인이나 바보, 회피자만이 다른 사람들이 자신을 마음대로 다룰 권리를 갖고 있고, 다수의 의지는 전능한 것이며, 근육과 숫자라는 물리적인 힘이 정의, 현실, 진실을 대체할 수 있다는 믿음을 받아들입니다. 정신을 가진 사람들이며 거래자인 우리는, 주인도 노예도 아닌 우리는 백지수표를 허용하지 않습니다. 비객관적인 형태로는 살지도, 일하지도 않습니다.

객관적인 현실에 대한 개념이 없는 상태로 물리적인 자연이 알 수 없는 악마들의 변덕에 지배된다고 믿었던 야만의 시대에는 생각도, 과학도, 생산도 가능할 수 없었습니다. 인간은 자연이 확고하고 예측 가능한 절대임을 발견해야만 자신의 지식에 의존하고, 자신의 길을 선택하며, 자신의 미래를 계획하고, 서서히 동굴에서 벗어날 수 있습니다. **지금** 여러분은 엄청난 과학적인 정교성을 지닌 현대산업이 알 수 없는 악마들의 힘에 지배되도록 만들었습니다. 숨어 있는 추악한 관료들의 독단적인 변덕이라는 예측 불가능한 힘에 말입니다. 농부는 가을에 얼마나 수확할지 알 수 없다면 농사일에 여름을 바치지 않을 것입니다. 그런데 여러분은 수십 년을 내다보며 계획을 세우고, 수세대에 걸쳐 투자하고, 99년짜리 계약을 맺는 산업계의 거물들이 언제, 어떤 관료가 어떤 변덕을 부려 그들의 모든 노력을 수

포로 만들지도 모르는 채 계속해서 기능하고 생산하기를 기대합니다. 떠돌이나 육체노동자들은 하루 단위로 계획을 세우며 삽니다. 정신이 훌륭할수록 그 단위는 길어집니다. 꿈이 판잣집 수준밖에 안 되는 사람들은 모래밭에 집을 지어 빨리 이익을 취하고 도망칠 궁리나 하겠죠. 하지만 고층 빌딩을 꿈꾸는 사람들은 그렇지 않습니다. 그런 사람들은 평범하기 짝이 없는 무리들이 법을 멋대로 주무르며 자신들을 속박하고 실패로 이끈다는 사실을, 설령 그들과 싸워 성공한다고 해도 결국 그들에게 성공의 결실을 빼앗기게 된다는 사실을 알면 신제품 개발에 10년이라는 세월을 바치려고 하지도 않을 것입니다.

우월한 지성의 소유자들과 경쟁하는 것이 두렵다고, 그들의 정신이 자신의 생계에 위협이 된다고, 자발적인 거래 시장에서는 강자가 약자에게 기회를 남겨주지 않는다고 외치는 여러분, 눈을 크게 뜨고 세상을 보세요. 여러분의 일의 물질적 가치를 결정하는 것이 무엇입니까? 여러분 정신의 생산적인 노력뿐입니다. 만일 여러분이 무인도에 살고 있다면요. 여러분의 뇌 활동이 비효율적일수록 여러분의 육체노동이 가져다주는 성과는 적어집니다. 여러분은 평생 불안정한 수확을 거두거나 활과 화살로 사냥하며 살아갈 수도 있습니다. 그 이상의 것을 생각할 능력이 없어서요. 하지만 사람들이 자유로이 거래할 수 있는 합리적인 사회에 살게 되면 막대한 보너스를 받을 수 있습니다. 여러분의 일의 물질적 가치가 여러분의 노력만이 아니라 주위에 존재하는 최고의 생산능력을 가진 사람들의 노력에 의해서도 결정되니까요.

여러분은 현대적인 공장에서 일할 때 자신의 노동뿐 아니라 그 공장을 가능하게 만든 모든 생산적인 천재성에 대해서까지 보상을 받게 됩니다. 그 공장을 세운 기업가의 노력, 새로운 사업에 과감히 모험을 건 투자자의 노력, 여러분이 다루는 기계들을 고안한 엔지니어의 노력, 여러분이 만들어내는 제품을 발명한 발명가의 노력, 그 제품이 만들어질 수 있는 법칙들을 발견해낸 과학자의 노력, 여러분이 비난하는 사람들에게 생각하는 법을 가르친 철학자의 노력 말입니다.

살아 있는 지성의 결정체인 기계는 여러분의 시간 생산성을 높여 삶의 잠재성을 확대시켜줍니다. 만일 여러분이 신비주의자들의 시대인 중세에 대장장이로 일했다면 여러분의 수입은 여러분 손으로 직접 생산한 물건들에 의해서만 결정될 것입니다. 그런데 여러분이 행크 리어든의 공장에서 일한다면 하루에 레일을 몇 톤이나 생산할 수 있을까요? 여러분은 자신의 임금이 오로지 자신의 육체노동에 의해서만 창출된 것이고, 그 레일들이 자신의 근육의 산물이라고 감히 주장할 수 있을까요? 여러분의 근육으로는 중세

대장장이 수준의 삶을 누릴 수 있을 뿐이며, 나머지는 행크 리어든에게서 받은 선물입니다.

모든 인간은 능력이나 의지가 있는 한 성공할 수 있습니다. 하지만 생각의 정도가 성공의 정도를 정합니다. 따라서 육체노동은 현재의 범위를 벗어날 수 없습니다. 육체노동만 하는 사람은 생산 과정에서 자신이 기여한 만큼의 물질적 등가를 소비해버리고 자신에게나 남들에게 더 이상의 가치를 남기지 않습니다. 하지만 합리적인 분야에서 아이디어를 생산하는 사람, 즉 새로운 지식을 발견하는 사람은 인류의 영원한 시혜자가 됩니다. 물질적인 생산물은 공유할 수가 없으며 최종 소비자의 것이 됩니다. 오직 아이디어만이 무수한 사람들의 공유물이 될 수 있으며, 희생하거나 손해 보는 사람 없이 모든 공유자를 더욱 풍요롭게 해줄 수 있습니다. 그들의 노동 생산성을 높여줘서요. 지적 강자들이 약자들에게 전해주는 것은 자신의 시간의 가치이며, 그것은 그들이 발견한 방식으로 일하게 함으로써 가능합니다. 한편, 강자들은 또 다른 발견을 위해 자신의 시간을 바칩니다. 이것이 상호 이익을 위한 상호 거래입니다. 지성의 수준에 관계없이 일하고 싶어하고, 거저 얻으려고 하지 않는 사람들이라면 정신의 이익은 하나입니다.

새로운 발명품을 내놓는 사람은 자신이 바친 정신적인

에너지에 비해 물질적인 보상을 적게 받습니다. 그 발명품으로 수백억 달러를 벌어들인다고 해도요. 반면, 그 발명품을 생산하는 공장에서 수위로 일하는 사람은 그 일이 요구하는 정신적인 노력에 비해 엄청난 보상을 받습니다. 그 양극단 사이의 야심과 능력을 지닌 다른 모든 사람의 경우도 마찬가지입니다. 지적인 피라미드 맨 꼭대기에 위치한 사람은 아래에 있는 사람들에게 가장 많은 기여를 하지만 자기 몫의 물질적인 보상밖에 받지 못합니다. 다른 사람들로부터 자신의 시간의 가치를 높여줄 수 있는 지적 보너스를 받지 못합니다. 반면, 피라미드 맨 아래에 위치한 사람은 혼자 남겨진다면 가망 없는 무능함으로 굶어죽을 수밖에 없으며 위에 있는 사람들에게 아무런 기여도 할 수 없지만, 그 사람들의 두뇌가 제공하는 보너스를 받습니다. 그것이 지적 강자와 약자 사이의 '경쟁'의 본질입니다. 그런데도 여러분은 강자가 약자를 '착취'한다고 비난합니다.

우리는 여러분에게 그런 식으로 기꺼이 봉사해왔습니다. 그리고 그 대가로 무엇을 요구했나요? 우리가 요구한 것은 자유뿐이었습니다. 우리는 그저 자유롭게 기능할 수 있게 해달라는 요구밖에 하지 않았습니다. 자유로이 생각하고 스스로 선택한 일을 하는 것…… 자유로이 모험을 하고 그 결과를 책임지는 것…… 자유로이 이윤을 내고 부를 이루는 것…… 자유로이 **여러분의** 합리성에 도박을 걸고,

자발적인 거래를 위해 우리의 생산품을 여러분의 판단에 맡기고, 우리 일의 객관적인 가치와 그것을 알아볼 수 있는 여러분의 정신 능력에 의존하는 것…… 자유로이 여러분의 지성과 정직성을 믿고 여러분의 정신만을 상대하는 것…… 우리가 요구한 대가는 그것뿐이었는데 여러분은 그 대가가 너무 크다며 거절했습니다. 우리는 여러분을 판잣집에서 끌어내어 현대식 아파트에서 살게 해주고 라디오, 영화, 자동차를 제공했는데 여러분은 우리가 궁전 같은 집과 요트를 소유하는 것이 부당하다고 외쳤습니다. 자신들은 임금을 받을 권리가 있지만 **우리는** 이윤을 챙길 권리가 없다고 주장했습니다. 여러분은 우리가 여러분의 정신이 아닌 여러분의 총과 상대하기를 원했습니다. **그것에** 대한 우리의 대답은 '지옥에나 떨어져라!'였습니다. 그리고 그 말은 현실이 되었습니다. 여러분은 지옥에 떨어졌습니다.

지성으로 경쟁하기를 꺼렸던 여러분은 지금 야만성으로 경쟁하고 있습니다. 성공적인 생산에 의한 보상을 허용하지 않았던 여러분은 지금 성공적인 약탈에 의해 보상을 받는 경주에 참여하고 있습니다. 가치와 가치를 거래하는 것을 이기적이고 잔인하다고 말했던 여러분은 갈취와 갈취를 거래하는 비이기적인 사회를 만들었습니다. 여러분의 체제는 법의 전쟁이라고 할 수 있습니다. 사람들은 법을 차지하려고 무리지어 싸우고, 일단 법을 손아귀에 넣으면 그것을 무기삼아 경쟁자들을 물리칩니다. 그러다 다른 무리가 법을 빼앗아 그것으로 경쟁자들을 다스립니다. 그러면서 입으로는 모든 것이 공공선을 위한 일이라고 요란하게 외쳐댑니다. 여러분은 경제적인 힘과 정치적인 힘, 돈의 힘과 총의 힘의 차이점을 모른다고 주장했습니다. 보상과 벌, 구매와 약탈, 쾌락과 두려움, 삶과 죽음의 차이점을 모른다고 했습니다. 그리고 지금 그 차이점을 배우고 있습니다.

여러분 중에는 자신의 무지를, 정신적인 한계를 핑계로 내세우는 사람도 있을 것입니다. 여러분 중에 가장 죄가 크고, 가장 저주받아야 할 사람은 진실을 아는 능력을 **가졌으면서도** 현실을 지워버린 자들입니다. 자신의 지성을 팔아 강압의 냉소적인 노예가 된 자들입니다. 그 경멸스럽기 짝이 없는 과학의 신비주의자들은 이른바 '순수 지식'에 헌신한다고 주장하는데, 실용적인 목적이 없기 때문에 순수하다는 것입니다. 그들은 무생물에는 논리를 적용하면서 인간을 다루는 데는 합리성이 필요치 않다고 여깁니다. 그들은 돈을 경멸하면서 약탈에 의해 제공되는 실험실을 얻기 위해 영혼을 팝니다. '비실용적인 지식'이나 '사심 없는' 행동은 존재할 수 없기에, 그리고 그들은 삶을 위해 과학을 이용하는 것을 경멸하기에 그들은 죽음을 위해 과학을 바칩니다. 그것은 약탈자들을 위한 유일한 실용적인 목적으로, 바로 강압과 파괴의 무기를 만들어내는 것입니다. **그들**, 도덕적인 가치를 외면하는 지식인들은 저주받은 자들입니다. **그들의** 죄는 용서받을 수 없습니다. 로버트 스태들러 박사님, 듣고 계십니까?

하지만 나는 그에게 말하고 싶은 것이 아닙니다. 여러분 중에 아직 '다른 사람들의 소유'로 팔려 넘어가지 않은 자주적인 영혼을 갖고 있는 사람들에게 말하고 있는 것입니다. 오늘 밤 여러분이 라디오에 귀를 기울이도록 만든 동기 중에 세상이 뭐가 잘못된 것인지 알고자 하는 정직하고 **합리적인** 욕구가 있다면, 여러분은 나의 연설을 들을 자격이 있습니다. 나의 도덕률에 따르면, 진실을 알고자 하는 사람에게는 알려주는 것이 도리이니까요. 내 말을 이해하지 않으려고 애쓰는 사람들은 내 관심 밖의 존재들입니다.

나는 살고자 하는 사람들, 자신의 영혼의 영예를 되찾으려는 사람들에게 말하고 있습니다. 이제 여러분 세상의 진실을 알았으니 **자신의 파괴자들을 돕는 일은 그만두세요**. 세상의 악은 여러분의 허용으로 인해 가능해집니다. 더 이상 허용하지 마세요. 더 이상 돕지 마세요. 적들의 조건에 따라 살지도 말고, 적들이 규칙을 정하는 게임에서 이기려고도 하지 마세요. 여러분을 노예로 만든 사람들의 특혜를 얻으려고도 하지 말고, 여러분을 약탈하는 자들의 자선을 구걸하지도 마세요. 그것이 정부 보조금이든, 대출이든, 일자리든 말입니다. 그들에게 빼앗긴 것을 벌충하려고 그들이 여러분의 이웃을 약탈하는 것을 돕지도 마세요. 자신의 파괴를 묵과해주는 대가로 뇌물을 받아 삶을 유지할 수는 없는 법입니다. 여러분의 생존권을 담보로 이익이나 성공, 안전을 얻으려고 하지 마세요. 그런 담보는 상환이 불가능합니다. 여러분이 더 많이 지불할수록 그들은 더 많이 요구할 테니까요. 여러분이 추구하는 가치가 클수록 여러분은 더 취약하고 무력한 존재가 될 테니까요. 그들은 여러분을 착취하기 위해 여러분의 **미덕을 이용한 협박**을 합니다. 여러분의 죄를 이용하는 것이 아니라 삶에 대한, 존재에 대한 사랑을 이용합니다.

약탈자들의 조건에 따라 성공하려고 하지 마세요. 그들의 지배 아래에서 사다리를 오르려고 하지 마세요. 그들의 권력을 유지시켜주는 유일한 힘인 여러분의 살아 있는 야심을 그들의 손에 넘겨주지 마세요. 나처럼 파업에 들어가세요. 여러분의 정신과 기술을 은밀히 사용하세요. 지식을 넓히고 능력을 키우되 다른 사람들과 성취를 나누지 마세요. 약탈자들이 여러분 등에 올라타 있는 상태에서 부를 이루려고 하지 마세요. 그들의 사다리 맨 아래 칸에 머물며 최소한의 생존을 위한 돈만 벌고 약탈자들의 나라를 지탱해줄 여분의 돈은 벌지 마세요. 여러분은 포로이니 포로

답게 행동하세요. 여러분이 자유의 몸인 것처럼 위장하려는 그들에게 협조하지 마세요. 그들이 두려워하는 조용하고 타락하지 않는 적이 되세요. 그들이 강요하면 복종하되 **자발적으로 나서지는 마세요.** 자발적으로는 그들의 방향, 소망, 애원, 목적에 따라 단 한 발짝도 움직이지 마세요. 강도가 여러분의 친구이자 은인으로 행세하는 것을 도와주지 마세요. 여러분을 감옥에 가둔 자들이 감옥을 여러분의 자연스러운 존재 형태인 양 위장하는 것을 돕지 마세요. 그들이 현실을 기만하는 것을 돕지 마세요. 그 기만은 그들의 은밀한 공포를 막아주는 유일한 댐입니다. 그들이 존재하기에 부적당하다는 사실을 아는 것에 대한 공포. 댐을 없애서 그들을 공포에 빠져죽게 하세요. 여러분의 허용과 인정이 그들의 유일한 안전벨트입니다.

그들의 손이 닿지 않는 황무지로 사라질 기회가 생기면 그렇게 하세요. 하지만 강도가 되거나 그들과 권력 싸움을 벌일 무리를 규합하지는 마세요. 인간답게 살기를 원하는 사람들과 더불어 여러분 자신의 생산적인 삶을 구축하세요. 여러분은 '죽음의 도덕률'이나 믿음과 힘의 원칙에 따라서는 승리할 수 없습니다. 정직한 사람들이 되찾게 될 '삶과 이성'의 기준을 세우세요.

합리적 존재로 행동하면서 고결한 목소리에 굶주린 모든 사람을 위한 구심점이 되세요. 자신의 합리적인 가치들에 따라 행동하세요. 적들 속에 혼자 있든, 여러분이 선택한 몇 명의 친구들과 함께 있든, 아니면 인류의 재탄생이라는 변경에 위치한 작은 공동체의 창시자가 되어서든 말입니다.

가장 우수한 노예들을 잃은 약탈자들의 국가가 무너지면, 동양의 신비주의에 지배당한 나라들처럼 무기력한 혼돈 상태에 이르러 굶주린 강도 떼들이 서로를 약탈하려고 싸우면, 희생의 도덕률의 옹호자들이 그들의 궁극적인 이상과 함께 사라지면 그날 우리는 돌아올 것입니다.

우리는 공장 굴뚝과 수송관, 과수원, 시장, 그리고 신성한 가정의 도시인 우리 도시의 문을 활짝 열고 그곳에 들어올 자격이 있는 사람들을 맞이할 것입니다. 우리는 여러분이 세울 숨겨진 전초기지들의 구심점 역할을 할 것입니다. 우리는 자유 거래와 자유로운 정신을 나타내는 달러 표시를 우리의 상징으로 삼고 이 나라의 본질과 의미, 영예를 알지 못하는 무력한 야만인들에게서 이 나라를 되찾을 것입니다. 우리에게 합류하고자 하는 사람들은 합류할 것이고, 그렇지 않은 사람들은 우리를 막을 힘이 없을 것입니다. 야만인 무리는 정신의 깃발을 든 사람들에게 장애물이 될 수 없으니까요.

그러면 이 나라는 다시금 멸종 위기의 종인 '합리적인 존재'의 보호구역이 될 것입니다. 우리가 구축할 정치체제는 '그 누구도 물리적인 힘에 의지해 다른 사람들로부터 가치를 얻을 수 없다'는 단 하나의 도덕적 전제를 가질 것입니다. 모든 사람은 자신의 합리적인 판단에 따라 서거나 쓰러지고, 살거나 죽을 것입니다. 만일 합리적인 판단에 실패해 쓰러진다고 해도 자신만이 그 희생자가 될 것입니다. 자신의 판단력이 부족할까 봐 두렵다고 해도 총으로 그것을 개선할 수는 없을 것입니다. 자신의 실수를 제때 바로잡고 싶다면 자신보다 훌륭한 사람들을 본받아 생각하는 법을 배울 수 있을 것입니다. 하지만 자신의 실수의 대가를 다른 사람이 대신 치르는 수치스러운 일은 더 이상 없을 것입니다.

그런 세상에서 여러분은 어린 시절에 지녔던 정신으로 아침을 맞이할 수 있을 것입니다. 합리적인 우주를 대하는 열성과 모험심, 확신에 찬 정신 말입니다. 아이는 자연을 두려워하지 않습니다. 지금 여러분이 갖고 있는 인간들에 대한 두려움은 사라질 것입니다. 여러분이 인간들에게서 이해할 수 없고, 예측할 수도 없으며, 모순적·독단적이고, 은밀히 숨겨져 있으며, 날조되고, **비합리적인** 면을 보면서 갖게 된 두려움, 여러분의 영혼을 위축시킨 그 두려움은 사라질 것입니다. 여러분은 책임감 있는 존재들의 세상에서 살게 될 것입니다. 사실들처럼 확고하고 신뢰할 수 있는 존재들 말입니다. 객관적인 현실이 기준이고 판관인 세상에서 존재의 체계가 그들의 인격을 보장해줄 것입니다. 여러분의 미덕은 보호받고, 여러분의 악덕과 나약함은 보호받지 못할 것입니다. 여러분이 사람들에게서 받게 될 것은 자선이나 연민, 자비, 죄의 용서가 아니라 **정의**라는 가치일 것입니다. 그리고 여러분은 사람들이나 자신을 바라볼 때 혐오감, 의심, 죄책감이 아닌 **존경심**만을 느낄 것입니다.

여러분은 그런 미래를 얻을 수 있습니다. 하지만 모든 가치가 그러하듯 그것을 얻으려면 노력이 필요합니다. 모든 삶은 목적을 지닌 노력이며, 여러분이 선택할 수 있는 것은 목표뿐입니다. 여러분, 지금의 싸움을 계속하고 싶습니까, 아니면 나의 세상을 위해 싸우고 싶습니까? 지금처럼 위험천만한 지옥의 벼랑에 매달려 버둥거리고 싶습니까? 그 벼랑에서는 고난을 견뎌내봐야 아무 의미도 없고, 승리를 거둬봐야 파멸에 더욱 가까워질 뿐입니다. 아니면 나처럼 정상을 향한 계단을 오르고 싶습니까? 그 계단에서는 고난이 미래의 투자이고, 승리를 거두면 도덕적 이상의 세계에 가까워질 수 있으며, 설령 햇살이 눈부신 정상에 이르지 못하고 죽는다고 해도 햇살이 닿는 곳에서 죽게 될 것입니다. 여러분 앞에 놓인 선택은 그것입니다. 여러분의 정신과 존재에 대한 사랑으로 결정하세요.

마지막으로, 아직 세상에 숨어 있을지도 모르는 영웅들

에게, 회피가 아니라 미덕과 필사적인 용기 때문에 포로가 된 이들에게 말하겠습니다. 나의 정신적 형제들이여, 여러분의 미덕을, 여러분이 섬기고 있는 적들의 본성을 확인하세요. 여러분의 파괴자들은 여러분의 인내심과 관용, 순수함, 사랑을 이용해 여러분을 붙잡아두고 있습니다. 그들의 짐을 대신 져주는 인내심, 그들의 절망의 외침에 응답해주는 관용, 그들의 사악함을 상상조차 하지 못하고 의심이 가도 일단 믿어주는 순수함, 그들을 제대로 알지도 못하면서 비난할 수는 없다고 생각하고 그들의 동기를 납득하지 못하는 순수함, 그들도 인간이기에 자신처럼 삶을 사랑할 것이라고 믿는 사랑, 삶에 대한 사랑. 하지만 오늘날의 세상은 그들이 원했던 세상이고, 삶은 그들이 증오하는 대상입니다. 그러므로 그들이 숭배하는 죽음에 이르도록 내버려두세요. 세상에 대한 여러분의 위대한 헌신의 이름으로, 그들을 떠나세요. 여러분의 영혼의 위대성을 그들 악의 승리에 소진하지 마세요. 내 말 듣고 있나요…… 내 사랑?

 여러분이 지닌 가장 고귀한 것의 이름으로, 최악의 존재들을 위해 이 세상을 희생시키지 마세요. 여러분을 살아 있게 하는 가치의 이름으로, 인간의 자격을 얻지 못한 존재들의 추악하고 비겁하고 무분별한 모습이 인간에 대한 여러분의 비전을 왜곡시키게 하지 마세요. 인간에게 어울리는 것은 꼿꼿한 자세와 타협하지 않는 정신, 무한한 길을 가는 발걸음이라는 사실을 잊지 마세요. 그 무엇으로도 대체할 수 없는 여러분의 불꽃이 모호한 회피와 부정의 가망 없는 늪에서 꺼져버리게 하지 마세요. 여러분 영혼 속의 영웅이 여러분이 마땅히 누려야 함에도 도무지 도달할 수 없는 삶을 향한 쓸쓸한 좌절감 속에서 쓰러지게 하지 마세요. 여러분이 가고 있는 길에 대해, 여러분의 싸움의 본질에 대해 다시 생각해보세요. 여러분이 갈망하는 세상은 만들어질 수 있습니다. 그런 세상은 존재할 수 있습니다. 여러분의 것이 될 수 있습니다.

하지만 그런 세상을 얻으려면 완전한 헌신이 필요합니다. 과거의 세상, 인간은 다른 사람들의 즐거움을 위해 존재하는 희생의 동물이라는 믿음과의 완전한 단절이 필요합니다. 여러분 자신의 가치를 위해 싸우세요. 여러분의 자부심이라는 미덕을 위해 싸우세요. 인간의 정수인 독자적인 합리적 정신을 위해 싸우세요. 여러분의 도덕이 '삶의 도덕'이고, 여러분의 싸움이 성취와 가치, 장대함, 선함, 기쁨을 위한 싸움이라는 절대적인 진실에 대한 빛나는 확신을 가지고 싸우세요.

여러분은 내가 싸움을 시작할 때 했던 서약을 받아들일 준비가 되었을 때 승리할 것입니다. 내가 돌아올 날을 알고 싶어하는 이들을 위해 지금 세상을 향해 다시금 그 서약을 하겠습니다.

내 삶에, 그리고 삶에 대한 사랑에 걸고 서약하노니 나는 결코 타인을 위해 살지 않을 것이며, 타인에게 나를 위해 살 것을 요구하지도 않을 것이다."

이기주의자

"저건 진짜가 아니지, 그렇지?" 톰프슨이 말했다.

그들은 라디오 앞에 서 있었다. 골트의 마지막 목소리가 사라지고 정적이 흐르는 동안 아무도 움직이지 않았다. 모두 꼼짝도 하지 않고 서서 무언가를 기다리듯 라디오만 바라보고 있었다. 하지만 라디오는 이제 손잡이 몇 개와 둥근 천으로 덮인 스피커로 이루어진 나무 상자에 불과했다.

"우린 그걸 들은 것 같습니다." 팅키 할러웨이가 말했다.

"어쩔 수가 없었어요." 칙 모리슨이 말했다.

톰프슨은 궤짝에 앉아 있었다. 그의 팔꿈치 높이에 있는 창백한 타원형 물체는 바닥에 앉아 있는 웨슬리 마우치의 얼굴이었다. 그들 뒤로는 방송을 위해 준비한 조명이 환히 밝혀진 응접실이 보였는데 마치 어둠침침한 거대한 스튜디오 안의 작은 섬 같았다. 누가 나서서 조명을 끄지 않아

거미줄처럼 뒤엉킨 죽은 마이크들 아래 반원형으로 배치된 안락의자들이 눈부신 조명을 받고 있었다.

톰프슨은 자신만이 감지한 동요의 근원을 찾아내려는 듯 주위 사람들을 날카롭게 훑어보았다. 나머지 사람들도 은밀히 똑같은 행동을 하고 있었다. 그들은 상대에게 들키지 않으면서 서로를 탐색하려고 애쓰고 있었다.

"저 좀 내보내주세요!"

젊은 하급 보좌관이 갑자기 누구에게랄 것도 없이 외쳤다.

"가만 있어!" 톰프슨이 날카롭게 말했다.

톰프슨은 자신의 명령과 어둠 속 어딘가에서 꼼짝 못 하고 서 있는 젊은 보좌관의 딸꾹질 같은 신음 소리에 현실감을 되찾을 수 있었다. 그의 어깨에서 머리가 조금 올라왔다.

"누가 이런 일이 일어나도록······."

그는 목소리를 높여 소리치다가 입을 다물었다. 그가 감지한 동요는 궁지에 몰린 자의 위험한 공포였던 것이다. 그는 대신 이렇게 물었다.

"어떻게들 생각해?"

대답이 없었다.

"응?"

그는 기다렸다.

"누구라도 말 좀 해봐!"

"우린 저 말을 믿을 필요가 없는 거죠?"

제임스 태거트가 거의 위협하듯 톰프슨을 향해 얼굴을 들이대며 외쳤다.

"안 그렇습니까?"

제임스의 얼굴은 온통 일그러져 형체를 알아보기가 힘들었다. 코와 입 사이에서 콧수염 모양으로 송글송글 맺힌 땀방울들이 반짝거렸다.

"조용히 해." 톰프슨이 뒤로 조금 물러나며 자신 없이 말했다.

제임스가 인사불성 상태를 유지하려고 애쓰는 듯한 단조롭고 집요한 목소리로 말했다. "우린 그 말을 믿을 필요가 없어요! 지금까지 그런 말을 한 사람은 아무도 없었어요! 아무도! 우린 그 말을 믿을 필요가 없어요!"

"진정해." 톰프슨이 말했다.

"그는 자기가 옳다는 확신이 왜 그렇게 강한 거죠? 도대체 자기가 뭔데 세상 전체에, 지난 수세기 동안 사람들이 말해온 모든 것에 반대하는 거죠? 자기가 뭔데 그걸 알죠? 아무도 확신할 수 없어요! 무엇이 옳은지 아무도 알 수 없다고요! 옳은 건 없어요!"

"닥쳐! 도대체 무슨 소릴······." 톰프슨이 외쳤다.

그때 갑자기 라디오에서 군대 행진곡이 터져 나오는 바

람에 그는 입을 다물 수밖에 없었다. 3시간 전에 중단되었던 군대 행진곡이 레코드판의 친숙한 잡음을 내며 울려 퍼졌다. 모두 얼이 빠져 있는 동안 쾅쾅 울리는 활기찬 음악이 정적을 뚫고 씩씩하게 행진했고 그 소리는 기괴하리만큼 부적절하게 들렸다. 방송국 피디가 방송이 끊겨서는 안 된다는 절대적인 수칙을 맹목적으로 준수한 것이었다.

웨슬리 마우치가 벌떡 일어나며 외쳤다. "중단하라고 해! 대중들이 우리가 그 연설을 인정한다고 생각하겠어!"

"이 멍청이! 그럼 대중들이 우리가 그 연설을 인정하지 않는다고 생각하는 게 좋겠어?" 톰프슨이 외쳤다.

마우치는 아마추어가 대가를 바라보는 듯한 눈길로 톰프슨을 쳐다보았다.

톰프슨이 명령했다. "평소처럼 방송해! 원래 이 시간에 하던 프로그램을 내보내라고 해! 특별 성명이나 설명 같은 것 없이! 아무 일도 없었던 것처럼 진행하라고 해!"

사기 조정관 칙 모리슨의 부하 대여섯 명이 황급히 전화기로 달려갔다.

"시사해설자들 입을 막아! 아무 말도 못 하게 해! 전국의 모든 방송국에 전달해! 대중이 궁금하게 내버려둬! 우리가 걱정하고 있다는 인상을 줘선 안 돼! 이게 중요한 일이라는 인상을 줘서도 안 되고!"

"안 돼요! 안 돼. 안 돼. 안 돼요! 국민들에게 우리가 그 연설을 지지한다는 인상을 줄 수는 없어요! 그런 끔찍한 연설을!"

유진 로슨이 외쳤다. 로슨은 눈물을 보이지는 않았지만 무력한 분노로 흐느끼는 어른의 위엄 없는 목소리를 내고 있었다.

"누가 그 연설을 지지한다고 했어?" 톰프슨이 날카롭게 말했다.

"그건 너무나 끔찍하고 비도덕적이고 이기적이고 무정하고 무자비한 연설이었어요! 역사상 가장 사악한 연설이었어요! 그 연설은…… 사람들이 행복을 요구하도록 만들 거예요!"

"그건 그저 연설일 뿐이야."

톰프슨이 대꾸했지만 아주 확고한 어조는 아니었다.

칙 모리슨이 자신 없는 목소리로 나섰다. "제 생각에는 고귀한 정신을 가진 사람들은, 그러니까 무슨 말이냐 하면…… 저기…… 신비주의적인 직관을 가진 사람들은……."

그는 따귀라도 날아오길 기다리듯 말을 멈추었지만 아무도 움직이지 않자 확고하게 되풀이했다.

"그래요, 신비주의적 직관을 가진 사람들은 그 연설을 지지하지 않을 겁니다. 논리가 전부가 아니니까요."

"노동자들도 지지하지 않을 겁니다. 그는 노동자들의 친구처럼 말하지 않았어요." 팅키 할러웨이가 조금 더 자신 있게 말했다.

"이 나라의 여성들도 지지하지 않을 거예요. 여성들이 이성에 대한 이야기를 좋아하지 않는다는 것은 기정사실이니까요. 여성들은 섬세한 감정을 갖고 있어요. 여성들은 믿어도 돼요." 에마 차머스가 말했다.

"과학자들도 믿어도 됩니다." 사이먼 프리쳇 박사가 말했다.

모두 자신 있게 다룰 수 있는 주제를 발견하기라도 한 것처럼 앞다투어 나섰다.

"과학자들은 이성을 믿을 만큼 어리석지 않아요. 그는 과학자들의 친구가 아닙니다."

갑작스러운 깨달음에 자신감을 조금 회복한 웨슬리 마우치가 말했다. "그는 누구의 친구도 아닙니다. 거물급 기업가들은 어떤지 모르겠지만."

"아니에요! 우리를 비난하지 말아요! 그런 말 말아요! 다시는 그런 말 하지 못하게 할 겁니다!"

"뭐요?"

"그…… 그…… 그 사람이 기업가의 친구라는 말요!"

"그 연설을 가지고 소란피울 것 없습니다. 그건 너무 지적인 연설이었어요. 보통 사람들에게는 지나치게 어려웠어요. 아무 효과도 없을 겁니다. 사람들은 그 연설을 이해하기에는 너무 멍청하니까요." 플로이드 페리스 박사가 말했다.
"그래. 맞아요." 마우치가 희망을 품고 말했다.
"우선, 사람들은 생각할 줄을 모릅니다. 둘째, 생각하고 싶어하지도 않고요." 페리스 박사가 용기를 주었다.
"셋째, 사람들은 굶주리고 싶어하지 않아요. 그 문제는 어떻게 해결하는 게 좋을까요?" 프레드 키넌이 말했다.
그것은 앞선 발언들이 애써 막으려고 했던 질문이었다. 아무도 대답하지 않고 자라처럼 목을 움츠렸다. 그들은 서로 더 가까이 모였는데 마치 스튜디오의 빈 공간의 무게에 짓눌린 작은 군상 같았다. 군대 행진곡이 히죽거리는 해골 같은 불굴의 쾌활함을 보이며 요란하게 울려 퍼졌다.
"꺼! 그 염병할 것 좀 꺼!" 톰프슨이 라디오를 가리키며 소리쳤다.
누군가 그의 지시에 따랐다. 하지만 갑작스러운 정적은 더 견디기 힘들었다.
"그래, 자네는 우리가 어떻게 해야 한다고 생각하나?" 톰프슨이 마지못해 눈을 들어 프레드 키넌을 보며 말했다.
"누구요, 저요? 저는 이 쇼의 진행자가 아닙니다." 키넌이 쿡쿡 웃으며 말했다.
톰프슨은 주먹으로 자신의 무릎을 내리쳤다.
"말을 해보라고······."
그는 그렇게 명령하다가 키넌이 시선을 피하자 덧붙였

다. "누구든!"

 아무도 나서지 않았다. 그는 그 질문에 대답하는 사람이 권력을 쥐게 될 것임을 알고 있었다.

 "어떻게 해야 하지? 어떻게 해야 하는지 말해줄 사람 없어?"

 "제가 말하죠!"

 여자의 목소리였지만 방금 라디오에서 들은 목소리와 닮아 있었다. 대그니가 어둠 속에서 앞으로 나서기도 전에 모두 그녀 쪽으로 고개를 돌렸다. 앞으로 나선 그녀의 얼굴을 본 그들은 모두 깜짝 놀랐다. 그녀의 얼굴에는 두려움이 없었다.

 "당신들이 포기하면 돼요." 그녀가 톰프슨에게 말했다.

 "포기?" 톰프슨이 멍하니 되물었다.

 "당신들은 이제 끝났어요. 당신들이 끝났다는 걸 모르겠어요? 그 연설을 들었는데 뭐가 더 필요하죠? 포기하고 비켜나요. 사람들이 자유로이 존재할 수 있게 해줘요."

 톰프슨은 이의를 제기하지도 움직이지도 않고 그녀를 쳐다보고만 있었다.

 "당신들은 아직 살아 있어요. 아직 인간의 언어를 사용하고 있고, 대답을 요구하고 있고, 이성에 의존하고 있어요. 빌어먹을, 당신들은 아직 이성에 의존하고 있다고요! 당신들은 알 수 있어요. 당신들이 알지 못한다는 건 불가능한 일이에요. 당신들은 이제 더 이상 희망하는 척, 원하는 척, 얻거나 움켜쥐거나 도달한 척할 게 없어요. 이 세상과 당신들의 앞날에는 파멸밖에 남아 있지 않으니까. 포기하고 사라져요."

그들은 열심히 듣고 있었으나 그녀의 말을 듣는 것이 아니라 그녀만이 가지고 있는 살아 있는 인간의 특성에 맹목적으로 매달리고 있는 듯했다. 그녀의 분노에 찬 격한 목소리 속에는 환희의 웃음이 담겨 있었다. 그녀는 얼굴을 치켜들고 까마득히 먼 곳에 있는 어떤 광경을 맞이하고 있는 듯했고, 이마의 불빛은 스튜디오 조명이 아니라 햇살처럼 보였다.

"당신들은 살고 싶죠, 안 그런가요? 살 기회를 갖고 싶다면 길을 비켜요. 능력을 가진 사람들에게 세상을 넘겨줘요. 그는 어떻게 해야 하는지 알고 있어요. 당신들은 모르죠. 그는 인간이 생존할 수 있는 방법을 찾아낼 수 있어요. 당신들은 못 하지만."

"그 여자 말 듣지 말아요!"

그것은 너무나 야만스러운 증오의 외침이었기에 모두 로버트 스태들러 박사에게서 물러섰다. 마치 그가 그들 안에 감추어진 것에 목소리를 부여한 듯했다. 그의 얼굴은 그들이 어둠 속에서 보기를 두려워하는 자신들의 얼굴이었다.

"그 여자 말 듣지 말아요!"

스태들러 박사가 대그니의 시선을 피하며 외쳤다. 대그니는 잠시 그에게 시선을 보냈는데 처음에는 충격적인 눈빛이었으나 이내 사망을 알리는 부고의 눈빛으로 바뀌었다.

"당신들이 사느냐 아니면 그가 사느냐의 문제이니까!"

"조용히 하시오, 교수."

톰프슨이 그를 한 손으로 밀어내며 말했다. 톰프슨은 대그니를 보고 있었는데 그의 머리통에서 한 가지 생각이 꿈틀거리며 형체를 잡아가는 듯했다.

"당신들은 진실을 알고 있어요. 당신들 모두. 나도 그렇고요. 존 골트의 말을 들은 모든 사람이 알고 있어요! 무엇을 더 기다리는 거죠? 증거요? 그가 이미 말했잖아요. 사실들? 당신들 주위에 널려 있잖아요. 도대체 얼마나 많은 시체가 쌓여야 당신들의 총과 권력, 지배력, 그리고 그 한심한 이타주의 교리를 포기할 거죠? 살고 싶으면 포기해요. 인간이 이 세상에 살아남기를 바라는 마음이 아직 남아 있다면, 포기하라고요!"

"이건 반역이야! 저 여자는 반역적인 발언을 하고 있어요!" 유진 로슨이 외쳤다.

"자, 자, 그렇게 극단적으로 생각할 필요 없네." 톰프슨이 말했다.

"네?" 팅키 할러웨이가 물었다.

"하지만…… 도가 지나친 말인 건 사실이잖습니까?" 칙 모리슨이 말했다.

"설마 그녀의 말에 동의하시는 건 아니죠?" 웨슬리 마우치가 물었다.

톰프슨이 놀라우리만큼 차분한 목소리로 대답했다. "누가 동의한다고 했나? 조급하게 굴지 말게. 다들 조급해하지 말라고. 어떤 주장이든 들어보는 건 나쁠 것이 없어. 안 그런가?"

"저런 주장도요?" 웨슬리 마우치가 대그니를 향해 손가락질을 하며 물었다.

"어떤 주장이라도. 우린 편협하게 굴어선 안 돼." 톰프슨이 차분하게 말했다.

"하지만 이건 반역이고 파괴고 불충이고 이기심이고 재벌의 선전이에요!"

"난 모르겠군. 우리는 열린 마음을 가져야 해. 모든 사람의 의견을 고려해야 한다고. 그녀는 '그는 어떻게 해야 하는지 안다'고 했어. 뭔가 방법이 있을지도 몰라. 우리는 유연해져야 한다고." 톰프슨이 말했다.

"그럼 물러날 의사가 있다는 말씀이신가요?" 마우치가 입을 딱 벌리며 물었다.

그러자 톰프슨이 화를 냈다. "속단하지 마. 내가 도저히 참을 수 없는 게 하나 있다면 속단하는 사람들이니까. 이론에만 얽매어 현실 감각이라고는 눈곱만큼도 없는 상아탑 지성인들도 마찬가지이고. 이런 때에는 무엇보다도 유연해져야 해."

톰프슨은 주위의 모든 사람이 당혹스러운 표정을 짓고 있는 것을 보았다. 대그니도 당혹스러워하는 표정의 얼굴이었지만 다른 사람들과는 이유가 달랐다. 톰프슨은 미소를 지으며 일어나서 대그니에게 돌아섰다.

"고맙소, 태거트 양. 당신의 마음을 이야기해줘서 고맙소. 나를 믿고 뭐든 솔직하게 이야기해도 좋소. 태거트 양, 우리는 당신의 적이 아니오. 이 사람들은 신경 쓸 것 없소. 흥분해서 그러는 것이고 곧 현실로 돌아올 테니까. 우리는 당신의 적이 아니오. 이 나라의 적도 아니고. 물론 우리는 실수들을 저질렀소. 우리도 인간이니까. 하지만 이 어려운 시기에 국민들을 위해 최선을 다하고 있소. 우리는 순간적인 판단을 내려 충동적으로 중대한 결정을 할 순 없소. 안 그렇소? 심사숙고해야지. 우리는 **누구의** 적도 아니라는 사실을 기억해주기 바라오. 그건 당신도 알고 있겠지. 안 그렇소?"

"나는 할 말 다 했습니다."

대그니는 그에게서 돌아서며 대답했다. 그녀는 톰프슨의 말이 무슨 뜻인지 전혀 알 수 없었고, 또 그것을 알아내려고 애쓸 힘도 없었다.

대그니는 에디 윌러스에게 돌아섰다. 에디 윌러스는 분노로 마비된 듯한 표정으로 주위 사람들을 쳐다보고 있었다. 그의 두뇌는 '사악하다'고 외치기만 할 뿐 더 이상 생각이 진전되지 않는 듯했다. 대그니가 고갯짓으로 문을 가리키자 그는 순순히 따라왔다.

로버트 스태들러 박사는 문이 닫히기를 기다렸다가 톰프슨을 향해 휙 돌아섰다.

"이런 멍청이 같으니라고! 지금 당신이 뭘 갖고 놀고 있는지 알고 있어요? 이건 죽느냐 사느냐의 문제라는 걸 모르겠어요? 당신이냐, 그냐의 문제라는 걸 모르겠어요?"

톰프슨은 입술을 가늘게 떨며 경멸의 미소를 지었다.

"교수라는 자가 하는 행동이라고는. 난 교수들도 자제력을 잃는 줄은 몰랐는데."

"모르겠어요? 이건 양자택일의 문제라는 걸 모르겠어요?"

"그럼 당신은 내가 어떻게 하기를 바라지?"

"그를 죽여야 해요."

스태들러 박사가 소리치지 않고 담담하고 냉철한 목소리로 말했다는 사실 때문에 순간 소름 끼치는 정적이 감돌았다. 스태들러 박사의 목소리가 다시 높아지며 갈라졌다.

"그를 찾아내야 해요. 전국을 샅샅이 뒤져서 그를 찾아 없애버려야 해요! 그가 살아남으면 우리 모두를 파멸시킬 테니까! 그가 살아남으면 우린 살아남을 수 없으니까!"

"그를 어떻게 찾아내죠?" 톰프슨이 조심스럽게 천천히 물었다.

"그건…… 방법이 있어요. 저 태거트 가의 여자를 주시하면 됩니다. 사람을 붙여서 그녀의 일거수일투족을 감시하게 해요. 조만간 그녀가 우리를 그에게로 인도할 겁니다."

"그걸 어떻게 알죠?"

"뻔하지 않아요? 그녀가 오래전에 떠나지 않은 게 이상하지 않아요? 그녀가 **그와** 한 부류라는 것을 모르겠어요?"

스태들러 박사는 그들이 어떤 부류인지는 말하지 않았다.

톰프슨이 생각에 잠겨서 말했다. "그래. 그래. 맞아."

그는 흡족한 미소를 지으며 고개를 홱 들었다.

"교수의 말이 일리가 있어."

그는 마우치를 향해 손가락을 튕기며 명령했다.

"태거트 양에게 미행을 붙여. 밤낮으로. 그를 찾아내야만 해."

"네, 각하." 마우치가 멍하니 대답했다.

"그를 찾아내면 죽일 거죠?" 스태들러 박사가 긴장된 목소리로 물었다.

"그를 죽여? 이런 멍청이! 우린 그가 **필요해!**" 톰프슨이 외쳤다.

마우치는 잠시 기다려보았지만 의문을 제기하는 사람이

아무도 없었다. 그가 짐짓 딱딱하게 말했다.

"전 각하의 말씀이 이해가 되지 않습니다."

그러자 톰프슨이 격노해서 외쳤다. "이론만 따지는 한심한 지식인들 같으니라고! 다들 뭘 그렇게 놀라? 간단하잖아. 그가 누구인지는 몰라도 행동가인 것은 분명해. 게다가 압력 단체도 거느리고 있지. 그는 우수한 인재들을 다 모아놓고 있어. 그는 어떻게 해야 하는지 알고 있다고. 그를 찾아내면 우리에게 말해줄 거야. 어떻게 해야 하는지 말해줄 거라고. 그가 문제를 해결할 거야. 우리를 궁지에서 구해줄 거라고."

"**우리**라고요?"

"물론이지. 이론 따윈 잊어. 우린 그와 협상할 거야."

"**그와요?**"

"그래. 아, 우린 타협할 수밖에 없어. 재벌들에게 몇 가지 양보를 해야겠지. 복지 쪽 사람들은 좋아하지 않겠지만 무슨 상관이야! 달리 방법이 있어?"

"하지만 그의 생각은……."

"누가 생각 따위에 신경 쓴대?"

"각하, 전…… 그가 협상을 할 사람 같지가 않습니다." 마우치가 숨이 막히는 듯한 목소리로 말했다.

"그런 사람은 없어." 톰프슨이 대답했다.

◆

　찬바람이 라디오 방송국 밖 거리의 버려진 가게들에 걸려 있는 부서진 간판들을 흔들었다. 도시는 비정상적일 만큼 고요했다. 먼 자동차 소리는 평소보다 작게 들려서인지 바람 소리가 더 요란하게 느껴졌다. 텅 빈 거리들이 어둠 속으로 뻗어 있었고, 드문드문 보이는 불빛 아래에서 몇몇 행인들이 모여 속닥이고 있었다.

　에디 윌러스는 방송국에서 여러 블록을 지날 때까지 아무 말도 하지 않았다. 그러다 갑자기 인적 없는 광장에서 걸음을 멈추었다. 광장에는 아직 스피커가 장치되어 있었고, 아무도 스피커를 끌 생각을 하지 못해서 가족 코미디 방송이 흘러나오고 있었다. 자녀의 데이트 문제로 싸우는 부부의 날카로운 목소리가 불 꺼진 집들이 늘어선 빈 거리로 퍼져나갔다. 저 멀리 도시의 제한 고도인 25층 위에까지 몇 개의 불빛이 켜진 건물이 보였는데 바로 태거트 빌딩이었다.

　에디가 걸음을 멈추고 떨리는 손가락으로 태거트 빌딩을 가리켰다.

　"대그니!"

　그는 그렇게 외치고는 무의식적으로 목소리를 낮추어 속삭였다. "대그니, 나 그 사람 알아. 그 사람…… 저기서 일해…… 저기서…….”

그는 믿을 수 없다는 듯 무력하게 빌딩을 가리키고 있었다.

"그 사람, 태거트 대륙횡단철도에서 일해…….”

"알아." 대그니가 생기 없는 단조로운 목소리로 대답했다.

"철도 노동자로…… 제일 낮은 철도 노동자로…….”

"알아."

"나 그 사람과 이야기했어…… 몇 년 동안 이야기해왔어…… 터미널 식당에서…… 그는 내게 질문을 했어…… 철도에 대한 온갖 질문들을. 그리고 난, 맙소사, 대그니! 난 철도를 보호한 걸까, 아니면 철도를 파괴하는 걸 도운 걸까?”

"둘 다지. 둘 다 아니기도 하고. 이제 상관없어."

"그는 분명 철도를 사랑했어. 내 목숨을 걸고 맹세할 수 있어!”

"지금도 그래."

"하지만 그는 철도를 파괴했잖아."

"그래."

대그니는 돌풍에 코트 깃을 여미고는 계속 걸었다.

잠시 후 에디가 말했다. "난 그와 이야기했어. 그의 얼굴은…… 대그니, 그의 얼굴은 다른 사람들과 달랐어……

너무나 많은 것을 알고 있는 얼굴이었어……. 난 식당에서 그를 볼 때마다 기뻤어……. 난 아무 생각 없이 떠들었어……. 그의 질문들에 대답하고 있다는 것도 몰랐던 것 같아……. 그는 많은 것을 물었어…… 철도에 대해…… 그리고 너에 대해."

"내가 잠잘 때 어떤 모습인지 물은 적 있어?"

"그래…… 그래, 물었어……. 언젠가 네가 사무실에서 잠들어 있는 걸 본 적 있는데 그 이야기를 했더니 그가……."

그가 갑자기 떠오르는 게 있는 듯 걸음을 멈추었다.

대그니는 가로등 불빛을 받으며 그에게로 돌아섰다. 그녀는 그의 생각에 답하듯 불빛을 향해 얼굴을 들고 조용히 그를 응시했다.

에디는 눈을 감으며 속삭였다. "맙소사, 대그니!"

그들은 침묵 속에서 다시 걸었다.

"그는 이제 떠났을 거야. 그렇지? 태거트 터미널에서 말이야." 에디가 물었다.

대그니가 갑자기 엄격해진 목소리로 말했다. "에디, 그의 목숨을 소중히 여긴다면 다시는 그런 질문 하지 마. 그들이 그를 찾아내는 걸 바라진 않겠지? 그들에게 단서를 제공해선 안 돼. 그를 안다는 말은 절대 아무한테도 하지 마. 그가 아직 터미널에서 일하고 있는지 확인하려고 하지도 말고."

"그가 아직 거기 있다는 뜻은 아니지?"

"나도 몰라. 그가 거기 있을 수도 있다는 것만 알 뿐이야."

"**지금도?**"

"응."

"아직도?"

"그래. 그를 파괴하고 싶지 않으면 그 이야기는 더이상 꺼내지 마."

"난 그가 떠난 것 같아. 그는 돌아오지 않을 거야. 그를 못 본 지가……."

"얼마나 됐는데?" 대그니가 날카롭게 물었다.

"5월 말부터야. 네가 유타로 떠나던 날 밤부터. 기억 나?"

에디는 그날 밤의 만남과 그 의미가 한꺼번에 떠오른 듯 잠시 말을 멈추었다. 그러고는 힘겹게 말했다.

"그날 밤 그를 봤어. 그 후로는 보지 못했고……. 식당에서 그를 기다렸는데…… 다시는 나타나지 않았어."

"이제 그는 네 앞에 나타나지 않을 거야. 너를 피할 거야. 그를 찾으려고 하지 마. 그에 대해서 묻지도 말고."

"우습군. 그가 어떤 이름을 썼는지도 모르겠어. 조니 뭐라고 했던 것 같은데……."

대그니가 쓸쓸히 웃으며 말했다. "존 골트야. 터미널 임금대장 확인하지 마. 그 이름이 아직 거기 있어."

"그 이름 그대로? 그동안 계속?"

"12년 동안. 그 이름 그대로."

"아직도 그대로 있고?"

"응."

잠시 후 에디가 말했다. "그건 아무 증거도 될 수 없어. 법령 10-289호 이후로 인사부에서 임금대장에 있는 이름을 하나도 삭제하지 않았으니까. 그만두는 사람이 생기면 국민통합위원회에 보고하는 대신 굶주리는 자기들 친구에게 그 이름과 자리를 주고 있지."

"인사부든 누구에게든 아무것도 묻지 마. 그의 이름이 사람들 주의를 끌게 해선 안 돼. 너나 내가 그에 대해 물으면 의심하는 사람이 생길 거야. 그를 찾지 마. 그가 있는 쪽으로 움직이지 마. 혹시 우연히 그를 보더라도 모르는 척해야 해."

에디는 고개를 끄덕였다. 잠시 후 그가 낮고 긴장된 목소리로 말했다.

"난 철도를 구하기 위해서라도 그를 그들에게 넘겨주지 않을 거야."

"에디……."

"응?"

"혹시 그를 보면 나한테 이야기해줘."

에디는 고개를 끄덕였다.

두 블록을 더 간 뒤 에디가 조용히 물었다. "너도 이제 곧 사라질 거지?"

"왜 그런 말을 하지?" 그것은 외침에 가까웠다.

"아니야?"

대그니는 바로 대답하지 않았다. 이윽고 그녀가 입을 열었는데 목소리가 지나치게 단조로운 것에서만 절망을 느낄 수 있었다.

"에디, 만일 내가 떠나면 태거트 열차들은 어떻게 될까?"

"일주일 내로 태거트 열차들은 없어질 거야. 어쩌면 그보다 빠를 수도 있고."

"열흘 내로 약탈자들의 정부는 없어질 거야. 그럼 커피메이그스 같은 자들이 우리의 마지막 남은 선로와 기관차들을 차지하겠지. 조금 더 기다리지 못해서 싸움에 져야 할까? 에디, 마지막으로 한 번만 더 노력하면 태거트 대륙횡단철도를 살릴 수 있는데 내가 어떻게 그냥 포기할 수 있겠어? 지금까지 버텨왔는데 조금 더 못 버티겠어? 이제 조금만 더 버티면 되는데. 나는 지금 약탈자들을 돕고 있는 게 아니야. 이제 그들을 도울 수 있는 건 아무것도 없으니까."

"그들이 앞으로 어떻게 할까?"

"모르겠어. 그들이 뭘 할 수 있겠어? 그들은 끝났어."

"그런 것 같아."

"아까 그들 못 봤어? 살기 위해 도망치는 겁에 질린 비참한 쥐새끼들 같았어."

"그게 그들에게 의미가 있을까?"

"뭐가?"

"사는 거."

"그들은 아직 발버둥치고 있어. 안 그래? 하지만 그들은 끝났고 그들도 그걸 알고 있어."

"그들이 언제 자기들이 아는 것에 따라 행동한 적 있나?"

"이제 그래야 할 거야. 그들은 포기할 거야. 머지않아. 우리는 여기서 남아 있는 것을 구할 거고."

◆

11월 23일 아침에 다음과 같은 공식 방송이 나갔다. "톰프슨 대통령은 국민 여러분께 불안에 떨 이유가 없으며, 성급한 결정을 자제해달라고 당부했습니다. 우리는 규율과 사기, 결속, 너그러운 관용을 지켜야 합니다. 어젯밤 여러분 중 일부가 들었을지도 모르는 색다른 연설은 세계 문제들에 대한 우리의 의견 수렴에 일조했습니다. 우리는 그 연설에 대해 전적으로 비난하거나 무모하게 동의하는 극단을 피하면서 진지하게 고려해야만 합니다. 어젯밤에 입증되었듯이 우리의 민주적 여론 광장은 모두에게 열려 있으며, 우리는 그 연설을 여론 광장에 올라온 많은 견해 중 하나로 취급해야 합니다. 톰프슨 대통령은 진실은 다면적이라고 했습니다. 우리는 공평해야 합니다."

칙 모리슨은 '여론 동향 조사'라는 임무를 주어 내보낸 현장 요원들 중 한 명이 올린 보고서 내용을 한 줄로 요약해 "여론은 조용함"이라고 썼다. 그 다음, 그 다음, 그 다음 보고서에도 "여론은 조용함"이라고 썼다. 그는 톰프슨에게 올리는 보고서를 요약하며 걱정스럽게 얼굴을 찡그리고 이렇게 썼다. "사람들은 조용한 것 같습니다."

어느 겨울밤, 와이오밍에서 하늘을 향해 치솟아 집 한 채를 태운 불길은 캔자스 사람들에게는 보이지 않았다. 캔자스 사람들은 농장 하나를 집어삼킨 지평선 위의 흔들리는 붉은 불빛을 지켜보고 있었다. 그 불빛은 펜실베이니아 거리의 창문에는 비치지 않았다. 그곳에서는 붉은 혓바닥을 날름거리며 공장을 집어삼키는 불기둥들이 창문에 비쳤다. 이튿날 아침, 그 불들이 우연히 난 것이 아니고, 그 세 곳의 공장주들이 사라졌다는 말을 하는 사람은 아무도 없었다. 이웃들은 아무 말 없이 놀라지도 않고 그 사실을 받아들였다. 전국 이곳저곳에서 몇 채의 집들이 버려진 채 발견되었다. 그중에는 텅 빈 채 문이 잠기고 셔터가 내려진 집들도 있었고, 옮길 수 있는 물건은 다 가져가고 문을 활짝 열어둔 집들도 있었다. 행인들은 눈발 날리는 새벽의 어스름 속에서 일터를 향해 황량한 거리를 걷다가 그런 집이 나오면 조용히 바라본 후 평소보다 느린 걸음으로 터덜터덜 걸어갔다.

11월 27일, 클리블랜드의 정치 집회에서 한 연사가 청중들에게 두들겨 맞고 어두운 뒷골목으로 황급히 몸을 피했다. 그가 현재의 모든 문제는 자기 일에만 신경 쓰는 국민들의 이기심 때문이라고 외치자 조용하던 청중이 갑자기 들고 일어난 것이다.

11월 29일 아침, 매사추세츠의 한 신발공장 노동자들은 작업장에 들어서며 작업반장이 지각한 것을 보고 놀랐다. 하지만 모두 자기 자리로 돌아가서 습관적으로 레버를 당기고, 버튼을 누르고, 가죽을 자동 절단기에 넣고, 이동 벨트 위에 상자를 쌓았다. 시간이 흐르면서 그들은 작업반장, 공장장, 사장의 모습이 보이지 않는 것을 의아해하기 시작했다. 그들은 정오가 되어서야 공장 사무실이 비어 있는 것을 발견했다.

"이 빌어먹을 식인종들!"

혼잡한 영화관 한가운데에서 한 여자가 갑자기 히스테릭한 흐느낌을 토해내며 외쳤다. 관객들은 그녀가 그들 모두를 대변해준 것처럼 아무 놀라움도 표시하지 않았다.

12월 5일자 공식 방송은 이런 내용이었다. "불안해할 필요 없습니다. 톰프슨 대통령은 우리가 안고 있는 문제들의 조속한 해결 방안을 모색하기 위해 존 골트와 기꺼이 협상할 뜻이 있음을 밝혔습니다. 톰프슨 대통령은 국민들에게 인내심을 가질 것을 촉구했습니다. 우리는 걱정해서도, 의심해서도, 낙담해서도 안 됩니다."

일리노이의 어느 병원 직원들은 한 남자가 자신의 형에게 얻어맞고 실려온 것을 보고도 놀라지 않았다. 그는 평생 자신을 부양한 형에게 이기적이고 탐욕스럽다고 소리를 질렀다고 했다. 뉴욕의 어느 병원 직원들도 턱 골절로 들어온 여자를 보고 놀라지 않았다. 그녀는 다섯 살배기 아들에게 제일 좋은 장난감을 이웃 아이들에게 주라고 명령했다가 그 소리를 들은 생면부지의 사람에게 따귀를 맞았다고 했다.

칙 모리슨은 지방을 돌며 공공복지를 위한 자기희생에 관한 연설로 국민들의 사기를 진작시키려고 했지만 첫 연설회장에서 돌을 맞고 워싱턴으로 돌아왔다.

아무도 그들에게 '우월한 사람들'이라는 명칭을 허락하지 않았고, 설령 허락했다 해도 그 의미를 알지 못했다. 하지만 동네나 사무실, 가게마다 누가 어느 날 갑자기 미지의 세계를 찾아 조용히 사라져버릴 것인지 모두 직감적으로 알고 있었다. 주위 사람들보다 더 굳은 얼굴과 더 솔직한 시선, 더 양심적으로 오래 버티는 에너지를 가진 이들이었다. 그들이 전국에서 한 명씩 빠져나가고 있었다. 한때 제왕의 영예를 누렸던 미국은 이제 혈우병에 걸려 치유되지 않는 상처에서 고귀한 피를 흘리며 쓰러져 있는 신세였다.

톰프슨 대통령은 모든 라디오 방송국에 하루 세 번씩 특별 성명을 발표하라고 부관들에게 지시하며 외쳤다.

"우린 기꺼이 협상할 의사가 있어! 그는 라디오를 들을 거야! 응답해올 거라고!"

특별 요원들이 밤낮으로 라디오의 모든 주파수에 채널을 맞추고 미지의 송신자로부터 응답이 오기를 기다렸지만 아무 소식이 없었다.

도시의 거리에서는 공허하고 절망적이고 초점 없는 얼굴들이 더욱 두드러졌지만 아무도 그 얼굴들의 의미를 읽지 못했다. 일부 사람들이 아무도 살지 않는 지하 세계로 몸을 피한 것처럼 나머지 사람들은 오직 자신의 영혼만 구한 채 정신의 지하 세계로 도피한 것이다. 그리고 지상의 어떤 힘도 그들의 멍하고 무관심한 눈이 더 이상 캐낼 수 없는 광산 밑바닥에 숨겨진 보물을 보호하는 차단막인지 아니면 영원히 채워질 수 없는 기생충의 공허한 내면을 나타내는 구멍일 뿐인지 구분할 수 없었다.

한 정유공장 부공장장은 공장장이 사라지자 그 자리를

대신 맡는 것을 거부하며 이렇게 말했다. "난 그 일을 할 줄 모릅니다." 국민통합위원회에서 나온 사람들은 그 말이 진실인지 거짓인지 알 수가 없었다. 그의 목소리에서 느껴지는 정확성과 죄스러워하거나 부끄러워하지 않는 태도가 반역자인지 바보인지 헷갈리게 만들었다. 그 어느 쪽이라도 공장장 자리를 억지로 맡기기에는 위험했다.

인력난에 빠진 전국의 사업장에서 사람을 구해달라는 탄원이 빗발쳐 국민통합위원회는 몸살을 앓고 있었다. 하지만 탄원자들이나 국민통합위원회나 사람을 구할 때 '능력 있는'이라는 위험한 단어를 덧붙이지 못했다. 수위, 기계공, 짐꾼, 웨이터 보조 같은 자리는 대기자가 많아서 몇 년씩 기다려야 했지만 관리자, 감독, 엔지니어에는 지원하는 사람이 아무도 없었다.

정유공장의 폭발 사고, 결함 있는 비행기의 추락, 용광로 폭발, 열차 추돌, 새로 뽑힌 이사진이 사무실에서 술판을 벌였다는 소문 때문에 국민통합위원회에서는 책임 있는 자리에 지원하는 사람들을 내심 두려워했다.

12월 15일 이후로 매일 공식 방송에서는 이렇게 외쳐댔다. "절망하지 마십시오! 포기하지 마십시오! 우리는 존 골트와 합의에 이를 것입니다. 그가 우리를 인도할 것입니다. 그가 우리의 모든 문제를 해결할 것입니다. 그가 세상을 돌아가게 할 것입니다. 포기하지 마십시오! 우리는 존 골트를 찾아낼 것입니다!"

관리자 자리에 지원하는 사람들에게는 보상과 명예가 주어졌다. 그 다음에는 작업반장, 그 다음에는 숙련공, 그 다음에는 승진을 할 만한 노력을 기울인 모든 사람에게 임금 인상, 보너스, 세금 감면, 그리고 웨슬리 마우치가 만든 '공공의 은인'이라는 훈장이 주어졌다. 하지만 아무런 효과가 없었다. 누더기를 걸친 사람들이 물질적 안락을 누리게 해주겠다는 데도 무기력한 무관심을 나타내며 고개를 돌렸다. 그들은 '가치'의 개념을 잃어버린 듯했다. 여론 동향 조사원들은 공포에 떨며 생각했다. '이 사람들은 살고 싶어하지 않는다. 현재의 조건 아래에서는 살고 싶어하지 않는다.'

"절망하지 마십시오! 포기하지 마십시오! 존 골트가 우리의 문제를 해결할 겁니다!" 공식 라디오 방송에서 흘러나오는 목소리가 눈 내리는 고요한 거리를 지나 난방이 안 된 고요한 가정들로 전해졌다.

톰프슨 대통령이 부관들에게 외쳤다. "우리가 그를 찾지 못했다는 사실을 국민들에게 알리지 마! 하지만 국민들에게 제발 그를 좀 찾아달라고 해!"

칙 모리슨의 부하들이 소문을 퍼뜨리는 임무를 맡았다. 그들 중 반은 존 골트가 지금 워싱턴에서 정부 관료들과 회의 중이라는 소문을, 나머지 반은 존 골트를 찾는 데 도움이 되는 정보를 제공하는 사람에게는 정부에서 50만 달러의 현상금을 준다는 소문을 퍼뜨렸다.

전국을 뒤져서 존 골트라는 이름을 가진 사람을 모두 조사하라는 명령을 받고 급파된 특수 요원들의 보고를 정리해서 올리며 웨슬리 마우치가 톰프슨 대통령에게 말했다.

"아무 단서도 찾지 못했습니다. 존 골트라는 이름을 가진 사람들은 모두 시시한 사람들이었습니다. 한 사람은 조류학 교수인데 나이가 여든 살이고, 한 사람은 은퇴한 채 소장수로 아내와 아홉 명이나 되는 자녀들을 두고 있고, 또 한 사람은 12년 동안 같은 일을 해온 비숙련 철도 노동자이고, 나머지 한 사람도 허접한 인간입니다."

"절망하지 마십시오! 우리는 존 골트를 찾아낼 것입니다!"

낮에는 공식 방송에서 그렇게 떠들었지만 밤이면 매시 정각에 정부의 비밀 명령에 따라 단파 송신기들이 허공에 대고 다음과 같은 호소를 내보냈다. "존 골트 호출!…… 존 골트 호출!…… 존 골트, 듣고 있습니까?…… 우리는 협상을 원합니다. 당신과 대화하고 싶습니다. 어디로 연락해야 하는지 알려주시오……. 존 골트, 듣고 있습니까?" 하지만 아무 응답도 없었다.

사람들은 가치 없는 지폐 다발을 넣고 다니느라 주머니가 점점 무거워져갔고 그 돈으로 살 수 있는 것들은 점점 줄어들었다. 9월에는 11달러였던 밀 60파운드가 11월에는 30달러, 12월에는 100달러, 이제는 200달러 가까이로 치솟았다. 조폐국의 돈 찍어내는 기계가 굶주림과의 경주에서 지고 있는 듯했다.

절망에 빠진 공장 노동자들이 작업반장을 구타하고 기계를 부수었지만 그들에게 아무런 제재 조치도 취해지지 않았다. 감옥들이 이미 꽉 차서 구속해보자 소용이 없었다. 경찰관들은 죄인들을 감옥으로 데려가는 길에 그들에게 도망치라고 눈을 찡긋거렸다. 사람들은 다음 일을 생각하지 않고 현재의 필요에 따라서만 행동했다. 굶주린 폭도가 도시 외곽의 창고들을 습격해도 아무 조치도 취할 수 없었다. 폭동을 진압하라고 보낸 병력이 폭도들과 한 패가 되었을 때도 마찬가지였다.

"존 골트, 듣고 있습니까?…… 우리는 협상을 원합니다. 당신의 조건을 들어줄 수도 있습니다……. 듣고 있습니까?"

포장마차들이 밤의 어둠을 틈타 버려진 길을 달려가고, 은밀하게 생겨난 거주지 주민들이 '인디언'이라고 불리는 무리의 공격에 대비해 무장하고 있다는 소문이 떠돌았다. 그들을 약탈하는 '인디언'에는 떠돌이 폭도뿐 아니라 정부 요원들도 포함되었다. 인가라고는 찾아볼 수 없는 초원의 먼 지평선과 깊은 산속에서 이따금 불빛들이 보였다. 하지만 병사들을 보내 그 불빛의 출처를 조사하려고 해도 아무도 그 임무를 맡으려고 하지 않았다.

버려진 집들의 문과 무너져가는 공장들의 정문, 정부 청사 벽에 이따금 분필이나 페인트, 피로 쓴 달러 표시가 보였다.

"존 골트, 들립니까?…… 연락주시오. 당신의 조건을 말하시오. 당신의 조건을 모두 들어주겠습니다. 듣고 있습니까?"

하지만 응답이 없었다.

1월 22일 밤, 붉은 연기 기둥이 하늘로 치솟더니 마치 엄숙한 기념비처럼 비정상적으로 한참이나 그대로 머물며 판독 불가능한 메시지를 전하는 서치라이트처럼 꿈틀거리다가 갑작스럽게 사라졌다. 그것은 리어든 철강의 최후를 나타내는 신호였지만 그 지역 주민들은 알지 못했다. 매연과 검댕, 소음 때문에 늘 제철소를 저주했던 그들은 그 후로 밤에 친숙한 지평선에 생명이 고동치는 불빛 대신 캄캄한 어둠만 자리하고 있는 것을 보고서야 리어든 철강의 죽음을 알게 되었다.

제철소는 이탈자의 재산으로 분류되어 국유화되었다. 처음 '인민의 경영자'로 제철소 운영을 맡게 된 사람은 오런 보일 일파에 속한 땅딸막한 남자였다. 야금산업의 기식자인 그는 기업을 이끌면서도 무조건 종업원들의 의견에 따랐다. 하지만 한 달쯤 되자 노동자들 간의 분쟁이 너무 잦고, 자신도 어쩔 수 없다는 대답밖에 할 수 없는 경우가 너무 많으며, 명령 불이행이 너무 많고, 친구들로부터의 전화를 통한 압력이 너무 심한 것을 견딜 수 없다는 이유로 다른 자리로 보내줄 것을 애원했다. 마침 오런 보일 일파는 와해되고 있었다. 보일이 요양원에 갇혀 의사의 지시에 따라 바구니를 짜며 휴양을 하게 된 것이었다. 두 번째로 리어든 철강에 파견된 '인민의 경영자'는 커피 메이그스 일파였다. 그는 가죽 각반을 차고 향이 강한 헤어로션을 바르고 허리에 총을 차고 출근해서 규율이 자신의 일차적인 목표이며 반드시 그 목표를 이루겠다고 계속해서 강조했다. 그 규율의 구체적인 형태는 모든 질문을 금하는 것이었다. 그 후 몇 주 동안 제철소에서 이해할 수 없는 사고가 줄을 잇는 바람에 보험회사, 소방대, 앰뷸런스, 구급대만 눈코 뜰 새 없이 바빴다. 그 혼란 통에 '인민의 경영자'는 유럽과 라틴아메리카의 암거래 상인들에게 크레인, 자동 컨베이어, 내화 벽돌, 비상용 발전기, 심지어 리어든의 사무실에 깔려 있던 카펫까지 팔아넘기고 어느 날 아침 홀연히 사라졌다.

그 후 며칠 동안 이어진 혼란의 소용돌이에서 문제를 해결할 수 있는 사람은 아무도 없었다. 사건이 터져도 진상 규명 없이 유야무야 넘어갔다. 모두가 오래된 노동자들과 새로 온 노동자들 간의 사소한 문제를 두고 감정이 격해져서 피비린내 나는 충돌을 빚은 것이었다. 경비원도, 경찰도 단 하루도 질서를 유지할 수가 없었다. 그리고 어떤 일파도 새로 '인민의 경영자' 자리를 맡을 후보자를 내세우지 못했다. 그리하여 1월 22일, 리어든 철강의 운영을 잠정적으로 중단하라는 명령이 내려졌다.

그날 밤의 붉은 연기 기둥은 예순 살 먹은 노동자가 만든 것이었다. 그는 제철소 건물 하나에 불을 지르고 치솟는 불길을 바라보며 허탈하게 웃다가 현장에서 체포되었다. 용광로 불에 그을린 그의 얼굴에서는 눈물이 흘러내렸다.

그가 반항적으로 외쳤다. "행크 리어든을 위한 복수다!"

'너무 그렇게 상처받지 마.' 대그니는 책상에 앉아 리어든 철강의 '잠정적인' 중단을 알리는 한 토막짜리 짧은 기사가 실린 신문 위에 엎드리며 스스로에게 말했다. '너무 상처받지 마.' 그녀는 제철소 사무실 창가에 서서 초록빛이 감도는 푸른 레일을 옮기는 크레인을 바라보던 행크 리어든의 얼굴이 자꾸 생각났다. 그녀는 누구에게랄 것도 없이 마음속으로 애원했다. '그가 상처받지 말았으면. 그가 이 소식을 듣지 못했으면. 그가 알지 못했으면.' 그러자 또 한 사람의 얼굴이 떠올랐다. 단호한 초록빛 눈을 가진 얼굴. 사실에 대한 존중으로 준엄해진 그의 목소리가 이렇게 말했다. "당신은 그것에 대해 들어야만 합니다……. 당신은 모든 사고에 대해, 운행이 중단된 모든 열차에 대해 듣게 될 겁니다……. 누구도, 어떤 식으로든 현실을 기만하면서 이 골짜기에 머물 순 없으니까요……." 대그니는 꼼짝하지 않고 앉아 있었다. 이제 그녀의 마음속에는 어떤 얼굴도, 어떤 목소리도 없었고 엄청난 고통만이 자리하고 있었다. 다음 순간, 그녀는 행동 능력 이외의 모든 감각을 죽이는 마약과도 같은 익숙한 외침을 들었다. "태거트 양, 우린 어떻게 해야 할지 모르겠소!" 그녀는 그 외침에 답하기 위해 벌떡 일어섰다.

1월 26일자 신문에는 "과테말라 인민국은 철강 1,000톤을 빌려달라는 미국의 요청을 거절했다"는 기사가 실렸다.

2월 3일 밤, 한 젊은 조종사가 여느 때처럼 주 1회 댈러스에서 뉴욕 간 정기 운행을 하고 있었다. 필라델피아 상공에 이른 그는 지난 수년 간 밤의 고독 속에서 그를 반겨주는 길잡이요, 살아 있는 지구의 횃불이었던 리어든 철강의 불빛 대신 눈에 덮인 채 별빛을 받아 새하얀 인광을 발하는 벌판을 보았다. 봉우리와 분화구들이 펼쳐진 모습이 마치 달의 표면 같았다. 그는 다음 날 아침 일을 그만두었다.

혹한의 밤에 죽어가는 도시의 대답 없는 창문을 헛되이 두드리고 메아리 없는 벽들을 때리며 불 꺼진 건물의 지붕들과 이미 폐허가 되어 뼈대만 남은 건물들 위로 울려 퍼진 애원의 외침은 붙박인 별들을 향해, 그 온기 없는 반짝임을 향해 나아갔다.

"존 골트, 들립니까? 듣고 있습니까?"

톰프슨 대통령이 급히 뉴욕에 왔다가 대그니를 불러 독대했다.

"태거트 양, 우린 어떻게 해야 할지 모르겠소. 우린 굴복하고 그의 조건을 받아들일 준비가 되었소. 그에게 넘겨줄 준비가 되었소. 그는 어디 있는 거요?"

대그니가 감정이 완전히 차단된 얼굴과 목소리로 말했다. "세 번째로 말씀드리는데, 저는 그가 어디 있는지 몰라요. 왜 제가 그걸 안다고 생각하시죠?"

"글쎄, 모르겠소. 난 그저…… 혹시나 해서…… 만일 당신이 그와 연락할 방법을 안다면……."

"모릅니다."

"알다시피 우리는 완전히 항복할 의사가 있다고 공개적으로 선언할 수가 없소. 단파 라디오를 통해서도. 국민들이 들을 수도 있으니까. 하지만 만일 당신이 그와 연락이 닿는다면 우리가 굴복할 준비가 되어 있다고, 우리의 정책들을 포기하고 그의 말에 따를 준비가 되어 있다고 그에게 전해준다면……."

"저도 연락이 닿지 않는다고 말씀드렸어요."

"그가 아무 부담 없이 대화에 응해주기만 해도 좋을 텐데. 우리는 나라 경제를 그에게 모두 맡길 용의가 있소. 그가 언제, 어디서, 어떻게 만날 것인지 알려주기만 한다면. 그가 무슨 말이라도, 그냥 신호라도 보내준다면…… 그가 우리에게 응답만 해준다면…… 그는 왜 응답이 없는 거지?"

"그의 연설을 들으셨잖아요."

"하지만 우리가 어떻게 해야겠소? 이대로 모든 것을 포기하고 이 나라를 무정부 상태로 만들 순 없소. 그럼 어떻게 될지 상상만 해도 몸서리가 쳐져요. 지금 나라가 어떤 꼴인데. 태거트 양, 우리가 손을 놓아버리면 대낮에도 약탈과 살인이 일어날 거요. 국민들의 머리가 어떻게 된 건지 모르지만 더 이상 문명인이 아닌 것은 확실하오. 이런 시기에 물러날 수는 없소. 우리는 물러날 수도, 문제를 해결할 수도 없소. 태거트 양, 어떻게 하면 좋겠소?"

"규제를 푸세요."

"뭐라고요?"

"세금을 없애고 규제를 푸세요."

"아니, 아니, 안 돼요! 그건 말도 안 돼!"

"왜 말이 안 되죠?"

"태거트 양, 지금 같은 시기에는 안 된다는 거요. 지금 같은 시기에는. 이 나라는 아직 그럴 준비가 안 되어 있소. 나도 개인적으로는 당신 의견에 동의하오. 나는 자유를 사랑하는 사람이니까. 나는 권력을 좇는 사람이 아니니까. 하지만 지금은 위기 상황이오. 국민들은 자유를 누릴 준비가 되어 있지 않소. 우리는 강권 통치를 유지해야 하오. 이상적인 이론을 채택할 순 없고……."

"그럼 어떻게 해야 하는지 묻지 마세요."

대그니는 그렇게 말하고 일어섰다.

"하지만 태거트 양……."

"저는 말씨름하러 온 게 아닙니다."

대그니가 문가에 이르자 톰프슨이 한숨을 지으며 말했다. "그가 아직 살아 있었으면 좋겠소."

대그니는 걸음을 멈추었다.

"그들이 경솔한 짓을 저지르지 않았길 바라오."

대그니는 잠시 후에야 소리를 지르지 않고 물을 수 있었다. "그들이라니요?"

톰프슨은 어깨를 으쓱하며 두 손을 펼쳐 보였다가 무력하게 떨어뜨렸다.

"내 부하들을 더 이상 통제할 수가 없소. 그들이 무슨 짓을 할지 알 수가 없소. 페리스와 로슨, 메이그스 일당이 1년 넘게 내게 더 강한 방법을 요구해오고 있소. 더 강한 정책 말이오. 솔직히 말하면 그들이 요구하는 건, 공포정치요. 정부를 비판하거나 반대하는 죄에도 사형을 도입하자는 거요. 국민들이 협조하지 않으려고 하니까, 자발적으로 공공의 이익을 위해 행동하지 않으려고 하니까 강제로라도 시켜야 한다는 거요. 그들은 우리의 체제가 제대로 돌아가게 하려면 공포를 이용해야 한다고 말하고 있소. 요즘 세상 돌아가는 꼴을 보면 그들 말이 옳은지도 모르겠소. 하지만 웨슬리는 강권 통치를 지지하지 않을 거요. 웨슬리는 평화주의자이고 자유주의자이니까. 나도 그렇고. 우리는 페리스 일당을 저지하려 하고 있지만…… 알다시피 그들은 존 골트에게 굴복하는 것에 반대하고 있소. 그들은 우리가 그와 상대하는 것을 원하지 않소. 우리가 그를 찾아내는 것도 원하지 않고. 그들은 무슨 짓이라도 할 자들이오. 만일 그들이 먼저 그를 찾아낸다면 그들이 무슨 짓을 할지 알 수 없소……. 바로 그게 걱정이오. 왜 그는 응답이 없는 거지? 왜 전혀 응답이 없었던 거지? 그들이 그를 찾아내서 죽여버렸다면? 모르겠소…… 그래서 당신이 혹시…… 그가 아직 살아 있다는 걸 알 수 있는 방법을 알고 있는지…….”

그의 목소리가 잦아들며 물음표가 되었다.

대그니는 공포로 온몸이 흐물흐물 녹아내리는 것을 애써 견디며 "몰라요"라고 대답하고 마지막 남은 힘으로 겨우 방을 걸어 나왔다.

◆

한때 야채 가판대가 있던 썩은 기둥 뒤에서 대그니는 몰래 뒤를 돌아보았다. 드문드문 서 있는 가로등 불빛에 거리가 분리된 섬들처럼 보였다. 첫 번째 불빛에는 전당포가, 그 다음 불빛에는 술집이, 그리고 가장 먼 불빛에는 교회가 있었고 그 사이에는 어둠만이 존재했다. 어두워서 잘 보이지는 않았지만 거리는 텅 비어 있는 듯했다.

대그니는 일부러 또각또각 소리를 내며 모퉁이를 돈 다음 갑자기 멈추어 서서 귀를 기울였다. 심장이 쿵쾅거리고 가슴이 아프게 죄어들었다. 자신의 심장 박동 소리와 멀리서 들리는 자동차 소리, 근처 이스트 강의 물결 소리를 구분하기가 힘들었다. 하지만 뒤에서 발소리는 들리지 않았다. 그녀는 몸서리치듯 어깨를 으쓱하고 더 빨리 걸었다. 어느 불 꺼진 동굴 같은 집에서 녹슨 벽시계가 쿨럭거리며 새벽 4시를 알렸다.

대그니는 미행당하는 공포가 잘 실감나지 않았다. 이젠 어떤 공포도 실감이 나지 않았다. 그녀는 자신의 몸이 부자연스러울 정도로 가벼운 것이 긴장해서인지, 아니면 그 반대 때문인지 궁금했다. 그녀의 몸은 너무나 팽팽히 당겨져서 움직임의 힘이라는 하나의 속성으로만 존재하고, 정신은 더 이상 의문의 여지가 없는 절대적인 것의 자동 조종을 받는 모터처럼 완전히 이완되어 있는 듯했다. 날아가는 총알이 감정을 느낄 수 있다면 바로 이런 기분일 것이라는 생각이 들었다. 그저 움직임과 목표만 있는 느낌. 그녀는 비현실의 영역에 속해 있는 것처럼 그런 생각도 아득하게 느껴졌지만 모든 걱정을 버리고 오직 한 가지 목표만을 향해 움직이고 있는 것만은 또렷이 의식하고 있었다. 그 목표는 '367'이라는 숫자였다. 이스트 강변에 있는 집의 번지. 그녀는 오랫동안 스스로에게 금했던 그 숫자를 계속해서 되뇌고 있었다.

대그니는 앞에 있는 네모진 셋집들 중에서 보이지 않는 형상을 찾으며 생각했다. '3-6-7…… 3-6-7…… 그가 사는 곳이다……. 만일 그가 살아 있다면…….' 그녀의 침착함과 초연함, 자신 있는 발걸음은 이제 '만일'이라는 가능성만으로는 더 이상 살 수 없다는 확신에서 나온 것이었다.

대그니는 그 가능성을 믿고 열흘을 견뎠다. 그 열흘 동안의 밤들은 그녀를 오늘 밤으로 데려다준 하나의 과정이었다. 지금 그녀를 걷게 하는 힘이 지금도 태거트 터미널 터널에서 반향 없는 메아리로 울려 퍼지고 있는 그녀의 발소리인 것처럼. 그녀는 밤마다 그를 찾아 몇 시간이고 터널을 헤매 다녔다. 그가 교대 근무를 하던 시간에 지하 통로와 플랫폼, 가게들, 버려진 선로들을 샅샅이 찾아다녔다. 아무에게도 그에 대해 묻지 않고 자신이 그곳에 있는 이유도 설명하지 않았다. 그녀는 두려움도, 희망도 없이 긍지에 가까운 절박한 충성심으로 움직였다. 그 감정은 어두운 지하 구석에서 문득 놀라움에 걸음을 멈추고 마음속으로 "이게 내 철도다"라고 웅얼거리거나 먼 기차 바퀴 소리에 떨리는 둥근 천장을 바라보며 '이것이 내 인생이다'라고 생각할 때, 자신의 가슴속 웅어리진 긴장감을 느끼며 '이것이 내 사랑이다'라고 되뇔 때, 터널 속 어딘가에 있을지도 모르는 남자를 생각할 때 생겨났다. 그런 순간들에 그녀는 생각했다. '이 세 가지는 절대로 충돌할 수 없다……. 나는 무엇을 의심하고 있는가?…… **여기서**, 오직 그와 나만이 속한 이 지하에서 무엇이 우리를 떼어놓을 수 있는가?' 그러다 현실로 돌아와서 그녀는 다시 걸었다. 그녀의 마음속 충성심은 변함이 없었지만 그 충성심이 내는 소리는 달랐다. '당신은 내가 당신을 찾아다니는 것을 금했죠. 당신이 나를 비난하고 버린다고 해도 어쩔 수 없어요……. **내가** 살아 있다는 사실이 준 권리에 따라 나는 **당신이** 살아 있다는 것을 알아야만 해요……. 이번 한 번만은 당신을 봐야 해요……. 당신을 붙잡아 세우거나 말을 하거나 만지진 않아도 돼요. 그저 당신을 보기만 하면 돼요.' 하지만 그를 볼 수가 없었다. 대그니는 뒤에서 노동자들이 호기심 어린 눈으로 흘깃거리는 것을 보고 그를 찾아다니는 것을 포기했다.

대그니는 사기를 진작시킨다는 핑계로 터미널 노동자들을 소집했다. 노동자들을 모두 만나기 위해 그런 자리를 두 번이나 마련했다. 그녀는 난해한 연설을 두 번이나 반복하며 자신이 공허한 일반론만 늘어놓고 있는 것이 너무나 수치스러우면서도 이제 자신에게는 그런 게 문제가 되지 않는다는 사실에 강한 자긍심을 느꼈다. 그녀는 일을 시키든, 의미 없는 연설을 들으라고 하든 신경 쓰지 않는 노동자들의 지치고 야만적인 얼굴을 보았다. 그들 중에 그는 없었다.

"모두 참석한 거예요?" 그녀가 작업반장에게 물었다.

"그럴 겁니다." 작업반장이 무심히 대답했다.

대그니는 터미널 입구에서 서성이며 출근하는 노동자들을 지켜보기도 했다. 하지만 입구가 너무 많은데다 사람들 눈에 띄지 않고 지켜볼 수 있는 곳도 없었다. 그녀는 축축한 황혼녘 빗물로 반짝이는 보도 위 창고 벽에 기대서 있었다. 코트 깃을 뺨까지 올렸고 모자챙에서 빗물이 뚝뚝 떨어졌다. 그녀는 행인들의 시선에 노출되어 있었다. 그녀는 사람들이 지나가다가 놀란 눈으로 자신을 흘깃거리는 것을 보고 그렇게 보초를 서는 것이 너무 위험하다는 사실을 깨달았다. 그들 중에 존 골트가 있다면 그녀가 찾고 있는 것을 누군가 눈치 챌 수 있고…… 그들 중에 존 골트가 없다면…… 그가 세상에 존재하지 않는다면 위험도, 세상도 더 이상 존재하지 않을 터였다.

'위험도, 세상도 존재하지 않는다.' 대그니는 그의 집일 수도, 아닐 수도 있는 '367'번지를 향해 빈민가를 걸으며 그렇게 생각했다. 사형선고를 기다리는 기분이 바로 이런 것일까 싶었다. 두려움도, 분노도, 걱정도, 아무 감정도 없이 열기 없는 빛, 혹은 가치 없는 인식의 차가운 초연함만 존재했다.

그녀의 발길에 채인 깡통 소리가 마치 버려진 도시의 벽에 부딪힌 듯 너무 요란하게, 너무 오래 울려 퍼졌다. 거리는 휴식을 취하고 있는 것이 아니라 지쳐 쓰러진 듯했다. 건물 안의 사람들은 자고 있는 것이 아니라 쓰러져 있는 듯했다. '이 시간이면 퇴근했을 거야……. 아직 일을 하고 있다면…… 아직 이 집에 살고 있다면…….' 그녀는 빈민가의 무너져가는 회벽과 벗겨진 페인트, 지저분한 쇼윈도에 아무도 찾지 않는 물건들을 전시한 망해가는 상점들의 희미해져가는 간판들, 주저앉은 위험한 계단, 옷 같지도 않은 옷들이 걸려 있는 빨랫줄, 온통 버려지고 방치되고 포기된 풍경들을 바라보았다. 모두가 '시간 없음'과 '힘없음'이라는 두 적과의 경주에서 패배한 뒤틀린 기념물들이었다. 인간의 존재를 빛내줄 넘치는 힘을 가지고 있는 그가 이곳에서 12년을 살았다는 사실이 아이러니했다.

한 가지 기억이 떠오를 듯 말 듯 하다가 마침내 떠올랐다. 스탄스빌이라는 마을에 대한 기억이었다. 대그니는 몸서리가 났다. 그녀는 그동안 사랑해온 위대성을 지키고자 자신에게 외쳤다. '하지만 여긴 뉴욕이야!' 하지만 이내 자신의 준엄한 판결을 직시했다. 그를 12년 동안 이런 빈민가에 방치한 도시는 스탄스빌이라는 미래를 가질 수밖에 없었다.

그러다 갑자기 그것이 아무 의미도 없어졌다. 대그니는 돌연 마음에 정적이 찾아들고 침착해지는 것을 느꼈다. 한 낡은 셋집 문 위에 '367'이라는 숫자가 적혀 있는 것을 보았다.

대그니는 자신은 침착한데 갑자기 시간이 연속성을 잃는 바람에 현실이 토막토막 나뉘어 자신의 의식 속으로 들어오고 있다고 생각했다. 그녀는 자신이 그 숫자를 보았음을 인식했고…… 다음 순간 문간의 희미한 불빛으로 문패를 확인하다가 '존 골트, 5층 뒷방'이라고 무식한 사람이 연필로 휘갈겨 쓴 듯한 글씨를 발견했다……. 다음 순간, 계단 발치에 멈추어 서서 구불구불 이어진 계단을 올려다보다가 갑자기 공포에 떨며 벽에 기대서서 차라리 진실을 모르는 게 낫다고 생각했다……. 다음 순간, 자신의 발이 첫 계단을 딛는 것을 느꼈다……. 다음 순간, 그녀는 가벼운 하나의 연속 동작으로 힘들이지 않고 계단을 오르고 있었다. 의심도 두려움도 없이, 구불구불한 계단이 자신의 망설임 없는 두 발 아래로 멀어져가는 것만을 느끼며 오르고 또 올랐다. 그녀의 저항할 수 없는 움직임의 힘은 그녀의 꼿꼿한 몸에서, 곧게 편 어깨에서, 위를 향해 든 머리에서, 37년이라는 세월을 기다려 오를 수 있었던 계단 꼭대기에서 그녀가 발견하게 될 것은 재앙이 아니리라는 엄숙하고 희열에 찬 확신에서 나오는 듯했다.

계단 꼭대기에서 좁은 복도가 보였고 그 복도 끝에 불 꺼진 문이 있었다. 대그니는 고요한 가운데 삐걱거리는 마룻바닥 위를 걷는 자신의 발소리를 들었다. 그녀는 자신의 손가락이 초인종을 누르는 것을 느꼈고, 문 너머의 공간에서 초인종 소리가 울려 퍼지는 것을 들었다. 그녀는 기다렸다. 삐걱거리는 소리가 들려왔지만 아래층에서 나는 소리였다. 강에서 예인선 지나가는 소리가 들려왔다. 대그니는 자신이 잠시 시간의 흐름을 놓쳤음을 알 수 있었다. 깨어남의 순간이 아닌 태어남의 순간 같은 인식이 찾아왔던 것이다. 두 개의 소리가 그녀를 허공에서 끌어내는 듯했다. 문 너머의 발소리와 자물쇠 돌아가는 소리였다. 잠시 후 정신을 차려보니 그녀 앞에 문이 없고 존 골트가 서 있었다. 그는 셔츠와 바지 차림으로 자신의 집 문간에 편안한 자세로 서 있었고, 등 뒤의 불빛을 받은 허리선이 비스듬히 기울어져 있었다.

대그니는 그의 눈이 이 순간을 포착하고 냉철하게 과거와 미래를 포괄해 빠른 속도로 계산하는 것을 보았다. 이윽고 계산 결과가 나오자 그의 숨결에 그의 셔츠 자락이 움직였다. 계산의 결과는 환한 미소였다.

대그니는 이제 움직일 수가 없었다. 그가 그녀의 팔을 잡더니 안으로 끌어당겼다. 대그니는 자신의 입술을 눌러 오는 그의 입술을, 갑자기 낯설고 뻣뻣하게 느껴지는 자신의 코트 너머로 전해지는 그의 마른 몸을 느꼈다. 그녀는 그의 눈에서 웃음을 보았고 그의 입술을 거듭거듭 느꼈다. 그녀는 그의 품에서 축 늘어져 5층을 올라오는 동안 숨을 한 번도 쉬지 않은 것처럼 헐떡거렸다. 그녀는 그의 목과 어깨 사이에 얼굴을 묻고 양팔과 양손, 뺨으로 그에게 매달렸다.

"존…… 당신, 살아 있었군요……."

대그니는 그 말밖에 하지 못했다.

골트는 그 말의 의미를 다 아는 것처럼 고개를 끄덕였다.

그러더니 바닥에 떨어진 대그니의 모자를 집어 들고 그녀의 코트를 벗겨 한쪽으로 치웠다. 대그니의 떨고 있는 가냘픈 몸을 바라보는 그의 눈에 찬성의 빛이 어렸다. 그는 대그니의 진청색 스웨터를 어루만졌다. 대그니의 가녀린 몸매를 자연스럽게 드러내어 여학생 같은 연약함을 느끼게 해주면서도 높은 칼라가 전사 같은 긴장감을 주는 옷이었다.

"다음에 만날 때는 흰옷을 입어요. 그렇게 입어도 멋질 테니까." 그가 말했다.

대그니는 사람들 앞에서는 절대 입지 않을 옷을 입고 있었음을 깨달았다. 그날 밤 집에서 잠을 이루지 못하며 입고 있던 옷차림 그대로였다. 그녀는 웃는 능력을 되찾고 웃음을 터뜨렸다. 그의 첫마디가 그것일 줄은 상상도 하지 못했던 것이다.

"다음에 만날 수 있다면." 그가 침착하게 덧붙였다.

"그게…… 무슨 말이에요?"

골트는 문으로 가서 자물쇠를 채우며 말했다. "앉아요."

대그니는 그냥 서서 그제야 그의 방을 둘러보았다. 한쪽 구석에 침대 하나만 달랑 놓인 긴 다락이 있었고, 그 반대편에 가스 스토브와 목제가구 몇 점, 더 길어 보이는 느낌을 주는 맨 마룻바닥, 책상 위에 밝혀진 램프, 램프 불빛 너머 어둠 속의 닫힌 문이 보였다. 그리고 커다란 창문 너머에는 네모진 건물과 점점이 뿌려진 불빛들로 이루어진 뉴욕이 보였다. 저 멀리 우뚝 솟은 태거트 빌딩도 눈에 들어왔다.

골트가 말했다. "잘 들어요. 우린 30분 정도밖에 시간이 없어요. 나는 당신이 여기 왜 왔는지 알아요. 나는 당신에게 참기 힘들 거라고, 결국 당신은 약속을 깨게 될 거라고 했어요. 후회하지는 말아요. 알겠어요? 나도 후회할 수 없어요. 하지만 이제부터 어떻게 행동해야 하는지 알아야 해요. 30분쯤 후면 당신을 미행한 약탈자들의 요원들이 나를 체포하러 올 거예요."

"아, 안 돼요!" 대그니가 헐떡거렸다.

"대그니, 생각이란 걸 할 줄 아는 사람이라면 당신이 그들 편이 아니며 그들과 나 사이의 마지막 연결고리라는 것을 알 수 있을 거고, 당연히 당신에게 감시를 붙였을 거예요."

"난 미행당하지 않았어요! 계속 뒤를 살폈는데……."

"그들은 당신 눈에 띄지 않았을 거예요. 몰래 숨는 데는 전문가니까. 당신을 미행한 사람이 지금쯤 상관에게 보고하고 있을 거예요. 당신이 이 시간에 이 동네에 나타난 것과 1층 현관문에 있는 내 이름, 내가 당신 철도회사에서 일하고 있다는 사실만으로도 내 정체를 짐작하기에 충분해요."

"그럼 얼른 나가요!"

골트는 고개를 저었다.

"지금쯤 이 일대를 포위했을 거예요. 그들의 명령이 떨어지면 경찰이 바로 출동하니까. 대그니, 그들이 들이닥치면 당신이 어떻게 행동해야 하는지 말해줄 테니 잘 들어요. 당신이 나를 구할 수 있는 길은 한 가지밖에 없어요. 내가 라디오 연설에서 중간 입장을 취하는 사람에 대해 한 말을 이해하지 못했다면 이제 확실히 이해하게 될 거예요. 당신은 중간 입장을 취할 수 없어요. 그리고 우리가 그들 손아귀에 있는 한 내 편에 서서도 안 돼요. 이제 당신은 **그들** 편에 서야 해요."

"**뭐라고요?**"

"당신은 최대한 그럴듯하게, 아주 전폭적으로, 일관되게, 요란하게 그들 편을 들어야 해요. 그들 편인 것처럼 행동해야 해요. 내 원수인 것처럼 행동해야 해요. 그럼 나는 살아서 빠져나갈 기회를 얻게 돼요. 그들에겐 내 도움이 간절히 필요하기 때문에 나를 죽이기 전에 어떤 극단적인 행동도 마다하지 않을 거예요. 그들의 착취 행위는 희생자가 소중히 여기는 가치를 통해서만 가능해요. 내게 그 가치가 당신이란 것을 그들은 아직 모르고 있어요. 하지만 우리 사이를 조금이라도 눈치채게 되면 그들은 당신을 고문대에 눕힐 거예요. 진짜 고문대에. 내가 보는 앞에서. 일주일 안에. 난 그걸 기다릴 수 없을 거예요. 당신에게 위협을 가하겠다는 말을 듣는 순간 스스로 목숨을 끊어 그들의 행동을 중단시킬 거예요."

골트는 실리적인 계산이 담긴 냉정한 목소리로 담담하게 말했다. 대그니는 그의 말이 진심이고 마땅히 진심이어야 한다는 것을 알았다. 그녀는 적들이 모두 힘을 합쳐도 그를 파괴할 수 없지만 자신은 그럴 힘을 가지고 있음을 알았다. 골트는 그녀의 고요한 눈빛에서 이해와 공포를 보았다. 그가 희미한 미소를 지으며 고개를 끄덕였다.

골트가 말했다. "만일 내가 그런 행동을 한다면 그건 자기희생이 아니란 것을 굳이 말하지 않아도 알 거예요. 난 그들의 조건에 따라 살고 싶지 않아요. 그들에게 복종하고 싶지도, 당신이 길게 연장된 살인을 견디는 것을 보고 싶지도 않아요. 당신이 이 세상에 없다면 난 추구할 가치가 없어지고, 난 가치 없이 존재하고 싶지 않아요. 우리에게 총부리를 들이대는 자들에겐 도덕적일 필요가 없다는 것을 당신도 이미 알 거예요. 그러니까 수단과 방법을 가리지 말고 당신이 나를 증오한다는 것을 그들이 믿도록 만들어요. 그럼 우리는 살아서 그들의 손아귀에서 빠져나갈 기회를 갖게 될 거예요. 그 시기와 방법은 아직 모르지만 때가 되면 알게 될 거예요. 알았어요?"

대그니는 가까스로 고개를 들어 그를 똑바로 보면서 고개를 끄덕였다.

"그들이 오면 그들을 위해 나를 찾으러 다녔다고 말해요. 임금대장에서 내 이름을 발견하고 의심이 들어서 직접 확인하러 온 거라고 해요."

대그니는 고개를 끄덕였다.

"난 정체를 속이려고 할 거예요. 그들이 내 목소리를 알아들을지 몰라도 아니라고 끝까지 우길 거예요. 그들이 찾고 있는 존 골트가 나라고 당신 입으로 그들에게 말할 수 있도록."

대그니는 잠시 망설였으나 고개를 끄덕였다.

"그 다음에는 그들이 내 현상금으로 내건 50만 달러를 달라고 해요."

대그니는 눈을 감고 고개를 끄덕였다.

골트가 천천히 말했다. "대그니, 그들의 체제 아래에서는 당신의 가치관에 따라 살 수가 없어요. 당신이 나를 위해 할 수 있는 일은 내게 등을 돌리는 것밖에 없어요. 힘을 내서 그 일을 해요. 그럼 우리는 이 30분을, 그리고 어쩌면 미래를 얻을 수 있을 거예요."

"하겠어요."

대그니는 단호하게 말한 뒤 덧붙였다. "만일 진짜 그들이 온다면……."

"그들은 올 거예요. 후회하지 말아요. 나도 후회하지 않을 테니까. 당신은 적들의 실체를 아직 몰라요. 이제부터 알게 될 거예요. 그것을 당신에게 증명해 보이기 위해 내가 그들의 인질이 되어야 한다면 기꺼이 되겠어요. 그들로부터 영원히 당신을 빼앗을 수 있다면. 당신은 더 이상 기다리고 싶지 않아서 나를 찾아온 거죠? 오, 대그니, 대그니, 나도 마찬가지예요!"

골트는 대그니를 안고 입을 맞추었다. 대그니는 지금까지 자신이 걸어온 길, 그동안의 모든 위험과 의심, 하다못해 그에 대한 배신까지 그 모든 것이 지금 이 순간을 누릴 수 있는 가슴 벅찬 권리를 주었다는 생각이 들었다. 골트는 그녀의 얼굴이 스스로에 대한 회의적인 저항으로 굳어 있는 것을 보고 그녀의 머리카락에 입을 맞춘 채 조용히 말했다.

"지금은 그들 생각은 하지 말아요. 고통이나 위험, 적들에 대해서 필요 이상은 단 1초도 생각하지 말아요. 당신은 여기 있어요. 이건 우리의 시간이고, 우리 인생이에요. 그들 것이 아니라. 행복하지 않으려고 애쓰지 말아요. 당신은 행복하니까."

"당신을 파괴할 위험을 안고서요?" 대그니가 속삭였다.

"그럴 일 없어요. 하지만 그렇게 된다고 해도요. 당신은 그걸 무관심이라고 생각하진 않죠? 무관심 때문에 참지 못하고 이리로 달려온 건가요?"

"난……."

그 진실의 격렬함에 대그니는 그의 입술을 자신의 입술 가까이 끌어당기고는 그의 얼굴에 대고 말했다.

"당신을 한 번만 볼 수 있다면 나중에 우리가 살아남든 말든 상관없다고 생각했어요!"

"당신이 오지 않았다면 실망했을 거예요."

"자신과 처절한 싸움을 벌이며 하루하루 버티는 게 얼마나 힘든 일인지 알아요?"

골트가 나직이 웃으며 대답했다. "그걸 아느냐고요?"

대그니는 그의 10년을 생각하며 무력하게 손을 내렸다.

"라디오에서 당신 목소리를 들었을 때, 내 평생 가장 위대한 연설을 들었을 때…… 아니, 난 그 소감을 당신에게 말할 자격이 없어요."

"왜요?"

"당신은 내가 당신 연설을 받아들이지 않았다고 생각하잖아요."

"받아들이게 될 거예요."

"라디오 연설, 여기서 한 거예요?"

"아니요, 골짜기에서요."

"그리고 뉴욕으로 돌아온 거예요?"

"다음 날 아침에."

"그 후로 쭉 여기 있었고요?"

"그래요."

"그들이 매일 밤 당신에게 보내는 호소를 들었어요?"

"그럼요."

대그니는 천천히 방을 둘러보았다. 그녀의 시선이 창문에 비친 고층 건물들에서 천장의 나무 서까래로, 금이 간 회벽으로, 철제 침대로 움직였다.

"당신은 그동안 여기 있었어요. 여기서 12년을 살았어요……. 여기서…… 이렇게……."

"이렇게."

골트가 방 끝에 있는 문을 열어젖히며 말했다. 문 너머에 은은한 광택이 나는 금속으로 마감된 길쭉하고 환한 공간이 있었다. 대그니는 놀라서 숨을 멈추었다. 잠수함의 작은 무도회장 같은 그 공간은 그녀가 지금까지 본 실험실 중에서 가장 효율적이고 현대적이었다. 골트가 싱글거리며 말했다.

"들어와요. 이제 더 이상 당신에게 비밀로 할 필요가 없으니까."

마치 다른 우주로 들어서는 기분이었다. 대그니는 눈부신 빛을 발하는 복잡한 장치와 반짝이는 전선망, 수학 공식들이 적힌 칠판, 철저히 목적에 맞게 만들어진 긴 작업대들을 바라보았다. 그리고 다시 침실의 주저앉은 마루와 무너져가는 회벽을 바라보았다. '양자택일. 이것이 세상이 직면한 선택이다. 인간의 영혼이 둘 중 하나의 모습을 갖는 것.'

"당신은 내가 1년 중 11개월 동안 어디서 일하는지 알고 싶어했죠?" 골트가 물었다.

"이걸 다, 비숙련 노동자의 봉급으로?"

대그니가 실험실을 가리키며 말했다. 그러고는 침실을 가리켰다.

"아, 아니에요! 미다스 멀리건이 골짜기의 발전소와 광선막, 라디오 송신기, 그 밖의 몇 가지 발명품에 대해 지불한 로열티로 마련한 거예요."

"그런데…… 그런데 왜 철도 노동자로 일해야 했죠?"

"골짜기에서 번 돈은 바깥세상에서 쓸 수 없으니까요."

"이 장비들은 어디서 구했어요?"

"내가 설계했어요. 앤드루 스톡턴의 주물공장에서 만들어주었고."

골트는 구석에 있는 라디오 케이스 크기의 별로 눈에 띄지 않는 물체를 가리켰다.

"당신이 원하던 모터가 저기 있어요."

그러고는 대그니가 숨이 멎을 듯 놀라며 자신도 모르게 달려드는 것을 보고 나직이 웃었다.

"자세히 살펴볼 필요 없어요. 지금 그들 손에 넘겨줄 것도 아닌데."

대그니는 유리관에 담겨 태거트 터미널 창고에 신성한 유품처럼 모셔놓은 녹슨 모터를 생각나게 하는 반짝이는 금속 실린더와 전선들을 바라보았다.

"내가 실험실에서 쓰는 전기를 공급하죠. 철도 노동자가 무슨 전기를 그렇게 엄청나게 쓰는지 의심하는 사람이 없도록."

"하지만 그들이 이곳을 발견하면……."

골트는 이상하고 짤막한 웃음소리를 냈다.

"발견 못 해요."

"얼마나 오래……."

대그니는 말을 멈추었다. 그녀는 이번에는 놀라지 않았다. 그녀가 본 광경은 완전한 평정의 상태에서 받아들여야 하는 것이었다. 길게 늘어선 기계들 뒤의 벽에는 신문에서 오려낸 사진 하나가 붙어 있었다. 존 골트 노선 개통식 때 바지와 셔츠 차림으로 기관차 옆에 서서 찍은 그녀의 사진이었다. 그녀는 고개를 쳐들고 그날의 의미와 햇살을 담은 미소를 짓고 있었다.

그녀는 신음 소리를 내며 골트에게 고개를 돌렸다. 골트는 사진 속 그녀와 어울리는 표정을 짓고 있었다.

골트가 말했다. "난 당신이 이 세상에서 파괴하고 싶어 했던 것의 상징이었지만, 당신은 내가 이루고 싶은 것의 상징이었어요."

그는 사진을 가리키며 말을 이었다. "이건 사람들이 일생을 통틀어 한두 번쯤 예외적으로 느끼는 감동이죠. 하지만 난 지속적이고 일상적으로 느끼며 살기로 했어요."

그의 표정이, 그 평온하고 강렬한 눈빛이 지금 이 순간에, 이 순간의 의미 속에서, 이 도시에서 그것을 실감할 수 있게 했다.

골트가 키스해왔을 때 대그니는 서로를 안고 있는 그와 자신의 팔이 최고의 승리를 품고 있는 것이며, 이것이야말로 고통이나 공포에 물들지 않은 현실, 핼리의 〈5번 협주곡〉의 현실. 그리고 그들이 원하고 싸워서 얻은 보상임을 알 수 있었다.

초인종이 울렸다.

대그니는 얼른 골트에게서 떨어지려고 했지만 골트는 그녀를 더 꽉 안았다.

이윽고 고개를 든 그는 미소짓고 있었다. 그는 단지 "이제 두려워해서는 안 되는 시간이 왔어요"라는 말만 했다.

대그니는 그를 따라 실험실 밖으로 나갔다. 뒤에서 실험실 문이 철컥 잠기는 소리가 들렸다.

골트는 말없이 대그니가 코트를 입도록 도와주고 그녀가 허리띠를 묶고 모자를 쓸 때까지 기다렸다가 현관으로 가서 문을 열었다.

안으로 들어온 네 명의 남자들 중 셋은 군복 차림의 근육질 사내들로 각자 허리에 총을 두 자루씩 차고 형체 없는 커다란 얼굴과 무표정한 눈을 하고 있었다. 그들의 지휘관인 듯한 나머지 네 번째 사내는 고급 코트를 입은 가냘픈 체구의 민간인이었는데 깔끔한 콧수염과 연푸른 눈동자, 홍보 관련 지식인의 태도를 취하고 있었다.

민간인이 골트를 보면서 눈을 깜짝거리더니 한 발짝 내딛었다가 멈추고, 또 한 발짝 내딛었다가 멈추었다.

"뭐죠?" 골트가 물었다.

"당신이…… 존 골트인가요?"

그가 지나칠 정도로 크게 물었다.

"내 이름 맞는데요."

"당신이 **그** 존 골트인가요?"

"어떤 존 골트요?"

"당신이 라디오 연설을 했나요?"

"언제요?"

"그 사람한테 속지 말아요."

그 금속성 목소리는 대그니에게서 나온 것이었고 민간인을 향하고 있었다.

"그가…… 존…… 골트예요. 내가 본부에 증거를 보고하겠어요. 그대로 진행해요."

골트는 낯선 사람을 대하듯 그녀에게 돌아섰다.

"**이제** 당신이 도대체 누구이고, 여기 왜 왔는지 말해주겠소?"

대그니의 얼굴이 군인들처럼 공허해 보였다.

"내 이름은 대그니 태거트예요. 당신이 국가가 찾고 있는 사람이 맞는지 직접 확인하러 온 거예요."

골트는 민간인에게 돌아섰다.

"좋아요. 난 존 골트가 **맞아요**. 하지만 난 당신네 밀고자를……."

그는 대그니를 가리키며 말을 이었다. "여기서 내보내기 전까지는 한 마디도 하지 않을 겁니다."

민간인이 반색을 하며 외쳤다. "골트 씨! 이렇게 만나게 되어 영광입니다! 영광이자 특권이죠! 골트 씨, 부디 우리를 오해하지 마세요. 우리는 당신의 뜻에 따를 준비가 되어 있습니다. 물론 원하신다면 태거트 양과는 상대하지 않으셔도 됩니다. 태거트 양은 그저 애국적인 의무를 다하고자 애썼을 뿐이지만……."

"저 여자를 내보내라고 했어요."

"골트 씨, 우린 당신의 적이 아닙니다. 우린 절대로 당신의 적이 아닙니다."

민간인은 그렇게 말한 뒤 대그니에게로 고개를 돌렸다.

"태거트 양, 당신은 국민을 위해 귀중한 공헌을 했습니다. 당신은 최고의 공적인 감사를 받게 될 겁니다. 이제부터는 우리가 대신 맡게 해주시죠."

그의 달래는 듯한 손동작이 그녀에게 물러나라고, 골트의 시야에서 사라지라고 재촉하고 있었다.

"나한테 원하는 게 뭡니까?" 골트가 물었다.

"골트 씨, 국가가 당신을 기다리고 있습니다. 우리는 그저 오해를 불식시킬 기회를 갖고 싶을 뿐입니다. 그리고 당신과 협력할 기회를 갖고 싶습니다."

그가 장갑 낀 손으로 신호를 보내자 군인들이 삐걱거리는 마룻바닥 위를 돌아다니며 조용히 방 수색에 나서 서랍과 옷장을 뒤지기 시작했다.

"골트 씨, 내일 아침 당신을 발견했다는 소식이 전해지면 국가의 기운이 되살아날 겁니다."

"원하는 게 뭡니까?"

"국민의 이름으로 당신을 환영하는 거죠."

"나를 체포하는 겁니까?"

"왜 그런 구식 용어를 생각하십니까? 우리의 임무는 당신의 참석이 긴급히 요구되는 국가 최고 지도자들의 회의 자리로 당신을 무사히 모셔가는 겁니다."

그는 골트의 대답을 기다렸으나 골트는 아무 대답도 하지 않았다.

"국가 최고 지도자들이 당신과의 대화를 간절히 원합니다. 대화를 통해 우호적인 이해에 도달하기 위해서요."

군인들은 옷가지와 주방용품들밖에 찾아내지 못했다. 마치 문맹자의 집처럼 편지도, 책도, 심지어 신문 한 장도 없었다.

"골트 씨, 우리의 목적은 당신이 사회에서 합당한 자리를 맡도록 도와주는 것일 뿐입니다. 당신은 자신의 공적인 가치를 알지 못하고 있는 것 같습니다."

"알고 있어요."

"우리는 당신을 보호하러 온 겁니다."

"잠겼어!" 군인 한 명이 실험실 문을 주먹으로 치며 말했다.

민간인이 아첨하는 미소를 지으며 물었다. "골트 씨, 저 안에 뭐가 있나요?"

"사적인 재산입니다."

"문 좀 열어주시겠습니까?"

"싫습니다."

민간인은 손을 펼쳐 보이며 고통스러운 무력감을 나타냈다.

"불행하게도 저는 손이 묶여 있습니다. 아시다시피 명령이에요. 우리는 저 안에 들어가야만 합니다."

"들어가요."

"이건 그냥 형식일 뿐입니다. 일을 평화적으로 처리하지 못할 이유가 없죠. 협조해주시겠습니까?"

"싫다고 했습니다."

"우리가…… 불필요한 방법을 동원하는 걸 원하진 않으실 텐데요."

골트는 대답이 없었다.

"아시다시피, 우린 저 문을 부술 권한이 있지만 물론 그러고 싶지는 않습니다."

그는 다시 기다렸으나 역시 대답이 없었다.

"자물쇠를 부숴!" 그가 군인에게 명령했다.

대그니는 골트의 얼굴을 흘낏 쳐다보았다. 골트는 고개를 똑바로 들고 냉정하게 서 있었다. 그의 옆얼굴은 흔들림이 없었고 눈은 문을 향하고 있었다. 자물쇠는 반짝이는 구리로 된 작은 사각형 판으로 열쇠구멍도, 고정 장치도 없었다.

군인 하나가 강도들이 쓰는 도구로 조심스럽게 나무로 된 문을 공략하는 동안 나머지 세 야만인들은 무의식적으로 부동자세를 취하며 침묵했다.

나무는 쉽게 부서졌고, 나뭇조각들이 떨어지는 소리가 정적 속에서 먼 총성처럼 들렸다. 쇠지레로 구리판을 뜯을 때 문 안쪽에서 희미한 소리가 들렸는데 지친 한숨 소리보다 크지 않은 소리였다. 잠시 후 자물쇠가 떨어지고 문이 진저리를 치며 3센티미터쯤 바깥쪽으로 열렸다.

군인이 흠칫 놀라며 뒤로 물러났다. 민간인이 딸꾹질처럼 불규칙적인 걸음으로 다가가 문을 열어젖혔다. 미지의 내용물과 어둠만이 존재하는 검은 구멍이 그들 앞에 입을 벌렸다.

그들은 서로를 쳐다보다가 골트에게 시선을 돌렸다. 골트는 꼼짝도 하지 않고 어둠 속을 바라보고 있었다.

그들이 손전등 불빛을 앞세워 문 안으로 들어가자 대그니도 따라갔다. 긴 금속 통 모양의 실내는 텅 비어 있었고, 바닥에는 먼지만 두껍게 쌓여 있었다. 그 이상한 회백색 먼지는 수세기 동안 사람의 발길이 닿지 않은 폐허를 연상시켰다. 그 방은 텅 빈 해골처럼 죽어 있었다.

대그니는 그들에게 얼굴을 보이지 않으려고 고개를 돌렸다. 불과 몇 분 전만 해도 그 먼지가 무엇이었는지 알고 있다는 것을 숨길 수 없었기 때문이다. 아틀란티스의 발전소 앞에서 골트는 그녀에게 이렇게 말했다. "그 문을 열려고 하지 말아요……. 만일 강제로 열려고 한다면 문이 열리기 전에 안에 있는 기계가 먼저 박살날 거예요……. 그 문을 열려고 하지 말아요." 대그니는 그 말을 떠올리고 있었지만 지금 그녀가 보고 있는 것은 다른 말의 시각화된 형상임을 알고 있었다. 그 말은 "억지로 마음을 움직이려고 하지 말라"는 것이었다.

민간인과 군인들은 침묵 속에서 문을 향해 뒷걸음질치다가 마치 썰물에 떠내려온 것처럼 문밖에서 차례로 불안하게 멈추어 섰다.

골트가 코트를 들고 민간인을 향해 말했다. "자, 갑시다."

◆

웨인 포클랜드 호텔 3개 층이 무장 캠프로 변신했다. 벨벳 카펫이 깔린 긴 복도 모퉁이마다 기관총을 든 경비원들이 서 있었다. 비상계단 층계참에는 총검을 든 보초가 서 있었다. 59층, 60층, 61층 엘리베이터 문은 폐쇄되었고, 완전 군장을 한 군인들이 지키고 있는 문 하나와 엘리베이터 하나만이 유일한 출입구였다. 수상한 사람들이 1층 로비, 레스토랑, 상점에서 얼쩡거렸다. 그들의 복장은 너무 고급스럽고 너무 새것이라 호텔 고객으로 위장한 티가 역력했다. 또한 옷이 건장한 체구에 잘 맞지도 않을뿐더러 사업가의 복장이라면 튀어나올 이유가 없지만 총잡이 복장이라면 그럴 만한 이유가 있는 부분들이 튀어나와서 옷이 뒤틀려 보였다. 소형 기관총으로 무장한 경비원들이 호텔의 모든 출입구와 근처 건물들 요소요소에 배치되어 있었다.

이 캠프 중앙인 60층, 새틴 커튼과 크리스털 촛대, 화환 조각 장식으로 꾸민 웨인 포클랜드 호텔 로열 스위트룸에 존 골트가 바지와 셔츠 차림으로 비단 안락의자에 앉아 있었다. 그는 한쪽 다리를 뻗어 벨벳 발 받침대에 올리고 양손을 깍지 껴 뒷머리를 받치고 천장을 올려다보고 있었다.

톰프슨 대통령이 로열 스위트룸으로 들어섰을 때 골트는 바로 그런 모습이었다. 새벽 5시부터 로열 스위트룸 밖에서 보초를 서고 있던 네 명의 경비원들이 오전 11시에 톰프슨 대통령이 도착하자 그를 안으로 들여보내고 밖에서 문을 잠갔다.

톰프슨 대통령은 자물쇠 잠기는 소리를 듣고 꼼짝없이 포로와 단둘이 있게 되었다는 생각에 잠시 불안감을 느꼈다. 하지만 새벽부터 온 나라에 떠들썩하게 울려 퍼진 라디오 뉴스와 신문 머리기사들을 상기했다. "존 골트 발견!…… 존 골트, 뉴욕에 있다!…… 존 골트, 국민의 부름에 응하다!…… 존 골트, 우리의 모든 문제를 조속히 해결하기 위해 국가 지도자들과 협의 중!" 톰프슨은 그 말들을 믿는다고 스스로를 설득시켰다.

톰프슨은 안락의자를 향해 성큼성큼 걸어가며 밝은 목소리로 말했다. "어이구! 이 모든 문제를 일으킨 젊은이신가!"

그는 자신을 바라보는 짙은 초록색 눈동자를 자세히 들여다보고 움찔했다.

"아, 저기…… 만나서 정말 기뻐요, 골트 씨. 얼마나 기쁜지 몰라요."

그러고는 덧붙였다. "난 톰프슨이오. 알겠지만."

"처음 뵙겠습니다." 골트가 말했다.

톰프슨이 활기차고 사무적인 태도로 의자에 앉았다.

"자신이 체포되었다거나 하는 뭐 그런 말도 안 되는 생각은 하지 말아요."

그러면서 방 안을 가리켰다.

"알다시피 이곳은 감옥이 아니니까. 우리가 제대로 대접한다는 것을 알 수 있을 거요. 당신은 거물이오. 아주 중요한 거물. 그리고 우린 그 사실을 알고 있소. 편하게 있어요. 원하는 건 뭐든 말하고. 당신 말을 듣지 않는 하인은 잘라버려요. 그리고 밖에 있는 무장한 친구들도 마음에 들지 않는 사람이 있으면 말해요. 다른 사람으로 바꿀 테니까."

그는 골트의 대답을 기대하고 말을 멈추었지만 아무 대답도 얻지 못했다.

"우리가 당신을 여기로 데려온 것은 당신과의 대화를 원하기 때문이오. 이런 방법을 쓰고 싶지는 않았지만 당신이 다른 선택의 여지를 주지 않았소. 계속 숨어 있었으니까. 우린 다만 당신이 우리를 오해했다는 말을 전할 기회를 갖고 싶었던 거요."

톰프슨은 상대의 경계심을 푸는 미소를 지으며 손을 펼쳐 보였다. 골트는 말없이 그를 바라보았다.

"아주 멋진 연설이었소. 당신은 웅변가요! 당신은 이 나라에 뭔가를 했소. 그게 무엇이고, 그 이유가 무엇인지는 몰라도 아무튼 뭔가를 했소. 국민들은 당신이 갖고 있는 뭔가를 원하는 것 같소. 하지만 당신은 우리가 그것에 완강히 반대한다고 생각하고 있소. 그건 오해요. 우린 그렇지 않소. 개인적으로 난 당신의 연설이 많은 부분 일리가 있다고 생각했소. 진심이오. 물론 당신의 모든 말에 동의하는 건 아니오. 하지만 어차피 당신도 우리가 모든 것에 동의하리라 기대하지는 않을 것 아니오. 의견 차이…… 그게 경쟁을 만드는 거지. 나로 말할 것 같으면 언제든 마음을 바꿀 준비가 되어 있소. 난 어떤 논쟁도 받아들일 수 있소."

그는 골트의 대답을 청하듯 앞으로 몸을 기울였지만 여전히 대답을 얻지 못했다.

"지금 세상은 엉망이오. 당신이 말한 것처럼. 그 점에 대해서는 당신에게 동의하오. 우린 공통된 의견을 갖고 있소. 거기서부터 시작하면 될 거요. 뭔가 대책이 필요하오. 내가 원하는 건, 이봐요." 그가 갑자기 소리쳤다.

"왜 말을 못 하게 하는 거지?"

"지금 말하고 있지 않습니까."

"난…… 그건…… 내 말이 무슨 뜻인지 알잖소."

"압니다."

"그래요? ……그럼 당신이 나한테 할 말은?"

"없습니다."

"응?!"

"없다고요."

"아, 이러지 좀 마시오!"

"나는 애초에 대화를 청하지 않았습니다."

"하지만…… 하지만 이봐요!…… 우린 상의할 일들이 있잖소!"

"나는 없습니다."

톰프슨이 잠시 침묵을 지키다가 말했다. "이봐요. 당신은 행동가요. 실질적인 사람이지. 당신은 실질적인 사람 아니오! 당신에 대해 다른 건 몰라도 그건 확신할 수 있소. 안 그렇소?"

"실질적이냐고요? 맞습니다."

"나도 그렇소. 우리 솔직하게 이야기합시다. 당신이 원하는 게 무엇이든, 우리 거래합시다."

"나는 언제든 거래를 받아들일 준비가 되어 있습니다."

톰프슨이 주먹으로 자신의 무릎을 치며 의기양양하게 외쳤다. "그럴 줄 알았다니까! 내가 그들에게 그렇게 말했소. 웨슬리를 비롯한 멍청한 지식인 이론가들에게!"

"나는 언제든 거래를 받아들일 준비가 되어 있습니다. 상대가 나에게 제공할 가치를 갖고 있다면요."

톰프슨은 자기도 모르게 한 박자 늦게 대답했다. "좋소, 형제! 원하는 걸 말하시오! 원하는 걸!"

"나에게 뭘 제공할 수 있죠?"

"그야, 뭐든."

"예를 들면요?"

"당신이 요구하는 건 뭐든 다. 우리가 당신에게 보낸 단파 방송을 들었소?"

"네."

"우린 방송에서 당신 조건에 맞추겠다고 했소. 어떤 조건이든. 그건 진심이었소."

"내가 라디오에서 협상할 조건이 없다고 했던 말은 들었나요? 그것도 진심이었습니다."

"아, 이봐요, 당신은 우리를 오해하고 있소! 당신은 우리가 당신과 싸운다고 생각하는데 그렇지 않소. 우린 그렇게 완고하지 않소. 우린 어떤 생각이라도 고려할 의사가 있소. 왜 우리의 부름에 따라 대화하러 오지 않은 거요?"

"내가 왜 그래야 하는데요?"

"그야…… 그야 우린 국가의 이름으로 당신과 대화하고 싶으니까."

"난 당신들이 국가의 이름으로 대화할 권리가 있다고 생각하지 않습니다."

"이봐요, 난 그런 태도에 익숙지가…… 좋소. 그럼 내 말을 들어나보겠소? 내 말을 듣겠소?"

"지금 듣고 있습니다."

"지금 이 나라는 끔찍한 상태에 있소. 국민들이 굶주림에 시달리다 하나 둘 포기하고 있소. 경제는 무너져가고 아무도 더 이상 생산을 하지 않고 있소. 우리는 어떻게 해야 할지 모르겠소. 하지만 당신은 알고 있소. 나라를 다시 돌아가게 하는 방법을 알고 있소. 좋소. 우리는 굴복할 준비가 되어 있소. 이제 어떻게 해야 하는지 알려주시오."

"이미 말했는데요."

"뭐라고?"

"길을 비키라고요."

"그건 불가능해! 그건 터무니없는 요구요! 말이 안 된다고!"

"봤죠? 우린 대화할 게 없다고 했잖습니까."

"잠깐! 잠깐! 극단적으로 나가지 마시오! 모든 일에는 중간이 있으니까. 당신은 모든 걸 가질 수는 없소. 우리는…… 국민들은 그럴 준비가 되어 있지 않소. 우리가 국가 조직을 포기하기를 기대해선 안 되오. 우린 체제를 수호해야 하오. 하지만 고칠 의사는 있소. 당신이 원하는 방법으로 고치겠소. 우린 완고하고 이론적인 교조주의자들이 아니오. 우린 융통성이 있소. 우린 당신이 말하는 건 뭐든지 하겠소. 당신 마음대로 할 수 있게 해주겠소. 기꺼이 협조하고 타협하겠소. 오십 대 오십으로 나눕시다. 우리는 정치 권력을 유지하고, 당신에겐 경제에 관한 전권을 주겠소. 국가의 생산을 당신에게 넘겨주겠소. 경제 전체를 당신에게 선물로 주겠소. 당신이 원하는 대로 운용해보시오. 명령을 내리고 법령을 발포하고. 당신은 국가의 조직력을 이용해 당신의 결정을 실행할 수 있을 것이오. 우리 모두, 나부터 시작해서 모두, 당신 지시에 따를 준비를 하고 있겠소. 생산 분야에서는 당신이 하라는 대로 하겠소. 그러니까 당신은…… 당신은 국가의 경제 독재자가 되는 거요!"

골트가 웃음을 터뜨렸다. 순전히 우스워서 웃는 그 웃음소리에 톰프슨은 충격에 빠졌다.

"왜 그러는 거요?"

"그게 당신이 생각하는 타협이로군요. 그렇죠?"

"도대체 왜……? 그렇게 웃지 마시오! ……당신은 내 말을 이해한 것 같지 않소. 난 지금 당신에게 **웨슬리 마우치**의 자리를 제안하고 있는 거요. 당신에게 그보다 큰 것을 제안할 사람은 없소! ……당신은 원하는 걸 마음대로 할 수 있을 거요. 규제가 싫으면 철폐해요. 고수익 저임금을 원하면 그런 법령을 내려요. 재벌들에게 특혜를 주고 싶으면 그렇게 해요. 노조들이 마음에 안 들면 없애버려요. 자유경제를 원하면 사람들에게 자유로워지라고 명령해요! 당신 마음대로 하되, 나라를 다시 굴러가게 하시오. 나라가 질서를 되찾고, 국민들을 다시 일하게 하시오. 생산하게 하시오. 당신 사람들을 돌아오게 하시오. 두뇌를 가진 사람들을. 우리를 평화롭고 과학적인 산업시대로, 번영으로 이끌어주시오."

"총부리 아래서요?"

"이봐요, 난…… 아니, 도대체 뭐가 그리 우스운 거요?"

"한 가지만 묻겠습니다. 당신이 내 라디오 연설을 한 마디도 듣지 않은 척할 수 있더라도 내가 그런 연설을 하지 않은 척해줄 거라고 생각하는 이유가 뭡니까?"

"무슨 소리인지 모르겠군! 난……."

"그냥 넘어가요. 수사학적 질문이었으니까요. 질문의 첫

부분이 두 번째 부분의 대답이 되는."

"응?"

"형제여, 나는 당신들 같은 게임을 하지 않는다는 뜻입니다."

"내 제안을 거절한다는 거요?"

"그렇습니다."

"하지만 왜?"

"그 이유는 라디오를 통해서 3시간에 걸쳐 이야기했습니다."

"그건 이론일 뿐이고! 나는 지금 사업 이야기를 하는 거요. 당신에게 세상에서 가장 훌륭한 일자리를 제안하고 있는 거요. 거기에 무슨 문제가 있는지 말해주겠소?"

"그 3시간 동안 나는 그게 통하지 않을 거라고 이야기했습니다."

"**당신은** 해낼 수 있소."

"어떻게요?"

톰프슨이 두 손을 펼쳐 보였다.

"나야 모르지. 내가 그걸 안다면 당신을 찾지도 않았겠지. 그건 당신이 생각해내야 하오. 당신은 산업의 천재니까. 당신은 뭐든 해결할 수 있으니까."

"안 된다고 했습니다."

"**당신은** 해낼 수 있소."

"어떻게요?"

"어떻게든."

톰프슨은 골트의 웃음소리를 듣고 덧붙였다. "왜 안 되지? 안 되는 이유를 말해보시오."

"좋습니다. 말하죠. 나를 경제 독재자로 만들어주겠다고요?"

"그렇소!"

"그리고 내 명령에 따르겠다고요?"

"무조건!"

"그럼 먼저 소득세부터 다 없애죠."

톰프슨이 벌떡 일어나며 외쳤다. "아, 안 돼! 그건 할 수 없소! 그건…… 그건 생산의 영역이 아니오. 분배의 영역이지. 공무원 월급은 어떻게 주란 말이오?"

"다 해고해요."

"아, 안 돼! **그건** 정치요! 경제가 아니라! 당신은 정치에 간섭할 수 없소! 당신은 모든 걸 가질 순 없소!"

골트는 발 받침대 위의 다리를 꼬더니 더 편하게 늘어져 앉았다.

"대화를 계속하고 싶은가요? 아니면 요점을 파악했나요?"

"난 단지……" 톰프슨이 말을 멈추었다.

"**내가** 요점을 파악한 것에 만족하나요?"

톰프슨이 의자 끄트머리에 앉으며 달래듯 말했다. "이봐요, 논쟁을 벌이고 싶지 않소. 난 논쟁에 약하오. 난 행동가요. 시간이 없소. 내가 아는 건 당신이 정신을 지닌 사람이라는 사실뿐이오. 우리에게 필요한 정신. 당신은 무엇이든 할 수 있소. 당신은 **마음만 먹으면** 나라가 다시 돌아가게 할 수 있소."

"좋습니다. 당신의 표현을 빌리면, 나는 그럴 마음이 없습니다. 나는 경제 독재자가 되고 싶지 않습니다. 국민들에게 자유로워지라는 명령을 내리기 전까지의 기간 동안만이라도요. 이성을 지닌 사람이라면 그 명령을 다시 내 면전에 던질 겁니다. 자신의 권리가 당신이나 내 허락에 따라 지켜지거나 주어지거나 받는 게 아니란 것을 알 테니까요."

톰프슨이 생각에 잠긴 얼굴로 골트를 보며 말했다. "당신이 원하는 게 뭔지 말해보시오."

"라디오에서 말했습니다."

"나는 이해를 하지 못하겠소. 당신은 자신의 이기적인 이익을 위해 나섰다고 라디오에서 말했소. **그건** 이해할 수 있소. 하지만 우리가 지금 쟁반에 받쳐서 건네는 것을 받을 수 없다면 장차 뭘 원할 수 있겠소? 나는 당신이 이기주의자이고 실리적인 사람이라고 생각했소. 나는 당신에게 무엇이든 원하는 대로 할 수 있는 백지수표를 제안했는데 당신은 그걸 거절했소. 이유가 뭐요?"

"그 백지수표 뒤엔 돈이 없으니까요."

"뭐라고?"

"당신은 내게 제공할 가치가 없으니까요."

"나는 당신이 원하는 건 뭐든지 줄 수 있소. 말만 해요."

"무엇을 줄 수 있는지 말해봐요."

"당신은 부에 대한 이야기를 많이 했지. 원하는 게 돈이라면 당신이 인생을 세 번 살아도 벌 수 없는 금액을 지금 이 자리에서 현금으로 줄 수도 있소. 10억 달러를 원하오? 거금 10억 달러?"

"내가 생산해야 그 돈을 당신이 내게 줄 수 있겠죠?"

"아니, 지금 국고에서 바로 꺼내줄 수 있소. 깨끗한 신권으로……. 아니면…… 원한다면 금으로 줄 수도 있고."

"그 돈으로 무엇을 살 수 있을까요?"

"나라가 다시 일어서면……."

"내가 나라를 다시 일으키면요?"

"만일 당신이 원하는 게 당신 방식으로 모든 일이 돌아가게 하는 거라면, 당신이 추구하는 게 권력이라면 이 나라의 남녀노소를 불문하고 모든 사람이 당신 명령에 복종하고 당신이 원하는 대로 움직이게 해주겠소."

"내가 그들에게 그렇게 하라고 가르친 후에요?"

"당신 무리, 세상을 등지고 떠난 사람들에게 일자리든,

지위든, 권한이든, 세금 면제든, 그 어떤 특혜이든 주고 싶다면 말만 하시오. 무엇이든 들어줄 테니까."

"**내가** 그들을 데려온 다음에요?"

"아니, 대체 당신이 원하는 게 뭐요?"

"대체 내게 **당신이** 왜 필요한 겁니까?"

"뭐라고?"

"내가 당신 없이는 얻을 수 없는 게 도대체 뭡니까?"

뒤로 물러서는 톰프슨의 표정이 변했다. 궁지에 몰린 듯한 표정이었다. 하지만 처음으로 골트를 똑바로 응시하며 천천히 말했다.

"나 없이는, 당신은 이 방을 나갈 수 없소."

골트가 미소를 지었다.

"그렇군요."

"당신은 여기서는 아무것도 생산할 수 없소. 여기서 굶어 죽을 수도 있지."

"그렇군요."

"아직도 모르겠소?"

톰프슨이 다시 쾌활하고 요란한 목소리로 말했다. 방금 자신이 한 암시를 유머를 통해 안전하게 피해야 한다고 여기는 모양이었다.

"내가 당신에게 제공할 수 있는 건 당신의 목숨이오."

"그건 당신의 것이 아닙니다." 골트가 조용히 말했다.

그 목소리에 톰프슨은 그를 흘끗 쳐다보다가 얼른 외면했다. 골트의 미소는 부드럽게까지 느껴졌다.

골트가 말했다. "무(無)로 삶을 저당잡을 수 없다는 내 말을 이제 이해하겠습니까? 내가 허락해야 그것이 가능한데 나는 허락하지 않을 테니까요. 협박을 거두는 것은 보상이 될 수 없습니다. 부정의 부정은 보상이 아닙니다. 당신의 무장한 깡패들을 철수시키는 것은 보상이 아닙니다. 나를 살해하지 않겠다는 제안은 가치가 아닙니다."

"누…… 누가 당신을 살해한다고 했소?"

"지금까지 들은 게 전부 그 이야기 아닌가요? 당신은 총으로 목숨을 위협해 나를 여기 붙들어두지 않았다면 나와 단 한 마디도 나눌 기회가 없었을 겁니다. **거기까지가** 당신이 총으로 이룰 수 있는 것이죠. 나는 협박을 거두는 대가를 치를 생각이 없습니다. 나는 그 누구에게도 내 목숨을 사지 않습니다."

톰프슨이 밝은 목소리로 말했다. "그건 그렇지가 않소. 만일 당신 다리가 부러져서 의사가 고쳐줬다면 의사에게 돈을 내야지."

"그 의사가 내 다리를 부러뜨린 거라면 그럴 필요가 없죠."

골트는 톰프슨의 침묵에 미소를 보냈다.

"나는 실리적인 사람입니다. 내 뼈를 부러뜨리는 게 유일한 생계수단인 사람을 돕는 건 실리적인 일이 아니죠. 그건 깡패의 갈취 행위를 돕는 것과 마찬가지이니까요."

톰프슨이 생각에 잠긴 표정으로 고개를 흔들었다.

"당신은 실리적인 사람이 아니오. 실리적인 사람은 현실을 무시하지 않으니까. 현실이 달라지길 바라거나 현실을 바꾸려고 애쓰며 시간을 낭비하지 않으니까. 실리적인 사람은 현실을 있는 그대로 받아들이니까. 당신은 우리에게 붙잡혀 있소. 그게 현실이오. 좋든 싫든 그게 당신의 엄연한 현실이오. 그러니까 현실에 맞게 행동해야 하오."

"그러고 있는데요."

"내 말은, 우리에게 협조해야 한다는 거요. 현재의 상황을 인식하고, 받아들이고, 적응해야 하오."

"만일 패혈증에 걸렸다면 그냥 적응해야 할까요, 아니면 고쳐야 할까요?"

"그건 다르지! 물리적인 거니까!"

"그러니까 물리적인 사실은 고칠 수 있지만 당신의 변덕은 그럴 수 없다는 뜻인가요?"

"뭐라고?"

"그러니까 물리적인 것은 인간들에게 맞추어 고칠 수 있지만 당신의 변덕은 자연의 법칙 위에 존재해서 인간들이 **당신에게** 적응해야 한다는 건가요?"

"내가 우위에 있다는 뜻이오!"

"총을 들고서 말이죠?"

"아, 그 총은 좀 잊어요! 난······."

"나는 현실을 잊을 수 없습니다. 그건 실리적이지 못한 거니까요."

"좋소. 난 총을 들고 있소. 그래서 어쩌겠다는 거요?"

"현실에 맞게 행동해야죠. 당신에게 복종하겠습니다."

"뭐라고?"

"당신이 하라는 대로 하겠습니다."

"진심이오?"

"진심입니다. **말 그대로.**"

골트는 톰프슨의 얼굴에서 열성이 서서히 사라지고 대신 당혹감이 번지는 것을 보았다.

"당신이 명령하는 대로 움직이겠습니다. 경제 독재자의 사무실로 가라고 하면 그리로 가겠습니다. 책상에 앉으라고 하면 앉고요. 법령을 내리라고 하면 당신 지시대로 법령을 내리겠습니다."

"하지만 난 어떤 법령을 내려야 하는지 몰라요!"

"나도 모릅니다."

긴 침묵이 흐른 후 골트가 말했다. "자, 무슨 명령을 내리겠습니까?"

"국가 경제를 살려주시오!"

"어떻게 살려야 하는지 모르는데요."

"방법을 찾아요!"

"방법을 어떻게 찾아야 하는지도 모릅니다."

"생각을 해요!"

"당신의 총이 어떻게 내게 생각을 하도록 만들 수 있겠습니까?"

톰프슨이 조용히 골트를 바라보았고, 골트는 그의 꽉 다문 입과 앞으로 내민 턱, 가늘게 뜬 눈에서 "네 이를 몽땅 부러뜨려놓겠어"라고 말하려는 깡패 소년의 표정을 보았다. 골트는 톰프슨이 내뱉지 않은 그 말을 이미 들었다는 것을 강조하듯 그를 똑바로 응시했다. 톰프슨은 시선을 외면했다.

골트가 말했다. "아니요, 당신은 내가 생각하는 걸 원하지 않습니다. 어떤 사람을 자신의 선택과 판단에 따라 행동하지 못하게 하는 건 그 사람의 생각을 중단시키는 것이니까요. 그 사람을 로봇으로 만드는 것이니까요. 난 그렇게 되겠습니다."

톰프슨이 한숨지으며 진짜 무력한 목소리로 말했다. "이해할 수가 없군. 뭔가 잘못되었는데 그게 뭔지 알 수가 없어. 왜 문제를 자초하는 거지? 당신 같은 두뇌의 소유자라면 누구든 이길 수 있을 텐데. 나는 당신 상대가 되지 못하고 당신도 그걸 알고 있소. 우리에게 협조하는 척하고 권력을 잡아서 나를 속일 수도 있을 텐데, 그러지 않는 이유가 뭐요?"

"당신이 그걸 제안하는 이유와 같죠. 그럼 당신이 이길 테니까요."

"뭐라고?"

"지난 수세기 동안 당신들보다 우월한 사람들이 당신들의 조건에 따라 당신들을 이기려고 했기 때문에 당신들이 지금까지 건재할 수 있었던 것이니까요. 근육만 남은 인간들에 대한 지배권을 놓고 당신과 내가 겨룬다면 누가 승리할까요? 물론 나는 당신들에게 협조하는 척할 수 있습니다. 하지만 당신들의 경제와 체제를 구할 수는 없을 겁니다. 이제 그건 불가능하니까요. 결국 나는 파멸하고 당신들은 과거에 늘 얻어왔던 것을 얻게 될 겁니다. 또 한 번의 집행유예. 그렇게 1년을 혹은 한 달을 더 버틸 수 있겠죠. 당신들 주위에 남아 있는 나를 포함한 최고의 사람들에게서 억지로 짜낸 희망과 노력의 대가로요. 당신들이 추구하는 건 결국 그것이고, 당신들에게 남은 기간은 한 달 정도뿐입니다. 아니, 일주일은 버틸 수 있겠죠. 늘 다음 희생자가 나타나기 마련이라는 불변의 절대적 원칙 아래에서요. 하지만 당신들은 마지막 희생자를 발견한 겁니다. 자신의 역사적 역할을 수행하기를 거부하는 자. 형제여, 게임은 끝났습니다."

"그건 단지 이론일 뿐이오!"

톰프슨이 날카롭게 말했다. 그의 시선이 발을 대신해 방 안을 서성이고 있었다. 그는 도망치고 싶은 듯 문 쪽을 흘 끗 쳐다보았다.

"우리가 체제를 포기하지 않으면 파멸할 거라고 했소?" 그가 물었다.

"네."

"그럼 당신은 우리에게 붙잡혀 있으니 우리와 함께 파멸 하겠군."

"어쩌면요."

"살고 싶지 않소?"

"간절히요."

골트는 톰프슨의 눈이 반짝 빛나는 것을 보고 미소지으 며 말했다. "나는 살고 싶은 마음이 당신보다 더 강합니다. 당신이 믿는 게 바로 그것이라는 사실도 압니다. 그리고 사실 당신은 살고 싶은 마음이 전혀 없다는 것도 압니다. 나는 살고 싶습니다. 너무나 간절히 살고 싶기 때문에 다 른 대안을 받아들일 수 없습니다."

톰프슨이 벌떡 일어나며 외쳤다. "그건 사실이 아니오! 내가 살고 싶은 마음이 없다니…… 그렇지 않소! 왜 그런 식으로 말하는 거요?"

그는 갑자기 오한이 나는 듯 팔다리를 살짝 오므렸다.

"왜 그런 소리를 하는 거요? 나는 당신 말을 이해할 수가 없어."

 그가 몇 걸음 뒤로 물러섰다.

 "내가 총잡이라는 것도 틀린 말이오. 나는 당신을 해칠 생각이 없소. 나는 그 누구도 해치려고 한 적이 없소. 나는 사람들이 나를 좋아해주기를 바라오. 나는 당신 친구가 되고 싶소…… 당신 친구가 되고 싶다고!"

 그가 허공에 대고 외쳤다. 골트는 무표정하게 그를 바라보고 있었다. 무엇을 보고 있는지 전혀 알 수 없는 눈길이었다.

 톰프슨이 급한 일이라도 생긴 것처럼 갑자기 부산하고 불필요한 동작들을 보였다.

 "나는 이만 가봐야겠소. 약속이…… 약속이 많아서. 나중에 더 이야기합시다. 잘 생각해봐요. 시간을 갖고. 무리하게 압력을 가하진 않겠소. 긴장을 풀고 편하게 있어요. 원하는 게 있으면 뭐든지 말하고. 음식이든 술이든 담배든 최고급으로 달라고 해요."

 그러고는 골트의 옷을 가리키며 말했다. "뉴욕 최고의 재단사에게 당신의 옷을 만들도록 지시하겠소. 나는 당신이 최고에 익숙해지기를 원하오. 나는 당신이 편안하길 원하고……."

 그러더니 지나가는 말처럼 가볍게 물었다. "혹시 가족이 있소? 아니면 보고 싶은 친척은?"

"없습니다."

"친구는?"

"없습니다."

"애인은?"

"없습니다."

"외로울까 봐 그러는 거요. 방문객은 허용할 테니 만나고 싶은 사람이 있으면 이야기해요."

"없습니다."

톰프슨은 문가에서 잠시 멈추어 서더니 골트를 돌아보며 고개를 흔들었다.

"당신을 이해할 수가 없어. 이해할 수가 없어."

골트는 미소지으며 어깨를 으쓱했다.

"존 골트가 누구죠?"

◆

웨인 포클랜드 호텔 입구에 진눈깨비가 휘몰아치고 있었다. 동그란 불빛 속의 무장 경비원들이 이상하리만큼 무력해 보였다. 그들은 추위를 이기려고 몸을 웅크린 채 총을 꼭 껴안고 있었다. 눈보라에 대고 총알을 다 쏴버린다고 해도 그들의 몸은 편안해질 것 같지 않았다.

길 건너에는 사기 조정관 칙 모리슨이 있었다. 웨인 포클랜드 호텔 59층에서 열리는 회의에 참석하러 온 것이었다. 그는 간간이 지나가는 무기력한 행인들이 호텔 앞을 지키는 경비원들에게도, 누더기를 입고 추위에 떨고 있는 신문 가판대 노점상이 지키고 있는 '존 골트, 번영 약속'이라는 머리기사가 실린 팔리지 않은 축축한 신문더미에도 눈길을 주지 않는 것을 보았다.

칙 모리슨은 불편한 마음으로 고개를 저었다. 6일 동안 신문 1면에 국가 지도자들이 존 골트와 함께 새로운 정책을 구상 중이라는 기사를 연일 실었지만 아무 효과도 없었다. 행인들은 주위를 돌아볼 생각이 전혀 없는 듯 걷고 있었다. 그에게 관심을 보이는 사람도 그가 호텔 불빛을 향해 다가갈 때 그에게 조용히 손을 내민 누더기 차림의 노파 한 명뿐이었다. 그는 황급히 노파를 지나쳤고 노파의 거친 손에는 진눈깨비만 떨어졌.

그는 호텔 59층에 있는 톰프슨 대통령 방에 빙 둘러앉은 사람들에게 이야기할 때 거리의 풍경이 떠올라서 목소리가 흔들렸다. 그곳에 모인 사람들 모두가 그 목소리에 어울리는 표정을 하고 있었다.

칙 모리슨이 여론 동향 조사원들이 올린 보고서 뭉치를 가리키며 말했다. "효과가 없는 것 같습니다. 우리가 존 골트와 협력하고 있다는 보도자료가 국민들에게 아무 영향도 미치지 못하는 것 같습니다. 사람들이 관심조차 없어요. 그 말을 한 마디도 안 믿는 거죠. 그가 우리에게 협력할 리가 없다고 말하는 사람들도 있습니다. 대부분의 국민들이 우리가 그를 찾은 걸 믿지도 않고요. 국민들에게 도대체 무슨 일이 일어난 건지 모르겠습니다. 그들은 이제 아무것도 믿지 않아요."

그가 한숨지으며 말을 이었다. "그저께 클리블랜드에서 공장 세 곳이 폐업했습니다. 어제 시카고에서는 다섯 곳이 문을 닫았고요. 샌프란시스코에서는……."

"알아요, 알아."

톰프슨이 목도리를 여미며 말했다. 호텔 난방 장치가 고장이 난 상태였다.

"선택의 여지가 없소. 그가 고집을 꺾고 맡아줘야 해. 그래야 한다고!"

웨슬리 마우치가 천장을 보며 말했다. "저한테 그와 다시 이야기해보라는 말씀은 마십시오."

그가 진저리를 치며 말했다. "전 할 만큼 했으니까요. 그와는 대화가 불가능합니다."

톰프슨이 사람들을 둘러보다 칙 모리슨에게 시선을 멈추자 칙 모리슨이 외쳤다.

"전…… 전 못 합니다. 차라리 이 자리에서 물러나겠습니다! 전 다시는 그와 이야기할 수 없습니다! 저에겐 시키지 마십시오!"

"아무도 그를 설득할 수 없습니다. 시간 낭비일 뿐입니다. 그는 우리 이야기를 한 마디도 듣지 않으니까요." 플로이드 페리스 박사가 말했다.

프레드 키넌이 킥킥 웃으며 말했다. "안 듣는 게 아니라 너무 많이 듣는 거죠. 안 그래요? 설상가상으로 대답까지 하고."

마우치가 날카롭게 말했다. "그럼 **당신이** 다시 시도해보지 그래요? 그와의 대화를 즐겼던 모양인데. **당신이** 그를 설득해보지 그래요?"

"난 바보가 아닙니다. 형제여, 스스로를 속이지 말아요. 그를 설득할 수 있는 사람은 아무도 없습니다. 난 다시 시도할 생각 없어요……. 내가 그와의 대화를 즐겼다고?"

그가 놀란 표정으로 말했다. "그래…… 맞아. 그랬던 것 같아요."

"당신, 어떻게 된 거요? 그에게 말려든 거요? 그에게 넘어간 거요?"

"내가요?"

키넌이 씁쓸하게 웃었다.

"그에게 내가 무슨 필요가 있겠습니까? 그가 이기면 내가 제일 먼저 망할 사람인데."

그는 동경 어린 눈으로 천장을 올려다보며 말했다. "단지, 그가 직선적으로 말하는 사람이라 그런 거예요."

"그는 이길 수 없어! 그건 말도 안 돼!" 톰프슨이 날카롭게 말했다.

긴 침묵이 흐른 뒤 웨슬리 마우치가 말했다. "웨스트버지니아에서 굶주림으로 인한 폭동이 일어나고 있습니다. 그리고 텍사스 농부들이……".

칙 모리슨이 절박하게 말했다. "각하! 그를 대중들에게 보여주는 건 어떻겠습니까? 대중 집회나…… 아니면 TV에서…… 그를 보여주면, 우리가 진짜 그를 찾았다는 걸 믿게 될 테고…… 그럼 국민들이 희망을 품게 될 겁니다. 당분간만이라도요……. 그럼 우리도 시간을 좀 벌 수 있고……."

"너무 위험해요. 그를 대중 가까이에 있게 하면 안 됩니다. 그가 무슨 짓을 할지 모릅니다."

페리스 박사가 딱 잘라 말하자 톰프슨이 고집스럽게 말했다. "그를 굴복시켜야 해. 우리에게 협조하게 만들어야 한다고. 당신들 중 하나가……."

"아니요! 전 안 됩니다! 전 그를 절대 만나고 싶지 않습니다! 단 한 번이라도요! 그걸 믿고 싶지 않아요!" 유진 로슨이 소리쳤다.

"뭘요?"

제임스 태거트가 물었다. 위험할 정도로 경솔한 조롱이 담긴 목소리였다. 로슨은 대답하지 않았다.

"뭐가 두려운데요?"

다른 사람의 더 큰 공포를 보고 자신의 공포에 대항하고 싶은 충동을 느낀 듯 목소리가 지나치게 경멸감에 차 있었다.

"유진, 뭘 믿기가 두려운 건가요?"

로슨이 반은 으르렁거리는 소리로, 반은 우는소리로 말했다. "난 믿지 않을 거야! 안 믿어! 난 인간에 대한 믿음을 잃을 수 없어! 그런 인간이 존재하게 해서는 안 돼! 그런 무자비한 이기주의자가……."

톰프슨이 경멸하듯 말했다. "참 훌륭한 지식인들이로군. 난 당신들이 그의 언어로 그와 대화할 수 있을 줄 알았는데…… 그에게 겁만 잔뜩 집어먹었어. 당신들의 그 대단한 관념들은 어디 있는 거지? 어떻게 좀 해보시오! 그를 우리 편으로 끌어들이라고!"

"문제는, 그가 아무것도 원하지 않는다는 겁니다. 원하는 게 없는 사람에게 뭘 제안할 수 있겠습니까?" 마우치가 말했다.

"그게 아니라, 살기를 원하는 사람에게 **우리가** 뭘 제안할 수 있겠느냐고 말해야 하는 거 아닌가요?" 키넌이 말했다.

"닥쳐요! 왜 그런 말을 하는 겁니까? 무엇 때문에?" 제임스 태거트가 소리쳤다.

"당신은 왜 소리지르는 거요?" 키넌이 응수했다.

"다들 조용히 해!" 톰프슨이 명령했다.

"서로 싸우는 데는 일등이고 진짜 인간과 싸울 때는……."

"그럼 각하도 그에게 넘어가신 건가요?" 로슨이 외쳤다.

톰프슨이 지친 목소리로 말했다. "아, 조용히 해요. 그는 내가 상대해본 사람 중에 제일 지독한 놈이었어. 당신들은 이해하지 못할 거요. 아주 대단해……."

그의 목소리에 희미한 감탄이 어렸다.

"아주 대단해……."

"이미 말씀드렸듯이 지독한 놈들을 설득할 방법이 있습니다." 페리스 박사가 느리게 말했다.

그러자 톰프슨이 외쳤다. "안 돼! 안 돼! 입 닥쳐! 난 **당신** 말은 듣지 않겠어! 안 듣는다고!"

그는 생각조차 하기 싫은 것을 떨쳐내려는 듯 격하게 손을 움직였다.

"난 그에게 말했어……. 그건 아니라고…… 우린 그런 사람들이…… 난 그런 사람이 아니라고……."

그는 자신의 말이 전례 없는 위험이라도 되는 것처럼 도리질을 쳤다.

"안 돼. 모두 잘 들으시오. 우린 실리적이고…… 신중해야 하오. 아주아주 신중해야 하오. 우리는 그를 평화적으로 다뤄야 하오. 그를 우리의 적으로 만들거나…… 해쳐서는 안 되오. 그에게 변고가 생기게 할 수도 있는 일은…… 절대 피해야 하오. 왜냐하면…… 왜냐하면 그가 가면 우리도 가는 거니까. 그는 우리의 마지막 희망이오. 그에 관해서는 실수를 저질러서는 안 되오. 그가 가버리면 우리는 망하는 거니까. 우리 모두가 알고 있는 사실이오."

그는 사람들의 얼굴 표정을 살폈다. 그들도 모두 알고 있었다.

다음 날 아침, 어제 오후에 존 골트와 국가 지도자들 간의 건설적이고 우호적인 협의 결과 '존 골트 계획'이 탄생했으며, 곧 국민들에게 발표될 것이라는 내용의 신문기사 위로 진눈깨비가 떨어졌다. 그리고 저녁의 눈발은 앞 벽이 무너진 아파트 가구들 위로, 사장이 잠적해버린 공장의 닫힌 출납 창구 앞에서 조용히 기다리는 사람들의 머리 위로 내렸다.

이틀날 아침 웨슬리 마우치가 톰프슨 대통령에게 보고했다.

"사우스다코타 농부들이 주도를 향해 행진하면서 정부 건물과 1만 달러 이상 나가는 건물들을 모조리 불태우고 있습니다."

저녁에는 이렇게 보고했다. "캘리포니아가 산산조각이 났습니다. 내전이 일어난 것 같습니다. 캘리포니아는 미연방에서 탈퇴하겠다고 선언했습니다만 누가 권력을 쥐고 있는지는 아무도 모릅니다. 주 전역에서 에마 차머스가 이끄는 동양을 찬양하는 콩 숭배집단인 '인민당'과 전직 유전 소유주들로 이루어진 '신에게 돌아가라'라는 집단 간의 무장 전투가 벌어지고 있습니다."

이튿날 아침 톰프슨의 부름을 받은 대그니가 그의 호텔 방으로 들어가자 톰프슨이 우는소리를 했다.

"태거트 양! 우린 어쩌면 좋소?"

톰프슨은 자신이 왜 대그니를 든든한 에너지의 소유자라고 여겼는지 의아했다. 그는 대그니의 공허한 얼굴을 바라보았다. 그녀의 얼굴은 침착해 보였지만 그 침착함은 아무런 표정 변화도, 감정 표현도 없이 유지되면서 상대를 불안하게 만들었다. 톰프슨은 그녀의 얼굴이 다른 사람들과 똑같다고 생각했다. 무언가를 참고 있는 것처럼 입을 꽉 다물고 있는 것을 제외하면.

톰프슨이 애원했다. "태거트 양, 나는 당신을 신뢰하오. 당신은 내 부하들을 모두 합쳐놓은 것보다 더 똑똑하니까. 당신은 국가를 위해 그 누구보다 큰 공헌을 했소. 그를 찾아냈으니까. 이제 어떻게 하면 좋겠소? 모든 게 무너져가고 있는 상황에서 이 곤경으로부터 우리를 구해낼 수 있는 사람은 그뿐인데 그가 못 하겠다고 버티고 있소. 난 권력욕이 없는 사람은 처음 봤소. 우린 그에게 명령을 내려달라고 애원했지만, 그는 그 명령에 복종하겠다고 말하고 있소! 그게 말이 되나!"

"그렇군요."

"그게 무슨 뜻인 것 같소? 그를 이해할 수 있겠소?"

"그는 오만한 이기주의자예요. 야심찬 모험가고요. 그는 세상에서 제일 큰 것을 노리는 무모하기 이를 데 없는 인간이에요." 대그니가 말했다.

그녀는 그런 말을 하기가 쉽다고 생각했다. 언어를 명예의 도구로서, 늘 현실에 충실하고 인간을 존중하겠다는 서약에 따라 사용하던 아득한 옛날 같았으면 힘들었을 터였다. 하지만 이제 언어는 그저 소리를 내는 것일 뿐이었다. 무생물을 향해 현실이나 인간, 명예와는 무관한 분명치 않은 소리를 내는 것일 뿐이었다.

그날 아침 톰프슨에게 어떻게 존 골트의 집을 찾아냈는지 보고할 때도 쉬웠다. 톰프슨이 웃음을 삼키며 승리감에 찬 눈길로 보좌관들을 흘깃거리면서 "역시 우리 태거트 양이야!"를 연발하는 것을 지켜보기도 쉬웠다. 그때 톰프슨이 승리감을 보인 것은 그녀를 믿은 자신의 판단이 옳았음이 입증되었기 때문이다. 그녀는 골트에 대한 분노 어린 증오를 표현하는 것도 쉬웠다.

"전 그의 생각에 동의했었지만 그가 내 철도를 파괴하는 걸 용납할 순 없어요!"

그러자 톰프슨이 대꾸했다. "태거트 양, 걱정 말아요! 우리가 그에게서 당신을 보호해줄 테니까!"

냉정하고 영악한 표정으로 톰프슨에게 50만 달러의 현상금에 대해 언급하는 것도 아주 쉬웠다. 그녀는 계산서 금액을 찍어내는 계산기처럼 분명하고 날카로운 목소리를 냈다. 그러자 톰프슨의 얼굴 근육이 잠시 멈칫하더니 환한 미소를 지었다. 예상치 못한 일이었지만 무엇이 그녀를 움직였는지 이제 알겠고, 그 동기가 자신이 이해할 수 있는 종류의 것이라 기쁘다고 말하는 듯한 미소였다.

"물론이오, 태거트 양! 그래야지! 현상금은 당신 것이오. 전부 다! 수표를 보내겠소!"

그 모든 게 쉬웠던 것은 음울한 비(非)세계에 존재하는 듯한 느낌이었기 때문이다. 그곳에서 그녀의 말과 행동은 더 이상 사실이 아니었다. 그것은 현실의 반영이 아니라 의식을 의식으로 취급하지 않는 존재들을 위해 사물을 왜곡시키는 서커스 거울의 기형적인 영상에 불과했다. 지금 그녀를 조종하는 단 하나의 줄은, 그녀에게 방향을 지시하는 유일한 지침은 그의 안전이었다. 나머지는 형체 없는 뿌연 안개에 지나지 않았다.

하지만 그동안 그녀가 도무지 이해할 수 없었던 모든 사람이 바로 이런 상태로 살고 있다는 생각이 들자 몸서리가 쳐졌다. 그들은 이런 상태를, 이런 거짓 현실을 원했다. 톰프슨 같은 인간의 패닉으로 흐려진 잘 속는 시선을 유일한 목적이자 보상으로 여기고 위장과 왜곡, 기만을 일삼으며 사는 것을 추구했다. 이런 상태를 추구하는 사람들이 과연 살기를 원한다고 할 수 있을까?

"태거트 양, 그가 세상에서 가장 큰 것을 노린다고 했소? 그게 뭐요? 그가 원하는 게 뭐요?" 톰프슨이 걱정스럽게 물었다.

"현실요. 이 세상."

"난 무슨 소리인지 모르겠지만…… 이봐요, 태거트 양. 당신은 그의 말을 이해할 수 있다면, 그렇다면…… 그와 한 번만 더 이야기해주겠소?"

대그니는 그를 만날 수 있다면 목숨이라도 바칠 수 있다고 외치는 자신의 목소리가 몇 광년쯤 떨어진 곳에서 들리는 듯했다. 하지만 이 방에서는 아무 의미 없는 낯선 여자 목소리가 냉랭하게 말하고 있었다.

"아니요. 그러고 싶지 않습니다. 다시는 그와 만날 일이 없기를 바랍니다."

"당신이 그를 견디기 힘들어한다는 건 알고 있소. 그런 당신을 나무랄 생각도 없고. 하지만 그래도 애를 써준다면……."

"그를 찾아낸 날 설득해봤어요. 하지만 돌아온 건 모욕뿐이었어요. 그는 다른 누구보다 저에게 화가 많이 나 있는 것 같아요. 제가 그를 붙잡았다는 사실 때문에 저를 용서하지 않을 거예요. 그는 저에게는 절대 굴복하지 않을 거예요."

"그래…… 맞아. 그건 사실이지……. 그가 굴복하기는 할 것 같소?"

그녀 안의 지침이 양 갈래 길 앞에서 잠시 흔들렸다. 그가 굴복하지 않을 것이라고 대답하면 그들이 그를 죽일 것이고, 그가 굴복할 것이라고 대답하면 그들은 세상을 파괴할 때까지 권력을 지킬 것이기 때문이었다.

이윽고 그녀가 단호하게 말했다. "굴복할 거예요. 잘만 다루면 굴복할 거예요. 그는 권력을 포기하기에는 야망이 너무 커요. 그가 도망치지 못하도록 잡아두되 협박하거나 해치진 마세요. 겁을 줘도 효과가 없을 거예요. 두려움이 통하지 않는 인물이니까."

"하지만 만일…… 지금 세상이 무너져가고 있는데…… 그가 너무 오래 버틴다면?"

"그러진 않을 거예요. 그러기에는 너무 실리적인 인물이니까. 참, 그런데 그에게 현 상황에 대한 소식들은 알려주고 있는 건가요?"

"그야…… 아니지."

"그에게 정부의 비밀 보고서들을 보여주는 게 좋을 거예요. 그래야 시간이 얼마 남지 않았다는 걸 알 테니까요."

"그거 좋은 생각이오! 아주 좋은 생각이야! ……태거트 양."

톰프슨은 갑자기 그녀에게 절박하게 매달렸다.

"난 당신과 이야기하면 기분이 좋아져요. 그건 내가 당신을 신뢰하기 때문이지. 난 주위 사람 아무도 신뢰하지 않소. 하지만 당신은…… 당신은 달라. 당신은 굳건해."

대그니는 단호한 눈빛으로 그를 똑바로 보며 말했다.
"감사합니다."

그녀는 거리로 나서며 톰프슨과의 대화도 쉬웠다고 생각했다. 하지만 다음 순간, 코트 속 블라우스 양쪽 어깨뼈 부분이 축축하게 젖어 있는 것을 발견했다.

그녀는 터미널 광장을 걸으며 생각했다. 자신이 지금 감정을 느낄 수 있다면 철도에 대한 무관심은 증오임을 알 수 있을 것이라고. 그녀는 화물열차만 운행하고 있을 뿐이라는 생각을 떨칠 수가 없었다. 그녀에게 열차 승객들은 더 이상 살아 있는 인간이 아니니까. 고작 무생물체를 실어나르는 열차들의 안전을 위해 이토록 엄청난 노력을 낭비하고 있는 것이 무의미하게 여겨졌다. 그녀는 터미널 안의 얼굴들을 보며 생각했다. '만일 그가 죽는다고 해도, 저들의 통치자들에 의해 살해된다고 해도 저들은 여전히 먹고, 자고, 여행하겠지. 그런데도 난 저들에게 열차를 제공하기 위해 일해야 할까? 내가 저들에게 도와달라고 외치면 한 사람이라도 그를 구하기 위해 나설까? 그의 연설을 들

은 사람들은 그가 살기를 원할까?'

그날 오후 그녀의 사무실로 50만 달러짜리 수표가 배달되었다. 톰프슨이 보낸 꽃다발도 함께 왔다. 대그니는 수표를 확인하고는 책상 위로 휙 던졌다. 그 수표는 그녀에게 아무 의미도 없었고, 아무 느낌도 주지 못했다. 하다못해 일말의 죄책감조차도. 그것은 사무실 쓰레기통의 휴지들보다 중요할 게 없는 종잇조각에 지나지 않았다. 그것으로 다이아몬드 목걸이를 살 수 있든, 도시의 쓰레기장을 살 수 있든, 그녀의 마지막 음식을 살 수 있든 아무 상관없었다. 그 수표는 쓰지 않을 거니까. 그것은 가치의 증표가 아니었으며, 그것으로 사는 건 가치를 지닐 수가 없었다. 그녀의 주위 사람들은 그런 무기력한 무관심 상태에서 살고 있었다. 목적도, 열정도 없는 사람들. **그것이** 바로 가치를 따지지 않는 영혼의 상태였다. 그런 영혼을 택한 사람들이 과연 살기를 원할까?

그날 저녁 지친 몸을 이끌고 퇴근해보니 아파트 복도 등이 고장나 있었다. 그래서 현관 등을 켠 후에야 발치에 있는 봉투를 발견할 수 있었다. 아무것도 적혀 있지 않은 봉해진 봉투였고, 현관문 밑으로 밀어넣은 듯했다. 봉투를 집어 든 그녀는 바닥에 반쯤 무릎을 꿇고 소리 없이 웃었다. 그녀는 그 자리에서 움직일 수가 없었다. 그녀가 아는 필체가 적힌 편지를 보는 것 이외에는 아무것도 할 수가 없었다. 도시 위 달력에 마지막 메시지를 남긴 그 필체였다. 편지 내용은 다음과 같았다.

    대그니,
    굳건히 버텨. 그들을 주시해. 그에게 우리의 도움이 필요하면 오리건 6-5693번으로 전화해.
                                       F.

이튿날 아침 신문들은 대중에게 남부 주들에서 일어나고 있는 문제에 대한 소문을 믿지 말 것을 권고했다. 톰프슨에게 올라온 비밀 보고서에는 조지아 주와 앨라배마 주가 전기장비 제조업체의 소유권을 두고 무장 전투를 벌이고 있다고 적혀 있었다. 그 공장은 전투와 철도 폭파로 인해 원자재 공급이 끊긴 상태라고 했다.

그날 저녁 다시 골트를 찾아간 톰프슨이 우는소리로 물었다. "내가 보낸 비밀 보고서 읽었소?"

처음으로 포로를 만나보겠다고 나선 제임스 태거트가 그 자리에 함께 있었다.

골트는 등받이가 곧은 의자에 다리를 꼬고 앉아서 담배를 피우고 있었다. 그는 꼿꼿하면서도 느긋해 보였다. 톰프슨과 제임스 태거트는 그의 얼굴에 두려움이 없다는 것 외에는 도무지 그의 표정을 알 수가 없었다.

"읽었습니다." 골트가 대답했다.

"시간이 많지 않소." 톰프슨이 말했다.

"그렇습니다."

"그런 일들이 계속되도록 내버려둘 생각이오?"

"**당신은요**?"

"당신이 옳다는 걸 어떻게 그렇게 확신할 수 있죠? 어떻게 지금 같은 끔찍한 시기에 전 세계를 파괴할 위험을 무릅쓰고 당신 생각만 고집할 수 있는 겁니까?"

제임스 태거트가 외쳤다. 그의 목소리는 크진 않았지만 외침의 격렬함을 지니고 있었다.

"그럼 누구의 생각을 따르는 게 더 안전할까요?"

"당신이 옳다고 어떻게 확신합니까? 그걸 당신이 어떻게 **알 수 있죠**? 아무도 자신의 앎에 대해 확신할 수 없어요! 아무도! 당신은 다른 사람들보다 나을 게 없어요!"

"그럼 당신들은 왜 나를 원하는 거죠?"

"어떻게 다른 사람들의 목숨을 가지고 도박을 벌일 수 있죠? 국민들이 당신을 필요로 하는데 어떻게 자기 고집을 꺾지 않는 **이기적인** 사치를 부릴 수 있습니까?"

"국민들이 필요로 하는 건 내가 아니라 **내 생각**이겠죠."

"세상에 완전히 옳거나 그른 사람은 없어요! 검은 것도 흰 것도 없다고요! 당신은 진실에 대한 독점권이 없어요!"

톰프슨은 제임스 태거트의 태도에 무언가 문제가 있다

고 생각하며 얼굴을 찌푸렸다. 제임스가 여기 온 것은 정치적인 문제를 해결하기 위해서가 아닌 듯, 묘한 개인적인 분노가 느껴졌다.

제임스 태거트가 말했다. "당신에게 책임감이란 게 있다면 자신의 판단만으로 그런 모험을 하지는 않을 겁니다! 우리와 합류해서 다른 사람들의 생각들도 고려해보고 우리도 옳을 수 있다는 것을 인정할 거라고요! 우리의 계획들을 도와주고……."

제임스 태거트가 열띠게 떠들었지만 톰프슨은 골트가 듣고 있는지 알 수가 없었다. 골트는 일어나서 방 안을 서성이고 있었는데 불안한 태도가 아니라 자기 몸의 움직임을 즐기는 사람의 편안한 태도였다. 톰프슨은 그 가벼운 발걸음과 곧은 등, 납작한 배, 느긋한 어깨를 쳐다보았다. 골트는 자신의 몸을 의식하지 않으면서 그 안에 들어 있는 긍지를 강하게 의식하고 있는 것처럼 걸었다. 톰프슨은 제임스 태거트를 흘끗 쳐다보았다. 제임스 태거트는 키가 컸지만 뒤틀리고 구부정한 자세로 골트의 동작을 지켜보고 있었다. 그의 눈이 증오로 이글거리고 있었고, 그 증오가 귀에까지 들릴 것만 같아서 톰프슨은 벌떡 일어섰다. 하지만 골트는 제임스 태거트를 보고 있지 않았다. 제임스 태거트의 말이 이어지고 있었다.

"……당신의 양심! 난 당신의 양심에 호소하러 왔어요!

어떻게 수천 명의 목숨보다 당신의 정신에 더 가치를 둘 수 있죠? 사람들이 파멸하고 있고…… 아, 제발. 그만 좀 서성거려요!" 날카로운 목소리였다.

골트가 걸음을 멈추었다.

"명령인가요?"

톰프슨이 황급히 말했다. "아니, 아니요! 명령이 아니오. 우린 당신에게 명령하고 싶지 않소……. 제임스, 진정해요."

골트는 다시 서성였다.

제임스 태거트가 어쩔 수 없이 눈으로 골트를 좇으며 말했다. "세상이 무너지고 있어요. 사람들이 파멸하고 있고 그들을 구할 수 있는 건 바로 당신입니다! 지금 누가 옳고 그른지가 중요한가요? 당신은 우리와 손을 잡아야 해요. 설령 우리가 잘못되었다고 생각하더라도. 당신은 사람들을 구하기 위해 당신의 정신을 희생해야 합니다!"

"그럼 내가 무엇으로 그들을 구하죠?"

"당신이 뭔데?" 제임스가 외쳤다.

골트가 걸음을 멈추었다.

"당신도 알잖아요."

"당신은 이기주의자야!"

"그래요."

"당신이 어떤 종류의 이기주의자인지 알아요?"

"**당신은** 알아요?" 골트가 그를 똑바로 응시하며 물었다.

제임스 태거트가 골트를 마주 보며 안락의자에 깊이 몸을 묻었다. 톰프슨은 왠지 다음 순간이 두려워졌다.

톰프슨이 밝고 가벼운 목소리로 끼어들었다. "그런데 무슨 담배를 피우고 있는 거요?"

골트는 그를 돌아보며 미소지었다.

"모릅니다."

"어디서 구했소?"

"경비원이 가져다주었습니다. 어떤 사람이 내게 선물로 보냈다고 하더군요……. 걱정하지 말아요. 경비원들이 철저하게 검사했으니까요. 숨겨진 메시지는 없었습니다. 무명의 팬이 보낸 선물일 뿐입니다."

골트가 들고 있는 담배에는 달러 표시가 있었다.

톰프슨은 제임스 태거트가 설득에 뛰어나지 못하다는 결론을 내렸다. 하지만 이튿날 데려간 칙 모리슨도 나을 건 없었다.

칙 모리슨이 광적인 미소를 지으며 말했다. "골트 씨, 나는…… 나는 그저 당신의 자비를 바랄 뿐입니다. 당신이 옳아요. 당신이 옳다는 것을 인정하겠습니다. 나는 그저 당신의 연민에 호소할 뿐입니다. 내 가슴속 깊은 곳에서는 당신이 사람들에게 아무 연민도 없는 철저한 이기주의자라는 것을 믿지 못하겠어요."

그는 자신이 테이블 위에 펼쳐놓은 서류더미를 가리켰다.

"1만 명의 어린 학생들이 당신에게 살려달라고 애원하는 탄원서에 서명했습니다. 장애인 수용소에서 온 탄원서도 있고요. 200개 종파 성직자들의 탄원서도 있습니다. 이 나라의 어머니들이 보낸 호소문도 있고요. 읽어봐요."

"명령인가요?"

"아니요! 명령은 아니오!" 톰프슨이 외쳤다.

골트는 서류를 향해 손을 뻗지 않고 가만히 있었다. 칙 모리슨이 비굴하고 겸손함이 가득한 목소리로 말했다.

"골트 씨, 이들은 평범한 보통 사람들입니다. 당신에게 뭘 하라고 말할 수 없는 사람들이죠. 아무것도 모르니까요. 이 사람들은 그저 당신에게 애원하고 있는 겁니다. 약하고, 무력하고, 맹목적이고, 무지한 사람들이죠. 하지만 당신은 너무나 똑똑하고 강하니 이 사람들을 불쌍히 여겨줄 수 없을까요? 이 사람들을 도와줄 수 없을까요?"

"내 지성을 버리고 그들의 맹목성을 따르면서요?"

"그들이 틀렸을지도 모르지만 무지해서 그런 겁니다!"

"그런데 내가 그들에게 복종해야 한다고요?"

"골트 씨, 나는 논쟁은 못 합니다. 당신의 연민을 애원할 뿐입니다. 그들은 고통받고 있어요. 고통받는 사람들에게 연민을 가져주길 애원합니다. 나는······."

그는 골트가 갑자기 준엄한 눈빛이 되어 멀리 창밖을 응시하는 것을 보았다.

"골트 씨, 왜 그러죠? 무슨 생각을 하는 겁니까?"

"행크 리어든요?"

"어…… 왜요?"

"그들은 행크 리어든에게 연민을 느꼈나요?"

"아, 하지만 그건 달라요! 그는……."

"닥쳐요." 골트가 침착하게 말했다.

"나는 단지……."

"그만!"

톰프슨이 칙 모리슨에게 날카롭게 말한 후 골트를 달랬다.

"골트 씨, 저 사람 말 신경 쓰지 마시오. 이틀 밤을 못 자서 그렇소. 겁에 질려 제정신이 아니오."

그 다음 날 데려간 플로이드 페리스 박사는 겁을 먹은 것 같지는 않지만 톰프슨이 보기에는 더 심각했다. 톰프슨은 페리스의 말에 골트가 아무 대답도 하지 않고 침묵을 지키는 것을 지켜보았다.

페리스 박사가 억지로 꾸민 듯한 지나치게 가볍고 격식 없는 태도로 천천히 말했다. "골트 씨, 이건 당신이 충분히 연구해보지 않았을 수도 있는 도덕적인 책임의 문제예요. 당신은 라디오에서 '행하는 죄'에 대해서만 이야기하는 것 같더군요. 하지만 '행하지 않는 죄'에 대해서도 고려해야 합니다. 생명을 구하지 못하는 것은 살인만큼 부도덕한 일이에요. 결과가 같으니까요. 우리는 결과를 가지고 행동을 판단해야 하기 때문에 결국 도덕적인 책임은 같죠……. 이를테면 심각한 식량 부족으로 10세 미만의 어린이 3분의 1과 60세 이상의 노인 모두를 사형에 처하는 법령이 불가피해질 수도 있다는 의견이 제기되고 있어요. 당신은 그런 일이 일어나기를 원하지는 않겠죠? 당신은 그것을 미리 막을 수 있어요. 당신의 말 한 마디면 돼요. 당신의 거절로 인해 그 모든 사람이 처형된다면 그건 **당신의** 잘못이고, **당신의** 도덕적인 책임입니다!"

톰프슨이 충격에서 벗어나 벌떡 일어서며 소리쳤다. "당신은 미쳤어! 아무도 그런 제안을 한 적 없어! 아무도 그런 생각조차 하지 않았다고! 골트 씨, 제발 저 사람 말 믿지 마시오! 진심으로 한 말이 아니니까!"

골트가 대꾸했다. "아니, 진심으로 한 말입니다. 저 개자식에게 나를 본 다음 거울을 보라고 해요. 그리고 내가 **내** 도덕적인 위상이 **저 사람** 행동에 달려 있다고 생각할지 스스로에게 물어보라고 해요."

"여기서 나가! 나가라고! 당신 말은 더 이상 듣고 싶지 않아!"

톰프슨이 페리스를 홱 잡아당겨 일으켜 세우며 소리쳤

다. 그러고는 문을 벌컥 열고 밖에 서 있는 놀란 얼굴의 경비원을 향해 페리스를 떠밀었다.

톰프슨은 골트에게 두 손을 펼쳐 진이 빠져 무력함을 나타내며 팔을 내려뜨렸다. 골트는 아무 표정이 없었다.

톰프슨이 애원하듯 물었다. "당신과 이야기가 통할 만한 사람이 없겠소?"

"나는 할 이야기가 없습니다."

"우린 이야기를 해야만 하오. 우린 당신을 설득시켜야만 하오. 혹시 누구 이야기하고 **싶은** 사람 없소?"

"없습니다."

"혹시나 해서 묻는데…… 그녀가 가끔 당신처럼 말을 해서…… 과거에 말이오……. 그래서 묻는데…… 혹시 대그니 태거트 양을 보내 이야기를 하면……."

"그 여자요? 맞습니다. 과거에는 나처럼 말했죠. 그 여자는 나의 유일한 실패작입니다. 내 편에 속하는 줄 알았죠. 하지만 그녀는 자기 철도를 지키기 위해 나를 배신했습니다. 자기 철도를 위해 영혼을 팔았어요. 그 여자가 나에게 따귀 맞는 꼴을 보고 싶으면 보내요."

"아니, 아니, 아니요! 그녀에 대한 감정이 그렇다면 만날 필요 없소. 당신의 화만 돋울 사람들에게 더 이상 시간을 낭비하고 싶지 않소……. 다만…… 태거트 양도 아니라면 누구를 뽑아야 할지 모르겠군……. 만일…… 만일 당신이 만나고 싶어하는 사람을 찾을 수 있다면……."

"마음이 바뀌었습니다. 만나고 싶은 사람이 있습니다." 골트가 말했다.

"누구요?" 톰프슨이 열띠게 외쳤다.

"로버트 스태들러 박사요."

톰프슨은 긴 휘파람 소리를 내며 걱정스럽게 고개를 저었다.

"그는 당신 친구가 아니오."

정직한 경고의 목소리였다.

"그래도 만나고 싶습니다."

"좋소. 원한다면. 당신이 원하는 건 뭐든 들어주겠소. 내일 아침 이리로 오게 하겠소."

그날 저녁 톰프슨은 자신의 스위트룸에서 웨슬리 마우치와 식사를 하며 성난 눈으로 앞에 놓인 토마토 주스를 노려보았다.

"뭐야? 자몽 주스가 없다고?"

그가 날카롭게 말했다. 주치의가 감기 예방을 위해 자몽 주스를 처방해주었던 것이다.

"자몽 주스는 없습니다."

웨이터가 묘하게 강조해서 말했다.

그러자 마우치가 음울하게 말했다. "사실은 미시시피 태거트 철교에서 강도 떼가 열차를 습격했습니다. 그들은 선로를 폭파하고 다리를 손상시켰습니다. 심각한 정도는 아니지만 복구작업 중이라 모든 열차 운행이 중단되어 애리조나에서 오는 열차들이 들어올 수가 없습니다."

"말도 안 돼! 그럼 다른……."

톰프슨은 입을 다물었다. 미시시피 강을 건너는 다른 철교가 없다는 것을 깨달았던 것이다. 잠시 후 그가 딱딱 끊어지는 목소리로 명령했다.

"군대를 보내서 다리를 지키라고 해. 밤낮으로. 최정예 대원들을 선발해서 보내라고 해. 그 철교에 무슨 일이 생기면……."

그는 말끝을 흐리고 몸을 웅크린 채 자기 앞에 놓인 고급 도자기 접시와 맛깔스러운 전채 요리를 내려다보았다. 자몽 주스 같은 평범하기 그지없는 일용품의 부재가 만일 태거트 철교에 무슨 일이 생기면 뉴욕이 어떻게 될 것인지에 대해 처음으로 실감하게 해주었다.

그날 저녁 에디 윌러스가 말했다. "대그니, 철교만 문제가 아니야."

그는 대그니의 책상 등을 켰다. 날이 저물어오는데도 대그니가 일에 열중해서 불을 켜지 않고 있었던 것이다.

"대륙횡단열차들이 샌프란시스코를 떠날 수가 없어. 거기서 싸우고 있는 파벌 중 하나가, 어느 파벌인지는 모르겠지만 우리 터미널을 점거하고 열차마다 '출발세'를 강요하고 있어. 그러니까 열차들을 볼모로 잡고 있는 거지. 터미널 책임자는 그만뒀어. 다들 어쩔 줄 몰라 하고 있어."

"나는 뉴욕을 떠날 수 없어." 대그니가 무표정하게 말했다.

"알고 있어. 그래서 **내가** 가서 처리하겠다는 거야. 책임을 맡을 사람이라도 찾아놓고 와야지." 에디가 조용히 말했다.

"안 돼! 가지 마. 너무 위험해. 게다가 갈 이유도 없어. 이제 아무 상관 없으니까. 구할 것도 없으니까."

"아직은 태거트 대륙횡단철도야. 난 지킬 거야. 대그니, 넌 어딜 가든 새 철도를 만들 수 있겠지. 하지만 난 그럴 능력이 없어. 새로 시작하고 싶은 생각도 없고. 이제 더는 싫어. 겪을 만큼 겪었으니까. 너는 새로 시작해야 하지만. 난 그럴 수 없어. 그러니까 내가 할 수 있는 일을 하게 해줘."

"에디! 그래 봤자······."

대그니는 말려도 소용없다는 것을 알고 마음을 바꾸었다.

"좋아, 에디. 원한다면 그렇게 해."

"나는 오늘 밤 캘리포니아로 날아갈 거야. 군용기를 얻어 타기로 했어······. 네가 회사를 떠날 거란 거 알아······ 뉴욕을 떠날 수 있게 되면. 어쩌면 내가 돌아왔을 때에는 이미 떠나버렸을지도 모르지. 떠날 준비가 되면 그냥 가. 내 걱정은 말고. 나에게 말하고 가려고 기다릴 거 없어. 될 수 있으면 빨리 떠나. 지금…… 작별 인사 할게."

대그니는 책상에서 일어섰다. 두 사람은 어둑어둑한 사무실에 마주 서 있었다. 그들 사이의 벽에 너새니얼 태거트의 초상화가 걸려 있었다. 그들은 철로 위를 걷는 법을 처음으로 배웠던 까마득한 옛날 이후의 세월을 돌아보고 있었다. 에디는 고개를 숙이고 한참 동안 그대로 있었다.

대그니가 손을 내밀었다.

"안녕, 에디."

에디는 자신의 손을 보지 않고 악수를 했다. 그는 대그니의 얼굴을 보고 있었다.

에디가 나가다 말고 돌아서서 대그니에게 물었다. 낮지만 침착한 그의 목소리에는 애원도, 절망도 담겨 있지 않았다. 긴 장부를 마감하는 세심한 명료함만이 들어 있었다.

"대그니…… 너에 대한 내 마음…… 알고 있었어?"

"응. 알고 있었어."

대그니는 자신이 무의식적으로 그 사실을 알고 있었음을 깨달으며 조용히 대답했다.

"안녕, 대그니."

지하에서 열차 지나가는 소리가 빌딩 벽을 울리며 에디의 등 뒤로 닫히는 문소리를 삼켜버렸다.

이튿날 아침에는 눈이 내렸다. 로버트 스태들러 박사는 웨인 포클랜드 호텔 로열 스위트룸을 향해 긴 복도를 걸으며 눈송이가 녹고 있는 관자놀이에 차갑고 예리한 통증을 느꼈다. 그의 양옆에서 걷고 있는 건장한 두 사내는 사기조정국 소속이었는데 그들은 자신들이 어떤 방식으로 사기를 조정하는지 굳이 숨기려고 하지 않았다.

두 사내 중 한 명이 경멸적인 어조로 말했다. "각하의 명령을 잘 기억하시오. 이상한 소리 했다가는 후회하게 될 거요, 형제."

스태들러 박사는 관자놀이의 통증이 눈송이 때문이 아님을 깨달았다. 지난밤 톰프슨에게 절대로 존 골트를 만날 수 없다고 소리를 지를 때부터 생긴 통증이었다. 그때 그는 맹목적인 공포에 휩싸여 자신을 둘러싼 무표정한 얼굴들에게 제발 그것만은 강요하지 말라고, 다른 것은 무엇이든 할 수 있다고 흐느끼며 애원했다. 그 얼굴들은 그와 입씨름을 벌이려고 하지 않았다. 그에게 위협조차 하지 않았다. 명령만을 내렸다. 그는 뜬눈으로 밤을 보내며 그들의 명령에 복종하지 않겠노라고 다짐했지만 지금 골트를 만나러 가고 있었다. 관자놀이의 찌르는 듯한 통증과 속이 울렁거리고 현기증이 이는 비현실감은 로버트 스태들러 박사로 존재하는 기분을 되찾을 수 없다는 사실에서 기인했다.

스태들러 박사는 문가의 경비원들이 들고 있는 반짝이는 총검을 보았고, 자물쇠에서 열쇠 돌아가는 소리를 들었다. 그리고 자신도 모르는 사이 안으로 들어갔고 뒤에서 문 잠그는 소리를 들었다.

긴 방 저편 창턱에 존 골트가 앉아 있었다. 존 골트는 길고 호리호리한 몸에 셔츠와 바지 차림으로 한쪽 다리는 비스듬히 바닥에 내리고 다른 쪽 다리는 구부려 깍지 낀 손으로 무릎을 받치고 잿빛 하늘을 향해 금빛 머리를 들고 있었다. 스태들러 박사는 문득 패트릭 헨리대학 캠퍼스 근처의 자기 집 현관 난간에 앉아 있던 청년이 떠올랐다. 푸른 여름 하늘을 향해 든 밤색 머리카락에 햇살이 비치고 있었다. 그리고 22년 전 자신의 열정적인 목소리가 들려왔다. "존, 세상의 유일한 성스러운 가치는 인간정신이야. 신성불가침의 인간정신……."

스태들러 박사는 방 저편의, 세월 저편의 청년에게 외쳤다. "존, 나도 어쩔 수 없었네! 어쩔 수 없었어!"

그는 자신과 골트 사이에 있는 테이블을 지지대와 보호벽 삼아 꽉 잡았다. 창턱에 앉은 골트는 아무 움직임이 없었다.

스태들러 박사가 외쳤다. "내가 자넬 이 지경으로 만든 게 아니야! 난 그럴 생각이 없었네! 나도 어쩔 수 없었어! 이건 내가 의도한 일이 아니야!…… 존! 내 잘못이 아니야! 아니라고! 난 그들에게 맞설 기회가 없었네! 그들이 세상을 손에 쥐고 있으니까! 그들은 내게 설 자리를 주지 않았어!…… 그들에게 이성이 뭐겠어? 과학은 뭐고? 자넨 그들이 얼마나 무시무시한지 몰라! 자넨 그들의 실체를 몰라! 그들은 생각이란 것을 하지 않아! 그들은 비합리적인 감정에 의해 움직이는 정신이 존재하지 않는 동물들이야. 탐욕스럽고 집요하고 맹목적이고 설명이 안 되는 감정의 지배를 받는 동물들! 그들은 자신들이 원하는 건 뭐든 차지하고, 자신들이 원한다는 사실 외에는 아무것도 신경 쓰지 않아. 원인도 결과도 논리도 다 무시하지. 그 잔학하고 탐욕스러운 돼지들 눈에는 자기들이 **원하는** 것밖에 보이지 않지!…… 정신? 그 무리들 앞에 정신이 얼마나 무익한 것인지 모르겠나? 진실, 지식, 이성, 가치, 권리 같은 우리의 무기들은 그들에게는 어린아이의 장난감에 불과해! **그들이** 아는 건 무력뿐이야. 무력과 사기와 약탈!…… 존! 그렇게 보지 말게! 내가 그들의 주먹 앞에서 뭘 할 수 있었겠나? 나는 살아야 했어. 안 그런가? 나 자신을 위해서가 아니라 과학의 미래를 위해서! 나는 자유로운 연구를 위해 보호받아야 했어. 그들과 타협해야만 했어. 그들의 조건에 따르지 않고서는 살아남을 방법이 없었어. 살아남을 방법이 없었다고! 내 말 들리나? 살아남을 방법이 없었다고!…… 자넨 내가 어떻게 했기를 바라나? 평생 일자리를 구걸하러 다녀야 했을까? 나보다 열등한 자들에게 연구비를 달라고 애걸해야 했을까? 돈 버는 재주밖에 없는 악한들에게 내 연구의 운명을 맡겨야 했을까? 나는 그들과 돈이나 시장, 그들이 추구하는 물질적인 것들을 두고 경쟁할 시간이 없었네! 그들이 술, 요트, 여자 따위에 돈을 허비하는 동안 내가 연구장비 부족으로 소중한 시간을 낭비하는 게 자네가 말하는 정의인가? 그들을 설득하지 그랬느냐고? 내가 그들을 어떻게 설득할 수 있겠는가? 생각이란 걸 하지 않는 인간들에게 무슨 말로 설득을 하겠는가?…… 내가 얼마나 외로웠는지, 지성의 불꽃을 얼마나 갈구했는지 자네는 몰라! 내가 얼마나 외롭고 지치고 무력했는지! 나 같은 정신의 소유자가 왜 무지한 바보들과 협상을 벌여야 하지? 그들은 과학에 눈곱만큼도 기여한 게 없는데! 그들에게 강제력을 동원해선 안 되는 이유가 뭐지? 내가 강제력을 행사하고 싶었던 대상은 자네가 아니었네! 총구는 지성인을 향해 겨눠진 게 아니었어! 자네나 나 같은 사람이 아니라 생각 없는 물질주의자들을 향해 겨눠졌다고!…… 왜 그렇게 보나? 난 선택의 여지가 없었어! 그들의 게임에서 그들을 이기는 방법밖에 없었다고! 그래, 그건 **그들의** 게임이었어. **그들이** 규칙을 정한! 생각할 능력을 지닌 우리 소수의 사람들이 무엇에 의지할 수 있었겠나? 그저 사람들 눈에 띄지 않고 살아남아 있다가 그들을 속여 목적을 달성하는 수밖에 없었지!…… 그 목적이, 과학의 미래에 대한 내 비전이 얼마나 고귀한 것인지 모르나? 물질적인 속박에서 해방된 인간의 지식! 수단의 구속을 받지 않는 목표! 존, 나는 반역자가 아니야! 아니라고! 나는 정신을 위해 봉사했네! 내가 앞서 보고, 원하고, **느낀 것은** 그들의 속된 돈으로 평가될 수 있는 게 아니야! 난 실험실을 원했네! 실험실이 필요했어! 그것을 어디서, 어떤 방법으로 얻었는지가 무슨 상관이야? 난 그 정도는 해낼 수 있었어! 그 정도 높이에 오를 수 있었다고! 자네는 동정심도 없나? 나는 실험실을 **원했다고!**…… 그들에게 강제력을 행사한 게 뭐가 대수야? 대체 그들이 뭔데? 자네는 왜 그들에게 반항하라고 가르쳤나? 자네가 그들을 빼가지만 않았다면 아무 문제도 없었을 거야! 아무렴! 이런 꼴이 되지는 않았을 거라고!…… 날 비난하지 말게! 우린 죄인일 수 없으니까……. 우리 모두…… 수세기 동안…… 우린 완전히 틀릴 수 없으니까!…… 우린 비난받을 수 없어! 우린 선택의 여지가 없었으니까! 다른 방식으로는 살아남을 수 없으니까!…… 왜 아무 대답이 없나? 뭘 보고 있지? 자네가 한 연설에 대해 생각하고 있나? 난 그것에 대해 생각하고 싶지 않아! 그건 논리일 뿐이니까! 사람은 논리에 따라 살 수 없어! 내 말 듣고 있나?…… 날 쳐다보지 마! 자넨 불가능한 것을 요구하고 있어! 사람들은 자네 방식으로 존재할 수 없어! 자네는 나약한 순간을 허용하지 않고, 인간적인 결점과 감정을 용납하지 않아! 자네, 우리에게 뭘 원하는 건가? 하루 24시간 아무런 허점도, 휴식도, 빠져나갈 구멍도 없이 합리적이어야 한다는 건가?…… 빌어먹을, 쳐다보지 말라니까! 난 이제 네가 두렵지 않아! 내 말 들려? 두렵지 않다고! 네가 뭔데 나를 비난해? 한심한 실패자 주제에. **네** 길이 널 여기까지 오게 한 거야! 언제 죽을지 모르는 독 안에 든 쥐새끼 신세가 된 주제에 나를 비실리적이라고 비난해? 그래, 넌 살해당할 거야! 넌 이길 수 없어! 이겨서도 안 되고! **너야말로** 파괴되어야 할 인간이니까!"

스태들러 박사는 창턱에 조용히 앉아 있는 골트가 반사경 역할을 해 자신이 한 말의 완전한 의미를 깨닫게 한 듯 헐떡거리며 신음했다.

스태들러 박사는 움직임 없는 초록빛 눈동자를 피하려고 고개를 이리저리 흔들며 외쳤다. "아니야!…… 아니야!…… 아니야!"

골트의 목소리는 그의 눈빛만큼 준엄했다. "제가 박사님께 하고 싶은 말을 다 하셨습니다."

스태들러 박사가 주먹으로 문을 두드렸다. 문이 열리자 그는 밖으로 뛰쳐나갔다.

◆

사흘 동안 골트의 스위트룸에는 식사를 들여오는 경비

원들 외에는 아무도 찾아오지 않았다. 나흘째 되던 날 이른 저녁, 문이 열리더니 칙 모리슨이 두 사람을 동반하고 들어왔다. 야회복 차림의 칙 모리슨은 초조한 미소를 지었으나 평소보다 조금은 자신감이 있어 보였다. 그와 같이 온 두 사람 중 하나는 호텔 종업원이었다. 나머지 한 명은 턱시도와 어울리지 않는 얼굴을 가진 근육질의 사내였다. 그는 졸린 듯한 눈꺼풀과 힐끗거리는 엷은 빛깔의 눈, 권투선수의 부러진 코를 가진 무표정한 얼굴을 하고 있었다. 머리는 정수리의 빛바랜 금빛 곱슬머리 조금만 남기고 싹 밀어버렸으며, 오른손을 바지 주머니에서 빼지 않았다.

"골트 씨, 옷 입어요."

칙 모리슨이 침실 문을 가리키며 설득력 있게 말했다. 침실 옷장에는 골트가 한 번도 입지 않은 고급 옷이 가득했다.

"야회복으로 입어요."

칙 모리슨은 그렇게 말한 뒤 덧붙였다. "골트 씨, 이건 명령입니다."

골트는 조용히 침실로 들어갔다. 세 남자가 따라왔다. 칙 모리슨은 의자 끝에 걸터앉아 줄담배를 피웠다. 호텔 종업원은 지나치게 공손한 동작으로 골트의 셔츠 장식 단추를 건네주고 코트를 들어주면서 시중을 들었다. 근육질 사내는 주머니에 손을 넣은 채 구석에 서 있었다. 아무도 말이 없었다.

"골트 씨, 협조 부탁합니다."

골트가 준비를 마치자 칙 모리슨이 정중히 문을 가리키며 말했다.

근육질의 사내가 아무도 눈치채지 못할 정도로 빠르게 골트의 팔을 잡으며 보이지 않는 권총으로 옆구리를 찔렀다.

"허튼 수작 마시오." 그가 표정 없는 목소리로 말했다.

"난 그런 거 안 하오." 골트가 대답했다.

칙 모리슨이 문을 열었다. 호텔 종업원은 뒤에 남았다. 야회복 차림의 세 사람이 엘리베이터를 향해 조용히 걸어갔다.

세 사람은 엘리베이터 안에서도 침묵을 지켰다. 엘리베이터 문 위에서 찰칵거리며 바뀌는 숫자가 그들이 아래로 내려가고 있는 것을 알려주었다.

엘리베이터가 1층과 2층 사이의 중이층에 멈추었다. 무장한 군인 두 명이 앞장서고 다른 두 명이 그 뒤를 따르는 가운데 세 사람은 길고 어두운 복도를 걸어갔다. 복도는 한산했고 모퉁이마다 무장한 보초들이 지키고 있었다. 근육질 사내는 오른팔로 골트의 왼팔을 끼고 있어서 권총이 아무에게도 보이지 않았다. 골트는 옆구리를 누르는 작은 총구의 감촉을 느꼈다. 근육질 사내는 걷는 데 방해가 되지 않으면서도 골트가 잠시도 총의 존재를 잊지 않도록 노런하게 총구를 겨누고 있었다.

복도는 닫혀 있는 커다란 문으로 이어졌다. 칙 모리슨이 문손잡이를 잡자 군인들은 그림자 속으로 사라졌다. 문을 연 것은 칙 모리슨의 손이었지만 갑자기 쏟아진 빛과 소리 때문에 마치 문이 폭발에 의해 열린 듯 느껴졌다. 빛은 웨인 포클랜드 호텔 대연회장의 휘황찬란한 샹들리에의 300개 전구에서, 소리는 500명의 박수갈채에서 나온 것이었다.

칙 모리슨이 실내를 가득 채운 테이블들 위쪽에 설치된 연단의 연사들 자리로 앞장서서 길을 안내했다. 사람들은 그의 뒤를 따르는 두 남자 중 박수갈채의 주인공이 키가 크고 호리호리한 금발의 남자임을 직감적으로 아는 듯했다. 그의 얼굴은 라디오에서 들은 목소리처럼 침착하고 자신만만하면서 범접하기 어려운 인상을 주었던 것이다.

골트의 자리는 긴 테이블 중앙의 귀빈석이었다. 톰프슨 대통령이 그의 오른쪽에서 기다리고 있었고, 근육질 사내는 골트의 팔을 풀지 않고 옆구리에서 총구를 떼지 않은 채 능숙하게 그의 왼쪽에 앉았다. 맨살을 드러낸 여자들의 어깨 위 보석들이 샹들리에 불빛을 받아 실내를 가득 채운 테이블의 어두운 그림자를 비추었다. 그리고 남자들의 검정과 흰색으로 이루어진 엄격한 옷차림이 뉴스 카메라와 마이크, 꺼져 있는 텔레비전 장비들로부터 대연회장의 엄숙하고 당당한 사치스러움을 지켜주었다. 사람들은 기립 박수를 보내고 있었다. 톰프슨은 아이에게 엄청난 선물을 안겨주고 반응을 기다리는 어른처럼 열성적이고 조바심 어린 미소를 지으며 골트를 바라보았다. 골트는 박수갈채를 무시하지도, 그것에 반응하지도 않고 묵묵히 자리에 앉았다.

구석에서 라디오 아나운서가 마이크에 대고 외쳤다. "지금 여러분이 듣고 계신 박수는 방금 연사석에 앉은 존 골트를 환영하는 것입니다! 그렇습니다, 여러분, 잠시 후면 여러분께서도 텔레비전을 통해 직접 확인하시게 되겠지만, 존 골트가 이 자리에 왔습니다!"

'내가 어디 있는지 잊어선 안 돼.' 대그니는 테이블보 아래에서 주먹을 꼭 쥐며 다짐했다. 그녀는 눈에 잘 띄지 않는 벽 쪽 테이블에 앉아 있었다. 골트와 10미터도 안 되는 거리에서 이중적인 현실감을 유지하기란 쉽지 않았다. 그녀는 그의 얼굴을 볼 수 있는 한 세상에는 더 이상의 위험이나 고통이 존재할 수 없을 것 같은 기분을 느끼면서도 한편으로는 그를 포로로 잡고 있는 사람들을 보면, 그리고 지금 그들이 벌이고 있는 맹목적이고 비합리적인 행사를 생각하면 공포로 심장이 얼어붙는 듯했다. 그녀는 자신도 모르게 행복한 미소를 짓거나 공포의 비명을 내지르는 일이 없도록 얼굴 근육에 잔뜩 힘을 주고 있었다.

그녀는 골트가 무수한 사람들 속에서 자신을 어떻게 발

견할 수 있었는지 의아했다. 그녀는 그의 시선이 자신의 얼굴에서 잠시 멈추는 것을 보았던 것이다. 다른 사람은 아무도 눈치챌 수 없을 정도로 짧은 순간의 일이었지만 그 시선은 키스 이상의 의미를 지니고 있었다. 그것은 인정과 지지의 악수였다.

그는 다시는 그녀 쪽을 보지 않았다. 하지만 그녀는 그에게서 시선을 뗄 수가 없었다. 야회복을 입은 그의 모습은 놀라웠고, 그런 차림이 너무나 자연스럽다는 사실이 더욱 놀라웠다. 그는 야회복을 명예로운 작업복처럼 보이게 만들었다. 그의 모습은 먼 옛날의 연회를, 그가 기업가 상을 받는 그런 연회를 떠올리게 만들었다. 대그니는 갈망에 젖어 자신이 했던 말을 상기했다. 축하는 축하할 것이 있는 사람들만을 위한 것이다.

대그니는 고개를 돌렸다. 그녀는 그를 너무 자주 보지 않으려고 애썼다. 주위 사람들의 시선을 끌까 봐 두려워서였다. 그녀는 골트의 악감정을 산 페리스 박사, 유진 로슨과 함께 다른 참석자들 눈에는 잘 띄면서도 골트의 시선은 피할 수 있는 자리에 배치되어 있었다.

그녀의 오빠 제임스는 연단에서 더 가까운 자리에 앉아 있었다. 대그니는 팅키 할러웨이, 프레드 키넌, 사이먼 프리쳇 박사 등의 초조한 얼굴들 틈에서 그가 시무룩한 표정으로 앉아 있는 것을 보았다. 연사들 테이블의 고통스러운 얼굴들은 시련을 견디고 있는 사실을 제대로 숨기지 못하고 있었다. 그들 사이에서 골트의 침착한 얼굴이 빛나 보였다. 대그니는 누가 포로이고, 누가 주인인지 모르겠다고 생각했다. 그녀는 천천히 시선을 움직여 그 테이블의 얼굴들을 하나하나 확인했다. 톰프슨 대통령, 웨슬리 마우치, 칙 모리슨, 몇 명의 장성들, 국회의원들, 그리고 어이없게도 모언이 골트의 마음을 달래줄 재벌의 상징으로 뽑혀와 앉아 있었다. 대그니는 연회장 안을 둘러보며 스태들러 박사를 찾았다. 그의 모습은 보이지 않았다.

연회장 안을 채우고 있는 목소리들은 마치 환자의 열을 재서 기록한 도표처럼 지나치게 높이 치솟았다가 침묵으로 고꾸라졌다. 이따금 누군가 웃음을 터뜨렸다가 얼른 그쳤고 옆 테이블 사람들이 몸서리치듯 그쪽으로 고개를 돌렸다. 모두의 얼굴이 긴장을 감추지 못하는 억지 미소로 일그러져 있었다. 그들은 이 연회가 자신들 세상의 궁극적인 절정이자 적나라한 본질임을 이성이 아닌 공포로 알고 있었다. 그리고 그들의 신이나 총도 이 축하연을 그들이 애써 보여주려는 의미를 갖도록 만들 수 없다는 것도 알고 있었다.

대그니는 목구멍이 경직되어 음식을 삼킬 수가 없었다. 그녀의 테이블에 앉아 있는 다른 사람들도 먹는 시늉만 하고 있었다. 페리스 박사만 식욕을 잃지 않은 듯했다.

앞에 놓인 크리스털 그릇의 녹은 아이스크림을 바라보고 있는데 갑자기 실내에 정적이 깔리더니 텔레비전 장비를 작동시키려고 앞으로 끌어내는 소리가 들렸다. 대그니는 때가 되었다는 생각에 가슴이 철렁했다. 그녀는 연회장 안에 있는 모든 사람의 마음에 똑같은 물음표가 찍혀 있음을 알 수 있었다. 모두 골트를 바라보고 있었다. 그의 얼굴은 아무런 움직임도, 변화도 없었다.

톰프슨이 아나운서를 향해 손을 흔들었을 때 아나운서는 굳이 청중들에게 조용히 해달라고 부탁할 필요가 없었다. 연회장 안은 쥐죽은 듯이 고요했다.

아나운서가 마이크에 대고 외쳤다. "미국과 이 방송을 들을 수 있는 모든 나라의 국민 여러분, 지금부터 이곳 뉴욕 웨인 포클랜드 호텔 대연회장에서 '존 골트 계획' 출범식을 거행하겠습니다!"

연단 뒷벽에 직사각형의 푸른빛이 나타났다. 이제부터 온 나라가 보게 될 영상을 연회장 안의 손님들에게 비춰줄 텔레비전 화면이었다.

화면에 연회장 모습이 흔들리며 나타났고 아나운서가 외쳤다. "평화, 번영, 이익을 위한 존 골트 계획! 새로운 시대의 시작! 우리 지도자들의 인도주의 정신과 존 골트의 과학적 천재성의 조화로운 협력의 산물! 여러분, 만일 악의적인 소문들로 인해 미래에 대한 믿음이 흔들렸다면 이제 행복한 하나의 가족으로 탄생한 지도자들의 모습을 직접 확인하십시오!…… 신사 숙녀 여러분."

텔레비전 카메라가 연사용 테이블을 비추었고 모언의 얼빠진 얼굴이 화면을 가득 채웠다.

"미국의 기업가 호러스 버스비 모언 씨!"

카메라가 거짓 미소를 짓고 있는 늙은 얼굴로 옮겨갔다.

"육군 원수 휘팅턴 S. 소프!"

카메라가 줄지어 선 용의자들을 하나씩 확인하듯 두려움, 회피, 절망, 불안, 자기혐오, 죄책감이라는 흉터가 새겨진 얼굴들을 차례로 비추었다.

"여당 원내총무 루시안 펠프스 씨!…… 웨슬리 마우치 씨!…… 톰프슨 대통령 각하!"

카메라가 톰프슨의 얼굴에서 멈추었다. 톰프슨은 국민들을 향해 활짝 웃어 보인 뒤 의기양양하게 왼쪽을 돌아보았다.

아나운서가 엄숙하게 말했다. "신사 숙녀 여러분, 존 골트입니다!"

'맙소사! 도대체 뭘 하고 있는 거지?' 대그니는 그 광경을 보며 생각했다. 화면에서 존 골트가 고통도, 두려움도, 죄의식도 없는 얼굴로, 평온함의 힘으로 바위처럼 굳건하고 자존감의 힘으로 난공불락인 얼굴로 국민들을 바라보고 있었다. 대그니는 생각했다. '저 얼굴들 속에 그의 얼굴이 있다니! 저들의 꿍꿍이가 무엇이든 결코 성공할 수 없다. 더 이상 할 말도 없고, 말할 필요도 없다. **저기** 한 도덕률의 산물과 다른 도덕률의 산물이 있다. 인간이라면 어떤 것을 선택해야 할지 알 수 있을 것이다.'

"골트 씨의 개인 비서."

아나운서의 소개에 맞추어 카메라가 골트 옆에 앉은 사내의 얼굴을 흐릿하게 스치듯 비추고 지나갔다.

"클래런스 '칙' 모리슨 씨…… 호머 돌리 제독……."

대그니는 갑자기 궁금증이 일어서 주위의 얼굴들을 살펴보았다. '이 사람들도 그 대조를 보았을까? 이들도 그것을 알까? 이들도 그를 보았을까? 이들도 그가 진짜이기를 바랄까?'

진행을 맡은 칙 모리슨이 말했다. "이 연회는 이 시대의 가장 위대한 인물이자 가장 유능한 생산자, '노하우'를 가진 인물, 우리 경제의 새 지도자 존 골트를 위한 자리입니다! 그의 뛰어난 라디오 연설을 들은 분들이라면 **그가** 모든 문제를 해결할 수 있다는 사실을 의심하지 않을 것입니다. 그가 **여러분을** 위해 나서겠다고 말하기 위해 이 자리에 왔습니다. 그가 절대 우리에게 협조하지 않을 것이며 그의 삶의 방식과 우리의 방식은 통합이 불가능하다고, 둘 중 하나를 선택해야 한다고 주장하는 구태의연한 극단주의자들에 의해 오도된 분들이라도 오늘 밤 행사를 통해 이 세상의 모든 것이 융화되고 통합될 수 있음을 깨닫게 될 것입니다!"

대그니는 생각했다. '일단 그를 본 사람들이라면 다른 사람을 보고 싶은 마음이 들까? **그가** 가능하다는 것을, 인간이 그처럼 될 수 있다는 것을 알게 된 이상 다른 것을 추구할 수 있을까? 이제 자신들도 **그가** 이룬 것을 이루고 싶다는 욕망 외에 다른 욕망을 품을 수 있을까? 아니면 마우치, 모리슨, 톰프슨 같은 인간들이 그것을 이루겠다는 선택을 하지 않았다는 사실 때문에 포기하게 될까? 마우치 같은 자들을 인간적이라고 생각하면서 **그를** 불가능한 존재로 여기게 될까?'

카메라는 연회장을 누비며 연회 참석자들과 텔레비전 시청자들에게 유명인사들과 잔뜩 긴장한 지도자들, 그리고 이따금 존 골트의 얼굴을 보여주었다. 골트의 날카로운 눈은 연회실 밖에 있는 사람들, 전국에서 텔레비전을 통해 그를 지켜보고 있는 사람들을 살피고 있는 듯했다. 그가 칙 모리슨의 말을 듣고 있는지는 아무도 알 수 없었다. 침착한 얼굴에 아무 반응이 없었던 것이다.

다음 연사로 나선 국회의원 대표가 말했다. "오늘 밤 이 자리에서 인류 역사상 가장 위대한 경제 조직자이자 가장 유능한 관리자, 가장 뛰어난 계획자인 존 골트에게 찬사를 바치게 된 것을 자랑스럽게 생각합니다. 존 골트는 우리를 구원할 것입니다! 저는 국민의 이름으로 그에게 감사 인사를 하기 위해 이 자리에 왔습니다!"

대그니는 구역질이 나면서도 흥미로움을 느꼈다. '거짓이 진실하게도 펼쳐지고 있군. 이 사기극의 가장 지독한 사기는 저들의 말이 진심이라는 것이다. 저들은 골트에게 자기들 딴에는 최고의 찬사를 바치고 있다. 저들이 인생 최고의 성취로 여기는 것으로, 생각 없는 아첨의 향연과 거대한 위장의 비현실성으로, 기준 없는 인정과 알맹이 없는 찬사, 이유 없는 영예, 근거 없는 감탄, 가치 기준 없는 사랑으로 골트를 유혹하고 있다.'

이제 웨슬리 마우치가 마이크를 잡고 있었다. "우리는 존 골트의 비이기적인 지도 아래 국가를 위해 봉사하고자 모든 편협한 의견 차이와 당파적 입장, 개인적 이익과 이기적 견해를 버렸습니다!"

대그니는 생각했다. '사람들은 왜 잠자코 듣고 있는 거지? 저들의 얼굴에서 죽음의 증표를, 그의 얼굴에서 생명의 증표를 보지 못하는 걸까? 그들은 어떤 것을 선택하고 싶어할까? 인류를 위해 어떤 것을 추구할까?' 대그니는 연회장 안의 얼굴들을 쳐다보았다. 초조하고 공허한 얼굴들이었다. 무거운 무기력함과 만성적인 공포밖에 보이지 않았다. 그들은 골트와 마우치 사이의 차이점을 발견할 수 없는 것처럼, 설령 차이점이 존재한다 해도 아무 상관 없는 것처럼 두 사람을 보고 있었다. 그들의 공허하고 무비판적이고 가치를 따지지 않는 시선은 이렇게 말하고 있었다. "내가 뭔데 그걸 알 수 있겠어?" 대그니는 골트의 말을 떠올리며 몸서리쳤다. "'내가 뭔데 알 수 있겠어?'라고 묻는 것은 '내가 뭔데 살 수 있겠어?'라고 말하는 것과 같습니다." 그녀는 이런 생각이 들었다. '그들은 살고 싶기는 한 걸까?' 그들은 그런 의문을 제기하려는 노력조차 할 생각이 없는 듯했다. 하지만 그렇지 않은 사람들도 몇몇 있었다. 그들은 테이블 위에 힘없이 손을 올려놓고 절박한 애원과 슬픈 감탄의 눈빛으로 골트를 바라보고 있었다. 그들은 골트의 실체를 본 사람들이었다. 그의 세계에 대한 좌절된 갈망을 품고 사는 사람들이었다. 하지만 만약 내일 그가 사람들 앞에서 살해되는 것을 본다면 그들은 팔을 축 늘어뜨리고 외면하며 이렇게 말할 터였다. "내가 누군데 나서겠어?"

마우치가 계속 떠들고 있었다. "행동과 목적의 통일은 우리를 더 행복한 세상으로 이끌 것이며……."

톰프슨이 골트에게로 몸을 기울이며 상냥한 미소를 지으면서 속삭였다. "이따가 나 다음에 국민들에게 몇 마디 해야 할 거요. 아니, 아니, 긴 연설은 아니고 한두 마디만 하면 돼요. 그냥 '여러분, 안녕하십니까' 뭐 그런 말. 국민들이 당신 목소리를 알아들을 수 있게 말이오."

개인 비서로 소개된 근육질 사내가 골트의 옆구리를 총구로 지그시 눌러 무언의 위협을 가했다. 골트는 대답하지 않았다.

웨슬리 마우치의 연설이 이어졌다. "존 골트 계획은 모든 갈등을 없애줄 것입니다. 부자들의 재산을 보호해주고, 가난한 사람들의 몫을 키워줄 것입니다. 여러분의 세금 부담을 줄여주고, 정부로부터 더 많은 혜택을 받을 수 있도록 해줄 것입니다. 물가를 낮추고, 임금을 올려줄 것입니다. 개인에게는 더 많은 자유를 줌과 동시에 집단적 의무의 구속력을 강화시킬 것입니다. 존 골트 계획은 자유 기업의 효율성과 계획 경제의 관용을 결합시킬 것입니다."

대그니는 증오의 눈길로 골트를 바라보는 몇몇 사람들을 도무지 이해할 수가 없었다. 제임스도 그중 하나였다. 화면에 마우치가 잡히면 그들은 지루하고 만족스런 표정을 지었다. 그것은 즐거움이 아니라 자신에게 아무것도 요구되지 않고, 아무것도 확실하지 않다는 것을 아는 것에서 오는 편안함이었다. 하지만 카메라가 골트의 얼굴을 비추면 그들은 입을 꽉 다물고 날카롭게 날이 선 표정으로 변했다. 대그니는 그들이 그의 얼굴이 가진 정확성을, 분명한 이목구비를, 하나의 실체로서 자신의 존재를 주장하는 표정을 두려워하고 있음을 문득 깨달았다. 그들은 골트가 그 자신으로 존재한다는 이유로 그를 증오하고 있었다. 대그니는 그들 영혼의 본질을 실감하며 서늘한 공포를 느꼈다. 그들은 그의 삶의 능력 때문에 그를 증오하고 있었다. '**그들도** 살기를 원할까?' 대그니는 자조적으로 그런 의문에 젖었다. 충격으로 정신이 마비된 상태에서 골트의 말이 떠올랐다. "아무것도 되고 싶지 않은 욕망은 살고 싶지 않은 욕망입니다."

이제 톰프슨이 마이크에 대고 활기차고 서민적인 태도로 소리치고 있었다. "나는 여러분에게 이렇게 말하고 싶습니다. 분열과 공포를 조장하는 의심 많은 자들을 가차 없이 비난하십시오! 그들은 여러분에게 존 골트는 우리에게 협조하지 않을 거라고 했습니다. 안 그렇습니까? 하지만 여기 그가 와 있습니다. 자신의 선택에 따라, 여기 이 자리에, 국가 최고 지도자로서요! 국민을 위해 기꺼이 봉사할 능력과 준비를 갖추고요! 여러분, 다시는 의심하거나 도망치거나 포기하지 마십시오! 오늘 이 자리에 내일이 있습니다. 멋진 내일이요! 지상의 모든 사람이 하루 세 끼를 먹고, 집집마다 자가용이 있고, 우리가 지금까지 보지 못했던 모터로 만든 전기를 **공짜로** 쓸 수 있는 내일! 여러분이 할 일은 조금만 더 참고 기다리는 것뿐입니다! 인내, 믿음, 단결, **이것이** 진보의 비결입니다! 우리 모두 단결해야 합니다. 온 세계가 단결해 하나의 행복한 거대 가족을 이루어 모두를 위해 일해야 합니다! 우리는 역사상 가장 부유하고 분주했던 시대의 기록을 깰 지도자를 발견했습니다! 인류에 대한 사랑이 그를 이 자리에 오게 했습니다. 여러분을 위해 봉사하고, 여러분을 보호하고 보살펴주기 위해서요! 그는 여러분의 애원을 들었고, 우리 모두가 지닌 인간으로서의 의무를 다하기 위해 이 자리에 왔습니다! 모든 인간은 형제의 수호자입니다! 홀로 섬으로 존재하는 인간은 없습니다! 이제 여러분은 그의 목소리를 듣게 될 것입니다. 그의 메시지를 듣게 될 것입니다!"

그러고는 엄숙히 덧붙였다. "신사 숙녀 여러분, 우리 인류 가족에게 존 골트를 소개합니다!"

카메라가 골트를 향해 움직였다. 골트는 잠시 가만히 있었다. 그러고는 비서의 손이 따라올 수 없을 정도로 민첩하고 노련한 동작으로 벌떡 일어나 옆으로 몸을 기울여 그의 옆구리에 겨누어진 총구가 순간적으로 세상 사람들의 눈에 보이게 했다. 그런 다음 그는 카메라를 향해 똑바로 서서 보이지 않는 시청자들을 응시하며 말했다.

"길을 비켜요!"

발전기

"길을 비켜요!"

로버트 스태들러 박사는 차 안에서 라디오를 통해 그 말을 들었다. 그는 그 다음에 이어진 헐떡거림 같기도 하고 비명 같기도 하고 웃음 같기도 한 소리가 자신이 낸 것인지, 라디오에서 흘러나온 것인지 알 수 없었다. 잠시 후 딸깍 소리와 함께 라디오는 먹통이 되었다. 웨인 포클랜드 호텔에서는 더 이상 아무 소리도 들려오지 않았다.

그는 불 켜진 다이얼 밑의 스위치들을 하나씩 돌려보았다. 아무 소리도 나오지 않았다. 아무 설명도, 기술적인 문제라는 변명도, 정적을 가리는 음악도 없었다. 모든 방송국이 방송을 중단한 상태였다.

그는 몸서리를 친 뒤 운전대를 꽉 잡고 결승점에 이른 경마 기수처럼 앞으로 몸을 기울이고 액셀러레이터를 밟

앉다. 눈앞의 고속도로가 전조등 불빛과 함께 질주했다. 불이 밝혀진 고속도로 너머에는 아이오와의 텅 빈 대초원이 펼쳐져 있었다.

그는 자신이 왜 방송을 듣고 있었는지, 그리고 지금 무엇 때문에 떨고 있는 것인지 알지 못했다. 그가 갑자기 킬킬대기 시작했다. 적의에 찬 으르렁거림 같은 그 웃음은 라디오를 향한 것일 수도, 뉴욕의 사람들을 향한 것일 수도, 하늘을 향한 것일 수도 있었다.

그는 드문드문 나타나는 고속도로 번호가 적힌 표지판을 주시하고 있었다. 그는 지도를 볼 필요가 없었다. 나흘 동안 지도가 뇌리에 동판화처럼 새겨졌던 것이다. '놈들은 내게서 지도를 빼앗을 수 없어. 나를 막을 수 없어.' 그는 쫓기고 있는 듯한 기분을 느꼈지만 뒤에는 아무것도 없었고 아이오와 벌판의 어둠을 헤치고 도망치는 위험 신호 같은 자신의 차의 붉은 미등 두 개밖에 보이지 않았다.

지금 그의 손과 발을 움직이게 하는 것은 나흘 전에 일어난 일이었다. 그것은 다름 아닌 창턱에 앉아 있던 남자의 얼굴과 그 방에서 도망쳐 나와 마주한 얼굴들이었다. 그는 그들에게 외쳤다. 자신은 골트를 상대할 수 없다고. 그들도 마찬가지라고. 그들이 먼저 골트를 없애지 않으면 골트가 그들 모두를 파멸시킬 것이라고.

그러자 톰프슨이 냉랭하게 대꾸했다. "교수, 건방 떨지 마시오. 당신은 그를 증오한다고 요란하게 떠들어대더니 막상 행동으로는 우리에게 아무 도움도 되지 못했소. 난 당신이 어느 편인지 모르겠소. 만일 그가 순순히 굴복하지 않는다면 그가 아끼는 사람들을 인질로 삼아 압력을 가해야 할지도 모르는데 당신이 일순위요, 교수."

"**내가요?** 그는 이 세상 누구보다도 나를 저주해요!" 스태들러 박사는 절박한 웃음을 지으면서 공포로 몸을 떨며 외쳤다.

그러자 톰프슨이 대꾸했다. "그걸 내가 어찌 알겠소? 당신이 그의 스승이었다고 들었소. 그리고 그가 만나고 싶어 한 유일한 사람이 당신이었다는 사실을 잊지 마시오."

그의 마음이 공포로 녹아내렸다. 양쪽에서 다가오는 벽 사이에 끼어 압사할 것만 같은 기분이었다. 골트가 굴복을 거부하면 그에게는 기회가 없었고, 골트가 그들에게 협조하면 더욱 기회가 없었다. 바로 그때 그의 마음속에서 헤엄쳐 다가오는 아득한 형상이 있었다. 아이오와 평원 한복판의 버섯 모양 지붕이 있는 건물이었다.

그 후로 그의 마음속에서 모든 것이 뒤범벅이 되었다. 그는 프로젝트 X를 생각했다. 하지만 자신이 어느 시대, 어떤 세상에 속해 있는지 알려주는 것이 그 건물인지 아니면 시골에 우뚝 서 있는 중세의 성인지 알 수 없었다. '나는 로버트 스태들러야. 그건 내 소유물이야. 나의 과학적 발견의 산물이야. 그들도 내가 그걸 발명했다고 말했어……. 그들에게 보여주고 말겠어!' 하지만 그 대상이 창턱에 앉아 있던 남자인지, 다른 사람들인지, 아니면 인류 전체인지 알 수 없었다. 그의 생각은 맥락도 없이 물 위의 파편들처럼 떠돌았다. '프로젝트 X를 손에 넣고…… 그들에게 보여주겠어!…… 그것을 손에 넣고 세상을 지배하겠어……. 이 세상에 살아남는 방법은 그것밖에 없어…….'

그가 마음에 품은 계획을 설명하는 말들은 고작 그것뿐이었다. 그의 야만적인 감정이 더 이상 설명할 필요 없다고 반항적으로 외쳤다. 그는 프로젝트 X를 손에 넣은 다음 그 지역을 자신의 개인적인 봉건 영토로 만들 계획이었다. 어떻게? 그의 감정이 대답했다. 어떻게든. 동기는? 그의 마음이 고집스럽게 대답했다. 톰프슨 일당이 주는 공포 때문이라고. 이제 더 이상 그들 틈에서 안전할 수 없기 때문이라고. 자신의 계획은 실질적인 필요에 의한 것이라고. 하지만 그의 녹아내린 뇌 깊숙한 곳에는 맥락을 잃은 생각의 파편들과 함께 다른 종류의 공포가 숨어 있었다.

그 파편들이 지난 나흘 동안 그의 길을 인도해준 유일한 나침반이었다. 그는 무너져가는 나라를 가로질러 텅 빈 고속도로를 달릴 때도, 불법으로 기름을 넣기 위해 편집광적인 꾀를 낼 때도, 가명으로 눈에 잘 띄지 않는 모텔에 들어 몇 시간씩 불안한 잠을 잘 때도…… 전능한 주문이라도 외듯 마음속으로 되뇌었다. '나는 로버트 스태들러야.'……
'프로젝트 X를 손에 넣겠어.' 그는 반쯤 버려진 마을들의
쓸모없는 교통 신호등을 무시하고 내달리며, 태거트 철교
의 진동하는 철길을 달려 미시시피 강을 건너며, 텅 빈 아
이오와의 드문드문 나타나는 폐허가 된 농장들을 지나며
다짐했다……. '그들에게 보여주겠어. 쫓아오려면 쫓아오
라고 해. 이번에는 나를 막지 못할 테니까.' 아무도 따라오
지 않는데도, 따라오는 것이라고는 자기 차의 미등과 마음
속에서 길을 잃은 동기뿐인데도 계속 그렇게 생각했다.

그는 침묵하고 있는 라디오를 보며 킬킬 웃었다. 그 웃
음은 허공에 대고 주먹을 흔들어대는 것과 같았다. '실질
적인 사람은 나야……. 난 선택의 여지가 없어…… 다른
방법이 없어……. 내가 로버트 스태들러라는 걸 잊은 저
무례한 깡패들에게 똑똑히 보여주겠어……. 그들은 모두
무너지겠지만 난 아니야!…… 난 살아남을 거야!…… 난
이길 거야!…… 그들에게 보여줄 거야!'

그 말들은 조용하고 격렬한 늪 같은 그의 마음속에서 단
단한 흙덩이요, 늪 바닥에 가라앉은 맥락이었다. 그 말들
을 이어보면 이런 의미가 되었다. '난 **그에게** 보여주겠어!
이 세상에서 살아남기 위해서는 다른 방법이 없다는 것
을!……'

멀리서 보이는 점점이 흩어진 불빛들은 프로젝트 X 실

험을 했던 자리에 세운 막사들로 그곳은 '화합의 도시'라는 이름이 붙었다. 가까이 다가가서 보니 그곳에서 무언가 비정상적인 일이 벌어지고 있는 듯했다. 철조망 울타리가 무너져 있었고, 정문에는 보초도 없었다. 어둠 속과 흔들리는 스포트라이트 불빛 아래에서 비정상적인 움직임이 느껴졌다. 무장한 트럭과 뛰어다니는 사람들, 번쩍이는 총검들이 보이고, 명령 소리가 들렸다. 아무도 그의 차를 막지 않았다. 막사 모퉁이에 땅에 나자빠져 있는 군인이 보였다. 스태들러 박사는 술에 취한 모양이라고 생각하고 싶었지만 왠지 미심쩍었다.

앞에 있는 작은 언덕 위에 버섯 모양의 건물이 자리하고 있었다. 가늘고 긴 창문들에서 빛이 새어 나오고 있었고, 돔 지붕 아래 깔때기 모양의 배출구들이 시골의 어둠을 겨냥하고 있었다. 건물 입구에서 차를 세우고 내리자 군인 한 명이 길을 막아섰다. 군인은 제대로 무장은 했지만 모자를 쓰지 않았고 군복도 단정하지 못했다.

"어디 가시는 겁니까?" 군인이 물었다.

"비켜!" 스태들러 박사가 경멸적으로 명령했다.

"무슨 일로 오셨습니까?"

"나 로버트 스태들러 박사야."

"나는 조 블로요. 무슨 일로 오셨느냐고 물었잖아요. 새로 온 사람들 편이오, 아니면 옛날 사람들 편이오?"

"비키라고, 이 멍청아! 나 로버트 스태들러 박사야!"

군인을 움직인 것은 스태들러 박사의 이름이 아니라 목소리와 태도였다.

"새로 온 사람들 편이군."

군인은 그렇게 말하고 문을 열며 안에 대고 외쳤다. "어이, 맥, 여기 노인네 하나 들어가니까 무슨 일로 왔는지 알아봐!"

썰렁하고 어두운 콘크리트 복도에서 스태들러 박사는 장교로 보이는 남자와 마주쳤다. 남자는 재킷 목단추를 풀어헤치고 입가에 거만하게 담배를 물고 있었다.

"**당신** 누구요?" 남자가 재빨리 허리의 권총으로 손을 가져가며 날카롭게 물었다.

"난 로버트 스태들러 박사요."

그 이름은 아무 효력도 발휘하지 못했다.

"누가 여기 들어오라고 허락했소?"

"난 허락이 필요 없는 사람이오."

그 말은 효력이 있는 듯했다. 남자가 입에서 담배를 빼고 좀 불안한 목소리로 물었다.

"누가 보냈죠?"

"이곳 지휘관과 만날 수 있게 해주겠소?"

스태들러 박사가 조급하게 요구했다.

"지휘관? 너무 늦었소."

"그럼 수석 엔지니어!"

"수석 뭐? 아, 윌리? 윌리는 괜찮아요. 우리 편이니까. 그런데 지금 심부름 갔어요."

근처에서 다른 사람들이 불안해하며 듣고 있었다. 장교가 그중 한 명을 손짓으로 불렀다. 허름한 코트를 어깨에 걸친 수염이 덥수룩한 민간인이었다.

"원하는 게 뭐요?" 그가 스태들러에게 무뚝뚝하게 물었다.

"과학을 담당하는 사람들이 어디 있는지 누가 좀 알려주겠소?" 스태들러 박사가 정중하면서도 명령조로 물었다.

이곳에서는 그런 질문이 어울리지 않는 것처럼 두 남자가 서로 눈짓을 교환했다.

"워싱턴에서 왔소?" 민간인이 의심스러운 목소리로 물었다.

"아니요. 내가 워싱턴 놈들과 끝났다는 걸 알게 해주겠소."

"오, 그럼 '인민의 친구'요?" 민간인이 기쁜 기색으로 물었다.

"인민의 가장 훌륭한 친구라고 할 수 있지. 그들에게 이 모든 것을 준 사람이니까." 스태들러 박사가 주위를 가리키며 말했다.

"당신이요? 당신이 우두머리와 거래한 사람들 중 한 명인가요?" 민간인이 감동해서 물었다.

"지금부터 **내가** 여기 우두머리요."

장교와 민간인은 서로를 쳐다보더니 몇 걸음 물러났다.

장교가 물었다. "이름이 스태들러라고 했소?"

"**로버트 스태들러**. 그게 무슨 뜻인지 모른다면 곧 알게 될 거요!"

"이쪽으로 따라오시겠습니까?" 장교가 불안한 공손함을 보이며 말했다.

다음에 일어난 일들은 스태들러 박사에게 분명하게 다가오지 않았다. 그의 마음이 눈에 보이는 현실을 받아들이기를 거부했던 것이다. 반쯤만 불이 밝혀진 너저분한 사무실에서 사람들이 불안하게 움직였고, 모두 허리에 너무 많은 무기를 매달고 있었으며, 무례함과 두려움 사이를 오가는 목소리들이 그에게 어리석은 질문들을 던졌다. 그들 중에는 스태들러 박사에게 상황을 설명해주려고 한 사람이 있었을지도 모르지만 스태들러 박사는 알지 못했다. 그는 설명을 들을 생각이 없었으니까. 이 상황을 현실로 받아들일 수가 없었으니까. 그는 봉건 영주의 말투로 이 말만 되풀이했다.

"이제부터 **내가** 여기 우두머리다⋯⋯ 내가 명령을 내린다⋯⋯ 나는 이곳을 접수하러 왔다⋯⋯ 내가 이곳의 주인이다⋯⋯ 나는 로버트 스태들러 박사다. **내 이름을** 모르는 머저리들은 **여기** 있을 필요가 없다! 그런 지식수준이라면 자폭해버려라! 고등학교 물리는 배웠나? 고등학교 문턱도 넘어보지 못한 자들처럼 보이는군! 그런 자들이 여기서 뭐 하고 있는 거지? 당신들 누구지?"

그는 한참이 지나 더 이상 현실 인식을 회피할 수 없게 되어서야 누군가 먼저 선수를 쳤음을 깨달았다. 누군가 그와 같은 존재관으로 그가 계획한 미래를 얻기 위해 나선 것이다. 그는 자칭 '인민의 친구'라는 자들이 자신들의 정권을 세우기 위해 몇 시간 전에 프로젝트 X를 차지했음을 알게 되었다. 그는 그들의 면전에 대고 의심과 경멸에 찬 웃음을 터뜨렸다.

"이 한심한 애송이들아, 너희들은 지금 자신이 뭘 하고 있는지도 모르고 있어! 너희들이…… **너희들이!**…… 고정밀 과학 장치를 다룰 수 있을 것 같아? 너희들 대장이 누구야? 너희들 대장을 만나야겠다!"

그의 위압적인 목소리와 경멸, 그리고 그들의 공포(안전이나 위험에 관한 기준이 없는 고삐 풀린 폭력성을 지닌 자들의 맹목적인 공포)가 그들을 동요하게 만들었다. 그들은 그가 지도부의 고위급 인사일지도 모른다고 생각했다. 그들은 그 어떤 권력에도 저항하거나 복종할 준비가 되어 있었다. 스태들러 박사는 안절부절못하는 지휘관들을 거쳐 마침내 철제 계단을 내려가 발소리가 메아리치는 긴 지하 콘크리트 복도를 지나 '우두머리'와 직접 마주하게 되었다.

우두머리는 지하 통제실로 대피해 있었다. 소리광선을 만들어내는 복잡한 나선형 기계 장치들 사이에, '실로폰'으로 알려진 반짝이는 레버, 다이얼, 눈금들로 이루어진 계기반 앞에 프로젝트 X의 새 지배자가 있었다. 그는 커피 메이그스였다.

그는 몸에 꼭 끼는 군복 비슷한 재킷과 가죽 각반 차림이었는데, 목살이 재킷 칼라 위로 불거져 나오고 검은 곱슬머리가 땀에 젖어 뭉쳐 있었다. 그는 실로폰 앞에서 초조하게 서성이며 분주히 방을 들락날락하는 부하들에게 큰 소리로 명령을 내리고 있었다.

"연락 가능한 모든 군청(郡廳) 소재지에 급사를 보내! 인민의 친구들이 승리했다고 알려! 이제 더 이상 워싱턴의 명령을 받을 필요가 없다고 전해! 이제부터 인민 공화국의 수도는 이곳 화합의 도시이고, 이곳 이름은 메이그스빌이 되었다고 전해! 내일 아침까지 인구 5,000명당 50만 달러씩 바치지 않으면…… 각오하라고 해!"

커피 메이그스의 흐릿한 갈색 눈이 스태들러 박사를 주목하는 데는 시간이 좀 걸렸다.

"아니, 이건 뭐야? 뭐야?" 그가 날카롭게 물었다.

"나는 로버트 스태들러 박사요."

"뭐라고? 아, 그래! 맞아! 외계에서 온 거물이시군. 원자인가 뭔가를 잡은 사람. 그런데 도대체 여기서 뭐 하고 있는 거요?"

"당신에게 그 질문을 할 사람은 바로 나요."

"뭐라고? 이봐요, 교수. 난 지금 농담할 기분이 아니오."

"난 통제하러 왔소."

"통제? 뭘 말이오?"

"이 장치. 이곳. 이 장치의 작동 반경 내의 모든 지역."

메이그스는 그를 멍하니 쳐다보고 있다가 조용히 물었다. "여긴 어떻게 왔소?"

"차로 왔소."

"아니, 누가 데려왔느냐는 거요."

"나 혼자 왔소."

"어떤 무기를 가져왔소?"

"무기는 없소. 내 이름이면 충분하니까."

"당신 이름과 차로 혼자 왔다고?"

"그렇소."

커피 메이그스가 스태들러 박사의 면전에 대고 웃음을 터뜨렸다.

"**당신이** 이런 장치를 다룰 수 있을 것 같소?" 스태들러 박사가 물었다.

"교수, 당장 떠나시오! 총에 맞아 죽기 전에 빨리! 여긴 지식인 따윈 필요 없으니까!"

"당신이 **이것에** 대해 얼마나 알아?" 스태들러 박사가 실로폰을 가리키며 물었다.

"무슨 상관이야? 요즘 기술자들은 흔해 **빠졌어**! 꺼져버려! 여긴 워싱턴이 아니야! 난 워싱턴의 비현실적인 몽상가들과는 끝났어! 그들은 그 라디오 유령과 협상하고 연설하느라 바쁜데 그래서는 성공할 수 없어! 지금 필요한 건 행동이야! 직접적인 행동! 박사, 꺼져! 당신 시대는 끝났어!"

그는 몸을 앞뒤로 건들거리며 이따금 실로폰의 레버를 잡았다. 스태들러 박사는 그가 술에 취해 있음을 알아차렸다.

"이 멍청아, 그 레버 건드리지 마!"

메이그스는 무의식중에 얼른 손을 움츠렸다가 다시 계기반을 향해 반항적으로 휘둘렀다.

"난 뭐든 내 맘대로 만질 수 있어! 나한테 이래라저래라 명령하지 마!"

"그 계기반에서 물러서! 여기서 나가! 이건 내 거야! 알겠어? **내** 소유라고!"

"소유? 헛!"

메이그스가 날카로운 웃음소리를 냈다.

"내가 발명했어! 내가 만들었단 말이야! 내가 가능하게 했다고!"

"그래? 고맙기도 해라. 박사, 이거 정말 고맙소. 하지만 우린 이제 당신이 필요 없어. 우리 기술자들이 있으니까."

"이걸 가능하게 하기 위해 내가 뭘 알아내야 했는지 짐작이나 해? 당신은 저 관 하나도 생각해내지 못했을 거야! 볼트 하나도!"

메이그스는 어깨를 으쓱했다.

"아마도."

"그런데 어떻게 감히 이걸 차지할 생각을 할 수 있지? 어떻게 여기 올 수 있지? 당신이 무슨 권리가 있지?"

메이그스는 자신의 권총집을 톡톡 치며 말했다. "**이것.**"

"잘 들어, 이 주정뱅이야! 지금 당신이 뭘 갖고 장난치는 줄 알아?" 스태들러 박사가 외쳤다.

"이 멍청한 늙은이, 나한테 그따위로 말하지 마! **당신이** 뭔데 나한테 그따위로 말해? 난 맨손으로 당신 목을 부러뜨릴 수도 있어! 내가 누군지 몰라?"

"능력 밖의 일을 벌이고 겁을 먹은 악당이지!"

"내가? 내가? 난 우두머리야! 난 우두머리이고, 당신 같은 늙은 허수아비는 날 막을 수 없어! 여기서 나가!"

두 사람은 실로폰 앞에서 잠시 서로를 노려보았다. 둘 다 겁에 질려 있었다. 스태들러 박사는 지금 자신이 마주하고 있는 존재가 자신의 최종 생산물이자 정신적 아들이라는 섬뜩한 진실을 받아들이지 않으려고 안간힘을 다하고 있었다. 커피 메이그스의 공포는 더 광범위한 것으로 존재 전체를 포괄하고 있었다. 평생 만성적인 공포 속에서 살아온 그는 이제 그 공포의 실체를 보고 그것을 받아들이지 않으려고 애쓰고 있었다. 승리를 거두고 이제 안전해졌다고 여기고 있었는데, 지식인이라는 신비하고 불가사의한 종자가 그를 두려워하기를 거부하고 그의 권력에 저항하고 있었던 것이다.

"여기서 나가! 내 부하들을 부르겠어! 당신을 쏴버리라고 하겠어!" 커피 메이그스가 으르렁거렸다.

"네가 나가. 이 더럽고 무식하고 거들먹대는 저능아야! 네가 **내** 인생을 이용해먹게 내가 놔둘 것 같아? 내가 **너를** 위해서…… 너를 위해서 영혼을 팔아가며……."

그는 차마 말을 맺지 못했다.

"레버 건드리지 마, 이 빌어먹을 자식아!"

"나한테 명령하지 마! 난 당신 잔소리 들을 필요가 없어! 난 당신이 지껄이는 유식한 말에 겁 안 먹어! 난 내 맘대로 할 거야! 내 맘대로 할 수 없다면 내가 뭘 위해 싸웠겠어?"

메이그스는 킬킬거리며 레버를 향해 손을 뻗었다.

"이봐, 커피, 진정해!"

누군가 방 뒤쪽에서 달려나오며 외쳤다.

"물러서! 다들 물러서라고! 겁을 먹었다고? 내가? 누가 우두머리인지 똑똑히 보여주겠어!" 커피 메이그스가 소리쳤다.

스태들러 박사가 그를 막으려고 달려들었으나 메이그스는 그를 한 손으로 밀어냈다. 그는 스태들러 박사가 바닥에 나동그라지는 것을 보고 웃음을 터뜨리며 다른 손으로 실로폰의 레버를 당겼다.

괴물이 스스로를 공격하면서 금속이 갈라지고 회로가 폭발하는 굉음은 건물 안에서만 들렸다. 바깥에서는 아무 소리도 들리지 않았다. 바깥에서는 건물이 갑자기 소리 없이 공중으로 솟았다가 쉭쉭거리는 푸른 빛줄기를 내뿜으며 몇 개의 커다란 조각들로 분해되어 땅에 떨어져 쌓였다. 네 개 주에 걸친 반경 160킬로미터 이내 지역의 전신주들이 성냥개비처럼 쓰러지고 농가들이 산산조각이 났으며, 도시의 건물들은 번개 같은 칼솜씨로 단숨에 베어 다져놓은 것처럼 무너졌다. 희생자들은 아무 소리도 들을 사이 없이 처참한 시체가 되었다. 반경 가장자리에 위치한 미시시피 강에서는 태거트 철교가 두 동강 나면서 철교를 중간쯤 지나던 열차의 기관차와 앞쪽 객차 여섯 대가 철교 서쪽 부분과 함께 금속 소나기가 되어 강으로 쏟아져 내렸다.

폐허가 된 프로젝트 X 자리에서는 한때 위대한 정신을 지녔던 자의 찢어진 살점 덩어리의 울부짖는 고통이 오래도록 맴돌았다.

◆

 대그니는 공중전화 부스만이 당면한 절대적인 목표이고 주위 행인들의 목표에는 전혀 신경 쓰이지 않는 것에서 홀가분한 자유를 느꼈다. 그렇다고 해서 도시와 멀어진 느낌은 아니었다. 오히려 처음으로 이 도시를 소유하고 사랑하고 있는 기분이 들었다. 그녀는 지금 이 순간처럼 너무나 개인적이고 엄숙하고 확실한 소유의식을 가지고 이 도시를 사랑했던 적이 없었다. 밤은 고요하고 청명했다. 그녀는 하늘을 바라보았다. 그녀의 기분이 기쁨보다 엄숙함이 강하면서도 미래의 기쁨을 안고 있듯이, 밤공기도 따뜻하다기보다 바람은 없었지만 먼 봄의 기운을 담고 있었다.

 '길을 비켜요.' 그녀는 분노가 아닌 즐거움에 가까운 기분으로 초연함과 해방감을 느끼며 주위의 행인들에게, 그녀의 급한 걸음을 막는 차들에게, 과거에 느꼈던 두려움을 향해 그 말을 외쳤다. 그가 그 말을 하는 것을 들은 지 채 1시간도 안 되어서 아직도 그의 목소리가 아득한 웃음소리와 섞여 거리에서 울리는 듯했다.

 대그니는 웨인 포클랜드 호텔 연회장에서 그가 그 말을 하는 것을 듣고 환희에 찬 웃음을 터뜨렸다. 그녀는 입을 막고 웃었기 때문에 눈에만 웃음이 나타났다. 그가 그녀를 똑바로 쳐다보았고, 그의 눈에 웃음이 어리는 것을 보고 그녀는 그가 자신의 웃음소리를 들었다는 사실을 알 수 있었다. 두 사람은 헐떡거리며 비명을 질러대는 군중의 머리 위로 잠시 서로를 응시했다. 모든 방송국이 즉시 방송을 중단했는데도 마이크 부수는 소리가 울려 퍼졌고, 일부 손님들이 문을 향해 우르르 몰려가는 바람에 테이블이 쓰러지면서 유리 깨지는 소리가 요란했다.

그 다음, 톰프슨이 골트를 가리키면서 외치는 소리가 들렸다.

"방으로 다시 데려가. 목숨 걸고 지켜!"

남자 셋이 그를 데리고 나가자 군중들이 길을 터주었다. 톰프슨은 팔로 얼굴을 가리고 무너지는 듯했지만 이내 기운을 내어 벌떡 일어나서 부하들에게 따라오라는 손짓을 하고는 전용 출구로 달려나갔다. 손님들은 아무 설명도, 안내도 듣지 못한 채 일부는 무작정 문을 향해 달리고 나머지는 감히 움직일 용기도 내지 못하고 앉아 있었다. 연회장은 선장 없는 배 같았다. 대그니는 군중들을 헤치고 톰프슨 일당을 따라갔다. 아무도 그녀를 막으려 하지 않았다.

대그니는 작은 개인 서재에 모여 있는 그들을 발견했다. 톰프슨은 안락의자에 구부정하니 앉아 양손으로 머리를 감싸고 있었고, 웨슬리 마우치는 신음하고 있었으며, 유진 로슨은 성난 어린아이처럼 흐느끼고 있었다. 제임스는 이상하게 기대감에 찬 눈빛으로 그들을 바라보고 있었다.

페리스 박사가 외쳤다. "그것 봐요! 내가 뭐랬어요? 당신들의 '평화적인 설득'이 가져온 결과가 **이거라고요!**"

대그니는 문가에 서 있었다. 그들은 그녀의 존재를 알면서도 신경 쓰지 않는 듯했다.

칙 모리슨이 외쳤다. "난 그만두겠어요! 그만둔다고요! 난 끝났어요! 국민들에게 뭐라고 말해야 할지 모르겠어요! 난 생각할 수가 없어요! 생각하려고 애쓰지도 않겠어요! 다 소용없으니까! 나도 어쩔 수 없었어요! 당신들은 나를 비난할 수 없어요! 난 그만두었으니까!"

그는 소용없다는 뜻인지 아니면 작별 인사인지 애매하게 손을 흔들고는 밖으로 뛰쳐나갔다.

"저 사람은 테네시에 은신처를 마련해두었어요."

팅키 할러웨이가 생각에 잠겨서 말했다. 그 역시 비슷한 대책을 마련해놓았고 때가 되었는지 고민하고 있는 듯했다.

"거기서 오래 버티지 못할 거요. 거기까지 무사히 갈 수 있을지도 의문이고. 강도 떼가 들끓고 교통은 마비되고……." 마우치는 말끝을 흐리며 손을 펼쳐 보였다.

대그니는 그들이 무슨 생각을 하고 있는지 알 수 있었다. 그들은 개인적으로 어떤 탈출구를 마련해놓았든 모두가 덫에 걸려 옴짝달싹 못 하는 처지가 되었음을 깨닫고 있었다.

대그니는 그들의 얼굴에 공포가 없는 것을 발견했다. 공포의 기색이 있기는 했지만 그것은 형식적인 공포일 뿐이었다. 멍하고 무감한 표정에서 어차피 이런 결과를 맞이할 것을 알고 있었기에 따지거나 후회할 생각조차 않는 사기꾼의 안도한 표정까지 다양했다. 로슨은 무엇도 의식하기를 거부하는 성마르고 맹목적인 표정이었고, 제임스는 은밀한 미소를 머금고 있는 듯했다.

페리스 박사가 조급하게 물었다. 그는 히스테리를 편안히 여기는 사람의 에너지 넘치는 태도였다.

"자, 자. **이제** 그를 어떻게 할 작정이죠? 논쟁을 벌일 건가요? 토론을 할 건가요? 연설을 할 건가요?"

아무도 대답하지 않았다.

"그는…… 우리를…… 구해야…… 해. 그는…… 우리 대신…… 우리 체제를 지켜야 해." 마우치가 마지막 남은 이성을 버리고 현실에 최후통첩을 전하듯 천천히 말했다.

"그럼 그에게 연애편지라도 쓰지 그래요?" 페리스가 말했다.

"우린…… **어떻게든**…… 그에게 떠맡겨야 해……. 그가 통치하도록 만들어야 해." 마우치가 몽유병 환자처럼 말했다.

페리스가 갑자기 목소리를 낮춰서 말했다. "**이제** 국립과학연구소가 얼마나 귀중한 곳인지 알겠어요?"

마우치는 대답하지 않았다. 하지만 그들 모두 페리스의 말뜻을 알고 있는 듯했다.

"당신은 나의 개인적인 연구 프로젝트를 '비실용적'이라고 반대했죠. 하지만 내가 뭐라고 했습니까?"

페리스가 조용히 물었다. 마우치는 말없이 손가락 관절만 꺾고 있었다.

"지금은 결벽을 떨 때가 아니에요. 그것에 대해 까탈을 부릴 필요가 없어요."

제임스 태거트가 그답지 않은 활기를 보이며 말했지만, 그 역시 이상할 만큼 목소리가 낮았다.

마우치가 둔하게 말했다. "내 생각에는…… 목적이…… 수단을 정당화시킬 수 있지……."

"의심하고 주저하고 원칙을 내세우기에는 너무 늦었어요. 지금은 직접적인 행동만이 통합니다." 페리스 박사가 말했다.

아무도 대꾸하지 않았다. 그들은 말이 아니라 침묵으로 의사 표현을 하고 싶어하는 듯했다.

"소용없을 거예요. 그는 굴복하지 않을 거예요." 팅키 할러웨이가 말했다.

"그건 **당신** 생각이고요!" 페리스가 낄낄 거리며 말했다. "당신은 우리의 실험을 못 봐서 그래요. 지난달에 우린 세 건의 미제 살인사건에 대해 모두 자백을 받아냈어요."

"만일……."

톰프슨이 말을 꺼냈다. 그의 목소리가 갑자기 갈라지며 신음 소리처럼 변했다.

"만일 그가 죽어버리면 우리 모두 망하는 거야!"

"걱정 마십시오. 그런 일은 없을 겁니다. '페리스 설득기'는 그런 가능성에 대비해 안전하게 설계되었으니까요." 페리스가 말했다.

톰프슨은 대꾸하지 않았다.

"제 생각에는…… 다른 선택의 여지가 없는 것 같습니다……." 마우치가 속삭임에 가까운 소리로 말했다.

모두 침묵을 지켰다. 톰프슨은 자신을 향하고 있는 모두의 시선을 피하려고 애썼다. 그러다 그가 갑자기 외쳤다.

"아, 마음대로 해! 나도 어쩔 수 없어! 마음대로 하라고!"

페리스 박사가 로슨을 향해 긴장된 목소리로 속삭였다. "유진, 라디오 통제실로 가요. 모든 방송국에 대기 명령을 내려요. 내가 3시간 내로 골트 씨를 방송에 내보낼 거라고 전해요."

로슨은 갑자기 즐거운 미소를 지으며 벌떡 일어나 밖으로 달려나갔다.

대그니는 알 수 있었다. 그들이 무슨 짓을 하려는지, 그것을 하게 하는 게 무엇인지 알 수 있었다. 그들은 그 일이 성공할 것이라고는 생각지 않았다. 골트가 굴복할 것이라고도 생각지 않았고, 그의 굴복을 원하지도 않았다. 지금 무언가가 그들을 구할 수 있다고도 생각지 않았고, 구원되기를 원하지도 않았다. 그들은 평생 이름 모를 공포에 사로잡혀 현실에 맞서 싸워왔으며, 이제 마침내 편안함을 느낄 수 있는 순간에 도달했다. 그들은 자신들이 왜 편안함을 느끼는지 알 필요가 없었다. 자신들이 느끼는 것에 대해 절대 알지 않기로 작정한 사람들이니까. 그저 **그것이** 자신들이 추구해왔던 것임을, **그것이** 자신들의 모든 감정과 행동, 욕망, 선택, 꿈에 내재되어 있던 현실임을 알 뿐이었다. 그것이 존재에 대한 반항과 이름 없는 적멸을 향한 추구의 본질이요, 방법이었다. 그들은 살기를 원하지 않았다. 그들은 **그가** 죽기를 원했다.

대그니는 시각의 변화에서 오는 짧은 공포를 맛보았다. 자신이 인간이라고 여겼던 대상들이 인간이 아님을 깨달은 것이다. 이제 그녀는 분명한 답을 얻었고 행동에 나서야 했다. 그가 위험에 처해 있었다. 이제 그녀는 인간 이하의 존재들이 저지르는 행동에 감정을 낭비할 시간이 없었다.

웨슬리 마우치가 속삭였다. "아무도 모르게 해야 하오……."

"아무도 모를 겁니다."

페리스가 말했다. 그들은 공모자들의 조심스럽고 단조로운 목소리를 내고 있었다.

"연구소 내의 따로 분리된 비밀 건물이고…… 방음 장치가 되어 있고 다른 부서들과 안전하게 떨어져 있으며…… 극소수의 연구진만 출입하고 있으니까요……."

"비행기로 가면……."

마우치가 페리스의 얼굴에서 경고의 표시를 본 듯 갑자기 입을 다물었다.

페리스가 문득 대그니의 존재를 상기하고 그녀에게 시선을 던졌던 것이다. 대그니는 무슨 일인지 알지도 못하고 관심도 없는 듯한 무표정한 얼굴로 그의 시선을 태연히 맞받았다. 그러고는 그들이 비밀 이야기를 나누고 있다는 신호를 그제야 받아들인 듯 어깨를 으쓱하고 천천히 돌아서서 나갔다. 그녀는 그들이 자신에 대해 걱정할 단계를 넘어섰음을 알고 있었다.

대그니는 서두르지 않고 무심한 태도로 복도를 지나 호텔을 나섰다. 하지만 호텔에서 한 블록 떨어진 모퉁이를 돌자 고개를 홱 들고 속도를 내기 시작했다. 갑자기 빨라진 걸음에 드레스 치맛자락이 돛처럼 펄럭이며 다리를 때렸다.

그리고 이제 오직 공중전화를 찾아야 한다는 일념으로 어둠 속을 급히 걸으며 위험과 걱정으로 인한 긴장감을 넘어 저항할 수 없는 새로운 감흥이 솟는 것을 느꼈다. 그것은 방해받을 필요가 없는 세상이 주는 자유의 느낌이었다.

대그니는 길 위의 쐐기 모양 불빛을 보았다. 술집 창문에서 새어 나온 것이었다. 그녀가 한산한 술집 내부를 가로질러 걸어가는 동안 아무도 그녀를 주목하지 않았다. 몇 안 되는 손님들은 아직도 방송이 중단된 채 지직거리는 소리만 나는 푸른 텔레비전 화면 앞에서 긴장된 목소리로 수군대며 기다리고 있었다.

대그니는 좁은 공중전화 부스에서 다른 행성을 향해 이륙하려는 우주선에 있는 것처럼 서서 오리건 주 6-5693으로 전화를 걸었다.

프란시스코가 바로 전화를 받았다.

"여보세요?"

"프란시스코?"

"대그니. 전화 기다리고 있었어."

"방송 들었어?"

"응."

대그니는 보고하는 듯한 목소리로 말했다. "그들이 그를 강제로 굴복시킬 계획을 세우고 있어. 그를 고문하려 하고 있어. 국립과학연구소 내의 고립된 건물에 '페리스 설득기'라는 기계가 있대. 뉴햄프셔에. 비행기로 간다고 했어. 그리고 3시간 내로 그를 라디오 방송에 내보낸다고 했어."

"알았어. 지금 공중전화야?"

"응."

"그럼 아직 야회복 차림이지?"

"응."

"잘 들어. 집에 가서 옷 갈아입고 필요한 물건만 챙겨. 보석과 귀중품도 들 수 있을 만큼 챙겨. 따뜻한 옷도. 나중에는 시간이 없을 테니까. 40분 후에 태거트 터미널 정문에서 동쪽으로 두 블록 떨어진 북서쪽 모퉁이에서 만나."

"좋아."

"이따 봐, 굼벵이."

"이따 봐, 프리스코."

그로부터 5분도 안 되어 대그니는 자신의 아파트 침실에서 급히 야회복을 벗고 있었다. 그녀는 제대한 군인의 군복이라도 되는 것처럼 야회복을 바닥에 던져버렸다. 그녀는 골트의 말이 생각나서 목선이 높이 올라온 흰 스웨터에 진청색 정장을 입었다. 그녀는 여행 가방과 어깨에 멜 수 있는 끈이 달린 가방을 챙겼다. 가방 구석에 보석들을 챙겨 넣었는데, 거기에는 바깥세상에서 얻은 리어든 금속 팔찌와 골짜기에서 얻은 5달러짜리 금화도 포함되어 있었다.

다시는 돌아올 수 없으리란 것을 알면서도 아파트를 나와 문을 잠그는 일은 쉬웠다. 사무실에 들어서자 순간적으로 좀 힘이 들었다. 그녀가 온 것을 본 사람은 아무도 없었다. 비서실은 텅 비어 있었고, 거대한 태거트 빌딩이 이상하리만큼 조용했다. 대그니는 잠시 멈추어 서서 사무실을 바라보며 그동안의 세월을 생각했다. 그러고는 미소를 지었다. 이곳을 떠나는 것도 그리 힘들지는 않았다. 그녀는 금고를 열고 가지러 온 서류를 꺼냈다. 그 밖에 사무실에서 챙길 것은 너새니얼 태거트의 초상화와 태거트 대륙횡단철도의 지도뿐이었다. 그녀는 두 액자를 깨서 그림과 지도를 뺀 다음 잘 접어 여행 가방에 넣었다.

여행 가방을 잠그고 있는데 다급한 발소리가 들렸다. 문이 벌컥 열리더니 수석 엔지니어가 달려들어왔다. 얼굴이 잔뜩 일그러져 있었고 몸을 부들부들 떨고 있었다.

"부사장님! 아, 하느님 감사합니다. 부사장님, 여기 계셨네요! 부사장님을 찾느라 사방으로 전화를 걸었습니다!"

수석 엔지니어가 외쳤다. 대그니는 대꾸 없이 무슨 일인지 묻는 시선으로 그를 쳐다보았다.

"부사장님, 들으셨습니까?"

"뭘요?"

"못 들으셨군요! 아, 부사장님…… 전 도저히 믿을 수가 없습니다……. 믿을 수가…… 아, 하느님, 이제 우린 어쩌죠? 태거트 철교가…… 사라졌습니다!"

대그니는 꼼짝도 할 수가 없어서 그를 빤히 쳐다보기만 했다.

"사라졌습니다! 폭파됐습니다! 한순간에 날아가버렸습니다! 도대체 무슨 일이 있었던 건지 아무도 모르지만……

사람들 말이…… 프로젝트 X에 문제가 생긴 것 같답니다……. 그 소리광선 말입니다! 그곳에서 반경 160킬로미터 내의 어디에도 갈 수 없게 됐습니다! 도저히 있을 수 없는 일이지만, 가능할 수 없는 일이지만 그 지역의 모든 것들이 사라진 것 같습니다!…… 우린 그 지역에서 아무 응답도 들을 수 없습니다! 우리뿐 아니라 신문사, 라디오 방송국, 경찰도요! 아직 조사 중이지만 그 지역 근방에서 들려오는 이야기로는……."

그는 진저리를 쳤다.

"확실한 것은 단 하나, 철교가 사라졌다는 사실뿐입니다! 어떻게 해야 할지 모르겠습니다!"

대그니는 자신의 책상으로 달려가 수화기를 잡았다. 하지만 수화기를 들다가 동작을 멈추었다. 그녀는 그 어느 때보다 힘겹게 천천히 팔을 뒤틀며 수화기를 다시 내려놓았다. 마치 자신의 팔이 인간의 몸이 감당할 수 없는 대기의 압력에 맞서 싸우듯 오랜 시간이 걸린 듯했다. 고통을 가눌 길 없는 그 몇 분 동안 그녀는 12년 전 그날 밤에 프란시스코가 어떤 심정이었을지, 그리고 자신의 모터를 마지막으로 보는 스물여섯 살 청년의 마음이 어땠을지 짐작이 갔다.

"부사장님! 우린 어떻게 해야 할지 모르겠습니다!" 수석 엔지니어가 외쳤다.

대그니는 조용히 수화기를 놓으며 말했다. "나도 그래요."

잠시 후 대그니는 모든 것이 끝났음을 깨달았다. 그녀는 수석 엔지니어에게 더 알아보고 나중에 다시 보고하라는 자신의 목소리를 들었다. 그리고 복도에서 메아리치는 그의 발소리가 사라지기를 기다렸다.

그녀는 마지막으로 터미널 광장을 지나며 너새니얼 태거트의 동상을 바라보며 자신이 했던 약속을 떠올렸다. 달러 표시는 이제 하나의 상징일 뿐이겠지만 너새니얼 태거트가 받을 만한 작별 인사였다. 그녀는 마땅한 필기구가 없어서 가방에서 립스틱을 꺼내 모든 것을 이해해줄 대리석 얼굴을 올려다보며 미소를 짓고는 동상 받침대에 커다란 달러 표시를 그렸다.

터미널 입구에서 동쪽으로 두 블록 떨어진 모퉁이에 먼저 도착한 것은 그녀였다. 그녀는 프란시스코를 기다리며 곧 도시를 집어삼킬 공포가 한 방울씩 떨어져 내리는 것을 지켜보았다. 자동차들이 너무 빨리 달리고 있었는데 일부는 가재도구를 싣고 있었다. 너무 많은 경찰차가 질주하고 있었고 멀리서 너무 많은 사이렌이 울리고 있었다. 태거트 철교가 붕괴되었다는 소식이 도시 전체에 퍼지고 있는 모양이었다. 모두 도시의 종말을 알고 앞다투어 탈출하려고 하겠지만 그들에게는 갈 곳이 없었다. 그리고 이제 그것은 그녀가 알 바 아니었다.

대그니는 멀리서 다가오는 프란시스코를 발견했다. 모자를 깊이 눌러쓴 얼굴을 알아보기 전에도 그 민첩한 걸음걸이로 그라는 것을 알 수 있었다. 그가 그녀를 알아보고 미소지으며 손을 흔들었다. 그 힘찬 팔 동작이 자신의 영토 문 앞에서 오래도록 기다리던 여행자를 맞이하는 단코니아 가문의 후손다운 인상을 주었다.

프란시스코가 다가오자 대그니는 엄숙하고 꼿꼿한 자세로 서서 증인을 대하듯 그의 얼굴과 세상에서 가장 위대한 도시의 건물들을 바라보았다. 그러고는 침착하고 자신감에 찬 목소리로 천천히 말했다.

"내 삶에, 그리고 삶에 대한 사랑에 걸고 서약하노니 나는 결코 타인을 위해 살지 않을 것이며, 타인에게 나를 위해 살 것을 요구하지도 않을 것이다."

프란시스코는 받아들인다는 표시로 고개를 숙여 보였다. 이제 그의 미소는 환영의 인사였다.

그는 한 손으로는 그녀의 여행 가방을 받아들고 남은 손으로는 그녀의 팔을 잡으며 말했다.

"가자."

◆

창안자 페리스 박사의 이름을 따서 '프로젝트 F'라는 이름이 붙은 연구동은 작은 철근 콘크리트 건물로 언덕 아래쪽에 자리잡고 있었고, 위쪽의 더 공개적인 위치에 국립과학연구소가 자리하고 있었다. 그 건물은 연구소 창문에서 내려다보면 울창한 고목 숲에 가려져 맨홀 뚜껑보다 크지 않은 잿빛 지붕 일부만 보였다.

프로젝트 F 건물은 큰 정육면체 위에 비대칭적으로 작은 정육면체를 올려놓은 듯한 2층 구조였다. 1층은 창문 없이 쇠못이 잔뜩 박힌 문 하나뿐이었고, 2층은 햇빛을 받기 위해 할 수 없이 만든 것처럼 창문이 하나 있었다. 그 모습이 마치 외눈박이 얼굴 같았다. 국립과학연구소 사람들은 그 건물에 대해 호기심을 가지지 않았고, 그곳으로 난 길을 일부러 피해 다녔다. 아무도 입 밖에 내어 말하지는 않았지만 그 건물에서 치명적인 질병을 일으키는 병균에 대한 실험이 이루어지고 있다는 인상을 받았던 것이다.

두 개 층 모두 기니피그, 개, 쥐들의 우리가 가득한 실험실들로 되어 있었다. 하지만 그 건물의 심장부는 지하 깊숙한 곳에 있는 지하실이었다. 그곳에는 구멍 뚫린 방음판을 조잡하게 붙여놓았는데 방음판이 갈라지기 시작해 돌벽이 드러나 보였다.

그 건물은 늘 4인조 특수 경비대가 지키고 있었다. 오늘 밤에는 뉴욕에서 걸려온 긴급 장거리 전화로 비상소집된 인원이 보강되어 경비대가 16명이었다. 경비대와 '프로젝트 F' 관련 인력은 한 가지 조건에 따라 엄선되었는데 그 조건은 무한한 충성심이었다.

16명의 경비대는 건물 밖과 지상의 빈 실험실들에 배치되었다. 그들 모두 지하에서 일어나고 있는 일에 대해 아무 호기심도 없이 무비판적으로 임무를 수행하고 있었다.

지하실에서는 페리스 박사와 웨슬리 마우치, 제임스 태거트가 한쪽 벽 앞에 줄지어 놓인 안락의자에 앉아 있었다. 그리고 그들 맞은편 구석에 불규칙한 모양의 작은 캐비닛 같은 기계가 놓여 있었다. 기계 앞면에는 빨간 부채꼴 무늬가 든 유리 다이얼들과 증폭기처럼 생긴 사각 스크린, 몇 줄의 숫자들, 몇 줄의 나무 손잡이들과 플라스틱 버튼들이 있었고, 한쪽에는 스위치를 조절하는 레버가, 반대쪽에는 빨간 유리 버튼이 달려 있었다. 기계의 얼굴이 그것을 다루는 기술자의 얼굴보다 표정이 풍부한 듯했다. 기술자는 땀으로 얼룩진 셔츠 소매를 팔꿈치 위까지 걷어올린 건장한 청년이었다. 그의 연푸른색 눈은 의식적으로 일에 집중하느라 흐릿해져 있었고, 암기한 것을 되뇌듯 가끔 입술을 달싹거렸다.

기계에서 나온 짧은 전선이 뒷면의 축전지에 연결되어 있었다. 뒤틀린 문어다리 같은 긴 전선 다발들이 기계에서 나와 돌바닥을 가로질러 고깔 모양의 강한 조명 아래에 깔린 가죽 매트리스까지 이어져 있었다. 존 골트가 그 매트리스에 묶인 채 누워 있었다. 그는 알몸이었고 전선 끝에 달린 작은 금속 전극판이 그의 손목과 어깨, 엉덩이, 발목에 붙어 있었다. 그리고 그의 가슴에 붙은 청진기 모양의 장치는 증폭기에 연결되어 있었다.

페리스 박사가 먼저 골트에게 말했다. "분명히 밝혀두겠소. 우리는 당신이 나라 경제에 대한 전권을 갖길 원하오. 당신이 독재자가 되기를 원하오. 당신의 지배를 원하오. 알겠소? 우리는 당신이 명령을 내리는 걸 원하오. 올바른 명령을 생각해내서 말이오. 우리는 원하는 걸 가질 거요. 이제 연설이나 논리, 논쟁, 수동적인 복종은 당신을 구할 수 없소. 우리는 당신의 생각을 원하오. 우리의 체제를 구할 정확한 방법을 말해주기 전까지 당신은 여기서 나갈 수 없소. 그리고 당신은 그것을 라디오를 통해 전국에 말하게 될 거요."

그는 손을 들어 스톱워치를 보여주었다.

"30초를 줄 테니 지금 당장 말할 것인지 결정하시오. 당신이 협조하지 않으면 우리도 행동에 들어갈 수밖에 없으니까. 알겠소?"

골트는 너무 잘 안다는 듯 무표정한 얼굴로 그를 똑바로 쳐다보았지만 아무 대꾸도 하지 않았다.

정적 속에서 스톱워치 움직이는 소리와 의자 팔걸이를 꽉 움켜쥔 웨슬리 마우치의 거칠고 불규칙한 숨소리가 들렸다.

 페리스가 기술자에게 손을 흔들어 신호를 보냈다. 기술자가 스위치를 올리자 빨간 유리 버튼에 불이 들어오면서 두 가지 소리가 나기 시작했다. 하나는 발전기의 낮은 웅웅거림이었고, 다른 하나는 시계 초침처럼 규칙적이면서도 억눌린 울림이 있는 이상한 쿵쿵거리는 소리였다. 사람들은 잠시 후에야 그것이 증폭기에서 나오는 골트의 심장 소리임을 깨달았다.

 "3번." 페리스가 손가락 하나를 올려 신호를 보내며 말했다.

 기술자가 다이얼 밑의 버튼 하나를 눌렀다. 골트의 몸이 긴 경련을 일으켰다. 그의 왼팔이 손목과 어깨 사이를 도는 전류에 의해 요동치며 떨렸다. 골트는 머리를 뒤로 젖히고 눈을 감고는 입을 꽉 다물고 있었다. 그는 아무 소리도 내지 않았다.

 기술자가 버튼에서 손가락을 떼자 골트의 팔이 경련을 멈추었다. 그가 움직이지 않았다.

 페리스, 마우치, 제임스는 탐색하는 눈길로 주위를 둘러보았다. 페리스의 눈은 공허했고, 마우치의 눈은 겁에 질려 있었으며, 제임스의 눈에는 실망이 어려 있었다. 정적 속에서 다시 쿵쿵 하는 소리가 이어졌다.

 "2번." 페리스가 말했다.

이제 골트의 오른쪽 다리가 경련을 일으키며 뒤틀리기 시작했다. 전류가 엉덩이와 발목 사이를 돌고 있었던 것이다. 그는 양손으로 매트리스 가장자리를 움켜쥐었다. 그는 머리를 양쪽으로 한 번 흔들고는 조용히 누워 있었다. 심장박동이 조금씩 빨라져갔다.

마우치가 몸을 뒤로 빼며 의자 등받이에 기댔다. 제임스는 의자 끄트머리에 앉아 몸을 앞으로 기울였다.

"1번, 점진적으로." 페리스가 말했다.

골트의 상체가 번쩍 들렸다가 내려가며 긴 경련을 일으켰다. 이제 전류가 한쪽 손목에서 폐를 가로질러 반대쪽 손목으로 흐르고 있었던 것이다. 기술자가 천천히 손잡이를 돌려 전압을 높였다. 다이얼의 바늘이 위험을 나타내는 빨간 부채꼴 무늬를 향해 움직였다. 골트는 폐가 경련하는 바람에 밭은 숨을 토해냈다.

"이제 됐소?" 전류가 끊기자 페리스가 호통쳤다.

골트는 대답하지 않았다. 그가 입술을 천천히 움직여 공기를 마셨다. 청진기 박동 소리가 달음질쳤다. 하지만 숨소리는 의식적인 노력으로 규칙적인 리듬을 되찾았다.

"너무 살살 다루고 있어요!" 제임스 태거트가 매트리스 위의 알몸을 보며 외쳤다.

골트가 눈을 뜨고 잠시 그들을 바라보았다. 그들은 그의 시선이 침착하고 완전한 의식을 유지하고 있다는 것 외에는 아무것도 알 수 없었다. 골트는 그들을 잊은 듯 다시 머리를 내리고 가만히 누워 있었다.

  그의 알몸은 지하실과 전혀 어울리지 않았다. 페리스와 마우치, 제임스는 그 사실을 알면서도 인정하려 들지 않았다. 발목부터 납작한 엉덩이, 허리, 곧은 어깨로 이어지는 길쭉길쭉한 선들로 이루어진 골트의 몸은 고대 그리스의 조각상을 연상시켰지만 그보다 더 길고 가볍고 역동적이어서 전차 기수보다는 비행기 만드는 사람에 더 어울렸다. 그리고 인간을 신의 모습으로 만든 고대 그리스 조각상의 의미가 이 시대의 정신과 상충되듯 그의 몸도 원시적 활동을 위해 마련된 이 지하실과 상충되었다. 그가 전선들과 스테인리스 금속, 정밀기계, 계기반 레버들 속에 있어서 그 대비는 더욱 극명했다. 어쩌면 현대 세계에는 그런 조각상들이 부재한다는 사실이 발전기를 문어로 만들고, 골트의 몸을 그 촉수들에 연결되도록 만든 것인지도 몰랐다. 하지만 페리스와 마우치, 제임스는 그런 생각을 강력히 부정하며 분산된 증오와 초점 없는 공포의 형태로 가슴 깊은 곳에 묻어두었다.

  "당신이 전기 전문가라는 것을 알고 있소. 그건 우리도 마찬가지이지. 안 그렇게 생각하시오?" 페리스가 킬킬거리며 말했다.

  정적 속에서 두 가지 소리가 그에게 응답했다. 웅웅대는 발전기 소리와 골트의 심장 소리였다.

"섞어서 연속으로!"

페리스가 기술자를 향해 손가락을 흔들며 명령했다.

이제 충격이 불규칙적이고 예측 불가능한 간격으로 이어졌다. 골트의 다리와 팔, 상체, 전신의 경련만이 전류가 특정한 두 전극판 사이로 흐르는지, 아니면 전체로 흐르는지 보여줄 뿐이었다. 다이얼들의 바늘이 연신 빨간 부채꼴에 가까워졌다가 떨어지기를 반복했다. 그 기계는 희생자의 몸을 손상시키지 않고 최고 강도의 고통을 가하도록 계산되어 있었던 것이다.

지켜보는 사람들은 심장 소리만 들리는 충격의 휴지기를 견디기가 힘들었다. 이제 골트의 심장은 불규칙한 리듬으로 달음질치고 있었다. 충격의 휴지기는 심장박동을 늦추면서도 희생자가 언제 다시 경련이 시작될지 몰라 마음을 놓지 못하도록 고안된 것이었다.

골트는 고통에 맞서 싸우지 않고 굴복하듯 고통을 부정하지 않고 묵묵히 견디듯 널브러져 있었다. 그의 입술은 숨을 쉬려고 벌어졌다가 갑작스러운 충격에 꽉 다물어졌다. 그는 몸이 경직되며 경련을 일으킬 때 굳이 저항하지 않았으나 전류가 끊기는 순간 바로 긴장을 풀었다. 얼굴 근육만 팽팽히 당겨지고 이따금씩 봉인된 듯한 입술 선이 옆으로 일그러질 뿐이었다. 충격이 가슴을 휩쓸고 지나가면 머리가 홱 들리면서 금빛과 구릿빛 머리카락이 돌풍에 흩날리듯 눈을 때렸다. 페리스, 마우치, 제임스는 그의 머리카락 색이 왜 점점 짙어져가는지 의아해하다가 땀에 흠뻑 젖었음을 깨달았다.

그 장치는 희생자가 자신의 심장이 금방이라도 터져버릴 듯한 소리를 듣고 공포를 느끼도록 고안된 것이었다. 하지만 오히려 고문관들이 불규칙하고 단속적인 심장 소리를 들으며 심장 소리가 멈출 때마다 숨을 죽이며 공포에 떨고 있었다. 이제 골트의 심장은 고통과 절박한 분노에 차서 갈비뼈 속에서 미친 듯이 날뛰고 있는 듯했다. 심장은 항거하고 있었지만 그 주인은 그렇지 않았다. 그는 편안히 늘어져 누워서 눈을 감고 자신의 심장이 생명을 잃지 않으려고 싸우는 소리를 듣고 있었다.

웨슬리 마우치가 먼저 소리를 질렀다. "맙소사, 플로이드! 그를 죽이지 마시오! 죽이지 말라고! 그가 죽으면 우리도 죽는 거야!"

"안 죽어요. 본인은 죽고 싶겠지만 못 죽어요! 기계가 죽게 하지 않을 테니까! 수학적으로 계산된 겁니다! 안전해요!" 페리스가 으르렁거렸다.

"아, 이제 충분하지 않소? 이제 그는 우리에게 복종할 거요! 분명히 복종할 거요!"

"아니! 충분하지 않아요! 난 그가 복종하는 걸 원치 않아요! 그가 **믿기를** 원해요! 받아들이기를 원해요! **기꺼이** 받아들이기를 원해요! 그가 **자발적으로** 우리에게 협조하도록 만들어야 합니다!"

"계속해요! 뭘 기다리고 있어요? 전류를 더 세게 할 수 없어요? 그는 아직 비명조차 지르지 않았어요!" 제임스가 외쳤다.

"당신 왜 그러는 거요?"

골트의 몸이 경련하는 동안 제임스의 얼굴을 흘끗 본 마우치가 놀라서 물었다. 제임스는 골트를 열심히 지켜보고 있었지만 눈빛이 흐릿하고 죽어 있었다. 하지만 그 생기 없는 눈빛 주변의 얼굴 근육은 추악한 즐거움을 나타내고 있었다.

"이제 됐소? **우리가** 원하는 걸 원할 준비가 됐소?"

페리스가 골트에게 계속 소리쳤다. 아무 대답도 들리지 않았다. 골트는 이따금 머리를 들고 그들을 바라보았다. 눈 밑에 검은 그늘이 보였지만 눈빛은 맑고 또렷했다.

고문관들은 공포가 고조되는 가운데 이성을 잃고 마구 소리를 질러댔다.

"우린 당신이 맡아주길 원한다고!…… 당신이 지배하길 원해!…… 우린 당신이 명령을 내릴 것을 명령한다!…… 명령을 내리란 말이야!…… 우린 당신이 우리를 구할 것을 명령한다!…… 우린 당신이 생각할 것을 명령한다!……"

그들은 아무 대답도 듣지 못했다. 그들의 목숨이 달린 심장박동 소리만 들릴 뿐이었다.

전류가 골트의 가슴을 가로질러 흘렀고, 심장 소리가 질주하다가 비틀거리듯 불규칙적으로 분출했다. 그러다 갑자기 그의 몸이 축 늘어졌고 심장 소리가 멈추었다.

아찔한 충격과도 같은 정적이 찾아왔다. 비명을 내지를 사이도 없이 또 다른 공포가 그들을 덮쳤다. 골트가 눈을 뜨고 머리를 들었던 것이다.

그제야 그들은 모터 소리도 멈추었음을 깨달았다. 계기반의 빨간 불빛도 꺼져 있었다. 발전기가 꺼진 것이다.

기술자가 연신 버튼을 눌러댔지만 헛수고였다. 그는 스위치 레버를 당기기도 하고 기계 옆구리를 발로 차보기도 했다. 하지만 빨간 불은 들어오지 않았고 소리도 들리지 않았다.

"뭐야? 뭐가 문제야?" 페리스가 소리쳤다.

"발전기가 고장났는데요." 기술자가 무기력하게 대답했다.

"무슨 문젠데?"

"모르겠습니다."

"찾아내서 고쳐!"

그는 숙련된 전기 기술자가 아니었다. 그는 기술이 있어서가 아니라 시키는 대로 아무 버튼이나 누를 수 있는 무비판적인 정신의 소유자라서 선택된 것이었다. 그는 일을 배우는 것만으로도 벅차서 다른 데 신경 쓸 여유가 없었다. 그는 기계 뒤판을 열고 복잡한 코일들을 망연히 바라보았다. 뭐가 고장인지 알 수가 없었다. 그는 고무장갑을 끼고 펜치로 볼트 몇 개를 조인 다음 머리를 긁적였다.

그가 무력하고 순종적인 목소리로 말했다. "모르겠습니다. 제가 어떻게 알겠습니까?"

페리스와 마우치, 제임스는 일어나서 기계 뒤에 모여 감당할 수 없는 내부를 들여다보았다. 그들은 그저 반사적으로 행동했을 뿐 기계를 다룰 수 없다는 것을 알고 있었다.

"자네가 고쳐야지! 발전기가 돌아가야 해! 우린 전기가 필요하다고!" 페리스가 외쳤다.

"계속해야 돼! 이건 말도 안 돼! 난 용납할 수 없어! 이대로 중단되어서는 안 돼! **저자에게** 따끔한 맛을 보여야 해!" 제임스가 매트리스 쪽을 가리키며 부들부들 떨면서 소리쳤다.

"어떻게 좀 해! 그렇게 서 있지만 말고! 어떻게 좀 해! 고쳐! 명령이야!" 페리스가 기술자에게 고함을 질러댔다.

"하지만 어디가 고장인지 모르겠습니다." 기술자가 눈을 꿈벅이며 말했다.

"그럼 알아내!"

"제가 어떻게요?"

"명령이야! 고쳐! 내 말 알아들어? 다시 작동시켜. 안 그러면 해고해서 감옥에 처넣겠어!"

"하지만 전 어디가 고장인지 모릅니다. 어떻게 해야 하는지 모릅니다."

기술자가 당황해서 어쩔 줄 모르며 한숨지었다.

"진동기 고장이오."

뒤에서 들려온 목소리였다. 모두 놀라서 뒤를 돌아보았다. 골트는 숨을 쉬려고 애쓰면서도 엔지니어의 유능하고 무뚝뚝한 목소리로 말했다.

"진동기를 꺼내서 알루미늄 덮개를 열어봐요. 접촉자 한 쌍을 붙여놓은 게 보일 거요. 그걸 분리해서 패어 있는 표면을 작은 줄칼로 깨끗이 청소한 다음 덮개를 닫고 다시 기계에 끼워요. 그럼 발전기가 작동할 테니까."

오랫동안 완전한 침묵이 흘렀다.

기술자는 골트를 마주 보고 있었다. 그는 골트의 진녹색 눈에서 이는 광채가 무엇을 의미하는지 알 수 있었다. 그것은 경멸 어린 조롱이었다.

그는 뒤로 한 걸음 물러섰다. 비록 비논리적이고 흐리멍덩한 의식의 소유자였지만 그 방에서 벌어지고 있는 일의 의미를 어렴풋하게나마 깨달은 것이었다.

그는 골트를 보다가, 세 남자를 보다가, 기계를 보았다. 그러더니 몸서리를 치며 펜치를 던져버리고 밖으로 달려

나갔다. 골트가 웃음을 터뜨렸다.

세 남자는 천천히 기계에서 뒷걸음질쳤다. 그들은 기술자가 깨달은 진실을 받아들이지 않으려고 안간힘을 다하고 있었다.

제임스 태거트가 골트를 쳐다보더니 기계를 향해 달려가며 외쳤다. "안 돼! 저자를 그냥 빠져나가게 할 순 없어!"

그는 기계 뒤에 무릎을 꿇고 앉아서 진동기의 알루미늄 실린더를 찾으려고 미친 듯이 더듬었다.

"**내가** 고치겠어! 내가 직접 하겠어! 우린 계속해야 돼! 저자를 무너뜨려야 해!"

"제임스, 진정해요." 페리스가 그를 홱 일으켜 세우며 불안하게 말했다.

"아무래도…… 오늘 밤은 여기서 중단하는 게 낫지 않겠소?"

마우치가 애원하듯 말했다. 그는 부러움과 공포가 섞인 눈으로 기술자가 도망친 문을 보고 있었다.

"안 돼요!" 제임스가 외쳤다.

"제임스, 그 정도면 충분하지 않소? 신중해야 한다는 걸 잊지 마시오."

"아니요! 충분하지 않아요! 그는 아직 비명 한 마디 지르지 않았어요!"

마우치가 제임스의 표정을 보고 겁에 질려서 외쳤다.

"제임스! 우린 그를 죽여선 안 돼요! 당신도 알잖소!"

"상관없어요! 난 그를 무너뜨리고 싶어요! 그의 비명을 듣고 싶어요! 난……."

하지만 비명을 내지른 것은 제임스였다. 그의 시선은 멍하니 허공을 향해 있었지만 갑자기 무언가를 본 듯 길고 날카로운 비명을 질렀다. 그가 본 것은 그의 마음속에 있었다. 골트가 죽으면 자신도 죽을 수밖에 없다는 것을 잘 알면서도 자신이 골트의 죽음을 바란다는 사실을 깨닫는 순간, 평생 쌓아온 감정과 회피, 위장, 반쪽짜리 생각과 거짓 언어의 보호장벽이 한순간에 와르르 무너져버린 것이다.

그는 평생 자신을 움직인 동기가 무엇인지 문득 깨달았다. 그것은 말로 표현할 수 없는 영혼이나 타인에 대한 사랑, 사회적 의무감 같은 그의 자부심을 유지해준 거짓 평계가 아니라 살아 있지 않은 것을 위해 살아 있는 것을 파괴하려는 욕망이었다. **자신이** 현실을 부정함으로써 존재할 수 있고, 그 어떤 견고한 불변의 사실에도 얽매이지 않으리란 것을 스스로에게 입증하기 위해 모든 살아 있는 가치를 파괴함으로써 현실에 저항하려는 욕구였다. 잠시 전까지만 하더라도 그는 골트를 세상 누구보다도 증오한다고, 그 증오는 골트의 사악함을 나타내는 증거이기에 골트의 사악함에 대해서는 더 이상 설명할 필요가 없다고, 자신의 생존을 위해 골트의 파멸을 원한다고 생각할 수 있었다. 그런데 이제 그는 골트가 파멸하면 자신도 파멸할 수밖에 없음을 알면서도 자신이 골트의 파멸을 원한다는 것을 알았다. 사실은 자신이 생존을 원했던 적이 없으며 자신이 고문하고 파괴하고 싶었던 것은 골트의 **위대성**임을 알게 되었다. 이제 그는 골트의 위대성을 인정하고 있었다. 아무도 따라올 수 없는 방식으로 현실을 지배하는 사람의 위대성. 그것은 세상에 존재하는 유일한 위대성의 기준이었다. 제임스 태거트는 현실을 받아들일 것인지, 아니면 죽음을 선택할 것인지 최후통첩을 받았을 때 골트가 찬란한 빛을 발하며 존재하는 영역에 굴복하기보다는 차라리 죽음을 택했다. 그리고 골트를 통해 모든 존재의 파괴를 추구해왔던 것이다.

모든 것을 감정의 형태로 알고 있는 제임스는 그 사실도 이성적으로 인식하지 못했다. 그래서 지금 그는 마음속에서 도저히 떨쳐버릴 수 없는 하나의 모습을 보며 격한 감정에 사로잡혀 있었다. 이제 그는 더 이상 지금까지 애써 외면해온 막다른 골목들의 모습을 가려줄 안개를 끌어모을 수가 없었다. 지금 그는 모든 골목 끝에 존재에 대한 자신의 증오가 자리하고 있는 것을 보고 있었다. 삶을 향한 즐거운 열의로 빛나던 셰릴 태거트의 얼굴이 떠올랐다. 그는 바로 그런 열의를 늘 꺾고 싶어했다. 제임스는 모든 인간이 마땅히 증오해야 하는 살인자의 얼굴을 한 자신을 보고 있었다. 가치 있다는 이유만으로 가치들을 파괴하고 자신의 속죄받을 수 없는 악을 발견하지 않기 위해 살인을 저지르는 자신의 모습을 보고 있었다.

제임스는 진실을 바라보며 그것을 피하려고 고개를 저었다.

"아니야…… 아니야…… 아니야……."

"맞아요." 골트가 말했다.

제임스는 자신을 똑바로 응시하고 있는 골트를 보았다. 골트도 그가 보고 있는 것들을 보고 있는 듯했다.

"내가 라디오에서 말했잖아요. 안 그래요?" 골트가 말했다.

그것은 제임스 태거트가 두려워해온 피할 수 없는 객관성의 증거였다.

"아니야……."

그가 다시 약하게 저항했다. 하지만 이제 더 이상 살아있는 의식에서 나온 목소리가 아니었다.

제임스는 멍하니 허공을 응시하며 잠시 서 있다가 자신의 행동도, 주위 상황도 의식하지 못한 채 힘없이 무너져 내렸다.

"제임스……!"

마우치가 그를 불렀지만 아무 대답이 없었다. 마우치와

페리스는 제임스 태거트에게 무슨 일이 일어났는지 궁금해하지 않았다. 그 사실을 알아내서 그와 운명을 함께하고 싶지 않았던 것이다. 그들은 오늘 밤 무너진 사람이 누구인지 알고 있었다. 앞으로 제임스 태거트가 얼마나 더 목숨을 부지할지 몰라도 오늘로 그는 끝났다는 것도 알고 있었다.

페리스가 떨면서 말했다. "제임스를…… 밖으로 데리고 나가야겠어요. 병원이나…… 어디로……."

그들은 제임스를 일으켜 세웠다. 제임스는 저항하지 않고 무기력하게 끌려나갔다. 그는 골트를 그런 꼴로 만들고 싶어했는데 결국 자신이 그렇게 되고 말았다. 그의 두 친구가 양쪽에서 그의 팔을 잡고 밖으로 데리고 나갔다.

두 사람은 제임스 덕에 골트의 시선을 피하고 싶다는 사실을 스스로 인정하지 않고도 그곳에서 벗어날 수 있었다. 골트가 준엄하고 날카로운 눈빛으로 그들을 지켜보고 있었다.

페리스가 경비대장에게 말했다. "다시 올 거야. 계속 지키고 아무도 들여보내지 마. 알겠나? 아무도."

그들은 정문 나무 옆에 세워둔 차에 제임스를 밀어넣었다.

"다시 올 거야."

페리스가 누구에게랄 것도 없이 나무들과 어두운 하늘

에 대고 말했다.

  그 순간 그들에게 확실한 것은 지하실에서 도망쳐야 한다는 사실뿐이었다. 살아 있는 발전기가 죽은 발전기 옆에 묶여 있는 지하실에서.

우리가 지닌 가장 고귀한 것의 이름으로

 대그니는 '프로젝트 F' 건물 문 앞에 서 있는 경비원에게 똑바로 걸어갔다. 단호하고 침착하고 당당한 그녀의 발소리가 나무들로 둘러싸인 오솔길의 정적 속에 울려 퍼졌다. 그녀는 경비원이 자신의 얼굴을 알아보도록 달빛을 향해 얼굴을 들었다.

 "들여보내줘요." 그녀가 말했다.

 "출입 금지입니다. 페리스 박사님 명령입니다." 경비원이 로봇 같은 목소리로 대답했다.

 "난 톰프슨 대통령 명령으로 왔어요."

 "네?…… 전…… 모르는 일입니다."

 "난 알아요."

 "제 말은…… 페리스 박사님은 그런 말씀 없으셨습니다."

"**내가** 말하고 있잖아요."

"하지만 전 페리스 박사님 명령에만 따르도록 되어 있습니다."

"대통령 명령을 거역하려는 건가요?"

"아, 아닙니다! 하지만…… 페리스 박사님이 아무도 들여보내지 말라고 했으니 아무도 들여보내면 안 되죠."

경비원은 확신 없는 목소리로 애원하듯 덧붙였다. "안 그렇습니까?"

"내가 대그니 태거트라는 거 알죠? 내가 톰프슨 대통령을 비롯한 최고 지도자들과 함께 찍은 사진을 신문에서 봤죠?"

"네."

"그럼 그분들 명령을 어기고 싶은지 결정해요."

"아, 아닙니다! 어기고 싶지 않습니다!"

"그럼 들여보내줘요."

"하지만 페리스 박사님 명령도 어길 수 없습니다!"

"그럼 선택해요."

"하지만 전 선택할 수 없습니다! 제가 감히 어떻게 선택을 할 수 있겠습니까?"

"선택해야만 해요."

경비원이 주머니에서 열쇠를 꺼내 문을 따며 황급히 말했다. "대장님께 여쭤보겠습니다. 대장님이……."

"안 돼요." 대그니가 말했다.

그녀의 심상치 않은 목소리에 경비원이 홱 돌아섰다. 그녀가 그의 심장 높이에 총을 겨누고 있었다.

"잘 들어요. 들여보내주지 않으면 쏘겠어요. 나를 먼저 쏠 수 있으면 그렇게 해요. 그건 당신이 선택할 수 있어요. 다른 선택권은 없어요. 결정해요."

경비원은 입을 딱 벌리고 손에서 열쇠를 떨어뜨렸다.

"비켜요." 대그니가 말했다.

경비원은 문에 등을 붙이고 격하게 고개를 저었다. 그가 우는소리로 절박하게 애원했다.

"아, 제발요! 전 당신을 쏠 수 없습니다. 대통령께서 보낸 사람이니까요! 하지만 페리스 박사님 명령을 어기고 들여보내줄 수도 없어요! 전 어쩌면 좋죠? 전 하찮은 존재예요! 명령에 따라 사는! 전 결정 못 합니다!"

"당신 목숨이에요." 대그니가 말했다.

"대장님께 여쭤보게 해주면 대장님이 결정을……."

"누구한테도 물어볼 수 없어요."

"하지만 당신이 **진짜로** 대통령의 명령을 받았는지 제가 어떻게 알겠습니까?"

"모르겠죠. 어쩌면 난 대통령의 명령을 받지 않았을 수도 있어요. 내가 독자적으로 행동하고 있는 건지도 몰라요. 그렇다면 당신은 내 명령에 따른 죄로 처벌을 받게 되겠죠. 하지만 만일 내가 대통령의 명령을 받았다면 당신은 내 명령에 따르지 않은 죄로 감옥에 갈 수도 있어요. 그리고 페리스 박사와 톰프슨 대통령은 이 문제에 대해 의견이 같을 수도, 다를 수도 있어요. 만일 그들의 의견이 다르다면 당신은 둘 중 한 사람의 명령을 어겨야만 해요. 그건 당신이 결정할 일이에요. 아무에게도 물어볼 수 없고, 아무도 부를 수 없어요. 아무도 당신에게 답을 알려주지 않을 거예요. 당신 자신이 결정해야 해요."

"하지만 전 결정 같은 거 **못 합니다**! 왜 제가 결정해야 하죠?"

"**당신** 몸이 내 길을 막고 있으니까."

"하지만 전 결정 못 해요! 결정 같은 거 못 하게 되어 있다고요!"

"셋까지 센 후에 쏘겠어요."

"잠깐만요! 잠깐만요! 전 된다고도, 안 된다고도 말 안 했어요!"

경비원은 그렇게 외치며 몸과 마음을 움직이지 않는 것이 최상의 방어인 것처럼 문에 더 찰싹 달라붙었다.

"하나……."

대그니는 숫자를 셌다. 경비원이 공포에 찬 눈으로 그녀를 쳐다보고 있었다.

"둘……."

그녀는 경비원이 총보다 선택을 더 두려워한다는 것을 알 수 있었다.

"셋."

동물을 쏠 때도 망설이던 그녀가 의식의 책임 없이 존재하기를 원하는 경비원의 가슴을 향해 침착하고 냉정하게 방아쇠를 당겼다.

그녀의 총에는 소음 장치가 달려 있어서 사람들의 주의를 끌 만한 소리는 나지 않았다. 단지 경비원이 그녀의 발치에 쿵 하고 쓰러지는 소리만 들렸다.

대그니는 땅에 떨어진 열쇠를 주워들고 약속대로 몇 분 동안 기다렸다.

프란시스코가 제일 먼저 건물 뒤에서 나타났고 행크 리어든과 라그나르 다네스퀼이 뒤이어 모습을 보였다. 건물 주위 나무들 사이에 경비원 네 명이 배치되어 있었는데 하나는 죽고, 나머지 셋은 재갈이 물린 채 덤불 속에 묶여 있었다.

대그니는 말없이 프란시스코에게 열쇠를 건넸다. 프란시스코는 문을 열고 혼자 들어가며 문을 3센티미터쯤 열어 두었다. 나머지 세 사람은 밖에서 기다렸다.

건물 안은 천장 중앙에 달려 있는 알전구 하나만 밝혀져 있었다. 2층으로 올라가는 계단 발치에 경비원이 서 있었다. 그가 주인처럼 당당히 들어오는 프란시스코를 보고 외쳤다.

"당신 누구요? 오늘 밤 여긴 아무도 못 들어오게 되어 있는데!"

"난 들어왔지." 프란시스코가 대답했다.

"러스티가 왜 당신을 들여보냈지?"

"그럴 만한 이유가 있었겠지."

"그러면 안 되는데!"

"누군가 되게 만들었나보지."

프란시스코의 눈이 재빨리 주위를 살폈다. 다른 경비원이 층계참에서 내려다보며 듣고 있었다.

"당신 뭐야?"

"구리 광산업자."

"뭐라고? 이름이 뭐냐고!"

"당신에게 말하기에는 너무 길어. 당신 대장한테 말하지. 대장 어디 있지?"

"**내가** 묻고 있잖아!"

경비원은 그렇게 말하면서 뒤로 한 발짝 물러섰다.

"이봐…… 거물 행세하지 마……. 내가……."

"어이, 피트, 그는 거물 맞아!"

층계참의 경비원이 프란시스코의 태도에 겁에 질려서 외쳤다.

피트라는 경비원은 그것을 무시하려고 애썼다. 공포가

커지면서 그의 목소리도 높아졌다.

"원하는 게 뭐야?"

"대장한테 말하겠다고 했잖아. 어디 있어?"

"내가 묻고 있잖아!"

"대답 안 한다니까."

"아, 대답을 안 한다고?"

피트가 으르렁거렸다. 그는 의심스러운 상황에서 믿는 것은 한 가지밖에 없었다. 그의 손이 허리에 찬 총으로 갔다.

프란시스코의 손이 너무나 빨라서 두 경비원은 그의 손이 움직이는 것을 보지 못했고, 그의 총은 너무 조용했다. 다음 순간 그들이 보고 들은 것은 피트의 손에서 총이 날아가고, 박살난 그의 손가락들에서 피가 튀는 광경과 그의 억눌린 신음 소리였다. 피트가 신음하며 주저앉았다. 층계참의 경비원은 그 상황을 파악한 순간 프란시스코의 총이 자신을 겨누고 있는 것을 보았다.

"제발 쏘지 마세요!" 그가 외쳤다.

"손들고 이리 내려와."

프란시스코가 한 손으로는 총을 겨누고 다른 손으로는 문밖에서 기다리고 있는 동지들에게 들어오라는 신호를 보내며 말했다.

경비원이 계단을 내려오자 리어든이 그의 총을 빼앗고 다네스퀼이 그의 손과 발을 묶었다. 경비원은 남자들보다 대그니의 모습에 더 겁을 먹은 듯했다. 세 남자는 모자를 눌러쓰고 점퍼를 입고 있어서 강도단으로 볼 수도 있었지만 여자가 끼어 있는 것은 불가사의했던 것이다.

"자, 대장 어디 있지?"

프란시스코가 묻자 경비원이 고갯짓으로 계단을 가리켰다.

"위에요."

"건물 안에 경비원이 몇 명이지?"

"아홉 명요."

"어디 있지?"

"한 명은 지하실 계단에 있고, 나머지는 저 위에 있습니다."

"어디?"

"큰 실험실요. 창문 있는."

"전부 다."

"네."

"이 방들은 뭐지?" 프란시스코가 1층에 있는 문들을 가리키며 물었다.

"다 실험실입니다. 밤에는 잠겨 있어요."

"열쇠는 누가 갖고 있지?"

"저 사람요."

경비원이 고갯짓으로 피트를 가리켰다. 리어든과 다네

스퀼이 피트의 주머니에서 열쇠를 꺼내 소리 없이 방들을 확인하러 갔다. 프란시스코는 질문을 계속했다.

"건물 안에 다른 사람들이 있나?"

"아니요."

"여기 잡혀온 사람이 있지?"

"아…… 네, 그럴 겁니다. 안 그러면 우리 전부에게 근무하라고 하지 않았을 테니까요."

"아직 여기 있나?"

"그건 모릅니다. 말을 안 해줘서요."

"페리스 박사가 여기 있나?"

"아니요. 10분인가 15분 전에 나갔습니다."

"2층 실험실 말인데, 계단 바로 앞에 있나?"

"예."

"2층에는 문이 몇 개지?"

"세 개요. 가운데 문입니다."

"다른 방들은 뭐지?"

"하나는 작은 실험실이고, 나머지 하나는 페리스 박사님 사무실입니다."

"그 방들을 연결하는 문이 있나?"

"네."

프란시스코가 동지들을 향해 돌아서자 경비원이 애원하는 목소리로 말했다.

"한 가지 물어봐도 되겠습니까?"

"물어봐."

"누구십니까?"

프란시스코는 파티에서 자신을 소개하듯 엄숙하게 대답했다. "프란시스코 도밍고 카를로스 안드레스 세바스티안 단코니아."

그는 입이 딱 벌어진 경비원을 뒤로 하고 동지들과 작은 소리로 의견을 나누었다.

잠시 후 리어든이 혼자서 민첩하고 조용하게 계단을 올라갔다.

쥐와 기니피그가 있는 우리들이 실험실 벽면을 따라 쌓여 있었다. 경비원들이 중앙의 긴 실험용 테이블에서 포커를 치느라 한쪽으로 치워놓은 것이었다. 여섯 명이 포커를 치고, 두 명은 마주 보이는 구석에 한 명씩 서서 총을 들고 문을 주시하고 있었다. 리어든이 그 방에 들어섰을 때 총에 맞지 않을 수 있었던 것은 그의 얼굴 덕이었다. 너무 유명하고 너무 뜻밖의 얼굴이었기 때문이다. 여덟 명의 경비원들이 그의 얼굴을 알아보았으면서도 도무지 믿을 수 없어하는 표정으로 쳐다보았다.

리어든은 사업가의 편안하고 자신만만한 태도로 바지 주머니에 두 손을 넣고 문간에 서 있었다.

"여기 책임자가 누구요?"

그가 시간을 낭비하고 싶지 않다는 듯 정중하면서도 무뚝뚝한 목소리로 물었다.

"설마…… 당신은……."

포커를 치던 불친절한 인상의 마른 남자가 더듬거리며 말했다.

"난 행크 리어든이오. 당신이 대장이오?"

"네! 그런데 도대체 어디서 온 겁니까?"

"뉴욕."

"여기서 뭐 하는 거죠?"

"그럼 이야기를 못 들은 모양이군."

"**무슨** 이야기요?"

윗사람들이 자신의 권위를 무시했는지도 모른다는 과민하고 분노 어린 의심이 대장의 목소리에서 확연히 드러났다. 그는 키가 크고 마른 남자로 경련하는 듯한 동작을 보였고, 혈색 나쁜 얼굴에 마약 중독자 같은 불안하고 초점 없는 눈을 가지고 있었다.

"내가 여기 무슨 일로 왔는지에 대해서."

"당신은…… 당신은 여기 올 일이 없어요."

대장은 허세를 부리면서도 자신이 중요한 결정에서 소외된 것이 아닌가 하는 두려움에 휩싸여 날카롭게 말했다.

"당신은 반역자에 이탈자이고……."

"당신은 시대에 뒤떨어졌군."

나머지 일곱 명의 경비원들은 경외감과 미신적인 불안감에 휩싸여 리어든을 바라보고 있었다. 총을 든 두 사람은 여전히 로봇처럼 리어든에게 총을 겨누고 있었다. 하지만 리어든은 그들이 눈에 들어오지도 않는 듯했다.

"여기 무슨 일로 온 거요?" 대장이 물었다.

"당신들이 넘겨주기로 한 죄수를 데리러 왔소."

"본부에서 왔다면 난 죄수에 대해 아무것도 알아선 안 되고. 또 아무도 그를 건드려선 안 된다는 걸 알 텐데요!"

"나는 제외하고."

대장이 벌떡 일어나 전화기로 달려가 수화기를 집어 들었다. 하지만 수화기를 귀로 가져가다가 갑자기 툭 떨어뜨렸다. 그의 몸짓이 방 전체에 공포의 진동을 일으켰다. 전화가 먹통이고 전화선이 끊겼음을 깨달은 것이다.

대장의 비난에 찬 시선은 리어든의 경멸 어린 질책에 무참히 꺾여버렸다.

"이런 식으로 건물을 지키면 안 되지. 죄수에게 무슨 일이 생기기 전에 내가 데려가는 게 낫겠소. 근무 태만과 불복종 죄로 처벌받고 싶지 않으면 내 말 들으시오."

대장은 의자에 털썩 주저앉아 테이블에 엎드리더니 리어든을 올려다보았다. 그의 홀쭉한 얼굴이 우리 안에서 동요하기 시작한 동물을 닮아 있었다.

"죄수가 **누구입니까?**" 그가 물었다.

"당신 직속상관이 당신에게 그걸 알려주는 게 적절하지 않다고 생각했다면 나 역시 마찬가지이지." 리어든이 대꾸했다.

"그들은 당신이 여기 오는 것도 알려주지 않았소!"

대장이 외쳤다. 그의 목소리는 무력한 분노를 담고 있었고 그 무력감은 그의 부하들에게 고스란히 전해졌다.

"당신 말이 사실인지 내가 어떻게 알겠소? 전화도 안 되는데 그걸 어떻게 확인하겠소? 내가 어떻게 해야 하는지 어떻게 알겠소?"

"그건 **당신** 문제지."

"난 당신 말 못 믿어!"

대장의 목소리는 확신을 나타내기에는 너무 날카로웠다.

"정부에서 당신에게 임무를 맡겼을 리가 없어. 당신은 사라진 반역자들 중 하나이고, 존 골트의 친구인데……."

"그 소식 못 들었나?"

"무슨 소식?"

"존 골트가 정부와 손잡고 우리를 전부 다시 불러들였다는 소식."

"아, 하느님 감사합니다!" 제일 젊은 경비원이 외쳤다.

"입 닥쳐! 넌 정치적인 의견을 가져선 안 돼!"

대장이 그에게 호통친 뒤 다시 리어든에게 고개를 돌렸다.

"그런데 왜 라디오에서 그 뉴스가 안 나왔지?"

"**당신은** 정부가 언제, 어떤 방식으로 정책을 발표해야 하는지에 대한 의견을 가질 수 있는 건가?"

긴 침묵이 흘렀고 우리에서 동물들이 부스럭거리는 소리가 들려왔다.

리어든이 말했다. "당신 임무는 명령에 이의를 다는 게 아니라 복종하는 거야. 당신은 상부 정책에 대해 **알거나** 이해하려고 해선 안 돼. 판단하거나 선택하거나 의심해서도 안 되고."

"하지만 **당신** 명령에 복종해야 하는 건지는 모르겠소!"

"복종을 거부하면 그 대가를 치르게 될 거야."

대장은 테이블에 웅크리고 앉아 리어든의 얼굴에서 천천히 시선을 돌려 평가하는 듯한 눈빛으로 구석의 두 총잡이를 보았다. 두 총잡이는 거의 감지할 수 없는 동작으로 목표를 똑바로 겨냥하고 있었다. 긴장된 부스럭거리는 소리가 들렸다. 우리에서 동물의 날카로운 울음소리가 울려 퍼졌다.

"또 한 가지 알아둘 점은, 내가 혼자가 아니라는 거야. 내 친구들이 밖에서 기다리고 있어." 리어든이 조금 더 엄격해진 목소리로 말했다.

"어디요?"

"이 방을 포위하고 있어."

"몇 명인데요?"

"곧 알게 되겠지. 어떤 식으로든."

경비원 하나가 떨리는 목소리로 애원했다. "저기요, 대장님. 우린 **그** 사람들과 충돌하고 싶지 않습니다. 그들은……."

"닥쳐!" 대장이 벌떡 일어나 그 경비원을 향해 총을 휘두르며 소리쳤다.

"이 개자식들, 비겁하게 굴지 마!"

그는 부하들이 알고 있는 사실을 회피하려고 애썼다. 공포의 절벽 끝에서 휘청거리며 무언가가 부하들을 무장 해제시켰음을 인정하지 않으려고 몸부림쳤다.

"겁낼 거 하나도 없어!"

그것은 자신을 향한 외침이었다. 그는 자신의 영역으로, 폭력의 세계로 안전하게 돌아가려고 안간힘을 썼다.

"겁낼 거 하나도 없다고! 내가 보여주겠어!"

그는 홱 돌아서서 떨리는 손으로 리어든에게 총을 쏘았다.

일부 경비원들은 리어든이 오른손으로 왼쪽 어깨를 잡으며 비틀거리는 모습을 보았다. 동시에 다른 경비원들은 대장의 총이 바닥에 떨어지면서 그의 손목에서 피가 솟구치고 그가 비명을 내지르는 것을 보았다. 다음 순간 그들 모두는 왼쪽 문 앞에 서 있는 프란시스코 단코니아의 모습을 볼 수 있었다. 소음 장치가 달린 그의 총이 아직도 대장을 겨누고 있었다.

경비원들은 총을 빼들고 벌떡 일어났지만 감히 총을 쏘지 못했다.

"내가 너희들이라면 안 쏠 거다." 프란시스코가 말했다.

"맙소사!"

경비원 하나가 기억 저편에서 맴도는 이름을 떠올리려고 애쓰며 말했다.

"저 사람은…… 세상의 구리 광산을 모두 폭파시킨 사람이야!"

"맞아." 리어든이 말했다.

경비원들은 무의식적으로 프란시스코에게서 뒷걸음질치다가 리어든에게로 고개를 돌렸다. 리어든은 여전히 문가에 서서 오른손에 총을 들고 있었고 왼쪽 어깨에서는 검붉은 얼룩이 번져가고 있었다.

대장이 동요하는 부하들에게 외쳤다. "쏴, 이 개자식들아! 뭘 기다리고 있는 거야? 다 쏴버려!"

그는 한 팔로 테이블에 기대 있었고 다른 팔에서는 피가 쏟아졌다.

"싸우지 않는 놈은 상부에 보고하겠다! 사형시켜버리겠다!"

"총 버려." 리어든이 말했다.

일곱 명의 경비원들은 그 자리에 얼어붙어 누구의 명령

에도 따르지 않았다.

"나 좀 나가게 해줘요!"

제일 어린 경비원이 오른쪽에 있는 문을 향해 달려가며 외쳤다.

그는 문을 활짝 열었다가 다시 튕겨져 들어왔다. 대그니 태거트가 총을 들고 문간에 서 있었던 것이다.

경비원들은 천천히 실험실 한가운데로 모여들었다. 그들의 흐리멍덩한 마음속에서는 보이지 않는 싸움이 벌어지고 있었다. 그들은 이곳에서 만나게 될 줄은 꿈에도 몰랐던 전설적인 인물들의 등장에 현실감을 잃고 무장 해제된 상태였고, 유령들을 향해 총을 쏘라는 명령을 받은 듯한 기분을 느꼈다.

리어든이 말했다. "총을 버려. 당신들은 자신이 왜 여기 있는지도 모르고 있어. 우린 알고 있지. 당신들은 여기 잡혀 있는 사람이 누구인지 모르고 있어. 우린 알아. 당신들은 윗사람들이 왜 그를 지키라고 하는지 모르고 있어. 우리는 왜 그를 여기서 탈출시키고 싶은지 알고 있지. 당신들은 자신의 싸움의 목적을 모르고 있어. 우린 우리 싸움의 목적을 알고 있어. 당신들은 이 자리에서 죽어도 자신이 무엇을 위해 죽는지도 모를 거야. 우린 알고 있지."

대장이 외쳤다. "저 사람 말…… 듣지 마! 쏴! 명령이다! 쏴!"

경비원 중 한 명이 대장을 보더니 총을 버리고 손을 들었다. 그는 무리에서 떨어져 리어든 쪽으로 뒷걸음질쳤다.

"이 개자식!"

대장이 왼손으로 총을 들고 그를 쏘았다. 그가 쓰러지는 동시에 유리창이 박살났다. 나무 위에 있던 키가 크고 호리호리한 사내가 쏜살같이 날아 들어와 바닥에 착지하며 제일 먼저 눈에 띈 경비원에게 총을 쏘았다.

"**당신** 누구야?" 겁에 질린 목소리가 외쳤다.

"라그나르 다네스쾰."

세 가지 소리가 그에 응답했다. 공포에 찬 긴 신음 소리와 총 네 자루가 바닥에 떨어지는 소리, 그리고 경비원 하나가 대장의 이마에 대고 총을 쏘는 소리였다.

살아남은 경비원 네 명은 얼이 빠진 상태에서 재갈이 물리고 결박된 채 바닥에 눕혀졌다. 대장을 쏜 경비원은 뒤로 손이 묶인 채 서 있었다.

"잡혀 있는 사람은 어디 있지?" 프란시스코가 그에게 물었다.

"지하실에…… 있을 겁니다."

"열쇠는 누가 갖고 있나?"

"페리스 박사요."

"지하실로 내려가는 계단이 어디 있지?"

"페리스 박사님 사무실 문 뒤에요."

"안내해."

걸음을 옮기며 프란시스코가 리어든에게 물었다. "행크, 괜찮아요?"

"물론."

"쉬어야 하는 거 아니에요?"

"천만에!"

페리스의 방 문간에서 보니 가파른 돌계단이 지하실로 이어져 있었고 층계참에 경비원 한 명이 서 있었다.

"손들고 올라와!" 프란시스코가 외쳤다.

경비원은 낯선 사람의 단호한 인상을 주는 실루엣과 번쩍이는 총을 보았다. 그것으로 충분했다. 그는 즉시 복종했다. 돌로 된 습한 지하실에서 탈출하게 된 것을 오히려 다행으로 여기는 듯했다. 그는 프란시스코를 안내한 경비원과 함께 사무실 바닥에 결박당한 채 남겨졌다.

네 명의 구조대는 자유롭게 계단을 내려가 잠긴 철문 앞에 섰다. 지금까지 엄격히 통제된 정확한 움직임을 보이던 그들은 이제 마음의 고삐가 풀린 듯했다.

다네스퀼이 자물쇠를 부술 도구를 가지고 있었다. 프란시스코가 먼저 지하실 안으로 들어가 대그니의 앞을 잠시 팔로 막았다. 그녀가 보아서는 안 되는 장면이 펼쳐져 있지는 않은지 확인하기 위해서였다. 그는 복잡하게 뒤엉킨 전선 너머에서 골트가 머리를 들고 환영의 눈길을 보내는 것을 보고 팔을 내렸고 대그니가 안으로 돌진했다.

그녀는 매트리스 옆에 무릎을 꿇고 앉았다. 골트는 골짜기에서 처음 만났을 때처럼 그녀를 바라보았다. 그의 미소는 고통을 모르는 웃음소리 같았고 목소리는 부드럽고 낮았다.

"우린 아무것도 심각하게 받아들일 필요가 없었어요. 안 그래요?"

대그니의 얼굴은 눈물범벅이었지만 완전하고 자신만만하고 빛나는 확신을 담은 미소를 짓고 있었다.

"그래요. 우린 그럴 필요가 없었어요." 그녀가 대답했다.

리어든과 다네스퀼이 결박을 풀고 있었다. 프란시스코는 골트의 입에 브랜디 병을 대주었다. 골트는 브랜디를 마시고 팔의 결박이 풀리자 한쪽 팔꿈치로 바닥을 짚고 상체를 일으켰다.

"담배 좀 줘." 그가 말했다.

프란시스코가 달러 표시가 찍힌 담뱃갑을 꺼냈다. 라이터 불에 담배를 가져다대는 골트의 손이 가늘게 떨렸다. 하지만 프란시스코의 손은 더 심하게 떨리고 있었다.

골트가 라이터 불 위의 그의 눈을 흘끗 보고 미소지으며 프란시스코가 차마 묻지 못한 질문에 대답하듯 말했다.

"그래, 지독했지. 하지만 견딜 만했어. 손상을 남기지 않는 전압이었고."

"그들이 누구든 언젠가 꼭 찾아내서……."

프란시스코가 말끝을 흐렸다. 겨우 들릴 정도의 그 낮은 목소리가 나머지 말을 대신해주었다.

"찾아낸다고 해도 그들은 이미 죽은 사람들일 거야."

골트는 주위의 얼굴들을 둘러보았다. 그들의 눈빛에서 강한 안도감이, 단호한 표정에서 격한 분노가 느껴졌다. 골트는 그들이 지금 자신이 당한 고문을 체험하고 있음을 알 수 있었다.

"다 끝났어. 내가 당한 고통 이상으로 괴로워할 필요 없어." 골트가 말했다.

프란시스코가 얼굴을 돌리며 속삭이듯 말했다. "자네가 당했다는 게…… **자네가**…… 자네 아닌 다른 사람이었다면……."

"하지만 나여야만 했어. 그들이 마지막 발악을 해야 했다면. 그들은 그렇게 했고……."

골트는 손을 들어 그 지하실을, 그리고 그 지하실을 만든 사람들의 의미를 과거의 황무지로 쓸어내버렸다.

"이제 끝났어."

프란시스코는 얼굴을 돌린 채 고개를 끄덕였다. 그러고는 골트의 손목을 꽉 잡았는데 그것이 그의 대답이었다.

골트는 몸이 말을 듣기 시작하자 일어나 앉았다. 대그니가 도와주려고 얼른 손을 뻗었고 그는 그녀의 얼굴을 올려다보았다. 그녀는 눈물을 삼키며 애써 미소짓고 있었다. 그것은 살아 있는 그의 몸을 보았으니 다른 것은 문제될 것 없다는, 그 몸이 당한 고문에 대해서는 잊어야 한다는 미소였다. 골트는 그녀를 마주 보며 손을 들어 그녀의 흰 스웨터 목깃을 만졌다. 이제부터 중요한 문제들만을 생각하자는 뜻이었다. 대그니가 알겠다는 듯 입술을 가늘게 떨며 미소지었다.

다네스퀼이 지하실 구석에 던져놓은 골트의 셔츠와 바지, 나머지 옷을 찾아냈다.

"존, 걸을 수 있겠나?" 그가 물었다.

"그럼."

프란시스코와 리어든이 골트에게 옷을 입히는 동안 다네스퀼은 아무 감정도 보이지 않고 침착하게 체계적으로 고문기계를 산산조각 냈다.

골트는 혼자 똑바로 서지는 못했지만 프란시스코의 어깨에 기대설 수 있었다. 처음 몇 걸음은 힘들었지만 문에 다다랐을 즈음에는 제대로 걸을 수 있었다. 그는 한 팔은 프란시스코의 어깨를, 다른 팔은 대그니의 어깨를 잡고 있었다. 그렇게 세 사람은 서로를 지탱해주었다.

그들은 말없이 언덕을 내려갔다. 그들을 둘러싼 울창한 나무들이 생기 없는 달빛과 국립과학연구소 창문에서 흘러나오는 더 생기 없는 불빛들을 차단해 그들을 보호해주고 있었다.

프란시스코의 비행기가 다음 언덕 너머 초원 가장자리 덤불에 숨겨져 있었다. 조종석에 앉은 다네스킬이 시동을 걸면서 요란한 엔진 소리와 함께 비행기 전조등이 죽은 풀들을 비추었지만 수 킬로미터 거리 내에는 인가가 없었기에 그 광경을 보고 의문을 품을 사람은 아무도 없었다.

비행기 문이 쾅 닫히고 바퀴가 굴러가기 시작하고 나서야 프란시스코가 처음으로 미소를 지었다.

그가 골트를 안락의자에 눕히며 말했다. "지금이 자네에게 명령을 내릴 수 있는 유일한 기회로군. 가만히 누워서 편안히 쉬어…… 대그니도."

그러면서 그는 골트 옆에 있는 의자를 가리켰다.

바퀴는 울퉁불퉁한 초원의 무력한 저항을 무시하고 속도와 목적의식, 가벼움을 더하며 빠르게 질주했다. 비행기가 긴 직선을 그리며 날아오르자 시커먼 나무들이 창 아래로 멀어져갔다. 골트가 조용히 몸을 기울여 대그니의 손에 입술을 눌렀다. 그는 자신이 원하던 것을 얻어 바깥세상을 떠나고 있었다.

프란시스코가 구급상자를 꺼내와 리어든의 상처에 붕대를 감으려고 셔츠를 벗기고 있었다. 골트는 가느다란 핏줄기가 리어든의 어깨에서 가슴으로 흘러내리는 것을 보았다.

"고마워요, 행크." 그가 말했다.

리어든이 미소를 지었다.

"우리가 처음 만난 날 내가 당신에게 고맙다고 했을 때 당신이 한 말을 그대로 해야겠군요. '나 자신을 위해 한 행동이니 고마워할 필요는 없습니다.'"

그러자 골트가 말했다. "그럼 그때 당신이 한 대답을 해야겠군요. '**그래서** 고맙다는 겁니다.'"

대그니는 두 사람이 설명이 필요 없을 정도로 굳건한 결속을 나타내는 악수와 같은 시선을 나누는 것을 보았다. 리어든이 자신들을 바라보는 그녀를 보더니 허용의 미소를 보내듯 눈을 찡긋했다. 골짜기에서 보낸 메시지 내용을 다시 확인해주는 듯했다.

갑자기 다네스퀼이 허공에 대고 쾌활한 목소리로 떠들어댔다. 비행기 무전기로 이야기하는 것이었다.

"네, 모두 무사합니다……. 네, 존은 다치지 않았습니다. 충격이 좀 남아 있긴 하지만요. 지금 쉬고 있습니다……. 아니, 영구적인 부상은 없습니다……. 네, 모두 같이 있습니다. 행크 리어든이 약간 다쳤는데."

그는 어깨너머로 그를 돌아보았다.

"지금 나를 보며 웃고 있네요……. 피해 상황요? 잠시 이성을 잃기는 했지만 회복 중입니다……. 나보다 먼저 골트 협곡에 도착할 생각 마세요. 내가 먼저 착륙합니다. 그리고 레스토랑에 가서 케이와 아침식사를 준비하겠습니다."

"혹시 외부인이 들을 수 있을까?" 대그니가 물었다.

"아니. 그들은 잡을 수 없는 주파수야." 프란시스코가 대답했다.

"지금 누구와 교신하는 거지?" 골트가 물었다.

"골짜기에 사는 남자들 절반. 지원자들이 많아서 비행기를 최대한 많이 동원했지만 다 태울 수가 없었어. 지금 다른 비행기들이 우리 뒤를 날고 있어. 자네가 약탈자들 손에 잡혀 있는데 그들이 집에 남아 있으려고 했겠나? 우린 필요하다면 국립과학연구소나 웨인 포클랜드 호텔로 쳐들어가서 자네를 구할 준비가 되어 있었지. 하지만 그러면 그들이 궁지에 몰려 자네를 죽일 수도 있어서 섣불리 행동할 수가 없었어. 그래서 우리 넷이 먼저 나서기로 한 거야. 우리가 실패했다면 나머지 사람들이 전면 공격을 했을 거야. 그들은 800미터 밖에서 기다리고 있었거든. 그리고 언덕 나무들 사이에 배치된 사람들이 우리가 나오는 것을 보고 그들에게 소식을 전한 거야. 엘리스 와이엇이 지휘를 맡았지. 지금 그는 자네 비행기를 몰고 있어. 우리가 페리스 박사처럼 빨리 뉴햄프셔에 도착하지 못한 건 그는 당당히 공항을 이용할 수 있는 이점이 있는 반면 우린 멀리 떨어진 비밀 장소에서 비행기를 타야 했기 때문이야. 어차피 페리스 박사도 그 이점을 오래 누릴 순 없겠지만." 프란시스코가 대답했다.

"오래 누릴 수 없지." 골트가 말했다.

"그게 우리의 유일한 어려움이었어. 나머진 쉬웠지. 나중에 다 이야기해주지. 어쨌든 그들의 경비대를 해치우는 데는 우리 넷으로 충분했어."

다네스퀼이 잠시 그들에게 시선을 보내며 말했다. "이제 개인이든 대중이든, 자기들보다 우월한 사람들을 힘으로 지배할 수 있다고 믿는 야만인들은 야만적인 힘이 정신과 힘을 만나면 어떻게 되는지 똑똑히 알게 될 거야."

"이미 알겠지. 자네가 12년간 그들에게 가르쳐준 게 그것 아닌가?" 골트가 말했다.

"내가? 그렇지. 하지만 이제 학기가 끝났어. 오늘 밤 작전이 나의 마지막 폭력 행위야. 그건 내 지난 12년에 대한 보상이지. 내 부하들이 골짜기에 자신들의 집을 짓기 시작했어. 배는 아무도 찾을 수 없는 곳에 숨겨두었는데, 훨씬 더 문명화된 용도로 쓰이도록 팔 작정이야. 대서양 횡단 정기여객선으로 개조될 거야. 그리 크지는 않지만 멋진 여객선이 될 거야. 나는 다른 수업을 시작할 준비를 할 거야. 일단 우리 스승들의 첫 스승이 가르친 것을 복습해야겠지."

리어든이 나직이 웃으며 말했다. "당신이 대학에서 하는 첫 철학 강의를 듣고 싶군요. 당신 학생들이 그 과목에 어떻게 집중하는지, 학생들이 던지는 수업과 무관한 질문들에 당신이 어떻게 대답하는지 보고 싶어요. 학생들이 당신에게 그런 질문을 하는 건 나무랄 수 없는 일이죠."

"수업을 듣다보면 스스로 답을 찾게 될 거라고 대답할 겁니다."

아래쪽 지상에는 불빛이 많지 않았다. 간간이 정부 건물들 창문에서 나오는 불빛과 절약하지 않는 집들의 창문에서 나온 흔들리는 촛불밖에 보이지 않는 시골에는 어둠만 펼쳐져 있었다. 시골 사람들 대부분은 이미 오래전에 인공조명은 터무니없는 사치이고 해가 떨어지면 인간의 활동이 중단되는 시대로 돌아가 있었다. 그리고 아직 귀중한 전기 몇 방울이 남아 있지만 배급제와 할당제, 통제, 절전 정책의 사막에서 말라가고 있는 도시들은 썰물이 빠져나간 후 여기저기 남아 있는 웅덩이 같았다.

하지만 멀리 보이는 썰물의 근원지인 뉴욕은 아직도 하늘을 향해 불빛을 보내고 있었다. 아직도 원시적인 어둠에 저항하며 최후의 노력을 기울이듯, 마지막으로 도움을 청하듯 하늘을 가로지르는 비행기를 향해 팔을 벌리고 있었다. 대그니 일행은 위대했던 존재의 임종 앞에서 예의를 갖추듯 무의식중에 자세를 바로 했다.

아래를 내려다보니 도시의 마지막 경련이 보였다. 자동차들이 거리를 질주하는 모습이 미로에 갇혀 미친 듯 출구를 찾는 동물들 같았다. 다리마다 자동차들이 꽉 차 있었고, 병목현상을 이룬 다리 진입로들은 전조등 불빛으로 이루어진 혈관 같았다. 절박한 사이렌 소리가 비행기 높이까지 희미하게 들려왔다. 대륙의 동맥이 끊겼다는 소식이 이제 도시 전체에 퍼져 패닉에 빠진 사람들이 모든 것을 버리고 뉴욕을 탈출하려고 애쓰고 있었지만 탈출로는 모두 차단되고 말았다.

비행기가 높이 솟은 고층 건물들 위를 날고 있을 때 갑작스러운 요동과 함께 땅이 갈라지며 도시를 집어삼킨 듯 지상에서 도시가 사라졌다. 그들은 패닉이 발전소에까지 미쳐 뉴욕 시의 전기가 나갔음을 잠시 후에야 깨달았.

대그니가 숨을 헐떡거리자 골트가 날카롭게 명령했다.
"아래를 보지 말아요!"

대그니는 시선을 들어 그를 바라보았다. 골트는 사실을 마주할 때면 늘 짓는 준엄한 표정을 하고 있었다.

대그니는 프란시스코가 들려준 이야기가 생각났다.

"그는 20세기 모터사에서 나와 빈민가 다락방에 살고 있었지. 그는 창가로 가서 도시의 고층 빌딩들을 가리키며 말했어. 세상의 불빛을 모두 꺼야 한다고. 뉴욕의 불빛이 모두 꺼져야 우리의 임무가 끝나는 거라고."

대그니는 존 골트와 프란시스코 단코니아, 라그나르 다네스쾰이 잠시 말없이 서로를 응시하는 것을 보았다.

대그니는 리어든을 쳐다보았다. 그는 아래가 아닌 앞을

보고 있었다. 사람들의 발길이 닿지 않은 시골을 바라볼 때처럼 행동의 가능성을 평가하는 눈빛이었다.

대그니는 눈앞의 어둠을 보고 있자니 또 하나의 기억이 떠올랐다. 애프턴 공항 상공을 맴돌며 지상의 어둠 속에서 불사조처럼 날아오르는 비행기의 은빛 동체를 본 기억이었다. 그녀는 지금 이 시간 자신이 타고 있는 비행기가 뉴욕에 남은 모든 것을 실어가고 있음을 알 수 있었다.

그녀는 앞을 쳐다보았다. 지금 비행기 프로펠러가 아무런 방해물 없이 나아가는 허공처럼 지상도 텅 비게 될 터였다. 텅 비고 자유로워질 터였다. 그녀는 냇 태거트가 처음 시작할 때 어떤 기분을 느꼈을지 알 것 같았고, 이제야 비로소 완전한 의미에서 그를 따를 수 있게 된 것 같았다. 그녀도 냇 태거트처럼 허공을 마주하고 거기에 대륙을 건설해야 한다고 생각하고 있으니까.

지금까지의 분투가 그녀 앞에 떠올랐다가 그녀를 이 절정의 순간에 남겨두고 사라졌다. 대그니는 미소지으며 용기와 긍지, 헌신의 말로 자신의 과거를 평가하고 봉인했다. 그 말은 대부분의 사람들이 이해하지 못하는 기업가의 언어였다. "대가는 문제가 안 돼."

대그니는 아래쪽의 어둠 속에서 한 줄로 이어진 빛의 점들이 천천히 서쪽을 향해 움직이고 환한 전조등이 긴 더듬이처럼 앞을 비추며 나아가는 것을 보았을 때 놀라서 숨을 멈추지도, 전율을 느끼지도 않았다. 그것이 기차이고 그것의 종착점이 허공뿐임을 알면서도 아무 느낌이 없었다.

대그니는 골트에게 고개를 돌렸다. 골트는 지금까지 그녀의 생각을 읽고 있었던 것처럼 그녀를 보고 있었다. 대그니는 그의 미소에서 자신의 미소를 보았다.

"끝이에요." 그녀가 말했다.

"시작이에요." 골트가 대답했다.

그들은 의자 등받이에 기대어 조용히 서로를 응시했다. 미래 전체를 의미하는 서로의 존재가 그들의 의식을 채웠다. 그 전체에는 그들이 타인으로서 서로의 존재 가치를 구현할 수 있기 위해 이루어야만 했던 모든 것에 대한 앎이 포함되어 있었다.

뉴욕을 멀리 지나왔을 때 다네스퀼이 무전기에 대고 말하는 소리가 들렸다.

"네, 존은 깨어 있습니다. 오늘 밤은 못 잘 겁니다……. 네, 받을 수 있을 거예요."

그가 어깨너머로 돌아보며 말했다. "존, 액스턴 박사님께서 자네와 이야기하고 싶으시다는데."

"뭐? **박사님도** 뒤에 있는 비행기에 타고 계신단 말이야?"

"물론이지."

골트가 얼른 일어나 마이크를 잡았다.

"박사님 접니다."

그 낮고 조용한 목소리가 미소가 되어 공중으로 전송되었다.

"그래, 존."

침착함을 잃지 않으려고 지나치게 애쓰는 휴 액스턴의 목소리는 그가 다시 그 두 마디 말을 할 수 있게 되기까지 얼마나 노심초사했는지를 알 수 있게 해주었다.

"그냥 목소리라도 듣고 싶어서…… 자네가 괜찮은지 확인하고 싶어서."

골트는 나직이 웃으며 수업을 잘 들었다는 증거인 완벽한 숙제를 자랑스럽게 내놓는 학생의 목소리로 대답했다.

"물론 전 괜찮습니다, 교수님. 괜찮아야 하고요. A는 A니까요."

◆

동부로 향하던 혜성특급 기관차가 애리조나 사막 한가운데에서 고장을 일으켰다. 열차는 마치 자신이 지나치게 무리하고 있는 것을 알려고 하지 않던 사람처럼 눈에 띄는 이유도 없이 갑자기 멈추어버렸다. 연결부 한 곳이 더 이상 견디지 못하고 끊어진 것이었다.

에디 윌러스는 차장을 불렀다. 차장은 한참이 지나서야

들어왔고 체념한 표정이 모든 것을 말해주었다.

"기관사가 어디가 문제인지 찾고 있습니다."

차장이 조용히 말했다. 희망을 잃지 않는 것이 자신의 임무이지만 이미 수년째 희망을 모르고 살아왔음을 알 수 있는 목소리였다.

"기관사도 모른다고?"

"문제를 찾고 있는 중입니다."

차장은 예의를 차려 잠시 기다렸다가 문을 향해 돌아섰지만 이내 걸음을 멈추고 자발적으로 설명했다. 그것이 스스로 인정할 수 없는 공포를 견디는 데 도움이 된다는 것을 희미하게 남아 있는 합리적 습관으로 알 수 있었던 것이다.

"그 디젤기관차는 철도에 내보내기에 적합하지 않습니다. 고칠 가치조차 없게 된 지 오래이니까요."

"알고 있네." 에디 윌러스가 조용히 말했다.

차장은 공연히 설명을 해서 상황을 더 악화시켰음을 깨달았다. 그 설명으로 인해 요즘에는 사람들이 묻지 않는 질문들이 떠올랐던 것이다. 그는 고개를 저으며 밖으로 나갔다.

에디 윌러스는 좌석에 앉아 창문 너머의 텅 빈 어둠을 바라보았다. 여러 날 만에 샌프란시스코에서 동부로 가는 혜성특급이었고, 그가 대륙횡단 운행을 재개하기 위해 기울인 피나는 노력의 결실이었다. 그는 지난 며칠 동안 자신이 어떤 대가를 치렀는지, 맹목적으로 싸우는 사람들 틈바구니에서 샌프란시스코 터미널을 구하기 위해 자신이 무엇을 했는지 알지 못했다. 시시각각 변하는 상황 속에서 맺은 협상들을 일일이 기억하기란 불가능했다. 그가 아는 것은 교전 중인 세 패거리 대표들로부터 터미널의 성역권을 얻어내고, 아직 완전히 포기하지 않은 듯한 사람을 찾아 터미널 책임자 자리에 앉히고, 남아 있는 최고의 디젤 기관차와 승무원들을 동원해서 동부행 태거트 혜성특급을 운행시켰으며, 자신이 이룬 성과가 얼마나 오래 갈지 모르는 상태로 뉴욕에 돌아가기 위해 그 열차에 탔다는 사실뿐이었다.

그는 그토록 열심히 일했던 적이 없었다. 그는 늘 그랬던 것처럼 양심적으로 최선을 다해 일을 처리했다. 하지만 마치 진공 속에서 일하는 듯한 기분이었다. 그의 에너지는 전달 장치를 찾지 못하고 모래에, 차창 밖으로 보이는 사막과 같은 모래에 처박히는 듯했다. 그는 멈추어버린 기관차와 같은 신세가 된 기분을 느끼며 몸서리를 쳤다.

잠시 후 그는 다시 차장을 불러서 물었다. "어떻게 되어 가나?"

차장은 어깨를 으쓱하며 고개를 저었다.

"기관사 조수를 철로 전화로 보내게. 지부에 연락해서

거기서 제일 뛰어난 기술자를 보내달라고 부탁하라고 해."

"네, 알겠습니다."

차창 너머로는 아무것도 보이지 않았다. 불을 끄니 검은 선인장들이 점점이 박힌 잿빛 사막이 시작도, 끝도 없이 펼쳐져 있었다. 그는 기차가 없던 시절에는 사람들이 어떤 대가를 치르며 어떻게 사막을 건넜을지 궁금했다. 그는 고개를 홱 돌리고 다시 불을 켰다.

에디는 불안감에 가슴이 죄어드는 것은 단지 혜성특급이 망명자 신세이기 때문이라고 생각했다. 지금 혜성특급은 애리조나를 가로지르는 애틀랜틱 서던사 철도에 있었고 태거트사는 그 철도를 무료로 빌려 쓰고 있었다. 에디는 어떻게 해서든 이 철도에서 벗어나야 한다고 생각했다. 태거트사 철도로 돌아가면 불안감은 사라질 터였다. 하지만 미시시피 강변 태거트 철교에 있는 두 철도의 접속점은 너무나도 멀게 느껴졌다.

에디는 그것 때문만이 아니라고 생각했다. 그는 뭐라고 규정하기에는 너무 무의미하고, 그냥 떨쳐버리기에는 너무 불가해해서 의미를 파악할 수도, 무시할 수도 없는 광경들이 자꾸 자신을 불안하게 만들고 있음을 인정해야만 했다. 그중 하나는 2시간 전에 정차하지 않고 통과한 간이역의 모습이었다. 그 역의 플랫폼은 비어 있었다. 작은 역사 창문들에는 불이 환히 밝혀져 있었지만 빈 방에서 흘러

나오는 불빛이었다. 역사 안에도, 바깥 선로에도 사람은 그림자도 보이지 않았다. 또 하나는 다음번에 통과한 간이역의 모습이었다. 그곳 플랫폼에는 흥분한 폭도들이 우글거렸다. 그리고 이제 혜성특급은 역의 불빛이나 소리가 닿지 않는 먼 곳에 있었다.

에디는 어떻게든 이 철도에서 벗어나야 한다고 생각했다. 그것이 왜 이토록 긴급하게 느껴지는지, 그리고 애초에 혜성특급 운행을 재개하는 것이 왜 그렇게 중요했는지 그도 알 수 없었다. 한산한 객차에는 승객이 몇 명 안 되었고 모두 갈 곳도, 목표도 없는 사람들이었다. 에디는 그 승객들을 위해 그렇게 애쓴 것이 아니었고, 누구를 위해서였는지 알지 못했다. 다만, 두 개의 문구가 기도의 모호함과 절대의 뜨거운 힘으로 그를 몰아붙였다. 그 두 문구는 '대양에서 대양까지, 영원히!'와 '포기하지 마!'였다.

1시간 후 차장이 기관사 조수와 함께 들어왔는데 기관사 조수의 표정이 심상치 않았다.

"지부에서 전화를 안 받아요." 기관사 조수가 천천히 말했다.

에디 윌러스는 똑바로 앉았다. 그는 그 말을 믿고 싶지 않았지만 이미 자신이 예견했던 일임을 깨달았다.

"그럴 리가 없어!"

그가 낮은 소리로 말했다. 기관사 조수는 조용히 그를

응시하고 있었다.

"철로 전화가 고장난 게 분명해."

"아니요, 전화는 고장나지 않았습니다. 전화선은 살아 있었어요. 지부에 문제가 생긴 겁니다. 전화받을 사람이 없거나 전화를 받지 않는 겁니다."

"하지만 그건 불가능하다는 걸 알잖나!"

기관사 조수는 어깨를 으쓱했다. 요즘에는 불가능한 재난이 없었다.

에디 윌러스가 벌떡 일어나 차장에게 명령했다. "지금부터 승객이 타고 있는 객실 문은 다 두드려보게. 혹시 전기 기술자가 타고 있는지 찾아봐."

"네, 알겠습니다."

하지만 그들은 무기력하고 지친 얼굴의 승객들 중에 그런 사람이 있을 리 없다는 것을 알고 있었다. 에디가 기관사 조수를 향해 명령했다.

"따라오게."

두 사람은 기관차에 올랐다. 백발의 기관사가 멍하니 앉아 선인장들을 바라보고 있었다. 기관차 전조등이 켜져 있었지만 어둠 속으로 곧게 뻗어나간 불빛에 보이는 것은 흐릿한 침목들뿐이었다.

에디가 코트를 벗으며 명령 반, 애원 반의 목소리로 말했다. "뭐가 문제인지 찾아봅시다. 좀더 애써봅시다."

"네, 알겠습니다." 기관사가 분노도, 희망도 없는 목소리로 대답했다.

기관사는 알량한 지식으로나마 최선을 다한 상태였다. 자신이 생각할 수 있는 문제의 원인은 모두 확인했던 것이다. 그는 기계 위아래로 기어다니며 부품들의 나사를 풀었다가 다시 조이기도 하고, 빼서 다른 것을 끼워보기도 하고, 모터의 일부를 분해하기도 했다. 그 모습이 마치 시계를 뜯어보는 아이 같았지만 아이의 자신감은 없었다.

기관사 조수는 연신 창밖으로 고개를 내밀어 검은 허공을 바라보며 밤공기가 점점 차가워지는 듯 진저리를 쳤다.

에디 윌러스가 짐짓 자신감 넘치는 목소리로 말했다. "걱정 말게. 우리로선 최선을 다해야 하지만 만일 실패해도 조만간 구조대가 올 걸세. 회사에서 사막 한가운데 열차를 방치하지는 않을 테니까."

"그거야 옛날이야기죠." 기관사 조수가 말했다.

이따금 기관사가 기름때 묻은 얼굴을 들어 에디 윌러스의 기름때 묻은 얼굴과 셔츠를 쳐다보았다.

"이래 봐야 무슨 소용 있겠습니까?" 기관사가 물었다.

"우린 이대로 포기할 수 없어요!"

에디가 격하게 대답했다. 그는 자신의 말이 단지 혜성특급만을, 아니 철도만을 의미하는 것이 아님을 어렴풋이 알고 있었다.

에디 월러스는 손에서 피가 흐르고 땀에 젖은 셔츠가 등짝에 달라붙은 상태에서 모터 세 개를 점검하며 대학에서 배웠거나 그 전에 습득한 기관차에 관련된 지식을 짜내고 있었다. 그는 어렸을 때 록데일 역 전철용 기관차에 몰래 숨어 들어가 기계를 만지다가 역장에게 쫓겨난 적이 있었다. 하지만 그 단편적인 지식들은 아무 도움도 되지 못했고 머리만 복잡했다. 모터는 그의 전문 분야가 아니었다. 그는 문제를 찾아내는 것이 이제는 생과 사가 달린 문제임을 알고 있었다. 그는 실린더들과 날들, 전선들, 그리고 아직 불빛이 깜박거리는 계기반을 바라보았다. 그는 자꾸만 마음속으로 비집고 들어오려고 하는 생각을 애써 밀어냈다. 그것은 원시인처럼 주먹구구식으로 부품들을 재조립해서 모터를 다시 만드는 방법을 시도한다면 성공할 확률은 얼마나 되고, 시간은 얼마나 걸릴까 하는 생각이었다.

"무슨 소용 있습니까?" 기관사가 신음하듯 말했다.

"포기할 수 없어요!" 에디가 외쳤다.

그렇게 몇 시간이 흘렀을까, 갑자기 기관사 조수가 소리쳤다.

"월러스 씨, 보세요!"

기관사 조수는 창밖으로 고개를 내밀고 뒤쪽 어둠을 가리키고 있었다.

에디는 그쪽을 바라보았다. 멀리서 이상한 작은 불빛이

요동치고 있었다. 그 불빛은 조금씩 다가오고 있는 듯했지만 도무지 정체를 알 수가 없었다.

잠시 후 에디는 커다란 검은 형체들이 천천히 다가오는 것을 바라보고 있었다. 그 형체들은 철도와 나란히 움직이고 있었다. 불빛은 땅 위로 낮게 걸린 채 흔들리고 있었다. 에디는 귀를 기울였지만 아무 소리도 들리지 않았다.

이윽고 억눌린 약한 고동 소리가 들려왔다. 말발굽 소리 같았다. 기관사와 조수는 한밤에 사막에서 유령이라도 나타난 것처럼 점점 더 공포에 떨며 검은 형체들을 지켜보고 있었다. 잠시 후 두 사람은 그 형체를 알아보고는 웃음을 터뜨렸지만, 이번에는 에디가 예상했던 것보다 훨씬 무서운 유령을 본 듯 공포로 얼어붙은 얼굴이 되었다. 그것은 포장마차 행렬이었다.

흔들리던 랜턴이 기관차 옆에서 갑자기 멈추었다.

"이봐, 친구, 태워줄까? 고장 아니오?" 무리의 대장인 듯한 사내가 외쳤다.

혜성특급 승객들이 창문으로 내다보고 있었다. 그들 중 몇몇은 열차에서 내려 다가왔다. 가재도구를 잔뜩 실은 마차에서 여자들이 내다보았다. 그리고 마차 행렬 뒤쪽에서 아기의 울음소리가 들려왔다.

"당신 미쳤어요?" 에디 윌러스가 물었다.

"아니, 진심이오, 형제. 우린 자리가 많소. 여기서 빠져

나가고 싶다면 태워주겠소. 물론 돈은 받고."

그는 마르고 신경질적인 남자였는데 흐느적거리는 몸짓과 건방진 목소리가 서커스 호객꾼 같았다.

"이건 태거트 혜성특급이오." 에디 윌러스가 목이 멘 소리로 말했다.

"혜성특급? 내가 보기엔 죽은 애벌레 같은데. 형제, 왜 이러는 거요? 당신은 아무 데도 못 가. 이젠 거기 갈 수가 없어."

"무슨 소리요?"

"당신 뉴욕에 가려는 건 아니지?"

"우린 뉴욕으로 가고 있소."

"그럼…… 그럼 소식 못 들었소?"

"**무슨** 소식 말이오?"

"이런, 당신네 역들에 마지막으로 연락한 게 언제요?"

"모르겠소!…… **무슨** 일이오?"

"당신네 태거트 철교가 무너졌소. 폭삭했다고. 소리광선에 의한 폭발이래나 뭐래나. 정확한 건 아무도 모르고 있소. 이제 미시시피 강을 건널 철교가 없다는 것밖에는. 이제 당신한테나 우리한테나 뉴욕은 없는 도시나 마찬가지요."

에디 윌러스는 그 다음에 무슨 일이 벌어졌는지 알지 못했다. 그는 기관사석 옆에 주저앉아 모터의 열린 문을 바라보고 있었다. 그는 거기 얼마나 오래 있었는지 알 수가 없었다. 하지만 고개를 들어보니 옆에 아무도 없었다. 기관사와 조수는 밖으로 나간 뒤였다. 밖에서 사람들의 비명과 흐느낌, 소리쳐 묻는 소리, 그리고 서커스 호객꾼의 웃음소리가 들렸다.

에디는 무거운 몸을 이끌고 창가로 갔다. 혜성특급 승객들과 승무원들이 마차 행렬 대장과 그의 누더기 차림의 동료들 주위로 몰려들고 있었다. 마차 행렬 대장이 흐느적거리는 팔 동작으로 명령을 내렸다. 옷을 잘 입은 여자 승객 몇 명이 화장품 가방을 품에 안고 흐느끼며 마차에 오르고 있었다. 그들의 남편들이 먼저 거래를 끝낸 모양이었다.

대장이 쾌활하게 외쳤다. "올라가요, 올라가! 다 탈 수 있게 해줄 테니까! 좀 붐비긴 해도 움직이니까 여기 남아 코요테 먹이가 되는 것보단 낫지! 철마의 시대는 갔소! 이제 우리가 가진 건 평범한 구식 말뿐이오! 느리긴 해도 확실하지!"

에디 윌러스는 승객들을 만나기 위해 기관실 밖 계단을 반쯤 내려갔다. 그는 한 손으로 난간을 잡고 다른 손을 흔들며 승객들에게 외쳤다.

"지금 떠나는 건 아니죠? 혜성특급을 버리고 가는 건 아니죠?"

승객들은 그를 보고 싶지도, 그의 질문에 대답하고 싶지도 않은 듯 뒤로 물러섰다. 그들은 그의 질문에 생각할 능력조차 없는 듯했다. 에디는 패닉에 빠진 그들의 얼굴을 쳐다보았다.

"저 수리공은 왜 저러지?" 대장이 에디를 가리키며 물었다.

"윌러스 씨, 소용없습니다." 차장이 조용히 말했다.

"혜성특급을 버리지 말아요! 포기하지 말아요! 제발 포기하지 말라고요!" 에디가 외쳤다.

"**당신** 미쳤소? 당신은 철도역과 지부들이 어떤 상황인지 모르고 있군! 지금 다들 머리 잘린 닭처럼 미쳐 날뛰고 있다고! 내일 아침이면 미시시피 강 이쪽 철도 운행은 모두 중단될 거야!" 대장이 말했다.

"윌러스 씨, 같이 가시는 게 좋겠어요." 차장이 말했다.

"안 돼!"

에디는 철제 난간에 손이 붙어버리길 원하는 듯 난간을 꽉 움켜쥐고 외쳤다.

대장이 어깨를 으쓱하며 말했다. "그럼 **당신** 초상 치르는 거야!"

"어느 방향으로 가시오?" 기관사가 에디를 외면하며 대장에게 물었다.

"그냥 가는 거요, 형제! 멈출 만한 데를 찾아서. 우린 캘리포니아 임피리얼 밸리에서 왔소. '인민당'이 우리 지하실에 있는 식량을 다 빼앗아갔거든. 우리가 사재기를 했다면서. 그래서 우린 짐을 싸서 떠났지. 워싱턴 놈들 때문에 밤에만 움직여야 했소……. 우린 살 만한 곳을 찾고 있소……. 만약 당신도 집이 없다면 같이 가도 좋소. 아니면 마을 가까이에 내려주겠소."

에디는 마차 행렬 사람들이 은밀하고 자유로운 정착지를 건설하기에는 너무 비열하지만 강도 떼가 될 수 있을 만큼 비열하지는 못하다고 무심히 생각했다. 그들은 정지된 열차 전조등 불빛처럼 목적지를 찾을 수 없을 것이고, 그 불빛처럼 허허벌판 어딘가에서 사라질 터였다.

에디는 계단에 서서 전조등 불빛을 바라보았다. 그는 태거트 혜성특급의 마지막 승객들이 마차로 옮겨 타는 것을 보지 않았다.

차장이 맨 마지막으로 마차에 타며 절박하게 외쳤다.

"윌러스 씨! 이리 오세요!"

"아니." 에디가 대답했다.

서커스 호객꾼을 닮은 대장이 그들 머리 위 계단에 서 있는 에디를 향해 팔을 흔들며 위협 반, 애원 반의 목소리로 외쳤다.

"당신이 무슨 짓을 하고 있는지 알았으면 좋겠소! 어쩌면 누군가 당신을 구하러 올 수도 있겠지. 다음 주나 다음 달에! 어쩌면! 요즘 누가 그래 주겠소?"

"어서 가시오." 에디가 말했다.

그는 다시 기관실로 올라왔고 마차들은 덜컹거리며 어둠 속으로 떠났다. 에디는 움직이지 않는 기관차의 기관사석에 앉아 쓸모없는 조절판에 이마를 대고 있었다. 그는 침몰하는 원양 정기선 선장이 된 기분이었다. 자기들의 기술이 더 우월하다며 조롱하는 야만인들의 카누에 구조되느니 차라리 자신의 배와 운명을 함께하기로 한.

갑자기 절박한 의분이 솟구쳤다. 그는 벌떡 일어나 조절판 레버를 잡았다. 그는 뭐라고 정의할 수 없는 승리의 이름으로 이 열차를 출발시켜야 했다. 기관차를 움직여야 했다.

에디는 생각이나 계산, 두려움의 단계를 넘어 의로운 저항으로 움직이고 있었다. 그는 아무 레버나 잡아당겼다. 조절판을 눌렀다 뺐다 했다. 죽어 있는 데드맨스 페달(dead man's pedal, 발을 놓으면 자동으로 동력원이 끊어지는 조작 페달―옮긴이)을 밟아댔다. 그는 멀고도 가깝게 느껴지는 광경의 형체를 알아보려고 애썼다. 그가 아는 것은 자신이 그 광경에서 힘을 얻어, 그리고 그 광경을 위해 처절한 싸움을 벌이고 있다는 사실뿐이었다.

'포기하지 마!' 그는 마음속으로 그렇게 외치며 뉴욕의 거리들을 떠올렸다. '포기하지 마!' 그는 철도 신호등 불빛을 떠올렸다. '포기하지 마!' 공장 굴뚝에서 자랑스럽게 피어오르는 연기를 떠올렸다. 그러면서 연기를 헤치고 그 광경들의 근원에 닿으려고 애썼다.

그는 전선을 잡아당겨보기도 하고, 연결해보기도 하고, 끊어보기도 했다. 갑자기 눈부신 햇살과 소나무들이 그의 마음 한 자락을 들추었다. 그는 소리 없이 외쳤다. '대그니! 우리가 지닌 가장 고귀한 것의 이름으로!'…… 그는 헛되이 레버를 당겼다가 조절판을 움직였다……. 그는 햇살 가득한 숲 속 빈터에 있던 열두 살 소녀에게 외쳤다. '대그니, 난 우리가 지닌 가장 고귀한 것의 이름으로 이 열차를 출발시켜야만 해!…… 대그니, 바로 **그거였어**…… 넌 그때 이미 알고 있었지만 난 몰랐어…… 넌 그때 그걸 알고 철도를 바라보았어……. 난 말했지. "사업이나 먹고살 돈을 벌기 위해서가 아니라고."…… 하지만 대그니, 사업과 먹고살 돈을 버는 것, 그리고 그것을 가능하게 해주는 힘. **그것이** 우리가 지닌 가장 고귀한 것이고, 우리가 지켜야 했던 것이었지……. 대그니, 난 그걸 지키기 위해 이 열차를 출발시켜야만 해…….'

이윽고 기관실 바닥에 주저앉아 이곳에서는 더 이상 할 게 없다는 결론을 내린 에디는 기관차 바퀴를 살펴볼 요량으로 일어나 밖으로 나갔다. 이미 기관사가 점검했다는 것을 알고 있었지만 말이다. 땅에 내려서자 발밑으로 사막의 모래가 느껴졌다. 그는 꼼짝도 하지 않고 서 있었다. 거대한 정적 속에서 잡초 뭉치 굴러다니는 소리가 들렸다. 혜성특급은 발이 묶여 있는데 자유로이 움직일 수 있는 보이지 않는 군대의 웃음소리 같았다. 근처에서 더 날카로운 바스락거리는 소리가 들려왔다. 작은 잿빛 토끼 한 마리가 앞발을 들고 서서 열차 탑승 계단에 코를 대고 킁킁거리는 것이 보였다. 에디는 살인적인 분노에 휩싸여 그 작은 잿빛 형상을 한 적의 접근을 막을 수 있기라도 하듯 토끼를 향해 몸을 던졌다. 토끼는 어둠 속으로 달아났지만 그는 적의 접근을 막을 수 없음을 알고 있었다.

에디는 기관차 앞에서 'TT'라는 글씨를 올려다보았다. 그러고는 철로에 쓰러져 기관차 발치에서 흐느껴 울었다. 그의 몸 위로 정지된 전조등 불빛이 끝없는 밤의 어둠 속으로 뻗어 있었다.

◆

리처드 핼리의 〈5번 협주곡〉이 피아노 건반에서 흘러나와 창문을 지나 대기 속으로, 골짜기의 불빛들 위로 퍼져나갔다. 그것은 승리의 교향곡이었다. 위를 향해 흐르는 음들은 상승을 표현하고 있었고 그 자체가 상승이었다. 위를 향한 움직임의 본질이자 형태였다. 상승을 동기로 하는 모든 인간 행동과 사고를 구현한 것이었다. 구름을 뚫고 퍼져나가는 햇살과도 같은 음들은 해방의 자유와 목적의 긴장감을 지니고 있었다. 음들은 공간을 깨끗이 정화시키고 방해

받지 않는 노력의 기쁨만을 남겨놓았다. 소리에 든 희미한 울림만이 그 음악이 어디에서 해방되었는지를 말해주었다. 그 울림은 이제 추악함이나 고통은 없다는, 애초에 그런 것들이 있을 필요가 없었다는 사실을 발견한 놀라움과 기쁨을 담고 있었다. 그것은 거대한 해방의 노래였다.

골짜기의 불빛들이 아직 눈 덮인 땅을 비추고 있었다. 화강암 절벽 바위턱과 소나무의 무거운 가지 위에도 눈이 쌓여 있었다. 하지만 벌거벗은 자작나무 가지들은 다가오는 봄의 새싹을 자신 있게 약속하듯 하늘을 향해 뻗어 있었다.

산허리의 직사각형 불빛은 멀리건의 서재 창문이었다. 미다스 멀리건은 책상에 앉아 지도와 숫자들을 보고 있었다. 그는 은행 자산을 기록하며 투자 계획을 세우고 있는 중이었다. 그는 자신이 선택한 지명들을 적어 내려갔다. "뉴욕-클리블랜드-시카고…… 뉴욕-필라델피아…… 뉴욕…… 뉴욕…… 뉴욕……."

골짜기 바닥의 직사각형 불빛은 다네스횔의 집 창문이었다. 케이 러들로가 생각에 잠긴 얼굴로 거울 앞에 앉아 낡은 화장품 가방에 든 분장용 화장품을 보고 있었다. 라그나르 다네스횔은 소파에 누워 아리스토텔레스의 작품을 읽고 있었다. "……이 진리들은 존재하는 모든 것에 적용되며, 일부 특별한 천재들만을 위한 것이 아니다. 모든 사람이 이 진리를 사용한다. 그것은 그들이 존재로서 존재하기 때문이며…… 무언가를 이해하는 사람이라면 반드시 가져야 할 원칙은 가설이 아니다……. 그러한 원칙은 그 무엇보다도 확실한 것이다. 그것이 어떤 원칙인지 말해보자. 동일한 속성은 동시에 속할 수 없고 동일한 점에서 동일한 대상에 속하지 않으며……."

농장의 직사각형 불빛은 내러갠셋 판사의 서재 창문이었다. 그는 테이블에 앉아 있었으며 램프 불빛이 오래된 문서의 복사본을 비추고 있었다. 그는 세상을 파멸시킨 원인이 되었던 모순된 조항을 모두 찾아 지웠고 이제 새로운 조항을 추가하고 있었다. "의회는 생산과 거래의 자유를 축소시키는 법을 만들 수 없으며……."

숲 한가운데의 직사각형 불빛은 프란시스코 단코니아의 오두막 창문이었다. 프란시스코는 불꽃이 춤추는 난로 옆 바닥에 배를 깔고 엎드려 제련소 설계도를 완성하고 있었다. 행크 리어든과 엘리스 와이엇은 난롯가에 앉아 있었다.

리어든이 말했다. "존이 새 기관차를 설계할 거예요. 대그니는 뉴욕과 필라델피아 간 첫 철도를 운행할 거고. 대그니는……."

이어진 그의 말을 듣고 프란시스코가 고개를 들고 웃었다. 그것은 환영과 승리, 해방의 웃음이었다. 그들은 지붕 위 어딘가에서 흐르는 핼리의 〈5번 협주곡〉을 들을 수 없었지만 프란시스코의 웃음소리는 그 음악과 잘 어울렸다. 프란시스코는 리어든의 말에서 전국의 집들 잔디밭에 봄 햇살이 환히 비치고 있는 광경과 반짝이는 모터들, 새로 짓는 고층 빌딩들의 빛나는 강철 뼈대들, 불안감이나 두려움 없이 미래를 바라보는 젊은이들의 눈을 볼 수 있었다.

리어든이 한 말은 이랬다. "대그니는 인정사정없이 비싼 화물 운송료를 요구하겠지만 난 충분히 감당할 수 있을 거예요."

골트 협곡에서 사람이 오를 수 있는 가장 높은 바위턱 위에서 천천히 흔들리는 희미한 빛은 골트의 머리카락에 비친 별빛이었다. 그는 바위턱에 서서 아래쪽 골짜기가 아닌 바깥세상의 어둠을 바라보고 있었다. 대그니의 손이 그의 어깨 위에 있었고, 바람이 두 사람의 머리카락을 섞어 놓았다. 대그니는 골트가 오늘 밤 왜 산속을 걷고 싶어했는지, 그리고 무슨 생각을 하려고 걸음을 멈추었는지 알고 있었다. 그가 무슨 말을 할 것인지도 알고 있었다. 그 말을 제일 먼저 듣는 사람이 자신이리라는 것도 알고 있었다.

그들은 산 너머 세상을 볼 수 없었다. 그저 어둠과 바위로 이루어진 허공만 보일 뿐이었다. 어둠은 세상의 폐허를, 지붕 없는 집들과 녹슬어가는 트랙터들, 불빛 없는 거리들, 버려진 철도를 가리고 있었다. 하지만 까마득히 먼 지구 가장자리에서 작은 불꽃 하나가 바람에 흔들리고 있었다. 반항적이고 고집스런 와이엇의 횃불이 뒤틀리고 갈가리 찢기면서도 꺼지지 않고 버티고 있었다. 그 횃불은 지금 존 골트가 하려는 말을 청하며 기다리는 듯했다.

"길이 치워졌어요." 골트가 말했다.

"이제 세상으로 돌아갑시다."

그는 손을 들어 황량한 대지 위 허공에 손가락으로 달러 표시를 그렸다.

옮긴이의 말

"세상의 모터가 꺼진다면 어떻게 될까?"라는 물음에서 잉태된 에인 랜드의 대표작 《아틀라스》는 객관주의와 대립하는 집산주의의 득세로 산업의 심장이 멎어가는 미국의 모습을 그린 반(反)유토피아 소설이다. 개인의 자기이익과 행복 추구를 삶의 가장 고귀한 목적으로 삼는 객관주의는 정의, 독립성, 이성, 부, 자기존중, 행복을 최고의 가치로 여기는 반면, '나'를 버리고 타인을 위해 사는 것을 숭고히 여기는 집산주의는 자비, 통합, 믿음, 필요, 자기부정, 의무를 삶의 미덕으로 여긴다. 객관주의는 개인의 이익을 추구하는 자유로운 경제 활동이 사회적 부를 가져오고 그것이 곧 사회발전의 원동력이 된다고 강조한다. 그래서 유능한 기업가들을 세상을 이끌어가는 주역으로 본다. 반면에 집산주의는 생산보다는 공공의 이익을 우선시하고 능력이 아닌 '필요'에 따른 분배를 통한 평등한 세상을 지향하기 때문에 기업가들을 탐욕에 눈먼 돈벌레, 노동자들의 피를 빨아먹는 기생충으로 여긴다. 이렇듯 상반되는 두 철학은 늘 대립각을 세우며 팽팽한 줄다리기를 벌일 수밖에 없다. 그 필사적인 줄다리기에서 객관주의의 선봉에 선 에인 랜드는 누가 진정한 승자가 되어야 하는지를 보여주기 위해 줄을 놓아버리는 실험을 감행하는 내용의 소설을 쓰는데, 그것이 바로 《아틀라스》이다. 이 소설에서 작가는 집산주의자들이 자멸에 이르도록 그들 손에 세상을 맡겨버린다. 세상의 모터는 생산의 주역들이고, 그들 없이는 세상이 돌아갈 수 없다는 사실을 집산주의자들이 체험을 통해 깨닫도록 생산의 주역들을 파업으로 이끈다. 어깨로 하늘을 떠받치는 형벌을 받은 그리스 신화 속 티탄족 아틀라스처럼 세상을 짊어지고 묵묵히 견뎌온 영웅들에게 무거운 짐을 내려놓게 한다. 그리고 그들의 파업과 함께 파멸로 치닫는 세상의 모습을 통해 집산주의의 허상을 낱낱이 보여준다.

《아틀라스》는 반유토피아 소설인 동시에 유토피아 소설이다. 집산주의자들의 세상에서 파업에 들어간 객관주의 영웅들이 콜로라도 산맥 깊은 골짜기에 자신들만의 '아틀란티스'를 건설하기 때문이다. 이 골짜기는 광선막으로 교묘히 위장되어 있어서 초대받지 못한 사람은 들어올 수 없으며, 이곳에 거주하려면 "내 삶에, 그리고 삶에 대한 사랑에 걸고 서약하노니 나는 결코 타인을 위해 살지 않을 것이며, 타인에게 나를 위해 살 것을 요구하지도 않을 것이다"라는 내용의 서약을 해야만 한다. 콜로라도 골짜기의 아틀란티스는 산업계의 거물들뿐만 아니라 과학자, 철학자, 예술가, 법조인, 은행가, 작가, 배우, 숙련 노동자 등 어두운 세상을 밝히는 횃불 같은 존재들이었지만 그 공을 인정받기는커녕 희생자 노릇만 해온 사람들이 오로지 자기 이익만을 위해 모인 자발적 결사체이다. 이들은 자신의 능력만큼 생산하고 그 생산물의 가치를 거래하며 풍족한 생활을 영위한다. 이들의 거래는 이성과 상호 이익의 원칙 아래 갈등이나 분쟁 없이 조화롭고 원만하게 이루어진다. 자신의 이익과 행복을 위해 능동적으로 일하는 개인들이 이성적인 거래를 통해 부를 이루고 그 부가 삶의 질을 높여주는 세상, 객관주의의 유토피아가 구현된 것이다.

에인 랜드의 가장 긴 소설이자 세계에서 12번째로 긴 소설인 이 대작에는 수십여 명의 인물이 등장하며, 이들은 객관주의와 집산주의 두 진영으로 나뉜다. 물론 우리가 주목해야 할 인물들은 객관주의 진영의 대표자들이며, 주인공 대그니 태거트와 아틀란티스의 건설자 존 골트, 철강왕 행크 리어든, 세계적인 구리회사 상속자 프란시스코 단코니아가 바로 그들이다. 우선 35세의 아름다운 여인 대그니 태거트는 미국 최대 철도회사 운행 담당 부사장이자 실질적인 경영자로서 오직 일만을 위해 살아간다. 태거트 가문과 태거트 대륙횡단철도의 진정한 후계자가 될 수 있는 능력을 지닌 그녀는 아들이라는 이유만으로 회사를 물려받은 무능한 오빠 제임스의 경영 실패로 회사가 위기에 처할 때마다 구원자로 나선다. 대그니는 객관주의 영웅들의 파업에 가장 먼저 참여했어야 마땅한 인물이지만 세상에 대한 지나친 낙관과 자신의 열정만으로도 세상을 구할 수 있다는 과신으로 끝까지 세상에 남아 고군분투한다. 하지만 철도가 곧 자신이고 인생인 그녀에게도 세 번의 사랑이 찾아오며 결국 그녀는 가장 이상적인 남자와 영원한 사랑을 하게 된다. 그리고 객관주의 영웅들의 영웅 존 골트. 그는 죽음의 그림자가 드리워진 어두운 세상에서 '존 골트가 누구지?'라는 자조적인 농담 속에서만 존재하는 수수께끼의 인물이다. 그의 정체는 작품의 절정부에 이르러서야 밝혀지는데, 돈도 명예도 없는 서민 가정 출신이지만 미국의 유수한 학교인 패트릭 헨리 대학에서 촉망받는 물리학도이자 철학도로, 20세기 모터회사에 들어가 동력 모터 역사상 최고의 혁명이라고 할 수 있는 정전기를 이용한 모터를 발명한다. 하지만 20세기 모터회사 후계자들의 집산주의 놀음에 환멸을 느낀 그는 '세상의 모터'를 꺼버리기로 결심하고 객관주의자들의 파업을 주도한다. 존 골트는 에인 랜드가 추구하는 가장 이상적인 정신과 육체의 소유자로 세상의 진정한 구원자 역할을 맡는다. 그리고 행크 리어든. 그는 미국 철강산업의 일인자로 혁신적인 합금인 '리어든 금속'을 개발해내지만 가족에게는 일밖에 모르는 냉혈한으로, 세상 사람들에게는 탐욕의 화신으로 비난받는다. 행크 리어든은 대그니를 만나 사랑에 빠지면서 자신의 가치를 인정하는 법을 배우게 되고, 대그니와 의기투합해 죽어가는 세상의 맥박을 되살리기 위해 최선을 다한다. 마지막으로 대그니의 첫사랑 프란시스코 단코니아. 명문 귀족이자 구리 재벌인 단코니아 가문의 상속자로 부와 명예, 뛰어난 능력, 준수한 외모까지 모든 것을 갖추었다. 대그니와는 가문의 친분으로 어릴 적부터 만나 사업가의 포부를 키우고 사랑을 나누지만, 패트릭 헨리 대학을 졸업하고 구리사업을 물려받으면서 대그니를 버리고 바람둥이의 방탕한 생활을 한다. 그것이 그가 세상과 대그니를 사랑하는 방식일 수밖에 없는 것이 그의 슬픈 숙명이다. 이들을 필두로 한 객관주의 진영은 끝까지 세상을 포기하지 않으려는 대그니 태거트와 행크 리어든, 일찌감치 파업을 선언하고 세상의 종말을 앞당기려고 하는 존 골트와 그 친구들로 나뉘어 대립하기도 하지만, 결국 대그니 태거트와 행크 리어든이 집산주의자들의 세상에 희망이 없음을 깨닫고 파업자들의 대열에 합류하면서 모두가 함께 아틀란티스의 주인이 된다.

《아틀라스》는 미국이 서브프라임 모기지 사태로 대공황 이후 최악의 경제 위기를 겪게 된 2007년부터 다시 독자들의 뜨거운 관심을 받기 시작했다. 2007년부터 최고 판매 기록을 갱신하다가 2009년 1월에는 아마존 베스트셀러 33위로 뛰어오르는 기염을 토했고, 그해 4월에는 문학 픽션 부문 1위, 종합 15위를 기록했다. 2009년 한 해 판매량이 50만 부를 넘어섰는데, 이 작품이 1957년에 첫선을 보이고 바로 〈뉴욕타임스〉 베스트셀러 순위에 오르면서 기록한 첫해 판매량의 3배를 훌쩍 넘는 수치이다. 《아틀라스》가 출간된 지 무려 50여 년이 지났음에도 여전히 많은 미국인이 국가적 위기의 시기에 이 작품에서 답을 구하고자 한 것이다. 이는 놀라운 한편 지극히 자연스러운 현상이기도 하다. 《아틀라스》는 미국의 근본정신을 담은 객관주의 철학의 소설적 완결판이고, 미국인들이 추구하는 유토피아는 객관주의의 유토피아와 다르지 않을 테니까.

2013년 12월
민승남

아틀라스 3

1판 1쇄 발행일 2013년 12월 9일
1판 4쇄 발행일 2025년 9월 15일

지은이 에인 랜드
옮긴이 민승남

발행인 김학원
발행처 (주)휴머니스트출판그룹
출판등록 제313-2007-000007호(2007년 1월 5일)
주소 (03991) 서울시 마포구 동교로23길 76(연남동)
전화 02-335-4422 **팩스** 02-334-3427
저자·독자 서비스 humanist@humanistbooks.com
홈페이지 www.humanistbooks.com
유튜브 youtube.com/user/humanistma
인스타그램 @humanist_insta

편집주간 황서현 **편집** 정다이 전두현 박민영 **디자인** 김태형
조판 홍영사 **용지** 화인페이퍼 **인쇄** 청아디앤피 **제본** 정민문화사

ⓒ 휴머니스트, 2013

ISBN 978-89-5862-668-8 04840
　　　978-89-5862-669-5 (세트)

• 이 책은 저작권법에 따라 보호받는 저작물이므로 무단 전재와 무단 복제를 금합니다.
• 이 책의 전부 또는 일부를 이용하려면 반드시 저자와 (주)휴머니스트출판그룹의 동의를 받아야 합니다.